suhrkamp taschenbuch 4137

Seit mehr als 500 Jahren haben Juden aus aller Welt am Bosporus eine neue Heimat gefunden. Sie leben ihr eigenes Leben, feiern ihre Feste, erinnern an die Verfolgung und das erlittene Leid. »Ich wurde als Fremder auf der westlichen Halbinsel Istanbuls geboren. Istanbul war mein Märchen ...« Ausgehend von seiner eigenen Familie und deren Geschichte, entwirft Levi ein Kaleidoskop menschlicher Schicksale und erzählt vom Miteinander der unterschiedlichen Völker und Kulturen, von Juden, Griechen, Armeniern und Türken. Es sind Geschichten von gelebten und ungelebten Träumen, von erfüllten und unerfüllten Hoffnungen.

Mario Levi wurde 1957 in Istanbul geboren und lehrt an der Yeditepe-Universität in Istanbul Kommunikationswissenschaften. Für *Istanbul war ein Märchen* erhielt er den angesehenen Yunus-Nadi-Literaturpreis.

Mario Levi
Istanbul war ein Märchen

Roman

Aus dem Türkischen
von Barbara Yurtdas
und Hüseyin Yurtdas

Suhrkamp

Zu dieser Ausgabe
Die türkische Ausgabe *İstanbul Bir Masaldı*
erschien 1999 bei Doğan Kitap in Istanbul.
Für die vorliegende deutsche Fassung
wurde der Text in Zusammenarbeit mit dem Autor
leicht überarbeitet und gekürzt.

Für die Förderung der Übersetzung danken wir dem
Türkischen Ministerium für Kultur.

Umschlagfoto:
Nikos Economopoulos / Magnum Photos / Agentur Focus

3. Auflage 2014

Erste Auflage 2010
suhrkamp taschenbuch 4137
© der deutschen Ausgabe
Suhrkamp Verlag Frankfurt am Main 2008
© Mario Levi
© Kalem Literary Agency
Suhrkamp Taschenbuch Verlag
Druck und Bindung: CPI – Ebner & Spiegel, Ulm
Umschlag: Göllner, Michels, Zegarzewski
Printed in Germany
ISBN 978-3-518-46137-2

Istanbul war ein Märchen

Für meinen Großvater...

Die Stare

»Es war Abend ... Ihr habt gelächelt ...«

»Es war Abend ... Ihr habt gelächelt« heißt es in einem alten Lied. Ich erinnere mich nicht, wo und wann ich ihr zum ersten Mal begegnet bin. Ich erinnere mich auch nicht, welche Menschen ich mit ihr im Warten auf neue Tage, neue Morgen zu erschaffen versucht habe ... Dabei gab es in unseren Geschichten, in unseren unterschiedlichen Geschichten, die wir einander von anderen Menschen unweigerlich mitgebracht hatten, auch eine Unmenge von Fotografien, die ich niemals vergessen habe, die ich keinem Menschen zeigen kann und die mich mir selbst mit der Zeit immer mehr schenken. Diese Fotografien bewahrten unsere Nächte, das, was wir nicht mitteilen konnten, was wir nicht mal den engsten Freunden sagen konnten, auch meine trotz aller Erlebnisse stets neuen oder wiederholten Hoffnungen ... Da waren zum Beispiel unsere Sommernächte, die aus einem anderen Fenster auf die Stadt blickten, in der ich jahrelang gelebt hatte. Wir befanden uns auf einem Balkon. Der Duft der Wunderblume bedeutete für mich die Einsamkeit der vielen alten Gärten meines Lebens. Einen dieser Gärten wollte ich damals noch einmal berühren. Meine Mutter hatte ein Glühwürmchen zwischen ihre hohlen Hände genommen. Das Glühwürmchen hatte in der Dunkelheit, in der Wärme ihrer Handflächen weiter geleuchtet. Da, in der Ecke waren weitere Glühwürmchen gewesen ... Noch andere Glühwürmchen ...

Später wollte ich auf jenem Balkon oder in einem anderen Zimmer jenes Hauses mit ihr meine alten Lieder teilen. Denn ich wußte, daß Lieder, wirklich erlebte Lieder uns nie verlassen, nie verlassen können. Die Lieder waren wir, unsere in jenen Zeiten verlorene Sprache, die wir irgendwie nicht wiederfinden konnten. Die Lieder waren unsere verlorene Sprache oder unsere

Illusionen, über die ich in anderen Erzählungen im Namen anderer Enttäuschungen zu erzählen versucht habe. Manche unserer Gegenstände haben wir deswegen versteckt, wir haben sie verteidigt; manche unserer Sachen waren deswegen auch ein bißchen wie ein Buckel, den wir bei unseren Lieben und Geliebten mitschleppten, in die Liebe, die wir nur mit unseren Träumen haben nähren können...

In jenen Nächten wollte ich auch erzählen, wie besiegt und verlassen ich mich fühlte, wenn wir zusammen waren und einander berührten. Da hätte ich wieder zu Stift und Papier greifen können, ich hätte versuchen können, mich von neuem an meine ›Schrift‹ zu klammern, von der ich glaubte, ich würde sie niemals aufgeben. Wenn ich mit ihr allein war, vergaß ich all meine Projekte, die Sehnsüchte, die auf später gerichteten Hoffnungen und vor allem das, was ich aufgeschoben hatte. Was ich mit ihr erlebte, war ein kreatives Sterben, wenn man so sagen kann. Ein kreatives Sterben... In ihren Berührungen, durch die sie mich in jenen Nächten mein ganzes Selbst, meinen Intellekt und meine Sexualität bis in die Tiefen erleben ließ, verbarg sich auch meine Kindheit. Ja, meine ganze Kindheit... Meine ganze Kindheit und die darin verlorengegangenen Kindheiten. Im Gedanken an das Haus, aus dem ich damals wegging, erinnere ich mich jetzt vor allem an die Lieder, von denen ich Jahre später erzählen und mitteilen wollte...

Im nachhinein fällt es mir schwer zu begreifen, warum wir immer noch Freunde sind, warum ich es nicht geschafft habe, mich von ihr zu trennen. Denn ich habe nicht einmal in jenen Augenblicken, als ich versuchte, die kostbarsten Fotografien und Worte meines Lebens mit ihr zu teilen, wirklich mit ihr gesprochen, wirklich mit ihr sprechen können. Warum aber, warum habe ich mich derart hinter meinen Mauern verschanzt? Warum, für welche Hoffnungen? Hatte ich womöglich Angst, sie noch tiefer, bis zum Endpunkt zu erleben, mit allen Möglichkeiten zu erleben? Vielleicht... Aus dieser Angst heraus hatten wir auch unsere anderen Beziehungen nicht wirklich durchgehalten, durchhalten können, weil wir uns den Menschen, die uns liebten, nicht völlig hingegeben hatten ... Andere Beziehungen oder Affären hatten wir damit getötet, daß wir uns von einem gewissen Punkt an versteckten, dazu neigten, uns zu verstecken ... Das wußte sie; ich glaube, sie wußte es schon, als wir uns das erste Mal begegneten. Seit wir einander zum ersten Mal begegnet waren ... Und vielleicht waren das die Zeiten, als das Kind das Haus suchte und zusammen mit seiner Mutter wünschte, wenigstens ein Glühwürmchen könnte in der Wärme ihrer Hände überleben ...

In jenen Nächten haben wir unsere Sexualität mit all den Menschen geteilt, die uns etwas genommen hatten, dem wir womöglich nie einen Namen geben können ... In jenen Nächten haben wir auch unsere Geschichten geschrieben, die wir niemals in ein Buch aufnehmen werden ... Sie wußte das. Sie wußte, für wen ich das alles durchlebte, daß ich es durchlebte, um, wie ich glaubte, mit jedem Tag ein bißchen besser zu verstehen, was mir fehlte ... Weil sie das alles wußte, wollte sie mich vielleicht auch für sich, für sich allein haben ... Damit ich noch mehr ich sei oder mehr in mir selbst ...

Deshalb habe ich mich nie von ihr trennen können. Niemals ... Trotz all meiner Hoffnungen, Menschen und Mauern ... In manchen Nächten schauen wir vom Fenster in andere Nächte hinaus. Ich lächele, auch ich lerne jetzt, mit ihr zu leben ... Ich weiß jetzt, daß ich mich weder vor solchen Nächten retten kann noch vor jenen Morgen, wo unerwartet Stimmen, die ich meinte vergessen zu haben, in mein Zimmer dringen. Deshalb fange ich langsam auch an zu verstehen, aus welcher Sorge heraus Liebende, die einander verwunden und zerfetzen, in aller Enttäuschung und allem Schmerz sich weiterhin lieben und sich nicht loslassen können, trotz aller Entfremdung, Betrügerei und aufgeschobener Freude.

Ihr Name ... Mein Name für sie war ›Hüzün‹ ... Schwermut ... Das ist der einzige Name, den ich jetzt für sie, für mich, für unser jahrelanges Zusammensein finden konnte. Denn sie hat ihre anderen Namen vor mir verborgen, ebenso wie andere Zeiten, Gefühle, Häuser. Das fühle ich, das kann ich besser verstehen nach all den Verspätungen, die durch meine Irrtümer verursacht wurden. Jedoch verlangt auch diese Beziehung, wie alle wahren, richtigen Beziehungen, Anstrengung und das Bemühen um Verständnis. Deswegen werden wir weiterhin zusammensein, um andere Nächte für andere kleine Hoffnungen zu erschaffen. Wir werden weiterhin zusammenbleiben... Ob wir wollen oder nicht... Schließlich versteht man das Meer nicht, wenn man es nicht wirklich erlebt hat. Man versteht nicht, was das Meer und die Wunderblume und der Duft von Lindenblüten bedeuten, wenn man ihren Verlust nicht tatsächlich erlitten hat. Wenn ich dies bedenke, glaube ich schon eher, daß ich zu gegebener Zeit ihre anderen Namen noch erfahren werde... Auf diesem Weg kann mir ein einziges Foto schon genügen... Doch um auf diesem Foto meinen Platz zu finden, darf ich wahrscheinlich manche Fotografien nie vergessen... Dann werde ich wieder lächeln. Wenn ich dann unter so vielen Leuten lächle, wird aber niemand wissen, warum und für wen ich lächele...

Also: Wer blieb bei wem, für wen?

Es war Abend... Die Frau blickte aus dem Fenster. Sie lauschte den Stimmen draußen. »Die Stare«, sagte sie zu sich selbst. »Auch in diesem Jahr sind die Stare hier... Mit den Stimmen der anderen... Genau wie wir... Wie wir.« Es war ihr nach Weinen zumute. Sie legte den Kopf auf die Schulter des Ehemannes, der zu ihr trat. Sie schloß die Augen. An jenem Abend, in jenem Garten, in ihren Gärten würden sie noch einmal Tee trinken... Sie waren noch einmal in einer unbeschreiblichen Erzählung von Tschechow. Jene Uhr schlug noch einmal dieselbe Stunde...

Wer blieb also bei wem, für wen?

Olga

Sie hatte die Grenzen ihres Landes in der kleinen Wohnung in Şişli gezogen, wohl ohne sich dessen voll bewußt zu sein. Sie ›trug‹ ihr Brillantcollier, um in dem Märchen, an das sie bis zuletzt glaubte, die Prinzessin zu bleiben, mit all ihren Erinnerungen und Sehnsüchten. Sie war eine Frau, die ihre Liebesgeschichten nie richtig ausgelebt hatte. Sie wollte immer nach Mexiko auswandern.

Madame Roza

Aus ihrer Kindheit auf thrakischem Boden hatte sie sich außer einem endlosen Meer von Kamillen ihr Griechisch bewahrt. Diese beiden Schlüssel öffneten ihr in der Erzählung eine Reihe geheimer und verbotener Räume. Sie betrachtete das Leben mit Geduld und Verständnis für die jeweilige Situation. An die Beziehung, die sie mit jener Hutmacherin am Yüksekkaldırım eingegangen war, sollte niemand ›rühren‹. Für die ganze Familie war sie ein sicherer Hafen.

Madame Estrella

Sie hatte beschlossen, ihre Liebe fern von allen Protagonisten dieser Erzählung zu gebären und am ›Leben zu erhalten‹. Was sie auf jener ganz anderen Seite von Istanbul erlebte, hat eigentlich niemand so richtig herausgefunden. Sie kehrte zu ihrer Familie, deren Mitglieder immer weniger wurden, als Tote zurück. Ihre Blicke erinnerten an die Tiefe des Meeres. Doch nur ein einziger Mensch hatte die Bedeutung dieser Tiefe ›gebührend‹ verstehen können.

Muhittin Bey

Er liebte die gefühlvollen Lieder von Selahattin Pınar und die Polonaisen von Chopin auf die gleiche empfindsame und schmerzliche Weise. Es schien, als wollte er in der Erzählung in der Rolle eines Protagonisten verharren, der sein Lied nicht vollendet hatte. Das Leben war für ihn ›ein schlechter Scherz‹.

Eva

Sie stammte aus einer Rigaer Bankiersfamilie. Über die Tage, als sie sich entschlossen hatte, ihren Cousin dritten Grades zu heiraten, sprach sie zu ihrer Tochter wie über ein einsames Geheimnis. Ihre Liebesgeschichten verstand sie mit Geheimnissen zu würzen und bedeutungsvoll erscheinen zu lassen. Als sie von Odessa nach Alexandria fliehen mußte, litt sie am meisten unter dem Verlust ihres Klaviers.

Schwartz

Er war ein ›verdienter‹ Offizier der Armee des österreichisch-ungarischen Kaiserreichs. Mit der ›Identität‹ eines in Istanbul gestrandeten Helden, der sein Gedächtnis verloren hatte, trat er in diese Erzählung ein. Von seiner Heimat konnte er nichts erzählen, nur ein Bild zeichnen. Sein Landgut, das er in jener Heimat zurückgelassen hatte, vergaß er jedoch nie.

Yasef

›Schmieren‹ hielt er für genauso wichtig, wie die Witze der ganzen Welt zu kennen. Er glaubte, es gäbe keinerlei Grund, den Frauen zu vertrauen. In seinen letzten Lebensjahren wiederholte er ständig, er habe schon zu lange gelebt. Hatte er verstanden, daß er seinem Sohn ›jenen Komödianten‹, wenigstens ›jenen Komödianten‹ hatte weitergeben können?

Ginette

Ihre Geschichte begann in einem Krieg, von dem ausführlich zu berichten sein wird. Sie war überzeugt, zuerst in einem Kloster bei Paris, dann in Istanbul und danach in Haifa erwachsen geworden zu sein. In einem anderen Krieg verlor sie einen ihr sehr wichtigen Menschen. Als sie dem Erzähler in Wien unerwartet begegnete, konnte sie ihre Trauer nicht verbergen. Dabei wollte sie doch lächeln, immer nur lächeln.

Enrico
Er vermißte seine ältere Schwester am meisten, als er in jenen tiefen Brunnen fiel.

Marcel Algrante
Er war auf dem Weg zu einem anderen Gott. Er hatte das Galatasaray-Gymnasium* besucht und verehrte Voltaire.

Sedat, der Araber
Mit Stolz ertrug er sein Leben lang, daß er ein ›Mischling‹ war. Mit seinem Kleinbus namens ›Detektiv‹ fuhr er jahrelang über die anatolischen Landstraßen, um Drogeriewaren zu verkaufen. Dabei richtete er sich nach geheimen Straßenkarten in seinem Inneren, die keiner kannte oder je zu sehen bekam. Er hatte eine außerordentliche Begabung, andere nachzuahmen. Jene Kleinstadt nahe bei Istanbul war nicht nur für ihn, sondern auch für eine andere Person, die kurzzeitig in dieser Erzählung ›auftaucht‹, sehr wichtig.

Henri Moskowitsch
Er war der Sohn eines Kaufmanns, der im Osmanischen Reich ein großes Vermögen gemacht hatte. Er hatte eine Affäre mit einer Wiener Comtesse, deren Namen nie jemand erfuhr. Gerüchten zufolge hatte er auch diverse kurze Liebesabenteuer mit berühmten Schlagersängerinnen und Schauspielerinnen seiner Zeit. Doch genaugenommen gab es für ihn nur eine einzige Märchenprinzessin.

Onkel Kirkor

›Unfreiwillig‹ wurde er ›Ohrenzeuge‹ vieler geheimer Gespräche. Ein Unfall führte ihn von der ›Drehbank‹ weg und ›stieß‹ ihn in Richtung Handel. Er war der vertrauteste Freund von Monsieur Jacques. Es gab einen sehr verständlichen Grund, weshalb er von seiner Frau nie verlangte, gefüllte Miesmuscheln zuzubereiten.

Juliette

Ihr größter Traum war es, die ›Nora‹ auch auf ›jener Bühne‹ zu spielen. Ihre Proteste versuchte sie immer in jenen schön aufgenommenen Fotografien auszuleben. Dem Erzähler gegenüber wollte sie als starke Frauenpersönlichkeit erscheinen. Aber eigentlich tanzte sie bloß zu ihren Liedern. Sie weinte nur an dem Tag, als ihre Tochter beerdigt wurde.

Konsul Fahri Bey

Sein Haus im Stadtteil Salacak war ein bißchen wie eine Einsiedelei. Irgendwann im Verlauf der Erzählung erwähnte er, er habe viele türkische Juden vor dem KZ gerettet.

Ani

Ihre ›Behinderung‹ versuchte sie mit stets wechselnden Männern, von denen sie sich leicht trennen konnte, zu vergessen. Ihre Geschichte gab ihr dafür zwar wenig Gelegenheit, doch hätte es liebevollere und realistischere Wege gegeben, sich mit ihrem Vater besser zu verstehen.

Rozi

In ihrem Schweigen nährte sie große Empörungen. Es hätte nur eines kleinen ›Anstoßes‹ bedurft, dann hätte sie gerne von diesem Sturm erzählt. Ob sie diesen ›Anstoß‹ je erlebt hatte, erfuhr niemand. Leider wurde all das viel zu spät verstanden.

Berti

Auf seinen langen Spaziergängen durch Istanbul brachte er die vielen Welten seines Lebens und seine Lebensreise unter. Auch liebte er das Kino sehr und zeigte gerne, daß er *The Guardian* las. Viele ›Bekannte‹ meinten, er habe ›umsonst‹ an der Universität von Cambridge studiert. Er mußte glauben, daß er ein guter Vater war.

Nora

Als sie mit ihrer Mutter im Regen spazierenging, sprach sie von der Unmöglichkeit zurückzukehren. Von dem Ort, wo sie hinging, träumte der Mensch, aber man ›verschob‹ den Aufbruch dorthin immer wieder. Wollte der Erzähler vielleicht deswegen von ihr erzählen? Konnte der Erzähler sie wegen dieser ›fehlenden Sache‹ nicht vergessen? Das wird wahrscheinlich eine andere Erzählung zu anderer Zeit zeigen. Ihr Namen paßte zu dem, was in ›jenem Drama‹ gedacht und getan wird.

Incilâ Hanım

Ihre Lehrer am Konservatorium sahen in ihr eine zukünftige Seyyan Hanım. Doch entschied sie sich, ungeachtet der drohenden Einsamkeit und möglicher ›Irrtümer‹ dafür, Hugo Friedmann zu heiraten und in London ›verlorenzugehen‹. Fast jedes Jahr kehrte sie nach Kanlıca in ihr altes Uferhaus voller Erinnerungen zurück, um aufs Wasser zu blicken und sich beim Raki zu erholen.

Monsieur Robert

Als er in jenem kleinen Hotelzimmer in Sıraselviler eine ›Rückkehr‹ wagte, gab es Fotografien eines Menschen, der auch ›andere‹ Leben gelebt hatte. In der kleinen Wohnung von Incilâ Hanım in London hatte er sein ›wahres Zuhause‹ gefunden. Eines Nachts hatte er angeblich im großen Spielkasino von Monte Carlo Prinzessin Soraya eine Zigarette angezündet. Ob er zur Zeit der Niederschrift der Erzählung noch lebte, ist nicht bekannt.

Monsieur Tahar

Mit seinem Schick, dem Spazierstock und der schwarzen Sonnenbrille glich er weniger einem pensionierten Journalisten als einem alten Spion, der in eine Stadt verbannt war. Er glaubte an die islamische Mystik als ein der Menschheit geschenktes ›langes Gedicht‹, das noch längst nicht in seiner vollen Bedeutung erfaßt worden sei. Wäre bekannt gewesen, was er in Casablanca, der Stadt seiner Kindheit und Jugend, zurückgelassen hatte, hätten seine Freunde ihn in seinen letzten Lebensjahren besser verstanden.

Monsieur Aldo

Mal war er ein in Beirut geborener katholischer Araber, mal ein Levantiner aus Izmir, mal ein Konvertit aus Saloniki, mal auch ein aschkenasischer Jude aus Istanbul. Seine letzten Lebensjahre soll er in Barcelona, vielleicht aber auch in Goa verbracht haben. Die einen sagen, er sei an der Syphilis gestorben, andere, sein Leben sei durch die Messerstiche eines syrischen Waffenhändlers beendet worden. Dies sind seine bekanntgewordenen Identitäten und Lebensläufe. Internationale Betrügereien wurden ihm nachgesagt. Es hieß, er habe überall auf der Welt ›Bekannte‹ gehabt.

Lola

Nachdem sie in Budapest eine traditionelle Musik- und Theaterausbildung erhalten hatte, konnte sie sich in den Kabaretts von Soho auf gänzlich anderen Brettern behaupten. Ihre Rettung vor den ›Todeslagern‹ hatte schließlich ihren Preis. Veränderte es ihr Leben ›wirklich‹, daß sie in einer jener Nächte Monsieur Robert traf?

Carlo

Er rühmte sich, außer Jiddisch noch dreizehn weitere Sprachen zu beherrschen, und glaubte, echte Liebesgeschichten nur auf dem Meer erleben zu können. Vielleicht war das mit ein Grund dafür, daß er sich eines Tages entschloß, Lotse im Bosporus zu werden. Dabei wollte er sich einreden, die Entscheidung, stets auf dem Wasser zu sein, bedeutete, daß er auf einen anderen Menschen wartete, und daß er bis zum Ende warten müßte.

Şükran
Sie träumte davon, aus ihrer kleinen dunklen, ›streng riechenden‹ Wohnung der ›Sonne‹ entgegenzugehen. Ihre Geschichte hätte in einer Tageszeitung unter der Rubrik ›alltägliche Meldungen‹ Platz finden können.

Hüsnü
Er war einer von denen, die nicht nach Istanbul paßten, weil sie ›anderen Werten verhaftet‹ waren. Seine Lage war aussichtslos, und selbst in schwerster Zeit war es ihm nicht möglich, seine Tochter in die Arme zu schließen. Vielleicht hing das auch mit seiner Fremdheit in der Stadt zusammen. Bis in die letzten Tage der Erzählung sah man ihn nie ohne eine Zigarette Marke Bafra. Wichtiger aber war, daß er jene Zeitung aufbewahrte. Seine ›Gefühle‹, als er in sein Dorf zurückkehrte, ohne ›wenigstens ein Appartementhaus zu besitzen‹, müssen bei diesem Verhalten ebenfalls bedacht werden.

Anita
Es gab einen ›Schritt‹, den sie dem Erzähler mitteilen wollte. Jene Momente der Begegnung waren nicht zufällig, sondern im Gegenteil ›unerläßlich‹ für die Erzählung. Doch um diesen ›Schritt‹ zu tun, muß der Mensch auch ein wenig daran glauben, daß auf jenen Bergen andere Blumen wachsen.

Eleni
Sie hatte es nicht verdient, im Haus eingesperrt zu sein. Sie hatte sich entschlossen, ihre Empörung zu zeigen, indem sie in den Zimmern, aus denen sie nun einmal nicht entrinnen konnte, splitternackt herumlief. Es hieß, als sie noch ein attraktives jun-

ges Mädchen war, sei ein abenteuerlicher Offizier in ihr Leben getreten. Hätte man diesen Offizier ›gefunden‹, wäre ihre Geschichte völlig anders verlaufen.

Tanaş
Die Sandwichs aus dem Feinkostgeschäft am Donnerstagsmarkt waren vielen ›dortigen‹ Händlern jahrelang unvergeßlich. Man glaubte, er sei durch eine geheime Leidenschaft an seine Tochter gebunden.

Jerry
Er hatte alles vorbereitet, um eine große Rakete zu bauen. Es hieß, er sei an die Universität von Harvard gegangen, und eines Tages auch, er sei einer ›anonymen Sekte‹ beigetreten. Wo er zur Zeit der Niederschrift der Erzählung ›steckte‹, blieb unbekannt.

Marcelina
Manche meinten, sie sei eine ›echte Frau‹, andere dagegen hielten sie für ein ›Phantasiewesen‹. Man hätte sie in jeder Stadt der Welt antreffen können.

Harun
Warum er zuerst das Gitarrespielen und dann den Posten eines Verwaltungsdirektors in einem Großbetrieb aufgab, um *köfte* zu produzieren, das verstand niemand. Er war zwar eine der ›Schlüsselfiguren‹ der Erzählung, doch aus irgendeinem Grund zog er es vor, sich höchst selten blicken zu lassen.

Jozef
Wen er in ›jenem endlosen, weißen Land‹ suchte, das konnte er niemandem so richtig erklären. Verstand er auf der ›Insel‹ in der Pferdekutsche, ehe er in die Stadt mit ihren ›Lichtern‹ zurückkehrte, daß alle ›Spielsteine an ihrem Platz‹ waren?

Nikos

Er behauptete, daß in Saloniki geduldig eine Geliebte auf ihn wartete. Wäre er nicht ein sehr guter Schneider gewesen, dann hätte er niemals den Spitznamen ›Diebischer Westenmacher‹ bekommen. Als er wegen jener ›unseligen Entscheidung‹ aus Istanbul verbannt wurde, vertraute er seine Plattensammlung mit *His Master's Voice* aus der Zeit von Monsieur Schurr und den Brüdern Gesaryan einem nahen Freund bis zu seiner Rückkehr zur Aufbewahrung an. Diese Sammlung ist bis heute verschollen. Wer der Freund war, ließ sich niemals herausfinden.

Yorgos

Von Nikos' Kater erzählte man sich, er könne gut Griechisch, und, noch wichtiger, er tränke gehörig Raki.

Tante Tilda

Den Traum, den sie in ihren Filmen gefunden hatte, konnte sie nur wenigen Menschen mitteilen. Wäre sie zu jener Hochzeitsfeier eingeladen worden, dann, glaubte sie, wäre sie wenigstens für eine Nacht so schön gewesen wie Merle Oberon*. Doch sie wanderte auf gefährliche Art ›jenseits der Grenze‹. Sie trug Spuren von ihrem langen Weg durch die Ehe und von allen ungesetzlichen, verbotenen Beziehungen.

Mozes

Die Tradition zwang ihn, nicht bloß ein Schneider zu sein, sondern auch in verschiedenen Städten zu leben. Der Uhrmacher von Odessa hatte ihm ein Märchen mitgegeben, das über die Jahre hin und – wichtiger noch – in anderen Menschen überdauern sollte. Es war absurd, daß ihn in Istanbul, seiner letzten Stadt, wo er die letzten Stiche nähte, ausgerechnet eine Lungenentzündung ereilte.

Enrico Weizman

Er war Jude und spanischer Kommunist und mußte nach der Niederlage im Spanischen Bürgerkrieg in Frankreich Asyl suchen. Hätte er nicht ›jenen Brief‹ an Monsieur Jacques geschickt, dann käme er in dieser Erzählung gar nicht vor. Er reiste zweimal nach Istanbul, beim zweiten Mal höchstwahrscheinlich, um an den ›anderen‹ Momenten der Geschichte teilzunehmen, die sich irgendwie nicht erzählen ließen.

Rahel

Sie wartete an jedem ihr bekannten Ort auf Nesim, liebte ihn, lebte für ihn, versuchte ihn zu verstehen. Sie hatte einen lächelnden Blick aufs Leben. Zwar bereute sie, ihren autistischen Bruder, der ›den Kompaß seines Lebens verloren hatte‹, in Istanbul zurückgelassen zu haben. Doch konnte sie sich auch nicht von ihrer Familie losreißen, die sie in einer anderen Weltgegend gegründet hatte. Das alles war vor den ›Konzentrationslagern‹. War es auch in ›jenen Tagen‹ möglich, an das Erbe von Hiob zu glauben?

Muammer Bey

Er trug stets eine Fliege und war zutiefst davon überzeugt, daß Arbeit am wahren Leben hinderte. In der Zeit, als von Juden und Armeniern Vermögenssteuer erhoben wurde, hatte er eine wichtige Rolle, die nicht viele Leute bemerkten.

Madame Perla

Nach dem Verlust ihres Augenlichts sah sie Orte, die sonst niemand sah, und berührte Stellen, die kein Mensch berühren konnte. Nie verzieh sie ihrem Mann, daß er gestorben war, ohne ihr Bescheid zu sagen. In ihren letzten Lebensjahren erinnerte ihr Sohn sie vor allem an ihre Schönheit an den Abenden, wenn sie von Şehzadebaşı zurückgekehrt waren. An jenen Abenden hatten sie ein Boot gehabt, das auf dem Haliç schwamm.

Avram Efendi

Er war ein Lebenskünstler. Er restaurierte alte Teppiche, und jedes Stück sollte sein Atelier als Kunstwerk verlassen. Lange nach dem Brand saß er mit Monsieur Moiz, dem Helden einer noch älteren Erzählung, im Café Sarımadam und wartete auf den Hauptgewinn der Tayyare-Lotterie. Ob sich seine Angst vor einem plötzlichen Tod auf offener Straße mit seinen ›Erlebnissen‹ bei jenem Brand erklären läßt?

Mimiko

In seinen Murmeln wollte er eine Welt und verschiedene Lichter verstecken. Hätte er die ganze Insel mit dem Fahrrad abfahren können, dann hätte er bei einigen ›Freunden‹ ein anderes Ansehen gehabt. Vielleicht deshalb waren die Mahlzeiten in jenem Lokal in Tepebaşı für ihn die ›wirklichsten‹.

Lena

Sie wirkte wie ein Bild, das aus einem bekannten Filmstreifen herausgerissen war. Zigaretten rauchte sie mit einem langen Mundstück. Für sie begann das Leben nach eigener Aussage erst nach Mitternacht.

Nesim

Selbst seine Bewunderung für die deutsche Sprache rettete ihn nicht vor dem KZ. Er war ein echter Osmane, der seine Verbundenheit mit Istanbul nie verloren hatte. Er glaubte, er könnte sich, geborgen in seinem Türkentum, in jener Kleinstadt am Atlantik vor dem Todesweg retten. Doch die Helden jener Zeit waren angehalten, ungewöhnlich aufmerksam zu sein und auf gewisse Kleinigkeiten zu achten.

Monsieur Jacques

In den Augen vieler Menschen war er ein Mann eines langen und großen Kampfes, der sowohl Richtiges als auch Falsches enthielt. Ohne ihn wäre diese lange Erzählung nicht geschrieben worden.

Ohne ihn wäre es auch nie zu den langen Befragungen gekommen. In den Briefen aus Spanien an seine Eltern offenbarte er sich als ein Mensch, der sich auch auf die Zartheit des Lebens verstand. Wichtig waren für ihn Märchen, und in seinen letzten Lebenstagen ging er gerne ans Meer. Er spielte meisterhaft Bézigue, und Okka-Rosen* weckten ein tiefes Gefühl in ihm. All das könnte uns helfen zu verstehen, was er an jenem Sommerabend in dem Restaurant in Kireçburnu fühlte, als die Schiffe vorbeizogen.

Märchen und Erinnerungen

Estrellas Stern

Im Laufe der Jahre hat der Mensch gelernt, den Schmerz des Verlassenwerdens oder des unausweichlichen Abschiednehmens zu ertragen und unterschiedlich auszudrücken. Mit der Zeit habt ihr auch den Reiz des Versteckspiels entdeckt... Manchmal, in einsamen Stunden, wenn es kein Zurück gab, konntet ihr eurem inneren Menschen sogar sagen, was ihr verlassen habt und wo... Auch daß ihr euch trotz aller ›Vermehrungen‹, allem Zusammensein allein gefühlt habt, trotz aller Verstecke und Verteidigungsbereiche schutzlos, trotz aller Kleidung nackt... Um in eurer eigenen Zeit und eurer Einsamkeit unter all den Menschen existieren zu können, um euch selbst treu zu bleiben, selbst wenn ihr keinem von den Orten erzählen konntet, die ihr niemals betreten würdet, mußtet ihr aber auch ein bißchen an diesen Weg glauben. Mit einer gewöhnlichen, etwas abgegriffenen Redensart ausgedrückt, waren das ›die Spielregeln‹.

Wir kamen für Madame Estrella ein letztes Mal bei Juliette zusammen. Madame Estrella war, nachdem sie an einem anderen Ort ein anderes Leben gelebt hatte, entsprechend dem von ihr gewählten Weg bei den ›anderen‹ gestorben und war in ihren letzten Augenblicken völlig für sich und in sich verborgen gewesen. Niemand war so wie bei anderen Todesfällen von ihrem Tod betroffen, niemand würde sie wirklich vermissen. Sie war sowieso schon seit Jahren fort, in einem anderen Leben gewesen... Nach der Trauerfeier hatten wir uns trotzdem für das Mahl mit den seit Urzeiten gleichen traditionellen Speisen, an dem wir als ›Familie‹ teilnehmen mußten, entschieden. Das war die letzte ›Pflicht‹. Diese Zeremonie konnte einem keiner abnehmen. Niemand... Selbst Lebensabläufe nicht, die manchem als Verrat erscheinen mochten... Dieses Zusammensein bot wenigstens Gelegenheit, in einer kurzen Zeitspanne die verborgenen Erinnerungen an alle jene Menschen aufs neue zu erleben, ohne ein Wort sagen zu müssen. Wenigstens konnte man sich da für eine kleine Weile zurückziehen für diesen Menschen, mit diesem Menschen. Bei diesem Essen, wie es immer bei solchen Essen war, begegneten wir unseren Erinnerungen, den kleinen Dingen, die wir bereuten, und unseren Verstorbenen. Unseren schon früher Verstorbenen… Wenn auch die Leben nicht immer unsere Leben gewesen waren, so waren die Toten doch unsere Toten… Das wurde sogar in dem letzten zu Hause gesprochenen Gebet unterstrichen. Man hatte sich in Ehrfurcht zu verneigen vor den Familienmitgliedern, die ins Paradies eingegangen waren, besser gesagt, von denen man es annahm. Der Rabbiner nannte einzeln die Namen ›jener Verstorbenen‹, und die Gemeinde antwortete stets wie aus einem Mund: »…ins Paradies«. Ja, so war es seit Jahren, seit Jahrhunderten der Brauch, so war es gewollt… In dem Moment waren die Ansichten dieser Menschen auch eure Ansicht, eure Wirklichkeit, von der ihr keinem Menschen je würdet erzählen können… Danach könnt ihr natürlich von jenen Menschen und Orten, die ihr in der Vergangenheit gelassen habt, in die Gegenwart zurückkehren. Und es gelingt euch auch, die Menschen in eurer Umgebung nicht spüren zu lassen, was ihr dort gesehen habt. Was ihr verliert, ist euer Verlust, das Spiel ist das Spiel eines jeden.

Die Totenfeier fand in der kleinen Synagoge des Friedhofs statt. Denn Madame Estrella hatte weder so viele Angehörige, daß sie eine große Synagoge hätten füllen können, noch genügend Geld für ein Begräbnis erster Klasse hinterlassen. In der Erinnerung an sie steigen jetzt ein paar sehr alte, reichlich verblaßte Bilder auf, deren Details vergessen sind. Deshalb kann ich nicht wie gewöhnlich an ihre lange Geschichte herangehen, da sie diese bei Menschen gelassen hat, die mir unbekannt sind. Wie es scheint, ist etwas weit entfernt, auf immer verlorengegangen, weg. Und die Wege dorthin, die Türen bleiben verschlossen. Sie war stets eine Fremde, fremd inmitten von Fremden, zum Fremdsein verurteilt, wenn man so sagen kann, oder eine Fremde, die ihr Außenseitertum ab einem gewissen Punkt so gewollt hatte. Eine Fremde... Dabei war Madame Estrella die Schwester von Madame Roza, die zweite Tochter der Familie. Sie hatte sich entschieden, das Leben von der schweren Seite zu leben, und mußte auch den Preis dafür bezahlen. Von ihr hatte man immer gewußt oder wissen sollen, daß sie irgendwo weit weg lebte, auch wenn sie nicht wie Tante Tilda von den Anwesenden verleugnet wurde. Obwohl die Tradition etwas Schönes, Bewahrendes hatte, konnte sie gleichzeitig grausam und in aller Stille todbringend sein. Ihre Geschichte wird von denjenigen, die sich mit ein paar Details begnügen, die ein paar Sätze für ein Menschenleben ausreichend finden, oder in jenen Familien, die die Tradition bewahren wollen, nicht diskutiert werden; man wird die Geschichte für simpel, für nicht erzählenswert halten. Madame Estrella war mit ihren blauen Augen, die vermutlich von der weitläufigen Verwandtschaft in Thrakien herrührten, das schönste Kind in der Familie. Sie war musikalisch und in ihrer Gymnasialzeit ein stilles Mädchen. Sie ging auf die englischsprachige Highschool, wo alle jungen Damen zu perfekten Ladys erzogen werden sollten. Sie las gerne Dickens, und später fand sie bei ihrem Bruder, Monsieur Robert, die Bilder, die zu den Romanen ihrer Schulzeit paßten. Eines Tages nun verliebte sie sich in einen jungen Mann aus dem Galatasaray-Gymnasium, der genauso verschlossen war wie sie. Damals gingen beide noch zur Schule. Wo, wie, durch welchen Zufall hatte sie diesen ›empfindsamen Jungen‹ kennengelernt, der später als Muhittin Bey in ihr Leben trat? Der sich zu den Liedern von Selahattin Pınar* ebenso wie zu den Polonaisen von Chopin hingezogen fühlte und der von seiner Liebe zu Gedichten nur wenigen Menschen erzählte. Was für Gefühle oder was für Unzulänglichkeiten trieben sie zu dieser gefährlichen, verbotenen Beziehung, in eine Zukunft, die ganz anders war als die für sie bestimmte, hin zu anderen Sehnsüchten, anderen Hoffnungen? Das habe ich nie herausbekommen und werde es auch wohl nie erfahren. Hier gibt es einen Bruch, als wollten diejenigen, die diese Zeit erlebt hatten, das alles ganz für sich behalten. In der Familie wurde darüber nicht gesprochen, es wurde verdrängt, und als es einmal verdrängt war, konnte man es nicht wieder hervorholen. Aber soweit ich mitbekommen habe, war es eine erschütternde Liebe, die allen Widerständen und Wechselfällen trotzte, eine unausweichliche Liebe, die alle Folgen trug und bis ans Ende auf sich nahm und die nach Meinung einiger zum wechselseitigen Unglück und zum Ausschluß aus der Gesellschaft führen mußte. Als sie heirateten, wußten sie sehr wohl, daß sie sich nicht nur mit ihren Familien, sondern für ihr gesamtes Leben auf einen großen, langen Kampf einließen.

Eine Weile lebten sie in Feriköy. Dann zogen sie in den viel weiter entfernten Stadtteil Harem, als wollten sie die Verbannung von ihren Familien damit besiegeln. Harem wurde in der damaligen Zeit von der jüdischen Gemeinschaft als ein Ort angesehen, wo kein Jude jemals wohnen würde. Soviel ich herausbekommen habe, war es vor allem Madame Estrellas Wahl. Eine Wahl im Namen des Lebens, eine Wahl, ihren Ort im Leben zu bestimmen, die sie vielleicht nur einmal im Leben hatte. Sie sehnte sich nach einer vollkommen neuen Zukunft... Es war Sehnsucht nach einer anderen, selbstbestimmten Zukunft, gewiß, aber zugleich sollte damit ein Protest ausgedrückt werden, die Bindung an die Liebe, an den Ruf der wahren Liebe, anders gesagt, an ihre Entschlossenheit, nie mehr zurückzukehren... Um den Entschluß, nie mehr zurückzukehren, aufrechtzuhalten trotz aller Enttäuschungen, trotz aller Verlassenheitsgefühle, trotz der Mühe, den Glauben an sich selbst zu behalten... Auch für Muhittin Bey war es nicht leicht, dorthin zu ziehen. Denn er hatte sich zeit seines Lebens der ›anderen‹, der europäischen Seite von Istanbul zugehörig gefühlt. Seine Verbindung, seine ›Zugehörigkeit‹, versuchte er vor allem sich selbst zu beweisen, indem er bei passender Gelegenheit davon erzählte, wie er bei den ›Vorfällen‹ vom 6. und 7. September* seinen griechischen Kindheits- und Jugendfreund Apostol mitsamt seiner ganzen Familie bei sich untergebracht hatte, obwohl er selbst beengt wohnte. Und am nächsten Morgen ganz früh hatte er seinen sechsjährigen Neffen bei der Hand genommen und nach Beyoğlu geführt, um ihm die angerichteten Verwüstungen zu zeigen, wobei er sagte: »Dies ist etwas, das du nie im Leben hättest sehen sollen!« Ja, vor allem sich selbst wollte er seine Zugehörigkeit beweisen. Viele Jahre später, nachdem er diese Liebe auf sich genommen hatte, hoffte er vielleicht ein bißchen auf die Rückkehr der verlorenen Tage...

Hoffnungen, Enttäuschungen, kleine Freuden... Sie lebten jene Liebe in ihrer kleinen Welt und erfuhren Tag für Tag mehr, was ihnen ihre verbotene Liebe schenkte oder was ihnen das Leben deswegen nahm. Tag für Tag ein wenig mehr... Sie glaubten, daß sie ein Recht auf ihre Liebe hätten, weil sie den Preis dafür bezahlt hatten... Mit der Bitterkeit ihres Lebens, nachdem sie die ›anderen‹ und die Traditionen zurückgelassen hatten... Ihre Entschlossenheit genügte als Grund dafür, daß sie ihre Familien lange Zeit nicht sahen; als Erklärung reichte es, daß sie sich entschieden hatten. Es gab keinen Zweifel, daß man ›wiederum‹ geduldig warten mußte, daß gewisse Gefühle und das Verständnis für die ›Situation‹ ihres Lebens sich erst einmal setzen mußten. Nach Jahren boten die Feiertage einen Anlaß für schüchterne Besuche, die mit zögerlichen Schritten gewagt wurden. Mit zaghaften Schritten war man bemüht, sich mit den zunehmend sich verändernden Häusern zu verständigen und ins Gespräch zu kommen. Doch dabei blieb es. Es war unmöglich, die Leere, die sich über all die Jahre hin entwickelt hatte, wieder zu füllen und manche Wege wieder zusammenzuführen. Die Bindungen, die echten Bindungen, waren seit langem zerrissen...

Einem Gerücht zufolge war Madame Estrella dem Islam beigetreten und hatte den türkischen Namen Yıldız angenommen, was ›Stern‹ bedeutet. Aber das stellte sich als Lüge heraus. Man hatte ihr zugetraut, daß sie sich dadurch in der fernen Welt das Leben ein wenig leichter machen würde. So eine Entscheidung hätte für uns ein Anhaltspunkt zum Verständnis einer tieferliegenden Wahrheit sein können. Jedoch wäre eine solche Entscheidung allein der Entschluß von Madame Estrella gewesen, ebenso wie der Entschluß, die Verbannung auf sich zu nehmen. Wie ich Muhittin Bey kannte, war dieser trotz allem, was er erlebt hatte, derart vorurteilsfrei, daß er niemals eine solche Entscheidung verlangt hätte, er war ein zartfühlender Mensch, der die Sprache des anderen verstand. Als Rentner ging er manchmal in den ›Laden‹, um Monsieur Jacques zu treffen. In der damaligen Zeit war sein eigener kleiner Krämerladen im Basar von Kadıköy, der wie ein ›Bauerntölpel‹ über den Bosporus zum Fischbasar von Galatasaray hinüberblickte, schon geschlossen. Meine Erinnerungen an ihn stammen aus jenen Tagen. Von diesen Besuchen wußten wohl weder Madame Roza noch Madame Estrella.

Muhittin Bey war ein glühender Anhänger der CHP*, der Republikanischen Volkspartei. Deswegen stritt er sich häufig mit Monsieur Jacques, der die politischen Vorfälle aus der Sicht eines überzeugten Anhängers der DP, der Demokratischen Partei, kommentierte. Die Diskussionen im Geschäft hatten den Sinn, dem Leben ein Quentchen Farbe zu geben, doch sollten sie auch auf ihre Weise den Rest ihres Lebens ein wenig verdecken. Das Gerede über alltägliche Dinge, die jeder wußte und kannte, war ein Schutzschild für das, was sie aus ihrem Leben nicht jedem offenbarten. Aber trotz dieses Ausweichens trafen sie sich gefühlsmäßig an einem Ort, den ich nicht benennen, nicht definieren kann. Ich vermute, es war das Gefühl, daß sie in schweren Zeiten das Leben gemeinsam erlebten. Für sie war es nicht nötig, dafür Worte zu finden. Vielleicht war die Liebe, die sie verband, auch deshalb tief, weil sie nicht ›zu sehr‹ nach außen gezeigt wurde … An den seltenen Tagen der Ladenbesuche gingen sie immer zum Essen ins Restaurant ›Borsa‹. Bei diesen Essen war auch ich ab und an zugegen. Monsieur Jacques sprach dann davon, wie sich die Tage und die Menschen veränderten und Istanbul immer häßlicher würde. Mit jedem Tag entfremdeten sie sich ein wenig mehr der Stadt, in der sie lebten. Während des Essens wiederholte Muhittin Bey mehrmals seinen Spruch »Das Leben ist ein schlechter Scherz«. Das Leben als schlechter Scherz …

Das klingt zuerst wie ein Schlagertext. Aber mit ein wenig Nachdenken konnte man leicht sehen, daß der einfache Spruch die Bilanz so manchen Lebens bestens zusammenfaßte. Das Leben ist ein schlechter Scherz… Dieses Gefühl war auch Monsieur Jacques nicht fremd, er konnte dem Menschen, der dieses Gefühl mit seiner ganzen Persönlichkeit verkörperte und ertrug, nicht fernstehen. Ich bin mir sicher, daß er zeitweise seinen Schwager nicht wie die meisten in der Familie als ›El Turco‹ wahrnahm, nicht wahrnehmen konnte.

Soviel ich den hitzigen Diskussionen im Laden entnahm, war auch Madame Estrella in die Volkspartei eingetreten. Das war eine Entscheidung, die eine Jüdin, die ›jene Tage‹ während der Amtszeit von Ismet Inönü miterlebt hatte, eigentlich kaum treffen konnte. Doch ausreichende Gründe lagen schon darin, gegen ihre Familie und deren Leben zu rebellieren.

Eines Abends verstarb Muhittin Bey ganz plötzlich, als er für die Frau, mit der er jahrelang gelebt hatte, die Ud zu einem Lied von Selahattin Pınar spielte. Ganz plötzlich, in der Mitte des Liedes, legte er den Kopf auf die Ud, leise lächelnd… Wahrscheinlich ein Herzinfarkt… Das war's also. Als würde er scherzen. Es war die letzte Vorstellung, die Muhittin Bey gab und die seine Lebensansicht, seine Lebenshaltung, ausdrückte. Wahrscheinlich habe ich deshalb seinen Satz ›Das Leben ist ein schlechter Scherz‹ nie vergessen können. Außerdem hatte er das Lied nicht beendet. Dieses Bild, dieser ›unendliche Augenblick‹ paßte so gut zu seiner Welt… Monsieur Jacques kümmerte sich um das Begräbnis. Meiner Ansicht nach eine Kleinigkeit, die nicht unterschätzt werden darf…

Das war also die Geschichte von Estrella und Muhittin. Sie hatten keine Kinder. Gab es einen Grund dafür? Wollten sie keine? Vielleicht. Madame Roza zufolge gab es für diese ›Entscheidung‹ sowohl verständliche als auch zu verteidigende Gründe. Monsieur Jacques dagegen fand die Frage nicht leicht zu beantworten, und wahrscheinlich wollte er sie nicht beantworten. Als ob er mit Muhittin Bey hier ein wichtiges, sehr wichtiges Geheimnis geteilt hätte. Andererseits würde das Geheimnis auch einen Teil des Lebens, das zwei Menschen, ganz allein auf sich gestellt, zu tragen versuchten, erklären. Dieses Geheimnis war von der Sorte, die man mit ins Grab nimmt.

Madame Estrella kehrte nach dem Tod von Muhittin Bey nicht zu ihrer Familie zurück, sie besuchte die Menschen in jenen Häusern, die sie vor Jahren hatte verlassen müssen, auch jetzt nicht häufiger als vorher. Die Türen hatten sich geschlossen, sie waren nun einmal zu. Die Menschen hatten sich verändert. Soviel ich weiß, starb sie zwei Jahre später. Ohne den Mann, der es gewagt hatte, ihr Leben zu verändern, lange warten zu lassen, ohne lange allein leben zu müssen. Ihren Tod meldeten uns irgendwelche Nachbarn.

Manchmal, wenn ich über all das nachdenke, frage ich mich, warum Monsieur Robert und Tante Tilda nicht für ihre Schwester eingetreten sind. Zweifellos gab es in ihren Beziehungen einiges an Nähe und Ferne, wovon ich nichts weiß, nichts erfahren habe. So will ich denn gerne glauben, daß es Tage und Nächte gab, von denen nur sie etwas wissen. Aber wenn es zu einem Bruch gekommen war, alle Konsequenzen in Kauf genommen wurden, dann hat diesen Bruch unbedingt Madame Estrella gewählt. Sie wußte, wie man Türen richtig schließt. Es gäbe sonst eigentlich keinen vernünftigen Grund für die langen Tage der Verbannung. Aus der Sicht der anderen war das Ganze übrigens nur eine Flucht, eine Kapitulation, ein Ausdruck von Hilflosigkeit.

Als wir nach der Beerdigung ein wenig aus ›Pflichtgefühl‹ an dem Essen teilnahmen, fiel mir ein, daß ich Madame Estrella als eine Frau wahrgenommen hatte, die es vorgezogen hatte oder die dazu gezwungen war, manchen Dingen und Orten fernzubleiben. Auf ihrem langen Lebensweg wollte sie lieber allein gehen und sterben, aber dafür hatte sie sich nicht geschämt, vielmehr hatte sie noch ihre Einsamkeit geliebt und mit allen Konsequenzen auf sich genommen, um am Ende als ›Gewinnerin‹ dazustehen. Als sie beziehungsweise ihr Körper als Ausdruck ihrer Persönlichkeit von dem Ort zurückkehrte, den sie zum Leben gewählt hatte, an den Ort, den sie einst verlassen hatte, war von den nahen Verwandten niemand da, der in dieser kleinen Abschiedszeremonie, die mir immer so ergreifend vorkam, ihretwegen ein Wäschestück zerreißen durfte, und auch das möchte ich als einen Sieg interpretieren. Ja, niemand von all den Verwandten war jetzt mehr in diesem Haus. Madame Roza war gestorben, Monsieur Robert war in London, von wo er niemals wieder nach Istanbul zurückkehren wollte, Tante Tilda war trotz Einladung nicht gekommen, wollte aber für ihre ältere Schwester allein in der Synagoge das letzte Gebet sprechen. Nicht mal das Kaddisch, das letzte Gebet für ihre Seele, wurde gesprochen. Damals hatte ich recht und schlecht gelernt, die Zeiten und das Leid mit Humor zu betrachten. Da ich gerne den Beobachter spielte, war mir, als verpaßte ich mit dem fehlenden Gebet eine kleine Schaustellung. Die Situation war etwas anders als bei den früheren ›gut besuchten‹ Totenfeiern. Die Menschen beteten da alle zusammen zum hundertsten- oder tausendstenmal, ohne die Worte zu verstehen, in einer ihnen fremden Sprache aus einer unsagbar fremden Welt, ein ihnen letztendlich fremd bleibendes Gebet, so wie sie es gelernt hatten, wie es die Tradition verlangte, der Ordnung halber, um zu zeigen, daß alles in Ordnung war. Diese Augenblicke vergesse ich nie. Ich bin mir sicher, sie wußten nicht mal, daß es ein Gesang aus der Babylonischen Gefangenschaft war. Natürlich will ich nicht die Nähe und das Sicherheit gebende Zusammengehörigkeitsgefühl übersehen, das man nicht mit Worten beschreiben, sondern bloß erleben kann, das aus dem gemeinsamen Gebet, besonders in fremden Worten, entsteht. Der Mensch spürt dabei auch, ob er will oder nicht, daß er anders ist als andere und daß es zuletzt einen Platz gibt, wo er dem nicht mehr ausweichen kann. Wollte man mit diesem Gebet in eine noch persönlichere Welt eintreten, hätte man das Gefühl auch mit einem letzten Gedenken verknüpfen können ...

Wörter gewinnen in unterschiedlichen Welten ihre ganz spezielle Bedeutung ... So war es mit dem Gebet, das für Madame Estrella nicht gebetet wurde. Die Situation paßte nach meiner

Meinung gut dazu, daß sie ihr Leben lang diesen Kampf gegen Konventionen geführt hatte. Noch nach dem Tod wollte sie in dem Gefühl, das sie bei anderen erregt oder hinterlassen hatte, nicht mißverstanden werden... Zweifellos war das der poetische Aspekt des Geschehens und nur ein Teil des Dramas, das ich mir für sie als angemessen ausgedacht hatte. Doch die Realität sah anders aus. Das Gebet konnte nicht gesprochen werden, denn dafür waren mindestens zehn Männer erforderlich. Und wir waren alle zusammen, Männer und Frauen, eine ›Familie‹ aus nur acht Personen. Wieder einmal waren wir zu wenige, manche befanden sich abermals an einem anderen, falschen Ort. In jeder Hinsicht, in des Wortes wahrer Bedeutung, war Madame Estrella verlassen worden. Sogar in ihrem Tod... Estrella bedeutet Stern. Aber ihr Stern hatte für bestimmte Leute niemals geleuchtet... Für bestimmte Leute... Für diejenigen, die diese Absprachen beschlossen hatten...

Verstehen, zu verstehen versuchen... Dieser Satz muß auch für Monsieur Jacques wichtig gewesen sein, der mir lang und breit nicht nur von der Babylonischen Gefangenschaft erzählt hatte, auch vom Propheten Abraham und König Salomon, von Joseph und David, deren Abenteuer wie Märchen einer anderen Art in mir leben. Todesfälle konfrontieren die Menschen mit ihrer tiefsten Einsamkeit. An jenem Tag schien Monsieur Jacques in all dem Trubel weit weg in einer unerreichbaren Einsamkeit versunken zu sein. Das konnte man daran erkennen, daß er sich nach den Gebeten nicht mit an den Tisch setzte, der seit Generationen immer in gleicher Weise gedeckt war. Er verzog sich vielmehr mit seinem Teller in den Salon. Juliette hatte ihn mit ein paar Oliven, einer Portion Frischkäse, hausgebackenen Anisplätzchen, die wir Rakiplätzchen nannten, und ›Borekita‹ gefüllt. Der *börek*, dessen Teigkonsistenz Madame Roza meisterhaft zu treffen gewußt hatte, erinnerte mich an die vielen Sommermorgen, an denen sie mir etwas davon serviert hatte. Monsieur Jacques saß in seiner Ecke im Salon in einem der Sessel, die mit Schonbezügen bedeckt waren, sprach praktisch nichts und trank ganz langsam seinen

Raki. Ich stelle ihn mir jetzt noch einmal in diesem Rahmen vor. Vor ihm auf dem Beistelltischchen mit den Perlmutteinlagen, das er Juliette und Berti nach Madame Rozas Tod als ›Erinnerung an ein kleines, aber unvergeßliches Ereignis‹ geschenkt hatte, stand sein Glas. Er fuhr mit dem Finger die Muster des Tischchens nach. In diesem Moment verdichtete sich bei mir alles zu einem Bild, die Assoziationen, die das Auberginenbörek und der Raki hervorriefen, die Muster des Perlmuttischchens, die den Menschen auf eine weite Reise schickten, wo an einem fernen Ort der Schlüssel für seine verschiedenen zurückliegenden Leben lag. Madame Roza war tot und auch Olga. Es gab endlich einen Platz, den das Schicksal ihm bis zum Lebensende bestimmt hatte. Vielleicht war dieser Platz für ihn zum erstenmal sein eigener Ort... Warum er bei seinem langen Blick auf die Taschenuhr, die an einer Uhrkette hing, trotz tiefer Trauer ein wenig lächelte, kann ich mir nur so erklären. Ich kannte die geheimnisvolle Vergangenheit dieser silbernen Uhr, ihre Geschichte. Auf diesen Wegen gab es Menschen aus verschiedenen Ländern, die an andere Zeiten geglaubt hatten... Menschen, die in verschiedenen Sprachen miteinander sprachen, trafen sich in diesem Rahmen, in den Einzelheiten um diese Uhr. Ich glaubte an diese Einzelheiten. Ob ich diese Räume tatsächlich betreten konnte, würde sich mit der Zeit zeigen. Ich hatte Lust, in einem der von mir betretenen Zimmer zu bleiben, mich zu verstecken, meine Flucht zu erleben. Das war freilich ein gefährlicher Weg. Aber wie konnte ich von mir verlangen, mich selbst auf andere Weise zu sehen, während ich diese Menschen beobachtete?...

Der Uhrmacher von Odessa

Manch eine Liebe endet nie. Trotz Trennung lebt sie in aller Stille weiter, so wie Beziehungen über den Tod hinaus bestehen und einzelne Worte, Bilder, Gegenstände auf jenem langen Weg jeden Tag mehr Bedeutung und Lebenskraft gewinnen. Woher mein Drang, das immer wieder zu erzählen und mit jemandem zu teilen? Es gibt inzwischen einige Gründe, weshalb ich glaube, daß dies ein langer Weg ist. Darum erinnerte sich Monsieur Jacques jedesmal, wenn man ihn nach der Zeit fragte, etwas zerknirscht an Olga, und der Grund dafür lag hauptsächlich in der Geschichte dieser Uhr, die – warum es verheimlichen – ihre Bedeutung in den kurzen verbotenen Nächten dieser beiden bekommen hatte.

Über die Nacht, in der die alte ukrainische Taschenuhr mit ihrer Kette in das Leben von Monsieur Jacques trat, wird keiner von uns jemals wirklich Bescheid wissen, und die Einzelheiten bleiben zweifellos das Geheimnis dieser beiden Menschen. Was ich wußte, war, daß Olga die Uhr von ihrem Vater bekommen hatte und daß die Uhr einige Lebenswege mit anderen aus einem alten, sehr alten Odessa verknüpfte.

Die Geschichte bekam in Olgas kleiner alter Wohnung in Şişli einen neuen Anstoß und öffnete den Blick in eine andere Zeit. Reisen hatten inzwischen eine ganz andere Bedeutung, auch der Abschied ohne Wiederkehr. Und die Details der Reisen, die unserem Leben im unerwarteten Augenblick eine unerwartete Richtung geben... Ein Freund, der nicht vergessen werden wollte und dessen Geschenk die Trennung in eine Bindung verwandelte... Ein Freund, oder... Wenn ich recht nachdenke über all das, so kennt keiner den Uhrmachermeister aus Odessa. Das ist ein Zustand, in dem die Fragen und damit verbunden die Möglichkeiten sich vermehren und die Geschichte immer umfangreicher wird. Beispielsweise könnte die Uhr auch gar nicht für einen Freund angefertigt worden sein...

Womöglich ist die Uhr nicht einmal in Odessa hergestellt worden. Aber die Erzählung ist jetzt schon so weit gediehen, daß man diese Variante verwerfen muß. Man muß also einen Meister suchen, einen Meister mit Brille, schon reiferen Alters, schweigsam, einen Meister, der seine Zeit durch seine Ansichten, sein Verhalten und durch die von ihm verwendeten Worte zu repräsentieren versucht.

Für die Menschen einer anderen Zeit.
Für die Menschen einer anderen Zeit.
Für alle, die immer daran denken müssen, daß die Zeit nicht einzufangen ist.

Ticktack

Ticktack.

Tausende, Hunderttausende, Millionen, Milliarden Male Ticktack.

Wie in anderen Geschichten, in anderen Ländern und Gefühlswelten auch.

Ticktack.

Ja, dort, in der Erzählung, die ich verloren habe, mußte ein Uhrmacher wohnen, lautlos oder mit seinem eigenen Ton aus- und einatmend. Ein Meister mußte sich irgendwo in der Geschichte verstecken und uns, wenn auch ganz von weitem, ermahnen oder doch wenigstens durch seine Blicke und sein Dasein zum Nachdenken bringen über die Zeit, über unser Leben und das, was wir im Namen des Lebens verpaßt haben, so daß wir auch besser verstehen könnten, warum wir manche Dinge lieber lassen sollten. Weit weg von allem, in einer Kleinstadt, hatte er sein Leben inmitten von Tausenden von Uhren verbracht. Nie hatte er seine Stadt verlassen, dafür aber in seiner kleinen Welt einen Ort erreicht, den sonst keiner erreichte. Er hätte auch sonst unerreichte Winkel, Details entdecken haben können. In den stolzen Uhrtürmen der Städte, wo sich die Uhren aus früherer Zeit befinden, könnte der Meister der einzige Held einer alten Zeremonie sein. Und in einem Leuchtturm auf einem wenig befahrenen Meer würde ein Meister nachts die Zeit für uns noch einmal anders kommentieren.

Dieser Meister sollte den Namen eines der Protagonisten aus einem meiner anderen unsterblichen, unendlichen Romane tragen und das, was er sagen will, nur durch seine Blicke mitzuteilen versuchen.

Soviel ich weiß, erinnerte sich Olga – oder wollte sich erinnern –, daß ihre Mutter aus einer reichen Rigaer Bankiersfamilie stammte und eine gute Erziehung genossen hatte, daß sie alle Chancen und Möglichkeiten zurückgewiesen und statt dessen gewagt hatte, ihren Cousin dritten Grades zu heiraten, um ein eigenes Leben zu führen, so daß einige Leute in ihrer Umgebung vor den Kopf gestoßen waren. Im Verhältnis zu dem Leben, das sie zurückgelassen hatte, fand sie im späteren Leben andere Häuser, Reisen und Hoffnungen vor... Unser Märchen, das in manchen Menschen den Wunsch nach Glauben erweckt und anderen Lebenskraft gibt, erlangt so langsam an Bedeutung und öffnet sein Tor von jetzt an einen Spaltbreit. In diesem Märchen lag ein Vermächtnis und außerdem – etwas verborgen – auch die Revolte sowie die Poesie mit allen ihren Konsequenzen. Ein Märchen oder einfach nur eine Revolte? Erst im Laufe der Zeit wird man verstehen, daß diese Revolte bis hin zur Liebe wegen einer anderen Enttäuschung gewagt wurde. Es war eine der Enttäuschungen, von denen andere niemals erfahren sollten, von denen man nichts wissen darf. Dieses Geheimnis, dieses Geheimnis allein schon würde einem Leben in den Augen der anderen einen ganz anderen Sinn geben.

Olga gehörte, soviel ich weiß, zu den Frauen, die das ›Vermächtnis‹ ihrer Mutter ihr Leben lang bewahrten und lebendig hielten.

Nach meiner Ansicht hatte Olga mit ihrer Geschichte von der Frau aus Riga ein für mich, uns, interessantes Detail geliefert... Damals schien es mir möglich, weiter in diese Lebensgeschichten vorzudringen... Sie war eine Frau, die sogar in schwierigsten Zeiten Erfolg hatte und zugleich die Protagonistin dieses ihres Märchens. Trotz ihrer Beherztheit erklärte sie alles, was sie erlebte, als unausweichliches ›jüdisches Schicksal‹, und aus diesem kleinen Trugschluß, den einige historisch nennen, schöpfte sie vielleicht noch mehr Kraft, sich ans Leben zu binden. Dies sollte sich häufig in Zeiten großer Entscheidungen zeigen, als die Uhren anders schlugen und von den Menschen großer Mut verlangt wurde.

›Der Glaube an die Notwendigkeit‹ ist bei diesem Abenteuer ausschlaggebend und ein verteidigenswerter Glaube... Welche Notwendigkeit aber führte die junge Frau aus Riga in ein anderes Leben? Ja, Olga hatte von einer Enttäuschung gesprochen, aber von welcher Art war diese Enttäuschung, aus welchen Unzulänglichkeiten, Mißgeschicken speiste sie sich? Olga konnte darüber nicht viel sagen, beziehungsweise zog es vor, nichts zu sagen. Deshalb lag diese Sache im dunkeln. Mit anderen Worten, die Frau aus Riga hatte vielleicht niemandem, nicht mal ihrer Tochter, etwas über diesen Lebensabschnitt erzählt.

Doch ich denke jetzt, daß die Frage in einem ganz anderen Ausmaß wichtig wird. Denn ich spürte immer deutlich heraus, daß auch Olga, selbst wenn sie es im Gespräch nur andeutete, über ihre Mutter tief drinnen eine unvergessene, nicht zu erschütternde Enttäuschung nährte. Insofern verstehe ich, der die Lebensgeschichten unter diesem Blickwinkel zu betrachten versucht, daß sie einige Erinnerungen an ihre Mutter absichtlich nicht erzählte. Mit der Zeit, nach Jahren, als sie einige Beziehungen und Todesfälle erlebt hatte, mag die Bedeutung dieser Verletztheit geringer geworden sein. Mit der Zeit lernen wir ja, wegen unserer Sterblichkeit einigen Menschen zu verzeihen, jedenfalls sollten wir es versuchen. Letztendlich sprach Olga von dieser Frau aus Riga, ihrer Mutter, nur wie von einem Teil in ihrem eigenen Märchen. Es war, als wollte sie sich so, ob mit Absicht oder nicht, selbst ein bißchen für etwas rächen. Das war eine kleine Rache, war wohl ihr Protest gegen ihre Mutter, eine Distanzierung. Ich habe den Grund für diese Verletztheit nie erfahren. Womöglich kann ich manche Gefühle nicht wirklich verstehen und mich nicht in den Betreffenden hineinversetzen. Aber wenn ich an diese Frau denke, die mich mit ihrer Zartheit und Eleganz immer zu beeindrucken wußte, dann bin ich mir sicher, daß ich mindestens in einem Punkt meinen Beobachtungen sehr wohl vertrauen kann. Dieses Zutrauen gibt mir die Möglichkeit, das Tor des Märchens einen Spalt weiter zu öffnen. Wenn man an ihre Kindheit, ihre frühe Jugend dachte, so war ihre große Liebe ihr Vater gewesen, und sie war – trotz der Mutter – Vaters Tochter gewesen, wie man so sagt. Deshalb fällt es mir leichter, Mozes Bronsteins Spur zu verfolgen: Dieser Vater hat versucht, sein möglichstes für seine Tochter zu tun, doch im Hinblick auf gewisse Träume hat dieser selbstlose, aber arme Vater nach Meinung vieler Leute kein allzu beneidenswertes Erbe hinterlassen.

Die Erzählung führt diejenigen, die sich mit diesem langen Abenteuer befassen wollen, ziemlich weit zurück in die Vergangenheit. Ziemlich weit zurück in die Tage, da wir vielleicht jenem Uhrmachermeister irgendwo begegnen könnten. So daß wir die Biographien um so besser verstehen, den Wert mancher Erinnerungen, mancher Details besser darstellen können... Es war das Jahr 1905. Mit seiner Frau, die ein langes, sehr langes Abenteuer mit ihm teilen würde, und ihrem vierjährigen Sohn, dem er ›eine andere Zukunft‹ zu bieten hoffte, floh Mozes Bronstein vor den Pogromen zuerst nach Alexandria, wo er ein paar Verwandte hatte, darauf vertrauend, daß er durch sein Schneiderhandwerk an jedem Ort der Welt seinen Unterhalt verdienen konnte. Sie flohen vor dem großen Sterben, vor den langen Nächten, und ließen alles in ihren Wohnvierteln zurück, all die vielen wertvollen Sachen, einen Teil ihres Lebens, eigentlich ihr Leben, das sich in einem Augenblick in eine ferne Erinnerung verwandelte.

In Alexandria faßte er wieder Mut, hoffte darauf, daß sich etwas ändern würde, daß nach allen Katastrophen neue, schönere Tage kommen würden. Die Kraft dafür schöpfte er zum einen aus dem, was ihn persönlich mit ›jener Geschichte‹ verband, und zum anderen aus dem unzerstörbaren, fest in ihnen verankerten ›Orientalischen‹... Mit schmerzlicher Freude geradewegs in ein neues Leben... Noch einmal das Gefühl des ›Exils‹, vermischt mit ein wenig Verbitterung ganz tief im Herzen...

Wie wahr oder wie glaubhaft ist das, was Olga über diese alten

Tage denen erzählte, die sie gern hatte? Diese Frage läßt sich natürlich ebenso wie viele andere nicht beantworten. Ein Märchen aus Alexandria... Ein Märchen, dem sich Olga im Lauf der Jahre, je weiter alles zurücklag, immer mehr verbunden fühlte. Und das, was mit der Zeit verblaßte, befrachtete sie mit einer anderen Deutung. Darin lag eine Freude, eine kleine Glückssuche verborgen. Deshalb ist es mir auch gleichgültig, ob das Märchen vielleicht anders niedergeschrieben wurde, als es in Wirklichkeit war.

»Als Jude mußte man die Konsequenzen dafür zu tragen wissen«, sagte ihr Vater nach langem Krankenlager, als er sich auf eine Reise vorbereitete, die sich von den früheren unterschied. Es war ein Abend, an dem er Odessa, Alexandria und vor allem Istanbul, das alte Istanbul, schon weit hinter sich gelassen hatte. An jenen Abenden wollte er die Städte und ihre Straßen in einer ganz anderen Stadt, in einem Istanbul von ganz anderen Dimensionen, noch einmal erleben, wiederaufleben lassen. Es waren die letzten Abende, sie mußten einander zuhören, trotz aller Unterbrechungen sich austauschen, einander mitteilen. Den Ausspruch ihres Vaters zitierte Olga viele Jahre später, als sie jemandem von einer ganz anderen Kränkung erzählen wollte. Jahre später, in einer der Nächte, als sie nicht mehr an die Wärme der Familie glauben konnte und an die langen Nächte, denen die Selbstlosigkeit der Mutterschaft Bedeutung verliehen hatte.

Mozes Bronstein glaubte, am Lebensende mit seiner lieben Tochter, dem einzigen Freund, der ihm im Leben geblieben war, eine Menge Gefühle zu teilen; davon hatte er immer geträumt. Aber ich weiß, Olga bedauerte es stets, daß diese Nächte zu spät kamen. Wenn man den Zauber und die Poesie dieser verspäteten Nächte bedenkt, dann waren sie auch Ausdruck eines Mangels. Trotz aller Liebe, die der Vater jetzt mit seiner Tochter zusammen erlebte, war es doch so, daß sie sich jahrelang nicht gesehen hatten, sich nicht hatten sehen können. Auf diese Weise wird bekanntlich die Familie ermordet, auch wenn sich das in anderen Sprachen und Formen zeigt. Aber schließlich starb jeder an diesem Ort auf eine andere Weise und mußte viele wertvolle Dinge zurücklassen ... Olgas Verärgerung verstehe ich ein wenig besser, wenn ich versuche, mich den gemeinsamen Gefühlen jener Nächte auf diesem Weg zu nähern. Mozes Bronstein hatte wahrscheinlich gute Gründe für seinen Rückzug auf sich selbst gehabt. Olga konnte dies trotz aller Verärgerung erkennen. Sonst hätte sie ihren Vater nämlich nicht als einen ›verlorengegangenen, entführten Freund‹ ansehen können. Es war nicht leicht. Ihr Vater hatte, wenn man seine Biographie bedenkt, zahlreiche Leben in seinem Leben zusammengedrängt. Ja, er brachte in seinem Leben zahlreiche Leben und zahlreiche Menschen unter. Denn er war zuerst einmal ein Wanderer, ein Schneider. Er hatte in verschiedenen Städten und in verschiedenen Gefühlswelten gelebt. In bezug auf seinen Beruf war er in einem seltsamen Schicksal gefangen, das vielen Menschen absurd erschien. Er war ein Wanderer und dazu verdammt, als Wanderer zu leben; vielleicht aus diesem Grund auch hielten in anderen Ländern und bei anderen Menschen sozusagen seine Nähte nicht. Ist das ein Maß für Erfolglosigkeit? Ich glaube nicht. Aber viele Leute, die gar keinen Maßstab für wahren Erfolg haben, finden es nötig, um die eigene Erfolglosigkeit zu verdecken, die Erfolglosigkeit der anderen anzuprangern.

Die Menschen und die Leben ... Oder Träume und lange Reisen, die sich mit den Träumen vermehrten? Ja, die Zeit in Alexandria war ein kleines Märchen, mit Erinnerungen an enge, schmutzige Straßen, diverse Stimmen und Gerüche ... Mozes Bronstein lebte zwölf Jahre in Alexandria in einem nach Zwiebeln und Kohl riechenden Haus zusammen mit seiner Frau, die die beste Borschtsch-Suppe kochte. Sie bot allen Schwierigkeiten die Stirn und dachte nicht einen Tag daran, in ihr altes Leben zurückzukehren. So lebte er mit seiner Frau, der einzig wirklichen Frau in seinem Leben, wobei das, was die ›kleine Frau aus Riga‹ mit Deutschstunden verdiente, die Familie lange Zeit über Wasser hielt, während sein abenteuerlustiger Sohn ihm mit jedem Tag fremder wurde. Sie erlebten freilich auch Tage schwerster Armut, der sie mit ihren Illusionen Sinn zu verleihen versuchten, und jede Art von menschlicher Schlechtigkeit. Doch zugleich wurde in diesen Tagen ihre Trauer durch schwermütige Freude und die Armut durch Hoffnung überwunden, wobei ihr Judentum ein wenig auch von den *ezan*-Rufen der Muslime getragen wurde. Damals konnten die reichen Cousins, die ihn in diese Stadt ›eingeladen‹ hatten, ihm nur bis zu einem gewissen Grad eine helfende Hand reichen. Deswegen erlebte man besonders am Anfang einige Enttäuschungen. Aber mit der Zeit gewöhnte man sich an alles, an das alltägliche Leben am neuen Ort. Mit anderen Worten: Der neue Ort war immer weniger befremdlich. Sie sehnten sich immer weniger nach dem Leben, das sie zurückgelassen hatten. Schließlich kann auch das Leben, ebenso wie Gegenstände, Kleidung und Fotografien, in andere Gegenden umziehen. Das eigentlich Wichtigste in dieser Situation war, den Sinn der Wanderung zu verstehen.

Doch mit der Zeit verschlechterte sich die Gesundheit von Mozes Bronstein zusehends. Die Ärzte konnten die Ursache für seine zunehmenden Schmerzen nicht finden. Nur ein alter, sehr alter Arzt meinte, die Schmerzen kämen von dem anderen Klima, da müßte man die Ursache suchen. Der Körper habe dem jahrelang standgehalten, aber nun eine Reaktion gezeigt. Als Lösung käme ein Leben in einem kälteren Klima in Frage. Das Klima sollte kälter oder geeigneter sein, es mußte noch einmal gewechselt werden … Es war gar nicht so leicht, besonders nach all den Kämpfen, die es gekostet hatte, in dem anderen Land Fuß zu fassen, nun wieder in ein neues Leben aufzubrechen mit neuen Problemen, Zweifeln, vor allem Ängsten. Sie entschlossen sich, nach London zu gehen. Nur Olgas Bruder Jacob, den sie nie im Leben gesehen hatte, damals um die Sechzehn, versteifte sich darauf, in Alexandria oder in einem anderen Land seinen eigenen Weg zu gehen. Das Leben und gewisse Beziehungen, die die Bronsteins bei allem guten Willen nicht verstanden, hatten Jacob offensichtlich zu einem über sein Alter hinaus gereiften Menschen gemacht. Man mußte sich auf die Trennung vorbereiten.

Jeder würde seinen eigenen Weg gehen... Dieses Lied kannten sie, das hatten sie gelernt, und sie würden es noch besser lernen... Das Gefühl der Ungewißheit muß ihnen die Trennung ein bißchen erleichtert haben. Wie sich die Umstände entwickeln würden, war am Anfang dieser neuen Reise nicht abzusehen. Sie verstanden aber, daß es galt, die Chance nicht zu verpassen, mehr noch, sie waren wieder einmal aufgerufen, an das Schicksal, ›ihr Schicksal‹, zu glauben. Die Familie würde eines Tages wieder zusammenkommen. Davon wollte man überzeugt sein. Zweifellos ist es für Menschen, die ans Leben glauben, jederzeit möglich, Hoffnung zu erzeugen. Olga hatte es nicht vergessen. Als sie in einer jener letzten Nächte das Zusammensein in Alexandria etwas verspätet nacherleben durfte, hörte sie von ihrem Vater: »Wir hatten gelernt, was es heißt, Abschied zu nehmen, durchzuhalten und zu verlieren.« Als ob sich in diesen Worten eine Poesie versteckte, die dem Menschen im Namen des Lebens einen neuen, sinnvollen Weg eröffnen wollte. Eine Poesie, die auch dem, was früher geschehen war, einen Sinn verleihen würde... Jacobs Geschichte blieb indessen trotz aller schönen Wege, die sich auftaten, und trotz aller lyrischen Gefühle, die sie weckte, ein Rätsel, das viele Fragen und Zweifel aufwarf. Das Rätsel sollte später noch eine ganz andere ›Farbe‹ bekommen. Später... An einem Tag, als das Märchen von einem unerwarteten Ort mit einem unerwarteten Menschen zurückkehrte...

Das Londoner Abenteuer der Bronsteins begann an einem Sommertag. In jenen Jahren erlebten viele Städte das Leid des Krieges... Das waren die Tage, an denen sich die kleine Frau aus Riga am meisten danach sehnte, Klavier zu spielen...

Jiddisch sprechen am Galataturm

Damals dauerten Reisen sehr lange. So lange, daß die Reisenden den Sinn der Reise und das, was sie wagten, in allen Dimensionen durchleben konnten. Und vielleicht können wir uns das Gefühl von Abenteuer und die Schiffe, die Kurs aufs Schicksal nahmen, besser vorstellen, wenn wir den Ort, der durch diese langen Tage und Nächte in uns entsteht, für unsere heutige Zeit, eine neue Welt, die uns gehört, auf unsere Weise lebendig zu erhalten versuchen.

Es wurde beschlossen, daß man für eine kurze Weile Mozes' Cousins in Istanbul besuchen sollte, ehe man zu der neuen Bestimmung nach London aufbrach. Diese Cousins hatten Odessa schon früher verlassen und sich in Istanbul angesiedelt. Daß man sich eines Tages treffen müsse, hatten sie in all den Jahren sowieso stets in ihren Glückwunschbriefen zu den Feiertagen geschrieben, die sie als ›gute Juden‹ niemals versäumt hatten nach Alexandria zu schicken. Mit den Jahren war dieser Wunsch sogar noch größer geworden. Sie alle trugen ebenfalls unvergängliche Erinnerungen in sich, die mit der Zeit immer mehr an Wert gewonnen hatten, weil sie in ganz verschiedenen Ländern, Leben und Gefühlen bewahrt worden waren. Nun war die Zeit dafür reif.

Die ›Willkommenszeremonie‹, die in Istanbul für die Bronsteins veranstaltet wurde, war schön, aber gleichzeitig wie der Beginn einer unerwarteten Geschichte. Der Beginn einer schönen, unerwarteten, verwirrenden und traurigen Geschichte… Denn schon beim ersten Zusammentreffen zeigte sich, daß die beiden Seiten in den fünfzehn vergangenen Jahren völlig verschieden gelebt hatten. Norbert Feldman, der Cousin von Mutterseite, der nicht nur Fremdsprachen konnte, sondern auch über einen natürlichen Unternehmergeist verfügte, dazu über internationale Verbindungen, die er mit einem untrüglichen Gespür für den richtigen Zeitpunkt benutzte, eine Reihe von Auslandskontakten herzustellen, war als Beauftragter für einige Straßenbauprojekte des Osmanischen Reichs sehr wohlhabend geworden. Von diesem Reichtum, besser noch Pomp, kündete der offene Wagen am Kai. Das war ein Teil der Feier, man mußte es den anderen zeigen, die jahrelang an anderen Orten mit anderen Menschen gelebt hatten. Den Schmerz, so lange im Exil gelebt zu haben, kann man nur so in eine Quelle von Freude und Ruhm verwandeln. Was aber war mit denen, die es nicht geschafft hatten? Die an Orten bleiben mußten, wo sie nicht sein wollten? Die Verwandten, die viele Jahre lang an solchen Orten verbracht hatten, kannten solche Gefühle sehr wohl. Was habt ihr denn in der ganzen Zeit dort gemacht? Das war die Frage. Aber wer soll die Frage beantworten, und wer stellt eigentlich die Frage? Das war nicht immer leicht zu entscheiden, wenn man gewisse Einzelheiten bedenkt. Aber in dieser Erzählung war es eher die Frage, die sich Mozes selbst stellte, als er vom Kai einer unbekannten Stadt durch unbekannte Straßen einer unbekannten Zukunft entgegenfuhr. Was habt ihr da eigentlich die ganze Zeit gemacht? Und Eva, die starke kleine Frau aus Riga, hielt auf dieser Fahrt ganz fest die Hand des Mannes, der in ihrem Leben der einzige sein sollte. Warum? War es, weil auch sie sich diese Frage stellen mußte oder weil sie spürte, daß etwas sie in eine andere Richtung rief? Um genau zu sein, ich weiß es nicht. Da ich nur aus weiter Ferne auf diese Leute blicken kann, möchte ich nicht aufgrund von wenigen Details oder dem, was andere mir übermittelt haben, weiter fortfahren. Was ich weiß, ist, daß die Bronsteins – mal alle Fragen und die damit verbundenen Gefühle beiseite – auf diesem Weg ganz langsam in eine Stadt hineinfuhren, die sie so nicht erwartet hatten. An dieser Stelle der Erzählung möchte ich mir deshalb gerne vorstellen, daß Mozes auf seine Uhr schaute, die Uhr, die ihm aus der Zeit in Odessa geblieben war. Nun gut, nehmen wir an, Mozes schaute auf dieser Fahrt noch einmal auf die Uhr, ja, nehmen wir an, die Uhr war für ihn in diesem Moment der einzige wirkliche Reichtum seines Lebens. Wir können uns diesen Moment in der Morgenfrühe denken. Eines frühen Morgens... Wie die Stunde der Trennung von Odessa.

In Istanbul, wo es zu jener Zeit nur wenige Automobile gab und wo die Einwanderer aus anderen Ländern neue Lebensformen einführten, die Stadt veränderten, war ein langsamer, sehr langsamer, vielgestaltiger Verfall zu beobachten. Dennoch hielten in jenen Jahren manche Leute unverändert an ihren Gewohnheiten fest, waren von Orten und Sachen fasziniert und blieben bei gewissen Vorfällen lediglich ›Zuschauer‹. Norbert war in jenen Tagen wirklich sehr gut zu Mozes. In seiner luxuriösen Achtzimmerwohnung am Taksimplatz, die mit antiken Möbeln und teuren Bildern eingerichtet war, achtete er, um es seinem lieben Cousin und dessen Frau gemütlich zu machen, wenn das Wort erlaubt ist, auf die ›feinsten‹ Einzelheiten … Diese ›Feinheit‹ ging so weit, daß er in das für sie eingerichtete Zimmer nicht nur ein Radio stellte, sondern auf den Toilettentisch ein gerahmtes Foto aus ihrer Kindheit.

In den folgenden Tagen führten sie ausführliche Gespräche. Norbert und Mozes … Ganz ausführlich, sie allein … Um jene alten Kinder- und Jugendtage aufleben zu lassen. Als wollten sie sich gegenseitig versichern, daß es trotz der dazwischenliegenden Zeit und allem, was sie erlebt hatten, zweifellos etwas Gemeinsames gab, das immer noch lebendig und nicht leicht zu zerstören war. Mozes erzählte von Alexandria und seinen Sorgen angesichts der Zukunft und um Jacob, von seiner Krankheit und daß er als Vater nicht so erfolgreich wie als Schneider sei. Norbert redete von seiner Arbeit, seinen Triumphen, vom Palast, von den Zeiten, in denen man stets ›neue Wege‹ finden konnte. Später brachte er die Rede auf die Istanbuler Juden, daß man selbst auf den Straßen jiddisch sprechen könne. Und er empfahl Mozes, statt nach London zu gehen, in der Stadt zu bleiben, in der er seit Jahren lebte, ›wo keiner hungern mußte‹ und wo einem Menschen mit offenen Augen jederzeit die verschiedensten Möglichkeiten geboten wurden. Zweifellos war das einer der unerwarteten Momente, die dem Leben eine andere Richtung geben. Bei diesen Gesprächen, diesen Zusammenkünften machte Norbert nicht nur einen Vorschlag, er gab sein Wort, wenn Mozes einverstanden wäre, ›in der Nähe zu bleiben‹, ihm, da er auf seine Schneiderkunst vertraute, bei der Eröffnung eines Ladens zu helfen. Darüber hinaus würde er seine Beziehungen spielen lassen, um ihm viele Kunden zu verschaffen. Und was die Krankheit von Mozes betraf... Er kannte ganz in der Nähe Ärzte, die sogar im Palast Zutritt hatten. Das waren schließlich alles nur Einzelheiten. Das wichtigste war, dieses alte Gefühl wiederzuerwecken, die Entfremdung zwischen ihnen zu überbrücken. Sie wollten die alten Tage unter veränderten Bedingungen für noch schönere Tage und ein neues Leben zu gewinnen versuchen. Angesichts all dessen, was passiert war, brauchte man einfach jemanden aus der Familie, jemanden aus den alten Zeiten.

Über all das sprachen sie stundenlang in einem Restaurant mit Blick auf den Bosporus. Und so begann das Istanbuler Abenteuer von Mozes und der kleinen Frau aus Riga – soweit ich erfahren konnte –, indem eine unerwartete Erzählung in einem unerwarteten Moment an ihre Tür klopfte. Sie hatten nun neue, andere Gründe, dem Schicksal noch einmal von ganzem Herzen zu vertrauen, auch wenn sie wegen der unabweisbaren Fragen in ihrem Inneren sich etwas verhalten in diese Erzählung hineinbegaben ...

Kurze Zeit wohnten sie erst einmal bei Norbert. Danach zogen sie in eine sehr viel kleinere Wohnung im Schatten des Galataturms, wieder einmal enttäuscht zur Kenntnis nehmend, daß sie sich in ihrer Geschichte mit einem wesentlich kleineren Leben zufriedengeben mußten als viele andere Menschen. In der Nähe des Tünel eröffnete Mozes einen kleinen Laden. Sein erster Kunde war ein Deutscher, der ihm als ›Ingenieur‹ vorgestellt wurde und der für Norberts ausländische Geschäfte notwendige Kontakte vermittelt hatte. Und Mozes, der seine ersten Stiche in Istanbul nähte, glaubte ein bißchen besser zu verstehen, was und wen er wo verloren hatte ... Damals wurde an einem kalten Wintertag Olga geboren. Nach sechzehn Jahren noch einmal Eltern zu werden, schenkte den Bronsteins in all ihren Schwierigkeiten neue Lebensfreude. Sie ertrugen die Sehnsucht nach Jacob nicht, den sie in Alexandria hatten zurücklassen müssen und der bald danach in ein neues Leben nach Amerika aufgebrochen war. Und so scheint es fast, als hätten ihre Bemühungen, eine große Lücke zu füllen, zu dieser unausweichlichen Konsequenz geführt.

Das Brillantcollier

Über Olgas ›Kindertage‹ im Stadtviertel Kuledibi unter dem Galataturm habe ich nur wenige ›Bilder‹ gewinnen können, die mich weitergebracht haben. Selbst Monsieur Jacques war, soviel ich weiß, in der gleichen Lage. Diese Leere, dieses Dunkel, ist nicht so leicht zu erklären.

Ihr Leben blieb in den Augen der ›anderen‹ immer ein ›Rätsel‹. Warum war das so? Wie kam es dazu? Diese Frau, die mit ihrer Schönheit und Eleganz Menschen jeden Alters zu beeindrucken wußte, wollte von ihrer Vergangenheit, von manchen kostbaren Details aus ihrem Leben nie erzählen. Rührte das daher, daß sie es als ›Flüchtling‹ vorzog, sich zu ›verteidigen‹, oder aus einer tiefliegenden Verletzung, einer Unsicherheit heraus, oder konnte sie einfach nicht anders? All diese Möglichkeiten können zutreffen, vielleicht aber auch keine. Doch trotz dieses Schweigens, trotz dieser Heimlichkeit, wissen wir etwas über ihre Jahre in der Klosterschule Notre Dame de Sion. Für die Geschichte eines Menschen, der so verschlossen ist, richtiger, der sich mit jedem Tag noch mehr verschließt, geben die verbliebenen Erinnerungen an jene Jahre eine Reihe von Anhaltspunkten.

Olga, die aus der Bewunderung ihrer Umgebung für ihre sehr gut benoteten Schulaufsätze Kraft zog und trotz aller Kümmerlichkeit ihres Lebens glaubte, ›diesen Träumen‹ noch etwas stärker vertrauen zu können, wurde von den Nonnen nicht bloß wegen ihrer Schulerfolge, sondern wegen ihrer Reife und Verschwiegenheit geschätzt, und man traute ihr zu, den Problemen der Zukunft die Stirn zu bieten. Die Geschichte beginnt an ihrem letzten Schultag in Notre Dame de Sion, an dem sie, mit dem Reifezeugnis in der Hand, sich selbst heimlich als ›reif‹ für viele andere Dinge einschätzte und ganz ›zufällig‹ auf Henri Moskowitsch traf. Für den Abend kündigten die Plakate in einem Kino in Beyoğlu einen Film mit Rita Hayworth an.

Manchmal trifft man sich lange mit gewissen Menschen an verschiedenen Orten, wechselt ›Blicke‹, ›ohne etwas zu fühlen‹.

Man hat noch nicht gemerkt, daß ein ›anderes‹ Leben uns beobachtet und mit jedem Tag etwas mehr von unserem Inneren einnimmt, uns zu Gefangenen macht. Dabei hat man sich schon durch gewisse kleine, unwichtig anmutende Details auf diesen Menschen vorbereitet. Euer ganzes Leben liegt in einem Augenblick, eigentlich in einem Anstoß. Denn manche Beziehungen warten nur auf diesen Ort, auf diese Zeit. Danach fängt man an, diesem Zauber zu verfallen, aus dem man sich in den meisten Fällen nicht mehr befreien kann.

Von dieser Art scheint die Beziehung zwischen dem Sohn von Norbert Feldmans Geschäftspartner Izak Moskowitsch, dessen Lebenszuschnitt und Beziehungen von seinem Reichtum geprägt waren, und Olga, die außer ihren Idealen keinen tatsächlichen Reichtum besaß, gewesen zu sein. An diesem Frühlingsabend paßten zu ihrer ersten Begegnung vielleicht ganz unerwartet zufällig ein paar ›bedeutungslose‹ Schlager. Sie saßen im Kino nebeneinander. Es war nicht besonders voll. In der Pause tranken sie Limonade. Rita Hayworth schien an diesem Abend viele Liebhaber in jene ferne Welt zu rufen. Später wurde bei Tokatlıyan* gespeist. Es war ein kurzes Essen, aber schön genug, um auf eine junge Frau, die hoffnungsvoll in die Zukunft blickte, Eindruck zu machen. Zu Fuß gingen sie hinterher langsam in Richtung Taksimplatz. Dabei traf Olga eine Schulkameradin. Sie spürte Verunsicherung und Verlegenheit in sich aufsteigen, vermischt mit Stolz. Henri war ja schon damals bekannt für einige stürmische Affären, er sah so gut aus wie Valentino, und seine Eleganz zeigte sich in den maßgeschneiderten Anzügen aus Beirut, den sagenhaften Festen, zu denen er einlud. Als ausgezeichneter Tänzer hatte er schon mancher Dame und manchem jungen Mädchen das Herz gebrochen.

Am nächsten Morgen bekam Olga Blumen. Es waren rote Gladiolen von Sabuncakis, die sie nie vergaß. Es war natürlich höchst aufregend, jemanden wie Henri Moskowitsch kennenzulernen und davon zu träumen, mit ihm zusammenzusein. Die Dinge entwickelten sich vielleicht auch deswegen sehr schnell. Zu fühlen, daß sich ein Traum unerwartet verwirklichen soll, ein unerwartetes Leben mit unerwarteten Menschen zu teilen… Essen gehen, die leuchtenden Restaurants jener Tage… Wenn Olga sich nach diesen Abenden ins Bett legte und der Mond mit sanftem Schimmer das Zimmer erfüllte, dachte sie an das lange Leben, das sie mit Henri verbringen würde. In jenen Tagen beobachtete allein Mozes die Beziehung mit großer Sorge. Er sah und spürte von Anfang an, daß die Zukunft ganz anders aussehen würde, als es sich seine Tochter erhoffte und erträumte. Aber einem Menschen, der von einem Traum verzaubert ist und darüber hinaus noch mit ganzer Seele daran glaubt, kann man nicht sagen, daß der Weg in eine große Enttäuschung münden wird. Wenn man in dieser Lage schwankt, ob man seine Gedanken aussprechen soll oder nicht, zeugt das sowohl von Unsicherheit als auch von Liebe. Wie könnte man denn so einfach die Träume und das Glück eines geliebten Menschen zerstören? Höchstwahrscheinlich hat Mozes seine Zweifel aus Rücksicht für sich behalten. Die Zeit sollte zeigen, daß seine Ahnungen ihn nicht getrogen hatten. Die Trennung kam, trotz aller Erinnerungen und Träume, knapp ein Jahr nach jenem Kinoabend, als es wieder Frühling wurde in Istanbul. Für eine Liebe, die unvergeßlich bleiben sollte, war das zweifellos keine allzu lange Zeit, wie alle wissen, die so etwas erlebt haben.

Die Trennung wurde ihr mit einem Brillantcollier von Diamenstein eröffnet. Sie erinnerte sich, daß sie Monate vorher, Arm in Arm in Beyoğlu spazierend, auf der Suche nach einer Brosche, einem Geburtstagsgeschenk für eine Freundin, dieses Collier gesehen hatten. Sie hatte ihre Finger über die Steine gleiten lassen und gesagt: »Das ist nur etwas für Märchenprinzessinnen.« Bei diesen Worten hatte Henri ihre Hand genommen und geschwiegen, nur geschwiegen. Es machte ihn stolz, mit diesem jungen Mädchen, das sich langsam zur Frau entwickelte, in Beyoğlu bummeln zu gehen. Zusammen mit dem Collier schickte Henri einen kurzen Brief, in dem er mitteilte, er müsse eine lange Reise nach Wien antreten, er bitte sie um Verzeihung, aber es ginge nicht anders. Er bedankte sich für die Tage mit ihr, jeder einzelne ein Geschenk für ihn, und daß er nun mehr denn je glaube, sie sei eine richtige Märchenprinzessin. Olga brauchte Jahre, bis sie die Wunde, die die Beziehung und ihr jähes Ende, der ›Abbruch‹, ihr zugefügt hatten, ertragen konnte. Freilich ging das Leben mit anderen Menschen weiter. Eines Tages sollte sich ihr auch die Tür zu einer neuen Liebe öffnen, die viele Jahre länger dauerte und viel schwierigere Kämpfe erforderte. Aber wie ich es verstehe, blieb Olga in all den Jahren Henri verbunden durch mehr als nur Leidenschaft und Liebe, vielmehr durch ein immer tiefer werdendes Gefühl. Mit anderen Worten, die Beziehung zwischen Olga und Henri ging nie zu Ende, anderen Menschen, anderen Hoffnungen zum Trotz. Sie wurde nicht beendet, nur in ihrem Leben an eine andere Stelle gerückt. An eine andere Stelle, die nicht jeder so leicht akzeptieren wollte. Henri sollte erst nach vielen Jahren, nach riesigen ›Verlusten‹, verstehen, was für ein großer Fehler es gewesen war, Olga zu verlassen. Nach Jahren, in denen er riesige Verluste, Zusammenbrüche, Armut ertragen mußte…

Genau besehen war Henris Geschichte trotz allen äußeren Glanzes im wahrsten Sinne des Wortes von Disharmonie, Mißerfolg und Getriebenwerden geprägt. Eine Geschichte, in der er unvorsichtigerweise in Abhängigkeit geriet… Das stellte sich bald nach der Trennung von Olga heraus. Er fuhr wegen einer Frau nach Wien, mit der er seit langem Briefe gewechselt hatte und über die die keiner so richtig Bescheid wußte. Im Alter, als sein Gedächtnis sich schon verwirrte, lebte er mit dieser Frau in Gedanken manchmal in Istanbul. Er träumte davon, vom Café Pierre Loti* den Sonnenuntergang zu betrachten, Liebe zu machen und in einem Uferhaus am Bosporus zu wohnen. Eines Tages erkannte die Frau, daß es so nicht weiterging, sondern das Leben, das sie meinte, hinter sich gelassen zu haben, ihr eigentlich mehr entsprach. Sie kehrte in Wien zu ihrem dreißig Jahre älteren Ehemann zurück. Als echte Comtesse, deren Lebensstil ihrem Adel entsprach, hatte sie in ihrem Leben viel gekämpft. So gesehen war ihre Liebe eigentlich eine Unmöglichkeit. Sie waren auf die Suche gegangen, sie wollten einem Traum folgen, aber schließlich zogen sie sich zurück. War das der Punkt, an dem für Henri die Stürme begannen, das Getriebenwerden? Die Zeit prüft jeden auf andere Weise. Am Ende hatte Henri sein schier unerschöpfliches Vermögen bis zur letzten Münze – in der Trunkenheit kleiner, verlogener Triumphe – aufgebraucht, zum einen für die Dame aus Wien, zum anderen für die Witwe aus dem alten *konak*, die ihr Leben auf einem der rauschenden Bälle beenden wollte, zum Teil auch für die damals berühmten Schlagersängerinnen, hinter denen viele Männer her waren. Bald darauf lieh er sich von alten Freunden auf der Straße, von entfernten Verwandten, sogar von ehemaligen Angestellten Geld, das er nie zurückzahlen konnte, für kleine Träume, um zu leben, letztlich, um seinen Magen zu füllen.

An diesem Tiefpunkt ließ ihn Olga nicht im Stich und verhalf ihm zu einem Platz im Altenheim von Hasköy. Dort erlebte er ein letztes Abenteuer mit einer Französischlehrerin, das heißt einer Frau, die sagte, sie habe eine Zeitlang Französisch unterrichtet, die Französisch sprach, was in jener Generation als Zeichen besonderer Vornehmheit angesehen wurde, die nie Besuch bekam und doch immer darauf wartete, die niemals ausging, weil das sich verändernde Istanbul nicht mehr ›ihre‹ Stadt war. Sie waren beide Besiegte. Und ganz tief drinnen wußte er, daß er außer zu Olga zu niemandem mehr gehen konnte mit seinen kleinen Fluchten, Lügen… Um seine Niederlage nicht einzugestehen, brauchte er unbedingt eine ›andere‹ Frau, diese Frau. Olga verstand das. Allzu verwunderlich sind solche Ausflüchte, solche Lügen nicht; bindet man sich dadurch doch etwas mehr ans Leben, beendet nicht das lange Spiel und schiebt den Tod hinaus. Noch dazu, wenn man bedenkt, daß man sich ständig hatte täuschen lassen von so vielen Ausflüchten, so vielen Märchen, Lügen, falschen Hoffnungen und man sich selbst beim Erinnern nicht von der Täuschung befreien konnte.

War Olgas Verbundenheit mit Henri, die sie neu entdeckt zu

haben glaubte und in einer neuen Dimension fortsetzen wollte – trotz allem, was sie erlebt hatte –, mit dieser Notwendigkeit zur Lüge zu erklären? Oder steckte hinter so viel Selbstlosigkeit doch ein nur schwer zu benennendes, uneingestandenes Rachegefühl? Noch deutlicher gesagt: Nahm Olga diese kleinen Reisen durch Istanbul etwa deshalb auf sich, um den Menschen, der sie einst verlassen hatte, dabei zu beobachten, wie er mit jedem Tag einsamer wurde, nicht nur von Menschen verlassen, sondern auch von Erinnerungen, Träumen, Hoffnungen? Tue ich ihr unrecht? Vielleicht. So wie ich Olga kenne, konnte sie Verluste ertragen. Wie dem auch sei: Was immer sie fühlte, sie war die einzige, die Henri im Altersheim besuchte.

Die Geschichte dieser Bindung war hier nicht zu Ende. Olga begnügte sich nicht damit, nur dazusein. Sie ging viel weiter, indem sie ihrem ›alten Geliebten‹ auch Gelegenheit gab, über die weit entfernten alten Tage zu sprechen. Sie hörte zu, zuerst hörte Olga nur zu. Damit wollte sie zeigen, daß für sie jene alten Zeiten immer noch wertvoll waren. Sie hörte zu, damit Henri in seinen letzten Tagen stolz auf sich und seine Vergangenheit sein konnte. Sie steckte dem Mann, der in jener alten Zeit ein riesiges Vermögen in unglaublicher Weise für ein unglaubliches Leben aufgebraucht hatte, ganz heimlich, damit er es ja nicht bemerkte, ein bißchen Geld in die Tasche. Ja, er hatte ein unglaubliches Leben gehabt. Daß sie gezwungen war, die ›letzten Augenblicke‹ dieses Lebens zu teilen, hatte sie sich bestimmt nicht ausgemalt. In diesen neuen Tagen der Fremdheit, der Einsamkeit, pflegte Henri zu Olga zu sagen, er habe in der Jackentasche etwas Geld gefunden und wisse nicht, wie es hineingekommen sei. Und Olga wurde nicht müde, Henri im Gegenzug zu versichern, sein Geld würde niemals zu Ende gehen. Sie wurde nicht müde zu sagen: »Du hast es gewiß nur vergessen. Also hast du immer noch Geld. Ich habe sowieso nicht geglaubt, daß es alle ist« oder so ähnlich. Henri mußte dieses Geld unbedingt ausgeben. Wer wußte besser als er, wieviel Spaß das machte? Aber leider gab es in der Welt, in der er zuletzt lebte, leben mußte, keine Gelegenheit zum Geld-

ausgeben. Manchmal ließ er sich für dieses Geld von den Angestellten, die zum Einkaufen gingen, Schokoladentaler oder Likörpralinen mitbringen. Schokoladentaler oder Likörpralinen.
Wenn die Angestellten nach Beyoğlu gingen… Diese kleinen
Wünsche wurden ihm zumeist erfüllt. Sie enttäuschten ihn nicht,
denn sie hielten ihn für einen unwirklichen Menschen, wollten
ihn als einen zu Besuch gekommenen Prinzen aus einem alten
Märchen ansehen. Henri war nebenbei der einzige, der ihnen in
ihrer kleinen Welt je Trinkgeld, reichlich Trinkgeld, zu geben
›verstand‹. Er bot die Schokoladentaler und die Likörpralinen,
die Olga sehr mochte, mit ausgesuchter Höflichkeit an. Olga
vergaß auch nie, daß sich ihr ›alter Geliebter‹ an diesen Tagen
besonders kleidete. Für diese Tage besonders, als wollte er die
kleinen Triumphe noch einmal erleben… Er kleidete sich in
einen der Anzüge, die er aus dem großen Zusammenbuch, dem
jahrelangen Zusammenbruch, hatte retten können. Wenn Olga
sich an diese Erschütterung erinnerte, wollte sie gar nicht daran
denken, wohin all diese Kleidungsstücke gegangen waren, wem,
wie, für welchen Gegenwert, für welche alltäglichen Bedürfnisse
sie diese verkauft hatte. Man konnte in dieser Lage nur fliehen,
den Bildern, den Phantomen entfliehen. Wie sie es früher getan
hatten, wie sie es immer taten… Es gab aber auch Momente, in
denen sie das Leben in aller Wahrhaftigkeit einfangen und mit
ihrem ganzen Wesen daran glauben konnten. Die Jahre hatten sie
wenigstens darin zu Meistern werden lassen. Sie waren zudem in
jenen gemeinsamen Momenten unverstellter als in ihrer Jugend.
Sie aßen zusammen die Schokolade wie Kinder, die es vor den
Eltern verheimlichen. Henri zweigte immer einige Stücke ab und
wollte es Olga nicht merken lassen, oder er tat so. Das war ein
Teil des Spiels. Olga verstand das.

Sie sprach nie über Monsieur Jacques. Aber sie wußten, wer
auch immer zu ihrem jeweiligen Leben gehörte, in ›diesen Momenten‹ lebten sie füreinander. Das waren Verlängerungen jener
kleinen Spiele… Das Spiel verwandelte sich mit der Zeit in ein
kleines Ritual. Jeder kennt solche Rituale. Olgas Spiel diente

hauptsächlich dazu, Henri die Armut, den Zusammenbruch in seinen letzten Jahren etwas erträglicher zu gestalten.

Ich erfuhr das alles aus Onkel Kirkors Erzählungen und ein bißchen auch aus dem, was Olga manchmal unabsichtlich verriet. Ich will aber zugeben, daß ich mich vielleicht in manchen Deutungen und Bewertungen irre.

Was Olga mir mitteilte, gehört zu den wichtigsten Abschnitten ihrer Lebensgeschichte. Ihre Besuche im Altenheim von Hasköy waren ein Zeichen großer Selbstlosigkeit und einer vornehmen Gesinnung.

Mir fiel auf, daß sie nie versäumte, bei jedem Besuch jenes Collier von Diamenstein, das er ihr hatte schicken lassen, anzulegen. Wollte sie damit und mit der auf poetische Weise ausgedrückten Verbundenheit auch das kleine Rachegefühl ausleben, das sie niemandem gegenüber äußern konnte? Das glaube ich nicht. Für meine Begriffe wollte sie in diesen Augenblicken vor allem an das Märchen glauben, ihr Märchen, in dem sie die Prinzessin war. Das war wahrscheinlich auch der Grund, weshalb sie bis zu seinem Lebensende bei Henri blieb. Nur ihr ›alter Geliebter‹, den sie wegen einer einzigen, banalen Illusion irgendwo auf dem Weg verloren hatte, sah in ihr eine wirkliche Prinzessin. Nur sie waren von diesem Märchen ganz unerwartet berührt worden. Für sie war dies, meiner Ansicht nach, der wichtigste Grund, ihre Geschichte mit ihm bis zum Ende durchleben zu wollen.

Onkel Kirkors Blick

Onkel Kirkor erschien mir als derjenige, der Fragen zu Olga am ehesten beantworten konnte. Das waren Fragen, die wir bei anderen Leuten nie gestellt haben… Es gab einen sehr einfachen Grund dafür, daß dieser Eindruck bei mir entstand. Wenn er etwas wußte, spielte er den Unwissenden und ließ sich dennoch etwas anmerken. Diesen Grenzbereich beherrschte er ausgezeichnet. Wir alle wußten niemals ganz genau, was er über andere wirklich wußte oder nicht. Ein Mann, der all die Jahre von seinem kleinen sicheren Platz aus seine Umwelt lächelnd betrachtete… Vielleicht rächte er sich durch diese Blicke für die Niederlagen, die er irgendwann einmal erlebt hatte, hatte erleben müssen… Das war zweifellos eine mögliche Deutung. Eine gewünschte, erwartete Möglichkeit. Aber letztlich liebte ich ihn gerade dann am meisten, gerade dann wollte ich diesen versteckten Menschen kennenlernen… Ich wußte nämlich, daß Onkel Kirkor in jenen Augenblicken an weit entfernten Orten weilte, die niemand von uns erreichen konnte. An Orten, die wir alle nicht erreichen konnten… Das war wohl für ihn das Richtige. Das für ihn Richtige, mit dem man leben, das man akzeptieren mußte… Ich habe diese Fremdheit auch in anderen Beziehungen erlebt. Auch in anderen Beziehungen… Diese lange Erzählung wurde wohl auch aus diesem Grund mit solchen Skrupeln geschrieben… Onkel Kirkor verunsicherte mit seinem Verhalten zweifellos viele Leute.

In den Augen derer, die ihn kannten, war er einer der Menschen, die stets am Platz waren, um, was auch immer geschah, zu sehen, zu hören, zu wissen, wenn es nötig war. Das war sein Spiel; das war dort das Spiel von allen. Er konnte tun, als sähe er nichts, und noch wichtiger, er konnte schweigen. Deswegen muß man auch annehmen, daß er über Olgas Brillantcollier viel mehr wußte als wir alle. Er war ›unabsichtlich‹ Ohrenzeuge einiger Telefongespräche geworden, er hatte einige Blicke, die Blickwechsel der beiden, höchstwahrscheinlich still und leise miterlebt… Konnten mir die Einzelheiten aus den Gesprächen zwischen Olga und Henri vielleicht neue Türen öffnen? Darauf weiß ich keine Antwort, natürlich nicht. Aber bei manchen Beziehungen, bei dieser so weit entfernten persönlichen Geschichte, habe ich mich mit der Zeit mit ›dem Gegebenen zu begnügen‹ gelernt. Diese Haltung traf auch eine Zeitlang gegenüber Menschen zu, deren Schmerzen, Hoffnungen, Erinnerungen ich teilte, anders gesagt, denen ich etwas näherkam, mit denen mich dieselbe Geschichte verband, deren Atem ich spürte. Nach einer gewissen Wegstrecke wurden wir einander immer gegenseitig zum Gast. Immer Gast... Nur Gast. Sich mit Fakten zu begnügen, sich begnügen müssen... Diese Situation kann auch Enttäuschungen hervorrufen. Doch der Ort, den Onkel Kirkor mir gezeigt hatte, war auch geeignet, um Träume lebendig werden zu lassen, war gleichzeitig ein weiterer Zufluchtsort. Die Grenzen dieses Bereichs konnte man nach eigenem Bedarf ziehen.

Onkel Kirkor war nicht nur der Mensch, den er nach außen hin zeigte. Ich habe natürlich allen Grund, seine Beobachtungsgabe, sein Schweigen so zu schätzen. Wahrscheinlich habe ich von ihm gelernt, wie wichtig es ist, zuzuhören, zuhören zu können. Zuhören, einen Menschen anschauen, mehr noch, einen Menschen überhaupt sehen zu können... Dabei nur wenig, sehr wenig sprechen, wenn es wirklich nötig ist, zur richtigen Zeit, und wissen, daß manches, was einmal richtig war, sich mit der Zeit ändern kann. Das ist die Grundregel für einen Zeugen, um wirklich Zeuge zu sein. Doch Onkel Kirkor, soweit ich ihn kenne, ging über seine Zeugenschaft noch weit hinaus. Er trug die geheimsten Geheimnisse mit sich herum, für manche Menschen war er ein Verlies. Eines Tages sagte er zu mir: »Ich bin ein tiefer Brunnen. Wenn du einen Stein hineinwirfst, kannst du ihn nachher selber nicht mehr finden.« Ich glaube, daß er hiermit nicht nur die Last der Verantwortung, die ihm sein Wissen auferlegte und die er für jedes Gespräch trug, sondern versteckt auch ein bißchen Stolz zum Ausdruck bringen wollte. Ich wußte das. Es war sein größter und angesichts seiner Kämpfe und unausweichlichen Niederlagen überhaupt sein einziger Triumph. Diesen Triumph schien er besonders in seinen letzten Lebensjahren so richtig auskosten zu wollen. An einem für niemanden zugänglichen Ort sich zahllose Bilder einer endlos langen Zeitspanne zu vergegenwärtigen... Ihn konnte man deshalb auch nach der Geschichte einer bestimmten Epoche fragen. Er gehörte, wie Monsieur Jacques scherzhaft sagte, zum ›ältesten Inventar des Ladens‹, in den er einst mit vierzehn Jahren als Laufbursche eingetreten war. Hier könnte man noch etwas weiter gehen, die Phantasie noch ein wenig mehr anstrengen und seine Persönlichkeit oder den Eindruck, den er bei anderen hinterließ, mit dem Zustand eines rückständigen ›Unternehmens‹ vergleichen, das sich mit jedem Tag weniger dem sich ständig verändernden Handelswesen anzupassen vermochte.

Onkel Kirkor starb mit siebenundsechzig Jahren unerwartet infolge eines Herzanfalls. Er war einer der engsten Freunde und Vertrauten von Monsieur Jacques gewesen. Der ›Laden‹ war ihm zunehmend zur Wohnung geworden, ein Ort, an dem er aufatmete. Wichtiger noch, er kannte, obwohl er seine herausragende Stellung nicht betonte, von allen Leuten die ›Familie‹ am besten. Er verstand ›Spanjolisch‹, auch wenn er es als Armenier nicht sprach, spürte am ehesten, wenn der ›Chef‹ allein sein wollte, und beherrschte die ›Geschäftsleitung‹ eigentlich besser als Berti, so daß er sie hätte übernehmen können. Aus alldem mag die bis ans Ende dauernde Freundschaft erwachsen sein, vielleicht aber auch nicht. Denn für mich ergab sich aus anderen Gründen, Einzelheiten, Bildern noch ein anderer Onkel Kirkor. Am Morgen kam er als allererster, am Abend wartete er, bis alle gegangen waren, dann leerte er die Aschenbecher, und nachdem er alle Lichter gelöscht, die Wasserhähne und Sicherungen feierlich geprüft hatte, schloß er den Laden ab und brachte die Schlüssel Monsieur Jacques. Mit Monsieur Jacques zusammen hatte er die Schlüsselgewalt, doch er war die ›arbeitende‹ Einheit.

Manchmal gab er Berti kleine Ermahnungen, um Vatergefühle, die er sonst nie gekostet hatte, zu erleben. Da er zu Hause mit Madame Ani in Unfrieden lebte, nahm er niemals seinen Jahresurlaub, er fand das ›unpassend‹ für sich. Madame Ani hielt ihm ständig seine Erfolglosigkeit im Leben vor, und er ertrug die Enttäuschungen dieser langen Geschichte weise und auf seine Art spielerisch, sich nichts anmerken lassend. Inwiefern wohl diese Enttäuschung der Grund für seine Nachtschwärmerei war oder dafür, daß er sich sein Leben lang mit sehr wenig Kleidung begnügte, daß er tagsüber manchmal für kurze Zeit verschwunden war, daß er Bonbons über alles liebte, daß er nie in die Kirche ging, aber an den unvorstellbarsten Orten mit den unvorstellbarsten Menschen echte Freundschaft schloß und daß er eine selten anzutreffende Weisheit besaß? Die wirklichen Antworten auf diese Fragen liegen zweifellos in den unzugänglichen Korridoren eines nicht mitteilbaren Lebens verschlossen. Diese Erzählung, die ich aus dem ›aufgebaut‹ habe, was ich zu verschiedenen Zeiten von verschiedenen Zeugen erfahren konnte, hilft mir, manchen Bildern und manchen Worten einen Sinn zu geben.

Die Schule hatte er nie geliebt. Immer wieder wollte er sagen, was für unsinnige Dinge dort aus vielen in der damaligen Zeit ernstgenommenen Gründen gemacht wurden. Es drängte ihn, darüber zu sprechen, aber aus Schüchternheit, Verschlossenheit brachte er es einfach nicht über sich. Dazu kam, daß er nach einer Weile wegen seiner Schweigsamkeit Spitznamen wie ›Tagedieb‹ und ›Versager‹ bekam. In einer Umgebung, wo alle ausgeschlossen wurden, die sich roher Gewalt verweigerten, wo Gewalt mehr oder weniger Existenzgrundlage war, konnte er es deshalb nicht lange aushalten, trotz aller Bemühungen seines Vaters, der ihn so gerne hätte Französisch lernen lassen und sich dafür sehr anstrengte. So mußte er mit nicht einmal vierzehn Jahren seine Schulzeit am Gymnasium Saint Michel abbrechen... Als er im Zeugnis der letzten Klasse der Mittelstufe mit ›ungenügend‹ in sieben Fächern sitzengeblieben war, entschloß sich sein Vater, ihn von der Schule abzumelden... Das alles fiel in jene schweren Tage, in denen das Geld noch knapper war als sonst... Natürlich tat ihm der Mißerfolg in der Schule leid. Nicht umsonst erzählte er Jahre später mit schwachem Lächeln davon mit den Worten: »Da hat es uns aber geschmissen! Das Zeugnis war der reinste Totozettel!« Doch sein größter Schmerz war damals, daß er wegen so einer ›Kleinigkeit‹ von der Schule genommen wurde. Nicht einmal Volleyball hatte er richtig lernen können. Von jenem ›Frère‹, der sehr gut zu ihm war, hatte er viel lernen können, und als er ins Berufsleben eintrat, kam ihm das Gelernte zugute.

Wie gesagt, das Leben beginnt für manche Leute an ganz verschiedenen Punkten. Das vergaß er nie, konnte er nicht vergessen. Diese Wahrheit war trotz allem, was er erlebt hatte, für ihn dort in jenem ›Laden‹ eine der wichtigsten.

Diese Wahrheit entdeckte er an dem Tag, an dem er die größte Enttäuschung seines Lebens erlebte. In Erinnerung an jene Tage sagte er eines Morgens: »Unsereins hat halt nicht studiert. Ich war jung, wollte mich schnell ins Leben stürzen, wollte ein Handwerk lernen und dem Vater nicht auf der Tasche liegen.« Da erst erfuhr ich, daß er ein paar Jahre auf dem Saint-Michel-Gymnasium gewesen war. Er hatte gerade den Tee frisch gebrüht, es war noch niemand in den ›Laden‹ gekommen. Es waren abgedroschene Worte, das wußten wir. Aber solche Ausdrücke paßten genau, wenn man vor der Vergangenheit, dieser Art von Vergangenheit, fliehen wollte. Man war gezwungen, solche Wörter zu verwenden, um sich das Leben mit diesen alten Erinnerungen und Träumen, die man nicht verlieren wollte, ›leichter‹ zu machen. Es fällt einem ja nicht leicht, die eigenen Niederlagen zuzugeben und ehrlich davon zu erzählen... Onkel Kirkor sprach nach diesem Morgen nie mehr über seine Schulzeit zu mir. (Wenn ich darüber nachdenke, was er mir über seine Schulerlebnisse gesagt hat, frage ich mich, was aus seinem Leben geworden wäre, wenn er sich von diesen Menschen mit seinen Widersprüchlichkeiten hätte akzeptieren lassen. Ich möchte darüber nicht urteilen. Ich weiß, es gibt Menschen, die am falschen Platz mit den falschen Menschen ein falsches Leben akzeptieren, auf das wir von weitem schauen oder zu schauen glauben.)

Nachdem er die Schule nicht durchlaufen konnte, wie er es wünschte, besser gesagt, nachdem er es nicht geschafft hatte, wurde er zu einem entfernten Verwandten, Meister Barkev, in die Lehre gegeben, um das Dreherhandwerk zu lernen. An jene Tage erinnerte er einmal: »Damals herrschte Armut im Land. Wir standen früh auf und gingen zu Fuß zum Basar. Es gab auf der Galatabrücke viele Männer mit geflickten Hosen, und sogar die Strümpfe hatten Flicken, weil wir die Holzschuhe, die Holzeier hießen, damit festhalten mußten. Du kennst diese Eier nicht mehr...« Ich schwieg und begnügte mich mit einem Lächeln. In dem Moment war ein Wort nicht so wichtig, wie ihn mit seinen Erinnerungen oder seiner Traumwelt allein zu lassen. Dabei kannte auch ich, der ich gleichfalls nicht immer alle Geheimnisse und Erinnerungen mit anderen teilen mochte, das ›Holzei‹ aus unseren alten Häusern. Aus den Häusern, in die ich an manchen Abenden nicht zurückkehren wollte... Ich erinnere mich, daß das ›Holzei‹ zu den interessantesten, seltsamsten ›Spielsachen‹ meiner Kindheit gehörte. Inzwischen gibt es das nicht mehr. Ich kannte die Schublade, in der sich der Holzschuh versteckte. Er ›gehört‹ zu meinem Leben. Der Holzschuh war für mich nie ein ›einfaches‹, gewöhnliches Spielzeug. Der Zauber, der Zauber, der mich an dieses Bild fesselte, versteckte sich auch hier wohl in diesem unlösbaren Rätsel. Es ergab ja keinen Sinn, das alles Onkel Kirkor zu erzählen. Jeder blieb im eigenen Spiel, in seinen Spielen, jeder ließ das aufleben, was er nicht vergessen konnte, wovon er gefangen war.

Man muß akzeptieren, daß Onkel Kirkor von den Tagen, als er bei Meister Barkev arbeitete, nicht viel erzählen wollte. Wenn er davon sprach, dann in der gewöhnlichen Art eines Mannes aus der alten Zeit. Er erlebte dort jene ›Geschichte‹, die den Verlauf seines Lebens von Grund auf verändern sollte und die ihn an einen Ort brachte, wo ihm eine ganz andere, aussichtsreichere Zukunft winkte, wo er eher an eine neue Zukunft glauben konnte... Eines Tages erfuhr ich ›zufällig‹ von Monsieur Jacques diese Geschichte, die in unseren Gesprächen niemals vorgekommen war, die er nie hatte erwähnen wollen. Ungeachtet unserer kleinen gefühlsmäßigen Übereinstimmung hatten wir gegenseitig eine gewisse Fremdheit bewahrt. Bedenkt man den Altersunterschied, dann wird klar, daß trotz der Öffnung der Gefühlswelten ›jeder auch sein Leben‹ hatte. Und wir hatten ab einem bestimmten Punkt verstanden, daß wir gegenseitig die Grenze zu diesem Leben nicht überschreiten konnten.

Soweit ich es den Erzählungen von Monsieur Jacques entnehmen konnte, verlief das neue Leben bei Meister Barkev, genährt von kleinen Hoffnungen und berechenbaren Träumen, völlig anders als auf der Schulbank, und anfangs muß es gutgegangen sein. Binnen kurzem hatte er trotz seiner Schüchternheit gelernt, sich der Sprechweise seines Meisters anzupassen, und war im Basar und bei den Handwerkern wegen seiner spielerischen Begabung und als Angehöriger einer Minderheit beliebt. Meister Barkev überließ seinem begabten Lehrling manchmal kleine Arbeiten von bevorzugten Kunden und fing zu hoffen an, daß er nach so vielen Jahren die Werkbank eines Tages einem, der ›das Zeug dazu hatte‹, übergeben könnte. Es bedeutete natürlich viel, wenn ein Lehrling, der erst am Anfang seines Weges stand, so schnell das Vertrauen seines Meisters gewann. Vertrauen, aber wichtiger noch war eine gewisse Nähe… Diese Worte müßten reichen, um jene Tage zu beschreiben. Meister Barkev pflegte von Zeit zu Zeit einzelne Stücke, die sein Lehrling angefertigt hatte, seinen Freunden im Basar zu zeigen. Mit einem gewissen Stolz und gleichzeitig einer Aufregung, die er zu verbergen suchte, sagte er: »Das ist eine Arbeit von Kirkor. Er muß sich noch entwickeln, das braucht Zeit. Aber das wird schon.« Mit etwas Aufregung… Aus der Sicht des Meisters konnte gar nichts schiefgehen. An manchen Abenden blieben sie noch lange in der Werkstatt. Mit heruntergelassenen Rolläden arbeiteten sie weiter. Das waren für den Lehrling die wertvollsten Zeiten mit seinem Meister… Doch Vorfälle können sich zu unerwarteter Zeit und auf unerwartete Weise ereignen, der Kontrolle des Menschen entgleiten und die Tür zum Unerwünschten, Ungeplanten öffnen. Es war einer jener Tage, an denen Meister Barkev die Werkstatt verließ, um Material zu kaufen. Ein Tag, an den man sich nicht erinnern wollte oder sich nur erinnerte, wenn es unbedingt sein mußte. Auch Klein-Arto war da, der bei Meister Hrant, vor dem sich alle wegen seiner Launenhaftigkeit in acht nahmen, zum Silbergraveur ausgebildet wurde. Wer das Handwerk kannte, verstand, daß Klein-Arto in den zwei Jahren von der Kunst seines Berufs nicht viel mitbekommen hatte, er machte darüber hinaus den Eindruck, als würde er auch nichts lernen können. Hätte es sich um einen anderen gehandelt, hätte er unter diesen Bedingungen keineswegs bei Meister Hrant bleiben können, dessen Meisterschaft alle bewunderten und der seinen Beruf bis zur Besessenheit liebte. Aber Klein-Arto war das Andenken an eine Beziehung, eine alte, ganz alte Geschichte, die Meister Hrant nur wenigen Menschen erzählte. Über seinen Lehrling sagte er eines Tages zu Meister Barkev: »Von ihm hat man nichts, aber er soll bleiben. Du weißt ja, das ist eine Sache der Verantwortung. Damals haben wir einen Fehler gemacht, also bezahlen wir die Wiedergutmachung.« Meister Barkev neigte seinen Kopf vor und sagte: »Wenn du mich fragst, dann liebt sie dich immer noch.« Und Meister Hrant erwiderte: »Das ist zu spät, jetzt ist es viel zu spät.« Onkel Kirkor war dabei, er putzte gerade die Werkbank. Entweder beachteten sie seine Anwesenheit nicht, oder sie wußten, er würde auf keinen Fall ein Geheimnis ausplaudern. Er verstand das, was gesprochen wurde, in seinem Alter sowieso nicht ›richtig‹, sondern erst Jahre später, als jene Menschen ganz woanders waren und ein weit entferntes Leben führten. Aber sie hatten insofern recht, als er kein Geheimnis ausplauderte. Er lebte in einer Welt, in der er als Lehrling nicht bloß in seinem Beruf ausgebildet, sondern auch fürs Leben erzogen wurde. Meister Barkev hatte den ›Vorzug‹ seines Lehrlings sehr wohl bemerkt. Kirkor war verschwiegen, er sprach nicht, wenn er nicht mußte. Deshalb konnte er auch zuhören und alles lernen, was es zu lernen gab. An besagtem Tag erzählte Onkel Kirkor das, was er gehört hatte, Klein-Arto nicht weiter, obwohl er im Basar sein engster, eigentlich sein einziger Freund war. Doch das war kein Verrat an ihrer Freundschaft. Denn er wußte, Klein-Arto war ein so empfindsames Kind, daß er manche Tatsachen nicht verkraften würde. Nach Meinung einiger Leute dort war er bis zur Krankhaftigkeit empfindsam … Onkel Kirkor war der einzige Mensch, der ihn mochte und verstehen konnte. Wegen seines Unvermögens, seiner Ungeschicklichkeit, schlimmer noch, wegen seines Stotterns hatte Klein-Arto den Spott vieler Menschen, die ihre eigenen Mißerfolge und ihre Unsicherheit unter vielerlei Masken zu verbergen suchten, sich weise zu ertragen bemüht. Weise oder hilflos, weil es keinen anderen Ausweg gab. So ein Junge war das, der ihn an jenem Tag in der Werkstatt besuchte. Onkel Kirkor legte gerade ein Teilstück für die Pressen des ›Schaustellers‹ Meister Mıgır, die nur dieser in Gang setzen, warten oder reparieren durfte, sorgfältig auf dem Einsatz der Werkbank zurecht. Klein-Arto ließ die Werkbank an. Der Meißel riß in dem Moment Onkel Kirkors Arm am Ellbogen ab. Ein einziger Moment.. Sein ganzes Leben veränderte sich... Onkel Kirkor, der vor Schmerzen in Ohnmacht gefallen war, wurde mit Hilfe der Nachbarn, die durch die seltsamen panischen Schreie Klein-Artos alarmiert worden waren, in letzter Minute ins Krankenhaus gebracht. Ihm wurde hinterher erzählt, das Blut sei in Strömen aus seinem Arm geflossen. Er wäre fast am Blutverlust gestorben... Meister Barkev verhielt sich in den Tagen, als sein Lehrling im Krankenhaus lag, fast wie ein Vater zu ihm und versäumte keinerlei Hilfe, auch wenn er dafür von Meister Vahan, Kirkors Vater, allerlei Kritik einstecken mußte. Auch Meister Mıgır besuchte ihn im Krankenhaus. Er brachte einen selbstgebastelten eisernen Eisenbahnwaggon mit, dessen Türen man öffnen und schließen konnte, und versprach, die anderen Wagen mitsamt der Lokomotive auch noch zu bringen. Nicht nur Meister Mıgır, auch viele andere Menschen aus dem Basar kamen zu Besuch. Die einen hatten Blumen, andere Bonbons oder Kölnischwasser mit Zitrone dabei... War es, um ihn in dieser schweren Zeit nicht allein zu lassen oder um eine Katastrophe zu begaffen und sich beim Anblick des Unglücks selber gesund und glücklicher zu fühlen... Alle wollten ihn aufmuntern, versprachen ihm glückliche Tage und daß er ›wie früher‹ im Basar erwartet werde. Er aber begnügte sich damit, zuzuhören, zu lächeln, ohne etwas zu sagen, er hörte einfach nur zu. Was ihn erwartete, das ›wußte‹ er, und auch, daß alle, die ihn ermutigten, dies ebenfalls wußten. Daß ihn seine Ahnungen nicht getäuscht hatten, erfuhr er am Tag, als er ›gebessert‹ aus dem Krankenhaus entlassen wurde. Meister Barkev war an jenem Tag sehr distanziert. Seine Stimme zitterte leicht, aber das merkten nur die, die ihn gut kannten. Der Meister redete nicht lange drum herum, sondern sagte klar und deutlich, er solle nicht mehr in die Werkstatt kommen: »Mit einem Arm kannst du diese Arbeit nicht machen, du mußt dir also etwas Neues suchen.« Hatte die Hochachtung vor den ›Feinheiten‹ des Berufs über die Liebe zu einem Menschen gesiegt? Onkel Kirkor erwiderte auf diese Worte nichts, er versuchte, anderswohin zu schauen, und war bloß so mutig, »Na dann, Gott befohlen, Meister« hervorzubringen. Einige wissen, was dieser Ausdruck auch bedeuten kann...

Die den ›Vorfall‹ miterlebt hatten, schlugen von da an ganz unterschiedliche Richtungen ein.

Meister Mıgır beging Selbstmord, einerseits im Schmerz darüber, daß seine große Liebe, wegen der er eine Familie zerstört hatte, die ›junge Frau, die Schlager aus alten Filmen singt‹, ihn mit einem abenteuerlustigen jungen Alkoholiker betrogen hatte, der auf dem Rummelplatz in der Geisterbahn arbeitete, andererseits, weil er sich schämte und die Flecken auf seiner Ehre als Kaufmann, die er immer hochgehalten hatte, nicht ertragen zu können glaubte, als zwei seiner Wechsel geplatzt waren. Die Angehörigen sagten, dieser Selbstmord habe mit dem, was Kirkor passiert war, nicht das geringste zu tun.

Klein-Arto, sowieso schon psychisch labil, verlor beim Anblick des Unfalls, den er ungewollt verursacht hatte, vollends ›das seelische Gleichgewicht‹. Er kam ins psychiatrische Krankenhaus La Paix in Şişli, wo er bis zu seinem Lebensende blieb. Meister Barkev nahm keinen Lehrling mehr an und war auch nicht geneigt, jemand anderem seine Kenntnisse weiterzugeben.

Um zu Onkel Kirkor zu kommen, der in diesem Spiel die ›problematische‹ Hauptrolle spielte... Soviel ich in unseren seltenen Gesprächen ›unter vier Augen‹ verstand, war Kirkor zutiefst überzeugt, daß in bezug auf die Kränkung, die durch das ›Mißtrauen‹ in ihm entstanden war, bestimmte Leute aus seiner Vergangenheit irgendwann einmal Reue zeigen würden... Dabei wollte er niemanden beschuldigen, nicht auf seinem Recht bestehen... Auf keinen Fall wollte er die Kraft verlieren, gegen den Verrat seines Meisters zu kämpfen, den er, so glaube ich, mit der Zeit anders interpretierte... Sein Ausspruch »Es reicht, wenn uns das Leben treu bleibt« an Tagen, die ihn an ›etwas‹ erinnerten oder wenn er diese Erinnerungen mit etwas Erlebtem assoziierte, war kein leeres Gerede. Es reicht, wenn uns das Leben treu bleibt. Jetzt erinnere ich mich auch, daß er in einem unserer Gespräche einmal sagte: »Auch mit nur einem Arm hätte ich wohl ein guter Drehermeister werden können. Doch ich hatte keine Chance... das Schicksal... Nun sind wir eben hier. Das Leben ist zu Ende, und auch der Weg ist zu Ende...« Diese Überzeugung in einem Moment des Pessimismus, der Kapitulation stand im Widerspruch zu den Gefühlen eines Menschen, der seine Träume, seine geheimen Wünsche, in seinem Leben immer verwirklichen wollte und nicht aufgab. Doch wie immer er seine Kränkung oder seine Kapitulation auch trug, wer mit ansah, was Onkel Kirkor nach jenem Vorfall, nach jenem Unfall, erlebte, der konnte schon fast daran glauben, daß es so etwas wie eine Vorherbestimmung, ein Schicksal, gab.

Meister Vahan war Sozialist. Für die Wohnung der Familie Ventura in Asmalımescit am Galataturm hatte er viele Möbel gefertigt; das tägliche Leben und die politische Entwicklung kommentierte er in französischer Sprache, die er von seiner Mutter gelernt hatte. Trotz seines Asthmas rauchte er. Obwohl er finanzielle Probleme bekam und Einbußen erlitt, fand er einen Weg, die Arbeit für die Neureichen abzulehnen, deren Verhalten ihm nicht gefiel und von deren Kulturlosigkeit er überzeugt war, weil sie glaubten, alles mit Geld kaufen zu können. Nach jenem unglückseligen Unfall wandte er sich an Monsieur Jacques und fragte nach Arbeit für seinen Sohn – »wenigstens kann er Kaufmann lernen«. Monsieur Jacques war ein junger Mann, der, wie man sagte, es geschafft hatte, in allerlei Schwierigkeiten und sogar in einer plötzlichen Notlage Rückgrat zu bewahren, der auf eigenen Füßen stand und zunehmend die väterliche Verantwortung für die ganze Familie übernommen hatte. Dieser suchte für seinen ständig größer werdenden Laden einen jungen, fleißigen, vertrauenswürdigen Mitarbeiter, der – das war am wichtigsten – der ›Minderheit‹ angehören sollte. Kann man es als Zufall hinstellen, daß das anfangs so unwichtig erscheinende Einstellungsgespräch für zwei Menschen die Tür zu einem fast lebenslangen Zusammensein öffnen sollte?

Als er ein wenig gelassener auf das Erlebte zurückblickte, wurde Onkel Kirkor – mit etwa zweiunddreißig oder dreiunddreißig Jahren schon reichlich ›alt‹ – mit der ›hinkenden‹ Ani verheiratet, und zwar durch Vermittlung aus der Nachbarschaft, weil man dachte, es täte seiner Schweigsamkeit, Einsamkeit und seinem Lotterleben gut. Sie war – anders als andere – selbstbestimmt und sexuell sehr anziehend. Von Monsieur Jacques erfuhr ich, daß Ani, als sie Onkel Kirkor kennenlernte, gerade von einem verheirateten Oberst verlassen worden war, mit dem sie eine lang andauernde verbotene Liebe, manche sagten, ein Dasein als Mätresse, hinter sich hatte. Um als verlassene Frau nicht zu ihrer Familie, die aus einem Dorf aus der Provinz Kayseri stammte, zurückkehren zu müssen, suchte sie einen neuen, aber ›gefährlichen‹ Weg.

Onkel Kirkor sah sich in jenen Tagen als Anis ›Retter‹. Und Ani muß angesichts ›jener Bedingungen und Albträume‹ womöglich den gleichen Gedanken gehabt haben. Doch wie ich es verstand, war die Rettung keine einseitige Sache, die echte Selbstlosigkeit verlangt hätte. Auch ihr schien es, als errette sie mit ihrer fraulichen Berührung Onkel Kirkor von etwas. Damals, in der ersten Zeit ihrer Ehe, lernte Kirkor, wenigstens etwas mehr auf sein Äußeres und seine Kleidung zu achten… Es war eine Zeit, in der er lächelte, herzlich lachte, von innen heraus lachen konnte… Leider war das nur das Bild, das sich in den ersten Tagen bot… Die Beziehung nahm nach einiger Zeit eine Entwicklung, die von vielen nur schwer zu begreifen war. Nach und nach verstanden es aber alle. Ein Albtraum lag unabänderlich auf ihrem Leben. Ani benutzte ihre Ehe sozusagen als Schutzschild, um mit ›anderen‹

Männern zu schlafen, und nahm ausgerechnet an ihrem Ehemann Rache für die erlittene große Enttäuschung – ein Hinweis auf ihre merkwürdige, etwas widersprüchliche Mentalität. Sie machte ihn traurig und verletzte ihn absichtlich, obwohl er sie trotz allem liebte und durch sein Verhalten einerseits die Hölle, aus der sie fliehen wollte, und andererseits ihr verborgenes Gewissen verkörperte. Ani und Onkel Kirkor blickten auf ihre ›Defekte‹, die Defekte des jeweils anderen, von unterschiedlichen Standpunkten, wer weiß, vielleicht immer vom falschen Standpunkt aus. Es war eine Beziehung, in der jede Seite ihr eigenes Spiel mit der eigenen Hörigkeit, mit den eigenen Lügen fortsetzte. Das Spiel enthielt noch andere Spiele, die wir besser verstehen konnten, je tiefer wir in diese verschachtelten Welten eindrangen: Ani kam Onkel Kirkor nach jedem Seitensprung etwas näher, während Onkel Kirkor Anis Untreue scheinbar geduldig hinnahm, indem er dachte: »Soll sie machen, was sie will, es ist aussichtslos, zuletzt kommt sie ja wieder zu mir nach Hause zurück. Soll sie machen, was sie will, sie kann doch nirgends hingehen.« Doch mit jedem weiteren Tag fand er seine Ruhe darin, daß eine Frau, der so viele Männer nachliefen, ihn trotz seiner ›Einarmigkeit‹ geheiratet und dadurch von seinem Makel befreit hatte. Gut, was den ›Defekt‹ betrifft, so hatte Ani ein ähnliches Problem. Das, was die Eheleute verband, war in den Augen der Außenstehenden, wenigstens zu Anfang, gerade dies. Ani hatte große Brüste und ein sehr schönes Gesicht mit eindrucksvollem Blick, aber vor allem war sie eine ›Frau‹. Mit ihrer Fraulichkeit, ihrer Weiblichkeit, hatte Ani jenes Problem längst überwunden. Sie lebten in einer Gesellschaft, in der es hieß: »Die Hinkenden sind gut im Bett« und die Frauen der ethnischen Minderheiten als ›leichte‹ Frauen angesehen wurden. Der Preis, den Onkel Kirkor für die ›Reise zur Ruhe‹ bezahlte, war zweifellos hoch. Aber zahlen nicht alle, denen es gelingt, im Leben auf einen besseren Platz zu gelangen, den höchsten Preis? Wollen oder müssen sie nicht diesen Preis zahlen?

Das Wörtchen ›Schicksal‹ sagt sich so leicht, aber in diesem Fall füllt es sich durch die Einzelheiten eines langen Lebensweges mit einem ganz anderen Sinn… Bei den Gründen, warum Onkel Kirkor den Laden mit jedem Tag mehr als sein ›Heim‹ betrachtete, darf man keinesfalls sein Schicksal außer acht lassen. Das Leben ist ein Weg, den man gehen muß, oder ein langes Spiel, das in einigen Szenen mit anderen fortgesetzt wird und dessen eigentlicher Sinn sich nicht mitteilen läßt. Das Spiel von Ani und Onkel Kirkor erinnerte daran, daß beide trotz allen Widerstands und aller Träume ab einem bestimmten Punkt ihre Rolle akzeptierten und ihre kleinen Täuschungen ›mitzuteilen‹ versuchten. Deshalb bedeutete für Onkel Kirkor jede einzelne Handlung eine kleine Zeremonie, etwa die Lichter des ›Ladens‹ morgens und abends ein- und auszuschalten und dabei auf Kleinigkeiten zu achten, die sonst niemandem auffielen, morgens die Rolläden sorgfältig hinaufzuziehen und abends wieder herunterzulassen; zur ›rechten Zeit‹ den Weintrinker Ismail zu einem Glas Tee einzuladen und sich von ihm schmeicheln zu lassen; da er selbst nicht rauchte, aus herumliegenden Zigarettenpackungen ein paar abzuzweigen, um aus diesem geheimen Vorrat den Rauchern bei dringendem Bedürfnis mit »Steck dir eine an!« entgegenzukommen. Durch eine einzige Berührung erkannte er mit untrüglicher Sicherheit – das hatte er ›von der Pike auf‹ gelernt – die Stoffarten, die Webdichte, ihre Qualität, und er ordnete sie je nach Jahreszeit anders an, als wolle er damit ausdrücken, welche Bedeutung die Jahreszeiten im Leben des Menschen haben, denn wie er sagte, hatte »jeder Stoff seine Jahreszeit und jede Jahreszeit ihren Platz«.

Manchmal sah ich ihn auch ganz früh am Morgen den Platz vor dem Laden fegen. Ich schaute ihm lächelnd zu. Er verstand. Es gab andere, die diese Arbeit zu tun hatten. Das wußte er. Aber da ich ihn schon so ›erwischt‹ hatte, benutzte er absichtlich die recht abgedroschenen Redensarten, die ein Händler halt so von sich gibt, wobei er seine eigenartigen Betonungen noch übertrieb: »Was willst du machen, hier kommt das tägliche Brot her… Du mußt drauf achten, darfst den Laden nicht verärgern.« Ich weiß nicht, warum, aber aus Onkel Kirkors Mund bekam dieser Satz einen ganz anderen, tieferen Sinn. Manchmal sprachen wir Französisch. Mit den nicht mehr als fünfzig, sechzig Wörtern der Fremdsprache, die Onkel Kirkor, wie es aussah, vergessen oder nie gelernt hatte. Das waren unsere kleinen Fluchten. Sein damaliger Wortschatz enthielt auch unverändert gebliebene Wörter, die seine in Marseille wohnende Cousine vor Jahren bei einem Besuch mitgebracht hatte. Aber in jenen Morgenstunden, den frühen Morgenstunden, wollte ich von ihm etwas über die Gefühle hören, die sich mit den Bildern, Stimmen und Gerüchen ›der alten Zeit‹ in ihm eingenistet hatten. Jene Morgenstunden waren unsere echten, lebendigen Stunden. Unzerstörbar war die Realität der echten ›Orte‹, die Onkel Kirkor erzählend aufs neue sah. An diesen Orten gab es ›die Kriegsjahre, die die Jugend niemals verstehen wird‹, in denen es trotz aller Not nicht an Öl fehlte dank der Hilfe eines Vetters, der *börek* herstellte. Eines Tages waren aus Schweden neue Autobusse gekommen. Und der Nachbar Parsek Dikranyan, ein von Amerika begeisterter Schwarzhändler, floh eines Nachts Hals über Kopf mit Frau und Tochter nach New York. Später hörte man, Parsek habe mal dies, mal das versucht und sei in jenem ›fremden Land‹ in diverse unglückliche Geschichten verwickelt worden; jahraus, jahrein sei er Taxi gefahren und dann voll Sehnsucht nach Istanbul, insbesondere nach dem Geruch des Ägyptischen Basars, gestorben. Von anderen hörte man, er sei nicht eines natürlichen Todes gestorben, sondern von einem italienischen Blumenhändler erstochen worden, und seine wunderschöne Tochter Ida sei Straßenhure geworden. Was Onkel Kirkor, wenn der Ausdruck erlaubt ist, ›unter dem Siegel der Verschwiegenheit‹ berichtete, war für mich eine von den Erzählungen, die neue kleine Augenblicke erschufen. Das Geschichtenerzählen und das Zuhören habe ich wohl ein bißchen von ihm gelernt – wenn ich in diesem Punkt wirklich etwas habe lernen können. Seine Geschichten gehörten zu meinen unverzichtbaren Märchen.

Es gab auch Zeiten, in denen er nachts, nachdem Radio Ankara um elf Uhr zu senden aufgehört hatte, durch die Frequenzen

spaziert war und fremde Nachrichten, vorzugsweise die ver-
schlüsselten Botschaften der Widerstandsorganisationen, abge-
hört hatte. Er vergaß nie, wie er eines Abends eine Meldung
der französischen ›Résistance‹ gehört hatte, in der die Worte
›Le cochon est constippé‹ (das Schwein hat Verstopfung) vorkamen. Was diese chiffrierte Botschaft bedeutete, hat er nie erfahren. Vielleicht war diese Chiffre, die er immer noch entschlüsseln
wollte, auf der ganzen Welt jetzt nur noch für ihn von Bedeutung.
Er erinnerte sich auch an die Ansprachen de Gaulles. Sie hatten
damals eine seltsame Aufregung verspürt. Sein Vater pflegte zu
sagen: »Sie werden siegen ... Europa wird gerettet werden.« Seine Mutter war in jenen Nächten bei ihnen. Sie war noch nicht
gestorben ... Er kaufte für Monsieur Jacques am Zeitungsstand
am Tünel jeden Morgen ›Le Journal d'Orient‹. Das war die letzte
französische Tageszeitung, die noch in der Türkei erschien. Ein
Zeitalter ging zu Ende, still und langsam, unbemerkt von den
meisten Menschen. Auf dem Weg warf er einen Blick in die
Zeitung. Manchmal dachte er an den ›Frère‹ im Gymnasium
Saint Michel, das er hatte verlassen müssen. An so einem Morgen
war Beyoğlu in eine Ruinenlandschaft verwandelt worden, lagen
zerschmetterte Kühlschränke und meterweise Stoffe auf der
Straße verstreut. Das war die Erinnerung an das furchterregende
›schreckliche Erwachen‹.

Wegen alldem ist Onkel Kirkor ein sehr wertvoller Zeitzeuge
und in meiner langen Erzählung einer der unvergeßlichsten
›Mitspieler‹. Aber es gibt in der Erzählung noch einen anderen
Spieler, der ihn ›belebt‹ und zu einem der Unvergeßlichen macht.
Ohne ihn ist es unmöglich, Onkel Kirkor zu verstehen. Es wäre so,
als hörte man Onkel Kirkor nur halb zu, wenn man dem anderen
Spieler nicht zuhörte.

Es scheint, als sei dieser Spieler Onkel Kirkor zum erstenmal in
einer persönlichen, sehr persönlichen Zeit der Einsamkeit begegnet, von der wir alle nichts wissen.

Hätte er anderen den kleinen Streich sonst so meisterhaft spielen können?

Der Westenmacher Nikos

In Beyoğlu, das mit jedem Tag weniger das alte Pera war, konnte man infolge des ›schrecklichen Erwachens‹ von 1955 auch sehen, daß für manche Menschen der Tag kommen würde, an dem sie gezwungen sein würden, zu unpassenden Zeiten an unerwünschte Orte zu gehen. Wie sehr dies für Onkel Kirkor eine Quelle der Trauer, eines immer größeren Verlusts bedeutete, habe ich eines Tages von Olga während eines harmlos wirkenden Gesprächs erfahren. Es scheint, als wollte in dieser Geschichte jeder ›zu gegebener Zeit‹ ›etwas‹ über jemanden erzählen. Jeder wollte ›zu gegebener Zeit‹ etwas über die anderen, etwas über sich selbst erzählen... Etwas... Verblaßte, unvergessene Dinge, die mit ihren eigenen Stimmen lebten, am Leben erhalten wurden... Damit die Geschichten von einem zum anderen fließen... Damit sie nicht völlig sterben, sondern in irgendeiner Weise in jemandem bewahrt bleiben...

Wenn Onkel Kirkor sagte: »Ich gehe eine Suppe essen«, dann verließ er in Wirklichkeit den ›Laden‹ für kurze Zeit, um einen kleinen Raki zu trinken. An einem jener Tage, als er sich von allen abschottete und mit niemandem sprach, wobei seine Blicke ausdrückten, daß er manche Bilder der Vergangenheit wirklich miterlebt hatte, sagte Olga, als verriete sie ein Geheimnis: »Er sucht Nikos.« Nikos suchen hieß, ein verlorenes Leben zu suchen und – unabhängig vom Finden – die Hoffnung nicht zu verlieren; es hieß, die Zugehörigkeit zu einer Vergangenheit zu bewahren, zu einem Ort, zu einzelnen Menschen... Als ich diese Geschichte, die Onkel Kirkor in unseren Morgengesprächen nie erwähnt hatte, von Olga hörte, war das für mich, um ehrlich zu sein, ein ganz anderer Grund zur Trauer. Was mich an Onkel Kirkors ›Heimlichkeit‹ bekümmerte, war nicht so sehr, daß er mir, obwohl wir viele Gemeinsamkeiten hatten, diese Dinge verschwiegen hatte, denn das erklärte sich aus der ganz natürlichen Fremdheit, die sich aus unserer unterschiedlichen Lebensweise und mehr noch aus dem Altersunterschied ergab. Mich bekümmerte vielmehr, daß er diese Geschichte ganz allein in seinem tiefsten Inneren, weit entfernt von den Menschen um ihn herum, durchleben mußte. Jetzt denke ich aber, wir kamen in diesem Punkt im Laufe der Zeit zu einer geheimen Abmachung, die sich auf die unterschiedlichen Bilder von Nikos in unserem Inneren bezog. Wir erlebten diese ›Nikos‹ in kleinen, von uns für sehr wichtig gehaltenen Details, ohne darüber zu sprechen. Seit jenen Tagen sind Jahre vergangen, viele lange Jahre… Onkel Kirkor hat meiner Ansicht nach verstanden, daß ich über Nikos von jemand anderem gehört hatte und ihn mit den Augen und Worten der ›anderen‹ kannte. Ich wollte ihn diese Tatsache spüren lassen. Das Geheimnis befand sich somit jenseits einer nur angedeuteten Grenzlinie. Es lag also nur an uns, ob wir die Erzählung auf verschiedenen Wegen so oder so weitertreiben wollten. Unsere Wege waren trotz mancher Berührungspunkte von Anfang an gekennzeichnet durch einige nicht unwichtige Unterschiede. Es gab Lücken beziehungsweise kleine Rätsel. Wir haben nie miteinander darüber gesprochen, wie die Geschichten über Nikos in uns angefangen hatten oder weitergingen. Deshalb habe ich auch nie erfahren, wann, wie und warum diese Geschichte bei Onkel Kirkor angefangen hat.

Was ich weiß und sagen kann, ist, daß mir Nikos vorgestellt wurde als ›guter Trinkkumpan, dem man viele Nöte erzählen kann, ein wirklich mitfühlender Mensch‹. Er war Herrenschneider, auf Jacken und Westen spezialisiert, mit einem Atelier in der Aşirefendi-Straße. Das Atelier war an vielen Stellen schon am Zerfallen, und die Einrichtung knarrte bei jedem Schritt, wie um ständig an ihre Abnutzung zu erinnern. Obwohl die Kunden darüber Scherze machten, erneuerte Nikos auch nicht das vom Alter verfärbte Linoleum, das die zahllosen Geschichten der Menschen, die darüber gelaufen waren, trug und die Form der darunterliegenden Dielen angenommen hatte. Da gab es auch einen alten Kater mit Namen Yorgos. Einen Kater, der fast immer dort lebte, als ob er sich zu bleiben entschlossen hätte. Wie es hieß, sprach Nikos oft griechisch mit ihm. Griechisch… Weil es die

›anderen‹ nicht verstehen sollten. Wer aber dort die ›anderen‹ waren, das habe ich ehrlich gesagt nicht verstanden. Wer waren in der Geschichte wirklich die ›anderen‹? Die Besucher, die aus verschiedenen Gründen in den Laden kamen, die Kunden oder andere Katzen, die manchmal vorbeischauten? Wer weiß… Es fällt mir schwer, diese Frage zu beantworten, denn ich blicke nur aus großer Distanz auf Nikos' Welt. Jedoch gibt diese Frage, auch wenn sie unbeantwortet bleibt, in bezug auf einige Aspekte einer Biographie gewisse Anhaltspunkte. Und so liegt es wieder einmal an uns, den Weg bis zum ›gewünschten‹ Punkt zu gehen… Einem Gerücht zufolge liebte auch Yorgos den Raki sehr. Ehe Nikos am Abend den Laden schloß, verweigerte er seinem uralten Freund nicht die ihm zustehende tägliche Ration. Er wußte genau, mit wieviel Wasser der Raki verdünnt werden mußte. Wenn es zuviel oder zuwenig war, weigerte sich Yorgos und trank nicht. Eine Zeitlang war auch Nikos' Gehilfe Şeref aus Urfa, ein Stotterer, der kaum sprach, im Laden. Angeblich hatte ihn Blutrache nach Istanbul verschlagen. Diese Information konnte man verschieden interpretieren. Verfolgte er hier eine Spur, oder bemühte er sich, seine Spur zu verwischen? Wollte er eine Rechnung begleichen, oder floh er vor einer offenen Rechnung? Das wußte niemand. Eines Tages kam der ›seltsame Gast‹ nicht wieder. Er hinterließ keine Nachricht und keine einzige Spur, sondern war einfach verschwunden… Bedeutete dieses Verschwinden, daß er seine Rechnung beglichen hatte oder daß er seinem Schicksal begegnet war? Das konnte damals niemand in Erfahrung bringen…

In meiner Geschichte von Nikos suchen die ›Bilder‹, die ich aus seinem ›Umfeld‹ gesammelt und geordnet habe, immer noch ihren Platz. Die Erzählung begann also wohl mit einer Nachbarschaft. Man brachte es mit jedem Tag mehr zur Meisterschaft darin, den Anforderungen des Lebens unter verschiedenen Masken zu begegnen. Als sie sich irgendwo im Leben gefunden hatten, wuchs etwas zwischen ihnen. Nachdem sie sich an einem bestimmten Punkt getroffen hatten, wurden gewisse Bilder ihres Lebens gemeinsam angeschaut. Gewisse Fotos wurden gemein-

sam, mit verständnisvoller Anteilnahme und Enttäuschung angeschaut. Mit großer Wahrscheinlichkeit wußte man nicht wirklich genau, was, wo, wie, wie tief man eigentlich in jenen Tagen
die Dinge zusammen erlebte. Ja, die Masken waren aufgesetzt...
Auch die Masken. Soweit es möglich war, mitten unter den anderen bleiben oder sich selbst zwischen den anderen verstekken... Tee trinkend, von fertigen Vorstellungen ausgehend, mit
abgedroschenen Redensarten wurden trotz unterschiedlichster
Ansichten politische Kommentare abgegeben, ohne die persönlichen Schlußfolgerungen letztendlich zu berühren. Man bemühte sich, sich möglichst aus allem rauszuhalten und doch
kleine Lösungsmöglichkeiten anzubieten. Das gebot irgendwo
die geschichtliche Situation, bestimmten Leuten blieb damals
keine andere Wahl, wenn sie den ihnen zugewiesenen Platz mit
ihren Gefühlen vereinbaren wollten. Die Plätze wurden gewählt
oder zugewiesen. Diese Plätze wolltet ihr zeitweise nicht einmal
definieren. Für eine kurze Zeit ließen auch die Fußballspiele die
Monotonie und die Geldknappheit vergessen, die sich zwangsläufig zu einer Art Obsession entwickelt hatte. So wurden in
diesen kleinen Welten auch jene in kleinen Schritten gelebten
Augenblicke, die unsichtbaren Zeiten des Lebens, langsam erschöpft. Man hörte den Alten zu, weil sie alt waren, fand sie allein
deswegen hörenswert und glaubte, daß nur den Jungen, die höflich waren und die sozialen Regeln einhielten, eine glänzende
Zukunft offenstehe. Gab es unter den Menschen, die die Regeln
der Gesellschaft verteidigten, auch manche, die ihre eigenen
Träume ermordeten?... Die Frage hätte dort damals niemand
beantworten können.

Es war eine Gefühlswelt, in der man sogar über die eigenen
Sorgen mit abgedroschenen Wendungen sprach und aus der uns
über die Zeiten hin nur einige unvergessene Sätze, einige lük-
kenhafte, übriggebliebene Stimmen erhalten sind... Das waren
gewissermaßen die Beziehungen, in die Onkel Kirkor und Nikos
verwickelt waren. Doch hatten sie beide meiner Ansicht nach,
abgesehen von aller Heimlichtuerei, unterschiedliche persönli-

che Geschichten, was die anderen nicht sehen und nicht verstehen konnten. Das, was ich erfahren habe, erweckt in mir zumindest das Gefühl, den Wunsch, dieser Geschichte nachzugehen. Es ist die Erzählung von zwei Menschen, die irgendwie ums Überleben kämpfen, indem sie in ihrem alltäglichen Leben oft rangeln, jedenfalls sieht es für andere so aus. Oder die Geschichte von zwei Freunden, die sich eine Rolle suchen, die ihnen die Niederlagen und Enttäuschungen, die sie immer wieder zu erleben meinten, erträglicher macht. Das war, glaube ich, ein kleines, vorher nicht festgelegtes Spiel, das spontan gespielt wurde, bei dem es aber untergründig darum ging, sich selbst zu behaupten.

Als spielten sie in dieser Lage auf dieser Bühne ihre wichtigsten, ja erfolgreichsten Rollen. Nach dem, was Olga mir über jene Tage, über den ›Schlagabtausch‹ der beiden, überliefert hat, vermischt mit ein paar Kommentaren, Hinzufügungen und Lücken, ging es an manchem Morgen lustig zu. Zum Beispiel pflegte Onkel Kirkor zu dem für seine Meisterschaft im Westennähen allseits bekannten Nikos zu sagen: »Verrückter Westenschneider... Wieviel Meter Stoff hast du heute wieder gestohlen? Klaut und klaut, dann machst du Westen draus und verscherbelst sie, dreckiger Sünder!« Nikos konterte diesen Angriff dann mit »Zuhälter, kakochronakis!... Wir wissen, wie oft du in der Abanoz* rumgehangen bist, geh hin und bezahl deinen Eintritt in Sabris Laden.« Damit tippte er leise einen wunden Punkt an, von dem nur wenige Menschen wußten und den Kirkor gerne ganz und gar in der Vergangenheit zurückgelassen hätte. Es war der einfachste Weg, den Vorwurf des ›Diebstahls‹ vom Tisch zu wischen. Der Preis für die Aufdeckung einer Schuld mußte selbstverständlich die Aufdeckung einer anderen Schuld sein. Diese ›Drohung‹ war stark genug und deutlich, so daß an weiteren Geheimnissen nicht gerührt wurde. Das alles mal beiseite – um dem Leben, diesem langen Spiel, einen Streich zu spielen, oder besser, um von ihm nicht abgeschnitten zu werden, war es notwendig, die Rolle des ›Märchenerzählers‹ auf sich zu nehmen, diese Szenen spielen zu lassen.

Nun zu den ›Vergehen‹… Wären diese nicht gewesen, wären diese Protagonisten nicht geschaffen worden, hätte man sie nicht erschaffen können, gäbe es sie nicht. Jene Moralordnung konnte diese ›Fehler‹ verdauen, konnte sie sich anpassen. Die Kommentare, die mich aus jener Zeit erreichen, verstärken in mir dieses Gefühl. Nikos und Onkel Kirkor gewannen durch diese ›Besonderheiten‹ ab einem gewissen Punkt sozusagen jeder für sich ein kleines Glück… Nikos hatte nicht so ganz unrecht, wenn er Onkel Kirkor an eine Vergangenheit erinnerte, von der die anderen möglichst nichts wissen sollten, und dabei auch an Abanoz Sabri, der eine Zeitlang für viele Männer in Istanbul die Türen zu verschiedenen Phantasiewelten geöffnet hatte. Mich haben über diese ›Vergangenheit‹ einige Gerüchte erreicht… In der kleinen Erzählung, die aus diesen Gerüchten entstand, kannte Onkel Kirkor ein paar Häuser in der Abanoz-Straße. Er ging dort nicht nur in seiner Jugendzeit, sondern auch in seiner ›reiferen Jugend‹, als er schon mit Madame Ani verheiratet war, eine Weile hin. Das hatte einen Grund, den manche sehr einfach, sehr gewöhnlich, andere dagegen für ernstzunehmend befinden. Onkel Kirkor hatte dort eine ›Geliebte‹. Sie ließ ihn seine ›Einarmigkeit‹ nicht spüren, vielmehr lehrte sie ihn, mit seiner ›Andersartigkeit‹ zu leben. Diese ›Geliebte‹ verschwand eines Tages, ohne jemandem Bescheid zu sagen, ins Bordell nach Izmir, und nach später aufkommenden Gerüchten lernte sie einen wesentlich älteren ehemaligen Apothekergehilfen kennen, der in ›jener Gasse‹ mit einem vorsintflutlichen Gerät den Leuten den Blutdruck maß und so als Rentner sein Auskommen zu sichern versuchte. Sie heirateten und ließen sich irgendwo im Stadtviertel Karataş in Izmir nieder. So war das also, mindestens haben wir es so gehört. Der Name dieser ›Geliebten‹ wurde nie bekannt. Es wurde auch nie ganz klar, wie ›wahr‹ diese Geschichte war, die aus ungeklärten Quellen kam, beziehungsweise ob sie sich ›so‹ oder anders abgespielt hatte. Wie Onkel Kirkor die Nachricht von der Heirat aufnahm, ist ebenfalls unbekannt. Man weiß nur, daß Onkel Kirkor nie wieder in ›jene Straße‹ ging und diese Tür in seinem Leben von da an gänzlich verschlossen hielt. Das war ebender Punkt, wo Nikos seinen Freund ›erwischte‹, zum Schweigen brachte. Mir ist bewußt, daß ich unzulässigerweise wage, Verknüpfungen ›aus der Ferne‹, aus einer ganz anderen Zeit, herzustellen. Unter diesen Umständen ist es sicher möglich, daß mir wichtige Details entgehen. Doch von heute aus gesehen, erscheint mir dieses ›Erinnern‹ als nicht geringer ›Verrat‹.

Um nun auf das Ausplaudern von Nikos' ›Diebstahl‹ zu kommen… Ich glaube kaum, daß Nikos durch diese Enthüllung sehr viel Schaden nahm. Wie es aussieht, hatte dort jedermann irgendwie von dieser seiner Eigenart erfahren, und es wurde als ›nette‹ Ausprägung einer Freundschaft akzeptiert. Als ein ›Sonderrecht‹ seiner Meisterschaft oder als ›Gegenleistung‹ für soviel unterhaltsame Gesellschaft. Er war am hellichten Tag schon beschwipst, mit vielen Versprechern und seinen Zahnlücken, die er nicht richten ließ, ein bißchen auch der Spaßmacher für seine Umwelt. Die Gewissen mußten wegen anderer kleiner Bosheiten so oder so gereinigt werden…

Jahre später bestätigte mir Monsieur Jacques die Geschichte von Nikos' ›heimlicher Westenmacherei‹, die ich schon aus den Gesprächen mit Olga über die Beziehung zwischen den beiden ›Schwerenötern‹ kannte. Die Zeit war nun wieder eine andere, und die Gefühle hatten sich gewandelt. Wie viele Menschen, die ›jene Zeiten erlebt‹ hatten, fand Monsieur Jacques es notwendig, etwas über den Zerfall der Werte zu sagen. Ständig gebe es weniger Schneidermeister, die die Sprache des ›Handwerks‹ verstünden. »Da hatten wir beispielsweise mal einen Nikos«, meinte er eines Tages. »Der war ein Lügner, er hielt sein Wort nicht, sein Laden roch immer nach Raki. Aber seine Arbeit machte er gut. Seine Jacken saßen wie angegossen. Und du konntest bezahlen, wann immer du wolltest.« Ein unbestimmtes schmerzliches Lächeln glitt über sein Gesicht, während er die Stoffe ordnete. Ich werde nie erfahren, in welche weit entfernten Erinnerungen er abschweifte. »Er war ein bißchen ein Dieb, na ja…«, sagte er dann. Es fiel mir nicht schwer, in diesem Satz, in diesem Zusammenhang, den Sinn des Ausdrucks ›ein bißchen‹ zu verstehen. Er wurde sozusagen benutzt, um einen Menschen nicht zu kränken, der sehr weit weg war, um das Andenken an ihn nicht zu verraten. Es lag wohl auch ein wenig versteckte Zärtlichkeit darin. Eine versteckte Zärtlichkeit…

Dasselbe Gefühl gegenüber dem verlorenen Freund verspürte sicherlich auch Onkel Kirkor, der gerade in der Nähe war und die Gelegenheit ergriff, sich mit den Worten einzumischen: »Dieser verflixte Westenmacher… *Tavlu* konnte er auch nicht spielen.« Monsieur Jacques blickte über seine Brille hinweg erst tadelnd auf Onkel Kirkor, dann konnten sie nicht mehr an sich halten und fingen zu lachen an. Das war ein Lachen voller Leben, ein Lachen, das zu ihnen paßte. Es schwang auch ein wenig Trauer darin. Dann sagte Monsieur Jacques, als ob er Nikos nachmachte, oder besser, ich hatte den Eindruck, daß er das tat, zu Onkel Kirkor: »*Kakochrononakis!*« und noch etwas auf griechisch, das ich nicht verstand. Wie viele Juden in seinem Alter konnte er auch etwas Griechisch. Onkel Kirkor bejahte mit Kopfnicken, was gesagt worden war. Ich spürte, Nikos war in diesem Moment bei ihnen an einem Ort, den ich nicht kennen und zu dem ich niemals Zugang haben werde… Die Sätze, in denen Onkel Kirkor von Nikos sprach, hatten eine besondere Bedeutung und weckten Assoziationen, über die nachzudenken sich lohnte. Aus Gründen, die nur Menschen kennen, die in einer mehrsprachigen Welt leben, sagte er zum Beispiel nicht ›tavla‹. Aus Spontaneität und Spaß sagte er immer, um die Fremdheit zu betonen, ›*tavlu*‹. Und dabei – lassen wir die verschiedenen Kommentare zu diesem Verhalten mal beiseite – wurde seine ›Meisterschaft‹ im *tavla* von allen anerkannt. Es hieß, daß er flink mal schummelte, daß er die Steine manchmal setzte, wie es ihm paßte, auch daß er beim Würfeln mogelte, aber die Eingeweihten wußten, wieviel Spaß es machte, mit ihm *tavla* zu spielen, eher noch, zu erleben. Diesen Spaß hatte nicht nur der Gegner, sondern auch der Zuschauer. Im wahrsten Sinne des Wortes waren seine *tavla*-Partien immer eine kleine Darbietung. Anders gesagt, er erwies dem *tavla*-Spiel die gebührende Ehre. Insbesondere konnte er es aber nicht ertragen, besiegt zu werden. Deswegen zogen die Wettkämpfe mit Sedat, dem Araber, in denen um Tee gespielt wurde, eine Menge Zuschauer an. Dieser sagte, um ihn wütend zu machen, oft »Bär! Du Bär und Sohn eines Bären!« zu ihm.

Der Spaß Sedats, des Arabers

Ich erinnere mich. Er suchte das für ihn bestimmte Leben immer an ›anderen‹ Orten. Sedat, der Araber, war ein Mensch des Weges, den viele Menschen nur in ihrer ›Poesie‹, in einem nicht zu verwirklichenden Märchen, erleben konnten. Mit seinem immer älter und klappriger werdenden Minibus, den er wegen der Buchstaben HF im Kennzeichen ›hafiye‹, also Detektiv, nannte und den er fast wie einen Freund liebte, reiste er jahrelang auf den ›Landstraßen Anatoliens‹ herum. Es machte ihm einen Riesenspaß, andere nachzuahmen, und seine Imitationen waren so professionell, daß es die Leute nicht merkten. Das war sein Vergnügen oder seine wichtigste ›Feinheit‹. ›Er war voller Lebensfreude‹, so daß mehrere Leben, mehrere ›Wege‹, in ihm Platz hatten, die ganz unterschiedliche Nächte, Sonnenaufgänge implizierten, wie sie kaum je ein Mensch erleben kann. Er hatte nicht studieren können und war deshalb, wie man plump sagt, ›kein gescheiter Mensch‹, insbesondere aber kein Doktor geworden. Diesen ›Mangel‹ glich er auf seine Weise aus, indem er ›unfehlbar‹ die verschiedensten Unpäßlichkeiten und Krankheiten in seiner Umgebung prognostizierte und Behandlungsmethoden vorschlug, wodurch er, wie man sagte, ›viele Menschenleben rettete‹. Das war zwar ›Spaß‹, aber den sollte man noch mal überdenken vor dem Urteil, wie ›ein gescheiter Mensch‹ zu sein habe. Es scheint, als habe er sein Leben, besser gesagt, das, was ich von seinem Leben kannte, mehr als zur Hälfte auf ›jenen Straßen‹, ›seinen Straßen‹, verbracht. Wenn er verschwunden war, bedeutete das, er war ›nach Anatolien‹ aufgebrochen. So wie man niemals wußte, wann und wohin er gehen würde, so wußte man auch nicht, wann und woher er zurückkehren würde. An den Orten, an die er ging, blieb er manchmal nur ganz kurz, manchmal sehr lange. Wie ich mich erinnere, verbrachte er im Jahr mindestens sechs Monate ›dort‹, beziehungsweise wollte er lieber dort sein. Daher kam es auch, daß er seinen Minibus nicht bloß als Laden und Freund betrachtete, sondern als Zufluchtsort.

In vielen Städten und Kleinstädten kannte er Apotheken, Postämter, Hotels, Cafés, Freudenhäuser und Restaurants, die vielen sonst unbekannt waren. Was die Straßen betrifft, so hatte er ein sehr detailliertes Wissen. Die Straßenkarte in seinem Kopf war seine ganz eigene. Ab und zu drehte er sich gerne mal eine ›Tüte‹. Ich wußte, dann war er nach ›anderen Landkarten‹ unterwegs. An seiner nicht verhehlten Traurigkeit merkten wir, wenn es wieder mal Zeit für ihn war, abzureisen. Sobald er nach Istanbul zurückkam, blieb er an den erforderlichen Orten und traf sich mit den Menschen, die er treffen mußte, danach fuhr er wieder los, um an jenen Orten seiner Bestimmung zu folgen, seine Reise fortzusetzen. Ich bin sicher, er wußte dann selbst nie, wann er zurückkommen würde. »Die Straße ruft uns… Es geht ums tägliche Brot, was soll's!« pflegte er zu sagen. Freilich war es richtig, daß er diese Wege wegen des ›täglichen Brots‹ machte. Aber es gibt darüber hinaus auch noch andere Aspekte, Bilder, die ein Leben erzählen. Sedat, der Araber, war geradezu ›legendär‹ dafür, wie er sein ›täglich Brot verdiente‹, nämlich seine Waren verkaufte, beziehungsweise das Geld für die verkauften Waren kassierte. Diese Besonderheit machte ihn in den Augen der ›anderen‹ wohl ›lebensvoll‹. Er wußte, wie man für jede Person ein anderer Mensch sein konnte… Vielleicht hatte er es nicht geschafft, ein ›gescheiter Mensch‹ zu werden, aber es gelang ihm, für jede ›Person eine andere Person‹ zu verkörpern. Wie er sagte, lag darin auch ein bißchen das Geheimnis seines Erfolgs. Darum trat er dort, wo er seine Waren verkaufen wollte, manchen Apothekern gegenüber als seriöser, durch Höflichkeit beeindruckender Istanbulaner auf und woanders wieder, wenn nötig, als Vagabund, der auf der Straße Tamburin schlug und Bauchtanz aufführte. Manchen las er Gedichte vor, anderen hielt er heldenhafte Reden über die ›nationalen Belange‹. Mit den einen war er ein Linker, mit den anderen ein Rechter. Soviel ich gehört habe, konnte er auch gut Kurdisch, obwohl er kein Kurde war. Er konnte das islamische Gebet, obwohl er kein Muslim war. Indem er ›ihnen‹ das gab, was sie sich wünschten, gab er ihnen nicht, was er eigentlich hätte geben sollen. Das war sein kleiner Widerstand. Schade nur, daß mir das erst jetzt nach vielen Jahren klar wird, wenn ich aus sehr weiter Ferne auf das Ganze schaue. Auf diese Weise habe ich vielleicht eine Chance, einen Lehrer verpaßt.

Sicherlich hatte Sedat, der Araber, wegen seines legendären Ruhms zahllose Zeugen und Bewunderer. Doch trotz seiner kleinen Erfolge wurde er, soviel ich weiß, nicht reich. Diese Tatsache zeigt, daß er auf jenen Wegen andere Orte, eine andere Wahrheit suchte und anderen Werten folgte. Als wäre es damit nicht genug, mußte er eines Tages sein ganzes Geld für die Krebstherapie seiner Frau ausgeben. Diese Tage sind mir noch gut in Erinnerung. Die Kaufleute und Handwerker aus der Nachbarschaft veranstalteten heimlich eine Sammelaktion, damit die Behandlung fortgesetzt werden konnte. Sedat, der Araber, hat in jenen Tagen wohl am stärksten spüren können, wie sehr man ihn liebte. Doch nach dem, was nahe Freunde viel später darüber erzählten, löste diese Aktion nicht allein ein Gefühl großer Dankbarkeit in ihm aus, sondern beschämte ihn wie noch nie im Leben. Es war ein Gefühl der Scham oder der nur schwer zu akzeptierenden Niederlage... Oder eine Enttäuschung, weil er das Leben, sein Leben, das er zu leben gezwungen war, trotz soviel Mühe und Kampf irgendwie nicht in den Griff bekam, es irgendwo verpaßte, eine Enttäuschung über die Tage, die er nicht halten zu können glaubte...

Sollten wir mit dieser tiefen Trauer seinen plötzlichen Herztod in Verbindung bringen, der ihn in einer Kleinstadt nahe Istanbul in einem Hotelzimmer ereilte, gerade als er von einer langen, sehr langen Reise in den ›Osten‹ zurückgekehrt war, um sich auf die Feier seines fünfzigsten Geburtstags vorzubereiten?

Vielleicht. Aber noch wichtiger als diese Frage ist nach meiner Ansicht der Ort, wo er starb, wo es ihm ›gelang‹ zu sterben. Er war auf dem ›Weg‹ gestorben, dem ›Ort‹, den er am meisten liebte, auf den er immer hoffte… Zudem hatte er in jener Kleinstadt ein ganz andersartiges Gefühl gekostet. Ein Gefühl, das ihn uns mit einem völlig neuen Gesicht zeigte. Die ›Szene‹, die sich uns angesichts des Todes zeigte, war für viele Leute ein gehöriger Schock. Das Ganze wirkte wie ein letztes Spiel, das er mit uns spielte. Oder das Spiel war, ohne daß es die Spieler auch nur ahnen konnten, ohne daß man Zeit gehabt hätte, die notwendigen Vorbereitungen zu treffen, auf unerwartete Weise zu Ende gegangen… Als Sedat starb, war eine Frau bei ihm. Wir erfuhren damals, daß sie eine gebildete Apothekerin war, nach einer unglücklichen Ehe geschieden. Sie hatten zwei Jahre lang eine tiefe, leidenschaftliche Liebesbeziehung unterhalten. Das alles erfuhren wir von seinem Vetter Vedat Bey, der Sedats Leichnam aus jener Kleinstadt abgeholt hatte. Vedat, der in Istanbul eine große Parfümerie besaß, beschrieb uns die Apothekerin als sehr schöne, freundliche Frau, die ›zuhören‹ konnte. Damals hat jeder so ungefähr verstanden, was Sedat an jener Frau gefunden hatte.

Jahre später mußte ich auf einer Reise durch diese Kleinstadt fahren. Ich hielt an… Sowohl, um eine Pause zu machen und die Stadt ein wenig kennenzulernen, als auch, um die Apothekerin zu finden… Die Stadt war wirklich klein, und die Leute waren unglaublich hilfsbereit. Die Spur der gesuchten Person zu finden, war deshalb nicht schwer für mich. Ich erfuhr, daß jetzt eine andere ›Dame‹ die Apotheke führte. Die neue Inhaberin war knapp fünfzig, eine anziehende Frau. Auf meine Frage schwieg sie erst einen Augenblick, dann erzählte sie mir, was sie wußte. Die von mir gesuchte Apothekerin hatte nach jenem ›Vorfall‹ nicht in der Kleinstadt bleiben können, es hieß, sie sei irgendwo in den ›Süden‹ gezogen und habe dort wieder eine Apotheke eröffnet. Sie habe einen Studienfreund geheiratet, der sie schon lange verehrte. Sie hatte ihrem Leben eine Form gegeben, und so war, wie ich hörte, für sie alles in Ordnung.

Um auf den ›Vorfall‹ jener Nacht zu kommen… Angeblich war der Mann, der beim Zusammensein mit der ›Frau Apothekerin‹ im Hotel starb, ein wirklicher Herr, ein reicher Kaufmann, gewesen… Als die Frau das sagte, mußte sie eine Weile schweigen, um den Bruch in ihrer Stimme zu kaschieren… War das Ganze ein Irrtum? Irgendwie spürte ich in diesem Moment, daß ich in ein Spiel, an dem das ganze Städtchen teilnahm, hineingezogen wurde. Es hatte sich in der Kleinstadt nichts verändert, alles war wohl ›am Platz‹ geblieben… Die Wahrheit lag darin, daß ich ausgeschlossen war beziehungsweise mich ausgeschlossen fühlte. Als ich die Apotheke verließ, drückte jene Frau Apothekerin mir herzlich die Hand und sagte: »Soweit ich gehört habe, war der Herr ein sehr feinfühliger Charakter, ein richtiger Herr.« Dann fügte sie hinzu: »Er hatte ein paar schwere Probleme…« Am Ausgang, auf dem Weg spürte ich, wie die Leute mir zulächelten. Das Gefühl war dasselbe wie vorher… Ich mußte nun fahren… Mit dieser Erzählung würde ich nicht viel weiterkommen, das war klar… Es blieb mir nichts übrig, als auf meinem Weg mit meiner eigenen Erzählung weiterzumachen…

Eine, die auf ihrem eigenen Weg mit ihrer eigenen Erzählung weitermachte, war Araber Sedats Frau Elisa. Zwei Jahre nach dem Tod ihres Mannes heiratete sie, nun ›völlig gesundet‹, einen reichen Witwer mit zwei erwachsenen Kindern. Jetzt konnte sie ein Leben genießen, wie es in ihrer ersten Ehe nicht möglich gewesen war, vor allem die Sommermonate auf einer der Prinzeninseln bei Istanbul verbringen. Jahre später traf ich sie auf dieser von ihr so geliebten ›Insel‹ in ihrem Alltagsleben an. Sie sah sehr gesund aus. Sie sprach von der Arbeit ihres Mannes und von den Kindern, die sie wie ›eigene Söhne‹ liebte. Sedats Namen erwähnte sie nicht…

Sedat, der Araber, dessen Vater ein Armenier aus Antakya und dessen Mutter eine Jüdin aus Antep war, rühmte sich immer mit den Worten: »Wir sind eine Mischung. Wir gehören niemandem.« Richtig. Ab einem gewissen Punkt gehörte er niemandem, konnte er keinem gehören. Die einzige Wirklichkeit, an die er sich mit seinem ganzen Wesen band, binden konnte, war wohl die Wirklichkeit des täglichen Lebens. Diese Haltung spiegelt sich unwillkürlich in vielen Einzelheiten seines Lebens. Etwa, wenn er den erzürnten Onkel Kirkor, der seine Niederlage im *tavla* nur schwer verwinden konnte, mit Witzen aufheiterte. Und daß Onkel Kirkor, der für seine Flüche bekannt war, auch in größter Wut zu Sedat höchstens »Verpiß dich, du kleiner Strolch!« sagte, zeugt von einer besonderen Liebe, von anderen uns unbekannten Momenten, nach deren Grund man suchen müßte... Teilen oder nicht teilen können... Das war wie für jeden anderen auch für Onkel Kirkor wichtig. Aber wenn ich darüber nachdenke, dann hat Onkel Kirkor, soweit ich verstehe, was mir von den damals Lebenden überliefert wurde, am ehesten mit Nikos geteilt, was er sonst mit niemandem teilen konnte. Selbst beim *tavla*... Ich war Zeuge dessen, was er mit Sedat, dem Araber, erlebt hat. Ich weiß, die beiden haben vieles miteinander entdeckt, geschaffen, vermehrt. Doch für das, was er mit Nikos erlebte, muß man, wie ich meine, eine ganz andere Ebene finden. Es gibt einen Ort, der euch unaufhaltsam folgt und der allein den geliebten Menschen gehört, an die man in bestimmter Form gebunden ist und von denen man sich niemals trennen kann.

Nikos, der Hüter des Feuers

Olga sagte, Onkel Kirkor habe das *tavla*-Spiel, das er mit Nikos immer gespielt hatte, nach dessen Weggang irgendwohin weggeräumt und danach nie wieder geöffnet. Das erstaunte mich nicht. So ein Verhalten paßte zu ihm, es war eine ›Stellungnahme‹. So hatte er es früher auch gemacht. Ein bestimmtes Detail seines Lebens hatte für ihn nur einen Sinn im Zusammenhang mit einer Person... Dieses Detail konnte er, wenn er den entsprechenden Menschen verloren hatte, nicht mit jemand anderem neu erleben, er konnte es nicht an eine andere Stelle seines Lebens verschieben... Mehr noch, dieses Detail konnte er nur so wieder verlebendigen; es wurde unsterblich ›für jenen Menschen‹. Ja, für jenen Menschen... Um die mit jenem Menschen erlebten Tage nicht mit einem anderen zu beschmutzen...

So verstehe ich jetzt wohl besser, weshalb Onkel Kirkor manche Erinnerungen in sich verschloß, es vorzog, sie einzusperren, wenn die Menschen, die diese hinterlassen hatten, irgendwohin gegangen waren. Die Berührungen, mindestens diese Berührungen, sollten nicht zerfleddert werden... Die Fotografien sollten nicht zerknittert werden... Deshalb konnte er nicht mehr in ›jene Gasse‹ gehen, nachdem er jene Frau verloren hatte. Und die Geschichte mit dem *tavla* wollte er aus ebendiesem Grund in den Augen der anderen beenden oder so aussehen lassen, als wäre sie zu Ende. Die Zuschauer wußten, daß die meisten Spielsteine schon kaputt waren und das Spielbrett mit Klebeband zusammengehalten wurde. Weil Onkel Kirkor und Nikos in ihren berühmten *tavla*-Partien in der Rage und vor Wut, weil die passenden Würfel einfach ›nicht fielen‹, die Steine an den gewünschten Platz derart hingeknallt hatten... Manchmal waren diese Spiele so ausgeartet, daß sogar die Zuschauer, die als Parteigänger die ›Wut‹ der Spieler noch anfeuerten, sie aufhetzten, glauben konnten, ein großer Streit stehe unmittelbar bevor. Dabei waren diese kleinen ›Aufführungen‹ für die Spieler nur die Vorbereitung auf einen Abend, an dem sie in einer Kneipe am Fischmarkt unten ›einen heben‹, manchmal auch unter der Galatabrücke mit der Wasserpfeife ›sich benebeln‹ wollten. Unter den Zuschauern waren sicherlich einige, die das wußten, die sich absichtlich vom Spielverlauf mitreißen ließen und denen es Spaß machte, sich mitreißen zu lassen. Immer gab es aber auch Anfänger unter den Zuschauern, genauso wie es Anfänger unter den Spielern gab. Am Ende war jeder bei solchen kleinen Spielen der Zuschauer des anderen, aber mehr noch der Zuschauer seiner selbst.

An den ›Abenden unter der Galatabrücke‹ bevorzugten sie die Stille, das Schweigen. Das waren mit großer Wahrscheinlichkeit Abende, an denen sie sich an einem ›anderen Ort‹ erlebten, erleben wollten... Erinnerte nicht der Geruch nach gebratenem

Fisch, wie er in manchen Häusern an manchen Abenden zubereitet wurde, oder das Motorengeräusch eines ins Goldene Horn einfahrenden Passagierbootes an die unvergeßlichen Szenen, von denen man nie genug bekam?... Vielleicht. Vieles, was der ›Maschinist Toros‹ Jahre später über die Zuflucht, die die beiden Spieler füreinander waren, Monsieur Jacques erzählte, der ebenfalls dorthin ging, um eine ganz andere Art von Einsamkeit ertragen zu können, war so wichtig, weil er ganz natürlich aus ihren langen Gesprächen zitierte.

Toros hatte nicht vergessen: Onkel Kirkor und Nikos hatten sich angewöhnt, eine Wasserpfeife mit einem doppelten Schlauch zu benutzen. Dafür gab es wohl einen einfachen Grund. Einer mußte die Glut der Wasserpfeife von Zeit zu Zeit kontrollieren und darin stochern, um sie anzufachen. Die sich auskennen, wissen, daß das für Wasserpfeifensüchtige ein ganz besonderes Vergnügen ist. Nikos übernahm deswegen von Herzen gerne das Amt, die Feuerzange zu halten. Sein einziger Freund im Leben war ja einarmig... Manchmal sagte Onkel Kirkor: »Laß unser Feuer nicht ausgehen.« »Das geht doch nicht aus, Kirkor, schau doch, es geht nicht aus!« antwortete dann Nikos ganz zärtlich. Diese Sätze wurden an jenen Abenden oft wiederholt. Damit die Zeremonie eine Zeremonie wurde, gehörten diese Sätze dazu. Einmal sagte Onkel Kirkor: »Das Mundstück paßt gut zu deinem Mund.« »Zerstör jetzt nicht unsere gute Laune, Kirkor. Guck mal, der Kerl denkt, er ist Fischer geworden, weil er eine kleine Makrele gefangen hat«, gab Nikos zur Antwort, indem er auf einen der Männer zeigte, die von der Brücke aus angelten. Um diese Welt noch ein bißchen besser zu verstehen, mußte man auch die Leute, die hier ›herumhingen‹, die beieinander Zuflucht suchten, richtig kennen, ihren Blick auf die Umgebung. Danach sprachen sie lange nichts und schauten irgendwohin, schauten zu einem weit entfernten Ort hin, als ob sie dort lebten. »Wir trinken zuviel... Daran krepieren wir, Nikos«, sagte Onkel Kirkor oft. Dazu schwieg Nikos und begnügte sich damit, die Glut leise zu regulieren.

Onkel Kirkors Worte »Wir trinken zuviel« galten natürlich eher für die ›Abende in der Kneipe‹. In dem Zusammenhang fällt mir ein, daß sich Nikos an solchen Abenden bei der Auswahl der Vorspeisen hervortat und ein bißchen seine Macht in diesem sinnlos weitergeführten Spiel genoß, indem er ihren Geschmack ganz langsam ›erlebte‹. Vielleicht überlasse ich mich, wenn ich das denke oder hoffe, der Anziehungskraft der Bilder Istanbuls... Das schadet aber nichts. In dem Zusammenhang stelle ich mir vor, um auf der Spur dieses Gefühls zu bleiben, daß sie an Abenden, wenn sie kein Geld hatten, in billigere Kneipen gingen und wiederum manchmal Kneipen mit Sesseln ›bevorzugten‹, die Nikos sehr gut kannte, wie ich glauben möchte. Um auf das zu kommen, was in dieser Welt der Verbannung, die anderen mehr oder weniger verschlossen war, geredet wurde... Es kann doch nicht so schwer sein, sich diese Augenblicke vorzustellen, die Gefahr des Irrtums eingeschlossen. Mir bleibt dabei wieder einmal, mich mit dem, was ich hier und dort gehört habe, auf den Weg zu machen und einzelne Fragmente zusammenzufügen... Nikos hat in diesen Gesprächen vielleicht von seiner Frau gesprochen, die ihn ganz unerwartet verlassen hatte und nach Athen gegangen war und die nach mehreren Versuchen, sich in ›jener Stadt‹ einzugewöhnen, mit ›einem aus Yedikule‹ zusammenzog. Er erzählte wohl auch von seinem homosexuellen Sohn, der mit einem amerikanischen Fernsehjournalisten durch diverse Länder wanderte; von seiner nicht auszurottenden ›Casablanca-Legende‹ und daß, falls er diese Reise in Angriff nehmen würde, er mit der Verwirklichung ›einiger Pläne‹ groß Geld verdienen könnte; von ›jener Frau‹, die angeblich immer noch in Saloniki auf ihn wartete und die zu heiraten am Ende ihm das vollständige Glück bescheren würde.

Und Onkel Kirkor erzählte höchstwahrscheinlich, um sich dadurch etwas weniger einsam zu fühlen, von seiner Frau, die ihn nicht verließ, obwohl sie ihn ständig betrog, und von der er trotz allem nicht lassen konnte; von der Trauer, nicht Vater geworden zu sein; von der Enttäuschung darüber, daß er völlig gegen seinen

Willen den Weg zum Drehermeister hatte aufgeben müssen und daß der, der daran schuld war, Klein-Arto, nachdem er jahrelang im Krankenhaus La Paix gelegen hatte, in einem Anfall von Wahnsinn, in dem er ständig den Namen Kirkors aussprach, unter großen Schmerzen gestorben war; von seiner Reue, ihn in jenen letzten Tagen ›trotz allem‹ nicht besucht zu haben. Ich weiß, das waren kleine Geschichten, deren jede in ein anderes Leben führte. Ich weiß auch, daß sich bei diesen Geschichten manche Menschen wegdrehen, sie nicht hören wollen, weil sie ihnen ›zuviel‹ werden. Aber die beiden, die ihre Träume nicht hatten verwirklichen können, erzählten sich gegenseitig diese schier endlosen Geschichten voller Verletztheit und Einsamkeit in langen Gesprächen, die in manchen Nächten bis in die Morgenstunden reichten, weil sie damit ein wenig Hoffnung verbanden... Das hättet ihr auch von den alten Gesichtern sagen können, deren Fremdheit für manche Menschen stets bestehenbleibt, und auch von den nicht so leicht mitteilbaren, ›unverwischbaren‹ Spuren einer Verbannung, die das besondere Istanbul innerhalb von Istanbul bis zum äußersten zu erleben wagt mit allen Gerüchen, allen Stimmen, Ansichten, Möglichkeiten, Nächten und Morgenstunden... Einer Verbannung, die nicht so leicht mitzuteilen ist und die von jedem – trotz der für alle feststehenden geschichtlichen Daten – in ihrer Fremdheit unterschiedlich erlebt wird, die jeden in unterschiedlicher Weise an die Stadt bindet, wichtiger noch, die sich von der Stadt irgendwie nicht trennen läßt...

Die Erzählung ist tatsächlich eine lange Erzählung, wenn man sich entschließt, ein wenig länger in der Welt, die sich von Träumen nährt, zu bleiben und andere Räume zu entdecken. Insofern ist sie es wert, bis zum Ende erlebt zu werden, trotz aller Schmerzen, die das mit sich bringt. Leider entspricht die Realität nicht immer unseren Wünschen. Wir können nicht genau sagen und wissen es nicht mal, wieweit die Verbannung freiwillig oder erzwungen war; aber ›irgendwann in den sechziger Jahren‹ wandelte sie sich für Nikos infolge der Nichterneuerung des Bleiberechts der griechischstämmigen ›Gäste‹ im Land in eine Verbannung, deren Grenzen ganz anders, viel leichter zu ziehen waren. War das nun das Ende einer Erzählung zweier Menschen aus Istanbul, die niemals in die Geschichtsbücher eingehen wird und die für manche Leute ab einem gewissen Punkt wie ein Märchen, wie ein verlorener Traum aussehen würde? Wer jene schönen Tage erlebt hatte, sagte, Nikos sei mit der Hoffnung nach Athen abgereist, auf jeden Fall eines Tages nach Istanbul zurückzukommen. War es nicht für alle Verbannten so, die aus ihrer Heimat nur wegen ihrer Wurzeln oder ihres ›Glaubens‹ herausgerissen wurden? Ja, mit der Hoffnung auf Rückkehr… Um das Leben leichter zu ertragen und den Tod um so länger hinauszuschieben… In den Tagen, als der Abschied bevorstand, sagte Nikos zu Monsieur Jacques, der die ›wertvolle‹, mit Spiegeln verkleidete und von innen beleuchtete Bar, der man es ›anroch‹, daß sie einst mit Getränken bestückt war, ebenso kaufen wollte wie eine Toilettengarnitur, eine Handwerksarbeit von Beykoz*: »Das gehörte zum Erbe meines Vaters.« Damit meinte er auch seine Plattensammlung ›His Master's Voice‹. »Sie stammen aus der Zeit von Monsieur Schur und den Brüdern Gerasyan*«, sagte er, stolz die Platten zeigend, die er einem namenlosen Bekannten zur ›Aufbewahrung anvertrauen‹ wollte. Monsieur Jacques hatte diese große Sammlung gesehen. Nikos sagte, er werde nicht nur die Platten seines Vaters, sondern auch die ›anderen‹, die er selbst jahrelang gesammelt hatte, die Tangos, die griechischen Tänze, die italienischen Schlager und all die Platten, gesungen und gespielt von Seyyan Hanım, Hafız Burhan, Münir Nurettin, Suzan Lütfullah Hanım, Nevser Hanım*, jenem Menschen übergeben. Zur Aufbewahrung anvertrauen… Weil er ja zurückkehren wollte… Damit sich die Platten an dem neuen Ort nicht fremd fühlten… Wem er die Sammlung übergeben hat, wo sie geblieben sein soll, weiß man bis heute nicht.

Natürlich weiß auch niemand, was beim ›letzten Essen‹ mit Onkel Kirkor gesprochen wurde. Man weiß aber von Olga und vielen ›Zeugen‹, daß Onkel Kirkor sich nach dieser Trennung noch mehr in sich verschloß mit einer seinem Leben angemessenen Haltung, indem er die Kneipe jahrelang nicht betrat; dann, als die ›Zeit‹ da war, schuf er sich selbst Vorwände, um mit sich selbst etwas zu feiern, oder er ging ganz heimlich hin, während er mit der Wasserpfeife warten wollte, bis Nikos käme. Olga hörte ihn in den Tagen, als er das ›Verlassensein‹ am ärgsten spürte, zu Monsieur Jacques sagen: »Über mein Leben haben immer andere entschieden.« Nach dem, was erzählt wurde, war er sehr gebrochen, wie in jenen Stunden des Wartens auf die Wasserpfeife, arm, allein und ohne Selbstvertrauen.

Wer weiß, vielleicht veranstaltete er, um diese Lücke zu schließen, fast an jedem Sonntag zu Hause, soweit es ihm möglich war, ein Fischessen und versäumte nicht, eine Flasche Raki, Marke ›Fahrettin Kerim‹, zu ›kippen‹. Er fand in dieser ›Zeremonie‹ die Möglichkeit, eine Erinnerung zu erhalten, die er in sich trotz allem nicht sterben lassen wollte…

Dabei verlor sich Nikos' Spur gänzlich an dem ›Ort, an den er gegangen war‹. Er schrieb weder einen Brief, noch schickte er über irgend jemanden eine Nachricht. Deshalb wucherten die Gerüchte. Ein Gerücht besagte, Nikos habe sich betrunken und aus unerträglicher Sehnsucht nach bestimmten Menschen bei Piräus ins Meer gestürzt, Selbstmord begangen in der Hoffnung, wenigstens sein Leichnam werde an der türkischen Küste angespült werden. Ein anderes Gerücht verbreitete, er habe erst in der Angelegenheit mit seiner Frau ›abgerechnet‹ und sei dann nach Amerika gegangen, habe dort eine Witwe geheiratet, die Ölfelder besaß, und sei damit in die Welt der Milliardäre aufgestiegen. Eine andere Geschichte erfuhr Monsieur Jacques von dem Kneipenwirt Aleko. Demnach war Nikos in Saloniki zu ›jener Frau‹ gegangen, doch diese habe ihn zurückgewiesen, weil er viel zu spät gekommen sei. Weil sein jahrelang mit so vielen Bildern genährter Traum damit zerbrach, war er im wahrsten Sinne des Wortes wahnsinnig geworden, hatte die Frau getötet und den Rest seines Lebens im Gefängnis unter Haschischeinfluß verbracht… Entsprach eine von diesen Biographien dem, was Nikos tatsächlich erlebt hatte? Das glaube ich nicht. Soweit ich verstehe, wollte Nikos Abstand wahren von einem Leben, dem er unfreiwillig entrissen worden war, und um die Sehnsucht leichter ertragen zu können, hielt er Distanz. Eigentlich war die ›Haltung‹ von Onkel Kirkor nicht viel anders. Daß er ›möglichst wenig‹ in die Kneipen ging oder heimlich und leise, lag daran, daß er es vorzog, niemandem, keiner ›Sache‹ zu begegnen, beziehungsweise an der Angst vor einer Konfrontation. Die Enttäuschung saß tief. Wenn er Gespräche führte, dann scheinbar auf einer ganz anderen Ebene. Aber wie auch immer, mir scheint, er war am glücklichsten bei seinen kleinen Feiern, konnte seine Gefangenschaft zu Hause still und heimlich in eine Rettung verkehren. Er brauchte lediglich jemanden, dem er von dieser kleine Zeremonie erzählen und vor dem er sich für diese rechtfertigen konnte, er mußte sich jemandem mitteilen. Das konnte er leicht, indem er mir lang und breit erzählte, wie er den Fisch ›für diese Sonntage‹ mit eigener Hand zubereitete, wie er den Beilagensalat machte und was er dazu trank. Gefühlsmäßig war er sogar mit dem ausgewählten Raki verbunden. »Ich habe einen Fahrettin Kerim genommen. Damit der Fisch nicht traurig ist«, pflegte er in jenen Zeiten zu sagen. Manchmal fragte ich ihn dann auch, wann er wohl ›von zu Hause‹ gefüllte Miesmuscheln mitbringen würde. Dann schwieg er gewöhnlich oder tat so, als hätte er die Frage nicht gehört. Woher sollte ich denn auch wissen, daß er dies von seiner Frau nicht verlangen konnte, vielmehr sich ein bißchen schämte, dies zu verlangen, daß dieses Verhalten in der von Mißverständnissen und Ziellosigkeit erfüllten Ehe ein kleiner stiller Protest war, daß er diese verlorene Delikatesse mit seiner Mutter verband, nach der er sich von Tag zu Tag mehr sehnte und mit der er bald vereint zu sein hoffte…

(Wir saßen in Kireçburnu in einem Restaurant beim Abendessen. Es war ein Herbstabend. Am Tisch waren Madame Roza, Juliette und Berti, und es saßen noch zwei Personen dabei, die ich hier nicht erwähnen will, denn sie werden in diesen Erzählungen nicht vorkommen. Monsieur Jacques schaute aufs Meer, auf die großen Schiffe mit ›der Treppe nach achtern‹, die aus Rußland, wer weiß, vielleicht aus der Ukraine, aus Odessa kamen. Er war traurig. Ich wußte, was ihn traurig machte und an wen er gerade dachte. Auch andere Schiffe mit anderen Menschen kamen auf dem gleichen Weg nach Istanbul herein… Als die Vorspeisen serviert wurden, waren gefüllte Miesmuscheln dabei. »Die Miesmuscheln sind sehr gut«, sagte ich. »Das ist gar nichts. Wirklich gute Miesmuscheln machen die Armenier«, sagte Monsieur Jacques lächelnd, während er die Muschel auf seinem Teller mit Zitrone beträufelte. »Einmal hat die Mutter von Kirkor welche geschickt. Seitdem habe ich nie bessere gekostet. Kirkor hat anschaulich beschrieben, wie seine Mutter die gefüllten Muscheln zuzubereiten pflegte. Die arme Madame Silva hat die Heirat ihres Sohnes nicht mehr erlebt. Dabei ist das doch der größte Wunsch ihres Lebens gewesen. Nach jenem Unfall… In ihren letzten Lebensjahren hat sie aber das Gefühl der Enttäuschung überwinden können. Ja, wenigstens das ist ihnen gelungen. Madame Silva war dick. Schon krankhaft dick… Ist sie an Herzschwäche gestorben oder an Asthma? Wie auch immer… Nachdem er Ani kennengelernt hatte, hat Kirkor sich kein einziges Mal gefüllte Miesmuscheln gewünscht. Seltsam… Für ihn war dieses Gericht anscheinend gleichbedeutend mit einer gute Ehe, einem gemütlichen Heim. Ach, du falsche Welt… Sie mögen ruhen in Frieden…« Nach diesen Worten sprach Monsieur Jacques an diesem Abend nicht mehr viel. Er schaute lange aufs Meer. Es war wieder einmal eine dieser Nächte, in denen niemand gute Laune hatte, jeder anderen Gedanken nachhing, aber alle beieinanderblieben und wußten, daß sie am selben Ort bleiben würden. Als die Nacht schon vorgerückt war, sagte Berti: »Was sind wir doch alle für Kinder!« Damit hatte er in einem Satz aufs schönste zusammengefaßt, was wir seit Stunden fühlten. Empfand er dabei Bedauern oder Stolz? Darauf weiß ich bis jetzt keine Antwort.

Eine Lebensgeschichte voller Enttäuschung, Sinnlosigkeit, vor allem aber voller Absurdität… Das schien in etwa die Essenz von

Onkel Kirkors Leben zu sein. Als er an einem kalten Wintermorgen nach einem Herzanfall im Krankenhaus starb, war einer seiner letzten Sätze: »Vorumu ye bre Niko.« Er, der sich sein Leben lang geweigert hatte, in die Kirche zu gehen, wurde nach seinem Tod dazu ›gezwungen‹ anläßlich der Totenfeier in der kleinen Friedhofskapelle in Feriköy, zu der als ›Familie‹ außer Madame Ani nur die Beschäftigten aus dem Laden gekommen waren. Madame Ani, die auf dem Friedhof gesagt hatte: »Jetzt gehe ich auf Weltreise«, starb vier Monate später an Krebs, der sich rasch in ihrem Körper ausgebreitet hatte, was im Betrachter ein leichtes Gefühl von Absurdität hervorruft.

Den Grund dafür, daß Kirkor mit Olga keinen Frieden schließen konnte, muß man woanders suchen, er erscheint ebenfalls absurd. In gewisser Weise ist dabei sein Blick auf die Geschichte interessant, die sich im Altenheim in Hasköy zutrug. An den Tagen, an denen Olga ›dorthin‹ ging, flüsterte er mir zu: »Wie sie sich mit Schmuck behängt hat, da geht sie sicher wieder zu diesem Mann, die Dame.« Unbedingt mußten ihre Kleidungsstücke, deren jedes nur Einfachheit und Eleganz widerspiegelte, einer ›Untersuchung‹ unterzogen werden. Von Zeit zu Zeit waren auch ihre Haare, die sie sorgfältig pflegte, das Ziel. Dann beugte er sich zu meinem Ohr und flüsterte: »Welche Haarfarbe nimmt sie wohl?« oder »Weißt du, wie sie die Haare färbt?« und ähnliche Fragen, oder er fügte Kommentare hinzu wie: »Da hat sie aber wieder viel Geld beim Friseur gelassen.« Jetzt glaube ich, es war auch heimliche Bewunderung dabei. Aber diese Sichtweise reicht nicht aus, einige Tatsachen wirklich zu erklären. Es war der Konflikt zwischen einer Frau, die ihre ›Vornehmheit‹ in beschränkten Verhältnissen zu leben versuchte und die, um sich zu schützen, Abstand von ihrer Umgebung zu halten versuchte, so daß sie ihrem Milieu tagtäglich fremder wurde, und einem Mann, der sein Leben lang mit den Problemen der Armut hatte kämpfen müssen, der seinen ›Mangel‹ in jeder Weise erlebte und der sein Wissen auf seinem eigenen Weg durch Lebenserfahrung weiterentwickelt hatte. Ich war Zeuge der Geschichte dieses

Konflikts. Es war betrüblich, zu beobachten, daß die Beteiligten an diesem Spiel zu jener Zeit weder ihre wirkliche Einsamkeit noch ihre gemeinsame Seite erkannten. Es gab für manche Menschen dermaßen viele verpaßte Augenblicke...

Trotz aller Gegensätze zwischen Onkel Kirkor und Olga teilten die beiden wiederum auch wichtige Geheimnisse. Olga erfuhr bei Onkel Kirkor viel über Nikos' Wesen. Und Onkel Kirkor wußte über Olga mehr als nur von den Besuchen im Altersheim von Hasköy. Das führte ihn ganz langsam, ohne daß er zu jemandem darüber sprach, zu einer ›anderen‹ Erzählung. Da erwies sich Onkel Kirkor als ein scharfer Beobachter, der besser als ein ›Meisterdetektiv‹ den Spuren folgte, die Fäden verknüpfte. Schließlich schritten wir beide auf dem Weg derselben Erzählung voran. Auf dem Weg derselben Erzählung... Trotz unserer unterschiedlichen Sehnsüchte, Hoffnungen und Lügen... Trotz unserer unterschiedlichen ›Ansichten‹... Um eines Tages die wahren Gründe herauszufinden, weshalb wir uns entschieden hatten, auf einem so steilen Weg, heimlich einander an den Händen haltend, mit unseren gemeinsamen Lügen, die jederzeit von anderen zerfetzt werden konnten, unter trügerischen Masken aufzutreten...

Ich habe einmal von der Faszination des Tötens gesprochen, zu sprechen versucht... Zweifellos war Onkel Kirkor diese Phantasie, diese Sorge um Selbstverteidigung nicht fremd. Er war doch vor allem Nikos' Freund. Ihnen war dieser Weg nicht fremd, konnte es nicht sein...

Bei diesen Überlegungen fällt mir Yorgos ein, der jahrelang Nikos' ›Kamerad‹ war. Yorgos, der sich in dieser langen Erzählung nur kurz zeigte, sich aber auch ein bißchen wie ›ein Meister‹ zeigte. Er hatte wahrscheinlich ebenfalls das Geheimnis der Sache erfaßt. Vielleicht trank er deshalb so viel Raki und spielte anschließend den Betrunkenen. Der einzige Unterschied zwischen ihm und Nikos war, glaube ich, daß er einen Sinn darin sah, an einem anderen Ort zu sein. Nikos sagte eines Tages, der Kater sei gestorben. Das war meiner Ansicht nach eine Lüge.

Wahrscheinlich wollte er woanders eine andere Art von Trunkenheit ausprobieren. Man muß Nikos' Lüge auch verstehen. Wir waren gezwungen, noch eine weitere Lüge zu verstehen... Schließlich konnte niemand diesen Verrat so leicht akzeptieren. Es gelingt niemandem, mit dem Verrat zu leben, ohne sich hinter Lügen zu verstecken. In Wirklichkeit jedoch spürte Nikos in dem, was er nach diesem Weggang erlebte, den Schmerz des an ihm begangenen Verrats. Yorgos hatte ›etwas‹ getan, das er selbst nicht tun konnte, hatte einen Schritt getan, der notwendig war. Den notwendigen Schritt, den dort viele Menschen nicht tun konnten. Fühlte er hinterher Reue? Das werden wir nie erfahren. Den logischsten Kommentar gab Monsieur Jacques ab, als er sagte: »Wichtig ist, daß er dort, wo er hingegangen ist, Raki findet.« Für seinen Schritt brauchte man nicht allzuviel Phantasie... War es vielleicht ein Problem, daß er nicht richtig Türkisch konnte? Wahrscheinlich. Aber jetzt bin ich sicher, er hat sich auf jeden Fall gerettet. Das zu glauben, war für uns alle wichtig. Einer von uns trat auf einer anderen Bühne auf... Das hätte ich Nikos gerne gesagt. Aber ich weiß noch immer nicht, von wo aus ich in die Erzählung einsteigen muß, um diese kleine Idee zu verwirklichen.

Zeit der Trennung

Onkel Kirkors Detektivspiel bewirkte zeitweise, daß ich in vielen ›anderen‹ Erzählungen vorankam, die mich mir selbst zeigten. Weil ich nicht nur jene Tage, sondern auch die Orte mit anderen ›Augen‹ sah und mich bemühte, sie zu erleben und auf meine eigene Art neu zu erschaffen. Ich mußte ›erwachsen‹ werden. Onkel Kirkor wußte das. Wahrscheinlich wußten es alle anderen auch, die diese Erzählungen erlebten. Alle außer mir. Ich weiß jetzt noch immer nicht, ob ich erwachsen genug bin, wie sich das alle, insbesondere Onkel Kirkor, von mir wünschten und erwarteten. Ich weiß es nicht... Ich bin wieder einmal in der Situation, zugeben zu müssen, daß ich etwas nicht herausbekommen habe, was ich eigentlich wissen sollte… Denn noch immer weiß ich nicht, was es eigentlich bedeutet, ›erwachsen‹ zu werden… Dabei glaubten sie daran. Sie glaubten auch, sie seien dort angekommen und könnten es mir zeigen. Ihre Beobachtungen und ihre Kommentare richteten sich auf den Ort, den sie bezeichnen wollten… Doch ihre Blicke hatten den Sinn, jenen Ort zu verheimlichen…

Onkel Kirkor war, wenn man nochmals darüber nachdenkt, der geheime Verfasser mancher Erzählungen, der, ohne sich davon Rechenschaft abzulegen, diese insgeheim schrieb oder ihre Niederschrift veranlaßte. Ein Verfasser, der beim Übergang von der einen Erzählung zur anderen half, der die geheimen Türen der Erzählungen öffnete… Das war wahrscheinlich der Fall bei der Geschichte, in der Monsieur Jacques und Olga an einem bestimmten Punkt ihres Lebens zusammenkamen. Für mich war es wenigstens zu Anfang so. Begann für Monsieur Jacques wohl die Geschichte damit, daß er, jahrelang die Verbote und mehr noch die Bindungen seines Lebens mißachtend, in Olgas kleiner Wohnung in Şişli wie in einer Zuflucht untertauchte? Im Laufe der Zeit sollte ich langsam mehr erfahren: Es war eine Geschichte mit Romanen aus dem Französischen Kulturinstitut, mit zeitlosen Schlagern, Gesprächen bis in die tiefe Nacht, Kerzenlicht, Parfümduft, eine Geschichte, die im Verborgenen lebte und am Leben gehalten wurde und wuchs. Eine Geschichte, die Bedeutung bekam durch die ›hoffnungsvollen Tage‹ von Notre Dame de Sion, durch ein paar Sachen, die aus den ›großen Salons‹ der Wohnung am Galataturm gerettet worden waren, aus dem Korridor und den Schlafzimmern, die gegen Morgen eiskalt wurden, aus dem Geruch nach Ofenrauch… Ein paar kleine Verbindungen, die in die verlorene Zeit zurückreichten: eine venezianische Vase, deren Bemalung und Muster verblaßt waren, geharztes Ostergebäck, der Geschmack von kleinen Käsestücken mit Brot, die im Ofen heiß gemacht wurden; Leben finden durch Gespräche in den Sprachen einer Welt, die mit jedem Tag mehr verlorenging, sich entfernte, ein wenig auf deutsch, auf arabisch, ein bißchen auf jiddisch, französisch. Ein paar Teile eines irgendwo verlorengegangenen tschechischen Teeservices, eine kleine Karaffe, die in vielen Blautönen leuchtete, wenn man sie ins Licht hielt, ein Imitat eines Bestecks von Christofle, das für besondere Tage und besondere Gäste oder Festabende aufbewahrt wurde, ein nicht signiertes Stilleben, das auf der Rückseite die Adresse eines Rahmengeschäftes aus Pera trug, ein Bettüberwurf aus Atlas, den Olga seit ihrer Jungmädchenzeit mit dem Gefühl verband, auf dem Meer zu schlafen, ein leerer silberner Fotorahmen, für dessen verlorenes Bild kein Ersatz gefunden worden war.

Ebenso wie aus den Verbindungswegen zwischen den einzelnen Geschichten entwickelten sich beim Anblick dieser Dinge unausweichlich und ganz unerwartet weitere Bilder. Wie ertrug Olga beispielsweise die Verletzung, die ihr Henri zugefügt hatte, in ihren einsamen Nächten, denen sie womöglich mit Träumen Sinn zu geben versuchte, in diesen Zimmern, mit diesen Sachen? Wie hatte sie beim Umzug in die neuen Zimmer ihre Jungmädchenzeit herübergerettet, die trotz allem in ihr nicht abgestorben war? Was hatte ihr Henri nach langen Jahren in Form einer anderen Beziehung wieder zurückgebracht, und was hatte sie dazu veranlaßt, einige Fehler in ihrem Leben zuzugeben? Sie hatte den Grundsatz ihres Vaters, der seine Meisterschaft als Schneider durch geduldige Arbeit in einem anderen Land bewiesen hatte, auch zu ihrem eigenen gemacht, nämlich: »Es ist nicht so wichtig, was wir tun werden oder tun wollen; wichtig ist, was wir jetzt tun.« Als sie in der Zeit nach ihrer Enttäuschung begann, im ›Laden‹ zu arbeiten, kam sie ihrem Chef Jacques Ventura, dem Freund ihres Vaters, innerhalb kürzester Zeit auf unausweichliche Art nahe. Wem und mit welchen Worten hätte sie wohl von den Gründen einer Beziehung erzählen können, die zwar nicht ihren Träumen entsprach, aber einen Sinn bekam durch lebenslange, ganz besondere Gefühle und eine tiefe Liebe?

Ich denke inzwischen, daß sie nach all den Jahren, in denen sie sich sowohl innerlich entwickelt hatte als auch äußerlich vorangekommen war, in Jacques Ventura den ›Mann ihres Schicksals‹ sah, nicht nur den ›verbotenen Geliebten‹ und – unter den gegebenen Bedingungen – den ›Partner‹ und ›vertrauten Wegge-fährten‹; daß sie ihn vielmehr, weil sie seine Güte als etwas Be-sonderes entdeckte, wie ›einen Vater‹ erlebte. Monsieur Jacques war viel jünger als Mozes Bronstein. Kurze Zeit nachdem sie im Laden angefangen hatte, verlor sie ihren Vater. Allein deshalb schon empfand sie eine Leere, eine ganz neue Einsamkeit.

Ich erinnere mich. An dem Abend, an dem Olga sich entschlos-sen hatte, mir ihr Leben, besser ihre Leben, zu erzählen, tauchte sie tief in ihre Vergangenheit ein. Sie war etwas enttäuscht. Ent-täuscht und verwundet... Auf wen aber bezog sich die Enttäu-schung? Auf die Menschen, die sie jene Tage hatten erleben oder nicht erleben lassen, oder auf die Frau, die sie in sich stets leben-dig erhielt und die sich entschieden hatte, das Geschehene trotz allen ›Verrats‹ zu akzeptieren? Das kann ich nicht entscheiden. Sie war ein bißchen wehmütig. Das konnte die Sehnsucht nach den vergangenen Tagen sein, die sie nicht mehr zurückholen konnte und von denen sie Rechenschaft abgelegt hatte; die nur schwer zu beschreibende Sehnsucht nach einem Leben, das sie irgendwie nicht hatte leben können. Dieses Gefühl konnte ich verstehen. Fast jeder Mensch kennt das Gefühl, Trennung zu erleben oder etwas zurückzulassen. Ja, Olga war an diesem Abend etwas enttäuscht und etwas sehnsuchtsvoll. Etwas weit weg, viel-leicht noch etwas weiter weg von den Tagen, die sie erlebt hatte, aber trotzdem lächelte sie... Die dazwischenliegenden Tage, manche Tage konnte sie vergessen, Zeit heilt alle Wunden... Mozes war an Lungenentzündung gestorben. Lungenentzün-dung... Absurd, so als wollte er den Menschen seiner Umgebung eine weitere absurde Seite seines Lebens zeigen. Er war gestor-ben als ein Weiser, der diese Leben, diese Menschen, die erfüllten und die nicht erfüllten Hoffnungen hinter sich lassen konnte... Ja, Olga lächelte an jenem Abend. Eine Traurigkeit, die sie nicht zu verbergen versuchte, lag auf ihrem Gesicht. Eine Traurigkeit, die sich in so vielen Jahren angesammelt hatte und die sie noch schöner machte. Auf dem Totenbett hatte ihr Vater gesagt: »Ich bin glücklich, weil ich mit deiner Mutter wieder vereint sein werde. Ich habe mich sehr nach ihr gesehnt. Sie hat auch Schwartz geliebt, das weiß ich. Sie hat sehr gelitten, aber sie war immer bei mir.« Olga wußte und hatte mit dem ›Erwachsen-werden‹ immer besser verstanden, daß dies eine sehr tief erlebte ›Geschichte der Treue‹ gewesen war. An jenem Abend in jenem Zimmer war noch jemand da, der uns von sehr weit her lächelnd zuschaute…

In Istanbul hätten Sie verlorengehen können

Die Geschichte von Schwartz in Istanbul begann in einer Zeit, an die Olga sich nicht erinnerte. Der wandernde Schneider war vom ›Schicksal‹ gezwungen gewesen, in immer andere Breiten zu ziehen. Seine ›leidgeprüfte‹ Frau war ihm in jenes ›andere‹ Leben gefolgt und ›baute ihn auf‹, wenn es nötig war, und beide versuchten, sich in der veränderten Umwelt etwas besser zurechtzufinden. Das waren die neuen Tage, als diese Menschen, die nirgends richtig heimisch hatten werden können, zunehmend begannen, sich die anderen Gassen, Häuser, Zimmer, Mauern, Sprachen anzueignen, sie mindestens zu akzeptieren. Neue, veränderte, sozusagen ›gewonnene‹ Tage… Das erinnerte ein wenig an die langen ›Abenteuerserien‹, die einem so unwahrscheinlich und unrealistisch erschienen… So wie manche Menschen eine jener langen Kriegserzählungen schufen in der Hoffnung, daß sie an einem ›anderen‹ Ort weitergeführt, aufgeschrieben werden könnte… Die Flüchtlinge jener Epoche, die in ein ganz anderes Leben, in eine ganz andere Stadt geschleudert worden waren und die ihre ›Vornehmheit‹ nur noch in der Vergangenheit oder innerlich ausleben konnten, die neuen Gäste, gaben nicht nur mit ihrer Kleidung, sondern auch mit ihren Frisuren, Lebensformen, Sprachen, ihrer Musik und ihrem Tanz, vor allem aber mit ›ihren Legenden‹ Istanbul ganz neue Impulse. Das Meer mit seinen Stränden und den ›Inseln‹ wurde neu entdeckt, manche Schmuckstücke fanden in ›anfangs‹ undenkbaren Nächten eine Bestimmung, Nacktheit, Glücksspiel, Prostitution, kurz gesagt, die ›Reise‹ verbreitete sich als der neue ›Traum‹; und trotz des Anwachsens der Armut, trotz aller ›Zuschauer‹, trotz Schmuggel und Flüchtlingen war das gleichzeitig die Zeit, in der still und unbemerkt ein neues ›Land‹ geboren wurde.

Nach dem, was Mozes erzählte, war es ein heller, sonniger Wintermorgen, der für manche Leute, für die ›anderen‹, gehörig kalt war. Er bereitete gerade den dunkelblauen Anzug von Monsieur Bompiani für eine letzte Anprobe vor. Monsieur Bompiani war der Direktor einer jener ›Seetransportgesellschaften‹; er hatte sich nach zwanzig Jahren Ehe von seiner Frau scheiden lassen, um seine Sekretärin, ›das brünette Mädchen von Fındıkzade‹, zu heiraten. In dem Augenblick also, als Mozes dessen Anzug zur Anprobe vorbereitete, ging ein Mann in auffälliger Offiziersuniform voller Orden und mit umgegürtetem Säbel an Bronsteins kleinem Laden beim Tünel vorüber. Bis dahin war das nicht besonders verwunderlich. In jenen Tagen war man den Anblick ausländischer Offiziere gewohnt, die in den Straßen der Stadt herumspazierten. Doch kurz danach kehrte der Mann zurück und schrie plötzlich auf deutsch, als ob er seinen Soldaten Befehle gäbe, zuerst ›Achtung!‹ und dann ›Feuer!‹ und streckte seinen Arm ins Leere, als feuerte er mit einem Maschinengewehr auf ein imaginäres Ziel: dadadadada!… Ein Deutsch sprechender Offizier einer ausländischen Armee, der seltsame Bewegungen machte und in seine innere Welt versunken schien … Ganz fremd war Mozes diese Kultur ja nicht. Deshalb war ihm nach kurzer Zeit klar, daß die ausländische Armee die des österreichisch-ungarischen Kaiserreichs war. Hatte sich dieser Mann in einer fremden Stadt verlaufen, oder zog er eine Vorstellung ab? Mozes dachte in dem Augenblick der seltsamen ›Begegnung‹ darüber wohl nicht nach, er wird sich diese Frage nicht gestellt haben. Doch abgesehen von dem, was er fühlte oder dachte, konnte er als einer, der das ›Fremdsein‹ in vielen Formen ungewollt erlebt hatte, einem anderen Fremden gegenüber nicht gleichgültig bleiben, noch dazu, da dieser ›Märchenheld‹ aus der verlorenen Sprachwelt seiner Mutter kam. Darum rief er dem ›Fremden‹ sofort etwas zu. Sofort, in der Hoffnung, etwas Neues zu erleben… Der ›Fremde‹ kam auf diesen Zuruf hin herbei, als hätte er ihn erwartet und als sei dieses Geschehen vollkommen natürlich, geradezu normal. Kühl und vernünftig, mit der Höflichkeit eines gutzerzogenen Offiziers… Sie stellten sich einander vor. Daß der Name des ungewöhnlichen Gastes, der in eine sehr weit entfernte Geschichte verwickelt zu sein schien, Schwartz war, machte die Situation noch interessanter. Denn Schwartz war ein jüdischer Nachname. Auch Mozes stellte sich vor: als einen ›anderen‹ Juden mit deutscher Muttersprache, der einen wichtigen Abschnitt seines Lebens in Odessa verbracht hatte… In diesem Augenblick schweiften seine Gedanken wahrscheinlich an einen unbestimmten namenlosen ›Ort‹ ab.

Aber, ehrlich gesagt, der interessantere Teil der Geschichte kam, als Schwartz anfing zu erzählen, ›was er durchgemacht‹ hatte… Die Armee war wegen gemeinsamer Manöver mit den Verbündeten in diese Stadt gekommen, um sich auf den Krieg vorzubereiten, der eines Tages sicher gewonnen werden, aber noch jahrelang dauern würde. Eine Weile waren sie hier geblieben. Dann… Das ›dann‹ lag in einer Zeit, an die er sich nicht erinnern konnte. Es sei plötzlich beschlossen worden, nach Wien zurückzukehren, er aber ›vergessen worden‹ in dieser Stadt, in der er gar nicht wußte, was er tun sollte.

Nach Aussage von Mozes, der in seiner Kindheit ein gutes Deutsch von seiner Mutter gelernt hatte, sprach Schwartz ausgezeichnet Deutsch, jedoch mit einem ›seltsamen‹ Akzent. Folglich mußte man wohl annehmen, daß der Gast ein ›echter Wiener‹ war, da die Einwohner jener Kulturhauptstadt gebildet waren. Das war die Gelegenheit für Mozes, sich an einen seiner verlorenen Träume zu erinnern… Zu reden über jene Gassen, jene Cafés, jene Wälder, die Oper, die Walzer, Franz Joseph, von denen seine Mutter in manchen Nächten ›Lieder‹ gesungen hatte… Mit anderen Worten, es gab viele Gründe, sich für den Gast näher zu interessieren. Doch leider, soviel ich weiß, wurde darüber nicht gesprochen, konnte man nicht darüber sprechen. Der in Istanbul ›vergessene‹ Schwartz hatte unter dem Eindruck der erlittenen schrecklichen Erschütterung nahezu völlig das Gedächtnis verloren, die Vergangenheit vergessen; er kam wie ein irgendwo vergessener Gast zu Mozes. In seinem Leben gab es weder einen Ort noch irgendwelche Namen von Personen, die einen Anhaltspunkt hätten geben können... Schwartz sprach an jenem Tag und auch an den folgenden Tagen nur von einem riesigen Landgut, das ›in einem anderen Land‹, ›irgendwo in Polen‹ lag. An jenem Abend gingen sie zu Mozes nach Hause. Auch Eva bekam die Geschichte zu hören. Mit Abwandlungen, hinzugefügten oder vergessenen Einzelheiten... Diesem Abend folgten viele Tage, den Tagen viele Abende. An den Abenden sprachen sie über vergangene Geschichten. Schwartz erwähnte jedesmal, wenn er auf seine ›Geschichte‹ zu sprechen kam, ein anderes Detail. Dann war er stets wie ein Mensch, der einen Ort suchte. Sie fragten ihn dann immer, ob er in ›sein Land‹ und auf seinen großen Landsitz in Österreich oder Polen zurückkehren wolle. Er antwortete nicht, sondern lächelte nur leise. Dabei blickte er auf die kleine Bronzefigur eines sich aufbäumenden Pferdes, die Eva aus Riga, aus ihrer Kinderzeit, mitgebracht hatte und die auf dem Beistelltischchen neben seinem Sessel stand. Er sah aus, als tauchte er in eine tiefe Vergangenheit ein. »An den Sommerabenden roch die Erde sehr gut. Wie sehne ich mich dorthin...«, sagte er.

Sie wandten sich an die Botschaften, um Schwartz mit seinem Land, seinem Haus, seiner Familie wieder zu vereinen. Doch diese Anläufe brachten trotz aller Bemühungen kein Ergebnis. Sie verfügten über zuwenig Wissen, um bestimmte Stellen oder Leute zu erreichen, denn ihr Gast hatte anscheinend mit den Namen alle Schlüssel verloren...

So begann diese unwahrscheinliche Geschichte mit einer ausweglosen Situation... Nach einer Weile mußte man trotz aller Möglichkeiten, Fragen oder sogar Zweifel die Tatsache als solche akzeptieren, beziehungsweise er mußte nach so vielen Leben ein ganz neues Leben inmitten von anderen Leben begründen. Später würde Schwartz mit ›seiner Erzählung‹ unerwartet in eine ganz andere Erzählung mit ganz anderen Menschen aufgenommen werden und mit dem, was er erlebt hatte und was er für sein Leben still und leise vorschlug, als ein anderer Held oder Wanderer des ›Schicksals‹ angesehen werden. Man würde ihn für wert halten, ihn zu ›unterstützen‹ und zu ›verstehen‹. Diese Erzählung wurde trotz aller Möglichkeiten und Zweifel ›gemeinsam‹ weitergeführt, und dabei hatte man den Ausgangspunkt vergessen... Trotz der Schritte, die in jenen Tagen unternommen wurden, um Schwartz zu einem Start in ein neues Leben zu verhelfen, stellte man sich heimlich Fragen... Etwa, inwieweit das, was er erzählte, der ›Wahrheit‹ oder den ›Tatsachen‹ entsprach. Konnte Schwartz nicht auch ein Abenteurer mit einer frei erfundenen Geschichte sein, der aus seiner Heimat ausgewandert war und davon geträumt hatte, in einem anderen Land, im fernen ›Orient‹, als Aussteiger zu leben? Konnte dieser Abenteurer auf seiner Flucht nicht eine neue Familie gesucht haben, wo er jeden Abend seine Suppe bekam, einen von allem Bisherigen weit entfernten Unterschlupf? Phantasien rufen uns immer zu anderen Erzählungen... Was er erzählte oder zu verstehen gab, konfrontierte uns möglicherweise mit der Geschichte eines Artilleriehauptmanns... War es nicht denkbar, daß die schrecklichen Kriegsumstände, der fürchterliche Kanonendonner, die Nächte voller Todesangst oder vielleicht der Anblick eines sterbenden Freundes, der ihm ein Vermächtnis übergab, der Grund waren, daß er sich in seine ganz private Welt verschloß? Man konnte sich vorstellen, daß er einen seelischen Zusammenbruch, eine Verrücktheit, ein von den anderen abgelehntes Abdriften vom Weg erlebt hatte. Die Geschichte konnte auch anders verlaufen sein, nämlich daß ein Kommandant beschlossen hatte, einen labilen Soldaten, der durch sein mit jedem Tag aggressiver werdendes Verhalten in seinem Bataillon zunehmend Unruhe ausgelöst hatte, statt ihn zu verurteilen und zu bestrafen oder unter schlimmen Bedingungen unter Beobachtung, unter Kontrolle zu halten, in Istanbul zu ›vergessen‹, ›dazulassen‹, seinem Schicksal zu überlassen.

Wir können auch andererseits in die Geschichte eines vergangenen, sehr weit zurückgelassenen Lebens einzusteigen versuchen, wenn wir uns trauen, einen anderen Weg zu nehmen. In diesem gefährlichen Spiel würde er so tun, als hätte er sein Leben nicht gelebt. Konnte man dann sein Bleiben in Istanbul, in der ›fremden‹ Stadt, als den Versuch einer Art von Rache interpretieren? Wenn man ›etwas‹ oder Orte aus tiefster Seele vergessen will, dann gelingt das wohl im Laufe der Jahre. Der Preis für diesen Prozeß ist zweifellos hoch. Aber das Leben zeigt manchmal, daß man aus diesem langen Kampf auch erfolgreich hervorgehen kann. Nach all diesen Überlegungen möchte ich mir Schwartz jetzt als Protagonisten einer Erzählung vorstellen, dem es gelang, irgendwo und irgendwann in seinem Leben in Istanbul sich über ›jenes Leben‹ innerlich lustig zu machen. Folglich gab es in dieser Geschichte ein Leben, das vergessen, verleugnet werden sollte. Ein Leben, das vergessen, verleugnet und nicht weiter ausgehalten werden wollte… Dieses Leben, von dem die anderen immer etwas erfahren wollten, das sie von Zeit zu Zeit mit verschiedenen Methoden erforschen wollten, mehr noch, auf dem sie, wie in dem Drama vom ›Reisenden ohne Gepäck‹, geradezu bestanden…Vor einer ›Geliebten‹, einer Treulosigkeit zu fliehen, das hätte das Thema eines billigen, abgedroschenen, schlechten Schauspiels sein können. Man hätte aber auch von der Tragödie eines poetisch veranlagten jungen Mannes sprechen können, der, an die Traditionen eng gebunden, diese Bindung geradezu als Existenzfrage ansah, als den Grund, weshalb seine Rasse trotz jahrhundertelanger schwerer Bedingungen, Schmerzen und Ungerechtigkeiten nicht untergegangen war, der aber gegen seinen Vater im Namen eines anderen Ideals protestierte. Der Vater als Protagonist in dieser Erzählung wollte die kleine Textilfabrik, die er gegen alle anderen Möglichkeiten im Leben mit ›Klauen und Zähnen‹ aufgebaut und verteidigt hatte, seinem Sohn übergeben, richtiger, er konnte es sich gar nicht anders vorstellen und sah das Ganze noch als ein großes Geschenk an. Vielleicht hoffte Schwartz, um auf seinem Traumweg ein paar Schritte zu tun oder sich aus dieser abgedroschenen Geschichte ein bißchen zu befreien, anstelle des ihm ›dargebotenen‹ industriellen Berufs und des damit verbundenen Lebensstils alle Tage und Nächte auf dem Gut, wohin seine Familie höchstens ein- bis zweimal im Sommer fahren konnte, als Poet ›erfolgreich‹ zu sein. Er wollte, um seinen Traum zu verwirklichen, diese kleinen unendlichen Augenblicke erleben und nicht das gleiche Schicksal haben wie die Menschen, die diese Augenblicke verpaßten. Also nahm er, die historischen Umstände und die Bedingungen der Tradition bedenkend, den großen, schweren Kampf mit seinem Vater auf sich. Gerade als er sah, daß er den Kampf gewinnen würde, und sich zwar weit entfernt von aller Zivilisation, aber dem gewünschten eigenen Leben nahe fühlte, wurde der Boden im Krieg vom Feind, von ›Fremden‹, erobert, von Menschen eines anderen Volkes ohne Hoffnung auf Rückgabe ›besetzt‹. Deshalb gab es auch kein Leben mit seiner ›Liebsten‹ und den Kindern, die er mit ihr hätte haben wollen. Und aus diesem Grund wagten wir mit jedem Tag mehr, das Abenteuer jenes Menschen als das eines freiwilligen Verschwindens zu definieren.

Schwartz kannte nach meiner Auffassung die Fragen, die man eigentlich hätte stellen müssen, und wohl auch die richtigen Antworten, trotz allem, was er verloren hatte. Doch wie ich verstanden habe, war damals jeder entschlossen, keine Fragen zu stellen oder die Fragen ganz für sich zu behalten. Der ›Gast‹, der Reisende einer langen Reise, war ja der Held einer Erzählung, an der man selbst teilnahm, er sollte nicht irgendwo hingehen, konnte nicht gehen, so wie er gerade in ihr Leben getreten war. Mit dem ›Zauber des Schicksals‹, mit den Hoffnungen auf das Vorhandensein jenes ›verlorenen Landes‹, die für das ›verlorene Land‹ genährt, aufgeschoben wurden, hatte sich während der langen geschichtlichen Entwicklung in der Natur jener Menschen ein Gefühl des Duldens festgesetzt, hatte sich festgesetzt in dem mit Geduld getragenen und weitergegebenen Geruch ihres Lebens, in ihren Beziehungen... Ich möchte deshalb glauben, daß niemand fragte, wo Schwartz in der Zwischenzeit in Istanbul gewesen war, in all den Tagen, Wochen und – wer weiß – vielleicht Monaten zwischen seinem ›Vergessenwerden‹ und dem Moment, als er den Laden von Mozes betrat. Dabei ist das eine der Schlüsselfragen, die uns ins Innere des Geheimnisses führen könnten. Doch sie wußten sehr wohl, daß auch ein Teil ihres eigenen Lebens davon abhing, daß sie einander bestimmte Fragen nicht stellten...

Es gab noch eine weitere Situation, von der ich gerne annehmen würde, daß sie stattgefunden hat... Ich stelle mir für diese Szene einen Abend vor, an dem Schwartz nach wahrscheinlich vielen Jahren für Mozes und Eva über diese ›Lücke‹ unerwartet etwas Wissen in den von ihm so geliebten Metaphern durchsickern ließ, sozusagen zwischen den Zeilen, indem er unwichtige Details erwähnte. Unerwartet insofern, als das Leben seinen ganz natürlichen Gang ging, als viele Dinge ihren Platz gefunden hatten und man diese Tatsachen immer weniger als fremd ansah... Beim Tee, der auf dem Ofen zog und zu vorgerückter Stunde getrunken wurde, in einem der sich stets vermehrenden Gespräche jene Zeit noch einmal aufrollen... Der Tee war für Mozes eine geheime Brücke zu seinem früheren Leben, zu seiner Kindheit... Deshalb mußte er, komme, was wolle, ›jeden Abend‹ aufgebrüht werden. Der Tee, der in der Wohnung am Galataturm getrunken wurde, öffnete für die drei Menschen die Tür zu einem anderen Gespräch, einem Zusammensein... Schwartz, Eva, Mozes... Ab einem gewissen Punkt in ihren langen Gesprächen wußten sie sehr wohl, warum sie beisammen waren, warum das für sie notwendig war... Den eigentlichen Grund wagten sie niemals zu untersuchen, zu hinterfragen; das, was sie erlebten, ertrugen sie vielleicht wie ein anderes Schicksal, aber sie verstanden das, was sie verstehen sollten, von Tag zu Tag ein wenig mehr. Olga, die sich als ›Zuschauerin‹ an jene Abende erinnerte, lenkte meine Aufmerksamkeit mehrfach auf diese Tatsache, als sie die Geschichte erzählte. Aus ihren Erzählungen verstehe ich auch, wie selbstverständlich für alle Beteiligten das heimliche Übereinkommen war, daß dort jeder aus ganzer Seele an der Geschichte teilnahm, teilnehmen wollte. Um für Schwartz kurze Zeit nach seinem ersten ›Besuch‹ eine Bleibe zu finden und dann eine Arbeit, die seinen Unterhalt sicherte, wurde der gesamte Bekanntenkreis im wahrsten Sinne des Wortes mobilisiert. Darüber braucht man sich nicht zu wundern. Es war der mitfühlende Blick von Fremden, die einem anderen Fremden ein klein wenig behilflich sein wollten… Wenn man sich der Erzählung, dem Vorgefallenen, unter diesem Aspekt nähert, war es viel einfacher, als es aussah…

Carlos Schiffe

Mozes hatte einen Freund mit Namen Carlo, ein Lotse auf dem Bosporus, der, wie er sich rühmte, außer Jiddisch noch dreizehn Sprachen sprach und stets nach Alkohol roch, aber nie betrunken war. Wie wir aus dem Gerede erfuhren, hatte dieser ›etwas seltsame‹ Mann, der glaubte, man könnte echte Abenteuer und Liebesaffären nur auf dem Meer erleben, in seiner Jugend einem Mädchen namens Sylvia, die wie er ›russische Wurzeln‹ hatte, sein Herz geschenkt… Es begann alles auf einem Fest, zu dem sie beide eingeladen waren, wo er im Gespräch mit ihr überzeugt war, die polnischen Juden hätten bei der Zusammenstellung von Speisen einen schlechteren Geschmack als die russischen Juden. Es erwies sich, daß das Mädchen ihm gefühlsmäßig zustimmte und neue Dinge mit ihm entdecken wollte. Manche Beziehungen oder in der Hoffnung auf eine Beziehung geborenen Irrtümer ›entzündeten‹ sich so. Wahrscheinlich deshalb kamen sie schnell an den Punkt, wo sie an Heirat dachten. Es wurden Vorbereitungen getroffen, und für das neue Leben wurden schon Termine festgesetzt und Absprachen getroffen. Da bekam Carlo plötzlich und unerwartet einen Abschiedsbrief von Sylvia, in dem sie ihn herzlich um Verzeihung bat.

Sylvia sagte in ihrem Brief, daß sie aus Gründen, die sie ihm nicht erklären könne, nach Argentinien gehen müsse, es gebe keine andere Wahl. Sie müsse ihren Vater, der sein Vermögen und seine Ehre verloren habe, unterstützen und sei als einzige ›Frau‹ übriggeblieben, ihm zu helfen. Das Leben bringe Menschen manchmal auch in sehr gefährliche Verhältnisse. Das seien Zeiten, in denen der Mut auf die Probe gestellt werde. Durch Entscheidungen, die in solchen Zeiten getroffen würden, würden manche Menschen in ganz unverdienter Weise verletzt. Das sei womöglich der Grund für Schuldgefühle, die manche Beziehungen ein Leben lang begleiteten. Es bleibe nur die Hoffnung auf Verzeihung eines Tages. Eines Tages, nachdem man auch mit anderen Menschen gelebt hatte …

Carlo lief, kaum daß er den Brief bekommen hatte, sofort zu Sylvia. Wo immer er sie suchte, er fand sie nicht. Von den Nachbarn konnte er nichts erfahren. Plötzlich spürte er, daß alle irgend etwas wußten, es aber lieber nicht sagten. Am nächsten Tag ging er zum Kai. Nachdem er die ganze Nacht die Straßen und Plätze, wo er mit Sylvia herumspaziert war, durchstreift hatte, erreichte er den Kai gerade, als das Schiff auslief. Sylvia und ihr Vater standen an Deck, beide sehr bedrückt. Sie winkten. Sylvia rief Carlo zu: »Komm bloß nicht nach. In den großen Städten wirst du mich nicht finden. Und wenn, dann nicht so, wie du es willst.« Als sie das sagte, schien es, als versuchte sie, tiefes Leid und Ausweglosigkeit zu verbergen … Ihr Vater hielt ihren Arm und ließ den Kopf vornübersinken. Carlo und Sylvia schauten sich so lange an, bis sie außer Sichtweite waren. Carlo konnte kein Wort sagen. Nicht ein Wort …

Damals arbeitete Carlo in der Buchhaltung einer großen Seetransportgesellschaft. Es gefiel ihm sehr, durch sein Fenster die Schiffe zu betrachten, die auf dem Bosporus vorbeifuhren. Nach jenem Vorfall wollte er den Schiffen noch näher sein. Dem Direktor, Monsieur Lazzaro, der ihn bisher immer väterlich behandelt hatte, erklärte er, er könne nicht mehr die Buchhaltung, diese Schreibtischarbeit, weiterführen, vielmehr rufe ihn das Meer und er wolle Lotse auf dem Bosporus werden. Da er ein kleines Boot besitze, kenne er sich mehr oder weniger aus, so daß es nicht besonders schwierig sein dürfte, dies zu verwirklichen. Monsieur Lazzaro könne doch seine Beziehungen spielen lassen, um die Sache auf den Weg zu bringen. Monsieur Lazarro fand von Carlos Worten nur den letzten Satz ›richtig‹ beziehungsweise einleuchtend. Sicher könnte er seine Beziehungen spielen lassen, um für Carlo, den er wie einen Sohn liebte, die Sache leicht einzufädeln. Aber war die Entscheidung auch die ›richtige‹?... Warum wollte er einem Phantom nachjagen, wenn er doch in der Firma ohne weiteres aufsteigen könnte? Carlo sagte, er brauche nicht mehr Geld, sondern sein Wunsch sei einfach, Istanbul aus einer anderen Perspektive zu betrachten. Sie diskutierten ein wenig. Dann merkten sie, daß sie unvereinbare Standpunkte einnahmen... Ehe die notwendigen Schritte unternommen wurden, wollte Monsieur Lazzaro mit Carlos Mutter sprechen. Sie waren sowieso seit Jahren durch eine sehr geheime Sache verbunden... Was sie verband, hätte man erraten können, denn er unterstützte Carlo, der als Halbwaise hatte aufwachsen müssen, in seiner Ausbildung und auch sonst noch vielfältig. Carlo hatte im Laufe der Zeit sehr wohl gelernt, die beiden bei ihren ›wichtigen‹ Unterredungen allein zu lassen. Das tat er nun wieder. Nach einer längeren Zeit kamen sie zu ihm und sagten, daß sie ›einverstanden‹ seien, ihm bei der Verwirklichung seines Wunsches zu helfen...

Danach war Carlo jahrelang Lotse auf dem Bosporus... Viele lange Jahre... Um den Schiffen, die von fernen Meeren in sein Meer kamen, noch näher zu sein... Um der erste Mensch zu sein, der dem Schiff entgegenkam, das Sylvia zurückbrachte... Sylvia aber kam nicht zurück. Wie sie ›dort‹ lebte, das wußte und erfuhr niemand...

Die Wohnung, die Mozes gefunden hatte, um Schwartz unterzubringen, war die Wohnung seines seltsamen Freundes. Schon lange hatte Carlo seine Wohnung gar nicht mehr aufgesucht. Damals zog er es vor, auf seinem Boot zu übernachten. Mit jedem

Tag trank er etwas mehr und sprach etwas weniger. Mozes suchte ihn auf und beschrieb den Sachverhalt. Carlo schwieg zuerst, dann sagte er: »Ich kenne die Reisenden. Wenn er bis hierher gekommen ist, dann muß es einen Grund haben.« Schwartz könne in der Wohnung bleiben, so lange er wolle. Es war eine Wohnung irgendwo am Yüksekkaldırım, der steilen Gasse unterhalb des Galataturms, ›einfach so‹ verlassen, klein, mit nur wenigen Möbeln, eine Wohnung, die dem, der es sehen konnte, in vielen Details verriet oder vielmehr verraten wollte, was für ein Leben hier gelebt worden war. Da sie jahrelang leer gestanden hatte, mußte sie etwas hergerichtet werden. Diese ›Pflicht‹ wurde Eva übertragen, die sie binnen kurzem bewohnbar machte.

Mein Gut ist meine Identität

Ganz sicher hatte Schwartz in jenen Tagen, als jeder für ihn eintrat, auch den Wunsch, ›für sich selbst einzutreten‹. Nachdem das Wohnungsproblem gelöst war, wurde eine ›Arbeit‹ als Ladengehilfe gefunden, damit er einerseits beschäftigt war und andererseits sich durch das Trinkgeld etwas für seine kleinen Bedürfnisse verdiente. Durch sein ›Jiddisch‹ gelang es diesem ehemaligen Hauptmann mehr als anderen Menschen, von Anfang an das Vertrauen vieler Leute zu gewinnen. Das war der traurigste Teil der Erzählung, doch, wie mir scheint, porträtierte er Schwartz am besten. Wie berichtet wurde, fügte er sich nicht nur in das ihm vorgeschlagene Leben in seinem ›neuen Zuhause‹, sondern auch in alles, was seine Gehilfenarbeit verlangte, mit großer Umsicht, stets mit einem Lächeln. Man müßte über die Bedeutung dieses Lächelns nachdenken. Ein Weg von Wiens breiten Straßen, wo nach Meinung mancher Leute sogar die Bürgersteige Kultur bezeugen, in den ›Orient‹, ins Hafenviertel einer Stadt, die für manche Menschen immer einen verführerischen Ruf hatte, in die steilen Gassen mit Treppen, wo in verbotenen ›Liebesnestern‹ eine – für Leute mit Vorurteilen –

›schmutzige‹ Liebe erlebt wurde, die aber sauberer sein konnte als die manch anderer Menschen.

Man könnte nach allem, was passiert war, und nach dem Durchdenken des Erlebten auch sagen, daß er in einer entfernten Stadt sich seine Insel schuf und still und leise seine Verbannung ertrug. Doch trotz aller Einsamkeit – von der niemand weiß, wie er sie erlebt hat – hatte Schwartz nach Olgas Aussage in dieser Stadt irgendwie ›jene Familie‹ gefunden. Vom ersten Abend an, als er mit ihrem Vater kam und seine Geschichte erzählte, durfte sich Schwartz in diesem Haus viele lange Jahre an warmem Essen und warmen Gefühlen nähren. Er kam fast jeden Abend in jenes Haus... Fast jeden Abend, als wollte er die kleine Zeremonie nicht verpassen. Er achtete sehr auf seine einfache Kleidung, wußte die abgelegten Kleidungsstücke anderer für sich passend zu machen und war darauf bedacht, immer sauber und ordentlich zu sein... Viele lange Jahre bis zu dem Tag, als er plötzlich in ›seinem Haus‹ starb.

So wie mir Olga Schwartz beschrieb, lebte er unter diesen Menschen von der Ehre, von ihnen akzeptiert zu sein. Er verlangte von niemandem etwas. Doch muß man an dieser Stelle ein wichtiges Detail beachten, das uns Gelegenheit geben wird, den Traum einer anderen Erzählung weiter zu verfolgen. Wie Olga in einem Gespräch mit leichtem Lächeln erwähnte, gab es einen Schwartz, der eine besondere Vorliebe für Krawatten hegte... Sie hatte mehrfach beobachtet, wie er sowohl von ihrem Vater als auch von anderen, die er ihm nahestehend glaubte, leise Krawatten erbat. Es war nicht möglich, herauszufinden, woher diese Vorliebe kam. Entgegen allem, was er erzählt, gezeigt und sogar erlebt hatte, war dies womöglich ein kleiner Hinweis auf etwas, das er ganz innen für die Szenen des langen Dramas versteckt und verborgen hielt. Der ›seltsame Fremde‹ verließ in all den Jahren in Istanbul praktisch nie seinen Bereich, seine ›Insel‹. Er wurde akzeptiert, ›wie er war‹, sowohl von der Umwelt als auch von den Sicherheitsbeamten, die im Zweiten Weltkrieg in den Straßen häufig ›Identitätskontrollen‹ durchführten und viele

Menschen sehr unter Druck setzten. Das ist nach meiner Ansicht die bitterste Szene des Dramas. Schwartz, der ›identitätslos‹ war und der sich nicht in der Identität eines Staates bergen oder dort geborgen sein konnte, zeigte immer dann, wenn sein Ausweis verlangt wurde, als Dokument ein von eigener Hand sehr sorgfältig gezeichnetes Bild des fernen Gutes vor. Das war zweifellos ein Spiel. Ein Spiel, das jeder in unterschiedlichen Rollen mitspielte, im Namen unterschiedlicher Bedeutungen, Enttäuschungen, Ausweglosigkeiten und nicht verwirklichter Träume. Mein Gut ist meine Identität… Mein Gut ist meine Identität… War das nicht auch zugleich ein ganz anderer Protest, eine stille, bescheidene Moralpredigt für alle jene, die nicht leben konnten, ohne sich hinter Gruppierungen, Zusammenschlüssen, seien es Glaubensbekenntnisse, Ideologien oder Nationen, zu verstecken, hinter solchen Lebenskonzepten, die man als Maske benutzen konnte, um dahinter einen Sinn zu finden oder, mehr noch, kleine Rechnungen aufzumachen?

Was in jenen langen Jahren geschah, erklärt für mich nicht nur die Entschlossenheit, mit der Schwartz sein ›Schicksal‹ trug, sondern auch, daß er in jenem Haus einen Ort gefunden haben mußte, an dem er nicht ›verhört‹ wurde. Als würde in diesem Haus durch ein tief zuinnerst akzeptiertes Schweigen mit bekannten, aber unhörbaren Worten ein fortwährendes anderes Gespräch geboren. Ein Gespräch, das diese drei Menschen an ganz besonderen Punkten mit ihrer Ausweglosigkeit und deshalb auch Gefangenschaft, mit den Grenzen, an die sie stießen, mit ihrer Lebenseinstellung konfrontierte… Die Geschichte, die Schwartz nach Istanbul gebracht hatte und die ihn die kleine ›Insel‹ finden half, war zwar eindrucksvoll, basierte aber irgendwie auf einer ›versteckten‹ Lüge. Wenn ich mir die Bronsteins vorstelle, erscheint es mir nicht sehr glaubwürdig, daß sie eine solche Lüge, die ja früher oder später irgendwann hätte aufgedeckt werden müssen, die man hätte bemerken oder spüren müssen, toleriert hätten, ohne auch nur einmal darüber zu sprechen. Auf dem Sterbebett vertraute Mozes Olga in einigen geheimnisvollen Sätzen in der Art eines Vermächtnisses an, was der Grund des ›Bleibens‹ oder ›Nichtgehenkönnens‹ war, die Wirklichkeit, die sie zwang zusammenzuleben. Diese Worte kann ich heute schon wesentlich besser interpretieren, beziehungsweise glaube ich, sie an einer wesentlichen Stelle in ihr Leben einfügen zu können. Eva und Schwartz erlebten eine leidenschaftliche Liebe, die sehr tief war, niemals ausgesprochen werden und sich nicht nach Wunsch ausbreiten, nur in Blicken, in Geduld, in Schweigen ertragen werden durfte… Auch Mozes sah die Tatsache. Es war ein seltsames Abkommen, das durch Leiden an Bedeutung gewann und bei dem jeder alles wußte. Eva sah, daß Schwartz sie liebte, Schwartz wußte, daß Eva ihn liebte, Mozes wußte, daß Schwartz und Eva einander liebten, und diese wußten, daß Mozes alles wußte. Während jeder an seinem Platz blieb oder es wenigstens so aussah, wobei ›etwas‹ irgendwie nicht überwunden werden konnte, setzte sich eine verzehrende Liebe, genährt durch Reue und Sehnsucht, in Bewegung und strebte hin zu einem ganz anderen Ort… Verständlich, daß Mozes Jahre nach dem Tod von Schwartz und Eva sich mit ein wenig ›Wohlwollen‹ und zugleich Weisheit an die Beziehung erinnerte… Es hatte so ausgesehen, als wäre Schwartz immer in jenes Haus gekommen, wie um ›etwas Verlorenes‹ zu erleben. Etwas Verlorenes… Um mit der warmen Suppe nicht auch die andere Zeit, mindestens nicht ›diese Zeit‹ zu verlieren…Was Eva betrifft, so sagte sie oder versuchte sie Schwartz in dieser Welt des Schweigens mit Blicken und an ›besonderen Tagen‹ durch ihre Kleidung und das Essen, das sie kochte, zu sagen:»In Wirklichkeit gehöre ich nur dir.« Ich kann die Szene sehen. Am Geburtstag des ›Geliebten‹ hatte sich Eva möglichst schick angezogen, sich sehr bemüht, schön auszusehen… Es war eines der kleinen Feste… Eines der kleinen stillen und heimlichen Feste, die sie bis zum letzten Tropfen auskosten wollten… Natürlich wußte Schwartz seinen wirklichen Geburtstag nicht, er erinnerte sich nicht. Das war ja eine der Spielregeln. So wurde für ihn, für dieses Spiel beziehungsweise für sein neues Leben, ein neuer Geburtstag

›erfunden‹. Der letzte Tag des Chanukka-Festes*. So daß sein Geburtstag nach dem christlichen Kalender jedes Jahr auf einen anderen Tag fiel… Außerdem gab es die Zeremonie des Lichtanzündens. Diese Arbeit übernahm all die Jahre Schwartz.

»Ich gehöre nur dir allein.« Worte, die niemals gesagt wurden, die im Inneren blieben, die nicht nach außen drangen… Kann man eine Liebe so überhaupt leben? Ich weiß, daß einige Leute mit Ja und andere mit Nein antworten werden. Schließlich gibt die Antwort auf diese Frage – oder wie wir sie auffassen – einen Hinweis auf unsere Haltung zum Leben. Genauso war es auch für die drei Menschen. »Ich gehöre nur dir allein.« Selbst wenn man das nicht auslebt oder ausleben kann… Die meiner Ansicht nach bewundernswerteste Seite dieser Dreierbeziehung war, daß sie alle einander treu blieben, keinen Verrat begingen, mehr noch, es gar nicht versuchten. Mir fällt jetzt ein, daß Eva, als sie nach dem Tod von Schwartz seine Wohnung ausräumte, nur das ›Bild vom Landgut‹ für sich aufhob. Das Bild, besser gesagt, diese Landkarte einer Flucht, einer Verbannung, muß zusammen mit Eva verlorengegangen sein… Auf eine Weise, die zu Schwartz, zu diesen verlorenen Träumen paßt… Wie könnten wir sonst eine Bindung erklären, die bis zum Ende, ja über den Tod hinausreichte?…

Erstmals ist mir warm geworden

Flucht, Verbannung, Zusammenfinden… Das waren vielleicht die Schlüsselwörter der langen Erzählung, die Schwartz in Istanbul, in dem Viertel unterhalb des Galataturms, erlebte, ohne daß davon viele Menschen wußten. Die Erzählung, die Mozes und Eva in ihrer Beherztheit durchzuhalten versucht haben und die ich aufgrund meiner Informationen und meiner Phantasie nachgezeichnet habe, kehrt jetzt mit einigen Möglichkeiten zu mir zurück, die die Grenzen des Absurden streifen. Immer wieder denke ich darüber nach, wie ich das Geschehen verstehen, ihm einen Sinn geben soll. Vielleicht hatte Schwartz irgendwo eine Familie zurückgelassen, die schon lange auf ihn wartete und ihn nie vergaß. Vielleicht wurde dort jedes Jahr an einem bestimmten Tag, beispielsweise am Geburtstag, seinem dortigen Geburtstag, für den namenlos Verschwundenen, von dem man nicht glaubte, daß er nach dem Krieg heimkehren würde, eine kleine Feier veranstaltet... Eine kleine Feier... Zeit für ein kleines Gebet, den Traditionen entsprechend... Für einen Sohn, einen Bruder oder – wer weiß – vielleicht für einen Geliebten, von dem man glaubte, glauben wollte, er sei in eine jenseitige Welt gewandert... Dabei erlebte Schwartz noch volle dreißig Jahre lang in einer für diese Menschen ganz anderen Weltgegend eine ganz andere Zeit, eine ganz andere Geschichte, von der er wußte, daß es seine letzte war. Trotz des Schmerzes derer, die ihn liebten, vielleicht auf ihn warteten und die glaubten, er sei in der Ferne gestorben... Das war ein Zustand, der zu Schwartz und seinem Blick auf die Welt und aufs Leben paßte...

Ebenfalls ein Gefühl von Absurdität muß Olga, denke ich, in den letzten Tagen einer anderen Erzählung, in deren letzten Augenblicken, erlebt haben. Dies fällt mir ein, wenn ich daran denke, daß Mozes an Lungenentzündung gestorben ist. Olga erzählte, ihr Vater habe, soweit sie wußte, niemals einen Mantel angezogen, wenn er an jenen eiskalten Wintertagen auf die Straße gegangen sei. Selbst wenn es schneite. Damals hatte er bloß ein Jackett an, und wenn ihn die Leute fragten, ob er nicht friere, dann antwortete er: »Was denn, frieren? Ich schwitze!« Ein Mensch aus einem kalten Klima... Welche Winter, welches Draußensein auf der Gasse konnte diesem Menschen nach jenen weit entfernt zurückgelassenen Wintern noch derart kalt vorkommen?... Daß Mozes in der Eiseskälte sogar schwitzte, hat zweifellos mit der Widerstandskraft zu tun, die er in jenen Tagen gewonnen hatte. Dabei konnte das Leben manchmal unerwartet Scherze machen. Diese Krankheit war seine erste Erkältung.

Als ihr Vater gestorben war, mußte Olga wichtige Entscheidungen treffen, um auf eigenen Füßen zu stehen, mehr noch, um sich zu behaupten. Zweifellos ist sie einer inneren Stimme gefolgt, die sie zum Umzug aus der alten Wohnung am Galataturm in die kleine Wohnung in Şişli aufforderte, in die sie einige für sie wertvolle Möbel, von denen sie sich nicht trennen konnte, mitnahm. Aber inwieweit hat sie gespürt, daß sie zusammen mit anderen einen Schritt in ein neues Istanbul tat und daß ein neues Leben an ihre Tür klopfte? Soviel ich weiß, trat damals auch Monsieur Jacques in ihr Leben, um es nicht mehr zu verlassen. Man muß sich ihre Ängste in ihren einsamen Nächten vorstellen … Jene Häuser, jene Gassen, die kleinen Hoffnungen hatte sie bei jenen Menschen gelassen … Die neuen Zimmer erwarteten ein neues Lied … Das Lied war das Lied einer neuen, ganz anderen Beziehung … Einer Beziehung, die Geduld, Selbstlosigkeit und ›mehr‹ Distanz zu den traditionellen Moralvorstellungen verlangte. Hat Olga das alles damals sehen können, wichtiger noch, sehen wollen?

In dem neuen Haus versuchte sie sich die neue Einsamkeit in den langen Nächten etwas erträglicher zu machen, indem sie ihre Bücher wieder und wieder las. Sie dachte nicht nur an ihren Vater, den sie erst so spät ›erkannt‹ hatte, sondern auch an Henri, von dem sie sich in einen großen ›Strom hineinziehen‹ lassen hatte. Und sie dachte auch an ihren Bruder, den sie nie gesehen hatte und niemals sehen würde, der ihr ab und zu schrieb, um eine weit entfernte Traumwelt erstehen zu lassen, und so sehnte sie sich nach jemandem, dem sie sich wirklich mitteilen konnte … Sie wußte, das war unmöglich. Unmöglich … Dabei waren dies doch ihre Männer … Die voneinander und von ihr entfernten Männer … Eine Sackgasse oder ein schwer zu definierendes Hindernis, das zu überwinden etwas Mut erforderte, wurde wohl deshalb von einem gewissen Punkt an spürbar. Wohl deshalb führte sie ein Tagebuch, das sie niemandem zeigte, und schrieb Briefe, die sie niemals abschickte. Diese Texte waren alle französisch geschrieben. Als ich es hörte, war ich nicht erstaunt. Französisch war für sie schließlich die Sprache der Freiheit und, wenn man an die Tage in Notre Dame de Sion denkt, die Sprache der Hoffnung.

Die ›Schwestern‹ hatten sie damals immer als ein junges Mädchen angesehen, das in ein großes Leben aufbrechen würde… Das war die Quelle eines kleinen Selbstvertrauens und des Stolzes, ein Grund, an sich selbst zu glauben, den Glauben nicht zu verlieren. Daß sie alle ihre Schriften eines schönen Tages vernichtete, bekümmert mich am meisten, mehr noch, es konfrontiert uns mit einer Lücke und läßt das Gefühl aufkommen, eine Chance versäumt zu haben. Es ist gar nicht leicht zu glauben. Denn so wie ich Olga kenne, war sie ein Mensch, der seinen Erinnerungen, dem in der Vergangenheit Erlebten Wert beimaß; mehr noch, sie liebte es, sich zu erinnern. Über die Nacht, in der sie ihre Notizen ›beseitigte‹, sagte sie, und es war interessant, daß sie es so sagen mußte: »Als ich sie im Ofen verbrannte, war es, als ob ich mich selbst verbrennen würde. Aber nach vielen Jahren wurde mir zum erstenmal warm.« Ihre Worte habe ich nicht vergessen und sie immer wieder unterschiedlich gedeutet. Warum tat Olga das? Mir fallen jetzt ein paar Möglichkeiten und dementsprechend verschiedene Geschichten ein. Vielleicht geschah es auf eine Bitte Henris in den letzten Tagen im Altersheim hin, daß niemand erfahren sollte, was sie zusammen erlebt hatten. Dieser Wunsch, bei seinem Abschied der Nachwelt möglichst wenig ›Wurfgeschosse‹ zurückzulassen, mochte bei dem ihr am nächsten stehenden Menschen aus dem Gefühl des Gekränktseins nach vielen Niederlagen und Enttäuschungen entstanden sein. Der Traum des Abschieds von dieser Welt, ohne Spuren zu hinterlassen… Obwohl man weiß, daß man im Geist, in der Phantasie eines anderen irgendwie weiterlebt… Diese Situation kommt natürlich nicht oft vor. Wohl jeder möchte eine Spur, wenn sie auch schmal ist, zurücklassen. Aber auch die Kränkung, die Henri erlebt hatte, kommt nicht oft vor. Er erlebte eine lang andauernde Kränkung, die sich durch den Preis, den er bezahlte, vergrößerte; und nach so einem Leben mit so vielen Menschen derart verlassen und vergessen zu werden, empfand er sehr wahrscheinlich für sich als inakzeptabel. Der Preis war bezahlt worden… Die Zuschauer seiner Siege, seiner Erfolge, hatten ihr

Sühnegeld genommen ... Doch Olga war eine von den Frauen, die Treue kannten und sie bis zum Ende zu leben und zu zeigen wußten. Deswegen hat sie die Notizen verbrannt, mag sie sie verbrannt haben. Leider sind uns dadurch aber viele diese Erzählung betreffende Einzelheiten verlorengegangen.

Eine andere Erzählung hätte auch mit einer kleinen Lüge Olgas beginnen können. Vielleicht hatte sie das Tagebuch und die Briefe niemals geschrieben, vielleicht war ihre ›Schriftstellerei‹ Teil einer erträumten Identität. In manchen Zeiten war es ›üblich‹, sich anderen gegenüber mit dem, was man nicht hatte verwirklichen können, hervorzutun ...

Vielleicht wollte Olga uns ja auch, abgesehen von all den genannten Möglichkeiten, mit dieser Erzählung zu einer Recherche aufrufen. Das sage ich in der Hoffnung, daß jemand ihre jahrelang mit Ausdauer geschriebenen Briefe, die irgendwo versteckt sind, eines Tages nach gewissen Sterbefällen doch noch findet. Wenn ich eines Tages unerwartet diese Tagebücher und Briefe finde oder ein Unbekannter sie mir bringt, führt das dann dazu, diese Erzählung anders zu schreiben? ... Vielleicht. Haben wir nicht schon erlebt, daß manche Erzählungen schicksalhaft sind für andere Erzählungen, und vor allem, daß sich die Protagonisten jener Erzählungen zu den Protagonisten anderer Erzählungen ganz neu auf den Weg machen?

Evita blieb immer in Mexiko

Es gab immer miteinander verknüpfte ›schicksalhafte‹ Erzählungen, die von unerwarteten Protagonisten unerwartet in manche Erzählungen hineingetragen wurden und neue Lebenswege oder Träume auslösten. Von dieser Art ist meiner Ansicht nach die Erzählung, die in einer der einsamen Nächte in Olgas Leben trat und die sich im Laufe der Zeit von selbst in ein kleines Märchen verwandelte. Aus dem, was ich erfahren habe, entnehme ich, daß die Bronsteins, nachdem sie nach Istanbul umgezogen waren, lange Zeit mit dem in Alexandria zurückgebliebenen Jacob Briefe wechselten. Als Olga von den Stunden des Briefelesens erzählte, war es, als wollte sie etwas, das sie nicht definieren konnte, in ihre Gegenwart zurückrufen... Ich wußte, daß sie ein bißchen auch ein Märchenwesen war. Sie hatte in anderen Leben selbst Märchen erschaffen. Außerdem war sie in die Biographien anderer Menschen als deren Märchen eingegangen. Wie ich gehört hatte, traute sie sich, ihr Schicksal an einem ganz anderen Ort zu suchen, und zwar dieses Mal in dem ganz anderen Abenteuer im Märchen eines ›Verwandten‹, der in ein ganz anderes Leben vorausgegangen war.

Kurz nachdem sie sich in Istanbul niedergelassen hatten, schrieb Mozes in einem Brief an seinen Sohn – nachdem er ihm die Chancen, die die neue Stadt bot, zu schildern versucht hatte –, daß ihm eine niedliche kleine Schwester geboren worden sei. Daß es ihm sehr leid tue, ihn dort zurückgelassen zu haben, und daß die Familie trotz aller Umstände oder unter allen Umständen wieder zusammenkommen müsse. Jacob hingegen antwortete auf all diese Aufforderungen, daß er sich sehr nach der Familie sehne, daß er die kleine Schwester in die Arme nehmen wolle, daß er aber wegen einiger Arbeiten, Beziehungen in Alexandria gebunden sei, mehr noch, daß er wegen Verbindungen, über die er nicht sprechen könne, nach Mexiko gehen müsse. Er begnügte sich, ›mitzuteilen‹, daß er eines Tages, um den Bosporus und das Goldene Horn, die er von Fotos kannte, zu sehen, ganz sicher einmal zu ihnen kommen würde. Das waren ›Gespräche aus der Ferne‹, in denen eine verborgene Zärtlichkeit, eine nicht verlorene Bindung lebten und am Leben erhalten wurden... Und doch schwebte in diesen Briefen über allen Worten ein nicht zu lüftender Schleier des Geheimnisses, der im Leser leichte Zweifel weckte... Evas ab und zu geäußerte Worte: »Er versuchte mir immer etwas zu sagen, es gab etwas, das er irgendwie nicht sagen konnte«, verstärkten dieses Gefühl noch. Eines Tages wanderte Jacob, wie er es angekündigt hatte, nach Mexiko aus. So sagten es die Briefe.

Bei den Bonsteins entstand so die ›Legende vom verlorenen Sohn‹ und wurde aufgrund der aus den Briefen entstehenden Bilder lebendig zu erhalten versucht. Die Menschen ›da draußen‹, ›in fernen Ländern‹, leben ja davon, den Traum auszuspinnen bis zu dem Ort, wohin ihre Phantasie sie führt, und dadurch den Schmerz über das Fehlende, die Not, zu bedecken und in eine wenn auch kleine Hoffnung zu verwandeln… Auch Olga wanderte, soweit ich es verstehe, immer weiter in dieses Märchen hinein, und Jacob ließ aus Mexico City in den Briefen an seine Familie manchmal ›speziell‹ seine Schwester an einigen Momenten seines Lebens teilhaben. Er wohnte angeblich in einem sehr großen Haus, das an ein kleines Schloß erinnerte. Er hatte eine Familie und eine sehr geliebte Tochter… Wegen gewisser ›beruflicher Verbindungen‹ mußte er oft nach New York und Havanna, und weil er sehr beschäftigt war, konnte er nicht oft schreiben. Aber er würde schreiben, der Tag würde kommen, an dem er alles Notwendige schreiben würde. Das Land, in dem er lebte, sei ganz anders. Die Juden konnten dort sogar offen ihr Judentum bekennen. Nur einige Verbindungen waren gefährlich, konnten gefährlich werden. Aber das war ein Teil des Lebens. Ein Teil des Lebens… Wie in vielen anderen Ländern der Welt… Das Leben der Reichen, der Menschen an der Spitze, sei ein ganz anderes Leben. Ein Leben, das man nicht verstehen und nicht beschreiben konnte, wenn man es nicht erlebt hatte…

Dieser Briefwechsel dauerte Jahre, viele lange Jahre. Bis Eva in der alten Wohnung am Galataturm mit dem Schmerz, ihren Sohn nicht wiedergesehen zu haben, gestorben war… Mozes trank in jenen Nächten etwas mehr Tee als sonst. Olga, die glauben wollte, daß sie Henri weit hinter sich gelassen hätte, ging ganz langsam auf eine neue verbotene Beziehung zu, von der sie niemandem, nicht mal ihrem Vater, etwas erzählte. Eines Tages hörten die Briefe, die bis dahin schon nicht oft gekommen waren, gänzlich auf. Anfragen blieben ohne Antwort. Bestimmte Erwartungen erwiesen sich als vergeblich… Auch die Nachforschungen eines Bekannten von Olga, der im amerikanischen Konsulat arbeitete, brachten kein Ergebnis. Zweifellos waren dort in der Fremde Dinge schiefgelaufen, die man nicht erzählen konnte. Dinge waren schiefgelaufen, und man konnte sie nicht erzählen, die Familie in Istanbul sollte davon nichts erfahren… Dinge, die Evas durch mütterliche Ahnungen ausgelöste Befürchtungen bewahrheiten würden, was die Zurückgebliebenen, wenn auch nur aus weiter Ferne, ertragen mußten. Das war eine neue Lücke, eine ganz andere Sehnsucht oder das Gefühl der Verlassenheit, das, wie viele Gefühle in diesem Haus, nicht besprochen, sondern erlebt, vielmehr geteilt wurde. Als keine Briefe mehr kamen, versuchte man Jacob, je weniger man über ihn sprach, immer mehr zum Helden einer fernen, eher noch ›fremden‹ Erzählung zu machen. Die Protagonisten der Erzählung in Istanbul vermischten die ›Fremdheit‹ mit ihrer Sehnsucht. Olga hatte eine sehr empfindliche Grenze erreicht. Als ihr Vater seinen Traum nicht einmal durch Briefe fortsetzen konnte, entwickelte sich bei ihm erneut ein Gefühl der Niederlage beziehungsweise kehrten die Gewissensbisse unerwartet zurück. Es gab Situationen, in denen man lieber nicht sprach, in denen das Schweigen sich in ein anderes Sprechen verwandelte. Es war gar nicht so leicht, die Liebe zu bewahren, bis zum Ende zu bewahren. Ohne daß es vieler Worte bedurft hätte, wurde diese leichte Abzweigung des Weges durch viele Verhaltensweisen oder Bilder sichtbar.

Nachdem ihr Vater den Laden geschlossen hatte, nähte er weiterhin zu Hause Jacken für Bekannte für wenig Geld. Um sich in seinem ›Ruhestand‹ zu erholen, streckte er sich auf dem Kanapee aus und schaute stundenlang die alten Fotoalben an. Alles war da drin. Odessa und Riga und auch Alexandria, Kais, Läden, Gassen, Gesichter, Momente, Details, die alle verlorengegangen waren und die niemand kannte. Auch die Stadt, die den Lauf seines Lebens verändert und ihn unerwartet in eine andere Zeit versetzt hatte, war da. Diese Stadt hatte ihn mit Schwartz zusammentreffen lassen und ihn zu höchster Selbstlosigkeit geführt. Auch deswegen waren die Gespräche mit den Fotos seine wirklichsten

Gespräche... Beim Anblick dieser Fotos zog Mozes sich in seine innere Welt zurück; und ohne zu bemerken, daß Olga ihn sah, lachte er manchmal, weinte manchmal leise, sprach mit ›jenen Menschen‹ manchmal Russisch, dann wieder Jiddisch, manchmal in beiden Sprachen oder in einer Mischung aus allen Sprachen der Städte, in denen er gelebt hatte. Meistens verlangte er nach diesen Gesprächen etwas Tee von seiner Tochter. Diese Stunden wandelten sich mehr und mehr zu einer kleinen Andacht. Zu einer kleinen Andacht... Als Vorbereitung auf eine neue, unbekannte Reise. Eines Tages sollte Olga so eine Vorbereitung auch bei einem anderen geliebten Menschen sehen. Aber dafür waren andere Fotografien nötig.

Um auf die Tatsache zu kommen, daß manche Erzählungen unerwartet zu einem Menschen zurückkehren können... An einem Abend, als Olga schon glaubte, sich an die Einsamkeit gewöhnt zu haben, fand sie unter ihrer Tür einen Brief. Es war ein Brief aus Mexiko, in englischer Sprache geschrieben. Es lag auch ein Foto in dem Brief. Ein Mann, der ihrem Vater in vielem ähnelte, blickte leicht lächelnd zusammen mit einer jungen Frau ins Objektiv... Leicht lächelnd... Als wollte er hinter dem Lächeln eine tiefe Trauer verbergen... Als wollte er nur mit Blikken, mit Blicken allein, den Betrachtern etwas sagen, das diese später, eines Tages von selbst sehen würden. Olga erzählte von dem Augenblick, als sie den Brief öffnete und das Foto erblickte, als erlebte sie ihn noch einmal... Aufgeregt, ohne das Zittern in ihrer Stimme zu verbergen. Es war das Foto ihres Bruders Jacob, den sie nie gesehen hatte und der in einem ganz anderen Erdteil lebte, und ihrer Nichte. Die junge Frau hieß Evita. Sie hatte den Brief geschrieben. Evita schrieb, sie wisse, daß der Brief reichlich spät käme, daß ihr Vater vor zwei Jahren gestorben sei und daß sie sehr gespannt sei, nicht nur auf ihren Großvater, von dem sie so viel gehört habe, sondern mehr noch auf ihre Tante, in der sie eher eine ältere Schwester sähe. Daß sie Evita hieß, war ein Detail, das diejenigen keineswegs übersehen konnten, die ein gewisses geschichtliches Wissen hatten. Evita heißt auf spanisch

›kleine Eva‹… In dem Land, in dem Jacob geboren worden war, gaben die Juden ihren Kindern die Namen ihrer Eltern nur unter einer Bedingung: wenn diese nicht mehr lebten, anders gesagt, wenn sie sie völlig verloren hatten… Um sie so, wer weiß, von neuem geboren werden zu lassen… Olga bekam nie heraus, ob ihr Bruder den Traditionen oder dem Glauben treu geblieben war. Es wäre wohl auch im nachhinein nicht mehr wichtig gewesen. Allein soviel erfuhr sie, daß ihre Mutter noch nicht gestorben war, als Evita geboren wurde. Steckte ein einfacher Zufall dahinter oder eine andere verheimlichte Tatsache, die sein ›Dortbleiben‹ erklären würde? Soviel ich weiß, konnte Olga auf diese Frage keine Antwort bekommen. Sie fand nicht, was sie finden wollte, aber soviel ich weiß, eröffnete dieser unerwartete Brief eine Tür zu einer anderen neuen Traumwelt. Der Brief führte nämlich nicht nur zu einem einfachen Briefwechsel, sondern war zugleich in seiner ›Besonderheit‹ ein kleiner Aufruf, trotz aller Trennungen, Entfernungen und Verluste auf dem Weg die Erzählung von einem anderen Punkt aus mit neuen Protagonisten weiterzuführen. Für diese beiden in verschiedenen Ländern der Erde lebenden einsamen Menschen ergab sich eine Möglichkeit in einer neuen Sprache, mehr noch, mit einer neuen Hoffnung. Olga hatte es schon immer verstanden, aus ihren Träumen einen neuen Anfang zu erschaffen, vielmehr wollte sie das. Insofern ist es nicht erstaunlich, daß Olga sich auf diese Geschichte von ganzem Herzen, mit ihrer Vergangenheit und ihrer Persönlichkeit, einließ. Sie führte in all den fortschreitenden, vergehenden Jahren den Briefwechsel geduldig weiter, obwohl in ihrem Leben die Menschen und Orte wechselten und deshalb auch ihre Nächte sich veränderten.

Evita erzählte ihre Geschichte ausführlich und aus eigenem Antrieb. Sie war sieben Jahre lang mit einem Schmetterlingssammler verheiratet gewesen und hatte sich dann scheiden lassen, weil sie einige Umstände nicht ertragen konnte. Aus dieser Ehe hatte sie einen vierzehnjährigen Sohn. Erst vier Jahre nach ihrer Scheidung traute sie sich, mit einem Arbeitskollegen an der

Schule, an der sie Englischunterricht gab, eine Beziehung anzufangen und ein Zusammenleben ins Auge zu fassen. Sie war glücklich. Der Vater ihres Sohnes war, wie sie zuletzt gehört hatte, auf der Jagd nach neuer Beute in Guayana. Um nun zu ihrem Vater zu kommen... Die Geschichte ihres Vaters, den sie, seit sie denken konnte, immer Jacob genannt hatte, war eigentlich ganz anders verlaufen, als die Familie in Istanbul dachte. Dieser war ihr Vater erstaunlicherweise auf ganz seltsame Weise verbunden geblieben. Leider war kein Ort, kein Ding, kein Mensch so wie in dem Traum oder in dem Märchen, das er hätte leben wollen. Jacob hatte dieses Leben nur in Briefen leben können... Nur in jenen Briefen... Um auszuhalten, daß er nicht zu seiner Familie zurückkehren konnte, um leichter zu ertragen, daß er Staatsbürger in einem anderen Land war... Um wenigstens nicht seinen Traum zu verlieren, wenn er auf seinem Weg schon seine Familie und sein Leben verloren hatte...

Zuerst war er in Alexandria kurzzeitig in einige Drogengeschäfte verwickelt gewesen, hatte diese dann aber aufgegeben, hatte eine Zeit im Gefängnis gesessen, am wichtigsten aber war, daß er nur mit großer Mühe sein Leben aus den Fängen derer rettete, die ihn nicht loslassen wollten. Mit einem Frachtschiff kam er nach Amerika; schließlich fand er, nachdem er diverse Schwarzarbeit verrichtet hatte, in einem Restaurant am Rand von Mexico City als Kochgehilfe ein bescheidenes Auskommen, das ihm erlaubte, sich irgendwo recht und schlecht niederzulassen. Später heiratete er die Tochter des Restaurantbesitzers. Das waren seine glücklichsten Jahre. Evita ging aus dieser Ehe hervor. Doch mit der Zeit veränderten sich die Gefühle. Nach einiger Zeit reichte ihrer Mutter das Leben mit ihrem Ehemann, der keinen Ehrgeiz hatte, etwas zu lernen oder von etwas Neuem zu träumen, nicht mehr. Sie verließ das Haus, um, wie sie sagte, in Princeton Anthropologie zu studieren – eine weitere Erklärung gab sie nicht ab –, und kehrte nicht mehr zurück. Danach war nichts mehr von ihr zu hören. Vater und Tochter wußten erst einmal nicht, wie es weitergehen sollte;

sie blieben tagelang zu Hause, um für ihr neues Leben eine neue Ordnung zu finden. Ihr Vater ging nach diesem Vorfall nicht mehr ins Restaurant, er kaufte eine alte Schreibmaschine und setzte sich auf dem Stadtplatz zu den Liebesbriefschreibern, die eine alte Tradition fortführten. Das heißt, er schrieb für alle, die kamen und ihm ihr Problem schilderten, Liebesbriefe ›nach Wunsch‹. Ihr Vater schrieb von da an Hunderte, Tausende, wer weiß, vielleicht Zehntausende Liebesbriefe... Um mit wenigen Worten anderen Leben eine wenn auch nur kleine Hoffnung zu schenken... Höchstwahrscheinlich war in den meisten dieser Briefe auch etwas von ihm selbst versteckt. Auch von ihm selbst... Die Liebe zu seiner Frau, wichtiger noch, den Glauben daran nicht zu verlieren, ihn bis zuletzt zu bewahren.

In manchen Nächten ging er an bestimmte Orte immer mit bestimmten Menschen, um sich zu betrinken. Immer an bestimmte Orte mit bestimmten Menschen... Evita, die herausgefunden hatte, wohin ihr Vater ging, holte ihn zu bestimmter Stunde manchmal nach Hause. In diesen Nächten gab es zu Hause immer eine warme Suppe.

Mit dem, was er in seinem letzten Beruf verdiente, bestritt Jacob großenteils seinen Lebensunterhalt. Die Erzählung vom Reichtum, von dem er seiner Familie schrieb, war einerseits Protest, andererseits Ausdruck von Liebe. Seiner Tochter, der einzigen Frau, die seine Geheimnisse kannte, sagte er an den Tagen, an denen er sich ins Haus zurückzog, über die Menschen in Istanbul: »Sie brauchten einen Traum. Nur so konnten sie es ertragen, daß ich nicht zurückkam.« Das stimmte. Außerdem war es auch ein kleiner Protest. Eine kleine Rache an denen, die ihm, mehr noch, den Menschen in seinem Traum, solche Tage nicht geschenkt hatten. Von der Last der Lüge konnte er sich erst gegen Ende seines Lebens befreien. Sie bezogen ein kleines Haus mit Garten etwas außerhalb der Stadt. »Endlich einmal will ich für mich und für meine Realität leben«, sagte er. Er gab sich ganz dem Anpflanzen von Blumen hin. Das waren die Tage, als er völlig aus den Augen seiner Familie verschwand, weil er keine Briefe mehr schrieb, nicht mehr schreiben konnte. Weil er nicht mehr schrieb, nicht mehr schreiben konnte, gab es keine weitere Lügen mehr, in jenen Tagen waren die Lügen verbraucht... Zwei Jahre nach Einzug in dieses Haus starb er plötzlich eines Morgens in aller Stille. Eines Morgens plötzlich, in aller Stille... Er brach über den mit so viel Sorgfalt gezogenen Blumen zusammen. Als Todesursache stellte der Arzt ein Herzversagen fest. Aber sie wußte, die wahre Ursache war eine andere. Diesen Grund konnte ein Außenstehender auf keinen Fall erkennen. Man mußte es verstehen und akzeptieren. Ihren Vater Jacob hatte stets diese Lüge, die aus Lüge genährte Hoffnung, am Leben erhalten. Er mußte sich nämlich in seinem Leben nicht nur von seiner Familie trennen, sondern auch von der Frau, die er nie vergessen, nie aufgeben konnte. Das Gefühl der Verlassenheit hatte er nur durch ein solches Spiel ertragen können...

Evita erwähnte ihre Mutter nur in einem einzigen Brief mit den Worten: »Ich habe ihr niemals verziehen und werde ihr nicht verzeihen. Ob sie noch am Leben ist, weiß ich nicht. Der Gedanke, daß sie irgendwo ganz allein gestorben ist, gestorben sein könnte, berührt mich nicht.« Das war für Olga eine erstaunliche Haltung, weit entfernt von aller Glaubwürdigkeit. Eine erstaunliche Haltung, bei der man an ein anderes Spiel glauben mochte. Denn die Briefe sprachen die Sprache eines weichen, warmherzigen, fast zu optimistischen Menschen, der das Positive als untrennbaren Bestandteil des Lebens ansieht. Nur in diesem einen Punkt war sie hart, geradezu ›unerbittlich‹. Der einzige Punkt, an dem es ihr gelungen war, sich zu verhärten... Ja, Evita war eine weiche, warmherzige, fast zu optimistische Frau. In ihren Briefen sprach sie oft davon, daß sie sich eines Tages auf jeden Fall treffen würden, daß sie nach Istanbul kommen werde, in die Stadt, wo die verlorene Familie ihres Vaters lebte, genauso wie sie nicht müde wurde zu wiederholen, sie habe die Hoffnung, ihre geliebte Tante, die einzige ›ferne‹ Verwandte, in ihr Land einzuladen. Leider mußten für dieses Treffen noch ein paar Dinge erledigt werden, mußte sie ihr Leben in Ordnung bringen und etwas Geld sparen. Etwas Geld... Für das Flugticket... Um zu kommen oder leichten Herzens eine Einladung auszusprechen... Olga erzählte in dieser Weise ihr Märchen, so erlebte sie es, so versuchte sie es aufleben zu lassen. So... Mit Briefen... Durch die Existenz eines Menschen in einem anderen Land, der immer an sie dachte, wie sie glauben wollte... Das war eins der seltenen, nicht beschmutzten ›Stücke‹ ihres Lebens. Wie alle Märchen. Wie alle unsere Märchen...

Soviel ich aus dem, was mir gesagt wurde, verstanden habe, wurden über lange Jahre hin zahllose Briefe geschrieben, um diese Beziehung lebendig zu erhalten. Zahllose Briefe, die versuchten, die Wahrheit zu verstehen und zu erzählen... Und dann... Dann erstarb wieder irgendwo etwas...

Ich merke jetzt, daß ich die Spur dieser Beziehung an einem Punkt irgendwie verloren habe. Das heißt, es gibt auch etwas, das ich nicht weiß, nicht erfahren werde... Aber ich weiß, daß das ersehnte Zusammentreffen niemals verwirklicht wurde. Ja, dieses Zusammentreffen wurde niemals verwirklicht. Niemals... Nicht in Mexiko, nicht in Istanbul, nicht woanders... Das paßt meiner Ansicht nach besser zu einer echten, glaubwürdigen Erzählung. Es schien unausweichlich, es wurde schließlich erwartet, daß am Ende der Traum zweier Frauen, die aus unterschiedlicher Einsamkeit heraus jeweils an die Tür der anderen klopften, immer größer werden sollte. Um unsere verlorenen Stunden ins Leben zu rufen, brauchen wir die Stunden der anderen.

Madame Rozas Spiel

Weshalb ich eine Neigung zu Menschen habe, die ihre Träume unaufhörlich in sich selbst zu vergrößern versuchen, kann ich jetzt endlich etwas besser verstehen... Als wäre hier eine verwandtschaftliche Beziehung. Ich fühle tief drinnen eine nicht zu definierende, schwer in Worte zu fassende verwandtschaftliche Beziehung... Mit Träumen zu leben oder manche Leben nur in der Phantasie existieren zu lassen, mag vielen Menschen wie ein ›schreckliches Schicksal‹ vorkommen. Aber siehe da, ab einem gewissen Punkt können wir so auch lernen, das ›Entfernte‹ zu ertragen, das Verrinnende, jene verfehlte Wirklichkeit, die von einem weggeht. Es kommt ein Tag, da wird die Gefangenschaft zum eigentlichen Leben, die Gefangenschaft in dem Bereich, dessen Grenzen man nicht überwinden kann. Bei Olga, die nächtelang auf ihren ›Geliebten‹ wartete, von dem sie ein echtes Zusammensein und eine Lebenspartnerschaft erwartete, ging es meiner Meinung nach um so eine Gefangenschaft. Mit der Zeit erlebte sie eine Menge wechselnder Gefühle, und notwendigerweise beantworteten sich einige Fragen von selbst, ohne daß ›jenes Zusammensein‹ jemals einen als unverrückbar definierten Platz bekommen hätte… Olga, Madame Roza, Monsieur Jacques… Alle drei mußten von einem anderen Standpunkt, ihrem eigenen Standpunkt aus versuchen, die Beziehung, die sie lebten, zu definieren und je nach dem Ausmaß ihres Mutes sich zu fragen, ob dieser Weg unausweichlich sinnvoll und notwendig war.

Zum Beispiel Madame Roza. Sie kam aus einer großen, seit alten Zeiten begüterten Familie aus Thrakien, war aus der Tradition heraus widerstandsfähig, konnte schweigen, wenn es nötig war, wußte im günstigsten Augenblick Vorteile für sich zu nutzen und glaubte von ganzem Herzen, weil sie nichts anderes kannte, daß diese Eigenschaften ausreichten, eine gute Mutter, mehr noch, eine gute Ehefrau zu sein… Mit dieser ›Ausstattung‹ fürs Leben war sie mehr oder weniger in der Lage, als Frau die ganze große Familie zu leiten. Als älteste Schwester versuchte sie stets, ihre Geschwister zusammenzuhalten und zu versöhnen. Tatsächlich gingen mit der Zeit alle auseinander, mußten auseinandergehen. Leider taten ihre Geschwister trotz aller Ermahnungen falsche Schritte, machten große Fehler, und in den schwersten Momenten versuchten sie, wenigstens für eine Weile, zu ihr zurückzukehren, oder wenigstens dachten sie daran. Das wußte sie. Sie kannte diese Situation und wußte sie zu ertragen mit Stolz und Reife, mit dem Bemühen, niemanden zu kränken… Das war ihre ›Pflicht‹, die ihr unerwartet von ihrer Mutter übertragen worden war, als sie in Wirklichkeit noch nicht darauf vorbereitet war… Eine Pflicht, zu unerwarteter Zeit übernommen und still und mit Geduld getragen…

Nicht von ihr habe ich erfahren, was sie ›dort‹ im Namen der Pflicht alles ertragen hatte, sondern von Monsieur Robert, der von seiner großen Schwester immer mit großer Liebe sprach, und von Tante Tilda… Eigentlich gehört diese Erzählung zu den Erzählungen über die Selbstlosigkeit, die an vielen Orten und in bezug auf viele Menschen ›geschrieben‹ worden sind. Die Mutter starb jung, und die große Schwester war plötzlich die ›Frau‹ der Familie, ihrer Familie. Wenn ich über diesen für sie unerwarteten Rollenwechsel nachdenke, als sie gezwungenermaßen mit der ihr so früh aufgeladenen riesigen Verantwortung kämpfen mußte, dann glaube ich, daß sie gegen ihre Mutter tief drinnen manches Mal einen Groll verspürte, der im Lauf der Zeit einen anderen Sinn bekam und in einem anderen Gefühl weiterlebte. Das ist eins der Bilder, das ich in sie hineinlegen, in ihr verorten möchte. Soviel ich weiß, bedeutete die Rolle der großen Schwester oder die früh aufgezwungene Mutterrolle auch, daß sie sich irgendwie um ihren Vater kümmern mußte. Sogar noch Jahre später sprach sie über ihren Vater nicht nur mit Liebe, sondern auch mit einem gewissen Vorwurf. In ihren Augen war ihr Vater ein reicher Erbe, der die Familie mit dem ererbten Geld unterhielt, ohne selbst zu arbeiten, und der sich immer bemühte, jung zu bleiben. Er war kein guter Kaufmann und wollte es wohl nicht mal sein. Die Mieteinnahmen aus den Immobilien, die er von seinem Vater geerbt hatte, reichten ihm mehr als genug. Wenn er Geld brauchte, verkaufte er einfach ein Grundstück oder ein paar Goldstücke und lebte, ohne jemanden unter Druck zu setzen, am wenigsten sich selbst. Er hatte ›Abenteuer‹. Das war eine seiner nicht so angenehmen Seiten. Doch sah er für die Begriffe der damaligen Zeit sehr gut aus. Außerdem wußte er sich schick zu kleiden. Seine Affären rührten auch ein bißchen daher, daß ihm die Frauen nachliefen. Wenn Roza sich der Vergangenheit aus dieser Perspektive näherte, dann war sie heimlich wohl sogar stolz auf diese Eigenheit ihres Vaters. Das habe ich besonders dann empfunden, wenn sie von den ›kleinen Abenteuern, die er sogar im Alter wagte‹, erzählte. Nun ja, daneben hat ihr Vater auch eine Arbeit geleistet, die wohl nur wenige Menschen getan hätten. Nach dem Brand der Synagoge in Ortaköy in jener Nacht von Jom Kippur* half er, damit dort wieder ein Ort des Gebetes eröffnet werden konnte, nicht nur mit Geld, sondern ließ mit persönlichem Einsatz tagelang, monatelang die für den Bau nötigen Steine herbeibringen. In den Steinen dieser Synagoge verbargen sich Name und Andenken an ihren Vater. Sie konnte ihn dafür nicht genug rühmen. Dieses Gefühl, das sie von dem Mann, ›der immer jung bleiben wollte‹, übernommen und genährt hatte, machte ihre traditionsgebundene Seite deutlich, die trotz der Erziehung, die sie genossen hatte, die Grundlage ihres Lebens war.

Als Kind ging sie in Çatalca in Thrakien in die griechische Volksschule. Die Popen, die für ein kleines Mädchen einigermaßen erschreckend aussahen, gaben den Unterricht und leiteten die Schule... Man glaubte, dies sei unter den damaligen Möglichkeiten die beste Wahl... Was sie in diesen Schultagen gewann, öffnete ihr im Laufe der Zeit die Tür zu einer Erzählung, in die sie sonst niemanden hineinließ... Als ihre Familie nach Istanbul zog, setzte sie ihre Ausbildung an der Alliance Israélite Universelle fort. Von daher konnte sie Französisch. Das war wie an allen französischsprachigen Schulen in Istanbul ein Französisch, das sich immer mehr vom Alltagsgebrauch der Sprache entfernte, jedoch aus sprachwissenschaftlicher Sicht fehlerfrei war. Wie für fast alle aus ihrer Generation waren für sie die Tage an der ›Aliyansa‹ eine vergnügliche Erinnerung. Eine vergnügliche kleine Erinnerung, die niemand im Haus, meiner Meinung nach, im eigentlichen Sinne verstanden hatte... Eine Erinnerung, die an Wert gewann durch ihre Erfolge in den Mathematikstunden bei der strengen, prinzipientreuen Madame Gurland, über deren Namen, ich weiß nicht, warum, alle lachen mußten, eine Erinnerung an die Fabeln von La Fontaine, deren einige sie bis ans Lebensende auswendig konnte, an die Gedichte von Victor Hugo und die Gedanken Rousseaus, der die Gleichheit der Menschen verteidigte... Daß sie die ›Aliyansa‹, wie viele die Alliance Israélite Universelle in spanjolischer Aussprache nannten, besucht und absolviert hatte, trug ihr besonders in der Runde, in der sie sich regelmäßig einmal die Woche zum Conquen-Spiel traf, bei ihren Freundinnen ein kleines Plus ein. Jahrelang behielt sie diese Tradition des Conquen-Spielens bei. Die Menschen wechselten, die Häuser wechselten, aber diese Tradition blieb immer gleich. Manchmal wurden bei diesen Zusammenkünften Erinnerungen an jene Schultage aufgefrischt. Meiner Ansicht nach waren das Momente, in denen sie einen Trost brauchte. Wenn sie sich etwas zu einsam, etwas zu verlassen fühlte, dann versuchte sie sich zu wärmen an einem Ort, dessen Schönheit nicht zerfetzt war... Das alles hatte ihre traditionsgebundene Seite jedoch nicht ausgelöscht, sondern eher genährt. Ihre Orientierung sollte man sowieso nicht im Zusammenhang mit ihrer Schulbildung sehen. Hier ist ein Detail erwähnenswert. Weil sie früh schon ›Mutterpflichten‹ erfüllte, konnte sie den ›cours supérieur‹, die letzte Klasse, die viele junge Menschen in dieser Schule auf ein ganz anderes Niveau hob, nicht besuchen. Dieser Mangel mag in ihr eine Verärgerung ausgelöst haben. Das letzte Jahr hätte möglicherweise in ihr den Weg zu neuen Wertmaßstäben eröffnet. Doch meiner Ansicht nach war das Traditionelle in ihrem Wesen angelegt und breitete sich immer mehr aus. Diese Bindung war in ihr und gehörte in der Welt, in der sie lebte, zu den Bedingungen, die nicht so leicht aufgehoben werden konnten.

Sonst hätte sie auf die Feiertage, auf die Vorbereitungen für die Feiertage keinen so großen Wert gelegt. Sie hätte nicht so wie zehntausend, wer weiß vielleicht hunderttausend Juden, die ebenso diesen Lebensstil gewählt hatten, die Traditionen, die in den langen Jahren der Verbannung vor dem Untergang gerettet worden waren, immer wieder belebt, insbesondere an den Feiertagen. Sie hätte vielleicht nicht die Speisen, wie zum Beispiel weiße Bohnen mit Spinat, Lauchköfte und ›almadrote‹, die mit Zucchini gefüllte Blätterteigtorte, nach den ›Rezepten ihrer Mutter‹ derart sorgfältig zubereitet. Sie hätte nicht ihren Nerzmantel und ihren Solitärring, die goldene Halskette, deren Länge und Schwere sie rühmte, als Zeichen des Reichtums, der Macht, der Souveränität und als Sicherheit für schlechte Tage angesehen. Ja, von außen gesehen reichten alle diese ›kleinen Dinge des Lebens‹, sie zu einer guten Ehefrau, einer guten Mutter, einer guten großen Schwester zu machen. Nicht umsonst war ihr Spitzname in der Familie ›Churchill‹, einerseits weil sie es so meisterhaft verstanden hatte, ihre Geschwister zu regieren, andererseits auch wegen gewisser physischer Merkmale. Monsieur Jacques hingegen sagte viele Jahre nach ihrem Tod eines Tages: »Aber Roza war anders, eine Frau wie ein Engel.« Doch begann ihre eigentliche Prüfung, die sie für mich, für uns alle zu Madame Roza machte, als Olga die Szene betrat. Das war eine schwerere, härtere, mühseligere Prüfung als die endlos langen, nicht enden wollenden Nächte der Krankheit, die sie in den letzten Lebensjahren ertragen mußte, schwerer als die Bedrängnis während der Zeit der ›Einberufung der zwanzig Jahrgänge‹*, schwerer auch als Monsieur Jacques' Trauer um Nesim. Soviel ich weiß, hat sie sofort gespürt, daß da eine andere Frau war, daß Olga nicht bloß irgendeine Frau war, die im ›Laden‹ arbeitete, sondern daß sie im Leben ihres Mannes einen anderen Platz einnahm. Sie spürte und verstand, was los war, aber nachdem sich einmal die unausweichlichen Stürme des Anfangs gelegt hatten und sie sah, daß ihr Ehemann letztlich ans Haus gebunden blieb, daß er es vorzog, jeden Freitagabend mit seiner Familie zu verbringen, ließ sie allem seinen Lauf. Mit der ihr eigenen Zuversicht verschloß sie vor dieser verbotenen Beziehung geduldig – warum soll man es leugnen – die Augen, oder es sah zumindest so aus. Sie wußte sehr wohl um die Stärke und Anziehungskraft des ›Wohlstandsgefühls‹, das diese Ehe bot. Ihr Mann hatte nicht nur eine lenkbare traditionelle Seite, er brauchte auch das Gefühl der Sicherheit und das häusliche Leben; er hätte diesen Wohlstand niemals zu zerstören gewagt, nach dem, was sie durchgemacht hatten. Es war außerdem nicht zu erwarten, daß er ein mögliches anderes Leben auf den Trümmern seines Zufluchtsortes begründen würde. Das war die ›Wirklichkeit‹, die sie sah und ›erfaßte‹. Trotzdem ertrug sie wohl oder übel auch viele Kränkungen in dieser Auseinandersetzung, es gab auch einen Teil, den sie nicht genügend zu sehen und zu verstehen versucht hatte, den zu erforschen sie sich vielleicht nicht getraut hatte ... Doch einmal abgesehen vom Augenschein: War ihr Mann wirklich an die Familie und ans Haus gebunden oder an diese Frau, die näher zu kennen oder zu verstehen sie abgelehnt hatte? ... Diese Frage konnte meiner Ansicht nach weder sie noch Monsieur Jacques beantworten. Nicht sie, nicht Monsieur Jacques, nicht die anderen ... Diese Frage konnte nämlich andere unerwartete Fragen in ihrem Zusammenleben aufwerfen. Andere, neue, gefährliche Fragen, die manche Dinge sehr tief erschüttern konnten. Es kam mir immer so vor, als habe sie eine derartige Auseinandersetzung niemals gewagt, um diesen einen Schritt nicht zu tun. In meinem Abenteuer als Zeuge bin ich bis hierher und nicht weiter gekommen. Die Protagonisten der Erzählung haben sich diese Frage vielleicht ganz allein für sich gestellt. Als erlebte jeder und jede auf eigene Weise im eigenen Inneren dieses Abenteuer. Allein für sich, ohne einem anderen ein Wort zu sagen ... Andersherum: Die Frage war gelöst, aber mit einigen ›Lücken‹ ... So zu tun, als sei das Problem gelöst, war vielleicht eine andere Form der Antwort. Doch für Olga gab es gar keinen anderen Weg, als sich der Befragung zu stellen, ihre Fragen ganz allein zu lösen; sie war gezwungen, sich dem Kampf in aller Einsamkeit, Ausweglosigkeit und aus eigener Kraft zu stellen. Sie konnte deshalb ihre ›Beziehung‹, ganz anders als die beiden anderen Protagonisten dieser Geschichte, Madame Roza und Monsieur Jacques, bis zu einem ganz anderen Punkt ertragen, und deswegen erlebte sie außer viel größeren Verlusten auch einen viel größeren Gewinn ...

Das ist meine Überzeugung, vielleicht aber auch meine Illusion, vielleicht eine Wahrheit, die meiner besonderen Liebe zu ihr entspringt. Wenn ihr wollt, könnt ihr es auch als Gefühl bezeichnen. Ein Gefühl... Weil solche Sätze nur zu Gefühlen passen, die man meistens nicht mitteilen kann, besser, weil man Angst hat, ihren Zauber zu zerstören, wenn man sie mit begrenzten Worten beschreibt... Dieses Gefühl sagt mir noch etwas anderes. Olga muß mit ganzer Seele geglaubt haben, daß ihr Geliebter, trotz allem, was sie erlebt oder, besser, was sie nicht erlebt hatte, in Wirklichkeit bei ihr ›bleiben‹ würde. Madame Roza war eine Ehefrau, eine zuverlässige Ehefrau, sie selbst hingegen eine Frau, besser gesagt, ihrer Überzeugung nach war sie für Monsieur Jacques alles, was er sich von einer Frau erträumte. Alles, was er bei anderen Frauen verloren hatte, was sie nicht hatten... Olga mußte an diese Wirklichkeit glauben... Es bestand nun die Chance, daß der Platz, an dem zu bleiben sie sich entschlossen hatte, beziehungsweise den sie zugewiesen bekam, zu einem Platz wurde, auf dem man einige Fragen stellen, einige Kommentare abgeben konnte.

In bestimmter Hinsicht tat Monsieur Jacques sein möglichstes, seine Schulden oder sein ›Sühnegeld‹ zu bezahlen für diese ganze Welt, die ihm dort geboten, zu der ihm die Türen geöffnet wurden, die ihm als Geschenk gereicht wurde. Nachdem Olgas Vater gestorben war und sie allein und überdies mittellos dastand, kümmerte er sich ›aus ganzer Seele‹ um sie, und er verstand mehr als andere Menschen in seiner Position, freigebig zu sein. Es scheint, daß wenigstens zu Anfang diese Freigebigkeit die beiden auch einander annäherte. Er ließ nicht die kleinste Gelegenheit aus und ließ es an keiner Nettigkeit fehlen. Wenn er ihr die zum Geburtstag und zu besonderen Jahrestagen gekauften Geschenke übergab, dann sprach und benahm sich Monsieur Jacques stets als vollendeter ›Gentleman‹. Außerdem verhielt er sich sein ganzes Leben lang keiner anderen Frau gegenüber so und sah keine Frau so wie Olga. Er sah die Beziehung nämlich nicht als vorübergehend an, sondern als eine, die er nicht verlieren wollte. Es war etwas ›Außergewöhnliches‹ in dieser Beziehung. Etwas, das auch im täglichen Leben wurzelte… Ich selbst wurde Zeuge einiger Szenen, die mich in der Erzählung ein wenig weiterkommen lassen. Olga regelte auch im Geschäft alle Kundenbeziehungen, sie kannte die offenen und die geheimen Abrechnungen, und sie war die einzige Freundin, der Monsieur Jacques seine Geschäftsgeheimnisse offenbarte. Diese Tatsache bemerkte auch Onkel Kirkor. Manchmal denke ich, auch deswegen konnte er sich mit Olga nicht aussöhnen. Dabei wußte Onkel Kirkor doch sehr gut, wie sehr ihm sein ›Chef‹ vertraute. Da ich ihn ein bißchen kenne, finde ich es interessant, daß er wohl meinte, sie verdanke ihre besondere Stellung nur ihrer Weiblichkeit. Es gab da einen Ort, der für ihn nicht zugänglich war… So begann an dieser Grenze diese verständliche Eifersucht. Als hätte ein Freund dem anderen den Platz weggenommen. Sein Problem war, daß die Unerreichbarkeit der Frau und die Wahl des Freundes zu einer kleinen Niederlage geführt hatten, die sich in einen heillosen Zustand verwandeln konnte. Die ›Vertrautheit‹ war vielleicht auch aus gewissen unweigerlichen Präferenzen, die gemeinsamen jüdischen ›Wurzeln‹ betreffend, entstanden, deren Bedeutung Onkel Kirkor wahrscheinlich nicht deutlich genug sehen konnte. Ein nicht unwesentliches Detail war zudem, daß es Olga gelang, wenn auch mit einem seltsamen Akzent, das Spanjolische zu erlernen. Doch trotz all dieser Deutungen gab es vielleicht noch einen anderen schwer zu erklärenden Grund für dieses Vertrauen. Es war ein Vertrauen, das sogar Berti ausschloß. Ein Vertrauen, das Monsieur Jacques im ›verbotenen Land‹ gefunden hatte und das mit einer ›Sache‹, die er nicht verlieren wollte, zu tun hatte… Zweifellos sah das auch Olga so. Ihr, die dieses schwere Leben mit all der Armut und den nicht erfüllten Hoffnungen trug, blieb sowieso nur dieser Glaube. Dieser Glaube führte höchstwahrscheinlich dazu, daß sie die verbotenen Nächte als wirkliche Nächte und darüber hinaus wie ein Schicksal ansah und daß sie hoffte, die alte Uhr aus Odessa würde in einem anderen Leben weiterleben und ihren Weg mit anderen Gefühlen weitergehen.

In jenen Nächten, in den Stunden der Trennung, im Warten auf ein neues Zusammensein... Jahre, viele lange Jahre...

Bis in jene endlosen Tage und Nächte, in denen Madame Roza wegen ihrer Krebserkrankung unsagbare Schmerzen ertrug. Juliette hatte über diese Zeit gesagt: »Auch sie wußte genau wie alle anderen, daß meine Schwiegermutter sterben würde. In ihren letzten Tagen wollte sie immer in ihrer Nähe sein. Das kam nicht aus schlechtem Gewissen. Sie hat wohl verstanden, wie sehr sie sie liebte und wie schwer es sein würde, sie zu verlieren.«

Monsieur Jacques hatte sich in der Sterbephase von Madame Roza an einem für viele Menschen undenkbaren Punkt zu einer aufblühenden Dankbarkeit ihr gegenüber ›hingewendet‹, weit jenseits dessen, was er in dieser Dreierbeziehung erlebt hatte, was er hatte erleben dürfen oder was er nicht hatte erleben dürfen. Es war nicht leicht, dieses Gefühl zu erreichen. Denn Madame Roza – mit dem Bild, das sie uns bot – gelang es in ihrer Entschlossenheit, ihrem Schweigen, mit ihrem bewußt getragenen Schweigen, bis zuletzt zu verhindern, daß jene Liebe bis zum Ende gelebt werden konnte, in der Absicht, die Ehebeziehung bis zuletzt aufrechtzuerhalten, indem sie in den Augen fast aller, die wußten, was sie durchmachte, eine Selbstverleugnung auf sich nahm, die nur wenige Frauen aufbringen. Höchstwahrscheinlich sahen die beiden Frauen dieser Erzählung darin ein Spiel. Beide Frauen sahen dieses Spiel, aber sie hatten nicht den Mut, nicht einmal in einem privaten Gespräch, darüber zu reden, es zur Sprache zu bringen. Es war schließlich ein Kampf um die Macht. Ein schweigender Machtkampf der beiden. Schließlich hatten beide auf ihre Art den Preis für die ›verbotene Liebe‹ gezahlt und waren einverstanden, ihn zu zahlen. Dieser Zustand hatte sicherlich nicht das Gefühl der Hinwendung ausgelöst, genährt. Für Monsieur Jacques war das ein Gefühl, das weit hinter dem Offensichtlichen lag... Seine Frau hatte seine Mutter, die in ihren letzten fünfzehn Jahren blind bei ihnen im Haus gelebt hatte, nicht wie eine Schwiegertochter, sondern wie eine echte Tochter gepflegt. Wie eine echte Tochter, wie man es in der

Familie von einem ›richtigen‹ Kind erwartet. Auch beteiligte sie sich mit großer Selbstlosigkeit, dabei aus ganzem Herzen und auf viele Möglichkeiten verzichtend, an dem Spiel in bezug auf Nesim, und später, in der Zeit ihrer Gekränktheit, achtete sie darauf, nicht mal davon zu sprechen ... Gleichzeitig bemühte sich Madame Roza mit ihrem Spiel auch darum, ein ›Haus‹ zu retten. Monsieur Jacques war überzeugt, daß man seine ›Schulden‹, ob sie nun aus dem Guten oder aus dem Bösen resultierten, in dieser Welt bezahlen mußte. Ob all die Bilder sich tief in sein Leben eingeprägt hatten und er sich daran erinnerte, als er seine Frau ›pflegte‹, das weiß ich natürlich nicht. Doch ich weiß, daß er in diesen Tagen Olga so wenig wie möglich besuchte. Soweit ich mich erinnere, dauerte dieser Zustand an die sechs Monate. Dann, eines Morgens, nach einer langen Nacht, tat Madame Roza, fest die Hand von Monsieur Jacques drückend, ihren letzten Atemzug. Ihren letzten Atemzug ... Für ein letztes Spiel ... »Es war schwer, aber jetzt ist es vorbei«, sagte sie ... Monsieur Jacques saß währenddessen still an ihrem Bettrand. Er schloß seiner Frau die Augen und murmelte ein letztes Gebet. Eine ganze Weile saß er dort, ohne etwas zu sagen.

Er dachte an die ersten Tage ihrer Ehe, an Jerry, an seinen Vater, an die Nacht, als das Haus im Stadtteil Halıcıoğlu abbrannte, an den ersten Abend, als sie zusammen gegessen hatten. Er erinnerte sich an den Sellerie in Olivenöl als Vorspeise. Der Zucker fehlte, dafür war das Ganze aber versalzen. Obwohl es eigentlich ungenießbar war, aßen sie es. Wenn Monsieur Jacques von seinen Gefühlen in der Zeit der Trennung erzählte, dann wurde er vor allem aufgeregt, wenn er seine Erinnerung an den Sellerie mitzuteilen versuchte. Er muß ein Gefühl zwischen Kummer und Freude erlebt haben. Es war ein Gefühl voller Liebe und Sehnsucht. Ein schlimmer Moment, der im Laufe der vielen langen Jahre seinen Einfluß verloren und sich in eine schöne angenehme Erinnerung verwandelt hatte. Deswegen paßte die Erinnerung an den Sellerie in Olivenöl so gut in diesen unendlichen Augenblick, als Monsieur Jacques sich für immer von der Frau trennen mußte, die so viele Jahre ›an seiner Seite‹ gewesen war. Dann schaute Monsieur Jacques Madame Roza lange an. Er wollte etwas sagen. Für sich, um die neue Trennung für sich leichter erträglich zu machen ... Es ging nicht. Es war zu spät. So nahm er den Kamm von der Kommode neben dem Bett in die Hand und kämmte seiner Frau in Gedanken an jene fernen alten Tage die schütteren Haare. Langsam, ganz langsam. Sorgfältig. Sie sollte ihrer letzten Zufluchtsstätte etwas schöner entgegengehen. Dann hielt er an. Es kam ihm in den Sinn, daß er das zum erstenmal in seinem Leben getan hatte. Zum erstenmal ... Man spürt das Gefühl der Vergeblichkeit im Leben wohl in solchen Zeiten am stärksten. Etwas, das für das Leben wichtig gewesen wäre, geht einfach von einem weg, ist vorüber, ohne daß es gelebt worden wäre. Mit den Worten: »Es war schwer, aber jetzt ist es vorbei« war Madame Roza gestorben. Eine kurze Weile, bevor ihr Ehemann ihr die Haare kämmte. Man konnte sich jetzt an das, was vergangen war, nur noch erinnern, es gab keine andere Wahl. Wenn man eine vollständige Zeitreise in intensivster Weise erlebte ...

Inzwischen ist eine lange Zeit vergangen, die Leben, die Orte, die Jahreszeiten, beladen mit unterschiedlichen Bedeutungen und kleinen Erzählungen, sind vergangen. Es waren für Monsieur Jacques und Olga aus leicht zu erratenden Gründen keine erfreulichen, sozusagen verlorene Jahre gewesen. Interessant, oder in Wirklichkeit war es eigentlich tragisch, daß Olga nach so viel Drangsal nur etwa sechs Monate nach Madame Roza eines Nachts ganz allein in ihrem Bett starb. Ja, Olga starb ungefähr sechs Monate nach Madame Roza, allein, ohne irgendwem irgend etwas zu sagen. Allein ... Mit ihren Märchen ... Wie es zu ihrem ganzen Leben paßte ... Plötzlich, still und leise ... Ohne ihre Umgebung zu ›belästigen‹ ... Ohne das Zusammensein mit dem Mann, mit dem sie ein Leben lang verbunden geblieben war, auf den sie gewartet hatte, in seinen alten Tagen, ohne daß irgendein anderer Mensch dazwischengestanden hätte, auch nur zu ›kosten‹ ... War das in unerwarteter Weise die Rache von

Madame Roza an dieser Liebe? Vielleicht. Fest steht, daß Monsieur Jacques nach diesen beiden aufeinanderfolgenden Todesfällen sich immer mehr vom Leben verabschiedete und sich in eine wachsende Einsamkeit, in seine täglich wachsende Einsamkeit einschloß.

Dieser Monsieur Jacques war es, den ich nach der Beerdigungsfeier von Madame Estrella in Juliettes Haus beim Essen sah... Es hatte natürlich keinen Zweck, daß er wartete. Weder Olga noch Roza, weder Kirkor noch Jerry, noch die anderen würden zu diesem Essen kommen... Nun gut, was hatte es also in dieser Situation für einen Sinn, ›betont‹ auf die alte Uhr zu schauen?

Mimikos Murmeln

Im Leben jedes Menschen gibt es weit entfernte, ganz andere Tage, Nächte, Jahreszeiten, die an ganz anderen Orten zurückgeblieben zu sein scheinen. Das sind Erlebnisse, die einen zu dem machen, was man ist, die einen unerwartet in der inneren Welt mit unerwarteten Menschen zusammentreffen lassen, und man erinnert sich nicht nur bedauernd, sondern manchmal auch ein wenig freudig an diese Beziehungen und Erlebnisse, die im Rückblick eine andere Bedeutung bekommen, bekommen können... Zu Anfang hätte ich natürlich nie gedacht, daß das Foto in dem alten Album, dem man ansah, daß es ein Nischendasein fristete, mir eines Tages den Weg zu einer Erzählung eröffnen würde, die ich auf jeden Fall mit jemandem teilen wollte. Es war ein dickes Album mit grünem Einband und schwarzen Seiten. Ein Album, das in seiner Schwere zu der Schwere mancher Erinnerungen paßte. Es befand sich im Musikschrank zwischen Platten, die immer weniger gehört wurden. Lucho Gatica war da... Harry Belafonte, Dean Martin, Frank Sinatra, Bing Crosby waren da... Elvis Presley war da... Musik, die immer weniger gehört wurde, die keiner mehr hören wollte, die vom Leben abgeschnitten war, beschützte die Fotografien, die immer weniger angeschaut wurden, die anzuschauen man Mut gebraucht hätte… Man will ja immer fliehen vor dem, was durch manche Erinnerungen, Bilder, Stimmen, Wörter wachgerufen werden könnte. Ich berührte das Album ein wenig zögernd, besser gesagt, unsicher. Diese Berührung konnte nämlich bedeuten, plötzlich die Erinnerungen anderer Menschen, fremde Erinnerungen, zu berühren. Juliette sah das. Mit den Augen machte sie mir ein Zeichen, das mich ermunterte. Nicht zum erstenmal verständigten wir uns in dieser Sprache. Das Leben hatte uns auch in anderen Sprachen zusammengeführt, und im Laufe der Zeit würde es uns in anderen Sprachen, Worten und Blicken zusammenführen. Das Zeichen von Juliette war ein kleines Geschenk und bedeutete in dieser Situation die Erlaubnis, fortzufahren. Schließlich wußte sie ja auch, daß ich trotz meiner Unsicherheit Freude daran hatte, in der Zeit anderer Menschen voranzuschreiten und ihre irgendwo verlorene Spur zu verfolgen. Mir war klar, daß ich die Menschen und Orte auf den Fotografien in der Tat nicht wirklich, wie sie es verdient hätten, erreichen konnte. Dieses Unvermögen galt nicht nur für die Beobachtung völlig fremder Personen, es galt darüber hinaus auch für Menschen, mit denen ich jahrelang zusammengelebt hatte und in diese oder jene Beziehung getreten war. Doch hatte ich trotz allen Unvermögens meine Träume und Erzählungen. In meinen endlos scheinenden Erzählungen wurden in meiner Phantasie einzelne Menschen geschaffen, andere getötet… Meine Erzählungen… Für die Lügen, für meine Lügen, gegen den Überfall der Realität, damit ich in meinen Lügen noch einmal Zuflucht suchen kann… Die Fotos waren auf den ersten Seiten sorgfältig eingeklebt, danach waren sie ›sich selbst überlassen‹. Die nicht eingeklebten Fotos lagen in der Mitte des Albums verlassen übereinander. Das Foto, das mir den Weg in jene Erzählung öffnete, lag inmitten dieses Haufens. Es war etwas größer als die anderen und machte durch sein ungewöhnliches Format auf sich aufmerksam… Als versteckte sich dort einer jener Appelle, die man nicht definieren wollte, vielmehr genügte es, daß man ihn spürte.

Die meisten Details habe ich vergessen. Man sah einen gedeckten Tisch, an dem ein besonderer Lebensabschnitt festgehalten und mit Wein zu feiern versucht wurde. Zum Essen wurde wahrscheinlich Musik gespielt. Eine Musik, die sowohl die Menschen auf dem Bild als auch die Betrachter nicht mehr hörten, die weit fort war... So mögen wohl an diesem Tisch in dieser Nacht mehr noch als in anderen Nächten Zukunftspläne besprochen, ausgetauscht worden sein. Das konnte ich mir vorstellen. In den erhobenen Gläsern drückte sich ein Glückwunsch aus, Hoffnungen, die sich aus ein paar Worten speisten... Würde die Zukunft wirklich schöner als das Bisherige sein? Wer weiß... Wenn man schon so weit gekommen war...

Man sah Menschen, die Wert auf ihre Kleidung legten, drei Männer im Smoking und drei Frauen in dekolletierten Kleidern, wie es damals wohl die neueste Mode war. Sie sahen aus, als schauten sie auf diesem ›Bild der Freude‹ auf einen imaginären Punkt, den sie sich für ihr künftiges Leben oder ihrer aller Leben erschaffen hatten. Sie, die aus verschiedenen Welten kamen, schauten auf einen Punkt, um einen Moment zu vervielfältigen und auch ein wenig festzuhalten, den sie in ihre jeweiligen Welten mitnehmen konnten. Ich kenne solche Fotografien, denn ich habe mich schon auf beiden Seiten der Fotografie befunden. Deswegen interessierte ich mich auch ein wenig dafür, was sich hinter diesen Blicken verbarg. War es ein Sommerabend?

»Es war eine Einladung, der Verlobungsabend von Jenny, einer Cousine von Berti, mit der wir nicht mehr verkehren. Sie war auch mir eine enge Freundin. Wir haben uns mal eine Zeitlang sehr oft getroffen. Sogar ehe ich Berti kennenlernte. Wir hatten vieles gemeinsam. Auch Träume... Wie alle... Dann haben sie sich getrennt. Noch dazu am Tag vor der Hochzeit. Dabei war Jenny in jener Nacht sehr glücklich. Sie glaubte derart fest daran, den Mann fürs Leben gefunden zu haben... Schau, wie sie lacht...«, sagte Juliette. Sie zeigte auf eine blonde Frau, die mit feuchten Augen in die Kamera schaute und die Hand des neben ihr sitzenden Mannes hielt, der Brillantine in den Haaren hatte.

Man konnte auch sagen, sie ›klammerte‹ sich an ihn, wenn man mehr in die Fotografie hineinlegte. Sich an einem Menschen festhalten, festklammern wollen… Auf dem Foto war gleichsam zu spüren, wie etwas ins Verbotene, in die Ausgrenzung driftete. Fehlten die Familien, die ja geradezu darauf warteten, in solchen Nächten ihr Glück kundzutun, nur auf diesem Foto, oder fehlten sie überhaupt an jenem Abend? War folglich ihr Fehlen nicht vielleicht ein Zeichen dafür, daß sie an der Weiterführung von etwas Verbotenem nicht mitwirken wollten?… Diese Möglichkeit durfte man in diesen Familien, in diesen Lebensumständen, nicht so leicht aus den Augen verlieren. Aber ich wählte einen anderen Weg, um eine Antwort auf meine Frage zu bekommen, wobei ich auch ein bißchen auf eine neue Erzählung hoffte. Ich wollte wissen, ob sich hinter dem Lächeln nicht ein Geliebter versteckt hielt, der vergessen werden sollte, von dem man sich aber irgendwie nicht losreißen konnte. Woher sollte ich denn ahnen, daß mich meine Frage, die womöglich auf einem seltsamen Gefühl beruhte, zu diesem unerwarteten Ort ziehen würde…

»Ja, aber nicht so, wie du es kennst oder vermutest«, sagte Juliette. »Der Mann verheimlichte bis zuletzt die Wahrheit, versuchte, sie zu verheimlichen. Er wehrte sich in guter Absicht, es war offenkundig, daß er ein anderes Leben anfangen wollte. Aber zuletzt hielt er es nicht mehr aus und mußte die Wahrheit sagen. Er bevorzugte ein anderes Geschlecht… Auf Büyükada gab es damals eine Erschütterung… Es gab einen Skandal. Jenny hatte Maurice sehr geliebt… Als die Wahrheit ans Licht kam, ging sie lange nicht unter die Leute. Nur mit Mühe faßte sie sich. Dann plötzlich entschloß sie sich eines Tages, nach Izmir zu ihrer Tante zu ziehen. Zum Abschied trafen wir uns in einer Konditorei… Sie sagte, sie wolle ein neues Leben anfangen. Sie hatte vor, Fremdenführerin zu werden. Die Chance war gegeben, weil sie Englisch und Französisch konnte. Aber noch vor Ablauf eines Jahres kehrte sie zurück. Danach arbeitete sie hier und dort und schlief mit diversen Männern. Sie blieb nirgends lange. Als wollte sie vergessen und Rache an ihrem Geschick nehmen... Dann entfernten wir uns langsam voneinander. Eines Tages hörte ich, sie habe einen Witwer aus Izmir geheiratet, den Vater zweier Kinder, der wesentlich älter als sie war. Zu ihrer Hochzeit lud sie niemanden ein. Womöglich floh sie vor etwas. Vielleicht hatte sie Angst. Das war ihre letzte Reise nach Izmir. Nach Istanbul kehrte sie nicht zurück. Oder wenn, dann wissen wir es nicht. Ich bekam einen einzigen Brief von ihr. ›Hier habe ich ein neues Glück gefunden. Auch ich bin jetzt eine glückliche Frau‹, schrieb sie.« Hier hörte Juliette auf zu sprechen.

Ich hatte den Eindruck, sie wollte zu diesem Teil unseres Gesprächs unbedingt noch etwas sagen, konnte aber nicht. Etwas zwischen den beiden Frauen, das die Erzählung an einen ganz anderen Platz rücken würde. Es war wohl ein Detail, an das sie sich unerwartet erinnerte und das sie offensichtlich für sich behalten wollte. Ich glaube, deshalb entschloß ich mich, auch zu schweigen und nur zuzuhören. Danach lächelte sie leicht. »Jenny war ein sehr schönes Mädchen. Noch schöner als auf dem Foto. Manchmal trug sie ihre Haare offen. Es gibt selten so ein schönes Blond. Ihre Augen waren honigfarben. Wenn sie lachte, sah man alle ihre Zähne... Auf dem Foto lacht sie nicht so schön wie sonst. Sie war wohl schon einigermaßen glücklich, aber diese Nacht war wie etwas Unerlaubtes. Hättest du sie gekannt, du hättest dich sicher verliebt!« sagte sie.

Es machte ihr großen Spaß, mich manchmal zu necken und sich als meine große Schwester aufzuspielen. Gerade diese Seite an ihr mochte ich wohl am liebsten, obwohl wir sonst in den Ansichten und der Lebensweise ziemlich verschieden waren. Es war gleichzeitig eine leicht erotische ›Annäherung‹, eine sehr versteckte erotische Aufforderung in liebenswürdiger Form. Doch ihre natürliche Zärtlichkeit bezog sich an jenem Samstag, als wir uns langsam in die Fotos vertieften, mehr auf Jenny als auf mich. Es war ein regnerischer Nachmittag... Für einen kurzen Augenblick wurde Jenny in einer ganz anderen Zeit lebendig, als wir über sie sprachen. In dem Moment hätte ich gerne gewußt, ob Jenny mit ihrem Lachen, mit ihrem echten Lachen, noch au-ßerhalb dieses Albums lebte. Aber ich wußte, daß ich dies von den Menschen, die zu der Erzählung gehörten, nicht verlangen konnte. Das mußte ich einsehen. Manche Menschen, die kurz durch unser Leben hindurchgehen, darin Platz nehmen, gehören nur zu jenen Fotos. Das wichtigste war, diese Bilder leicht zu berühren, sie zu berühren, ohne sie zu beschädigen. Leicht be-rühren... Für den Moment, den man unerwartet entdeckt hat, um ihm einen unvergeßlichen Platz zu geben... Das ist womög-lich einer der empfindlichsten, einer der Kernpunkte der Ge-schichte. Es ist wichtig, den Zauber nicht zu zerstören... Wieweit kann man als jemand, der den Moment auf dem Foto nicht mit-erlebt hat, sich in die Menschen einfühlen, die ihn erlebt haben, vor allem, wenn Jahre vergangen sind? Diese Unsicherheit ver-spürte ich, als ich das Album in die Hand nahm; genauso wie früher an anderen Orten, wenn ich andere Fotografien berührt und in andere Zeiten einzudringen gewagt hatte...

Unsicherheit war auch der Grund, warum ich in dem Augen-blick entschied, Jenny auf dem Foto zu belassen und mich mit dem zu begnügen, was Juliette mir über sie erzählte. Außerdem schien mir der andere Protagonist der Erzählung, der eine reale Flucht durchgemacht hatte, durchzumachen gezwungen war, ein ganz anderes Abenteuer erzählen zu wollen. Ich konnte die Pro-bleme nicht übersehen, die entstanden, wenn ich aus Juliettes Mund die Geschichte von Maurice hören wollte, die diesem ›schrägen‹ Menschen immer ferngestanden hatte, weil sie einer-seits ein wenig konservativ war und andererseits weil er Jenny hatte leiden lassen. Die Hinweise konnten mich zu einem ganz anderen Menschen führen. Als ich nach Maurice fragte, reagierte Juliette genau so, wie ich es erwartet hatte, unangenehm berührt. Sie hielt inne, nahm einen Schluck von ihrem Milchkaffee und zog einige Male an ihrer Zigarette. Das ist ein wichtiges Detail. In solchen Momenten rauchte sie wirklich sehr gezielt. Auch roch ihr Mund dann stark nach Tabak. Das erweckte in mir eine seltsame sexuelle Anziehung...

»Wir hatten lange nichts von ihm gehört. Als sei er verschwunden. Dann begegneten wir uns eines Tages auf Büyükada. Wir saßen in einem der Cafés, die du nicht magst. Ein blonder junger Mann war bei ihm. Sie saßen ein paar Meter weiter vorne. Weil es so voll und laut war, konnte ich nicht verstehen, was sie redeten, nur so viel, daß sie sich auf englisch unterhielten. Aus ihrem Gesichtsausdruck schloß ich, daß sie über ein ernstes Thema sprachen. Zwischendurch schwiegen sie, unterbrachen ihr Gespräch und blickten aufs Meer. Wahrscheinlich habe nur ich ihn erkannt. Er hatte sich sehr verändert. Er war dick geworden, seine Haare waren ausgefallen, aber er war sehr schick, sehr gepflegt. Ein-, zweimal trafen sich unsere Blicke. Er grüßte nicht. Entweder erinnerte er sich nicht, oder er wollte sich nicht erinnern. Wäre ich zu ihm hingegangen, hätte er dann sprechen wollen? Meiner Ansicht nach ja. Vielleicht hätte er sprechen wollen, aber ob er es dann auch getan hätte, weiß ich nicht. Jetzt tut es mir ein bißchen leid, daß ich es nicht trotzdem versucht habe. Aber damals war es mir, als ob mich etwas daran hinderte. Es hatte mit mir zu tun. Es gab da nämlich noch etwas... Ich hatte keinen Platz in dem Drehbuch. Das habe ich in dem Moment wahrscheinlich gespürt. Wir waren einander sehr fremd geworden...«, sagte sie.

Wir lebten in einer Zeit, in der Außenseitertum anderes Außenseitertum anzog. Ich antwortete also: »Ihr wart jetzt in verschiedenen Erzählungen... Er konnte nicht anders handeln. Wie ich sehe, blieb ihm im Leben kein großer Spielraum. Offensichtlich wollte er mehr als in der Enttäuschung leben, daß man ihn nicht gebührend verstand. Mir ist dieses Gefühl nicht völlig fremd. Ich glaube, daß seine Liebe sich letztlich nicht so sehr von dem unterscheidet, was wir unter Liebe verstehen. Das eigentliche Problem ist wohl, daß er dieses Gefühl seiner Umwelt nicht vermitteln konnte, nicht so vermitteln konnte, daß es die Umwelt verstand.«

»Ja... Aber soviel ich sah, drückte seine Miene Selbstvertrauen aus, weil er gelernt hatte, nichts auf die anderen zu geben. Als sei die Abrechnung mit den Menschen dieser Welt, die ihn schrecklich allein gelassen hatten und von denen er sich gezwungenermaßen entfernt hatte, nun beendet. Seine Gleichgültigkeit, Fremdheit rührte wohl ein wenig daher... Hatte er auch aufhören können, mit sich selbst abzurechnen?... Eines Tages hörten wir, er habe sich umgebracht. Lange nach jenem Tag... Es hieß, er habe nicht ertragen, daß ihn sein Geliebter verließ, um in seine Heimat zurückzukehren. Vielleicht besprach er an jenem Tag mit jenem blonden Fremden die Trennung«, sagte Juliette. Als sie die Flucht erwähnte, wollte sie auf Fluchten in anderer Form anspielen, glaube ich. Ich spürte das. Juliette wollte nicht bloß Jenny ausweichen, sondern auch Maurice. Man mußte fliehen vor anderen Leben, weil man sich bei anderen Leben einnisten wollte... Es gab so viele Menschen, die ihre Existenz auf solchen Fluchten aufbauten... Die Erzählung würde in mir im Lauf der Zeit in einer ganz anderen Form weitergehen und leise eine andere Erzählung vorbereiten. Als hätte ich das an jenem Samstagnachmittag bei unserer kleinen Fluchtreise geahnt. Ich mußte aber warten. Ich mußte warten, noch wichtiger, ich mußte warten lernen. Der warme Käsetoast war wie immer sehr lecker. Auch vom Milchkaffee nahm ich einen Schluck. Juliette war in solchen Dingen Meisterin, sie konnte die richtige Atmosphäre für kleine Zeremonien schaffen. Ihr Haus war eins der beiden Häuser, in denen ich Milch trinken mochte. Mit der Zeit hatte ich herausgefunden, weshalb dieses Detail für mich wichtig war. Mit der Zeit... Nachdem fast alle irgendwohin gegangen waren...

Ich schaute auf ihr Gesicht auf dem Foto. In dem Moment dachte ich, daß sie mit den Jahren schöner geworden war. Das Gesicht neben mir war etwas trauriger, aber vom Leben geprägt und ausdrucksvoll. Auch Berti hatte sich sehr verändert. Er war älter geworden... Dann brachte ich die Rede auf das Paar, das ihnen gegenübersaß. Ich zeigte auf den Mann, der unter den sechs Personen, die in die Kamera blickten, sofort auffiel, der seine Andersartigkeit geradezu herausschrie. »Wie weit ist doch alles von ihm weg, wie fremd ist ihm alles... Sein Smoking, die Frau neben ihm, ihr, dieser gedeckte Tisch...«, sagte ich.

»Das ist Mimiko. Sein richtiger Name war Chaim, aber wir nannten ihn immer Mimiko. Eine lange Geschichte. Eine von den Geschichten, die du immer erzählst, erzählen willst«, sagte sie und lächelte leicht, aber etwas traurig... Sie war in jenen Tagen und auch schon vorher einer der Menschen, die an die Geschichten glaubten, die ich erzählen wollte und weiterhin erzählen will. Eine große Rolle spielte dabei, was sie in ihrer Vergangenheit am Theater gelernt hatte. Das Entscheidende aber, was sie für mich zu einer besonderen Frau machte, war wohl ihre Gabe der Intuition. Im Laufe der Jahre sollte ich noch in verschiedenen Beziehungen viele andere Frauen kennenlernen, die mich mit ihrer starken Intuition beeindruckten. Im Unterschied zu diesen verließ Juliette sich von einem gewissen Punkt an allein auf ihr Gespür. Das war ihre starke, jedoch nicht bewußt entwickelte Seite. Außerdem hatte sie volle Hüften und große Brüste. Für die weibliche Anziehungskraft... Einen weiblichen Körper zu berühren gehörte zu den sehr geheimen Träumen eines unerfahrenen jungen Mannes. Ich erinnere mich. Als sie von den Geschichten sprach, schaute sie teils zärtlich, teils ›weiblich‹. Das war ein mir unvergeßlicher Moment unserer Beziehung. Mir war, als würde eines meiner versteckten Geheimnisse offenbart. Ich fühlte mich ihr gegenüber nackter, als mir lieb war. In dem Moment bemerkte ich, daß wir auf dem Kanapee so eng nebeneinandersaßen, daß unsere Beine sich berührten. Es war ein Augenblick, der niemals wiederkommen würde, der in aller Dichte erlebt wurde und der zahllose Möglichkeiten bot. Durch den Schlitz ihres Rockes war sozusagen das ganze Bein zu sehen... Danach setzte sie sich langsam auf und streifte die Asche von ihrer Zigarette. Um meine Aufmerksamkeit wieder auf die Fotografien zu lenken, nahm sie das Gespräch dort wieder auf, wo sie es unterbrochen hatte, und versuchte dabei, das leichte Zittern in ihrer Stimme zu verbergen. Sie begann mit einem leisen Unterton von Schuldgefühl ausführlich über Mimiko zu erzählen, einen Menschen, der mich nie mehr verlassen sollte.

»Laß dich nicht von seinen Blicken täuschen. Jene Tage gehörten in Wirklichkeit zu den glücklichsten seines Lebens. Trotz all der Lügen, Täuschungen und Enttäuschungen waren es die glücklichsten Tage«, begann sie die Erzählung. In dem Augenblick fragte ich mich wieder einmal, ob man wohl spürt, wie notwendig eine echte Zeugenschaft ist, wenn man Gefühle oder Erlebnisse verstehen will, die einem sehr fern sind. Ich kannte die verborgenen Geschichten der Menschen, die auf dem Bild zu sehen waren. Erst nach Jahren würde ich zu akzeptieren beginnen, daß auch ich zur Familie dieser Menschen gehörte und wohl oder übel immer gehören würde, nachdem ich, glaube ich, gelernt hatte, mich wegen der Unausweichlichkeit nicht zu schämen.

»Eigentlich wäre eher Berti der Richtige, dir von der Vergangenheit, von Mimikos Kindheit und Jugend, zu erzählen. Sie sind im selben Stadtviertel zusammen aufgewachsen. Er war ein seltsames Kind. Die anderen haben ihn oft aufgezogen, weil er wenig sprach und ängstlich und verschlossen war«, fuhr sie fort.

»Andere zu verspotten, ist für die meisten nur eine Art Selbstschutz, die einfachste Art, eigene Schwächen zu verbergen oder davon abzulenken, daß man sich von der Andersartigkeit gestört oder bedroht fühlt«, sagte ich. Sie lächelte wie zur Bestätigung. Doch war es für sie viel wichtiger, weiter von Mimiko zu erzählen und in jene Zeit zurückzugehen. Mir schien, als versuchte sie sich aus einer Art Gefangenschaft zu befreien. Vielleicht war es das Bemühen, sich von dem Schatten eines Menschen zu befreien, den sie in der Vergangenheit höchstwahrscheinlich ungewollt irgendwo zurückgelassen hatte... Das Bemühen, sich von der Vergangenheit zu befreien... Indem sie erzählte, mitzuteilen versuchte, sich getraute, eine Art Beichte abzulegen... Ich mußte nur zuhören. Das Ganze hatte inzwischen den Hauch einer kleinen Zeremonie, die zum Andenken an einen Menschen abgehalten wurde.

»Berti begründete die Situation immer wieder damit, daß Mimiko Halbwaise war. Er hatte seinen Vater sechs Monate nach seiner Geburt verloren, so daß er nie die Liebe eines Vaters erlebt hatte. Damals begannen böse Tage für eine Familie, die bisher von der Produktion von Raki und Wein nicht schlecht gelebt hatte. Madame Viktoria mußte nun in der Familie auch die Vaterrolle übernehmen. Sie waren insgesamt nur drei Personen, aber trotzdem war es eine Familie... Es mußte etwas geschehen. Das sechs Monate alte Kind, ihre Mutter, die Pflege brauchte, eine neue Arbeitssituation... Ist es nicht wie in den billigen Romanen, die alle gerne lesen? Oder wie in den Filmen, wo man spöttisch die Lippen verzieht? Nun ja... Das sind Bertis Erinnerungen an die Kinderjahre. An die Tage, als man den Appartements noch Frauennamen gab. Wenn ich an Mimiko denke, frage ich mich, warum manche Geschichten derart bitter sein müssen. Ist es denn leicht? Von den ersten Tagen an befindest du dich in einem Leben, das du so nicht willst. Mit allen Zwängen, aller Ausweglosigkeit. Madame Viktoria fing mit dem Wissen, das sie von ihrem Mann aufgeschnappt hatte, sofort an, in der Herstellung zu arbeiten. Was sollte sie machen, der Lebensunterhalt mußte verdient, die Familie unterhalten werden. Der Teilhaber ihres Mannes, Monsieur Dimitro, war in den ersten Tagen sehr behilflich, sie in die Einzelheiten der Arbeit einzuweisen, und auch in Geldangelegenheiten zeigte er sich korrekt. Wie ein Freund, ein großer Bruder, der es in schwersten Tagen nicht an Nähe fehlen läßt. Doch so war es nur am Anfang. Danach kamen bestimmte sexuelle Forderungen. Zuerst widerstand Madame Viktoria, um das Andenken ihres Mannes nicht zu verraten, doch dann willigte sie ein. Vielleicht wollte auch sie, ich weiß nicht, das wissen wir alle nicht. Sie war schön, attraktiv, konnte noch als jung gelten und war schließlich eine einsame Frau. Da war die Arbeit, da waren nicht im Zaum zu haltende Wünsche... Wenn ich darüber nachdenke, so erscheint mir, wenn du es genau wissen willst, die Beziehung gar nicht so unmöglich. Doch Mimiko litt, soviel ich weiß, sehr unter den sogenannten geschäftlichen Besprechungen, derentwegen Monsieur Dimitro oft ins Haus kommen und seinen Besuch bis in den späten Abend ausdehnen mußte. Diese langen Nächte waren zum großen Teil schuld an seiner lebenslangen Reizbarkeit, seinem Mißtrauen gegenüber Menschen, seiner Verschlossenheit. Monsieur Dimitro pflegte Mimiko oft an die Tafel zu rufen, wo Madame Viktoria viele Vorspeisen aufgetischt hatte. Er ließ ihn Raki trinken und erzählte eindeutige Witze, die das Kind nicht verstand. Damit Mimiko erwachsen werden, ein richtiger Mann werden sollte. Dieser war damals acht oder neun Jahre alt, und nach Bertis Aussage waren es diese Nächte, in denen er sich am meisten vor Monsieur Dimitro fürchtete, ihn haßte…«

Wenn man sich die Szene vorstellt, wird man sich vielleicht an die altbekannten unerschöpflichen Männergeschichten erinnern. Aber ich bekam mit der Zeit heraus, daß Monsieur Dimitro nicht ein Liebhaber im herkömmlichen Sinn war, der die Gunst verschiedener Frauen errang, sondern jung geheiratet und keine andere Frau außer seiner Ehefrau kennengelernt hatte, ein schmächtiger, asthmatischer, kränklicher Mann. Die Wahl von Madame Viktoria ist insofern noch einmal anders zu bewerten. Aber trotz allem, was passiert war, wurden in ihrer Umgebung einige Lügen mit abgedroschenen Argumenten absichtlich wiederholt, weil keiner sich getraute, offen etwas dagegen zu sagen. Dabei gibt es viele Beispiele, daß durch Lügen große Gefühle zerstört wurden. Was Juliette spürte, als sie auf diese Erinnerungen zuging, war für mich sehr wertvoll. Sie gehörte nämlich zu denen, die mir eins der vielen Gesichter der Lüge zeigte, mich sie zu sehen lehrte. Wir schwiegen. Ich erinnere mich, daß unser Schweigen sehr beredt war.

»Mimiko soll ein zartes Kind gewesen sein«, fuhr Juliette fort. Dabei näherte sie sich mit ihrer Stimme, die durch ihre Vergangenheit als Schauspielerin geschult war, ein wenig zu sehr der Rolle der Geschichtenerzählerin. Mit der linken Hand strich sie sich langsam durch die Haare, über Nacken und Stirn, dann wendete sie die Augen von den Fotos wieder mir zu und verwandelte sich mit einem leisen Lächeln zurück in die Frau, die ich liebte. Unsere Beine berührten sich leicht. Ihr Timing war wunderbar. Ich fühlte mich noch einmal völlig nackt… Danach kehrten wir zu den Fotos zurück. Für jene Zeit, für unsere Zeit, unsere Zeiten...

»Der Junge verstand natürlich nicht alles. Es reichte schon, daß er sich ausgeschlossen fühlte, wenn er sah, daß die Mutter in jenen Nächten einem anderen Mann gehörte. Eine verständliche und, wie man weiß, hoffnungslose Reaktion eines Jungen gegenüber seiner Mutter in dieser besonderen Lage... Wenn du mich fragst, haben diese Nächte schwerwiegende Auswirkungen für die Frauen in seiner Zukunft, auf sein Frauenbild, gehabt und dazu geführt, daß er in alle Beziehungen die Gefahr des Ausgeschlossenseins, die Angst davor, mitnahm. Gleichzeitig war Madame Viktoria eigentlich eine sehr gute, großzügige, zärtliche Mutter. Mimiko hat das auch nie vergessen. Soviel ich weiß, wollte er seine Mutter immer so in Erinnerung behalten. Auch dauerte diese Phase nicht sehr lange. Nach ein paar Jahren starb Monsieur Dimitro ganz plötzlich. Die Fabrik wurde versteigert. Es blieb nicht viel Geld übrig. Madame Viktoria gab nicht auf, sie besann sich auf eine andere Begabung und fing an zu schneidern. Jeden Tag ging sie in ein anderes Haus, und an Tagen, an denen Mimiko nicht zur Schule mußte oder nicht gehen wollte, nahm sie ihn mit. Diese Tage haben sich auf seine Phantasiewelt ausgewirkt, aber soviel ich weiß, nicht nur auf seine, sondern auch auf die seiner Altersgenossen. Mit dem Erwachen seiner Sexualität wurden manche dieser Phantasien heftiger. Viel heftiger, als sie sein durften... Vielleicht, weil sie noch nicht zerbrochen waren, wer weiß. Das habe ich sowohl von meinen alten Freunden als auch von Berti erfahren. Die Jungen sind bei sexuellen Themen vielleicht etwas argloser. Was Mimiko an den Tagen sah und erlebte, als er mit seiner Mutter zum Nähen in die Häuser ging, wie sich die Frauen bei der Anprobe auszogen, ohne seine Anwesenheit zu beachten, das schilderte er seinen Freunden in blühenden Farben. Das waren die seltenen Zeiten, in denen er unter den Freunden die Hauptrolle spielte... Durch seine angenehme, komische und ein bißchen übertriebene Ausdrucksweise brachte er sich manchmal auch selbst in eine lächerliche Lage, aber er wurde zum ›König‹ dieser Gespräche.

Mit Worten wie etwa: ›Was ich gesehen habe! Was für Hüften, was für Brüste!‹ lud er die anderen ein, die Spaß suchten. Er erzählte zum Beispiel, wie eine dicke Frau ihre Brust zurechtgerückt hatte, die aus dem Büstenhalter gerutscht war, wie einer anderen der Hintern aus der Unterhose, die zwischen den Schenkeln eingeklemmt war, herausgeschaut hatte oder daß bei einer dritten die Schamhaare unten aus der Hose hervorgekommen seien. Ich glaube, er dachte sich das meiste aus. Aber ob nun ausgedacht oder nicht, sicher ist jedenfalls, daß er damals großen Eindruck auf seine Freunde machte. Sogar Berti erzählte mit einer sympathischen Aufgeregtheit noch Jahre später davon. Etwas darf man dabei nicht übersehen. Ich weiß nicht, ob du es bemerkt hast. Mimiko nahm eigentlich mit den Erzählungen dessen, was er gesehen hatte, eine kleine, ein wenig hinterlistige Rache an seinen Freunden, die ihn ausgrenzten. Eine hinterlistige, aber gleichzeitig auch berechtigte Rache. Mal, um sie eifersüchtig zu machen, ein anderes Mal, um sie zu täuschen... Das wichtigste aber war, daß hier eine verborgene Sehnsucht spürbar wurde. Ihm hatte man damals ein sehr wertvolles Märchen gestohlen...

In der Schule war er nicht sehr erfolgreich. Er ging aufs Handelsgymnasium. Seine Mutter war nämlich nicht in der Lage, ihn auf ein fremdsprachiges College zu schicken, wohin manche seiner Kindheitsfreunde gingen... Was es bedeutete, sich von einem Tag zum anderen zu fristen, das wurde ihnen immer deutlicher. Auf dem Handelsgymnasium mußte Mimiko noch mit einer anderen Besonderheit zurechtkommen. Er war der einzige Jude auf der Schule, seine Kameraden riefen ihn dort ›Jude‹. Es war das erstemal, daß er am Anfang der Mittelstufe in jenen schweren Tagen der Pubertät von Berti getrennt war. Mit der Zeit wuchs der Abstand zwischen ihnen noch. Während die Freunde in den Sommerferien auf Büyükada sich am Platz bei der Uhr mit Mädchen trafen und dann die große Runde zur Landzunge fuhren, blieb er, weil kein Mädchen sich für ihn interessierte, mit seiner Mutter allein, und allein ging er dann auch im Meer baden. In jenen Jahren, als er gezwungen war, die Unterschiede zu seinen Kameraden anzuerkennen, verschloß er sich immer mehr in sich selbst... Das Weitere kannst du dir vorstellen... Der Schmerz, jeden Tag etwas mehr allein gelassen zu werden... Als wäre das noch nicht genug, hatte er Angst, aufs Fahrrad zu steigen. Anfangs kam uns das komisch vor, aber wenn du darüber nachdenkst, überkommt dich ein seltsames Gefühl.«

Sie hatte recht. Das war eigentlich ein ganz wichtiges Detail, was sie da angesprochen hatte. Das machte sie für mich in einem Moment wieder zu einer anderen Frau... Es war bestimmt möglich, eine Kränkung aus all diesen Szenen herauszulesen. Gezwungen zu sein, allein ans Meer zu gehen, sich nach den Plätzen zu sehnen und denen, die dorthin gingen, und – warum es verheimlichen – darauf eifersüchtig zu sein; und als wären diese inneren Stürme noch nicht genug, nach außen hin zu tun, als wäre alles in Ordnung... Da hatte die Tatsache, daß er nicht radfahren konnte, etwas wie ein unmöglich zu vermittelndes Gedicht... Ein Schmerz, den man dann nur in sich selbst, ins eigene Innere, ergießt, in Tage, die man nicht erleben konnte. Später erlernt man dann Spiele, und wohl oder übel erlernt man sie mit jedem Tag besser. Eines Tages wird man von den Spielen beherrscht, nur von den Spielen. Bis man sein eigenes Spiel findet... Ich erinnere mich, daß dies einer der Momente war, der mich mit Mimiko verband, in dem ich mich ihm nahe fühlte.

»Berti sagte mir eines Tages, er habe einen Fehler gemacht, als er Mimiko damals allein ließ, und daß ihm sein Egoismus sehr leid getan habe... Aber später war ja nichts mehr zu ändern«, sagte Juliette in meine Überlegungen hinein. Es schien, als wollte sie Berti keine Vorwürfe machen, sondern ihn eher schützen. Die Wärme, mit der eine Mutter sich um ihr Kind sorgt, lag in ihrer Stimme. Dieselbe Stimme hatte sie auch, wenn sie von Mimiko sprach, besonders, als sie sagte: »Viele Leute dachten, sein Verstand sei begrenzt, er sei vielleicht sogar zurückgeblieben. Vielleicht war damals einzig ich anderer Meinung. Meiner Meinung nach wußte er nur seinen Verstand und seine Fähigkeiten nicht so einzusetzen wie die anderen, das ist alles. Eine Zauberhand, die Hand einer echten Frau, konnte alles ändern und ihn wieder mehr mit dem Leben und denen, die ihn ausschlossen, verbinden.« Und sie fügte hinzu: »Natürlich unter der Bedingung, daß diese Frau wirklich aus innerster Seele gütig zu ihm wäre.«

Sie hatte gesprochen, ohne die Augen von dem Foto vor sich abzuwenden, nachdem sie lange auf das Bild geschaut hatte, das unerwartet nach so langen Jahren zu ihr gekommen war. Es war offensichtlich, daß sie mit ihrem letzten Satz die Tür zu einer anderen Erzählung einen Spaltbreit öffnen wollte. Wahrscheinlich fragte ich deswegen: »Und was war mit seiner Mutter? Was war mit Madame Viktoria?« Ich fühlte, meine Frage machte ihr ein wenig Freude. Als wollte sie mir sagen, ich hätte den richtigen Punkt berührt. Ich kannte sie also so weit, um sie zu verstehen. Das glaube ich auch heute noch.

»Sie dachte wie ich. Mehr als alle anderen wünschte sie, daß ihr Sohn, der stets allein war, weil seine Freunde heirateten, sich verlobten oder ins Ausland gingen und immer weniger mit ihm verkehrten, eine passende Frau finden und heiraten sollte. Madame Viktoria war eine einfache Frau, aber sie war keineswegs primitiv. Sie war mutig und sich selbst gegenüber ehrlich, so daß sie manchen Tatsachen auf den Grund gehen konnte. Das Leben hatte sie so geformt. Wenn der Mensch allen Schwierigkeiten allein gegenübersteht, Entbehrungen ertragen muß... Aber vor allem war sie eine Mutter. Selbstverständlich war sie nicht damit einverstanden, daß ihr Sohn vollständig von der Gesellschaft abgeschnitten war. Sie überredete ihn deshalb, an manchen gesellschaftlichen Ereignissen teilzunehmen. An diese Tage erinnere ich mich. Er kam dann zu den Vorträgen oder Aufführungen in der Union Française oder in der Casa Italia, insbesondere an den Wochenenden und in seinem besten Gewand, in der Hoffnung, eine Geliebte zu finden. Sein Benehmen dort war ein wenig fremdartig, etwas komisch. Wenn ein Mensch anders ist, dann nimmt er seine Andersartigkeit überallhin mit, weißt du. Der Unterschied war bloß, daß die Menschen in dieser Umgebung etwas erwachsener waren und deshalb weniger vulgär, aber auch hinterlistiger. War es ihm damals bewußt, daß sich die anderen heimlich über ihn lustig machten? Das habe ich nie herausgefunden. Ich hatte damals gerade Berti kennengelernt. Als er von seinen Freunden erzählte, redete er auch von Mimiko. Es war ihm wohl etwas peinlich. Aber ich verstand, er mochte ihn insgeheim sehr gerne und gab ihm einen anderen Platz als seinen übrigen Freunden. Die Macht der Gewissensbisse spielte da ebenfalls mit. Bald darauf begegneten wir uns eines Abends in der Union Française vor einem Vortrag. Es ist seltsam, aber ich hatte das Gefühl, ihn schon lange zu kennen. Als wäre es ein Freund, den ich lange nicht gesehen hatte. Oder genau wie der Mensch, den ich mir in der Phantasie ausgemalt hatte. Glaub mir, als ich seine Hand drückte, fühlte ich keinerlei Fremdheit. An jenem Abend machte er mir Komplimente, die mir bis dahin noch nie ein Mensch gemacht hatte. Er stotterte. Später, viel später, erfuhr ich, daß diese Störung nur auftrat, wenn er sehr aufgeregt war. Es überrascht dich sicher, aber das Stottern machte ihn nett, geradezu anziehend für mich. Jedenfalls empfand ich das damals so. Du wirst sagen, wenn unerwartet jemand deinem Stolz schmeichelt, bist du freundlich oder du bemühst dich, jemanden, der einen Mangel hat, mit ein paar Vorzügen auszustatten, um eine Überlegenheit vorzutäuschen, damit du seine Mängel auf diese Weise leichter ertragen kannst. Dem will ich nicht sofort widersprechen. Aber daß ich Mimiko in dem Moment in diesem Zustand gleich gern hatte, hat auch noch andere Gründe. Diese Gründe kennt nicht einmal Berti. Es sind Gründe, die in meiner Vergangenheit liegen und mit Erinnerungen und Menschen weit zurück in meiner Kindheit zu tun haben... Wie immer... Mimiko ist später, ohne es zu merken, seine Störung losgeworden. Er verlor nämlich seine Emotionalität. Aber vorher mußte er noch manches erleben. Wie alle, so sollte auch er eine unvergeßliche Beziehung haben. Eine unter allen Beziehungen gibt unserem Leben immer die Richtung und bestimmt die anderen Beziehungen. So eine Art von Beziehung erlebte er. Daß er seine Gefühlsbetontheit verlor, war später, lange nach jenem Abend…Jahre später…Es kam ein Tag, da sprach er nämlich fast gar nichts mehr… Ach, Mimiko, du frecher Kerl!« fügte sie hinzu. Dieser Ausruf paßte hier gut. Ich glaube, ich verstehe jetzt das Gefühl, das Juliette ausdrücken wollte, besser, nachdem ich das Gesprochene und die Wortwahl von einem ganz anderen Blickwinkel aus betrachten kann. Es war deutlich, daß sie die Sehnsucht nach Mimiko sehr tief unten, gut versteckt hielt. An einem Platz, an dem Mimiko weit weg von allen Menschen geschützt lag, mehr als er sich wohl je hätte träumen lassen.

»An jenem Abend lobte er Berti auf eine Weise, daß es vor allem Berti selbst unangenehm war. Er sagte, er sei ein sehr guter, sehr treuer, sehr zuverlässiger Freund und daß ich sehr glücklich sein müßte, so einen Menschen zu heiraten und mit ihm das Leben zu teilen«, fuhr Juliette dann fort. Der Anflug eines traurigen Lächelns verbreitete sich auf ihrem Gesicht. Sie erinnerte sich an etwas, das sie nicht sagen, nicht äußern konnte. Etwas, das aus einer ganz anderen Zeit, einer anderen Dimension kam… Etwas, das man nicht benennen kann, das aus der eigenen Vergangenheit unerwartet in die Gegenwart einbricht und, nachdem es einen berührt hat, still wieder geht…

»Ich habe erst viel später verstanden, was er mit seinen Worten bewirken wollte. Als ich anfing, ihn ein bißchen besser kennenzulernen. Sein Lob war eine heimliche kleine Rache an Berti für all den Verrat und das Alleingelassenwerden, und er rächte sich meisterhaft, indem er ihn vor einem Menschen, der ihm etwas bedeutete, beschämte und erniedrigte. Er wußte wahrscheinlich, daß Berti sich früher oder später dafür schämen würde. Es war ihm wahrscheinlich mehr als genug, daß in diesem Moment nur sie beide die Wahrheit wußten. Er brachte seine Lobeshymnen mit warmer Stimme vor. Mit einer Differenziertheit, die allen, die ihn für minderbemittelt gehalten hatten, unfaßbar gewesen wäre. Es war eine von den kleinen Hinterhältigkeiten, die nur diejenigen verstanden, die ihn näher kannten. Aber jeder Mensch hat das Bedürfnis, sich selbst zu schützen. Ich kann sagen, daß sein Verhalten mir damals berechtigt vorkam. Ich bin sicher, du denkst auch so«, sagte sie und schien von mir eine Antwort, ja geradezu eine Bestätigung zu erwarten.

Irgendwie war ich aber eher geneigt, keinen Kommentar abzugeben. Ihr Bemühen, seine Verteidigung zu rechtfertigen, irritierte mich in dem Moment. Ehe man einen Menschen in seinen wertvollsten inneren Bereich hineinzieht, muß man erst einmal innehalten. Auf dem Weg hin zu einem Menschen gibt es gewisse Schritte, denen man wirklich das vollste Recht zugestehen sollte. So schwieg ich also, weil ich unsicher war, neigte meinen Kopf vor und bestätigte so ihre Worte, aber mit einem gewissen Zweifel. Ich verbarg meine Unsicherheit lieber und entgegnete einer Unstimmigkeit mit einer anderen, indem ich fragte, ob sie Mimiko später noch oft gesehen oder sich bemüht habe, ihn zu sehen.

»Wir trafen ihn eines Tages im Stadtteil Şişli mit einer Frau am Arm«, sagte sie. Ein paar Bemerkungen hatte sie früher nicht umsonst fallenlassen, mir nicht umsonst einige Anhaltspunkte gegeben. Ich stand einer langen neuen Erzählung gegenüber, die mich zu neuen Fragen führen und neue Bilder hervorbringen würde.

»Er hatte geheiratet und machte uns mit seiner Frau bekannt. Sie hieß Lena und erzeugte im ersten Moment schon ein seltsames Unbehagen bei ihrem Gegenüber. Sie war attraktiv, eindrucksvoll geschminkt. Wir waren erstaunt und gleichzeitig im Zweifel. Er sah glücklich aus, machte Späße und versuchte zu zeigen, daß er stolz auf die Frau und den Ehestand war, das heißt wie jeder andere. Sie luden uns zu sich nach Hause ein. Ein paar Tage später besuchten wir sie zum Abendessen. Mimiko freute sich sehr. Daß wir seine Einladung angenommen hatten, bedeutete für ihn, daß wir seine Ehe und ihn als Ehemann akzeptierten. Deshalb war er entschlossen, an jenem Abend die Rolle des guten Gastgebers bis zuletzt zu spielen. Lena trug ein grünes ärmelloses, dekolletiertes Kleid. Ein langes smaragdgrünes Kleid. Sie rauchte die Zigaretten mit einer Zigarettenspitze und streute ab und zu französische Sätze ein wie »Chez nous la vie commence après minuit«. Ich erwähne das, um das gewohnte Bild, das du vor Augen hast, zu vervollständigen. Ihre Zigarette ließ sie sich natürlich von Mimiko anzünden. Natürlich trug sie eine Stola, eine Nerzstola. Später nahm sie sie ab. Sie hatte einen schönen Körper, und den mußte sie zeigen. Mimiko bemühte sich, das, was seine Frau sagte, bewundernd, aber mit einer leicht zitternden Stimme zu bestätigen. Er lachte, er lachte zuviel. Als ich mit Lena in die Küche ging, ergriff er die Gelegenheit, Berti leise zuzuraunen, als vertraute er ihm ein wichtiges Geheimnis an: »Ich habe Angst, große Angst.« Der Salon sah für Berti in dem Moment sehr groß aus, und er dachte, es sei möglich, sogar in einer kleinen Welt verlorenzugehen. Er wollte den Freund umarmen und tat es doch nicht. Die zwischen ihnen liegende Zeit hinderte ihn daran, die Linie zu überschreiten. Dabei waren sie einander viele Jahre lang nicht so nahe gewesen wie jetzt. Ein Augenblick, ein paar Worte schafften, was sie jahrelang nicht geschafft hatten, aber dennoch war es nicht möglich.

Gleichzeitig kam mir Lena in der Küche sehr nahe, indem sie zuerst meine Taille, dann meine Hüften berührte und sagte, mein Körper sei eigentlich sehr schön, doch ich müsse mich weiblicher kleiden. Ein Gefühl, das ich noch nie in meinem Leben gespürt hatte, erfüllte mein Inneres, und Hitze breitete sich auf meinen Brüsten und Wangen aus. Ich erinnere mich, daß ich meine Hand auf die Stirn legte und daß Lena lachte. Es war seltsam, sehr seltsam. Ich fühlte mich wie ein kleines Mädchen, wie eine Anfängerin. In diesem Moment, nur ganz kurz, kam ich auch an eine Grenze. Und gleichzeitig begriff ich wohl, was für eine fürchterliche Frau Lena war, die alle Stellen, die sie berührte, in Brand setzte, in Brand setzen konnte. Diesen meinen Eindruck teilte ich Berti noch in derselben Nacht mit. Ohne den Grund zu benennen, indem ich das wichtigste Detail für mich behielt. In den folgenden Tagen vermied ich es, Lena zu besuchen. Mir war bewußt, eine andere Frau wanderte in mir herum. Eine andere Frau, die ich vorher nicht gesehen, nicht gekannt, nicht gefühlt hatte. Mit Berti war ich seit drei oder vier Jahren verheiratet. Ich hätte etwas Schönes erleben können, einen kleinen Seitensprung, was mir bisher nie in den Sinn gekommen war. Gleichzeitig hätte ich aber auch eine Katastrophe heraufbeschwören können. Deshalb unternahm ich diesen Schritt nicht, ich war nicht mutig genug dazu. Berti weiß nichts von dem, was ich in jenen Tagen erlebte, fühlte, und er wird es auch nie erfahren. Es war sowieso sehr viel wichtiger, was gleichzeitig in dem anderen Raum geschah. Ein paar Worte, nur ein paar Worte: »Ich habe Angst, große Angst.« War das ein Hilferuf? Vielleicht. Aber nach Bertis Meinung waren in dieser Beziehung sowieso beide in einer ausweglosen Lage. Er hatte wohl auch nicht die Kraft, mit Lena zu kämpfen. Oder eher noch fürchtete er, wenn er diesen Kampf aufnahm, Mimiko noch mehr zu schaden. Sein Freund, den er schätzte, sehr liebte, aber dessen vertrauter Freund er nie geworden war, hatte wahrscheinlich eine falsche, und zwar eine sehr falsche Wahl getroffen. Aber trotz aller Schmerzen, die ihm diese falsche Wahl bereitete, war er mit einer Frau, noch dazu mit einer außergewöhnlichen, für manche Menschen einer richtigen Frau zusammen. Diese Frau machte ihm angst, verlangte ihm wahrscheinlich schwere Opfer ab, aber sie ermöglichte ihm gleichzeitig auch die Verwirklichung eines Traumes. Eine Frau lebte endlich in seinem Leben, mit Leib und Seele und mit all der Wärme einer Frau. War das nicht besser, als wieder allein zu sein, noch dazu nach einer solchen Beziehung? So mußte man den Ereignissen einfach ihren natürlichen Lauf lassen.

Manchmal denke ich, ob Berti mit seinem Ansatz, der im ersten Moment sehr ausgewogen wirkte, nicht nur eine fadenscheinige Begründung vorschob, weil er sich nicht traute, seinem Freund zu helfen. Ist er ihm damit nicht ein weiteres Mal davongelaufen, hat er ihn nicht noch ein weiteres Mal verraten? Das werden wir nie erfahren, wir werden nie mutig genug sein, solche Fragen zu stellen. Berti hatte Mimiko damals gefragt: »Was kann ich für

dich tun?« Und Mimiko hatte mit: »Ach, laß mal, ist ja egal!«
geantwortet. Auch dies ist zweifellos wichtig. Benutzte er das
Wörtchen ›egal‹ im Sinne von ›Es gibt kein Zurück mehr, du
sollst nur wissen, was mit mir los ist‹? Oder: ›Wenn du jetzt, nach
all der Zeit erst fragst, dann kannst du sowieso nichts mehr machen, am besten, du vergißt, was ich gesagt habe‹? Ich weiß nicht.
Ich weiß nur, daß man auch diese Frage nicht so leicht beantworten kann. Zuletzt erinnere ich mich in bezug auf jene Nacht
an die Blicke. Mimikos Blick zeigte die Unsicherheit eines kleinen Kindes, das den Weg verloren hatte; in Lenas Blicken lag eine
Einladung.

Im Laufe der Zeit fand alles seinen wahren Platz. Wie das in
jeder Beziehung so ist… Später dann trafen wir uns bei der Einladung, die du auf dem Foto siehst. Es war ungefähr ein Jahr nach
der ersten Begegnung. Lena schaute mich jetzt mit Abstand, mit
Desinteresse, an. Hatte sie das Vorgefallene vergessen, oder wollte sie mich spüren lassen, daß ich meine Chance vertan hatte?
Oder hatte ich einige Details überbewertet, umsonst geträumt?
Ich vertiefte das nicht, fand es besser, das nicht zu vertiefen.
Wenigstens damals… Mimiko war im Vergleich zum Jahr davor
ruhiger, sogar vergnügter. Entweder hatte er sein Leben akzeptiert, oder er war ein Meister der Verstellung. Lena hatte wie
immer große Sorgfalt auf ihre Kleidung und ihr Make-up verwendet. Wieder rauchte sie mit jener langen Zigarettenspitze,
wieder flocht sie in ihre Reden manchmal französische Wörter
und Redensarten ein. Erneut ließ sie spüren, daß sie mit ihren
vollen Lippen, ihren Blicken und mit ihren für ihr Alter noch
immer straffen Brüsten eine ziemlich verführerische Frau war.
Sie tat herzlich und spielte die Rolle einer Frau, die ihr Lächeln
freimütig an die Umgebung verschenkt. Damit wollte sie vielleicht der Rolle, die sie in dieser Nacht spielte, eine weitere
Farbe, einen abweichenden Kommentar hinzufügen. Und vielleicht wollte sie andeuten, welcher Fehler es von mir war, daß
ich mich nicht getraut hatte, sie zu besuchen. Wie auch immer,
am Tisch waren alle so fröhlich, wie es sich für eine Verlobungs-

feier gehörte, auf die sich alle in schönster Weise vorbereitet hatten.

Jenny hatte Mimiko sehr gerne. Sie war jünger als er, aber sie fühlte sich auf seltsame Weise ihm gegenüber als große Schwester, obwohl sie sich nicht oft sahen. Habe ich dir erzählt, daß sie Vetter und Cousine waren? Außerdem aber waren sie gute Freunde. Darüber war ich immer wieder verblüfft, wenn wir uns trafen. Sie vertrauten einander. Jenny war wirklich wie eine zärtliche Schwester. Deswegen wollte sie ihn wohl bei ihrer Verlobung dabeihaben. Wegen Lena sahen sie sich sowieso seltener. Auch wollte sie, glaube ich, sich von ihren versteckten Gewissensbissen erlösen. Jeder versuchte früher oder später, Mimiko etwas zu erstatten; alle glaubten, sie seien verpflichtet, ihm etwas zu erstatten. Jeder wurde sich bewußt, ihm gegenüber einen Fehler begangen zu haben. Deshalb waren manche Witze in dieser Nacht recht anspielungsreich. Die Gläser wurden zum Gedenken an die alten Tage und auf die Zukunft erhoben. Jeder hatte in dieser Nacht Hoffnungen, jeder erwartete sich etwas vom Leben. Doch Lena, vielleicht etwas unter dem Einfluß des Weins, verlor ihre am Anfang zur Schau getragene Herzlichkeit und glitt immer weiter vom Tisch fort, auch wenn sie das zu verbergen suchte. Sie hatte viel getrunken, sie trank viel. Zwar redete sie kein wirres Zeug und war nicht betrunken, aber unter dem Einfluß des Alkohols trat eine Seite an ihr hervor, die sie sonst zu verstecken versuchte. Irgend etwas war zwischen den beiden nicht in Ordnung. Man konnte es gar nicht übersehen. Du weißt, daß man in solchen Situationen oft nur schwer die nötigen Schritte tun kann. Du hast Angst. Vor allem hast du Angst, vor dir selbst, vor den Schritten, die du tun wirst, und ihren möglichen Folgen, du fürchtest dich vor dem, was du sagen kannst oder nicht sagen wirst und was du einem Menschen nicht geben kannst. Jahre später erkennst du, es war reiner Egoismus, vielleicht der Versuch, dich selbst zu schützen, aber wiederum Egoismus. Dann wirst du verstehen, daß du mit Reue, mit deiner Reue, leben mußt...

Wir haben nach dieser Nacht noch ein paarmal versucht, uns mit Mimiko zu treffen, und, was wir vorher nicht getan hatten, ihn in unser Haus eingeladen, wobei er entweder allein oder mit Lena zusammen hätte kommen können. Aber er entfernte sich zusehends weiter von uns; er zog es vor, uns fernzubleiben. Er hatte anscheinend das Vertrauen in seine Freunde, in seine gesamte Umwelt, verloren. Oder… Oder er wollte nicht, daß andere das wahre Gesicht der Frau sahen, die er als sein Schicksal ansah und angenommen hatte. Sehr viel später, als es, wie man sagt, aus und vorbei war, sollten wir es erfahren. Diese schöne, charmante Frau, die wußte, wie leicht sie jeden Mann, den sie wollte, mit ihrer sagenhaften erotischen Ausstrahlung in ihren Bann ziehen konnte, und damit zweifellos weitere verbotene Beziehungen ausprobiert oder gewagt hatte, war schon zweimal unglücklich verheiratet gewesen, ohne daß wir die näheren Umstände kannten. Beide Ehemänner waren reiche ausländische Geschäftsleute gewesen. Sie hatte einige Jahre in Lugano, einige Jahre auf Korfu und einige Jahre in Alexandria gelebt. Es hieß auch, sie sei lange Zeit die Mätresse eines bekannten Abgeordneten gewesen. Aber das sind alles nur Gerüchte. Der Mensch hatte in ihrer Gegenwart das Gefühl, zum ersten Mal zu tanzen und zu trinken, überhaupt Nächte zu erleben.

Sie war eine Levantinerin, sprach Italienisch und Französisch wie ihre Muttersprache und hatte ihre ganze Familie schon in ihrer Jugend verloren… Das erfuhr Berti viele Jahre später von Mimiko an einem Abend im Park-Hotel beim Tee… Womöglich war das der einzige Abend, an dem sie so weit kamen, ihre Freundschaft als eine echte Freundschaft zu begreifen, als eine echte Freundschaft zu empfinden. Da haben sie meiner Ansicht nach gesehen, was ihnen verlorengegangen war, indem sie manches nicht erreicht hatten. Daß Berti in seinem Bericht über diesen Abend vor mir seine Gewissensbisse, ja seine Scham nicht verbarg, nicht zu verbergen versuchte, kann ich mir nur so erklären. Wir konnten im Gespräch über diesen Abend eine Frage nicht beantworten: Wie kommt es, daß eine solche Frau einen

Mann wie Mimiko heiraten und mit ihm zusammenleben wollte? Wie Berti herausfand, hatten sie sich im Casa d'Italia kennengelernt. Am selben Abend gingen sie in Tepebaşı in einem Restaurant zu Abend essen und tranken Alkohol. Mimiko hat dort zum ersten Mal zu rauchen versucht, was Lena zum Lachen brachte. Bald danach badeten sie auf Büyükada im Meer. Das war an einem warmen Herbsttag. Es soll angeblich der schönste und erfüllteste Tag ihres damaligen Lebens gewesen sein. Später gingen sie auf den Rummelplatz. Dort machte Lena Mimiko einen Heiratsantrag. Sie hatte keine Familie, keinen Menschen. Am meisten hat die beiden wohl ihre Einsamkeit, ihre Verlassenheit, zusammengeführt. Sie heirateten ganz schlicht. Zur Feier kamen ein paar Nachbarn, ein paar entfernte Verwandte. Niemandem ist damals der Umstand aufgefallen, daß Lena keine Jüdin war... Die Leute dort waren ebenfalls fasziniert von der Attraktivität einer anderen Wirklichkeit, so daß sie sich ganz sicher auch die Frage stellten, die wir uns Jahre später stellten. Was trieb eine Frau wie Lena zu dem Entschluß, Mimiko zu heiraten? Vielleicht war es der Wunsch, bei einem Menschen Schutz zu suchen, irgendwo auszuruhen, Atem zu schöpfen. Es gibt auch noch andere Vermutungen. Eine Flucht oder daß sie jemandem etwas beweisen wollte oder einen Deckmantel brauchte, um eine verbotene Beziehung um so leichter fortzusetzen... Ja, es gibt einige Möglichkeiten. Am Ende kam alles so wie erwartet. Lena verließ Mimiko, zwei Jahre nachdem das Foto entstanden war, und zwar ohne irgendeine Nachricht, irgendeine Erklärung zu hinterlassen. Stell dir vor, mitten aus dem Alltag heraus ging sie auf einmal weg, so plötzlich, wie sie gekommen war. Diese Entwicklung war für uns normal, wie vorhergesehen. Gut, wir hatten, wie viele andere Leute auch, diese Beziehung von weitem und ohne Einmischung beobachtet. Vielleicht hatten wir deshalb einige Details übersehen. Aber ein seltsames Gefühl hatte uns, vielleicht weil wir an diese Beziehung nicht glaubten, auf die Entwicklung lange vorbereitet. Trotzdem tat es uns leid. Denn wir wußten wohl, daß es Mimiko nicht so leichtfiel wie uns, die Situation anzunehmen.

Seine Ehe, das Zusammenleben, hatte er trotz aller Befürchtungen doch mit großen Hoffnungen begonnen. Womöglich glaubte er deswegen nicht, wollte er nicht glauben, daß Lena ihn verlassen hatte. Er tröstete sich stets mit dem Gedanken, sie sei irgendwohin gegangen, um eine ›lebenswichtige Angelegenheit‹ zu erledigen, und wenn sie diese ›Angelegenheit‹ erledigt hätte, würde sie ganz gewiß nach Hause zurückkehren. Er ging noch weiter. Diese Lüge verwandelte sich für ihn in eine Wahrheit. Das brauchte er wahrscheinlich. Nur so konnte er in jenen Tagen überhaupt überleben. Wir versuchten ihn damals nicht allein zu lassen. Doch dieses Mal wollte er nichts von uns wissen. Das sprach er zwar nie wörtlich aus, doch mit jeder Geste ließ er es uns deutlich spüren. Ich nehme an, er fand, daß Menschen, die sein Vertrauen verloren hatten, denen er nicht mehr vertraute, auch nicht das Recht hätten, ihn in diesem Zustand zu sehen. Er bestrafte uns für unser Zuspätkommen, für unser gesamtes Zuspätkommen überhaupt. Er bestrafte uns, indem er uns nicht an diesem Schmerz teilhaben ließ. Er brauchte ja auch jemanden, den er bestrafen konnte. Das verstehe ich inzwischen ein wenig besser. Aber er hat wohl gleichzeitig angefangen, seine Einsamkeit zu lieben und in der Einsamkeit einen anderen Menschen in sich selbst zu finden. In den Tagen seiner Läuterung verlor er auch sein Stottern völlig. Er sprach sowieso mit jedem Tag weniger, vergrub sich immer mehr in sein Schweigen. Er war auf dem Weg zu einer Art persönlicher Weisheit...

Etwas später riß unsere Verbindung vollkommen ab. Wir akzeptierten wieder wortlos die Rolle, die er uns zugedacht hatte. Wieder wortlos... Ohne uns Mühe zu geben, wie wir es auch vorher ein paarmal getan hatten. Aus diesem Grund konnten wir in unserer berühmten Zurückhaltung auch nicht mal die Zeremonie der Einsamkeit, die er viel später zelebrierte und zu deren Zeugen er andere Menschen machte, beobachten. Er verschloß sich immer mehr in sich selbst... Das war alles, was wir sahen... Um sich von uns und seinem früheren Umfeld möglichst fernzuhalten, ging er nur selten aus dem Haus. Manchmal besuchte er das Restaurant, in dem er zum erstenmal mit Lena gegessen hatte. Schick zurechtgemacht, als ginge er zu einer wichtigen Einladung. Vorher ließ er für zwei Personen reservieren und den Tisch entsprechend decken, und dann saß er wartend da, ob sie nicht vielleicht doch käme, seine Frau, seine geliebte Lena, die Frau, an die er zeit seines Lebens gebunden blieb. Nach einer Weile fing er an, wie es die Zeremonie verlangte, langsam zu essen, wobei er den Kellnern sagte, die erwartete Dame käme später, aber sie könne jederzeit eintreffen, das Gedeck solle daher nicht weggenommen werden. Sie hätten vorher verabredet, daß im Fall einer Verspätung der zuerst Eingetroffene mit dem Essen beginnen solle. Nach dem Essen stand er auf, als sei alles in Ordnung, bedankte sich beim Oberkellner und erklärte mit größ- ter Höflichkeit, das Essen sei vorzüglich gewesen und er würde wiederkommen. Wie ich erfahren habe, behielt er diese Ange- wohnheit über Jahre bei. Die Kellner verstanden mit der Zeit, worum es ging.

Eines Tages, als wir zufällig in jenes Restaurant gingen, erzähl- te uns der Kellner Muhittin Bey ›zufällig‹ von jener Essenszere- monie, in der wir unseren verlorenen Mimiko wiedererkannten. Für meine Begriffe hatte man Mimiko dort sehr gemocht. Dort, in diesem Spiel der Lüge... Es war ein Zufall, habe ich dir ja gesagt. Es war wirklich ein Zufall. Die Welt ist klein, heißt es ja... Muhittin Bey war einer von den alten Istanbulanern, ein reizen- der alter Mann, der alles mögliche erlebt und durchgemacht hatte. Er war großgewachsen, hatte ein dickes Brillengestell und sprach langsam und jedes Wort einzeln, was ihm eine edle Haltung verlieh. Er wirkte wie ein Mensch, der in langen Jahren des Leidens und der Bedrängnis gelernt hatte, das Leben zu genießen. Er sprach mit Blicken, so als sähe er, was sich in seinem Gegenüber für ein Mensch verbarg. Seine Vornehmheit drückte sich wohl vor allem darin aus. Er hätte ein hervorragender Cha- rakterdarsteller sein können. Ich glaube, er erinnerte mich an einen Schauspieler aus einem Film, von dem ich sonst nichts mehr weiß. Ich erinnere mich nur noch an den Mann und seine

Blicke, die den Zuschauer in eine ganz andere Welt versetzen konnten … Dieser Mann wirkte auf andere, als hätte er im Leben schon viele Fragen gelöst, als genieße er jede Szene. Er hatte eine leicht furchteinflößende, etwas herablassende Haltung, was aber sehr eindrucksvoll war.

Muhittin Beys Haltung war keineswegs herablassend. Er war ganz im Gegenteil die Höflichkeit in Person. Seine Bewegungen, sein Gang waren maßvoll, und man mochte ihm sozusagen gerne zuschauen. Als wir aßen, näherte er sich unserem Tisch und entschuldigte sich, weil er bemerkt hatte, daß wir zu ›jenen‹ gehörten. Er wollte uns eine Erinnerung erzählen. Ich glaube kaum, daß ich als Zuschauerin jemals auf ein Schauspiel so gespannt gewesen bin. Er erzählte eine lange, sehr lange Geschichte. Es war die Geschichte eines Menschen, den wir kannten, sogar sehr gut, nämlich die Geschichte von Mimiko … Auf diese Weise erfuhren wir, was er in jenem Restaurant erlebt hatte. Dieser Mensch, der weit mehr war als ein Zeuge, schilderte uns einzelne Szenen, die jede für sich durch andere Details Bedeutung bekamen. Ein alter, sehr alter Freund kam unerwartet zu uns. Wir saßen sogar am selben Tisch. Mimiko hatte immer diesen Tisch gewählt. Muhittin Bey sagte, er habe für die Geschichte, die er schon lange habe erzählen wollen, endlich die Möglichkeit gefunden, sie den ›richtigen‹ Leuten zu erzählen. Jener Abend war sein letzter Abend in dem Restaurant. Er hatte viele Jahre lang gearbeitet, zahllose Menschen kennengelernt und endlich beschlossen, sich ins Privatleben zurückzuziehen. Alles sei so einfach, so gewöhnlich geworden. Alles verändere sich oder habe sich verändert, und ein anderes Leben fände irgendwie bei anderen Menschen statt. Nicht nur er selbst, auch das Essen, die Gäste, auch die Stimmen und die Gerüche, die das Restaurant zu diesem bestimmten Restaurant machten, hätten sich geändert. Das Gefühl war ganz natürlich in seinem Alter, das erlebte jeder in seinem Alter, und das mußte man durchmachen, ob man wollte oder nicht. Doch selbst wenn man sich der Tatsachen bewußt war, schloß das nicht aus, daß man sich fremd fühlte an dem Ort, wo man seine Jahre hingegeben hatte. Beispielsweise kannte allein er die Geschichte der kleinen Sprünge in manchen jahrelang benutzten Tellern oder daß die alten Weingläser alle kaputt waren. Und auch nur er kannte die Geschichte der Frau, die von ihrem Mann erstochen worden war, nachdem sie mit ihrem Geliebten immer wieder an jenem Zweiertisch gesessen hatte. Aber jetzt war die Zeit, dies alles zu weiterzugeben. Weitergeben… Wenn die Möglichkeiten, die Bedingungen es gestatteten. Soweit es die dazwischenliegende Zeit und die Menschen zuließen… Er war sehr glücklich, in Zukunft bei seiner ebenfalls alten Schwester in Emirgan draußen in einem zwar ungepflegten, baufälligen Häuschen, aber mit Bosporusblick und voller unzerstörbarer Erinnerungen zu wohnen… Er sprach zu uns über Mimiko als einen fremden Freund und unvergeßlichen Menschen. Dabei konnte er nicht ahnen, daß wir ihn kannten. Aber wenn du mich fragst, wußte er mehr, als er zeigte, und zwar wesentlich mehr. Meiner Meinung nach hatte Mimiko ihm seine ganze Geschichte mit allen Schmerzen und allen Beteiligten erzählt, nicht nur von Lena, auch von allen Freunden, die ihn verlassen und verraten hatten. Es kam mir vor, als drückte seine Haltung aus, daß er uns erwartet hatte, um früher oder später mit uns über all das zu sprechen. Als wollte er sagen: ›Was glaubt ihr wohl, warum ich so lange hier geblieben bin? Ich habe auf euch gewartet‹… Genau wie in jenen geheimnisvollen Erzählungen, die den Menschen tief innen berühren und ein wenig auch erschaudern lassen… Ich habe auf euch gewartet… Mit genau diesem Gefühl haben wir dann auch an diesem Tisch, an dem wir unbewußt Platz genommen hatten, der Erzählung der vergangenen Ereignisse gelauscht. An jenem Tisch, ohne zu merken, in welcher Zeit wir uns befanden.

Wahrscheinlich wagten wir vor lauter Schuldgefühlen nicht zu sagen, daß wir Mimiko gekannt hatten. Als wäre das besser so. Mimiko lebte dort an jenem Abend, wie er es sich gewünscht hätte, er war präsent. Lange nach seinem Tod… Wohl vier oder fünf Jahre waren seitdem vergangen, ganz genau kann ich mich jetzt nicht mehr daran erinnern. Was ich noch wußte, war, daß wir eines Tages durch eine kleine Todesanzeige in der Zeitung von seinem Tod erfahren hatten. Es war eine so kleine Todesanzeige, daß sie den meisten Menschen wohl entgangen ist. Weißt du, daß ich jeden Tag in der Zeitung die Todesanzeigen durchschaue, ohne davon gelangweilt zu sein? Es war nicht zu erkennen, wer die Anzeige aufgegeben hatte. Es hieß nur ›ein Freund‹. Die Beerdigungsfeier hatte stattgefunden. Die Anzeige war Mimikos letztem Willen entsprechend erst nach der Trauerzeremonie aufgegeben worden. Wir haben nie erfahren, wer dieser Freund war…

Die Nachricht hatte Berti tief getroffen… An jenem Tag führte er mich in die Gassen des Stadtteils Tozkoparan, wo sie in der Kindheit gewohnt und Murmeln gespielt hatten. Er sprach von Mimiko und seinem ›tollen‹ Geschick in diesem Spiel, während er von den alten Gassen und den Kindern erzählte, durch die diese Gassen eine ganz andere Bedeutung bekamen. Jeder hatte seine Murmeln irgendwo in jenen Gassen gelassen… Ja, Mimiko war der Meister jenes Spiels gewesen. Niemand konnte sich damals in jenen Gassen mit ihm messen. Es war eine der wenigen Fähigkeiten, in der er es in seinem Leben wirklich zur Meisterschaft gebracht hatte und die ihm überdies Spaß machte. Mit diesem Spiel verbrachte er deshalb Stunden. Viele lange Stunden… Er hörte nicht auf die Unmutsäußerungen und Ermahnungen seiner Mutter. Es hieß, er habe ganze Säcke voller Murmeln. Doch er pflegte zu sagen, daß dies eine Übertreibung sei. Konnte man denn die Murmeln der ganzen Welt sammeln? Reichte das Leben eines Kindes aus oder eines Menschen, der die Kindheit nicht verlassen wollte, um sich diesen Traum zu erfüllen? Allein mit seinem kleinen Schatz, war Mimiko sehr glücklich. Für ihn hatte jede Murmel eine besondere Farbe, ein besonderes Licht. Berti als einziger Mitwisser in diesem ›Geheimbereich‹ erinnerte sich sehr gut an das alles. Die Murmeln entführten einen in eine ganz andersartige, ferne Welt. Oder man konnte mit einer Murmel zugleich ihre Welt in der Hosentasche tragen. Wie in den Märchen... Aber nun erschuf man sich sein eigenes Märchen... Sein eigenes Märchen... So daß man die Welt, in der man lebte und leben mußte, wenigstens eine Zeitlang völlig vergaß... Eines Abends war er nach der Schule mit seinen Freunden wieder einmal vollständig ins Murmelspiel versunken. Und so etwas von versunken! Die Zeit verrann. Es wurde schon dunkel, weshalb Madame Viktoria voller Sorge auf die Straße lief. Sie fand ihren Sohn zwei Gassen vom Haus entfernt, wo sie ihn nach Bertis Aussage ›an seinem Geheimplatz aufstöberte‹, den er für lange Partien bevorzugte. Am Ohrläppchen zog sie ihn nach Hause. Vor allen seinen Kameraden aus dem Viertel, die sich in der Meisterschaft nicht mit ihm messen konnten oder die gekommen waren, ihm bewundernd zuzuschauen. Gerade als er einen besonders geschickten Wurf vorbereitete. Sie spielten gerade ›Kopfzerbrechen‹.

Madame Viktoria war über seine Verspätung wirklich sehr böse. An jenem Abend mußte er die Folgen ihres Zorns erleben, den sie nur selten zeigte. Sie war als eigentlich sehr ruhiger, sogar weicher Mensch bekannt, doch in solch einer Situation konnte niemand gegen sie ankommen. Meiner Ansicht nach wollte sie sich und das, was sie liebte, beschützen. War es denn leicht, auf eigenen Füßen zu stehen? Der schwere Lebenskampf brachte im Lauf der Jahre die Menschen auch an Punkte, wo sie gar nicht hinwollten. Wie du siehst, versuche ich erst einmal zu verstehen, ehe ich verurteile, aber ich kann immer noch nicht entscheiden, ob sie das Recht hatte, ihren Zorn an ihrem Sohn auszulassen. Denn Mimiko wurde an jenem Abend nicht nur vor seinen Kameraden blamiert, er ›verlor‹ auch noch alle seine Murmeln. Madame Viktoria nahm zu Hause nämlich einen Hammer und zertrümmerte alle Murmeln einzeln. Eines Tages habe ich von meiner Schwiegermutter gehört, Madame Viktoria habe gesagt, es tue ihr sehr leid. Dazwischen lagen Jahre. Alle waren inzwischen etwas älter. Sie habe einen ›kleinen Mord begangen‹. Das glaubte sie. Sie würde sich das nie verzeihen können... Aber was nützen nach so langer Zeit Scham oder Gewissensbisse? Seit jenem Abend spielte Mimiko nie mehr Murmeln, er hielt nie mehr eine Murmel ins Licht, er wollte das Klickern der Murmeln nicht mehr hören. Berti meinte, dies war eines der ausschlaggebenden Ereignisse, die ihn zum Misanthropen machten. Darum wurde er zu einem verschlossenen Menschen... Als er die Murmeln verlor, verlor er seine kleine Welt, seinen Zufluchtsort sozusagen...

Wir sind an jenem Tag auch an dem früheren Fahrradgeschäft von Christo vorbeigekommen. Im Kellergeschoß hatte jetzt statt dessen ein Altwarenhändler einen verkommenen Laden. Berti brauchte mir nichts weiter zu erzählen. Ich verstand, wenigstens konnte ich mir vorstellen, was geschehen war. Nun also...Wie ich dir schon vorher sagte, sahen viele Leute Mimiko als leicht zurückgeblieben an oder als einen harmlosen Verrückten. Für viele war er ein Angsthase, ein schwacher Charakter. Für mich war er nur ein unharmonischer Mensch, der in der Gesellschaft, in der er lebte, den richtigen Platz nicht gefunden hatte und seine Probleme nicht formulieren konnte. Du weißt, es fällt Leuten, die lieber innerhalb der Herde bleiben oder auch zu nichts anderem imstande sind, immer schwer, Außenseiter einzuordnen. Aber damals war jeder mit seinen eigenen Problemen und Leuten beschäftigt. In jenen Zeiten hielten wir meistens Abstand von anderen, viel mehr Abstand als nötig war... Madame Viktoria muß seine Lage erfaßt haben. Anders kann man sich nicht erklären, weshalb es ihr so wichtig war, daß ihr Sohn heiratete, daß er ein zu ihm passendes Mädchen kennenlernte. Seine Sexualität war während jener schrecklichen Nächte und einsamen Wochenenden zu einer unerträglichen Hölle geworden... Eine Mutter konnte das spüren. Nun gut, als sie die Murmeln zerstörte, hatte sie jene schützende Welt zerstört. Aber man verstand auch, daß Menschen nichts anderes übrigblieb, als trotz aller negativen Erfahrungen ab einem gewissen Punkt beieinander Zuflucht zu suchen.

Madame Viktoria tat für ihren Sohn, was sie konnte und was ihre Fähigkeiten erlaubten, doch dann starb sie viel zu früh. Das bedeutete, daß Mimiko trotz allem, was er erlebt hatte, den sichersten Zufluchtsort, sein Zuhause, verlor. Eines Morgens klingelte er sehr früh bei Bertis Eltern. ›Meine Mutter ist hinüber‹, sagte er zu Vater Jacques, der die Tür geöffnet hatte. Damit war er auch schon voller Aufregung wieder fort. ›Meine Mutter ist hinüber…‹ Das war alles. Vater Jacques verstand nicht gleich, aber er ahnte, daß etwas wirklich Schlimmes passiert war. Er weckte die ganze Familie auf und sagte ihnen Bescheid. Sie liefen Hals über Kopf zu Mimikos Haus. Dort machte Mimiko, als er die Tür öffnete, verzweifelte Bewegungen, die anzeigten, daß seine Mutter sehr weit weggegangen war, doch er konnte kein einziges Wort herausbringen. Sie rannten ins Schlafzimmer, wo Madame Viktoria leblos auf dem Bett lag. Sie traten näher. Meine Schwiegermutter sah zwei große Tränen auf Madame Viktorias Wangen, die sie auch Berti zeigte. Zwei schon fast getrocknete Tropfen… Das ›Hinübergehen‹ war wohl nicht so leicht gewesen. Hatte Madame Viktoria geweint, weil sie vor ihrem Tod große Schmerzen gehabt hatte oder weil sie gedacht, gefühlt hatte, daß sie ihren Sohn allein und schutzlos zurücklassen würde? Das weiß niemand. Aber ich möchte lieber an die zweite Vermutung glauben.

Berti wäre an jenem Tag gerne dort geblieben, aber das ging nicht. Er fühlte, daß Mimiko lieber allein sein wollte. Das war auch in all den Tagen nach dem Todesfall so. Er mußte sich auf die neue Lage einstellen. Das sahen in jenen Tagen alle ein. Sein Alltag veränderte sich sowieso nicht wesentlich durch dieses unerläßliche Hin und Her. Mimiko arbeitete weiterhin in der Buchhaltung des Hauptrabbinats; nach einiger Zeit, als er etwas mehr Geld brauchte, begann er, einigen kleinen Firmen die Bücher zu führen…

Er spürte immer, daß ihm seine Mutter fehlte, und wie viele Einsame wartete er auf eine Frau, eine Geliebte, die ihm diese Zärtlichkeit und Wärme geben sollte. Geduldig, ohne andere Menschen zu belästigen, lebte er vor sich hin… Eines Tages dann kam Lena… Für ihn war Lena trotz aller Ängste, die sie ihm bereitete, ein Traum. Diese Frau war vielleicht nicht ganz die ideale Geliebte, aber sie war ein Traum, ein unerwarteter Traum. Womöglich hat er deshalb nie aus diesem Traum aufwachen wollen. Für wen war es schon leicht, den Preis für das Anderssein zu zahlen? Der ›letzte Teil‹ der Erzählung spielte dann bei Muhittin Bey... Das Restaurant war wegen Besitzerwechsel eine Zeitlang geschlossen. Das bedeutete für Mimiko, daß die wichtigste Verbindung zu seinem Traum abgerissen war. Du kannst es als neuerlichen Verlust seiner Murmeln bezeichnen. Ein neuerlicher Verlust seiner Murmeln... Jahre danach, als die Körperkräfte ihn schon ziemlich verlassen hatten... Durch diese Entwicklung entfernte Mimiko sich zunehmend von seiner Umwelt; er dachte immer häufiger darüber nach, daß sein Leben ohne dieses Spiel eigentlich keinen Sinn mehr hatte. Langsam zog er die Mauern um sich immer höher. Einer der wenigen Menschen, die bis zuletzt diese Mauern überwinden konnten, war Muhittin Bey. Dieser besuchte ihn einige Male zu Hause. Eines Tages kam er mit der freudigen Nachricht, daß das Restaurant wieder eröffnet werde. Zur Eröffnung sei er als Ehrengast eingeladen, sein Tisch sei bereit... Mimiko lächelte. Nach Jahren konnte er erstmals wieder lächeln. Aber er sah sehr erschöpft aus. Er sagte, er sei dem Tod nahe... Am letzten Abend war Muhittin Bey bei ihm. Kurz vor seinem Tod äußerte Mimiko, er könne nur dem Unteroffizier nicht verzeihen, der ihm in seiner Militärzeit eine Ohrfeige verpaßt hatte, so daß sein rechtes Ohr taub geworden war. Von allen anderen sei er überzeugt, sie hätten ihr möglichstes für ihn getan. Niemand von uns wußte überhaupt von dem Vorfall beim Militär. Weder Berti und ich, noch ein anderer der ihm Nahestehenden... Niemand von uns... Wenn du mich fragst, dann wußte nicht einmal Madame Viktoria davon. Interessanter noch, daß er von der Taubheit seines rechten Ohres niemandem erzählt hatte und es auch nicht zu merken war. In letzter Minute wollte er, daß jemand es erfuhr. Das war's...«

Wir waren am Ende der Erzählung. Wir schwiegen. Nach kurzer Stille drehte sich Juliette zu mir und sagte: »Hättest du ihn doch gekannt!«

»Jetzt kenne ich ihn«, sagte ich. Sie lächelte. Ihre Augen waren ein wenig feucht. Die Erzählung von der Reue über den Egoismus habe ich schon früher zu verstehen und so gut wie möglich zu erzählen versucht. Ich weiß, in solchen Situationen gibt es so viele Erinnerungen und Bilder, aber mehr noch Ausweichmanöver, die bei einer inneren Einkehr an Bedeutung gewinnen. Und es gibt Geschichten, die man trotz aller Träume nicht zu fassen bekommt, weil man sich nicht erinnert und sie anderen Menschen nicht mitteilen kann... Deshalb möchte ich glauben, daß Juliette mir, ob nun bewußt oder unbewußt, einige weitere Gefühle, die sich in der Fotografie verbargen, nicht mitgeteilt hat. Warum beispielsweise stellte Berti die Meisterschaft Mimikos im Murmelspiel als derart wichtig heraus? Oder: Aus welcher undefinierbaren Sorge heraus konnte Juliette in dem Café auf Büyükada nicht mit Maurice reden? War Lena auf dem Foto jener Nacht wirklich so weit weg, wie sie es darstellte? Welche Rolle spielten in Mimikos einsamen Nächten die Frauen, die ihn bei den Kleideranproben auf verschiedene Freuden und Hoffnungen vorbereitet hatten? Vielleicht, wer weiß, kommt alles daher, daß man wünscht, ein Leben als gelebt darzustellen. Aus der Angst heraus, gewisse Menschen zu verlieren, oder genau gesagt, einen einzelnen Menschen... Heute verstehe ich die Erzählung noch besser, die mir Juliette, ausgehend von jener Fotografie, geschenkt hat. Es mag sein, daß sie einige Tatsachen verschwiegen oder manches mit kleinen Lügen ausgeschmückt, gefüttert hat. Wir haben ja festgestellt, daß Lügen manchmal gerechtfertigt sein können...

Ja, Lügen können manchmal berechtigt sein. Sowohl Lügen als auch unsere Lügen... Hätte Jenny in jenem Brief sonst sagen können, sie sei eine glückliche Frau? Hätte Mimiko sonst jene Essenszeremonien veranstalten und hätte Juliette sonst behaupten dürfen, sie sei mit Berti ›zufällig‹ in jenes Restaurant in Tepebaşı gegangen?

Väter, Töchter und nicht gesungene Lieder

1   Wann, wo, hinter welchem Fenster habe ich Madame Eleni
zuletzt gesehen?... Wann habe ich zuletzt den Schmerz erlebt,
einen Menschen von weitem, nur von weitem, zu berühren? Ich
muß endlich zugeben, daß ich mich manchmal gedrängt fühlte,
trotz aller Verluste hinter den Erzählungen die kleinen Möglichkeiten hoffnungsvoll weiterzuverfolgen, dabei sogar die Gefahr
des Nichtwiederkehrens ins Auge fassend. Auch ich wollte hinunter in den Korridor des Todes steigen... Hinuntersteigen, noch
tiefer hinuntersteigen, sagte ich zu mir. Noch tiefer hinuntersteigen... In der unergründlichen Dunkelheit Leben zu entdecken,
aber wessen Leben war es, in welcher Dunkelheit?... Mit welchem
Tod war diese Leidenschaft verwandt?... Im Land der Dunkelheit
wartete sie, warteten sie stets aufeinander, da wartete sie wohl
immer... Für dieses andere Leben wartete sie immer auf jemanden, auf einige, sie wird immer warten, oder es wird so aussehen...

Mit jenem Todeskorridor oder jenem anderen Leben hatte
Madame Eleni vielleicht nicht unmittelbar zu tun. Ich erinnere
mich nämlich vor allem an Madame Eleni, wenn ich darüber
nachdenke, daß ich diesen Schritt nicht getan habe. Der Anfang
der Erzählung ist hier, vermute ich. Hier, dieser Ort oder diese
Linie... Und ein paar Fotos, die diesen Ort nähren, die ihren Sinn
an diesem Ort finden. Ich kann mich zum Beispiel wieder an den
Lichtschacht des alten Appartementhauses erinnern, der mich
schon früher zu einigen Erzählungen angeregt hat. Die Menschen, die diesen Lichtschacht belebten, sind jetzt in anderen
Ländern, Schicksalen, Zeiten... In anderen Ländern, Schicksalen, Zeiten... Etwa die Hausmeisterstochter Şükran, die in ein
ganz anderes Leben aufbrechen wollte und den Schritt auch gewagt hat, um nicht zu ersticken an der Luft des Zimmers mit dem
starken Essensgeruch, wo sich alles vermischte, Liebe und Haß,
Enttäuschung und Armut und sogar Sexualität... Wie all die
anderen Menschen, die am Ufer jener Leben wohnten und die
sich bei anderen nicht ausreichend Gehör verschaffen konnten...

Sie wohnten in einem Appartementhaus, in dem einige noch nie berührte Details und Gegenstände, die sich an manchen Stellen am Leben erhielten oder versteckt waren, mir unerwartet den Weg zu einigen weiteren Erzählungen ermöglichen würden. Ich selbst hatte auch dort gelebt und versucht, diesen Stimmen, diesen Schritten auf meine Weise ihren Sinn zu geben. Jene Stimmen rufen mich an manchen Abenden noch immer zu jenen Leben hin. Sie lebten hinter einer Tür, hinter ihrer eigenen Tür... Dann waren da die Gerüche... Der Geruch von weißen Bohnen mit Spinat oder von in der Pfanne gebratenem Fisch drang durch die Tür. Aufgrund des Geruchs von Politur, die ins Parkett eingezogen war, wußte man, daß an jenem Tag die Reinemachefrau gekommen war. Sie rieb die Politur mit einem alten Seidenstrumpf in die Parkettböden. Das hieß, ein Strumpf, der sonst nutzlos gewesen wäre, bekam an anderer Stelle ein neues Leben. Soll man an diesem Detail festmachen, daß der Geruch von Politur für mich einen erotischen Reiz hatte? Warum nicht? In jenen Tagen gab es so viele Gefühle, die wir nicht erklären wollten und auf eigene Weise mit uns herumschleppten, die uns zu anderen Fluchten riefen... Das Nachpolieren mußte mit einem trockenen weichen Tuch geschehen. Madame Matilda hatte es gerne, wenn wir mit Poliertüchern unter den Füßen auf dem frisch eingelassenen Parkett Tanzschritte machten. Das mochte auch Madame Floridis. Doch ihr reichte es nicht, uns zuzuschauen, wie wir mit Sandra tanzten, auch sie tanzte voller Beweglichkeit, um unsere Bewegungen zu beschleunigen, und sang die Schlager mit. Ich glaube, ich habe meine ersten Tanzfiguren dabei gelernt. Sie bevorzugte und wiederholte den ›Twist‹, und zwar nicht nur, weil er damals aktuell war, sondern weil er sich ihrer Meinung nach am besten dazu eignete, den Boden zu polieren. An jenen Abenden war Sandra sehr hübsch und Madame Floridis trotz ihres schweren Schicksals lebensfroh. Aber das alles gehört zu einer anderen Erzählung, die in einem anderen Appartementhaus spielt.

Die bunte Welt von Madame Matilda war mit den türkischen

Filmen im Kervan-Kino, mit den Liedern von Zeki Müren*, mit
dem Saubermachen und Kochen am Morgen und den 45er-
Schallplatten, die sie auf dem unförmigen Plattenspieler abspiel-
te, ganz anders geartet. Es ist mir, als sähe ich sie gerade vor mir,
wie sie mit den Nachbarinnen in jenem Lichtschacht plaudert.
Das war die Morgenzeremonie oder einer der wichtigsten Teile
ihres Lebens überhaupt. Es mußte unbedingt über den neuen
Film im ›Kino‹, über das Essen, das sie kochen wollte, oder wenn
es die Zeit war, über die Festvorbereitungen gesprochen werden.
Für sie waren die Personen in den Filmen wie die Menschen,
unter denen sie lebte. Aber sie waren auch andere Menschen.
Irgendwie füllte sie ihren Tag mit diesen Menschen aus, die
manchmal beneidet, manchmal verehrt wurden, auf die sie ein
bißchen eifersüchtig war und die zeitweilig einzeln als Opfer
ausersehen waren. Einzeln als Opfer auserwählte Menschen…
Es war ja notwendig, das Leben eines jeden in einer besonderen
Weise zu schützen oder zu rechtfertigen. Jetzt, da ich an einem
anderen Ende der Stadt wohne, kommen mir mit diesen Szenen,
mit den morgendlichen Gesprächen, die diese Szenen würzten,
nicht nur Madame Matilda in den Sinn, sondern auch andere
langsam verschwimmende Gesichter, etwa das traurige Lächeln
von Şükran, die aus einem anderen Fenster des Lebens, in einem
anderen Zimmer ihren Lebenskampf auf sich nahm… Madame
Matilda mit ihren dicken Brillengläsern, ihren lockigen langen
Haaren und den riesigen Brüsten und Hüften sagte über Şükran:
»No me estan plazyendo las miradas de esta ijika« – »Die Blicke
dieses Mädchens gefallen mir nicht.« Das war nicht nur ein Ta-
del, sondern in ihren Augen lag auch eine geheime Besorgnis. »Ya
tiene uno. Un şoför parese«, sagte Madame Cela. »Sie hat sogar
einen Geliebten. Scheint ein Chauffeur zu sein.« Ihre Worte
waren ein bißchen hinterhältig und zielten darauf ab, Şükran
zu vernichten. »Los vide dos vezes serka del bakkal. Si los aferra
el padre te curo ke la mata.« – »Ich habe sie zweimal nahe beim
bakkal gesehen. Wenn ihr Vater sie erwischt, ich schwöre, er
bringt sie um.« Madame Cela wußte nicht, daß Hüsnü so an

seiner Tochter hing, daß er sie immer in Schutz nehmen würde, ganz gleich, was sie tat. Nach dem, was Madame Cela durchgemacht hatte, hätte sie eigentlich in der Lage sein müssen, diese schmerzliche Geschichte der Disharmonie zu verstehen und nachzufühlen. Aber diesen guten Willen hatte sie nicht, wollte ihn nicht haben. Denn sie fühlte das Bedürfnis, zuerst einmal sich selbst, ihre finanzielle und damit gesellschaftliche Überlegenheit im Vergleich zu den Tausenden und Zehntausenden, die wie Hüsnü leben und zu leben gezwungen sind, zu beweisen. »Wenigstens soweit, wenigstens soweit müßte es doch reichen«, sagte sie wie zu sich selbst. Doch abgesehen davon benutzte sie die Katastrophe eines anderen, um selbst zu existieren, um ihr eigenes Unglück zu vergessen. Als langjährige Witwe, die darunter litt, daß ihre Tochter mit über dreißig immer noch nicht verheiratet war, mußte sie den Zusammenbruch in ihrem eigenen Haus verschleiern. Daher ihre kleinen Hinterhältigkeiten. Zweifellos kam das in allen Weltgegenden zu allen Zeiten vor. »Ya se lo dişe al padre«, sagte Madame Matilda. »Le dişe ka haga dikkat. Ahora te la yevan, te la kandireyan, i dospues vites ke se hizo putana.« »Ich habe ihrem Vater gesagt, er soll aufpassen, habe ich gesagt. Jetzt führen sie sie aus, tun ihr schön, dann schaust du, und sie ist eine Hure geworden.«

Madame Matilda war viel zartfühlender als Madame Cela. Außerdem war ihre Gefühlswelt von Hunderten, vielleicht Tausenden Filmszenen bestimmt. Hunderte, Tausende Szenen von Geschichten, die andere womöglich abtaten, weil sie nur in Filmen vorkämen, verteidigte sie, sie glaubte unbewußt an die Wirklichkeitsnähe, die andere bezweifelten. Nachdem seither viele lange Jahre vergangen sind, frage ich mich: Wenn die Bedingungen anders, ganz anders, gewesen wären, hätte dann aus der Frau, die in Madame Matilda steckte, eine gute Drehbuchschreiberin werden können? Das läßt sich kaum feststellen in einer Zeit, in der viele ihrer Szenen verlorengegangen sind. Erschreckend ist, daß die Katastrophe, die in ihrem Kopf fertig war, sich eines Tages wirklich ereignete. Ohne Zweifel hatte sie schlichtweg die innere Kraft, jene Katastrophe im voraus zu ahnen. Wieder einmal entschieden sich alle, um die Heiligkeit der Familie zu schützen, um die Familie gegen Fremde abzugrenzen, nur Zuschauer des Schicksals einer anderen Familie zu bleiben. Von anderen Familien fernzubleiben, sich nicht einzumischen und darüber hinaus diese Haltung absichtlich als Tugend zu wählen... Ohne zu merken, wie sehr man dadurch sich selbst isolierte und ab einem gewissen Punkt schutzlos wurde. Ich war wohl noch nicht alt genug, um einige Verbindungen herzustellen, aber ich erinnere mich an die Vorfälle, als wären sie erst gestern geschehen. Şükran sollte mit dem Mann, den Madame Cela gesehen hatte, an einem Montagmorgen den Schritt in ein ganz anderes Leben, ihr eigenes, wirkliches Leben, tun. An einem Montagmorgen... Als für alle anderen drum herum eine normale Woche begann... Sie wagte, ihre Familie, ihre Leute, ihre Kleider, alle Sachen aus ihrer Kindheit für ihre Träume zu verlassen... Ohne irgend etwas mitzunehmen... Und hinterließ in der kleinen Hausmeisterwohnung mit schlichten Worten einen Text, der wie von selbst poetische Gefühle erweckte...»Ich gehe und komme nicht wieder. Verzeiht mir und versucht, mich zu vergessen. Denn auch ich werde versuchen, euch zu vergessen...« Hüsnü trug diese Notiz, die ihm Şükran, seine geliebte Tochter, hinterlassen hatte, sein Leben lang bei sich. Als er mir diesen kleinen Zettel zeigte, waren seit dem Vorfall viele, viele Jahre vergangen. Eigentlich zeugte die hastige, kritzelige Schrift von einem Widerstand, einem Aufbegehren gegen das Schicksal, von Enttäuschung und einer geheimen Furcht. Şükrans Geschichte war die einer vom Leben Getriebenen. Die Geschichte vom Getriebenwerden, vom Besiegtwerden, davon, daß ein Mensch seinen Platz nicht findet... Jedenfalls soweit wir es in Erfahrung bringen konnten... Es gab lange Zeit, jahrelang, keinerlei Nachricht von ihr. Schließlich wurde in der Gasse bekannt, sie arbeite in einem Nachtlokal. Hüsnü tat sein möglichstes, dieser Spur zu folgen, und er wanderte durch alle Nachtlokale Istanbuls, selbst den Lichtern der Nacht zunehmend entfremdet, aber darum bemüht, seine Sehnsucht wenigstens durch eine kleine Hoffnung erträglich zu machen... Jeden, von dem er den Eindruck hatte, daß er über wichtige Verbindungen verfügte, bat er, ihm zu helfen, seine Tochter wiederzufinden, ohne zu merken, daß er dabei manchmal in eine lächerliche Lage geriet. Eines Tages lasen wir in der Zeitung von ihrem Schicksal. Şükran war in einem Hotelzimmer im Bahnhofsviertel Sirkeci mit einem Mann zusammen getötet worden. Der Mann war angeblich ihr Verlobter. Es handelte sich wohl um die bekannte Eifersuchtstat, denn der Mörder war Şükrans früherer Geliebter. Wie er zu Protokoll gab, tat es ihm nicht leid, er habe die Tat vielmehr wissentlich und willentlich vollbracht. Wissentlich und willentlich. Damit jeder seine Ruhe, seine verdiente Ruhe, bekam... In dieser Form stand die Geschichte im Polizeibericht, so war sie als Zeitungsnachricht übernommen worden, und so würden die anderen sie erfahren. Es war ein kurzer Artikel auf einer der Innenseiten und zählte für alle, außer den Beteiligten und den echten Zuschauern, zu den unwichtigen, geradezu alltäglichen Meldungen. Neben dem Text war ein Paßfoto. Auf dem Foto lächelte Şükran, als wollte sie den Schmerz verbergen. Es war eins dieser Fotos, auf denen sich die Betreffenden bemühen, glücklich zu wirken... Es bleibt noch, sich jenes letzte Zimmer, das Hotelzimmer, wo sie ihre letzten Schritte tat, vorzustellen. Aus einem Zimmer in ein anderes Zimmer... Was hatte sich verändert? Was hatte sie ändern können? Die Antwort auf diese Frage versuche ich jetzt noch einmal zu finden, nachdem eine ziemlich lange Zeit vergangen ist. Doch vor meinem geistigen Auge steht nur das Bild eines Hotelzimmers, wo die Laken einmal die Woche gewechselt werden und das Zeuge vieler Fluchten und falscher, unzeitiger und mangelhafter Liebesakte gewesen ist. Ein heruntergekommenes Hotelzimmer in der Bahnhofsgegend Sirkeci... Das ist alles... Şükrans Blick auf dem Foto war so anders als die Blicke des jungen Mädchens, das damals Madame Matilda beunruhigt und geglaubt hatte, ein Recht auf ein anderes Leben zu haben. Jetzt denke ich, sie wollte mit ihren Blicken damals und auf jenem Foto viel mehr sagen, als sie in Worte fassen konnte. Liegt das Problem also vielleicht darin, daß das, was sie mit ihrem Blick zur Sprache bringen wollte, nicht ›genügend‹ verstanden wurde? Wenn ich über die Vorgänge nachdenke, deren Zeuge ich wurde, werden mußte, dann fällt mir darauf nur eine positive Antwort ein. Ich glaube, auch Hüsnü selbst hat diesen Schmerz – bei all seinem guten Willen und all seinen Bemühungen – in aller Ausweglosigkeit erlebt. Mit großer Wahrscheinlichkeit verstand er am ehesten, den Ausdruck im Blick seiner Tochter zu deuten, die das Haus und ihn verlassen hatte. Die Quelle seines Schmerzes lag in einer sichtbaren, ihm bewußten Tatsache, die nicht zu ändern war. Das führte ihn zu einem ganz anderen Ort, also weg von dem, wo die anderen Zeugen des Vorfalls sich befanden, wo sie bleiben und Unterschlupf finden wollten. Von manchen Menschen wurden niemals Brücken gebaut. Es war vielleicht eine andere Art von Widerstand gegen das Leben und eine Weise, in dem kleinen Kampf sich selbst stärker zu wissen. Wie könnten sonst aus mitfühlenden Zeugen, wenn die Wege steiler wurden, im Laufe der Zeit immer mehr abgestumpfte Zuschauer werden?

Es war zu erwarten gewesen, daß Şükran auf diesen Wegen verlorenging.

2   Die ›anderen‹ Zeugen des Vorfalls … Wohin man mit ihnen noch gehen oder nicht gehen konnte, hätte man spüren, wenigstens sich selbst klarmachen können nach jenen Schritten. Unter den Zeugen war auch Madame Eleni, die sehr wohl wußte, was es mit Ausreißergeschichten auf sich hatte. Was aber empfand sie gegenüber dem Geschehenen? Diese Frage ist jetzt sehr schwer zu beantworten. Sehr schwer, eigentlich unmöglich. Denn Madame Eleni war in jenen Tagen, so wie wir sie in jenen Tagen zu sehen glaubten, sehr weit weg von uns, sie hatte sich entschieden, an einem weit entfernten Ort zu weilen. Ich vermute, dieses Abstandnehmen kam auch von unserer Seite und war vermutlich ein Widerschein unserer Entfremdung. Der Unterschied lag

wahrscheinlich – jedenfalls so, wie er sich für ihre Umwelt darstellte – darin, daß sie sich wehrte, andere Menschen in ihre
innere Welt hineinzulassen, während wir den Schritt auf sie zu
nicht tun oder den Mut dazu nicht aufbringen konnten. Was sie
erlebte, war eine der Geschichten, in denen ein Mensch, obwohl
ganz nahe, weit entfernt ist, sozusagen zwangsweise festgehalten
wird. Durch Fragen, indem ich Fragen erfand, haben sich mir
immer wieder neue Wege gezeigt, indem ich anderen und mir
selbst die früher schon gestellten Fragen erneut stellte. Und so
kann ich mit meinen Fragen vielleicht noch einmal verspätet
Verbindung zu jemandem aufnehmen: Wann habe ich zum letz-
tenmal vom Küchenfenster aus, das in den Lichtschacht ging,
Madame Eleni hinter welchem Fenster gesehen? War sie so
nackt, wie es schien, hatte sie es geschafft, nackt zu sein an jenen
Abenden? ... Weil ich nicht wie gewünscht in die Erzählung hineingekommen bin, mußte ich einen ganz anderen Weg wählen. In
einer Erzählung tastend voranzukommen versuchen ... Madame
Roza ging auf dem Weg viel weiter, sie ging mit anderen Schritten
voran. Viel weiter, mit anderen Schritten ... Ich weiß, sie wollte
mir ihre vielen Gefühle immer mitteilen. Sie scheute nicht davor
zurück, mir hinter dem ›Vorhang der Geheimnisse‹ die alten
Geschichten zu erzählen, von denen sie wußte, wie wertvoll sie
für mich waren. Seit jenen schrecklichen Nächten ihrer Kindheit,
als die Bulgaren Çatalca verteidigten, erlebte ihr inneres Kind in
stürmischen, regnerischen Gewitternächten stets den Kanonendonner wieder, und Blitz und Donner versetzten sie in Todesangst. In späteren Jahren, als sie erwachsen war und schon Mutter
und Großmutter, hatte sie davor noch immer Angst und sehnte
sich in solchen Nächten immer nach jemandem, der sie beschüt-
zend in den Arm nahm. Und wie sehr trauerte sie in den ersten
Tagen nach ihrer ›Auswanderung‹ um den Verlust ihres kleinen
Paradieses mit den Feldern, dem Haus, ihrem Zimmer und dem
Hund, von dem sie sich in den Schreckensnächten trennen mußte, obwohl er vor ihrem Bett geschlafen und sie nie verlassen
hatte. Diesen Verrat konnte sie ihrem Vater, der es in Istanbul

irgendwie nicht geschafft hatte, ihrem Leben unter den neuen Bedingungen eine Ordnung zu geben, nicht verzeihen. Das alles erzählte sie, als wäre es ein Märchen. Aber das ›Geheimnis‹ von Madame Eleni, beziehungsweise alles, was ihre frühere Vergangenheit betraf, war etwas, das sie nicht erzählte, trotz aller nachdrücklichen Fragen nicht erzählen konnte.

Dieses Schweigen reichte aus, daß ich mich in dieser Erzählung wieder sehr allein fühlte. Eine kleine Hoffnung hegte ich jahrelang, indem ich glaubte, bei der Vergegenwärtigung anderer Erzählungen würde ich gewisse Details entdecken können… Indem ich versuchte, manche Bilder mit Szenen, die ich woanders hergenommen hatte, zusammenzubringen, zu deuten… Man darf nicht außer acht lassen, daß die Erzählung sich wie jede Erzählung, die wir unserem persönlichen Abenteuer hinzufügen, hinter einer gewissen Linie womöglich ändern kann. Doch schien es mir der einzige und zuverlässigste Weg, die Teile zu sammeln und zusammenzufügen. Den Verdacht, der damals die Geschichte in gewisser Weise beeinflußte, kann ich heute nur mit veränderten Worten wiedergeben. Denn sowohl fehlende Antworten als auch Fragen, die sich aus allen möglichen Antworten ergeben, führen den Menschen so oder so zum gleichen Punkt: dem Verlangen, zu dem zurückzugehen und einzudringen in das, was in jenen Tagen passiert ist… Ich hatte die Quelle berühren können, glaubte sie berührt zu haben. Die Bilder kehren auch deshalb jetzt wie ein lange irgendwo abgelegtes, aber immer präsentes Lied aus alten Zeiten zu mir zurück.

Madame Roza hatte vor allen Nachbarinnen in dem Appartementhaus das Privileg, zu Madame Eleni zum Kaffeetrinken zu gehen. Rührte ihre Schweigsamkeit von dem Wunsch, ihren Einfluß auf die Umwelt bis zuletzt aufrechtzuerhalten, oder wollte sie die Verantwortung für das, was sie ›gesehen‹ hatte, eine geheime Vergangenheit, die sie unter dem Siegel der Verschwiegenheit erfahren hatte, auf keinen Fall verraten? Oder wollte sie, wenn sie auf meine interpretierenden Fragen über das Geheimnis mit allgemeinen Lebensregeln antwortete wie: »Was soll man machen, jeder lebt auf seine Weise, in jedem Haus gibt es Geheimnisse«, nicht nur ihre Vertraute, sondern auch sich selbst verstecken? Das sind die Möglichkeiten, die mir zuerst in den Sinn kamen. Aber es gibt noch eine, die mir sehr naheliegend erscheint. Madame Roza setzte womöglich die Stunden bei Madame Eleni mit ihrer kleinen verlorenen Welt gleich, die sie ihrer Meinung nach mit keinem Menschen mehr erleben würde. In dieser Welt lebte das Gefühl für die Sprache, die auf ihre weit zurückliegende Kindheit beschränkt blieb. In den zu zweit verbrachten Stunden entdeckte sie die Sprache der Kindheit, jene ›Einfalt‹, die kleine Poesie, noch einmal neu, mit der Kraft, die sie aus ihrem Erleben bezog... Aus diesem Grund scheint mir verständlich und erklärbar, warum Madame Roza uns, den anderen, die Grenzen dieser kleinen Insel im Alltag, die sie für sich am Leben zu erhalten versuchte, nicht öffnete. Sie konnte derart gut Griechisch, daß es viele erstaunte und sogar eifersüchtig machte. In der ›kalten‹ kleinen griechischen Schule in Çatalca hatte sie mehr gelernt, als andere Leute in ihrer Biographie weitergeben, wie etwa ›Die Popen haben Schrecken verbreitet‹. Vielmehr ermöglichte ihr die Sprache, auch andere Gefühle mitzuteilen und eine Vertrauensbasis für die Teilnahme an anderen Leben zu schaffen. Wenn sich Madame Roza auch nie von den Auswirkungen des ›griechischen Verrats‹ befreien konnte, von dem ihr Vater, Mitglied der ›Nationalen Streitkräfte‹, der nach dem Ersten Weltkrieg seine ›Heimat‹ besuchte, erzählte, so hatte sie doch meiner Ansicht nach eine geheime griechische Seite, die sie weder ihrer Umwelt und den ihr Nahestehenden noch sich selbst eingestehen konnte. Das war ein Gefühl, das nicht erloschen war, sondern eigentlich eher gefördert werden wollte... Das Gefühl basierte auch auf den griechischen Heldengedichten, die sie in der Schulzeit auswendig gelernt hatte und die sie nach so vielen Jahren noch mit der gleichen Begeisterung vortrug wie die in Istanbul an der ›Alliance‹ auswendig gelernten Gedichte von Victor Hugo und Lamartine, wobei sie uns unbedingt als Zuhörer gewinnen wollte. Das war solch eine Rückwendung, die das Zusammensein mit Madame Eleni in einem ganz anderen Licht erscheinen ließ. Es war interessant, daß sie Gedichte einbezog. Der Weg der Rückwendung wurde dadurch nur schöner und erzählenswerter. Es war der Versuch, einen in ferner Vergangenheit verlorenen Menschen in einer anderen Zeit, in einem anderen Menschen, vielleicht aus einer gewissen Sehnsucht heraus, auferstehen zu lassen… Zwischen diesen Menschen bestanden große Unterschiede; zwischen dem Kind Roza, der Mutter, der Ehefrau, der Frau, der Großmutter gab es natürlich große Unterschiede. Ich kann jetzt wohl etwas besser die Bedeutung dieser Gedichte, jener Marksteine, die sie in die Vergangenheit führten, erkennen… Nach der Schulzeit hatte sie kein weiteres Gedicht mehr gelernt, wohl auch keine Notwendigkeit dazu gesehen. Doch ich glaube, wenn man genauer hinschaut, sagt diese Entscheidung etwas über die Bedeutung aus, die die Gedichte für sie hatten. Sie waren Zeichen ihrer Einsamkeit.

Aus den Nebenbemerkungen über das ›dort‹ Gesprochene, die Madame Roza ab und zu entschlüpften, aus ein paar kleinen Einzelheiten, die sie uns gegenüber als unwichtig einstufte, war es trotz allem möglich, einen Sinn abzuleiten. Auf der einen Seite gab es also Gerüchte, die von anderen verbreitet wurden, die mit der Wirklichkeit womöglich gar nichts zu tun hatten und sich auf einen Menschen bezogen, der sich von solchen Gerüchten ein Leben lang fernzuhalten bemüht hatte, auf der anderen Seite gab es das, was hinter dem Gesagten steckte und was man mit dem Unausgesprochenen eigentlich hätte sagen wollen… Kann man die Erzählung auf ein paar kleine Wahrscheinlichkeiten, eigentlich nur Anhaltspunkte, aufbauen? Warum nicht? Muß man nicht sogar, um einige Erzählungen genauso wie einige Lebensläufe besser zu verstehen, zumindest, um sie zu ›fühlen‹, die Möglichkeit des Irrtums auf sich nehmen, besser, mit Irrtümern leben lernen? Ich fühlte mich am meisten zu Madame Eleni hingezogen durch die ›geheime Geschichte‹, aufgrund deren sie von anderen als eine in die Wohnung verbannte Verrückte angesehen wurde, die alle Verbindungen nach außen abgeschnitten hatte. In einer

Erzählung, die mit Verlassenwerden zu tun hatte, war ich ein weiteres Mal vorangekommen und bekam ein weiteres Mal die Möglichkeit, die Teile, die jemand irgendwo hatte liegenlassen, zusammenzufügen. Das war mein ›Spiel‹, von dem ich nicht ablassen konnte.

Ja, wir kannten außer dem, was wir von Madame Roza gehört hatten, auch manche Gerüchte. Als Eleni etwa sechzehn, siebzehn Jahre alt war, eroberte angeblich ein Hauptmann, ein ›türkischer Offizier‹, ihr Herz. Sie trafen sich heimlich. Diese Heimlichkeit, das Verbotene, brachte sie einander nahe. Sie kamen schließlich an den Punkt, an diesen unausweichlichen Punkt, an dem es nur noch eines gab: fliehen… Wohin auch immer, fliehen… Fliehen… Für ihre Liebe, um einander auf dem langen Weg nicht zu verlieren. Der bisherige Verlauf der Geschichte hat meiner Ansicht nach nichts Ungewöhnliches. Damit ich mich in die ganz spezielle Erzählung von Madame Eleni versenken konnte, mußte eines Tages Tanaş auftreten. Tanaş war ein Mann, der den Schmerz des Verlassenseins viele Jahre lang erlebt hatte. Er hatte im Stadtteil Karaköy einen Feinkostladen. Höchstwahrscheinlich war er selbst ein Meister der Einsamkeit und die Hauptfigur einer von ihm selbst erlebten anderen langen Geschichte, aber außerdem war er der Vater von Madame Eleni, und das wichtigste, er war seiner Tochter leidenschaftlich verbunden. Ein Vater, der seiner Tochter leidenschaftlich verbunden war… Wenn man das Geschehene bedenkt, könnte man es auch eine seltsame, erschreckende Liebe nennen… Das Ganze war die Geschichte einer Art Gefangenschaft. Die bedeutungsvolle Geschichte einer Obsession, die die Beteiligten mit ganz unterschiedlichen Gefühlen zu ertragen versuchten. Wie es bei starken Leidenschaften der Fall ist, enthält diese Geschichte der Gefangenschaft in ihren geheimsten Schichten den Tod, der nur von den Beteiligten richtig wahrgenommen werden kann. Tanaş, der einerseits der Gefangene war, spürte, daß seine Tochter, die er wie eine Gefangene hielt, sich durch diese Flucht seinen Händen entwinden würde. Es gab nur einen Weg, dies zu verhindern: die ganze Wohnung vollkommen zu versperren, so wie ein Liebender, der nicht mehr weiß, was er tut, und der verhindern will, daß seine Geliebte einem anderen verfällt... Das war nach Meinung einiger Leute der Beginn der Geschichte, nach Meinung anderer setzte sie sich dort nur fort. Die Einzelheiten weiß niemand von uns, und wir werden sie nie erfahren. Was wir wissen, ist, daß die Gefangenschaft von Madame Eleni an dem Abend begann, als sie die Flucht mit dem geliebten Hauptmann vorbereitet hatte, aber vielleicht noch entscheidender ist, daß dieser Zustand viele Jahre lang andauerte, fortgesetzt wurde. Eleni wurde an jenem Abend in die Wohnung eingeschlossen. Damit brach für sie ein ganz anderes Leben an. Entweder hatte sie sich nach dieser Nacht selbst eingeschlossen, um nie mehr in die Welt der anderen hinauszugehen, oder – so fällt es uns Außenstehenden leichter, das Geschehen jener Nacht zu interpretieren – sie war verrückt geworden. Ich habe Einzelheiten, die für viele Leute nichts als Irrengeschwätz sind, aus verschiedenen Gesprächen zu verschiedenen Zeiten in der Hoffnung auf eine Erzählung gewonnen. Diese formen sich zu einem Ganzen, das die Haltung eines Menschen dem Leben gegenüber in stillen Bildern zeigt. Sie hatte in Vorbereitung auf die Flucht zu ihrem geliebten Offizier ihre Sachen gepackt: ein Paar schwarze Lackschuhe, die sie aus Sehnsucht nach einem Ball, wie er in Romanen vorkam, gekauft hatte, ihr bordeauxfarbenes Kleid aus Crêpe de Chine, ihr seidenes Nachthemd und die zwei duftenden Kerzen, die sie aufgehoben hatte für ein Weihnachtsfest, das sie irgendwann wunschgemäß zu feiern hoffte, ein paar Kindheitsfotos und das herzförmige emaillierte Goldmedaillon, das ihre Mutter, als diese das Haus verlassen hatte, ihr in die Hand gedrückt hatte mit den Worten »Was auch immer du tust, verschieb schöne Dinge niemals auf später«. War dieses junge Mädchen, das uns viele Jahre nachher in sehr veränderter Gestalt erschien, wirklich erst siebzehn Jahre alt?... Diese Frage ist – wie so viele andere auch – nicht zu beantworten, und wie bei allen geheimnisvollen Fragen entwikkelt sich daraus eine kleine Legende. Es gibt Zeiten, da möchte man keine logischen Erklärungen. Der Abend, an dem sich diese Frage stellte, war wohl so ein Abend. Wann hat sich die junge Frau trotz der Verlockung zur Flucht der Gefangenschaft gebeugt? Vor dem Entschluß zur Flucht muß sie doch Zweifel gehabt haben, hin- und hergerissen zwischen möglicher Reue und möglicher Hoffnung, und sie muß diese brennenden Zweifel in allen Höhen und Tiefen durchlitten haben. Sie wußte, wie wichtig sie für ihren Vater war, und konnte einschätzen, was sie diesem Mann wegnahm, der sich mit jedem Tag mehr von seiner Umwelt isolierte. Aber sicherlich hatte sie auch von ihrer Mutter gelernt, sich nach ihren Gefühlen zu richten. Manche finden das notwendig, um ein richtiges, reales und lebenswertes Leben zu leben, für andere ist es purer Egoismus und Hinterhältigkeit. Wenn ich die unterschiedlichen Möglichkeiten bedenke, dann finde ich mich ehrlich gesagt nicht berechtigt, über ihre Gefühle zu richten, die sie auf diesen Weg geführt haben mögen. Mir scheint, als fürchtete ich mich ein wenig. Ich fürchte nicht, mich einer Befragung zu stellen, sondern habe Angst, daß die Person, deren Spur ich aufgrund lückenhafter Details, etwa ein paar verwischter Fotos, weiter verfolge und deren Geschichte ich aus ein paar Teilen zusammenzusetzen versuche, mir im Traum erscheint oder auf eine andere phantastische Weise sich mit ihren Blicken, an die ich mich gut erinnere, Rache nimmt, wenn ich einen falschen Schritt tue. Ist das die Stimme meines Gewissens? ... Ich glaube nicht. Höchstens eine andere Art von Flucht. Eine andere Art von Flucht. Um mich nicht wieder an andere Beziehungen oder an nicht getane Schritte zu erinnern.

Doch Eleni war wenigstens an jenem Abend viel mutiger als andere Menschen, finde ich. Sie hat es wenigstens versucht und bewiesen, daß sie es versuchen konnte. Und danach? Was danach geschah, führt uns weiter in die Erzählung hinein. Es erinnert uns daran, daß manche Menschen, die einen Schritt tun wollen, von ihren Verwandten aus Liebe in den Tod, in eine Todesgefangenschaft, gezwungen werden. An jenem Abend wurde Eleni von ihrem Vater, der selbst jeden Morgen in seinen manchen Leuten sehr gut bekannten Laden floh, auf einem Weg festgehalten, der allen möglichen Fluchten vorbeugte. Der geliebte Offizier würde am vereinbarten Treffpunkt, von dem aus die Flucht in die erträumte Freiheit stattfinden sollte, vergeblich auf sie warten. Dabei hatte er mit diesem Schritt seine eigene Zukunft gefährdet. Was diese Gefahr bedeutete, könnten nur diejenigen ermessen, die so ein Leben gelebt, gewagt haben... Sich nicht trauen, für eine Liebe zu brennen, mit welchen Folgen auch immer oder ohne an die Folgen zu denken... Dieser Eindruck, dieses Gefühl, entstand bei denen, die irgendwie in die Erzählung verwickelt waren. Meiner Meinung nach begann damals für Eleni eine wirkliche Einsamkeit, die immer ausweisloser wurde. Der Schmerz, über eine Ungerechtigkeit nicht sprechen zu können, zu wissen, daß man niemals darüber sprechen konnte...

Es wurde von ihr verlangt, sich in eine andere Persönlichkeit zu verwandeln. Vielleicht lag die Ausweglosigkeit darin, daß ihr dies nicht richtig, nicht nach den Regeln des Spiels gelang... Wie ich erfahren und verstanden habe, dauerte diese Lage, diese erzwungene Gefangenschaft, mehrere Jahre. In jener Zeit lebte sie sozusagen in Ketten. Seltsam ist, daß sich der geliebte Offizier trotz aller Gefühle und erlittenen Schmerzen bei Eleni nicht einmal meldete... Als ob die Erzählung hier einen Bruch bekäme. Einen Bruch... Dinge, die zur Natur des Vorgefallenen nicht passen oder die absichtlich aus der Zeit gerissen waren, die verheimlicht werden sollten... Man kann nur schwer glauben, daß eine solche Liebe derart still und lautlos aufgegeben wurde, wenn man die Gefühle bedenkt, die dieses Zusammensein ausgelöst hatte. Da bleibt allein die Möglichkeit, einzubeziehen, daß der Geliebte Eleni trotz aller Suche nicht gefunden hatte. Eine Liebste trotz aller Mühen und Kämpfe nicht erreichen zu können... Es war vielleicht der Albtraum dieses Hauptmanns, dessen Namen wir nie erfahren haben. Hatte der Geliebte sich nach diesem Abend entschlossen, seinen Beruf weiterzuführen und sich gegen das Leben zu kehren, ähnlich wie in Kriegsfilmen und Romanen ein noch härterer, grausamerer Mensch und Soldat zu werden?

Vielleicht hatte er seine Versetzung in eine ferne Kleinstadt in Anatolien beantragt und dann während langer Nachtwachen an Istanbul als unerreichbaren Traum gedacht? ... Oder hat er nach diesem Schmerz ein ganz anderes Leben, einen anderen Weg bevorzugt?

Es war, als wollte Eleni das, was sie mit ihrem Geliebten erlebt hatte, ein paar kleine Geheimnisse, die besonders wertvollen Erinnerungen, vor jemandem nachdrücklich schützen. Es gab auch ein Foto mit Assoziationen aus ihrer tiefsten Vergangenheit, das jemand bewahrt hatte. Wenn man dieses Foto bedenkt, dann konnte Eleni wohl den Verrat an ihren Werten nicht ertragen, daß sie nämlich nicht nur ihre Liebe und den Geliebten verraten hatte, sondern das Erbe ihrer Mutter, ihres Vorbilds, die ihrem Leben an einem anderen Ort einen anderen Sinn gegeben hatte und die sie seit dem Morgen der Trennung nicht mehr gesehen hatte.

Nachdem die ›Türen sich geöffnet‹ hatten, weigerte sich Eleni zuerst, aus dem Haus zu gehen, dann aber besuchte sie nach einiger Zeit Verwandte im Stadtteil Kumkapı und jenen alten Freund in Kurtuluş. Nur bei besonders wichtigen Anlässen ging sie gerne zum Einkaufen in die Stadt, vor allem vor Weihnachten, um in Yeşilköy aus einer besonderen Bäckerei geharztes Gebäck oder in Galatasaray vom Fischbasar ›Kalamari zum Füllen‹ zu besorgen. Doch im Laufe der Jahre wurden diese Ausgänge immer weniger, weil ihr das Gehen schwerer fiel.

Konnte sie diese Ausgänge mit ihrem Gefühl des Versagens verbinden? War ihr in ihren einsamen Nächten bewußt geworden, daß sie manche Möglichkeiten verloren hatte, und hatte sie ihre Ausgrenzung notwendigerweise akzeptiert, so daß sie in ihrer Wohnung, ihrer einzigen Zuflucht, nackt herumlief und so ihre Träume, wenigstens ihre Träume, auslebte, ohne sich bewußt zu sein, daß die Nachbarn, deren Küchenfenster in den Lichtschacht hinausgingen, sie sehen konnten? Oder wollte sie so ihre Freiheit, und sei es auch nur kurz, ausdrücken oder zeigen, daß sie ihre Geschichte auf ihre eigene Art auslebte? Wenn ich diese Fragen bedenke, dann glaube ich, daß diese Dunkelheit der Erzählung – warum soll ich es verleugnen – mich reizt, sie weiterzuverfolgen und anderen zu erzählen. Was im Dunkeln bleibt oder bleiben soll... Es war nicht so leicht, dem zu glauben, was ans Tageslicht kam, trotz allem, was man in vielen Jahren erlebt hatte. Die Vorhänge waren nicht umsonst in den Jahren der langen Gefangenschaft Tag und Nacht geschlossen gewesen. Tanaş hatte seine Tochter in immer andere Zimmer eingeschlossen... Wie verbrachte Eleni ihre Tage in diesen Zimmern, wo niemand ihre Stimme hörte und wo sie ab einem gewissen Punkt entschied, daß niemand sie mehr hören sollte? Wie verbrachte sie die Nächte mit dem in sie verliebten Vater? Fragen, Fragen, Fragen... Was Madame Roza von Eleni über die Nacht, in der Tanaş starb, erfahren hat, wirft vielleicht etwas Licht auf die Sache. Etwa drei Jahre nach dem ›Einsperren in die Wohnung‹ wurde Tanaş eines Nachts plötzlich krank. Waren es drei Jahre, sechs Monate, acht Jahre später? Wenn Eleni auf diese Sache zu sprechen kam, machte sie stets widersprüchliche Angaben. Er hatte getrunken und fühlte einen starken Schmerz im Kopf. Da rief er seine Tochter zu sich und erklärte, für ihn sei es nun Zeit zu sterben, das fühle er. Alles, was er getan habe, sei aus väterlicher Liebe und der Absicht, ihr Leben vor allem Bösen zu bewahren, geschehen. Ein paar Stunden, nachdem er aufrichtig und ein bißchen auch hilflos um Verzeihung gebeten hatte, hauchte er seinen letzten Atem aus. Dieser Atem war wie eine langsam verlöschende Flamme. In diesen wenigen Stunden sprachen sie beide kein Wort. Sie hatten sich bei den Händen gefaßt und versuchten sich als die Menschen zu erkennen, die sie voreinander verborgen hatten. Eleni entzündete die beiden duftenden Kerzen, die sie für jenen Weihnachtsabend aufgehoben hatte, und stellte fest, daß die Kerzen noch schöner brannten, als sie es sich ausgemalt hatte. Dann legte sie ihrem Vater das herzförmige, emaillierte Goldmedaillon in die Hand. Sie schwieg, denn sie fand jedes Wort unnötig, da sie die Bedeutung des Medaillons für sich und nur für sich allein behalten wollte. Tanaş erkannte das Medaillon und hielt es fest. Er schloß danach langsam die Augen, dann breitete sich zuerst auf seinen Lippen, schließlich über den ganzen Körper ein leichtes Zittern aus. Das waren seine letzten Augenblicke…

Für Eleni war es nach so langer Zeit die erste Nacht, in der sie mit dem ›Draußen‹ in Kontakt treten konnte. Die erste Nacht, in der sie nach so langer Zeit, wenn sie wollte, ›freie‹ Schritte tun und stundenlang durch die Straßen spazieren konnte… Sie telefonierte mit ihrer Tante, der Schwester ihres Vaters, und sagte: »Kommt und holt meinen Vater ab.« In ihrer Stimme schwang nicht das kleinste Zittern und kein Zeichen von Trauer. Sie habe nicht ein einziges Mal geweint über den Tod ihres Vaters, hatte Eleni zu Madame Roza gesagt, als sie ihr von jener Nacht erzählte. Außerdem ging sie trotz nachdrücklicher Aufforderung der Tante nicht mit zur Beerdigung mit der Begründung: »Mein Vater hat mir verboten, hinauszugehen. Ich gehe nicht aus dem Haus.« In dieser Haltung versteckte sich, wer weiß, ein verständliches und vielleicht begründbares Rachegefühl… Daß sie ›diesem Mann‹ auf seinem Totenbett, als die Zeit gekommen war, das Medaillon in die Hand gedrückt hatte, war Rache. Genau wie die Protagonisten in anderen Erzählungen, wenn die Zeit gekommen war, sich an denen rächten, die ihnen ›Leid zugefügt‹ hatten. Sie dachte nur an ihre Mutter in dieser Todesnacht und in den darauffolgenden Nächten. In diesen Nächten sehnte sie sich unsagbar nach ihrer Mutter, nach ›dieser Frau‹, die jetzt so fern und unerreichbar war. Ich glaube, in diesen Nächten hatte sie wirklich weinen wollen und sich mehr denn je allein gefühlt… In den langen Nächten, die auf den ein wenig auch unerwarteten Tod von Tanaş folgten, auf der Grenze, dem Schwanken zwischen Gefangenschaft und Freiheit, muß man sich auch vorstellen, daß sie in ganz besonderer Weise an Sehnsucht nach ihrer verlorenen Mutter litt. Und wie es schien, konnte sie um des neuen Lebens willen keinem Menschen von ihrer Einsamkeit und Verlassenheit erzählen. In bezug auf die lang andauernde Vater-Tochter-Beziehung, die viele Menschen nur schwer akzeptieren konnten, war das zu bedenken, was ich nicht nur von Madame Roza, sondern auch von ein, zwei anderen vertrauenswürdigen Personen erfahren habe. Das waren persönliche Kommentare, Urteile, die unvermeidlich Täuschungen und Bewertungen unterliegen konnten. Dennoch – was soll ich es leugnen – freute ich mich und hoffte, auch wenn es Irrtümer geben sollte, daß die persönlichen Zeugen mir wertvolle ›verborgene‹ Details präsentieren würden.

Dinge, die man nicht erzählt, die man stets wegläßt, wofür man keine Bezeichnung hat oder die man nicht benennen will ... Einer der wenigen Menschen, der Tanaş recht und schlecht kannte, war Muammer Bey. Mein Bemühen, dem, was er mir Jahre später erzählt hat, in dieser Erzählung einen unverrückbaren Platz einzuräumen, muß auf den Zauber zurückzuführen sein, die diese geheimnisvollen Zeiten in mir ausgelöst haben. »Tanaş hat seine Tochter auf eigenartige Weise geliebt. Es war eine ganz eigenartige Liebe, vielleicht eine Leidenschaft. Es war nicht wie bei jedem Vater. Es war eine ungewöhnliche und beunruhigende Abhängigkeit«, sagte Muammer Bey. Er dachte nach und fuhr mit einem traurigen bedeutungsvollen Lächeln fort, das für meine Begriffe eine Anspielung enthielt: »Nachdem er von seiner Frau verlassen worden war, lebte er nur noch für seine Tochter, glaube ich. Er hatte im Stadtteil Karaköy, in der Nähe des Donnerstagsmarkts einen kleinen Delikatessenladen. Auch ich ging manchmal dorthin, wenn es auf dem Weg lag. Das ist jetzt bald ein Menschenleben her ... Wenn ich mich anstrenge, dann ist mir, als sähe ich Tanaş in seinem Laden, in den er immer frühmorgens ging. Irgendwo beim Eingang zur Tunnelbahn. Ich habe nur noch wenige Einzelheiten im Gedächtnis behalten. Wer weiß, wo die Kaufleute jetzt sind, die damals den kleinen Delikatessenladen gekannt haben und sich mehr erinnern, mehr davon wissen. In der Frühe oder mittags kauften viele Leute stets seine selbstgemachten Sandwichs. Ja, der Laden hatte Stammkunden. Tanaş wußte, wer wann welches Sandwich haben wollte. An den Freitagabenden war immer viel los. Dann kamen vor allem die jüdi-

schen Kunden zum Wocheneinkauf. Ein wenig ungarische Salami, ein wenig Schnittkäse, aber mit Pfeffer, unbedingt mit Pfeffer mußte es sein, etwas Butter, ein paar Anchovis, etwas Dörrfleisch, grüne Oliven, eingelegten Thunfisch, ›likorino‹ und für diejenigen, die etwas mehr Geld hatten, Kaviar, ›mit nur einem Häutchen‹, fünf Finger breit. Zum Kaviar sagten sie ›abudaraho‹. Tanaş wußte das. Mir kam dieser Name, ich weiß nicht warum, immer komisch vor. Woher er kam, habe ich nicht herausbekommen können. Ein-, zweimal fragte ich Partner, Freunde, Nachbarn nach dem Ursprung des Namens. Sie hatten keine Ahnung. Sie interessierten sich für solche Sachen nicht. Kaviar schmeckte gut, vor allem auf Roggenbrot, und daß sein Name ›abudaraho‹ war, darüber mußte man nicht weiter forschen, nachdenken...
Aber wiederum hab ich die Spur von ›abudaraho‹ weiter verfolgt. Solche kleinen Spiele gaben unsrem Leben ja manchmal doch etwas Farbe... Ich hatte einen Nachbarn mit Namen Moiz Abudaram. Er verdiente seinen Lebensunterhalt mit einer kleinen Parfümerie im Altstadtviertel Tahtakale. Sein Eau de Cologne stellte er selbst her. Deswegen roch es sehr gut in dem Laden, der mit seinen quietschenden Fußbodenbrettern und der verblichenen Decke den Zerfall an allen Ecken zeigte. Immer wenn ich ihn besuchte, um Lavendelwasser zu kaufen, führte er mich unbedingt zum Köfteessen ins Lokal Filibeli. Du hättest hören müssen, wie er von der Herstellung des Kölnischwassers sprach. Es war wie eine kleine Geschichte, wenn er erzählte, welche Bestandteile in den Essenzen außer den bekannten enthalten waren, wie man den reinen Alkohol in achtzigprozentigen, der für die Herstellung benötigt wurde, umwandelte, die Menge der Essenzen und was man sonst noch alles beachten mußte. Dabei erfuhr ich auch die Lebensgeschichten mancher Essenzenhändler und anderer Duftwasserhersteller. Woher hatte er das alles, von wem und wie hatte er es erfahren? Warum legte er so viel Wert auf die ›Einzelheiten‹? Warum betonte er, daß er seine Arbeit wie eine Kunst betrieb?... Auf diese Fragen habe ich nie eine Antwort bekommen. Das war ein Geheimnis. Er erzählte auch von einem

Onkel, der, nachdem er jahrelang seine Essenzen gemischt hatte, sich wegen einer unglücklichen Liebesgeschichte dem Alkohol ergab und eines Tages vom älteren Bruder des Mädchens aus dem Stadtviertel Balat, in das er verliebt war, erstochen wurde. Der Onkel, der sehr gut zeichnen konnte, hatte heimlich ein Bild von dem Mädchen angefertigt, geduldig darauf wartend, daß sie auf die Gasse trat, so daß er sie von seinem Fenster aus zeichnen konnte... Das Bild war bei Moiz, er wollte es mir eines Tages zeigen. Jemand hat Moiziko eines Tages verführt und in eine Schmugglergeschichte hineingezogen. Die Sache ging schief. Als er die drohende Verhaftung ahnte, floh er Hals über Kopf mit seiner Familie nach Israel. Beim Abschied sagte er: ›Wir gehen in die Fremde: Können wir an einem anderen Ort auch zu anderen Menschen werden? Das ist Schicksal... Wir kehren nicht zurück. Verzeih mir, wenn es etwas zu verzeihen gibt. Jetzt wird jeder von uns auf seinem eigenen Schutthaufen alt.‹ Meiner Ansicht nach ist das eine poetische Sicht der Dinge, daß man ohne es zu merken sein Leben wie ein Gedicht lebt...

Vor ein paar Jahren kehrte er für kurze Zeit hierher zurück. Nach dreißig Jahren. Wir sind uns durch Zufall in unserer Ladenpassage begegnet. Beim Sprechen verflocht er türkische und hebräische Wendungen, zum Beispiel sagte er: ›Es geht uns gut, Allah sei Dank, baruh aşem.‹ Er hatte schwere Zeiten erlebt. Seine Tochter hatte er mit dem Sohn einer ebenfalls aus Istanbul ausgewanderten Familie verheiratet, weil er dachte, ›die anderen taugen für uns nicht‹. Nachdem er mehrfach die Arbeitsstelle gewechselt hatte, war er bei einer Bank im Sicherheitsdienst untergekommen und dann aus diesem letzten Posten still und leise in Rente gegangen. Ich erzählte auch ein bißchen von mir, von meinem Rentnerdasein, von meiner Postkartensammlung... Dabei fiel mir ein, ihm von der neu erworbenen Karte zu erzählen, die nach Paris adressiert ist und auf armenisch geschriebene Neujahrsgrüße enthält. Du erinnerst dich, ich habe auch dir diese Karte gezeigt. Es sind Glocken drauf. Ich habe sie auf dem Flohmarkt von Kadıköy auf der asiatischen Seite gefunden, wo Seraffettin Bey, ein pensionierter Eisenbahner, der seine alten verschlissenen Anzüge mit Hemd und Krawatte aufträgt und damit seine Antiquiertheit betont, sich einen kleinen Verkaufsstand aufgebaut hat. Die Karte lag zwischen alten Schallplatten, Schlössern, Schlüsselanhängern und anderen Postkarten verloren da, als suchte sie ihren wahren Platz, ihren Menschen. Sie war nichts besonderes, doch der armenische Satz darauf zog mich an. Es war nur eine Empfindung, die ich nicht erklären kann, und ich sollte auch gar nicht versuchen, das zu erklären. Serafettin Bey erinnerte sich nicht mehr, von wem, wie, wann diese Karte in seine Hände gelangt war. Er versuchte sowieso den Weg der alten Waren, die auf seinen Ladentisch kamen, zu vergessen. Er bemühte sich, die Leute, die ihm die Sachen brachten, aus seinem Gedächtnis zu streichen, ›sonst kann ich nichts mehr verkaufen‹, sagte er. Er mußte sein Leben bestreiten und zu seiner Rente irgendwie etwas dazuverdienen, denn seine Tochter saß wegen ›Vergehen der freien Meinungsäußerung‹ im Gefängnis, und er wollte ihrem Kind, seinem über alles geliebten Enkel, durch seine Arbeit ein besseres Leben ermöglichen. Die Postkarte schenkte er mir mit den Worten ›die gehört dir‹. Wir kannten schlecht und recht einer des anderen Welt und hatten ein Leben hinter uns gebracht, um den richtigen Platz mancher Gegenstände erkennen zu können. Was da geschrieben war, wußte er auch nicht, aber auch er war etwas aufgeregt und stellte sich sicherlich im Inneren ein paar Fragen.

Manche Leute lassen sich doch auf sehr seltsame Details ein, nicht wahr? Wie du vermutest, habe ich von dieser Schrift nicht lassen können. Deshalb erbat ich die Hilfe unseres Schusters Haçik. Die Postkarte war an eine Adresse in Paris gerichtet. Haçik warf einen Blick drauf und sagte: ›Das hat eine Frau geschrieben.‹ Der Text drückte Sehnsucht aus und lautete: ›Ohne dich dieses Weihnachten zu feiern, ist schlimm … Mit wem bist du dort zusammen? Ich bin hier an dem Ort, den du kennst. Sorgenvoll und hoffnungslos.‹ So hieß es, ich erinnere mich genau. Was ich erzählte, hat auch Moiziko gefallen. Er sagte: ›Die Frau hat einen Geliebten in Paris. Sie weiß, daß sie zu ihm gehen soll, aber sie kann nicht, sie konnte nicht. Schade...‹ Dann fügte er hinzu: ›Vielleicht ist der Mann auch geflohen. Um sich vor dieser Liebe zu retten... Als hätte er es nicht ausgehalten zu warten. Vielleicht war die Frau verheiratet, was meinst du?‹ Nach einer kleinen Pause stellte er die Frage, die mir irgendwie vorher nicht eingefallen war: ›Ja, aber wenn die Karte nach Paris geschickt wurde, warum ist sie dann hier in Istanbul?‹ Da sieht man mal, was Moiziko für ein Mensch ist, sofort erfaßte er, worum es ging, und ließ sich darauf ein. Er hat dieselbe Art wie ich, einer Sache stets auf den Fersen zu bleiben. Wir mochten uns wohl gerade darum so gerne. Wir betrachteten unbewußt das Leben von einer ähnlichen Warte und hatten einen natürlichen Spaß daran, uns darüber auszutauschen... Plötzlich fragte er mich, ob ich noch *kanun* spiele. Er erinnerte sich an unsere früheren Raki-Gelage, und es war offenkundig, daß er sich danach sehnte. ›Ja, manchmal... wenn es mir in den Sinn kommt...‹, antwortete ich. Ich konnte nicht sagen, daß ich meine Zimbel nach seinem Weggang nie mehr zur Hand genommen hatte. Wenn er dies auch noch erfahren hätte, würde er sich sehr grämen. Ich ging nicht darauf ein. Manchmal kann die Schweigsamkeit bestimmte Augenblicke im Leben retten, wenigstens aber können ein paar Erinnerungen gerettet werden, wie du weißt... Wir redeten an jenem Abend, was man halt so im Stehen reden konnte. Wir mochten uns voneinander nicht trennen. Aber leider mußten wir gehen, weil wir erwartet wurden; die Tatsache konnten wir auch nach so vielen Jahren, selbst wenn wir gewollt hätten, nicht außer acht lassen. Ich sagte: ›Na Moiziko, du alter Gauner, das Leben hat uns ganz schön gebeutelt, was?‹ Er wurde nachdenklich, und seine Stimme zitterte leicht, als er sagte: ›Wir haben uns dort angesiedelt, aber unsere Herzen schlagen noch hier. Ich hab mir gesagt, ich will, solange ich am Leben bin, die alten Plätze noch einmal sehen. Ich dachte, wir trinken ein Gläschen am Bosporus oder gehen mal ins Theater. Aber alles hat sich verändert, Bruder. Ich hab gesehen, sogar das alte Theaterquartier ist abgerissen worden. Was soll man da machen. Haben wir uns nicht auch verändert?‹ Dann fügte er hinzu: ›Rachelika ist vor fünf Jahren gestorben. Jetzt lebe ich mit einer Frau, aber ich habe geschworen, daß ich sie nicht heiraten werde. Die Frau ist nun mal eine ›vuz vuz‹, soll ich wohl darunter leiden? Meine Tochter redet mir zu, ich soll heiraten, damit ich zu mir komme, aber das Leben hat uns sowieso zu uns kommen lassen, soweit es nur ging. Was soll ich noch weiter zu mir kommen? Sie will, daß ich bei der Frau einziehe, damit unsere Wohnung entlastet wird. Wir waren unseren Eltern gegenüber nicht so. Was will man machen, so ist das Leben … Dort sind die Umstände hart. Und die neue Frau sagt, nun laß uns endlich heiraten, doch so leicht überredet man mich nicht. Wenn es ihr nicht paßt, soll sie gehen. Wegen einer Fotze bin ich kein Dummkopf geworden, verstehst du mich? Es gibt genug Frauen, und wenn es nicht klappt, leben wir trotzdem. Mit Rachelika haben wir aus großer Liebe geheiratet. Ihre Familie war arm, ich hab für sie keinen Pfennig ›dota‹ bekommen, und mein Vater und mein Onkel nannten mich deswegen lange Zeit Blödmann. Aber wir haben gelebt, und zwar bis heute, nicht wahr, Muammer?‹ fügte er hinzu. Ich wußte, daß ›dota‹ die Mitgift bedeutet, und daß diese für Juden sehr wichtig ist. Von Moiziko erfuhr ich in diesem Gespräch, daß von den Sepharden in Israel die Aschkenasen mit dem Ausdruck ›vuz vuz‹ bezeichnet werden, was soviel heißt wie ›nicht zu uns gehörig‹. Das war für mich ein neues amüsantes Detail. Bevor wir uns verabschiedeten, fragte ich: ›Sag mal, Moiziko, hat der sogenannte ›abudaraho‹ etwas mit deinem Nachnamen zu tun?‹ Seine Antwort war: ›Ach du Spinner! Hätten wir abudaraho verkauft, dann wären wir doch viel reicher!‹ Wie alle Juden, die ein bescheidenes Auskommen haben, träumte auch Moiziko vom großen Reichtum. Das ist eine Sehnsucht, die nicht ständig zur Sprache kommt. Wer in diesem Bemühen keinen Erfolg hat, den läßt diese Sehnsucht im vorgerückten Alter zum ›Philosophen‹ in kleinem Maßstab werden. Ich finde diese Sehnsucht und ihre Auswirkungen derart verständlich … Nun ja. Ehe ich noch weiter abschweife, mache ich hier mal halt. Wir sind vom Hundertsten ins Tausendste gekommen. Vom ›abudaraho‹ des Tanaş zu Moiziko Abudaram… Wie immer war ich schwatzhaft und habe vielleicht zuviel geredet, aber vielleicht, damit du meinen alten Freund kennenlernst. Denn ich weiß recht gut, daß du die kleine Geschichte eines Tages brauchen kannst. Wo wir doch alle einmal scheiden müssen… Aber nun laß uns zum Ausgangspunkt, unserem eigentlichen Thema, Tanaş, zurückkommen. Mit dem Hundsfott sich zu unterhalten war im Grunde ein Vergnügen. Wenn er gute Laune hatte, gab er besonders bei politischen Ereignissen gern geistreiche und gescheite Kommentare ab. Er hatte einen großen Schatz an Witzen parat. Die meisten gehörten zu der offenherzigen Sorte, die man nicht überall erzählen kann. Aber sich selbst setzte er da keine Grenze. Wenn er erzählen wollte, dann erzählte er. Wo und wem auch immer. Vor allem ließ er den Witz durch die Wahl der passenden Worte zur Geltung kommen… Über ahnungslose Kunden machte er sich insgeheim lustig, aber so, daß sie es überhaupt nicht mitbekamen. Wir sehnen uns noch immer nach dem Geschmack seiner Vorspeisen, von deren ›geschichtlicher Bedeutung‹ er seltsame, meist unglaubwürdige Dinge erzählte. Das waren seine angenehmen Seiten, die seine Umwelt zu seinen Gunsten einnahmen. Aber an manchen Tagen war er ein unfreundlicher, widriger Mensch, den man kaum wiedererkannte. Dann merkten wir, daß er allein sein wollte. Dieser Zustand hing wohl mit dem zusammen, was er zu Hause erlebte, mit den Gefühlen, die er ungewollt von zu Hause in den Laden mitbrachte. Die Sache machte ihn sowohl wütend als auch ratlos… Wenn er gesagt hätte, daß er Eleni, seine einzige Tochter zu Hause eingesperrt hatte, weil er nicht ertragen konnte, ein zweites Mal verlassen zu werden, dann wäre es mir leichter gefallen, darüber nachzudenken. Wie gesagt, Tanaş hatte eine Seite, die er uns nicht zeigte, nicht zeigen konnte. Was er zu Hause erlebte, das erfuhren wir bis zu seinem Tod nicht. Und wie wahr und nahe an den Tatsachen das ist, was wir danach erfuhren, werden wir niemals wissen. Deshalb werden wir auch unsere Position in dieser Geschichte nie wirklich kennen. Das heißt, wir haben das Rätsel eines Menschen, der uns so nahe war, nicht ausreichend lösen können. Was ich vor allem nicht verstehe: Warum hat er sich vor uns versteckt und ist in diesen schrecklichen Zustand geraten? Als sei in ihm ein Mensch versteckt, den ein unbekanntes anderes, viel tieferes Gefühl in diesen Zustand versetzte. Wenn man die Angelegenheit so betrachtet, dann ist er als ein Geheimnis von dieser Welt gegangen. Wenn man ihn nach Eleni fragte, dann pflegte er zu sagen: ›Sie ist in Griechenland bei ihrer Mutter. Es geht ihr gut, sie schreibt Briefe und wird wiederkommen.‹ Ausgehend von diesen phantasierten Briefen, von diesen fiktiven Schriftstücken, gab er ab und zu Nachricht von seiner Tochter. Sie hatte dort ihr Leben. Es war ein Leben, das für uns beschrieben, für uns ausgedacht wurde. Für uns oder für alle, die außerhalb jenes anderen Lebens gehalten wurden... Damit er die wahre Geschichte um so besser verbergen oder besser ertragen konnte... Eleni wußte nichts davon, sie hatte keine Ahnung von dem Leben, das er sich für sie ausdachte. Die Tür ihrer Wohnung öffnete sich nach innen zu einem ganz anderen Leben. Als wäre dies das Leben, das sie akzeptiert hätten und bis zum Ende weiterzuführen entschlossen waren.« Soweit die Erzählung dieser späteren Erinnerungen...

An jenem Abend wurde ich durch das umfangreiche Abenteuer, das Muammer Bey mir anvertraute, noch einmal mehr darin bestärkt, meinen Weg zu akzeptieren und alles aufzuschreiben für meine eigene Erinnerung und für andere. Die wenigen Stücke einer langen Erzählung, die mir dieser durch seine Lebenserfahrung melancholisch gewordene Mensch hatte zukommen lassen, vervollständigten sich in seinen weiterwirkenden Worten zu immer reicheren, sinnvolleren Bildern. Diese Worte und Bilder würden mit der Zeit, wenn man ihnen Raum ließe, wie alle wahren erlebten Erzählungen im Flußbett der Erzählung in eine andere Erzählung hineinfließen und sich mit anderen vereinen.

Seither sind lange Jahre vergangen. Auch der Abend mit dem Gespräch, das mir jene Einblicke in die Geschichte von Eleni gebracht hatte, liegt weit zurück. Wenn ich jetzt nach dieser langen Zeit all die Hinweise und Einzelstücke der Geschichte zusammensetze und auf mein Inneres höre, dann war zwischen Eleni und ihrem Vater – es ist nicht leicht auszusprechen – mehr als eine starke Bindung, vielmehr frage ich mich, ob sie nicht in einer verbotenen Beziehung gelebt haben. Diese Frage stelle ich mir insbesondere selbst, und zwar in Zeiten, wo es mir gelingt, mich nicht vor mir selbst zu verstecken. Diejenigen, die auf sicherem Boden bleiben wollten, waren nicht in der Lage, eine hinter sehr weiten Grenzen gelebte Beziehung, die möglicherweise Einsamkeit, Verlust und Wut zur Folge hatte, aus der Nähe betrachten. Auch darum bin ich wahrscheinlich auf jenem schweren Weg unsicher und stockend vorgegangen. Die Erzählung verzaubert den Menschen und lockt ihn an entfernte Orte, die man gar nicht so gerne definieren möchte. Ich hätte einige Details, die manchen Zweifel verstärkten, näher untersuchen und die Bedeutung mancher Szenen und Worte beispielsweise ergründen müssen, in der Hoffnung auf ein besseres Verständnis dessen, was sich womöglich jenseits jener weiten Grenzen abgespielt hat. War jener Offizier, den man nie hatte finden können und dessen Spur sich danach gänzlich verlor, etwa der Held einer phantasierten Erzählung? Und die nicht verwirklichte Flucht eine Lüge, die ›nach außen‹ ein falsches Bild vorgaukeln sollte. Hätten die beiden Liebenden sich sonst so leicht trennen lassen? Gab es nicht noch andere Erklärungen als die zuerst genannten dafür, daß Madame Eleni an jenen Abenden splitternackt in ihrer Wohnung herumlief? Von denen, die diese Fragen von einem anderen Standort, von ihrem eigenen Blickwinkel aus hätten beantworten mögen, lebt, soviel ich weiß, niemand mehr. Es besteht aber eine Möglichkeit, so weit es geht, sowohl meine Fragen zu beantworten als auch über die Bedeutung jenes Appells erneut nachzudenken. Das Bild hat Hüsnü mir geschenkt, als ich, um für manche meiner Geschichten die fehlenden Teile zu finden, wegen ›jenes Morgens‹ in das Appartementhaus ging, wo wir vor langer Zeit mit vielen Menschen viele Beziehungen, jede einzelne mit anderen Erinnerungen verknüpft, geteilt hatten. Zwischen uns lag das Leben in einem anderen Stadtteil mit anderen Menschen, anderen Gassen.

Hüsnü war sehr gealtert… Mit völlig weißen Haaren, eingefallenen Wangen und einer leicht zitternden Stimme erschien er wie ein ganz anderer Mensch. Vor mir stand sozusagen der entfernte Verwandte jenes Mannes, der bei allen Arbeiten im Appartementhaus stets zur Stelle gewesen war. Ich fühlte mich unbehaglich und konnte nicht verhindern, daß mich schauderte. Ich fürchtete mich auch ein wenig vor mir selbst – was soll ich es verschweigen –, vor dem Menschen, der ich früher war. Hüsnü hörte dessen Stimme und lächelte, als sähe er diesen Menschen. Er legte mir die Hand freundschaftlich auf die Schulter, hielt sich nicht mit Höflichkeitsformeln auf und sagte, als wäre ich gar nicht lange weg gewesen: »Komm, trink einen Tee, gerade habe ich einen frisch aufgebrüht.« Wir waren sofort auf derselben Wellenlänge, wir standen sozusagen aufs neue auf der Schwelle, in der offenen Tür. Solche Begegnungen sind mir inzwischen nicht mehr fremd. Meine Menschen, die ich an irgendeiner Stelle verlassen hatte oder die irgendwohin gegangen waren, lebten in unserer langen Erzählung weiter.

Die Einrichtung hatte sich nicht geändert, alle Möbel standen noch ungefähr so da wie früher. In dieser kleinen Wohnung waren sowieso nur sie am selben Platz. Wie anderswo auch, waren sie wieder einmal die stummen Zeugen des Fortgehens, des Verlassens. Hüsnü erzählte ganz langsam, im Rahmen dessen, was die Bilder und die zwischen uns liegende Zeit erlaubten… Seine jüngere Tochter hatte nach Zonguldak geheiratet und inzwischen zwei Kinder. Mit jedem Tag lernte sie mehr damit zu leben, daß ihr Mann sein Geld im Bergwerk verdiente und deshalb der Tod ein alltäglicher Begleiter war. Sie hatte ganz neue Menschen kennengelernt. Ihr Sohn hatte in Deutschland ohne Aufenthaltserlaubnis studiert und dann schwarzgearbeitet. Schließlich hatte er in Hamburg eine ältere Witwe mit zwei Kindern geheiratet, eine Türkin mit deutscher Staatsangehörigkeit. Eines Tages hatte er seine Frau erstochen, war dafür ins Gefängnis gekommen, hatte dann einige krumme Dinger gedreht, und jetzt hörte man nichts mehr von ihm. Kurz gesagt, alle waren irgendwohin gegangen. Seit einiger Zeit war Hüsnü allein. Denn auch seine Frau war weggegangen, sie hatte sich entschlossen, nach allem, was passiert war, nach Erzincan zurückzukehren… Er hatte gelernt, allein zu leben. Es gab Phasen, wo er in dieser Einsamkeit seinen kleinen Frieden fand. Er brauchte sowieso nicht viel, oder richtiger, er erwartete nicht mehr viel vom Leben. Die Verlust von Şükran hatte ihn ungewöhnlich stark altern und sich von manchen Dingen entfernen lassen. Das kann man auch als ein unbemerktes Wenigerwerden bezeichnen. Die Nachricht von der Ermordung seiner Tochter hatte er, ebenso wie wir, aus der Zeitung erfahren. Wie wir anderen, die als Zuschauer von jenem unerwarteten Vorfall erfuhren, als in den Gassen ein neuer, alltäglicher Morgen ohne Besonderheiten anbrach…

Er war zuerst in jenes Hotel, dann in die Gerichtsmedizin gegangen, und danach hatte er Zeugen gesucht, um im Rahmen seiner Möglichkeiten die Spuren des Vorfalls zu verfolgen. Zeugen, von denen er glaubte, daß sie in die Geschichte verwickelt waren, die er auf seinen früheren Wegen nicht hatte sehen, nicht hatte erreichen können… Um in seiner Tochter einen neuen Raum zu öffen… Um den Raum zu finden, der seiner Tochter vorenthalten worden war… Um seine Tochter besser umarmen zu können… Aber wem hätte er von der Not, der Hitze erzählen können, die sich in ihm ausbreitete, als er in der Morgue ihren kalten Körper umarmte?… Wem, mit welchen Worten, mit welchen Gefühlen der Reue?… Dabei hätte ich die Antwort gewußt, die Antwort hätten wir alle gewußt. Die Zuschauer der Toten konnten sich nur an einer Illusion festhalten. Vielleicht umarmte er deshalb den unbeweglichen Körper seiner Tochter mit ganzer Kraft. Mit ganzer Kraft, wegen der verpaßten Zeit, wegen alldem Verlorenen… Wie er es in den gemeinsam verbrachten Tagen nicht hatte tun können, was er in den gemeinsamen Tagen nie hatte erreichen können... Wer weiß, das wäre vielleicht die Art gewesen, wie er das Leben, sein Leben hätte umarmen wollen. Doch abgesehen davon gehörte dieser Augenblick einzig ihnen. Seiner Tochter und ihm. Auch wenn es etwas spät war. Seiner Tochter und ihm. Allen anderen zum Trotz...

Was die Erzählung betrifft... Wenn man an die vielen Wege der Hoffnung denkt, die alle mit Enttäuschungen endeten, all die Hotelzimmer mit der dort auf sich genommenen Untreue, an die Einsamkeit und das Verbrechen, dann ist das Geschehen nichts so Besonderes. Es ist die Erzählung der vom Leben Getriebenen. Die Stadt mit ihren Straßen und Boulevards mit großen, sehr großen Bauwerken, aber noch wichtiger, mit den Menschenströmen, die immer zu bestimmten Plätzen gehören, mit jenen fremden nächtlichen Lichtern und den undeutlichen Lichtern aus den Zimmern der Menschen, die eine Zuflucht gefunden haben, diese Stadt mag vielen Menschen, die ›auf der Straße leben‹, den ›Außenseitern‹ wie ein Ungeheuer erscheinen, das seine Opfer still und leise beutelt... Eine Erzählung, in der Opfer und Henker dasselbe Schicksal teilen, anders ausgedrückt, eine Erzählung, in der sowohl der Henker als auch das Opfer Getriebene sind... Jener bis zum ›Wahnsinn‹ in Şükran verliebte Taxichauffeur, der sie zur Komplizin eines nie zu verwirklichenden Traumes gemacht hatte, betrog sich eigentlich auch selbst. Beide waren sie Anfänger in jenem Spiel, für das es letztlich auf der Bühne, wo man es zu spielen versuchte, im wahrsten Sinn keine Lösung gab. Es schien, als ginge es darum, einem einfachen Traum zu folgen, der nicht so schnell zu Ende ging. Sie wollten im Süden in einer kleinen Stadt, wo die Sonne, das Licht großzügiger schien, eine kleine Pension eröffnen. Şükran ging auf den Strich, um das nötige Geld zur Verwirklichung dieses Traums zusammenzubringen. Um, wenn das Geld zusammen war, wegzugehen, zu fliehen, weit weg zu fliehen... Doch es zeigte sich, als man näher zuschaute, daß nur Täuschung übrigblieb. Ein Schwindel, der fortwährend aufrechterhalten werden mußte, wenn man das Erlebte verkraften, wenn man sich wehren und nicht untergehen wollte... Eine Täuschung, eine Lüge... Denn in Wirklichkeit brauchte der Geliebte von Şükran das Geld nicht für die Pension in der weit entfernten Kleinstadt, sondern für Spielschulden und für Rauschgift, von dem er ›trotz aller Bemühungen‹ nicht loskam. Zweifellos waren ihnen diese Tatsachen auch selber klar. Es nutzt ja nichts, etwas zu wissen; auch wenn man sich in der Sackgasse sieht, hindert das nicht daran, Träume zu spinnen. So viele Menschen schon wollten sich auf den Weg in eine weit entfernte Kleinstadt machen... Das Spiel endete aber trotz aller Träume, trotz der Selbstlosigkeit von Şükran und aller Hartnäckigkeit nicht wie gewünscht. Als das Spiel nicht so verlief, wie es sollte, versuchte man es anders weiterzuspielen, ja, aber statt daß die Protagonisten in der erträumten Sonne dem Licht entgegengingen, bereiteten sie einander den Tod. Wie alle echten Liebesgeschichten war es am Ende eine traurige, schwer zu ertragende Geschichte. Hüsnü gelang es, diese Seite des Geschehens mit Hilfe der Zeugen, die er nach dem Tod seiner Tochter ausgemacht hatte, zu erkennen. Als er die Wahrheit erfuhr, war er erstaunt, aber er wurde nicht wütend, sondern traurig, nur traurig. Er war traurig über seine Tochter und über die, die ihr diese Geschichte bereitet hatten oder weil sie ihr ihren Traum nicht geschenkt hatten. Und am traurigsten war er über sich selbst, weil er den Vater, der er hätte sein wollen, nicht verkörpert hatte. Mehr als Reue erlebte er das Gefühl, zu spät gekommen zu sein. Als er die Vergangenheit seiner Tochter noch einmal durchging, dachte er, er hätte sich in jenen schweren Tagen damals in jenes Spiel einmischen sollen. Obwohl er wußte, daß er in jenen schweren Tagen damals die Tatsachen nicht hätte ändern können... Er hätte in jenen schweren Nächten, wie viele Jahre vorher, die kleinen Hände seiner Tochter halten und ihre kleinen Füße reiben wollen... So vergegenwärtigte er sich jene Augenblicke, wenigstens diese Augenblicke...

Sein Zusammenbruch rührte auch daher, daß er sich vor vielen Menschen schämte; deshalb versuchte er den Vorfall möglichst vergessen zu machen, und gleichzeitig verteidigte er seine Tochter. Mit zärtlicher Stimme sagte er: »Sie war mein Engel, mein erstes Kind. Haben wir einen Fehler gemacht oder sie? Das weiß ich nicht. Das kannst auch du nicht wissen. Aber sie war meine Şükran.«

Dann sprach Hüsnü plötzlich davon, noch eine Weile in dieser ›Zelle‹, in der jahrelang ausgeharrt hatte, zu bleiben, und später zu seiner Frau nach Erzincan zu ziehen; sie paßten trotz aller Bemühungen nicht zu den Leuten in dieser Stadt. »Meine Bekannten haben überall neue Appartementhäuser hingepflanzt. Ich dagegen habe das bißchen Geld für meine Kinder geopfert. Weil sie lernen sollten. Aber was hat es genutzt? Was nicht geht, das geht nicht...« Das Lernen oder Lernenlassen war für Hüsnü sehr wichtig, und wenn ich darüber nachdenke, dann war er doch sehr anders als die meisten Menschen, die vom Land in diese große Stadt kamen, anders jedenfalls als die, die ich kennenlernen konnte. Die Zeitung las er täglich bis zu den kleinsten Einzelheiten durch. Viele Bewohner des Hauses nannten ihn deshalb faul. Auch er wußte, daß man so über ihn dachte. Auch er wußte, daß er in seiner Umgebung von vielen Leuten falsch eingeschätzt wurde. Aber es macht einen Unterschied, ob man etwas weiß oder ob man es sich zu Herzen nimmt. Ich erinnere mich, daß er damals, wie ich es verstand, sich keinerlei Mühe gab, sich zu ändern, so zu sein, wie die Leute es gerne gehabt hätten. Dieses ›Nicht-Bemühen‹ war für mich seine beste Seite. Denn eigentlich bemühte er sich, ein anderer Mensch zu werden, den man noch nicht definieren, nicht erkennen konnte und der vielleicht niemals wahrgenommen werden würde. Für mich am wichtigsten waren damals seine originellen Kommentare zu den politischen Ereignissen, auf die sonst niemand gekommen wäre. So gesehen, hätte er eine Romanfigur abgeben können. Aber es wäre schwer gewesen, ihn mit seinen Eigenarten in den Augen anderer glaubwürdig darzustellen... Der Hüsnü, den ich nach Jahren wiedersah, war nicht mehr derselbe, der diese seltsamen Kommentare abgegeben hatte; seinen Sinn für Humor wollte er nicht mehr zeigen, oder er hatte ihn verloren. Seine letzten Lebenstage wollte er in seinem Dorf, dem Ort, der ihn seiner Meinung nach mit aller Wärme umfangen würde, seiner wahren Heimat verbringen. Er fühlte den ›Ruf der Erde‹. Andere würden bald in seiner kleinen dunklen Wohnung, wo er so viele Jahre verbracht hatte, wohnen. Das Appartementhaus sollte geräumt und umgebaut werden zu einem neuen, modernen Mietshaus mit Zentralheizung. Die neuen Besitzer wollten, daß er auszog. Die Mieter aus den anderen Wohnungen zogen ebenfalls aus. Jeder zog seinen Verhältnissen entsprechend in eine andere Wohnung, in eine Zelle, deren Grenzen nicht immer leicht zu ziehen sein würden, beziehungsweise in ein anderes Leben, das aus der Hoffnung, aus ständig sich erneuernder Hoffnung Sinn bezog.

»Dieses Leben ist halt vorbei. Jetzt zerstreuen sich alle«, sagte Hüsnü. Wenn man bedenkt, was er mitgemacht hatte, dann war er ein lebendiges Stück Historie. Für die, die wirklich zuhören wollten, kannte er ein paar erzählenswerte Geschichten von den Menschen, die in dieser Gasse, in diesem Haus gelebt hatten. Aber der Hüsnü, den ich an jenem Tag sah, schien mit den früheren Bewohnern auch seine Zuhörer verloren zu haben. Es schien, als würde er eine Menge Geschichten von dort mit sich nehmen, mit sich nehmen wollen. Das war sein stillster, aber zugleich wirkungsvollster Protest. Doch er hatte sich entschlossen, mit seinen Erinnerungen nicht so freigebig zu sein wie früher… Diese Entscheidung galt auch in bezug auf Madame Eleni, für deren Leben er immer Verständnis gezeigt und deren Verhalten er als Freund, der seinen Platz kannte, immer zu verstehen versucht hatte. Er erinnerte sich, daß er, um dies zu spüren, auf ihre Seite des Lebens hinübergehen oder ihr unbegrenzt glauben mußte. Er war auch derjenige, der diese Frau, die uns alle in unterschiedlicher Weise beeindruckt hatte, als Letzter sah, beziehungsweise fand. Das war ungefähr drei Jahre zuvor gewesen. An jenem Morgen, als er wie immer seinen morgendlichen Rundgang durch das Haus machte, um an den Wohnungstüren zu fragen, wer etwas brauchte, dachte niemand an eine Katastrophe. Hüsnü klingelte an ihrer Tür wie an jeder anderen auch,

aber es kam keine Antwort. Als dieser Zustand drei Tage so anhielt, kam es ihm seltsam vor, und er rief den ›Schlüsseldienst‹
von Onkel Ibrahim, um die Tür aufmachen zu lassen. Onkel
Ibrahim, ein alter Knastbruder, war früher als Meisterdieb in
viele Häuser eingebrochen. Er hatte von diesen Häusern unzählige interessante Erinnerungen und Geschichten auf Lager, die er
ab und zu erzählte. Das Erzählen dieser Geschichten bildete
einen Teil seines Lebens. Er hatte in den Wohnungen, in die er
eingebrochen war, nie alles mitgenommen. Vielmehr war er auf
Silbersachen spezialisiert gewesen. Er rühmte sich, in seinem
ganzen Diebesleben nie etwas anderes als Silber gestohlen zu
haben. Diese Spezialisierung hatte etwas mit einer Kindheitserinnerung zu tun, doch soviel ich weiß, hatte er bis dato seiner
Umgebung nie davon erzählt, erzählen können, was das für eine
Kindheitserinnerung war. Dann wurde er eines Tages gefaßt,
beziehungsweise, wenn man seiner Darstellung folgte, hatte er
sich absichtlich erwischen lassen. Nachdem in einem Haus eine
Zuckerdose sein Interesse erregt hatte, beschloß er, die Sache
aufzugeben, und wanderte für einige Jahre ins Gefängnis. Im
Gefängnis las er viele Bücher, eigentlich versuchte er, jedes Buch,
das er in die Finger bekam, zu lesen und zu verstehen. Eines
Tages erkannte er, daß ihm ebenso wichtig wie der Anblick des
Silbers und der Diebstahl das Gefühl war, das er beim Einbrechen
in ein anderes Haus hatte, wenn er hinter eine Türe gelangte.

Als er aus dem Gefängnis entlassen wurde, war er um die
sechzig. Da erst sah er, was für ein großer Fehler es war, nicht
geheiratet, keine Familie begründet zu haben. Zuerst wollte er in
das Stadtviertel, in jene Gassen mit ihren Menschen zurück, wo
er seine Kindheit und Jugend verbracht hatte, um so ein Leben zu
beginnen. Doch das ging nicht. Er überlegte, daß es besser wäre,
für die verbleibenden Lebensjahre in einen ihm unbekannten
Teil Istanbuls zu ziehen. Er wußte, er konnte sein Verlangen,
ins Innere von Wohnungen zu gelangen, nicht ablegen, und eröffnete eine kleine Schlosserei. Es fiel ihm überhaupt nicht
schwer, das Handwerkliche zu erlernen… So weit, so gut. Onkel

Ibrahim behauptete, daß ›keine Tür ihm widerstehen‹ könne. Er öffnete jede Tür, die er wollte, alle Türen, die man ihn zu öffnen bat. Alle Türen, die er wollte und die man ihn zu öffnen bat… Außer den eigentlichen Türen, den Türen zu seinem Inneren… Insofern waren das die dunklen Seiten in seiner Geschichte, die Bereiche, die er erleben, wirklich durchleben mußte. Ich war von dieser Notwendigkeit überzeugt. Für ihn war meiner Ansicht nach, wenn ich mir vorstellte, was er erlebt oder nicht erlebt hatte, vor allem das wichtig, was er in dem Moment spürte, als die Türen offen waren, wenn er über die Schwelle ging. Alles bestand nur aus ein paar Schritten, nur aus ein paar Schritten… Aber diese Schritte waren derart unterschiedlich, konnten auf so unterschiedliche Weise ablaufen… Ich wunderte mich deshalb auch nicht über das, was Hüsnü von Onkel Ibrahims Eindringen in Madame Elenis Wohnung berichtete. »In dieser Wohnung herrscht eine sehr tiefe Stille«, hatte Onkel Ibrahim gesagt. Der Geruch hinter der Tür verriet sowieso alles. Als sie kurz danach in den Salon eintraten, begegnete ihnen die nackte Wahrheit. Reglos saß Madame Eleni fein zurechtgemacht in ihrem Lieblingssessel in dem Salon, wo sie alle ihre Jahre, ihr ganzes Leben zugebracht hatte, die Schläfe in die Hand gestützt. Auf dem Schoß hatte sie eine Tasche. Darin befanden sich einige Fotografien, alte ›glänzende‹ Lackschuhe, ein rotes Kleid und ein herzförmiges Medaillon. Man lief sofort zu Madame Suzan. Der Arzt wurde gerufen. Dieser kam und untersuchte Madame Eleni mit höchst professionellen Handgriffen ›so, wie ein Antiquitätenhändler eine alte Vase untersucht‹, worauf er als Todesursache plötzliches Herzversagen angab. Zuerst wußte man nicht, wen man benachrichtigen sollte. Niemand kannte die Leute, die sie in den letzten Jahren ab und zu besucht hatte. Plötzlich begegnete einem da ein heimatloser, vollkommen einsamer Mensch, so schien es. Heimatlosigkeit war die wahre Heimat von Madame Eleni, und angesichts dessen, was sie erlebt hatte, waren Ort und Heimat eigentlich belanglos, doch unter den Bedingungen des Alltags waren einige Adressen trotzdem notwendig. Dafür hatte man die ›letzten Freunde‹. Mit Hilfe von Madame Suzan wurde mit der ›Kirche‹ telefoniert. ›Diese‹ übernahm auch die Abholung der Leiche und die Räumung der Wohnung. Von solchen Todesfällen, Geschichten, die solche Todesfälle zur Sprache bringen, habe ich schon früher zu erzählen versucht. Ich erinnere mich noch sehr gut an die Gefühle der ›teilnahmsvollen‹ Nachbarn in einer ganz anderen zurückliegenden Geschichte… Darum glaube ich zu verstehen, warum Madame Eleni so schick zurechtgemacht in den Tod ging. Für meine Begriffe wollte das Besondere an dieser Geschichte auch ein wenig die kleine Tasche mitteilen. Es war, als zeigte diese Tasche, daß dieser Mensch, der jahrelang an jenen fernen Grenzen gelebt hatte, von ganzem Herzen an ein Leben jenseits einer anderen Grenze, jenseits des Todes glaubte. Begegneten sich diejenigen, die warten konnten, nicht früher oder später einmal wieder, so wie sie es ersehnten? Sollte man in dem Fall denken, Leidenschaften und Liebe seien unvergänglich und könnten sogar den Tod ertragen?

3   Lügen, Wahrheiten oder tief, sehr tief drinnen erlebte Einsamkeit… An welchen Platz in unserer für unerschütterlich gehaltenen Ordnung sollen wir die Menschen einordnen, die sich kein Gehör verschaffen konnten, deren Unterschiedlichkeit wir nicht akzeptiert haben, denen wir die nötige Großzügigkeit irgendwie nicht haben zeigen können, die wir durch unsere Ausflüchte, unsere Gleichgültigkeit mitleidlos dem Tod, der Erschöpfung überließen? Von wo aus werden uns diese Menschen ab einem gewissen Punkt ›verfolgen‹?… Die im dunkeln gebliebene Erzählung von Madame Eleni, die ich eines Tages besser zu verstehen und deswegen auch anders darzustellen, zu erzählen hoffe, ist zweifellos eine der Erzählungen, die solche Fragen aufwirft. Wir waren verpflichtet, manche der uns überlassenen Worte, Farben, Gerüche mit der Zeit gründlicher zu überprüfen, so daß wir sie jeden Tag ein bißchen besser verstanden und spürten. Mit der Zeit, in unserer Zeit, jeden Tag ein bißchen

besser… Indem wir Menschen kennenlernten… Indem wir uns selbst kennenlernten… Indem der Wert mancher Augenblicke erst in einem anderen Augenblick erkannt werden kann.

Wenn ich in einer Zeit, in der ich bereit bin, so viele Geschichten mit so vielen Menschen zu teilen, an Anita denke, die, wie ich glauben möchte, jetzt in einem ganz anderen Land als ganz anderer Mensch weiterlebt, ist es dann möglich zu erklären, welche unvermeidlichen Reisen ich für jene Momente gemacht habe? Vielleicht. Ich wußte es und konnte in dieser Phase zugeben, daß ich in dieser Erzählung den falschen Zeitpunkt erwischt hatte, daß ich eine Begegnung, besser gesagt ›jene Begegnung‹ nicht genutzt hatte. Warum? Warum oder vor wem floh ich letztendlich?… Warum habe ich das, was mir Anita bei unseren kurzen Begegnungen erzählen wollte, nicht verstanden?…

Anita, die Protagonistin einer anderen Vater-Tochter-Beziehung, die nicht leicht zu akzeptieren und zu verstehen war, kehrt trotz der großen Entfernung manchmal zu mir zurück und scheint mir mit ihren hilflosen Blicken immer noch etwas sagen zu wollen… Ich kann jetzt noch einmal über die Mauer aus Blicken nachdenken, die andere gegen uns aufbauen, so daß wir gehindert werden, Menschen näherzukommen, denen wir eigentlich näherkommen sollten. Es war nie leicht, von dieser Mauer zu sprechen, sie zu definieren. Genauso schwer wie der Mut, die wahren Gründe für unser Zurückweichen vor Menschen, denen wir uns eigentlich nähern müßten, zur Sprache zu bringen. Es hat mit Egoismus und gleichzeitig mit Selbstschutz zu tun. Wir haben uns lieber versteckt und, um dem Brennen der eigenen Hölle zu entgehen, in als ›anders‹ bekannten Welten Zuflucht gesucht. Das war zweifellos eine andere Form des Bösen… Trotz aller Vorlieben, Ausflüchte und sogar Treulosigkeiten waren da wieder Beziehungen mit allen Konsequenzen zu leben, aus denen ihr euch einfach nicht befreien konntet. Momente folgen euch stets, sie konfrontieren euch unerwartet mit dem Schatten, den ihr nicht sehen wollt.

Ich erinnere mich manchmal an jene Konzertabende in der

Technischen Universität, wo zwischen den sehr fernen Tönen und mehr noch den unscharfen Bildern die Erscheinung dieser beiden Menschen durchsickert, die ihr Verstoßensein, ihre Einsamkeit ein ganzes Leben zu tragen versucht hatten. Ich sehe ihre Erscheinung in ihrem Licht mit Einzelheiten, deren jede eine eigene Erzählung eröffnen könnte, und muß vielleicht deswegen früher oder später erklären, was gewisse Abenteuer in uns zurückgelassen haben und wie sie ihren richtigen Platz finden können. An jenen Abenden war ich gezwungen, gewisse Beziehungen von weitem zu beobachten. Tante Tilda in ihren Aufmerksamkeit erregenden Kleidern kam zu mir herüber und fragte mich nach meinem Befinden. Sie ging zu diesen Konzerten, um ihr beliebtes Spiel, ›Glücklichsein‹, zu spielen, indem sie nicht nur Musik ›hörte‹ oder, wie viele Leute dort, ›zuschaute‹, sondern auch in der Hoffnung, die Zeit im Foyer zu erleben, das sich für sie in eine wahre Bühne verwandelte. Sie kannte jeden oder tat so, sprach mit allen Französisch, merkte nicht, daß die Umwelt sie als ›harmlose Verrückte‹ ansah, oder gab vor, das nicht zu merken, und wollte an jenen Abenden auch nichts merken. Hat Anita, die unerwartet vor mir auftauchte, an einem dieser Abende auch jene Wärme erlebt und auf einen anderen Abend übertragen? Sprachen ihre ›furchterregenden‹ Blicke von einem Aufbruch, den ich damals nicht erkennen konnte, von einem Getriebensein? Es war in der Pause. Tante Tilda erzählte wie stets begeistert, soweit ich es im Stimmengewirr mitbekommen konnte, daß der polnische Pianist mit großer ›souplesse‹ gespielt habe und daß sie es ja abwechslungsreich, aber ein wenig befremdlich finde, daß er auf der Bühne einen dunklen Anzug getragen habe, statt Frack oder Smoking. Ihre Gesprächspartner waren eine Frau und ein Mann, die den Eindruck machten, viele Jahre, vielleicht ihr ganzes Leben miteinander verbracht zu haben. Sie waren alt, und es schien, als hätten sie an dem Platz, den sie sich zum Bleiben ausgesucht hatten, schon viele Leben hinter sich gebracht. Sie hatten es geschafft, miteinander alt zu werden... Ihr Gegenüber, Tante Tilda, war über diesen Anblick an jenem Abend sehr glücklich, jedenfalls sah sie so aus. Sie spielte ihr Spiel, sie konnte es spielen, denn sie hatte wenigstens für eine kurze Zeit ihre Zuschauer gefunden… Ihre Gesprächspartner lächelten, aber sie hörten nicht zu, und aus ihren flüchtenden Seitenblicken sprach, daß sie jemanden suchten, den sie ›besser kannten‹, der für ihre Verhältnisse und Vorlieben ›akzeptabler‹ war.

Es war ein Winterabend, an dem es schon vor dem Konzert etwas unentschlossen geschneit hatte. Nach dem Konzert begegnete uns eine völlig andere Stadt. Der Schneefall hatte plötzlich eingesetzt, und alles war in Weiß gehüllt. Als hätte sich die Stadt binnen kurzem in eine andere Stadt verwandelt. Eine Zauberhand hatte das Antlitz der Stadt plötzlich verändert. Ich ging an diesem Abend ganz langsam zu Fuß von Maçka nach Şişli, um mit ganzer Seele diese besondere Lautlosigkeit des Schnees zu verspüren. Eine kleine Freude breitete sich in mir aus. Unter den dicken Schneeflocken folgte ich wie alle anderen der Veränderung und war ein wenig Kind, das Kind, das jenes Kind sucht. An dieser kleinen Freude hatte außer der zauberhaften Verwandlung auch Anita einen großen Anteil, die mit ihren unvergeßlichen Blicken in einem unerwarteten Moment in mein Leben getreten war, als ob sie schon wüßte, daß sie mir eine lange, sehr lange Erzählung überlassen würde. Unvergeßliche Bilder aus der Pause dieses Konzerts, die den Menschen über die Bedeutung der Begegnung noch einmal nachdenken lassen… Fotografien aus einer Zeit, als Tante Tilda ihr Spiel des ›Glücklichseins‹ noch nicht aufgegeben hatte und sehr viel Mühe auf ihre Kleidung verwendete, nicht wie später, als sie in Männersocken, einem alten zerschlissenen Mantel und mit wirren weißen Haaren auf der Gasse herumlief. Zeiten, in denen sie mit Monsieur Robert zusammenlebte und mit ihm Tag und Nacht ein ganz anderes Schicksal teilte.

Auch Berti und Juliette waren dort beim Konzert gewesen. An ihrer Seite ein Mann in mittleren Jahren und ein stilles, schwarzhaariges junges Mädchen. Ich hätte es vorgezogen, von weitem zu grüßen, aber Juliette, die besser als alle anderen verstand, wie einsam ich mich dort fühlte, rief mich nachdrücklich herbei. Als wollte sie sagen, daß ein für mich wichtiger Mensch neben ihr stand. Das war leicht zu erkennen. Zwischen uns hatte sich infolge der Schritte, die wir voller Entschlossenheit und Spontaneität aufeinander zu getan hatten, eine ungewöhnliche Kommunikation entwickelt. Ihre Einladung konnte ich deshalb nicht abtun. Wir sprachen etwas über das Konzert, über das Wetter und über dies und jenes. Wie auch früher schon... Wie wir es in solchen Situationen immer gemacht hatten... Wir mußten ja für unsere unterschiedlichen Einsamkeiten einen Schutzschild suchen. Dann machten wir uns bekannt. »Das ist Anita, ein sympathisches Mädchen«, sagte Juliette und hakte sich bei der neben ihr Stehenden ein. Der Mann mittleren Alters war ihr Vater. Juliette und Berti sprachen das zwar nicht aus, aber ich spürte, daß sie mich mit Freunden bekannt machten, die bei ihnen einen ganz besonderen Platz einnahmen.

Anita war von aufregender Attraktivität. Sie kennenzulernen, bedeutete so viel wie einen Schritt in eine dieser verlockenden Erzählungen zu tun, die so mystisch sind, daß man nicht weiß, wie man mit ihnen leben und sie erzählen soll. Es war, als wollte sie etwas erzählen, etwas mitteilen. Meine Gefühle in jenem Moment zu definieren, fällt mir immer noch schwer. Ich erinnere mich, eine Weile ihrem Blick standgehalten zu haben. Wahrscheinlich fürchtete ich mich etwas. Ich fürchtete mich etwas, ein Schauer lief mir über den Leib. Mit ihren langen welligen Haaren, den großen schwarzen Augen und den vollen roten Lippen war Anita wie eine Traumgestalt. Der Zauber wirkte sofort. Sie drückte mir die Hand. Keine Frau hatte mir die Hand bisher so lange gedrückt wie sie. Die Bedeutung dieses Händedrucks erfaßte ich erst viele Jahre später. Als ich Gelegenheit gehabt hatte, auf anderen Wegen andere Menschen zu sehen... Unter dem Gespräch verlief ganz in der Tiefe ganz langsam ein anderes Gespräch. Man mußte die Rede später, um das sichtbar ablaufende Gespräch weiterzuführen, unausweichlich aufs Konzert bringen. Jene Worte waren auch unsere Worte... In Chopins

Musik gab es eine Stelle, die ich trotz aller Bemühung nicht mochte. Ich konnte diese Stelle nicht benennen, aber ich wollte sie nicht noch einmal hören, nachdem ich sie einmal gehört hatte. Sie sagte mit leise zitternder Stimme: »Sie irren sich und tun Unrecht. Er war ein sehr unglücklicher Mensch...« Ich antwortete nicht und begnügte mich mit einem Lächeln. Damals hatte ich noch nicht gelernt, manche Unzulänglichkeiten und Ausweglosigkeit ganz natürlich und spontan ohne Schamgefühl einfach zuzugestehen, und weiterhin, den Zorn, der aus dieser Unzulänglichkeit und Pattsituation herrührte und der sich mal verbergen, mal zeigen wollte, entsprechend zu ertragen...

Später trennten wir uns, um an unsere Plätze zu gehen... Juliette lud mich wie immer zu sich nach Hause ein, und ich sagte wie immer, daß ich diese Einladung ohne Zweifel annehmen würde. Wieder einmal trafen wir uns bei einer kleinen Lüge. Diese Lüge war aber unsere Lüge... Auch diese Lüge... Das war die ›Wahrheit‹ jener Tage... Es war die Wirklichkeit jener Tage... Manche Momente, die Momente, die den Lauf des Lebens verändern würden, hatten wir noch nicht erlebt... Dabei würde man in Zukunft wegen dieser Momente, für diese Momente so viele Essenseinladungen erleben, erleben wollen... Jene Zeiten waren noch die Zeiten, wo wir jene Schritte nicht ›ausreichend‹ unterschieden. Zeiten, in denen wir diese Schritte, die unserem Leben eine ganz andere Strömung verleihen würden, erst einmal innerlich zu tun anfingen... Wie es bei allen unseren unvergeßlichen Beziehungen war, die uns zu dem machten, was wir sind...

Auch im zweiten Teil des Konzerts gab es Chopin. Ich schaute mich um und stellte fest, daß Anita zwei Reihen hinter mir saß, auf der rechten Seite, ein bißchen entfernt. Sie schaute mich an. Wie konnte ich an jenem Abend ahnen, daß diese Blicke irgendwo in mir weiterleben und als ein nicht in Worte zu fassender Appell erhalten bleiben würden...

Beim Ausgang sollte ich diesen Blicken noch einmal begegnen. Zwischen uns entwickelte sich sozusagen etwas. Etwas, das sich mir von sehr weit her mitteilen wollte... Es waren vielleicht die ersten Momente einer Beziehung, von der man manchmal träumt... Ein unerwarteter Gast würde die Wurzeln des bisherigen Lebens erschüttern. Es war eine Beziehung, die zusammen mit der Unausweichlichkeit den Tod bringen würde. Eine Beziehung, die zusammen mit der Unmöglichkeit der Rückkehr den Tod brachte. Für ein Leben im ›Drüben‹... In diesen Blicken konnte zweifellos eine Not, die nicht leicht in Worte zu fassen war, das Bemühen, aus einem Leben gerettet zu werden, sich an jemandem festzuhalten, versteckt sein. Das Bemühen, aus einem Leben gerettet zu werden und in ein anderes Leben hinüberzugehen...

Zu dem, was mir Anita durch ihre Blicke mitteilen wollte, kam noch eine Besonderheit hinzu, die mir beim Kennenlernen zunächst nicht aufgefallen war, nun aber unübersehbar wurde. Eins ihrer Beine war ein wenig kürzer als das andere, woraus eine zusätzliche Belastung resultieren mochte. Das nahm ich in diesem Moment wahr, das konnte ich spüren. Als wir in das Schneewetter hinaustraten und sie im Gedränge den Arm ihres Vaters nahm, schaute sie zu mir oder zu der Stelle, wo ich stand, noch ein letztes Mal. Ich lächelte. Ich glaube, ich versuchte den Wunsch nach einer anderen Begegnung oder den Glauben an eine wirkliche Begegnung zu formulieren. Es war in gewisser Weise ein Versprechen auf eine Begegnung. Sie verstand, und ich mußte glauben, daß ich mich verständlich gemacht hatte, genauso wie ich an die Begegnung glaubte. Sonst hätte ich nicht jahrelang unter dem Eindruck dieser Blicke gestanden. Ich versuche auch die anderen Gefühle, die in dem Moment durch dieses Lächeln geweckt wurden, zu verstehen. Störte mich zum Beispiel Anitas Besonderheit, die beim Gehen sichtbar wurde? Die Frage negativ zu beantworten, wäre insofern leicht, als man manchen Tatsachen gerne ausweicht. Aber verrate ich mich nicht schon eigentlich dadurch, daß ich es nach Jahren noch notwendig finde, dieses Detail zu erwähnen? Diese Menschen und ihre Unterschiede, weshalb sie in unserer Erinnerung leben... Den Schmerz einer Geschichte, die mit solch einem Satz beginnt, habe ich schon früher mit jemandem zu teilen versucht. Es gab Erzählungen, die sich füreinander öffneten oder aber immer zu einer Erzählung zurückkehrten… Manche Menschen konnten von solchen Erzählungen in andere Erzählungen hinübergehen, und manche Wörter bekamen im Laufe der Zeit neue Bedeutungen. Von einem gewissen Punkt an ging es bei diesem Fortschreiten jedoch nur noch um die Selbstsuche.

Anitas Erzählung war eine Erweiterung vieler anderer meiner Erzählungen. Ich war deshalb wohl mehr als andere darauf vorbereitet, ihre Unterschiedlichkeit zu ertragen. Dieses Vorbereitetsein machte mich geneigter oder ›offener‹ zu verstehen, oder wenigstens anzuhören, was mich auf den Weg zu diesen Menschen führte. Aus diesem Grund glaubte ich an jenem Abend auch, Anita eines Tages wiederzusehen. Ihr Abenteuer konnte da noch nicht zu Ende sein. In mir steckte, obwohl ich versucht hatte, dagegen anzukämpfen, eine Seite, die an Vorbestimmung glaubte, die ich auf meine Weise zu leben versuchte… Man mußte also warten, zu warten wissen…

Es sollten zwei Jahre vergehen, bis mir klar wurde, ich hatte Anita nach jenem Konzertabend nicht loslassen können, und folglich hatten mich meine Gefühle nicht getäuscht. Wir begegneten uns am Rande einer traurigen Hochzeitsfeier, wovon ich, wenn der Tag gekommen ist, mit sehr verschiedenen Hoffnungen, aber gleichzeitig Sorge jemandem erzählen möchte. Es wurde in einem Hotel am Meer gefeiert. Trotz dieses schönen Details roch es in dieser Nacht auf seltsame Weise ein bißchen nach Tod. Jeder, der in dieser Nacht hierherkam, wurde in je eigener Weise durch diesen Tod berührt, mußte sozusagen berührt werden… Ich traf sie in der Hotellobby, wohin ich geflüchtet war, um dem Tanzen zu entgehen. Sie war nicht erstaunt, wenigstens sah sie nicht erstaunt aus. Es war für sie eine sozusagen gewöhnliche unerwartete Begegnung. Jener Moment, der Moment an jenem Ort war nicht weit weg. Alles war ganz einfach, alles wie es sein sollte. Das wenigstens war, was ich bei dieser Begegnung zuerst fühlte. Alles ganz einfach, alles wie es sein sollte… War etwa keine lange Zeit inzwischen vergangen, waren wir zwei alte Freunde, die, wenn auch an verschiedenen Orten, eine Menge Einzelheiten, Ansichten und Erlebnisse unbewußt miteinander teilten? Warum nicht? Es war weder nötig, daß sie mich nach meinem Befinden fragte und was ich in den zwei Jahren gemacht hatte, noch danach, ob ich mich an sie noch erinnerte. Die zwei Jahre existierten nicht, die andere Zeit existierte ›dort‹ nicht. Als müßte sie eine Erklärung abgeben, sagte sie lächelnd: »Wir sind wegen Metin gekommen. Er spielt so schön.« Metin war ein Schlagersänger im Nachtclub des Hotels, der sich selbst am Klavier begleitete, dessen Lieder die sogenannte ›Atmosphäre‹ schufen. Mit anderen Worten: Niemand hörte seinen teils alten, teils an die Mode angepaßten ›Stücken‹ zu. Die Anita, die mir gegenüberstand, unterschied sich nicht sehr von der Anita, die ich in dem Chopin-Konzert gesehen hatte. Sie schaute, als hätte sie sich noch etwas mehr von der Welt oder von dem, wie sie wahrscheinlich die Welt erlebte, entfernt, und durch ein übertriebenes Make-up wirkten ihre Blicke noch erschreckender. Die Blicke, nur die Blicke… Versuchte sie, hinter ihrer Natürlichkeit und Ruhe womöglich Verunsicherung, Gewissensbisse und eine nicht leicht mitzuteilende Niederlage zu verbergen? Die Antwort auf diese Frage könnte ich erst jetzt geben, nachdem so viele Jahre vergangen sind.

War für Anita diese unerwartete Begegnung, die höchstwahrscheinlich auch unpassend und – wer weiß – vielleicht ein wenig zu spät kam, kurzzeitig eine Quelle der Hoffnung, etwas zu erzählen, zur Sprache zu bringen? Vielleicht. Jetzt weiß ich und muß es akzeptieren, daß die Antwort endgültig nur Anita allein kennt. Soweit ich mich erinnere, konnte ich das, was ich sagen wollte, trotz aller Bemühung nicht sagen. Es war wohl nicht so sehr, daß ich überraschend auf einen Menschen traf, der, wie ich wohl wußte, einen Platz in meinem Leben haben sollte, sondern weil ich nicht wußte, was zu tun war, und zugleich wahrscheinlich Angst vor einer wirklichen Begegnung hatte. Wenn ich gewollt hätte, was hätte ich denn als den ›notwendigen‹ Schritt tun sollen? Wird diese Hilflosigkeit hinreichend erklärt damit, daß ich bis heute den Moment noch nicht erfaßt, noch nicht gefunden habe, der mich zu den erträumten Augenblicken, anderen Augenblicken hätte führen können? Anita aber verstand und spürte sicherlich meine Not in diesem Augenblick. Schließlich schritten wir beide auf Wegen voran, die sich in vielen Aspekten glichen. Es gab verbotene, immer verboten bleibende Beziehungen, mit Augenblicken, die trotz aller Sehnsüchte und Chancen nicht gelebt werden konnten. Wir waren uns unerwartet wieder begegnet, hatten uns die Hand gedrückt und hatten mit Blicken und Worten ›gewagt‹, ein kleines Gespräch zu führen, das seine Bedeutung erst Jahre später bekommen würde. Wobei das ganze Wagnis in ein paar Worten und in ein paar Blickwechseln, über die ich heute noch rätsele, bestand, das war alles. In diesem Moment kam mehr Wagnis sowieso nicht in Frage. Beim Abschied drückte sie mir die Hand mit ganzer Kraft. Danach sagte sie: »Die Schlager sind schön, sehr schön.« Das waren die letzten Worte, die ich von ihr hörte.

Die Wahrheit, die eigentliche Wahrheit erfuhr ich nach Jahren von Juliette, wieder in derselben Hotellobby, als ich ebenfalls für einen Augenblick von einer Feier flüchtete. »Anita war krank, und zwar sehr krank...«, sagte Juliette, als ich unser Gespräch, wohl unter dem Eindruck der Umgebung und der Umstände, auf jenen Moment, jene Worte und vor allem auf jene Blicke brachte. »Sie litt unter unkontrollierbarer sexueller Unbefriedigtheit. Sie ging zu Psychologen, Ärzten, es half nichts. Vielleicht ging sie nicht zu den richtigen Leuten. Ihr Vater, du wirst es nicht glauben, zeigte eine Großzügigkeit, die ihresgleichen sucht, fand für sie manchmal einen Partner gegen Geld...« Selbst heute weiß ich keine Worte für das, was ich damals fühlte. Es war wie in einem Albtraum, wenn man schreien will und nicht kann, einen Schritt tun, und es geht nicht. Anitas Schatten geisterte dort herum. Dieses Gefühl, diesen Albtraum hatte sie gleichfalls erlebt, und ich glaube, das hatte sie mir mit ihren Blicken sagen wollen. »Warum hast du das nicht früher gesagt?« fragte ich und versuchte meine Erschütterung zu verbergen, sie nicht spüren zu lassen. Das war eine kleine Abrechnung, eine kleine Empörung. Die kleine Empörung betraf zuerst einmal mich selbst. Das verstand auch Juliette so. »Du hast nicht danach gefragt«, war ihre Entgegnung. »Ich habe schon an jenem Abend, als ich euch miteinander bekannt gemacht habe, gemerkt, daß du von ihr beeindruckt warst. Ich wußte, sie würde auch von dir beeindruckt sein. Ihr würdet einander nicht gleichgültig sein. Damals war ihre Krankheit noch nicht so weit fortgeschritten. Eine Liebe hätte sie heilen können. Beide hättet ihr damals eine Liebe gebrauchen können. Das wußtet ihr, und dennoch habt ihr die nötigen Schritte nicht getan…« Ein kurzes Schweigen unterbrach unser Gespräch. Dann fügte sie hinzu: »Und wenn ich es dir damals erzählt hätte, dann hättest du es nicht geglaubt.«

»Ist es jetzt etwa einfacher zu glauben?« fragte ich.

»Richtig. Es ist wirklich nur schwer zu glauben«, sagte sie. »Wir haben dies deshalb immer wie ein großes Geheimnis behandelt. Es gibt überhaupt nur wenige Menschen, die von ihrem Zustand wissen. Aber du mußtest es unbedingt erfahren. Unbedingt… Früher oder später…«

Glauben… Glauben, daß man ein solches Leben leben kann, ertragen kann… Als ich die Schwierigkeit des Glaubens zu erklären versuchte, wollte ich eigentlich auch von einer Einsamkeit reden, die weit hinausging über das, was Juliette erfaßte oder zu erfassen versuchte, und die ich mit jedem Tag auf andere Weise in der Erzählung erlebte, die sich in mir weiterschrieb. In einer Hilflosigkeit, wo man sich nicht mal vereinen konnte, um eine kleine Hoffnung zu gebären… Diesen Fehler sollte ich noch in vielen meiner Beziehungen mit anderen Menschen erleben, im Namen unterschiedlicher Sorgen, gefangen in unterschiedlichen Mutlosigkeiten. Doch derartige Gefühle konnte ich Juliette in diesem Moment nicht mitteilen. Um einen Schritt auf gewisse Punkte hin zu tun, mußte ich diese Punkte ›vorbereiten‹. Ich glaube, deswegen wollte ich wissen, wo Anita war. Ich wollte mit ihr sprechen, wenigstens mit ihr sprechen… »Es ist fünf

Jahre her, seit sie nach Israel gegangen sind … Anita wollte sich in einem Kibbuz niederlassen«, sagte Juliette. »Als wir ihnen den Abschiedsbesuch machten, sprach sie begeistert von einem Kibbuz, den rumänische Juden gegründet hatten …«

Sie hielt ein wenig ein, ehe sie ein weiteres Geheimnis preisgab, wobei ihre Stimme Sehnsucht und gleichzeitig Kummer ausdrückte: »Ihre Mutter, die sie seit ihrer Kindheit nicht gesehen hatte, lag dort auf dem Sterbebett. Sie hatte mitteilen lassen, daß sie vor dem letzten Atemzug noch einmal ihre Tochter und den Ehemann, der ihr so viel Leid zugefügt hatte, sehen wollte. Vielleicht haben sie auch gelogen, vielleicht brauchten sie wie alle anderen auch eine Lüge …«

Lügen oder Betrug … Entscheidungen, Optionen, oder von einem bestimmten Punkt an ein Sich-fallen-Lassen in den Strudel menschlicher Beziehungen … Was war es, das Anita in so ein Leben hineingestoßen hatte? War es die Abwesenheit ihrer Mutter oder daß sie bei einem anderen deren Stelle vertreten mußte? Oder war es – dem zum Trotz – der Wunsch, Rache zu nehmen an aller Mütterlichkeit, indem sie mit jedem Tag ein Stück mehr von sich zerstörte? War es ihre Behinderung, unter der sie litt, ohne zu merken, wie schön sie war? Wohin, wie weit fort trugen mich die Begründungen, die ich in meiner Phantasie, nur in meiner Phantasie spann? Ganz sicher ist es nicht leicht, manche Leben, manche Beziehungen wirklich und bis in die Einzelheiten zu verstehen, um die Träume, die wir in bezug auf jene Menschen erlebt haben, an einer Stelle einordnen zu können … Heute weiß ich, kann ich sagen, daß Anita trotz ihrer Abwesenheit, trotz ihres Verschwindens in jenen Menschen, in mir in einer unerwarteten Nacht weiterwirkte in andere Nächte …

Es vergingen viele Jahre, als ich zufällig in einem Restaurant auf den Pianisten Metin traf. Nachdem ich mit ihm nach Ende seines Auftritts stundenlang geredet hatte, wurde mir in dieser Nacht, die sich bis zum Sonnenaufgang hinzog, klar, daß ich einen neuen Weg einschlagen mußte. Metin hatte Anita nicht vergessen, vielmehr ihr einen ganz besonderen Platz in seinem

Leben gegeben. Im Laufe des Gesprächs verstand ich, daß jene Tage für ihn sehr wichtig gewesen waren, doch um die Wahrheit zu sagen, scheute ich mich, in sein irgendwo abgelegtes Leben weiter vorzudringen. Ich wußte, es gab eine Grenze, die ich nicht überschreiten durfte. Vielleicht fällt es mir deshalb noch immer schwer, das Gefühl in dieser Geschichte, das echte Gefühl zu definieren. Anita hatte mit der genannten Krankheit in Wirklichkeit gar nichts zu tun. Man mußte sich einer anderen Tatsache stellen, wenn man über dieses Leben nachdachte. Diese Tatsache war, daß hier ein junges Mädchen von ihrem Vater in den Hotellobbys an reiche Touristen verkauft worden war. Dieses junge Mädchen befand sich in einer schrecklichen Ausweglosigkeit, es wurde mit jedem Tag mehr in jenen Abgrund hineingezogen. Wie kam es nur dazu, daß sie so eine Beziehung akzeptierten, so ein Leben auf sich nahmen? Jeder hätte zweifellos auf diese Frage eine andere persönliche Antwort gefunden. Wie Metin beobachtet hatte, gaben beide viel Geld aus. Vielleicht war das eine Form, gegen einen Verrat aufzubegehren, sich zu wehren. Es war die von ihnen gewählte Form, einen Verrat durch einen anderen erträglich zu machen. Metin hatte alles getan, um Anita aus diesem Leben herauszuholen. Doch für ihn gab es auch an irgendeinem Punkt eine Grenze. Das wichtigste war dabei, daß diese junge Frau, die bereit war, in ihrer ganzen Not und ihrem Getriebensein zu einem Mann zu kommen, der sie lieben, wirklich lieben würde, in sich verborgen etwas unkontrollierbar Böses nährte. Es war ein Mysterium, daß sie, wie um jenen Verrat nicht zu vergessen, hinter der Maske der Unschuld wie eine Spinnenfrau andere in ihren Bann zog... Das waren freilich widerstreitende Gefühle, Blicke. Im Bemühen um einen Sinn, um die Einzelteile richtig einzuordnen, müßte man auf der einen Seite ihre Selbstlosigkeit sehen, eine tiefe, sehr tiefe Liebe, ein Nachgeben, ihren Protest, den sie gegenüber den Menschen in einer ganz ungewöhnlichen Sprache ausdrückte, während man auf der anderen Seite die Spur eines Bösen verfolgte, das auch den Tod mit einbezog.

Ich hatte mir zum einen Juliette, zum anderen Metin angehört. Die Geschichte wurde mit einemmal entsetzlich kompliziert. Das waren eigentlich die Bilder einer Verschleppung. Aber was war an dem Erzählten wahr? Was hatte Anita mir mit ihren Blicken, ihrem Geheimnisvollen, ihrem Schweigen ›wirklich‹ mitteilen wollen? Warum war ihre Mutter in ›jenes ferne Land‹ gegangen? Wußte Juliette darüber noch ›etwas‹ und konnte, wollte es nicht erzählen? Wenn sie wirklich noch etwas verheimlichte, konnte man dann sagen, daß sie mit der Sache wenigstens am Rande irgend etwas zu tun hatte? War die Frau an ›jenem Ort‹ etwa die Heldin eines Traums? Eine Frau, die sich mir in dieser Erzählung an keiner Stelle zeigte, aber wiederum Anita das Leben geschenkt hatte. Es war wichtig, wissen oder wenigstens fühlen zu können, wo diese Frau war. Ein Freund sagte eines Tages, uns würden in vielen Beziehungen, vor allem in der Welt der Sexualität, nur Illusionen geschenkt. Ein namenloser Alkoholiker, der die Hemisphären der Prostitution in allen Dimensionen erkundet hatte. Er konnte denen, die ihm zuhören wollten, allerhand erzählen von den Wegen, Stimmen und Farben der Illusionen und Täuschungen.

Wenn ich versuchte, diese Anita in meinem Leben im Rahmen meiner begrenzten Möglichkeiten zu sehen und zu erkennen, erinnerte ich mich dunkel wieder an den Ablauf dessen, was wir nicht hatten sagen und teilen können, und ich fühlte mich der Wahrheit näher, daß eine Beziehung uns nichts als Illusionen schenkt. Sie ist jetzt fort, und ich weiß, sie wird auch nicht hierher zurückkommen und nur in Wörtern weiterleben, in Wörtern, die sich aus Träumen speisen. Zeigt sich durch das Vorgefallene und seine Spuren nicht, daß wir immer Gefangene unserer Furcht bleiben und deshalb manche Abenteuer irgendwie nie eingehen – was sich einige Leute zunutze machen und etwas genießen, worauf sie kein Recht haben. Verlieren wir auf dem langen Weg nicht wegen unserer Furcht jene Menschen, die wirklich für uns bestimmt sind? Erklären sich unser Wunsch, zu den sogenannten ›Starken‹, zu den Gewinnern zu gehören, sowie unser Bestreben, uns nur nicht selbst zu begegnen, nicht durch das Böse in uns? Durch das Böse oder nur durch den Egoismus... Vielleicht drängt es mich deshalb manchmal, im Andenken an Anita eine ganz andere Liebesgeschichte zu erzählen. Aber für die Liebe ist trotz aller Kämpfe auch Selbstlosigkeit nötig. Es fällt mir immer noch schwer, das zu benennen, was ich für Anita gefühlt habe, womöglich hätte fühlen können. Jene Zeiten waren andere Zeiten, und damals habe ich zweifellos etwas nicht berühren können.

Manche Blumen gedeihen bloß in den Bergen, in der Höhe. Man sagt sogar, daß es für jede Höhenlage eine spezielle Blume gibt. Das sind Blumen mit einem ganz besonderen Duft. Blumen, die ich nie berührt habe, weil ich nie auf jene Berge gestiegen bin. Ich würde eines Tages auf die Berge steigen wegen der Blumen, sagt ihr. Denn ihr wißt, daß sie dort warten, daß sie immer dort warten. Ihr wißt, daß sie immer dort warten... Diese Überzeugung ist wohl auch ein Grund für unser ständiges Aufschieben und daß dadurch diese Momente ganz langsam, ›unaufhaltsam‹ verlorengehen. Diese Überzeugung, aber gleichzeitig auch diese Illusion... Denn die Blumen verschwinden trotz aller Erneuerung im Laufe der Zeit an den Stellen, wo man sie erträumt, weil die Natur sich abnutzt. Man möchte glauben, jemand bleibt immer an derselben Stelle, während man jemanden an einer Stelle ständig verliert. Wenn der Weg in die Berge aufgeschoben wird, werden die Berührungen zu denen der anderen, und ihr verliert die echten Berührungen.

Nicht umsonst habe ich die Verknüpfung zwischen meinem Wunsch, auf jenen Bergen zu leben, und Anita hergestellt. Sie war wie eine Blume dort, an einem fernen Ort. Es hätte womöglich nur ein paar Schritte meinerseits gebraucht... Wohl darum wollte ich von Anita nur so erzählen, wie ich sie selbst sah. Nur wie sie mir erschienen war, mit dem Gesicht, an das ich mich erinnerte... Mit meinen Zweifeln, mit meiner Reue, meinen unbeantworteten Fragen. Ja, Liebe erfordert zuerst einmal Selbstlosigkeit. In diesem Fall ist das eigentliche Problem, einmal abgesehen von Gewinn und Verlust, daß Anita wohl nie einem wahren Liebenden begegnet ist, der diese Selbstlosigkeit aufgebracht hätte. Ich glaube, auch Metin hatte das verstanden. Von all seinen vielen Liedern hatte er eins nicht gesungen. Unter allen seinen vielen Liedern war kein Lied, das er für Anita gesungen hatte... Als er von jenen Tagen sprach, wurden seine Augen mehrmals feucht, und das konnte nicht nur vor Trunkenheit sein. Wir hatten einander in einer Zeit der Reue getroffen... Wie anders ließe sich erklären, daß wir nach jener Nacht vermieden, einander noch einmal zu begegnen.

Nun also... Einerseits der Blick auf die verbotene Welt von Eleni, die ich nie betreten, und Tanaş, der in seiner Schale ein langsames Verzehrtwerden erlitt, andererseits Hüsnü, der seine Unangepaßtheit an die Notwendigkeiten mit einer von niemandem wahrgenommenen Verbitterung, Verletztheit bezahlte, und Şükran, die bei den letzten schweren Schritten ihres womöglich von Anfang an verlorenen Kampfes in den Tagen der Angst, als sie das Nahen des Todes spürte, sich am meisten nach der kleinen dunklen Wohnung sehnte, wie ich glauben möchte... Später dann Anita... Anita, die eines Tages von hier wegging und so viel Reue, unbeantwortete Fragen und vor allem eine unvollendete Erzählung zurückließ, und in ›jenem Zimmer‹ mit ihr zusammen ihr Vater, dessen Namen ich nie erfahren habe und der je nachdem, welche ›anderen‹ Dinge mir erzählt wurden, einen jeweils anderen Eindruck hinterlassen hat... Väter und ihre Töchter... Şükran, Eleni, Anita... Sie hatten alle ihre Lieder. Lieder, die nicht fertig geworden waren, nicht entsprechend, nicht wunschgemäß gelebt worden waren oder überhaupt nicht gesungen werden konnten... Sie hätten sicher nicht gedacht, daß sie sich eines Tages alle in derselben Erzählung treffen würden. Sie hätten recht, wenn man an die Wege und ihre Einzelheiten denkt. Aber wie zuverlässig sind die Unterschiede angesichts der Sackgassen und der nicht überschreitbaren Grenzen? Ich muß zugeben, in jenen Tagen, als ich hoffte, mit jemandem über die Geschichte von Madame Eleni sprechen zu können, hätte ich selbst nicht vermutet, daß die Ereignisse sich so entwickeln würden, daß ich zu anderen Erzählungen vordringen würde und darüber hinaus jene Menschen zu dieser Erzählung einladen würde. Am Anfang war da nur der Anblick der nackten Madame Eleni in dem Küchenfenster, das in den Lichtschacht ging, und der schwere Essensgeruch des Appartementhauses. Aber so langsam wurde das Abenteuer der Blicke, die außer von einer Rebellion auch von einer Hoffnungslosigkeit erzählen wollten, immer wichtiger. Manche Menschen warteten, um in unserem Leben den richtigen Platz einnehmen zu können, genauso wie in Liedern oder Romanen, auf jene Momente oder auf andere Menschen...

Es bleibt nun nur noch ein weiteres Mal zu fragen, ob jene Leben gelebt worden sind, um den anderen wenigstens für einige Augenblicke ein paar Worte zu hinterlassen, ob das die Absicht war, und ob sie wirklich gelebt wurden. Ja, in diesen Augenblicken, nur in diesen Augenblicken... In den Augenblicken, die dem Leben des Menschen Richtung geben, wo der Mensch sich selbst gegenübersteht, sich allein überlassen ist. Wo waren für diese Menschen diese Momente in der Erzählung versteckt? In dem, was Madame Eleni fühlte, als sie in ihrer Wohnung nackt herumlief oder als sie ihre ›letzten Vorbereitungen‹ traf? In der Freude von Tanaş, wenn er seine Vorspeisen, an die sich noch immer so viele Menschen erinnern, zubereitete? Oder an einem der seltenen schönen Abende, den Şükran nach ihrer ›Flucht‹ an jenen gedeckten Tischen in einem Restaurant am Meer erlebt haben mag, oder manchmal in jenen Häusern in den Betten, oder wenn sie von ihrem sonnigen, hellen Häuschen träumte? Oder bei den Spielen, die Hüsnü an jenen Morgen mit seiner kleinen Tochter, seinem ›ersten Kind‹ in seiner kleinen Wohnung spielte? In dem Traum vom Zusammensein, von dem Anita glaubte, er lasse sich mit jener Musik verwirklichen? In der Begeisterung, mit der Anitas Vater sich für ein neues Leben verabschiedete, um auf Nimmerwiedersehen in den Kibbuz zu ziehen? Ein Augenblick, nur ein Augenblick, oder ein besonderes, sehr besonderes

Stück Leben… Ein Augenblick, der den Menschen im eigentlichen Sinn er selbst sein läßt… Das war es wohl, weshalb ich die Menschen hierherzubringen, sie zu finden und zu entdecken versucht habe. Ist mir das gelungen, ist es mir wirklich gelungen?… Ist mir das gelungen, konnte es mir wirklich gelingen?… Ich weiß es nicht, ich weiß es einfach nicht. Allen Gefühlen gegenüber, die ich mit Gelingen assoziiere, bin ich jetzt im Zweifel, fühle ich mich darüber hinaus unwohl. Ein Zweifel, ein Unwohlsein, eine Sinnlosigkeit… Gelingen, was heißt denn wirkliches Gelingen, was würde das denn bedeuten, wessen Gelingen wäre es, von was denn? Oder sollte man für das alles, für die in uns verborgenen Menschen, nicht neue Worte finden?… Manche Unzulänglichkeiten geben mir das Gefühl, als müßte ich noch lange auf diesem Weg weitergehen. Ich habe schon früher gesagt, daß es mir vorkommt, als sei dies eine Erzählung, die sich mit der Zeit selbst erneuern und auf eine andere Weise geschrieben werden will. War dann alles umsonst, was ich bisher getan, auf mich genommen habe? Ich glaube nicht. Jedenfalls will ich es nicht glauben in dieser Phase, nach all den Hoffnungen.

Ich weiß nämlich, daß solche Gefühle nicht nur für Erzählungen gelten, sondern auch für Beziehungen, die uns jedesmal mit einem anderen Menschen bereichern oder bei jeder Trennung, bei jeder Auflösung uns ein anderes Stück wegreißen. Wir haben ja immer gehofft, daß sich auf jeden Fall etwas ändern würde, trotz aller Namen und Assoziationen… Daß sich etwas ändern konnte, etwas zu ändern sei, das mußte man hoffen, hoffen können. Man mußte auch ›ständig‹ das Warten auf etwas nähren, das uns dazu verhalf, mit anderen Augen in diesen Spiegel zu blicken. Ständig das Warten auf etwas nähren… Damit der Mensch vor allem sich selbst überzeugen kann, daß er jene Beziehungen tatsächlich erlebt hat… Daß die Menschen in dieser Erzählung trotz aller Not die Hoffnung auf diese Möglichkeiten nicht aufgegeben haben, kann ich nur durch die Zuflucht zu diesem Glauben begründen. Zu wissen, daß manche Erzählungen ebenso wie Beziehungen niemals aufhören, einfach nicht aufhören können, ist der Grund für den Widerstand, den Widerstand bis zuletzt, oder wichtiger noch, für die Bindung ans Leben. Haben wir es nicht deswegen auf uns genommen, diese unsere Reise, die Reise zu einem anderen fortzusetzen – trotz aller Blicke oder Möglichkeiten – mit unseren eigenen Blicken, deren wir uns meistens in ihren wirklichen Tiefen nicht bewußt sind?...

Ein Hotelzimmer in Sıraselviler

Wann immer ich mich an Monsieur Robert erinnere und an die Bilder, die er mir hinterlassen hat und die nur uns beiden gehören, fällt mir das kleine heruntergekommene Hotelzimmer in Sıraselviler ein und die dort verbrachten langen Nächte, die Befragungen und die sich stets erneuernden Hoffnungen. Es war die erste Station auf dem Weg, den ich einschlug, um die schon früher, in anderen Erzählungen irgendwo abgelegten Leben unter meinem eigenen Blickwinkel in einen neuen Tag hinüberzutragen. Ja, die Worte stammten aus anderen Geschichten und waren dazu gedacht, an einen anderen Ort zu gelangen oder von einem anderen Ort zurückzukehren, und sie wollten jemandem mitgeteilt werden. Immer wenn ich mich erinnere... Es gibt Momente, die mir in jenem Zimmer erzählt, und wenn sie nicht in Worte zu fassen waren, gezeigt, ja sozusagen ›übergeben‹ worden waren. Eine Kommode, ein Bett, zwei alte Koffer, die ein paar abgenutzte Gegenstände enthielten und einige mit den Jahren ermüdete Kleidungsstücke, die manchen Anhaltspunkt aus der Vergangenheit boten. Das war gleichsam eine Fotografie, die mir half, Monsieur Robert, dem Monsieur Robert in meinem Inneren näherzukommen. Ein Foto, das im Lauf der Jahre einen noch tieferen Sinn bekam, dessen Einzelheiten mit der Zeit auf unterschiedliche Weise zu erkennen waren und das zunehmend einen sehr besonderen Platz beanspruchte...

Monsieur Robert war ein widersprüchlicher Mensch, wenn ich alles zusammenfasse – den Eindruck bedenke, den andere von ihm hatten, die Fotos, die er mir gezeigt hat und was er mir über seinen langen, beschwerlichen Lebensweg erzählt hat.

Ja, Monsieur Robert hat viele unterschiedliche Eindrücke von sich und von seinem Leben hinterlassen. Nach Ansicht von Monsieur Jacques beispielsweise war Monsieur Robert sein Leben lang ein ›Blender‹, der leere Träume gesponnen, andere und sich selbst belogen hatte, ein verantwortungsloser, egoistischer, verlebter Mann. Stets hatte er die falschen Schritte getan, mit den falschen Menschen zusammengelebt. Er hatte nie ans Morgen gedacht, sich immer hinter einem ›Firnis‹ versteckt, wollte andere imitieren, hatte nie sich selbst erkannt. Ich konnte es mir nie wirklich erklären, daß Monsieur Jacques nach allem, was er durchgemacht hatte, nach so vielen Todesfällen und Verlusten, sich Monsieur Robert gegenüber derartig mitleidlos verhielt. Auch hat er sich nie bemüht, ihn zu verstehen oder zu lieben, obwohl doch seine Frau mit der Zärtlichkeit einer Schwester um ihn bangte und ihm die helfende Hand reichte. Von Zeit zu Zeit dachte ich darüber nach, daß Monsieur Jacques eigentlich nicht in dieser Weise mit mir über Monsieur Robert hätte sprechen dürfen. Seine Urteile und Einschätzungen waren vermutlich aufgrund der vor Jahren erlebten und niemals ausgesprochenen Gefühle entstanden. Womöglich hatte er seinerzeit den Helden jenes tollen Lebens in London im Innersten beneidet, und seine Urteile offenbarten unbewußt ein heimliches Rachegefühl. Wahrscheinlich ging es dabei auch um ›Geldangelegenheiten‹. Mit anderen Worten, man darf nicht vergessen, daß Robert die ›großen Geschäfte‹ in jenen Tagen nicht gemacht hatte und manche Schulden nicht bezahlt waren … In dieser Sache hatte auch Madame Roza etwas zu sagen, sie hätte etwas sagen können. Doch das waren in jenen Häusern, in diesen Kreisen geheime oder von einem gewissen Punkt an ›sensible‹ Angelegenheiten, bei denen es um die Ehre eines Menschen ging und über die man nicht offen sprach. Das Sprichwort sagt, der Arm sollte auf jeden Fall im Ärmel gebrochen werden. Madame Roza kümmerte sich seit ihren jungen Jahren als beschützende ältere Schwester fast wie eine Mutter liebevoll um ihren Bruder – was auch immer über ihn geredet wurde – wegen der besonderen Umstände, in denen sie sich befanden. Sie glaubte bis zum Schluß sowohl an ihre Rolle als auch an das Spiel…

Eifersucht, Enttäuschungen oder die kleinen, niemals offen ausgetragenen Kämpfe um die Oberhand.. Monsieur Robert akzeptierte eines Tages seine Niederlage, oder er übernahm die Rolle des Besiegten, indem er die Urteile über sein Leben scheinbar akzeptierte, um den Kampf auf anderer Ebene fortzuführen. Dieses Verhalten verstehe ich heute etwas besser. Die Logik des Spiels erforderte das. Die Erzählung von Monsieur Robert ist die Erzählung eines langen, endlos scheinenden Kampfes eines Menschen in einem Land, das nie ›das seine‹ war, ein Kampf gegen fremde Menschen und gegen Fremdheit. Das heimliche Lächeln von Siegern und Besiegten, das so viele Gefühle und Erinnerungen enthält… In jenen Tagen wurde ich wieder an seine Erlebnisse und das dadurch erzeugte Gefühl erinnert. Waren an diesem Punkt die Tatsachen noch wichtig, gab es überhaupt noch eine Grenze zwischen diesen beiden Menschen, die in unterschiedlichen Welten unterschiedliche Hoffnungen hegten und die ihre tiefe Trauer, jeder für sich allein, tragen mußten? Wo konnte man die Grenze zwischen Siegern und Besiegten noch ziehen? Mit anderen Worten, konnte der späte Sieg in diesem Krieg – wenn denn das, was ich fühlte und verstand, ein Krieg war – Monsieur Jacques wirklich glücklich machen? Das glaube ich nicht.

Ich glaube, es wäre für ihn nicht einmal notwendig, diese Frage zu stellen nach all den Todesfällen, Verlusten, nach unerfüllter Sehnsucht und bereuten Taten, für die der Preis bezahlt worden war. Nach jenen Tagen begann er, dem Leben in einer anderen Weise entgegenzusehen, glaube ich… Es war nicht leicht, dem in diesen Tagen beginnenden Weg zu folgen, und zweifellos war es für ihn ein Weg großer persönlicher Einsamkeit. Es gab aber ein paar kleine Anhaltspunkte inmitten dieser ganzen verworrenen Beziehungen, was die Haltung gewisser Menschen dem Leben gegenüber betrifft. So gesehen, hat der Zustand von Monsieur Robert – ich nehme in Kauf, mich da vielleicht zu irren oder falsch auszudrücken – womöglich die Seele von Monsieur Jacques, wenn auch kurzzeitig, etwas ›erleichtert‹. Es war, als ob man den Helden auf der Bühne des Lebens zuschaut und ab und zu sich mit den Worten zu trösten versucht: »Wenigstens bin ich hier, wie gut, daß ich nicht wie sie leben muß.« Dann gelingt es viel leichter, den Menschen, ›der man nun einmal ist‹, trotz aller vergeblichen Träume und Hoffnungen zu akzeptieren … Es war gar nicht so schwer für mich, dieses Gefühl nachzuvollziehen, diese Haltung zu erkennen. Monsieur Jacques vertrat schließlich im Unterschied zu Monsieur Robert, der alles mögliche mehr oder weniger erfolgreich ausprobiert, gewagt hatte, die ›Welt der Sicherheit‹, wenn man seine Geschäfte, seine Beziehungen zu Frauen und den Weg, den er in den letzten Jahren gegangen war, an den er geglaubt hatte, bedachte. Diese Welt hatte ich miterlebt, ich war nie weit entfernt gewesen. Die kleinen Triumphe einer Welt der Sicherheit, in der man sich bergen, die man meistens wie eine Zuflucht erleben kann … Obwohl man diesen Triumphen nicht immer vertrauen, glauben darf … Ja, die kleinen Triumphe. Bis zuletzt machen wir uns von den kleinen Triumphen abhängig, um uns gegen jene Schmerzen zu schützen, oder mehr noch, um sie überhaupt zu ertragen … Wenn Monsieur Jacques versuchte, das Leben von Monsieur Robert zu bewerten, verwendete er nicht umsonst ein Sprichwort, das von seinem Vater stammte: »Ya palo ya payton.« »Entweder Stock oder Kutsche.« Ich fragte ihn eines Tages nach der Bedeutung dieser spanjolischen Redewendung. Zuerst wedelte er mit der Hand, als wollte er ›ist doch egal‹ sagen. Eine Redeweise, die im Alltag ganz natürlich und spontan vorkommt, auch noch zu erklären, das schien ihm wohl überflüssig. Meistens legten wir uns ja keine Rechenschaft über die in uns gespeicherten Wörter ab und die Bilder, die sie hervorbrachten … Manche Reden innerhalb mancher Gespräche merkten wir uns, ohne groß darüber nachzudenken, woher sie kommen … Jener Moment war sowohl von Irritation geprägt als auch von einem Gefühl, das ich nicht benennen kann. Monsieur Jacques schwieg und nahm einen Schluck von seinem Tee. Dann sagte er: »Es gibt zweierlei Bedeutungen. Die erste besagt: Entweder Armut oder Reichtum, beziehungsweise alles oder nichts. Die andere Bedeutung ist: Entweder Schläge, daher der Stock, oder Prestige, was durch die Kutsche ausgedrückt wird.« Irgendwie fühlten wir uns beide verpflichtet, leise zu lächeln. Wir sagten eine Weile nichts und schauten vor uns hin. Ich vermute, wir sahen die Menschen, die uns bei diesem Sprichwort einfielen, an ganz verschiedenen Orten und zusammen mit ganz verschiedenen Menschen. »Ich war nie so, ich habe immer gefürchtet, so zu werden«, sagte er plötzlich. An wen er dachte, an wen er sich zu erinnern versuchte, war in dieser Situation leicht zu verstehen. Steckte in diesen Worten Stolz oder Reue? Diese Frage habe ich niemals zufriedenstellend beantworten können. Fliehen, er versuchte vielleicht wieder einmal zu fliehen. Fliehen, wieder einmal fliehen... Auf Monsieur Jacques paßte das Sprichwort ›Entweder Stock oder Kutsche‹ überhaupt nie. Wir sollten noch einmal über seine Einsamkeit nachdenken, die, abgesehen von seiner gesellschaftlichen Stellung, auch aufgrund der Natur dieses Menschen nicht zu erklären war. Er war eigentlich immer der, der recht hatte, trotz aller Irrtümer und Fehler. Auch bei der Beurteilung von Monsieur Robert war es so. Eigentlich gab das Sprichwort diesen ›Abenteurer‹ von einem Mann ganz gut wieder. Es war traurig, daß eines Tages schließlich nur der ›Stock‹ übrigblieb. Doch, mag es manchen auch befremdlich scheinen, auch die Momente des ›Stockes‹ standen ihm in allen Varianten der Niederlage gut an. Dieses Detail hatte auch Berti erfaßt. Für Berti war dieser Mensch, der bis zu seinem Ende in London, in einem fremden Land lebte, der ›Held eines nicht verwirklichten Abenteuers‹. Ja, der Held eines nicht verwirklichten Abenteuers... Deswegen, glaube ich, war die Erinnerung an seine Studienjahre in Cambridge ›unvermeidlich‹ mit seinem Onkel verknüpft. Als Monsieur Robert ohne den erwarteten Reichtum und ohne Ansehen nach Istanbul zurückkehrte, war es Berti, der ihn aufs äußerste verteidigte, was dieser Unvermeidlichkeit geschuldet war. »Zumindest hat er auf niemanden gehört, sondern immer nach seinem eigenen Kopf gelebt.« Mit diesen Worten drückte Berti eigentlich eine Enttäuschung, zum einen über sich selbst und zum anderen über seinen Vater aus. Ich erinnere mich an jenen Abend. Es war, als hätte der Satz bei jedem einzelnen von uns eine kleine Zeitreise ausgelöst. Ich schaute zu Juliette hin, und sie schaute zu Berti. In ihrem Gesicht lag weniger die Zärtlichkeit einer Ehefrau als die einer älteren Schwester, einer Mutter. Ich glaube, ich habe in diesem Moment am meisten empfunden, wie sehr ich sie alle trotz unserer unterschiedlichen Standpunkte liebte... Berti ließ spüren, daß er seinen Onkel heimlich bewunderte, was mein Gefühl bestärkte. Ich hatte eine feine, sehr feine Grenze berührt. Es ging nicht nur darum, Loyalität zu zeigen, sondern diese Grenze erlaubte es uns, viel tiefer vorzudringen. Berti konnte diesen Menschen, der es geschafft hatte, jahrelang in London zu leben, und der für ihn deswegen wie der Held eines verlorenen Lebens geworden war, niemals lassen. Er brauchte auch nach so vielen Jahren noch das Phantasiegebilde jenes Lebens. Und er mußte sich in jenen Tagen vor allem selbst glauben machen, daß der Mensch, den sein Vater ihm dargestellt hatte, die Kraft nicht verloren hatte, den Kampf gegen andere Menschen fortzuführen. Ich durfte diese Möglichkeit nicht aus den Augen verlieren, und von einem gewissen Punkt an war es für mich eine Unausweichlichkeit, auf einem Weg mit ungewissem Ende in die innere Welt der Protagonisten vorzudringen, die die Erzählung für mich, mit mir zusammen ganz langsam schrieben, wobei durch die Ungewißheit eine unglaubliche Lebenskraft entstand. Heute denke ich, es war doch sehr bezeichnend, daß Berti sich für einen von allen anderen verlassenen Menschen einsetzte, aus welchen Gründen auch immer. Diese Tatsache war für andere vielleicht unwichtig, für mich jedoch von großer Bedeutung. Es war das schönste Beispiel dafür, daß er ein ›guter Mensch‹ war. Aber das Leben erwidert so etwas nicht immer großzügig. Das würden die Jahre zeigen. Berti würde in seiner Umgebung niemanden finden, der den Mut hatte, sich für ihn einzusetzen. In der ›Familie‹ gab es noch eine Frau, die Monsieur Robert in jenen Tagen nicht verließ, nicht verlassen konnte. Diese Frau, die in meinem Leben zeitweise einen wichtigen Platz hatte, war Tante Tilda, die mit all ihren Verrücktheiten und Widersprüchlichkeiten in einer ganz anderen Welt lebte. Es fiel mir nicht sehr schwer, die Ursachen für ihr Verhalten zu finden, beziehungsweise ihre diesbezügliche Wärme zu verstehen. Der Mann, der in London jenes Leben gelebt hatte, war der Held eines verlorenen, nicht gelebten Märchens. Ja, der Held eines verlorenen, nicht gelebten Märchens. Auch wenn die Märchen sehr verschieden waren. Deswegen war ihr Held ja auch immer ›dort‹ und mußte ›dort‹ bleiben. ›Dort‹, immer ›dort‹... Wie die anderen Helden ihrer Traumwelt... Sie kannte jenen Kampf, sie fühlte sich diesem Kampf selbst in ihrem Leben aufs tiefste verbunden. Sie hatte für jene Menschen und jene Zeiten viele Dramen auf sich genommen... Diese Menschen und ihre Zeit waren der Grund für viele einsame Wege gewesen...

Diese Gefühle galten zweifellos in der Familie nicht nur für Tante Tilda. Menschen, die andere in ihren Träumen nicht erreichen konnten und auf ihre Spiele nicht eingingen, wußten sehr gut, daß das Leben mit Lügen zu schwierigen Nächten und inneren Qualen führte. War Juliette gegenüber dieser Rückkehr, die bei allen in der ›Familie‹ unterschiedliche Gefühle auslöste, deshalb derart unbarmherzig? Schließlich hatten wir alle schon mal versucht, bei einem anderen, fremden Menschen Zuflucht zu finden, um uns zu schützen. Juliette verurteilte, daß er sich nach all den Jahren in London nicht angepaßt hatte. Außerdem hätte Monsieur Robert nicht in einem solchen Zustand nach Istanbul zurückkehren dürfen, er hätte das Leben in London mit den neuen Umständen akzeptieren müssen, er hatte kein Recht dazu, das Bild, das er in der Phantasie mancher Leute geschaffen hatte, zu erschüttern; er hätte bis zum Lebensende für sich selbst die Verantwortung übernehmen müssen. Anders gesagt, der Begriff der Verantwortung hatte sowohl für Juliette als auch für Monsieur Jacques eine große Bedeutung im Hinblick auf das Leben jenes ›Abenteurers‹. Seine Erlebnisse waren zweifellos für uns mit unterschiedlichen Assoziationen verbunden. Abgesehen von den unterschiedlichen Urteilen und zuweilen gegensätzlichen Ansichten zeigte sich letztlich doch, daß Monsieur Robert, sein Leben und die Erzählungen davon niemanden gleichgültig ließen. Welche Ansicht war die richtige? Die Antwort war damals genauso schwierig wie heute. Ich meine, jeder hatte sein Bild von Monsieur Robert, den er auf eigene Weise verstand, sich vorstellte und anderen darstellte. Als wäre dies das Schicksal von Menschen, die wie im Märchen aufbrechen, sich auf den Weg machen und irgendwohin gehen. Es gelang ihm, in jedem Menschen ein anderes Bild von sich aufleben zu lassen... Für meine Begriffe hielt ihn in jenen schweren Tagen außer den lügenhaften Hoffnungen und seinen Träumen, die den gewöhnlichen Zeitrahmen längst überschritten hatten, dieses Gefühl aufrecht, richtiger gesagt, dieser kleine Triumph, den er keinem Menschen mitteilen konnte... Es ist mir jetzt, als sähe ich ihn mit dem traurigen Lächeln jener Tage in jenem weit entfernten Hotelzimmer diesen Triumph erleben. Noch einmal in jenem Hotelzimmer, an jenem falschen Zufluchtsort, als er mit ganzer Kraft sich an jene phantasierten Momente, Bilder halten, anklammern wollte. Noch einmal... Wie immer in solchen Augenblicken bleibt die Zeit stehen... Wie er sich, ein paar Monate nachdem er in seine Heimat Istanbul zurückgekommen war, vor dem Spiegel für den Pessach*-Abend zurechtmachte, der in der Familie Ventura nach großen Vorbereitungen mit kleinen Aufregungen gefeiert wurde... Wie er sich sorgfältig rasierte, kämmte und ankleidete... Er wollte damals jene Pessach-Abende in ein wirkliches Fest, eine Feier verwandeln, nachdem er jahraus, jahrein im fernen Land, in einer anderen Kultur, weit weg von der ›Familie‹ Pessach stets vermißt hatte... Um die Bruchstücke der Vergangenheit zu sammeln... Die Bruchstücke der Vergangenheit, in der Hoffnung, sie für einen Abend noch einmal zu be-

rühren, sie lautlos oder mit den unvergeßlichen Stimmen einzusammeln ... Von wo aus, durch welchen Türspalt hättet ihr in so
einem Moment auf einen Menschen blicken können?

Ein Bild in Kanlıca

Daß ich Monsieur Robert in jenem Hotelzimmer mitten in seiner
langen Rückkehr, seiner traurigen Freude erwischen wollte, hatte
wohl damit zu tun, daß ich seine Lebensfragmente in einer an-
dern Erzählung, meiner Erzählung vereinen wollte. Ich würde
mich so langsam unserer Erzählung nähern, und jene Zeit würde
nach und nach auch meine Zeit werden. Jene Zeit würde auch
meine Zeit werden ... Ganz langsam ... Denn in meiner Phantasie entstanden Bilder. Jene Sätze erzählten mir von einem Mann,
der ununterbrochen in diesem Zimmer herumlief: Er war wieder
einsam. Er war, obwohl er eine Familie hatte, nach der er sich so
viele Jahre gesehnt hatte, die er als seine ›letzte Zuflucht‹ angesehen hatte, wieder einsam. Einsam ... Wie in London vor einem
Jahr, am Pessach-Abend, den er nach fünfunddreißig Jahren erstmals von seiner Frau getrennt gefeiert hatte. Jenen Abend hatte er
mit zwei befreundeten Menschen verbracht, die ebenfalls seit
Jahren in der Stadt im Exil lebten; der eine stammte aus Casablanca, die andere dagegen aus Istanbul. Mit zwei Freunden, die
ihm nach so langer Zeit noch geblieben waren, die ihn nicht
verlassen hatten, denen er wirklich vertrauen zu können glaubte
und die zu ihm paßten ... War es tatsächlich der richtige Schritt
gewesen, sie wegen seiner Familie zu verlassen? ... Zwei Menschen, die bereit waren, sein Leben, womöglich seine letzten
Jahre, durch ihre Existenz ein wenig zu wärmen. Doch er wußte,
sie waren verständnisvoll, sie hatten verschiedene Seiten des
Lebens kennengelernt. Wenn sie wollten, konnten sie an jenen
Nächten anknüpfen und ihr Beisammensein wieder aufnehmen.
Daß sie, die den geringsten Vorfall zum Anlaß für eine kleine
Feier zu nehmen gewohnt waren, an ihrem letzten Abend keine

Abschiedsparty veranstaltet hatten – war das nicht ein Zeichen dafür, daß sie erneut, und zwar in allernächster Zeit, wieder zusammentreffen wollten? Er hatte sich nicht darin getäuscht, beide als Freunde anzusehen. Wenigstens hatte er sich nicht getäuscht in der Wahl der Menschen und in seinem Blick auf sie.

Nicht nur eine Menge Geld verdankte er Incilâ Hanım, die ihn durch einige Verhaltensweisen an Istanbul erinnert hatte und die er jetzt in weiter Ferne zurückgelassen hatte; Geld, das er in allerschlimmster Zeit geliehen hatte, gezwungen gewesen war zu leihen. Darüber hinaus verdankte er ihr aber auch einige Momente, die er einem anderen nicht so leicht erzählen konnte. Ein paar Momente, die ihn ans Leben banden, die verhinderten, daß er sich an einem neu anbrechenden Tag auf einen Weg ohne Wiederkehr begeben mußte. Daß er in einer riesigen Stadt, die den Menschen verschlang, zu jeder Tages- und Nachtzeit mit jedem Anliegen an die Tür der kleinen Wohnung klopfen konnte, wo er in jenen schweren Zeiten sich mit aller Herzlichkeit willkommen fühlte, war wirklich unschätzbar. Was das Geld betrifft... Incilâ Hanım hatte ihn nie gemahnt, aber zu diesen Schulden stand er, diese Schulden würde er auf jeden Fall bezahlen. Auf jeden Fall würden die attraktiven Geschäftsideen, die er anderen, den ›neuen Menschen‹, vorschlug, früher oder später Interesse finden. Außerdem war es nur eine Sache von ungefähr zwei- bis dreitausend englischen Pfund. Diese Schulden würde er bezahlen, ja unbedingt. Er würde sie bezahlen, und zwar auf eine Weise, die seinem guten Ruf entsprach... Das wußte Incilâ Hanım zweifellos auch. Sie hatten diese alten unvergeßlichen Tage nicht umsonst erlebt. Sie stammten beide aus einer weit zurückliegenden, ganz anderen Zeit, deren Zeugen inzwischen verlorengegangen waren. Sie war nicht nur eine Freundin, sondern die Hinterbliebene eines verstorbenen Freundes und insofern die Erinnerung an einen Freund. Ein ›Erinnerungsstück‹, ihm überlassen von seinem Freund, Hugo Fridman, der sein ›Londoner Abenteuer‹ sehr anders erlebt hatte als Monsieur Robert, in kleinen Zimmern, mit kleinen Träumen... Er erinnerte sich. Damals, als er in London gelebt hatte, hatten sie oft Briefe gewechselt, sie hatten auch ein paarmal zusammengesessen und lange geredet. Hugo machte sich damals zusammen mit dem jungen Mädchen mit der schönen Singstimme auf eine lange, beschwerliche Reise der Liebe. Sie kam aus Kanlıca. Die Geschichte zweier Menschen unterschiedlicher Kulturen, sie Türkin, er Jude, war in dieser Region verboten. Robert wußte, daß diese Verbote manche Menschen fortgetrieben und ins Exil gezwungen hatten. Er hatte in nächster Nähe manche Enttäuschung und manchen Weggang erlebt. Das junge Mädchen, das an einem der schönsten Ufer Istanbuls seine Lieder suchte, und der junge Mann, der seine richtige Familie suchte, waren in jenen Briefen noch ganz am Anfang des Weges. Sie taten in Istanbul gerade die ersten Schritte zu ihrem kleinen Exil. Die ersten Schritte zu ihrem kleinen Exil oder zu dem Leben, das sie wählen würden ... Indem sie dessen Heimlichkeit in allen Ecken mit aller Aufregung erlebten ...

Monsieur Robert war Hugos Schulfreund seit der High School. Durch ihre gemeinsamen Erlebnisse bekam diese Freundschaft eine besondere gefühlsmäßige Bedeutung. Man muß den Satz, um einige Dinge noch genauer erzählen zu können, etwas abwandeln: Monsieur Robert war in jener Schule der ›einzige‹ Freund des Jungen, der keine richtige Familie hatte. Dieser Junge zog es vor, seinen Mitschülern aus der Ferne zuzuschauen und abseits zu stehen. Hugo stammte aus einer bekannten, begüterten Familie, die jedoch immer mehr auseinanderfiel und sich langsam ›zerstreute‹. Der Vater dieser kaltherzigen Familie, deren Zusammenbruch lange abzusehen war, war autoritär, hinter den Frauen her, Alkoholiker und dachte an nichts anderes als Geldverdienen und Geldausgeben. Die Mutter erhob sich sozusagen nie von den Spieltischen ... Der Junge ging zu seinem Freund, wohl in der Hoffnung, wenigstens ein paar Stunden in der Wärme eines Heims zu verbringen. In seiner Familie wurde das Abendbrot im Restaurant, in Lokalen, im Casino eingenommen. Der wichtigste Grund für die innige Freundschaft zu Robert waren womöglich die warmen Familienmahlzeiten, die gemeinsam eingenommen wurden. An jenen Abenden erzählten sie einander ihre größten Geheimnisse. Hugo sagte eines Abends, er sei auf einem Auge blind, eigentlich mit nur einem sehenden Auge geboren. Das merkte man ihm ›äußerlich‹ nicht an. Er meinte auch, daß ihm diese Besonderheit oder Behinderung nicht viel ausmachte. Seit er denken konnte, war es so, er konnte es sich anders gar nicht vorstellen. Man mußte den Grund für seine absichtliche Distanzierung von seiner Umgebung in einer sehr verborgenen Verletztheit, ja Verdüsterung suchen, die aus dieser Andersartigkeit resultierte. »Mich haben meine Eltern wahrscheinlich in einer ihrer sturzbetrunkenen Nächte gezeugt. Sie schulden mir ein Auge, bloß haben sie ihre Schulden nie bezahlt«, sagte Hugo an jenem Abend. Seine Lage beschäftigte ihn trotz aller ›Natürlichkeit‹, und es war zu merken, daß er auch zornig war. Doch dieser Zorn richtete sich in erster Linie gegen seine Eltern, die ihn mit jenem Defekt in die Welt gesetzt hatten. Dann sagte er mit leichtem Lächeln: »Auf diese Weise habe ich gelernt, meine Umwelt besser zu beobachten.« Er hatte in die Welt seines Freundes, seines einzigen Freundes aus eigener Sicht damals nur so weit vordringen können…

Gelang es Hugo wirklich besser, die so weit von ihm entfernten Menschen zu sehen? Robert erinnerte sich nicht mehr, wann Hugo dem grünäugigen Mädchen aus Kanlıca, Incilâ Hanım, begegnet war. Jetzt erinnerte er sich nur, daß der Mensch, der auf die Welt, auf seine Welt mit einem besonderen Blick geschaut hatte, nach dieser Begegnung einen großen ›inneren Kampf‹ ausfechten mußte. Die Existenz ihrer Familien bekamen sie hier plötzlich zu spüren, bei solchen Beziehungen spielte sie eine deutliche Rolle. Hier war ein Preis zu zahlen. Ihre Beziehung wurde von beiden Seiten aus verschiedenen Gründen nur schwerlich akzeptiert. An sich waren derartige Geschichten bekannt und kamen damals häufiger vor. Solche Geschichten gab es fast überall auf der Welt mit unterschiedlichen Wörtern, unterschiedlichen Bildern, und stets mündeten sie in eine Flucht oder wenigstens in die Bereitschaft dazu… Trotz aller grundlegenden Übereinstimmungen jedoch erlebte jeder ab einem gewissen Punkt seine eigene Geschichte. Sie wagten die Grenze zu überschreiten und mitsamt aller Einsamkeit und Verlassenheit in ihre Erzählung einzutreten. Indem sie nach London flohen…

Damals war auch Robert in London. Er hatte Lola kennengelernt und glitt langsam in ein Leben hinein, das unausweichlich war. Auch er fühlte sich auf der Schwelle zu einem schwierigen Abenteuer. Sie suchten eine neue Familie, ›ihre Familie‹. In London, das sie aus ihrer Schulzeit von Fotos als ferne Stadt ihrer Träume kannten, wurden sie durch ein ähnliches Schicksal zusammengeführt. Ähnlich, es ist nicht falsch, das Schicksal nur ähnlich zu nennen. Nachdem sie mit dem Gefühl der Flucht beziehungsweise mit der Hoffnung, ihr erträumtes Leben zu verwirklichen, in diese Stadt gekommen waren, sollte ihre Freundschaft mit der Zeit eine andere Dimension bekommen, denn sie würden andere Schritte in andere Richtungen tun. Hugo war in eine fremde Stadt gegangen mit einer Frau, die dort fremd war, um die Hölle, die er in seinem Zuhause in Tepebaşı erlebt hatte, zu vergessen, und er hatte sich getraut, alle Brücken hinter sich abzubrechen. Das war natürlich ein Protest. Ein Protest, den nur wenige Menschen wirklich verstehen und richtig einordnen konnten. Es war der größte Protest in seinem Leben. Nur so konnte er die anderen, die Menschen, die er als die anderen sah, seine eigene Existenz spüren lassen. Er machte sich auf den Weg, entschlossen, seine Eltern ihrem ›eigenen Sumpf‹ zu überlassen, und hoffte, sie nie mehr wiederzusehen. Es gelang ihm auch, seinen Vater nicht wiederzusehen. Seine Mutter jedoch kam einige Jahre später nach London. Sie hatte sich nach vierzigjähriger Ehe von ihrem Mann getrennt. Ihr Sohn verstand die Ablehnung des Mannes, mit dem sie ein langes Leben voller Fehler geteilt hatte, sehr gut und fühlte sich gedrängt, dieses Verständnis auch zu formulieren. Sie hatte sich vom Glücksspiel losgesagt. Was der Grund dafür war, das konnte sie nicht mal ihrem Sohn, dem sie sich zunehmend näher verbunden fühlte und den sie als einzige Stütze ihres Lebens ansah, erzählen. Sie mußte dafür einen hohen Preis zahlen. Da sie nun nicht mehr spielte, trank sie viel. Sie vertrug wesentlich mehr Alkohol als andere Menschen und wurde nie betrunken, oder konnte, wie sie selbst sagte, trotz aller Bemühung nicht betrunken werden. Vielleicht nahm sie auch Drogen. Aber das bekam selbst Hugo in den Tagen, als er ihr sehr nahe war, nicht heraus. In jenen Tagen erlebten die beiden London anders als sonst. Manchmal gingen sie aus, um etwas zu trinken und lange Gespräche zu führen. Auch Incilâ Hanım verhielt sich trotz der früheren Kränkungen in diesen Momenten des Zusammenseins sehr verständnisvoll. Jahre waren vergangen, jeder hatte jedem verziehen und darüber hinaus zu verstehen und zu sehen begonnen. Die Jahre hatten auch die Schmerzen der Erschütterungen vergehen lassen. Er wußte, jeder versuchte, die verlorene Zeit und die im Laufe der Zeit verlorenen Menschen zu finden, kennenzulernen. Deswegen war für Hugo das Zusammensein mit seiner Mutter, dieses erste Zusammensein so wichtig. Erst recht, wenn man bedenkt, daß sie aufgrund dieser verspäteten Schritte sich gegenseitig besser kennenlernen konnten ... Dafür gab es die Cafés, Kinos, Restaurants und vor allem die langen Abende und das Frühstück in jener kleinen Wohnung. So vergingen ihre Londoner Tage. Hugo hatte in jenen Tagen sein ›Glück‹ gefunden, und er sah, daß durch diese verspätete Annäherung seine innere Trauer einen ganz anderen Sinn bekam.

Dann verabschiedeten sie sich eines Tages für immer. Nachdem seine Mutter zwei Monate in London gewesen war, sagte sie zu Hugo: »Jetzt ist es genug«, und kehrte nach Istanbul zurück, wo sie einen Monat später still und leise im Krankenhaus von Balat starb. Die Nachricht gelangte in einem einfachen Brief nach London. Den Brief hatte eine ›Fremde‹ geschrieben, die ihren Namen nicht angab. Sie hielt es für richtig, sich so zu bezeichnen. Sie wollte Hugo nur sagen, sie habe mit seiner Mutter die letzten Tage, das ›letzte Krankenzimmer‹ geteilt. Durch den Brief sei eine ›Pflicht‹ erfüllt worden. Die Trauerfeier wurde abgehalten. Nach ihrem

Willen sollte in einer Londoner Synagoge das ›Notwendige‹ getan werden. Seine Mutter hatte nicht gewollt, daß er gerufen würde. Das war ihr letzter Wunsch, den sie kurz vor ihrem Tod noch aussprechen konnte. Ihr Sohn würde den Grund für einen solchen Abschied verstehen. Hugo fühlte in dem Moment eine große Wärme. Eine Wärme, die seinen Körper für kurze Zeit aus der Stadt, die er gewählt hatte und wo er seit Jahren lebte, hin zu einem anderen Ort trug… Er weinte nicht, er konnte nicht weinen. Er hatte nicht das Bedürfnis zu weinen. Trotz allem, was sie in letzter Zeit erlebt hatten, war zwischen ihnen eine unüberwindliche Ferne und Fremde geblieben. Trotzdem hatte er diese eine Erwartung erfüllt. Er verstand sehr gut, daß sie ihn nach allen ihren Abschieden nicht zu einem Abschied, der ziemlich banal hätte werden können, nach Istanbul gerufen hatte. Das war einer jener Momente, wo sie sich im wahren Sinne trafen, auch wenn sie in verschiedenen Zeiten, an verschiedenen Orten gelebt hatten. So eine Begegnung hatte er auch vorher schon einmal erlebt. Seine Mutter hatte ihm gegenübergesessen, ganz nahe. Sie hatte gesagt, daß der Tod ›nicht mehr weit‹ sei. Sie war nicht krank, es gab keine sichtbare Unpäßlichkeit, aber sie wußte es, sie hatte die ›Stimme‹ gehört… Es war eines jener langen, alkoholisierten Gespräche gewesen. Eine Ahnung berührte in diesem Moment ihr Inneres, und die mußten sie durchleben. Er sprach mit einer Frau, die im Moment des Todes allein sein wollte… Einer Frau, die allein oder mit Fremden ›bleiben‹ wollte, die ihr bisheriges Leben nicht kannten und sie nicht an ihre Vergangenheit erinnerten. Über andere Möglichkeiten auf dem eingeschlagenen Weg wollte sie jetzt nicht mehr nachdenken, und das, was sich auf dem Weg verbarg, wollte sie jetzt nicht mehr sehen. Es war für sie schon ein Gewinn, mit ihrem Sohn zusammen bis hierher gekommen zu sein. Auf dem Flughafen drückte sie ihm zum Abschied fünfzig Pfund in die Hand und sagte: »Nach meinem Tod geh und spiele mit diesem Geld für mich. Schau den Leuten ins Gesicht. Ich werde dort sein.« Das war die einzige ›Erbschaft‹ Hugos von dieser Frau, die ihr Leben damit vergeudet hatte, hinter einem sehr anderen

Traum herzulaufen, ihrem Sohn aber nur selten zur rechten Zeit nahe gewesen war… Am Abend nach dem Erhalt des Briefes rief er Robert an und sagte: »Robert, ich muß für meine Mutter spielen. Führe mich an den besten Ort, den du kennst.« An diesem Abend erzählte er alles, was geschehen war, was er in den letzten Monaten erlebt hatte.

Am Roulettetisch schaute Hugo den Menschen ins Gesicht; er bemühte sich an diesem Abend, sie anzuschauen. Er erfaßte eine unterdrückte Aufregung in diesen Gesichtern. »Es gibt noch etwas anderes«, sagte Robert zu Hugo. »Aber dafür muß man ein Meister sein, um aus der Art, wie der Croupier die Kugel wirft, zu erraten, welche Zahl du spielen sollst.« Doch Hugo hatte keinen derartigen Traum. Es sollte die erste und letzte Nacht sein, die er ins Casino ging, um zu spielen. In erster Linie war es eine kleine Feier, eine persönliche Totenfeier. Er dachte daran, daß seine Mutter dort am Spieltisch hätte sitzen wollen. Höchstwahrscheinlich hätte sie sich unter diesen Menschen nicht fremd gefühlt, sie hätte eines der Gesichter sein können. Aber das war auch alles. Amalia hatte immer gewollt, daß ihr Sohn sie wie ihre Freunde nur mit Vornamen ansprach. Diese Amalia, die reichlich spät als Mutter bei Hugo aufgetaucht war, hatte für eine Sucht, für die Verlockung durch die Sucht einen hohen Preis bezahlt und sich nicht davor gedrückt. Die fünfzig Pfund, die sie ihrem Sohn vor der Abreise nach Istanbul gegeben hatte, damit er sie an ihrer Statt an ihrem so geliebten Spieltisch verspielen sollte, waren ihre letzten ›Ersparnisse‹. Hugo stand dieser Welt fern und würde ihr immer fern bleiben. Diese Ferne zeigte sich auch in anderen Dingen. Er war keine Spielernatur. Angesichts dessen, was er erlebt hatte oder hätte erleben können, wagte er sich nie an ›große Spiele‹. Sein größtes Wagnis war wohl gewesen, mit Incilâ Hanım zusammen in eine andere Stadt, in ein neues Leben aufzubrechen. Höchstwahrscheinlich hätte er ohne die Existenz, die Unterstützung und Ermutigung seiner Geliebten das ›gefährliche Spiel‹ nicht versucht. Aus diesem Grund war er nach der Übersiedlung nach London auch nicht wie Robert ins große

Geschäft eingestiegen, sondern verdiente seinen Lebensunterhalt – wobei er sein Leben erschöpfte – in einer großen inter-
nationalen Firma mit der Übersetzung von Geschäftsbriefen.
Gemäß den Bedingungen der damaligen Zeit galt er in seiner
Firma als wertvoller Mitarbeiter. Außer Englisch konnte er auch
gut Deutsch und Französisch. Sein Italienisch war nicht schlecht.
Jede dieser Sprachen war für ihn ein Symbol der Flucht in ein
anderes Leben. Ein Symbol der Flucht in andere Leben. Aber das
war für ihn auch die Grenze. Darüber hinaus ging es nicht. Es
konnte für ihn nichts weiter geben als seine kleinen Träume, die
kleinen Augenblicke und die Briefe, die weit weg in andere Erzählungen führten. Nichts außer seinen Träumen, seinen Augenblicken, seinen Briefen und Incilâ Hanım, die ihm sogar über den
Tod hinaus treu war… Nichts Erwähnenswertes…

Hugo war sich immer bewußt gewesen, daß diese Frau seinetwegen ihr Leben in Istanbul verlassen hatte, woran sie ihn aber
nie erinnerte. Sie war ihm stets Geliebte, Freundin, Lebensge-
fährtin. Was sie ihm schenkte, geschah nicht nur aus Treue. Wenn
man bedenkt, was sie wegen dieser Flucht, ihrer beider Flucht,
alles aufgegeben hatte, war es auch eine Geschichte der Selbstlosigkeit. Incilâ Hanım gehörte zu den Menschen, die für die
Liebe brennen, aber wichtiger noch war, daß sie ihr Leben selbst
wählte, anstatt sich in dem einzurichten, was ihr geboten wurde.
Es war eine von den Geschichten, wo der Mensch – wie in allen
Geschichten wahrer Selbstlosigkeit – das Verlorene in einen Gewinn verwandeln konnte. Dafür war Robert Zeuge. Er war ein
wertvoller Zeuge, weil er zum einen reichlich Gelegenheit hatte,
das Leben dieser Menschen in jeder Hinsicht, mit allen Aspekten
zu beobachten, und zum anderen, weil er in keiner Phase seines
Lebens einer solchen Frau begegnet war. Um ihren Weg richtig
zu verstehen, muß man ein wenig über die Lebensumstände
Bescheid wissen, aus denen Incilâ Hanım wegen dieses ›romantischen Jungen‹, dem sie bis zum Wahnsinn verbunden war und
blieb, in das andere Leben hinüberwechselte. Robert hatte nicht
vergessen, was Hugo ihm erzählt hatte.

Incilâ Hanım wurde während ihres Studiums am städtischen Konservatorium sowohl wegen ihrer Stimme als auch wegen ihrer Schönheit sehr bewundert. Nicht nur unter den Mitstudierenden, auch bei den Lehrkräften gab es welche, die ein ganz anderes Leben für sie erträumten. Man sah in ihr die neue Seyyan Hanım. Die Welt des Tango wollte sie mit offenen Armen aufnehmen. Wer sie damals gekannt hatte, behielt sie lange in Erinnerung. Wenn sie an manchen Abenden im Uferhaus in Kanlıca ihre Lieder sang, hallte der Bosporus wider. Einige kamen sogar im Boot, um ihr heimlich zuzuhören. In den Stunden, wenn sie arbeitete, wenn sie ihre Lieder vielleicht für ein anderes Leben sang... Es war bekannt, daß sie regelmäßig arbeitete, und auch, zu welcher Zeit sie sang, das zeigt, wie ernst sie ihre Arbeit nahm. Wohin haben Zuhörer in den Booten oder an den Fenstern der benachbarten Uferhäuser, die lautlos ihre eigenen Schicksale und Geschichten ertrugen, jene Gesänge mitgenommen? Diese Frage, die Incilâ Hanım sich in späteren Jahren womöglich selbst stellte, brachte ihr wahrscheinlich von sehr weit her einige Bilder zurück.

Ein wichtiger Platz unter ihren Bildern gehörte ihrem Vater, der jede Aufgabe ernst nahm und dessen Idee, daß die wechselnden Epochen für die Wissenden stets auf die Demokratie zusteuerten, sie nach Kräften verteidigte. Şamil Şükrü Bey, der als Botschafter in vielen Städten des Auslands verpflichtet gewesen war, hatte eine gute Ausbildung genossen, und seine Maxime war, die Zeit gut zu nutzen. Der Wert eines Menschen ergab sich aus seiner Sicht nicht aus guten Absichten, sondern aus dem, was jemand geleistet, verwirklicht hatte. Seine Perfektion resultierte daraus, daß er die Arbeit als eine Pflicht im Leben ansah. Diese Ansicht hatte er auch seiner Tochter eingeimpft. Incilâ hatte einen wichtigen Teil ihrer Kindheit und Jugend auf diese Weise in europäischen Städten verbracht und Disziplin erworben. Französisch, Englisch und Spanisch hatte sie fast wie ihre Muttersprache gelernt, ihre ersten Klavierstunden bekam sie dort. Von allen Städten liebte sie Madrid am meisten. Die Sommermonate verbrachte sie oft in Kanlıca in dem Uferhaus, das ihre Mutter von ihrem Vater, einem Pascha, geerbt hatte… Ihre Mutter war Malerin. Sie fühlte sich in keiner der Städte glücklich, in die sie als Frau des Botschafters mitgehen mußte. Noch jung, nämlich mit achtundvierzig Jahren, starb sie. Incilâ war gerade siebzehn Jahre alt. Sie weinte sehr und fühlte sich allein und verlassen. Damals erkannte sie, was es heißt, wenn manche Menschen nicht wiederkommen, ganz egal, wie sehr man sich nach ihnen sehnt. Es waren stürmische, schmerzhafte Zeiten. Sie vernachlässigte ihre Arbeit, ihre Freunde und alles, was das alltägliche Leben aufrechterhielt. Sie machte lange Wanderungen und versuchte, die Bilder ihrer Mutter etwas besser zu verstehen.

Bei dem, was sie ihre Arbeit nannte, konnte sie sich stark kontrollieren. Wenn aber plötzlich doch starke Gefühle in ihr aufkamen, ließ sie sich von einem Wind erfassen und an einen unbekannten Ort tragen. In dieser Hinsicht war Incilâ ihrer Mutter ähnlich. Eines Tages öffnete ihr dieser Wesenszug den Weg zu einer der wichtigsten Entscheidungen ihres Lebens. Sie lernte Hugo bei einer Einladung kennen. Da war sie neunzehn. Sie trafen sich, redeten und brachen zu langen Spaziergängen auf. Eines Tages entschlossen sie sich wegzugehen, ihren Weg gemeinsam fortzusetzen. An dem Tag, als sie das Uferhaus verließ, schaute sie ein letztes Mal die Bilder ihrer Mutter an. Vor ihrem Selbstporträt, das sie sehr liebte, verbrachte sie viele Stunden. Sie sah hinter den traurigen Blicken ein Lächeln, das sie vorher nicht bemerkt hatte. Die Blicke ihrer Mutter lächelten, als wollten sie sagen: »Geh, geh so weit du kannst. Du tust das Richtige.« Diese Blicke erleichterten den Aufbruch sehr. Damals kam sie durch jene Blicke auf die Spur einer anderen Geschichte, die sie niemandem erzählen konnte. Deswegen änderte sie ihren Entschluß auch nicht, trotz Vater und Onkel Staatssekretär, trotz der Tante, die gemäß ihrer überkommenen Werte im Leben nichts Erstrebenswerteres kannte, als einen guten Teig zu kneten, gefüllte Weinblätter zu wickeln, Stickereien zu machen und Kinder großzuziehen, trotz zweier Tanten, die Meisterschaft darin erlangt

hatten, ihre verfehlten Ehen nach außen hin in Ordnung erscheinen zu lassen, kurz gesagt, trotz aller Verwandten, die sich an sie
erinnerten und es sie spüren lassen wollten. Aber wichtiger noch
war, daß auch die Beschwörungen ihrer Lehrer nichts nützten,
die eine so vielversprechende Schülerin nicht verlieren wollten.

Sie erlebten schwere, sehr schwere Zeiten. Incilâ Hanım gab in
den ersten Jahren in London Klavierunterricht, aber sie sang
nicht. Wahrscheinlich dachte sie immer an die Lieder, die sie
in der anderen Stadt zurückgelassen hatte. Als dann die Tage
ihren normalen Lauf gefunden hatten, wollte sie allmählich auch
ihre ›alten Lieder‹ mit ihren Freunden und mit der nächsten
Umgebung teilen. Damals lernte Robert diese schöne Stimme
kennen, die Erinnerungen aus dem vergangenen in das neue
Leben brachte. Diese Stimme sang nicht nur schöne Lieder, sondern berührte den Menschen tief innen und entführte ihn in eine
andere Welt.

Incilâ Hanım war eine gute Köchin. Ihr Essen war ›feine Kü-
che‹. Sie sah in gutem Essen ein Stück Kultur, mehr noch, eine
Bereicherung des Lebens. Zudem wußte sie, daß in ihrer Umge-
bung Menschen waren, die ihr ›warmes‹ Essen, ihren Platz im
Leben verloren hatten. Daher kam wohl die Sorgfalt und die
Liebe, mit der sie sich der Zubereitung der Speisen widmete…
Wenn Robert jetzt hingehen könnte, wenn sie zusammen einen
Wein trinken könnten, wenn sie versuchen könnten, jene Mo-
mente noch einmal zu erleben. Wenn er jetzt um jener Tage
willen hinfahren könnte, und sie könnten reden, reden, reden…
Sicher hätte sie sich sehr schön angezogen und das Essen wie zu
einer kleinen Feier vorbereitet. Ihre weißen Haare hatte sie lang
wachsen lassen und nie gefärbt. Sie wußte wohl, wie gut ihr der
Haarknoten stand. In ihrer Kleidung achtete sie auf die kleinsten
Einzelheiten, von den Haarspangen bis zu den Ringen, die sie der
Bedeutung des Tages entsprechend trug und deren jeder eine
andere Facette ihrer Persönlichkeit spiegelte. Sie hatte viele Ringe, die alle, ob wertvoll oder nicht, eine andere Erinnerung, Bedeutung verbargen. Warum hatte sie so viele Ringe, und warum

nahmen diese Ringe einen so wichtigen Platz in ihrem Leben ein? Das hatte er nie gefragt, nicht fragen mögen. Schließlich brauchten wir alle unsere kleinen Geheimnisse, unsere stillen, leisen Fluchten. Doch er war sicher: Trotz aller möglichen und verständlichen Fluchten hätte sie ein gemeinsames Essen zu so einem Anlaß als schöne kleine Feier gestaltet. Als kleine Feier, aber, genauer gesagt, indem sie der Feier und ihren Vorbereitungen eine neue poetische Bedeutung hinzufügte, nämlich menschliche Herzlichkeit, womit sie dem Bedürfnis des Menschen, bei einem anderen Zuflucht zu finden, Rechnung trug.

Incilâ Hanım behielt darum auch nach Hugos Tod einige jüdische Bräuche bei, womit sie im Laufe der Jahre ganz persönliche Gefühle durchlebte und manche Dinge aus ihrem Leben, die man nur schwer benennen und zur Sprache bringen konnte, verarbeitete. Und vielleicht war das eine andere Weise der inneren Bindung an den Mann, den sie zeit ihres Lebens geliebt hatte. Da sie sich jetzt so nach ihm sehnte, war sie noch mehr davon überzeugt. Die Vorbereitung auf den Pessach-Abend zeugte davon, daß diese Feiern auf ganz besondere Weise durch die Berührung einer nie endenden Liebe Bedeutung gewonnen hatten. Sie sorgte für das an diesem Abend vorgeschriebene ungesäuerte Brot und bereitete das Lauchbörek vor. Sie hatte ihn nur den Wein mitbringen lassen. Wie es auch früher gewesen war… Um ihn aufs neue daran zu erinnern, daß er in weit zurückliegenden Zeiten ein Gentleman gewesen war… Dieses ›Geschenk‹ verschmähte sie nicht. Obwohl er damals sehr wenig Geld hatte, brachte er zwei teure französische Weine. Das hatte Incilâ Hanım mehr als verdient, wenn man die alten Zeiten ihrer Freundschaft bedachte. Sie wenigstens konnte die hierin ausgedrückte Finesse erkennen. Daß sie beim Anblick des Weins beeindruckt war, zeigte ihr freudiges Gesicht. Sie waren sich begegnet. Es war ihnen gelungen, sich noch einmal in dieser Zartheit, die man nicht vielen Menschen vermitteln konnte, zu begegnen.

An jenem Abend war auch Monsieur Tahar dabei, der jahrelang in der kleinen Wohnung von Incilâ Hanım in der Edgware Road zur Untermiete gewohnt und nur wenige Geheimnisse seiner Vergangenheit preisgegeben hatte. Aus ganzen Herzen nahm er an dem kleinen Fest teil, dessen tiefe Bedeutung ihm bewußt war. Die beiden Männer verstanden sich bei ihren häufigen, beziehungsweise notwendigen Begegnungen sehr gut, trotz der unterschiedlichen Präferenzen in ihrem Leben, und wenn man die Beziehungen bedenkt, die ihr Leben bestimmten, dann wußten sie letztlich diese für sie passende Freundschaft zu schätzen. Sie sahen einander als zwei ›Abenteurer‹, die ihre unterschiedlichen Schicksale mit unterschiedlichen Einstellungen trugen … Es war seltsam, aber am stärksten schienen sie das in den langen Stunden des Bézigue-Spiels zu spüren. Man mußte nichts erklären. Manche Dinge fanden ihren richtigen Platz, auch ohne daß man sie aussprach. ›Etwas‹ war zu spüren, wurde ganz natürlich erlebt. Wer so weise war, sich damit zu begnügen, auf dem Weg zum anderen an der richtigen Stelle einzuhalten, die Menschen nicht verändern zu wollen, sein Leben, seinen Lebensstil mit allen Facetten und Gefühlen zu akzeptieren, für den war dies sogar mehr als genug. Doch sollte man Monsieur Tahar kein Unrecht tun. Das, was er in ihrer gemeinsamen Zeit über seine Vergangenheit erzählte, war für einen verschlossenen Menschen nicht wenig im Vergleich zu dem, was er anderen mitteilte. Obwohl er es vorzog, einen Teil seiner Vergangenheit im dunkeln zu lassen, gab er beim Einzug in sein kleines Zimmer in der Edgware Road an, ein ehemaliger marokkanischer Journalist zu sein. Ein ehemaliger marokkanischer Journalist … Er wollte immer als Mensch erscheinen, der seine Identität aus Casablanca bezog. Sowieso erinnerte er mit seinem Schick, mit seinen nach Meinung einiger Leute allzu ›gemessenen‹ Bewegungen, mit der Sonnenbrille, die er draußen stets trug, und seinem Spazierstock weniger an einen früheren Journalisten, vielmehr wirkte er wie ein Spion, der nach erfolgreicher Erfüllung seines Auftrags aus irgendeinem Grund in eine Stadt verbannt war. So lebte er seinen Casablanca-Mythos, der ihm gut stand, weiterhin aus. Daß er eine Sonnenbrille brauchte, weil das Tageslicht seine Augen irritierte, oder den Stock, weil er leicht humpelte, diese äußerlichen Erklärungen waren für Leute, die andere nach dem ersten Augenschein einschätzten. Doch für Monsieur Tahar hatte sein Erscheinungsbild auch eine andere Bedeutung, wie für jeden, der in einem Märchen lebte. Diejenigen, die ihn in gewisser Weise kannten, konnten ihn hinter diesem Gesicht sehen.

Monsieur Tahars Gesicht konnten nur ihm sehr Nahestehende erkennen. Seiner Meinung nach bekamen nur sehr wenige Menschen dieses Gesicht jemals zu sehen. Nur wenige Menschen, die mit ihm die wahren Tage erleben konnten ... Sicher stimmte das auch für die Menschen, die er in der Vergangenheit irgendwo in dem weit entfernten Land zurückgelassen hatte ... Die Menschen in dem weit entfernten Land ... Wie erlebte er diese Ferne von London aus? Was für einen Menschen hatte London in lichter Dunkelheit, mit der tiefen Lautlosigkeit voller Stimmen in den langsam vergehenden Nächten wohl gerufen? Wenn man die Dinge bedenkt, die wir wissen und die wir erfahren haben, dann gibt es auf diese Fragen eine ganz einfache Antwort. Monsieur Tahar hatte jahrelang in London für die – in seinen Worten – ›lesenswerteste‹ Zeitung seines Landes als Korrespondent gearbeitet und, als er in Rente ging, sich entschlossen, dortzubleiben. Er hatte die lobenswerte Fähigkeit entdeckt, mit wenig Geld in der fremden Stadt ganz für sich allein verantwortlich zu leben. Daß sie sich begegnet waren, lag an der unerklärlichen Kraft des Zufalls.

Incilâ Hanım hatte sich zwei Jahre nach Hugos Tod entschlossen, in ihrer Wohnung eine kleine Veränderung vorzunehmen und eins ihrer Zimmer zu einem geringen Preis zu vermieten, einerseits um ihre Einsamkeit weniger zu spüren, andererseits in der Hoffnung, Geld für ein paar ›kleine Freuden‹ zu verdienen. Sie war freilich äußerst vorsichtig in der Auswahl ihrer ›Gäste‹. Nicht jeder X-Beliebige durfte ihre Wohnung betreten.

Erst lebte eine Anthropologin aus Brasilien in jenem Zimmer. Es war eine hübsche Frau mit attraktiver Bräune, die in einer Sambaschule ausgebildet worden war und intensiv die Tanzformen in verschiedenen Breiten studiert hatte. Eigentlich hatte sie in Oxford ein Doktorandenstipendium bekommen, aber eine Zeitlang betrieb sie ihre ›Studien‹ in London. Es war nie klar, wann sie wohin ging und zu welcher Zeit sie tags oder nachts in ihr Zimmer zurückkam. Die Frau hieß Dinah. Manchmal sprachen sie morgens beim Frühstück über ihre ›Länder‹. Eines Tages, etwa ein Jahr nach dem Einzug, verliebte sie sich in ihren Step-Lehrer und zog mit ihm nach Liverpool. Nach kurzer Zeit teilte sie brieflich mit, daß sie geheiratet habe und ihre Arbeit für längere Zeit unterbrechen müsse. Sie bedankte sich. Bei einem ihrer Frühstücksgespräche war ihr unerwartet etwas klargeworden. Incilâ Hanım wußte nicht, was in welchem Gespräch eine so tiefgreifende Wirkung gehabt haben sollte. Obwohl sie nicht wußte, was Dinah klargeworden war, bewahrte sie eine kleine herzliche Erinnerung an sie. Dieses Erlebnis paßte zu ihr, die weder dem früheren noch dem jetzigen Leben auswich. Eine kleine herzliche Erinnerung... Soweit bekannt, wechselte sie mit Dinah Briefe, wenn auch nicht oft. Wenn auch nicht oft, so hatten sie beschlossen, sich aus zwei verschiedenen Städten gegenseitig ihre Leben hinter ihren Worten zu zeigen, zwei Menschen, die sich zur Liebe aus der Ferne, nur aus der Ferne entschlossen hatten, vielleicht wie Mutter und Tochter, wer weiß...

Nach Dinah wohnte in jenem Zimmer ein reformierter Rabbiner aus New York namens Isaak Jacobi. Incilâ Hanım erfuhr von ihm die schönsten Judenwitze. Jahre später sollte sie die in den Witzen verborgene Lebensweisheit noch besser verstehen. Isaak Jacobi war wegen einer Sache, die mit seinem Onkel zu tun hatte, nach London gekommen. Die Einzelheiten sind unwichtig, das eigentlich Wichtige war das Ereignis als solches, daß es ihm gelungen war, für einen Menschen in ein anderes Land zu fahren. Sein größter Traum war, nach Schweden zu gehen und in einem Film sich selbst zu spielen. Eines Tages sollte er nach Stockholm fahren, um diese Absicht zu verwirklichen, nachdem er wie Dinah ein Jahr in jenem Zimmer gewohnt hatte… Beim Abschied sagte er: »Ich hätte auf meinen Vater hören und Geige spielen lernen sollen.« Damals war er ungefähr vierzig Jahre alt. Viele Jahre später kam ein Brief von ihm. Er hatte sein Vorhaben verwirklicht. Der Film, in dem er mitspielte, ging um die Welt. Er glaubte, einen Platz in der Nähe seiner Heimat gefunden zu haben. Nur zu heiraten hatte er nicht vor. Denn er brauchte noch viel Zeit, um zu studieren.

Das waren die ersten Gäste von Incilâ Hanım. Monsieur Tahar kam später. Weil er wenig sprach, höflich war und seine Umwelt und sein Leben mit anderen Augen betrachtete, hatte er sich in kurzer Zeit dort einen wichtigen Platz erobert. Er stellte keine unnötigen Fragen und wirkte, als wollte er selbst keine unnötigen Fragen gestellt bekommen. Lieber versteckte er sich hinter seinem Geheimnis. Selbst wenn er beim Bézigue von dem hausgemachten Kirschlikör getrunken hatte, änderte sich sein Verhalten nicht. Anders als die anderen Gäste blieb er viele Jahre lang in jenem Zimmer… Als der Tag dann kam, war die Wohnung in der Edgware Road für alle drei zu einem Zufluchtsort geworden, zu einem ›Nest‹ fern der großen Stadt. Da brauchten sie in den Stunden, die sie einander zum Geschenk machten, nicht einmal über ihre Gefühle zu reden. Sie hatten einen Zustand erreicht, in dem sie sich froh und glücklich fühlten. Es genügte ihnen, aufzuatmen und zu wissen, daß er ihnen nicht mehr verlorengehen konnte. Vielleicht hatten sie darum gut gelernt, die Vergangenheit ruhenzulassen. So wie sie ihre Tage und Nächte schlichtweg nur leben mußten. Daran glaubten sie aus tiefstem Herzen. Dieser Glaube war wohl der größte Erfolg ihrer Freundschaft.

Monsieur Tahar reiste zweimal im Jahr nach Casablanca, wo er geboren und aufgewachsen war. Er blieb zehn bis vierzehn Tage und kehrte zurück, nachdem er das ›Nötige‹ noch einmal gesehen hatte. Viel hatte er nicht zu erzählen von den Straßen und Stränden dort. Vielleicht sagte er: »Das Wetter war etwas heißer«, aber mehr nicht. Was darüber hinausging, gehörte ihm, nur ihm... An jenem Pessach-Abend war er bei ihnen. Er war gerade von der Reise zurückgekommen. »Dieses Mal bin ich sehr erschöpft. Ich bin alt geworden«, sagte er. »Das war vielleicht meine letzte Reise. Das habe ich auch den Leuten dort gesagt. Sie haben es verstanden. Sie haben sowieso immer versucht, mich zu verstehen und mir erlaubt, so zu leben wie ich wollte. Darin liegt wohl das eigentliche Problem: Es war ihre stille Rache; meisterhaft rächten sie sich an mir, indem sie nicht reagierten. Sie überließen mich einfach mir selbst...«

An jenem Abend wollte er mehr Wein trinken als sonst. Es fiel ihm nicht schwer, den Sinn des ›Festes‹ zu erfassen. Ihm war die alte Geschichte vom Zug ins Land der Verheißung vor Tausenden von Jahren nicht fremd. Woher kam diese Nähe? Obwohl er nicht gläubig war, hatte er viele Bücher über Religionen gelesen. Mit anderen Worten, er konnte von einem anderen Standpunkt aus sehen, wie der Glaube in bestimmten Ländern das Weltbild der Menschen prägte. Und er konnte deshalb auch manches besser erklären als Incilâ Hanım, zum Beispiel das Geschehen, an das man an den Pessach-Abenden seit Jahrhunderten in verschiedenen Sprachen und mit ähnlichen Gefühlen erinnerte. Man merkte, daß er in seiner Kindheit und Jugend eine grundlegende religiöse Erziehung genossen hatte. Über die Bedeutung des Koran für den modernen Menschen hatte er sehr interessante, sehr persönliche Interpretationen, die einige Vorurteile erschütterten. Dasselbe galt für die Thora und den Talmud. Die islamische Mystik hielt er für ein Geschenk an die Menschen, dessen große Poesie es zu entdecken galt. Auch für die Kabbala hatte er sich zeitweise interessiert. Hebräisch konnte er ebenfalls ein wenig... All das ging auf die langen Leseabenteuer in seinem Zimmer zurück... Doch an jenem Abend, in einer jener Stunden, als er sich beim Wein erinnerte, wollte er den anderen eine seiner sehr alten Geschichten erzählen. In den Straßen von Casablanca, wo die Menschen trotz aller religiösen Unterschiede zusammenleben konnten, gab es in dieser Geschichte ein paar feuchte Augen … Jemand hatte ihm dort gesagt, daß wir dem Leben gegenüber stark sein müßten und daß wir zu unserem Gott nur kommen konnten, indem wir mit unserem ganzen Selbst und dem, was uns mitgegeben worden war, kämpften, oder indem wir diejenigen Dinge suchten, die uns vorenthalten worden waren … Für manche bedeuteten die Tage des Pessach-Festes, daß über andere Menschen im Namen des Lebens noch einmal eine Entscheidung getroffen wurde, für andere bedeuteten sie, daß manchen Menschen noch einmal der Weg in ein anderes Land gezeigt wurde … War es dadurch leichter, sein Leben in London zu verstehen? Konnte man so die unaufhörliche Verlockung von Casablanca und seine gleichzeitige Fremdheit erklären? Monsieur Tahar hatte nach diesem Abend keine Gelegenheit mehr, diese Fragen zu beantworten. Das war wohl die wichtigste Erzählung, die er seinen ›letzten Freunden‹ über sich selbst mitzuteilen wagte. Leider gab es für das, was er sagen wollte, woran er sich erinnern wollte, an diesem Abend nur diese Momente. An jenem Abend wurde eine Stelle seines Lebens nur ganz flüchtig berührt … Diese Haltung, so eine Haltung gegenüber dem Erlebten paßte sehr gut zu Monsieur Tahar. Was er dort verbergen wollte, gehörte zu den Schmerzen, die er nicht erzählen konnte, die er ein Leben lang tragen mußte. Erlebte nicht jeder sowieso den Schmerz auf eigene Weise? Sind es nicht die Fluchten, die von uns erzählen, und zwar sowohl uns selbst als auch den anderen; Fluchten, die zu verschiedenen Zeiten eine je andere Bedeutung haben können und darüber hinaus manche Augenblicke in unserem Leben erklären?

Diese Abende hätten gelebt werden können

Die Flucht an jenem Abend, als Monsieur Robert sich auf das Festessen im Haus seiner älteren Schwester vorbereitete, unterschied sich zum Beispiel wesentlich von der Flucht etwa ein Jahr später. Beide Fluchten ereigneten sich im selben Hotelzimmer, und zwar vor demselben Spiegel. Bei beiden Reisen schenkte er seiner Kleidung bis ins Detail große Aufmerksamkeit und kostete seinen Triumph, der aus einem geheimen Rachegefühl genährt wurde, voll aus. Bei seiner ersten Flucht entwickelte er trotz aller Enttäuschungen neue Hoffnungen, und trotz aller Einsamkeit hatte er den Willen zu einem neuen Leben. Bei der zweiten Flucht hingegen war er enttäuscht, und im Schweigen kam seine Enttäuschung zum Ausdruck, eine Enttäuschung, die er höchstwahrscheinlich bis in seine ›letzten Tage‹ würde tragen müssen. Beim ersten Mal war Madame Roza noch am Leben. Bedenkt man beider Beziehung und den Platz, den seine ältere Schwester in der Familie einnahm, dann war allein das schon eine Erklärung. Die Freude über seine Rückkehr war noch nicht abgeflaut. Beim zweiten Mal sollte er sehen, daß er für ein Morgen viel zu spät dran war, richtiger, er durfte nicht wie bisher neue Träume für eine mögliche Rückkehr träumen; es waren ihm alle seine Spielsachen weggenommen worden.

Deshalb möchte ich ihn nicht noch einmal vor jenem Spiegel in Vorbereitung auf den Abend sehen. Monsieur Robert muß vor dem ersten Pessach-Abend nach dem Verlust seiner Schwester wohl von einem echten Istanbuler Abend geträumt haben. Nach so vielen Jahren wenigstens einem echten Istanbuler Abend, der ihm gehörte ... Zuerst unternahm er lustlos ein paar Vorbereitungen für eine Feier, bei der gezeigt werden sollte, daß alles ›in Ordnung‹ war ... Da war ihm, als hörte er eine Stimme, die ihn zur Reise aufforderte. Diese Reise würde die letzte sein, die er ›seiner Familie‹ schenken konnte. Er rief Juliette an und teilte ihr mit, daß er sich plötzlich unwohl fühle und an dem Abend nicht dabeisein könne. Juliette sagte: »Ich verstehe ... Wir sind zu Hause. Du kannst uns jederzeit besuchen.« Nach diesem kurzen Telefongespräch legte er sich aufs Bett und blickte in das Zimmer, das er verlassen und in dem er seine Vergangenheit begraben würde. Er war müde. Dieses Zimmer sollte sein letztes Zimmer in Istanbul sein ... Von draußen kamen Stimmen. Stimmen eines Lebens, das ganz woanders floß, die aus anderen Erzählungen für ihn hörbar wurden. Er wollte in jenem Leben ›neu geboren‹ werden. In jenem Leben, und wenn es in seinen letzten Tagen war… Der Ort, wo er sich befand, zeigte ihm, wieweit er seinen Wunsch verwirklicht hatte und wo er stand. Dieses Zimmer sollte sein letztes Zimmer in Istanbul sein…

An dem Tag, als wir uns verabschiedeten, erzählte er ausführlich, was er in jener einsamen Nacht empfunden hatte. Er war enttäuscht, und zwar unsagbar, unbeschreiblich. Enttäuscht nicht nur von seiner Familie und von der Stadt, die ihn nicht so empfangen hatte, wie er sich das in London ausgemalt hatte, sondern ebenso von dem Menschen, der er immer hatte sein müssen. Doch außer der Enttäuschung verbreitete sich in seinem Inneren auch eine Freude, die sich aus der neuen Erkenntnis ergab. Was ihn auf dem neuen Weg erwartete, wußte er, oder er konnte es wenigstens ahnen. Vor allem hatte er Menschen, die seinem Leben gegenüber immer taub gewesen waren, erreicht. Die Antwort Juliettes auf seine Absage der Teilnahme an der Feier war »Ich verstehe« gewesen. Ich verstehe… Der Sinn dieses Ausdrucks war durch häufigen Gebrauch ziemlich entleert. Es war einer der Ausdrücke, die wir ›benutzen‹, denen wir zu vertrauen versuchen, um uns selbst zu verteidigen, um bei anderen nachdrücklicher zu wirken. Ich verstehe… Danach eine kurze Stille… Aber was hatte Juliette denn wirklich verstanden? Wahrscheinlich glaubte sie, ebenso wie die anderen, daß er den Pessach-Abend ohne seine vor einigen Monaten zur Unzeit verstorbene ältere Schwester nicht ertragen konnte. Mehr konnte sie ihm nicht zu verstehen geben. In ihm erwachte in diesem Moment eine Freude, die ihn plötzlich mit einem neuen, anderen Menschen bekannt machte. Dieser Mensch war ganz langsam an den Ort gelangt, wo er sich jetzt befand. Ganz langsam, trotz aller Phantasien, in aller Stille… Sie konnten nun nicht mehr sehen, wohin er gelangt war, besser, was er erreicht hatte. Er hatte sie überholt und spürte, daß er an einen anderen Ort gehörte. Diesem Menschen mußte man glauben. Daran glauben, indem man an andere Momente, Nächte, Erweckungen dachte, innerhalb seiner Gren-

zen... Indem man an andere Momente, Nächte, Erweckungen
dachte... Um sowohl den Ort, wo er hingehen wollte, als auch die
vergangenen Jahre besser ertragen zu können... Er wußte, wie,
mit wem, und, wichtiger noch, mit welchen Träumen er dort, ›in
jenem letzten Land‹ leben mußte. Vielleicht war ihm deshalb an
jenem Abend, als er zu seinem wahren Weg aufbrach, deutlich
geworden, daß er sich noch einmal an die beiden vergangenen
Pessach-Abende erinnern mußte, an jene Einsamkeit oder auch
die Rückkehr zu sich selbst. Diese Abende schienen mit den
Assoziationen, die sie weckten, sein Leben zusammenzufassen
und in seinen vielen Facetten zu zeigen. Diese Abende hatten
wohl auch ein wenig seine falschen Schritte gefeiert. In seine
Erinnerung hatten sich, unter verschiedenen Masken, in verschiedenen Bildern, vor allem zwei ›Feiertagsabende‹ eingeprägt.
Er hatte die Pessach-Feste in anderen Kulturen und Weltgegenden, von denen keine seine Heimat war, erlebt...

An jenem Abend in London hatte Monsieur Robert an Lola
gedacht, von der er sich vor kurzem getrennt hatte, was er immer
noch nicht richtig glauben wollte, Incilâ Hanım dachte an Hugo,
der ihr die Erzählung eines echten Lebenskampfes hinterlassen
hatte, und mehr noch an ihre Tangos, die sie wegen dieses Kampfes nie nach Belieben hatte singen können, und Monsieur Tahar
dachte an die verlorenen Gassen von Casablanca. Später hatten
sie sich von den alten, unvergessenen Pessach-Abenden erzählt.
Als Monsieur Robert mir seine Erlebnisse dort in jenem Hotelzimmer zu vermitteln versuchte, verstand er wahrscheinlich selber etwas besser, wie stark er eigentlich mit seinen Freunden
verbunden war. Am wichtigsten war, daß er anfing, sie als die
vertrauenswürdigsten Menschen in seinem Leben anzusehen.
Ich glaube, er empfand hier ein warmes Gefühl, das ihn zu einem
menschlichen Ort führte, von dem er nicht jederzeit sprechen
konnte, aber nach dem er sich womöglich immer gesehnt hatte...

Vielleicht wollte ich ihm für die Erzählung jenes Abends ein
kleines Geschenk geben. Ein kleines Geschenk, bei dem ich, wie
bei allen echten Geschenken, sowohl an den Empfänger dachte,

als auch an den Menschen, dem ich an einem Ort, von dem keine Flucht möglich war, auf neue Weise begegnete. Ungeachtet aller Gefühle: Spiegelten die Geschenke eigentlich unsere geheimen Sehnsüchte ein wenig wider? Monsieur Robert hinterließ andeutungsweise einige Bilder, sowohl von jenem als auch den übrigen Abenden, die ich bis an meine Grenzen, soweit die Kraft meiner Phantasie reicht, interpretieren konnte. Ich bin jetzt nicht mehr verunsichert von dem Gedanken, daß der Ort, an den mich seine Details und Wörter heute geführt haben oder eines Tages führen werden, wenn ich diese Geschichte in allen Dimensionen erleben kann, ein neuer, ganz anderer Ort sein könnte. Jeder, der mich im Guten und im Bösen meine ›Andersartigkeit‹ hat entdecken lassen, hat mich gleichzeitig auch gelehrt, trotz aller Vorbehalte meinen Fragen zu vertrauen. Die Wege, auf denen wir durch andere Menschen hindurchgegangen sind, wo uns das gelungen ist, sind unsere Wege, Wege, auf denen wir wir selbst sein können. In unseren Schritten waren wir immer wir selbst, das war letztlich unsere Haltung gegenüber dem Leben. Wir bemühten uns auch, der Spur unserer Fehler, unserer nicht mitgeteilten Ängste und möglicher Lügen zu folgen. Deswegen glaube ich um so mehr, daß Monsieur Robert, der Fehler oder Mißverständnisse aus verschiedenen Perspektiven erlebt hat, nicht widersprechen wird, wenn ich in einer ihn betreffenden Erzählung einen anderen Standpunkt einnehme. So gewinnt das Geschenk eine andere Bedeutung, eine andere Dimension. Das ist ein Gefühl, wie wenn man sich durch Worte fortpflanzt oder neu geboren wird.

Ich kann natürlich nicht wissen, wie sehr diejenigen, die nach diesem Pessach-Abend in London zurückgeblieben waren, noch an ein Wiederaufleben ihres Zusammenseins glaubten. Durch die Erzählungen Monsieur Roberts weiß ich, daß Monsieur Tahar zu fortgeschrittener Stunde mit seinem umfassenden philosophischen Wissen, das er an den entsprechenden Tagen erworben hatte, an einem Abend, an dem die Rettung aus der Knechtschaft gefeiert wurde, über die Sklaverei und ihre historischen Bedeutungen und Formen sprach. Wie wahrscheinlich war die Rettung aus der Sklaverei? Monsieur Tahar hatte die Antwort auf diese Frage niemals finden können. Was wir auch tun mochten, was wir auch wagten, wir konnten uns irgendwie niemals von dem, was uns selbst betraf, und dem, was wir irgendwo zurückgelassen hatten, befreien... War es eine andere Art von ›Sklaverei‹, wenn Incilâ Hanım an diesem Abend von Istanbul, vom Meer, von dem jetzt so weit entfernten Uferhaus und von dem rosafarbenen Joghurt von Kanlıca erzählen wollte? Warum nicht? Zumal Incilâ Hanım, wenn dies eine ›Sklaverei‹ war, zu den Menschen gehörte, die ihre Sklaverei sehr gut zu tragen imstande waren, soweit ich das verstand.

Deshalb verließ sie ihre ›letzten Freunde‹ einmal im Jahr, um nach Istanbul zu fahren, wobei sie die Reise in eine kleine Zeremonie verwandelte, indem sie zum Beispiel die Notwendigkeit betonte. Denn in den Sommermonaten lockte sie das Meer... Diese Bindung war alt, und der Schlüssel dazu lag sehr tief in ihr verborgen. Als ob jene Morgen und Abende eine Reihe geheimer Türen aufbrächen. Die richtigen Lieder waren dort geblieben. Kurz gesagt, Incilâ Hanım kehrte immer in ihr Istanbul zurück; immer wieder wollte sie zurückkehren. Das blieb auch so, als das Uferhaus längst abgerissen und an seiner Stelle ein dreistöckiges Appartementhaus errichtet worden war.

Incilâ Hanım erscheint mir anders als die anderen Menschen, denen wir in anderen Erzählungen begegnet sind und die wir zu hören und zu verstehen versucht haben. Es ist die Geschichte eines Menschen, der aufs Leben, auf sein Leben aus einem anderen Fenster schaut, schauen kann. Ihr denkt dabei wahrscheinlich vor allem an den Ort ihrer Lieder, die sich in einem anderen Land nicht singen ließen, nicht nach Wunsch leben ließen. Als hätte jenes geheime Land auch nach anderen Stimmen und anderen Gerüchen verlangt. Für sie ging es in jenem Klima vor allem um das Meer. Deshalb paßte sie sich an die neuen Umstände leicht an und wohnte in der großen Erdgeschoßwohnung des neuen Hauses. Für sie brach mit dem Abriß des Uferhauses keine Welt zusammen. Für sie gab es vor allem das Meer. In den

Sommermonaten zog sie früh am Morgen ihren schwarzgrundi-
gen Badeanzug mit roten, orangefarbenen und gelben Mustern
an, streckte die Brüste in den gefütterten Körbchen noch ein
wenig mehr heraus und ließ sich in die kühlen Fluten des Bosporus gleiten. Am Abend trank sie schluckweise ihren Raki zu
Melonen, Gurken und Weißkäse und träumte den Schiffen nach,
die ins Mittelmeer fuhren. Das genügte ihr. Sie hatte es jahrelang
geschafft, nicht die Sklavin von Häusern oder Möbeln zu sein.
Wahrscheinlich hielt sie die Erinnerung an das Uferhaus ganz tief
innen am Leben. Wahrscheinlich gelang es ihr deshalb, einen
Abglanz davon auf den neuen Platz zu übertragen, weil sie die
Fähigkeit besaß loszulassen. Ihre eigentliche ›Sklaverei‹ hing laut
Monsieur Tahar vor allem mit den Augenblicken und Gefühlen
zusammen, in denen sie das Meer erlebte. Weshalb hätte sie sonst
die Schiffe, die zum Mittelmeer fuhren, so sehr geliebt? Warum
hätte sie sonst das neue Haus, ihren Zufluchtsort am Bosporus, in
den Sommermonaten wie in ihrer Kindheit und Jugendzeit aufgesucht? Als wären die Antworten auf diese Fragen, die wirklichen Antworten verlorengegangen. Mit anderen Worten: Wieder einmal muß ein jeder auf seine eigene Frage seine eigene
Antwort finden. Gewisse Blicke und manche Menschen kommen
uns manchmal so vor, als hätten wir sie nicht umsonst schon
einmal erlebt. In Teilen der Erzählung kann man aber auch einige neue kleine Wege erkennen, aber auch andere Fragen, die ich
nie werde beantworten können. Wohin ging Incilâ Hanıms Vater?
Wie lange lebte er in seiner letzten Stadt, mit wem und wie? Wer
organisierte den Verkauf des Uferhauses? Wer ließ es wie in
vielen ähnlichen Fällen in Istanbul abbrennen und ausrauben?
Welche Möbel, Bilder und Gegenstände blieben übrig? Wie lange lebten die Bruchstücke der Vergangenheit in dem Haus weiter,
das mit einer anderen Fassade auf den Bosporus schaute? Soviel
ich weiß, hat Incilâ Hanım kein Licht in diese dunkle Seite der
Geschichte gebracht. Im Schweigen von Monsieur Robert fanden
sich die Spuren dieser Dunkelheit wieder. Trotz allem, was sie
miteinander teilten, gab es diese persönlichen und unberührba-

ren Momente. Diese unberührbaren, besser gesagt tabuisierten Momente... Um zu leben... Um sich gegen das Erlebte bestmöglich zu wappnen... Der Bedeutung dieser Haltung bin ich, wie ich glaube, jetzt etwas nähergekommen.

Lola anrufen können

An jenem Abend trug Incilâ Hanım zu vorgerückter Stunde einen Tango vor. Einen alten Tango, der nicht in der Vergangenheit zurückgelassen, verloren war... Alles war schon ›privater‹ geworden und jeder auf seine eigene Reise gegangen. Es war ein Abschiedslied... Ein Abschiedslied, das zur Bedeutung des Abends in jeder Sekunde, jedem Wort, jeder Farbe und jedem womöglich damit assoziierten Duft paßte... Sie versanken in eine kurze, tiefe Stille. Monsieur Robert konnte sich nur mit Mühe zurückhalten, Lola anzurufen, die ganz in der Nähe in ihrem ›alten Haus‹ wohnte. Ich erinnere mich. Als er erzählte, was er in jenen Momenten der Verzweiflung durchgemacht hatte, zitterte seine Stimme leicht, als erlebe er noch einmal den Schmerz, nicht an diese Tür klopfen zu können. Er dachte daran, daß er dasselbe Gefühl an dem Pessach-Abend mit seiner Familie gehabt hatte. Lola anrufen zu können...

Wie anders war alles doch vor Jahren gewesen, wie anders hatte es begonnen. Die Menschen an jenen Tischen hatten jene Todesfälle noch nicht erlebt, waren trotz aller Vertröstungen nicht gezwungen gewesen, sich zu trennen. Die Träume waren noch nicht ausgeträumt, die Freude war noch nicht verloren. Alle waren anders gewesen, jeder hatte den anderen anders angesehen, jeder hatte im Spiegel, in seinem Spiegel einen anderen Menschen wahrgenommen. Vor Jahren, als er mit Lola im Parkhotel in Istanbul gewohnt hatte, hatte er sich am Pessach-Tisch nicht wie ein Flüchtling gefühlt. Alle hatten die beiden angeschaut. Er hatte es geschafft, er würde noch mehr schaffen, jedenfalls schien es so. Er war endlich zum Helden eines ›legendären‹ Lebens geworden. Vielleicht wollte er durch das Telefongespräch Lola und damit auch sich selbst an jenen Abend erinnern. Dann merkte er es plötzlich. Wieder einmal war er unvorbereitet von jener Person erwischt worden, die er vergessen, ignorieren wollte… Das war ein Spiel, eigentlich glich das, was sie dort erlebt hatten, den Szenen eines falschen Spiels… Szenen eines falschen Spiels… Es war wie an jenem Abend, als er so große Verluste erlitten hatte… Wie an dem Abend, als er von seiner Familie wie ein Fremder angesehen worden war…

Und Jahre vorher. Zunächst wurde er wegen seiner Erfolge von allen beachtet, beneidet. Mit den Mißerfolgen hatte er danach sein Umfeld und die Menschen verloren. Und wegen seiner Mißerfolge konnte er nicht mehr zurück… Seine Strafe war, daß er beobachtet wurde, von verschiedenen Orten aus, mit verschiedenen Blicken. Beobachtet wurde an dem Ort, von wo aus er auf seine Familie in der Ferne schaute und wo er in diesem Leben eine andere Art von Exil durchmachte. Einstmals hatte er seinen Neffen und Nichten und seinen Schwestern teure Geschenke mitgebracht. An jenem Abend hingegen gab es nur den Austausch von Erinnerungen, reichliche Gespräche. Zu jenem Abend konnte er nur Erinnerungen und die Träume jener Menschen, die er irgendwo hatte zurücklassen müssen, mitbringen… Deshalb ging ihm wahrscheinlich jener Abend ein wenig näher. Er war aber an dem Punkt angelangt, wo er selbst den paar Leuten gegenüber fremd war, die ihm in diesen schweren Tagen, soweit sie konnten, die helfende Hand reichten oder wenigstens für ihn eintreten wollten. Sogar den paar Leuten, die ihm vom anderen Ufer, von ihrem eigenen Ufer aus die Hand zu reichen versuchten. Roza, Tilda, Berti… Ihnen allen tat aber in erster Linie leid, daß sie sich selbst nicht hatten verwirklichen können. So wurde sein Zuschauerstatus durch viele Gefühle vergrößert, genährt. Wenn man das alles bedenkt, war es außerordentlich schwer, seine Erinnerungen wirklich zu erzählen, einem anderen mitzuteilen… Die Jahre hatten sie einander entfremdet… Ja, unter diesen Menschen war er im Exil. In einem so fernen Exil, daß er die Menschen nicht mal in den schwersten Tagen erreicht hätte. Er war weiter entfernt als ein Zuschauer, ein Gast. Ein Verbannter... Oder man log sich einen legendären Helden zusammen mit einem falschen Leben, falschen Städten, falschen Straßen, falschen Häusern. Im Gegenzug hatte er ›jene Familie‹ verloren, von der er in London seit Jahr und Tag als einer Möglichkeit geträumt hatte. Am Ende blieb nur noch der Traum, die Möglichkeit einer Familie übrig...

Es gibt viele Gründe, sich an jenen Pessach-Abend in vielen Einzelheiten zu erinnern und ihn in eine andere Zeit und eine andere Geschichte einzufügen... Noch einmal, wie immer, war ›alles‹ so, wie es den Vorschriften, der Tradition entsprechend zu sein hatte. Madame Roza hatte alles getan, den Tisch der Feier würdig zu gestalten. Daß ihr Bruder nach vielen langen Jahren an so einem Abend teilnahm, hatte zweifellos geholfen, ihrer ›Vorbereitung‹ mehr Farbe und Sinn zu verleihen. Die große Familie war wieder beisammen, und die Gespräche drehten sich ums Leben, um die politischen Entwicklungen, um die Schönheit der Traditionen, um das Judentum, das Schicksal des Judentums, vor allem aber um den historischen und den gegenwärtigen Platz des ›auserwählten Volkes‹. Monsieur Robert nahm seinen Platz in dieser Szene ein. Sein Wort wurde gehört; wenn er sprach, schwiegen alle und versuchten auf ihre Weise, ihre Bewunderung auszudrücken. Sie versuchten noch einmal, ein für sie unerreichbares Leben auf einem von Träumen genährten, mit etwas Neid gepflasterten Weg zu erreichen. Denn das ging leicht. Das ging leicht... Für kleine Lügen brauchte man keine große Selbstlosigkeit. Sie waren ein notwendiger Bestandteil des Dramas, an dem man teilnahm. Sie scheuten sich nicht, ihn für seinen Schick zu loben. Er hatte einen anderen Ort erreicht, den jeder sah, in ihm sehen wollte. Die Gespräche verfehlten vielleicht auch deswegen ihr Ziel, sie führten, wie so manches Gespräch dort, nicht zu dem erwarteten Punkt. Darum verstehe ich jetzt auch besser, warum er in den sich hinziehenden Stunden des Essens ab und zu in Gedanken versank, still ins Weite schweifte oder seinen inneren Stimmen lauschte und sich unbemerkt von seinem Platz entfernte. Das waren nur kurze Momente. Momente, die in der Vergangenheit bei anderen zurückgeblieben waren, unverbundene Szenen aus seinem Leben, die er in eine fremde Zeit hatte hineinpressen, entführen können ... Man mußte nicht lange darüber nachdenken, um zu verstehen, daß er in jenen Momenten an einem Ort weilte, den er mit niemandem teilen konnte. Beispielsweise blickte er einige Minuten auf das vor ihm stehende halbvolle Weinglas. Mit dem Zeigefinger fuhr er den Rand des Kelches nach. Es war einer von den Kelchen, die nur an solchen besonderen Abenden hervorgeholt und sorgfältig, wie in einer kleinen Zeremonie, auf den Festtagstisch gestellt wurden. Die Stimmen versanken irgendwo ... Lola hätte aus diesem Kelch getrunken haben können ... Die Dinge um uns herum waren stumme Zeugen, die unsere Geheimnisse in ihren eigenen Momenten, ihren eigenen Stimmen versteckten ... Er schien in jenem Moment in eine Szene versunken, von der ich nichts weiß, niemals etwas wissen werde. Eine Szene, die ich niemals kennen werde, mit Menschen, die ich niemals berühren werde ... Wegen der Erzählung, die ich eines Tages zu schreiben vorhabe, bleibt mir deshalb keine andere Wahl, dem, was ich selbst gesehen habe, auch das hinzuzufügen, was ich von Monsieur Jacques, Juliette und Tante Tilda gehört habe. Das ist natürlich auch ein Weg, das Ganze in Teilen, nur in Teilen zu belassen. Die Teile werden im Laufe der Zeit sowieso ihren richtigen Platz finden können, ganz gleich, was man bevorzugt oder tut. In dieser Phase kann ich unmöglich wissen, wohin mich mein Bemühen führen wird. Ich weiß, daß sein langes Leben, von außen gesehen, wie ein Abenteuerfilm wirkte, und daß die Zuschauer oft Spaß daran hatten ...

In dem Leben, das hinter ihm lag, hatte er, soviel ich weiß, in Monte Carlo mit hohem Einsatz gespielt, große Gewinne und große Verluste erlebt, er war nie woanders als in St. Moritz Ski gefahren, war in London in den schicksten Golfclubs Mitglied gewesen, war zur Safari nach Afrika gereist, hatte in Wimbledon beim Tennisturnier Karten für die besten Plätze gekauft, hatte die warme Berührung von Pelzmänteln gespürt, war in den alten glitzernden Hotels von Venedig, in den teuersten Restaurants von Paris und auf unzähligen Reisen in Kenia, Brasilien und Nigeria gewesen. Er schien das Geld nur zu verdienen, um es zu verleben, das Leben voll auszukosten. Um zu leben, das Leben voll auszukosten...

Auch Verlieren war vielleicht auf diesem Niveau vornehm. Zeugte von Vornehmheit... Aber das zu erzählen, dieses Gefühl, diesen kleinen Stolz nach so vielen Niederlagen, Trennungen zu beschreiben, ist unsagbar schwer... Es war schließlich ein Leben, das jene dort nicht leben konnten, nicht zu leben wagen konnten, das er in einer anderen Vergangenheit gelassen hatte. Soviel ich weiß, hat in jenen vergangenen Jahren niemand wirklich erfahren und sich niemand zu fragen getraut, woher eigentlich all das Wasser kam, das die Mühle trieb. Statt dessen gab jeder seinen eigenen Kommentar ab. Schließlich ist es einfacher zuzuschauen als zu leben und zu verstehen versuchen. Letztlich tut aber jeder, der einen Schritt auf einen anderen Menschen zugeht oder auch nicht, dies für sich selbst... Monsieur Robert hatte ein paarmal gesagt, sein Geheimnis sei, den Kaffeehandel, den Kaffeemarkt zu kennen, die Bewegungen der Kaffeebörse richtig zu interpretieren. Er hatte nach einigen Fehlern verstanden, wohin man in Brasilien oder Kenia wegen guter Ware gehen mußte, mit wem man wie verhandeln mußte. Er hatte dort zahllose kleine Abenteuer erlebt und viele Menschen kennengelernt. Einmal sagte er, er würde niemals gewisse Eisenbahnzüge, gewisse Bahnlinien bei Sonnenaufgang vergessen. Eines Abends versuchte er auch, den Schrecken zu beschreiben, den ein weites, grenzenloses Land einflößt. Damals konnte er manche Sätze nicht weiterführen, nicht beenden. Als hätte er dort als anderer Mensch gelebt, als ein Mensch, den er nicht vermitteln, beschreiben konnte... An dieser Stelle wuchsen Bertis Zweifel. Seiner Ansicht nach gehörte der Kaffeehandel nur zur ›Schauseite‹ seiner Arbeit, das, was er davon zeigen wollte oder konnte. Man mußte zum Kernstück des Abenteuers vordringen. Wenn man Berti glaubte, dann konnte sein Onkel, den er heimlich bewunderte, nicht einmal seiner Familie, seinen nächsten Angehörigen erzählen, daß er in internationale Schmuggelgeschäfte verwickelt war.

Monsieur Jacques hingegen behauptete, daß sein Schwager nichts als ein Betrüger mit einer grandiosen Überzeugungskraft sei, der diese Fähigkeit einsetze, um Geschäftsverbindungen herzustellen und erfolgreich zu nutzen. Ein Betrüger, der es verstand, Fremden nicht nur in der Gegenwart, sondern auch für eine mögliche Zukunft Vertrauen einzuflößen. Auf diese Weise lebte er seine ›Spinnereien‹ in anderen Bildern, auf einem anderen Weg aus... Er hatte seine Menschen... Diese Menschen wechselten, konnten wechseln, sprachen unterschiedliche Sprachen, hatten andere Ansichten und lebten in anderen Schritten. Seine Träume reichten aus, diese Menschen bis zu einem bestimmten Punkt an sich zu binden. Nach diesem Punkt stürzte die schmale Brücke ein. Die Menschen in seiner Umgebung zögerten nicht, ihn zu verlassen, sobald sie diese Träumereien durchschauten. Mit dieser Einsamkeit, Fremdheit begründeten wir seine Unfähigkeit, ›eine haltbare Naht zu nähen‹, um es mit einer dieser Phrasen auszudrücken, die so häufig in unserem Leben vorkommen. Seine Fähigkeit, neue Arbeitsfelder zu finden und mit der Arbeit auch neue Hoffnungen für die Zukunft zu wecken, hat es ihm immer wieder erlaubt, auf unterschiedliche Menschen zuzugehen. Da lag aber das Problem, nämlich daß er nach einer Weile einfach keinen Schritt mehr tun konnte. Denn er hatte keinen Plan mehr für die Zukunft, der ihm ermöglichte, irgendwo zu bleiben. Seine Träume waren groß, vielleicht zu groß, um verwirklicht zu werden. Doch hat er nie, wenn er sitzengelassen wurde, ›auf die Schnauze fiel‹, eine Lehre daraus gezogen, sich trotz aller Erlebnisse nicht von seinem inneren Menschen verabschiedet. Es war traurig, daß er bei anderen keinen Widerhall fand für das, was aus seiner Sicht ins Leben gerufen werden konnte, was zu erreichen war.

Diese Kommentare bezeichnen die Grenzen des Verständnisses von Monsieur Jacques, die er nicht sah und nicht sehen wollte.

Und das war die Situation, mit der die ihm Nahestehenden sich wohl oder übel auseinandersetzen mußten. Man sollte versuchen, die traurige Freude zu verstehen, die Monsieur Jacques aus dieser Lage zog und die ein wenig aus dem Gefühl der eigenen Geborgenheit resultierte. Und dann gab es noch Berti, der andere Menschen unbedingt idealisieren mußte. Aus der Sicht von Juliette, von der ich glaube, sie konnte sich ziemlich gut in diese Lage einfühlen, war Monsieur Robert ein professioneller Spieler, der mit hohem Einsatz spielte. Ihre Lebenserfahrung, ihre Art, das Leben wahrzunehmen, reichten aus, dies zu beurteilen. Der Beruf erforderte vor allem großes schauspielerisches Talent. Sie, die vom Theater ein wenig verstand, erkannte, wie es ihm gelang, neue kleine Welten in Menschen aufzutun, dabei übertraf er viele gute Schauspieler. Wenn man all das bedenkt, waren die Reisen in jene Länder ein wenig auch die Reisen der anderen. Die Reisen der anderen oder ihre irgendwo verlorengegangenen Reisen... Ein Abenteurer, der in internationale Schmuggelgeschäfte verwickelt war, ein Träumer, der seine Umwelt mit seinen Lügen umgarnte, oder ein Schauspieler, der versuchte, seinen Personen ein neues Leben anzubieten... Mit anderen Worten, jeder, der sich fragte, wie ein von Mißerfolgen geprägtes Leben zu Monsieur Robert paßte, verspürte eine heimliche Bewunderung für ihn. Er war ein Mensch, der kritisiert wurde, von dem man sich fernzuhalten versuchte und der eine andere Luft atmete; und er war ein Verwandter, der durch seine Besonderheiten, durch das, was er tun konnte, seine Umgebung zu einer Lebensfreude aufrief, die man anderen verschwieg.

Die einzige in der Familie, die an seinen Kaffeehandel glaubte, war Madame Roza, jedenfalls gab sie es vor. Dieser Glaube war notwendig, und wenn man ihre lange Beziehung bedenkt, geradezu unvermeidlich. Zumindest sie glaubte an ihren Bruder. Das Leben hatte ihr die Rolle einer älteren Schwester und Beschützerin zugewiesen. Sie war der einzige Mensch auf der Welt, der ihn nicht im Stich ließ, ihn, der von so vielen niemals völlig akzeptiert worden war, dem man im Laufe der Zeit den Rücken gekehrt hatte, der sich den anderen nicht mitteilen konnte. Robert, ihr geliebter Bruder, wußte vielleicht gar nichts davon, aber angesichts der Vergangenheit, ihrer beider Vergangenheit war es unwichtig, daß das Gefühl zwischen ihnen teilweise erloschen war. Ihre Selbstlosigkeit, ihr Eintreten für ihn machten sie glücklich. Sie spürte, daß sie mit dieser Einstellung noch einmal das Notwendige würde tun können. Sie konnte von ihrem Leben nicht noch mehr verlangen. Zumal es in dieser Lage viel besser war, einige Gefühle nicht zu kennen. Sie trug die Last der Selbstlosigkeit, die sie für einen geliebten Menschen auf sich genommen hatte. Hier war einer der Momente, in denen ein Mensch den anderen als Teil seines Selbst kennenlernen konnte. Madame Rosa folgte diesem Weg ihrem Wesen entsprechend. War es die Schwere ihres Weges, die sie mit jedem Tag etwas kraftloser machte und als erste der Familie erschöpfte? Vielleicht. In solchen Beziehungen gewannen die einen, die anderen verloren. Und die Bedeutung des Wunsches, sich durch einige Verwandte ans Leben zu binden, blieb auf den beiden Seiten einer nicht leicht zu ziehenden Grenze verborgen.

Um auf Tante Tilda zu kommen ... Offen gesagt, waren ihr all diese Kommentare, Bewertungen oder Fluchten gleichgültig. Es reichte ihr, daß ihr älterer Bruder ›höflich‹, ein ›feiner Herr‹ war. Ihr waren in ihrem Leben nur wenige Männer begegnet, die einer Frau ein Leben, das in Aufmerksamkeiten seinen Sinn fand, hätten geben können ... Dieser Mangel hatte sie aber im Grunde zu einem anderen Punkt geführt, der gar nicht so leicht zu sehen war. Aus diesem Blickwinkel war es viel leichter, eine Wahrheit zu erkennen: Monsieur Robert war in seinem Leben, in seiner Lebensauffassung ein Romantiker im vollsten Sinne des Wortes, wie einer dieser Helden aus alten Zeiten, besonders durch das, was er für Lola getan hatte, wenn man an seine nie endende Liebe denkt. Das belegt die Erzählung, wie er zu dieser Frau geführt wurde, vielmehr ihr Gefangener wurde.

Es waren die Jahre nach dem Zweiten Weltkrieg, in denen die Menschen trotz all der Toten gezwungen waren, ein neues Leben in Angriff zu nehmen und mit neuer Hoffnung zu leben zu versuchen. Jahre, in denen manche um des neuen Lebens willen lernten, ihr früheres Leben weit zurückzulassen… In jener Zeit reiste Monsieur Robert zusammen mit Monsieur Aldo, seinem damaligen Geschäftspartner, in vielen europäischen Ländern von Stadt zu Stadt, um neue Arbeitsmöglichkeiten zu schaffen. Es war eine unvergeßliche Epoche. Eine Epoche, wo einem unerwartet Menschen irgendwo und irgendwann begegnen und für das eigene Leben wichtig werden konnten. »Was andere in Filmen sehen, das habe ich ausgekostet, nach Ansicht mancher Leute geradezu verrückt ausgelebt. Damals… Würde ich davon erzählen.. kein Mensch würde es glauben…«, hatte er mir eines Tages gesagt. Mir schien, in diesen Worten verbarg sich nicht nur ein feiner Sinn für Humor, sondern auch Trauer, vor allem aber Einsamkeit. Ich würde später an anderer Stelle in anderen Szenarien noch Zeuge dieser Einsamkeit werden. Doch erhob sich hier in dieser Klage wohl auch ein kleines bißchen Stolz auf die Vergangenheit. Diese Erinnerungen brachten, von sehr weit her, eine unverzichtbare Pause in die Gegenwart. Er war damals ein ganz anderer Mensch gewesen…

»Mal kam ich in Mailand ins Gefängnis«, erzählte er mir dann. »Ich war genau vier Tage und vier Nächte drin. Wäre Monsieur Aldo nicht rechtzeitig erschienen, wäre es mir schlecht ergangen. Vielleicht hätte ich jahrelang sitzen müssen. Niemand hätte gewußt, wo ich war. Doch er setzte alles daran, mich rauszuholen. Er hatte überall Bekannte. Es ging um eine große Sache…« Später kam Monsieur Robert nicht wieder auf diese Erinnerung zurück, und er erzählte auch nichts von der ›Sache‹, deretwegen er ins Gefängnis gekommen war. Ich meinerseits machte es wie immer, wenn ich zu so einer privaten Zeitreise eingeladen wurde, ich schwieg. Noch einmal würden die Worte und die Fragen woanders leben. Zum Beispiel könnte ich noch einmal darüber nachdenken, ob er sich diese Geschichte gemerkt hatte und es eine von den Erzählungen war, die für andere Menschen an anderen Orten aufgeschrieben worden waren. Eine fiktive Erinnerung, deren Wahrheit, Echtheit nicht nur für den Zuhörer Bedeutung hatte, sondern an die er selbst wenigstens eine Zeitlang glaubte, als an einen Zeitabschnitt, den er bewahren wollte... Nun, da ich mich sehr weit von allem entfernt habe, kann ich in aller Ruhe sagen: Eine der wichtigsten Eigenschaften von Monsieur Robert war es, eine Lüge meisterhaft fortzuspinnen. Da ich mich jetzt an manche Einzelheiten erinnere, wird mir der Gedanke zunehmend plausibel, daß er auf seinem Weg trotz aller Mißerfolge und Enttäuschungen einem sehr andersartigen ›Meister‹, einem Lehrer, nämlich Monsieur Aldo folgte, der im wahrsten Sinne des Wortes an die Helden eines Abenteuerfilms erinnerte. Aber deswegen mußte ich auch anderen Quellen nachgehen. In unseren Gesprächen kam dieser Reisende langer Abenteuer nämlich niemals vor. Dieser Reisende langer Abenteuer, der sich still und leise und gleichzeitig meisterhaft in Luft auflösen konnte, nachdem er eine Zeitlang der in seiner Umgebung über ihn entstandenen kleinen Legende entsprochen hatte. Auch deswegen fühle ich ein wenig die Notwendigkeit, noch einmal zu bekräftigen, daß meine Hoffnung auf den Fragen beruht, die sich mir stellen, während ich die Vergangenheit, die ich nur in einigen Aspekten zu sehen bekomme, in diese Erzählung einzufügen versuche.

Wo haben sie sich kennengelernt und wie? Welche Träume haben sie geteilt, welche Wege sind sie gemeinsam gegangen? Wo, warum und weswegen haben sie sich getrennt?... Wer oder was hatten sie dort vor allem sein wollen? All das erwartet mich zweifellos in jenem Land, das ich noch nicht erreicht habe, in jenen endlosen Korridoren meiner Dunkelheit. In jenen endlosen Korridoren der Dunkelheit, meiner Dunkelheit... Für ein wenig mehr Traum... Für diese paar Schritte in mir... Wie bei vielen anderen Themen, die Monsieur Robert betreffen... Wie bei vielen Menschen, von denen ich erzählen möchte... Und wiederum hindert mich das, was ich hören und herausfinden konnte, nicht daran, den Helden jenes Lebens zu sehen, wenn auch nur von sehr ferne... Monsieur Aldo hatte ebenfalls in den Augen verschiedener Menschen unterschiedliche Personen verkörpert, hatte im Körper unterschiedlicher Menschen jeweils anders ausgesehen und war in diesen Leben auf verschiedenen Fotografien abgebildet… Im Gedächtnis derer, die ihm begegnet waren, war er ein Mann, der nicht nur etwas von Poker, Wein und Frauen verstand, sondern auch von Importgeschäften, ein Mann, der die Welt kannte. Er war berühmt für seine verblüffende ›Kreativität‹, was sich weniger auf seine Betrügereien bezog, sondern vielmehr auf seine Fähigkeit, zur rechten Zeit die richtigen Türen zu öffnen. Seine Freunde hegten in einem Punkt niemals Zweifel an seinen Fähigkeiten. Wie auch immer die ›Gesetzeslage‹ war, er mußte nie überlegen, wie er eine ›Ware‹ durch den Zoll schleusen sollte. Dort kannte ihn sowieso jeder gut. Er war berühmt für Sätze wie: »Wenn ihr die Sache so und so macht, dann machen wir auch was.« Das waren seine Worte für ›schwierige Fälle‹. Das waren Worte aus jenen Tagen, als er wußte, wie er zu Wohlstand kommen konnte, in denen er sich mit anderen nicht auseinandersetzen und sie nicht unter Druck setzen mußte. In jenen so leicht zu erschöpfenden Tagen galt es, eine Ahnung für den richtigen Ort zum richtigen Zeitpunkt zu haben…

Es gab auch sein berühmtes Verschwinden. Dann konnte ihn niemand finden. Mal war er ein in Beirut geborener katholischer Araber, mal ein Levantiner aus Izmir, mal ein Konvertit aus Saloniki, mal ein aschkenasischer Jude aus Istanbul. Das waren seine Erzählungen, seine Identitäten, die er mit seinen Geschichten hinterlassen hatte, seine Leben eben. Wer er war oder was er sein wollte, das wechselte je nach Ort und Zeit. Woher er eigentlich stammte, hat man wohl auch deswegen nie erfahren. Es hieß, er habe seine letzten Lebensjahre in Barcelona verbracht, andere behaupteten in Goa. Einige meinten, er sei an Syphilis gestorben, andere, ein syrischer Waffenhändler habe ihn erstochen. Dieser Version zufolge verbrachte er die letzten Augenblicke seines Lebens im Bett mit der Frau eines Mannes, mit dem er viele Geschäfte gemacht hatte. Der Mann hatte angesichts der unerwarteten Situation völlig die Kontrolle verloren und vollstreckte die ihm gerecht erscheinende Strafe sofort. Nach Meinung einiger Leute war das trotz aller Schrecklichkeit einer der schönsten Tode der Welt… In einer anderen Erzählung lebte er jahrelang in Mexiko auf einem märchenhaften Anwesen… Das war die Variante, der Monsieur Robert am ehesten Glauben schenkte. Er hatte niemals seine Verehrung für seinen ›Meister‹, mit dem er einige Zeit zusammengewesen war, verloren. Man müßte die wahrscheinlich tief verborgenen Gründe für diese seltsame Bindung erforschen. Hat uns jenes Bild im Spiegel nicht schon zu anderer Zeit an keineswegs erwünschte Orte geführt? Auch Monsieur Jacques hatte diese ›gefährliche‹ Bewunderung bemerkt. Nicht umsonst sagte er über seinen Schwager, zu dem er eigentlich eine ›seltsame Nähe‹ spürte, mit unterdrücktem Ärger, aber gleichzeitig mit der Miene des enttäuschten älteren Bruders: »Er hatte einen schlechten Lehrer. Er hat ihn immer als Vorbild genommen, wollte leben wie er. Durch ihn hat er auch Lola kennengelernt…« Ein Weg, der Jahre vorher von einem ganz anderen Punkt her gezeigt wurde. Eines Tages würde auch ich auf die Erzählung dieses Weges eingehen. Die Erzählung dieses Weges… Ich wußte schließlich, daß manche Worte uns in manche Geheimnisse hineinlockten. Ich wartete nur auf ›die Zeit‹. Auf die Zeit, die unsere Wirklichkeit oft an unbekannter Stelle einsperrt…

Wenn ich daran denke, wie Lola auf ihre Menschen zugegangen ist, auf die Menschen, die bis zu mir kamen, dann will ich an die Kraft ›jener Zeit‹ glauben. Es erscheint mir so auch einfacher, sowohl die Zufälle als auch die wie unvermeidlich erscheinenden Begegnungen zu verstehen… Ja, die Zufälle oder die wie unvermeidlich erscheinenden Begegnungen… Nach dem, was Monsieur Jacques erzählte, begann alles mit einer gewöhnlichen Reise nach London… Vor der Reise sprach Monsieur Aldo nur vom Geschäftlichen, wobei die ›Rechnungen‹ und Adressen nicht aufgeschrieben werden durften, sondern auswendig zu lernen waren, und erwähnte nebenbei eine Blondine, die in einem Nachtclub in Soho als Sängerin auftrat. In einem Nachtclub in Soho… War das der Ort, wo das Abenteuer begann? Vielleicht. Schließlich blickte jeder aus seinem eigenen Fenster auf die unterschiedlichen Aspekte jener Flucht oder versuchte es zumindest... Wie sollten wir sonst erklären, daß wir unsere Protagonisten in den Umrissen unseren eigenen Entwürfe gefangenhalten?

Deshalb möchte ich wohl auch glauben, daß die Lieder, die in jenem Nachtclub gesungen oder gewünscht wurden, die Menschen tief in ihrem Innersten bewegten. Die Frau, die diese Lieder sang, versuchte, den Zusammenbruch ihrer Heimat Ungarn zu vergessen, und war nach London gekommen, um ihr Leben neu zu ›schreiben‹. Sie hatte ihren Mann in einem jener Lager ›verloren‹, wo jeder auf andere Weise starb, wo die Menschen zu einem unerwarteten Sterben versammelt wurden, aus dem Leben, das sie seit Jahrhunderten geführt hatten, weggerissen und ›konzentriert‹ wurden. Als sie ›innerlich‹ jenen fremden, eiskalten Atem trotz aller ›Fluchten‹ und ›Verdrängungen‹ unausweichlich näher kommen spürte, war es ihr gelungen, nach London zu fliehen, zusammen mit ihrem zweijährigen Sohn, den sie aus jenen dunklen Tagen retten wollte, ohne dabei an andere mögliche Dunkelheiten zu denken. Sie versuchte nach Kräften, das ›prächtige Leben‹, das sie sich in Budapest mit ihrer profunden Musik- und Theaterausbildung aufgebaut hatte, zu vergessen und wie einen vergangenen Traum zu betrachten, und begann nun eine derartige Arbeit, um zu überleben, wobei wenn nötig auch alle moralischen Werte aufgegeben werden konnten oder eigentlich wie zum Beweis ihrer Bodenständigkeit und Unerschütterlichkeit täglich mehr verleugnet wurden. Auf ihrem neuen Weg schuf sie sich im kleinen Rahmen ein neues Umfeld, mehr noch, einen Kreis von Begeisterten...

Monsieur Aldo hatte seinem ›Schüler‹ diese Frau wohl etwas zu detailliert beschrieben. Als er ihm dann die Adresse jenes Nachtclubs gab, fügte er noch eine seltsam vieldeutige Ermahnung hinzu: »Ein Lied von Lola wird reichen, um dich stark zu beeindrucken. Tu, was du willst, mit ihr, amüsier dich nach Herzenslust, aber mach ihr um Himmelswillen keinen Heiratsantrag.« Diese Andeutung weckt diverse Gefühle und Fragen und bringt einen Menschen zum Nachdenken. Warum beispielsweise mußte er, der in jeder Stadt einen anderen Menschen spielte, dem es immer wieder gelang, einen anderen Menschen zu verkörpern, ein Reisender, der trotz allem nie die erträumte Familie in einem seiner Leben hatte gründen können, warum mußte er, wenn er von einem kleinen Abenteuer sprach oder der Möglichkeit dazu, eine Entwicklung hin zu einer Heirat, die noch dazu als Gefahr hingestellt wurde, erwähnen? Ob er gespürt hat, daß sein junger ›Kompagnon‹, sein Begleiter in Lola die Frau seines Lebens erkennen und sich auf einen Weg einlassen würde, der ab einem bestimmten Punkt keinen Rückzug mehr zuließ? Oder glaubte er, nach so vielen Jahren gelernt zu haben, daß Träume in bezug auf menschliche Beziehungen manchmal einen sehr hohen Preis verlangen und zu falschen Schritten verleiten? Fühlte Aldo wohl, oder war er so erfahren zu wissen, daß Lola bereit war, bestimmte Bedingungen zu akzeptieren, um durch die Heirat mit einem im Herzen jungen Mann wie Monsieur Robert, der das Leben liebte und manche Raffinesse kannte, den sie leicht beeindrucken konnte, weniger von ihrer Weiblichkeit in den Londoner Nächten zu verlieren, und am wichtigsten, ihrem heranwachsenden Sohn einen Vater zu gewinnen? Machte er sich Sorgen, daß Lola mit einer Heirat diesem Menschen, der nicht immer in der Realität lebte, der, um es genau zu sagen, viel empfindlicher und schutzloser war, als er aussah, mehr Unglück als Glück bringen würde?… Alle diese Fragen hätte er in bezug auf diese Beziehung stellen können, irgendeine von diesen Fragen oder auch eine andere… oder auch gar keine..

Kurz, es ist nicht möglich zu entscheiden, aus welcher Perspektive und im Lichte welcher Erinnerungen Monsieur Aldo auf diese wahrscheinliche Beziehung geblickt hat. Doch konnte die Ermahnung nicht beispielsweise umgekehrt, entgegen dem offenkundigen Wortlaut, als Anregung zu einer Heirat ausgesprochen worden sein? Die richtigen Antworten auf diese und auf alle anderen Fragen stecken, glaube ich, in dem, was er mit Lola erlebt hat. Soviel ich weiß, hat niemand jemals etwas Genaueres über diese Beziehung erfahren. In diesem Teil der Erzählung stehen wir einem Abenteurer gegenüber, der viele Leben in sich, in den Protagonisten dieser Leben vereinen konnte. Dies ist wohl auf seinem langen Weg eine der schwersten und zugleich traurigsten Rollen, die er spielen lernen mußte. Mir ist, als sähe ich ihn jetzt, wenn auch nur von ganz ferne. Mit wem, mit welchem Abschnitt seiner Geschichte wollte dieser Mann mit dem eindrucksvollen Äußeren, der sich hinter seinen Masken zu verstecken versuchte, vor allem abrechnen? Das ist eine der immer noch unbeantworteten Fragen, die in mir auflebt beim Gedanken an den ›kirschroten Cardillac‹, in dem er stets alle Aufmerksamkeit auf sich zog, wenn er durch Beyoğlu fuhr, wie Monsieur Jacques mehrfach erzählte. Es gab Details, die sich unerwartet aufeinander bezogen, die sich ineinanderfügten, meistens um dieser Zufälle willen, öfter noch wegen jener Begegnungen… Ich verstehe jetzt etwas besser, wenn ich dies bedenke, daß Monsieur Robert in Lola die Welt fand, die er immer zu finden gehofft hatte. Jeder möchte ja die Schritte, die er sich in seinen Träumen vorgestellt hat, früher oder später auch tun… Monsieur Robert und Lola heirateten heimlich mit einer sehr schlichten Feier, ohne die Familie, die Freunde, vor allem jedoch ohne Monsieur Aldo zu benachrichtigen. Und zwar bereits kurz nach der ersten Nacht, nach der ersten Begegnung, die den Weg in Richtung auf jenes Dahinschwinden bahnte. Er versuchte aus ganzem Herzen, sich auch um den kleinen Sohn Johan, den die Frau, mit der er sein Leben verband, aus einem anderen Leben mitgebracht hatte, zu kümmern und um der Liebe willen, um der ersten und einzigen Liebe seines Lebens willen die Vaterschaft zu entdecken und zu lernen…

Lola und Robert… Der Robert in Lola oder die Lola in Robert… Die Einsamkeit zweier Menschen aus ganz unterschiedlichen Welten, deren Wege sich eines Tages gekreuzt hatten und die glaubten, eine Weile wenigstens aus ganzer Seele glaubten, daß sie ›an jenem Ort‹ vereint seien, sich im wahrsten Sinne vereinen könnten ... War das alles? Das scheint mir nicht so. Aber um mehr verstehen oder erzählen zu können, muß man wissen, wie die Erzählung weiterging, wie die Beteiligten sie fortschrieben. Als sie zur Feier ihres zweiten Hochzeitstags nach Istanbul kamen, war die ganze Familie geblendet von ihrer Kleidung, den schicken Lokalen, die sie besuchten, und den Zimmern ›mit Ausblick‹ im Park Hotel. Die Legende begann. Man erzählte den nahen Freunden überglücklich von ihrem Leben, den ›großen Geschäften‹ in London. Er hatte es geschafft. Er tat auch sein möglichstes, daß man davon sprach. Von nun an würden sie viel öfter nach Istanbul kommen. In den Sommermonaten. Um im ›Bergsteigerclub‹ Tennis zu spielen oder in dem exklusiven Reiterclub Sipahi Ocağı ans Meer zu gehen ... Man mußte ja das ›Spiel‹ den Regeln entsprechend spielen ... Doch diese kleinen Reisen wurden im Laufe der Jahre immer seltener, bis sie vollständig aufhörten. Als spiegelten die Istanbulfahrten den Gang der Beziehung wider. Den Gang der Beziehung ... Die mit jedem Tag etwas mehr abnahm ... Monsieur Robert würde in die Stadt, in der er geboren worden war, die er immer hatte verlassen wollen, die jedoch stets ein unverzichtbarer Teil seines Lebens blieb, ganze fünfunddreißig Jahre nicht zurückkehren, nicht zurückkehren können. Es hieß, er habe in London oder sonstwo in der Welt gelebt. In London oder in einem ganz anderen Land, das weit weg war ... Die Postkarten, die Briefe und das Geld, das er Tante Tilda schickte, bezeugten das. War aber wirklich alles so, wie es aussah, wie man es wußte, aber wichtiger noch, wie man es wissen sollte? ... Der Bruch setzte sich in jenem weit entfernten Leben langsam fort. Trotz aller Bemühungen um die große Liebe zu Lola, die bei allen Enttäuschungen im Laufe der Jahre nicht abnahm, trotz allem, was er für diese Liebe tat, auch trotz der Fürsorge, die er um seiner Liebe willen dem kleinen Johan zu geben versuchte, blieb die Familie, die er zu gründen geträumt hatte, seine eigene kleine Familie immer Flickwerk, und nach einer Weile genügte er den Menschen, die er durch seine Liebe an sich zu binden versuchte, nicht mehr, so

daß er anfing, in den Lichtern der fremden Stadt, in ihren Auto-
bussen und Metrokorridoren das wahre Leben zu sehen, sich
selbst zu sehen, seine Einsamkeit in verschiedenen Gesichtern
zu sehen... Die Nächte, in denen Lola und Johan sich in ein
Zimmer einschlossen, um ihre Probleme zu besprechen, waren
die Nächte, in denen er sich am einsamsten, am verlassensten
fühlte, nach dem, was er mir über diese Zeiten berichtet hat. War
dies nicht eine andere Form von Verrat?... In jenen Nächten fand
er Zuflucht an den Spieltischen, und er verfiel dem Reiz des
Spiels immer mehr. Die Jahre der Spielsucht brachten große
Gewinne und große Verluste. Große Gewinne und große Verluste... In einer Form, die einem echten Spieler angemessen war.
Mit großem Geld, unvergeßlichen Augenblicken, Aufregungen,
Erinnerungen... Er war ein Mann der Leidenschaften, die einen
Menschen von einem Ort losreißen und zu einem anderen hin-
schleppen können... »Unter meinen Füßen tat sich ein Abgrund
auf. Doch ich tat alles, um diesen Abgrund nicht zu sehen«, sagte
er eines Tages zu mir. Als wollte er von seiner Enttäuschung über
den Verrat erzählen, wobei er sich aus Gutwilligkeit auch ein
wenig selbst beschuldigte. Der Verrat wurde nämlich nicht nur
von Lola und Johan begangen, sondern auch seitens der Familie,
die er in Istanbul zurückgelassen hatte, zu der er aber die Verbindung nicht abreißen zu lassen versuchte und die er immer als
›letzte Zuflucht‹ ansah. Jahre, viele lange Jahre lebte er mit der
Lüge zwischen den verschiedenen Spieltischen.

Johan sollte eines Tages mit seinem Geliebten nach Amerika
gehen, um in der Filmwelt sein Glück als Produzent zu versuchen, ein wenig auch im Vertrauen auf die von ihm geknüpften
Beziehungen. Beim Abschied sagte er zu Robert: »Du bist ein
sehr guter Mensch. Aber du hast in deinem Leben stets Fehler
gemacht, große Fehler. Dein größter Fehler war, meine Mutter zu
heiraten.« Darauf er: »Ich konnte nicht anders... Ich hatte mich
in deine Mutter verliebt.« »Ich weiß, ich weiß«, sagte Johan.
»Dabei hat meine Mutter in ihrer Jugend so viele Todesfälle
erlebt, daß sie sich nie wieder verlieben konnte, derart viele,

daß sie nicht mehr auf Liebe hoffte. Was sie mir erzählt hat, hat sie dir wohl ebenfalls erzählt. Das ist leicht zu verstehen, sogar sehr leicht. Warum hast du das nicht gesehen, nicht sehen können? Sprich nicht von Liebe, sag bloß nicht, daß alles wegen der Liebe war... Wir wissen, wie viel wir im Namen der Liebe gelogen haben, wie oft wir uns hinter unseren Lügen versteckt haben, weil wir verliebt waren... Wir alle beide... Obwohl wir ganz unterschiedliche Menschen sind.« War das der Moment, in dem er glaubte, sein Geheimnis offenbaren zu müssen, das er jahrelang vor allen verborgen hatte? Hätte man die hartnäckige und auch ein wenig verzweifelte Weiterführung dieser Ehe, dieser Beziehung, als auch ihn selbst im Wissen um dieses Geheimnis ganz anders bewertet, sogar unter den engsten Vertrauten? Hätte diese Offenheit dazu führen können, daß sie sich mit anderen Augen und einem anderen Schweigen angesehen hätten? Wer weiß...Was er wußte, was er wirklich sagen wollte, war etwas, das er trotz aller Anstrengung nicht aussprechen konnte. Es war, als hätte man einen Menschen lange Zeit wiedersehen wollen und käme nach Jahren ganz nahe bis an die Schwelle seines Hauses, könnte dann jedoch nicht an seine Tür klopfen. Johan verstand ihn, er war unter den vielen Menschen, mit denen er zu tun hatte, womöglich derjenige, der sein Leben am besten verstand.

Alle diese Verknüpfungen kann ich natürlich nur herstellen, weil ich eines Tages Mitwisser des Geheimnisses geworden war. Ich war die dritte Person, im Moment unseres Abschieds, im Moment eines anderen Abschieds. Was ich erfuhr, führte dazu, daß ich auch Lola aus einem anderen Blickwinkel sah, Lola, die ein Leben lang in ihrem Innersten diese fernen und fremden Toten, ihre Toten mit sich herumtrug. Das kann man angesichts all des erlittenen Leids auch als eine andere Art von Adel bezeichnen. Dennoch bereitet der Mensch von einem bestimmten Punkt an sogar dem ihm am nächsten Stehenden die Hölle. Zweifellos hatte Johan diese Wahrheit in seinem Leben, dem Leben, das er sich gewählt hatte, erfahren. Vielleicht hatte er auch deswegen auf seine Aussage eine Erklärung erwartet. Eine Erklärung, die er nicht kannte, von der er aber spürte, daß sie ihm immer verheimlicht wurde. Die Erklärung einer Wahrheit, die weder Monsieur Aldo noch die Familie in Istanbul kannte.

Diese Verschwiegenheit sollte auch für denjenigen gelten, der ihn eines Tages in einem anderen Land durch die Worte eines anderen kennengelernt hatte. Das war die wichtigste Bedingung unseres Verstehens, meiner Mitwisserschaft an dem Geheimnis. Er hätte sich mit einer Frage begnügen können, einer einzigen Frage. Mit einer Frage, die uns nur an ein Ufer, an das Ufer eines anderen hätte bringen können. Was danach kam, mußte ein wenig der Phantasie überlassen bleiben... Wir hätten zum Beispiel, um besser zu verstehen, darüber reden können, in welchen Formen er seine Männlichkeit auslebte. Wie viele Formen gab es, seine Sexualität auszuleben, als Mann sich einer Frau hinzugeben, die man liebte, der man in Leidenschaft verbunden war?... Vielleicht hätte Johan diese Frage von außen, aus einer anderen Gefühlswelt heraus beantworten mögen. Doch sie hatten in dem Moment nur geschwiegen oder, so wie es viele Menschen in anderen Erzählungen tun, versucht, dem Schweigen eine Bedeutung zu geben. Nachdem er den Menschen, den er jahrelang jenseits der Grenze, die er ein wenig selbst, mehr noch aber die anderen gezogen hatten, als seinen eigenen Sohn betrachtet hatte, den er aber immer auf einem anderen Weg zurücklassen mußte, kurze Zeit mit dem Versuch eines Lächelns angeschaut hatte, beugte er seinen Kopf vor und murmelte bloß: »Die Liebe macht dem Menschen immer Hoffnung. Ohne daß man dessen müde wird.« Johan hielt kurz inne und verstaute das Fotoalbum sorgfältig in seinem Koffer. Dann sagte er: »Du hast sehr viel für mich getan... Jetzt kehre auch ich dir den Rücken...« Und er fügte hinzu: »Aber vergiß nicht: Was uns am Leben hält, uns aufrecht hält, ist das Böse, nur das Böse. Meine Mutter kann in Wahrheit einem anderen gar nichts geben. So war es, seit ich sie kenne. Sie braucht nur das Geliebtwerden. Ohne zu lieben geliebt werden... Deshalb hasse ich sie auch.« Auf diese Rede hin zog Robert es vor zu lächeln, ohne ein Wort hinzuzufügen. Kam dieses Schweigen aus Hilflosigkeit oder weil sein heimlicher, stark unterdrückter Zorn, den er stets zu verbergen versucht hatte, nicht wieder hervorbrechen sollte? Ein geheimer, stark unterdrückter, irgendwie nicht ausgedrückter Zorn... Der Preis für dieses Zusammensein war sehr hoch gewesen...

Dann umarmten sich die beiden. Es war der einzige Moment in ihrem Leben, ihrem Zusammensein, in dem es ihnen gelang, ihre Freundschaft, ihre Liebe zu erfassen. Der einzige Moment, in dem es ihnen gelang, ihre Freundschaft, ihre Liebe zueinander zu begreifen... Sie würden einander nie mehr wiedersehen... Einander nie mehr begegnen, sich nie mehr sprechen...

Es gab so viele ähnliche Momente im Leben derer, die wirkliche Trennungen kennen und erleben mußten... Das ist ein wenig der ›Ruf der Wildnis‹. Der Ruf der Wildnis, der ausgeht von anderen Menschen und der einen zu anderen Erzählungen, ganz anderen Gefühlen und Bildern tragen kann... Johan hatte sich in dieser Nacht entschlossen, etwas Schlechtem entgegenzugehen. Sie sprachen ein wenig mit seinem Freund, der ihn abzuholen gekommen war und der mit seinem schwarzen Regenschirm, mit dem Kamelhaarmantel und dem kirschroten Seidenschal eher wie ein Mensch aus der Modewelt aussah. Natürlich war das ein Gespräch, bei dem jeder dem anderen fremd blieb. Eins von den Gesprächen, die geführt wurden, um die Leere auszufüllen, die man in solchen Momenten empfand. Wie oft in solchen Situationen redete man Banales. »Amerika erwartet uns. Wir kommen mit einem Oscar zurück«, sagte der Freund von Johan. Und Johan ergänzte: »Natürlich ehe wir alt geworden sind! Ehe wir alt sind und anfangen, diese Stadt mit amerikanischer Brille zu betrachten...« Sie lachten. Ja, jeder war für den anderen nun ein Fremder, jeder war in seiner eigenen Fremdheit. Wer war es also, der lachte und worüber? Wer war es, der lachte?... Oder... Lachten sie wirklich, konnten sie lachen?... »Schreib mal«, sagte Johan im Weggehen. »Schreib auf jeden Fall. Ich meine, wenn du möchtest...« »Grüß mir Suzanne«, sagte er daraufhin. Sollte mit

Suzanne Suzanne Hayworth gemeint sein? Ein trauriges Lächeln breitete sich auf den Lippen der beiden aus. Noch einmal verstanden sie, daß sie von einem unerwarteten Moment ergriffen worden waren. »Alles klar, Alter«, sagte Johann, »Wenn ich sie treffe, dann richte ich es ihr aus, klar.« Das sollten ihre letzten Sätze, ihre letzten Worte, ihre letzten Wünsche füreinander sein. Ihre letzten Wünsche füreinander... Vielleicht hatte er deswegen ihr Gespräch nicht vergessen können...

Konnte er in allen diesen Wörtern, in diesen kleinen Wünschen, die er noch einmal aus einem anderen Land erwartete, ›etwas‹ von sich selbst erkennen? Ähnelten die Gefühle bei dieser letzten Begegnung oder diesem ersten Sichfinden denen, die ein Vater seinem Sohn trotz aller Entfernung entgegenbringen würde?

Fehler und Menschen... Er war zum Anfang jenes Spiels, zu den Szenen, an die er sich immer erinnern würde, zurückgekehrt, als stünde er für eine Nacht wieder unvorbereitet da. Damals versuchte er, sich auch an die gemachten Fehler zu erinnern, und er dachte, sein Leben sei ein schlecht geschriebenes, schlecht gespieltes und schlecht rezensiertes Schauspiel. Er war auf die Straße hinausgegangen. Er war lange gelaufen. Lange... Er versuchte, die inneren Stimmen zu verbergen... Ohne sich um den strömenden Regen zu kümmern... Der strömende Regen paßte zu dem, was er erlebt hatte, was er erleben sollte... Wenigstens dieses Detail paßte zu dem, was er erlebt hatte und erleben sollte... Danach durchlebte er eine der unvergeßlichsten Szenen des Dramas... Eine der unvergeßlichsten, oder eher eine der wahrsten Szenen des Dramas... In völliger Einsamkeit... Trotz jener Schiffe, jener Meere, jener Länder... Es war die Erinnerung an die Szene, wie er aus einem Stück Papier aus seiner Jackentasche ein Schiffchen faltete und im Brunnen auf dem Trafalgarplatz zum Schwimmen bringen wollte. Es regnete. Der Platz war in dieser vorgerückten Nachtstunde menschenleer. Als hätte sich jeder irgendwo verkrochen. Aus Papier Schiffchen zu falten, hatte er von seiner älteren Schwester gelernt. Damals vor vielen Jahren, als sie noch Kinder waren und der Trafalgarplatz, wie viele andere Plätze auch, nur ein Name war oder ein kleiner Traum, eine Legende... Er hatte dem Schiffchen, das vom Wasser ergriffen wurde und davonschwamm, eine Weile zugeschaut und versucht, von den Stürmen auf den großen endlosen Meeren zu träumen. Wer weiß, vielleicht war das einzige Schiff, das er je hätte besteigen können, jenes Papierschiffchen gewesen, das er auf den Bassins, die die städtischen Plätze schmückten, hatte schwimmen lassen. Eine Weile hatte er dem Schiffchen zugeschaut, das vom Wasser ergriffen wurde und davonschwamm. Er hatte diese Szene in einem der Filme gesehen, die er nicht vergessen konnte, die immer in ihm abliefen... Der Film lag, wie so viele Filme, jetzt lange zurück. Er kannte den Grund für diese Ferne... »Ich hatte Roulette gespielt. Es war seltsam, ich spielte wie besessen, und auf was immer ich auch setzte, ich verlor ständig. In jener Nacht habe ich so viel Geld verloren wie noch nie. So viel, daß ich es jetzt nicht sagen kann...«, bekannte er mir eines Tages, als er mir erzählte, was er dort in jenen Stunden der Einsamkeit erlebt hatte.

Am nächsten Morgen sprach er mit Lola und sagte, daß er ausziehen werde und sie sich von nun an nicht mehr sehen sollten. Es war der Morgen nach Johans Abreise. Er hatte wohl wieder einmal den falschen Zeitpunkt gewählt. Zumindest hätte er noch eine Weile bei ›seiner Frau‹ bleiben können. Aber leider waren beide nicht in der Lage, an so eine ›Nettigkeit‹ zu denken. Sie wußten, daß sie auf verschiedenen Wegen gingen, sie mußten es wissen. Das waren die ersten Schritte auf dem Weg, der Lola in eine Nervenheilanstalt brachte, eine Frau, die an verschiedenen Orten zu verschiedenen Zeiten als Protagonistin einer immer unvollständig gebliebenen Erzählung gelebt hatte. Was ihn betraf... Er hatte nahezu fünfunddreißig Jahre mit ihr verbracht. Er ließ mit den Dingen, die diesem langen Zusammensein Bedeutung verliehen hatten, auch die Erinnerungen, die diese Dinge belebt hatten, zurück. Er brachte den Mut, die Erlebnisse jenes Morgens zu beurteilen und sich selbst zu erzählen, erst in einer anderen Zeit und an einem anderen Ort auf. Jetzt erkannte er sehr wohl die Bedeutung des Schrittes. Es war der erste und einzige Triumph, den er in dieser Beziehung erzielte...

Er hatte nahezu kein Geld mehr. Das ›große Geld‹ hatte er schon längst in ›jenen Spielen‹ aufgebraucht. Dennoch wollte er aus ganzer Seele daran glauben, daß er Lola trotz aller Vorkommnisse weiterhin mit großer Leidenschaft liebte und er sie eines Tages wie ein jugendlicher Liebhaber aufsuchen würde, ja, er ließe sich bis zum Ende nicht davon abhalten, sie wo immer in der ganzen Welt zu suchen. Diese kleinen Triumphe hatte er nicht umsonst erlebt... Auf diese Weise fiel es ihm leichter, sich der Realität in seinem Spiegel zu nähern.

Er zog in ein Wohnviertel weitab der lichterglänzenden Welt der Stadt. Über manche Punkte dachte er erneut nach. Als alles geregelt war oder wenigstens so schien, analysierte er jenes glitzernde Leben von jenem Randbezirk aus, gehörig weit entfernt von dem Gewohnten, mit anderen Augen. Die Nächte waren anders, die Straßen waren anders, die Gerüche, die Gesichter waren anders. Die Tage dagegen waren geblieben. Die Tage... Ja, wenigstens die Tage konnte er retten. Er hatte seine alten Kontakte genutzt und konnte tagsüber als ausgezeichneter Kenner des Kaffeehandels bei einigen großen Firmen als Berater arbeiten. Als Berater... Wenigstens für eine Weile, als er sich von dort noch nicht gänzlich getrennt hatte. Man mußte den Schein wahren. Beispielsweise sollten die Menschen, die er tagsüber in seiner Arbeitsumwelt sah, niemals erfahren, daß er in einem Randviertel weit vom Zentrum der Stadt entfernt wohnte. Er erzählte ihnen, daß er im Grosvenor Hotel wohnte. Er hatte alles geregelt. An der Rezeption hatte er einen Bekannten aus alten Zeiten, den alle ›Mister Jefferson‹ nannten; er war alt und wirkte in seiner Sprechweise, seinem Ernst und seiner Ruhe weniger wie ein Hotelbediensteter, vielmehr wie ein Adeliger, der jahrelang auf einem Schloß gelebt hatte. Mr. Jefferson war einer von denen, die wußten, was es heißt, unliebsame Tage zu erleben.

Sie trafen sich in der Nähe des Hotels in einem italienischen Café. Es war ein Feiertag. Ein Feiertag oder ein anderer Tag, denn die Tage glichen sich. Sie traten einander in der schlichtesten und gewöhnlichsten Kleidung und Redeweise gegenüber. Erstmals seit vielen Jahren ergriff sie ein freundschaftliches Gefühl und eine bisher nicht gespürte Wärme. Mr. Jefferson fragte, warum er denn mit seiner Frau so lange nicht zum abendlichen Tee erschienen sei. Robert erzählte, versuchte zu erzählen, daß ihn die neuen Zeiten mit jedem Tag weiter hinaus aus dem Zentrum, in ein fremderes London verschlagen hätten. Er sei nicht mehr der alte Mr. Robert… Dann sagte er, er müsse weiterhin kämpfen, jedenfalls das Gefühl haben, dies weiterhin zu tun. Er mußte einen Mr. Robert verteidigen, den die anderen nicht gebührend, so wie er es verdient hatte, kannten und niemals kennen würden. Mr. Jefferson sagte, daß er im Gedenken an jene Tage für Mr. Robert sehr viel tun könne und daß es unterschiedliche, von Mensch zu Mensch wechselnde Weisen gebe, sich gegen die Verbannung zu wehren. Der Kaffeegeruch mischte sich mit dem Geruch nach frischem Gebäck. Es war Morgen. Ein Morgen wie alle anderen…

Er hielt sein Wort und tat, was er konnte, um jener Tage willen, damit für Mr. Robert das Morgen, sein Morgen wieder anbrechen konnte. Mr. Jefferson wurde zum ›Komplizen‹ und sagte allen, die im Hotel nach Mr. Robert fragten, dieser sei zu einer langen Konferenz ausgegangen, und wenn eine Nachricht zu hinterlassen sei, möge man die nötigen Informationen sowie Ort und Zeit für ein Treffen angeben. Mr. Jefferson wies auch den Nachtdienst an und informierte ihn. Es ging darum, den Schein zu wahren, ›wie es sich gehörte‹. Vielleicht waren das die letzten Augenblicke, die letzten Auftritte. Die letzten Auftritte dort… Er wollte, daß sie erzählt, spürbar gemacht wurden. Sie hatten einander wenigstens in diesem Teil des Spiels finden können. Wenigstens in diesem Teil… Als zwei aufrechte Menschen, die glaubten, die ›Wahrheit‹ in diesen kleinen Lügen gefunden zu haben, einer für den anderen… Auf eine Weise, die dem Protest, dem von ihnen gewagten Protest angemessen war… Später… Später verlor sich dann alles irgendwo…

(Eines Tages, als das ›Später‹ für mich eine ganz andere Bedeutung hatte und ich meine Spieler in meinem eigenen Spiel an
ihre Plätze zu setzen versuchte, ging ich ins Grosvenor Hotel.
Mein Weg führte mich nach London wegen dieses Menschen, der
mich eine Nacht, die ich jahrelang nicht vergessen konnte, das
Sterben eines Teils von mir neu erleben ließ. Wir schrieben an
verschiedenen Orten in unserem Inneren eine Erzählung, von
der wir nicht wußten, wann sie enden würde. Ich hielt Ausschau
nach Mr. Jefferson. An der Rezeption waren ›andere‹, die niemals
in diese Erzählung eingehen werden. Dennoch versuchte ich
mich ihnen zu nähern. Ich wußte, was und wer mich gerufen
hatte. Dieses Gefühl hatte ich schon früher erlebt und hatte es
zu formulieren versucht. Ich fragte nach Mr. Jefferson. Sie sagten,
ein solcher sei ihnen nicht bekannt. Niemand hatte ihn dort
gesehen, von ihm gehört ... Einen Mann namens Mr. Jefferson
gab es nicht, hatte es nie gegeben ... Stand ich nun wieder einer
jener Lügen von Monsieur Robert gegenüber, an die er mit der
Zeit selbst geglaubt hatte, einer dieser so lebensechten Phanta-
siegeschichten? Vielleicht. An diese Möglichkeit zu glauben,
konnte das Schreiben erleichtern, es würde erlauben, auf diesen
Menschen mit ganz anderen Schritten zuzugehen. Doch wenn
dies alles wirklich nur ausgedacht war, warum erweckte jener
uralte Mann, der mich in der Halle von weitem leise lächelnd
ansah, so sehr meine Aufmerksamkeit?)

Die Nächte, in denen Robert nicht in seine neue Wohnung
gehen wollte, verbrachte er ein wenig mit Incilâ Hanım, ein
wenig mit Monsieur Tahar in der Wohnung in der Edgware
Road, doch vor allem an jenen in jeder Hinsicht verlustreichen
Spieltischen. Eine Leidenschaft mußte durch eine andere ersetzt
werden, eine Leere gefüllt werden. Auch wenn diese Leidenschaft keine neue, für diese Nächte der Einsamkeit nicht speziell
erfundene Leidenschaft war ... Es war eine Leidenschaft, an der
man sich festhalten konnte, so daß nicht alle Leidenschaften vollkommen verloren waren. Dies war der einzige Punkt, den seine
ältere Schwester ihm nicht verzeihen konnte, den sie nicht ver-

standen, beziehungsweise den sie zu verstehen abgelehnt hatte. Es war nicht möglich, ihr von der Welt zu erzählen, die er an jenen Tischen fand. Gerade da empfand er, daß sie verschiedenen Welten angehörten. Nach Ansicht seiner Schwester hatte die Spielleidenschaft alles, was er erlebt hatte und hätte erleben können, ruiniert und ihn in die Leere, in einen ausweglosen Schmerz verschleppt. Es war ein Fehler gewesen, Lola zu heiraten und die Ehe nicht rechtzeitig zu beenden, als sich Probleme zeigten, sondern sich stets selbst zu betrügen, einer der größten Fehler seines Lebens. Seine Leidenschaft hatte ihn daran gehindert, seine Grenzen und seinen Platz zu erkennen. Diese Verrücktheiten, die großen Reisen, diese funkelnden Nächte waren ein Fehler. London war ein Fehler. Alles, was er in jenem fremden Land erlebt hatte, war ein Fehler und Teil einer langen Kette von Fehlern. Doch das Glücksspiel, das zudem ›eine Sünde‹ war, bedeutete, sich wissend in einen Abgrund zu stürzen. Sich in einen Abgrund stürzen… Dieser Satz, den Madame Roza, seine geliebte ältere Schwester, als Ausdruck eines gewöhnlichen Gedankens, eines jedermann bekannten, auf Erfahrung beruhenden Standpunkts benutzte, faßte in Kürze die Summe vieler Gefühle, vieler Lebensstile unterschiedlichster Menschen zusammen. Sich in den Abgrund stürzen… Bestand die Verwirrung, die er an jenen Tischen erlebte, in der Unmöglichkeit, jenen Sturz zu verstehen, in der Selbsttäuschung oder in der heimlichen Genugtuung, sich von Lola und seiner kleinen Familie getrennt zu haben? Die Antwort auf diese Frage konnte er niemals geben. Das war einer der Momente, in denen er noch einmal zu der Wahrheit zurückkehrte, daß er selbst den Menschen, die ihm am nächsten standen, nicht erzählen konnte, was er erlebt hatte. Alle hatten seine diesbezüglichen Lügen irgendwo eingeordnet. Alle, die ihn mehr oder weniger kannten, kennen wollten. Wir wollen ja manche unserer Lügen nie erschüttern lassen, sie sollen immer so bleiben, uns tragen. Schließlich hatte sich jeder aus der Lüge eine eigene Wirklichkeit erschaffen. Daß er beispielsweise bei seiner verspäteten Rückkehr derart einsam, verlassen, und buchstäblich am Nullpunkt angekommen war, glaubte niemand, konnte niemand glauben. Zweifellos lag die Schuld dafür ein bißchen auch bei ihm. Als hätte er vergessen, daß er in den Tagen nach seiner Rückkehr gesagt hatte, er habe ›alles‹ verloren, aufgebraucht, behauptete er nämlich mit der Zeit, er sei nach Istanbul wegen neuer großer Geschäfte gekommen, habe in seiner Aktentasche große Projekte, ja unterschriftsreife Verträge, er könne durch seine Erfahrungen, seine Beziehungen und seine immer noch gültigen Kredite bei vielen Banken der Welt alle Probleme lösen. Er versuchte sich seiner Umgebung als Geschäftsmann zu präsentieren, der aus London in seine Geburtsstadt, die er wegen Geschäften seit Jahren nicht mehr besucht hatte, zu einem kurzen Sondierungsbesuch gekommen war, und es gelang ihm, sich mit vielen Leuten zu treffen, die sonst nicht leicht zu erreichen waren. Jedoch blieben bei den Treffen alle Hoffnungen begrenzt, und die Treffen auf Gespräche begrenzt. Seine Vorschläge zu ›großen‹ Geschäften fanden bei niemandem Aufmerksamkeit, wurden nicht genügend verstanden, lösten keine Begeisterung aus. Das waren die letzten Szenen seines Auftritts in Istanbul. Etwa im Club Sipahi Ocağı, wo er nach Jahren ein paar alte Bekannte treffen wollte, in den Nächten, wo er sich verschuldete, um zu spielen; auch wenn er jedem, den er traf, phantasievolle neue Geschäftsideen vorschlug; oder als er ›seiner kleinen Schwester‹ Tilda während der kurzen Zeit, die er bei ihr wohnte, Geschenke, eins schöner als das andere, kaufte und niemand je erfuhr, woher er das Geld dafür hatte... Er führte die Lügen weiter.. Denn alle hatten die Lüge nötig. Alle, die ihre eigene Dunkelheit nicht mitteilen konnten, brauchten die Lüge... Alle, die in entfremdeten Bildern lebten... Alle, die vor sich selbst flohen... Alle, die sich an ihr Leben nicht erinnern wollten, wie es wirklich war, sondern so, wie sie es sich erträumt hatten. Konnte für diese Menschen an jenem Morgen ein neuer unerwarteter Blick auf ihr Leben erwachen?...

Das, was er mit ›jenen Menschen‹ erlebte, die Dinge, die er nach Jahren für einen neuen Platz sammelte, schienen Teil eines

Abenteuers ohne Wiederkehr zu sein... Mich erfaßte das Abenteuer, als am Pessach-Abend die Haggada gelesen wurde und
Monsieur Robert traurig und leise lächelnd auf den vor ihm
stehenden Weinkelch blickte. In diesem Moment begriff ich,
daß er aus einer anderen Welt war. Später merkte ich, daß auch
Juliette irgendwie berührt war. Sie schaute uns an. Zweifellos
hatten wir mit unterschiedlichen Gefühlen diesen ›Moment‹ erreicht, trugen unsere unterschiedlichen Menschen mit uns. Aber
wir spürten wohl, daß wir uns in dieser alten Legende, die den
Tisch, die Familie, die Familien vereinte, an einem sehr weit
entfernten Ort trafen. Die Worte waren noch einmal in uns, verhinderten ein weiteres Mal unseren Weg zu jenem Menschen,
den wir finden wollten; sie waren die Grenze, die wir nicht überschreiten und von der wir nicht leicht sprechen konnten. Was für
ein Wagnis war das Gespräch der drei Menschen, für das sie ihren
kleinen ›nach außen‹ abgeschirmten Bereich bevorzugten, wobei
in diesem Gespräch zuerst einmal jeder sich selbst äußerte, und
trotzdem taten wir in dieser besonderen Zeit einen sehr wichtigen Schritt aufeinander zu. Wir taten in dieser besonderen Zeit
einen sehr wichtigen Schritt aufeinander zu... Auch wenn wir
einander nicht in voller Bedeutung, so wie es sein sollte, ›sehen‹
konnten... Ich wollte immer glauben, daß Monsieur Robert in
jener Nacht Lola angerufen hatte. Die neuen Enttäuschungen
hätte er nach so vielen Enttäuschungen leicht ertragen können.
Hätte er in jenem Anruf von einem neu zu beginnenden Leben,
von einer wahren Rückkehr sprechen können? Wer weiß. Am
Ende erfuhr der Mensch wohl oder übel, was eine Rückkehr
brachte oder wohin sie führte; er war ab einem gewissen Punkt
gezwungen, das zu lernen...

Die Wahrheit erfuhr ich erst lange Zeit später. Sehr viel später... In einer Zeit, als ich wieder einmal die Folgen meines
Zuspätkommens tragen mußte... Es war der Abend, an dem
Monsieur Robert nach so vielen Verlusten, einmal abgesehen
von den Träumen eines Zusammenlebens mit Lola, erstmals
ernsthaft daran dachte, nach London zu gehen, um ›völlig zu

verschwinden‹. Der Abend, an dem er aus eigenem Entschluß in die Stadt des Exils zurückkehren wollte, um Istanbul nie mehr wiederzusehen... Aber dort, an jenem Pessach-Abend, hatte er ein anderes Gefühl, das er nicht definieren und nicht aussprechen konnte, das in ihm jenen Weg öffnete... Die Krankheit von Madame Roza war noch nicht ausgebrochen, er war noch nicht in den Sumpf neuer unbezahlbarer Schulden geraten, noch hatten sich die Türen vieler Geschäfte nicht vor ihm verschlossen. Trotz aller Enttäuschungen waren die Tage, die ihm den Zusammenbruch brachten, noch fern, genauer gesagt, es schien so, als seien sie fern... Doch was er an jenem Abend in jenem Drama sah, führte dazu, daß er jenen Schritt ins Auge faßte. Er wußte zumindest, daß er nicht gezwungen sein wollte, in der Stadt, in die er zurückgekehrt war, als ein von seiner Familie Unerwünschter zu leben. Unter dem Einfluß dieses Gefühls sah er sich der Stadt, in der er fünfunddreißig Jahre gelebt hatte, etwas näher. An jenem Abend verlor er sich dort in jenen Bildern.

Ungefähr ein Jahr war seitdem vergangen. Ein Jahr mit immer seltener werdenden Begegnungen. Ich besuchte ihn mehrmals in seinem Hotelzimmer. Ab und zu gingen wir ins Hilton Hotel, um Tee zu trinken. Dort war einer seiner Zufluchtsorte, eine der wenigen Ecken, die er in Istanbul wirklich liebte, wo er manche Menschen ertragen konnte, die aus seinen Träumen Kraft schöpften. Er verstand nie, daß ich mir wiederum an dem Ort fremd vorkam, mich hier nicht wohl fühlte. In jenen Tagen waren wir sowieso in unterschiedlichen Träumen oder Täuschungen befangen. Wir hatten die uns Nahestehenden woanders verloren und suchten sie jeweils woanders. Unsere Geschichte wurde an anderen Orten mit anderen Worten, Gefühlen, Lücken geschrieben, würde von anderen Menschen aufgeschrieben oder vergessen werden. Aber es gab wiederum einen Ort, wo wir uns trafen, wo wir uns zu treffen vermochten. Ein Ort, den wir nicht definieren konnten, den zu definieren wir nicht die Notwendigkeit sahen oder die Kühnheit hatten, den wir vorzogen, nur zu leben, zu leben, so weit es ging... Eines Tages würde ich fühlen, daß ich diesem Ort ein wenig näher gekommen war. Wir legten beide sehr viel Wert auf Details oder waren davon überzeugt... Wir wollten die Veränderungen, den Zauber der unaufhaltsamen Veränderungen hin und wieder, ob so oder so, aus ganzer Seele festhalten. Monsieur Robert erzählte mir das meiste aus ›jenen Jahren‹ in seiner Ecke; das meiste, was ich über jene Jahre gesammelt habe, war diesen heimlichen Teestunden zu verdanken. Die Erzählung schrieb sich langsam. Ganz langsam... Indem sie mit jedem Tag etwas mehr den Kern, die Bedeutung und die Einzelheiten dessen, was wir erlebten, freisetzte. Die Erzählung brauchte einen Zeugen, einen Zuschauer... Ich wollte einen ›Märchenerzähler‹ finden oder einen Teil meines Märchens. Er spürte die Notwendigkeit, seine Erzählung einem anderen zu erzählen, und ich würde in dieser Erzählung so weit wie möglich fortfahren. Wir verstanden uns. Die Stelle, an der wir uns trafen, war für uns beide von größter Wichtigkeit...

Dann... Dann war noch einmal ein Jahr vergangen...

Es war am Morgen nach dem Pessach-Abend, den wir ohne ihn in Juliettes Haus gefeiert hatten. Er rief früh an. Seine Stimme klang traurig, gebrochen, aber zugleich war es die Stimme eines Menschen, der seine Entscheidung getroffen hatte. »Heute abend fliege ich nach London... Für immer...«, sagte er. Ich antwortete: »Abends wäre ich sowieso gekommen. Warte. Laß uns ein bißchen reden...« Es war Sonntagmorgen, die Straßen waren völlig leer... Völlig leer... Wie an vielen Sonntagmorgen der Welt, an die ich mich erinnerte, war die Stadt noch nicht aufgewacht. Als ich an einer Bäckerei vorbeikam, ging ich langsamer. Ich sog den frischen Duft von warmem Brot ein. Ich versuchte mir vorzustellen, daß ich beim *muhallebici* eine Hühnersuppe äße. Als hätte ich seit Jahren auf diesen Genuß verzichtet. Wir verpaßten sogar die kleinen schönen Dinge. War es, weil wir uns fürchteten, unseren Schatten zu begegnen oder uns mit einem Teil unserer Geschichte nicht aussöhnen zu können?... Es war ein sonniger, heller, kalter Frühlingstag. Ein Frühlingstag, an dem man sich in der Trägheit eines Feiertags nach einem langen

Frühstück auf dem Sofa ausstreckt, um die Zeitung zu lesen und sich von der trügerischen Wärme der Sonne bescheinen zu lassen ... Waren solche Details von den Menschen so weit entfernt, wie ich vermutete?

Ich erreichte das Hotel in kurzer Zeit. Ein Hotelzimmer im Stadtteil Sıraselviler, nahe den Lichtern der Stadt, doch – wozu lügen – ziemlich weit entfernt von ihrem Glanz ... Starben die Sterne wirklich still und lautlos? ... Warum erfuhren wir immer erst so spät vom Erlöschen eines Sterns? ... Warum immer so spät? ... In Sıraselviler, in einem Hotelzimmer, das sich mit jedem Tag etwas mehr von der Stadt entfernte ... Hier war ein Ort, an dem man zahllose Erinnerungen und die mit der Erinnerung verbundenen Bilder miteinander teilen konnte. Hier hatte die Erzählung dieses Zimmers und der Details, die durch dieses Zimmer Bedeutung gewannen, sich zu schreiben begonnen. Die Autoren der Erzählung kamen an diesem strahlenden Morgen wegen ein paar Einzelheiten, Worten oder Bildern wieder einmal zusammen. Wieder einmal ... Oder eigentlich ... Zum letzten Mal ... Wegen der verschiedenen Wege, der Lichter und der nächtlichen Todesfälle ... Als ich an seine Zimmertür klopfte, verstand ich ein wenig besser, daß ich mich von dieser Erzählung niemals würde befreien können. Der Hotelkorridor roch ein wenig nach Tod, so wie viele alte, verlassene Hotelkorridore. Eine Frau, wahrscheinlich um die fünfzig, kam im Nachthemd, die langen weißen Haare sorgfältig gekämmt, schnell aus einem der Zimmer und verschwand, ständig sprechend, eigentlich mit sich selbst redend, im gegenüberliegenden Zimmer. Es war deutlich, daß sie ihren inneren Monolog, der, ohne daß sie es merkte, nach außen drang, auch im anderen Zimmer fortsetzte. Wessen Zimmer war das? Was suchte sie in dem Zimmer, aus dem sie gekommen war, in das sie hineingegangen war oder hineingehen wollte? Wo und wie sah sie den Menschen, mit dem sie andauernd sprach, und warum hatte ich den Eindruck, daß sie ihn irgendwie nicht aus ihrem Inneren vertreiben konnte? Natürlich konnte ich auf diese Fragen keine Antwort bekommen. Eine weitere Erzählung hatte mich an unerwarteter Stelle gefunden und mich innerhalb kurzer Zeit mit meiner eigenen Zeit und meinen eigenen Fragen allein gelassen. Die Frau hatte lange, ganz weiße Haare. Unter ihrem durchsichtigen Nachthemd waren ihre großen Brüste zu sehen... Monsieur Robert öffnete die Tür in dem Moment, als die Frau in das andere Zimmer ging. Als ich die Schritte hinter der Tür hörte, wurde ich von einem Zögern ergriffen. Von den Stimmen eines anderen Zögerns oder einer anderen Müdigkeit, einer Erwartung, eines Verlusts... Dann schauten wir einander an. Ich weiß jetzt sehr wohl, daß ich diesen Moment nie wieder vergessen werde. Ohne daß auch nur ein Wort nötig gewesen wäre, schauten wir uns an. Er legte die Hand auf meine Schulter. In seinem Gesicht stand jenes traurige Lächeln, das mir später immer wieder in den Sinn kommen sollte. Ähnliche Augenblicke hatte ich schon früher erlebt und zu erzählen versucht. Er legte mir die Hand auf die Schulter... Wollte er mir damit sagen, daß ich nicht traurig zu sein brauchte? Oder wollte er sich vor dieser letzten Reise etwas Kraft von mir holen?

»Gestern abend haben alle nach dir gefragt«, sagte ich. »Ich habe inzwischen mit Juliette gesprochen. Über das, was du erlebt hast. Sie sagt, sie sei traurig darüber, wirklich traurig...« Ich reichte ihm das Paket mit den Kostproben vom gestrigen Abendessen, die Juliette ihm eingepackt hatte. In dem Paket befanden sich einige Stücke Spinatbörek, einige Lauchbällchen und zwei Enteneier, die nach dem Kochen leicht im Ofen überbacken worden waren. Außerdem zum Frühstück einige Scheiben ungesäuertes Brot und etwas weiße Marmelade... Damit er wieder die Wärme des Pessach-Abends erleben und sich, wenn auch an anderem Ort, daran erinnern sollte. »Das hat sie dir geschickt. Das ist dein Anteil«, sagte ich. »Sie lädt dich zu einem Frühstück ein. Sie hat gesagt: Wenn er kommt, mache ich ihm süße *bimuelikos*.« Er lächelte. Wir wußten alle – und das mußten inzwischen alle wissen, daß er den Moment des Wiedersehens verpaßt hatte. Er zeigte auf die Gepäckstücke auf dem Bett und sagte: »Ich kann nur mit diesen beiden Koffern gehen.« Die Koffer trugen die

Spuren jahrelanger Ermüdung, Abnutzung. Ich wußte, sie waren Zeugen seiner zahllosen Reisen gewesen. Zahllose Reisen, die jedoch in einer anderen, sehr anderen Welt stattgefunden hatten... Jetzt waren sie an seiner Seite wie zwei treue Freunde. Genauso wie die alten Kleidungsstücke, die er nicht mehr benutzte, wichtiger, die zu benutzen er keine Notwendigkeit mehr sah...»Aber da sind so viele Sachen...«, setzte er dann hinzu. Die Vergangenheit still zu tragen wie ein geduldiger Reisender, sie mit dem, was von all den Kämpfen übriggeblieben war, zu tragen... Das hieß vielleicht, die Erzählung auf eine andere Weise, ja mit einem einzigen Satz zu erleben, zu tragen.

Eigentlich glaubte Monsieur Robert in dem Land, wo er nun erneut leben wollte, recht wenig Kleidung zu benötigen. Aus seiner Hektik und Unentschlossenheit resultierte wohl auch, daß er nicht entscheiden konnte, was er mitnehmen sollte oder nicht, was er zurücklassen sollte oder nicht. Ja, da waren seine Zeugen... Aber mit wem würde er seinen Weg fortsetzen, von wem würde er sich zu trennen wissen?... Die Schritte an diesen Weggabelungen waren manchmal dermaßen schwer und schmerzlich...

Dinge und Gegenstände... All die Westen, Hemden, Krawatten, Schuhe, Taschentücher, Manschettenknöpfe, gekauft für verschiedene Tage und Nächte, für verschiedene Leben und verschiedene Orte... ›Wichtige, außerordentlich wichtige‹ Verhandlungsnotizen, Unterlagen, Kataloge... Die Geschäfte, die er mit großen Hoffnungen nach Istanbul mitgebracht hatte, waren in seiner Vorstellung immer ›große Geschäfte‹. ›Große Geschäfte‹ für alle diejenigen, die in die Zukunft blicken konnten, die ihren Horizont stets erweitern und ihr Leben verändern wollten... Er konnte beispielsweise eine Firma gründen, die an den Börsen von New York und Tokyo mit Aktien handelte, er konnte für die Armee über Indien Hunderttausende Gasmasken ganz billig besorgen, für die staatlichen Krankenhäuser Millionen Spritzen importieren, wofür er große Bankkredite auftun würde, er konnte in Brasilien eine große Kaffeeplantage kaufen, an Ausschreibungen zu Bauprojekten in Nigeria teilnehmen und dabei Mittel aus Fonds der Weltbank nutzen, und vor allem konnte er Teilhaber an einem auf internationalem Niveau agierenden Spielkasino werden. Die Angebote lagen vor, bei der Finanzierung würde man gewiß Entgegenkommen zeigen. Doch niemand hatte ihn verstanden, niemand von denen, die ihn eigentlich verstehen und hören mußten… So war es auch in vielen anderen Beziehungen, in vielen anderen Ländern gewesen. Wenn er doch dorthin zurückkehren könnte…

»Nimm deine Wintersachen mit, deinen Mantel, deine Pullover. Dort ist es ja im Winter kalt. Du weißt nicht, was du wann brauchen wirst. Aber was du nicht haben, nicht mitnehmen willst, das kannst du mir hierlassen…«, sagte ich. Es war, als wollte ich auf eine indirekte Weise auszudrücken, er solle die, wenn auch geringe, Hoffnung auf eine Rückkehr nach Istanbul nicht verlieren, und ich genierte ich mich dafür. Ich bemerkte, daß er einen Kloß im Hals hatte, der ihn am Sprechen hinderte, und etwas, das ihn seinen Blick von mir abwenden ließ… Ein kleiner Lebensbereich blieb noch für die Träume. Doch was war in fünfunddreißig Jahren aus seiner Stadt geworden, in die er nun mit ganz anderen Gefühlen zurückging, zu gehen gezwungen war? Er war ja ein ganz anderer Mensch als vor fünfunddreißig Jahren. Was war geworden aus seiner Stadt, die er trotz Fremdheit und Disharmonie zweifellos besser kannte als wir alle, wo er in vielen Straßen und Bildern ein Stück von sich selbst gelassen hatte? Was war von seiner Stadt geblieben, von der Edgware Road, dem arabischen Viertel, den indischen Geschäftsleuten, den Luxusrestaurants, dem pakistanischen Stoffgeschäft in der Regent Street, aus seiner schicken Wohnung in der George Street, aus dem bulligen, stets rauchenden Pförtner aus Trinidad mit der tiefen Stimme, der als ›Autoexperte‹ alle Automarken und Modelle, ihre Besonderheiten und ihre Geschichte bis in die Details kannte? Was war aus dem alten Juden, dessen Name er nie erfahren hatte, mit seiner Pfeifenkollektion geworden, der vor der Metrostation Marble Arch Zeitungen verkaufte, der ein stilles ruhiges Leben zu führen schien, indem er seine Beobachtungen zunehmend in Weisheit zu verwandeln wußte? Was war aus der ›reformierten‹ Synagoge geworden? Was aus Incilâ Hanım, zu der er an seinen einsamen Abenden gegangen war, ein wenig, um der alten Tage zu gedenken, ein wenig, um sich selbst zu vergessen, und ein wenig um Geld zu leihen, was aus dem Victoria Casino, wo er viele Träume aufgebraucht hatte, was war wirklich übriggeblieben?...

Mit welchen Bildern und mit welchen Orten, die ihr glaubt gefunden, gesehen, erlebt zu haben, würdet ihr vor allem ein Leben verteidigen wollen? Unsere Worte erinnern uns noch einmal an das Lied der Einsamkeit, das wir zeitweise vergessen wollen oder uns glauben machen wollen, daß wir es vergessen haben. Wir waren gezwungen, uns aufs neue mit unseren Fragen auf den Weg zu machen. Aufs neue, geduldig mit all unserem Zögern... Er schaute lange auf seine Jacketts und Anzüge. Er konnte nur einige davon mitnehmen. Nur einige... In dem Moment erblickte er den Smoking. »Den muß ich auf jeden Fall einpacken. Für die Einladungen...«, sagte er. Eigentlich wußte auch er, daß er den für jene Nächte gedachten Smoking nie wieder anziehen würde, daß jene Einladungen lange, sehr lange zurücklagen und sich nicht wiederholen würden. Um das zu verstehen, reichte es, jene Tage ein wenig zu betrachten. Aber es waren auch Zeugen nötig, die seine alten Tage sehr gut kannten, damit er an die Tage, die er erlebt hatte, glauben und sich mit aller Kraft an die Tage binden konnte, die er noch leben mußte. Als er den Smoking im Koffer verstaute, erzählte er eine kleine Geschichte. Eine kleine Geschichte, die sein auf Träumen aufgebautes Leben, sein großes Schauspiel, das auf einen Untergrund aus Eis geschrieben war, sehr gut verdeutlichte....

»In vergangenen Tagen... Einmal kam Prinzessin Soraya nach Monte Carlo...«, begann er. »Sie saß am Roulettisch. In jener Nacht gewann ich viel, unglaublich viel Geld. Ich näherte mich ihr. Sie verlor dauernd. Nachdem ich dem Spiel eine Weile zugesehen hatte, beugte ich mich zu ihrem Ohr und flüsterte eine

Zahl. Sie schaute mich an. Sie spielte die Zahl, die ich ihr gesagt hatte. Sie gewann. Das wiederholte sich ein paar Mal. Jedesmal gewann sie. Ich habe sie viel gewinnen lassen. Später wollte sie eine Zigarette anzünden. Ihre Augen waren auf das Spiel fixiert. Ich zündete mein Feuerzeug an und streckte es ihr hin. Sie schaute mich noch einmal an. Sie war müde, sehr müde. Dennoch sah sie in jenem Moment für mich sehr schön aus. Sie faßte meine Hand. ›Sie sind ein Gentleman‹, sagte sie. In jener Nacht hatte ich diesen Smoking an.« War der Smoking, den Monsieur Robert in jener Nacht getragen hatte, wirklich derselbe, den ich an jenem Morgen sah? ... War jene Frau Prinzessin Soraya gewesen? ... Wer weiß ... An jenem Morgen hatten weder die Antworten auf diese Fragen für mich eine Bedeutung, noch ob dies eine wahre Geschichte war. Wirklich wichtig war der Ort, den diese Erinnerung oder diese Lüge in jenem Leben einnahm. ›Prinzessin Soraya‹ war die Heldin einer unendlichen, unerschöpflichen Nacht, die wirkliche, unsterbliche Prinzessin jener Nächte ... Ja, den Smoking mußte er unbedingt mitnehmen ... Es war das letzte Mal, daß ich ihn sah. Er wollte allein zum Flughafen fahren. Er wußte, was ihn in London erwartete. Nicht umsonst hatte er fünfunddreißig Jahre dort verbracht. Er würde eine kleine Rente bekommen und in einer kleinen Wohnung in einer der Vorstädte wohnen. Die Parks dort hüllten sich im Frühling in die schönsten Farben ...

Ich wußte, nach meinem Weggang würde er sich wieder vor den Spiegel stellen und sich lange anschauen ... Sehr lange, und dabei möglichst zu lächeln versuchen ... Um den Menschen gegenüber etwas besser kennenzulernen ... Um sich an den Menschen gegenüber etwas besser zu gewöhnen ... Es war ein Bild, das den Monsieur Robert in mir mit immer anderen Worten erschuf, in der Hoffnung, manche seiner Leben würden wenigstens in der Erzählung gelebt werden. Es war ein Bild, das mich ständig und nachdrücklich zu dieser Erzählung verlockte und das Verlangen, mehr noch die Notwendigkeit erweckte, in der Erzählung fortzufahren ... Wohin war Prinzessin Soraya in dieser Er-

zählung verschwunden?... Wessen Nächte waren jene Nächte?...
Wer trug diese Kleidung nach ihren wirklichen Eigentümern, wo und wann?...

Die Legende dieses Spiegels wird für mich wahrscheinlich nie zu Ende gehen. Wie viele Wege, wie viele Lieder, wie viele Möglichkeiten blieben mir denn sonst, meine Menschen zu finden?...

Inzwischen ist eine lange, sehr lange Zeit vergangen.

Es gab einen harten, strengen, unerwarteten Winter. Der Schnee blieb fünfzehn Tage auf Istanbuls Straßen liegen... Wir hatten seit jenem Tag keine Nachricht von ihm bekommen. Keinen Brief, keine Adresse, keinen Neujahrsgruß, keinen mitternächtlichen Telefonanruf... Doch ich glaube immer noch daran, daß er irgendwo in London weiterlebt, mehr noch, daß er eines Tages mit neuen Hoffnungen hierher zurückkehren kann. Mit neuen Hoffnungen und als ein anderer Mensch...

Und ich habe noch eine andere Überzeugung. Es ist die Überzeugung, die dem, was ich in dem Hotelzimmer gesehen habe, eine Bedeutung gibt und mir die Möglichkeit eröffnet, den Sinn mancher Wörter, Stimmen, Zurufe in mir zu verstehen und anders einzuordnen; an einem anderen Ort als dort, wohin uns die Assoziationen beim Vortrag seines Lebensliedes führten, ob wir wollten oder nicht; eine Überzeugung, die mir sagt, daß ich seine lange nicht genügend verstandene Lebensgeschichte eines Tages auf meine Weise erzählen kann.

Zweifellos ist der Wunsch, zu erzählen und an das Erzählen zu glauben, eine andere Form von Aufschub. Dieser Aufschub kann jedoch dazu führen, daß wir über manche unserer Versäumnisse noch einmal mehr nachdenken. In solchen Zeiten fällt mir beispielsweise ein, daß Lola und Johan in ihrer eigenen Dunkelheit geblieben sind. Auch meine Kontakte zu Incilâ Hanım und Monsieur Tahar sind an einem bestimmten Punkt abgerissen. Dort gab es auch etwas, das ausgelassen wurde, das ich vielleicht absichtlich ausgelassen hatte und das ich wieder einmal nicht benennen konnte. Etwas, das seine Bedeutung – warum es verheimlichen – in einer geheimen Freude hatte... War es eine jener Hoffnungen aus der Quelle, deren Grenzen nicht genau bestimmt, nicht ausreichend definiert waren? Vielleicht. Doch was immer der versteckte Sinn einer solchen Frage sein mochte, ich mußte wahrscheinlich, wenn die Zeit kam, um dieses London besser zu verstehen, in die Dunkelheit, die dieser Mangel an Wissen erzeugte, hineinschreiten, für neue Einsamkeiten. Ich mußte noch einmal über Incilâ Hanım nachdenken. Was fühlte sie, die diese Reisen, diese Geschichte besser kannte als wir alle, als sie sich, soweit sie konnte, um Monsieur Robert kümmerte, als er alt war? Welche Gefühle waren in diesen Momenten verborgen? Welche Nächte waren jene Nächte eigentlich? Was war es, das in jener kleinen Wohnung, in jenen Zimmern nicht verlorengehen wollte, nicht verlorengehen würde?

Nach all diesen Fragen bleibt mir jetzt nur noch übrig, ein wenig über jenen großen Umschlag zu sprechen. Den dicken sorgfältig verschlossenen Umschlag, der ›geheime Informationen‹ ›barg‹, hatte Monsieur Aldo, als er vor vielen langen Jahren ›in ein unbekanntes Land floh‹, Monsieur Robert übergeben. Dieser reichte mir den Umschlag an jenem Morgen mit den Worten: »Ich habe das erlebt, was da geschrieben steht, ich brauche das nicht mehr. Das Geschriebene versteht man auch nur, wenn man manche Gefühle erlebt. Diese Informationen sind jetzt für dich. Versprich mir, daß du den Umschlag erst öffnest, wenn du von meinem Tod erfährst oder wenn du glaubst, daß ich tot sei.« »Versprochen«, sagte ich, »Versprochen... Aber diesen Tag sehe ich noch nicht.« Er lächelte, versuchte noch einmal zu lächeln... Danach schlossen wir seine Koffer und gingen hinaus. Als ich den Schritt aus der Tür ›nach draußen‹ getan hatte, schaute ich nicht zurück auf das, was er notgedrungen hatte zurücklassen müssen. Wir umarmten einander nicht. Als ich ihn mit seinem ›letzten Gepäck‹ ins Taxi setzte, sprach er wenig. Sicher wollte er nicht, daß seine Stimme gewisse Gefühle verriet. Als das Taxi losfuhr, öffnete er seine Hände und schüttelte den Kopf, als wollte er sagen »Was hätte ich noch tun können?« Lebte in diesen Blicken eine Frage, die noch keine Antwort gefunden hatte, ein Bedauern, eine Verzweiflung?... Das erfuhr ich nie und werde es auch wohl nie erfahren.

Doch ich hielt mein Versprechen. Der Umschlag liegt so, wie er mir übergeben wurde, in einer Schublade. Er wartet auf ›seine Zeit‹... Genauso, wie manche Momente auf manche Menschen und manche Menschen auf manche Momente warten... Das sind unterschiedliche Wege, ich weiß. Dennoch muß man letztendlich auf beiden Wegen – wie auch immer unsere Möglichkeiten, Verzweiflungen, Niederlagen oder kleinen Triumphe sind – echte, verdiente Lieben, Leidenschaften, das Leben und die Einsamkeit ausleben. Ja, das wirkliche, verdiente Leben oder das kleine Glück... Das kleine Glück, das uns die Schmerzen schenken... Um zu verstehen und zu erzählen... Wo werde ich angekommen sein, wenn ich mich bereit fühle, den Umschlag zu öffnen? Was schreibt er wohl auf jenen Seiten? War es wirklich ein Brief von Monsieur Aldo?... Oder... Im Gedanken an dieses alles bin ich innerlich bereit, noch ein weiteres Mal an die ›Wahrheit‹ seiner ›letzten Lüge‹ zu glauben. Ich wollte noch einmal an die ›Wahrheit‹ seiner ›letzten Lüge‹ glauben, an die Zeit und seine ›Poesie‹, die ihre ›Zeit abwartete‹...

Straßen, die sich in Gesichtern verbergen

Ich habe mich bemüht, jenes Bild möglichst nicht zu vergessen, um nicht von jener Erzählung abzukommen. Ich folgte einem Text, von dem ich glaubte, ich würde, wenn die Zeit da ist, trotz all meiner Unsicherheit in ihn eindringen, sein Schloß öffnen können. Sicher bietet das, was ich sehen werde, wenn die Tür offen ist und jene Schritte gewagt sind, einen sehr anderen Anblick als das, was ich ›von außen‹ vermutet hatte. Ich kannte das Abenteuer, besser gesagt diesen Aspekt des Abenteuers. Es gab trotz der sichtbaren Erfolge, mit denen wir anderen gegenüber anders erschienen, unterschwellig Angstgefühle, die man nicht ersticken konnte. Wir würden uns selbst ein wenig besser kennen, wenn wir es wagten, zu den Schatten zurückzukehren, die wir in der Vergangenheit, in der Dunkelheit unserer Vergangenheit verlassen hatten, und sie wirklich zu berühren, statt ruhenzulassen. Das ist es wohl auch, was Beziehungen und Menschen für uns so attraktiv und sinnvoll macht. Bei unseren Begegnungen mit gewissen Menschen wurden wir noch einmal mehr wir selbst, ebenso wie bei unseren Trennungen. Diese Türen waren vielleicht somit auch Türen, die sich in unser Inneres, in unsere Tiefen, in unsere unerzählbare Geschichte hinein öffneten. Jene Welt zog euch nach innen, solange ihr Geheimnis nicht gelöst war. Jene Welt konnte, solange sie nicht gelebt wurde, durch unterschiedliche Träume oder auch Lügen entstehen. Was jedoch nach diesem Schritt kam, wart wieder ihr. Wieder ihr... Mit euren Spiegeln, die sich in euer Inneres öffnen, das ihr immerzu irgendwo in einer eurer Schubladen verstecken wollt, Spiegeln, in denen ihr eurem wahren Gesicht zu begegnen jedoch nicht immer den Mut habt...

Wenn man all das bedenkt, war das Bild ziemlich einfach. Das Bild war einfach, vielleicht sogar banal, doch reichte es aus, um für mich aus einem Menschen meinen Menschen zu machen, von dem ich den anderen erzählen konnte. Deshalb glaube ich, man sollte die Erzählung mit solch einem Bild beginnen.

Es war ein langes Telefongespräch, von dem wohl unbeabsichtigt ein bißchen ›nach außen‹ drang. Soviel ich dem, was gesprochen wurde entnahm, erlebte Tante Tilda wieder einmal das Ende einer Liebe. Es gab wieder einen Geliebten, der sich zurückgezogen hatte, als er seine Fremdheit erkannte, und der an seinen Ort in der Ferne zurückkehren wollte. Man konnte das ein erneutes Verlassenwerden nennen. Es war eine von den Trennungen, auf die sie schon ›vorbereitet‹ gewesen war und die an verschiedenen Orten, auf verschiedene Arten viele Male erlebt worden waren... Die Erzählung war so geschrieben worden, sie war aus einer anderen Zeit so zu mir gekommen, und sie sollte schließlich in mir für eine andere Zeit so geschrieben werden. Ich

fühlte, daß ich einen der wichtigsten Teile der Erzählung ›erwischt‹ hatte. Einen der wichtigsten Teile dieser Erzählung oder
des Schauspiels, das in der Erzählung stattfand... Es war das
Schauspiel eines Menschen, der einen hohen Preis für seine
Unangepaßtheit bezahlt hatte. Ich betrat eine Szene, die außer
Trauer und Leid auch Lächerliches in sich barg und erleben
ließ... Mir kamen viele Assoziationen und vieles, das ich zu
vergessen, mich nicht zu erinnern versuchte. Was ich gesehen
hatte, gehörte mir nicht, und ich gehörte nicht zu dem, was ich
gesehen hatte. Das, was ich dort gesehen hatte, lag außerhalb von
mir, war etwas, das ich nur von weitem kannte. Das ich nur von
weitem kannte... Um zu fliehen, fliehen, um besser, um falscher,
um noch unvollständiger fliehen zu können... Das hieß aber
eigentlich, noch einmal gegen eine neue Strömung rudern zu
wollen. So ein Gefühl hatte ich schon früher zu finden, zu fassen
versucht, auf anderen Bühnen, in anderen Zeiten mit meinen
kleinen Hoffnungen, die sich nie erschöpften, meinem Selbstbetrug und der mir selbst nicht eingestandenen Verzweiflung.
Schließlich dachte ich nicht zum ersten Mal, daß das Leben ab
einem Punkt, nachdem jene Schritte getan waren, hatten getan
werden können, immer wie ein Spiel gelebt wurde; daß gewisse
Szenen trotz aller Unsicherheit und allem Zögern gewissen Menschen immer gezeigt werden wollten und daß die Liebe, insbesondere die Liebe trotz aller ihrer Geheimnisse, trotz aller ihrer
Vertraulichkeit ständig nach Zuschauern, ihren Zuschauern
suchte. Ja, jede Liebe gewann an Bedeutung mit den Zuschauern,
die auf diese Momente gewartet hatten, jede Liebe brauchte
wenigstens einen Zuschauer.

Tante Tilda stand vor dem Spiegel wie eine, die das, was sie
erlebte, in die Schranken forderte. Vielleicht suchte sie in der
Betrachtung jenes Bildes eine Tilda, die in der Vergangenheit
geblieben war. Sie hatte leicht feuchte Augen. Alle Details paßten
zu der Szene und dem, was sie erlebte. Während sie sich durch
ihre langen dunkelrot gefärbten Haare fuhr, sagte sie zu ihrem
Gesprächspartner am Telefon: »Laß mal, sei nicht traurig, das ist

unsere Beziehung nicht wert.« Die Entgegnung auf diese Worte hörte sie stumm bejahend an. Stumm bejahend, lächelnd, leicht den Kopf schüttelnd... Als wollte sie sagen: »Diesen Film habe ich doch schon früher einmal gesehen!«... Ich glaube, sie war in dem Moment nicht auf dieser Welt... Als nehme sie das Gesagte von einem ganz anderen Ort aus wahr. Auf ihren Lippen breitete sich ein ironisches Lächeln aus. Ein ironisches und gleichzeitig etwas trauriges Lächeln, das mir den Eindruck machte, als betrachtete sie die Dinge von weit, sehr weit her, als wollte sie in dieser Situation auf ihre Art allem und jedem einen anderen Namen geben...

Es war ein warmer Nachmittag; die Menschen spürten die Ankunft des Frühlings. Eines Nachmittags war ich endlich zu Tante Tilda in ihre Wohnung im Stadtteil Kurtuluş gegangen, als ich ihren vielen nachdrücklichen Aufforderungen nicht mehr widerstehen und sie nicht weiter vertrösten wollte, und zwar heimlich, ohne daß es jemand wußte, vor allem Madame Roza nicht; es war ein Nachmittag, der mir jetzt mit den Bildern verlorener Gassen einen alten, ziemlich vergessenen Freitag, die traurige Freude eines Freitagabends bringt... Ich genoß unsere kleine Komplizenschaft der Schuld. Wieder einmal war ich mit einem von den ›verbotenen‹ Menschen zusammen, beziehungsweise einem, den die ›Familie‹ zumindest ›draußen‹ halten wollte. Die Quelle dieser traurigen Freude war einerseits, daß dort alle Assoziationen an jene Freitagabende, die auf banalstem Gebiet zu Schau gestellt hatten, was eine Familie ist, erhalten geblieben waren, und andererseits lag sie wahrscheinlich darin, das Verbotene zu erleben, es erleben zu wollen. Tante Tilda mußte damals in den Sechzigern sein. »Schade«, sagte sie zum Ende des Gesprächs. »Dabei gibt es heute abend im Konzert Mozart. Das hörst du nun nicht...« Langsam legte sie den Hörer auf, so als berührte sie ein zartes Ding, das leicht zerbrechen, beschädigt werden konnte. Kurze Zeit verharrte sie da, still, ohne nur ein einziges Wort zu sagen. Welche Gefühle, alten Erinnerungen oder Ängste unterdrückte sie in dem Moment, in der kurzen Zeitspanne? Das werde ich niemals wissen. Mir kamen viele Möglichkeiten in den Sinn. Doch waren es nur meine Möglichkeiten, meine Sackgassen, meine Einsamkeiten ...

Als sie in die Küche eilte, versuchte sie, ihr stets freundliches Gesicht zurückzugewinnen. Ich schwieg und tat so, als hätte ich nichts gesehen. Ich weiß, wir mußten diese Lüge beide bis zu einem gewissen Punkt glauben. Doch letztlich gab es ein Szenario, das außerhalb von mir geschrieben worden war. Vielleicht fühlte ich deswegen ein Unbehagen, in dem Moment dort zu sein. Um mein Unbehagen zu verbergen, gab es keinen anderen Ausweg, als spüren zu lassen, daß ich woandershin geschaut, etwas anderes gesehen hatte. Ich konnte in das Szenario aufgenommen werden oder auch nicht.

Nach kurzer Zeit rief sie aus der Küche: »Ich habe für dich frisches Gebäck und weißen Käse gekauft. Ich bringe auch den Tee. Wie du siehst, haben wir etwas zu besprechen.« Die Stimme, die ich in dem Augenblick vernahm, war die eines Menschen, der nicht darauf verzichtete, das Leben in vollen Zügen zu leben. Diese Stimme würde immer in mir lebendig bleiben, würde niemals aus meinem Inneren verschwinden. In Wirklichkeit spielte sie wieder einmal ihr Spiel. Es war ein Spiel, in dem sie sich von keinem anderen die Hauptrolle streitig machen ließ. Sie war daran gewöhnt, die Lüge in Wahrheit zu verwandeln und ihre Träume wie die Realität zu erleben ... Nach so langer Zeit verstehe ich heute etwas besser, welche Kraft und Bindung ans Leben eine solche Angewohnheit verleihen kann. Sie hielt sich aufgrund dieser Eigenschaft jahrelang aufrecht. Durch Jahre und Jahreszeiten ... Ihre Einsamkeit versuchte sie mit einem anderen, immer mit einem anderen zu vergessen ... Durch Jahre und Jahreszeiten ... Wenigstens bis in die Tage, als ich sie zum letzten Mal sah, zu sehen glaubte. Auf diese Weise war sie eine Meisterin dieses Spiels geworden, ein Mensch, der das Leben, sein Leben immer entdeckenswert fand, so daß sie natürlich in dieser Situation einzelne wichtige Details nicht vernachlässigte. Wie wäre es anders zu erklären, daß bei unseren Teegesprächen der weiße

Käse nie fehlte und daß sie alles ihr Mögliche dafür tat, um mit weißem Käse und frischem Gebäck unsere Gespräche zu beleben?... In der Erinnerung breitet sich eine schmerzliche Freude in meinem Inneren aus... In unseren Gesprächen beim Tee, die sich sichtbar oder wenigstens äußerlich zu unterschiedlichsten Orten hin öffneten, habe ich über Menschen und Gefühle aus meinem Leben gesprochen, über die ich mich schon immer auszutauschen gehofft hatte. Der Geschmack des Käses gewann bei dieser Rückbesinnung eine besondere Bedeutung. Ich denke noch einmal über meine Erzählung nach, die von Momenten handelt, in denen es um Geschmack geht. Der Geschmack der frischen geharzten Plätzchen aus dem Backofen von Kurtuluş, der salzigen Kekse mit Paprika, die ich zum erstenmal in ihrer Wohnung gekostet hatte und die deshalb immer mit ihr verbunden bleiben, ihrem kleinen Salon und seiner ständig verschlissener und verbrauchter wirkenden Einrichtung, der Geschmack des Nußkuchens, den sie nicht wie ›die anderen‹ nur zu bestimmten Tagen des Jahres, zu den Feiertagen buk, sondern zu allen persönlichen Festtagen, die sie mit sehr privaten Gefühlen ertrug, zu ertragen versuchte, erzeugten in mir zweifellos ein ähnliches Gefühl, wie das andere Menschen an anderen Orten auch kannten. Diese kleinen Geschmackserlebnisse hatten die Bedeutung von kleinen, aber echten Geschenken. Denn Tante Tilda hatte zu keiner Zeit ihres Lebens lange in der Küche gestanden. Für sie war ein Essen ›auswärts‹, in der Welt, die das Häusliche überstieg, stets schöner. Sie bemühte sich nicht, die ›Frau des Hauses‹ zu sein, mit anderen Worten wollte sie sich nicht darum bemühen. Bedeutete Frau zu sein nicht sowieso eher, mit einem Mann, mit einem wahren Geliebten ein neues, eigenes Leben zu schaffen, von dem man wußte, es gehörte nur einem selbst, statt diese Gerüche des Hauses zu erleben und sie zu erzeugen? Hatten die Menschen auf der Leinwand sie nicht schon seit ihrer Jugend zu einem solchen Leben gerufen? Es gab einen Ort, wo sie den Traum mit der Wirklichkeit vermischte. Einen Ort, dessen Grenzen vielleicht, wer weiß, niemand ziehen konnte, ziehen wollte...

Wenn man dies alles bedenkt, war sie sozusagen die freiwillige Gefangene einiger kleiner Träume und hatte sich wie eine von den Heldinnen vieler Erzählungen, Romane, Lieder und Filme, die uns mit einigen Sätzen oder wenigstens einigen Worten, ein paar Blicken an einen ganz anderen Ort führen können, entschlossen, ihrer glitzernden Traumwelt entgegenzugehen und alle Hindernisse zu vergessen. Deshalb waren die Kekse und Kuchen, die sie machte, so wertvoll für mich. Was jedoch fiel ihr in dieser besonderen ›Küchenzeit‹ ein? Mit welchen Gedanken ging sie auf welche Tage und Nächte still und leise zu? Welche Träume wagte sie für ein noch einmal mögliches Morgen zu spinnen, für einen anderen Traum? Natürlich kann ich das unmöglich wissen. Alles, was ich weiß, sind die ›Anhaltspunkte‹, die sie mir in jenen Gesprächen gab. Ohne Zweifel bleibt es wieder einmal mir überlassen, mich zu erinnern, so weit wie möglich zu erinnern und die Teile für diese Erzählung zusammenzutragen.

Doch jetzt denke ich auch: Was diese Gespräche für mich unvergeßlich machte, war wohl unter anderem der besondere Geschmack des Tees. Ich glaube, nur mit ihr, in ihrer Wohnung mochte ich schwachen Tee mit Zitrone. Es gibt ja Geschmäcker und Gerüche, die nur in manchen Momenten im eigentlichen Sinne leben können, und noch wichtiger, die ausschließlich für diese Momente geschaffen sind, in diesen Momenten bleiben und leben... War das einer der kleinen Glücksmomente, die man erst Jahre später entdecken und einordnen kann? Warum nicht?... Als sie in der Küche den Tee zubereitete, sang sie leise ein bekanntes Lied aus ferner Vergangenheit, das aus einem alten Film zu sein schien, aus einem ihrer Filme, dessen Name mir damals nicht einfiel... Kurz darauf kam sie mit dem Tablett in den Händen herein, sich wiegend, als beträte sie die Bühne. Auf ihrem Gesicht lag ein schmerzliches Lächeln. Ein Lächeln, das mich ihr, uns einander sehr viel näher brachte... Einige Details konnte man bei Tageslicht, unter der Berührung der Sonne etwas besser unterscheiden. Sie trug ein langes Kleid aus dunkelblauem und violettem Samt. Ihre rotgefärbten Haare hatte sie sorgfältig geordnet. Ihre Fingernägel waren dunkelrot lackiert, sie war eine gepflegte Frau, die ihre Sexualität leben wollte und die ihre innere Lebendigkeit nicht verloren hatte. Sie setzte sich mir gegenüber. Zwischen uns stand ein etwas höheres Beistelltischchen. Wir saßen am Fenster. Von draußen kamen die Stimmen der Kinder, die auf der Gasse Ball spielten. Später hörte man auch den Sesamkringelverkäufer, den Joghurtmann und die Stimme einer Frau, die nach ihrer Nachbarin rief. Ein Hund bellte, und ein anderes Kind ließ nachdrücklich seine Fahrradklingel ertönen. Etwas strömte vorbei, dauernd strömte etwas vorbei, alles war in Ordnung, mit anderen Worten, es lief alles richtig. Wir saßen an einem lebendigen Fenster. Wie an allen Fenstern glaubten wir oder wollten wir glauben, daß mit der Zeit oder im richtigen Moment das, was in unserem Leben Platz genommen hatte, sich hin zu anderen Leben, Geschichten, Möglichkeiten öffnen würde, und mit der Zeit oder im richtigen Moment für andere Menschen, andere Momente, Gefühle an einem anderen Fenster wieder aufleben würde... Sie schaute das Tablett an und sagte: »Heute abend wären wir ins Konzert gegangen. Auf dem Programm steht Konzert Nummer 21. Von Mozart...« Und dann fuhr sie fort: »Dieser Idiot! Angeblich läßt ihn seine Tochter nicht gehen. Angeblich ist es für ihn in seinem Alter zu gefährlich. Die Leute reden angeblich. Ob er keinen Respekt vor dem Andenken an seine Frau habe? Wenn er so weitermacht, werden sie ihn in ein Altenheim sperren. Dieser Idiot! Idiot!!«

Das war sozusagen eine kleine Zusammenfassung des Telefongesprächs, dessen Zeuge ich geworden war. Sicherlich behielt sie in bezug auf die vergangenen Tage und ein glückliches Zusammensein mit diesem Mann Einzelheiten für sich. Dieser Mann war einer von zahllosen Männern, die durch ihr Leben gegangen waren. Wenn sie an ihren Platz zurückkehrte, nahm sie gleichzeitig aus der Beziehung eine kleine, für sie unterbrochene Hoffnung mit. Der Mann war für sie einer von denen, die sie schon früher ›gesehen‹, aber immer zu vergessen versucht hatte. Und wiederum mußte sie etwas, dem sie zu verschiedenen Zeiten mit anderen Menschen und in anderen Formen andere Namen gegeben hatte, vor anderen in Schutz nehmen, in Schutz nehmen können. Erst Jahre später sollte ich erfahren, daß das, was sie mit jenem Mann erlebt hatte, dessen Namen ich niemals erfuhr und der in einer Teestunde in einigen Sätzen ›getötet‹ oder als gestorben dargestellt wurde, der Anfang vom Ende war. Es waren ein wenig auch unsere unvermeidlichen Reuegefühle, die wir nicht rechtzeitig bemerkten, die uns in unserer langen gemeinsamen Geschichte einander näherbrachten. Vielleicht kamen wir in solchen Momenten den in uns verborgenen Menschen etwas näher.

Den Tee brachte sie in dem alten chinesischen Teeservice. Wie alle Gegenstände, alle Dinge mit einer Geschichte ›sprach‹ dieses Teeservice mit Stimmen, die nur manche Menschen hören konnten. Diese Stimmen hatten sie vielleicht schon viele Male in die kleine Wohnung in Asmalımescit getragen. In dieser Wohnung hatte sie mit einem Menschen gewohnt, den sie erst sehr spät erkannt hatte und von dem sie nicht jedem erzählte. Von außen betrachtet, hatte sie dort eine verfehlte Ehe beendet. Für diejenigen jedoch, die diese Schwelle überschreiten konnten, erwuchs aus dem geduldig ertragenen Mangel eine innere Bereicherung. Jenes chinesische Service schmolz langsam zusammen. Ganz langsam, indem an jedem neuen Ort immer wieder etwas zerbrach ... Doch es war, als öffnete sich mit jedem weiteren Bruch, jedem Verlust die Tür zu einer stärkeren Bindung zu manchen Menschen, zu den Bildern, die sie im Spiegel zurückgelassen hatte. Tante Tilda erzählte mir jedesmal, wenn sie auf die Tassen zu sprechen kam, eine andere Geschichte. Ihre Erzählungen gehörten zu der Art von Geschichten, die die anderen, die sie allein gelassen hatten, als ›Irrengeschwätz‹ bezeichneten ... Die Erzählungen, die ihre Realität waren ... Auch wenn sie von ›Glaubwürdigkeit‹ weit entfernt blieben ... Diesen Erzählungen fehlte nur die verlorene Wärme einer Ehe. Viele Welten wollten sich hineinpressen in die Wohnung in Asmalımescit. In einer davon gab es einen hochrangigen Geheimagenten, der angeblich im amerikanischen Konsulat angestellt war, in einer anderen einen Kaufmann aus Beirut, in wieder einer anderen den Sohn eines osmanischen Pascha. Sie hatten ihr in diesen Welten das chinesische Service geschenkt. Jeder von ihnen war ein Gentleman gewesen, hatte viele Sprachen gekonnt und etwas von Kleidung, Alkohol, Tanzen, kurz gesagt vom Leben verstanden. Das waren ihre Männer. Die Männer, die sie irgendwo zurückgelassen hatte, zurücklassen hatte müssen, und denen sie nie wieder begegnet war… Ein Mann mußte aus ihrer Sicht unbedingt vornehm sein, höflich, aber am wichtigsten war die Daseinsfülle. Mit größter Wahrscheinlichkeit war keiner von ihren ›Geliebten‹ je in ihrem Leben vorgekommen. Sie hatte das, was sie von ihnen erzählte, wahrscheinlich nie erlebt. Sie waren die Menschen einer Welt, die stets von ihren Träumen und Sehnsüchten belebt werden mußte und die sie bis zuletzt schützen mußte; die Erzählungen waren vielleicht nur Lügen, so wie Schlager, die für diese Welt geschrieben waren. Eine Lüge, die das Leben ein wenig erträglicher machte, ein wenig erzählbarer, und sei es mit einer schmerzlichen Freude, so daß man es lieber erzählen mochte… Es war eine Traumwelt, durch welche sich Tante Tilda mit jedem Tag mehr von ihrer Familie, von denen, die ihr nahe sein sollten, und von denen, die als ›die anderen‹ bekannt waren, ablöste, eine Welt, die durch unterschiedliche ›Zeiten‹, Bilder und Gespräche reicher wurde und deren Grenzen sich mit ihrer Tiefe und inneren Ausweglosigkeit langsam abzeichneten. Wahrscheinlich war es auch die Anziehungskraft, die Verlockung dieser Traumwelt, die sie das Kino, die Filme und die Konzerte so suchtartig lieben ließ. Dort war der Ort, wo sie eigentlich lebte, an dem sie zu leben glaubte und wo zu leben sie schön fand.

An jenem Tag wollten wir beide innerhalb der Grenzen dieser Welt bleiben. Kurz nachdem sie sich mir gegenüber hingesetzt hatte, versuchte sie aus ihrem verführerischen Lächeln noch einmal Kraft zu schöpfen, doch gleichzeitig schaute sie etwas erzürnt, als wollte sie meine Aufmerksamkeit auf einen schweren Fehler meinerseits lenken, als sie sagte: »Willst du nicht einschenken? Was bist du denn für ein Kavalier!« Ich kannte die Bedeutung dieser kleinen Ermahnung, beziehungsweise dieses Vorwurfs. In dieser Phase der Zeremonie, unserer Zeremonie brauchte sie nämlich Hilfe. Ihre Hände zitterten, gerieten zunehmend außer Kontrolle, und es fiel ihr mit jedem Tag schwerer, die Dinge, die ihr Leben erleichterten, zu halten. Verschiedene Ärzte hatten damals, soviel ich weiß, die Krankheit unterschiedlich diagnostiziert, doch keine der Behandlungen hatte angeschlagen. Jeder versuchte es auf anderem Wege, mit anderen Mitteln. Einmal wurde ich unfreiwillig zum Zeugen. Damals, als sie nach einer Behandlung für ihre Krankheit suchte, fragte sie ihre ältere Schwester, die ihr trotz aller Fremdheit stets nahe zu sein versuchte: »No sea ke esto pagando por mis pekados Roza?« – »Bezahle ich etwa den Preis für meine Sünden, Roza?« Madame Roza schwieg zunächst, lauschte eine kurze Weile der Stille. Ein Fenster, das in Richtung auf die Tage, wie sie sich gezeigt hatten, nachdrücklich geschlossen bleiben sollte, öffnete sich unerwartet einen Spalt weit. Es war ein Freitagmorgen. Das Haus rüstete sich wieder einmal zum Schabbath. Am Abend sollte es ›ǧaya‹, einen Fisch, der den ›anderen‹ unter dem Namen *gelincik*, Knurrhahn, bekannt ist, mit gelben Pflaumen geben. Der Einkauf wurde wie immer vom ›Herrn‹ des Hauses getätigt oder vom ›balabay‹, wie er in ihrer Sprache genannt wurde. Madame Rozas Mann war ›Stammkunde‹ bei dem ›berühmten‹ Fischhändler aus Izmir im Markt von Eminönü. Die Fische wurden für Monsieur Jacques stets ›vom selben Tag‹ besonders abgeteilt. Immer ›vom selben Tag‹, wie es die Regeln vorschreiben ... So daß acht Stück ungefähr auf ein Kilo kamen ... Nach einer solchen Vorspeise konnte man *hünkarbeǧendi*, ein Auberginengericht, mit gekochtem Fleisch essen. Während die Auberginen auf schwacher Glut schmorten, konnte man auch ›borekitas‹ machen. Diese türkisch *börek* genannten, gefüllten Teigtaschen mit ihrem unvergeßlichen Geschmack, deren Teig nicht so leicht herzustellen war, gab es sehr oft samstags zum Frühstück, und sie schmeckten auch allen, die ins Haus kamen, auch den Nachbarn.

Mit anderen Worten, Roza wollte, daß die Stille zu hören war, damit in dieser Zeit alle ihre Schritte um des Lebens willen richtig getan und um des Zusammenseins willen als richtig angesehen wurden. Der Kummer begann für beide eigentlich in diesem Moment. Die eine der Schwestern verharrte in ihrer eigenen Lüge, die andere trotz aller Erlebnisse und Enttäuschungen außerhalb des Ortes, wo sie sich befinden wollte. Was war in dieser Situation die Sünde, in wessen Welt? Hält man sich dies alles vor Augen, so war das Schweigen von Madame Rosa darauf gerichtet, ein wenig nachzudenken und nachdenken zu lassen. Die Leere, die durch ihr Schweigen im Gespräch hervorgerufen wurde, öffnete sich auf vielstimmige Momente, Erinnerungen hin. Eines von diesen Fenstern war wie verborgen in den Erinnerungen, in der Dunkelheit dieser Erinnerungen. Ich spürte, daß Tante Tilda mit dieser Frage ein weiteres Mal einer Reue ausweichen wollte. Als versteckte sich dort ein anderer Tod. Ein anderer Tod oder ein geheimer, lautloser, alter Mord, den man keinem Fremden erzählen konnte. Mit ihrer Schweigsamkeit wollte Madame Roza womöglich ihre Schwester auf dem sehr weit zurückliegenden Weg des Schmerzes ein weiteres Mal allein lassen. Sie war in diesen Augenblicken vertieft in die Essensvorbereitungen. Nie würde sie sich von ihrem Haus trennen können. Und das war nicht allein ihre Bestimmung. Viele Frauen konnten einen Teil von sich selbst, und wenn es auch nur von außen gesehen so war, in ihr wiederfinden.

Nachdem sie zuerst geschwiegen hatte, sagte sie: »De ti para ti te keates estos penseryos. Zavali de mi madre, ya se merikiyava munço por ti. Se espantava ke vaz a pareser a la Tia Fortüne. Kon esta ansiya se fue.« – »Deine Probleme hast du dir selbst geschaffen. Was hätte unsere arme Mutter sich deinetwegen gegrämt. Sie fürchtete, daß du Tante Fortüne gleichen könntest. Mit dieser Sorge ging sie in den Tod.« Dieses Gespräch fand statt, als Monsieur Jacques noch nicht nach Hause gekommen war. Monsieur Jacques konnte Tante Tilda irgendwie nicht leiden, und soviel ich weiß, hielt er sich möglichst von ihr fern, weil er glaubte, in ihr steckte ›ein Teufel‹. Galten diese Gefühle auch schon, als sie sich gerade kennengelernt hatten, als sie versucht hatten, als ›neue Familie‹ zusammenzuleben? Wer weiß… Die ungenügend erklärten Ansichten oder Pflichten hatten im Lauf der Zeit so viele Gefühle verändert, so viele Hoffnungen langsam und leise zerstört. Ich erinnere mich nur, daß sie jetzt in diesen Tagen, in den Tagen, die ich sehen konnte, Abstand wahrten. Man konnte vom Tauziehen zweier Menschen sprechen, die beide aufs äußerste von ihrer Wahrheit überzeugt, von ihren Phantasien gefangen waren, so daß sie es nicht für nötig hielten, manche Tatsachen zu sehen und zu verstehen. Schließlich sagte Monsieur Jacques zu Madame Rosa, Tante Tilda dürfe nur ins Haus kommen, wenn er nicht da sei. Gab es für diesen Machtkampf noch eine ›andere‹ Begründung, die sich tief im Innern verbarg, die niemand hinterfragen durfte, weshalb auch keiner den Mut aufbrachte, daran zu rühren? Vielleicht. Doch war dort nicht der Ort, eine derartige Begründung zu revidieren. Vielleicht, wer weiß, verschwand dieses Gefühl zwischen so vielen anderen ›Problemen‹, die zwischen ihnen aufwallten, verflogen und irgendwohin verschwanden… Darum hatte ich auch kaum das Recht, diese Menschen noch weiter auszufragen nach dem, was sie in diesen Zimmern, diesen Schubladen versteckt hatten. Diese Türen waren ein wenig auch meine Türen, ein bißchen auch deshalb sollten sie vielleicht immer geschlossen bleiben… Damit ich das, was ich gesehen hatte, durch meine Phantasie beleben, lebendig werden lassen konnte… Sowieso war es ›diese Tante‹ mit Namen Fortüne, die mich in dem Gespräch zu der eigentlichen Erzählung lockte. Wo, wann und mit wem lebte diese Frau, der Tante Tilda in den Augen ihrer Mutter derart nahe stand?… Wie waren die Grenzen des ›Verbots‹ gezogen? Was waren die Gründe?… Welcher Abgrund bildete die Quelle jener Angst? Madame Roza wich meiner diesbezüglichen Frage aus und war geneigt, dieses Familiengeheimnis, wenn man so sagen kann, nicht anzuschneiden. Das, was Monsieur Jacques über diese ›Verwandte‹ wußte, eine Frau, die irgendwo geblieben, verloren oder vergessen worden war, erschien mir – mit Verlaub gesagt – aus Phantasien und Deutungen zu bestehen. Nach dem, was über dieses Leben in dieses Haus ›gelangte‹, wanderte ›Tia (Tante) Fortüne‹ in alten zerlumpten Kleidern durch die Straßen von Büyükada, redete manchmal verärgert, wütend mit sich selbst und sah manchmal wiederum aus wie eine Frau, die von etwas Schönem, das nur sie sah, erzählen wollte, und die voller Freude leise Lieder sang. Ihre Haare trug sie stets kurz geschnitten. Kurz, ganz kurz, so kurz es nur ging. Von einem gewissen Punkt an war daraus ihr ›Friseurritual‹ geworden. Dabei half ihr ein dreizehn- oder vierzehnjähriger Friseurlehrling aus Iskenderun, der seine Eltern nie gekannt und seine Kindheit im Waisenhaus verbracht hatte und dessen größte Freude darin bestand, Fische zu fangen und an die Katzen zu verfüttern. Wenn sie den ›Jungen‹ rief, kam er in ihr Haus, das ›irgendwo auf der Rückseite der Insel‹ lag, fern von neugierigen Blicken, voll mit seltsamen Sachen, deren Bedeutung keiner verstand, und schnitt ihr mit seiner Maschine die Haare. Danach... In diesem Punkt gab es ›diverse Gerüchte‹. Es heißt, Tia Fortüne gab sich nur an den Tagen, an denen sie ihren Besucher hatte, mit dem Essen Mühe. Dann kamen aus dem Haus ungewohnte Gerüche, die bei allen den Appetit anstachelten. Ein anderes Gerücht besagte, daß sie nach dem Haareschneiden langsam die Hose des ›Jungen‹ öffnete, seinen Penis streichelte, in den Mund nahm und dann den Jungen zwischen ihre Schenkel zog. Wer erzählte so etwas? Wer hatte das von wem erfahren? Es gab keine Antwort auf diese Frage, niemand beantwortete diese Frage. Es waren bekannte Dinge, die dort erlebt worden waren und am Leben erhalten wurden. Diese seltsame Tante war vor Jahren dort geblieben, eher noch zurückgelassen, von der Familie vergessen worden, oder man hatte sie zu vergessen versucht. In den Sommermonaten, wenn die saisonalen Gäste kamen, schloß sie sich in ihr Haus ein, in den Wintermonaten ging sie in den kalten und einsamen Gassen spazieren. Ich mußte mich nicht anstrengen, die Gründe für diese Entscheidung zu verstehen. Warum aber war Tia Fortüne dorthin gegangen, warum sollte ›jener Ort‹ oder ›jene Insel‹

die Insel Büyükada sein? War es wirklich ihre Wahl gewesen, dorthin zu gehen? War sie gegangen oder, mit anderen Worten, gegen ihren Willen dorthin geschickt worden? Wo lebte sie, bevor sie derart durch die Straßen irrte, als ob sie in einer anderen Welt lebte? Wie waren ihre Lebensumstände, mit welchen Hoffnungen war sie gebunden gewesen an die Menschen, die sie liebte, wirklich liebte? Hatte sie Sonnenaufgänge gehabt, an die sie mit ganzem Herzen glaubte, glauben konnte? Hatte sie auf einem kleinen Fensterbrett Blumentöpfe, Blumen stehen gehabt, die sie mit Hingabe pflegte, mit denen sie sprach, damit sie besser wuchsen? Ich erfuhr nur, daß ihr Ehemann, ein Rechtsanwalt, der in seinem Beruf jedoch niemals die gewünschte Karriere gemacht hatte, in seiner freien Zeit, am Abend und am Wochenende, für die Zeitung ›El Tiempo‹ Artikel schrieb und vom Journalismus, dem richtigen Journalismus träumte. Eines Tages hatte er sie plötzlich ohne weitere Erklärung verlassen hatte, um mit einer anderen Frau, einer Berufskollegin zu leben; und als ob dies nicht schon reichte, mußte sie dieses Gefühl der Trennung, des Verlassenwerdens eine Weile später noch einmal kosten, als ihr Sohn mit den Worten: »Ich gehe zum Militär«, das Haus verließ, aber aus Gründen, die sie nicht kannte und auch nie erfuhr, nach Havanna ging. Beide kehrten nie wieder zurück, ihre Spur verlor sich völlig. Wie es hieß, war der Sohn, der nach dem Weggang seines Vaters der Mutter versprochen hatte, ihr lebenslang zur Seite zu stehen, und der seiner Umwelt als ein manchmal sehr fröhlicher, manchmal verschlossener, sorgenvoller Mensch erschien, wirklich zum Militär gegangen; aber infolge der Dinge, die er dort oder schon vorher erlebt hatte, war er Hals über Kopf nach Havanna gegangen. Hals über Kopf, ohne irgend jemandem Bescheid zu geben, nicht einmal den Allernächsten … Genau wie in den Abenteuerromanen, wo die Menschen zu Träumen, in ferne Leben verlockt werden … Danach lebte jeder sein eigenes Märchen. Sein Märchen oder sein nicht mitteilbares Abenteuer, seine Erzählung, von der man wußte, daß sie für jemanden immer verloren, ›nicht enthüllt‹ war …

Einige Jahre später, als Fortüne noch in ihrem kleinen Haus in Kadıköy wohnte und in ihrem Garten noch nicht ihre Sachen verbrannte, erzählte sie in ihrer Umgebung, sie bekäme durch die ›Nachrichten‹, die sie ständig im Radio hörte, um über Mann und Sohn etwas zu erfahren, chiffrierte Botschaften, daß sie für ein notwendiges Treffen auf die ›Insel‹ gehen müsse, daß die Zeit knapp werde. Und daß der große Pflaumenbaum, den sie vom Schlafzimmer aus sah, ihr jede Nacht etwas näher rücke und sie mit dem Tod bedrohe. In diesem Märchen wurde erzählt, ihr Mann sei in einer wichtigen ›Staatsangelegenheit‹ nach Saloniki gegangen, ihr Sohn dagegen in Havanna ins Smaragdgeschäft eingestiegen und sehr reich geworden… Inwieweit war diese Erzählung wahr, inwieweit war sie erfunden? Das werde ich niemals wissen. Doch, wie dem auch sei, es scheint wohl richtig, daß Fortüne ihren Sohn zuletzt sah, als er mit seinem Soldatenhaarschnitt ein wenig ängstlich das Haus verließ. Ist das vielleicht der Grund dafür, daß sie jahrelang ihre Haare kurz wie ein Soldat schneiden ließ? War es aus Sehnsucht, die durch diesen Verlust entstand? Oder aber waren es gleichzeitig auch Spuren eines Protests? Vielleicht. Man hatte auch früher schon bemerkt, daß manche ›Botschaften‹ auf ganz besonderen Wegen gesendet werden. Nicht allein dieses Bild war es, das mir dies sagte, sondern ein anderes Detail aus den Erzählungen von Monsieur Jacques, das er, ohne dabei weiter zu verweilen, nur so nebenbei erwähnte. Fortüne lief in den Wintertagen mit einem alten Pelzmantel herum. Doch sie trug den Mantel stets verkehrt herum, mit dem Pelz nach innen und dem Futter nach außen. Warum? Um auf ihre Art zu erzählen, was sie im Leben bevorzugte, oder um auf ihre ausgestoßene, vergessene Lage aufmerksam zu machen? Ich weiß, daß ich auf diese Frage verschiedene Antworten geben könnte. Doch unabhängig davon, wie die Antworten ausfallen, scheint mir, daß sich hier, genau hier wahrscheinlich eine sehr wichtige Erzählung verbirgt. Als hätte sie irgendwo für jemanden, für diejenigen, die sehen konnten und verstehen wollten, Hals über Kopf etwas verlassen, als hätte sie diese Dinge verlassen wollen. Als hätte es da einen Appell gegeben, einen Appell, der uns langsam in die wahre Erzählung hineinführen könnte... War diese Frau, die alle Leute, die jene Zeit erlebt hatten, als ›Unglückselige‹, nur als ›Unglückselige‹ kannten und kennen wollten, vielleicht krank wegen einer Familie, von der sie sich nicht befreien konnte? War sie von ihrem Mann und dann auch von ihrem Sohn verlassen worden, weil sie ›verrückt‹ war, oder war sie verrückt geworden, nachdem sie verlassen worden war? Diese Frage ließ damals dort jeder, soweit ich es verstand, unbeantwortet. Denn niemand war da, ihre Grenze zu verstehen, zu fühlen und sie zu überschreiten, als sie jene Schritte tat und kämpfte, um einen Platz in dieser Welt einzunehmen. Wieder einmal war ein Mensch irgendwo zum ›Opfer‹ gemacht worden. Wieder einmal, erbarmungslos... Noch dazu von Menschen, die wußten, was Andersartigkeit bedeutet, die immer mit ihr hatten leben müssen. Um zu leben, mußte man sich wahrscheinlich mit irgendwelchen Mächten identifizieren, mit Mächten, die gegründet waren, um mit den Werten zu harmonieren; wahrscheinlich mußte man darüber hinaus mitschuldig werden... Fortüne wurde eines Tages am Strand von Fischern gefunden. Sie war schon eine Weile tot, die Ratten hatten ihr die Augen ausgehöhlt. Womöglich hatte sie Selbstmord begangen, indem sie sich von einer Klippe gestürzt hatte, oder sie war von jemandem getötet worden. Madame Evdoxia, die bei jeder Gelegenheit wiederholte, sie sei ihr ganzes Leben nicht von Büyükada fortgekommen, sagte der Mutter von Madame Roza Bescheid, die als einzige das Familiengeheimnis kannte...

Tante Tilda hatte über ihre Tante nie etwas erzählt. Aber es schien, als hätten sich diese Bilder gehörig festgesetzt in jener Dunkelheit, vor der sie immer fliehen wollte. Heute höre ich den Klang dieser Schritte viel besser. Ihre ›Krankheit‹ schritt langsam und heimtückisch voran. Das trotz aller Anstrengung nicht zu unterdrückende Zittern ihrer Hände mußte als Warnsignal angesehen werden. Wenn man ihre Vorlieben im Leben bedenkt, war es ihr oft gelungen, sich Fluchtwege zu schaffen und, wenn auch nur für kurz, sich die Zeit durch eine andere Sinngebung zu verschönern. Fluchtwege oder das, was aus ihrer alten Traumwelt übriggeblieben war, ihre Andersartigkeit, die sich trotz allem Vorgefallenen nicht erschöpft hatte, nicht erschöpft sein sollte... Auch wenn sie manche geheimen Einflüsse, manche Einzelheiten mit der Zeit auf ganz andere Weise in Erinnerung hatte... Vielleicht hatte sie mich deswegen, als ich beim ›Teeritual‹ die Rolle des ›Kavaliers‹ übernommen hatte, gefragt, ob ich Rita Hayworth kenne. Ich sagte: »›Die Lady von Shanghai‹ von Orson Welles.« »Und Gilda...« fügte sie hinzu. »Die unvergeßliche Gilda, und der Song, als sie ihre Handschuhe auszieht... Das war ein Leben! Das war Leben, weißt du?...«

Das war Leben... Diese Worte drücken so viel Bedauern, Verzweiflung, Trennung aus... Das war ein Leben... »Warte mal, in welchem Kino war das?... Im Saray oder im Melek? Im Melek wohl, ja... Melek... Jozi hat mir von Monsieur Saltiel erzählt, von den Tagen, als dieser in den Laden seines Vaters kam, um Anzüge nähen zu lassen... Monsieur Saltiel war der alte Inhaber des Kinos... Es war an einem der wenigen Abende, an denen Jozi redete und fröhlich war. An jenem Abend gingen wir zum Tanzen... Wir erinnerten uns an die Tage, als das Kino noch der ›Skating Palace‹ war. Ich kann den Song aus dem Film niemals vergessen. Niemals... ›Put the blame on mame‹... Jozi hatte ein kalkweißes Gesicht. Er wußte, daß er krank war. Er hat es auch mir ein paar Tage später gesagt. Wir konnten nicht noch einmal ins Kino gehen...«

Sind die Worte unserer Unterhaltung, die wir in einem Französisch führten, das nur in einer sehr anderen Gegend existieren mochte, und die ich in die Erzählung, die sich langsam von selbst schrieb, zu übertragen versuchte, unsere wahren Worte?... Welches von den Worten findet Leben, wo, für wen? Welches wird neu geschrieben, will neu geschrieben werden, wo, bei wem, für wen?... Unsere Gespräche, die ab und zu in kleine Monologe von Tante Tilda abglitten, waren damals dort und sind jetzt hier. Ich denke an jenen Abend zurück. Von einem Song waren wir auf ein

Leben zu sprechen gekommen, das irgendwo zurückgelassen worden war. In dem Augenblick schrieben wir unseren Film, unseren eigenen Film. Wir waren in unserem Kino. Jene Schatten waren unsere Schatten, jene Stimmen unsere Stimmen. Tante Tilda hatte in dem Gespräch viele Erzählungen, die mich in jene Trauer verlockten. Dort waren ihre Kinos und ihre unvergessenen Filme, der Mann, mit dem sie eine Zeitlang verheiratet war, der Ort, wo sie als kleines Mädchen Schlittschuh gelaufen war, ihre Enttäuschungen, ihr Bedauern und viele kleine Träume, die sie nicht hatte realisieren können...

»Ja, wir sind nicht wieder ins Kino gegangen... An dem Abend war Schluß. Die Anfänge waren sowieso nicht viel anders. Wir konnten sowieso niemals auf die Weise hingehen, wie ich es mir gewünscht hätte. Ich habe wahrscheinlich immer auf einen ›Schluß‹ gewartet. In uns allen war sozusagen immer ein ›Schluß‹. Verschiedene ›Schlüsse‹, verschiedene Ängste... Dabei haben wir alle diese Filme gesehen, wir haben keinen verpaßt. Aber wie ich schon sagte, wir konnten niemals auf die Weise hingehen, wie ich es mir gewünscht hätte. Ich fand immer, wir sollten eine halbe Stunde vor Beginn des Films im Kino sein, unsere Bekannten treffen, unsere Erlebnisse austauschen und uns gegenseitig unsere neuen Kleider vorstellen. Das ist Kino... So sollte Kino sein... Doch Jozi floh immer die Menschen, er floh immer... Das Melek und Rita Hayworth... Wurde dort ›SOS – Feuer an Bord‹ gespielt?... Verwechsele ich das etwa?... War es nicht im Melek, sondern im Glorya?... Nein, nein, das war noch vorher.« Jetzt war die Zeit des Vergessens gekommen, wo manche Bilder sich in anderen Bildern verloren.

Um auf jene Orte zu kommen, vor denen sie fliehen, an die sie niemals zurückkehren, sich nicht erinnern wollte... Worte aus einem Filmausschnitt, die zu bewahren sie sich immer bemüht hatte, ein Kleid, das nicht weggeworfen, sondern aufbewahrt wurde, um doch noch einmal getragen zu werden, neu geschriebene Erinnerungen, die aus irgendwelchen Albträumen wiedererstanden waren – sind das nicht alles Hinweise auf das Bedauern, eine Gefangene dieses Weges zu sein? Ich habe diese Spur jahrelang mit ähnlichen Fragen verfolgt. Diese Frau hatte eine ganz außerordentliche Leidenschaft für den Film, die sie ihr Leben lang lebendig hielt. Ich hatte gehofft, eines Tages, wenn meine Stimme, wie ich es mir wünsche, gehört wird, einigen Leuten davon erzählen zu können. Sie erschloß sich mir ein wenig auch mit diesen Filmausschnitten, den Bildern, die ihrem Leben die Richtung gegeben hatten, sie lebte – um die Wahrheit zu sagen – trotz aller nicht verwirklichter Träume, nur durch ihre Bindungen, hatte sich entschieden, mit dem zu leben, was sie nicht verlassen wollte.

Ich wurde ganz langsam in ein Geheimnis eingeweiht. Entgegen dem, was Madame Roza, Monsieur Jacques, die Venturas und die Tarantos dachten, blieb sie immer mit einer sehr tief empfundenen Liebe, mit einer erst spät erkannten Hingabe ihrem Ehemann, dem Schneider Jozef Rotman, verbunden, von dem sie mir immer als Jozi sprach und der in den Jahren, in denen ich sie kannte, mir immer wie aus ferner Vergangenheit präsentiert, erinnert erschien… Einsamkeit, Schweigen, fehlende Antworten, entstanden aus der Unmöglichkeit, zusammen mit den Leidenschaften, etwas Geliebtes, wer oder was dieses Geliebte auch sei, loszulassen… Mißverständnisse, immer wieder Mißverständnisse… Für Tante Tilda versteckten sich die nicht gelebten Szenen, die zerbrochenen Stücke ihres Lebens auf jener endlosen Leinwand der Träume. Jetzt wird mir klar, daß ich das, was mir im Namen jenes Ortes, also des Kinos, erzählt wurde, auf den Seiten eines ganz anderen Buches etwas besser bewahren, unterbringen kann. An jenen Abenden hat sie mir nicht nur von Rita Hayworth erzählt und dem Gefühl einer tiefen Trunkenheit, die jene Handschuhszene in ihr erweckte, nicht nur von dem Glanz des Melek, das heute als Kino Emek weiterbesteht, von der Schönheit Joan Crawfords in teuren Pelzen, jener ›Frau, die ein Leben wert ist‹ und die eines Tages den Namen ›Madame Pepsi Cola‹ bekam, sondern auch von der unvergeßlichen Rolle Ingrid Bergmans in ›Anastasia‹, dem erschütternden Schicksal der

›grande duchesse‹ und der eindrucksvollen Szene mit dem aufregenden Husten, Anastasia, die darauf wartet, den alten Thron wieder zu besteigen, nachdem sie längst ihr Land, ihre Kultur und ihre Leute verloren hat. Sie erzählte auch von den Augen der Bette Davis, dem großartigen Spiel von Paul Muni, von den Gangsterfilmen Edward G. Robinsons, von der edlen Liebe Humphrey Bogarts in ›Casablanca‹, einem Film, in dem auch die kleinsten Rollen mit großen Schauspielern besetzt waren; davon, daß sie bei der Szene, als die ›Marseillaise‹ gesungen wird, so sehr geweint habe. Sie erzählte von den Speisen, die sie im ›Atlantik‹ gegessen hatte, von den Kuchen im Café Lebon*, von Hüten, Orchideen und dem Kaufhaus ›Au Lion d'Or‹...

Wir bemühten uns nach Kräften, jene Grenze, die zwischen der Vergangenheit und der jetzigen Zeit lag, in ihren Erinnerungen, Worten und in unserem Fernsein davon zu erleben. Indem wir uns den Erinnerungen, Worten und unserem Fernsein so weit wie möglich und mit allen Eventualitäten stellten, selbst wenn wir unsere Freuden und den in den Freuden verborgenen Schmerz und die Unsicherheit nicht definieren und nicht beschreiben konnten... Ein weiteres Mal gab es bei verschiedenen Menschen in verschiedenen Zeiten Fragmente... Die Leinwand der Träume sollte vielleicht deswegen bis zum Ende erlebt werden. Deshalb vielleicht flossen die Fragmente in eine andere Dunkelheit, in einen anderen Film, lebten in einem anderen Film. In ihren anderen, ganz anderen Filmen... Damit sie um ihr ›Kino‹ die Ziegelmauer ganz langsam errichten konnte. Für einen Ort, an dem wir uns aufs neue entdecken, mehr noch, finden können, zusammen mit bestimmten Menschen, die wir verloren und irgendwo in der Zeit, in der wir leben mußten, nicht genügend gesehen haben... Dies hätte eine der Erzählungen sein können, die von Leuten, die sich mit glatten Lösungen begnügen oder sich um ihre kleine Welt Sorgen machen und diese verteidigen, nach den ersten Zeilen mit einer Handbewegung abgetan werden mit den Worten: »Wieder so eine nostalgische Erzählung, die sich nach der Vergangenheit sehnt.« So ein Verhalten würde aber denen, die gegen ihren Willen auf der anderen Seite des Globus wohnen, nur ein weiteres Mal das Gefühl der Ausgrenzung, mehr noch, des Verratenseins geben. Es war an der Zeit, mit unseren Gesichtern, die sich ändern konnten und die wir ändern mußten, zu leben. Mit unseren wechselnden Gesichtern, die sich ändern konnten und die wir ändern mußten... Damit wir noch mehr wurden... Wo begann die Einsamkeit, wann ist euch eure Einsamkeit zum ersten Mal deutlich geworden, nach welchem Blick, nach welcher Berührung? Der Weg, diese Entdeckung führt auch hier zu dem Menschen, den ihr sogar vor euch selbst zu verstecken versucht, nämlich zu euch selbst... Zweifellos sind manche Begegnungen, wenn man den Weg der Dunkelheit in Betracht zieht, ein Albtraum... Aber es war wahrscheinlich nur auf diesem Weg möglich, Tante Tilda, die wirkliche Tante Tilda zu erreichen. Ihre Geschichte war nie eine nostalgische Erzählung. Vielmehr mußte man ihre Wahrheit eher in der Sackgasse suchen, in der sie, sogar aus der Sicht der ihr am nächsten Stehenden steckte, ›eine Verrückte, die man selten, immer seltener sah und traf‹, die weder die Zeit noch die Orte, in denen sie lebte, so wahrnahm wie ihre Umgebung. Sie war eine Frau, die ihre eigenen Straßen, Türen, Zimmer mit stets unvermuteten, unerwarteten Durchgängen, Gefühlen erlebte, die von einer Zeit in die andere wechselte, mehrere Zeiten gleichzeitig zu erleben versuchte, jedoch allen Zeiten bis zuletzt Gerechtigkeit widerfahren ließ, eine Frau, die ausdrücklich auf die Stimme ihrer Gefühle hörte und die trotz des erlittenen Schadens nicht bloß Zuschauerin blieb, sondern Spielerin war trotz aller Zusammenbrüche und Verluste; die es wagte, mit ihrer eigenen Stimme vorwärtszugehen, und die für ihre Entscheidungen den Preis mehr als bezahlt hatte.

Ich habe das alles teilweise durch Monsieur Jacques und Madame Roza erfahren, und teilweise durch das allgemeine Gerede. Sie war schon in ihrer Jugend so gewesen, als sie in sich die Trunkenheit des Lebens mit jenen Düften stärker spürte, und auch in den kurzen Tagen der Ehe mit dem Schneider Jozef Rotman. Man schilderte sie mir als eine Frau, die in früherer Zeit viele Verehrer gekannt und gewechselt hatte. Sie spielte in jenen Tagen, in den Tagen, die uns allen jetzt sehr ferne sind, bei den großen Einladungen und Wochenendausflügen eine unübersehbare Hauptrolle… Diese ihre ›Vorlieben‹ waren denen, die sich ihrer allseitigen Rechtschaffenheit rühmten, natürlich ein Dorn im Auge. Es war nicht schwer, dieses Missbehagen zu verstehen. Diejenigen, die ihr Leben auf ›Angepaßtheit‹ aufgebaut hatten, hatten natürlich Schwierigkeiten damit, jemanden zu akzeptieren, der ihnen demonstrierte, daß sie ihre Träume nicht verwirklicht hatten und nie verwirklichen würden. Die Familienmitglieder waren sich in den sehr geheimen Gesprächen einig, daß dieses Mädchen, das immer mehr vom Weg abkam und die Ordnung erschütterte, in die Fänge einer ›gefährlichen Krankheit‹ geraten war, und glaubten wieder einmal, daß eine Ehe ›in ihrem natürlichen Verlauf‹ viele Wunden heilen könne. Das Mittelmaß ist ja davon besessen, sich unausweichlich durchzusetzen. Die Durchführung eines solchen Beschlusses bedeutete einen kleinen Sieg derer, die sich über die Richtigkeit der von ihnen gewählten Lage verständigen mußten. Es gab ja so viele Wege, die wirklichen Niederlagen lautlos und meisterhaft zu verdecken, als hätte man keine Einsamkeit und Untreue erlebt, genau wie das in vielen anderen Gegenden, Zeiten und Liedern der Welt getan wurde… Man durfte niemals wieder diese Erschütterung spüren, die so tief innen begraben war, und was noch wichtiger war, man durfte sie niemals spüren lassen.

Soweit man sehen konnte, geschah es in jenen Tagen, daß der Schneider Jozef Rotman die Bühne des Lebens von Tante Tilda betrat…

Den Erzählungen zufolge führte Jozef Tante Tilda bei ihrem ersten Treffen zu zweit nur ins Café Lebon, überdies nur zum Kuchenessen. Dort erlebte sie die erste Enttäuschung. Die erste Enttäuschung oder das Gefühl, sich ganz fern, in weiter Ferne zu fühlen… Denn diese junge Frau, die im Leben immer eine Außenseiterin gewesen war, wünschte sich, daß der, den sie heiraten und mit dem sie das Leben teilen sollte, sie so wie die Helden ihrer Träume oder auch der Träume vieler anderer Menschen in eins dieser schicken Lokale mit Musik und Alkohol ausführen würde. Ja, in eins dieser schicken Lokale mit Musik und Alkohol, wo zwei Menschen bis zum Ende der Nacht tanzen konnten. Das Foto davon sollte in ein Album passen oder, wichtiger noch, in einen jener Romane ... Wegen jener Filme ... Mit einem Geliebten ›wie Robert Taylor‹ ... Hatte Tante Tilda auch davon geträumt, auf der Hochzeitsreise sich auf Deck eines Schiffes im Pazifik zu sonnen?

Jenseits der Grenze

Die Möglichkeiten, die mit all den Vorbereitungen auf die Erzählung immer mehr werden, sowohl durch das, was ich höre, als auch, indem ich selbst recherchiere, bringen mich unausweichlich an die Grenze einer banalen, innerlich ziemlich entleerten Gefühlswelt. An dieser Grenze begegne ich einem Zweifel, einer Angst vor der Niederlage, die schwer in Worte zu fassen ist. Denn ich muß mich doch fragen, nachdem ich einige Schritte auf jene Frau zu getan habe, an deren Andersartigkeit ich immer geglaubt habe, glauben wollte, woher diese Andersartigkeit kommt und was die Gründe dafür sind. Was war es, das inmitten all der verbrauchten, beschmutzten Worte den Unterschied erzeugte, uns den Unterschied sehen ließ, der bewirkte, daß Tante Tilda sich von jenen Menschen so langsam trennte?

Also versuche ich Tante Tilda unter derartigen Fragestellungen zu sehen, zwischen all den Unsicherheiten, vor denen ich mich nicht retten kann, und den Möglichkeiten, die mich ständig durcheinanderbringen. In wem lag wirklich der Unterschied, wo, aus wessen Sicht? An einem versteckten Ort der Erzählung befindet sich sicher etwas, eine Sache, wie immer ihr Name, ihr Ort, ihre Farbe, ihr Klang, ihr Geruch auch sei, oder ein Detail, das zu Tante Tilda hinführt oder das von Tante Tilda zu einem anderen führt. Ich konnte nun verstehen, warum sie im Café trotz aller Enttäuschung von Jozef Rotman beeindruckt war. Denn Jozef erzählte Tante Tilda, daß er zwar die Schneiderei als ›Handwerk seines Vaters‹ ansah und fortzuführen bemüht sei, daß es die schönste Seite dieses Handwerks sei, wie sich aus den Stoffen langsam lebendige Kleidungsstücke entwickelten, wie ihre verborgene Poesie, die man hören mußte, langsam Gestalt annahm; daß ihn jedoch das Leben im Atelier nicht mehr glücklich machte und sein heimlicher Traum eine lange, sehr lange Reise an den Pol war. Er würde zu dieser Reise eines Tages ganz sicher aufbrechen, er habe aufgrund der Lektüre vieler Bücher alle Vorbereitungen getroffen und seine Karten gezeichnet, und er würde sogar den Tod auf sich nehmen, um den Fuß auf ›dieses kalte, grenzenlose, völlig stille, weiße Land‹ zu setzen. Er sagte, daß er den Glauben an ein ›anderes Leben‹ seit Jahren geduldig genährt habe und daran aus ganzen Herzen bis zum Ende gebunden bleiben wolle. Er wollte nicht akzeptieren und würde nicht akzeptieren, daß man diesen Traum nicht ernst nahm... Sein Vater, dessen Vertrauen er immer zu verdienen versucht hatte, stand an der Spitze derer, die ihn allein ließen. Sein Vater, der gleichzeitig sein Meister war... Dieser Mann, der ihm alles Wissen des ›feinen Handwerks‹, der Schneiderei, beigebracht hatte, war nun nicht mehr der alte. Vor zwei Jahren war er blind geworden. Trotzdem arbeitete er in seinem Handwerk weiter. Es blieb ihm sowieso nichts anderes übrig, um mit dem Leben verbunden zu sein. Er kam weiterhin ins Atelier und nahm alle Erschwernisse in Kauf, in der Hoffnung, diesen Geruch einzuatmen. In der Hoffnung, jenen Geruch einzuatmen, die Berührungen zu spüren... Wie er es seit Jahren getan hatte... Mit dem inneren Frieden, den das Wissen gab, immer am selben Ufer zu wohnen, wohnen zu bleiben... Indem er dieses Ufer nicht als Gefängnis, sondern als Zuflucht ansah. Indem er Kraft durch seine Hände schöpfte, aus dem, was er durch die Berührungen gewann. Er ging mit den Stoffen, die er in ein anderes Zimmer, sein Zimmer trug, eine tiefe Beziehung ein. In den Stunden, wenn er mit ihnen allein war oder zu sein glaubte, sprach er lange mit ihnen. Meistens sagte er sinnlose Dinge. Ein wenig waren diese Stoffe seine Menschen, seine letzten Menschen…

Die Kleider, die er nähte, waren fehlerlos, doch er sprach mit seiner Umgebung nicht, wenn er nicht unbedingt mußte. Er sprach auch nicht mit seinem Sohn. Könnte er doch sprechen… Diese Aufrichtigkeit genügte, um Tante Tilda zu beeindrucken. Nach diesen Worten hatte sie in diesem Mann wohl etwas entdeckt. Etwas, das jedoch sehr verschieden war von dem, was sie erlebte, als sie erst nach Jahren, eigentlich als es schon zu spät war, verstand, wie wichtig sein Traum von ›jenem weißen, grenzenlosen, stillen Land‹ war. In jenem Moment gab es in jenem Café, das so weit entfernt von all den glitzernden Lokalen war, eine Hoffnung, die weit über alle Sehnsüchte, Entbehrungen und Fremdheiten hinausging… Eine Hoffnung, die das Verlassensein etwas erträglicher machte… In dem Moment gab es eine Freude, die die Trauer bereicherte… Eine Freude, die darauf beruhte, daß man einen Teil von sich selbst auf einen anderen übertragen oder im anderen einen Teil von sich selbst finden konnte… Ich nehme an, daß das, was sie im letzten Moment verstand, ihr eines Tages, als seine Zeit gekommen war, ein zitterndes Licht auf einem ganz anderen Weg war. Wie ich mir vorstellen kann, nagte die Reue über das verspätete Verstehen im Laufe der Zeit immer mehr an ihr und würde die Person, die sie unter den anderen Menschen aufrechtzuerhalten versuchte, zunehmend von den Straßen, auf denen sie wanderte, den Lichtern, Farben Gerüchen entfernen. An ein weißes, grenzenloses, lautloses Land glauben… Es schien, als sei das der einzige Traum, den Jozef während seines ganzen Lebens bewußt verteidigte. Doch leider war der ›Reisende‹, den sie in diesem Mann sah, der ihr vom Schicksal ausgesucht wurde, nur einer von den Reisenden in jenen Filmen. Jozef jedoch sah in Tilda höchstwahrscheinlich eine Frau, die ihm zum ersten Mal zuhörte, die ihm zuhören konnte. Dieser Moment war genau so, wie ihn sich diejenigen vorstellen, die an ›erste Begegnungen‹ glauben. Beide sehen dann im anderen aber

nur den Menschen, den sie sehen wollen, den zu sehen sie sich
erträumt haben oder den sie sehen können ...

In einem Menschen einen anderen lieben zu können, sich dessen bewußt zu sein ... Das heißt wohl auch, daß diese Dunkelheit,
von der ihr nicht erzählen konntet und in die ihr nicht eindringen
konntet, euch ständig folgt, mit dem, was ihr verlassen habt, und
dem, was euch verlassen hat. In einem Menschen einen anderen
sehen können ... Dennoch reichten diese Gefühle wenigstens in
jenen Tagen, um einander ganz festzuhalten. In jenen Tagen
konnte sich niemand vorstellen, was sie erwartete. Es war nicht
leicht. Sie hatten eine riesige Leinwand der Träume, die die
Wahrnehmungskraft vieler Menschen in ihrer Umgebung überstieg. Eine Leinwand der Träume, von denen sie den anderen
nichts erzählten, wo nur sie leben wollten, die sie erwählt hatten,
um bis zum Verlorengehen im ›Dort‹ zu leben, um für ihre inneren Tage und Nächte neu geboren zu werden ... Oder war das
der Ort, an den sie ihre Niederlagen, ihre wirklichen Niederlagen trugen? ...

Die Reste einer Ehe

Wenn ich mich entschließe, der Spur der Erzählung in mir zu
folgen und an die Bedeutung des Ortes gebunden bleibe, dann
muß ich sagen, daß Tante Tilda und Jozef sehr kurz nach der
Begegnung heirateten, bei der sie sich nicht genügend voneinander hatten erzählen können. War das ein nicht ganz freiwilliger
Schritt zu einem weiteren Irrtum? Oder fand jener Schritt in
jenem Irrtum seine eigene Richtigkeit? Ich komme nicht sehr
viel weiter mit solchen Fragen in dieser Zeit, die jetzt mit all
ihren Lücken Sinn bekommt. Wie ich erfahren habe, lebten sie
in den wichtigsten Jahren ihrer Ehe in der kleinen Wohnung in
Asmalımescit. Sie gingen ins Kino und in die Lokale mit Musik
und Alkohol, die Tante Tilda so liebte. In die flimmernden Lokale, wo Alkohol getrunken wurde, und in denen Menschen, die

wie sie still und lautlos oder einzig mit ihren inneren Stimmen lebten und aufs Leben blickten, in manchen Nächten etwas von sich verloren... Um in den ersten Tagen ihres Zusammenseins ihre Unberührbarkeit auszukosten und, wichtiger noch, anderen zu zeigen... Das war eine Seite der Erzählung, die leicht zu erzählen ist und die ähnlich, nur mit verschiedenen Worten, an verschiedenen Orten von verschiedenen Menschen erlebt worden war. Manche Ströme mündeten immer in dieselben Meere... Jedoch nach einer Weile sprach Jozef immer weniger und verschloß sich immer mehr in sich. Das waren die Tage, in denen er ohne Widerspruch alles tat, was seine Frau wünschte, und es sah so aus, als hätte er sich entschieden, der Zuschauer seines Lebens zu bleiben. Wann, wo, nach welchen Szenen begann diese Kapitulation? Lag diese Entfremdung an ihm, an seiner Reise ins eigene Innere, oder war es eine Gegenreaktion auf Tante Tildas Verhalten, die alle in ihrer Umgebung nachdrücklich zum Leben, zum Rausch des Lebens aufrief, was vielen oft erschreckend vorkam? Ist es verständlich, ist es glaubhaft, daß er, der in seiner inneren Welt weit, sehr weit wegging, ›seine Frau‹ als eine Fremde betrachtete, die wie alle anderen Frauen war? Soweit ich das von meiner Grenze aus sehen konnte, war wahrscheinlich Tante Tilda mit jedem Tag mehr von dem Mann enttäuscht, mit dem sie zusammenzuleben sich entschieden hatte. An dieser Stelle der Erzählung füge ich ein paar innere Bilder ein, die Erzählung einer mir anvertrauten Erinnerung: Für diese Frau, die sich so sehr nach dem Leben ›draußen‹ sehnte, ereignete sich damals einer der unvergeßlichsten Momente. Eines Abends brachte der Mann, mit dem sie dieselben Zimmer zu teilen gezwungen war, unerwartet ein Radio der Marke Sierra mit Plattenspieler nach Hause und installierte beides sorgfältig. Radio und Plattenspieler waren wie eine Tür, die sich zu einem Menschen hin öffnete, der von Tag zu Tag etwas mehr ins innere Exil ging. Nach diesem Abend wurden zahllose Schallplatten gekauft. Jozef versuchte bis in die späten Nachtstunden hinein, im Radio ausländische Sender, Ankerplätze zu suchen und zu hören. Nach diesem Abend wurde in diesem Haus, in dem das Spiel des Glücklichseins wie in vielen anderen Verbindungen seit Jahren nicht mehr gespielt worden war, der Traum vieler Lieder und Freuden und der Traum vom unglaublich stillen weißen Land für eine kurze Weile genährt. Nach diesem Abend... Langsam würde der Traum sich in diesem Haus erschöpfen, erschöpft werden... Bis zu dem Abend, der anders war und der, wie es scheint, wohl niemals in Vergessenheit geraten wird...

Obwohl Tante Tilda in ihrer Jugendzeit oft ihre Liebhaber gewechselt hatte, ließ sie in der Zeit, in der sie mit Jozef verheiratet war, keinen fremden Mann in ihr Leben, obwohl sie glaubte, daß sie viele Träume noch nicht ausgeschöpft hatte. Die Menschen in ihrer Umgebung waren überzeugt, daß sie mit dieser Ehe die richtige Entscheidung getroffen hatten, weil sie das, was in der kleinen Wohnung in Asmalımescit geschah, nur mit eigenen Augen sahen... Lag nicht in diesem Abstand der Grund dafür, daß sie von der an diesen Abenden langsam wachsenden Enttäuschung, so wie von vielen Enttäuschungen vorher schon, niemandem erzählte?

»Ich hatte den Ausweg noch nicht gefunden«, sagte sie mir Jahre später, als sie von jenen Abenden erzählte. »Ich habe mich zu trösten versucht. Von Außenstehenden wurde uns bei jeder Gelegenheit gesagt, wie gut wir zueinanderpaßten. Aber ich hatte eine seltsame Ahnung. Daß es in dieser Weise nicht weitergehen konnte, war mir sehr deutlich...« Als wollte sie mit diesen Worten auch sagen, daß allen etwas entgangen war, alle nur sahen, was sie wollten.

Doch auch aus Jozefs Sicht scheint es jetzt so, als seien die Tage in Asmalımescit anders verlaufen. An jedem Tag ging im Zusammenleben etwas mehr verloren. Es ging hier um die Enttäuschung eines Menschen, der einen Traum trotz aller Hoffnungen und Bemühungen nicht zu Gehör bringen konnte. Bemerkte Tante Tilda diese Enttäuschung, konnte sie sich genügend hineinversetzen in den Traum dieses Mannes, der eine ganz andere Türe öffnen wollte, trotz all seiner Schweigsamkeit und Verschlossenheit? Ich glaube es nicht. Wenn es so gewesen wäre, dann hätte ihre Beziehung zweifellos verschiedene Neuanfänge erlebt, und sie hätte es anderen erzählt. Folglich verhinderten die gemeinsamen Atemzüge in ihren gemeinsamen Nächten auch nicht, daß sie ganz langsam und lautlos auf ihre einander fremde Einsamkeit zugingen. Ihre einander fremde Einsamkeit... War das nun Schicksal oder die Entscheidung, der ›Gefangene‹ eines Menschen zu sein?... Wie viele Lieder sind deswegen geschrieben worden, die nur von einem oder einer gehört werden sollten, wie viele Gedichte wandten sich deswegen immer wieder an einen bestimmten Menschen, wie viele Erzählungen sind deswegen nicht vollendet worden und warteten auf ihre Zeit, ihren Ort und ihre Menschen?

Tante Tilda las in jenen langen Nächten so viele Bücher wie in ihrem ganzen Leben nicht. Vom prunkvollen, beneidenswerten Leben des Herrn von Pardaillan, von der Kameliendame und dem Grafen von Monte Christo. Jozef ertrug diese Nächte mit dem Schweigen dessen, der sein Schicksal würdevoll zu ertragen weiß, ohne sich nur einen Augenblick über seine Einsamkeit zu äußern. Mit Würde, schweigend und sich täglich mehr in seinem Körper verschließend... Er versuchte, die verschiedenen Farben des Himmels zu ›sehen‹... Bis zur Morgendämmerung, bis zum Anbruch des nächsten Tages... Tante Tilda hatte ihre Bücher immer auf dem Nachttisch und übertrug die Geschichten in ihre Filme, ihre eigenen Filme. Ohne zu sehen, daß ihr Mann langsam ›an jenen Ort‹ ging... War das Mord?... Um die Wahrheit zu sagen, hatte ich nie den Mut, mit ihr darüber zu sprechen.

Ich habe das Wort ›Mord‹ hier ›gesehen‹ aufgrund der von jenen Sätzen hervorgerufenen Assoziationen. Es war eine andere Art heimlicher Mord, von dem nur die beiden Menschen wußten, der ein Leben, zumindest einen Lebensabschnitt bestimmte... Jene Tage vergingen mit kleinen Hoffnungen, kleinen Problemen und kleinen Spaziergängen... Mit kleinen Hoffnungen, kleinen Problemen und einer irgendwo nicht mitteilbaren, sich ständig vergrößernden Einsamkeit... Wie es im Leben derer war, die nach Art der Sesshaften lebten und nicht in die Ferne gehen konnten... Wie es in Beziehungen ist, die durch Möbel, Gegenstände und tägliche ›Erfolge‹ erhalten werden... Bis zu dem Tag, an dem sich herausstellte, daß Jozef Tuberkulose hatte. Als würden dadurch die Romane von Tante Tilda und die Traumwelt, in die sie sich eingesponnen hatte, ironisiert. Und vielleicht war diese Krankheit das einzige, was trotz allem Falschen zu den Tagen paßte, die dieser Mensch, Jozef, erlebte, der innerlich die Grenzen jenes Landes gegen alles Falsche verteidigen wollte. Damals waren die Ärzte der Ansicht, daß bei dieser Krankheit saubere Luft und Ruhe guttäten. Zuerst wurde das Sanatorium auf der Insel Heybeliada ins Auge gefaßt. Doch nach kurzer Zeit sahen sie ein, daß sie nicht ertragen würden, an einem solchen Ort eingeschlossen zu sein. Danach kam ihnen Büyükada in den Sinn, wo sie in den Frühlingsmonaten oft spazierengegangen waren. Sie erinnerten sich in dem Moment wahrscheinlich mit ganz anderen Gefühlen an die Insel... Sie mieteten ein Haus im Duft der Kiefern, auf einem Hügel mit Blick aufs Meer und auf die Stadt, die mit ihren Lichtern in weiter Ferne lag. In dieses Haus umzuziehen, bedeutete zweifellos auch, den Schritt in eine neue Einsamkeit zu tun. Die Kinos würden derweilen weiterleben... Tante Tilda sagte zu ihrer älteren Schwester, die sie in jenen Tagen besuchte, das sei ungerecht, eine große Ungerechtigkeit. Sie sprach von verschiedenen Orten und verschiedenen Erinnerungen, doch sie hatte sich nur in diesem einen Gespräch über die Einsamkeit in ihrer Ehe äußern können... »Tilda hat mich sehr erschreckt. Dort hätte sie alles tun können, alles...«, sagte Madame Roza zu mir in Erinnerung an jene Tage... Es war nicht schwer zu verstehen. In jenen langen Winternächten, wenn der Wind an den Fenstern rüttelte, wenn von draußen nur Hundegebell zu hören war, alle Lichter weit, sehr weit weg waren, muß sich Tante Tilda noch einmal in so einem Film befunden haben, den sie nicht erleben wollte. Als wäre sie mit einem Verrat konfrontiert. In jenen Nächten glaubte sie, diesen Verrat nicht ertragen und niemals verzeihen zu können... Das waren die ersten Nächte auf jener Insel. Noch einmal war sie von einem Ort losgerissen worden. Jetzt hätte sie endlich fragen können. Was würde der Tod, der Tod, der so sehr erwartet wurde, wirklich verändern? Diese Nächte waren die ersten Nächte auf der Insel... Es war in diesen Nächten, als schlösse sich vor jenen Lichtern noch eine weitere Tür.

Doch nach einer Weile begann das Leben auf eine von niemandem vermutete Weise aufs neue zu erblühen. Tante Tilda versuchte, mir von dieser Veränderung an einem der Abende zu erzählen, als wir einander etwas nähergekommen waren. Es war, als hätte sie ihre Erzählung weit, sehr weit entfernt verloren.

An einem jener Abende versuchten wir, jeder auf einem anderen Platz, der Poesie jener fernen Winterabende zu lauschen. Der Zauber wirkte, es war die Zeit gekommen, das zu erzählen, was aus jenem Zauber geboren worden war. Der Zauber war wohl auch ein wenig jenem anderen Ufer zu verdanken... Sie erkannte in jenen schmerzlichen Tagen, wie sehr sie Jozef liebte, den Mann, den sie auf dem Lebensweg an der Hand zu halten sich entschlossen hatte. Zweifellos resultierte aus dieser Tatsache der Wille, bis zum Ende eine liebevolle Krankenschwester zu sein, eine Rolle, die sie, wenn auch ungeübt, aus ganzer Seele spielte. Besonders in diesen Momenten näherte sie sich ihrem Mann als Gefährtin. In jenen Momenten, mit lautlosen Schritten... Ohne daß sie ihre Liebe in Worte faßte... Die Liebe lag nämlich inzwischen in ihrem Leben weit jenseits aller Worte, war etwas, das nur zu verstehen und mitzuteilen war, indem es gelebt wurde. Etwas jenseits aller Worte... Obwohl die Notwendigkeit dieser Worte immer zu spüren war.

Auch Jozef bemerkte diese Schritte, diese Augenblicke waren zweifellos auch seine Augenblicke. Ein paar Augenblicke, die einen anderen Aspekt der Liebe zeigten, Augenblicke, die tief, sehr tief innen lebten in den beiden Menschen und die ihnen nicht genommen werden konnten... Ein paar Augenblicke... Um an die Unendlichkeit des Todes oder, wichtiger noch, um an ein Leben nach dem Tod zu glauben... Jozef sprach in einer der

Nächte, als sie jene Berührungen erlebten, von dem Frankreich des Grafen von Monte Christo, vom Prunk der erleuchteten Salons, den Opern, den Nächten, die sich bis in den Morgen erstreckten, den Tänzen, von der Begeisterung beim Tragen jener Kleidung. Ein Traum sollte in allen Details mit ganz besonderen Bildern in Worte gefaßt werden. Es war ein Traum, in dem die Rückschau eine echte Rückkehr war, sein konnte. Sie hatten sich früher ihre Träume einmal erzählt und dann nie mehr darüber gesprochen... Zeigte sein neuerliches Erinnern an einem anderen Ort in einem anderen Klima, daß ein Weg trotz all seiner Einsamkeit und Verschlossenheit noch nicht erschöpft war, nicht erschöpft sein sollte? War das ein Aufruf, das Bemühen, von einer geheimen Welt, die sie nie hatten teilen können, im letzten Augenblick doch noch zu erzählen? Was immer ich über das dort Geschehene denke, so muß ich jetzt doch akzeptieren, daß Jozefs Enttäuschung das Geheimnis war, das ›gehütet‹ werden sollte. Sie mußten verstanden haben, daß sie sich auf diesem Weg, auf diesem ihrem Weg, der weit entfernt war von ihrem bisherigen Leben, von ihren Möglichkeiten und, am wichtigsten, von ihren Aufschüben, einem Ende näherten. Als die Enttäuschung zur Sprache kam und damit eine bisher nicht wahrgenommene Seite an einem Menschen entdeckt wurde, erinnerte das wieder einmal an Erzählungen vom Schmerz des Zuspätkommens. Tante Tilda fragte, warum er nicht erzählt habe, daß er jene Nächte, die Nächte in jenen Lokalen derartig erlebt hatte, und zwar in einer Zeit, als sie noch andere Nächte hätten erleben können. Und Jozef erwiderte, sie habe derartiges nie von ihm gefordert, und meinte: »Unser Film war ein einfacher, kurzer, aber bedeutungsvoller Film.« Unser Film war ein einfacher, kurzer, aber bedeutungsvoller Film... Wessen Satz war dies eigentlich, den mir Tante Tilda eines Tages als einen Satz von Josef darbot? Der Mensch, der so einen Satz mit all seiner Bedeutung tragen konnte, welchen Menschen mußte der an jenem unerwünschten Ort ohne Wiederkehr verloren haben? Als wollte dort etwas erwachen, das für jeden einen anderen Namen tragen konnte, etwas, das im Lauf der Zeit alle Entfernungen überwinden und uns sehr nahe kommen konnte. Tante Tilda wollte vielleicht deswegen das, was sie auf der Insel erlebt hatte, bis zuletzt schützen. Daher wollte sie sich in den Bildern der Insel, die sie in ihrem Inneren bewahrte, hin und wieder verlieren, deshalb konnte sie sich an manche Nächte nicht erinnern. Sich nicht zu erinnern, war ihre Flucht vor jenen Bildern, ein Zufluchtsuchen in sich selbst. Es gab auch Augenblicke, in denen die Erinnerungen der in demselben Körper wohnenden verschiedenen Persönlichkeiten sich gegenseitig dementierten und vergessen wollten. Auf diese Weise gelangte ich niemals an die wirklichen Worte von Jozef, eines Menschen, den ich nie gesehen hatte. Zudem verblieben jene Menschen mitsamt ihren Gesprächen in jener Sprachwelt, die mit jedem Tag etwas mehr verlorenging. Ihr Französisch war, genau wie jenes ›Spanjolisch‹, eine vom Aussterben bedrohte Sprache... So werde ich eines Tages nicht anders können, als einen Monolog, dessen ›Richtigkeit‹ ich bezweifele, in eine mögliche Erzählung zu übernehmen. Werde ich mich insofern ein wenig vor den Wörtern retten können, die mich seit Jahren verfolgen?

»Wir haben die Mauer, die wir zwischen uns errichtet haben, niemals überschritten, Tilda. Wir haben diese Mauer selbst gebaut, um uns zu schützen. Daher kommt es, daß wir einander so fern geblieben sind, obwohl wir uns doch eigentlich nahe sind, vielleicht auch, weil wir Angst hatten, uns einander auszuliefern... Dabei wolltest du eigentlich die Nächte, in denen du dir wünschtest, mit den Menschen deiner Phantasie zu leben, die du mit deinen Lügen großgezogen hast, mit mir teilen. Mit mir und unserer Alltäglichkeit und Häßlichkeit, die nicht zu jenem Traum paßte... Das war ein einfacher, kurzer aber wirklicher Film, Tilda. Ein Film aus dem Leben, unserem Leben, der sich von jenen Filmen unterschied. Dabei wolltest du in mir immer einen anderen sehen. Ich habe gewartet, Tilda, immer gewartet. Doch jetzt ist es derartig spät, jetzt sind wir derartig spät dran. Jetzt ist mir innerlich kalt...« Die Worte konnten von dem, was ich jetzt denke, verschieden gewesen sein, er hätte für diesen Appell oder diese Klage eine ganz andere Sprache wählen können. Doch scheint es, daß das Gespräch, das diese beiden Menschen auf jener Insel miteinander verband, und sei es auch nur für ein paar Nächte, insgeheim einen solchen Sinn in sich trug.

Ich werde mich an das Gespräch wieder erinnern, wenn ich diesen Teil meiner Erzählung aufschreiben und vielleicht einige Worte neu formulieren werde. In dieser Phase gibt es nämlich einen Ort, den ich ertaste, ausgehend von dem, was mir Tante Tilda erzählt hat, an dessen Zuverlässigkeit ich glaube. Ausgehend von dieser Annäherung kann ich etwas leichter in dieses Leben vordringen. Ich sage mir, daß dies der Sinn des Vorgehens ist: Die Logik der Erzählung, die Schlüssigkeit des uns Überlieferten macht ein solches Gespräch nötig. Tante Tilda war in eine andere Sphäre hinübergewechselt, was ihr Leben anscheinend tiefgreifend beeinflußt hatte. Es war ein Ort, den ihr Jozef unerwartet oder nach langem Warten gezeigt hatte. Wer war an diesem Ort, wer verschwand jenseits dieser Grenze in welchen Träumen? Warum wollte man an diesen Ort gehen oder, noch wichtiger, warum so spät? Warum hatte Jozef so lange gewartet? Warum hatte er jahrelang vorgezogen, das Geschehen lautlos zu beobachten und die Stürme immer nur in sich zu erleben? War es, weil er seine Frau, seine einzige wirkliche Frau so liebte, daß er es nicht übers Herz brachte, ihre Träume zu zerstören, oder weil er trotz aller seiner Träume nicht auf dem Foto der imaginären Personen plaziert werden wollte? Wurde in den Nächten von Asmalımescit niemals der Hinweis auf solch eine ›Erwartung‹ gegeben?... Mir ist, als verstünde ich es jetzt etwas besser. In diesem Teil der Erzählung wiederhole ich mir angesichts der Fragen einen Satz, den ich mit jedem Tag etwas mehr glaube: Tante Tilda und Jozef erlebten ihre schönsten Tage in der Sphäre, wo Traum und Wirklichkeit sich vermischten, als sie sich erstmals von den ›anderen‹ getrennt hatten, ›für sich‹ sein wollten. Als sie zum ersten und vielleicht zum letzten Mal die Türen hinter sich schlossen für jene langen Träume... In diesem Klima, in diesem herzlichen Bereich waren sie beide Kinder... Vielleicht wußten sie deshalb nicht so genau, was sie machen sollten, als sie einander entdeckten, im wirklichen Sinne entdecken konnten, vielleicht erreichen mich deshalb jene Tage stets mit anderen Bildern, sozusagen in wechselnden Kleidern. Ein Detail aus ihrer ›Unerfahrenheit‹, ein einzelnes Detail zeigt noch einmal, wie leicht der Weg der Liebe ist, wenn sich die Tür erst einmal ein wenig geöffnet hat. Denn Tante Tilda tat in der Nacht nach jenem Gespräch etwas, was sie bei niemandem, in keinem ›Rausch‹ getan hatte, hatte tun können, sie schlief, den Kopf an Jozefs Brust gelehnt. Im Traum sah sie sich mit Jozef tanzen, in einem Lokal, das sie vorher nie gesehen hatte, zur Hitze eines Liedes, das sie vorher nie gehört hatte, das sie aber bis ins Mark spürte. »Wir tanzen bis in den Tod, Tilda, bis in den Tod... Jetzt gibt es kein Zurück mehr«, hatte Jozef gesagt. Bis in den Tod, bis wir vor Müdigkeit zur Erde sinken, bis wir unseren letzten Atemzug füreinander, ineinander tun... Danach wachte sie plötzlich an einer Stelle des Tanzes auf, vielleicht unter dem Eindruck dieser Worte. Es war um Mitternacht. Ein starker Wind warf sich gegen das Fenster. Jozef hatte nicht geschlafen. Als er sah, daß Tante Tilda erwachte, sagte er: »Es langweilt mich jetzt hier, Tilda, bring mich nach Asmalımescit.« Früh am Morgen packten sie zusammen. Sie nahmen nicht viel mit. »Im Juli kommen wir wieder. Soll das Wetter erst mal wärmer werden...«, sagte Tante Tilda. »Zum ersten Mal sehe ich den Juli in derart weiter Ferne«, sagte Jozef. Er lächelte.

Es war ein kalter, jedoch sonniger Märztag. Zuerst wollten sie ein wenig gehen, auf der Insel ganz langsam ein paar Schritte tun. Dann fuhr eine Pferdekutsche an ihnen vorbei. Sie hielten die Kutsche an, indem sie beide gleichzeitig dem Kutscher zuriefen. Sie fuhren zur Mole, um womöglich ein paar Stimmen zu hören, die weit von ihnen entfernt waren. Jozef sagte, es sei in seiner Kindheit eine seiner größten Freuden gewesen, neben dem Kutscher zu sitzen. Diese Freude gehörte auch zu Tante Tildas

Kindheitsfreuden. Sie versuchte, von sich als Kind zu erzählen. Ich weiß, viele Menschen haben dadurch, daß sie ihr inneres Kind irgendwo verstecken wollen, eine Freude verloren. Doch sollte an dieser Stelle der Erzählung eine gemeinsame Freude, die weit zurücklag, geteilt werden. Deswegen kam die Kutsche daher. Es war ein kalter, aber sonniger Märztag... Einer von den Tagen, an denen an manchen Bäumen, von ein wenig zitterndem Licht verführt, eine verschwenderische Blütenpracht ausbricht, ohne sich um mögliche Kälte und erneute Stürme zu kümmern...

Auf dem Schiff sprach Jozef nicht. Sein Gesicht war ganz bleich. Er sagte, er wolle etwas allein sein. Er ging hinaus und betrachtete lange die Schaumschleppe, die dem Dampfer folgte. Verbarg sich auch da ein Bild aus der Kindheit?... Tante Tilda schaute den Mann an, den sie langsam verlor, und wollte leise in die Erinnerung eintreten, die die Phantasie gebar, indem sie die Hand des Kindes auf dem Dampfer hielt. Doch das konnte sie nicht tun, ihre Insel, die sie auf der Insel gefunden hatten, war an ihre letzte Grenze gegangen, dachte sie. Es gab einen Ort, wo zwei Menschen, die aufeinander zugingen, anhalten mußten. Vielleicht war dieser Ort eine Taubheit, ein Verlassen, aber trotz aller Bemühungen doch auch eine Tatsache, die meiner Ansicht nach ihre Bedeutung aus der Dunkelheit in uns gewann, aus der Dunkelheit, die wir nicht immer finden konnten...

Jozef betrat das Haus in Asmalımescit wie ein Gast, wie ein Fremder. Er schaltete das Radio nicht ein und hörte keine einzige Schallplatte. Ein paar Tage lang las er in einem Buch, das er mit einem dicken, weißen Papier einband, damit Tante Tilda den Titel nicht sehen sollte. Zwischendurch schloß er die Augen und versank in Gedanken. Diese Stunden waren seine Schweigestunden. Sie nahmen ein paarmal ein Mahl ein, das nach echtem hausgemachtem Essen roch. In diesen Stunden erzählten sie einander auch Erinnerungen aus der Kindheit und Jugend, die sie vorher niemandem erzählt hatten. Jozef wachte an jenen Tagen immer sehr früh auf. Er saß im Sessel am Fenster und versuchte nach eigener Aussage, ›die Stimmen des neu erwachenden Tages zu hören‹. Jenes Buch war vielleicht auch Teil einer echten tiefen Einsamkeit. Jozef wanderte langsam, geduldig auf den Seiten des Buches. Ab und zu schloß er die Augen, so als resümierte er das auf den Seiten ›Geschriebene‹, das dort Verborgene. Das war wohl für ihn der einzige Weg, den er zuletzt gehen konnte, der ihn zu jenem Ort führte. Auf den Seiten des Buches drang Jozef lautlos in seine Dunkelheit vor.

Dann starb er eines Morgens, in einer der Stunden, als die Gassen für die anderen aufs neue mit all den kleinen Hoffnungen geboren wurden, als hätte man ihnen nochmals einen Aufschub gewährt... So wie viele Menschen sterben, ihren letzten Atemzug tun, wenn sie ihre Gefangenschaft am stärksten empfinden; so war er dem Ort am nächsten, der weit ›draußen‹ lag – soweit ich es dem entnehme, was mir von seinem ›letzten Anblick‹ berichtet wurde... Er war wie in einen tiefen, sehr tiefen Schlaf versunken. Das geschlossene Buch drückte er an seine Brust. Sein Zeigefinger jedoch lag auf den letzten Seiten, zeigte, daß er ›auf seinen letzten Seiten‹ angekommen war. Auf seinem Gesicht lag ein leichtes Lächeln, ein Ausdruck von Frieden. Tante Tilda nahm zuerst vorsichtig das Buch, dann legte sie an jener Stelle ein kleines Zeichen hinein. Sie konnte aber erst später, nach den ›Sieben Tagen der Trauer‹, auf jenen Seiten nachschauen. Es war ein Buch über Amundsens Reise zum Südpol. Das Zeichen war dort, wo der ›Entdecker aus dem Norden‹ das ›weiße, stille, unendlich weite Land‹ erreicht hatte. Nun erinnerte sich Tante Tilda an das Gespräch mit Jozef im Café Lebon. In der Nacht las sie das Buch, ganz langsam, um den in diesen Seiten versteckten Traum zu finden. Ganz langsam und leise, als beträte sie ein fremdes Haus und fürchtete, jemanden zu stören. An manchen Stellen hielt sie inne, um ›jene Orte‹ zu sehen, in der Hoffnung, Jozef ›dort‹, wenigstens ›dort‹ zu begegnen. Auch sie schloß die Augen in jenem unendlich weiten Land und versuchte sich die Menschen vorzustellen, die zur Unendlichkeit eines Horizonts zu gehen versuchten. Als sie das Buch beendete, drangen die ersten Lichtstrahlen in den Salon. Plötzlich wurde ihr klar, daß der Sessel, in dem sie saß, der Sessel war, in dem Jozef immer gesessen hatte, um jenen Stimmen zu lauschen. Es war die gleiche Zeit, die Stimmen waren für diejenigen, die die Gasse nicht genügend kannten, dieselben Stimmen, und auch die Fremdheit war für diejenigen, die immer am Fenster sitzen blieben, dieselbe Fremdheit... Ein Gefühl tiefster Verlassenheit breitete sich in diesem Moment in Tante Tilda aus, ein Gefühl tiefster Verlassenheit, das sie nur ausdrücken konnte, indem sie von den Stimmen sprach, die sie hörte... Es war ein Junimorgen... Der Wind wehte vom Meer her... Das Tuten eines Dampfers schien ganz in der Nähe zu ertönen... Wer fuhr zu dieser Zeit von einer kleinen Anlegestelle zur anderen?... Gehörte ›die Insel‹ eigentlich denen, die sich auf den Weg wagten, um bei einem anderen Zuflucht zu suchen?... Wem gehörte der Duft der Kiefern, die Wärme der Strände an den Sommerabenden, die Katzen, die versuchten, sich in den Gassen zu verstecken, dort zu bleiben, die Häuser, die aufs Meer warteten, die griechische Sprache, die ›anisduftenden‹ Tische?... Wessen Fragen sind das?... Dann... Dann war ihr zum ersten Mal in ihrem Leben, als berührte sie der Tod... Zum ersten Mal in ihrem Leben fühlte sie sich wirklich allein, und zum ersten Mal in ihrem Leben weinte sie ›ausgiebig‹, schluchzend, weit entfernt von ihren ›Exzessen‹, ihren ›Demonstrationen‹. Das war keine Szene, die sie in einem Film gesehen hatte. Es war eine Szene ohne Zuschauer, die aus tiefster Seele erlebt wurde... Keinem Menschen gegenüber war sie jemals so nackt gewesen, kein Mensch hatte sie je so nackt gesehen. Nie, trotz aller Abenteuer, Liebschaften und Filmträume, war sie einem Menschen so nahe gekommen wie dem Menschen, den sie in jenem fernen weißen Land für immer verloren hatte...

Erst nach vielen langen Jahren konnte sie eines Tages ihren Zuschauer finden. Endlich hatte die Geschichte eine erzählbare, mitteilbare Form gewonnen... Vielleicht habe ich deshalb zugestimmt, auf der vom Spiel verlangten Seite zu bleiben. Bezüglich der Rollenverteilung gab es kein weiteres Problem mehr... Waren wirklich alle Spielsteine an ihrem Platz? Diese Frage kann ich immer noch nicht beantworten. Denn ein Detail, das seinen Platz noch nicht gefunden hat, geht mir noch immer im Kopf herum... Über wen oder was weinte Tante Tilda eigentlich an jenem Morgen, als sie sich von allen und allem so weit entfernt fühlte? Können wir sagen, wir weinen, weil wir uns beim Bild des Toten innerlich vorstellen, wir seien selbst gestorben? Sollen wir behaupten, wie es manche tun, das Weinen bei den Begräbniszeremonien gelte auch unserem eigenen Tod? Ja, das Detail hat in der Erzählung, die so langsam ans Tageslicht kommt, seinen Platz noch nicht gefunden. In dem Fall bleibt nichts anderes übrig, als die Zeremonien noch einmal zu bedenken. Ein Duft davon weht dann auch zu den Orten, wo ich gelebt habe. Ich erkenne, daß ich schweigen, noch einmal schweigen muß... Doch wer konnte sich so richtig von jenem Morgen distanzieren?...

Es schien, als ob Tante Tilda im Laufe der Jahre auch nie erlebte Erzählungen über die letzten Tage mit Josef erfand. Erzählungen über Dinge, die sie nie erlebt hatte, die aber in ihrem Leben Platz gefunden hatten und deshalb auf andere Weise erlebt worden waren. Denn es gab in dem, was sie erlebt hatte, eine ›Poesie‹, die keiner erfaßte, der ›von außen‹ zusah. Diese Poesie lebte von Illusionen. Der Traum in jener Poesie oder, mit anderen Worten, der verteidigte Bereich erweiterte mit jedem Tag etwas mehr seine Grenzen. Meine Zweifel wurden bei einem unserer letzten Treffen durch ihre Worte vertieft. »Glaub dem, was ich dir erzählt habe, nicht. Das meiste ist gelogen«, sagte sie an jenem Abend. Die Zeit war eine andere Zeit. Eine andere Zeit, die man nur mit ganz besonderen Worten erzählen konnte... Besonders, wenn ich darüber nachdachte, was ich inzwischen erlebt oder ›gehört‹ hatte, von heute aus auf jene Tage blickend... Ich sprach von unserem Bedürfnis nach Erzählungen, die sich mit Lügen ernähren. Ich würde dieses Gefühl an anderen Orten, zu anderen Zeiten, mit anderen Menschen teilen wollen. Sie drückte meine Hand. Sie war resigniert, müde, gleichgültig... Doch das wichtigste war, sie schaute die Welt mit anderen Augen an... Sie glaubte, die Tage, die sie erlebt hatte, die sie zu leben gezwungen war, nicht verdient zu haben… »Vor ihnen kann man niemals fliehen… Auch du kannst nicht fliehen…«, sagte sie in bezug auf meine vorherigen Worte. Ich sagte »Wer weiß…« Doch was sie mit ›ihnen‹ meinte, verstand ich, wenn ich ehrlich sein soll, nicht. Wer waren ›sie‹, welche Momente, Stimmen oder Bilder?… Die Antwort auf diese Frage habe ich immer noch nicht gefunden. »Vielleicht eines Tages…« sage ich mir selbst… Vielleicht eines Tages… Aber werde ich dann von ›ihnen‹, von dem, was ich dort sehe, wirklich erzählen wollen? Ich begnügte mich, an jenem Abend zu Tante Tilda »Wer weiß« zu sagen. Den Satz konnten wir beide selbst beenden, wie wir wollten. Ein schmerzliches Lächeln breitete sich auf ihren Lippen aus. Ein schmerzliches Lächeln… Ich weiß inzwischen, daß ich mich der Antwort auf jene Frage nähern muß, um die Bedeutung jenes Lächelns zu erahnen…

Das war es, was wir bei einer unserer letzten Begegnungen erlebten. Als würde ich ganz langsam hingezogen zu den Stimmen, Blicken, Momenten, die ich niemals mehr aus mir vertreiben kann… Dem, was in einer Zeit erlebt wurde, der ich mich immer mehr nähere… Wir haben versucht, unsere Erzählung, soweit es ging, miteinander zu teilen und mit Geduld aufzuschreiben, indem wir dabei immer auch auf uns nahmen, irgendwo verlorenzugehen. Dies, diese Momente waren meine Kieselsteine, von denen ich womöglich, wer weiß, niemals würde erzählen können. Und der Abend, als wir uns bemühten, bei dünnem Tee mit Zitrone das ganz frische Gebäck aus der Bäckerei von Kurtuluş zu schmecken, als wir von Rita Hayworth sprachen, war noch weit entfernt von der Zeit der großen Einsamkeit, als Tante Tilda entsetzlich verlassen war. Jene Tage würden wir beide als ›verfluchte‹ Tage erleben…

»Ich bin müde ... Sehr müde sogar ... Ich werde alt. Die Konzerte sind immer noch schön, aber ein Kino nach dem anderen schließt. Das Glorya hat zugemacht, das Konak auch. Im Elhamra, im Alkazar, im Melek werden die alten Filme nicht mehr gespielt. Wohin sind jene Menschen gegangen, wohin haben sie sich verloren?« sagte Tante Tilda, nachdem sie einen Schluck von ihrem Tee genommen hatte. Auf diese Frage antwortete ich, daß jeder sein eigenes Umfeld habe und jeder Mensch seine Kinos und seine Filme mit seinen eigenen Leuten erlebe.

Die jetzige Zeit war nicht mehr jene Zeit. Andererseits hatte die Täuschung unter anderem den Aspekt, einen Menschen ans Leben zu binden. Diese Täuschungen akzeptierten wir in aller Natürlichkeit. In aller Natürlichkeit ... Ohne zu analysieren, ohne zu diskutieren, ohne Rücksicht auf uns selbst ...

Über die Rückkehr ihres Bruders nach Istanbul war Tante Tilda wohl zugleich traurig als auch heimlich erfreut ... »Robert ist zurückgekommen ... In dem Hotelzimmer fühlt er sich sicher nicht wohl. Ich werde ihm sagen, daß er zu mir kommen soll ...« Obgleich sie es sich nicht anmerken lassen wollte, war sie, trotz ihrer vielen Liebschaften, ihrer vielen Beziehungen, doch durch das unerwartete Verlassenwerden erschüttert. Daß sie es nötig fand, ihre Müdigkeit zur Sprache zu bringen und daran zu erinnern, daß sie sich nach jenen Kinos sehnte, war vielleicht Ausdruck für die Sehnsucht, ihren älteren Bruder zu umarmen, jemanden, auf dessen Liebe sie vertrauen konnte. Ihre einsamen Nächte waren wahrscheinlich im Vergleich zu den Nächten anderer Menschen ›schrecklicher‹. Doch hier muß man auch noch eine andere Facette der Wirklichkeit sehen. Hinter dem Wunsch, ihren Bruder zu sich nach Hause einzuladen, stand eine alte Herzensschuld, die sie nach Jahren zu bezahlen versuchte. Es hätte keinen besseren Zeitpunkt geben können, wenn man bedenkt, was diese Rückkehr in einem Menschen mit diesen Lebensschicksalen auslöste. Über den guten Zeitpunkt hinaus war sie aber sozusagen eine Notwendigkeit. Tante Tilda verteidigte in einer ihr gemäßen Art, was sie für richtig hielt, im Gegensatz zu ihrer Familie... London oder das Leben, das ihren Bruder in den Augen der Familie jahrelang zum ›Helden‹ gemacht hatte, lag weit entfernt, so als wäre es endgültig unerreichbar, unsichtbar, unzugänglich. Der Zauber war zerstört. Der Held konnte sich nur an dem Ort, zu dem er bis ans Ende gehörte, wie ein Geduldeter festhalten. Wie ein bedürftiger, geduldeter Dauergast, der seine Fehler büßen mußte, eher noch wie ein Fremder... In jenen Tagen wollte er zweifellos wie viele andere Menschen auch jemandem die Frage stellen: Von wem verlangte man hier eigentlich, den Preis zu zahlen?... Wer wollte an einem jener Abende, an denen er versuchte, seine Rückkehr irgendwo einzuordnen, was und von wem einfordern?... »Was hast du eigentlich in deinem Leben gemacht?« fragte Monsieur Jacques seinen unerwarteten ›Gast‹ in dieser neuen Zeit. In seiner Stimme lag etwas wie Ärger, etwas Inquisitorisches und ein wenig auch der Versuch, die eigene ›Überlegenheit‹ zu zeigen. Monsieur Robert verstand sehr wohl, was sich hinter der Frage verbarg. Es war nach so vielen kleinen Kämpfen nicht schwer zu ahnen, was Menschen mit manchen Worten sagen wollten. Man mußte das Spiel entsprechend der Herausforderung aufnehmen. Der Herausforderung entsprechend, so wie es die anderen wollten, anderen Bühnen, Dramen und Spielern zum Trotz... Diese Rolle war ihm zweifellos nicht fremd. Darum sagte er, ohne den leichten Bruch in seiner Stimme zu verbergen: »Nichts als Schau... Einfach nur Schau...« Es war ein Sonntagabend. Ein Sonntagabend, an dem ›die Zimmer‹ ein wenig kleiner, ein wenig kälter und phantasieloser waren... An jenem Sonntagabend fand eins der mir überlieferten Erinnerungsfragmente seinen richtigen Platz... Robert hatte noch bis vor wenigen Monaten mitten unter den Lichtern einer anderen Stadt gelebt... Die Bühne war jetzt eine andere, sie verbarg nicht wie früher die Täuschungen, die Lügen, das Fernsein. Er hatte es versucht, hatte dennoch versucht, sich in jenen Bildern aufs neue zu finden. Er hatte es versucht... Noch bis vor einigen Monaten war er zum Fünfuhrtee ins Grosvenor Hotel gegangen, um sich von jenem Leben nicht zu lösen, um vor allem sich selbst sagen und zeigen zu können, daß er diese überholten Gewohnheiten weiterführen konnte... An jenem Abend, dort, an jenem entfernten Sonntagabend war er allein gewesen. Doch an dem Abend waren in Istanbul in den kleineren Zimmern und mit dem geringeren Licht auch die ›anderen‹ da... Die anderen, nur die anderen... Daß er gezwungen war, von solch einem Ort aus auf sein Leben zu blicken, erzeugte eine kaum zu beschreibende Trauer. Doch eigentlich war am schwersten zu ertragen, zu denen, die er jahraus, jahrein als seine ›Lieben‹ angesehen hatte, wie zu ›anderen‹ zurückzukehren. »Schau, einfach nur Schau...« Das war vielleicht der Satz, den alle dort hören wollten, alle, die nichts weiter hatten tun können, als am Platz zu bleiben, und die ihn ›in jenen alten Zeiten‹ beneidet hatten. Der Preis war bezahlt worden. Diejenigen, die jenseits der Grenze waren, hatten gesehen, was sie sehen wollten... Auch für die Menschen jenseits der Grenze gab es natürlich ein Ufer und ein anderes ›Jenseits‹, von dem man erzählen, das man verteidigen konnte.

Tante Tilda stand außerhalb dieses Spiels. Ihr älterer Bruder war für sie immer ein Held geblieben. Ein Held aus einem jener Filme war zu ihr gekommen, der die Gefühle aus jenen Filmen auf jemand anderen übertragen konnte. Wie jeder Held mit ›seinem eigenen Gesang‹, der nur in der Phantasie leben konnte, und der doch näher an der Realität, der echten Realität war, näher als viele Leute, die zu unserer Realität gehören, ein Teil von dieser zu sein schienen. Dieser Held war ihr Clark Gable, der nur für sie lächelte, der sein Lächeln nicht verloren hatte. Ein Clark Gable, der ihr erzählt hatte, daß jene Filme keine fernen Märchen waren... Zweifellos war dieser Traum angenehm und ein Zufluchtsort, der bis ans Ende beschützt und lebendig gehalten werden sollte. Doch meiner Ansicht nach verbarg sich in dieser Beziehung auch ein Gefühl, das man erfassen konnte, wenn man einige unvermeidliche Grenzen überschritt, ein Gefühl, das in einer ganz anderen Erzählung einen ganz anderen Weg einschlagen konnte. Habt ihr vielleicht in diesem Gefühl die Spuren einer sehr tiefen, mit Worten nicht faßbaren Bindung erkannt, einen Aspekt, der immer geheimgehalten werden sollte? Wenn wir über das, was wir haben sehen können, nachdenken, über unsere Anhaltspunkte oder über das, was uns zwischen den Zeilen überlassen wurde, dann erscheint es uns, wenigstens jetzt, unmöglich, dorthin zu gelangen. Übrig bleiben Bilder einer stillen Geschichte dieser Bindung, die niemals erschüttert werden sollte. In dieser Geschichte gab es Postkarten, die auf den Postämtern ferner Städte aufgegeben worden waren, unerwartete lange Telefongespräche, wobei die Wörter dort geheime Bedeutungen hatten. Ihr Bruder hatte ihr in Zeiten, als sie es am meisten brauchte – als ob es zwischen ihnen eine besondere Kommunikation gäbe –, von den ›Banken, wo er große Geschäfte machte‹, kleine Überweisungen geschickt. Das hatte Tante Tilda ebensowenig vergessen wie die wunderbare Woche, als er sie nach London eingeladen hatte, die Tage, an denen er sie in einem ›Rolls-Royce mit Chauffeur‹ spazierenfahren ließ, die Musicals und Opern; daß er sie zu Harrod's geführt hatte, in das ›Kaufhaus, wo die Königin einkaufte‹, und was er ihr dort gekauft hatte; das Restaurant, wo sie von Kellnern in jahrhundertealten, traditionellen Gewändern und mit weißen Perücken ›jeder so höflich wie ein Lord‹ bedient worden waren. Das war für sie ein alter Film, dem sie keinen Titel gegeben hatte, keinen geben wollte. Ein alter Film, der sich nie abnutzte, dessen Szenen sie in allen Farben genossen zu haben glaubte, an den sie sich immer erinnern wollte… Sie war von der Vorstellung erfüllt, in einer der Straßen David Niven begegnen zu können, sie wollte an der Tür eines Hauses läuten, das zu ›My fair Lady‹ paßte, und glaubte, in einer Märchenstadt umherzugehen, als sie mit der Wache vor dem Schloß fotografiert wurde. Sie machte sich gar nicht klar, daß es in anderen Ländern und Sprachwelten auch Menschen mit einem langweiligen, eintönigen Leben gab, mehr noch, daß es andere Märchenwelten geben konnte, die ihre Bedeutung woanders fanden. In jener Ferne vergegenwärtigte sie sich, ohne sich dessen bewußt zu sein, ein Schicksal und eine Haltung, die ihrem Leben eine Richtung gaben. Vielleicht nahm sie deshalb manche Bilder in der Ferne wichtiger als viele andere Menschen. Sie erinnerte sich gut. Vom Fenster ihres ›Luxushotels‹ beobachtete sie, daß der Wagen mit dem Chauffeur, den ihr Bruder geschickt hatte, stets zehn bis fünfzehn Minuten vor der verabredeten Zeit kam. Der Chauffeur schaute auf die Uhr, wartete und gab ihr erst Bescheid, wenn es Zeit war. Alles war derartig ›englisch‹, derartig traumhaft. Die Woche war eine Traumwoche gewesen. Eine Traumwoche, die jahrelang, vielleicht ein Leben lang unvergeßlich bleiben sollte. Wie hätte sie unter diesen Umständen verstehen können, woraus hätte sie ersehen können, daß ihr großer Bruder zu der Zeit in einem Sumpf aus Schulden steckte und mit seiner Frau ein sehr unglückliches Leben führte. Hinter jener Welt der Lichter verbarg sich eine ganz andere Einsamkeit, ein Verfall. Aber wahrscheinlich war damals niemand dazu bereit, einen Fehler bis zum Ende auszubaden. Jene Zeit war die Zeit, in der der Traum noch nicht zusammengebrochen war, die Teile sich noch nicht getrennt hatten, der Glaube daran, daß sich eine Hoffnung trotz aller Mängel, aller erzwungenen Trennungen noch einmal erneuern könnte, noch nicht verloren war. Als sie die Wahrheit erfuhr, liebte sie ihren Bruder um so mehr. Und so hatte sie nun eine Gelegenheit gefunden, ihre Liebe zu beweisen, die mit den Jahren immer tiefer geworden war und die sie stets am Leben erhalten wollte. Sie würde ihn zu sich nach Hause einladen.

Durch die Vermietung zweier Läden im Stadtteil Mahmutpaşa, die ihr von der ›Familie‹, von ihrem Vater her geblieben waren, hatte sie ein kleines Einkommen. Es war weniger, als sie benötigte. Doch sie wußte in etwa, wieviel Geld ihr monatlich zur Verfügung stand und wieviel sie ausgeben konnte. Einer der beiden Mieter war ein Kürschner, der so alt war, daß er nur noch Reparaturen für Bekannte ausführen konnte, der andere ein Stoffhändler, dessen Kapital ständig geringer wurde. Letzten Endes kämpfte jeder auf seine Weise ums Überleben, um durchzukommen und seine Last zu tragen... In Wirklichkeit hatten alle ihre Geschwister einen Anteil an den Läden. Doch gab es in diesem Punkt aus verständlichen Gründen eine kleine Abmachung. Die Läden sollten unter allen Umständen Tilda gehören, bei Tilda bleiben. Diese Abmachung ergab sich, soweit sie es verstehen konnte, aus einem geheimen Vermächtnis, das Monsieur Izak kurz vor seinem Tod Roza anvertraut hatte, die seit ihrer frühesten Jugend gezwungen gewesen war, die Rolle der Mutter in der Familie zu übernehmen. Die Bedeutung der in solchen Augenblicken erhaltenen oder gegebenen Versprechen war zeitweilig bedeutsamer als viele Dokumente... Doch was mich an jenen Abenden eigentlich interessierte, war weniger die geheime Abmachung, die man vielfach hätte kommentieren können, sondern vielmehr, wie Tante Tilda gegenüber dem Einkommen aus diesen Läden eingestellt war. Wenn sie gewollt hätte, hätte sie ihr Einkommen erhöhen können, um sich dadurch den Weg in ein bequemeres Leben zu bahnen. Ich erinnere mich, daß sie von Monsieur Jacques mehrfach kritisiert worden war, weil sie in dieser Richtung nicht die notwendigen Schritte unternommen hatte. Aber es gab wohl ein anderes Gefühl, das für eine derartige Entscheidung ausschlaggebend war. Ein ›schlichtes‹ Gefühl, das viele Menschen zu verdrängen versuchen, das bei manchen in der Tiefe etwas anstoßen konnte, irgendwo ein Echo fand... Dieses Gefühl beruhte darauf, daß sie mit denen, die so wie sie selbst sich in diesen Läden dem Wechsel der Zeit entgegenstemmten, etwas Gemeinsames teilte, zu teilen glaubte, wenn auch von weitem... Das Einkommen war gering, doch gewann sie außer dem Geld ›andere‹ Dinge. Höchstwahrscheinlich folgte Tante Tilda einem ähnlichen Gefühl, als sie ihren Bruder zu sich einlud... Das Geld genügte ihr, es reichte sogar, um in Konzerte und ins Kino zu gehen. Mehr konnte sie sowieso nicht mehr von ihrem Leben verlangen.

Doch in jenen Tagen gab es noch eine andere Tatsache, die die Familie tief, zutiefst erschütterte. Madame Roza, die ihre Familie und alle einzelnen Familienmitglieder zusammenzuhalten versuchte, die Verfeindeten versöhnte und alle Geheimnisse zu bewahren wußte, diese Frau entfernte sich mit jedem Tag mehr von ihren Lieben, den Menschen, denen sie in schwersten Zeiten die Hand gereicht hatte...

Mein Meer von Kamillen

Ein jeder alterte auf seine Weise und an seinem Ort, in jedem erklang nunmehr eine Stimme, die für jeden anders war und von anderswo herkam... Denn schließlich gab es Momente, denen man unmöglich ausweichen konnte, in denen die Bilder, die sehr geheimen Bilder die Menschen richteten... Es gab Momente, in denen Bilder, ganz geheime Bilder die Menschen richteten und an sich banden... Lilika sagte, daß sie oft schlimme Träume hatte und daß sie sich vor dem, was sie sah, sehr fürchtete. Madame Estrella blieb in ihrer eigenen Welt, in ihrer fernen Gefühlswelt und besuchte trotz der veränderten Umstände diejenigen immer seltener, die sie seinerzeit stumm zurückgewiesen hatten. Monsieur Jacques verschloß sich in seine Einsamkeit und hielt ›in seinem Haus‹ eine ganz andere Stille für nötig. Die Frau, die mit ihm ein so langes Leben, Stürme, bedeutungsvolles Schweigen und Selbstlosigkeit geteilt hatte, war sehr krank und bereitete sich auf einen ganz anderen Ort, eine ganz andere Reise vor... Madame Roza wußte alles, was man spürte, spürte und nicht erzählen konnte, sie hörte es sozusagen mit anderen Stimmen. Als sie mit der Realität konfrontiert war, die den Menschen ›warum ich?‹ fragen läßt, nahm sie als ›große Schwester der Familie‹ noch einmal einen neuen, heftigen Kampf mit dem Leben auf. Dieser Kampf war jedoch ihr letzter. Sie versuchte ihre Schmerzen zu verbergen, nicht zu zeigen. Leider wurden die Schmerzen jedoch immer schlimmer. Es blieb ihr nichts übrig als zuzuschauen, wie ihr Körper zunehmend den Dienst versagte. An manchen Abenden zog sie sich in ihr Zimmer zurück und sagte, sie müsse sich ausruhen. Das hatte sie früher niemals getan, hatte es sich selbst in den schwersten Zeiten ihres Lebens nicht zugestanden. Folglich… Mußte sie folglich aufs neue eine andere Einsamkeit, von der sie nicht sprechen konnte, mit all den inneren Stürmen durchmachen? Wollte sie mit dem Schicksal, mit dem, was ihr das unabänderliche Schicksal brachte, in eine Auseinandersetzung treten?… Wenn ich von heute aus auf das Vorgefallene blicke, so ist mir, als sähe ich sie ganz langsam in ein Gefühl tiefer Verlassenheit eintreten, wenn sie sich in ihr Zimmer zurückzog. Vielleicht konnte man sich ab einem gewissen Punkt damit abfinden, dieser Verlassenheit, diesem langsamen Sterben zuzuschauen. Was ihr aber wirklich schwerfiel, war, daß ihre Lieben, für die sie all die Jahre verantwortlich gewesen war, ungewollt Zeugen mancher Szenen ihres letzten Kampfes wurden. Wer weiß, vielleicht zog sie sich deshalb in ihr Zimmer zurück wie an einen Zufluchtsort… Es hatte nicht gereicht, ihr vor einigen Jahren eine Brust abzunehmen. Die letzten Untersuchungen hatten gezeigt, daß ihre ›Krankheit‹ sich im ganzen Körper ausgebreitet hatte. Die Medizin war wieder einmal ratlos. Die Ärzte wollten sich auf die verbleibende Zeit nicht festlegen und sagten: »Eine weitere Behandlung hat keinen Sinn, wir können nur die Schmerzen lindern.«

Das Bild von Madame Roza in jenen Tagen steht mir noch immer vor Augen. Seit neuestem gab es Fernsehen im Haus. Es waren die Zeiten, in denen dieser ›Gegenstand‹ vielen Menschen neue kleine Emotionen, kleine Freuden und kleine Täuschungen bescherte. Die Sendungen kamen damals nur an bestimmten Wochentagen auf einem Kanal in Schwarzweiß und nur in die Häuser der Reichen. An diesen Abenden ging ich zu ihnen, um manche Programme, insbesondere die Quizwettkämpfe anzuschauen… Monsieur Jacques, der dem ›neuen Gegenstand‹ gegenüber jahrelang skeptisch war und ihm keinen Platz in seinem Leben gab, sondern ihn nur als Zeichen des Reichtums ansah und mit Bemerkungen wie »Un kuti i un alay de bavajadas« – »Ein Kasten und ein Haufen dummes Zeug« belegte, schlief oft davor ein, wollte dies aber irgendwie nie zugeben. Deswegen entbrannte damals sogar so manche kleine Streiterei. Als eines Tages Berti seinen Vater fotografierte, um ihm seinen Schlaf zu beweisen, erwachte Monsieur Jacques durch das Blitzlicht. Er erfaßte die Situation sofort und äußerte seinen Unmut in einem Zustand zwischen Schlaf und Wachen mit den Worten: »Hiç ke no me plazen ansina zevzeklikes« – »Solchen Quatsch mag ich nicht« –, und als er dann alle lachen sah, schaute er seinen Sohn an und sagte: »Salak i jodotro!« – »Du Narr und Sohn eines Narren«. Jener Abend sollte unvergeßlich bleiben und inmitten aller Schmerzen eine Ausnahme bilden. Warum sind manche Momente im Leben trotz aller Banalität derart beeindruckend?

Ja, an jenen Abenden gab es im Fernsehen auch Quizsendungen, die uns heute veraltet vorkommen... Madame Roza hatte Spaß daran, wenn ich bei manchen Fragen die Antworten wußte. Wenn ich die Antworten nicht fand, dann tadelte sie mich entweder auf ihre liebevoll strenge Art, oder sie sagte, ich solle mich nicht grämen, denn die Absicht solcher Wettkämpfe sei, sowohl zu erfreuen als auch zu belehren. Gewöhnlich fing sie dann an, von einer Quizsendung mit Namen ›Quitte ou double?‹ von Radio Monte Carlo zu erzählen, die sie mit der Familie in einem anderen Haus gehört hatte. Sie hatte zahllose Erinnerungen an diese Sendungen. Sie hatte nicht vergessen, daß einmal ein Mann, der auch die letzte Antwort gewußt hatte, viel, sehr viel Geld gewonnen hatte. Doch das eigentliche Tamtam entstand nicht, weil der Mann die Antwort wußte, sondern durch sein Verhalten danach. In der Frage hatte es geheißen, welche Sopranistin erstmals an der Mailänder Scala die Hauptrolle in einer bestimmten Oper interpretiert habe. Der Mann hatte Maria Callas genannt, doch nach dem Applaus sagte er, er habe diese Antwort nur gegeben, weil er wußte, daß dies die von allen erwartete Antwort war, doch die richtige Antwort hätte Leyla Gencer* sein müssen. Er konnte nicht ahnen, daß darauf alle Anwesenden mit größter Ratlosigkeit reagierten. Dann aber wurde recherchiert, und es stellte sich heraus, daß der Mann sich nicht geirrt hatte. Das Quiz erregte damals in Frankreich die Gemüter, sogar Paris

Match berichtete darüber… Madame Roza erinnerte sich nicht mehr ganz genau, was der Mann gesagt hatte, aber es genügte ihr, woran sie sich erinnern konnte. Sie hatte ein paar Augenblicke, von denen sie anderen erzählen konnte. Die Einzelheiten dieser Augenblicke konnten sich ändern, die Jahre konnten diesen Augenblicken neue Wörter, neue Bilder hinzufügen. Die Erinnerung machte ihre Augen feucht. Madame Roza legte viel Wert auf Wissen. In diesem Punkt war sie sowohl ihrem Mann als auch ihren Geschwistern weit voraus. Ihr Vater hatte vielleicht deswegen am meisten ihr vertraut und war stolz auf sie gewesen…

So verliefen in jenen Tagen in jenem Haus die Quizsendungen im Fernsehen… Mit solchen Augenblicken, mit ein paar alten Bildern, mit ein paar alten Erzählungen… Um einem anderen noch einmal zu zeigen, daß man in der Vergangenheit irgendwo etwas erlebt hatte, oder um aus dieser Vergangenheit Kraft zu schöpfen und das, was man noch zu leben gezwungen war, etwas leichter zu ertragen… Mit anderen Worten, an jenen Abenden gab es unterschiedliche Augenblicke. Es war für niemanden leicht in diesem Zeitabschnitt. Alle, die in dieser langen Ausweglosigkeit lebten, leben mußten, fühlten die Dringlichkeit, sich in sich selbst zu suchen und zu finden. Aus diesem Grund wollte ich immer an die Bedeutung der kleinen Momente glauben, die mir Madame Roza geben wollte, aus ihrem kleinen Fenster auf das blickend, was sie da und dort zurückgelassen hatte. Wenn ich an jenen Abenden in jenes Haus ging, ohne im voraus zu wissen, an welchen kleinen Veränderungen ich teilhaben durfte, kam in mir trotz aller Traurigkeit eine Freude auf, von der ich erst jetzt sprechen kann. Ich denke, wenn ich eines Tages diese Freude ausreichend definieren kann, werde ich mit dem, was ich sehen konnte, einen weiteren Schritt hin auf den Menschen in mir tun können.

Der besondere Geschmack des Milchkaffees war wahrscheinlich das einzige, was sich damals dort nicht änderte. Obwohl seither so viele Jahre vergangen sind, kann ich diesen Geschmack nicht vergessen, und vermutlich ist damit das alte Gefühl verknüpft, sich die Vergangenheit unter allen Umständen aneignen zu wollen. Es gab auch Momente, die wir an manchen Geschmack und Geruch gebunden hatten, die wir niemals aufgeben wollten, niemals aufgeben konnten... Manche Gefühle hefteten sich zeitweise an sehr gewohnte, alltäglich aussehende Bilder... Jener Geschmack, der mich damals sogar die Milch lieben ließ, stammte von einer ganz besonderen Mischung, die ich später an keinem anderen Ort mehr antreffen würde. Das Wort ›Zichorie‹ hörte ich dort zum ersten Mal, doch worum es sich eigentlich handelte, erfuhr ich erst Jahre später. Das Wort stammte natürlich aus dem Französischen. Die Zichorienwurzel gelangte in Pulverform ins Leben mancher Leute... Inwieweit ist das alles wichtig? Die Antwort auf diese Frage, die wirkliche Antwort will ich wohl nie wissen. Für mich am allerwichtigsten war der Zauber dieses Schlüsselwortes und der Weg, der mich in jene Tage trug. Madame Roza kaufte ›Zichorie‹ in Şişli, vom Lebensmittelmarkt Çankaya – an dessen alten Namen ›Neagora‹ sie stets nachdrücklich erinnerte –, der mir für damalige Verhältnisse reichlich groß erschien. Sie löste die Zichorie in heißem Wasser auf, fügte eine bestimmte Menge Kaffee hinzu, und diese Mischung stellte sie in einer großen Serumflasche, deren Herkunft sie niemals preisgab, in den Kühlschrank. Davon wurden bei Bedarf kleinere Mengen mit Milch versetzt. Die Entscheidung über das Maß wurde, wie immer in solchen Fällen, mit ›Augenmaß‹ getroffen. Das Maß blieb immer dasselbe Maß, unfehlbar wie die Tage gewisser Menschen. ›Zichorie‹ ist inzwischen an einem für mich unerreichbaren Ort. Aber so ist es wohl auch besser. Denn ich weiß jetzt, daß manche Details nur zu bestimmten Orten gehören und an genau diesen Orten bleiben müssen. Zweifellos ist die Tatsache, daß ich damals Milch mochte, unter den für mich bedeutsamen Details ebenfalls versteckt. Dasselbe Gefühl sollte ich lange Zeit später bei Juliettes ›Nescafé mit Crème‹ erleben. Leider haben diese Erlebnisse nicht dazu geführt, daß ich jetzt Milch mag oder, wichtiger noch, Menschen, die Milch sehr mögen. Als wäre diese Liebe etwas Böses, enthielte etwas Böses. Etwas Böses, das ich schwer beschreiben kann... Zu diesem Schluß bin ich durch die Ermahnung der anderen gekommen... Die Gesichter, die Gerüche, die Worte haben sich jetzt miteinander vermischt... Fürchtete ich mich, in jenen Tagen gewisse Begründungen weiter zu hinterfragen?... Vielleicht. Doch um die Wahrheit zu sagen, sind das Details, deren wirkliche Antworten sich in anderen Erzählungen und an anderen Orten finden... In diesen Tagen will ich mich aufs neue an jene Tage damals erinnern, als Madame Roza, sogar nachdem sie sich ›ihrem Schicksal‹ endgültig ergeben hatte, die Zubereitung ihrer Milch mit ›Zichorie‹ in gleicher Weise sorgfältig weiterführte. In jenen Momenten pflegte sie mit niemandem zu sprechen und in der Ferne, in weite Fernen zu versinken... Wahrscheinlich hatte sie niemals im eigentlichen Sinn mit Monsieur Jacques abgerechnet. Als fänden manche Worte bei manchen Enttäuschungen nicht den richtigen Ort. In den Momenten, in denen sie so weit wegtauchte, pflegte sie tief zu seufzen... Oder waren vielleicht die richtigen Worte dort geblieben?... Wer weiß... Es gibt Frauen, bei denen man sich nicht vorstellen kann, wie sie streiten, wie sie Liebe machen, vielmehr hat man häufig das Gefühl, sie lebten ihre Streitereien und ihr Liebesleben in einer weit entfernten Welt aus. Madame Roza erschien mir in jenen Tagen wie eine dieser Frauen. Was sah jene Madame Roza, wenn sie so weit, weit in die Ferne blickte, wen sah sie, welche Zeiten, welche Orte?...

Einmal erwähnte sie einen Menschen aus ihrer Kindheit. Sie erzählte von einem alten Mann mit weißen Haaren und zerzaustem Bart, dessen Wohnsitz unbekannt war und der von erbetteltem Geld lebte, das er aber eher für Alkohol ausgab. Sein Name dort war ›Bohor el Mintirozo‹, Bohor, der Lügner. Er war bekannt dafür, daß er jedem irgendwelche Lügen aus weiter Ferne überbrachte. Lebende verstarben plötzlich, eine beliebige Frau betrog ihren Ehemann mit einem beliebigen anderen Ehemann, manch einer fand in der Erde vergrabene Tonkrüge voller Gold, bei anderen brannte mitten in der Nacht das Haus ab... Trotz aller Lügen, die später herauskamen, fand er immer wieder jemanden, den er hinters Licht führen konnte. Die Menschen glaubten ihm wahrscheinlich, obwohl sie wußten, daß er log, entweder weil ihnen das Spiel gut gefiel oder weil sie immer etwas glauben wollten. Vom Erfinden phantasierter Nachrichten zu leben, wurde nach einer Weile sozusagen zur Lebensphilosophie von Bohor. Im Dorf wurde er nicht nur als ›Narr‹, sondern gleichzeitig auch als ›Märchenerzähler‹ angesehen. Deshalb brauchten ihn die Leute in seiner Umgebung auch ein bißchen. Eines Tages sagte er, er wolle nach Istanbul gehen, um noch ein letztes Mal die Frau zu sehen, die er in seiner Jugend sehr geliebt hatte, die seine Liebe jedoch nicht erwidert und ihn nicht geheiratet hatte. Niemand glaubte diese Geschichte, alle sahen in der Frau die Protagonistin einer neuen Lüge oder eines Märchens. Jeder lauschte den Erinnerungen an das Abenteuer, das sich bis nach Istanbul erstreckte, wie einem neuen Märchen. Doch niemand sah Bohor nach jenem Tag je wieder. War diese Geschichte die einzige Wahrheit seines Lebens, die er anderen gezeigt hatte, zeigen konnte? Madame Roza interessierte sich sehr für die Antwort auf diese Frage. Sie konnte versichern, daß Bohor einer der Menschen war, nach dem sie sich am meisten sehnte, wenn sie in ihre Vergangenheit zurückblickte. An dem ›Ort, wo sie hinging‹, würde sie ihn finden und von ihm nicht nur für die alten Lügen, sondern auch auf diese Frage eine Antwort verlangen. Denn wir brauchten Märchen, manche Märchen, die nicht zusammenbrachen, zumindest drinnen in uns, damit wir um ›jene Wahrheiten‹ kämpfen konnten. Deshalb, glaube ich, wünschte ich ihr auch sehr, daß sie in den Momenten, wenn sie in der Ferne, in weiter Ferne versank, ein unendliches Grün oder sogar ein Meer von Kamillen sah. Sie näherte sich einer ihrer Inseln. Das Atemholen fiel ihr ziemlich schwer. In diesem Zustand erinnerte sie mich an meine Asthmaanfälle, die ich in meiner Kindheit zurückgelassen zu haben hoffte. Wahrscheinlich war am ehesten ich es, der in manchen Nächten, in jenen langen Nächten dort mit ihr die fast unendlich scheinende Stille gehört hat.

Die Fotografien jener Tage, in denen Tante Tilda ihren Bruder in ihrem Haus beherbergen wollte, kann und werde ich niemals vergessen. Monsieur Robert war von diesem Angebot sehr gerührt, nahm seine ›liebe kleine Schwester‹ in die Arme und weinte heiße Tränen, ohne zu befürchten, daß sein Image als ›Märchenheld‹ durch einen ›Moment der Schwäche‹ erschüttert werden könnte. Damals gab es weder das Hotelzimmer, wo wir einander das Herz ausschütteten, noch die Teestunden, die uns verschiedene Fernen erleben ließen. Wir hatten einander noch nicht ›gesehen‹, noch nicht für nötig gehalten, uns gegenseitig die Türen einen Spalt weit zu öffnen... Tante Tilda konnte mir erst Jahre später von dieser Szene erzählen. Jahre später, als sie annehmen durfte, daß ich ihren Bruder hinreichend kennengelernt hatte. In jener anderen Zeit, als sie ihn bei sich aufnahm, ›mit allen Bedingungen und allen Lasten, die er nicht aufgeben konnte, sondern tragen mußte‹, teilte sie mir lediglich ihre Begeisterung und Freude mit sowie die irgendwo versteckte Erzählung, ihre Istanbuler Ansichten von der Londoner Erzählung. In jenen Tagen hätte niemand besser als Tante Tilda die Dinge, die aus jenem Leben ›gerettet‹ worden waren, ›schätzen‹ können. Eines Tages, als ihr Bruder ›wegen einiger wichtiger Projekte zu wichtigen Verabredungen‹ ausgegangen war, waren wir allein... Sie zeigte mir in dem penibel aufgeräumten Zimmer ihres neuen Gastes die mit ›großer Sorgfalt‹ in den Garderobeschrank eingeräumten Kleidungsstücke, seine Hemden, seine Unterwäsche, mit der Liebenswürdigkeit eines verschmitzten Mädchens, aber gleichzeitig mit unverhohlener Traurigkeit und sagte: »Wie du siehst, stammt alles aus eleganten Geschäften.« Als wollte sie in jenen Momenten noch mehr als sonst etwas beschützen oder etwas glauben... Nach Jahren war sie erstmals wieder zum ›Essenmachen‹ in die Küche gegangen. Nach Jahren, noch einmal... Um ihrem Gast in seinem neuen Zuhause die Wärme eines Heims geben zu können... Doch trotz aller Bemühungen, trotz aller Ausdauer, trotz der Tage, die sich nachhaltig verändern sollten, dauerte diese Freude, diese Begeisterung nicht lange. Etwa sechs Monate später packte Monsieur Robert eines Morgens still und leise ohne Erklärung seine Sachen, und als wollte er sich ein wenig entschuldigen, sagte er, es sei wohl richtiger, wenn er woanders wohnte. Das Hotelzimmer in Sıraselviler trat von da an in sein Leben. Zuerst suchte Tante Tilda die Schuld bei sich, sie bildete sich ein, daß sie als Gastgeberin versagt und ihr Bruder sich deshalb eine andere Bleibe gesucht haben könnte. Andere Möglichkeiten fielen ihr gar nicht ein, konnte sie sich nicht vorstellen. Sie brachte bloß ihr eigenes Bedauern zum Ausdruck und sagte, sie habe alles in ihrer Macht Stehende getan, zu tun versucht. Auf diese Worte hin berührte Monsieur Robert seine Schwester an der Schulter und sagte, daß die Welt eigentlich sehr schmutzig sei und daß alle diese Kleider, diese Lichter, diese Nächte ›benutzt‹ würden, um diesen Schmutz zu bedecken. Daß die Welt, in der sie lebten, sich in eine Welt verwandelt habe, die Menschen mit Kinderherzen überhaupt nicht mehr verstehen könnten. Diese Welt riefe ihn... Mehr könne er nicht sagen... Leider habe er als großer Bruder seine ›Pflicht‹ gegenüber seiner ›kleinen Schwester‹ zu keiner Zeit so erfüllt, wie er es gerne getan hätte; ihr Kinderherz solle aber trotz allem niemals verlorengehen. Denn eigentlich brauche diese Welt mehr denn je diese Kinderherzen... Mehr denn je... Auch wenn sich die Welt dessen nicht bewußt sei...

Tante Tilda schwieg daraufhin und dachte, ihr Bruder kehre zu seinen großen Geschäften zurück und daß für die Beteiligung daran ein hoher Preis zu zahlen sei. Überdies erfüllte sie in diesem Moment ein schmerzlicher Stolz, und sie dachte an jene Filmhelden, die stets in Todesgefahr waren... Jahrelang hatte sie mit den Helden, die gewisse Filme unvergeßlich gemacht hatten, zusammengelebt... Dies genügte ihr, um in diesem Moment das Gefühl der Niederlage zu ertragen Die Wirklichkeit sah, wie schon immer, anders aus. Sie erfuhr diese Wirklichkeit erst nach längerer Zeit, an dem Tag, als sie hörte, daß ihr Bruder

nach London gegangen war, um nie mehr nach Istanbul zurückzukehren. Der Mann, den sie als einen der Helden ihres Lebens
ansah, hatte zu jener Zeit enorme Spielschulden gehabt, unter
deren Last er schier zusammenbrach. Er war von den Gläubigern
bedrängt und mit dem Tod bedroht worden. Er hatte befürchtet,
daß seine Schwester unter diesen Bedingungen Schaden leiden
könnte und sich entschieden, den Spielregeln entsprechend, woanders allein weiterzuleben...

Es kränkte Tante Tilda sehr, daß sie all dies von ihrer älteren
Schwester erfuhr, noch dazu, als ›alles zu spät‹ war. Als würde ihr
dadurch wieder einmal ihr Ausgeschlossensein gezeigt. Als sie
mir die ganze Geschichte nach Jahren erzählte, erzählen konnte,
schien sie ihren Verwandten immer noch böse zu sein. Selbst
ihrem Bruder, trotz des von ihr bezeigten ›Edelmuts‹... Noch
nach Jahren, weil man ihr nicht genügend vertraut hatte... Dabei
hätte sie, wenn man es von ihr verlangt hätte, etwas tun können,
es zumindest versuchen können...Wenn das Problem lediglich
Geld war... Doch man war ihrer Stimme, die sie an verschiedenen Orten auf verschiedene Weise hätte zu Gehör bringen wollen, so fern, so gleichgültig und überdies so fremd geblieben,
ihrer Welt, in der sie mit allen ihren Stimmen zu leben versuchte,
die sie zu verstehen versuchte und von denen sie niemandem
erzählen konnte...

Der Wendepunkt

Als Tante Tilda die neue Wahrheit über ihren Bruder erfuhr,
entschloß sie sich, ihre beiden Läden in Mahmutpaşa zu verkaufen. Jeder, der an diesen Läden irgendein Interesse hatte, war
über den Entschluß auf eigene Weise betrübt, jeder sah auf seine
Weise eine andere Vorgeschichte dafür... Tante Tilda bezog
Monsieur Jacques in die Sache nicht ein, obwohl Madame Roza
darauf bestand. Träumte sie davon, erstmals in ihrem Leben ganz
allein, ohne die Hilfe irgendeines anderen einen ›Erfolg‹ zu er-

ringen, oder ging es um das Gefühl der Freude, sich von einer Sache, die ›ihnen‹ wertvoll war, die ›zur Vergangenheit‹ gehörte, loszureißen, sich vollständig zu lösen? Heute erscheint es mir wahrscheinlicher und leichter zu glauben, daß solche Fragen in der Familie damals nicht gestellt wurden. Deswegen wurde auch niemals die Wahrheit erkannt, die hinter der ›Seltsamkeit‹ des ›Sorgenkinds‹ der Familie steckte. Solange wir uns nicht trauen, Fragen, die echten Fragen zu stellen, können wir einen Weg sowieso nur bis zu einem gewissen Punkt gehen.

Ja, der wirkliche Grund, weshalb Tante Tilda in jenen Tagen sich plötzlich entschloß, ihre Läden zu verkaufen, wurde niemals verstanden ... Was man verstehen, herausfinden, beziehungsweise als Ergebnis der ›Detektivarbeit‹ von Monsieur Jacques wenigstens für geltend akzeptieren konnte, war, daß der Entschluß unter dem Einfluß eines alten Don Juan namens Bedros gereift war, der sein Leben mit der ›Abwicklung von Geschäften‹ verdiente und viele Probleme mit Hilfe seiner vielen Bekannten rasch lösen konnte. Die Läden waren in kürzester Zeit weit unter Wert verkauft, ihr fast aus den Händen gerissen worden. Hatte Tante Tilda nicht einen zu hohen Preis gezahlt für ihren Wunsch, bei jemandem Zuflucht zu finden, nachdem ihr Bruder weggegangen und sie in eine große Einsamkeit gestürzt war? ...

Es war zweifellos nicht die erste Trennung, die Tante Tilda ertragen mußte. So sollte die Trennung, die ich vor vielen Jahren an dem Abend ›sah‹, an dessen ›Geschmack‹ ich mich immer noch erinnere, nicht ihre letzte sein. Doch wie ich schon vorher an anderer Stelle zu sagen versucht habe, hatte sie die Trennung von diesem Menschen, von dem sie mir berichtet, von dem sie mir sozusagen in Parenthese zu erzählen versucht hatte, mehr erschüttert, als wir alle erwartet hatten. Es war niemals und für niemanden leicht, die Grenzen von Tante Tilda zu erreichen. Eine Ahnung oder die Mühe, die ich mir machte, einige Fragmente zusammenzusetzen, brachten mich dennoch an einen Ort. An diesem Ort sehe ich jenen Abend als den Abend, an dem der ›Riß‹ begann. Tante Tilda würde nach jener Trennung noch viele

Trennungen in Windeseile durchmachen... In jenen Tagen gab es noch ein weiteres wichtiges Ereignis, das mindestens ebensosehr den ›Riß‹ vorbereitete. Dieses Ereignis hatte nicht nur für Tante Tilda, sondern für nahezu alle in der Familie die Bedeutung eines anderen Risses. Madame Roza starb... Nach diesem Tag erlebte jeder seinen eigenen Riß...

Angesichts der Familienbeziehungen kann man sich leicht vorstellen, wie erschüttert viele Angehörige beim Tod von Madame Roza waren. Die Verstorbene war eine Frau gewesen, die ihr Leben lang alles darangesetzt hatte, diejenigen zusammenzuhalten, die sie als Teil ihrer selbst, ihrer eigenen Seele betrachtete, zu verhindern, daß sie einander fremd wurden. Wahrscheinlich resultierte aus diesem Bemühen, daß sie überall als ›große Schwester‹ bekannt war, die man selbst beim geringsten Problem um Hilfe bitten konnte und der man viele Geheimnisse anvertrauen konnte. Sie hinterließ in der Familie eine Leere, die niemand ausfüllen würde. Eine Leere, die jeder auf eigene Weise zu verstehen, zu definieren und benennen versuchen würde. Ihre Abwesenheit bewirkte, daß jeder seine eigene Leere fühlte und daß man die Leere in der Familie, die sich heimtückisch im Laufe der Jahre entwickelt hatte, sah und spürte. Nicht umsonst hatte Monsieur Robert nach der Beerdigung mit Blick auf die Todesanzeige in der Zeitung gesagt: »Die Beste der Familie ist gestorben... Nun muß jeder seiner eigenen Wege gehen...« Und tatsächlich erlebte nach diesem Tag jeder ganz allmählich seine eigene Loslösung, zog sich in seine eigene Stille zurück... Diese Situation galt sowohl für Monsieur Jacques und Monsieur Robert als auch für Tante Tilda und Madame Estrella, deren einsamer Weg sich im Grunde schon vor Jahren abgezeichnet hatte. Monsieur Jacques verschloß sich mit jedem Tag mehr in seine Einsamkeit, Monsieur Robert ging nach London, um nie wieder nach Istanbul zurückzukehren. Tante Tilda, die in diesem Haus eine Möglichkeit gefunden hatte, bei Bedarf ihr Herz auszuschütten, fühlte sich noch fremder; Madame Estrella jedoch zog sich von den Orten, wo sie ihre Kindheit und Jugend verbracht hatte, völlig zurück und vergaß nun sogar die Feiertage. Madame Roza würde für jeden, in seiner eigenen Welt, mit den eigenen Niederlagen, den eigenen Gewissensbissen und kleinen Triumphen, weiterleben…

Als Tante Tilda nach dem Tod ihrer älteren Schwester deren Haus aufsuchte, erzählte sie von ein paar seltsamen Vorfällen, die ihr passiert waren. Einmal hatte ein Mann versucht, sie nachts auf der Straße zu vergewaltigen, einmal fand ihr Nachbar, der pensionierte Botschafter Sinan Bey, ihre Katze tot in seiner Wohnung, einmal klingelte ein Polizist an ihrer Tür und behauptete, es sei wegen Prostitution im Haus Anzeige erstattet worden, und durchsuchte die ganze Wohnung… Wer verbarg sich hinter solchen Phantasien, wer waren die Protagonisten dieser Nächte, dieser Einsamkeiten? Natürlich hätten wir diese Frage nur lösen können, wenn wir uns in der Nähe dieser Phantasien befunden hätten. Doch wir waren von jener Phantasiewelt in jenen Tagen weit entfernt… Dabei gab es dort eine andere Erzählung, die sie uns in jenen Tagen anbot. Diese Erzählung war ihre letzte, ich vermute ihre letzte schöne Geschichte, die sie für erzählenswert hielt. In dieser Erzählung erwähnte sie einen der Nachbarn. Sie erzählte von einem alten russischen Herrn, der bessere Tage gesehen hatte… Er konnte vorzüglich Deutsch, Italienisch und Französisch. Gedichte trug er auswendig vor, insbesondere französische von Lamartine, Victor Hugo, Alfred und Vigny… Er liebte die Musik, spielte Violine, liebte alle Romantiker, aber das wichtigste, er war irgendwie verwandt mit dem großen Oistrach, mit David Oistrach… Sehr bald würde er ihn besuchen fahren… Er würde zu einer Vorstellung der Moskauer Oper gehen… Doch der Mann war ein Regimegegner. Insofern würde die Reise etwas gefährlich sein. Dies jedoch beiseite, zuerst einmal mußte er seine Probleme in Istanbul lösen. Der Hausbesitzer hatte ihren Freund, um die Wohnung baldmöglichst räumen zu können, vor Gericht gebracht. Doch sie würden bis zuletzt kämpfen und so lange Widerstand leisten, wie sie konnten. Sie hatte daran gedacht, zum Rechtsanwalt Çerni zu gehen, doch ihr Geld wurde mit jedem Tag weniger... Sie konnte ihren Lieben nicht wie früher Geburtstagsgeschenke kaufen... Ein Fremder hätte bei diesen letzten Worten Tante Tildas nicht gestutzt, es nicht für nötig befunden. Nur diejenigen, die sie kannten, konnten verstehen, welchen Schmerz ihr diese Armut, diese Ausweglosigkeit bereiteten. Sie gab ihrem Leben auch mit solchen kleinen Gedenktagen Sinn. All die Jahre hatte sie nie die Geburtstage ihrer Lieben vergessen. Selbst wenn man von allen vergessen würde, so doch nicht von Tante Tilda... Mir gab sie ihr ›letztes Geschenk‹ in den Tagen ihrer Zurückgezogenheit, als sie mit jenen Stimmen leben mußte, von denen sie niemandem erzählen konnte. Sie brachte mir aus ihrem Haus ein paar silberne Kerzenleuchter aus ganz alten Tagen, die in einen neuen Tag getragen werden sollten... Es war Abend... Sie schenkte, vermachte ihren Lieben zum Geburtstag nun also Teile, die ihre Vergangenheit erlebt hatten. Es waren die Tage, in denen sie sich ganz langsam ›jener Strömung‹ überließ, weniger auf ihre Kleidung achtete und die Haare weder färbte noch richtig kämmte. Ihr Leben war für uns, die wir gezwungenermaßen zuschauten, völlig anders als an den Abenden, an denen wir die Teestunden mit ihr verbracht hatten... Tante Tilda hatte ihre Gepflegtheit, ihren Schick weit hinter sich gelassen... In Wirklichkeit demonstrierte sie mit diesem befremdlichen Aussehen eigentlich nur den Auftritt, der von einigen in ihrer Familie erwartet wurde; sie zwang sie damit, sie mit jenen Gefühlen und Menschen zu akzeptieren, die sie auf der Leinwand ihrer Phantasie erlebte, erleben wollte. Und das war eine Szenerie, der sich niemand nähern durfte, um mitzuspielen und ihr Partner zu sein. In dieser Szene spielte sie ihre schwerste, aber gleichzeitig größte ›Rolle‹... Es war das Warten auf den Tod. Aber an einer Stelle des Spiels war eine tiefe, ganz tiefe Stille. Denn niemand wußte, wessen Tod der eigentliche Tod sein würde...

Was wir beobachteten, waren die Fotografien eines Risses, eines unvermeidlichen Zusammenbruchs, der sich mit jedem Tag etwas mehr zeigte. Vielleicht beobachtete jeder von uns etwas anderes; letztlich blieben wir alle außerhalb der Szene. Sie lud mich nun viel seltener in ihre Wohnung ein. Unsere Teestunden dauerten nicht mehr so lange wie früher. Manchmal wollte sie, daß ich ihr erzählte, was ich geschrieben hatte. Sie sagte, ich müsse heiraten, und sprach von den Mädchen, den zukünftigen Bräuten, die sie sich für mich vorgestellt hatte... Alle diese jungen Mädchen wollte sie aus ihrer Vergangenheit, von einem Ort ihrer Vergangenheit in unsere Gegenwart bringen: Die eine war bei Landpartien im Frühling am allerschönsten, die andere spielte gut Harfe, eine andere war Ballerina, die nächste war etwas dick, hatte aber eine schöne Stimme, mal war eine auch sehr einsam. Sie waren ihre Mitspielerinnen auf ihrer Bühne. Sie konnte für mich mit ihnen sprechen, wenn ich nur einverstanden wäre. Ich lächelte leicht und versuchte, unser Gespräch farbig zu gestalten mit kleinen Sätzen wie: »Warum denn nicht?...Wenn du willst... Eigentlich wäre das doch sehr gut... Aber wann und wo?«... Sie kicherte mit geschlossenem Mund, scherzhaft und doch, als schämte sie sich bei diesen Worten, wie ein junges Mädchen, das gerade erst seine Weiblichkeit entdeckt hat... Das waren wohl die Augenblicke, wo sie wirklich lachte, lachen konnte. Danach wurde sie sofort wieder nachdenklich und schien leicht lächelnd mit jemandem zu sprechen. Ich verstand dann, daß es Zeit war zu gehen.... Und dabei wußte ich, sie würde stundenlang so bleiben, die Türen nach draußen völlig geschlossen...

Eines schönen Tages wurde sie die ›Irre des Viertels‹ genannt... Wir wußten, das war ihr Schicksal. Ein Schicksal, das manche in dieser Geschichte schon vorausgesehen hatten...

Ich werde das Bild niemals vergessen... Wie sie mit weißen ungepflegten Haaren, in einen alten Männermantel gehüllt, dessen Herkunft niemand kannte, mit dunklen Strümpfen auf der Straße herumlief, als hätte sie sich ihrem Schicksal und dem, was es ihr beschert hatte, mit ganzer Seele ausgeliefert... Die Straßen waren nicht ihre Straßen, die Menschen waren nicht ihre Menschen... Es gab Gerede... Angeblich nahm sie die Männer, wie sie kamen, brachte vor allem junge Verkäufer mit nach Hause und glaubte sie glücklich zu machen, indem sie sexuelle Beziehungen mit ihnen einging. Wir haben nie herausfinden können, was an dem Gerede wahr oder falsch war. Wenn ich all das bedenke, hatte sie jedoch schon lange einen Ort jenseits der Rebellion erreicht. Sie nahm eine gefährliche, sehr gefährliche Rache an denen, die sie in ihrer Jugendzeit, als sie hoffnungsfroh aufs Leben geblickt hatte und alle Arten von Verrücktheiten hatte auskosten wollen, als ›Hysterikerin‹ behandelt hatten, die man unter Kontrolle halten mußte. Es war ein langes, langsames Sterben. Was hatte sie dahin gebracht, welche Nächte waren es, welche Menschen, die nicht kamen und an ihre Tür klopften? Hatte Tante Tilda in jenen Tagen der Einsamkeit für sich einen Punkt erreicht, an dem sie Befriedigung, inneren Frieden kostete, während sie, wenn das Gerede tatsächlich wahr war, insbesondere mit den Handwerkern und Händlern ihrer Umgebung verschiedenartige sexuelle Obsessionen auslebte und Beziehungen zu halbwüchsigen Lehrlingen anknüpfte, die aus großer Unterdrückung und Armut kamen? Ich weiß es nicht, wirklich nicht. Doch ich wünschte mir so sehr, diese Frage beantworten zu können… Ich wünschte mir so sehr, denen zum Trotz, die sie verleugneten, ihr in diesem Klima der ›Unmoral‹ zu begegnen. Ich wünschte mir so sehr, sie dort, genau dort neu zu entdecken… Dieser Wunsch schien mich in meiner Rolle als Zuschauer sozusagen in eine andere tiefe Stille zu rufen. In eine andere tiefe Stille, die von dem, was wir erlebten und erleben konnten, weit weg war und wo man die menschliche Stimme wirklich hören konnte… Diese Stille konnte mich mit ganz neuen Fragen konfrontieren… Beispielsweise konnte sie mich dort fragen, warum ich diese Frage überhaupt stellte, und vor allem, auf wen sie sich bezog. Warum nahm ich in meiner Zuschauerrolle jene Momente derart wichtig, warum fand ich es nötig, mir oder jemand anderem diese Frage zu stellen? Zweifellos wollte ich zu den Wurzeln von etwas anderem Nichtgelebten hinabsteigen… Zu den Wurzeln von etwas anderem Nichtgelebten… Dort, in jenen Räumen, die sich mit jedem Tag mehr vom verbrauchten Alltagsleben entfernten,

schlug das Herz eines geheimen, ganz geheimen Lebens. Dort
versteckte ich mich vielleicht aufs neue hinter ein paar Fragen,
um meinem anderen Gesicht nicht zu begegnen… Doch alle
Ergebnisse und Gründe mal beiseite, meine Fragen oder meine
›unkorrekten‹ Gedanken zeigten mein Bemühen, für Tante Tilda
selbst in ihren lautlosen Todestagen eine neue Tür einen Spalt
weit zu öffnen, indem ich sie zur Heldin einer Erzählung machte,
die sich ganz langsam von selber schrieb.

Das Meer war eine andere Straße

Daß Tante Tilda als älteste und einzige Tante der Familie zur
Hochzeit von Rozi, der verschlossenen, stillen, wohltätigen, immer im Schatten von jemandem stehenden ›glücklosen‹ Enkel-
tochter von Monsieur Jacques nicht eingeladen wurde, reicht aus,
um zu zeigen, bis wohin es gekommen war… Rozi, die erst am
Hochzeitsabend von der ›Tatsache‹ erfuhr, sagte zu Juliette: »Das
ist Verrat! Wenigstens im Andenken an meine geliebte Großmutter hättet ihr das nicht tun dürfen!…« In ihrer Stimme schwang
ein Zorn, der in diese Empörung die ›anderen‹ Empörungen
einschloß, die sie bislang nicht gewagt hatte zu äußern. Es war
die Stimme eines verletzlichen Menschen, der, wie die Umgebung sagte, ›allzu zartfühlend‹ war. Ihre Augen füllten sich mit
Tränen. Berti neigte den Kopf zu ihr. Ein unbestimmtes Lächeln
lag auf seinem Gesicht. Als fühle er Scham über den Ausbruch
seiner Tochter einerseits, andererseits auch etwas Stolz. Er war
einer von den Menschen, der ihre ›Betroffenheit‹ am ehesten
verstand… Juliette schaute mich an. Ich konnte nicht verstehen,
was sie sagen wollte. Doch ich glaube, auch sie schämte sich ein
wenig… Monsieur Jacques war draußen, er hörte das Gespräch
nicht und schien sich an etwas sehr weit Entferntes zu erinnern…
Wenn man bedenkt, was er alles verloren hatte, woran er sich
alles erinnern mußte… Wir befanden uns an einem Meeresufer… Ein anderer Schriftsteller hatte in einer anderen Erzäh-

lung davon gesprochen, daß die Straßen Istanbuls sich zum Meer hin öffneten. Das Meer ist in diesem Fall vielleicht eine andere Art von Straße. Eine Straße, in die unzählige andere Straßen münden, die in jeder Erzählung andere Grenzen erreicht und die durch unterschiedliche Sehnsüchte und unterschiedliche ›Gesänge‹ belebt wird...

Rozi und mir war es in keiner Phase unseres Lebens gelungen, einander näherzukommen. Es war, als ob sie stets Distanz zu den Menschen wünschte. Eine Distanz... Doch es war niemals möglich gewesen, diese Distanz zu verstehen, wirklich zu verstehen. Distanz, auf Abstand bleiben schien zu ihrem ›Schicksal‹ zu gehören... Ich fühle, daß ich jetzt, da ich ein wenig nachdenke, nachdem ich meine eigene Distanz ein wenig besser zu verstehen, zu definieren versucht habe, wenigstens für mich selbst einige Erklärungen geben kann. Es scheint, als habe Rozi sich immer für ›nicht weiblich‹ gehalten und dieses Selbstbild auch ihrer Umwelt vermittelt, obwohl sie mit ihrer blütenweißen Haut, den blauen Augen, den hellbraunen lockigen, kräftigen Haaren und ihren vollen Brüsten das Interesse vieler Männer erregen konnte. War dies einer der Gründe, weshalb wir nicht aufeinander zugegangen waren? Vielleicht. Nachdem ich Zeuge des ›Vorfalls‹ geworden war, bereute ich es sehr, bis dahin nie versucht zu haben, die Schale zu knacken und mit ihr zu sprechen. Wenn ich mich jetzt daran erinnere, was wir dort nicht getan haben, wird es mir noch lange leid tun, und außer dem Reuegefühl bleibt mir nichts. Dann halte ich mir die Schwäche des Zuspätkommens vor Augen, und eine Stimme, eine sehr alte Stimme, die ich immer wieder zu vergessen versucht habe, drängt mich, die Geschichte von Menschen zu erzählen, denen es nicht gelungen ist, ihre Träume, ihre Wünsche anderen zu Gehör zu bringen.

Rozi heiratete und beschritt damit einen Weg, der vielen anderen glich. Weil man ›eines Tages‹ heiraten mußte... Und sie, die niemals, in keiner Phase ihres Lebens im wahren Sinne mit sich im Einklang war, würde wiederum eines Tages ein Kind machen, einen Menschen in die Welt setzen, weil es sich so gehörte. Eines Tages aber tat sie auch etwas, das sich nicht gehörte, sie würde einen Schritt tun, den sie auf jenem Weg nicht tun durfte... Einen Schritt, der durch seinen hohen Preis, ›jenen Preis‹ seine Bedeutung bekam. Doch das war vermutlich der Schritt, der sie zu einem anderen Menschen machte, der erzählenswert war. Dieser Schritt war ein persönlicher Schritt, der den Schritten der anderen nicht ähnlich war... Ein persönlicher Schritt... Zumindest glaubte ich das... Ich wollte, daß es so wäre, ich wollte glauben, daß es so wäre... Um manche ihrer Schritte besser zu verstehen, um sie richtig einordnen zu können... Doch all das würde mich erst sehr spät erreichen... In jenen Tagen war da nur eine ›gewöhnliche Ehe‹, wenigstens zu ›Anfang‹. Rozi hatte Izzet durch ›Vermittlung‹ von Bekannten kennengelernt, und er war auch höchstwahrscheinlich der erste und der letzte Mann im Leben dieser Frau, deren Existenz er ein wenig ›von außen‹ betrachtete... Damals gab es aber auch Gerüchte, die den Geschmack von Abenteuerromanen hinterlassen konnten, von denen man zumindest ein Bild oder einen einzigen Satz nicht vergißt. Izzet hatte mit der Frau eines höheren Repräsentanten in der japanischen Botschaft eine nach Ansicht mancher Leute sehr gefährliche Beziehung erlebt. Da er im Export und vornehmlich für Japan arbeitete, hatte er die Frau höchstwahrscheinlich auf einem der Botschaftsempfänge kennengelernt. Die Angelegenheit war eines Tages bekanntgeworden, und die Frau hatte, um unerwünschten Situationen zuvorzukommen, ihren Mann dazu gebracht, in ein anderes Land zu gehen... Es wurde auch gemunkelt, das ›Trio‹ sei in ein paar ›dunkle Geschäfte‹ verwickelt gewesen. Manche behaupteten sogar, die Beziehung sei ein Bestandteil der geschäftlichen Abmachung gewesen. Natürlich wußte niemand Genaueres. Was man hören und sehen konnte, war in den meisten Fällen ganz anders als die Wirklichkeit... Doch wenn man denen glaubte, die behaupteten, den ›Kern der Sache‹ zu kennen, dann war die Frau, als das ›Verbotene‹ aufgedeckt worden war, wirklich gegangen, hatte sich verabschiedet mit der Hoffnung und dem Vorsatz, nie mehr zurückzukommen. In Wirklichkeit war das für ›alle‹ das Beste. Izzet konnte sich auf einfache Weise von diesem ›Unheil‹ befreien. Die Erzählung endete hier für diejenigen, die die Gerüchte in Umlauf brachten. Endete hier mit allen möglichen Problemen und Fragen. Soviel man wußte, soviel wir erfahren konnten, hat niemals jemand Izzet gefragt, ob diese Gerüchte wahr oder falsch seien, noch wollte ihn das jemand fragen. Diese ›Leere‹ wurde nicht einmal einige Jahre später nach jenem ›schrecklichen Vorfall‹ überbrückt... Izzet war es schon vom ersten Tag an gelungen, zwischen sich und die ›Familie‹ eine ihn beruhigende ›Distanz‹ zu legen. Das war wohl wieder ein neues Spiel. Ein Spiel, in dem jeder ein weiteres Mal seine Rolle akzeptierte oder wegen anderer Spiele nicht genügend beachtete...

Rozi und Izzet hatten sich auf einer Silvesterparty von Freunden kennengelernt, wo sie sich sehr langweilten. Beide waren sie nicht aus eigenem Antrieb zu dem Fest gegangen, sondern jeweils auf das Drängen eines anderen. Rozi erwartete von Izzet sehr viel. Viel mehr, als er freiwillig geben wollte oder konnte... Ihre Reaktion darauf, daß Tante Tilda nicht zu ihrer Hochzeit eingeladen worden war, erstaunte uns alle sehr. Das war der unvergeßlichste Moment, den ich je mit ihr erlebte. Der unvergeßlichste Moment... Ich vermute, dasselbe gilt auch für Monsieur Jacques, der von dem ›Vorfall‹ erst später erfuhr. Rozi trug den Namen seiner Frau, nach der er sich manchmal sehr sehnte. Genau wie ihre Großmutter ging sie beherzt gegen Unrecht vor und versuchte, dem Menschen, dem Außenseiter, der vergessen und seinem Schicksal überlassen werden sollte, die helfende Hand zu reichen... Und so erteilte sie jedem auf ihre Weise eine Lektion. Eine Lektion, die dazu führte, daß sich jeder trotz seiner ›Rechtlichkeit‹ schämte.

Die Hochzeit wurde in Tarabya in einem dieser schicken, am Meer gelegenen Lokale mit Musik gefeiert. Juliette war sehr schön in jener Nacht, als wäre sie einem Modejournal entsprungen... Sie achtete darauf, mir nicht zu nahe zu kommen, vielleicht weil sie wußte, welche Gefühle dieser kleine Verrat in mir auslösen würde. Doch meiner Ansicht nach war am meisten Monsieur Robert über die Situation betrübt, der in einem anderen Land eine andere Einsamkeit erleben mußte. Nach einer Weile, als er von dem ›Vorfall‹ irgendwie erfahren hatte, rief er mich an. Als wäre er noch etwas enttäuschter. Noch etwas enttäuschter, noch etwas ferner, noch etwas verletzter... Er sagte, daß die Familie als Institution gestorben sei, in der ganzen Welt am Sterben sei. Richtiger noch, die Familie sei eine Lüge, für die Lüge entstanden und durch sie am Leben gehalten. Mit jenen kleinen Hoffnungen, jenen kleinen Sehnsüchten, den kleinen Vertröstungen auf Morgen erschöpfe sich jeder mit jedem Tag mehr, stürbe eigentlich... Ich wußte, daß er mit diesen ›Verallgemeinerungen‹ zeitweilig einen noch viel tiefer liegenden Schmerz zu unterdrücken versuchte. Mit anderen Worten, ich ahnte so einigermaßen, was er eigentlich meinte... Er ließ mich nicht lange warten... Auch seine Familie war für ihn tot... Tot... Doch es war niemand mehr da, mit dem er über diesen Tod sprechen, sich austauschen konnte. Nur um dies zu sagen, es endlich auszusprechen, wollte er noch einmal nach Istanbul zurückkommen. Nur um das zu sagen, aber noch wichtiger, um Tilda in ihrer Einsamkeit, die er sehr gut verstand, ganz fest zu umarmen... Leider war er aber nicht in der ›Lage‹, diesen Wunsch zu verwirklichen... Das Leben hatte ihn ganz langsam von vielen Wünschen abgebracht...

Vor wie vielen Jahren haben wir dieses Telefongespräch geführt, an dem Abend, als er mich anrief, um mir all das zu sagen, an dem wievielten für ihn ›neuen‹ oder ›letzten‹ Abend in London? Seine wievielte Einsamkeit war es, von der er erzählen, die er aus der Ferne mit jemandem teilen wollte? Wie kam es, daß er trotz der großen Entfernung die Nachricht erhalten hatte?... War das nicht gerade ein Zeichen dafür, daß seine Bindungen an Istanbul nicht völlig abgebrochen waren?... Und außerdem: Warum dieses Telefongespräch nach all den Jahren? Wem galt es, wenn niemand mehr übriggeblieben war, dem er von dem Tod erzählen konnte, den seine Familie in ihm hervorgerufen hatte? Warum hatte er nicht Tilda angerufen, warum nicht seine Schwester, die er so sehr zu lieben behauptete, die er ganz fest umarmen wollte, sondern einen ›anderen‹? Das fragte ich in diesem Gespräch nicht; diese Fragen, die mir viele unerwartete kleine Wege hätten öffnen können, konnte ich nicht stellen. Wieder einmal entschloß ich mich zuzuhören, nur zuzuhören... Vielleicht weil ich mich wieder einmal vor mir selbst fürchtete und vor dem, was ich hätte sagen müssen. Ich begnügte mich damit zu sagen, daß er froh sein solle, Tante Tilda in ihrem ›letzten Zustand‹ nicht gesehen zu haben. Er verstand, es schien wenigstens so, als verstünde er... Plötzlich sagte ich, daß ich sie nach dem ›Vorfall‹ besucht habe und daß ihre Gesundheit ›in Ordnung‹ sei. Es hätte keinen Sinn, mehr zu unternehmen, seine Schwester lebte auf ihrem ›eigenen‹ Weg...

Das war meine letzte Lüge ihm gegenüber. Denn ich war zwar am Tag nach der Hochzeit, ohne einem Menschen Bescheid zu sagen, heimlich zu Tante Tilda gegangen... Heimlich, um ihr meinen Standpunkt etwas besser zu erklären... Heimlich, um mich vielleicht von einer ›Schuld‹ zu befreien... Ich klopfte etwas unsicher an die Tür. Sie öffnete nicht. Drinnen hörte man Schritte... Ich verstand. Sie wollte niemanden sehen... Niemanden... Wer auch immer anklopfte... Danach hatte ich erst einige Monate später wieder den Mut, in jenes Haus zu gehen. Inzwischen hatte ich von Monsieur Robert eine Neujahrskarte bekommen. Diesmal hatte er eine Karte geschickt, die sich von den früheren, den gewohnten stark unterschied. Sie zeigte eine außerordentlich schöne Ansicht von Afrikas wilder Natur... Er wünschte mir alles Gute und schrieb: »Ich hoffe, du schaffst in deinem Leben mehr als ich.« Dann bat er mich, Tante Tilda zu besuchen, und sagte, niemand habe das Recht, sie allein zu lassen...

Ich besuchte Tante Tilda an einem Frühlingstag... Sie wirkte ein wenig gefaßter, entschuldigte sich, daß es ihr leid täte, mir überhaupt nichts anbieten zu können. Sie redete kaum, konnte nicht wie früher sprechen. Sie schwieg sehr lange und schaute

aus dem Fenster, ohne etwas zu sehen... Dazwischen sagte sie:
»Ich habe alles verloren, alles... Sogar meine Filme, die mich an
jene Tage gebunden haben, die zu vergessen ich so sehr gefürchtet habe... Es sind nur so wenig Menschen übriggeblieben... Wo
sind wir jetzt?... Welche Menschen haben wir wo und wie geliebt?«... In dem gesamten Gespräch sagte sie immer wieder
ähnliche Worte. Zwischendurch schwieg sie. Danach wollte sie,
daß ich ihr etwas von mir erzählte. Ich erzählte ihr von den
Filmen, die ich gerade gesehen hatte. Ich sprach ein wenig über
die Filme von Claude Sautet, versuchte ihr über Romy Schneider
zu erzählen. Ich erwähnte Bergman, Buñuel, Saura... Ich war
dabei, so langsam ›meinen inneren Norden‹ zu entdecken, und
frage mich, was und wen ich in Max von Sydows ›Die Stunde des
Wolfs‹ gesehen habe. Ich fragte mich, was in dem Film ›La Belle
de Jour‹ der Asiate Catherine Deneuve in jenem Kästchen zeigt
und warum mich das Kind in jenen Szenen in seiner Einsamkeit
so tief beeindruckt hatte... Ich konnte die Blicke des Kindes in
dem Film nicht vergessen und das Lied, das es sang oder immer
singen wollte. Ich dachte an die Szene, in der sich Catherine
Deneuve in Unterwäsche aufs Bett legt und aus ihrem Höschen
ihre Schamhaare hervorschauen. Und auch die Szene war unvergeßlich, in der Liv Ulmann mit ihren wunderbaren Blicken sagt,
daß Menschen, die jahrelang zusammenleben, eines Tages anfangen, einander zu gleichen... Danach kam Isabelle Adjani an
die Reihe. Ich wollte auch von Polanskis ›Der Mieter‹ erzählen.
Doch... Ich mußte an einer Stelle einhalten... Schließlich erlebte jeder auf eigene Weise ein ›anderes Kino‹... Wie sollte ich
sonst erklären, daß wir es für nötig befanden, eine Weile zu
schweigen und uns gegenseitig unser Schweigen spüren zu lassen?... Ich konnte die Parenthese schließen und wieder zu der
Zeit zurückkehren, die ich verlassen hatte... Dafür war eine Bewegung nötig. Eine Bewegung oder ein Wort... Dieses Wort
versuchte ich auf einem Weg zu finden, den ich davor schon viele
Male gegangen war.... Ich sagte: »Vermutlich wird es in ein paar
Tagen tüchtig schneien... Erinnerst du dich? Vor Jahren... Wir

haben uns in einem Chopin-Konzert getroffen... Berti und Juliette waren auch da... Anita auch... Doch du kennst Anita nicht... Du hast Anita nicht gekannt... Ich werde dir eines Tages von ihr erzählen... Eines Tages... Wenn ich den Mut gefunden habe, dir wirklich von ›jenem Ort‹ zu erzählen, was ich dort erlebt habe...«

Sie schwieg weiter, als hörte sie nicht, was ich sagte. Sie schaute aus dem Fenster. Das Leben floß auf der Gasse weiter dahin wie in anderen Gassen, in anderen Erzählungen, mit Ball spielenden Kindern, mit Straßenverkäufern, die Joghurt und Sesamkringel anboten, und den Nachbarinnen, die sich hin und wieder etwas zuriefen. Doch ich glaube, sie ›sah‹ das alles gar nicht mehr. Das Licht des untergehenden Tages fiel auf ihr Gesicht. Sie war sehr alt geworden... Schließlich sagte sie: »Die Filme haben sich verändert, sehr verändert...« Diese Worte kamen wie ein Flüstern zwischen ihren Lippen hervor...

Danach gab sie mir ein Hochzeitsgeschenk für Rozi. Ein ungeschickt eingepacktes Geschenk, dem man anmerkte, daß es mit Sorgfalt aufbewahrt worden war... Es war eine nachtblauer Bettüberwurf aus Satin aus alten Tagen, gebraucht, aber immer noch schön. Ein Blau, das an ein altes, verlorenes Meer, an die Meere der Filme, der Abenteuerwelten, der fernen Länder erinnerte... Ein Traum von Unendlichkeit... Ich sagte: »Rozi wird diese Decke sehr lieben... Sie war nämlich am traurigsten darüber, daß du nicht zur Hochzeit gekommen bist.« Zum erstenmal lächelte sie und sagte: »Es tut mir nicht leid, daß ich jenen Abend, jene Feier nicht erlebt habe. Aber ich wäre zum Friseur gegangen, um mir die Haare färben zu lassen, und hätte das rote Kleid, das ich schon seit Jahren nicht mehr getragen habe, anziehen können... Wenn ich den Saal betreten hätte, hätten alle mich angeschaut... Ich wäre so schön gewesen wie Merle Oberon... Sie haben mir meinen Traum gestohlen, ihn mir weggenommen... Das tut mir am meisten weh...« Nicht wie Merle Oberon zu sein... Das war ihre letzte Enttäuschung... Die letzte Enttäuschung, von der ich weiß...

Wir sollten uns nicht mehr wiedersehen.

Als sie starb, war ich im Ausland. In ihren letzten Augenblicken war Juliette bei ihr. Als der Tod nahe war, wusch sie sie ...

Wie ich vermutet hatte, liebte Rozi die Decke sehr, doch soviel ich weiß, konnte sie sie nicht ›lange genug‹ erleben ...

Berti gehörte zu denen, die über Tildas Tod sehr traurig waren.

Monsieur Jacques sagte bei der Todesnachricht: »Möge ihr Gott ihre Verfehlungen vergeben. Wir kommen auch an die Reihe ... Das ist Bestimmung.«

Eines Tages fragte ich Juliette sehr verlegen, ob sie in ihren letzten Momenten etwas über mich gesagt hätte, etwas, das ich wissen müßte. »Nein«, sagte Juliette, »Sie hat nichts dich Betreffendes gesagt ... Nur ... Nur ›draußen schneit es heftig. Alles ist weiß ... ganz weiß ...‹ Das hat sie an einem Junitag gesagt ... Wieder einmal hat sich ihr Leben an einem ganz anderen Ort abgespielt ...«

Sie hinterließ mir nur das alte Teeservice. Jenes Teeservice, das Zeuge der Stunden war, die ich niemals vergessen werde, das mich in meinen schwersten Tagen an die Menschen, die Kinos, die Leinwand der Träume erinnert, die für viele Menschen wirklicher ist als die Wirklichkeit; das Teeservice, das zu meinen wertvollsten Dingen gehört und jetzt auf eine besondere, ganz besondere Erzählung wartet ...

Um darauf zu kommen, daß ich sie ›Tante‹ Tilda nannte, obwohl wir gar nicht verwandt waren ... Ich erinnere mich jetzt nicht mehr, wann, wo, warum das begann. Doch ich bin völlig sicher, daß es ihr auch gefiel. Es war ein Spiel, in dem die Spieler bis zuletzt aus ganzer Seele an ihre Rollen glauben. Letztlich brauchen viele Menschen, wenn sie älter werden, einen jungen Menschen, der sie versteht oder wenigstens den Eindruck des Verstehens vermittelt, während viele junge Menschen heimlich irgendwo das Bedürfnis nach einer alten Tante nähren, um besser an die Zukunft glauben zu können ... Der Erfolg des Spiels beruht wahrscheinlich auf der gegenseitigen stillen Übereinkunft. Es wäre in jenen Tagen natürlich auch möglich gewesen, sie nicht

Tante Tilda, sondern nur Tilda zu nennen. Es schien mir aber, als
mochte sie diese Worte, diese Bilder, die Gespräche mit einer
solchen Anrede... Ich muß also daran denken, wenn ich ihre
Erzählung eines Tages schreiben werde, daß ich dieses Detail
nicht unbeachtet lasse... Es gab auch einen Weg, Tante Tilda
anders als in der Rolle der Tante mit einer anderen Identität
wiederzugeben... Ich glaube, dieser Weg ist den meisten von
uns verborgen und einer der Wege, den man bis zuletzt schützen
will. Es gibt einen Weg, der sich ins Dunkle öffnet, in unser
Dunkel... Es scheint mir, als könnte ich dort etwas berühren...

Im Blau eines Gesanges

Manchmal wollte ich in der Erzählung, die ich über Berti schreiben wollte, irgendwo einen kleinen Scherz mit ihm machen. Für
diesen Scherz mußte ich ihn, das heißt sein Bild in meiner Erinnerung, mit der Frau, von der ich nicht weiß, wie ich von ihr
sprechen soll und die mir einen der schönsten Winkel der Stadt
geschenkt hat, an einem Abend auf dem Balkon der kleinen
Wohnung mit Bosporusblick zusammentreffen lassen. Es war eine Frau, die mich in ihren Büchern auf den Weg nicht nur zu dem
Gefühl der Einsamkeit geführt hatte, sondern auch zu vielen
Möglichkeiten, zu unerwarteter Freude und, noch wichtiger, zu
der auf spätere Zeiten verschobenen Hoffnung. Mit anderen
Worten sollte die Begegnung in einer ›Schrift‹ ihren Ort finden,
ihre ›Gesänge‹ hervorbringen, wenn ich von den Assoziationen
ausgehe, die die Fotos in mir erwecken. Es war ein kühler Sommerabend; der Himmel färbte sich rosa und das Meer dunkelblau, und die Lichter der Stadt fingen langsam an zu leuchten.
Ein kühler Sommerabend, der den Lärm und die Gerüche der
Stadt weit hinter sich lassen wollte... So bekam die Erzählung
von den ersten Zeilen an eine poetische Atmosphäre...
    Da wir vom Bosporus reden, hätte ich auch von einem Schiff
sprechen können, das den Eindruck machte, als käme es von weit,

sehr weit her, und das ganz langsam an uns vorüberzog, mit Menschen an Bord, die wir nicht kannten und niemals kennen werden. Dieses Bild hat mir an anderer Stelle sehr geholfen, andere Abende zu beschreiben. Auch dort waren Schiffe, die aus der Ferne kamen und in die Ferne fuhren... Ich weiß auch, daß dies eine alte Legende ist für Menschen, die nur an die Küsten mancher Meere kommen können. Eine alte Legende, die sich von verschiedenen Worten in verschiedenen Sprachen von verschiedenen Sonnenaufgängen nährt.

Zweifellos mußte das Haus, das ich mir für Berti in dieser Geschichte ausdenke, ein lebendiges Haus sein, genauer gesagt, ein Haus, das in jemandem lebte. Ein Haus, das, anders als andere Häuser, ganz persönlich in jemandem lebte, das in anderen Zeiten mit anderen Menschen geatmet hatte, das die Frau von ihrer Familie mit allen seinen Erinnerungen, Stimmen, geheimnisvollen Gerüchen und Schatten übernommen hatte, das sich einem Fremden nicht so leicht erschloß, ein Haus, das von einem anderen niemals ganz in Besitz genommen werden konnte... Berti sollte in seiner crèmefarbenen Leinenhose, seinen italienischen, leicht ins Bordeaux spielenden Schuhen aus dünnem Leder und seinem, über einem roten Seidenhemd getragenen Angorapullover in Preußischblau, mit seiner Uhr Marke Patek Philippe und dem emaillierten Feuerzeug von Dupont in einer solchen Umgebung den lange ersehnten Auftritt erleben. Man konnte sich vorstellen, daß ich die Frau in dieser Situation ein leichtes ausgeschnittenes Baumwollkleid aus ›şile bezi‹ tragen ließ, das im Gegenlicht alle Konturen ihres Körpers zeigte; um den Hals ein Band mit Steinen in einem verschossenen Kirschrot, an den Armen ein paar Silberreifen. Das Band mit den Steinen in verschossenem Kirschrot natürlich, damit der Anblick nicht allzu gewöhnlich, konventionell ausfiel. Und um den Eindruck zu erwecken, daß das Band eine Geschichte hatte... An diesem Abend würden sie später schluckweise Raki auf Eis trinken. Da es nun einmal ein Sommerabend war, sollten Honigmelonen und Mirabellen, etwas weißer Käse und ein paar Nüsse auf dem

Tischchen stehen. Gegen was hättet ihr in dieser Situation den Geruch aus Meer und Alkohol eintauschen wollen? Die Frau sollte etwas mehr als Berti trinken. Denn sie war eine Schriftstellerin... Zudem mußte sie zeigen, daß sie mehr litt, weil sie sowohl Schriftstellerin als auch Frau war, und weil sie es auf sich genommen hatte, allein zu leben... Zweifellos dürfen diejenigen, die davon träumen, eine solche Szenerie zu erleben, die Musik nicht außer acht lassen. Musik regte in manchen Momenten die Erotik an. Meiner Ansicht nach muß man hier nach dem Detail suchen, daß die Musik, um wirklich tiefzugehen, je nach dem Verlauf des Gesprächs manchmal so laut sein muß, daß sie in den Ohren dröhnt. In dieser Phase können wir darüber nachdenken, was uns die Vorlieben bringen. In der Lage müssen einem wohl zuerst einmal Billie Holiday, Aretha Franklin oder Ella Fitzgerald in den Sinn kommen. Doch ich möchte ihnen lieber Elvis Presley vorschlagen. Eins von den ernsten, langsamen Stücken von Elvis Presley... Entgegen allen Forderungen der guten Erziehung, die sie hinter sich gelassen haben... Denn ›Are you lonesome tonight‹ war der Schlager, der am ehesten geeignet schien für diese Momente, in denen wir versuchten, uns festzulegen, wahrzunehmen, zu verstehen oder uns auf unsere Weise zu erschaffen.

Doch wir wollen vermeiden, die Einheit des Bildes zu zerstören. Insofern mußte Elvis im Laufe der Nacht auch noch seine anderen Schlager singen. Soll er sie nur singen. Wenn wir uns langweilen, können wir auch Leonard Cohen auf den Plattenspieler legen. Zur Erinnerung ›Suzanne‹ oder ›Bird on the Wire‹. Was den Inhalt des Gesprächs betrifft... Es ergäben sich ein paar neue, kleine Wege, wenn die Frau von ihrem letzten Roman spräche, an dem sie gerade schrieb, und von ihrem jungen Schriftstellerkollegen, der in einer Erzählung sie selbst beschreiben wollte, mit einem etwas geheimnisvollen Gefühl weil er ein paar Schritte nicht tun konnte und sie wahrscheinlich auch niemals tun würde, oder von den Erinnerungen, die mit der alten Wanduhr in ihrem Haus verknüpft waren. Berti hingegen würde von seinen Unstimmigkeiten mit seiner Tochter und seinem Vater, von seinen Studentenjahren in Cambridge, von seinem wachsenden Wunsch, seinen Bruder zu sehen, trotz der dazwischenliegenden Zeit und allem, was geschehen war, von seinem Interesse für Antiquitäten, der Unzufriedenheit mit seiner Arbeit und von den Fotografien, die er auf seinen Geschäftsreisen gemacht hatte, sprechen... Gerade zu dieser Zeit würde ich an die Tür des Hauses klopfen. In der Hoffnung, zu so einer Zeit an so einen Ort vorzudringen... Nicht nur, um an die Tür einer neuen Erzählung zu klopfen, sondern um meinen Protagonisten zu überrumpeln und zu verunsichern. Es handelte sich um ein Spiel, und man konnte weder seine Entwicklung und sein Ende ahnen, noch wie es erlebt werden würde... Ich würde meine Absicht verwirklichen. Bertis Gesicht würde Unbehagen und Mißfallen ausdrücken, weil sein ›Geheimnis‹ verraten war. Die Frau hingegen versuchte mir, angesichts der unerwarteten Unterbrechung der Erzählung, in der Küche ein wenig ärgerlich und mit gedämpfter Stimme ihre Gefühle, die sie eigentlich lieber verborgen hätte, mitzuteilen. Ich hatte die Abmachung gebrochen. Es war nicht die Rede davon gewesen, daß ich von ihr in dieser Weise in einer Geschichte erzählte. Alle Möglichkeiten waren darauf begründet, daß erzählt wurde von einer geheimen Beziehung zwischen einer Frau, die einen wesentlichen Teil ihres Weges schon hinter sich hatte und die sich in die Einsamkeit zurückzuziehen beschlossen hatte, und einem jungen Schriftsteller, der noch am Anfang seines Weges stand, beziehungsweise glaubte, noch einen langen Weg vor sich zu haben, und der einen Roman über die Abenteuer einer Familie über sechzig Jahre hinweg zu schreiben versuchte. Die Frau und der junge Schriftsteller würden in diesem Haus in dieser Umgebung über andere Romane, an die sie sich erinnerten, diskutieren. Mit anderen Worten würde sich der Roman ganz langsam im Laufe dieser Gespräche entwickeln. Ganz langsam und mit Geduld... Um bestimmte Punkte des Lebens irgendwie zu berühren... Wie alle Beziehungen, besonders die Liebe, unsere Worte, für die wir einen neuen Platz finden wollen, unsere Rufe und heimlichen Gespräche erst dann

Leben finden, wenn sie sich durchdringen mit anderen Worten, Rufen, heimlichen Gesprächen... Doch leider hatte ich mich trotz aller Vorbereitungen und der gegenseitigen Versprechungen auf den Weg zu einer anderen Erzählung gemacht. Dieser Verrat war unrecht von mir. Es war auch unrecht von mir, eine solch schlechte Erzählung zu schreiben. Ich würde schon sehen, daß ich trotz aller Anstrengung auf diesem falschen Weg ab einem bestimmten Punkt nicht mehr weiterkäme. Denn diese Erzählung hätte einen unglaubwürdigen Aspekt. Diesen Aspekt würde man jedoch erst nach längerer Zeit sehen. Nach längerer Zeit oder nachdem sich einige Hoffnungen unnötig erschöpft hatten... Das könne sie spüren. Es gab Dinge in ihrer Vergangenheit, die ihr etwas zuflüsterten, Dinge, die man erst verstehen konnte, wenn man sie erlebt und manche Verluste gewagt hatte... Ich würde dem nicht viel erwidern und mich damit begnügen zu sagen, ich hätte ein Spiel ausprobiert. Wir würden auf den Balkon zurückkehren, den Ort, wo diese Erzählung begonnen hatte, so als ob wir über nichts gesprochen hätten. Auf diese Weise würden wir uns noch einmal als ›Komplizen einer Schuld‹ treffen, im Andenken an diese alte Phantasie. Doch würden wir über die Beziehung, über diese verwickelten Beziehungen nicht noch einmal sprechen und den Gedanken, diesen Roman zusammen zu schreiben, in jener Küche aufgeben; ich müßte ihn aufgeben. Sie wollte mich bestrafen, indem sie sich vor mir in acht nahm. Das war ihr ›weibliches‹ Gesicht in mir...

Berti würde sich an diesem Abend – und infolgedessen auch in diesem Text – ein wenig lebendiger fühlen, die Frau würde mir ab und zu verstohlene Blicke zuwerfen, um meinen Fortschritt in diesem Text noch besser zu beobachten, und ich würde durch meine Blicke und möglichst durch Schweigen zu signalisieren versuchen, daß ich das Spiel weiterführen wollte und dabei alle Ergebnisse und Konsequenzen in Kauf nehmen würde. Berti sollte diese verbotene, verwirrende Beziehung erleben. Er hatte durch seine lange Geschichte in mir dieses ›kleine Geschenk‹ mehr als verdient. Ich hatte mich als Schriftsteller irgendwie immer verpflichtet gefühlt, ihm so einen Abend zu schenken. Ja, Berti sollte diese ›verbotene‹, verwirrende Beziehung mit allen Träumen und Grenzen erleben…

Fotografien leben

An den Abenden, an denen wir zusammen aus dem ›Laden‹ kamen, versicherten wir einander oft wie zur Rechtfertigung, daß es schwer sei, ein *dolmuş* nach Nişantaşı zu finden, so daß wir lieber bis Karaköy liefen und von dort mit der Tunnelbahn, der ›kleinsten Metro der Welt‹, nach Beyoğlu hinauffuhren. Danach blieben wir vor Geschäften mit Frauenkleidung stehen und schauten lange in die Schaufenster. Berti fragte mich nach meiner Meinung zu diesen Kleidern. Ich verstand. Ich verstand, aber ich teilte ihm meine Gedanken in einer Weise mit, als merkte ich nichts. Dieses Spiel mußte so gespielt werden… Das war alles für Berti… Ich wollte für Berti, daß er sein ›verlorenes Paradies‹ – und sei es nach Jahren – wiederfinden sollte. Doch leider waren auch meine Möglichkeiten, Kompetenzen begrenzt. Denn zuerst einmal mußte ich an mich selbst glauben, wenn ich dieses Spiel spielen beziehungsweise in dieser Erzählung vorankommen wollte. Vielleicht deswegen mußte ich nach einer Weile einsehen und zugeben, daß ich auf diesem Weg trotz aller Bemühungen nicht wie gewünscht reüssierte, meiner Laune nicht weiter folgen konnte. Als hätte sie ein weiteres Mal bewiesen, daß sie recht hatte, lächelte diese Frau von ihrem versteckten Platz, von unserem besonderen Platz aus über mich, genauso wie bei den früheren in mir zurückgelassenen Erzählungen.

Es fiel mir mit jedem Tag schwerer, Berti längere Zeit in dieser Erzählung festzuhalten. Denn solange ich die Frau in meiner Phantasie nicht von einem Mann wie Berti aus einem großen Schmerz, einer Enttäuschung retten lassen wollte, konnte ich mich dem Gedanken, daß sie so eine Beziehung eingehen würde, vielleicht auch aus meiner Erfahrung heraus, irgendwie nicht nähern. Natürlich hatte sie Enttäuschungen erlebt, sie war eine besondere Frau. Sie konnte besser als viele andere Frauen sehen, wie und von wem manche Menschen verletzt worden waren. Ich weiß, daß die Schritte, die bei Beziehungen zu tun sind, vorher nicht festliegen, nicht festgelegt werden können, daß ein Herzensabenteuer durch unerwartete Häfen und Stürme Bedeutung gewinnt. Doch trotz allem hatte sie meiner Ansicht nach in einer ganz anderen Erzählung einen ganz anderen Platz. Denn sie erwartete von mir einen neuen, anderen Satz, einen Satz, der noch nie gesagt, noch nie geschrieben wurde... Denn in mir war eine geheime Wärme, die sie erzeugt hatte. Sie war momentan weder so gealtert, noch hatte sie ihre Anziehungskraft verloren, so daß es überhaupt keinen Grund gab, einen Mann unter großen Opfern für sich zu gewinnen und infolgedessen derartig gut zu sein... Kurz gesagt war ihr Protest, war das, was sie in der Küche gesagt hatte, zum Teil richtig... Was nach dieser Phase kam, gehörte uns. Deswegen saßen wir nach diesem Abend noch viele Abende miteinander auf jenem Balkon. Noch viele Abende, miteinander... Wie es von Anfang an erträumt worden war... Wir sprachen über den Roman, den ich schreiben wollte. Es kommt mir vor, als ob Berti ihr in diesen Augenblicken etwas näher war. Manchmal ist es ja viel leichter, in Träumen zu leben als in der Wirklichkeit... In jenen Tagen haben wir jene Erzählung wohl geschrieben, ohne es richtig zu merken... Es war aber eine Erzählung, die zu Papier zu bringen ich bis heute nicht den Mut hatte... Denn zwischen uns stand immer noch der eine Satz, den ich nicht schreiben, nicht finden konnte... In jenen Tagen fragte ich mich, ob manche Worte jemals ihren richtigen Platz finden würden. Heute nun ist es an der Zeit, diese Frage noch einmal zu stellen. Die Frage ist bislang unbeantwortet. Ich bin aber geneigt, auf die Zeit zu vertrauen. Geneigt, noch einmal auf die Zeit zu vertrauen, noch einmal daran zu glauben, durch diese Aufschübe zu mir selbst zu kommen mit allen meinen Selbsttäuschungen, Lügen, Ausflüchten, der Verschlossenheit... Darin lag einer der wichtigsten Gründe, weshalb ich glaubte, Bertis Freundschaft zu brauchen. Ich erinnerte mich an ihn an einem dieser Abende in einem völlig unerwarteten Augenblick. Vielleicht hätte an jenem Abend auch er einen kleinen Platz haben können. Doch ich zog es später vor zu schweigen, wieder einmal einen ›Verrat‹ auf mich nehmend. Die Erzählung widersetzte sich wieder einmal. Damals mußte ich mich an die Zaghaftigkeit erinnern, die Bertis Leben bestimmte. Es war, als hätte er jenes kleine Paradies oder die Möglichkeit dazu vor vielen Jahren in seiner Studentenzeit in Cambridge verloren. Meiner Ansicht nach dachte er mit Bedauern an die Stadt und sein unvergeßliches ›Zimmer‹, das er dort zurückgelassen hatte. Ein ›Zimmer‹, das er nie vergaß und das er trotz aller Aufrufe, trotz allem Erlebten nicht wirklich ertragen konnte… Um dieses ›Zimmer‹ nur auch ein bißchen sehen zu können, muß man zweifellos seine Geschichte kennen. Er hatte wohl auch deswegen nur wenigen Menschen von jenen Tagen erzählt, erzählen können. Ein wenig auch deswegen… Um so wenig wie möglich ›dorthin‹, in jenes ›Zimmer‹ zurückkehren zu müssen… In der Hoffnung, einer möglichen Rechenschaft besser entfliehen, ausweichen zu können… Doch wir hatten ja unsere Wanderungen vom Tünel zum Taksimplatz.

Heute bedeuten mir jene Wanderungen viel mehr als jene Phantasieerzählungen. Ich glaube, diese Wanderungen ließen in uns einen ganz persönlichen Weg entstehen. Auch wenn jener Weg heute mit anderen Steinen gepflastert ist, und auch wenn er uns nicht mehr kennt… Auch wenn wir jetzt an anderen Ufern, in anderen ›Zimmern‹, Sätzen existieren… Wo ist diese Vergangenheit geblieben, bei wem, wie, mit welchen Stimmen? Nach dem, was er sagte und wie er sich verhielt, gehörte ich zu den wenigen Menschen, die ihn verstehen konnten. Dieses Vertrauen sollte mich zu einer unendlich langen Erzählung führen, die jahrelang in einer geheimen ›Schublade‹ am Leben gehalten wurde. Sie war – wie ein paar unvergeßliche Geschichten, die den Menschen zum Gefangenen einiger Bilder machen – eine traurige Geschichte. Das wurde mir auf einer unserer langen Wanderungen durch die Stadt klar. Er wollte sich trotz aller

Irrtümer niemals von seiner Geschichte trennen... Niemals, trotz aller Irrtümer und Mängel... Denn er war überzeugt, einen wichtigen Teil seines Lebens dort gelassen zu haben. Er wollte erzählen und sich ein wenig auch als Held dieser Geschichte zeigen. Er wollte erzählen, um noch einmal jemanden in jenem ›Zimmer‹, auch wenn es in einem fernen Land war, zu Gast zu haben... Erzählen, erzählen können... Auch wenn sich für solch ein Abenteuer nicht immer die richtigen Worte fanden... Er konnte sowieso nur einen Teil seiner Erzählung sehen. ›Der andere Teil‹ würde mir zu unerwarteter Zeit an einem unerwarteten Ort von ›jemand anderem‹ zugebracht werden und mein Geheimnis bleiben. Was ich eines Tages – innerhalb einer kleinen Parenthese – erfuhr, würde ich ihm niemals sagen. Warum tat ich das? Warum entschloß ich mich, eine Realität, die eine ganz andere Tür zu der Erzählung hätte öffnen können, vor ihm zu verbergen? Wollte ich vielleicht im Namen seiner Erinnerungen nicht glauben oder erschien es mir richtiger, nicht zu glauben, was mir Jahre später ein Mensch zubrachte, der wie ein Gast in unser Leben trat und wieder verschwand? Vielleicht. Aber ich wollte wahrscheinlich ›durch den Verrat‹ an unserer Freundschaft, unserer Vertrautheit diese Erinnerung bewahren. Es tut mir nicht leid. Denn so lebt wenigstens sein Teil der Erzählung, der dem entspricht, was er, wir, solche wie wir erleben...

Den eigenen Morgen erleben

Berti hatte sich entschlossen nach dem Abschluß der englischen High School in Istanbul nach Cambridge zu gehen, um Politikwissenschaft zu studieren. Diese Wahl ging entscheidend auf den Einfluß des allseits beliebten Philosophielehrers mit marxistischen Neigungen, Mr. Page, zurück, der, wie erzählt wurde, in der Klasse heftige Diskussionen zu ›Lebensfragen‹ auslöste. Mr. Page war nach dem Bild, das mich erreichte, ein hochgewachsener ›Lebemann‹ mit roten Wangen und rötlichen Haaren, der viel trank und seine Umgebung durch seine enorme Trinkfestigkeit verblüffte. Zum Beispiel trank er einmal im Winter auf einer Party aufgrund einer Wette zweiundvierzig Flaschen Bier und warf sich dann in die eiskalten Fluten des Bosporus, wo er minutenlang herumschwamm. Er versuchte die Schüler für das Krikketspiel zu begeistern, indem er es ausschmückte mit Erinnerungen an seine Jugend, als er professionell gespielt hatte; und anstelle des Unterrichts ließ er die Schüler manchmal Elgar hören. Er verbrachte viele Jahre in Istanbul. Nur einmal im Leben habe er sich wirklich in eine Frau verliebt, verlieben können, verriet er einigen seiner liebsten Schüler an einem Abend, als er mit ihnen in die Çiçek Pasajı ausgegangen war. Sie waren zu diesem Abendessen gegangen, obwohl am nächsten Tag die Prüfungen stattfanden. Mr. Page hatte gesagt, sie könnten sich auf die Prüfung auch durch ›Diskussionen‹ beim Essen vorbereiten. Und so war es denn auch. Nachdem sie die zu behandelnden Themen unter Alkohol diskutiert hatten, bestanden sie die Prüfung mit Glanz, ohne in ein Buch geschaut zu haben.

Sie hatten ihn mit ›jener Frau‹ ein paarmal in Nişantaşı gesehen. Soviel sie herausbekommen und verstanden hatten, lebte die Frau in London, kam zwei- bis dreimal im Jahr nach Istanbul und reiste jedesmal nach ein paar Tagen wieder ab. Dann erfuhren sie bei einem anderen Abendessen, als sie ihren Abschluß feierten, daß die Frau mit einem sehr berühmten Politiker aus der Labour Party verheiratet war. Jahrelang hatten die beiden schon so gelebt. Es schien, als würde es auch in den nächsten Jahren so weitergehen. Um so die Aufregung der ›Heimlichkeit‹ stets und nachdrücklich zu erneuern, auch wenn sie sich wandelte und in der Stärke nachließ... Vor etwas fliehen und das Gefühl der Flucht erleben... In anderen Klimazonen, Städten zu leben wissen, es mindestens zu versuchen wagen... Den eigenen Morgen leben, trotz der Morgen der anderen... Sie konnten diese verbotene, aber irgendwo unerschöpfliche Liebe nur auf diese Weise ertragen. Er würde von Istanbul weggehen. Er brauchte eine andere Stadt, eine neue Flucht. Um Gefangener einer anderen

Stadt, einer anderen Flucht zu sein... Ein paar Tage nach diesem Gespräch kündigte Mr. Page seine Stelle und sagte seinen Schülern, er habe in Sri Lanka eine neue Arbeit gefunden. Er würde noch einmal eine weite Reise auf sich nehmen, eine lange Reise der Sprache und des Gefühls... Das Leben konnte nur durch solche neuen Atemzüge Sinn erlangen. Zudem würde er dort etwas näher an Nepal, an Tibet sein, denen er sich aus unterschiedlichen Gründen, über die er nicht sprechen konnte, sehr nahe fühlte. Sie, seine Schüler, schwiegen gegenüber dieser Begeisterung, den Gefühlen, die in ihnen angesichts dieser Begeisterung erwacht waren, und sie wanderten noch einmal durch die Träume ihres Lehrers, aber sie konnten irgendwie nicht an diese Reise glauben. Ihrer Meinung nach kehrte dieser Mann, der sie so viele Gedichte zu lesen gelehrt und alles in seinen Kräften Stehende dafür getan hatte, das Leben wie ein Gedicht zu leben, nach London zurück. London war seine letzte Station, mußte die letzte Station sein. Jetzt endlich mußte die Gefangenschaft an der letzten Station, in seiner eigenen Sprache erlebt werden...

Diese Erzählung führte Berti noch einmal in die Zeit vor vielen Jahren. Wir erlebten eine von unseren langen Wanderungen. Wir hatten gleich am Eingang der Çiçek Pasajı* zwei Sandwichs mit Peperoni von dem *kokoreç*-Stand gekauft und schnell jeder ein Bier getrunken. Soweit ich mich erinnere, war es ein sonniger Spätnachmittag. Der ›Laden‹ war Zeuge einer seit Jahren erwarteten, durch Enttäuschungen gefütterten Auseinandersetzung geworden, die man nicht noch einmal auf sich nehmen würde, die manche Menschen nur ein einziges Mal auf sich nahmen... Jene Worte hatten endlich ausgesprochen werden müssen. Wir würden noch ein paarmal an anderen Abenden in die Passage gehen, in der Hoffnung, andere Kümmernisse miteinander zu teilen. An jenen Abenden würde ich ›Roketli‹ kennenlernen – das war ein Bier mit einem doppelten Wodka, serviert in einem großen, sogenannten ›argentinischen‹ Glas – und erfahren wie gut *tarator* war und daß gesalzene Nüsse zu Bier paßten. Berti saß am liebsten an den Tischen gleich am Eingang der ›mehrstim-

migen Straße‹, damit man ›leicht wieder rauskam‹. Ich hatte
verstanden. Eines späteren Tages brannten alle diese Tische,
und diejenigen, die diese Momente erlebten, vermischten diese
Bilder auf verschiedene Weise mit verschiedenen Bildern aus
ihrer Geschichte. Einige Jahre später gingen wir wieder einmal
dorthin. Es war, als zögen die anderen Tische jetzt auch andere
Menschen an. Berti erzählte an diesem Abend erstmals von dem
Hummer des Gastwirts Christo. Soviel ich verstand, war er mit
Jerry an anderen Abenden dorthin gegangen... Wir kamen nicht
wieder auf diese Erinnerung zurück...

Monsieur Jacques' erste Reaktion auf den Entschluß seines
Sohnes, eine ausländische Universität zu besuchen, war vorhersehbar, und was Berti auf diese Reaktion erwiderte und erwidern
hätte können, war banal, und doch lagen hinter dem Anschein
von Banalität andere Tatsachen, die man nicht so leicht zur
Sprache bringen konnte. Um diese Tatsachen zu sehen, brauchten wir wie immer Einzelheiten, die uns aus den festen Denk-
schemata befreien konnten. Die Details muß man darin suchen,
daß Vater und Sohn erstmals in ihrem Leben eine echte Auseinandersetzung hatten. Als konnten sie sich jetzt das erste Mal
sehen, es wagen, einander anzusehen. Indem sie sich zum ersten
Mal trauten, mit Gefühlen und Beschlüssen, die nicht vorgeformt
waren, einander gegenüberzutreten. Weil sie einander zum ersten Mal an einer persönlichen Stelle berühren konnten, die sie
geheimgehalten hatten und die sie geglaubt hatten, für immer
geheimhalten zu können... Die Bedeutung jener Szene erschloß
sich mir ohne große Mühe aus den Fragmenten, die mich ab und
zu erreichten. Monsieur Jacques war unzufrieden mit dem Entschluß seines Sohnes und äußerte dies. Wenn man bedenkt, was
er für dessen Zukunft ›geplant‹ hatte, gab es hier nämlich eine
andere Unausweichlichkeit. Natürlich war es wichtig, die Arbeiten im ›Laden‹ eines Tages den dazu bestimmten Leuten zu
übergeben. Nach Monsieur Jacques war nichts dagegen einzuwenden, daß sein Sohn für ein Studium ›nach draußen‹ ging.
Diese Chance konnte er ihm leicht gewähren. Das Problem be-

stand ein wenig in der Wahl... Es war verkehrt, so viele Jahre für ein Wissen zu vergeuden, das man in Zukunft nicht brauchen konnte. Zum Beispiel hätte Berti sich in der Textilbranche für eine noch innovativere Zukunft spezialisieren können. Wie man hörte, gab es sowohl in England als auch in Belgien dafür sehr gute Schulen. Zudem durfte man niemals vergessen, eine andere Sackgasse zu beachten, die mit der ›Programmierung‹, einer geschichtlichen ›Programmierung‹ verbunden war. Was würde Berti machen, wenn er Politikwissenschaft studierte? Was würde er werden nach so vielen Jahren der Mühe? Diplomat, Politiker oder Professor an einer Universität? Wußte er nicht, daß die Verwirklichung sehr schwer sein würde, noch dazu, wenn man seinen Namen bedachte, im Auswärtigen Dienst geradezu unmöglich? Daß er in Cambridge studiert hätte, würde an dieser Tatsache nichts ändern. Sein Name war nun einmal Berti Ventura. Für ihn war in diesem Land, in dem er lebte und dessen Staatsbürger er war, auch wenn man das nicht offen sagte, ein ganz anderer Weg meisterlich ›vorausgeplant‹. Als Monsieur Jacques mit seinem Sohn diese Dinge besprach, war er der festen Überzeugung, einer unangreifbaren Logik zu folgen. Er meinte es ernst und aufrichtig mit seinem Gefühl und mit dem Versuch, es zu sagen, zu erklären. Er schuldete denjenigen, die ihn diese Logik hatten begründen lassen, einen großen Teil seiner Existenz, seiner Lebenseinstellung und seiner Erfahrung. Insofern konnte man von einer Überzeugung sprechen. Diese Überzeugung barg eine Enttäuschung, die sich so nicht leicht wiedergeben, zur Sprache bringen ließ...

Damals setzte sich Madame Roza für Berti ein, und eines Abends sagte sie: »Es ist Enthusiasmus, ein jugendlicher Enthusiasmus. Laß ihn doch gehen und tun, was er möchte, auf jeden Fall kommt er wieder hierher zurück.« Das war zweifellos ein vernünftiger Ansatz. Gut, auch sie war nicht dafür, daß ihr Sohn nach dem Studium der Politikwissenschaft ›Politiker‹ wurde. Und eigentlich glaubte auch sie an die Richtigkeit und Gerechtigkeit dessen, wofür ihr Mann kämpfte. Man mußte diesen Widerstand verstehen. Es reichte aus, den Sohn daran zu erinnern, was sie in den Tagen der Vermögenssteuer* erlebt hatten. Er wußte nichts über den Backofen, das angebliche Krematorium in Sütlüce, aber sie wußten es. Dies alles mal beiseite, der Gedanke, daß er zum Studium in ein fremdes Land ging, bereitete ihr Sorgen. Er würde dort zuerst nicht wissen, wie die Menschen waren, und konnte von ihnen auch schlechte Angewohnheiten übernehmen. Er könnte der Attraktivität der fremden Lebensgewohnheiten der fremden Menschen erliegen. Das waren die Ängste einer Frau, die im fremden Land an einem fremden Ort Wurzeln geschlagen hatte. Die Ängste einer Frau, die nach so vielen Jahren, Menschen und Todesfällen an einem fremden Ort Wurzeln geschlagen hatte... Es war möglich, so etwas zu denken, man mußte diese Ängste, diese Ansichten als normal ansehen. Jedoch trotz aller dieser Möglichkeiten und Gefahren sah Madame Roza mit mütterlichem Gespür, was in jenen Tagen viele Menschen nicht sehen konnten, nämlich daß sich mit der Lösung des Problems auch ein anderes Hindernis leicht und ohne große Erschütterungen überwinden ließ. Sie fühlte, daß ihr Sohn gehen wollte, wenigstens für eine Zeitlang, um seine eigene Hoffnung, seine eigene Zukunft, seine Abnabelung von zu Hause zu schaffen. Sie hatte vielleicht ganz andere Worte für das, was durch dieses Gefühl auflebte und seine Bedeutung an einem sehr persönlichen Ort finden würde. Aber letztlich war es das Gefühl einer Mutter, das großen Einfluß auf die Entstehung der Gefühlswelt ihrer Kinder gehabt hatte. Außerdem wußte Madame Roza, wann man sich zurückhalten mußte. Sie hatte nicht nur in der Beziehung zu ihrem Mann und ihren Kindern, sondern auch zu ihren Geschwistern diesen Punkt gesehen, zu sehen gewußt. Vielleicht lag es an diesem Verhalten und der Herzlichkeit, die sich mit diesem Verhalten verband, daß alle in der Familie ihr vertrauten und in schweren Zeiten Zuflucht bei ihr suchten... Daß sie wußte, wo, für wen, wie sie sich zurückhalten mußte... Zu spüren, bis wohin man in einem Menschen mit diesem Menschen zusammen vordringen konnte... Konnte man in dem Fall die Kraft ihrer Intuition außer acht lassen? Wenn man sich diese Eigenschaft vor Augen hält, hatte Madame Roza über ihre ›Lieben‹ eine geheime Macht, die nicht definiert wurde. Mit anderen Worten wußte sie die Macht in der Hand zu behalten, mit allem, was diese Macht bringen oder nehmen konnte, ohne daß andere dies spürten. Diese ›Macht‹ hatte sie nicht immer in ihrem Leben einsetzen können, um die Entwicklung mancher Angelegenheiten zu beeinflussen, doch zumindest vertraute sie, wie viele andere, auf die Zeit, hörte nicht auf zu vertrauen. In meinen Augen war dieser Glaube ihr wichtigster Wegweiser bei jenen kleinen Toden...

Berti hörte von seinem ›Zimmer‹ aus zu, wie seine Eltern in ›ihrem Zimmer‹ über seinen ›Wunsch zu gehen‹ diskutierten. Diese Diskussionen fanden immer nachts statt, in jenen privaten oder für privat gehaltenen Augenblicken, wenn man manche Gefühle leichter ertragen zu können glaubt. Die ›Macht‹ wurde in jenen Nächten aufs neue erprobt, war zu spüren, und, wichtiger noch, sie machte sich bemerkbar. Inmitten dieses ›Streits‹ fand Berti ein weiteres Mal in seiner Mutter ganz unerwartet eine vertrauenswürdige Freundin und Beschützerin. Ein wenig später ebneten sich die Wege. Zweifellos wurden diese Wege damals in diesem Haus, wenn man den geschichtlichen Hintergrund bedenkt, in anderer Weise, mit anderen Erinnerungen, Menschen und Assoziationen erlebt. Dieser Streit war, soviel ich verstanden hatte, Bertis erste große Auseinandersetzung. Berti war überzeugt, auf dem Weg zu einer Hoffnung zu sein. Es war das Jahr 1954. Jerry war erst vierzehn Jahre alt. Am meisten freute dieser sich über die Entwicklung. Und Berti sehnte sich in Cambridge am meisten nach ihm...

In den Wassern einer Zuflucht

Was Berti von Cambridge erzählte, war wie aus einem kleinen Märchen übriggeblieben. Ein Cambridge aus einem kleinen Märchen, das er im Laufe der Jahre nicht zu vergessen versuchte, trotz allem, was er erlebte, oder wegen dem, was er erlebte … An dieser Stelle möchte ich mich noch einmal daran erinnern, daß ich für diejenigen schreiben wollte, die mit ihren Märchen leben, zu leben versuchen, die aus den unvergessenen Städten und Menschen ihres Lebens jeweils ein kleines Märchen erschaffen. Odessa, Alexandria, New York, Istanbul, Wien, Paris, Colombo, Rio, London … Es gab Märchen über diese Städte, die jene Menschen bis an ihr Lebensende bewahrt hatten … Diese Märchen lebten für diese Menschen, sie mußten für diese Menschen neu belebt werden … Nun, da die langen Wanderungen mit Berti durch die Stadt schon lange zurückliegen, kann ich nicht mehr so einfach sagen, mit welchen Bildern sein Cambridge-Märchen für mich Bedeutung bekam. Ich vermute, das Märchen rief uns beide von verschiedenen Orten und Zeiten zu derselben Erzählung hin. Doch um die Erzählung zu verstehen, muß man den historischen Ablauf kennen … Das Märchen, das Berti von Cambridge nach Istanbul mitbrachte, hat seine Wurzeln im unsichtbaren Zusammenbruch eines Traums. In dem Märchen begegnet eine Stadt einem jungen Mann, der einen Schritt auf eine ganz neue Hoffnung hin tut. Wir bemühten uns, in jenen Gassen leise zu gehen, ohne den anderen Bescheid zu geben, noch wichtiger aber, ohne jemanden zu stören … Er kam in der Stadt an einem Herbsttag nach einer gar nicht so langen Zugfahrt an. Zuerst wohnte er in einem kleinen Hotel. Das Hotel wurde von einem interessanten Mann mit einem ›seltsamen Akzent‹ geführt. Bald darauf stellte sich heraus, daß das ›Seltsame‹ daher kam, daß der Mann schottische Wurzeln hatte. Doch noch interessanter, daß der eigenartige Hotelbesitzer sagte, er sei ein ›verkannter‹ Professor für Astrophysik. Drei Tage nach seiner Ankunft lud er Berti in sein Zimmer ein. Im Zimmer stand ein großes Teleskop. Die Wände waren vollständig mit Berechnungen und Formeln auf weißem Pappkarton bedeckt. Der Mann sagte immer wieder: »Eines Tages werde ich den entferntesten Stern entdecken. Ich werde den Stern sehen, den niemand sehen kann.« …

Nachdem er kurz in dem Hotel gewohnt hatte, zog Berti in

Cambridge in sein Zimmer im Studentenwohnheim ein. Das Zimmer war eins der ›alten‹ Zimmer des ›Colleges‹... Es war groß, hell und hatte einen Kamin... Mit der Zeit lernte er auch, den Kamin anzuzünden. Die kalten Winternächte, in denen er lange Stunden vor den Flammen saß, waren etwas ganz Besonderes, das er nie mehr vergessen würde. In diesem Zimmer verlebte er lange, sehr lange Nächte. Lange Nächte voller Warten, Selbsterforschung, Auseinandersetzung, Einsamkeit und Zweisamkeit... Die Stadt verlangte solch eine innere Wanderung von denjenigen, die für eine bestimmte Zeit in ihren Zimmern bleiben wollten. Und die Zimmer, die Stimmen waren für die Schatten da, die in ihnen blieben, bleiben mußten. Wollte Berti etwa erfahren, wer vor ihm das Zimmer bewohnt hatte, was von diesen Leben und Abschieden darin zurückgeblieben war? Ich habe, um ehrlich zu sein, nicht daran gedacht, an unseren Abenden diese Frage zu stellen. Dieselbe Frage wäre angebracht gewesen, als Berti sich nach einigen Tagen in der neuen Stadt für seine ›langen Ausflüge‹ ein gebrauchtes Fahrrad kaufte. Was ich in bezug auf jene Tage sehen konnte, war, daß das Fahrrad in ihm die Sehnsucht erweckte, auf dem Weg zur Freiheit zu fahren. Die Sehnsucht, zur Freiheit zu fahren... Ein Symbol der Freiheit...

Fliehen, nur fliehen... Als gäbe es dort ein neues Leben. Als lebten an anderen Orten andere Leben. Als könnten in anderen Nächten andere Farben, andere Gerüche, ein anderer Atem zu finden sein... Es gab so viele Menschen, die sowohl in jenen Tagen als auch vor und nach jenen Tagen diesem Traum, dieser Lüge glaubten... Viele Menschen wollten ebenso wie Berti in diese ›anderen‹ Leben mit neuer, erneuernswerter Hoffnung eintreten... Vielleicht um das Andersartige zu suchen, um sich womöglich von dem ›inneren‹ ›vielstimmigen Tod‹, der nach außen hin nicht zu hören war, zu retten, zu entfernen. Aber um zu verstehen, daß die ›fremden Straßen‹, die in den fremdsprachigen Welten Bedeutung bekamen, sich nicht immer zu jener Welt hin öffneten, mußte man auch wissen, daß das Leben der Schmetterlinge viel kürzer war, als man meinte.

Konnte man behaupten, daß auch die Mexikanerin Marcelina, die aus einem anderen Erdteil nach Cambridge gekommen war, um Englisch zu lernen, eine derartige Wahrheit erkannte? Berti traf Marcelina das erste Mal in einem Pub unter freiem Himmel. War das der Moment, in dem die Erzählung begann? Sind sie sich wirklich hier zum ersten Mal begegnet?... Der Ort war damals ein wichtiger Treffpunkt für die Studenten. Der Pub war auf einer Brücke mit Namen ›Mill‹ gebaut. Der Fluß floß unter dem Pub. Das war ein wenig auch das ›Besondere‹ daran. Zuerst versuchten sie, sich von ferne mit flüchtigen Blicken kennenzulernen. Mit flüchtigen, schüchternen Blicken oder, besser gesagt, mit Blicken, als flüchteten sie vor etwas, das jeder auf seine Weise benennen konnte. Mit anderen Blicken, mit anderen Momenten, unter anderen Menschen... Doch am meisten hätte ich für diesen Moment einen außenstehenden Betrachter gebraucht. Denn Berti versuchte sich noch ein wenig mehr zu verstecken, als er mir die Geschichte erst viele Jahre später erzählte. Aus diesem Grund kam Marcelina hier wie ein junges Mädchen mit einem herzlichen Lachen an. Ein junges Mädchen mit einem herzlichen Lachen. Für diese Augenblicke... Um diese Augenblicke für immer zu ›beleben‹... Diese Augenblicke wurden zu den Augenblicken, in denen ein paarmal diese flüchtigen Blicke aufgefangen wurden. Doch in jenen Tagen gab es auch andere Menschen, andere Stimmen, und sie wurden zu erleben versucht. In jenen Tagen gab es dort immer Ausländer. Später dann lernten sie sich bei einer Gelegenheit kennen. Sie waren wieder in diesem Pub über dem Fluß. Sie tranken Bier, erzählten einander von ihren Heimatländern und versuchten sich mitzuteilen, was sie von der Stadt erwarteten, in der sie sich kennengelernt hatten. Es war ein Donnerstagabend... Liebte Berti wohl deswegen die Donnerstagabende am meisten? Unternahmen wir aus diesem Grund wohl unsere langen Wanderungen durch Istanbul vorwiegend an den Donnerstagabenden? Jedesmal, wenn mir dieses Detail einfällt, werde ich ein wenig traurig. Manche Schritte auf diesem Weg haben wir vielleicht unbewußt getan. Dabei wäre es ein Weg gewesen, uns in einige dunkel gebliebene Teile der Erzählung zu führen... Als Berti erfuhr, daß Marcelina aus Mexiko kam, versuchte er, sich mit Hilfe des ›gebrochenen Spanisch‹, das er in seiner Familie gelernt hatte, zu verständigen. Die Bedeutung des hierin liegenden ›Unterschieds‹ wurde mir erst nach Jahren klar, als ich ein wenig mehr in den Bildern einer alten Erzählung in mir zu leben versuchte. Insofern verstehe ich etwas besser, welche Wärme Berti in dieser Sprache fand. Das bedeutete, er machte den ersten Schritt in einer Sprache, in dem kleinen Sicherheitsbereich einer Sprache. Es war einer der Schritte, deren Folgen bekannt sind, von denen man aber glaubt, sie seien in jeder Beziehung ganz individuell und auf eigene Weise poetisch.

Zuerst wanderten sie lange durch die Straßen ihrer neuen Stadt, um sie kennenzulernen, zu verstehen und ihr nahezukommen. Sie wanderten lange, lange, und eines Tages faßten sie sich an der Hand. Warum sind diese Details derart wichtig, diese Bilder, die trotz so vieler anderer Menschen am Leben erhalten und an einem anderen Ort ›bewahrt‹ wurden? Warum konnte er das innere Kind, das diese Bilder viele Jahre später noch weitergetragen hat, irgendwie nicht verlassen? Von welchen Erzählungen, welchen Protagonisten wurde der Protagonist der Erzählung, der diese Fragen in mir erweckt, ständig verfolgt? Wer war Berti, wer war ich, wer waren wir, vor allem, wer waren sie auf diesen alten ›Kinderfotos‹, die nicht jedem gezeigt wurden? Ich weiß, daß man in dieser Lage noch einmal sagen muß, daß Fragen unbeantwortet bleiben sollten und andere Fragen ihre Antworten versteckt in sich tragen. Doch möchte ich in dieser Phase noch einmal von einem Traum sprechen. Sie brachten, nachdem sie in dieser Stadt aus verschiedenen Erdteilen zusammengekommen waren, eine Leidenschaft hervor, an deren Andersartigkeit sie glauben wollten. Denn jeder mußte schließlich eine Erzählung haben, die er irgendwo in seinem Leben ablegen und eines Tages einem anderen erzählen würde. Darüber hinaus konnten manche ›fremde Städte‹ nach solchen Gefühlen verlangen. Manche ›fremde Städte‹ konnten nach solchen Gefühlen verlangen...

Denn es war vielleicht nicht immer möglich zu sagen, bis wohin die Fremdheit, die mit Fremdheit aufgeladene Bedeutung reichte. Das war auch ein wenig ein Geheimnis, das Gefühl, unbewußt eine verbotene Zone zu berühren, und der Wunsch, sich auf der Flucht vor den eigenen Gespenstern selbst aufs neue zu finden. Ein weiteres Mal folgte das, was von der Erzählung in verschiedenen Zeiten oder Teilen geblieben war, eine Lüge, die man nicht so leicht wiedergeben kann ... Das, was aus dieser Lüge entstand, konnte uns zu der Poesie führen, die wir in uns eingesperrt hielten, vor anderen ausdrücklich beschützten. Deshalb wohl habe ich niemals vergessen, was er erzählte. Es wurde ihnen zur Gewohnheit, sich zwei- bis dreimal die Woche zu treffen. Sie trafen sich nur an bestimmten Tagen. Lagen die Gründe dafür in einer unerklärlichen, nicht an die Oberfläche gelangenden Entscheidung oder an der ›Zeremonie‹ ihres ›Zusammenseins‹? ... Marcelina gab als Rechtfertigung an, daß sie ›viel zu arbeiten‹ habe. Berti versuchte nicht, diese ›Ordnung‹ zu stören, es kam ihm gar nicht in den Sinn. Es schien eine ›Kindlichkeit‹ in dieser Beziehung zu herrschen, eine ›Kindlichkeit‹, die nicht zu unterdrücken war, die man nicht unterdrücken wollte ... Diese Tage versuchten sie zu verteidigen und zu ihren zu machen, indem sie füreinander lebten. So lebten sie, wohl ohne je zu wagen, manche Gefühle, die tief in ihnen verborgen waren, zu analysieren. Berti gewöhnte sich langsam an Marcelinas Spanisch. Marcelina übernahm aus Bertis Spanisch ein paar Redensarten. Sie mußten sozusagen ein wenig in der Wärme dieser Sprache leben, um einander ihre Gefühle mitzuteilen, das, was sie füreinander empfanden, empfinden wollten. Das alles konnten sie nicht auf englisch. Englisch war ihre ›Fremdsprache‹. Eine ›Fremdsprache‹, die sie nur dann benutzten, wenn sie sich stritten und einander fernbleiben wollten ...

Soweit ich verstehen konnte, lernten sie mit ihrer Beziehung auch langsam das Leben. Berti verheimlichte nie, daß er auf dem Weg zu seinem ›Master‹ eine Menge Prüfungen zu bestehen hatte.

Vielleicht war mir das, was Berti mir auf unseren Wanderungen

erzählte, in der Hoffnung, eine Zeit in einer anderen Zeit lebendig zu halten, derart wertvoll. Es gab unter den Fotos, die er mir
brachte, auch die von ein paar kleinen Reisen. Sie waren in jenen
Tagen in die ›Ferien‹ gefahren, nach Venedig, um die Tauben, die
Katzen und die Kanäle zu sehen, nach Amsterdam mit seinen
Kanälen und nach Brügge mit seinen Brücken. In diesen Reisen
versteckte sich ein wichtiges Detail, das Berti nicht sehen konnte,
nicht wirklich wahrnam. Diese Städte oder die ›Länder‹ hatten
alle ein ›Binnengewässer‹. Ist es möglich, daraus etwas abzuleiten? Vielleicht. Nur fühle ich mich noch nicht in der Lage, diese
Frage zu beantworten, da ich mich in diesen Tagen von manchen
meiner Menschen, aber wichtiger noch von den Protagonisten
dieser Erzählung ziemlich weit entfernt fühle. Ich finde keinen
›anderen‹ Ausweg, als einem neuen, anderen Tag zu vertrauen,
damit ich dann meinen Platz auf jenen Fotografien etwas leichter
einnehmen kann.

Damals wurde es für sie wie ein kleines Spiel, eher noch ›eine
Quelle kleinen Glücks‹, sich über die Angewohnheiten und die
Lebensansichten der Engländer zu amüsieren. In solchen Augenblicken fühlten sie sich einander noch etwas näher. Denn sie
hatten andere gefunden, die sie als die ›anderen‹ betrachten
konnten, die für sie an einem anderen Ort Platz nehmen mußten.
Wenn man die Zeit ihrer Flucht bedenkt, war es gar nicht schwer,
daß sie ihre Andersartigkeit – auch füreinander – vor allem an
einem solchen ›Zufluchtsort‹ vergaßen. Sie hatten aber trotzdem
davon geträumt, in England in einer kleinen Stadt fern von den
Menschen und von London zu leben. Es wurde ein langer, sehr
langer Traum. Ein Traum, der bis zum Ende von Bertis Studienzeit am Leben gehalten wurde… Schließlich mußte in den Zeiten der Flucht jeder seine eigene Last tragen, war dazu gezwungen…

War Mr. Dyson nur ein Mentor?

Berti glaubte, in der kleinen Stadt sehr weit weg von seiner Familie zu sein und von denen, die sie als ›Verwandte‹ betrachteten, die untereinander Blicke und Worte austauschten. Er versuchte, in dieser Stadt die Grenzen seiner Freiheit noch ein wenig besser kennenzulernen, indem er mit dem Fahrrad an den kühlen klaren Morgen viele Kilometer zurücklegte. Er lebte in der kleinen Stadt, die im Menschen stets das Gefühl erweckte, an einen anderen Ort ›wandern‹ zu wollen. Neben seiner stürmischen Liebe war er auch ein ›guter‹ Student, der seine ›Schule‹ in der vorgeschriebenen Zeit mit guten Noten abschloß. Sein Tutor, Mr. Dyson, beriet ihn nicht nur in bezug auf das Studium, sondern versuchte, ihm auch bei vielen anderen Angelegenheiten wegweisend zu sein. Als sein Mentor rief er ›seinen Schüler‹ in jenen letzten Tagen, als man den Abschied auf verschiedene Weise ertragen mußte, zu etwas auf, dessen Sinn ihm erst viele Jahre später annähernd aufging: »Versuche alles zu vergessen, was du bisher erlebt oder zu erleben erhofft hast. Die Schule ist in Wirklichkeit nicht zu Ende. Du kannst viel mehr tun...« Als wäre in diesem Appell die Aufforderung enthalten, auf einem Bildungsweg voranzuschreiten, der lange Jahre andauern würde, andauern mußte. Warum wünschte Mr. Dyson dann so sehr, daß sein Schüler mit einem anderen Blick nach Istanbul zurückging, um die reale Seite seiner Ausbildung zu finden?... Berti hat auf diese Frage niemals eine Antwort geben können und meiner Ansicht nach nicht mal dann den Mut dazu gehabt, als er sich dem Sinn des Appells mehr oder weniger angenähert hatte. Es war einfach, die Gründe für diese Haltung zu erkennen. Jeder Schritt, der getan oder nicht getan wurde, hatte schließlich andere Schritte zur Folge. Berti gehörte zu denen, die in ihrem Leben immer nur ›bis zu einem bestimmten Punkt‹ gelangen konnten. Deshalb wohl sagte er angesichts dieses interessanten Vorschlags, dessen Sinn sich ihm aber unter den damaligen Bedingungen, in der Gefangenschaft der Gefühle nicht genügend erschloß, daß trotz aller Chancen, aller Möglichkeiten die Lösung der Probleme in Istanbul vor allem anderen Vorrang hätte. Er würde in sein Land zurückkehren und das Umfeld für ein gemeinsames Leben mit Marcelina vorbereiten. Es würde ein neuer Kampf zu wagen sein. Ein neuer, schwerer Kampf, der neue Einsamkeiten und Entscheidungen brachte… Denn er konnte mehr oder weniger vorhersehen, was ihn erwartete in dem Land, in dem er geboren war und wo sich alle die Bilder, Sackgassen und fixen Ideen seiner Kindheit und Jugend nur ›vergrößert‹ hatten. ›Die Macht‹ lag trotz seines bewiesenen Erfolgs beziehungsweise seiner offensichtlichen Überlegenheit immer noch in den Händen ›der anderen‹. Das Problem hatte immer mit der Macht bestanden, in den Beziehungen, die diese Macht leben ließ oder ganz langsam tötete. Mr. Dyson wußte das alles. Die Frage war, ob man von der Notwendigkeit dieses Kampfs überzeugt war oder nicht. Dies dürfe man nie vergessen. Berti mußte das richtige Gefühl finden, das seiner Rückkehr den Weg ebnete. Oder wollte er nicht nur einen neuen Kampf wagen, sondern überdies einen neuen Irrtum, die Gefangenschaft eines Irrtums akzeptieren? Vielleicht wollte er vor etwas fliehen, das man wieder einmal nicht benennen konnte? Mr. Dyson sah die Beziehung, die ›sein Student‹ mit Marcelina lebte, als einen Fehler an. Berti sollte auch nach anderen Wegen suchen. Mr. Dyson glaubte, Berti würde das ›Geheimnis‹ eines Tages finden. Es konnte dann zu spät sein. Doch ›bis dahin‹ begnügte er sich damit, zu sagen, daß er eine Sackgasse spürte. Die Bedingungen erforderten wieder einmal Schweigen. Aber Mr. Dyson wußte zumindest, daß sich die Beziehung, die er um eines anderen Lebens willen mit Marcelina wagen oder aufs neue erschaffen wollte, in keine andere Stadt verlegen ließ. Dieses Zusammensein würde niemals verwirklicht werden. In dieser Situation war das Richtigste, was man tun konnte, das Erlebte an seinem eigenen Ort, in seinen eigenen Geheimnissen zu belassen. Er konnte versuchen zu verstehen, warum er in bezug auf diese Beziehung diesen Zweifel hatte. Er, Dyson würde eine Stadt auf jeden Fall nicht wegen einer anderen Stadt verlassen. Sicherlich wurde irgendwo schon die Erzählung über einen Protagonisten zu schreiben versucht, der sich von seinen Straßen nicht trennen konnte. Das war ein alter, sehr alter Traum, das Bemühen um ein Wiederfinden oder zumindest um die Suche nach dem Menschen, der in manchen Bildern, seinen Bildern zurückgeblieben war. Diejenigen, die diese Geschichte ›sahen‹, innerlich spüren konnten, würden letztendlich seine Entscheidung verstehen …

Berti konnte damals die Betrachtungsweise seines ›Mentors‹ nicht nachvollziehen. Er hatte in den vier Jahren viele Hoffnungen, Freuden und Zukunftsträume mit Marcelina geteilt. Als hätte er eine ganz neue Farbe in seinem Leben entdeckt, erfuhr er mit ihr, wie es war, einer Frau zu glauben, gänzlich zu vertrauen. Sie hatten sich nicht sehr oft gesehen, doch sie hatten die Situation unter den gegebenen Bedingungen aus ganzem Herzen akzeptiert, ohne sich gegenseitig Probleme zu machen. Er hatte nicht, wie viele seiner Kameraden, mehrere Geliebte gehabt. Marcelina war für ihn genug, denn er hatte ihr seine innere Tür geöffnet. Diesen Schritt hatte er bis zu dem Tag bei niemandem getan. Man mußte zu erzählen und zu verstehen versuchen. Zu verstehen versuchen, trotz allem, was verborgen war, trotz aller Möglichkeiten, aller Begrenztheit … Sie hatte sich ebenfalls bemüht, in dieser fremden Stadt zu bleiben. Es war offensichtlich, daß ihre Möglichkeiten begrenzt waren. Ihre Lage wurde noch dadurch erschwert, daß sie im Unterricht nicht den Erfolg zeigen konnte, den sie außerhalb der Schulmauern dabei hatte, einen Menschen zu verstehen und in sein Leben ein ganz anderes, neues Gefühl der Wärme zu bringen. Soviel ich verstand, war Bertis einzige Sorge damals Marcelinas Mißerfolg im Studium, den sie durch einander widersprechende Aussagen zu erklären versuchte. Nachdem sie ihren zweijährigen Sprachkurs beendet hatte, hatte sie es zuerst als Chemieingenieur und dann in Biologie probiert, doch in beiden Zweigen fand sie nicht, was sie suchte. Es gab dafür Gründe, die sie schwer erklären konnte, die mit dem zu tun hatten, was sie erlebt und zu leben gewählt hatte.

Erzählen, verstehen? Hören, hörbar machen können? Berühren, nicht berühren können? Hat Berti damals gedacht, daß in manchen Beziehungen die Grenzen zwischen diesen Gefühlen sehr dünn sind? Das kann ich natürlich nicht wissen. Ich habe jetzt die Geschichte einer nicht erfüllten Hoffnung, die aus jener Zeit stammt. Ich kann auf diese Geschichte von einem ganz anderen Ort als Mr. Dyson blicken. Eine andere Epoche zeigt mir einen ganz anderen Menschen mit seinen wohl oder übel veränderten Entscheidungen. Berti hatte seinem ›Mentor‹ einen Menschen gezeigt, den ich nicht kannte, über den ich nur Vermutungen anstellen konnte. Dieser Mensch war höchstwahrscheinlich jemand, der von einem gewissen Punkt an den Sinn jener Worte nicht verstand. Vielleicht deshalb hatte Mr. Dyson die Notwendigkeit gespürt zu sagen, daß er keinen anderen Ausweg sähe, als dieses Gespräch als ihr letztes anzusehen. Beim Abschied drückte er seinem Studenten die Hand, legte ihm die andere Hand auf die Schulter und versuchte auf diese Weise, die Schönheit des Vertrauens in einen Menschen auszudrücken. Dann sagte er, er würde sich über eine mögliche Rückkehr freuen und in einem solchen Fall seine ›Verantwortung‹ nicht vergessen. Diesen Augenblick vergaßen alle beide nicht. Die Rückkehr wurde nie verwirklicht, doch bemühten sie sich, die Verbindung stets zu erhalten. Noch jahrelang schrieben sie einander ab und zu.

Mr. Dyson war homosexuell. Er sprach nicht über diese Neigung und griff das Thema in ihren langen Gesprächen auch niemals auf; doch ließ er mit großem Feingefühl durchblicken, daß, wenn er über das Leben nachdachte, in dem die Werturteile alle in eine Richtung zogen, er gezwungen war, einen Blickwinkel einzunehmen, der wegen seiner ›Andersartigkeit‹ für viele Freunde unabänderlich fremd geblieben war. Ein paarmal sagte er, er glaube, jeder sei mit einer ›Aufgabe‹ in diese Welt gekommen. Das Gefühl, das diese Aufgabe erzeugte, war nicht leicht zu beschreiben. Der Mensch würde manche ›Feinheit‹ mit der Zeit verstehen. Mit der Zeit, manchmal erst, wenn es zu spät war… Hätte man den Appell von Mr. Dyson denn anders verstehen

sollen? Warum nicht? Doch für meine Begriffe hatte Berti noch
nicht einmal in den Tagen, als er den ›letzten Brief‹ bekam, die
Notwendigkeit gefühlt, sich diese Frage zu stellen, die Frage, die
unerbittlich den kleinen Stein bewegt hätte, der in jenen Leben
eine Menge Beziehungen im ›Gleichgewicht‹ hielt. Deshalb blieb
die Beziehung zu seinem ›Mentor‹, die ihm noch nach Jahren
wichtig war und an die er sich immer wieder erinnerte, eine
›dunkle Zone‹... Beispielsweise verstand er niemals die wirkliche Bedeutung dieses Insistierens, er verstand nie, warum er in
bezug auf Marcelina derartige Bedenken hatte, und fand nie den
Grund dafür, warum er sich in den langen Gesprächen einem
anderen derart weit öffnen konnte. Wurden diese ›dunklen Zonen‹ durch Mr. Dyson, der seinen Studenten sehr gut kannte,
absichtlich umrissen? Diese Möglichkeit konnte man in Betracht
ziehen oder auch nicht, wenn man die Besonderheiten dieser
Beziehung untersucht, wie sie sich für mich darstellt. Doch letztendlich muß ich sagen, einmal abgesehen davon, was seinerzeit
gedacht oder gefühlt wurde, es lag ein wenig auch an diesen
›dunklen Zonen‹, daß sich die Beziehung zwischen Berti und
seinem ›Mentor‹ jahrelang hinzog.

Marcelina wurde in diesen Gesprächen stets auf einen korrek-
ten Platz gesetzt. Nach Bertis Heimkehr trafen sie sich nicht
mehr wieder, sie sahen einander trotz so vieler Gefühle, Hoffnungen, Erinnerungen nicht mehr wieder. Vielleicht hatten beide
sogar gewußt, daß es so kommen würde. Doch es war nie leicht,
wenn ein Mensch sich selbst erkennt. Es war viel leichter, in
manchen Momenten die Lügen zu erleben... Berti, konnte, wenn
auch erst nach Jahren, seinen Ort in dieser Lüge erkennen, er
konnte mit eigenen Worten das Leben, das er nicht hatte verwirklichen können, analysieren. Es war die Stelle, an die er Marcelina setzen wollte, die er trotz aller Bemühungen nicht sah.
Welche Stelle war das? Gab es überhaupt eine solche Stelle?
Warum hatten sie sich nach ihrer Trennung so leicht mit dem
wechselseitigen Schweigen einverstanden erklärt? Das war eine
der unbeantworteten Fragen von Berti, die, wie wir alle wissen,

zu unerwarteten Zeiten unseres Lebens zu uns zurückkehren. Aber da gab es auch Ausflüchte. Wahrscheinlich war er deshalb erfolgreich darin, manche fehlende Antwort zu ertragen, oder aber manche Fragen zu vergessen.

Eines Tages erhielt Berti einen kurzen Brief. Er kam von einem Fremden, der ihm mitteilte, Mr. Dyson sei infolge eines Herzinfarkts gestorben ... Dem Brief war auch ein Foto beigelegt, eine Nachtaufnahme, die die Unterschrift von Mr. Dyson trug. Das Foto war meisterhaft aufgenommen, ›durchdacht‹, ›vorbereitet‹ und ›bearbeitet‹ ... Es zeigte auf einer halbdunklen Straße mit Linien und Schatten einen Hauseingang, der von einer roten Lampe beleuchtet war. In dem Brief hieß es, Mr. Dyson hätte gewollt, daß diese Fotografie an Berti zusammen mit der Todesnachricht geschickt werden sollte. Er hatte ein paar Tage vor seinem Tod gesagt: »Es hat Jahre gedauert, doch zuletzt habe ich es gefunden.« Der unbekannte Schreiber des Briefes behauptete, ein ›sehr enger Freund‹ von Mr. Dyson zu sein ... Sie hatten ›seine letzten Jahre‹ und die ›letzten Augenblicke‹ geteilt. Es nutzte niemandem, noch mehr zu sagen, konnte nichts mehr nutzen ... Doch trotz seiner Vertrautheit mußte der Schreiber zugeben, daß er weder verstand, welche Botschaft das Foto verbarg, noch was die Worte bedeuteten ... Er war in dieser Situation nur ein ›Bote‹. Ein ›Bote‹, der nur die Pflicht erfüllte, etwas weiterzuleiten, der ein ›Vermächtnis‹ ausführte ... Im Zusammenhang mit diesem Vermächtnis waren auch noch andere Worte zu übermitteln, die er in den ›letzten Tagen‹ gesagt hatte und die keinen bestimmten Zusammenhang hatten. »Dieses Foto ist sein Foto ... Schick dieses Foto ... Er versteht schon das Nötige ...«, hätte Mr. Dyson plötzlich in bezug auf seinen ›Studenten‹, den er nie vergessen hatte, gesagt ... Nach einer Weile hätte er hinzugefügt: »Ich hoffe, er versteht.« Alle diese Worte mußten einen Sinn haben. Einen Sinn, der zwischen zwei Menschen bleiben würde, bleiben mußte ... Wieder einmal suchte ein Brief seinen Platz in einer Erzählung ...

Berti trug den Tod von Mr. Dyson wie den Tod eines sehr

nahen Freundes. Wie den Tod eines nahen Freundes, dessen Dasein man als Bedürfnis gefühlt hatte... Selbst wenn man wußte, daß dieser Freund weit weg war... Berti hat sich in diesen Tagen zweifellos gefragt, weshalb er die beiden Male, die er während der langen Zeit der Trennung in London war, nicht den Mut gehabt hatte, in die Stadt zu reisen, wo er einen wichtigen Teil seines Selbst gelassen hatte. Zweifellos hätte er die Motive für diesen kleinen ›Verrat‹ leicht finden könne, wenn er gewollt hätte. Doch nach manchen Todesfällen bleibt immer eine Lücke, hinter welchen Begründungen wir uns auch immer verstecken. In dieser Lücke konntet ihr auch ein Bedauern suchen, um manche eurer Gefühle noch besser ausdrücken zu können... Berti hatte gemeint, daß Mr. Dyson an jenem fernen, aber wirklichen Ort niemals sterben würde... Es ist nur natürlich, daß wir von unseren Freunden, die zwar fern sind, denen wir aber in unserem Leben fast unbewußt einem unverzichtbaren Platz eingeräumt haben, Unsterblichkeit erwarten. Das Wissen, daß diese Person ›dort‹ ist und immer dort bleiben wird, läßt sich mit dem Bedürfnis nach einem kleinen Sicherheitsbereich erklären. Wenn ich über alles das nachdenke, dann glaube ich, daß Berti und Mr. Dyson mit diesen Briefen einen gewissen Ort erreicht haben. Doch hatte dieser lange Weg leider nicht dazu geführt, daß der Sinn des Fotos verstanden wurde. Mit anderen Worten, die ›nötige Verbindung‹ war nicht hergestellt worden. Um die Wahrheit zu sagen, war auch mir dies nicht gelungen. Die Teile sollten erst Jahre später ganz unerwartet ihren Platz finden. Jemand erwartete wieder einmal jemanden irgendwo zu einer passenderen Zeit. Ich kann immer noch nicht den Moment vergessen, als das Geheimnis mich ergriff. Auch ich würde eines Tages in das Halbdunkel der Erzählung hineingerufen werden. Doch diesen Appell würde Berti, der in dieser Zeit etwas Neues aufzubauen versuchte, nicht hören. Ich würde noch einmal freiwillig als Mitwisser einer Schuld bereit sein. Es war nicht die erste Flucht vor einem Menschen, dessen Erzählung ich schreiben wollte. Doch jetzt bin ich zufrieden, daß ich das Geheimnis bewahrt, besser gesagt, daß ich das notwendige Wissen vor Berti bewahrt habe, indem ich den Vorschlag jenes ›Gastes‹ aus einer fernen Vergangenheit befolgte… Ich werde mich freilich eines Tages fragen, warum ich das getan habe. Mein Gefühl kann sich dann ändern. Im Moment reicht es mir zu sagen, daß der Mensch gerne lügt. Alles weitere sollte man in Verbindung mit dem Bemühen suchen, sich vor jenen Stimmen zu schützen. Tief in der Nacht wollt ihr womöglich wissen, wie spät es ist, wie spät es wirklich ist… Könnt ihr in dieser Situation einem anderen dann wirklich mitteilen, was ihr gehört habt?… Ist es möglich, daß eure Angst eure Annäherung an jene Menschen verhindert?

Die Brücke

Berti hatte die ›letzten Stunden‹ mit Marcelina trotz der vielen Jahre, die vergangen waren, nicht vergessen. Noch einmal waren sie in das Pub auf der ›Mill‹-Brücke gegangen. Sie wollten vielleicht den Ort noch einmal fühlen, wo sie sich in ihrer Erzählung getroffen hatten, wollten den Tag, an dem sie sich kennengelernt hatten, noch einmal erleben, sich füreinander neu erschaffen. Natürlich floß auch der Fluß weiterhin. Im Pub waren andere Gäste, neue Leute. Berti hatte Marcelinas Hand gefaßt. Sie schauten lange auf die Stadt, ohne zu sprechen. Sie gaben sich das Wort, einander zu ›folgen‹, wo auch immer auf der Welt. Berti würde so schnell wie möglich zurückkommen, Marcelina sagte, sie würde nach London gehen. In ihrem Land erwartete sie niemand. Es waren keine Verwandten da, zu denen sie zurückkehren konnte oder mußte. Es gab keinen Ort, wohin sie zurückkehren konnte… Was jedoch den Menschen betraf, den sie suchte, so glaubte sie, daß sie ihn eines Tages verstehen würde… Sobald sie in London wäre, würde sie ihm ihre Adresse mitteilen. Und inzwischen konnte sie sich sogar vorstellen, nach Istanbul zu kommen… Vielleicht war es wirklich nötig, daß sie gegenseitig ihre Spuren verfolgten. Und zum Ende ihrer Wege in Cambridge sagte sie: »Das Leben verläuft für manche Menschen auf sehr verschiedene Weise… Das wirst du mit der Zeit noch besser verstehen.« Sie waren am Ende ihrer Wege in Cambridge, an einer Haltestelle, die sie zu ›sehen‹ immer wieder aufgeschoben hatten, aufzuschieben versucht hatten. Ein Bus sollte Berti nach London bringen. Langsam mußte er den Weg, der zu seinem Schicksal führte, anerkennen… Man mußte sich diesen letzten Satz selbst vorsagen, daß man den Weg anerkannte, der zum eigenen Schicksal führte, um die neuen Tage ein wenig besser zu ertragen… Sie umarmten sich, soweit es ihre Grenzen erlaubten. Als der Bus losfuhr, war es ihnen, als spürten sie in ihren Blicken die Liebe noch einmal stärker. Einer der Protagonisten dieser Liebesgeschichte war auf dem Weg zurück zu sich selbst, die andere Person blieb ›dort‹… Nur ›dort‹… Mit dem Dort verbunden oder auf immer verbunden um jener Hoffnungen willen… Durchs Fenster sah er Marcelina lächeln, und es schien ihm, als wollte sie durch ihre Kopfbewegungen sagen: »Nein, es wird nichts, wir werden einander nie mehr wiedersehen.« Der Autobus fuhr los… Alle Fenster waren geschlossen… Man hörte keine Stimmen… In dem Flugzeug, das ihn nach Istanbul brachte, versuchte er sich noch einmal an diese letzten Bilder zu erinnern… Würde er eines Tages glauben, wirklich glauben, was er erlebt hatte? Er hatte den Menschen, die er nach diesen vier Jahren zurückgelassen hatte, gesagt, daß er sehr bald wiederkommen würde. Diese Rückkehr würde eine endgültige sein. Er wußte oder fühlte es zumindest, daß diese Menschen seinem Leben in dieser langen Zeit ganz andere Wege geöffnet hatten. Diese Menschen waren Marcelina, der ›Mentor‹ Mr. Dyson und sein Zimmernachbar und Mitstudent, der andere Teilhaber seiner Sorgen, Gordon Lucas, der das Leben von einer völlig anderen Warte ansah als er selbst…

In Istanbul wurde Berti mit einer einfachen kleinen ›Feier‹ empfangen. Wenn er von jenen Tagen, von der traurigen Freude, die
er vor Jahren an jenen Orten zurückgelassen hatte, erzählte, war
es jedesmal, als spräche er von einem ganz anderen Menschen.
Verschiedene Menschen, bei denen er eine Zuflucht suchte, hatte
er an jenen Orten zurückgelassen. In manchen Nächten war es
ihm, als sehnte er sich nach jenen Menschen und versuchte sie
aufs neue zu finden… Dieses Gefühl konnte ich verstehen. Wer
wollte nicht in einer ganz anderen Erzählung ein ganz anderer
Mensch sein und als anderer Mensch im Leben ganz anderer
Menschen geboren werden… Berti glaubte, in diesem Abenteuer
immer allein gelassen worden zu sein… Die Menschen, die unsere Niederlage vorbereiten, sind diejenigen, die uns irgendwie
nicht sehen, oder wenn sie uns sehen, für das, was wir tun, was wir
zu Gehör bringen wollen, stets taub bleiben… Am ehesten verstand Juliette ihn in dieser Einsamkeit. Juliette konnte seine Einsamkeiten besser sehen und fühlen als viele andere… Auch wenn
man von diesen Einsamkeiten nicht immer so sprechen kann, wie
man will… Den wirklichen Gründen für ihre Nähe würde ich
mit der Zeit, ganz langsam nahekommen… Indem ich meinen
Platz in der Erzählung verstand… Mit Hilfe dieser Worte versuchte ich sowohl Bertis andersartige Bilder zu verstehen als
auch das, was für diesen Platz notwendig war. Wo waren wir, in
welcher Zeit?… Es ist mir jetzt unmöglich, mich daran zu erinnern, ohne Raum für irgendwelche Zweifel zu lassen. Von Zeit
zu Zeit befanden wir uns auf einer unserer großen Wanderungen.
Wir hörten ein paar Schallplatten an… Wir saßen in einer Konditorei… Wir gingen ins Kino… Ich stand vor einer Vergangenheit aus lauter Fragmenten. Ich wollte diese Fragmente zu
einer Ganzheit zusammenfügen, um mich und das, was wir erlebt
hatten, ein bißchen besser verstehen zu können. In dem Fall hätte
die Ganzheit etwas anderes als die Realität sein können. Noch
wichtiger, das Ganze wäre vielleicht keine Ganzheit geworden,

denn in Bertis bruchstückhaftem Erzählen über seine Erlebnisse, in seiner Vorliebe für Andeutungen konnte man auch einen anderen Sinn suchen. Schließlich sah jeder nur das, was er sehen konnte oder sehen wollte. Berti suchte in mir nichts weiter als einen zuverlässigen Freund, einen Gefährten. Ich sollte für ihn ein Vertrauter sein. Oder wollten wir vielleicht unsere unterschiedlichen Einsamkeiten miteinander, in der wechselseitigen Einsamkeit vergessen? Oder war das, was uns einander nahebrachte, trotz aller Träume, die wir für so viele Straßen gesponnen hatten, nur das lange Wandern auf den Straßen ›unserer Stadt‹, von der wir uns irgendwie nicht trennen konnten? Wenn die Zeit kommt, werde ich zweifellos etwas über die Bedeutung dieses Weges für mich schreiben wollen. Diese langen Wanderungen waren unsere Gefangenschaft und die Mittel, unsere Mängel, unsere Sehnsüchte zu ertragen... Wenn ich über das alles nachdenke, über die Bedeutung des gemeinsamen Weges für mich, dann frage ich mich manchmal, ob ich nicht, indem ich das mir Erzählte anderen erzähle, Verrat begehe an meiner Rolle als Vertrauter und Freund...

Zweifellos hatte die kleine Feier zu Bertis Heimkehr auch mit aufrichtigem Gefühl zu tun... Madame Roza hatte für dieses Fest, das sie wie alle richtigen Mütter, deren Sohn nach einer langen Reise heimkehrt, begeistert feiern wollte, stundenlang in der Küche gestanden, um ihm seine nie vergessenen ›Kindergerichte‹ zu kochen. Darin drückte sich – was auch immer geschehen war – eine unverstellte gegenseitige Herzlichkeit und eine Menge unverzichtbarer Gefühle aus. Ich bemühte mich, ein guter Beobachter dieser Szenen zu sein... Als Berti mir auf einer unserer Wanderungen diese Szene schilderte, konnte ich deshalb wahrscheinlich von meinem Platz aus die Stimmen hören und die Gerüche riechen... Er sollte an jenem Abend von England, Cambridge, London berichten. Und er erzählte alles, was er bei diesem Essen erzählen konnte... Von Gordon Lucas und Mr. Dyson, von den großen Bibliotheken, von seinem Fahrrad, das er in einer Seitenstraße am Briefkasten vor einem Haus abgestellt hatte in der Hoffnung, daß es jemand finden und mitnehmen würde; er erzählte von den kalten Nächten, die er in seinem Zimmer vor dem Kamin verbracht hatte, von London mit seinen verstopften Straßen und den Autos, eins schöner als das andere... ›Uncle Robert‹ und seine Frau waren zur Abschlußfeier anläßlich der Überreichung der Diplome gekommen. Durch ihren Schick und ihre Eleganz hatten sie viele Leute beeindruckt. Der Onkel hatte sehr gut ausgesehen. Er hatte gesagt, daß er sich nach Istanbul und seiner Familie sehnte. Er wollte alle und alles, woran er sich erinnerte, wiedersehen... Doch vorher mußte er einige Dinge erledigen... Er hatte viel Arbeit... In verschiedenen Ländern der Welt wurde er wegen neuer großer ›Verbindungen‹ erwartet... Diese Nachricht erfreute zweifellos am meisten Bertis Mutter. Das bedeutete, es war richtig, was gesagt wurde und was in den Briefen mitgeteilt wurde. Ihr Bruder, ihr jüngerer Bruder war zwar sehr weit weg, doch er war glücklich, er hatte zumindest seine Träume verwirklicht. Endlich konnte sie zu ihren Bekannten sagen, daß sie einen Bruder hatte, der in London lebte ›wie ein Lord‹. Wenn sie an ihre Zeiten als ›große Schwester‹ dachte, gab es jetzt also genügend Gründe, sowohl auf diesen Erfolg als auch auf sich selbst stolz zu sein...

Danach kam die Reihe an Marcelina... Bei seinem ersten Besuch in Istanbul hatte Berti von Marcelina nicht gesprochen trotz all seiner Begeisterung und der inneren Bereitschaft dazu... Jetzt sagte er, er wolle sie in London oder in Istanbul heiraten und mit ihr zusammenleben. In dem Moment wehte ein eisiger Hauch über die Tafel... »Ya lo yori yo esto. Ya lo pensi ke te ivaz a kayer un dia de muşoz«, sagte sein Vater. »Hab ich doch gewußt, daß es so kommen würde, das habe ich immer befürchtet. Ich wußte, daß du eines Tages in dieser Weise auf die Schnauze fallen würdest.« Seine Mutter schritt sofort ein, indem sie ihm mit ihrer liebenswürdig strengen Art, wie sie es in ähnlichen Fällen auch schon früher getan hatte, das Wort abschnitt und sagte: »Jak, estate kayado! Deşalo ke avle i ke ezbafe!« – »Jacques, sei still! Laß ihn reden und sich beruhigen.« Es fiel mir nicht schwer, diese

Zeit, die mir Jahre später im Originalton wiedergegeben wurde, in meiner eigenen Zeit einzuordnen. Ich hatte geglaubt, diese Menschen zu kennen. Aber im Grunde diskutierten sie mit den Ausflüchten und Reaktionen, die sich in diesen Worten verbargen, etwas anderes, das sie nicht so einfach ausdrücken konnten. Es war, als würden sie in dem Gespräch auch ihren Platz in dieser langen Geschichte zu verstehen versuchen. Berti hatte die Gespräche mit den dort verwendeten Worten zitiert, um die Atmosphäre möglichst echt wiederzugeben. Er hatte für diese Sätze keine Entsprechung in einer anderen Sprachwelt. Es war genauso, wie man auf türkisch an keinen ›Tassenhenkel‹ denken konnte. Der Tassenhenkel war in einer anderen Sprachwelt zu Hause... Welche Sprache war die ›richtige Sprache‹, die einen Menschen vom anderen unterschied und in die eigene Welt trug? Wessen Sprache war die Sprache von einem gewissen Punkt an, wessen Einsamkeit, wessen Exil? Ich möchte immer noch glauben, daß wir dieses Abenteuer eines Tages alle miteinander teilen werden... Ich will gerne glauben, daß auch andere Menschen irgendwo in derselben Gegend ein anderes Klima, andere Länder und eine andere Geschichte erlebt haben. Denn ich weiß, daß sich viele von uns zusammenfinden müssen, um unsere Henker, unsere bösen Geister zu töten, wirklich zu töten. Aber für das alles muß man wohl auch über diese ›Mauern‹ sprechen...

»Ich erinnere mich an ihre Gesichter... Als hätte ich eine große Schuld begangen, von einem Mord berichtet, als wäre ich von einem Fremden mit einer tödlichen Krankheit infiziert worden...« Die Enttäuschung schwang selbst nach so vielen Jahren noch in Bertis Stimme mit... Ich verstand. Seine Enttäuschung rührte nicht bloß daher, daß sie Marcelina nicht akzeptierten und ablehnten, ohne sie zu kennen, sondern daß sie sich nicht herabließen, ihn anzuhören, ihm nicht einmal in solch einer schweren Zeit zuhörten. Sie hatten zahllose ähnliche Fremdheiten wie diese erlebt, waren in ihrer Vergangenheit gezwungen gewesen, das zu erleben. Aber Marcelina war ihm wichtig. So wichtig, wie ihm bis dahin kein Mensch gewesen war. Deshalb wagte er trotz aller Irrtümer und unausweichlicher Distanzen zu sprechen. Er schaute seiner Mutter in die Augen. Er spürte, woran sie dachte, an welche Menschen, an die unausweichlichen Verbannungen und an die ›Fehler‹, die ihre Verwandten gemacht hatten. Es war offensichtlich, auf wen oder was früher oder später die Rede kommen würde. Doch jeder wußte dieses Problem vom eigenen Blickpunkt auf seine Weise zu betrachten. Nicht umsonst hatte Madame Roza Einspruch gegen Monsieur Jacques' Haltung erhoben. Sie befanden sich auf einer Linie, die zwischen dem Versuch zu verstehen und der Entscheidung, sich bloß informieren zu wollen, verlief. Dazu kam vielleicht auch die Angst vor dem Verstehen und dem Gespür für das Problem eines anderen. Wenn Madame Roza wollte, daß ihr Sohn ›über seine Sorgen redete, damit er sich beruhigte‹, meinte sie damit wohl, sie wollte den Kern des Problems erfahren, um sich selbst zu beruhigen. Wenn man wußte, worum es ging, konnte man vielleicht andere Lösungen ins Auge fassen und andere Spielsteine an andere Plätze versetzen… Doch war es tatsächlich möglich, etwas zu wissen, wissen zu können? Nach meiner Ansicht hatte sich Madame Roza diese Frage in den Tagen, als sie versuchte, in diese geheimnisvolle Welt einzudringen, ebenfalls gestellt. Aber sie wußte auch, wie man manche Menschen an einer bestimmten Stelle anhalten kann. Deswegen würde sie ihrem Sohn zuhören, sie würde zuhören, bis zu jener Grenze. Berti dagegen spürte sehr wohl, daß er für das, was er erzählen oder einfach bloß sagen wollte, in jenen Tagen nicht mehr als diesen kleinen Bereich erwarten konnte. Wieder einmal war die Stimmung negativ. Doch gleichzeitig bedeutete erzählen auch zeigen, zeigen können, trotz aller Auswegslosigkeiten, und es bedeutete, ein kleines Gefühl der Rache zu kosten. Dieses Gefühl konnte nur er oder jemand, der aus der gleichen Mangelsituation wie er kam, verstehen. Und er erzählte, versuchte, so viel wie möglich zu erzählen und dabei den geheimen Triumph zu kosten. Er erzählte von den mit Marcelina verbrachten Stunden, von den Versprechen, die sie sich fürs Leben, für ihr Leben gegeben hatten. Er erzählte, wie sich seine Ansicht zu vielen Dingen geändert hatte. Er erzählte von den Reisen in die Städte am Wasser und davon, wie er die Sprache so langsam gelernt hatte. Natürlich behielt er manche Einzelheiten für sich, in seinem Inneren, wo er jenen Traum fortzusetzen vorzog...

Monsieur Jacques tat alles, um das Thema nach jenem Abend nicht wieder anzusprechen. Sein Schweigen bedeutete natürlich Widerstand, Widerstand bis zuletzt und das Bemühen, den Tatsachen soweit möglich auszuweichen. Es war nicht sein erstes Schweigen, das diese Bedeutung hatte. Dieses Schweigen konnte ein weiteres Mal Egoismus oder sogar Feigheit enthalten. Doch wie dem auch sei, niemand würde ihn dazu bringen zu sagen, daß sein Sohn mit einer ›Fremden‹ bis ans Ende glücklich sein konnte. Eine fremde Frau zu heiraten hieß, in ein fremdes Leben hinübergehen... Er war in seinem Leben so oft Zeuge, Zuschauer gewesen und hatte Erzählungen darüber gehört, daß Ehen und Beziehungen trotz aller Liebe und guten Willens aufgrund der Fremdheit mit Enttäuschungen geendet hatten... Auch Bertis Mutter teilte diese Ansicht. Madame Roza tat in ihrer mütterlichen Zärtlichkeit und der traditionellen weiblichen Beschützerrolle alles, um das ›Problem‹ zu lösen, um ihren Sohn nicht zu verlieren. Man konnte nicht sagen, daß sie verstanden hatte, was sie verstehen sollte. Wenn man bedenkt, was sie selbst und ihr ganzes Leben lang auch mit anderen erlebt hatte, dann konnte man nicht behaupten, daß sie bereit war zu verstehen. Sie focht den einfachen Kampf eines Menschen, der nicht viele Kämpfe kennt. Ihr Kampf war nach Meinung vieler ein verkehrter Kampf, wenn sie sich mit derartigen Gefühlen dem, was geschehen war und was noch bevorstand, näherte.

Doch sie schwieg nicht wie dieser Mann, der das ganze Leben an ihrer Seite gewesen war, der die Vaterschaft mit kindlicher Schwachheit zu leben versuchte, sie drückte sich wenigstens nicht vor dem Streit. Sie glaubte aus ganzem Herzen an die Berechtigung ihres Kampfes, trotz allem, was ihr Sohn und diejenigen, die wie ihr Sohn lebten, sagten...

In den ›Nächten der Probleme‹ saßen sie zusammen und redeten. Während es immer später wurde, tranken sie Kaffee und versetzten sich in alte Zeiten zurück. Berti erinnerte sich an den Feigenbaum im Garten ihres Hauses auf Büyükada, der alle zwei Jahre so viele Früchte trug, daß man davon an die Nachbarn verteilen konnte, an die Würmer, die aus den zur Erde gefallenen Feigen gekrochen kamen; an ihre Bäder im Marmorbecken am Freitagmorgen, wofür das Wasser auf einem Holzofen erhitzt werden mußte; an ihre Fahrradtouren, an Mimiko; er erinnerte sich, daß Madame Viktorya ihnen ab und zu heiße ›frisch gebakkene‹ *börek* mit Hackfleisch und ›pastelikos‹ geschickt hatte. Das war alles auf einer ›Insel‹, ›jener Insel‹ gewesen... Als ob alle diese Bilder jetzt sehr weit entfernt waren... Auch seine Mutter erzählte, versuchte zu erzählen. Es gab zu dem Haus auf Büyükada ein ›Vorher‹... Es gab auch andere Nächte, andere Erinnerungen, die mit dem Feigenbaum und den Gerüchen jenes Gartens verbunden waren...

Er mußte seinen Vater verstehen... Solche Ehen hatten niemanden glücklich gemacht, der es gewagt hatte, sich den Notwendigkeiten des Lebens zu widersetzen. Alle hatten sich in der Dunkelheit ihres Schicksals erschöpft. Es reichte, sich an Tante Estrella zu erinnern... Wo war Estrella geblieben? Sie war ans ›andere Ende‹ von Istanbul gegangen, war gezwungen gewesen, mit allen, allen Verwandten zu brechen, sich von ihnen zu trennen. Dabei war sie das schönste Mädchen der Familie gewesen. Hätte sie gewollt, dann hätte sie vielleicht in einem ganz anderen Leben ganz andere Menschen treffen können. Hatte sie ihren Fehler etwa eingesehen? Niemand konnte die Antwort auf diese Frage geben. Diese Frage zu beantworten, hatte sich niemand, nicht einmal Estrella getraut. Aber abgesehen von den Antworten, es gab Zeiten in unserem Leben, da merkten wir, daß wir etwas für immer verpaßt hatten. Man mußte nachdenken, durfte niemals vergessen. Denn zu vergessen hieß vielfach, vor der eigenen Wirklichkeit zu fliehen. Vergessen hieß zu fliehen. Hatten ›sie‹ nicht versucht zu fliehen, so weit wie möglich zu fliehen, als sie sich entschlossen, ans ›andere Ende‹ von Istanbul zu ziehen? Nicht mal ein Kind hatten sie gemacht. Denn sie hatten eingesehen, daß sie trotz aller Liebe ›verschieden‹ waren. Die Menschen, die sie aus ihrer beider Vergangenheiten mitgebracht hatten in das Leben, für das sie sich entschieden hatten, hatten ihnen gezeigt, oder, richtiger noch, hatten sie gelehrt, daß sie ›verschieden‹ waren. Jemand hatte ›ihnen‹ dieses Licht aufgesteckt.

Was nun ihn, Berti betraf… Vielleicht würde er von einer ›fremden‹ Frau ein Kind haben… Aber wichtig war, was danach kam. Sie wollte gar nicht daran denken, daß das Kind ein Junge sein könnte. Ein Kind, das vielleicht nicht beschnitten wurde und das dann nicht wußte, was es sei, zu wem, wohin es gehörte…. Wollte er diese Verantwortung auf sich laden?… Was wollte er dem Kind von sich, von jener langen schmerzvollen, bedeutungsschweren Geschichte mitgeben? War der lange Kampf alle diese Jahrhunderte umsonst geführt worden? Wie weit würde eine Frau das verstehen, die die Probleme der Andersartigkeit nicht erlebt hatte? Und sagte nicht ›jeder‹, daß die Ehe nicht dasselbe wie die Liebe sei und daß sich die Menschen unerwartet veränderten, wenn sie in einem Haus zusammenlebten? Und dann wollte man doch mal sehen, ob eine Frau, selbst wenn sie am Anfang einverstanden war, in Istanbul zu leben, lange Jahre, bis zum Ende bleiben würde. Schließlich war sie ›eine Fremde‹. Eines Tages würde sie mit ihrem Kind in ihr Land zurückkehren wollen. Was wäre denn dann? Würde er seiner Frau in ein völlig unbekanntes Land folgen? Würde sie dort auf ihn warten? Dabei wäre für ihn alles ›bereit‹ in der Stadt, in der er gelebt hatte, wo er ›sich auskannte‹… Er hatte sich genügend ausgetobt. Er hatte an einer sehr guten Universität studiert und, wie es aussah, auch eine sehr schöne Liebe erlebt. Aber jeder Mensch mußte auch früher oder später eine Zeit der ›Rückkehr‹ durchmachen zu seinem vorgeschriebenen Leben, zu sich selbst, zu seinen Leuten. Jeder Mensch hatte eine Verantwortung… Jeder Mensch hatte eine Verantwortung, vor der er nicht fliehen konnte… Seine Verantwortlichkeiten waren klar. In anderen Familien war es ebenso, in anderen Epochen auch. Er war der Älteste der Familie. Er mußte das Banner an der notwendigen Stelle übernehmen und bis zur notwendigen Stelle tragen. Das, was man Leben nannte, war doch so einfach, so leicht zu verstehen. Diejenigen, die ihr Leben durcheinanderbrachten, sahen diese Einfachheit nicht. Auch sie war eine Älteste gewesen und kannte dieses Gefühl, dieses ›Muß‹ sehr gut. Seit ihrer frühen Jugend hatte sie die ›Familie‹ zusammenzuhalten versucht, ihre Familie, die sich mit der Zeit veränderte und durch neue Menschen neue Bedeutungen bekam. Die Jahre waren vergangen, manche Menschen waren gestorben oder weggezogen, doch hörte der Kampf nicht auf. Das war Bestimmung. Man mußte diese Bestimmung zu verstehen und zu ertragen lernen…

Inzwischen waren drei oder vier Monate vergangen… Berti hatte diese Zeit verbracht, indem er sich mit seinen alten Freunden traf, ins Kino ging, las und seine Studien fortführte. Er schloß sich in sein Zimmer ein und versuchte lange, über sich und seine Vergangenheit nachzudenken und jene ›Bestimmung‹ besser zu verstehen, von der seine Mutter gesprochen hatte und vor der manche Menschen niemals fliehen konnten. Was er in Cambridge hinter sich gelassen hatte, war in seinem Inneren, an einem Ort, den niemand hören und sehen würde… War es aus Angst, daß er so oft bei diesen Bildern verweilte, Angst, weil er fühlte, niemals mehr an diese Orte zurückkehren zu können? Auf der einen Seite war da die jüngste Vergangenheit, die sich in eine mögliche, lange, mit Träumen genährte Zukunft verwandeln konnte, auf der anderen Seite jedoch eine ›viel realere‹ Zukunft, der er – das sah er mit jedem Tag mehr ein – nicht entfliehen konnte, die gestützt und ganz langsam ›erbaut‹ wurde von ›jener Geschichte‹, von jener langen Vergangenheit, die seiner persönlichen Geschichte die Richtung vorgab, die er auf eine spezielle Weise gelebt hatte oder gerade nicht hatte leben können. Wem aber gehörte diese Zukunft und wem die Vergangenheit? … Jene Tage waren lange, sehr lange Tage… Sein Vater kehrte am Abend wie aus einer ganz anderen Welt zurück. In jenen Tagen war es nicht möglich, daß sie miteinander umgingen; sie konnten nicht mal miteinander sprechen. Es mußten Jahre vergehen und ein paar andere Verluste eintreten, bis sie, wenn nötig, miteinander sprechen konnten, einander ihre wirkliche Standpunkte klarmachen konnten. Das war Bertis Kampf mit anderen Fremdheiten… Sein Kampf mit anderen Sprachen, anderen Überzeugungen, anderen Schweigsamkeiten… Es war nicht leicht…

Für Berti gab es, soviel ich verstand, zu diesen Tagen auch Nächte. Nächte, in denen er mit Jerry sprach, dem er etwas von sich mitteilen wollte… Berti würde mir über diese Nächte etwas traurig berichten. Der Grund für diese Trauer war Bedauern. Ein Bedauern, in dem ich mit der Zeit eine andere Tiefe sehen, dessen Sinn ich erfassen sollte… Jerry war an der Schule, die er irgendwie ›abschließen‹ mußte, nicht glücklich. Seine Noten waren gut, aber er hatte oft Probleme mit dem strengen Erziehungskonzept der ›Frères‹. Er rauchte Zigaretten und trank Alkohol. In der Zeit, als Berti in einem anderen Land ein anderes Leben zu leben versucht hatte, war er ›erwachsen‹ geworden und hatte sich sehr allein gefühlt. Er sprach von Nietzsche, von der Mythologie, von großen amerikanischen Schlitten, vom Existenzialismus und davon, daß er Liedermacher werden wollte. Er hatte Gitarre spielen gelernt, wollte komponieren und Gedichte schreiben. Hatten sich die Phantasien seiner Kindheit nur eine andere Form gesucht? Er sprach von einer jungen ›sexy‹ Biologielehrerin namens Claudette, die ›für ein Abenteuer zu haben‹ war. Sie hatte ihn ein paarmal in ihre Wohnung eingeladen… Doch bald darauf, als Jerry vor den Disziplinarausschuß kam, stellte sich heraus, daß diese Geschichte ausgedacht, ein ›Lügenmärchen‹ gewesen war. Die Beschwerde kam von der genannten Biologielehrerin. Jerry hatte eine Schildkröte in den Unterricht mitgebracht, weil er die Behauptung der Lehrerin, daß der Körperbau der Schildkröte dem des Menschen ähnlich sei, nachweisen wollte. Als die gute Frau sah, wie die Schildkröte auf das Lehrerpult schiß, fiel sie unter dem Gelächter der Schüler in Ohnmacht. Die Verwaltung rief daraufhin die an diesem

Vorfall ›beteiligten Personen‹ in die Schule, und Berti, der ›die Angelegenheit‹ kannte, ging mit seiner Mutter hin, um den Direktor zu sprechen. Da erfuhr er den wahren Sachverhalt. Die Biologielehrerin war eine von den alten widerwärtigen Lehrkräften, die sich mit banalem Wissen begnügen und ihre Unzufriedenheit mit disziplinarischen Maßnahmen zu verschleiern versuchen. Berti konnte sich angesichts dieser ›Überraschung‹ nur schwer beherrschen, er hätte am liebsten laut losgelacht. Dabei war die Lage ernst. Man dachte daran, Jerry von der Schule zu verweisen. Doch es gelang Berti, die Sache gütlich beizulegen, indem er in gebotener Form auf die ›feine englische Art‹, die er im Laufe der Zeit gelernt hatte, um Verzeihung bat. Warum war das alles geschehen, warum diese Lügen und kleinen Spiele? Jerry äußerte auf diese Fragen, daß er die ›Papageien‹ haßte, die mit ihrem Wissen angaben, und daß um ihn herum eine Menge ›Papageien‹ wären. Dann sagte er, nachdem er lange geschwiegen und an seiner Zigarette gezogen hatte: »Es scheint so, als hätten wir uns mit der Direktion nicht verstanden, und wir werden uns wohl auch nicht verstehen.« Meinte er mit diesen Worten nur die Schule? Die Tage würden zeigen, daß diese Aussage sich auch auf andere Stellen bezog und etwas bedeuten sollte.

In einem der nächtlichen Gespräche äußerte Jerry: »An deiner Stelle würde ich gehen.« Wenn ich du wäre, würde ich gehen... Wer konnte behaupten, daß er nicht in einer dieser Nächte eine andere Zukunft für ihn gesehen hätte? Dann fuhr er fort: »Geh und sprich doch mit Tante Estrella.« Berti wurde sich in dem Moment bewußt, daß er seine Tante Estrella jahrelang nicht mehr gesehen hatte. Er schämte sich, und ein seltsames Gefühl, das er nicht beschreiben konnte, erfüllte ihn. War Verlassen oder Zurückweisen etwa so einfach? War es etwa so leicht, zu vergessen und manche Menschen in ihrer eigenen Welt zurückzulassen? In jenen Tagen und Nächten hörte er in seinem Zimmer sehr oft Elgar... Elgar... Für Mr. Page, dessen Spur sich in einer anderen Stadt verlor... Als Berti mir von jenen Tagen erzählte, tat es ihm auch leid, daß er ›damals‹ seine Tante Estrella nicht besucht hatte. Er erlebte einen tiefen Schmerz, der sich anfühlte wie die Leere, wenn man einen weit entfernt zurückgelassenen Ort nicht mehr sehen konnte. Doch der allergrößte Schmerz war aus meiner Sicht in jenen Tagen – ungeachtet dessen, was er ›später‹ noch erleben sollte –, daß er seine ›Geliebte‹ dort ›zurückgelassen‹ hatte, während er in Istanbul geblieben war. In den Tagen, als ihn diese unbeantworteten Fragen beschäftigten, störte sein Vater die Stille des Hauses, indem er mit äußerst ruhiger Stimme sagte: »Die Sache hat sich lange genug hingezogen, mein Sohn. Entscheide dich. Entweder sie oder wir.«

Das war der Gipfel ihrer Auseinandersetzung. Entweder ›sie‹ oder ›wir‹. Es war klar, daß mit ›sie‹ nur Marcelina gemeint sein konnte und mit ›wir‹ nur die Familie. Man mußte an dieser Wegkreuzung die Wahl treffen, entweder ›splitternackt‹ mit einer Liebe und allen möglichen Problemen zu gehen oder ›an seinem Zufluchtsort‹ zu bleiben. Berti mußte an dieser Weggabelung sozusagen eine der wichtigsten Entscheidungen seines Lebens treffen. Und er traf eine der wichtigsten Entscheidungen seines Lebens trotz jener Menschen, trotz der Versprechen, die er jenen Menschen gegeben hatte, und trotz aller Möglichkeiten... Wenn er das verlorene Paradies und die Welt seines Vertrauens wählte, erschuf er dadurch ein wenig sich selbst... Dabei waren einige Schritte genug, jenes Paradies zu berühren, es wirklich berühren zu können... Vielleicht lag der Zauber auch in jenen Schritten versteckt... Doch es gab keine andere Wahl, als sich zu wagen, in der Dämmerung den Weg zu beschreiten... Wenn man das alles bedenkt, könnt ihr schon vermuten, wie die Erzählung von den Protagonisten geschrieben wird... Denn es verbarg sich hier die Geschichte einer Gefangenschaft. Doch war diese Vorgeschichte allein die von Berti?...

Das, was in jenen Tagen dort abgelaufen sein mag, hat zweifellos auch Monsieur Jacques, der das ›Problem‹ auf diese Ebene gehoben hatte, in einen sehr geheimen Raum gerufen. Als wollte eine Dunkelheit, oder eher noch ein Gefühl, das immer im Dunkeln hätte bleiben sollen, auf einem anderen Weg, versteckt hinter Schweigen oder hinter ein paar Worten, zur Sprache kommen. Hätte Berti sich zugunsten der anderen Seite entschieden oder dafür, was jenseits der ›Mauer‹ lag, hätte das sein Leben sehr tief erschüttern und ihm sagen können, wie falsch und sinnlos seine bisher getroffenen Entscheidungen gewesen waren. Einer seiner wichtigsten Spielsteine hatte eine gewisse Unsicherheit in sein Spiel gebracht. Doch er war nach so vielen Jahren Meister in dem Spiel, um etwas derartiges vorauszusehen und manche Schritte im voraus ahnen zu können. Vater und Sohn trafen sich nach Jahren an einem unerwarteten Ort, in einer Sackgasse, ihrer eigenen Sackgasse. Man konnte sagen, daß es das Spiel eines stillen lautlosen Todes war, dazu verurteilt, einzig und allein in den Blicken zu bleiben. Die Erzählungen in anderen Leben, Büchern, Gemälden sind die ›früheren‹ Zeugen dieses Todes.

Olga mußte ebenso wie Marcelina denen, die die Steine des Todesspieles setzten und die sich wegen ihrer ›Geheimnisse‹ näherkamen, von ›außen‹ zuschauen… Traurig war, daß sogar hier, in so einer Gefühlssituation, keine echte Vater-Sohn-Beziehung entstand… Es gab keine Rückkehr, nachdem die Spielsteine noch einmal auf ihren Platz gesetzt worden waren, beziehungsweise unverrückbar ihren Platz gefunden hatten. Diese Entscheidung sollte niemanden erstaunen. Sie führten ein Leben, in dem einzelne Probleme ›verschleiert‹ ertragen wurden. Nach vielen Jahren würden sie sich noch einmal gegenüberstehen. Jahre, viele lange Jahre später… Zu einer Zeit, als sie etwas eher den Mut zum Verlieren hatten… Jahre, viele lange Jahre später… Nach manchen Todesfällen… Weil sie bestimmte Todesfälle akzeptieren mußten. So wie es bereits viele Menschen getan hatten, die mit ihnen im selben Spiel spielten… Das war der Preis dafür, daß man sich entschieden hatte, an diesem Zufluchtsort zu leben. Der Preis dafür, an jenem Zufluchtsort das Leben nach eigenen Maßstäben zu ›retten‹…

Bertis anderes Problem rührte daher, daß er hinter dem, was er in jener fremden Stadt, der Stadt im ›Westen‹ – seinem vermeintlichen ›Paradies‹ – zurückgelassen hatte, die ›Hölle‹ nicht sah oder zumindest die reale Welt. Nach seiner Ansicht waren die Menschen an jenem Ort sehr viel glücklicher als in der Stadt, in der er lebte, zu leben gezwungen war. Er erkannte weder damals noch später die ›dortige‹ Realität, die er eigentlich hätte sehen müssen. Wäre ihm das geglückt, dann hätte er sein Leben oder zumindest die Probleme seines Alltagslebens leichter ertragen können. Doch so war er aus ganzem Herzen von diesem falschen Bild überzeugt. War das etwas anderes, als sich auf einem Zweig festzuklammern, der Versuch, sich auf einem Zweig festzuklammern, ohne ihn gehörig zu prüfen.

Berti hat Marcelina nach ihrer Trennung niemals mehr wiedergesehen, obwohl ihre Beziehung einen ganz anderen Ton in sein Leben gebracht hatte und er sie mit brennenden Gefühlen erlebt hatte. Niemals mehr ›das Dort‹ berühren können wie der Mensch von damals... Sich ab und zu vorzustellen, insbesondere in den Zeiten der Einsamkeit, die Geliebte lebte weiterhin in einer jener Welten, jener Leben... Unaufhörlich der Spur eines Gefühls folgen, das Fragen gebar, die durch die Wörter ›wo‹ und ›wie‹ Bedeutung bekamen... Wenigstens konnte er sich in jene Vergangenheit, jene Bilder versenken, die dieses Gefühl nährten und es immer nähren würden, solange er jenen Mangel spürte. Ich versuchte, mir diese Bilder in meiner Phantasie zu vergegenwärtigen. An dem Ort, wohin mich die Worte führten, gab es die Spur eines Glücks, das wieder einmal nicht gelebt, eingefangen werden konnte... Die Fahrradtouren, die unzerstörbar scheinenden Gedankengebäude, die an die andere Welt der Professoren und Mitstudenten gebunden waren, jener Fluß, die Fahrten auf jenem Fluß, wo waren sie auf den Fotografien? Mit Worten konnte man wie immer einerseits erzählen und mitteilen, aber andererseits auch verbergen, verstecken... Ich hoffe, mit anderen Fragen an andere Orte zu gelangen. Was auch immer in diesen Worten auf diesen Fotografien versteckt war, es war offensichtlich, daß etwas in sehr weiter Ferne zurückgeblieben war, das im Laufe der Zeit verschiedene Namen getragen und verschiedene

Gefühle gehabt hatte. Es schien, als ob Berti sich selbst bestrafte, indem er an diese Möglichkeit gebunden blieb, die er schon vor Jahren verloren hatte. Er hatte sich an jenen Abenden entschieden, jenes Gefühl der Trennung ›bis zum Ende‹ zu leben und seinen Weg als Schicksal anzusehen. In solch einer Lage könnt ihr euer Gedächtnis nicht auslöschen. Denn ihr fühlt euch, wenn ihr euch an die Fotos erinnert, stets schuldig für das, was ihr auf der anderen Seite des Spiegels gelassen habt. In manchen Nächten lächeln diejenigen von der anderen Seite des Spiegels, scheinen sie zu lächeln... Sind das vielleicht die Momente, in denen ihr euch der richtigen Frage endlich genähert habt, euch habt nähern können?...

Wir waren ein wenig auch unsere Fotografien

Natürlich konntet ihr in jenen Nächten nicht wissen, welches Lied, welches Wort oder Bild euch auf diese jahrelang aufgeschobene Reise gerufen hatte. Ihr könnt diese Nächte niemandem erzählen. Ganz langsam bereitet ihr euch durch eure Träume auf diese Orte vor. Ganz langsam, als wolltet ihr euch an jene alten Romane oder an einen der Filme erinnern... Ganz langsam, denn ihr hattet versucht, jene Träume und eure geheimen Gesichter in jenen Träumen zu vergessen... Berti konnte erst nach sehr langer Zeit, erst nachdem etwa zwanzig Jahre vergangen waren, nach Cambridge zurückkehren. Damals wußte ich noch nichts von seiner Geschichte. Mit anderen Worten hörte ich das, was ich über diese Reise erfuhr, in einer anderen Zeit. Es war in Istanbul in den siebziger Jahren. Es war gegen Abend... In dieser Erzählung war Cambridge für diesen Menschen, der mich mit manchen seiner Erinnerungen noch einmal konfrontieren wollte, etwas fremder geworden... Von London, wo er sich wegen einer geschäftlichen Angelegenheit aufgehalten hatte, war er für kurze Zeit, nur für ein paar Stunden ›dort‹ hingefahren, ohne genau zu wissen, was er ›dort‹ eigentlich wollte. Er fand die Stadt in vieler Hinsicht verändert, als er von jenem alten Busbahnhof aus in sie hineinging, und er bemerkte, daß er, anders als er es sich vorgestellt hatte, zuerst gar nicht aufgeregt war. Als wäre der Ort, von dem er so lange Zeit fort gewesen war – es war ihm ja nichts übriggeblieben –, ein anderer Ort, als wäre das nicht der Ort, durch dessen Straßen er, aus einer fernen Zeit kommend, an einem sonnigen Nachmittag zu schlendern wagte... Er schaute lange, lange auf den Fluß... Eine Gruppe junger Leute bereitete sich auf die bekannten Ruderwettkämpfe vor... Ein junges Mädchen fuhr auf einem Fahrrad an ihm vorbei... Er dachte daran, daß das junge Mädchen in den Tagen, als er seine Liebe erlebt hatte, vielleicht noch gar nicht geboren war... In dem Moment erfaßte ihn ein Gefühl der Fremdheit... Ein Gefühl der Fremdheit... Als begegnete er dem Schatten eines anderen Menschen in jenen Straßen, von denen er so viele Aspekte, Farben, Nächte kannte. Er verstand, daß die Stadt sich vor ihm verschloß, daß sie einen Preis für den Verrat einer Liebe forderte... In dem Augenblick spürte er sehr deutlich, daß Marcelina dort war, daß sie sehr nahe war. Doch er würde sie nicht sehen, nicht sprechen, nicht berühren können... Er verstand, daß dies der Preis war... Dabei wollte er ›zeigen‹, daß es ihm gelungen war zurückzukehren, auf irgendeine Weise zumindest... Zeigen, daß es ihm gelungen war zurückzukehren. Vielleicht war hier der Ort, wo das Gefühl, das er im Namen einer Liebe wiederbeleben wollte, seine wahre Bedeutung fand. Und jenseits all des Verlorenen gab es hier noch einmal in der Phantasie jenen alten Geschmack der Erinnerungen. Vielleicht war jetzt das einzig Schöne an jenem Ort, daß Berti sich an Marcelina so erinnerte, wie er sie dort verlassen hatte. Die Zeit blieb stehen an einem Ort, der weit von vielen Tatsachen, Zukünften oder Möglichkeiten entfernt war. Ein Mensch lebte an einem anderen Ort unverändert weiter. Es war ähnlich wie die Rache der früh Verstorbenen an denen, die weiterlebten. Berti teilte dieses ›Schicksal‹ mit den Protagonisten vieler Erzählungen in verschiedenen Sprachen. Marcelina blieb auf jenen Fotografien, auf den Fotografien von ihr. Sie sprach

nicht von sich, obgleich sie mit anderen, an anderen Orten weiterlebte, wichtiger, sie ließ Berti nicht davon erzählen, was er
›später‹ erlebt hatte… Das spürte ich, vielleicht war es das, was
ich in dieser Erzählung sehen, erleben wollte. Die Grenze zwischen uns hatte ich wohl wieder einmal nicht genau gezogen. Er
sagte: »Als ich dort auf den Fluß schaute, verstand ich noch einmal besser, daß ich sie verloren hatte, wirklich verloren hatte…
Was ich eigentlich will, ist nicht, die Beziehung von neuem beginnen, sondern davon zu erzählen, erzählen zu können…« Um
die Wahrheit zu sagen, will ich diese Äußerung in der Rückschau
auf das, was er dort an jenem Nachmittag erlebt hatte, auch jetzt
nicht anders kommentieren. ›Jene Grenze‹ zwischen uns bekam
ohnehin ihre Bedeutung in diesem Gefühl.

Erwachte vielleicht aufs neue in uns diese schmerzliche Freu-
de, weil mitten in der Nacht, inmitten größter Dunkelheit in den
Häusern gegenüber, in einer der ›Wohnungen‹ ein kleines zit-
terndes Licht brannte, während wir den Morgen mit jenen alten
Worten, unserer unvergeßlichen Poesie erwarteten? Konnte die
Hoffnung auf einer kleinen Möglichkeit aufgebaut werden?…

In welcher Nacht ist Marcelina verblieben?

Wann, in welcher Erzählung habe ich erstmals das Bild des zitternden ›fremden‹ kleinen Lichts verwenden wollen? Wer oder
was für alte Träume, die sich irgendwie nicht erzählen, nicht
mitteilen lassen, verbargen sich in diesem Appell? Derartige Fragen konfrontierten mich zeitweilig mit den unterschiedlichen
Aspekten der Erzählung, von denen ich immer jemandem erzählen wollte, die einige Symbole in mir zutiefst erschütterten. Ein
kleines zitterndes ›fremdes‹ Licht wies auf ein Zimmer hin, von
dem bekannt war, daß man es niemals betreten würde… Auch in
der Erzählung von Berti gab es ein ähnliches Licht. Dieses Licht
würde uns auch eine Fotografie erklären, die wir irgendwo auf
unserer langen Wanderung zurückgelassen hatten. Berti würde

außerhalb dieses Fotos bleiben, das einige Momente erneut ans Tageslicht brachte, in die ich an einem unerwarteten Abend einbezogen wurde.

Diese Fotografie zeigte das, was Mr. Dyson lange Jahre hindurch zu erreichen versuchte hatte und von dem er glaubte, es in den letzten Augenblicken seines Lebens erreicht zu haben. Der ›Gast‹, der mir die Fotografie beziehungsweise das andere Gesicht dieser Erzählung zeigte, der diese wenigen Erinnerungen mit mir zu teilen versuchte, die in mir einen sehr persönlichen Ort öffneten, war Gordon Lucas, der wegen Geschäftskontakten nach Istanbul gekommen war. Ich wußte, Gordon war einer der nächsten ›Zeugen‹ dessen, was Berti ›dort‹ ›damals‹ erlebt hatte. Er hatte sich während unserer langen Wanderungen bei mir einen Platz erobert, der weit über den eines normalen Zimmergenossen hinausging. Das Leben hatte sie, wie das in solchen Erzählungen immer ist, beide zu anderen Menschen gemacht, doch fanden sie es wert, manche Details, die sie damals miteinander geteilt und sich erzählt hatten und die für andere unwichtig waren, über Jahre hin aufzubewahren. Gordon wirkte auf jenen Fotografien, auf denen sich diese Details verbargen, wie ein Mensch, der seine Erlebnisse bis zum äußersten auskosten wollte und der anstatt im Zimmer lieber irgendwo draußen war, auf einer Straße, in einem Nachtlokal, mit dem Segelboot auf endlosen Wassern gleitend, bei einer gefährlichen Zugfahrt in einem fernen Land... Weil er gerade in Istanbul ›vorbeikam‹, rief er Berti an, dessen Spur er aufgrund gelegentlicher Briefe leicht gefunden hatte. Er sagte, er würde nur ganz kurz in der ›Stadt‹ bleiben und ›würde sich sehr freuen, ein paar Stunden mit ihm zu verbringen, wenn er einverstanden sei‹. Er wohne im Hilton Hotel. Man könne sich keinen ›einfacheren‹ Platz denken, um sich nach Jahren wieder zu begegnen. Nach Jahren sei er ihm also derart nahegekommen. Die Entscheidung läge bei ihm... Berti hatte am Telefon auf diese feinsinnige, bedeutungsvolle und für mich ›ziemlich englische‹ Pointe lachend geantwortet, ohne es für nötig zu halten, seine Aufregung zu verbergen. Er sagte dabei auch Dinge, die ich nicht verstand und die zu beiderseitigem Gelächter führten. Als hätten sie ihre Gespräche selbst dann fortgesetzt, als sie einander fern waren. Er würde ›ohne Zeitverlust‹ zum Treffpunkt kommen. An jenem Tag war auch ich dort, wie es die Erzählung verlangte. Berti sagte, er würde mich mitbringen. In dem Moment spürte ich, daß ich mich einem anderen Ort der Erzählung näherte. Es schien für mich keine andere Wahl zu geben, als dem Appell zu folgen. Es gefiel mir, diesen Protagonisten zu spielen. Das wichtigste war das Gefühl, an eine andere Stelle des Geheimnisses vorzudringen. Das hätte ich Berti nicht sagen können. Schließlich hatten wir in der Erzählung unterschiedliche Orte phantasiert, wollten unterschiedliche Orte sehen und zeigen. Um die Wahrheit zu sagen, hatten wir in der Erzählung unterschiedliche Schicksale… Wir brachen sofort vom ›Laden‹ aus auf. Mit einem Taxi fuhren wir zuerst nach Şişli. Berti wollte vor dem Treffen mit Gordon wie gewöhnlich erst ›kurz mal‹ bei seinem Friseur Stelyo vorbeigucken, um Haar und Bart ›in Form bringen‹ zu lassen. Beim Friseur sprach er fast nicht. Danach nahmen wir ein Taxi zum Hilton Hotel. Berti kannte die je nach Entfernung unterschiedlichen Taxipreise innerhalb seines Lebensbereichs. An dem Tag gab er beiden Taxifahrern mehr als nötig. Während der kurzen Fahrten schwieg auch ich. Ich wußte, das alles hatte die Bedeutung einer kleinen ›Vorbereitungszeremonie‹. Um das zu spüren, reichte das Wissen, daß man andere Leben berührte. In dieser Situation brauchten wir keine Erklärungen.

Bei dem Treffen in der Lobby des Hotels, am verabredeten Ort zur verabredeten Zeit, herrschte eine Fremdheit, die nicht zu verhindern war. Man mußte diese Fremdheit nicht erklären, nicht zu erklären versuchen. Sowieso gaben die möglichen Assoziationen dieses Gefühls, die an all das erinnerten, was die alten Filme und Dramen in uns hinterlassen hatten, reichlich Gelegenheit, um das Element der Trauer in diesem Treffen zu erhöhen. In dieser Situation blieb ich wieder einmal nur Zuschauer, um meine wahre Identität in der Erzählung zu verbergen…

Trotz der Blicke, mit denen Gordon mich spüren ließ, daß er an mir ›zweifelte‹… Gordon war ein äußerst eleganter und eindrucksvoller Mann mit einer klaren Aussprache. Es war nur natürlich, daß man zuerst von alten Tagen redete, daß man sich zu erinnern versuchte. Man sprach von dem, was man erlebt hatte, soweit man es unter den gegebenen Bedingungen konnte. Gordon sprach weniger und hörte zu. Er war ein guter, selbstbewußter Zuhörer. Ab und zu versuchte er, mit Seitenblicken auch mich anzusehen, eher noch, mich zu ›sehen‹. Mehrfach trafen sich unsere Blicke. In diesen Momenten versuchten wir, scheinbar ein anderes Gespräch anzufangen, versuchten uns gegenseitig mit unseren eigenen Realitäten zu erfassen. Wir spürten wahrscheinlich, daß wir beide in dieser Erzählung oder in diesem Teil der Erzählung ganz andere Menschen waren, als es aussah, daß wir im Inneren eine ganz andere Person verbargen. Diese Tarnung löste ein namenloses Unbehagen aus. Sein Unbehagen war das eines Menschen, der sich in einem Zimmer durchs Schlüsselloch beobachtet weiß, ich meinerseits fühlte das Unbehagen eines Menschen, dem das beobachtende Auge gehört und der, obwohl er nicht gesehen wird, doch merkt, daß man ihn bemerkt hat. Aus diesem Grund gaben wir die uns selbst betreffenden Daten lediglich mit wenigen Worten an.

Dann kam die Berufstätigkeit, die wir ›im neuen Leben‹ ausübten, an die Reihe. Berti sagte: »Ach, laß mal… Ich mache irgendwelche Sachen, über die es sich nicht zu sprechen lohnt.« Gordon sagte: »Ich werde es dir erzählen… Eines Tages werde ich es vielleicht erzählen können.« Auf Bertis Gesicht schien sich in dem Moment eine melancholische Freude auszubreiten… Es war eine Freude, die aus dem Gefühl kam, daß sie sich gegenseitig irgendwie nicht erzählen konnten, was sie gemacht hatten, und daß sie in ihren selbstgewählten Leben nicht glücklich waren. Es gab in der Erzählung also keinen Freund, der von einer sehr langen Reise zurückkehrte und dem, der immer am selben Ort geblieben war, von seinen Erfolgen erzählte. Beide hatten sie in ihrem eigenen Land ihre eigene Wahl getroffen, und beide hatten sie ein Geheimnis, das sie zu dem Ort, wo ihre Vergangenheit geblieben war, nicht mitbringen konnten. Es war, als erreichte Berti in einer großen Wüste eine kleine Oase... Es war in diesem Moment nicht möglich, daß er die verschiedenen verborgenen Motive spürte, warum man manche Dinge nicht sagen konnte. Wir pflegten bei gewissen Menschen ja nur das zu sehen, was wir sehen wollten, um gewisse Zeiten von uns zu retten... Hinter dieser Haltung versteckte sich zweifellos auch bei Gordon ein Schmerz. Mir gegenüber saß ein Mensch, der jahrelang ein ganz anderes Leben auf seine eigene Weise mit Weisheit getragen hatte... So ein Mann konnte nach so einem Moment nicht aus dieser Erzählung verschwinden... Ein paarmal schauten wir uns in die Augen, ›ohne zu sprechen‹, ohne das Thema zu wechseln. Wahrscheinlich versuchten wir diesen Moment, obwohl wir aus sehr unterschiedlichen Einsamkeiten kamen, einander zu erzählen, gefühlsmäßig mitzuteilen. Dabei wollte ich an diesem Abend für Berti ein stummer Beobachter sein, der versucht, das Gesehene nie zu vergessen.

Berti entschuldigte sich, um auf die Toilette zu gehen. Wir saßen einander gegenüber wie zwei Protagonisten einer Erzählung, die sich kurz vorher noch nicht gekannt hatten und wußten, sie würden sich danach nicht wiedersehen, doch es war klar, daß sie irgendwann wieder einmal auf irgendeine Weise zusammentreffen würden. Diesen Zeitabschnitt konnten wir als kleine Gelegenheit nutzen, um einander etwas von uns zu übergeben. Doch ich sollte statt dessen in der kleinen Zwischenzeit noch einmal jenes Gefühl der schicksalhaften Gebundenheit an ›jenen Ort‹ erleben, indem ich die Wahrheit über Marcelinas Geschichte erfuhr, zu erfahren gezwungen war, die mich an einen ganz anderen Ort in mir tragen würde... Gordon fragte mich, ob ich Marcelina kenne. Es war klar, was er unter ›kennen‹ verstand, verstehen wollte. Ich sagte: »Gut genug, um eines Tages eine Geschichte über sie zu schreiben, deren Sinn man in gewissen Zweifeln, gewissen Fragestellungen und inneren Reisen suchen könnte.« Er antwortete: »Gut... Das ist für mich ausreichend...

Wir haben nicht viel Zeit. Ich werde Ihnen jetzt etwas sehr Wichtiges über Marcelina mitteilen, das Sie unbedingt erfahren müssen. Denn schließlich muß jemand, der Berti nahesteht, dies unbedingt endlich wissen. Ich kenne Berti. Wenn Sie hierher, zu so einem Treffen mitgekommen sind, dann bedeutet das, er vertraut Ihnen…« In diesem ›Blick‹ Gordons auf mich erfaßte ich eine andere Facette von ihm. Es war ersichtlich, daß er als alter Freund die Persönlichkeit des neuen Freundes zu verstehen, auszuforschen versuchte. Für diese ›Identifizierung‹ schien er von mir einen Satz, einen kleinen Satz zu erwarten. Doch ich schwieg und brachte mein Gefühl lieber durch meine Blicke zum Ausdruck. Ich fürchtete mich wahrscheinlich wieder einmal vor etwas, das ich nicht benennen, nicht definieren konnte… Vor etwas, das ich nicht benennen, nicht definieren konnte… Das konnten wir verstehen. Manchmal gab das Schweigen einem Menschen die Gelegenheit, sich auf andere Möglichkeiten gegenüber einer dritten Person einzustellen. In diesem ›Zwischenraum‹ wählte ich meinen Platz.

»Ich muß sicher sein, daß Sie das, was ich Ihnen jetzt erzähle, Berti nicht weitererzählen werden. Ich kann Ihnen doch in diesem Punkt vertrauen, oder?« fragte Gordon. Ich hatte von anderen Menschen und aus anderen Büchern gelernt, was für eine Haltung als ›Vertrauter‹ und gleichzeitig als ›Schriftsteller‹ ich derartigen Fragen gegenüber einzunehmen hatte. Ich kannte die ›Methode‹. Ich versuchte ihm mit Blicken die von ihm gewünschte Glaubwürdigkeit zu signalisieren. Meine Position erforderte, meinem Gegenüber auf irgendeine Weise das Gefühl der Vertrauenswürdigkeit zu geben. Er fuhr fort: »Die Wahrheit, die er nicht erfahren hat und auf seltsame Weise nicht bemerkt hat, ist folgende: Marcelina war den ›anderen‹ gegenüber eine ›Geliebte‹ ganz anderer Art, und für die meisten von uns entpuppte sie sich als eine Frau, die einzigartig war… Diese Frau, besser gesagt, ihr anderes Gesicht, war für die einen von uns teuflisch, für die anderen revolutionär, für wieder andere vom Leben gebeutelt. Wenn ich unsere Grenzen damals, unsere Unfertigkeit für das Leben bedenke, war sie eine Frau, die uns lehrte, wie man das Verbotene lebte, mit welchem Schweigen ... Sie war eine professionelle Hure! ... Das hatten Sie nicht erwartet, oder? Um ehrlich zu sein, hatten auch wir das nicht erwartet in jenen Tagen, als wir das Verbotene lebten und voreinander zu verstekken versuchten ... Die ›Wahrheit‹ erfuhren wir erst, als die Zeit gekommen war und alle Spiele gespielt worden waren ... Als alle Spiele gespielt und die Trennung erlebt worden war ... Doch das Leben verlief nun mal mit solchen ›Scherzen‹ ... Diese Frau, die uns alle ein unterschiedliches Versteckspiel, ihr Versteckspiel erleben ließ, hatte seltsamerweise Cambridge ausgewählt, obwohl es doch so viele große Städte gab. So war es wenigstens in der Phase, als wir sie kannten, wirklich zu kennen glaubten. Sie sagte, sie hätte Cambridge ausgewählt, um zu studieren. Oder war das eine ihrer Lügen, weil sie die Stadt gefunden hatte, in der sie leben, bis zuletzt leben wollte? Hatte sie in anderen Städten anderen Menschen andere Lügen und andere Lebensgeschichten aufgetischt? Das werden wir nie erfahren ... Was ich weiß ist, daß uns damals ihre Lebensgeschichte sehr gefiel und wir sie sehr eindrucksvoll fanden. Wir glaubten, daß wir diese Geschichte für uns selbst, für unsere erträumte Zukunft an einem wichtigen Platz einordnen konnten ... In dieser Geschichte schlüpfte Marcelina in die Identität einer armen jungen Frau aus einem armen Land. Sie sagte, sie habe, um in der Welt der Reichen zu bleiben, mit dem Teufel einen Pakt geschlossen. Sie hatte den Pakt aus tiefer Enttäuschung, gleichzeitig aber auch aus dem Gefühl der Empörung geschlossen, und sie schien sich dafür nicht zu schämen. ›Das ist meine Rache ... Meine Rache, für das, was mir von dem mir Zustehenden nicht gegeben wurde, was mir von dem mir Geschenkten vorenthalten wurde. Das ist wie mein langsamer Tod in jeweils anderen Körpern, aber auch mein langsames Lebendigwerden‹, hatte sie einmal gesagt. Sie hatte sehr eindrucksvolle Blicke und ein sehr schönes Lächeln. Jedesmal, wenn ich mit ihr schlief, war es mir, als sei ich mit einer anderen Frau zusammen. Sie hatte ein sehr spezielle Attraktivität, mit der sie einen Mann an sich band. Wie ich schon sagte, ich erfuhr erst Jahre später, lange Zeit nachdem ich gewisse Trennungen hinter mir hatte, daß sie dasselbe Gefühl auch bei vielen anderen Männern erzeugt hatte. Das Spiel war schon lange zu Ende. Wir alle meinten, in dem Spiel die einzige Person zu sein, die diese Beziehung erlebte, wir alle glaubten, wir seien ein ganz spezieller Spieler… Überbewerten Sie es nicht, daß ich ›wir alle‹ sage. Am Ende waren wir vier Freunde, die in dem Spiel eine Rolle hatten. Vier Freunde, die das Schicksal in jenen Tagen zusammengeführt und später an verschiedene Orte verschlagen hat… Wir waren einander sehr nahe, es schien als wären wir soweit, daß wir einander alle Geheimnisse anvertrauen konnten. Es war für uns sehr wichtig, an diese Nähe zu glauben. Doch schauen Sie mal an, trotz dieser vermeintlichen Nähe versteckten wir Marcelina voreinander, richtiger, wir schirmten sie ab. Warum wollten wir das? In der Antwort auf diese Frage ist die seltsame, vielleicht bittere Freude darüber enthalten, daß wir etwas Verbotenes erlebten. Als ginge es um einen geheimen Kampf um die Überlegenheit… Doch an dem Abend, an dem Marcelina von Cambridge nach London an einen unbekannten Ort, den sie noch entdecken wollte, aufbrach, mußten wir schließlich einander unsere Erlebnisse, die Tatsachen erzählen. An jenem Abend wollten wir uns mit Bier vollaufen lassen bis zum ›Filmriß‹… Berti war in seine Heimat zurückgekehrt. Daß er nicht mehr zurückkommen würde, wußten wir oder ahnten es wenigstens. Ich sagte, ich wollte meinen Freunden ein Geständnis machen, und rückte mit dem Geheimnis um Marcelina heraus. Danach erzählten auch die anderen. Wir alle vier hatten andere Geschichten und Beziehungen mit ihr erlebt… Ich erzähle Ihnen diese Geschichten nicht, weil Sie jene Menschen nicht kennen. Zuletzt mußten wir alle zugestehen, daß alle diese Geschichten einen anderen Traum, ein anderes Dilemma zur Sprache brachten. An jenem Abend tranken wir alle vier auf Marcelina, die Frau, die uns ein unvergeßlich scheinendes Abenteuer hatte erleben lassen. Wir konnten den Film natürlich nicht reißen lassen. Es blieb sowieso ein wichtiger Teil unseres Filmes bei ihr... Sie war eine ganz besondere Frau...

Es wird ihnen jetzt unglaublich erscheinen, aber ich habe sie Jahre später zufällig und völlig unerwartet bei einem Empfang der argentinischen Botschaft wiedergetroffen. Damals war ich im Außenministerium tätig und ging sehr oft zu solchen Botschafts-empfängen. Ich traf sie dort unter den wichtigen Gästen. Sie war die Frau eines hohen Offiziers beim Sicherheitsattaché. Als wir einander vorgestellt wurden, verhielten wir uns, wie sich das in solchen Situationen gehört, wir taten, als sähen wir uns das erste Mal. Und wie das in solchen Situationen auch immer ist, ergriffen wir später eine Gelegenheit, uns in einer ruhigen Ecke fern von allen Blicken zu einem Gespräch im Stehen zu treffen. Sie war noch schöner geworden, eine Frau, nach der sich alle umsahen. Ich sparte nicht mit den Komplimenten, die sie verdient hatte. Sie dankte mir mit einem traurigen Lächeln und sagte: ›Das Leben ist voller Überraschungen und unerwarteten Begegnungen, nicht wahr?‹ Ich sagte: ›Als hätten wir das immer so gewollt... Seit jenen Tagen schon.‹ Sie lächelte wieder. So als wollte sie das Lächeln auf ihrem Gesicht nicht verlieren. Plötzlich merkte ich, daß sie viel trank. ›Ich weiß aber irgendwie noch nicht, wann ich mein letztes Wort sprechen werde‹, fügte sie dann hinzu. Ich schwieg. Sie erwartete wahrscheinlich eine Entgegnung von mir. Doch fiel mir nichts ein, was ich darauf hätte erwidern können. Dann fragte sie nach Berti. Sie wußte, daß wir befreundet waren. Ich sagte, wir hätten einander manchmal geschrieben, doch ich hätte ihn seit Jahren nicht gesehen. Sie nahm noch einen Schluck von ihrem Getränk und versuchte, das Zittern in ihrer Stimme zu vermeiden, als sie sagte: ›Er war ein Kind, ein großes dummes Kind.‹ ›Ja, ein Kind‹, sagte ich, ›ein Kind, das gar nicht wußte, wie wenig es sich beschmutzt hatte...‹ Wir hatten beide Sehnsucht nach ihm. Vielleicht fühlten wir uns beide so schuldig, daß wir dies nicht zugeben wollten, doch wir beide sehnten uns nach ihm, wir wollten ihn aus unterschiedlichen Gefühlen, Sehnsüchten umarmen, das weiß ich sehr gut. Aus unterschiedlichen Gefühlen und Sehnsüchten... Marcelina, die Berti ein Kind genannt hatte, vermißte meiner Ansicht nach das Kind, das sie in dieser Beziehung verloren hatte. Ja, sie hatte in dieser Beziehung ebenso wie Berti auch ein Kind verloren, das sie nicht mehr wiederfinden würde. Vielleicht waren diese Kinder verschieden, vielleicht trugen diese Kinder verschiedene Bedeutungen, doch waren es im Endeffekt Kinder. Auch war in der Tat die Beziehung, die Marcelina mit Berti erlebt hatte, sehr anders als die, die sie mit uns erlebt hatte. Sie wollte, wenn Sie mich fragen, in dieser langen Beziehung, mitten unter all dem Schlechten eine Zeit erleben, die für die anderen verschlossen war und in der das Kind langsam erwachsen wurde, sowohl für Berti als für sie selbst. Es lag offenbar in der Beziehung eine Schönheit, die es wert war, aufgesucht, entdeckt und definiert zu werden und die genährt wurde durch Selbsttäuschung und wissentlichen Betrug. Eine Schönheit, die sich von Täuschung und wissentlichem Betrug nährte... Um die Träume auszuleben, und sei es für eine begrenzte Zeit... Das war meiner Ansicht nach die achtenswerteste, weiblichste, menschlichste Seite dieser Frau, die ihr ›Fortschreiten‹ im Schlechten sozusagen als Bestimmung ansah. Berti bemerkte niemals, was außerhalb von ihm vor sich ging, konnte es nicht sehen, beziehungsweise er bemühte sich nicht, es zu sehen. Er baute zwischen dem, was er mit Marcelina erlebte, und seiner Umwelt eine hohe Mauer des Glücks auf. Wie Sie wissen, kann man eine Mauer zum Selbstschutz ebenso errichten wie als Gefängnis; man verhindert, daß jemand hinausgeht oder daß jemand hereinkommt. Vielleicht habe ich mich aus diesem Grund nicht getraut, mich dieser ›Realität‹ zu nähern, obwohl ich die Gelegenheit hatte, mit ihm eigentlich über fast jedes Thema, das ›Leben betreffend‹, zu sprechen. Es tut mir nicht leid. Schließlich konnte ich ihm diesen kleinen Traum nicht wegnehmen, was auch immer dabei herauskam. Ich vermute, Marcelina dachte von ihrer Warte her genauso. So wie ich, dem kleinen Traum vor allem anderen den Vorrang gebend... Was sie erlebten, war etwas jenseits der Liebe... Sonst wäre es nicht möglich gewesen, daß dieses Gefühl, trotz aller

Stürme, so viele Jahre überdauert hätte... Daß ich dieses ›Geheimnis‹ so viele Jahre bewahrt habe, war nur aufgrund einer solchen Überzeugung möglich... Doch bin ich jetzt äußerst beruhigt, daß ich meine Gefühle mit einem anderen teilen konnte, auch wenn es Jahre später ist. Ich kann die Erzählung hier beenden. Jedoch, indem ich ›beenden‹ sage, will ich noch einen Punkt berühren, von dem ich nicht bezweifle, daß er Sie interessiert, und eine ›notwendige Erklärung‹ abgeben... Ich habe Marcelina nach jener Nacht nicht wiedergesehen. Jahre später, als ich wegen eines anderen Dienstes eine Zeitlang in Buenos Aires war, schien es mir, als träfe ich auf ihre Spur. Von dem hochrangigen Offizier hatte sie sich getrennt. Sie lebte allein in einem einfachen, schlichten Appartement und wurde offensichtlich von jemandem stark unter ›Bewachung‹ und ›Kontrolle‹ gehalten. Soviel konnte ich erfahren. Sie war endgültig an einem Ort, wo ich sie nicht erreichen konnte. Diesen Zustand mußte ich akzeptieren. Doch jetzt sind auch Sie in dem Spiel. Die Reihe ist an Ihnen, das ›Geheimnis‹ zu tragen... Auch Sie werden Berti nichts davon verraten, was Sie erfahren haben. Er glaubt immer noch im Namen des Lebens, daß er etwas Unzerstörtes, Reines erlebt hat. Etwas Reines, Unzerstörtes... Vielleicht war es tatsächlich so... Und dann...«

Gerade als ich in ein anderes Geheimnis eingeweiht werden sollte, kehrte Berti zurück. Gordon wechselte sofort das Thema. »Übrigens... London ist auch nicht mehr das alte. Nach meiner Ansicht bezahlt England jetzt für seinen früheren Kolonialismus. Doch wir sind nur die Enkel der Kolonialisten, Kinder der Unwissenheit. Ist das nicht ungerecht?« In dem Moment mischte Berti sich in das Gespräch ein und sagte in bezug auf mich: »Gib nichts drauf, daß er mein Freund ist. Paß auf, was du sagst. Er ist ein dreckiger Linker.« Wir lachten, lachten viel mehr, als bei diesen Worten angebracht war. Eigentlich lachten wir unter dem Eindruck von verschiedenen Erinnerungen, Bildern mit verschiedenen Gefühlen über verschiedene Menschen. Aber vor allem tranken wir in diesem Moment auf die Gesundheit des schmutzigen Linken. Danach schwiegen wir ein paar Minuten. Ich hätte sagen können, weshalb ich schwieg. Aber sie? ... Konnten sie sagen, an welchen alten Fotografien sie hängengeblieben waren, konnten sie bekennen, mit welchen Fotografien sie erwachsen geworden waren, ernstlich erwachsen geworden waren? ... Diese Frage werde ich eines Tages vielleicht beantworten können, wenn es mir gelungen ist, in einige der dunklen Bereiche dieser Erzählung vorzudringen ... Gordon unterbrach das Schweigen und sagte zu Berti: »Du bist nicht spät genug gekommen.« Als er sah, daß wir verwundert waren, schaute er mich lächelnd an wie ein Lehrer, der einen Schüler bei einer Unwissenheit erwischt. »Wir haben uns mit deinem Freund lange unterhalten ... Besser gesagt, war er so nett, mir mit Geduld und großer Höflichkeit zuzuhören. Doch es war sehr schwer, dieses lange Gespräch in den Zeitraum unterzubringen, in dem du abwesend warst. Insofern wird die Arbeit des Schriftstellers, der diese Momente aufschreiben will, nicht einfach sein ...«, fügte er hinzu.

Gordon schien zu wissen, daß ein Gespräch, das Jahre später aufs Papier gebracht wird, gebracht werden soll, mit der Zeit unter dem Einfluß anderer Gespräche sein Erscheinungsbild verändern und von anderen Gesprächen beeinflußt werden würde. Von einem gewissen Punkt an konnten wir natürlich nicht mehr wissen, welches Gespräch sich von welchen anderen Gesprächen nährte und was wir aus unseren inneren Dialogen hinzufügten. Auf diese Weise konnten sich die Gespräche auch verändern ... Auch ›erlebte‹ Gespräche ... Ebenso wie die ›Tatsachen‹ ... Es verunsicherte mich ein wenig – was soll ich es verheimlichen –, daß Gordon dies alles wußte. Der Grund für diese Unsicherheit war, daß ich sein Lächeln mit dem Lächeln eines Lehrers verglich. Doch meine Beunruhigung resultierte vermutlich noch stärker aus der unerwarteten Aufdeckung meiner Identität. Meine Identität in der Erzählung trat zutage ... Diese ›Nacktheit‹ hatte ich schon früher gespürt. Sie hatte einen erregenden Aspekt. Ich hatte in jenen Momenten eine Sinnlichkeit erlebt, die nicht definiert war und nicht definiert werden sollte. Was ich jetzt bei diesen Worten hingegen erlebte, war eine kleine Scham, nur eine Scham, die wiederum nicht definiert war und nicht definiert werden sollte. Ich versuchte mich zu sammeln und sagte: »Dann lassen wir Berti ein wenig unpäßlich sein. Ein Magenkrampf, damit er länger auf der Toilette bleiben muß... Der Grund für den Krampf ist eine Angst unseres Protagonisten, weil er gezwungen ist, sehr detailliert in ›alte Zeiten‹ zurückzugehen... Doch er zieht es vor, seine kleine Unpäßlichkeit zu verschleiern. Als er zu den beiden Freunden zurückkehrt, die in dieses lange Gespräch versunken sind, sagt er: ›Ich wollte euch allein lassen, damit ihr euch ein wenig kennenlernt.‹ Was verheimlicht werden soll, bleibt geheim; der Argwohn ist verschwunden...«

»Nicht schlecht... Meiner Ansicht nach könnte Berti das machen...«, sagte Gordon. Berti stimmte zu: »Meiner Ansicht nach auch... Wenn ihr wollt, kann ich ein bißchen Luft schnappen gehen, oder...« Wir brachen noch einmal in Lachen aus... Noch einmal... Doch diesmal verhinderte Gordon ein erneutes Schweigen und sagte, daß es ›Zeit zum Abschiednehmen‹ sei. Wir wüßten ja, daß er nicht zum Urlaubmachen nach Istanbul gekommen sei. Wir müßten ihn entschuldigen. Er hoffe, eines Tages zurückzukehren. Unter anderen Bedingungen... Zu einer Zeit, wenn das Leben ihm erlauben würde, als ein Mensch nach seiner eigenen Vorstellung zu leben... Er brachte uns bis zum Eingang des Hotels... Dabei nahm er sein Umfeld aufmerksam, kaltblütig, selbstbewußt, aber gleichzeitig etwas beunruhigt in den Blick. Als wäre da ein Mensch, den er erwartete, den er treffen mußte, von dem die anderen aber nichts wissen durften. Vor dem Abschied fragte Berti seinen Freund, den er nach Jahren wiedergewonnen hatte, wenn auch nur für kurz, was er beruflich mache. Es war das einzige Thema, das wir aus seiner Sicht in unserem langen Gespräch nicht behandelt hatten. Nachdem er ein paar Augenblicke überlegt hatte, sagte Gordon mit überaus höflichem Lächeln und Tonfall: »Internationale Beziehungen...« Dabei legte er, der viel größer als wir war, uns beiden die Arme auf die Schultern und neigte sich uns zu.

Beim Ausgang winkte er uns freundschaftlich nach. »Wie gesagt, ich komme in ein paar Jahren wieder hierher... Aber als ein anderer Gordon... Für das Leben, mit einem neuen, kleinen Spaß...« Ein kleiner Spaß... Diese Worte würden mit der Zeit den Gordon in mir an einen unübersehbaren Ort auf dem Foto plazieren. Für das Leben, ein kleiner, neuer Spaß... War es möglich, daß sich dieser Spaß auf Marcelina bezog? Wer weiß... Es gab ja immer einen geheimen, schwer auszudrückenden Grund, daß wir gewisse Geschichten gewissen Menschen erzählen wollten. In dem Moment schaute ich Gordon ein letztes Mal, jedenfalls für diese Erzählung, in die Augen. Ich versuchte, ihm mit Blicken zu signalisieren, daß ich das ›Geheimnis‹ bewahren würde. Die Gelassenheit auf dem Gesicht von Gordon, die Gelassenheit, die ich sehen wollte, gab dieser unerwarteten ›Schicksalsgemeinschaft‹ eine besondere Bedeutung. Die Erzählung öffnete sich hin zu einer Frau, die weit weg auf einem anderen Erdteil lebte, ohne etwas von mir zu wissen. Vielleicht könnte ich mit meinen Träumen, die mich nie losließen, eines Tages versuchen, auf diesem Weg zu ihr zu gelangen. Ich möchte jetzt glauben, daß ich Gordon genügend hatte spüren lassen, daß ich zu unerwarteter Zeit berufen worden war, an so einem Schicksal Anteil zu nehmen. Was ich erlebt hatte, erinnerte mich, auch wenn die Bedingungen andere waren, an eine Erzählung, die ich an einem anderen Ort bei anderen Menschen gelassen hatte... Oder war es nur ein Spiel, das wir an verschiedenen Orten spielen oder dem wir nur zuschauen mußten, und die geheimen Verbindungen zwischen den Szenen, den Akten waren nur zu sehen, wenn wir aus gehöriger zeitlicher Entfernung den weit entfernten Vorgängen zuschauen und sie interpretieren konnten? Was war es, das die ähnlichen Schicksale von Anita und Marcelina verband, was sie zusammentreffen ließ? War es jenes geheime, tief innen lebende Gefühl der Revolte, das ich bis heute nicht beschrieben habe, von dem ich aber glaube, es eines Tages doch einmal so beschreiben zu können, wie ich möchte? Werde ich eines Tages den Mut aufbringen, jemanden mit dem, was mir von diesen

Menschen geblieben ist, zu konfrontieren? Werde ich diese Erzählungen glaubhaft ›genug‹ gestalten können? Ich hatte keine Gelegenheit gefunden, diese ›Einzelheiten‹ mit Gordon zu besprechen... Es blieb ein ›Detail‹ zu besprechen, als wir gezwungen waren, von seiner Küste zurückzukehren... Ein Detail, das sich in dem Satz versteckte, von dessen Ufer wir wegen Berti zurückkehren mußten; versteckt in dem Satz, der nicht beendet wurde oder auf eine andere Weise beendet wurde und den wir nicht in unsere Erzählung einfügen konnten, höchstwahrscheinlich weil wir wegen der Vergangenheit und dem jetzigen Leben Bertis Bedenken hatten. Wie hätte der Satz geendet? Gordon hatte vielleicht nicht umsonst von seiner Hoffnung gesprochen, als ein anderer Mensch in diese Stadt zurückzukehren, wenn die Zeit gekommen war. Wahrscheinlich wollten wir einander in jenem ›letzten Augenblick‹ vor allem diese Hoffnung mitteilen.

Gordon würde dort, in jener Einsamkeit bleiben...

Danach näherten wir uns in einer anderen Einsamkeit ganz langsam auf einem Weg, der uns nicht fremd war, einem Zuhause, das uns nicht fremd war... Auf einem Weg, der uns nicht fremd war, einem Haus, das uns nicht fremd war, mit Schritten, die uns nicht fremd waren... Mit der Identität von zwei Protagonisten, die denselben Menschen mit unterschiedlichen Assoziationen in unterschiedlichen Einsamkeiten gelassen hatten und die in der sich ganz langsam fortschreibenden Erzählung versuchten, ihren wirklichen Platz zu finden und bis zum Ende dort zu bleiben, doch wichtiger noch, um sich selbst ein wenig besser zu verstehen und mitzuteilen... Wir wanderten Richtung Nişantaşı... Ich wollte Berti noch einmal an einen Ort setzen, der meinen Träumen und meinen Irrtümern entsprach. Das war mein Gefühl. Das war mein Spiel und meine Einsamkeit, die ich gerne ertrug... Nach langem Schweigen sagte er, um mir sein ›neues‹ Bild von Gordon mitzuteilen: »Der Kerl ist wohl Geheimagent geworden... Ich meine... Wie soll ich sagen...« In solchen Momenten der Ratlosigkeit konnte er nicht ordentlich reden und war einfach köstlich... Ich sagte: »Der Mann hat doch ›Internationale Bezie-

hungen‹ gesagt. Was willst du mehr!« Wir wanderten weiter...
Mir schien, wir brauchten neue Wörter und neue Träume. Wir
zogen es deswegen jedenfalls vor, einmal wenigstens, ein wenig
weiterzugehen und zu schweigen, um gewisse Gefühle zu verdecken und nicht von der Welt des anderen zu reden. Wir wanderten noch eine Weile schweigend, dann fragte er: »Was hat er
dir erzählt, als ich weg war?«

»Er hat von Marcelina gesprochen... Er hat gesagt, sie ist eine
wunderbare Frau geworden«, sagte ich. Er lächelte. Sein Lächeln
schien nicht traurig oder verbittert, sondern vielmehr das Lächeln eines Kindes zu sein, das eine Prüfung mit Erfolg beendet
hat und erfährt, daß es eine sehr gute Note bekommen hat... Ich
kannte das Kind, das sich hinter diesem Lächeln verbarg...

Frühlinge erinnern mich an Trennungen

Von Zeit zu Zeit fühlt ihr, daß der Mensch, der ihr habt sein
wollen oder als der ihr habt leben wollen, von manchen Augenblicken unweigerlich zu einer Erzählung verschleppt wird, von
der ihr euch nie werdet befreien können. Das sind ein bißchen
auch die Augenblicke, in denen ihr wieder einmal spürt, daß ihr
euch trotz all eurer Träume nicht vor euch selbst retten könnt.
Ihr schweigt, ihr wollt nichts als schweigen. Ihr schweigt... Denn
es gibt etwas, das ihr irgendwo versteckt habt, sozusagen gezwungen wart zu verstecken. Dazu gehören, vermute ich, die Momente, die mir in der einsamen Zeit jener Wanderung jenes kleine
Kind gezeigt haben. Nicht umsonst ist Gordon in dieser Erzählung aufgetaucht. Eine Erschütterung, eine unerwartete Begegnung war nötig gewesen, um unseren Wanderungen eine neue
Farbe zu geben... Es war ein sonniger Aprilabend, an dem sich
alle auf eine neue Jahreszeit einstimmten, auf eigene Art erwachten... Es ist, als ob ihr an solchen Abenden noch einmal den
Geruch der Sommerabende wahrnehmen könntet, die euch im
Namen des Lebens ganz andere, viel sonnigere Tage zu verspre-

chen scheinen ... Ihr wollt aufs neue diesem Duft folgen, ganz langsam und leise und ohne jemandem Bescheid zu geben ... Manchmal frage ich mich selbst, warum wir in diesen Tagen weiterhin hoffen, trotz allem, was wir erlebt und hinter uns gelassen haben. Dann denke ich auch an die Wiederkehr, an alle möglichen Arten von Wiederkehr, und mir fällt ein, daß wir Gefangene mancher Kreisläufe sind. Ich denke an falsche Lieben und an falsche Sexualität. Lieder oder jene Traumbilder gibt es dort, die bei uns oder in uns etwas zerstören. Was ist die Liebe? Wer ist der verborgene Mensch, der euch mit unerwarteten Facetten eurer Sexualität zu völlig unerwarteter Zeit konfrontiert? ... Ich erinnere mich langsam. Ich war an jenem Abend in der Situation, daß ich diese Fragen auch mir, dem Menschen, als den ich mich seit Jahren zu sehen bemühe, stellen wollte. Es war ein sonniger Aprilabend in Istanbul ... Zu jener Zeit gab es den Traum oder, besser gesagt, die Lüge namens ›Bodrum‹ noch nicht, wurde noch nicht zum Verbrauch angeboten. Berti sagte: »In diesem Sommer möchte ich ein bißchen früher auf die Insel gehen ... Ich sage zu Juliette, wir haben ein Haus, laß uns die schöne Luft genießen ... Sie sagt, Vater ist sehr gealtert, in diesem Jahr müssen wir ihn unbedingt mitnehmen, aber dafür muß es erst ein wenig wärmer werden. Andererseits liebt er die ruhigen Zeiten auf der Insel ... Im Moment sind wir alle lustlos ... Was soll's, das überwinden wir auch ... Schau, ich gehe mal an zwei Wochenenden allein hin, repariere ein bißchen und kümmere mich um den Garten ... In diesem Sommer kommst du auch. Vorigen Sommer bist du gar nie gekommen ... Unsere Tür ist immer offen, wie du weißt. Ich sag's nur ...«

»Ich komme, ich komme ... Letzten Sommer war es anders, du weißt ...«, sagte ich. »Ich weiß ... Letzten Sommer war es anders ... Was letzten Sommer passiert ist, hat uns alle traurig gemacht ...«, sagte er. Jener Sommer hatte uns alle bedrückt ... Jener Sommer hatte uns allen etwas genommen, das wir nie mehr erleben würden. Wir waren an einem Punkt angelangt, wo sich das Ganze nicht noch weiter vertiefen, bereden ließ, man es

vielmehr der Assoziation von ein paar Sätzen überlassen mußte… Ich merkte, daß Berti meine Niedergeschlagenheit als einen
echten, aber hilflosen Freund empfand. Doch im Gegensatz zu
den Gefühlen, die diese Tatsachen erweckten oder erwecken
konnten, deren wir uns ausreichend bewußt waren – oder auch
nicht –, über die wir miteinander sprachen – oder nicht –, neigte
er dazu, genauso wie ich, die ›verbotene Zone‹ nicht zu betreten.
Gewisse Grenzen würden wir erst mit der Zeit überwinden können. Erst nach Jahren würde es uns gelingen, über unseren erlittenen Schmerz zu sprechen, so wie früher, wenn wir aus anderen
Schmerzen Kraft gewonnen hatten. Das wußten wir beide. Wahrscheinlich wußte das jeder, spürte es jeder, der in das ›Erlebte‹
freiwillig oder unfreiwillig verwickelt war. Wir brauchten noch
etwas Zeit. Nicht umsonst hatten wir diese Beziehungen mit
ihren kleinen Hoffnungen und kleinen Kämpfen ertragen. Wir
brauchten diese Zeit, die wir, ohne Wunden zu empfangen, nicht
verstehen würden, die Zeit, die uns eines Tages zeigen würde,
wie wichtig manche Berührungen waren. Mit anderen Worten,
wir brauchten Zeit, um in uns den Glauben an uns selbst zu
erwecken… Konnten wir uns in dieser Situation auf unsere
Worte verlassen, die unseren Platz im Leben beschrieben, die
uns andere sowohl nahebrachten als auch fernhielten? Ich weiß
sehr wohl, daß ich Bertis Worte irgendwo auf dem Weg verloren
habe… Als ob sich hier ein Mangel versteckte, der nicht so leicht
zu beschreiben war…

»Diese Jahreszeit erinnert mich immer an Trennungen«, sagte
Berti irgendwann an diesem Abend… Er bemühte sich, auf dem
Weg, den wir zusammen gingen, immer eine Zeit zu erwischen,
in der er mit mir über seine Sorgen sprechen konnte. Wir folgten
einer Stimme, die ich sehr gut kannte. Ich hatte mein möglichstes
getan, um dieser Stimme das nötige Gehör zu verleihen. Zweifellos gab es auch einen Grund für mein Verhalten. Ihm zuzuhören, in ihm das Gefühl zu erzeugen, daß ich ihm zuhörte, war
für mich von einem gewissen Punkt an viel mehr als Verantwor-
tungsbewußtsein, sondern verwandelte sich in ein geheimes Ver-

gnügen. Es gefiel mir, den stillen Beobachter zu spielen, der sich ab und zu entschied, am Spiel teilzunehmen. Gewisse Schmerzen waren leichter zu ertragen, wenn man den Schmerzen eines anderen zuschaute. Zweifellos war es im Grunde eine ›Boshaftigkeit‹, wofür ich mich da entschieden hatte. Eine ›Boshaftigkeit‹, die ich bereits auf anderen früheren Wegen zeitweise bemerkt hatte ... Doch in jenen Tagen konnte ich nicht anders. Schließlich lebte jeder auf dem Platz, den er verdiente ...

»Sowohl von Marcelina als auch von Ginette habe ich mich um diese Zeit getrennt ... Die Tage waren anders und die Frauen auch, aber die Jahreszeiten haben sich geglichen ...«, fügte er hinzu. Die Tage waren freilich andere gewesen. Aber waren die Frauen wirklich so verschieden, wie es aussah und wie er es darstellen wollte? Waren die Frauen, wenn man ihre Weiblichkeit bedachte und die Bedeutung, die man dieser ihrer Weiblichkeit zumaß, so verschieden, wie man meinte und zu wissen glaubte? Am Abend dieses Gesprächs war ich hinter ›einer anderen Frau‹ her, von der ich mich jetzt langsam wieder entfernt habe, wobei ich von dem Gefühl des Abstands ›mehr als früher‹ erfaßt wurde. Es war eine Frau, deren Umrisse ich nicht sehen konnte und die sich hinter ›einem Vorhang‹ versteckte, von der ich überzeugt war, ich würde sie und diese ganzen ›verbotenen Zonen‹ eines Tages sehen, kennenlernen. Ich war in jenen Tagen in eine andere Flucht verwickelt. Vielleicht sagte ich deshalb: »Aber auch Juliette ist nicht so übel«, um auf unsere Wanderung die Frau mitzunehmen, an die wir auf verschiedene Weise, mit verschiedenen Gefühlen gebunden waren, ›unsere Frau‹. Eines Tages war nämlich sie an den leeren Platz getreten, den jene Frauen, wie man mich gerade erinnert hatte, zurückgelassen hatten ... Berti lächelte über diese Worte und sagte: »Da hast du recht. Juliette ist eine wirklich gute Frau. Ich verdanke ihr sehr viel.« Und als er weitersprach, wurde er wieder zu dem kleinen Jungen, von dem ich immer erzählen will: »Komm heute abend zu uns ... Ruf deine Leute an und sag ihnen, daß du später kommst. Seit langem gehst du nicht aus, die Menschen gehen dir auf die Nerven. Ich weiß, du möchtest dich sofort in dein Zimmer verkriechen und niemanden sehen. Aber komm und mach heute abend eine kleine Ausnahme für uns. Juliette hat Artischocken zubereitet, dafür ist jetzt gerade die richtige Zeit, und du wirst sehen, es gibt auch Lauchköfte. Auf dem Weg kaufen wir ein paar Vorspeisen, etwas Salami, *tarama*... Aus Abant... Also, wenn der Herr noch etwas anderes möchte, kaufen wir das auch!« Dann schwieg er kurz, um mit einer anderen Stimme fortzufahren, ohne den Versuch, seine Trauer zu verbergen: »Auch Juliette sehnt sich sehr nach dir. Gerade kürzlich haben wir von dir gesprochen. Sie hat gesagt: ›Früher ist er oft gekommen, er hat immer gesagt, daß er von mir begeistert ist... Wir sind noch nicht tot, sag dem Dummkopf, daß unsere Beziehung nicht wertlos ist! Wenn er mein Geliebter sein will, dann soll er sich entsprechend verhalten.‹ Sie ist dir böse, daß das klar ist.«

Als er dies sagte, war er nicht mehr der kleine Junge, sondern war zwischen dem kleinen Jungen und dem Mann, der seinen Platz nicht fand. Er war der Protagonist jener Erzählung... Es war deutlich, daß er mich durch seine Einladung wieder an den besonderen Ort holen wollte, den wir zu dritt entdeckt hatten, zu der Wärme, die unsere Beziehung eine Zeitlang gehabt hatte. Natürlich mußte Juliette in dieser Situation die ›Schlüsselrolle‹ übernehmen. Bertis Worte hatten mich erreicht. Wenn ich bedachte, was ich dort erlebt hatte, dann mußte ich akzeptieren, daß er am besten wußte, welche Einladung die richtige war. Er hatte seit langem gewisse Grenzen überschritten, trotz all unserer Fluchten und Heimlichkeiten. Die Zeit, die wir erlebt hatten, hätte womöglich viele Menschen irritiert und eifersüchtig gemacht. Diese Zeit barg etwas weit jenseits der Liebe in uns, das ich noch nicht benennen konnte, wozu ich noch nicht den Mut hatte. Etwas, das – im Namen des Lebens – eine besondere, ganz andere Betrachtung verdient und das zumindest mir meine Grenzen, unsere Grenzen vor Augen geführt hat... An einem dieser Abende, den wir zusammen verbrachten, mit all unseren Mängeln, unseren Träumen, mit unseren Enttäuschungen über andere und sogar über uns selbst, habe ich sie durch das Erzählen einer Kindheitserinnerung sowohl zum Lachen gebracht als auch gerührt. Ich hatte eine Eisenbahn, die einer ›richtigen‹ ziemlich ähnlich war. Mit dieser Bahn passierten große Unfälle, wenn sie von den Brücken fiel, die ich zwischen zwei Hockern konstruiert hatte. In dem Zug saß ein kleines Kind mit seiner Mutter, die irgendwohin fuhren. Bei den Unfällen starb mal das Kind, mal die Mutter... Außerdem hatte unser Haus einen großen Garten... Hier füllte ich das Wasserbecken und versuchte, meinen Zug auf dem ›kleinen See‹ schwimmen zu lassen, oder ich beobachtete, wie die Wagons infolge eines anderen Unfalls mitsamt den Reisenden im Wasser versanken. Bei diesen Spielen war ich ganz allein... An manche Einzelheiten erinnere ich mich gut, doch nicht daran, wo dieser Zug eines Tages hingekommen ist. Eines Tages verschwand die Eisenbahn unwiederbringlich aus meinem Leben...

Als Juliette dies gehört hatte, kam sie mit der Zärtlichkeit einer älteren Schwester zu mir, doch zugleich setzte sie sich voller Weiblichkeit auf meinen Schoß, legte mir die Arme um den Hals und flüsterte mir ins Ohr, aber so gekonnt, daß man die Worte hörte: »Du bist ein toller Kerl! Entführ mich! Ich komme mit, wohin du willst. Wir finden den Zug, du wirst es sehen. Wir steigen ein und hauen ab. Auf diese Weise hättest du mich auch aus diesem Leben errettet.«

»Nein, bloß nicht!... Oder gut, mir ist es egal, gerade recht! Dann wäre ich diese Frau los! Aber dich habe ich doch gerne, Junge! Laß dich nicht verführen; am besten, du gibst diese Leidenschaft auf! Die Frau ist nicht so, wie sie scheint, sie bringt dich um, verstehst du?« reagierte Berti auf diese Worte. Solche kleinen ›erotischen Spiele‹, improvisierte Szenen mit verschiedenen Worten erlebten wir viele Male in jenem Haus... Die Rollen waren mehr oder weniger festgelegt. Juliette war stets bereit, ihren Mann zu verlassen, eine Frau, die sich unverzüglich demjenigen in die Arme warf, der ihr ein Abenteuer versprach. Berti hingegen war der gleichgültige, frustrierte Ehemann, der alles tat, um seine Frau loszuwerden. Zweifellos hatte das kleine Spiel auch eine erotische Seite. Denn es enthielt meiner Ansicht nach auch über das hinaus, was es an Erlebtem oder vermeintlich Gelebten zeigen wollte, eine kleine ›Mitteilung‹. Wir hätten jene Grenzen überschreiten können. Wir hätten die fälligen Schritte aufeinander zu tun können, wenn wir es für nötig gehalten hätten. Vielleicht lag in unserem gemeinsamen Lachen deshalb immer eine gewisse Traurigkeit, wer weiß. Mehr als unseren Erlebnissen und dem, was wir einander zeigen wollten, versuchten wir uns selbst zu glauben. Vor allem ich brauchte dies vielleicht, weil ich wieder einmal meine Rolle im Spiel nicht im vollen Sinne begriff und mich von Träumen zu nähren versuchte. An jenem Abend war Juliette in diesem Teil des Spiels zu Berti hingegangen. Sie drehte sich zu mir und drückte sich eng an den Körper ›ihres Mannes‹, den sie, wie ich wußte, sehr liebte, und sagte: »Schau, darum liebe ich den Kerl so!... Daß er so dumm ist, mich nicht zu lieben und meinen Wert nicht zu schätzen! So sind die Frauen, mein Kind. Mit der Zeit wirst du es auch noch erfahren!« So waren diese Szenen. Sie endeten immer so, daß ein ›Standpunkt‹ ausgesprochen wurde...

Ich bin jetzt weit weg von diesen Bildern, an ganz anderen Orten, wohin die Erzählung mich gerufen hat. Die Orte, die ich sehen und entdecken muß, lassen mich die Orte besser verstehen, von denen ich mich entfernen mußte. Denn manche Fragmente konnte man erst aus der Entfernung stimmig plazieren, richtig zusammenfügen. Es gab zum Beispiel Zeiten, in denen ich glaubte, daß Juliette ›recht hatte‹, in denen ich das glauben wollte. In Zeiten, als ich ein wenig besser verstand, warum Berti diese langen Wanderungen brauchte, hatte ich einsame Nächte voller Reue, von denen ich niemandem erzählen kann. Das waren in vollstem Sinne die Zeiten, die ich verdient hatte, die verdient zu haben ich mit ganzen Wesen spüren wollte... Das waren meine Zeiten... Die neuen Orte ließen mich auch ›Dinge‹ sehen, die ich in jenen Tagen nicht wahrgenommen hatte. Was mir Berti und Juliette mit dem kleinen Spiel gezeigt hatten,

hatten zeigen wollen, lag in einer Realität ohne Worte, in ihrer Realität... Mit ihnen habe ich zu unterschiedlichen Zeiten unterschiedliche Geheimnisse geteilt. Und diese Geheimnisse hatten geheime Protagonisten, die in mir im Lauf der Jahre unerwartete Erzählungen hervorgebracht haben. Mit anderen Worten waren die Geheimnisse, die sie in verschiedenen Zeiten mit mir geteilt hatten, für andere Zeiten gedacht. Sie wußten das. Was sie nicht wußten, oder besser gesagt, was sie lieber nicht wissen, nicht erfahren wollten, waren wahrscheinlich Einzelheiten, und daß die gemeinsamen Gefühle sie derart nackt in jenem Spiegel zeigten. Sie hatten mich als einen Menschen, der zuhören und ein Geheimnis bewahren konnte, an eine Stelle ihres Lebens eingepaßt. Auf seltsame Weise wählten alle anderen Familienmitglieder ebenfalls diesen Weg. Ich war gezwungen, so gut ich konnte diese Rolle tragen zu lernen, durch die ich ab und zu auch in andere Romane gerufen wurde, mit dem ›Anhauch‹ eines Protagonisten, der dazu ›bestimmt‹ war, diese lange Erzählung zu schreiben, sie einem anderen zu erzählen.

Insofern lag eine ganz besondere Bedeutung darin, daß Berti mich, nach allem, was passiert war, in sein Haus einlud. Wir durften das nicht verlieren, was wir erlebt hatten. Deswegen suchte Juliette für ihre ›Weiblichkeit‹ angesichts jener ›Verbote‹ einen anderen Ort. Die Tatsachen waren die Tatsachen, die wir uns gegenseitig mit unterschiedlicher Stimme zuzuflüstern, spürbar zu machen versuchten. Genau wie mir war auch Juliette gewiß die Bedeutung dieser Erwartung klarer geworden. Ich traute ihr für jenen Abend die Konturen einer Frau zu, die ›zu vergessen versuchte‹. Diese Konturen standen ihr sehr gut, vor allem weil sie eine ›ehemalige Schauspielerin‹ war...

»Einverstanden, aber dann müssen wir unbedingt irgendwo Blumen kaufen. Juliette liebt Blumen«, sagte ich. Und er sagte: »Wird gemacht. Hier gibt es gleich ein Blumenladen.« Wie es die Erzählung verlangte, kam nach wenigen Schritten ein Blumenladen. Und wiederum wie es die Erzählung verlangte, kaufte ich einen Strauß Goldlack, wobei ich damit rechnete, daß dies verkehrt war und ich mich irrte. Ich wollte in dieses Haus nach all der Zeit mit einem Duft einkehren, den ich liebte.

Wir taten ein paar Schritte … »Nora ist fortgegangen …«, sagte Berti. In seiner Stimme lag das Zittern, die Aufregung eines Menschen, der nach einem inneren Konflikt voller Ängste endlich etwas sagen kann, was er schon lange mitteilen wollte, aber irgendwie nicht zur Sprache bringen konnte. Er schaute zu Boden … Es war, als suche er bei sich eine Schuld. Irgend etwas war schiefgelaufen. Er versuchte zu verstehen, wo der Fehler lag. Er war einer der Menschen, die eine schlechte Nachricht, die unerwartet für ihre Lieben bestimmt war, auf eigene Weise zu verstehen versuchten … »Wie lange habe ich es dir schon sagen wollen … Juliette war sehr traurig, sie hat sehr kränkend gesprochen und hat kränkende Worte zu hören bekommen. Sie bildet sich ein, sie hätte alles, was sie für ihre Tochter getan hat, umsonst getan. Als Mutter hat auch sie ihre Schwächen gehabt … Ich habe zu erklären versucht, daß alles, was wir für Nora getan haben, wir zuerst einmal für uns getan haben. Ich habe ihr gesagt: ›Nora hat es so gemacht wie du, sie hat ihr eigenes Leben gewählt, nur in anderer Art und Weise; im Grunde seid ihr die gleichen Menschen.‹ Sie wollte es nicht akzeptieren. Rozi hat sehr geweint … Die Kleine war verzweifelt … Du weißt, sie war immer verzweifelt … Sie hat gerufen: ›Das reicht jetzt. Verletzt euch doch nicht derart. Ihr trennt euch ja nicht!‹ Doch ihre Stimme war viel zu schwach … Heute abend ist sie bei ihrem Verlobten. Sie schaut glücklich aus. Der Bursche gefällt mir nicht recht, aber was will man machen, es ist passiert … Bestimmung … Mein Vater ist derselben Meinung. Aber auch er sagt: ›Laßt mal, gegen Schicksal kann man nichts machen, mit der Zeit renkt sich alles ein.‹ Du kennst ihn ja. Auch Juliette fühlt sich durch etwas, das sie nicht bezeichnen kann, beunruhigt. Doch wenn du mich fragst, hat sie sich über das Problem nicht lange den Kopf zerbrochen, nicht einmal so viel, wie es eigentlich nötig gewesen wäre. Sie hat sowieso immer Nora bevorzugt. Und überdies hat sie es nie für nötig gehalten, dies zu verstecken. Aus diesem

Grund liebe ich Rozi sehr. Doch mein Problem ist, daß ich meine Liebe wohl nicht richtig zeigen kann. Ich habe versucht, mit ihr zu sprechen, und gesagt: ›Wenn du Kummer hast, sag es mir, Tochter. Wer auch immer was sagt, ich bin auf deiner Seite.‹ Sie hat geantwortet: ›Lieber Vater, es geht mir sehr gut. Mach dir um mich keine Sorgen.‹ Auch sie zeichnet sich ihren eigenen Weg vor... Wie du siehst, sind wir heute abend allein. Wir drei sind zusammen... Wie früher... Wie in unseren schönen alten Tagen...« Wie in unseren schönen alten Tagen... Stammten diese Worten vielleicht aus einem unserer unvergeßlichen Schlager, der uns diese Trugbilder vorspielte? Wie in unseren schönen alten Tagen... Dabei wußten wir doch beide, daß nach dem, was wir erlebt hatten, zu erleben gezwungen gewesen waren, kein einziges Gefühl mehr ›wie früher‹ erlebt werden würde und konnte. Kein Gespräch, kein Wort, kein Blick, keine Berührung würde mehr so sein wie früher... Keine Nacht, kein Tagesanbruch, kein Sommerabend würde so sein wie früher...

Wir gingen am Konak Kino vorbei und schauten uns die Filmaushänge an, doch wahrscheinlich unter einem anderen Blickwinkel. Ein französischer Film mit dem Titel ›Die Ohrfeige‹ wurde gespielt. Ich hörte den Namen von Isabel Adjani zum ersten Mal im Zusammenhang mit diesem Film. Der Film stellt die Probleme eines jungen Mädchens dar, das mit seinem Vater zusammenlebt und mit jedem Tag etwas mehr seine Weiblichkeit entdeckt. In dieser Zeit werden die Jugendlichen von den Erwachsenen nie verstanden... Der Film blieb mir mit der Szene, als der Vater die Tochter ohrfeigt, in Erinnerung. Als wäre das der Moment, in dem sie sich nach sehr langer Zeit unerwartet aufs neue treffen, einander berühren. Den Vater von Adjani spielte Lino Ventura... Berti war ein passionierter Kinoliebhaber. Darin glich er seiner Tante. Er unterschied Filme nicht nach gut und schlecht, sondern versuchte, keinen Film zu verpassen, der in seinem ›Umkreis‹ lief. Das Kino, das ein Teil seines Lebens war, bedeutete ihm noch mehr als die Filme. Auch Tante Tilda war diesen Weg durch diese Welt gegangen... Was mich wunderte und was ich ein wenig bedauerte, war, daß sie trotz ihres Wissens um diese Gemeinsamkeit sich niemals entschlossen hatten, diese Welt zusammen zu teilen. Wer weiß, vielleicht fürchtete sich jeder vor den Träumen des anderen, oder sie wollten trotz aller Möglichkeiten vor ihnen fliehen. Entweder fürchteten sie sich vor den Träumen des anderen, oder sie wußten, ihre Träume unterschieden sich in den Bildern und dem, was sie dort erlebten und fühlten, so daß sie sie mit niemandem teilen konnten, sondern allein, in ihrer eigenen Welt, in ihrer eigenen Sicherheitszone weiterspinnen mußten. Auch wir hatten wohl in bezug auf unsere Kinoabenteuer diese Einsamkeit, diese freiwillige Absonderung erlebt. Wir schauten im selben Moment auf das Filmplakat, aber von unterschiedlichen Blickwinkeln her... Genau da rief Berti aus: »Du lieber Himmel! Wer weiß, wie es ihm gerade so geht?« Und weil ich die Frage nicht verstand, versuchte er meine Verblüffung noch zu steigern, indem er sagte: »Ich habe es dir bis heute nicht gesagt. Doch jetzt sollst du es erfahren... Lino Ventura ist ein entfernter Verwandter von mir.« Es freute ihn, mich überrascht zu sehen, und er lächelte noch einmal wie ein Lausbub. Es war ein Lächeln, das als Interpretation sowohl ›War nur Spaß!‹ als auch ›Ob du es glaubst oder nicht, es ist die Wahrheit‹ zuließ. War das eins der ›Familiengeheimnisse‹, in die ich nicht eingeweiht war? Lebten also mit anderen Worten auf dieser mysteriösen Reise die Träume in manchen Leben wieder auf? Berti beantwortete mir diese Frage nie. Einmal hatte auch ich mit ihm ein kleines Spiel treiben wollen. In diesem Spiel hatte Berti auf dem Balkon eines Hauses mit Bosporusblick mit einer attraktiven Frau, einer Schriftstellerin, mit der ich gewagt hatte, diese Erzählung indirekt zu diskutieren, sein Getränk genießen sollen in der bekannten Atmosphäre, die ein sehr schönes Lied erzeugt. Dieses Spiel sollte sich später in einem Aspekt unserer langen Wanderungen widerspiegeln... Doch nicht immer war ich es, der dieses Spiel, diese kleinen Streiche spielte... Er spielte ebenso mit mir. Erst Jahre später verstand ich dieses Spiel. Jahre später... Als ich gelernt hatte, die versteckte Bedeutung mancher

Sätze besser zu verstehen... In Zeiten, als ich mich traute, die Kehrseite mancher Worte stärker zu beachten...

Als ich aus der Zeitung vom Tod Lino Venturas erfuhr, rief ich Berti an, um ihm mein Beileid auszudrücken. Wir trafen uns nicht mehr, und wir brauchten die langen Wanderungen nicht mehr. Wir waren in anderen Zeiten angekommen, waren trotz aller Bemühungen und möglicher Gemeinsamkeiten an einem anderen Ort. Es war, als hätten wir beschlossen, unsere Stimmen, einander, außer bei Zufällen und ein, zwei Telefongesprächen, nicht mehr zu hören. Als ich ihn anrief, versuchten wir unsere Beziehung an der Stelle fortzusetzen... Auf meine Beileidsworte hin schwieg er erst kurz, dann lachte er leise und sagte: »Laß gut sein, ich habe ihn sowieso seit Jahren nicht getroffen, wir haben einander nicht gesehen...« Das Spiel hatte unerwartet seinen richtigen Platz gefunden. Als ich diesen Hauch von ›Scherz‹ in unserer Beziehung wahrnahm, erlebte ich einen der wärmsten Momente. Daß wir bei jenem Telefongespräch dieses Gefühl aufgrund der unendlich weit zurückliegenden Tage teilten, will ich jetzt mehr denn je glauben...

Doch das, was von jenem Abend wirklich geblieben ist, war nach meiner Ansicht weder die heimliche Identifikation Bertis mit Lino Ventura aufgrund seiner eigenen Erlebnisse in jenen Tagen, noch das gemeinsame Gefühl, das möglicherweise von dem kleinen Spiel ausgelöst wurde. Wenn ich mich an das Bild jenes Abends erinnere, fällt mir eher das Kino ein, das ich verloren habe. Dieses Kino mit seinen breiten Treppen und seinen Basreliefwänden existiert in der Erinnerung vieler Menschen. Der Name des Kinos war ›Konak‹... Damals war es noch nicht abgerissen... Damals stand auch die Buchhandlung ›International Bookstore‹ ein paar Schritte weiter noch... Ich weiß: Dieses alles, die Geschichte von den fremd werdenden, abgerissenen Gebäuden in den Straßen, die im Laufe der Zeit unwiederbringlich sich verändern, gehört zu den banalen, bekannten Geschichten, die wir in allen Sprachen überall auf der Welt finden. Freilich konnte der Mensch nicht leicht akzeptieren, wenn etwas Wertvolles, woran er zutiefst gebunden war, aus seinem Leben gerissen wurde. Um zu lernen, mit dem Tod zu leben, mußte man das Sterben lernen... Vielleicht steht mir deshalb oft das Kind vor Augen, das fürchtet, seine Spielsachen zu verlieren...

Als wir die Buchhandlung erreichten, sagte Berti: »Neulich habe ich eine Erzählung gelesen.« Wir schauten im Schaufenster die neu erschienenen Bücher an, beziehungsweise die, die uns neu vorkamen. Berti genoß es sehr, ab und zu in dieser Buchhandlung eine englische Zeitung zu kaufen und, was noch wichtiger war, diese Zeitungen wie in einer kleinen Zeremonie nach Hause zu bringen. Es war ein schönes Gefühl, das Gekaufte nach Hause zu tragen, sozusagen Ursache eines kleinen Stolzes für ihn. Wie ich mich erinnerte, sagte er damals, daß ihm ›The Guardian‹ am liebsten sei. Gab es für diese Vorliebe einen besonderen Grund, den er hätte angeben wollen? Das weiß ich nicht. Was ich weiß, ist, daß er niemals las, was er kaufte. Für ihn war wahrscheinlich am wichtigsten, in dem Moment etwas vorzuzeigen, vorzeigen zu können. Etwas vorzeigen, um sich selbst noch einmal zu erzählen, was man nicht verlieren will, um an das zu glauben, was man erzählt... Wollte er aus diesem Grund vielleicht die Erzählung mit mir teilen, von der er sagte, er habe sie gelesen? Vielleicht.

»Neulich habe ich eine Erzählung gelesen«, sagte Berti. »Der Protagonist der Erzählung hat in Paris eine brasilianische Geliebte, die er in seiner Studienzeit kennengelernt hat. Die Frau ist verheiratet. Wie es aussieht, lieben sie einander sehr. Zwischen ihnen gibt es ein starkes Band. Doch eines Tages sind sie gezwungen, in ihre Länder zurückzukehren. Der Mann muß nach Istanbul und die Frau nach Rio. Lange Zeit schreiben sie sich Briefe. Später geben sie das auf. Das Leben hat sie nun mal an verschiedene Orte verschleppt. Der Mann sieht seine Geliebte Jahre später im Traum, und er versucht, ihr und anderen zu erklären, wie traurig er sei, daß er nicht nach Rio habe gehen können. Nicht nach Rio zu gehen, nicht in diese Stadt zu gehen, ist gleichbedeutend damit, nicht zu seiner Geliebten gehen zu können. Später zieht er eine Parallele zwischen dem, was er erlebt hat, und seiner alten Tante, die ihr Leben lang nicht aus Istanbul herausgekommen und die auf den Traum von einem unbekannten, nie gesehenen Paris fixiert ist, und er meint, wir vergeuden unsere Jahre in Träumen von Städten, in die wir nie gefahren sind und niemals fahren werden. Ja, in diesen Städten sind unsere ungelebten Leben, unsere ungelebten Geliebten... Meiner Ansicht nach eine etwas zerfahrene Erzählung, der ein paar Details entgangen sind. Stellenweise benutzt der Autor viel zu viele ›und‹. Doch, wenn du mich fragst, trotzdem lesenswert. Ich hab die Erzählung zu Hause, lies sie mal, wenn du Zeit hast, du wirst sehen, eines Tages ist sie dir von Nutzen. Wie du wohl vermutest, war es eine interessante Entdeckung für mich. Wie sehr sich doch manche Leben gleichen... Na ja... So ist es...«, beendete er seine Rede. Als er über die Erzählung sprach, wirkte er etwas verwirrt und müde. Ich mußte nicht lange darüber nachdenken, um zu verstehen, daß sein augenblicklicher Zustand nichts zu tun hatte mit den Jahreszeiten, die sich nur wiederholten und die wir wohl oder übel zu erleben gezwungen waren.

»Ich lese sie, gut... Wenn nicht bei euch, dann zu Hause, ich finde sicher Zeit zum Lesen, versprochen«, sagte ich... Als ich das sagte, strich er mir freundschaftlich über den Rücken. Er lächelte. Als verbärge er in seinem Lächeln einen kleinen Triumph, einen anderen Aspekt dieses ›Scherzes‹. Den Grund für dieses Lächeln würde ich jahrelang nicht verstehen...

Im Delikatessenladen kauften wir außer zwei Flaschen Wein etwas italienische Salami, etwas Schinken, etwas gedörrte Makrele, ein wenig Gruyère-Käse und ein paar gefüllte Weinblätter. Dazu hätte auch *lakerda* gepaßt. Doch der Delikatessenhändler sagte: »Es ist kein guter mehr übrig, ich kann Ihnen keinen *lakerda* verkaufen, Herr Berti.« Das war die alte bekannte ›Nummer‹, die auch woanders mit ›besonderen‹ Kunden gespielt wurde. Es gab viele Menschen, die dieses ›Spiel‹ gerne spielten, oder wichtiger noch, es jemandem vorführten. Für wichtig genommen zu werden, auf jeden Fall zu erleben, daß man für wichtig gehalten wurde – ein kleines Bedürfnis –, bedeutete nämlich, unerwartet etwas anderes zu erleben. Berti war sich zweifellos der Unsinnigkeit des ›Spiels‹ bewußt. Dennoch gefiel es ihm, wenn er so behandelt wurde...

Es war ein Septembermorgen

Als wir uns dem Haus näherten, sprachen wir noch einmal über die Artischocken, die Juliette in Olivenöl gekocht hatte. Es erwartete uns eine wunderbare Vorspeise, wie immer maßvoll mit Zitrone und Zucker abgeschmeckt. Das konnte für einen ›Neuanfang‹ ein ›bedeutungsvolles‹ Detail sein. Doch es gab noch eine bemerkenswerte Kleinigkeit, die man zumindest beachten sollte. Berti wollte mich durch seine ›Kommentare‹ auf eine ›Tatsache‹ aufmerksam machen. Wir befanden uns in den Tagen des Pessach. Es gab kein Brot zu Hause. An diesen Tagen kam immer noch kein Brot ins Haus. Vielleicht war ich ein wenig enttäuscht, doch wenigstens für einen Abend mußte ich mich an die ›Bedingungen‹ halten... Zweifellos war ein zarter Hinweis darauf schon in dem, was er in einer bestimmten Phase unserer Wanderung gesagt hatte, enthalten gewesen. Doch in Wahrheit bereiteten diese Worte nicht nur auf bestimmte Verhältnisse vor, sondern gaben auch Hinweise für seinen Blick aufs Leben und auf Juliette. Es war, als zeigten diese Worte ein wenig deutlicher, welche Schritte in der Wohnung in Nişantaşı getan oder nicht getan wurden und im Hinblick auf wen. Die Hinweise verbargen sich zwischen den Zeilen. Die Bedeutung, die Berti dem Pessach-Fest gab, oder die Art und Weise, wie er dieses Fest in seinem Leben verankert hatte, sagte beispielsweise etwas über seine Haltung aus. Er kritisierte oft diejenigen, die sich streng an die Religion banden, und sagte, daß diese Bindung eines der größten Hindernisse auf dem ›Weg des Fortschritts‹ sei. Die Speiseverbote des ›Glaubens‹ beachtete er nicht. Er liebte Schweinekotelett, und es machte ihm viel Spaß, in die Restaurants zu gehen, wo

Alkohol ausgeschenkt wurde, und sich mit seiner Mutter anzulegen, die ihr Leben lang keine Meerestiere mit Schalen gegessen
hatte, indem er sagte: »Tu no komes estos ǧuazanos, por ke no te
lo tienez visto en la kaza del baba!« – »Du ißt ja diese Käfer nicht,
weil es in deinem Vaterhaus nicht Brauch war!« – Mit seinem
Vater war er sich in diesen Momenten einig, und gleichzeitig
waren sie ›Komplizen der Schuld‹. Es war komisch und auch
ein bißchen bitter, daß dies zu den seltenen Gelegenheiten gehörte, wo Vater und Sohn sich nahekamen. An den Pessach-Ta-
gen galt in Bertis Augen das ›Verbot des Brotessens‹ nicht für das
Mittagessen am Arbeitsplatz. ›Das Haus‹ war eins, ›draußen‹ war
etwas anderes. Zu Hause mußte die Tradition, so oder so, mehr
oder weniger, genau oder fehlerhaft, auf jeden Fall weitergeführt
werden. Er war auch einer von denen, die nur an den Tagen der
›Trauer‹ oder der ›Freude‹ in die Synagoge gingen, ›von Hochzeit zu Hochzeit oder von Beerdigung zu Beerdigung‹. Doch bei
diesen Gelegenheiten spürte er unbedingt die Verpflichtung, alle
Vorschriften der Feier zu beachten, angefangen von der Kleidung. Genauer gesagt, er konnte nicht anders, als die Verpflichtung zu spüren. Wichtig war hierbei auch der Blick der ›anderen‹.
Am Jom Kippur fastete er, und gegen Abend, in den Stunden vor
dem Fastenende pflegte er in die Synagoge zu gehen, um sich
›noch besser zu fühlen‹. Mehrmals hatte er geäußert, daß ihn der
Klang des ›Schofar‹ begeistere. Verkündete die Stimme des
›Schofar‹ nicht nur, daß der Tag zu Ende ging und jeder zu Hause
mit seinen Lieben, mit seiner Familie das Fasten beenden konnte,
sondern auch, der Bedeutung des ›Festes‹ entsprechend, daß alle
Sünden vergeben waren? Es war nicht leicht, diese Frage jemanden beantworten zu lassen, der seinen ›Glauben‹ irgendwann in
seinem Leben verloren hatte. Doch man hatte jahrhundertelang
in verschiedenen Klimazonen und verschiedenen Ländern gelebt. Dieser Klang hatte sich in verschiedenen Sprachwelten ausgebreitet, hatte die Verfluchung des Babylonischen Turmes ertragen müssen –, doch er hatte die Menschen, die sich immer zu
dem ›Einen Gott‹ bekannten, bei allem, was sie erlebten, durch

Jahrhunderte hin im selben Gefühl, in derselben Hoffnung vereint. ›Die Gläubigen‹ waren auf diesem Weg vorangeschritten und würden auf diesem Weg weiterschreiten. Wenn Berti in seiner Begeisterung an alle diese ›Tatsachen‹ dachte, war er natürlich nicht allein. War das, was ihn ›glücklich machte‹, das Gefühl der gemeinsamen Geschichte in der Gemeinschaft? Diese Frage konnte er ganz leicht und einfach bejahen. »Ich bin nicht gläubig, doch an die Traditionen halte ich mich. Die Traditionen zu bewahren und zu sehen, wie sie gehalten werden, gibt mir Ruhe.« Das klang wie die Antwort eines Menschen, der ›ein paar Lebensfragen gelöst hatte‹. Berti hatte ›diesen Weg‹ vielleicht gewählt, weil er anderen Kämpfen ausweichen wollte. Man mußte wieder einmal das Bild wahren. Ja, es ging darum, das Bild zu wahren, wenigstens das… Dieser Satz würde für Leute seines Schlages niemals seine Aktualität verlieren. Gewisse Sätze veralteten für manche Leute nie… Doch inwieweit war das Sichtbare, das, was man zeigen wollte, richtig; inwieweit repräsentierte es ihn? Diese Frage hatte niemand von denen beantwortet oder zu beantworten versucht, die dazu beitrugen, das künstliche Versteck für ›jene Tage‹ zu errichten. Man würde jene Tage und auch künftige Tage dort auf diese Weise verbringen… Das Schweigen hatte eine Stimme; zwischen den Mauern bedeutete die Stummheit eine andere Form der Rede… Niemand hatte Berti diese Frage gestellt, keiner hatte versucht, sie zu stellen… Ich weiß, daß Berti und viele Menschen, die wie er lebten, sich auch entschieden hatten, ›innerhalb‹ dieses Augenscheins zu bleiben, und zwar ›aus ganzem Herzen‹, um sich vor den verschiedenen Schatten zu retten, die sie ununterbrochen verfolgten. Welche Bedeutung hierbei das ›Herz‹ hatte, das hätte man noch einmal versuchen sollen zu verstehen, vor allem zu erklären. Doch wie es in anderen Fällen auch war, um das zu wünschen, wirklich zu wünschen, hätten wir lernen müssen, vor manchen unserer Träume nicht zu fliehen. Sonst blieb für die anderen, die niemals eine solche Frage stellten, nur ein einfaches, schützendes Erscheinungsbild, das mit seinen klaren Umrissen bewies, daß alles in Ordnung war. Es wurde von ihm verlangt, ein Mensch zu sein, den jeder kannte, der in jenen Leben existieren, atmen konnte... Ein bestimmter Mensch wurde gefordert, und er bediente diese Forderung, damit er unter jenem Schirm bleiben durfte... Die Übereinkunft hatte ihren Preis... Diese Suche nach Vergessen würde zu gegebener Zeit eine große Erzählung hervorbringen. Es war die Zeit eines lautlosen Verrats. Eine Zeit des kleinen Verrats, den die anderen nicht merkten, den der Mensch nur selbst erlebte... Ich liebte Berti am meisten in dieser Zeit, als er den Verrat bemerkte, vielmehr als ich glaubte, daß er ihn bemerkte, in diesen Momenten des Schweigens. Doch daß ich ihn wegen dieser Eigenart, die er zu verheimlichen versuchte, besser gesagt wegen dieser Enttäuschung liebte, das hat er nie erfahren. Ich führte mit ihm ein Gespräch, das nicht aus Worten bestand und das heute mit anderen Worten weitergeführt wird. Vielleicht war es uns deshalb unmöglich, einander wirklich zu verlassen...

Hat Berti also jenen Menschen, ›seinen Menschen‹, nicht nur den Menschen gegeben, den sie von ihm erwarteten, sondern auch eine Lüge? Diese Frage zu beantworten, war für mich niemals leicht. Das ist ein Bereich, wo Lüge und Wahrheit nicht klar zu trennen sind. Was wahr und gelogen war, konntet ihr nicht wissen, wenn ihr nicht gewagt habt, gewisse Leben zu leben. Was wahr und gelogen war, konntet ihr nicht wissen... Ihr konntet nicht wissen, was Mut war und was es bedeutete, mutig zu sein... Wichtig waren hier nicht die Bindung oder Nichtbindung an die Tradition. Es gelang auch vielen Menschen mit dieser Bindung, diesen Konsequenzen zu leben. Das Problem, das eigentliche Problem lag darin, daß Berti bei diesem Spiel, in der Absicht, es mitzuspielen, niemals wirklich an das Gefühl glaubte, an das er vorgab zu glauben. Es schien, als wäre er sich über diese Tatsache nicht einmal selbst klargeworden. Einer der einfachsten Wege, sich in diesen Leben zu verstecken, war, an die Traditionen gebunden zu bleiben, sich gebunden zu geben. Wie viele Menschen, die dieses Spiel wählten, blieb er ein Zuschauer, und meiner

Ansicht nach ein wenig auch ein Zuschauer seines Lebens. Ein Zuschauer seines Lebens und seiner selbst… Hatte Berti auch auf dem Weg, der zur Ehe mit Juliette führte, dieses Gefühl erlebt?… Um die Wahrheit zu sagen, hatte ich die Beziehung dieser beiden Menschen, die ich so sehr liebte und denen ich mit diversen Hoffnungen für mein Leben verbunden war, niemals unter diesem Aspekt sehen wollen. Denn sie sollten nicht eines Tages, wenn meine Stimme mit meiner Erzählung, unserer Erzählung zu hören sein würde, wie Menschen aussehen, die mit dem, was sie in ihrer Beziehung gelebt und zu leben gewählt hatten, die Grenzen meiner Träume, meiner Ausweglosigkeiten nicht überschritten hatten. Ihnen schuldete ich die Möglichkeit, in einer anderen Zeit zu wandern. Doch das, was ich in jenen Tagen mit ihnen erlebte, ließ mich wohl oder übel diese Frage stellen.

Außer dem, was ich sah, sehen konnte, gab es auch ein paar Erinnerungen. Ihre Beziehung begann mit einem einfachen, gewöhnlichen Kennenlernen. Ein gemeinsamer Freund hatte das ›Treffen‹ arrangiert. Es war ein ›Freund‹, der bei vielen Menschen unvergeßliche, unverwischbare Spuren hinterlassen hatte und dessen Geschichte ich eines Tages von Juliette erfahren sollte… In jener Nacht waren sie ins ›Rejans‹* gegangen und hatten über die Geschichte der Weißrussen in Istanbul gesprochen, über russische Literatur, soweit sie sie kannten und gelesen hatten, über russische Musik, soweit sie sie gehört hatten, und über den Kommunismus, soweit sie darüber diskutiert hatten. Berti hatte von Cambridge erzählt und Juliette ein wenig von ihrer Arbeit am Theater. Dann fuhren sie mit dem Taxi ins Kervansaray, einen Nachtclub am Taksimplatz. Sie redeten von Kleidung, von Zeiten, in denen das Trinken Spaß machte, von der Natürlichkeit und von den Orten, die sie gerne sehen würden. Sie fanden heraus, daß Kreta einer ihrer kleinen gemeinsamen Träume war. Wie nahe doch das Entfernte lag… Das war der ›erste Moment‹, in dem sie einander wirklich näherkamen. Er brachte Juliette in dieser Nacht bis zu ihrem Haus in Şişli. Es regnete. Sie gingen zu Fuß. Als sie in später Nacht auf dem Weg dahinschritten, berührte Juliettes Körper mehrmals Berti ... Erst Jahre später konnten sie einander sagen, daß sie diese Berührungen nicht vergessen hatten. In den Tagen, die auf diese erste Nacht folgten, gingen sie in Istanbul an verschiedenen Stellen spazieren. An einem anderen Tag, als sie zu zweit auf Büyükada mit dem Fahrrad zur ›großen Tour‹ aufgebrochen waren, machte Berti in einem weiteren unvergeßlichen Augenblick Juliette einen Heiratsantrag. Es war ein paar Monate nach dem Abendessen im Rejans ... Juliette hatte diesen Antrag sowieso erwartet. Der Zeitpunkt war in des Wortes wahrer Bedeutung tadellos, wenn man den Druck bedenkt, der so allmählich von seiten der Familien begann. Eines Tages sollte das noch besser verstanden werden. Den größten Druck hinsichtlich der ›zu treffenden Entscheidung‹ übte Madame Roza aus, die am meisten an die Beziehung glaubte, glauben wollte. Wenn ihr Sohn von diesen ›Spaziergängen‹ nach Hause kam, erwartete ihn Madame Roza oft und ließ sich alles brühwarm erzählen. Sie saßen zusammen, tranken Kaffee und sprachen vom Leben, ihrem Leben, wobei sie versuchten, ihre wechselseitige Fremdheit zu vergessen. Mit verschiedenen Worten wiederholte Madame Roza immer wieder denselben Appell. Berti vergaß aus den Gesprächen jener Tage nie den Satz: »Ez una ijika Cudiya i de buena famiya. No cuez kon eya. Kazate i vate a tu repozo.« – »Es ist eine Jüdin aus guter Familie. Spiel nicht mit ihr. Heirate, dann hast du Ruhe.« Verbarg sie in diesen Sätzen einen Zorn, den sie nährte, am Leben hielt, oder eine Zärtlichkeit, die sie niemals aussprach? ... Ich könnte versuchen, auf diese Frage eine Antwort zu geben, die beide Möglichkeiten berücksichtigt. Doch ich glaube, Berti erlebte die Worte seiner Mutter, trotz aller seiner kleinen stillen Proteste, als Ausdruck eines warmen, herzlichen Gefühls. Ich muß seine Entscheidung respektieren. Diese Haltung konfrontiert mich ungewollt mit einigen Ungereimtheiten. Das Gefühl eines Menschen, von dem ich erzählen will, ist wichtiger als manche Defekte in der Konstruktion meiner Erzählung. Die eigentliche Verantwortung liegt in der Möglichkeit, diese Gefühle zu erzählen. Und war Madame Roza nicht immer als Mutter aufgetreten, die bei jedem Problem in der ›Familie‹ alle ›ihre Kinder‹ selbstlos behandelte, bis zuletzt an ihre Werte glaubend, für ihre Wahrheiten mit ganzer Kraft kämpfend? Als Frau, die ihre Identität aus der Mutterrolle bezog? Berti hat Jahre später, als Rozi, seine liebste Tochter, heiratete, dieses Gefühl ein wenig besser definieren können und ihm meiner Ansicht nach einen Platz in seinem Leben zuweisen können. Das Leben würde mit ihm noch ein kleines Spiel treiben. In jenen Tagen erlebte er eine von den seltenen Begegnungen mit jenem Menschen, jenem Berti, vor dem er floh, immer fliehen wollte. Heute sehe ich den Menschen, den er ›dorthin‹ tragen wollte, sehr viel deutlicher. Heute kann ich auch die Gründe verstehen, warum ich damals nicht auf ihn zugehen konnte. Entscheidungen riefen gewisse Notwendigkeiten beziehungsweise ›unverzichtbare‹ Traditionen hervor. Ich glaube, das war auch so in den Tagen, als Juliette und Berti mit ganzem Wesen fühlen wollten, wie sie einem neuen Leben entgegengingen. Nach Bertis Worten waren das Zeiten, in denen ›diejenigen, denen eigentlich die Hauptrolle gebührte, akzeptiert hatten, stille Zuschauer zu sein‹. Wieder einmal hatte jemand einem anderen die Rolle weggenommen. Doch es schien, als läge der Fehler dieses Mal bei dem, der sich die Rolle wegnehmen ließ, bei denen, die sich die Rolle wegnehmen ließen. Um das, was Berti damals auf dieser Bühne erlebte, mitzuteilen, brauche ich keinen großen Kommentar abzugeben. Ich kannte die Geschichte. Ich kannte die Zuschauer und diejenigen, die sich ihre Rollen hatten wegnehmen lassen. Die Gesichter der Zuschauer trugen Geheimnisse, die nicht so leicht zu erzählen sind. Die Verhandlungen um die Mitgift, ›dota‹ genannt, fanden im Haus von Juliettes Familie an einem Samstagabend statt. Der Vater von Juliette machte beim Kaffeetrinken im Verlauf des üblichen Gesprächs seinen ›Vorschlag‹. Wie Madame Roza erzählte, brach Monsieur Jacques das Gespräch nicht ab, vielmehr antwortete er: »Be-siman tov! Hoffen wir das Beste! Hauptsache ist, daß wir uns kennengelernt

haben… Die Kinder haben sich entschieden.« Höchstwahrscheinlich war es ein kleiner Sieg für ihn oder eine Gelegenheit,
seine Niederlagen zu vergessen… Besonders wenn er daran
dachte, an welchen Orten sich Olga und Jerry befanden… Ein
kleiner Sieg oder eine Gelegenheit, seine Niederlagen zu vergessen… Daß er es wenigstens ein paar Menschen gezeigt hatte,
daß er eine Familie hatte und ein freigebiger Vater sein konnte,
der nicht auf ›kleinen Abrechnungen‹ bestand. Das kleine hebräische Wort, das ›allgemein‹ in solchen Situationen verwendet
wurde von denen, die sich in allen Ländern der Welt, in verschiedenen Sprachwelten, ganz langsam, leise, verborgen an dieser Ader nährten, von Menschen, die auf die Zukunft ihrer Kinder mit etwas Hoffnung und etwas ›Gottvertrauen‹ schauten,
bewahrte ihren Stolz darauf, daß sie ihren Weg irgendwie gemacht und hinter sich gebracht hatten. Gleichzeitig wurde auch
ein männlicher Nachkomme gewünscht. Nach dieser kleinen
Zeremonie bot Juliette den Gästen Likörpralinen aus der silbernen Konfektschale an, die Berti für diesen Abend mitgebracht
hatte… Die silberne Konfektschale war aus dem ›Hause‹, aus
der ›Familie‹ mitgebracht worden. Die Likörpralinen waren von
Baylan.

Die Verlobungszeit dauerte nicht lange… Madame Roza erzählte vom Hochzeitstag ihrer ›Kinder‹, ohne Einzelheiten auszulassen, die nur wenigen Menschen aufgefallen waren. Es war an
einem Septemberabend, der an jene Romane oder an alte Märchen erinnerte. Draußen goß es wie aus Eimern. Wir saßen im
Wohnzimmer. Sie wollte, daß ich das Radio einschaltete. Ein paar
Minuten später würde die ›Stunde der Musik‹ beginnen. Madame Roza liebte die klassische türkische Musik sehr… Nora
war im Salon, sie hatte Klavierunterricht… Wurde im Salon eine
Polonaise von Chopin gespielt?… Eine Polonaise von Chopin…
Ich erinnere mich… So war es, so mußte es gewesen sein… Ich
würde mich dieser Szene an einem Ort meiner langen Erzählung
wieder nähern. Alles Erlebte war ja eine stille und lautlose Vorbereitung auf das, was man eines Tages erleben würde, erleben

könnte... Madame Roza im Wohnzimmer hörte diese Melodie nicht. In ihr spukte in jenen Tagen eine Melodie herum, die keiner von uns wirklich hören konnte... Es war einer ihrer letzten Abende bei uns, ›unter uns‹... Im Radio begann gleich die ›Stunde der Musik‹. Natürlich war ihre Melodie, ihre irgendwo gelassene Melodie eine andere Melodie... Sie sagte: »Ich werde keinen weiteren September erleben. Dieser September ist der letzte...« Sie wartete ein wenig, dann fing sie leise schmerzlich lächelnd an, von einem früheren regnerischen September, einem anderen September zu erzählen, als wäre es ein fernes Märchen. Es war ein Sonntag gewesen... An einem Septembermorgen. Anläßlich der Hochzeitsfeier von Berti und Juliette, ›ihrer Kinder‹, in der Zülfaris Synagoge* war jeder, wie es damals üblich war, schick gekleidet, aufgeregt und glücklich... Die Braut betrat, wie es Brauch war, die Synagoge über die ›rechte‹ Treppe, und nach der Zeremonie tat sie den Schritt ins ›neue Leben‹, indem sie auf der ›linken‹ Seite herunterstieg. Jeder mußte versuchen, auf der ›richtigsten‹ Stelle herauszukommen, zu gehen. ›Jenes Bild‹ erwecke ich jetzt mit meinen eigenen Strichen zum Leben. ›Jenes Bild‹, das wir zwischen unseren Bildern, unseren Linien zu bewahren versucht hatten, das verstecke ich jetzt auch irgendwo... Es war ein regnerischer Septembermorgen... In allen Erzählungen regnete es immer für die Trauer...

Wen habt ihr an die Hochzeitstafel gebracht?

An jenem Abend oder an dem Morgen, zu dem mich jener Abend führte, verbarg sich eine Stimme, die mit ihrer Trauer die Geschichte jener Regentage noch bedeutsamer machte. Juliettes und Bertis Hochzeitstag beziehungsweise die Details, an die ich mich erinnere, haben in mir immer die Spuren eines anderen Spiels, einer unvollendeten Erzählung zurückgelassen, die sich in dieses Spiel verwandeln konnte. Diese Spuren können mich noch immer zu einigen entfernten Personen führen...

Nach der Zeremonie ging man nach Şişli in das Haus von Monsieur Jacques, wo für die nahen Verwandten und die engsten Freunde ein Festmahl gegeben wurde, das ›dem Reichtum des Lebens‹ entsprach. Die Teilnehmer vergaßen die aus dem Restaurant Façyo gelieferten Speisen nicht so leicht, denn sie waren von den Köchen Nikos und Tanaş liebevoll zubereitet und wurden von zwei erfahrenen Kellnern serviert, die wußten, ›was sie taten‹. Panayot, der Inhaber des Restaurants, hatte alles in seiner Macht Stehende getan, damit das Festmahl ›perfekt‹ wurde. Denn Monsieur Jacques gehörte nicht nur zu seinen meist geschätzten Gästen, sondern war ein guter Freund, auf den man sich, wenn man so sagen kann, auch in schlechten Tagen verlassen konnte. Sie hatten vermutlich ein kleines Geheimnis miteinander. Ein kleines Geheimnis, das wir nie erfuhren und nie erfahren würden ... Das gehörte zur Haltung von Monsieur Jacques, die ihn ›auf seinem Lebensweg‹ zu Monsieur Jacques gemacht hatte. Solche Momente, solche Zeiten gab es auch in der Beziehung zu Onkel Kirkor, in der Beziehung zu Muhittin Bey und in der Beziehung zu Nikos. Die Geheimnisse waren ›ihre‹ Geheimnisse, sie sollten ihre Geheimnisse bleiben. Wir begnügten uns damit zu wissen, daß Panayot sich Monsieur Jacques persönlich zu etwas ›verpflichtet‹ fühlte. Ja, kleine Geheimnisse sollten kleine Geheimnisse bleiben ...

Juliettes Mutter, die wußte, daß auch ihre verfeindeten Geschwister unter den Gästen des Festmahls sein würden, war am Anfang, in den Tagen der ›Vorbereitungen‹ und besonders beim Auszug aus der Synagoge ziemlich aufgeregt. Doch Madame Roza hatte sich ausreichend um die Situation gekümmert, und es war ihr mittels der Sitzordnung gelungen, alle entzweiten Geschwister um einen Tisch zu versammeln. Wieder einmal war ein Problem als gelöst erklärt worden, war an einem Platz im Leben eingeordnet worden. Das war vielleicht eine andere Form, um zu versuchen zu vergessen, aufzuschieben und vor sich selbst zu fliehen ... Das, was dort an jenem Morgen geschah, diese Schritte mußten schon früher in anderen Erzählungen zu den eigenen

Leuten wie auch zu den anderen hin geschehen sein. »Heute ist der Tag unserer Vereinigung«, sagte sie, als sie die Gäste an den Tisch bat. »Jetzt setzen wir uns abwechselnd, je einer aus unserer Familie und aus eurer Familie nebeneinander...« Der Erfolg, den sie mit diesem ›Arrangement‹ erzielte, verlieh ihr augenblicklich den Statuts einer ›Hausherrin‹, von der alle begeistert waren. Das Eis war gebrochen. Jeder konnte den anderen mit anderen Augen sehen. So schien es wenigstens. Dieses Bild war an jenem Morgen mit ein paar Worten gezeichnet worden. Ein Bild verdeckte an diesem Morgen unerwartet, was andere Morgen gebracht hatten. Andere Morgen bedeuteten andere Orte, und andere Orte bedeuteten andere Menschen. Aber schließlich wurden derartige Bilder, Bilder, die durch solche Worte entstanden, in solchen Momenten immer erlebt, sie wollten schließlich so erlebt werden...

Madame Roza formulierte ihren ›Appell‹ in ›Spanjolisch‹ und nahm damit ein kleines Risiko in Kauf. Sie hätte ihre Gedanken auch in Französisch zur Sprache bringen können. Damit wäre sie nicht das Risiko eingegangen, vor so vielen Menschen hier, die womöglich Französisch sprachen, aufgrund des ›Spanjolischen‹ fälschlich als ›einfacher‹ Mensch, ein wenig zur ›Unterklasse‹ gehörig, eingeschätzt zu werden, hätte vielmehr an Ansehen gewonnen. Doch vertraute sie auf ihren Instinkt, der ihr sagte, daß bei einem solchen Aufruf Spanjolisch herzlicher und unmittelbarer wirkte. Auch war nicht klar, wer dort Französisch konnte, wer nicht. Noch mehr, es war notwendig, daß die Gäste diese Herzlichkeit und Unmittelbarkeit spürten. Das alles geschah in einem ›Moment‹, der keiner Vorbereitungen bedurfte, weil er von anderen Erlebnissen und anderen Versammlungen überliefert war. ›Dieser Moment‹ war an einem unerwarteten Ort wie eine unbestimmte, lautlose Berührung...

Vielleicht muß der Mensch für so eine unbestimmte, lautlose Berührung gewisse Erinnerungen weit früher an einem unerwarteten Ort in der Vergangenheit, an einem sehr wertvollen Platz versteckt haben... Daß Madame Roza auf dieses Detail geachtet hatte, erstaunt mich nicht. Meiner Ansicht nach hatte sie ein Feingefühl, das nur sehr wenige Menschen bemerkten. Aus diesem Feingefühl würden eines Tages ein paar Kleinigkeiten entstehen, die ich niemals vergessen würde. Unter anderem deswegen versuchte ich die mir verlorengegangenen Spuren ihrer Geschichte in diesen Details zu finden. Madame Roza besaß ein paar leicht zu übersehende Eigenschaften... Ein Mensch mit vielen Eigenschaften, die gerne übersehen wurden, die aber unserem Leben im verborgenen die Richtung geben... Ich glaube, man muß den Appell an die ›Familien‹ in diesem Haus in diesem Moment ein wenig auch unter diesem Gesichtspunkt sehen. Die Gespräche wurden von den paar Verwandten in einem höflichen Französisch geführt wegen der ›Fremden‹, den Verwandten der Braut, die keine sephardischen Wurzeln hatten, sondern Aschkenasen oder ›Polen‹ waren, um die gebräuchlichere Bezeichnung zu benutzen. Alte Kränkungen, Mißgunst und Beleidigtsein versuchte man in andere Zeiten, in die Vergangenheit zu verbannen, und jeder bemühte sich, die anderen wenigstens etwas mehr zu akzeptieren... Im Laufe der Jahre hatte jeder gelernt, trotz aller Streitigkeiten am selben Ort mit denselben Menschen zusammenzusein...

Eine weitere unbekannte Besonderheit dieses Festmahls war, daß nach Jahren erstmals vier Onkels und zwei Tanten mütterlicherseits von Juliette am selben Tisch zusammensaßen. Ein solches Miteinander wiederholte sich nach diesem Tag nie wieder... Doch ebenso, wie bei diesem Festmahl aus verschiedenen Gründen einzelne Personen anwesend sein mußten, so gab es, wieder aus unterschiedlichen Gründen, welche, die nicht dabei waren, nicht dabeisein konnten. Eine davon war Ginette. Die war jetzt in Israel, in einem anderen Leben. Die andere Frau jedoch, deren Abwesenheit zumindest von einem Menschen in aller Stille sehr tief gefühlt wurde, war Olga. Olga mußte an diesem Morgen ihre Einsamkeit, ihre Verlassenheit ein weiteres Mal erleben. Monsieur Jacques muß wenigstens an diesem Tag versucht haben, das Gefühl zu unterdrücken, das aus dem von ihm nicht vollzogenen Schritt erwuchs. Doch bei aller Anstrengung spürte er dennoch die Lücke. Auf der anderen Seite der Lücke stand Madame Roza. Sie war auf dem Platz, den sie sich ausgesucht hatte oder wo sie stehen mußte, keine bloße Zuschauerin. Diese Tatsache konnte jeder begreifen, der die ›Erzählung‹ kannte. Doch in der Erzählung konnte jeder nur bis zu einem Punkt, an eine Grenze kommen… Vielleicht wollte Monsieur Jacques aus diesem Grund vor den verschiedenen Menschen in sich so oft fliehen. Schließlich konnten euch die verschiedenen Menschen unerwartet zu sehr geheimen Leben verlocken…

Es gab noch einen anderen Menschen, dessen Abwesenheit dort an diesem Morgen sehr tief gefühlt wurde. Das war kein anderer als Jerry. Seine ›Familie‹, die er zurückgelassen hatte, spürte seine Abwesenheit mit jedem Tag mehr. Der kleine Bruder hatte eine andere Art von Taubheit gewählt und wurde auf meinen geheimen inneren Fotografien im Lauf der Zeit zu einem immer besser ›bekannten‹ unvergeßlichen Romanhelden. Viele ›Verwandte‹ erkundigten sich an diesem Morgen nach Jerry. Natürlich verstand jeder die Auskünfte, je nachdem, wie sehr er sich interessierte und wie nahe er Jerry war. Verstehen ›wollen‹ war etwas anderes als verstehen können… ›Wollen‹ hieß manchmal Unrecht, manchmal Bedauern, manchmal jedoch eine schwer zu akzeptierende Hilflosigkeit. Es war leichter, sich an den erzählbaren Teil der Geschichte zu halten, sich mit der von allen akzeptierten Seite zu begnügen. Von dieser Art war das, was Madame Roza erzählte beziehungsweise zum Erzählen auswählte, und das, was die Anwesenden zu hören auswählten. An diesem Morgen wurde der Protagonist einer Erzählung an einen Platz gesetzt, den die Zuhörer sehr gut kannten. Es war einer von den Plätzen, wo ›wahr‹ und ›unwahr‹ nicht deutlich unterschieden werden konnten… Jerry bereitete sich an der Harvard Universität, wo er Wirtschaftswissenschaften studierte, im letzten Studienjahr auf schwere Prüfungen vor. Er war ein brillanter Student mit einer außerordentlichen Zukunft. Doch wie das im Leben immer so war, hatte wirklicher Erfolg seinen Preis. Das mußte man verstehen. In dem Punkt hatten sie ›als Familie‹ genügend Erfahrung. Sie hatten gelernt, mit Hoffnung und Geduld auf das Kommende zu schauen… Um das Licht eines Morgens, eines neuen Tages noch besser zu sehen, mußte man auch die Dunkelheit der Nacht erleben, zu erleben wissen… Jerry hätte natürlich bei der Hochzeit seines älteren Bruders dabeisein wollen. Doch von dort, von so weit her zu kommen, und sei es nur für ein paar Tage, gerade wo er jetzt am Ende seiner Bemühungen im Studium stand, hätte seine Ordnung durcheinandergebracht. Sie waren traurig, aber sie hatten es verstanden… Der Mangel ließe sich wieder ausgleichen, wenn der Onkel bei der Beschneidung des ersten Sohnes als frischgebackener Harvardabsolvent zur Stelle wäre. Abgesehen davon änderten sich die Zeiten… Man mußte die Jugend verstehen. Sie hatten ein ganz anderes Leben… Ein ganz anderes Leben… Wohl oder übel… Madame Roza verstand es, mit ihren Worten die Situation ohne Aufregung ›zu meistern‹. Der ›junge Mann in Harvard‹ wurde vielmehr plötzlich zum Helden der Tafel.

Eine der ›polnischen Schwiegertöchter‹ brachte ihre Gefühle auf französisch mit einem gerollten ›r‹ zum Ausdruck. Ein Onkel von Juliette schaute die Sprecherin leicht lächelnd und leicht verächtlich an. Als ob in seinen Augen die ›Naht‹ trotz aller Zustimmung niemals gehalten hatte und auch nie halten würde. Seine Gefühle zeigte er nicht durch seine Blicke, doch sie verbreiteten sich trotz aller Anstrengung, drückten sich trotz aller Ablenkung aus. Der Mann kehrte vielleicht in dem Moment in seine Vergangenheit, seine früheren Tage zurück. Daß sein Bruder eine Frau geheiratet hatte, die ihnen immer fremd geblieben war, hatte dazu geführt, daß man seit Jahren mit einem Makel lebte. Doch die Frau war schön, attraktiv, um die Wahrheit zu sagen. Eine schöne, attraktive Frau… Rührte aber das eigentliche Problem nicht gerade daher?… Seine Blicke blieben im Dekolleté, an den Brüsten der seit Jahren mit seinem Bruder verheirateten Frau hängen. Wo lag also das eigentliche Problem, bei wem, in welchen heimlichen Gedanken oder nicht gelebten Wünschen?

Juliette würde mir eines Tages die Geschichte ihres Onkels erzählen... Wir ›lasen‹ die Erzählung eines Mannes, der unerwartet zu einer unerwarteten Hochzeit geschleift worden war. Inzwischen war eine sehr lange Zeit vergangen, aber der Mann hatte sich trotzdem an sein Leben, an das, was er hatte erleben müssen, irgendwie nicht gewöhnen können. Was und wieweit änderte sich etwas für den Zuschauer einer Liebe, die ein anderer erlebte, erleben konnte?... Es war, als ließe die Erzählung einen diese Frage stellen... An jenem Abend blieben wir nicht nur bei dieser Erzählung. Nach langem Schweigen sagte Juliette: »So hat Onkel Viktor gelebt... Die Frau, die er heiraten mußte, hat er niemals leidenschaftlich geliebt. Dabei hatte er eine zarte Seele, was nur wenige Menschen bemerkten... Er konnte viele Gedichte von Victor Hugo auswendig... Die letzten Jahre seines Lebens verbrachte er in großer Einsamkeit. Seine Frau war gestorben. In dieser Zeit lebte er in großer Not... Diese Not entsprang meiner Ansicht nach aus einem verborgenen Detail seiner Vergangenheit, an die er sich im Alter besser erinnern konnte. Er erinnerte sich, doch es war zu spät... In seiner Kindheit gab es in ihrem Sommerhaus auf Heybeliada ein junges Mädchen aus Österreich, das ihn Spiele in einer Sprache lehrte, die er nicht verstand... In den letzten Jahren hatte er sich an Einzelheiten dieser Spiele erinnert... Das Mädchen ging eines Tages mit seiner Familie nach Madrid. Ihr Vater war im Konsulat beschäftigt... Seitdem haben sie sich nicht wiedergesehen... Onkel Viktor verbrachte jahrelang mit seiner Frau die Sommermonate auf Heybeliada.«

War das der Onkel, der an jenem Morgen die ›fremde Schwiegertochter‹ mit diesen Augen ansah? Es blieb freilich uns überlassen, eine Verbindung zu knüpfen. Man durfte nicht vergessen, daß die Erzählungen von unterschiedlichen Menschen sich an verschiedenen Orten versteckt hielten und ihre Zeit abwarteten. Hatte sich daraus nicht auch früher schon außer einer schmerzlichen Freude eine kleine Hoffnung in uns entwickelt? Die Hoffnungen, auch wenn sie von außen gewöhnlich, banal aussahen, bekamen freilich in ›anderen‹ Erzählungen einen Sinn. Diese

Überzeugung reicht aus, um aufs neue daran zu denken, daß an jenem Tag an jenem Tisch viele Erzählungen heimlich erlebt wurden. Ein anderer Onkel der Braut war als ›Bankier‹ bekannt, und seine Eleganz erregte dort die Aufmerksamkeit aller. Dem Ehemann einer von Madame Roza selten besuchten Cousine aus ›Kadıköy‹, den er eben erst kennengelernt hatte und der in seinem Elektroladen sich den ganzen Tag mit seiner vielbewunderten Briefmarkensammlung beschäftigte, weshalb er allgemein nur ›der Briefmarkensammler‹ genannt wurde, sagte er, als teilte er ihm ein Geheimnis mit: »Monsieur Jacques gibt ein Vermögen für die Ausbildung seiner Söhne aus ... Bravo, das lobe ich mir.« Für meine Begriffe verbarg sich hinter dem ›Lob‹ der kritische Kommentar, daß das wertvolle Geld eigentlich umsonst ausgegeben wurde, sowie die Frage, wie viel eigentlich diese ›Sachen‹ kosteten. Die Frage war in dieser Situation an den Falschen gerichtet. Doch trotz aller Irrtümer und aller Menschen gehörte es zu unseren unverzichtbaren Angewohnheiten, in das Leben und die Erzählungen der anderen einzudringen zu versuchen. Es war einer der Wege, uns ein wenig aus unserer eigenen Hölle zu erretten, die wir nicht immer beschreiben konnten, aber noch wichtiger, die wir nicht richtig verstanden hatten. Wie hätten wir sonst jahrelang unser Verborgensein ertragen können und jenes Gefühl tiefster Einsamkeit, das aus dem Verborgensein entstand?

Madame Rozas Worte über Jerry hatten am meisten Monsieur Jacques und Berti beeindruckt. Aus verschiedenen Gefühlen entstanden Sehnsucht und Gewissensbisse. Ein schmerzliches Lächeln breitete sich in dem Moment auf Bertis Lippen aus. Ein Lächeln, das seine wirkliche Bedeutung in einem geheimen Schmerz, in einer Scham hatte ... Juliette wußte sehr wohl, was sich hinter diesem Lächeln verbarg. Sie hat mir Jahre später den Tag geschildert, die Hochzeitszeremonie in der Synagoge und Bertis Unbeholfenheit, seine kleinen Patzer während der Zeremonie, Details von der Hochzeitstafel, wobei sie die einzelnen Charaktere schauspielerisch nachahmte. Es waren die Momente,

in denen sie spürte, wie jene Familie, ihre neue Familie sie wirklich berührte. Sie hatten sich in einem Schmerz gefunden, der
nicht leicht auszudrücken und anderen zu zeigen war. Jetzt teilten
sie ein Geheimnis, sie waren Mitwisser eines Geheimnisses, das
sie auf Jahre hin gemeinsam bewahren mußten. Keiner konnte in
dieser Lage vor keinem fliehen... Keiner konnte vor keinem
fliehen... Keiner konnte zu keinem mit seinem ganzem Wesen
gehen... War geteilt zu werden, in anderen geteilt zu werden,
sich zu vermehren, während man in einem anderen geteilt wurde,
ein Schicksal oder der Wunsch eines Liedes, aufs neue und immer aufs neue geschrieben zu werden?...

In der Einsamkeit sein Spiegelbild finden

Ich habe an anderer Stelle von der Enttäuschung derer zu erzählen versucht, die sich in einem Schmerz trafen, die, ohne nur ein
einziges Wort zu sagen, noch ein weiteres Mal ihre Worte in
ihrem Inneren zusammenfließen ließen... In jener Zeit war jeder
in seinen eigenen Sätzen, in seinem eigenen inneren Gespräch...
Diese Sätze haben uns zu anderen hingezogen. Wir haben immer
geglaubt, wir könnten die anderen mit diesen Sätzen beleben, sie
für uns geboren werden lassen. Ich verstehe jetzt etwas besser,
daß ich wegen dieser Bindung einfach nicht aufhören kann zu
sagen und zu betonen, daß ich immer wieder zu gewissen Gefühlen zurückkehre. Es gab für die gleichen oder wenigstens
ähnliche Gefühle an anderen Orten andere Menschen... Es
war aber, als ob Juliette, Berti, Monsieur Jacques und Madame
Roza unter dem Einfluß der Gefühle, die die Worte über Jerry
erweckten, sich in einem Punkt trafen, der von der wirklichen
Bedeutung für den einzelnen sehr weit entfernt lag. Es scheint
mir, als könnte ich diesen Punkt jetzt sehen, spüren. Jedenfalls
vermeint der Mensch, seine eigene Dunkelheit etwas besser erkennen zu können, wenn es ihm gelungen ist, in die Dunkelheit
eines anderen vorzudringen. Deswegen hatte es für mich eine

große Bedeutung, was Berti an jenem Tag, an jenem Morgen, in diesen Augenblicken erlebte.

Nach meiner Ansicht erlebte er an jenem Tag, der einer der wichtigsten Tage seines Lebens war, einen Ort, an dem Jerrys Schatten auf eine ganz verschiedene Weise mit anderen ganz persönlichen Assoziationen gefühlt wurde. Dieser Ort wurde zu einem der wichtigsten Aspekte an diesem besonderen Tag seiner persönlichen Geschichte. Als er mir von diesem Tag viele Jahre später berichtete, und zwar in einer ganz anderen Weise, als Juliette davon erzählt hatte, war es, als müßte er etwas rechtfertigen. Er war enttäuscht und etwas traurig, doch versuchte er, diese Gefühle möglichst zu verbergen. Denn er wollte vor allem sich selbst glauben machen, daß er ›erwachsen‹ geworden war, auch wenn er seine unterschiedlichen Mängel spürte. Vor allem sich selbst glauben machen ... Obwohl er das Verlangen hatte, zu erzählen oder, wichtiger noch, sichtbar zu machen ...

Dieses Verlangen war mir bekannt. Ich habe versucht, manche meiner Erzählungen wegen dieses Verlangens zu schützen; ich habe sie aufgegeben oder glaubte, sie aufgegeben zu haben. Eigentlich hatte er sich jenem Tag, jenem Essen, der ›Feier‹ gehörig fremd, entfernt gefühlt. Wäre es nach ihm gegangen, hätte er die ›Hochzeitsfeier‹ schlicht im Rahmen eines einfachen Essens gehalten, an dem nur wenige Leute teilnahmen. Es hätte ein Essen in einem Lokal weitab von den Blicken und den falschen Seelen sein müssen, zusammen mit ein paar Menschen, die diese Freude in ihrem Wesen und ihrem Herzen wirklich mitempfinden konnten. Er hätte es sogar vorgezogen, im Einverständnis mit Juliette heimlich zu heiraten und die Fotografie ihrer Gemeinsamkeit, die sie im Namen des Lebens gewagt hatten, den ›Eltern‹ ›im nachhinein‹ zu zeigen. Doch dies alles hatte sich nicht verwirklichen lassen. Auf dem Weg zu dieser Ehe war von Anfang an das getan worden, was ›die anderen‹ wollten. Doch diese Haltung oder das Fehlen einer Haltung war nicht nur eine einfache, banale ›Kapitulationserklärung‹, sondern angesichts all dessen, was geschehen war, eine Ungerechtigkeit. Er ertrug das alles, um seine Eltern, die wegen Jerry sowieso schon litten, nicht noch trauriger zu machen. Er wollte ihnen nach so viel Schmerz nicht einen weiteren Schmerz, eine weitere Entbehrung zumuten. Seine Pflicht in der Familie, die Pflicht, die er wie ein Schicksal trug, erlaubte ihm nicht, anders zu denken und zu fühlen. Er war der Protagonist, der gewisse Probleme des Spiels und alle möglichen Folgen auf sich nehmen mußte. Ich kannte dieses Spiel. Wir hatten dieses Spiel alle auf unterschiedliche Weise, mit verschiedenen Gefühlen erlebt, mit dem, was unser eigenes Spiel uns gegeben oder genommen hatte. Als versuchte Berti, sooft er an seinem Spiegelbild vorbeikam, sich mit seinen vielen Verletzungen in die Rolle des ›großen Bruders‹ hineinzusteigern, der in diesem Drama mitspielte, selbstlos, unterdrückt und doch reif, und vor allem mit seiner im Inneren verborgenen Ehre. Es war zugleich ein Spiel der Täuschung. Ein Spiel der Täuschung, bei dem man glaubte, man könnte sich hinter der Lüge verstecken... Ich erinnerte mich deshalb an eine Erzählung, die keine weiteren großen Streitereien und Niederlagen wagte. Manchen Menschen bleibt, wenn sie sich an ein etwas leichteres Leben klammern, nur die Wahl, vor Auseinandersetzungen zu fliehen und sich nicht so zu zeigen, wie es wirklich nötig wäre, um nicht als ›böser‹ Mensch dazustehen...

Ja, die großen Auseinandersetzungen versteckten sich in der Tiefe, an einem unsichtbaren Ort. Als wäre dies die Zusammenfassung dessen, wie Berti seine Familienbeziehungen, seinen Glauben, die Tradition auffaßte und im Leben umsetzte. Unter diesem Aspekt muß man sein Verhalten interpretieren, das ihn in den Tagen des Pessach kein Brot ins Haus, in ›sein Haus‹ bringen ließ. Auch Juliette hatte großen Anteil am Aufbau dieses Zufluchtsorts, soweit ich das im Lauf der Zeit erkennen konnte. Der Zufluchtsort war einer, dessen Mauern andere gebaut hatten. Ein Zufluchtsort, der von anderen mit Geduld und aus verschiedenen Sorgen heraus gebaut worden war... Juliette kannte diese Mauern. In den ersten Tagen, oder besser, zur richtigen Zeit hatte sie mit ihrer hochentwickelten Sensibilität die Notwendigkeit dieser Mauern für Berti gespürt. Diese kleine Entdeckung führte dazu, daß sie auf dem neuen Weg, dem Weg in ihre neue Familie mit selbstbewußteren Schritten vorwärtsging. Berti hatte sich immer eine Frau gewünscht, die ihm bei dem, was zu tun war, den Weg zeigte. Schon in den ersten Tagen hatte er erkannt, daß sie einander wirklich berühren konnten. Es mußte sozusagen ein Amtswechsel vorgenommen werden. Ein Amtswechsel, wie es andere Frauen in der Familie, in seiner ›großen‹ Familie schon früher erlebt hatten. Ihre Pflicht begann an der Stelle, wo Madame Rozas Pflicht endete. Dieses Gefühl gab ihr die Möglichkeit, die Grenzen ihrer eigenen Sicherheitszone zu erleben, besser zu erkennen. Das war zweifellos einer der Wege, die Ruhe zu finden oder nicht zu verlieren, dort, wo man die Regeln nicht so einfach verändern konnte… Juliette hat mir dies nie gesagt, sie hat nicht mal in den Momenten, als wir uns am allernächsten waren, mitzuteilen versucht, was sie in jenen Tagen zurückgelassen hatte. Ich ziehe diese Schlußfolgerungen aus dem, was Berti hinterlassen hat, und aus der Entwicklung der Erzählung in mir. Insofern kann ich auch in die Falle des Irrtums, unserer Irrtümer geraten sein. Hatten wir nicht früher schon gesagt, daß wir sogar in den Momenten, in denen wir am meisten auf unsere Wahrheit vertrauen, heimlich von etwas geleitet werden, das wir irgendwo vergessen haben, vergessen wollten. Dies ist wenigstens ein Gefühl. Ein Gefühl mit all seinen Mängeln, seinen berechtigten und unberechtigten Seiten. Ein Gefühl, das uns noch einmal daran erinnert, daß Richtiges und Falsches manchmal wechseln, den Platz tauschen können… Dieses Gefühl belebte für mich das alte Spiel aufs neue. Juliette kannte in diesem Spiel sehr wohl ihre Szenen, ihre Worte und wußte, in welcher Beleuchtung sie sich den anderen zeigen wollte. In diesen Szenen spielte sie die traditionelle Frauenrolle, wie sie ihr angeboten wurde. Das war ihr längster Part, von dem sie am meisten überzeugt war, und ihre erfolgreichste Rolle. Das Schauspiel, in dem sie diese Rolle gab, war eins ihrer genauesten und glaubhaftesten Spiele, trotz aller seiner Andersartigkeiten und Abweichungen. Denn das Spiel erzählte von einer alten, sehr alten Trauer des Sich-Abfindens.

Manche Frauen, die sich entschieden hatten, so zu leben wie sie, mußten diese Trauer immer jemandem zeigen. Ja, die Trauer des Sich-Abfindens wollte das Leben in Poesie verwandeln. Das Sterben, dieses stille lautlose Sterben konnte man im Sterben der anderen vergessen... Juliette hatte es verstanden, in ihrer eigenen Zeit dieses Vergessen zu spielen. Doch vorher mußte man andere Hoffnungen und andere Abende erleben. Die Gefühle fanden in den Menschen langsam ihren richtigen Platz, indem sie immer etwas mitnahmen. Solange ich diese Tatsache für richtig ansehe, solange ich sie zu verteidigen versuche, kann ich unmöglich diesen Abend außer acht lassen. Ich kann den Abend nicht vergessen, auf den ich mich geduldig mit meinen eigenen Irrtümern vorzubereiten versuchte, auf die lange Erzählung, die ich trotz all meiner Fremdheit von Berti erfuhr. Ich bin noch einmal von einer anderen Dimension aus dorthin vorgedrungen. Berti zeigte mir den Weg. Die Bilder sollten durch neue Bilder einen anderen Sinn bekommen... Einige Tage vor der Verlobung gingen sie noch einmal ins Kervansaray, um den Abend mit einem kleinen Drink zu beginnen. Dort sprach er lange von Marcelina, mit allen Aspekten, an die er sich erinnern konnte, wollte. Dieses ›kleine Bekenntnis‹ entsprang zweifellos dem Wunsch, ihre als lebenslang geplante Gemeinschaft auf ein ›festeres‹ Fundament zu gründen. Man darf den guten Willen hier nicht übersehen... Nach dem, was Berti über diesen Abend berichtete, hörte Juliette ihm lächelnd, liebevoll, mit freundschaftlichen Blicken zu. Sie schwieg, neigte manchmal den Kopf, kommentierte aber das ›Gehörte‹ in keiner Weise... Wenn ich jetzt aus einer anderen Zeit von außen auf dieses Gespräch blicke, steigt in mir die Vermutung auf, daß das Schweigen mir mit einer heimlichen Frage und dem Bemühen um Verständnis wiedergegeben wurde. Ein Mann, der versuchte, sich zu verstecken, der darauf wartete, erkannt zu werden. Bertis kleines ›Bekenntnis‹, der Versuch, ›über seine Sorgen zu reden‹, war ein wenig auch der Versuch eines Menschen, der in vieler Hinsicht sein Selbstvertrauen verloren hatte, sich eines kleinen ›Sieges‹ zu rühmen. Juliette gehörte zu den Frauen, die dies erkennen konnten. Soweit ich erfahren habe, traute Juliette keiner der stereotypen Formulierungen, die in solchen Situationen erwartet werden, vielmehr sagte sie zu dem Mann, der mit ihr aus einer unvergessenen Vergangenheit in eine neue, richtigere Zukunft aufbrechen wollte, mit entschlossener, doch gleichzeitig warmer, weicher Stimme: »Laß uns endlich zum Essen aufbrechen. Von dort aus gehen wir tanzen, wenn du willst. Heute nacht amüsieren wir uns richtig.«

Sie speisten, sprachen über andere Leute, ihr Leben und ihre Gefühle und gingen zuletzt in einen Nachtclub zum Tanzen, um die Nacht bis in die Stunden auszudehnen, in denen niemand mehr auf der Straße war. Es waren Vorschläge gemacht und angenommen worden. Weder in dieser Nacht noch in den kommenden Nächten wunderte man sich über dieses Szenario. Die Hauptrollen der Szene standen eigentlich fest, und es gab auch Fremde beziehungsweise Gastspieler... In einem Moment, als sie dem Zauber der Nacht gehörig verfallen waren, sagte Juliette dem Mann, der sich ihr langsam, mit zögernden Schritten näherte: »Marcelina begraben wir heute nacht... Für dich, für mich und für uns beide...« Dieser Aufforderung, dieser Stimme mußte man das Ohr leihen. Deshalb sprachen sie niemals wieder über die Geliebte, die sie an jenem Ort gelassen hatten. Berti fühlte sich seiner ›neuen Frau‹ in dieser Nacht sehr nahe. An dem Ort, woher die Stimme kam, war ein neuer Zufluchtsort entstanden, und selbstverständlich wollte er die ersten Schritte auf diese Zuflucht hin tun. Doch brachte diese Zuflucht nicht außer aller Sicherheit und aller Wärme auch unweigerlich einen Bruch mit sich, einen lautlosen Bruch, den die anderen nicht hören sollten? Eine Annäherung an wen bedeuteten diese Schritte? Wem näherte man sich in dieser Situation, von wem entfernte man sich? Ja, sie begruben Marcelina in dieser Nacht dort wegen dieser Stimme, es gelang ihnen, sie still und leise zu begraben. Dennoch blieb eine Leere zurück, über die man niemals würde sprechen können. Eine Leere... Eine Leere, deren Dunkelheit, Schweigen und Angst mit anderen Erzählungen wachsen und tiefer werden konnten. Diese Leere führte dazu, daß sie Marcelina zusammen an verschiedenen Orten begruben, ohne dies einander vollkommen zu erklären. Manche Brüche erstrecken sich in manchen Beziehungen in die Tiefe, weit in die Tiefe.

Doch was immer dort an jenen Abenden erlebt wurde, es war offensichtlich, daß Berti für Juliette große Liebe empfand. Juliette hatte in dieser Nacht, in der sie von Marcelina sprachen, zu Berti gesagt, daß sie selbst keine ›ernsthafte‹ Beziehung zurückließ. Natürlich gab es für sie keinen Grund zu lügen. Doch mir scheint, auch sie versteckte tief innen eine ganz andere ›Zeremonie‹. Ich sollte der Zeuge von ein paar Augenblicken werden. In diesen Momenten tauchte sie mit einigen nicht wiederzugebenden Blicken in die Vergangenheit mit jemandem ein. Als versuchte auch sie ein Gefühl, einen Verlust, einen Mangel irgendwo zu begraben... Ich habe nie erfahren, ob Berti diese Momente bemerkt hatte oder nicht. Ich weiß, daß der kleine Zweifel höchstwahrscheinlich wie in vielen anderen meiner Beziehungen, dieser Zweifel, den ich in meiner Phantasie entwickelte, die Attraktivität Juliettes für mich noch erhöhte. In dieser Lage bekam ich eine andere Frage von ihr. Diese Frage durfte ich nicht vernachlässigen. Ich durfte nicht vergessen, daß manche Frauen mit manchen Fragen aufs neue geboren werden oder wegen unbeantworteter Fragen niemals vergessen werden. Deswegen habe ich auf Marcelina geachtet, die in Berti war. Deswegen habe ich geglaubt, daß Berti Marcelina nicht, wie es Juliette wollte, begraben hatte. Doch trotz alledem, trotz der Frage, die Marcelina womöglich in ihm zurückgelassen hatte, war es Berti gelungen, auch Juliette in seinem Leben einen wichtigen, wertgeschätzten Platz zu geben. Darüber hinaus hatte er sehr recht, ihre Meisterschaft im Zubereiten von Artischocken zu rühmen. Ich erinnerte mich an den Geschmack. Aus diesem Grund erschien mir der Abend noch schöner, der sich mit allen Verwundungen, aller Hartnäckigkeit, doch gleichzeitig mit kleinen Hoffnungen auf einen neuen Sommer vorbereitete. Lange waren wir voneinander getrennt gewesen. Ungefähr zwei Jahre hatten wir uns nicht gesehen. Das war eine unglaublich lange Zeit, wenn man die Häufigkeit unserer ›früheren‹ Begegnungen bedenkt. Eine unglaublich lange Zeit, die einen Sehnsucht fühlen ließ und das innerste Bedürfnis nach einem Menschen. Doch so war es nun gewesen... So war es... Wir hatten gelebt, wie wir leben mußten. Wir hatten gelernt, mit unserer ›Strafe‹ zu leben... Als sie mich plötzlich vor sich sah, umarmte sie mich ohne ein Wort... Ohne ein einziges Wort... Wir blieben lange Zeit so. Lange Zeit... Als wollten wir das, was wir in zwei Jahren verloren hatten, in dieser Dichte in ein paar Sekunden einfangen... Wir wollten einer Sehnsucht zu ihrem Recht verhelfen, indem wir einander spürten, indem wir, wenn auch nur für kurz, beieinanderblieben. Ich glaube, auch sie erinnerte sich an die Poesie der Anfänge, der neu beginnenden Beziehungen. Ich vermute, auch sie wollte wissen, ob für eine Freude, für eine unerwartete Freude derart viel Schmerz nötig war... In dem Augenblick sah ich Berti. Seine Augen waren feucht. Er versuchte zu lächeln. In seinem Lächeln waren die Spuren einer schmerzlichen Freude zu sehen. Juliette sagte: »Ich habe gewußt, daß du früher oder später kommen würdest, du Hund! Warum hast du so viel Zeit verstreichen lassen? Weswegen hast du uns bestraft!... Sind wir etwa gestorben!... Schau, ich bin noch immer hier, ich bin noch immer deine Frau!...«

Wir lachten... Wir versuchten zu lachen... Es war einer der Augenblicke in meinem Leben, in dem sich Lachen und Weinen vermischten, in dem ich beides zugleich erlebte... Ich war noch ein wenig erwachsener geworden. Ich hatte etwas besser verstanden, daß Leben ebenso bedeutet, sterben zu lernen, wie auch geboren werden. Und diese Poesie, die mich sagen ließ, alle Geburtstage brächten eine Trauer, eine neue Trauer hervor, würde mit der Zeit, nach anderen Sommern, ihren wahren Platz finden.

Es gab indessen noch ein Detail, das viele Leute vernachlässigen würden, das sie nicht erwähnenswert finden würden... Juliette hatte an jenem Abend keine Artischocken gekocht. Es gab ganz normale, gewöhnliche Pessach-Speisen. Etwas Lauchbörek, etwas Spinatbörek, gekochte Eier, Huhn, Salat aus Lattich...

Doch trotz dieser ›kleinen Enttäuschung‹ würde ich lange keine so unvergeßliche Nacht mehr erleben. Wir waren nur drei Personen... Nur drei Personen... Wie es ›einst‹ gewesen war... Als ich den Wein ›kredenzte‹, versuchte ich wohl deswegen die Bräuche dieser alten Zeremonie sehr sorgfältig auszuführen... Es war eine Nacht... Noch einmal erlebten wir die Trauer der gegenseitigen Nähe... Diese Nacht führte dazu, daß in uns ein sehr wertvolles Lied geschrieben wurde. Unsere Erzählung war unser Zeuge. Unsere Erzählung war unser einziger Zeuge...Wir würden uns niemals vor dieser Erzählung retten können...

Hätten Sie die Nora spielen können?

Der Grund dafür, daß diese Nacht so ›besonders‹, so ›herzlich‹ und ›nach außen verschlossen‹ erlebt wurde, als Nacht, die sich irgendwo einprägte als eine meiner, wahrscheinlich unserer, unvergeßlichsten Nächte, waren zweifellos auch unsere heimlichen und etwas unbewußten Vorbereitungen auf diese Momente während der zwei Jahre, die wir getrennt waren. Sich von weit her vorzubereiten auf eine Nacht, die ihr im wahrsten Sinne erleben, teilen werdet mit jenen zwei Menschen, von denen ihr wißt, sie versuchten ein wenig auch euretwegen durchzuhalten. In diesem Warten verbarg sich ein Gefühl, das etwas mit dem Tod zu tun hatte, ein Gefühl, dessen Grenzen man nicht immer überschreiten konnte. Die Erwartung war ein weiteres Mal eure eigene Erwartung. Das Warten trug wieder einmal die Spuren des lautlosen, in euch gebliebenen Schreis eurer Albträume, vor denen sich die Welt euch gegenüber schützte, ob ihr wolltet oder nicht. Das Warten war eure Suche nach Schlaf in jenen Nächten auf jenem Bett, und der Wunsch, vor der Sonne, vor dem Morgen zu flüchten. Es bedeutete auch eure erneute Suche nach einem Menschen, den ihr in einer Erzählung verloren habt, das Wagnis einer erneuten Suche. Die Suche war verwundend und erinnerte euch an das Sammeln von Brombeeren auf einem stillen, verborgenen Weg. In dieser Lage war das Warten all die Schmerzen, die ›Ritzer‹ wert. Die Erzählungen waren das Warten wert... Ich glaube, diese Geschichten gehörten zu den Geschichten, die ich eines Tages auf jeden Fall jemandem erzählen wollte, die ich mit den beiden Menschen, die in meinem Leben einen derart wichtigen Platz einnahmen, teilen konnte.

Ja, zwei Jahre waren seither vergangen... Zwei Jahre... Oder war es noch länger?...Oder?... Oder hatte ich die zwei Jahre auch gebraucht, um mir in einer anderen Zeit die Trennung etwas besser erklären zu können. Wie auch immer, es ist jetzt sowieso unmöglich, mich so daran zu erinnern, wie ›es nötig wäre‹... Dem Menschen gelingt es, das, was er vergessen will, früher oder später auch zu vergessen. Es bleibt dann nur ein Rest zurück. Ein Rest... In diesem Rest suchen wir dann die Geschichte, wagen es manchmal, sie zu suchen. Die Frau, die Juliette für mich, für uns verkörperte, trägt mich wieder zu jener Nacht hin... Diese Frau lebte in jener Nacht in ihren Blicken, in ihrem Lächeln, in dem, was sie mit ihrer Stimme ausdrücken wollte. Freilich konnten wir nicht dem Schmerz entfliehen, der aus dem erwuchs, was wir erlebt hatten, was wir hatten erleben müssen. Doch dieser Schmerz hat uns wahrscheinlich auch die Möglichkeit gegeben, mit einer tiefen Freude, für die der Preis schon bezahlt war, erneut aufs Leben zu blicken. Wir verstanden ein weiteres Mal, daß wir das, was wir füreinander empfanden, niemals verlieren würden, nicht verlieren konnten. Wir waren aus den Tagen, die wir zurückgelassen hatten, die wir zurückzulassen versuchten, verletzt hervorgegangen.

Juliette spielte in dieser Nacht ihre liebsten Lieder. Ich habe nicht vergessen, daß sie beim Essen irgendwann sagte: »Heute nacht werden keine ›Musikwünsche‹ erfüllt... Ihr hört bloß, was ich mir wünsche.« Es war die Nacht von ›Strangers in the Night‹, ›Killing me softly‹, ›Johnny Guitar‹ und ›Green Fields‹. In dieser Nacht gab es auch die Bildsequenzen in diesen Liedern, die unwiederbringlich waren. Das waren die Augenblicke, die auch für Berti andere Orte, die vergessen schienen, aufs neue entstehen ließen. Auch er nahm teil an der bitteren Freude, die uns mit einem tiefen Schmerz durchzog…

Danach trennten wir uns, wenn auch nur kurz. Ich ging, um die Schallplatten anzuschauen. Die Schallplatten, die alten Plattenhüllen zogen mich in meine eigene Welt hinein, die ich mir damals geschaffen hatte. Vielleicht deswegen haben die Gesichter der Musiker in der Geschichte meiner Lieder noch immer eine so große Bedeutung für mich. In diesen Momenten, in der kurzen Zeit der ›Trennung‹ war ich in diese Lieder versunken. Die beiden dagegen blieben am Tisch in ihrer Zweisamkeit. Berti saß mit dem Weinglas in der einen Hand da, schaute mit leerem Blick auf den Tisch und sagte etwas so leise, daß ich es nicht verstehen konnte. Juliette lachte auf. Ich begriff. Sie waren in einer ganz anderen Zeit. In einer ganz anderen Zeit, die sie ›nach außen‹ abschließen und immer geschlossen halten wollten, ihren Zeiten, die sie für etwas wirklicher und etwas mehr ihnen gehörig ansahen… Genau in dem Moment wollte ich trotz aller unserer Gemeinsamkeit, trotz unserer gemeinsamen Lieder von dort weggehen und mich in mein Zimmer zurückziehen, dessen Wände und dessen Dunkelheit ich sehr gut kannte. Ich fragte mich, was ich bei ihnen, in jenem Haus suchte. Wie war es so weit gekommen, daß ich von diesen Leuten als Freund angesehen wurde, mit dem man einen Rausch, den Duft von Goldlack, die Wärme einer verschwitzten Hand oder ein vergessenes Lied teilte, mehr noch, dem man Geheimnisse anvertraute? Das verstehe ich immer noch nicht. Inzwischen erleuchtet meinen Weg nur der Gedanke: ›Was du einem Menschen gibst, das bekommst du auch, früher oder später, das, was du ihm gibst…‹ Auch ich hatte versucht, diesen Menschen etwas zu geben für die Erzählung, die wir teilten. Doch was ich gegeben hatte, wußten nur wir drei, und ich vermute, auch wenn noch viele Jahre darüber vergehen, werden nur wir drei davon wissen. Manche kleinen Geheimnisse bewahrten schließlich auch die furchtsamen Menschen in uns auf. Wir mußten lernen, mit unseren Fehlern zu leben. Auf diese Weise konnten wir auch besser lernen zu lächeln…

Jetzt sind wir alle woanders... Es ist mir, als spürte ich, wie Berti bei diesen Worten lächelt, dort, wo er jetzt ist. Auch ich lächele, versuche zu lächeln. Dann schweigen wir. Es ist mir, als sähe ich, wie wir schweigen. Warum war das alles, warum, frage ich... Ich warte, ich warte noch ein wenig... Ich warte... Noch ein wenig... Noch einmal... Dann... Dann gebe ich wieder auf...

Zu vorgerückter Nachtstunde tanzte Juliette ›allein‹ mit dem Weinglas in der Hand zu den Schlagern, die sie hörte, besser gesagt uns hören lassen wollte... In dem Augenblick sagte ich zu mir selber: ›In den Liedern tanzen‹. In den Liedern tanzen... Tanzen mit dem Alkohol, mit den Jahren, mit jenen falsch oder richtig gelebten Tagen, Nächten... Ich verstand, glaubte, verstanden zu haben. Sie mußte uns in diesen Augenblicken, in den Momenten ihrer ›Einsamkeit‹ etwas zum ›Zuschauen‹ geben. Wir waren ›Zuschauer‹, wir wußten in die richtige Verkleidung zu schlüpfen. Wir waren drei Menschen, die gelernt hatten, einander zu berühren und ein Spiel fortzuführen. Wir waren drei Bühnenhelden, die jahrelang dieselbe Szene, dieselben Sorgen und dieselben Zwischenakte geteilt hatten... Juliette liebte die Hauptrolle in der kurzen Szene. Doch die Szene dauerte nur ein paar Minuten, sie dehnte sich nicht wie in manchen Märchen bis zum ersten Licht des Morgens aus. Wir waren in jenen Tagen nämlich ›müde‹, waren weit entfernt von jenen Märchen. Wenn ich an all das denke, ist die Reihe zu lächeln an mir... Nach dieser Nacht würde es noch viele Nächte geben, in denen wir uns an unsere Müdigkeit erinnern konnten... Juliette unterbrach ihren Tanz ganz kurz in einem unerwarteten Moment, gerade als wir uns dem Zauber des Spiels überlassen hatten, und sagte, als spräche sie mit sich selbst: »Und wie gut ich in dem Pirandello gespielt habe...«

In dem Moment wollte sie uns mitteilen, daß sie etwas vermißte, etwas, das sie vielleicht am meisten im Leben bereute. Sie hatte sich wieder einmal an die Tage der Schauspielerei in ihrer Collegezeit erinnert. In ihrer Umgebung gab es damals ›andere‹

Blicke… Damals gab es eine ›andere‹ Person, die in vielen Schauspielen mit ihr die Bühne teilte… Wer weiß, vielleicht wurden in jenen Tagen ihre Spiele aufrichtiger gespielt. Sie waren zwei junge Mädchen. Zwei junge Mädchen, die mit großen Hoffnungen auf demselben Weg gingen… Ihre Literaturlehrerin, die das Theaterleben sehr gut kannte, sprach nach dem Erfolg des Pirandello-Stücks persönlich mit ihnen und sagte:»Laßt alles andere sein! Laßt alles stehen und liegen und tut euer möglichstes, um Schauspielerinnen zu werden!…« Juliette hatte mir dies alles vor Jahren an jenem Abend erzählt, als Berti eine Geschäftsreise nach Italien ausgedehnt hatte, um zu fotografieren, und wir nach einem gemeinsamen Theaterbesuch noch zusammensaßen. Es gab eine Bar im Stadtteil Elmadağ, die ich an jenem Abend erstmals besuchte, in die ich jedoch später noch mit anderen Menschen zurückkehrte, um viele andere Gefühle und ›Momente‹ zu teilen. Wir setzten uns an einen Tisch in der Nähe des Fensters. Das war meine Wahl. Wir konnten ›von draußen‹ gesehen werden. Ich wollte, daß bestimmte Leute, vor denen ich bis dahin immer geflohen war, denen zu begegnen ich mich geniert hatte, mich mit einer Frau wie Juliette sahen. Zweifellos klammerte ich mich an eine neue Selbsttäuschung, versuchte ich mich zu klammern. Schließlich war dies eine ›Premiere‹, es war das erste Mal, daß ich mit einer Frau zusammen in einer Bar Alkohol trank… Und es war das erste Mal, daß ich den Geschmack von Wodka Lemon kostete. Den mochte Juliette am liebsten. Deshalb denke ich auch jetzt, nach all den Jahren, wenn ich Wodka Lemon trinke, immer noch an Juliette. Wodka Lemon gehört zu meinen ›Zeitreisen‹ in Juliette… Meine ›Zeitreisen‹… Wie in anderen Texten, wie in meinen anderen Texten… Am Tisch standen gesalzene Kichererbsen. Juliette sagte:»Die passen am besten zu Wodka Lemon.« Wahrscheinlich hatte sie recht. In jenen Tagen begann ich auch zu rauchen. Meine erste Zigarette war eine Harman. Jahrelang war das meine Marke. An jenem Abend rauchte ich viel. Obwohl ich nicht hätte rauchen sollen. Doch ich hatte nun einmal Sait Faik als Schriftsteller kennengelernt.

Ich hatte Geschmack daran gefunden, an manchen Abenden auf dem Deck der Inseldampfer zu sitzen und in der Winterkälte Tee zu trinken. Ich hatte entdeckt, wie die Regentropfen an Wintertagen in jenem kleinen Café in Çınaraltı an die Fenster klopften. Das Leben war voller Widersprüche. Voller Widersprüche und voller Wege, die ganz anders sein konnten oder anders aussahen als die, die man mir bis dahin ›gezeigt‹ hatte ... Auch ich hatte in bezug auf diese Tage meine kleinen Legenden, meine kleinen Phantasien, meine kleinen Schritte ... Wir waren an jenem Abend in einem Stück von Eugene O'Neil gewesen ... Juliette ›wußte‹, daß ich Eugene O'Neil mögen würde. Die Jahre zeigten, daß sie sich in ihrem Vorwissen nicht getäuscht hatte.

Das einzige, was ich jedoch an diesem Abend sehen und verstehen konnte, war, daß sie sehr schön war. Dieses Gefühl sollte mich noch einmal an einem anderen Ort zu einer anderen Zeit ergreifen. An einem anderen Ort zu einer anderen Zeit ... Als wir mit anderen Menschen zusammen waren und für immer zusammensein wollten ... Zweifellos war die Schönheit Juliettes an jenem Abend auch bedingt durch das Licht in der Bar und die Atmosphäre.

Vielleicht sollte ich auch von den Spuren einer alten Trauer sprechen. Von den Spuren einer alten Trauer, die sich irgendwie nicht hatte mitteilen lassen oder die man für immer verstecken wollte. Ich sollte diese Trauer nicht nur an jenem Abend miterleben, nicht nur in jener Nacht, in der wir bis zum Morgen durchtranken, sondern auch in anderen Zeiten der ›Rückwendung‹. Das waren Zeugenschaften, die sich zu verschiedenen Orten hin öffneten. Als ob uns in den Zeiten der Sehnsucht immer die anderen Orte erwarteten ... Sie waren zwei Freundinnen, die auf demselben Weg der Hoffnung vorwärtsstrebten, die hinter derselben Bühne auf dieselben Auftritte warteten. Die Bühne wurde durch diese Träume, diese Opfer immer größer und zu einer Bühne, die ihre eigene Wahrheit darbot. Was aber darauf folgte, waren Treulosigkeiten, waren Reisende, die irgendwo verlorengingen mit einer Stimme, die man zu ersticken versuchte, waren ›Schauspieler‹. Was größer wurde, war nicht mehr die Bühne, sondern es waren die, die außerhalb dieser Szenen blieben und das akzeptierten. Was den Preis betrifft, der zu zahlen war, so war er wieder einmal nicht der Rede wert. Das Innere mancher Erzählungen ist seit langem ausgeleert. Die ›Freundin‹ richtete sich nach dem Rat der Lehrerin und wurde eine ›berühmte, gesuchte Schauspielerin‹. Wer war diese ›berühmte Schauspielerin‹? ... Juliette beantwortete diese Frage nicht. Nur einmal sagte sie: »Ich werde dir später ein paar Anhaltspunkte geben. Du wirst es verstehen. Jetzt begnüge dich damit, daß du weißt: Ihr Ruhm und ihre Wohnung am Bosporus erregen den Neid vieler Berufskolleginnen. Wenn du willst, kannst du sie in einer deiner Erzählungen benutzen. Sie schreibt auch. Wenn du willst, kannst du sie dir in deiner Erzählung als berühmte Schriftstellerin denken ...« Warum entschied sich Juliette, den Namen ihrer Freundin nicht zu nennen? War es, weil sie von deren ›Berühmtheit‹ sich selbst einen Anteil abzweigen wollte oder weil sie glaubte, daß sie einen falschen Weg gegangen war? Wurde der Mensch, der seinen Weg an einer Stelle abgebrochen hatte, der dazu gezwungen gewesen war, durch die Versuchungen der Berühmtheit an einen Ort verschleppt, der weit schlimmer war als ›nicht gut‹? War es eine geheime Eifersucht oder eine innerlich genährte Enttäuschung, eine nicht beglichene Rechnung, über die sie nicht sprechen wollte? Oder hatte eine solche Freundin überhaupt nicht existiert? Hatte sie sich eine solche Geschichte ausgedacht, weil sie den ›Mangel‹ spielen wollte, der daraus resultierte, daß sie ihre Schauspielerei nicht wie gewünscht präsentieren, vor anderen zeigen konnte? Glaubte ich deshalb, ich befände mich einem neuen ›Spiel‹ gegenüber? Juliette liebte Spiele, sie kannte alle Arten von Spielen in allen Bedeutungen als Teil ihres Lebens. Als läge hier ein Leid, ein tiefes Leid verborgen. Dieses Leid war Schicksal, eine aufgezwungene Entscheidung und gleichzeitig das Ergebnis eines Blicks, einer Haltung, deren Ursprung in ganz alter Zeit lag. Jedoch – warum soll ich es verbergen – dieser Blick, diese Haltung und ihre Einsamkeit, die sich hinter diesen Spielen verbargen, waren es vielleicht, die mich ihr nahebrachten und mich sie lieben ließen. Das war ein beunruhigendes Gefühl. Ein beunruhigendes, heißes, lebensvolles Gefühl... Juliette als Freundin anzusehen, zu akzeptieren, war für manche sehr leicht, für andere wiederum sehr schwer. Ich habe in ihr eine andere Spielerin wahrgenommen, aber insbesondere eine Frau, deren Besonderheiten anzuerkennen mir immer noch schwerfällt. Ja, das ist ein heißer, ein angenehm warmer Lebensbereich. Ein heißer, ein angenehm warmer Lebensbereich... Denn sie hat mir von ihrer Weiblichkeit etwas gegeben, etwas, dem ich keinen Namen geben konnte. Ich weiß nicht, ob ich eines Tages jemandem über unser Zusammensein aus meiner Sicht erzählen will und ob mir dieser Versuch gelingen wird. Ich weiß aber und kann sagen, daß ich ihr Vertrauen gewonnen habe, und zwar mehr, als ich es verdient habe. Deswegen habe ich in jene geheimen Räume eintreten dürfen und einige ihrer Geheimnisse erfahren, die vermutlich nicht einmal Berti kennt.

Dennoch, trotz allem, trotz meiner außergewöhnlichen Position, gab sie mir keinerlei Hinweise auf jene berühmte Freundin. Wer ist diese Frau, die sich wahrscheinlich mitten unter uns befindet und die uns aus der Bühnen- und Schriftstellerszene bekannt sein müßte? Ich glaube, dies werde ich zu gegebener Zeit erfahren. Zu gegebener Zeit oder wenn ich mich bereit fühle für andere Leben... Zu gegebener Zeit oder wenn ich für andere Leben und andere Erzählungen an Juliette denken kann... Kurz gesagt, ich möchte an die Existenz dieser Frau glauben. Ich möchte an das Vorhandensein dieser Frau glauben... Eine innere Stimme sagt mir, daß dort, bei dieser Frau in bezug auf Juliette etwas sehr Besonderes verborgen liegt. Sie hatten eine Szene miteinander gehabt, eine sehr lange Szene hinter der Bühne... Und die eine war dort, unter den Menschen geblieben... Um auf Juliette zu kommen... Sie war in einigen jüdischen Vereinen aufgetreten und hatte viele Menschen begeistert. Sie ›spielte‹ nicht nur, sondern übernahm es später auch, eine Reihe von ›begeisterten‹ jungen Leuten auszubilden. Sie spielten ›Die Rosen-

bergs dürfen nicht sterben‹, ›Der Preis‹, ›Der Tod des Hand-
lungsreisenden‹ und sogar ›Andorra‹. Dann… Dann wurde sie
eine ›kultivierte‹ Frau, die sich sehr gut zu kleiden wußte und
sehr gutes Essen zubereitete. Die Welt der Sicherheit hatte einen
Preis, und dieser Preis mußte schließlich in irgendeiner Form
gezahlt werden. Wenn Juliette von dem Erfolg in dem Pirandel-
lo-Stück sprach, dann war es, als wollte sie nicht nur von einem
begabten jungen Mädchen erzählen, sondern daß sie eine Hoffnung und auch ein Leben irgendwo zurückgelassen, verlassen
hatte… Danach sagte sie: »Am meisten bedauere ich, nie die
Nora gespielt zu haben. Manche Dinge waren verkehrt…Ver-
kehrt, und sogar sehr verkehrt…«

›Nora oder Ein Puppenheim‹… Wenn man bedenkt, was dieses
Stück bei manchen Menschen aufrühren konnte, hatte sie eine
Rolle ›verpaßt‹, die sie nicht vergessen konnte und niemals vergessen würde. Ich verstand ihr Bedauern. Ich konnte ihr Gefühl
der Niederlage verstehen. Von diesem Bedauern, diesem Gefühl
der Niederlage mußte irgendwie erzählt werden. Um ihre zweite
Tochter nach dieser verlorenen Heldin benennen zu können,
nahm sie einen schweren, beachtlichen Kampf auf sich. Nach
meiner Ansicht hatte dieser Kampf eine große Bedeutung. Wenn
man die von Traditionen bestimmte Lebensweise bedenkt, war es
ein kleiner Aufstand. Zwei Tage nach der Geburt sagte sie zu
Berti, sie wolle dem Mädchen den Namen Nora geben, schon das
sprengte den Rahmen dessen, was als ›natürlich‹ angesehen wurde. Ihr Vorschlag wurde zurückhaltend aufgenommen und mit
einer notwendigen Frage konfrontiert. Die Reaktion war normal,
man mußte sie verstehen. Denn jeder wußte und erwartete, daß
das zweite Kind nach den Eltern der Mutter benannt wurde.
Doch Juliette sagte, diese Wahl beruhe auf einer früheren Herzensschuld, auf einem alten Versprechen im Namen des Lebens.
Dann erzählte sie eine Geschichte, die sie bis zu jenem Tag nie
erzählt hatte. Die Geschichte reichte bis in die ›Kindheit‹ zurück
und erstreckte sich bis in die Jahre, als die Wehen des Übergangs
in die Jugendzeit mit allen Ängsten und Hoffnungen erlebt wur-

den. Diese Jahre waren von einer sehr engen Freundin beseelt gewesen. Der Name der Freundin war Nora. Nora erkrankte eines Tages an einer tödlichen Krankheit und näherte sich Schritt für Schritt trotz allen Widerstands und aller Kämpfe dem unausweichlichen Ende. Juliette hatte sie in ihren letzten Stunden auf dem Sterbelager nicht allein gelassen. Nora wünschte so sehr, nicht vergessen zu werden, wenigstens von einigen Menschen nicht. Juliette gab ihr darauf ihr Wort und sagte: »Nora wird eines Tages von neuem geboren werden, das verspreche ich dir.« Nora sagte: »Es schmerzt mich am meisten, daß ich kein Kind zur Welt gebracht habe.« Darauf sagte Juliette: »Dein Traum wird sich eines Tages erfüllen, auf jeden Fall, das verspreche ich.« Sie lächelte. Nora drückte ihre Hand und sagte mit ersterbender Stimme: »Ich gehe jetzt in den Schoß einer anderen Mutter.« Das waren ihre letzten Worte …

Diesen Tag hatte sie nie vergessen, würde sie niemals vergessen … Das war eine rührende Geschichte, die viele Menschen beeindruckte. In der Erzählung ging es darum, daß nicht nur einem Menschen, sondern dem Leben das Wort gegeben worden war. Deswegen hatte Juliettes Entscheidung eine Berechtigung. Doch war das Erzählte überhaupt wahr? Hatte Juliette sich vielleicht wieder einmal hinter einer anderen Geschichte versteckt, um sich und ihre Absicht zu verwirklichen? Ich weiß, das war für andere, aus der Sicht der anderen, eine andere ›Meisterschaft‹, die man im Leben erwerben kann. An diese ›Meisterschaft‹ glaubte auch sie, soweit ich wußte … Ging es hier vor allem darum, ihren Traum bis zuletzt zu verbergen, nachdem sie sich entschieden hatte, ihn mit niemandem zu teilen und diejenigen in ihrem Umkreis, die diesen Traum nicht verstehen konnten, an eine Lüge glauben zu lassen? In diesem Bemühen ›ergriff‹ sie ihre stärkste, von ihr am meisten geschätzte ›Waffe‹ und versuchte, sich mit Hilfe ihrer Schauspielerei ein wenig zu rächen an denen, die ihr die Schauspielerei in gewisser Weise versagt hatten … Um die Wahrheit zu sagen, weiß ich nicht genau, warum ich an diese Möglichkeit dachte, warum ich diese Vermutung hatte. Freilich überträgt man eigene Eigenschaften manchmal auf einen anderen Menschen. Manchmal hat der Mensch, den man zu beschreiben versucht, Dinge an sich, die man vor sich selbst zu verbergen versucht. Auf diese Weise wird es immer schwerer für mich, zu den ›Tatsachen‹ vorzudringen. Doch ich kannte Juliette nach unseren Gesprächen wahrscheinlich genügend, daß mich diese Zweifel befallen konnten.

Juliette hatte mit ihrer Mutter eine ›offene Rechnung‹. Bedenkt man ihre Träume, die sie besonders hinsichtlich des Theaters genährt hatte, dann war ihre Mutter für sie ein Symbol des Todes oder der kleinen lautlosen Morde. Insofern war die Gelegenheit günstig. Madame Beki würde nie mit ihrem Namen in einem anderen Menschen, in einem Verwandten weiterleben. Ein wertvolles Geschenk sollte ihr still und heimlich versagt werden. Sie würden quitt sein, wenigstens in gewissem Maße. Zumindest in einem gewissen Maß... Ich vermute, auch Madame Beki verstand das als Mutter. Sie wußte, welche Bedeutung für ihre Tochter die stillen kleinen Morde gehabt hatten. Soweit ich erfuhr, entschied sie sich, auf den ›Entschluß‹ nicht zu reagieren. »Nachdem es die Kinder so gewollt haben, bleibt uns nur zu schweigen und zuzustimmen.« Mit etwa diesen Worten zog sie sich zurück und versuchte, ihre Gefühle zu verbergen. Sie war ein wenig enttäuscht, doch als sie diese Worte aussprach, war sie so ruhig, wie man es von ihrem harten, streitbaren Wesen nicht erwartet hatte. Berti hatte diese Tage so gesehen. Er unterstützte seine Frau, als er die Geschichte von der jungen Nora erfuhr, die gezwungen gewesen war, unvorbereitet von der Welt zu gehen, ohne viele Gefühle ausgelebt zu haben. Mit anderen Worten, auch er beteiligte sich an dem ›Protest‹. ›Nora‹ erhob ihre Stimme noch einmal im Namen des Protests in einem ganz anderen Teil der Welt mit ganz anderen Gefühlen. ›Nora‹ kehrte in die Mitte anderer Menschen mit anderen Worten zurück. Das Spiel wurde endlich gespielt... Das Spiel konnte endlich gespielt werden... Doch die Tür jenes Hauses öffnete sich damit auch für einen neuen, langen, verletzenden Streit. Was das für ein Streit sein würde, konnte in jenen Tagen von dort aus niemand sehen. Die Spieler würden mit der Zeit lernen, das Spiel zu spielen. Der Vorhang hob sich ganz langsam. Das Bühnenbild wurde ganz langsam vorbereitet, die Worte wurden ganz langsam gelernt. Für ein Schauspiel brauchte man auch ein Klavier. Ein Klavier, das ein paar Melodien spielte oder unerwartet abbrach. Dieses Klavier wurde für ein paar Augenblicke aus einer anderen Erzählung ausgeliehen ...

Die Fortsetzung der Erzählung habe ich zum Teil verfolgen können. Juliette war von den ersten Tagen an die Gefangene ihrer Ordnung, die sie ihren eigenen Werten entsprechend aufgebaut hatte. Die ›Erziehung‹ von Nora bedeutete ein wenig auch, einen neuen Protest ganz langsam zu nähren und vorzubereiten. Bei dieser Vorbereitung gab es ein Bemühen um Gemeinsamkeit, an dessen Richtigkeit kein Zweifel herrschte. Juliette hatte sich entschlossen, bei den Klavierübungen geduldig und leidenschaftlich an Noras Seite zu sein. In den langen Lesestunden war es das gleiche, und ebenso in den Zeiten, als sie ins Theater gingen und ›kein einziges Stück verpaßten‹. Juliette hatte sich entschlossen, immer bei ihrer Tochter zu sein, um jene Nora zu sehen, sehen zu können. Um jene Nora sehen zu können ... In diesen Momenten bedeutete das ein wenig auch, zusammenzusein, um mehr tun zu können, eine neue Farbe zu finden, für eine neue Farbe einen neuen Namen zu finden. Das war ›etwas‹, das sie ihrer ersten Tochter Rozi, die sich mit jedem Tag etwas mehr in ihre Schweigsamkeit, Einsamkeit verschloß, nicht gab, nicht geben konnte oder zu geben niemals für nötig gehalten hatte. Warum war das so gekommen? Überdies, wer war sie, mit der sie ständig zusammen war? Wer war dieser Mensch, diese Nora? Ihre Tochter, sie selbst oder eine andere? ... Die Antworten auf diese Fragen würde ich, wenn die Zeit gekommen war, sowohl mit ihr selbst als auch mit Nora zu finden versuchen. In jener Zeit würden wir an anderen Orten mit anderen Erzählungen und anderen Protagonisten leben ... Diese Frage würde zu gegebener Zeit zwischen den beiden ›Frauen‹ zu einer ziemlich verletzenden Auseinandersetzung führen. Doch ich für meinen Teil möchte jetzt, trotz allem, was wir erlebt hatten oder zu erleben gezwungen waren, das, was Juliette in jener Nacht sagte, als sie vor uns tanzte, für eine sehr andere, sehr besondere Erzählung aufbewahren. Die Tragödie von Juliette rührte nicht allein daher, daß sie jenen Menschen, den Menschen, den sie irgendwo gelassen hatte, ständig ›anzuschauen‹ gezwungen war. Für sie war eigentlich ausschlaggebend, daß sie die Nora nicht hatte spielen können, die sie als ein ›Ideal‹ ansah. Die Nora mit all ihren Bedeutungen, all ihren Möglichkeiten… Die Nora nicht gespielt zu haben… Für die, die sie kannten, hatte der Satz eine tiefe Bedeutung…

In jener Nacht blieb ich dort. Die Spiele, die wir nicht eigentlich wunschgemäß hatten erleben können, kamen mir in den Sinn. Als Juliette mir mit schneeweißen Laken auf dem Sofa mein Bett bereitete ›wie in alten Tagen‹, sagte sie: »Im Staatstheater am Taksimplatz spielen sie ›Die Möwe‹. Wenn du willst, gehen wir am Wochenende hin.«

In dieser Nacht strömte ich in einen anderen Traum hinein…

In jener Dunkelheit seid ihr gewandert

Manche Versprechen wurden aufgrund mancher Anstöße und Erwartungen gegeben, jedoch aufgrund von zeitlichen Verschiebungen und wegen anderer Menschen nicht eingehalten. Wir gingen an jenem Wochenende nicht in die ›Möwe‹. Sowieso ging es hier nicht, wie man erwarten sollte, vornehmlich darum, ein Theaterstück nicht zu verpassen. Juliette wollte mit ihrem Vorschlag, in die ›Möwe‹ zu gehen, mich zwei verschiedene Schmerzen spüren lassen, die mit unserer Beziehung im gegenwärtigen Zustand zu tun hatten und in eine ungewisse Zukunft reichten. Wir waren an die Grenzen eines Spiels gekommen. Es war, als wollte Juliette sagen: »Was auch immer wir erlebt haben, unsere Freundschaft geht weiter, wenigstens für mich. Das, was wir zurückgelassen haben, hat nach allem, was wir erlebt haben, einen anderen Sinn bekommen. Erstens möchte ich am liebsten, daß du auch so fühlst und daß wir uns an einem gemeinsamen Platz aufs neue finden können. Und zweitens ist – entgegen all deiner Erwartungen – meine Begeisterungsfähigkeit noch nicht zu Ende, nicht verbraucht, und auch wenn es dir etwas sinnlos erscheint, so hoffe ich doch weiterhin im Namen jenes Traums.« Freilich habe ich mir diese Rede ausgedacht beziehungsweise war es das, was ich hören wollte. Doch schließlich war Juliette eine meiner ›Protagonistinnen‹, die mir neue Türen für neue Erzählungen öffnete, und ich wollte mich öfter davon überzeugen, daß ich sie kannte. Juliette, wie ich sie kannte, wie ich sie sah oder eines Tages beschreiben wollte, mußte diese Worte in jener Nacht sagen. Damit es gemeinsam weiterging, konnten wir es uns nicht anders vorstellen. Es war uns bewußt, daß unser Bereich ein sehr schmaler war. Wir wußten, daß ich sie in dieser Erzählung nicht zu der gewünschten, erträumten Schauspielerin machen konnte oder daß ich nicht plötzlich das Theater in ihr zerstören konnte. Und wahrscheinlich wußte ich noch besser, daß das, was ›geschehen war‹, uns nicht zu Feinden machen würde. Ich vermute, das war eine andere Form von Hilflosigkeit. Ich konnte es niemals auf mich nehmen, von gewissen Menschen als ›der Böse‹ angesehen zu werden. Es würde mir nie gelingen, mich von bestimmten Menschen zu trennen. Das war mein Unvermögen, meine Angst vor dem Alleinsein, mehr noch, vor dem Bestraftwerden... Bei diesem Thema, wenigstens bei diesem Thema würde ich nicht lügen, nicht versuchen, mich zu verstekken...

Während Juliette versuchte, mich ihre Theaterbegeisterung auf einem anderen Weg, von einer unserer ›privilegierten‹ Zonen her spüren zu lassen, hätte sie meine Aufmerksamkeit auch auf eine ›Absurdität‹ lenken können, eine unserer Absurditäten, die wir kannten, aber trotzdem akzeptierten, zu leben versuchten. ›Nora‹ hätte in jene Nacht nicht nur mit ihrer Rebellion zurückkehren können, sondern mit dem Gefühl der Eskapade, das wir von anderen Protesten kannten. Unser Tun, unsere Vorlieben hätten uns wieder erinnern können an diese Eskapade. »Das ist eine Absurdität... Eine Absurdität... Wie viele unserer Beziehungen«, hätte zum Beispiel Juliette in dieser Situation sagen können. Eine Absurdität... Dieses Wort, das uns unerwartet zu verschiedenen Fotografien unseres Lebens führen konnte, hätte mir aber, abgesehen von allen anderen Möglichkeiten, den Weg der Rückkehr eröffnen können zu dem, was ich mit Nora erlebt hatte. Eine Absurdität... Um eine Trauer oder eine Wut auf mich selbst zum Ausdruck zu bringen... Um mich selbst zu schützen... Mit der Aussicht, einen Weg zu finden, der Beziehung noch einmal unrecht zu tun... Um mich zu schützen...

Wenn ich bedenke, was für einen Eindruck wir bei anderen machen, dann fühle ich mich nicht geneigt, mit allen Einzelheiten zu erzählen, was ich mit Nora erlebt und nicht erlebt habe. Denn ich weiß, daß sich eines Tages die Erzählung von einem ganz anderen Ort aus schreiben wird. Davon bin ich fest überzeugt. Doch ich glaube nicht so sehr an die Beziehung, an die Möglichkeiten der Beziehung bei mir, sondern mehr an die Erzählung davon. Zumindest habe ich meine Träume und meine Lügen. Ich habe meine Träume und meine Spiele. Ich habe meine Spiele und meine Leidenschaften, aus denen ich nun nicht mehr errettet werden will. Meine Spiele und meine Leidenschaften, aus denen ich nun nicht mehr errettet werden will... Auch wenn diese Spiele und diese Leidenschaften mich manchmal an jene Absurdität erinnern... Insofern wird es nicht so schwer sein, sich, wenn der Tag kommt, auf den Weg zu machen. Bei diesem Aufbruch kann ich mich oder Nora in einem Reisebus, der bei Nacht von einer Stadt in die andere fährt, an ein Fenster setzen. Die Nacht kann verschiedene Reisende transportieren. Der Bus wird in jener Stadt in den frühen Morgenstunden ankommen, wenn sich ein neuer Tag erhebt... Doch für alles das ist noch Zeit. Es werden noch Jahre vergehen, bis die Protagonisten einer solchen Erzählung für eine solche Morgenfrühe hinlänglich bereit sind. Letztlich ging es um die Geschichte einer enttäuschten

Liebe. Die Erzählung von einer enttäuschten Liebe, die ihr mit gewissen Liedern, Frühstücken, mit möglichst stillen nächtlichen Straßen und Telefonzellen zu färben versuchen werdet... Mit anderen Worten, alles war wie gewöhnlich; diese Liebesgeschichte hatte wie viele andere nichts Besonderes. Neu und etwas anders waren vielleicht die Wörter, der Platz der Wörter. Doch ich glaube nicht, daß diese Situation andere interessiert, wirklich interessieren kann, solange sie eine solche Geschichte nicht erleben.

Nora war in dieser einfachen Erzählung siebzehn Jahre alt... Ein paar Worte hatten uns unerwartet an einem unerwarteten Ort zusammengeführt. Sie sprach über ›Der Fänger im Roggen‹, ich sprach über ›Das schönste Arabien der Welt‹, die Lyriksammlung von Turgut Uyar*. Sie sprach davon, in einer der Nächte, wenn der Mond den Weg erhellte, alles zu verlassen und zu gehen, ohne jemandem Bescheid zu sagen; ich sprach von der ›dunklen Seite des Mondes‹... Wir beide kamen von einer Not und von einer Enttäuschung, die wir in uns als tiefen, sehr tiefen Schmerz trugen. Es war die Enttäuschung darüber, daß wir in der Familie, unter den Menschen unserer Familie, uns nicht selbst gefunden, vielmehr verloren hatten. Wir kamen wohl ›in dem Moment‹ von diesen Wegen her. Manche Wege liefen ganz langsam ineinander. Freilich waren unsere ›Zeiten‹ verschieden, die Worte, die uns an jene Träume banden, waren verschieden, unsere Spielsachen, unsere Lieder, die Stellen, die wir berühren wollten, waren verschieden. Doch ich vermute, wir waren trotzdem auf eine unausweichliche Weise in ›jenem Augenblick‹ angekommen. Diese Einsamkeit, Verlassenheit und Auswegslosigkeit war wieder einmal in uns. Dieses Gefühl kann ich nicht beschreiben. Ich kann nicht sagen, auf welche Weise ich von diesem Gefühl erfaßt wurde, unter dem Eindruck welcher Blicke. Die Einsamkeit, jene besondere Einsamkeit konnte man schließlich keinem Menschen wirklich schildern. Die Einsamkeit wurde nicht einfach so gewählt, man konnte sie einem anderen nicht weitergeben. Wiederum war es schön, diese Unausweichlichkeit zu denken. Die

Schutzlosigkeit in der Ausweglosigkeit zu spüren oder spüren zu lassen, führte dazu, daß sich im Menschen eine seltsame Hitze ausbreitete. Kurz gesagt waren wir zu ›jenem Augenblick‹ gekommen, so wie viele andere Menschen, die solch einen ›Augenblick‹ endlich entdeckt hatten und sich austauschen zu können glaubten. Ich begann meinen Protestmarsch in dem Moment, als mir klar wurde, daß Juliette die Leere, die entstand, weil sie fern von ihren eigenen Träumen war oder diesen Weg irgendwo hatte verlassen müssen, mit Nora, ihrer Tochter ausfüllen wollte. Nora war niemals gefragt worden, ob sie gerne Klavier spielte... Sie, die Eltern, hatten gelernt, auch mit ihren Unzulänglichkeiten zu leben. Vielleicht gab es für sie deshalb keine Notwendigkeit, diese Unzulänglichkeiten zu verstehen oder zu erklären. Vielleicht wurden deshalb derartige Träume, ohne zu fragen, ob sie es wert waren, geliebt und gelebt zu werden, vielen Kindern aufgezwungen, so daß sie älter wurden, ohne erwachsen zu werden. Doch gleichzeitig wurde für einen ›Zuschauer‹ wie mich an dieser Stelle die Erzählung so wertvoll, daß sie jemandem mitgeteilt werden mußte. Ich war einer derjenigen, der die Phasen am besten erkannte, die Berti und Juliette zu dem Punkt der Trennung von ihrer Tochter führten. Ich wußte, wie sie ›dorthin‹ gekommen waren. Es waren die Schritte von Menschen, die ich kannte, mit denen ich andere Augenblicke verlebt hatte. Der Krieg der Träume, der ausgelöst wurde, weil in dieser kleinen Welt, in jenen Welten die Träume nicht zueinander paßten, nicht unterzubringen waren, war natürlich ein harter, blutiger Kampf. Doch eines Tages, richtiger, als der Tag gekommen war, konnten auch dort Vereinbarungen erzielt werden. Natürlich gab es zuerst Krieg und dann Frieden. Doch auf welche Kosten, nach welchen unbenannten Niederlagen kam dieser Friede zustande? Was waren das für Niederlagen? Wer hat sie erlitten? Die zutreffende Antwort kann jeder auf eigene Weise nur sich selbst geben. In jenen Tagen habe ich mit ganzem Wesen an diese Antwort, an diese Form der Antwort geglaubt. Die Sackgasse bestand vielleicht in den Niederlagen und dem, was damit verbunden war, oder in dem, worüber wegen des Friedens nicht gesprochen wurde. Berti und Juliette verlangten während dieses Friedens den Preis für ihre verlorenen Träume von jemand anderem, ohne dies höchstwahrscheinlich zu bemerken.

Letztlich war das Spiel ein Spiel um die Macht. Die Opposition kam, wenn ihre Zeit da war, selbst an die Regierung... Danach hieß es, sich an dieser Stelle zu behaupten... Danach... Danach kam das Verschwinden, hatte man die Wahl, in sich selbst zu verschwinden... Wenn man die Sache aus diesem Blickwinkel betrachtet, waren die Familien kleine Staaten, Gefängnisse, die ihre Gitter nicht zeigten, waren lange Tode für die dort Lebenden. Die Familien waren kleine, nicht so leicht zu erschütternde Gefängnisse, die mit ihren kümmerlichen Nächten, falschen Morgen und ihren Albträumen unaufhörlich in anderen Familien geboren wurden, dazu verurteilt waren. Die Familien waren Gefängniszellen, die jeder auf seine Weise hervorbrachte. Zellen, die jeder auf eigene Weise hervorbrachte und verdienterweise bewohnte... Wie die Städte, die ihre ›Kinder‹ nicht ›woanders‹hin gehen ließen... Wie Staaten, die ihren Bewohnern nur den Schein der Freiheit gaben. Deswegen habe ich mich entschieden zu glauben, daß Berti und Juliette zwar in der Lage waren, dieses Spiel um die Macht zu erkennen, es aber nicht sehen wollten. Auf diese Weise gelang es ihnen, ihre Hilflosigkeit und die Schmerzen, die sie nicht zeigen wollten, leichter zu ertragen. Deshalb habe ich mit ihnen nicht das ›Notwendige‹ besprochen. Das war vielleicht eine Art, die Freundschaft zu leben oder am Leben zu halten. Doch wählte ich das Schweigen wohl auch ein wenig aus Angst, mit der Wahrheit konfrontiert zu werden. Unsere Gespräche hätten die Basis für die Entwicklung dieser Erzählung auf eine andere Weise vorbereiten können. Unsere Gespräche hätten uns, wie bei allen Auseinandersetzungen, an einen unvorhergesehenen Ort einladen können. Diese Einladung konnte auch erforderlich machen, das zu verändern, was ich für sie geschrieben hatte, für sie schreiben wollte. Mit anderen Worten, es war auch möglich, daß mir auf einer Stelle des Weges ein Detail entgangen war, das mir erlaubt hätte, jene Nächte mit einem anderen Blick und ganz anderen Gefühlen zu beschreiben. Ich hatte versucht, vor dieser Auseinandersetzung zu fliehen wegen ›meiner Wahrheiten‹, um meine Wahrheiten nicht erschüttern zu lassen oder um meines eigenen Machtspiels willen. Diese Flucht hatte ihren Preis. Der Preis war, mit dem ›Zweifel‹ zu leben und mit der Einsamkeit, der Verlassenheit, die dieser Zweifel brachte. Der Preis war, sich manchmal zu fürchten vor der Rückkehr zu sich selbst...

Tatsächlich sind manche unserer Beziehungen von Angst geprägt, nur von Angst, vor uns selbst, vor der Träumen, von der Angst, an einem Punkt nicht zurückkehren zu können. Doch all das – warum soll ich es verschweigen – konnte ich Nora damals nicht sagen. Ich war in einer Situation wie niemals zuvor, die zu verstehen und zu beschreiben mir schwerfällt. Auf der einen Seite waren da meine Vertrauten, die mir auf jener langen Wanderung einige ihrer Irrtümer einzugestehen wagten, einige verschlossene Räume ihres Lebens zu öffnen versuchten und, noch wichtiger, mir die Verantwortung für die Erzählung aufluden, auf der anderen Seite war meine Heldin, unter deren Einfluß ich ganz langsam geriet und an der ich Dinge, sehr besondere Dinge beweisen wollte. Diese Heldin kam aus einem alten, irgendwie nicht gelebten Märchen. Berti und Juliette hatten mir diese Märchenheldin unerwartet zugebracht. Zu jener Zeit war uns das nicht bewußt gewesen. Wenn ich damals die Geheimnisse zwischen uns überdachte und ich mich aufs neue fragte und der Frage nicht ausweichen konnte, wer wegen des Geheimnisses bei wem geblieben war, so war das einzige, was ich wußte, daß ich an ihnen keinen Verrat begehen wollte. Ich wußte nicht ›hinreichend‹, was ich beschützte, zu beschützen versuchte. Erst jetzt kann ich verstehen, daß ich durch mein Schweigen einen anderen Verrat begangen habe, indem ich meine Gefühle, meine wirklichen Gefühle vor Nora verborgen habe. Wir alle haben in der Dunkelheit jener Erzählungen Nora verraten. Die Person, die wir verrieten, bemühte sich im Dunkeln, ihren eigenen Weg zu sehen, zu zeichnen und in ihrem Körper ihre Stimme, ihre wirkliche Stimme zu suchen. Der Unterschied, die Lücke, die sie von uns trennte, resultierte aus dieser ›einfachen‹ Tatsache. Wir sahen sie nur, konnten sie nur als unsere Märchenheldin ansehen … Mit anderen Worten, es gelang uns lediglich, ihre Zuschauer, nur ihre Zuschauer zu sein. Wir waren von Richtern, die wir immer töten wollten, zum Zuschauen in jenen Leben verurteilt worden. Manche sagten darüber, das sei unser Kampf mit unseren Menschen, den Menschen, die wir immer vergessen wollten; andere bezeichneten es als unser Schicksal.

Nora, die Nora, die mir in dieser Erzählung erscheint, würde eines Tages gehen, sie würde nicht anders können, als zu gehen. Nora würde diesen Schritt tun, es würde ihr gelingen, die Heldin einer anderen, mir fernen Erzählung zu werden. Sie würde es verstehen, die Bedeutung ihres Namens zu tragen, und sie würde den Kampf wagen in den Tagen, als ich sie kannte und sehen konnte. In dieser Situation würde sie für uns ein anderer Name für Gewissensqual sein; sie würde ein Schmerz sein, der nicht gestorben, nur unterdrückt war. Ja, Nora sollte Gewissensqual sein … Gewissensqual … Denn sie wagte es, ihre eigene Geschichte zu leben, die sie wählte, indem sie mit den anderen brach, ohne an die anderen und ihren Schmerz zu denken und ohne sich vor dem Verbrennen zu fürchten. Als Märchenheldin mußte sie ihre Unabhängigkeit gewinnen. Die Grenzen der Erzählung, die vor vielen Jahren irgendwo in Istanbul begann, mußten überwunden werden … Wir alle, die diese Erzählung sahen und glaubten, wußten, daß jenseits dieser Grenzen andere Wörter lebten, bewahrt wurden. Vielleicht war in dieser Situation die Wahrheit, die wirkliche Wahrheit – abgesehen vom Verstehen, vom Versuch des Verstehens –, das zu ertragen, was auf beiden Seiten jener Grenzen lag. Doch die Grenze barg nicht nur Hoffnungen, sondern auch Zusammenbrüche, Zusammenbrüche, die jeder mit verschiedenen Träumen, verschiedenen Ängsten und Irrtümern erlebte und erwartete. ›Jenseits der Grenze‹ bedeutete auf manchen Landkarten, daß man nicht zurückkehren konnte, daß man die Verstoßung des Kindes akzeptieren mußte. Das war ein Abenteuer, das mit normalen Maßstäben nicht gemessen werden konnte. Es gehörte zu den alten Abenteuern, in denen Menschen auszogen, ihre Worte, andere Sprachen zu suchen, die in anderen Räumen, für andere Länder gelebt worden waren... Dieses Abenteuer werden wir auf unsere eigene Weise erzählen, oder wir wollen es eines Tages wenigstens mit einem Menschen teilen.

Ein Blick, ein unerwarteter Blick führte dazu, die Tage, die wir erlebt hatten, aufs neue zu überdenken... Deswegen wohl rufen mich jene wenigen Augenblicke aus Noras Vergangenheit, die in mir verborgen sind, manchmal an einen ›anderen‹ Ort. An jenem Samstag, der mir jetzt derart weit entfernt erscheint, wurden mir ein paar Hinweise auf einen Aufbruch gegeben... Es war ein Nachmittag; Juliette und Berti waren nicht zu Hause. An jenem Tag mag es geregnet haben... Nora spielte auf dem Klavier ein Stück, das ich in vielen Erzählungen sehr oft gehört hatte. Sie bereitete sich auf ein Konzert vor, in dem sie wie einige andere ›erfolgreiche‹ Schülerinnen auftreten sollte. Ich war lautlos ins Zimmer getreten. Sie sah mich, tat aber, als sähe sie mich nicht, oder wollte in dem Moment zeigen, daß sie sich von dem, was sie sah, nicht lösen konnte. Wer war die Person am Klavier? Was ›drängte mich‹, mir ihre Worte in diesem Teil unseres Gesprächs auszudenken, woher kam der Wunsch, dies anderen weiterzugeben? Diesen Fragen gegenüber hätte ich mich ein weiteres Mal entscheiden können, nicht zu antworten und die Möglichkeiten zu nutzen, die sich aus dem Fehlen von Antworten ergaben. Doch ich wußte, wo ich war, beziehungsweise wohin ich zurückkehrte. Ich wußte, wohin ich zurückkehrte... Als ich ins Zimmer trat, wußte ich, daß ich in diese Erzählung zurückkehrte, daß ich mich wieder hineinbegeben wollte. Zudem hatte ich mich dem Klavier im Hinblick auf meine alten Geschichten zum ersten Mal so weit genähert, nähern können. Wir waren einander jetzt ganz nahe. Einander ganz nahe... Obwohl wir auf verschiedene Stellen schauten, weil wir spürten, daß dies notwendig war... Einander ganz nahe... Weil wir trotz unserer unterschiedlichen Zeiten ganz langsam in dieselbe Melodie hineinglitten... Das verlangte freilich, das Poetische einer Melodie noch einmal nachzuzeichnen, zu erleben. Ich spürte, daß ich noch einmal einer Täuschung glauben konnte. Diese Täuschung war meine Täuschung, ein Teil jener Fotografie, die mich in den vergangenen Tagen hielt, die in verschiedenen Zeiten ihre verschiedenen Schatten zeigte. Mit anderen Worten war es das, was ich gesehen hatte. Es war mein Irrtum, eine Frau, eine mögliche Geliebte als Heldin einer Erzählung zu betrachten. Es war, als ginge durch diesen Fehler eine der Farben des Lebens verloren. Doch die Tage ohne Worte, ohne Sätze öffneten sich durch diesen Fehler auf einen anderen Morgen, der wert war, gelebt zu werden. Ihr könntet euch beispielsweise fragen, wann ihr euch aufgrund der mit dieser Täuschung verbundenen Hoffnung zuletzt habt verführen lassen – vom Geschmack eines Sesamkringels, vermischt mit dem Geruch nach Fisch, an der Anlegestelle einer Insel, wo ihr im frühesten Morgenlicht auf den Dampfer wartet, der euch in den Lärm der Stadt tragen wird. Wann habt ihr aus einem schmutzigen Teekessel gerne Tee getrunken? Wo habt ihr euch bemüht, eine Zigarette zu drehen, und eine kleine Freude gefühlt, weil eine Pferdekutsche vorbeifuhr, die euch daran erinnerte, daß dies an einem bedeutungsvollen Punkt der Erzählung eines anderen ebenso war.

Doch der Irrtum war wieder mein Irrtum, meine Täuschung, meine absolute Unfähigkeit, damit aufzuhören, mich ständig auf etwas vorzubereiten, mich lediglich vorzubereiten. Nora hatte davon keine Ahnung. Sie hatte auch keine Ahnung davon, daß sie als die Heldin einer solchen Erzählung geplant war. Dennoch setzte ich mich neben sie. Sie spielte weiter. Es war mir, als sähe ich ihre Hände, ihre Finger zum ersten Mal. Nun wußte ich, das Zimmer wurde ganz langsam zu einer Melodie, zu einer Melodie wie in jenen Erzählungen, wie eine Melodie an jenen fernen Orten... Ich erinnerte mich an die Stimme als Quelle der Melodie, die ich in dem Moment hörte. Wir waren in einem Konzert, das in einer anderen Erzählung, in einem anderen Moment zwei Menschen nicht vereinen konnte. Es war Mozart. Mozart, der mich nicht immer ergriff, gewann durch diese unerwartete kleine Poesie einen neuen Charakter. Plötzlich hörte sie zu spielen auf. Sie faßte meine Hand. Ihre Augen richtete sie auf die Tasten. Sie flüsterte fast, als sie mit unsicherer Stimme sagte: »Es ist, als würde in mir etwas reißen.« Wir schwiegen. Ich schaute auf die Tasten. Eine tiefe Stille umhüllte uns. Dann fügte sie hinzu: »Ich werde bei diesem Konzert nicht auftreten... Ich werde in keinem ihrer Konzerte mehr auftreten...« In ihrer Stimme schwang ein verhaltener Zorn und gleichzeitig Furcht. Ich drückte ihre Hand. Das Wesen in meiner Nähe war ein junges Mädchen, das auf dem Weg zur Frau mit eigenen Schritten vorwärtsstrebte. Es war, als geriete aufgrund dieser Furcht etwas in mir in Fluß. Etwas, das nicht zu verhindern war, nicht mit Händen zu greifen, nicht auszusprechen... Unsere Lippen vereinten sich. Es gab eine Leere, die mich, uns zu dieser Vereinigung führte. Diese Leere war in jenem Moment ich selbst; war in jenem Moment sie, waren in jenem Moment vielleicht wir beide. Diese Leere war vielleicht der letzte, schwerste Schritt unseres Weges, auf den wir uns in dem Moment unbewußt vorbereiteten. Diese Leere konnte auch unser Name sein, konnten unsere zu dem Zeitpunkt geheimen Namen sein. Aber wiederum erinnere ich mich an jene Leere nicht, kann ich mich jetzt nicht erinnern. Ich erinnere mich nur an den Kaugummigeschmack von Noras Mund und die Hitze, die entstand, als dieses junge Mädchen ihre Zunge in meinem Mund bewegte. Unsere Sexualität erwachte an verschiedenen Stellen mit verschiedenen Herzschlägen. Glauben, ich wollte noch einmal glauben: Es gab auch eine Sexualität, die durch Wollust nicht getötet wurde, sich nicht unterdrücken ließ... Meine Lippen wanderten vom Rand ihrer Lippen über ihre Wangen und ihren Hals. Dann umarmten wir einander nur und blieben lange, lange Zeit so. Schließlich sagte sie: »Ich glaube nicht, daß ich dies will, es wirklich will.« Sie löste sich und schwieg. Wir konnten einander nicht ansehen. Suchten wir in dem Augenblick eine Kindheit?... Ich konnte die Melodie, die sich auf den Klaviertasten fortsetzte, nicht beschreiben, ihr keinen Namen geben. Wir konnten einander nicht anschauen... Als strebten wir zu anderen Orten, anderen Gefühlen, Träumen.

Ich sagte: »Wir verschließen uns in uns selbst. In uns sterben wir mit jedem Tag ein wenig mehr.« Sie antwortete: »Viele Menschen werden sagen, daß ich auf einem ganz falschen Weg bin... Doch sogar dies zu wissen, wird mir dann Kraft geben...« Ich sagte, daß jeder seinen eigenen Weg ginge, daß dieser Weg wohl oder übel in gewisser Weise durch unseren Freundeskreis vorgezeichnet werde und daß letztendlich von einem Leben das erzählt werde, was jemand im Namen dieses Weges auf sich genommen habe oder nicht. Danach fand ich es nötig zu sagen, daß ich auf eine lange, sehr lange Erzählung zuginge. Manche Schritte würden getan, um sich selbst und anderen zu zeigen, daß man sich aufgemacht hatte, daß man gehen konnte. Jene Schritte mußten nicht jederzeit unsere Schritte sein. Doch bedeutete es zumindest, daß man ging oder die Hoffnung hatte, gehen zu können, es bedeutete, daß man zu leben glaubte. Meinen Weg zu dieser langen Erzählung unternähme ich im Hinblick auf das, was ich jenseits jener Grenze finden könnte... Wenn ich ginge, würde ich viele Reisende, viele ›Fremde‹ mitnehmen. Sie verstand... »Ich werde nicht so sein, wie du es willst«, erwiderte sie.

Ich bemühte mich, diesen Protest an einer Stelle der Erzählung unterzubringen... Die Zeit hat inzwischen gezeigt, wie sehr sie an ihren eigenen Weg glaubte. Sie wurde niemals so, wie ich es gewollt hatte. Sie hat niemals für diejenigen, die von ihr etwas für sich selbst, für ihre Person verlangten, die Nora dargestellt. Sie hat ihren Weg unabhängig gelebt... Die Bedeutung dieses Weges muß man in dieser Abgrenzung, in diesem Bemühen um Distanz suchen. Dieser Weg sollte sich ganz langsam mit Entschlossenheit abzeichnen... Mit Entschlossenheit... Mit der Hoffnung, einen neuen Menschen, einen anderen Menschen zu finden... Als wollte sie an eine Verwandte erinnern, die mit der gleichen Würde und Entschlossenheit zugleich das Ausgestoßensein auf sich genommen hatte, ohne zu wissen, daß sie sich auf den Seiten der langen Erzählung einen unvergeßlichen Platz erobert hatte ...

Eines Tages ging Nora fort, als niemand es erwartete und darauf vorbereitet war. Sie ging in ein Leben, dem ›ihre Leute‹ nicht zugestimmt hatten, das sie nicht akzeptieren konnten. Hinter sich ließ sie diese Lücke, die unvollendete Erzählung. Ist das der Grund, weshalb ich bis heute nichts anderes tun konnte, als sie an einem ganz anderen Ort leben zu lassen? Vielleicht. Schließlich war auch sie eine von denen, die in mir eine Möglichkeit erweckt hatten. Außerdem machte sie durch die Entscheidung für ihr Leben den Weg dafür frei, daß bei Berti und Juliette ein tiefes Gefühl an die Oberfläche kam, das zu einer seit Jahren aufgeschobenen Auseinandersetzung führte. Es war, als sei ihnen etwas aus den Händen geglitten. Etwas, mit dessen Erklärung sie sich quälten oder was sie nicht erklären wollten, etwas, das sie in sich, in ihren unterschiedlichen Welten, unterschiedlichen Bildern verstecken wollten ... Nora war das, was sie nicht hatten werden können, der Mensch, den sie an jenem Ort zurückgelassen hatten ... In dieser Situation war zu erwarten, daß sie innerlich sich ihrer Tochter rühmten. Doch der Schmerz, der aus ihrer Not, aus ihrer inneren Leere geboren wurde, übertönte in jenen Tagen die mögliche, nicht ausgedrückte Freude. Im geeigneten Moment würden wir die Mühe auf uns nehmen, über dieses Gefühl zu sprechen und einander ›kennenzulernen‹. Um diese Mühe schließlich auf uns zu nehmen, mußten wir mit anderen Kleidern an anderen Beerdigungen teilnehmen. Wir sind mit anderen Kleidern auf andere Beerdigungen gegangen ...

Vor allem hatte ich eine Erzählung über sie im Kopf, die sie mir nicht auszuleben erlaubte, mich nicht schreiben ließ, wie ich wollte. Hätte ich in jenen Tagen ebenfalls auf die Reise gehen können? Hätte ich den nötigen Mut für eine solche Reise und die Veränderung der Erzählung aufbringen können? Es hat keinen Sinn, eine Antwort auf diese Frage zu geben, nur damit es so aussieht, als sei sie gegeben worden, und aufs neue auf eine Veränderung zu hoffen. Wir sind jetzt ja schließlich an unserem

Platz, haben unsere Weltgegend nicht gegen eine andere getauscht.

Nora war nicht nur, um ihre Stimme zu finden, an ›jenen Ort‹ gegangen. Ich war gezwungen, irgendwann in jener Zeit die nackten ›Tatsachen‹ zu sehen. Es war eines Abends. Wir waren wieder einmal in ›unser Café‹ in Bebek gegangen, um Salbeitee zu trinken. In diesem Café hatten wir den Salbeitee neu für uns entdeckt… Sie schaute auf die Schiffe, die am Ufer ankerten, und sagte, daß sie dadurch zu einem Gemälde inspiriert würde. Ich schwieg. Ich konnte gar nichts sagen. Wir sollten uns nicht wiedersehen… Wir sollten, ehe wir uns wiedersähen, abwarten, bis eine sehr lange Zeit vergangen wäre… Danach gingen wir Hand in Hand bis zu Aşiyan*. Auf dem Weg dorthin kamen wir an der Bucht von Bebek vorbei. Ich erinnerte sie daran, wie wir eines Tages ein Boot gemietet hatten, um zu angeln. Sie umarmte mich und sagte: »Verzeih mir… Ich weiß, es wird sehr schwer. Aber versuch mir bitte zu verzeihen…« Es war der einzige Augenblick, in dem sie sich mir gab, wirklich gab. Nach diesem Tag haben wir uns nicht wiedergesehen… Damals war Nora noch nicht einmal zwanzig Jahre alt…

Es war mir niemals möglich, Nora, meine Nora in der von ihr gewählten Erzählung zu akzeptieren, in der sie sich entschied wegzugehen. Dieses Nichteinverstandensein führte dazu, daß ich ihr von ferne, an einem Platz, wo sie mich nicht sehen konnte, einen kleinen Streich spielen wollte. Eigentlich war es das Spiel eines Kindes, das seine Wut mit Unfug kaschiert. Das Kind war wieder einmal allein. Sein liebstes Spielzeug, an dem es am meisten hing, war ihm entrissen worden. Sein Leid würde es niemandem mehr klagen können, wenn es ins Haus, ›nach Hause‹ käme. Dem Spiel entsprechend hätte Nora die Heldin einer Erzählung bleiben müssen, so wie ich sie mir vorstellte, was jedoch in keiner Weise zu ihr paßte und von ihr niemals akzeptiert worden wäre. Nur so hätte ich sie in den Tagen, in denen ich jene Ferne erlebte, ertragen können. Nur so hätte ich sie in einer Erzählung oder in ein paar Sätzen, in den Grenzen meiner eigenen Sätze halten können. Wieder einmal hatte ich mich in einer Lüge gefangen, war der Verführung erlegen, in einer niemandem bekannten Lüge zu wandern. Das war eine Methode, die ich schon früher ausprobiert hatte, die in mir die Kraft des Glaubens an einen neuen Morgen geweckt hatte. In dieser Erzählung würde Nora, nachdem sie ihren Aufstand gewagt und mit irgendwelchen Leuten irgendwo ausgelebt hatte, ihren ›Fehler‹ einsehen und ihre Grenzen begreifen. Sie würde akzeptieren, daß sie nicht ›weitergehen‹ konnte und in ihr Haus, das sie vorher abgelehnt hatte, zurückkehren. In der Hoffnung, die erreichbaren Fragmente des Lebens, in das sie zurückgekehrt war, zu vereinen, würde sie – um diejenigen, die sie hinter sich gelassen hatte, im Glauben an sich selbst zu bestärken – im vollen Bewußtsein ihrer ›Kapitulation‹ den Inhaber einer großen Plastikfabrik heiraten, einen ›Yuppie‹, der seine Freizeit mit Computerspielen verbrachte, kein einziges Buch las, Musikanlagen fürs Haus nur als ›technologisches Spektakel‹ anschaffte, jedoch keinerlei Musikkultur hatte, hingegen ›Marken‹ sehr wohl kannte und ganz verrückt war, seinen Montblanc-Füller, seine Davidoff-Zigarren ›vorzuführen‹, der in gute, teuere Lokale vor allem wegen des ›Namens‹ ging und der Ski- und Motorradfahren und die Teilnahme an einem Kurs für schnelle Autos zu den wichtigsten Aktivitäten des Lebens zählte. Ich würde sie ein paar Tage vor der Hochzeit fragen, warum und wie sie einverstanden sein konnte, einen solchen Mann zu heiraten. Sie würde ihren Kopf neigen und mit der Stimme der Menschen, die sich ihrem Schicksal beugen, sagen: »Ich suche Ruhe.«

Für dieses Gespräch würde ich wieder das Café in Bebek aussuchen. Dann würden wir innehalten. Wir würden versuchen, uns ›nicht zu begegnen‹, einander nicht zu ›sehen‹. Diese Flucht oder eigentlich das Fangenspielen würde viele Jahre andauern. Aus den Worten, die sie bei unserem Treffen in dem Café gesagt hatte, würde ich den Schluß ableiten, sie habe mir heimlich etwas mitteilen wollen. In dem Augenblick würde ich mich an die Entscheidungen erinnern, die andere Menschen für andere Leben getroffen hatten. Aus einer dieser Erzählungen war mir ein Teil geblieben, den ich niemals vergessen würde. Ein Teil, den ich niemals vergessen würde ... Trotz allem, was geschehen war, trotz aller Momente und Möglichkeiten, die sich ausbreiten konnten ... In der Synagoge würde ich mich an einen Platz setzen, wo sie mich sehen konnte. Während der Hochzeitszeremonie würden wir uns für einen Moment direkt in die Augen schauen. Ich würde lächeln. Dieser Moment würde für mich der Moment sein, in dem für mich ein kleiner, doch geduldig erwarteter Triumph ausgesprochen wurde. Ich wäre unter den letzten, die ihr ›gratulierten‹. Beim Händedruck würde ich durch mein gesamtes Verhalten deutlich machen, daß ich den Triumph auskostete, mehr noch, ich würde ihn in einer ihr verständlichen Weise ausdrücken. In dem Augenblick, in dem sie das verstand, würde sie meine Hand drücken, als wollte sie sie nicht mehr loslassen. Wir würden wissen, daß wir auf einem falschen Weg waren. Diesen falschen Weg würden in dem Moment wir beide sehen. Wir würden von Herzen wünschen, uns an einem Punkt, an den wir glaubten, festklammern zu können ...

Die Erzählung würde hier, mit diesem Bild enden. Doch kurze Zeit später sollte ich verstehen, daß außer mir selbst niemand auf dem falschen Weg wanderte und daß diese Erzählung trotz der Erzählform oder der Wörter, die ich wählen würde, niemanden und vor allem mich selbst nicht überzeugen würde. Nora widerstand noch ein weiteres Mal, sie zeigte nochmals, daß sie jene Mauer einreißen konnte. Die Szenen der ›Hochzeitszeremonie‹ gehörten zu einer ganz anderen Erzählung. Zu einer ganz anderen Erzählung, in der die Protagonisten an einem anderen Ort waren und bleiben würden ... Wenn ich einige meiner Erinnerungen anzapfe, dann ähnelt diese Variante der Geschichte von Rozi, Noras älterer Schwester, die still, gut und an ihre innere Welt gebunden war und von der Umwelt als ›glücklos‹ bezeichnet wurde. Auch ihr Weg in die Ehe und das, was sie ihre Lieben bei ihrer Hochzeitsfeier erleben ließ, sollte ungewöhnlich sein. Ich sollte sie zum ersten Mal an dem Hochzeitsabend wirklich ›sehen‹, als sie auf die Nachricht reagierte, daß zu der großen Festlichkeit in dem Lokal in Tarabya Tante Tilda nicht eingeladen worden war... An dem Tag war in der Synagoge Neve Şalom ein großes Gedränge gewesen. Das war die Zeit, als jeder lächeln, sein Glück zeigen mußte. Eine Zeit, in der ein jeder die anderen je nach Alter unterschiedliche Emotionen fühlen ließ... Wie das bei allen Hochzeiten und allen Zeremonien üblich ist. Ich bin sicher, daß Monsieur Jacques in diesen Momenten aufs neue die Abwesenheit seiner paar Menschen empfand, die jetzt an einem weit entfernten, unerreichbaren Ort weilten. Berti war sehr aufgeregt. Seine Lippen zitterten leicht. Sowieso zitterten seine Lippen immer, wenn er aufgeregt, aufgewühlt war. Den Schwiegersohn mochte er nicht recht leiden. Eines Tages, als der ›neue Gast‹ während der Hochzeitsvorbereitungen immer öfter ins Haus gekommen war, hatte er zu mir gesagt: »Der Kerl hat etwas an sich, das mir ganz und gar nicht gefällt.« Doch er meinte dazu, dies müsse man als die normalen Gefühle des Vaters einer Tochter bewerten und erklären. Außerdem wußte auch er damals wie alle in der ›Familie‹, daß er sich in bezug auf seine Tochter damit begnügen mußte...

Juliette hatte sich bemüht, sehr schick auszusehen. Doch über sie fällt mir jetzt, diesen Tag betreffend, nicht viel mehr ein. Nora schaute mit Augen voller Liebe auf ihre große Schwester. Diese Blicke gingen ein-, zweimal auch zu einer anderen Stelle hin. Es war, als hörte sie den Bruch, die Stimme des unvermeidlichen Bruchs. Was der Bruch bedeutete, sollte ich erst viel später verstehen, als ich die Trennung erlebte. Nora sah bei der Zeremonie vielleicht auch ihre Zukunft... Kurz gesagt, waren die meisten der Anwesenden trotz der ›Fotografien des Lächelns‹ an Orten, wo sie die Lücke spürten. Wiederum herrschte dort ein ›Gedränge‹. Es gab Worte der Liebe, kleine, leise Treulosigkeiten, die jedoch für immer verborgen blieben und bleiben mußten, die Geschichten von unbezahlten Schulden, von Kleidern, die manchen Kummer verbargen, von aufgeschobenem Leben. Freilich gab es dort auch Freuden, die eine Heimkehr rechtfertigten, wenn deren Zeit gekommen war. Niemand, keiner der Anwesenden konnte jedoch in diesen Augenblicken wissen oder ahnen, daß man ungefähr fünf Jahre nach dem ›glücklichen‹ Tag wieder für Rozi in dieselbe Synagoge, in dieselben Bankreihen zurückkehren würde… Dabei liebte Rozi Nedim, sie liebte ihn, der in das Haus Ventura mit ein paar dunklen Bildern in seiner Vergangenheit eintrat, wirklich… Es gab einige Gründe, warum sie Nedim als Mann bejahte. Und auch Nedim hatte in Rozi wohl die Frau gefunden, die er in jenen Tagen suchte. Mit anderen Worten war alles in Ordnung, alles öffnete sich hin auf eine Zukunft, auf ein ›Heim‹, wovon man träumte, wonach man sich sehnte. Sie zogen in den Stadtteil Erenköy. Die Wohnung war teuer, äußerst elegant, doch ohne Leben, erstickend, ohne Individualität, eine ganz und gar gewöhnliche Wohnung.

Es scheint mir, als erinnerte ich mich jetzt ein bißchen besser. Es war an einem Samstagabend. Ich war zum ›Einstandsbesuch‹ nach Erenköy gefahren. An sich war ich an solche Besuche nicht gewöhnt. Doch – was soll ich es verheimlichen – ich fühlte mich Rozi nach ihrem Auftritt an ihrem Hochzeitsabend durch ein herzliches Gefühl verbunden. Wahrscheinlich wollte ich sie auch mein Bedauern wegen meiner vorherigen Distanz spüren lassen. Ich schenkte ihr einen silbernen Fotorahmen, den man aufstellen konnte. Ich weiß, dieses Geschenk hatte keinen Wert und überdies keinerlei Stil. Doch wenn ich denke, welchen Stellenwert wir bis dahin füreinander hatten, dann mußte man es dabei bewenden lassen. Rozi war sowohl über meinen Besuch als auch über das gezeigte Interesse sehr überrascht. Ihr Erstaunen machte sie zu einer liebenswerten Kindfrau. Daß ich der Grund für eine kleine Freude war, versetzte mich sogar in diesem Haus an einen besonderen, unvergeßlichen Platz. Als sie das Geschenk auspackte und den Rahmen in die Hand nahm, sagte ich: »Ich habe ihn dir für all unsere Menschen gebracht, die wir vernachlässigt und ihrem Schicksal überlassen haben. Damit du die Fotografien derer, die du magst, hineinstecken kannst…« Die Bedeutung lag hier, in diesen Worten. Mit diesen Worten wollte ich an einem neuen Punkt ankommen. Sie verstand. Ihre Augen wurden etwas feucht. Das war der zweite Moment, in dem wir uns nahe waren. Sie bedankte sich mit zitternder Stimme und sagte: »Ich werde es so machen, wie du meinst.«

Das war also an diesem Abend mein Eintritt in dieses Haus. Was folgte, lohnt nicht, es lang und breit zu erzählen. Es wurde gegessen, Alkohol getrunken, Musik angehört; das oberflächliche Gespräch berührte bekannte Themen und Menschen. Nedim brachte die Rede auf seine Arbeit, auf den ›Lamborghini‹, von dem er träumte, auf Japan und auf neue Lokale in Istanbul, wo man ›gut essen‹ konnte. Alle diese Themen konnte man für ›vergnüglich‹ halten, wenn man an die Stimmung dieses Abends denkt und den Menschen, den ich an diesem Abend darstellen wollte. Ich wußte, wohin solche Gespräche führten, zu wem und wie. Ich mußte mich deswegen nicht anstrengen, Eigenschaften zu bemerken, die auf Noras ›Phantasiepartner‹ gepaßt hätten. Das war eine der Kehrseiten der ›Kultur‹. Sie konnten dem Menschen zu unerwarteter Zeit nützlich sein, darüber hinaus unerwartet Türen öffnen. Doch abgesehen von all dem Gesprochenen war es mir, als könnte ich an diesem Abend auch eine tief verborgene Seite von Nedim sehen. Was war es, das er dort schützen wollte? Unvermittelt erinnerte ich mich an das, was wir von seinem möglichen Zusammenleben mit jener Japanerin gehört hatten. Damals hatten viele Leute den Gerüchten glauben wollen. Ich mag unter dem Eindruck dieser Gerüchte gestanden haben. Insofern ergab es wiederum zweifellos einen Sinn, daß er mit ›gewöhnlichen‹ Worten an einem ganz gewöhnlich wirkenden Abend von Japan sprach als von einem Land, das man kennen, verstehen und erleben sollte. Die Erinnerung nährte einen kleinen Zweifel. Ich kannte diesen Zweifel. Niemals würde ich die Wege aufgeben, die der Zweifel in mir weckte. Das machte mich zum Gefangenen jener Erzählungen ... Während Nedim glaubte, einige Aspekte seiner Welt mit mir zu teilen, und ich, versteckt hinter meinem Schweigen, so tat, als hörte ich ihm zu, ›sah‹ ich Rozi noch einmal. Auch sie tat so, als hörte sie dem Gesproche-

nen, dem Erzählten zu. Wir saßen nahe beieinander; doch so, wie
sie auf einen bestimmten Punkt des Teppichs schaute, war es, als
schaute sie auf einen weit entfernten Ort. Sie spielte mit einer
Troddel des Sofas, auf dem sie nicht zu Ruhe kam. Ihre Zigaretten
drückte sie halb geraucht aus. Zweimal ging sie unnötig in die
Küche, um unsere Aschenbecher auszuleeren und zu säubern...
Als gäbe es in dieser Wohnung Punkte, an denen sie sich festklammern, unbedingt festklammern wollte. Waren die Punkte, an
denen sie sich festklammerte, festhalten konnte, derart klein und
zerbrechlich? Ich konnte nicht sicher sein, daß die Antworten auf
diese meine Fragen ›richtig‹ waren. In uns strömten damals verschiedene Zeiten... Wieder einmal waren wir alle in unterschiedliche Zeiten geglitten... Für einen Moment trafen sich unsere
Blicke. Hatte sie das Gefühl, ertappt, verraten worden zu sein?
Wenn es so war, worin bestand dann die ›Schuld‹, die sie begangen
hatte oder die sie zugab? War ›Taubheit‹ eine andere Art von
›Mord‹? Wurden ›Morde‹ nur an ›jenen verbotenen Orten‹ ver-
übt? Ich weiß, daß ich vor diesen Fragen ebenfalls fliehen werde,
jahrelang, so weit wie möglich. Ich weiß, daß mich diese Flucht
manchmal an einen ›Verrat‹ erinnern wird, den ich ›bis ans Ende‹
tragen muß. Doch ich weiß auch, wie nötig, wie geradezu unvermeidlich es ist, sich nichts draus zu machen oder wenigstens so zu
tun, um einige Schritte, noch einige Schritte zu tun, um in einigen
neuen Menschen zu wandern. Dieser Moment war unsere dritte
und letzte Begegnung nach der, die wir am Hochzeitsabend erlebt, und der zweiten, bei der ich ihr den Fotorahmen geschenkt
hatte... Rozi konnte das, was sie sagen wollte, nur auf diese Weise
sagen. Nur so... In einer Form, die zu dem paßte, was sie bei mir
abgeladen hatte oder abladen wollte... Indem sie sich an dem
zerbrechlichen ›Ding‹ bis zuletzt, solange ihre Kräfte reichten,
anzuklammern versuchte... Indem sie es auf sich nahm, den
Schrei an einer weit innen liegenden Stelle zu ersticken. Leider
kann ich dies alles erst heute ein bißchen besser sehen, von dem
Standpunkt aus, wo ich mich befinde oder den ich inzwischen
gefunden habe. Das bedeutet, man muß sich, um zu verstehen, um

ein bißchen besser zu verstehen, noch einmal entfernen. Sich noch einmal entfernen... Denn indem der Mensch sich entfernt, nähert er sich unwillkürlich. Deshalb scheint es mir, als könnte ich jetzt spüren, von wo aus ich die Erzählung, sei es in bezug auf jene Nacht oder auf die anderen Nächte, fortsetzen kann... Ja, was Rozi eigentlich sagen wollte, das wollte sie lieber in einem anderen, in einem sehr kleinen Zimmer sagen. Sie spürte, daß sie nicht an jenen Ort gehörte. Es war, als fühlte sie nicht nur an jenem Tag, sondern auch an anderen Tagen, daß der Ort, an dem sie leben mußte, nicht der ihre war. Wieder einmal hatte eine Frau in einer Erzählung ihre Fremdheit nicht überwunden... Was danach geschah, blieb innerhalb der Grenze, die wir nicht immer beschreiben konnten.

Nach diesem Abend sahen wir uns noch zweimal an verschiedenen Orten. Doch unser Gespräch hatte in jenem Haus, mit jenem Blickwechsel aufgehört... Ich nehme an, wir waren uns dieser Tatsache bewußt. Unser Entferntsein, unsere Grenzen zogen uns zu anderen Punkten. Inmitten der Menschen sollten wir uns nicht noch einmal finden... Was war es, das nicht funktionierte? Ich mußte jahrelang warten, um diese Frage und die anderen Fragen, die sich daraus ergaben, zu beantworten. Denn dort wollte man das lange Schweigen möglichst ausdehnen. Ein jeder hatte auf seine Weise das Bedürfnis, sich an dem langen Schweigen um des eigenen Schweigens willen festzuklammern, in jener Zeit ebenso wie in allen uns bekannten Zeiten. Die Frage wurde also damals von den Zuschauern deshalb nicht gestellt, oder man wollte sie nicht stellen. Jeder mußte auf seine Art etwas Passendes zur Ausstattung des Spiels beisteuern, denn es hatte seinen Preis, in dem Spiel seinen Platz einzunehmen, seine Rolle zu finden. An den Wochenenden traf man sich mit Freunden, man ging in die berühmten Restaurants und Nachtclubs, man machte Pauschalreisen. Im zweiten Jahr ihrer Ehe bekamen sie ein Mädchen. Ein Mädchen, das mit der Hilfe der Großmütter unter besten Bedingungen aufwachsen sollte. In solchen Ehen heiratete man ja gleichzeitig die Familie. Es gab Zeiten, da gingen die Gefühle, die wahren Gefühle irgendwo verloren, sie sollten verlorengehen. Jene Zeiten mußten erlebt werden. Jeder erlebte solche Zeiten wegen der inneren Entwicklung. Meiner Ansicht nach verbarg sich für Rozi der bitterste Aspekt der Erzählung in diesem Augenschein. Der Augenschein war ein wenig auch unser Bild. Es war das Bild, in dem sie sich versteckte, zu verstecken gezwungen war. Eines Morgens, ungefähr drei Jahre nach der Geburt ihrer Tochter, sah Rozi diese Welt, die Welt, die wir kennen, zum letzten Mal, als sie aus unbekanntem Grund beim Fensterputzen ›ihr Gleichgewicht verlor‹ und aus dem achten Stock ›hinunter‹ in die ›letzte Leere‹ stürzte. Der Vorhang des Geheimnisses senkte sich unerwartet über das, was dort geschehen war. Die Fragen, die wirklichen Fragen mußte sich wieder einmal, trotz aller Gemeinsamkeiten, trotz aller Familien, jeder einzelne für sich allein stellen. Wurden manche Leben derart still und lautlos gelebt und beendet trotz aller Hoffnungen, Vertröstungen, trotz Untreue, Lügen, Liebesworten? ... Als genügte manchmal ein Moment, ein Satz, ein paar Worte, um ein Leben zu beenden. Ein Moment, ein Schritt konnten reichen, um ein Leben zu beenden ... Der ›Vorfall‹ erschütterte viele Menschen tief, besonders die ›Familie‹, vor allem, weil er sie unvorbereitet traf. In solchen Fällen gilt es natürlich als ›Schicksal‹, derart unvorbereitet getroffen zu werden. Sicher ist der Glaube an das Unvorhergesehene eine andere Weise, den tiefen Schmerz zu ertragen. Dabei wußte jeder, der nur ein wenig in sich hineinzuhorchen vermochte, daß dieser Schritt nach langer, sehr langer schmerzlicher Vorbereitung erfolgt war. Bei der Trauerfeier war vielleicht deshalb, wegen dieser inneren Stimme eine so große Menschenmenge anwesend. Nicht nur Verwandte und Freunde, also diejenigen, die innerlich Anteil an dem großen Schmerz der Familie nahmen, waren in die Synagoge gekommen, sondern auch solche, die sich Jahre nicht hatten blicken lassen, sogar welche, die sich beleidigt zurückgezogen hatten. Anders ausgedrückt: Außer den Freunden waren auch die Reuigen, die Zuspätgekommenen und die Zuschauer da ...

Die ›Beileidsbesuche‹ fanden in Bertis Haus statt. Juliette

sprach in dieser Zeit fast gar nichts. Ich besuchte sie mit einer gewissen Angst, wie einer, der mitschuldig an diesem Tod war. Derart schmerzerfüllt, daß ich kaum Worte finden konnte, war ich immer bei unerwarteten Todesfällen. Wir umarmten einander noch einmal liebevoll. Ich sagte zu ihr: »Sie ist jetzt an einem anderen Ort. An einem Ort, wo sie immer sein wollte. Deshalb ist sie jetzt glücklich, viel glücklicher, als sie hier unter uns war. Wir sehen sie nicht wieder, ich weiß, daß wir sie niemals wiedersehen werden. Wir können einander in dieser Lage die Echtheit unserer Gefühle nicht zeigen, nicht beweisen. Aber wir müssen wiederum dem glauben, was wir fühlen, der Stimme, die aus uns kommt. Du weißt, auch sie wollte, daß wir glauben, der Ort, an den sie gegangen ist, sei viel schöner als der, den sie verlassen hat. Von jetzt an hängt es von uns und nur von uns ab, ob es uns gelingt, sie wirklich zu lieben. Danach gibt es nichts mehr. Auf ein weiteres Danach sollten wir uns nicht verlassen.« Juliette wiegte langsam den Kopf, um meine Worte zu bestätigen. Sie drückte meinen Arm. Sie sagte nicht ein einziges Wort. Es war deutlich, daß sie sich entschlossen hatte zu schweigen, ihre Stimme bei sich zu behalten, sie andere nicht hören zu lassen. Wenn sie gesprochen hätte, wenn ihre Stimme zu hören gewesen wäre, hätte sie wahrscheinlich schluchzend geweint. Es gab andere Stunden, um zu weinen, hoffnungslos verzweifelt zu weinen. Vielleicht waren das die Stunden, in denen andere träumten, Stunden, wo es schien, als klopfe unerwartet jemand am Morgen ans Zimmerfenster, oder ein Gegenstand erinnerte sich an sein eigenes Lied, oder ein Ort verschloß sich in sich selbst... Diese Stunden waren es, die uns ›erwachsen‹ werden ließen. Das wußten wir. Daß wir in Zeiten, in denen wir nicht darauf vorbereitet waren, so ein ›Zurückkehren‹ noch viele Male erleben, miteinander teilen würden, wußten wir, spürten wir in diesem Moment, nehme ich an. Deswegen vielleicht wirkte sie auf mich so, als erwartete sie etwas, jemand anderen, schweigend in ihren schwarzen Kleidern auf dem Sofa sitzend, um die anderen Trauernden zu empfangen, während sie auf den für ihre Tochter brennenden Baumwolldocht schaute, der in einer Glasschale in Olivenöl schwamm. Wieder einmal waren wir zusammen. Wieder einmal ... Und zwar auf eine Weise, die niemand verstehen konnte, wovon wir niemandem erzählen konnten ... In diesem Augenblick sah ich Berti. Er lächelte. Als hätte ihm das, was ich gesagt hatte, hatte zu verstehen geben wollen, ein wenig Freude gemacht. Es war, als wollte er sagen: Auch das wird vorbeigehen. Auch das geht vorbei, auch das wird vorbeigehen ... Er schwieg ebenfalls. Er begnügte sich damit, »Willkommen unter uns« zu sagen. Willkommen unter uns ... Das war alles. In dem Augenblick blieb unser Gespräch darauf begrenzt. Doch für diejenigen, die das, was wir erlebt hatten, und unsere Geschichte kannten, waren diese Worte wie ein langes Gespräch ... Natürlich war auch Nora dort. Sie war sofort nach Istanbul gekommen, als sie die Nachricht vom Tod ihrer Schwester erhalten hatte. War auch sie eine von denen, die zu spät gekommen waren? Gehörte auch sie zu denen, die beim Anblick dieses Zimmers die Stimme der Reue in sich hörten, weil sie wußten, die verlorenen Tage würden niemals wiederkehren, sie könnten sie nicht festhalten, aufs neue berühren? Das werden wir niemals erfahren. Doch daß ich mir solche Fragen stellen konnte, bedeutet vielleicht ein wenig, daß ich sie in so einer Zeit sehen wollte. Daß sie beschloß, still und leise in ihre Gegend zurückzukehren, als der ›siebte Tag‹ für ihre Schwester, mit anderen Worten ›ihre Trauer‹ vorbei war, bestärkt mich wiederum in meinem Gedanken. Ihre schwarze Kleidung ließ sie in Istanbul, wissend, daß sie mit niemanden die Last der verlorenen Tage würde teilen können. So schnell zu gehen, nachdem sie nur die sieben Tage abgewartet hatte, schien mir eine Flucht, eine Flucht vor etwas, das sie außerhalb aller der ihr bekannten Worte halten wollte. Es bedeutete sicherlich auch, vor der Erzählung, unserer Erzählung zu fliehen. Die Zeit war eine andere gewesen ... Für eine passendere Zeit mußten wir andere Fehler erleben, auf uns nehmen ... Vielleicht auch deswegen reichte es, in jenen Momenten uns gegenseitig anzuschauen, nur anzuschauen. Ja, wir begnügten uns in jenen Momenten mit Schauen, nur mit Schauen.

Wir mußten in unserer Einsamkeit bleiben. Wir mußten in unseren Worten bleiben. Wieder einmal waren die anderen unser Schatten. Wieder einmal hielten die anderen uns zwischen sich fest... Durch die Bindung an dieses Gefühl, durch das Wissen unserer Bindung an dieses Gefühl öffnete sich in jenen Tagen in mir der Weg auf eine Hoffnung, die es wert war, erneuert zu werden. Unsere Erzählung erwartete eine andere Erzählung. In der Bindung an diese Hoffnung entstand in mir ein Gefühl, das ich damals als schmerzliche Freude bezeichnete, das ich im Laufe der Zeit jedoch viel besser definieren konnte...

Ängste, die Erwartung einer neuen Rückkehr oder die Hoffnung, noch einmal in einer neuen Zeit wandern zu können, trotz aller Verluste... Es war, als erlebten wir in jenen Tagen diese Gefühle, die wir ohne zu verstehen und zu sehen gelebt hatten, durch Rozi noch einmal neu, versuchten, sie zu erleben. Jemand verlangte von uns, die Menschen zu finden, die wir irgendwo vergessen hatten. Der Ruf wandte sich an diejenigen, die in einer Geschichte, die unvollständig gelebt worden war, einen neuen, richtigeren Platz für sich finden wollten. Diese Stimme hatten wir gehört, und genaugenommen würden wir uns von dieser Stimme nie mehr befreien können... Juliette würde sich Jahre später an diese schmerzlichen sieben Tage, die sie mit Nora in Istanbul verlebt hatte, wie an ein kleines Wunder erinnern. Mutter und Tochter waren sich im wahrsten Sinne nahegekommen, sie hatten sich berühren können, hatten eine andere Dimension erreicht. In diesen sieben langen Tagen und Nächten waren sie überzeugt davon, ihr Mutter- und Tochtersein zum ersten Mal erfassen zu können. Das bedeutete, sie hatten sich trotz aller Ängste, Irrtümer und Ausflüchte getraut, sich wirklich auseinanderzusetzen und echte Gespräche zu führen. Zweifellos war der Zeitraum, wenn man jene Leben bedenkt, sehr kurz. Doch die Zeit war eine echte Zeit, ganz anders als die jener Träume, die man bis zuletzt nicht erzählen und nicht miteinander teilen konnte. Eine echte, ›gelebte‹ Zeit, die ihr Recht bekam. Eine echte, richtige Zeit, die in die Geschichte eingeschrieben war, um nicht wieder vergessen zu werden... Die Dauer war in dem Fall nicht wesentlich, was zählte, war schließlich, die verlorenen Jahre zu finden, sie mit Sinn zu erfüllen und in diesem Gefühl irgendwo einzuordnen. Doch warum hatten sie sich so verspätet, warum mußten sie so lange warten? Taten sie diese Schritte, um bei einem neuen Todesfall nicht eine neue Leere, einen neuen Mangel, eine Unwiederbringlichkeit zu erleben? Waren dies wirklich Schritte ›vorwärts‹, in eine andere Zukunft gewesen? Wo war in diesem Fall das Vorwärts, wem gehörte die Zukunft oder die Möglichkeit, die es wert war, unterstützt zu werden? Es ist wahrscheinlich für viele Menschen unmöglich, diese Fragen zu beantworten. Diese Fragen müssen wahrscheinlich außerhalb vieler Leben und vieler Erzählungen bleiben. Sonst würden die nicht erzählten, irgendwo verlorengegangenen Geschichten der Menschen, die die Zeit nicht erfassen konnten und diese Zeit nie erfassen würden, uns nicht in jenen Nächten heimsuchen, nicht wie eine Wunde, die nicht so leicht zu schließen ist.

Wenn ich über all das nachdenke, glaube ich, daß Juliette und Nora es gewagt hatten, wechselseitig in ihre Einsamkeit vorzudringen. Diese Möglichkeit erweckt in mir die Hoffnung auf einen neuen Morgen. Ich fühle, wie ich mich langsam jenen Menschen nähere, von denen ich eines Tages erzählen will, von denen ich glaube, erzählen zu können, ohne mich selbst zu sehr bemerkbar zu machen. Ich weiß, das ist die Wärme des Vertrauens. Eine Wärme des Vertrauens, die ich nicht an vielen Orten, nicht in vielen Worten gefunden habe... Ich hätte mich entscheiden können, hier innezuhalten. Ich hätte versuchen können, hier zu bleiben... Doch ich hatte in bezug auf diese Nächte andere Fragen. Was wurde damals dort gesprochen, mit welchen Erinnerungen traten sie in jene Dunkelheit ein? Was brachte sie ›einander‹ derart nahe? War es der Schmerz über den Verlust eines sehr geliebten Menschen? Oder trafen sie sich in der Reue, die aus diesem Verlust geboren wurde? Oder war es der Wunsch, sich in dieser Begegnung aneinanderzuklammern? Sicherlich hätte ich über diese Möglichkeiten nachdenken und die notwendigen Worte zu finden versuchen können. Doch – was soll ich es verheimlichen – diese ›Herangehensweise‹, nur um diese Motive zu klären, erschien mir, als wählte ich das Hergebrachte, als wollte ich wie einer der vielen Zuschauer oder Protagonisten einer Erzählung sein. Es mußte noch ›etwas‹ da sein. Noch ›etwas‹… Etwas Kleines, aber sehr Wichtiges… Aber das sollten nur Juliette und Nora wissen. Das war eine Notwendigkeit für die Erzählung, ein wenig auch für meine Hoffnungslosigkeit in der Erzählung. Dieser Teil würde ›durch die anderen‹ so erlebt werden, war so erlebt worden… In dem Fall gab es einen neuen Mangel, von dem ich erzählen, dessen Platz ich finden wollte. Einen Mangel… Um mit anderen Augen aufs neue einen Morgen zu erblicken… Es gab nur ein einziges Detail, das ich von Juliette über diese Tage erfahren konnte, das mir allerdings sehr bedeutungsvoll erschien… In der Nacht des sechsten Tages, als die ›Gäste sich verabschiedet‹ hatten, gingen Mutter und Tochter nach ›draußen‹, um eine lange Wanderung durch die Straßen zu machen. Es war überall ganz still. Der Zauber der Nacht berührte in dieser Stille die Menschen bis ins Innerste. Sie wanderten, ohne zu sprechen, ohne ein einziges Wort Hand in Hand. Plötzlich gab es einen Platzregen, es schüttete wie aus Eimern. Sie gingen weiter. In dieser Stunde war es ihnen, als passierten sie den Ort, wo es keine Worte mehr gab oder diese ihren wahren Sinn gefunden hatten. Der Regen war ihr Regen. Der Regen dessen, was sie nicht gelebt hatten, was sie irgendwo verloren hatten, was sie voreinander verleugnet hatten. In dieser Nacht gab es die Straßen in diesem Regen, und es gab da Hand in Hand eine andere Frau und ihre Tochter, die sehr lange durch diese Straßen wanderten… Als sie sich dem ›Haus‹ näherten, fragte Juliette: »Wirst du zurückkommen?« Und Nora erwiderte: »Nein, ich komme nicht zurück… Ich werde nie mehr zurückkommen.« Sie schwiegen. Sie hatten ihre Stimmen wiedergefunden. Es war der Moment, an dem sie einander vielleicht am besten verstanden… Nora fuhr am Abend des nächsten Tages ab. Auf sie warteten in einer anderen Gegend andere Menschen…

Niemand weinte in jenen Tagen um Rozi, niemand wollte zeigen, daß er weinte. Es gab eine Zeit, zu weinen und zu sprechen, eine Zeit, in der wirkliche Gespräche notwendig waren. Doch die Details versteckten wir, wir hatten gelernt, sie zu verstecken. In jenen Tagen wurden wegen Rozi andere Gespräche, Fragen und Zweifel für notwendig erachtet. Fragen und Zweifel überwogen in der Welt der Gäste, der Zuschauer. Uns blieb nur übrig, ein wenig zu schweigen und auch zuzuhören. Zu versuchen zu schweigen, zuzuhören, auch ein wenig zu lauschen. Das war sicherlich ein Anzeichen dafür, daß wir jenen Stimmen gegenüber nicht gleichgültig bleiben konnten, vielleicht sogar, daß wir mit jenen Stimmen zusammensein wollten. Die Fragen und Zweifel erweckten in mir in jenen Tagen ein neues Gefühl der Absurdität. Doch ich weiß, es gibt in jeder Absurdität, in jedem einfach aussehenden Satz eine Stelle, die früher oder später den Menschen anzieht. Darüber hinaus muß ich unweigerlich wegen des Aufbaus der Erzählung zu jenen Stimmen zurückkehren. Eine der Fragen bezieht sich darauf, den ›letzten Moment‹ ein wenig besser zu verstehen. Wie konnte es sein, daß eine Frau in so guten ›materiellen Verhältnissen‹ keine Putzfrau hatte, sondern selbst die Fenster ihrer Wohnung putzte? War es ein einfacher ›Unfall‹? Die Möglichkeit, daß sie ihrem Leben selbst ein Ende setzen wollte, erschien denen, die Antwort auf diese Fragen suchten, in jenen Tagen sehr naheliegend. In dem Fall mußte ermittelt werden, was nicht funktioniert hatte, was eine junge Frau mit einem dreijährigen Kind zu einer derartigen Tat veranlaßt hatte. Danach gab es ›Urteile‹. Das Geschehene würde Auswirkungen auf das kleine Kind haben. Wenn der Mann so reich war, würde er, sobald die Zeit gekommen war, eine andere Frau heiraten. Hatte die Frau das bedacht? Es war leicht, in dieser ›Phase‹ eine negative Antwort zu geben. Die leichte Antwort wurde deshalb gewählt, weil dann der ›Frau‹, wie in solchen Geschichten üblich, der ›Platz‹ der Frau, die ihre ›Verantwortung‹ nicht tragen konnte, zugewiesen wurde. Das war sicherlich einer der Wege, mit Rozis Tod und den Gefühlen umzugehen. In dieser Lage bekamen die ›Geschichten‹ einen neuen Sinn. Alle Protagonisten dieser Erzählung kannten ›jenes Mädchen‹ auf ihre Weise. Erinnerungen wurden nicht umsonst aufbewahrt. Das Mädchen war ›andersartig‹, schweigsam, sehr still gewesen. Eigentlich hätte man geradezu erwarten müssen, daß das Mädchen eines Tages in diese Dunkelheit fallen würde… ›Der Vorfall‹ hätte für die Zuschauer hier abgeschlossen sein können. Doch ich meinerseits habe immer geglaubt, daß jenseits aller dieser Deutungen sich noch eine andere versteckte. Ich zweifelte ebenfalls nicht daran, daß Rozi den Tod gewählt hatte. Doch mußte es noch einen anderen Grund, den niemand sah, dafür gegeben haben, daß sie diese unausweichlich wirkende Aktion gewählt hatte. Nur dieses Motiv konnte uns zu einer ›anderen‹ Rozi führen, die wir in ihren Lebenstagen nicht gesehen hatten. Jahrelang habe ich an dieses Motiv geglaubt. Sicherlich hatte diese Überzeugung keinerlei Grundlage, keinerlei Erklärung, keinerlei Logik. Es gab hier nur eine Ahnung, die wie alle Ahnungen ihre Worte verbarg…

Jahre später sollte ich mich dem ›Motiv‹ nähern, und zwar in einem Moment, als ich es selbst gar nicht erwartete.

An jenem Abend haben wir auf Rozi getrunken

Es war an einem Abend im Frühsommer, der sich mit vielen Farben erneuerte, und die Stadt erschien mir wieder einmal wie verlassen. Der Gedanke, daß der Abend für andere als ein lebenswerterer Abend begann, ergriff mich aufs neue. Ich entschloß mich spontan, jene Bar aufzusuchen, in die ich schon lange hatte gehen wollen. Um die Wahrheit zu sagen, hatten Bars, Nächte mit Alkohol und Gedränge in meinem Leben bis dahin keine entscheidende Rolle gespielt. Diese Bar lag am Meeresufer. Mehr noch, sie war dem Meer, der Trauer jenes sommerlichen Dunkelblau sehr nahe. Da ich wußte, daß ich in diesem Sommer Istanbul nicht verlassen würde, wollte ich in dieser Stadt die kleine Feriensiedlung, die ich seit langem verloren hatte, für ein paar Stunden erleben ... So wie es in manchen Erzählungen Zeiten gibt, in denen der Mensch über sein Schicksal nachdenkt, so würde ich meiner Sehnsucht folgen und einen Schritt auf jene Illusion hin tun, trotz aller Hindernisse. Es war, als hätte ich gewußt, daß ich an jenem Abend dort jenen Mann treffen würde, und als hätte der Mann gewußt, daß ich dorthin kommen würde. Das Bemühen, in ein Geheimnis einzudringen, und sei es nach Jahren, war ein wenig wie die Notwendigkeit, in der Dunkelheit das kleine, helle Licht zu finden. Ich habe es früher schon an anderer Stelle gesagt. Ich habe zu dieser Art von Erzählungen eine Art von Blutsbindung, wer weiß, wie vielleicht alle ›Traumwandler‹, die auf dem Weg einer langen Erzählung wandern ... Ich kam zu einer Stunde an, die für diese Bar früh genannt werden konnte. An einem Tisch am Ufer saßen zwei Frauen und zwei Männer, die aussahen, als warteten sie seit Jahren ›auf jemanden‹. Als wäre das Spiel auf eine andere Bühne mit anderen Worten verlegt worden. Freilich bedeuteten andere Wörter andere Blicke, andere Blicke bedeuteten andere Erinnerungen, andere Erinnerungen bedeuteten andere Einsamkeiten. Andere Meere konnten sogar andere Tode sein. Vielleicht waren die Leute an jenem Tisch aus diesem Grund schweigsamer als nötig. Sie waren schweigsam; vielleicht waren ihre Worte längst aufgebraucht. Ab und zu sagten sie etwas, sie tauschten ein paar Worte, dann schwiegen sie wieder. Dann schauten sie lange aufs Meer, als wüßten sie nicht, was sie tun sollten. Ihre Schweigsamkeit und ihre gegenseitigen Blicke erinnerten an einen Horrorfilm. Ja, es schien, als erwarteten sie seit Jahren jemanden. Sie kannten die Tische, und die Tische kannten sie. Sie würden bleiben. Sie würden nicht gehen ... Ich dachte mir diese Erzählung an der runden Bar in der Mitte für sie aus. Hätte ich noch ein wenig länger nachgedacht, hätte ich vielleicht irgendwo auch den ›Erwarteten‹ gefunden. Doch in dem Moment bemerkte ich, wie ein Mann, der mir direkt gegenübersaß, mich anschaute, und daß mich ein leichtes Schaudern überkam bei dem Gefühl, ihn schon einmal irgendwo gesehen zu haben, ihn in der Vergangenheit, in einer Zeit gelassen zu haben, an die ich mich nicht erinnerte. Es war, als hätte er hören können, wie ich für die anderen, für die Erzählung der anderen, die sich in mir schrieb, ein paar neue Worte in ein paar neuen Sätzen zusammenzufügen versuchte. Letztendlich hatten auch Blicke, die etwas zu verbergen versuchten, die heimlich etwas entwerfen oder etwas erzählen wollten, eine Stimme. Auch ich schaute ihn an. Er lächelte. Dann stand er auf und kam langsam auf mich zu. Er war kein ›Fremder‹, kein Protagonist oder Mensch aus einem Drama oder Roman, der aus den Sätzen eines anderen in meine Sätze herübergesickert war. Ich hatte eine kleine, aber wertvolle Erinnerung an ihn. Es war eine Erinnerung, die ich nur schwer in die Gegenwart holen konnte und die dennoch in mir, wie ich wußte, in einer meiner alten Nächte bewahrt wurde. Aus dieser Leere, der Unsicherheit, die aus dem Nichterinnern resultierte, konnte ich mich wiederum nicht kurzerhand befreien. Dennoch mußte ich nicht allzu lange warten. Es gelang mir nach einigen Augenblicken, jene Nacht mit ihren vielen Details zurückzuholen. Ich hatte den Mann zum ersten Mal in der Wohnung von Rozi getroffen, in der Nacht, als ich ihr den Rahmen gebracht hatte. Dort hatte er mich durch die Lieder, die er zur Gitarre sang, und durch sein vieles Trinken beeindruckt. Er war professioneller Musiker, der einige Jahre in Nachtclubs gespielt hatte. Deswegen hatte er ein breites Repertoire. Er rühmte sich, Lieder in vierzehn Sprachen singen zu können. »Wenn Sie wollen, kann ich auch arabisch, hebräisch und armenisch singen«, hatte er gesagt. Dann hatte er als Abschluß seines kleinen ›Konzerts‹ eins von den armenischen Liedern gesungen. Ich weiß nicht, ob sein Armenisch ›korrekt‹ war oder ob das Lied überhaupt ein armenisches war. Was ich wußte und woran ich mich erinnern konnte, war, daß er dieses Lied anders als die vorangegangenen vorgetragen hatte. Am Ende des Liedes hatte er gesagt: »Meine Mutter liebte dieses Lied sehr. Heute wäre ihr Geburtstag gewesen. Als sie starb, phantasierte sie auf dem Sterbebett von Van*, von den Gassen ihrer Kindheit. Ich bin nie nach Van gekommen...« Danach war es im Salon erst einmal still gewesen. Eine kurze, sehr kurze, aber sehr tiefe Stille... Zuerst zogen wir uns in die Stille zurück, unsere Stille... Zuerst verbargen wir uns in unserer Stille... Und dann... Dann beklatschten wir ihn für dieses Lied ausführlich. Wir waren in jener Nacht in jener Wohnung nur ein paar Leute... Rozi hatte während des kleinen ›Konzerts‹ ihrem ›Freund‹, der den Eindruck machte, daß er in dieser Wohnung aus und ein ging, ›begeistert‹ zugehört. Beim letzten Lied waren auch ihr, wie den meisten von uns, die Augen feucht geworden. Aber es war, als berührte sie dieser Augenblick mehr als uns alle...

Der Mann arbeitete damals schon nicht mehr als ›nächtlicher Musiker‹. Er hatte einen ordentlicheren Beruf gewählt, der ›besser zu der Welt, in der er lebte‹, paßte. Er hatte es auf sich genommen, zu arbeiten und einen langen Kampf mit den Leuten auszufechten, die er zurückgelassen hatte, und zuletzt war es ihm ›gelungen‹, Verwaltungsdirektor in einem großen Industriebetrieb zu werden. Er war müde, etwas einsam, aber er verdiente gut. Er war glücklich, daß sein Vater, ein pensionierter General, stolz auf ihn war. Ja, ich erinnerte mich. Jetzt war er mir noch näher. Als fühlte er, was ich dachte, sagte er: »Es ist genau, wie Sie sich erinnern...« Seine schwarzen Haare und sein Bart waren stellenweise weiß geworden. Und wieder war es, als läse er meine Gedanken, die unter dem Eindruck dessen, was ich sah, entstanden, denn er fügte hinzu: »Außer diesem Weiß natürlich.« Als er sah, daß mich schauderte, berührte er freundschaftlich meine Schulter und schlug vor, noch ein Getränk zu bestellen. Der Barmann brachte uns auf einen kleinen Wink hin sofort neue Gläser. Das war ein kleiner ›Auftritt‹. Ich sollte an dieser Stelle seiner Erzählung merken, daß er dort sehr gut bekannt war. Wir tranken beide Raki. Beide mischten wir den Raki mit Wasser. Dazu aßen wir etwas Frischkäse und Honigmelone. Es war ein Sommerabend... Langsam füllten sich die Tische. Die Leute an jenem Tisch waren immer noch da, und der Erwartete war immer noch nicht gekommen. Die Lichter der Stadt leuchteten einzeln, das Meer schien in noch etwas stärkerem Dunkelblau zu ›fließen‹. Es war jetzt für viele Leute die Zeit gekommen, wieder von Bodrum zu sprechen. Ein Mann sang in einem Lied, das aus der Tiefe kam, etwas wie: »Sei gegrüßt... Du hast gerufen, ich bin gekommen... Wem gehörst du jetzt? Bist du allein, oder atmest du jetzt für einen anderen?...«

Wir stießen mit unseren Gläsern an. Ohne ein Wort tranken wir zusammen unsere ersten Schlucke. »Ein schönes Lied... Nach langer Zeit berührt mich erstmals ein Lied derart stark«, sagte er. Ich sagte: »Eigentlich sind wir für solche Lieder immer bereit... Haben wir nicht alle irgendwo jemanden verlassen, den wir sehr geliebt haben, dem wir in Leidenschaft verbunden waren, mußten ihn verlassen?« Er gab keine Antwort, sondern begnügte sich nur, mir Zustimmung zu signalisieren. Wir ›lauschten‹ jenem Lied. Dann fragte er: »Jetzt sagen Sie mal, was hat Sie hierher getrieben?«

»Ich weiß nicht. Aber es scheint fast, als hätten Sie mich gerufen«, antwortete ich. Er lächelte und sagte: »Verwenden Sie das in einer Erzählung.« »Das werde ich tun«, sagte ich. Er lächelte wieder. »Was machen Sie gerade?« fragte er. Ich versuchte seiner Frage auszuweichen, indem ich sagte: »Ich bin mitten in einer langen Erzählung, von der ich nicht weiß, wann ich sie beenden werde... Manche von uns sind sehr weit gegangen...« Er schwieg wieder. Mit seinen Blicken versuchte er wohl zu sagen, daß er mich verstand, daß ihm das, was ich sagen wollte, nicht fremd war. Wir schwiegen. Um die kleine Leere auszufüllen, nahmen wir jeder einen Schluck. Dann wollte ich von ihm wissen, was er in der Zwischenzeit gemacht hatte, indem ich fragte: »Und Sie? Wo sind Sie gewesen?...« Zweifellos war dies keine unerwartete Frage. Eine erwartbare Frage, die eine Antwort verlangte... Er lächelte wie ein schalkhafter Lausbub, der stolz war auf die heimliche Botschaft, die er brachte. »Sie werden es nicht glauben, wenn ich es Ihnen sage«, meinte er. Ich gab zurück: »Sie sind wieder zur Musik zurückgekehrt!« Er kniff die Augen zu, machte eine abwehrende Handbewegung, die auf eine weise Art andeutete, daß jene Tage weit zurücklägen, und sagte: »Ich verkaufe jetzt *köfte*.« Als er sah, daß ich ihn zweifelnd und lächelnd anschaute, fügte er hinzu: »Ich wußte, daß Sie verblüfft sein würden. Die anderen waren auch alle verblüfft. Doch entgegen dem, was Sie vermuten, bin ich jetzt ein sehr glücklicher Mensch. Das wichtigste ist, ich glaube das gefunden zu haben, wonach ich all die Jahre gesucht hatte. Den Entschluß dazu habe ich vor zwei Jahren gefaßt. Damals arbeitete ich in jener Fabrik, ohne mir viele Fragen zu stellen, und glaubte, mein Leben wäre gesichert. Eines Tages, gegen Abend, als ich gerade gehen wollte, schickte mir der Generaldirektor einen Bericht, den ich analysieren sollte; die Ergebnisse sollten bis zum nächsten Morgen vorliegen. Um die Arbeit am nächsten Morgen fertig zu haben, hätte ich bis spät in jener Nacht dortbleiben müssen. Solche Situationen hatte ich schon früher erlebt. An jenem Abend hätte ich ebenfalls nicht protestiert, wenn ich nicht in einer ganz besonderen Lage gewesen wäre. Doch jener Abend war anders, er versprach wenigstens anders zu werden. Die Frau, die ich seit langem ›angerufen‹, mit der ich telefoniert hatte und von der ich nur die Stimme kannte, war endlich einverstanden, mit mir zum Essen zu gehen. Ja, ich hatte die Frau bis zu dem Tag nicht gesehen, ich kannte nur ihre Stimme vom Telefon. Nicht wahr, das erscheint einem wie ein Märchen? Wie ein Märchen… Seither war alles, was wir erlebt haben, sowieso wie ein Märchen, wie Teile eines alten Romans… Ein kleiner Zufall, eine Zeitungsanzeige hatte uns zusammengeführt… Es war ein Sonntagmorgen… Ich blätterte in den Zeitungen, um die Zeit totzuschlagen. Da fiel mir das Inserat in die Augen. Eine Frau bot Osmanischunterricht an. Eine Frau, die Osmanischunterricht gab… Wenn Sie an meiner Stelle gewesen wären, wenn Sie sich gelangweilt hätten, hätten Sie dann nicht auch diese Telefonnummer gewählt, sich dort gemeldet, um einen Tag möglichst anders zu verbringen? Ich hörte auf die Stimme meines Herzens und rief ohne zu zögern an. Ich hätte auch einer alten Dame aus dem alten Istanbul begegnen können.

Doch die Stimme am Telefon klang äußerst jung und vor allem warm. Es schien mir die Stimme zu sein, die ich seit langem suchte. Als hätte die Stimme auf meinen Anruf gewartet. Ich hatte auf eine kleine Anzeige hin angerufen. Wir unterhielten uns etwa zwei Stunden lang. Wir spürten, daß wir über alles sprechen konnten, über jedes Thema, das uns einfiel, das uns interessierte. Ich gab ihr ebenfalls meine Telefonnummer, damit wir ›chancengleich‹ waren. Am nächsten Abend rief sie an. Wir unterhielten uns wieder lange, lasen einander Gedichte vor. Nur wenige Leute wissen, daß ich sehr gerne Gedichte vorlese. Meine Mutter hatte aus dem Osten, aus ihrem Osten viele Gedichte mitgebracht... In manchen Nächten rezitierte sie mir Verse. In diesen Versen gab es Berge, Wasser und kleine Dörfer. In den Versen kamen die Schrecken der Nacht vor und der Tod... Für sie waren es die Verse der verlorenen Volkslieder. Doch die Volkslieder bedeuteten Trauer, die Volkslieder waren nach jenen Todesfällen verwaist, sie lebten für sie nur in ihren Worten. Die Volkslieder bedeuteten Trauer... Meine Mutter rezitierte mir diese Verse vor allem in den Nächten, in denen sie sich sehr einsam fühlte, wenn sie Sehnsucht nach jemandem oder etwas hatte. Sie hat sich in Istanbul in diesen Stunden am fremdesten gefühlt. Ich habe mich ihr in diesen Nächten am nächsten gefühlt. Diese Verse trugen mich nicht nur in eine andere Einsamkeit, sondern in die Einsamkeit als solche. Vor allem darum liebte ich die Gedichte. Später habe ich meine eigenen Gedichte gefunden, wollte glauben, sie gefunden zu haben.

Die Gedichte, die ich dieser Frau bei unseren Telefongesprächen vorlas, waren ebendiese Gedichte, von denen ich mich nie getrennt habe und von denen ich mich nie trennen werde. Ihre Gedichte hatten dagegen eine ganz andere Geschichte... Doch wir sprachen natürlich nicht nur über Gedichte. Wir sprachen von dem Leben, das wir hatten zurücklassen müssen oder von dem wir träumten. Es schien, als wollten wir jene Mauer einreißen. Wir konnten einander nicht sehen; wir wollten einander irgendwie glauben machen, daß es nicht möglich wäre, einander zu sehen... Später sang ich ihr Lieder vor. Das erste Mal seit Jahren sang ich einige Lieder aus tiefstem Gefühl. So vergingen drei, vier Monate mit diesen intensiven Gesprächen, die mit der Zeit unser Einziges waren. Es blieb nur ein Schritt noch zu tun. Ein notwendiger Schritt, von dem wir wußten, daß er notwendig war, den wir aber stets wieder aufschoben... Zweifellos spürte sie genau wie ich, daß dieser Schritt für uns einer der schwersten sein würde. Den Vorschlag machte ich; ich sagte, wir müßten einander sehen. Zuerst war sie nicht einverstanden, sie sagte, sie fürchte eine Enttäuschung. Sie fürchtete nicht nur, eine Enttäuschung zu erleben, sondern auch eine zu bereiten. Vielleicht hatte sie recht. Es war schließlich alles wie ein Wunder gewesen, der Zauber konnte zerstört werden. Doch bestand ich darauf, daß unsere Worte einen neuen Anstoß brauchten und wir uns schlimmstenfalls nicht anschauen würden. Sie verstand. Es war sowieso nicht möglich, nicht zu verstehen. Kurze Zeit später sagte sie, daß sie meinen Vorschlag annehmen würde und bereit sei, alle Risiken auf sich zu nehmen... An jenem Abend war es also soweit; ich wollte mit ihr in ein Lokal zum Essen zu gehen, von dem ich seit Jahren träumte und das ich durch eine Erzählung kennengelernt hatte. Es war ein Lokal in Kandilli.

Besagte Erzählung endet an einem Herbstabend. Der Protagonist kommt von einer Todesprobe zurück, unter deren Eindruck er lange stehen wird. Der Tod war der Tod anderer gewesen und bedeutete, daß viele Leben in Vergessenheit geraten würden... Vielleicht deswegen dachte der Protagonist an diesem Herbstabend in dem Lokal, er sei eine Insel... Nachdem ich die Erzählung gelesen hatte, war mir, als wäre ich nicht weit entfernt von diesem Inselgefühl. Als wäre die Insel sowohl die Insel in unserem Inneren als auch der Zufluchtsort, den wir suchten. Diese Geschichte hatte ich ihr erzählt. Das Lokal in Kandilli konnte auch zu unserem Lokal werden... Angesichts des Auftrags meines Chefs sah ich meine Wirklichkeit, der ich immer hatte ausweichen wollte, völlig klar vor mir. Es mußte dort Schluß für mich sein. Ohne jemandem Bescheid zu geben, ging ich einfach weg und ließ die kleinen Dinge, die mich jahrelang dort hatten überleben lassen und von denen ich geglaubt hatte, es seien meine, an dem Ort, wo sie hingehörten. Auf den Bericht schrieb ich: ›Scheiß drauf!‹ Zehn Jahre Mühe hatte ich im Handumdrehen weggeworfen. Man hat mich danach noch ein paarmal angerufen, ich solle zu meiner Arbeit zurückkehren, ich könne nicht einfach alles so stehen- und liegenlassen. Doch ich hatte alles liegen lassen, wirklich. Es war nicht mehr meine Sache, die ich an jenem Abend dort verlassen oder, wie sie es nannten, stehen- und liegengelassen hatte. Deshalb bin ich trotz aller Anrufe nicht mehr dorthin zurückgegangen. Viele Kollegen sagten, ich sei auf dem falschen Weg. Doch ich glaubte nun mal, ich könnte durch diese Schritte ein richtigeres Leben führen. Diese Überzeugung konnte ich ihnen nicht vermitteln. Ich habe es nicht mal versucht... Um auf das Essen zu kommen: Das Essen, durch das ich mich zu einem neuen Leben berufen fühlte, war hervorragend. Ich machte ihr an diesem Abend einen Heiratsantrag. Sie nahm an. Wir sind jetzt drei Jahre verheiratet. Wir haben einen kleinen Laden für *köfte* eröffnet. Sie macht die *köfte*. Und zwar jeden Tag, ohne daß sie es satt hat oder die Lust verliert. Manchmal kommen Kollegen von der alten Firma und sagen: ›Wir bewundern dich. Du hast die größte Revolution deines Lebens vollbracht.‹ Das sind die, dir mir damals gesagt hatten, ich sei auf dem falschen *Weg*... Kurzum, es geht mir gut. Es geht mir gut, und ich bin hier. Ich bin da, wo ich glaube hinzugehören, zusammen mit den Menschen, von denen ich glaube, daß sie zu mir gehören«, fügte er hinzu.

Nachdem er einen Schluck genommen hatte, sagte er: »Wir hätten uns schon eher begegnen sollen.«

»Wer war es, der das nicht wollte?« entgegnete ich. »Auf jeden Fall gibt es einen, der unsere Erzählung will, unsere Erzählungen aufschreiben will«, sagte er. Daraufhin fragte ich: »Sind nicht wir selbst es, die unsere Erzählungen, wenigstens unsere eigenen Erzählungen schreiben?« Seine Erwiderung lautete: »Ja... besonders in jenen Augenblicken wollen wir sehen und spüren, daß wir auf einem solchen Weg wandern.« Hier brachen wir ab und schwiegen… Dann sagte ich: »Wenn ich versuchen würde, jemandem Ihre Geschichte zu erzählen, würde sie keiner glauben, vielmehr würde so ziemlich jeder meinen, ich hätte sie mir ausgedacht.« Er erwiderte wie zur nochmaligen Bekräftigung dessen, was ich gesagt hatte: »Vielleicht sind wir deshalb so allein.« Dann setzte er unser Gespräch fort mit den Worten: »Dabei gibt es so viele Erzählungen, die wir nicht haben erzählen können, weil andere nicht glauben würden, daß wir sie erlebt und gesehen haben. Wir sind die Gefangenen so vieler Erzählungen.« Wir brauchten in dem Augenblick wieder ein kleines Schweigen. Deswegen tranken wir jeder noch einen Schluck. Er sagte: »Auch die mir bekannte Geschichte von Rozi gehört zu den Geschichten über Gefangenschaft. Eine der Geschichten einer Gefangenschaft, die mich seit Jahren nicht losläßt, die ich niemandem erzählen konnte.« Ich sagte: »Ich war immer überzeugt, daß die Geschichte irgendwann zu mir zurückkehren würde, wichtiger noch, daß sie mich mit einem Menschen bekannt machen würde, der mich auf einer alten Fotografie seit langem erwartet hat.« Er antwortete: »Ihre Erzählung könnte so beginnen.« Ein weiser Spott lag in seiner Stimme. Als wollte er sagen, daß er mit derartigen Erzählungen schon andernorts konfrontiert worden war. Da war wieder das Gefühl von Nacktheit, das ich schon früher erlebt hatte. Ich schämte mich. Deswegen tendierte ich dazu, mich ein wenig zurückzunehmen, indem ich sagte: »Natürlich, wenn es mir gelingt, das zu erzählen.« Sein Lächeln wurde freundschaftlich, als er erwiderte: »Sind wir nicht deshalb hier?« Nun gehörten wir wohl zu den Menschen, die ihr Schicksal zu tragen wußten, die versuchten, sich mit jener Verlassenheit aufs neue abzufinden. Wir kannten diese Trauer. Diese Trauer hatte uns stets vereint, auch wenn wir an verschiedenen Orten gewesen waren. Von diesem Moment an konnten wir uns ganz langsam auf jene Fotografie zu bewegen…

»Der Tod von Rozi war kein einfacher Unfall oder Zufall, kann es nicht gewesen sein«, setzte er unser Gespräch fort. Und dann erzählte er mit der vertraulichen Stimme eines Mannes, der in der Nacht an die Tür eines Freundes klopft, die Geschichte von Rozi, die er jahrelang in sich bewahrt hatte, die er mit niemandem, nicht einmal mit seiner Frau geteilt hatte. Er hatte Rozi vor vielen Jahren mehrmals in Moda in einem Teegarten mit einem ›Fremden‹ sitzen sehen. Damals versuchte er, am Morgen seine Trainingsläufe nicht zu versäumen. Es gelang ihm, sich zu verstecken, nicht gesehen zu werden. Rozi saß dort mit dem Mann immer am selben Tisch. Sie hörte dem, was er ihr sagte, mit aufmerksam geneigtem Kopf still zu. Was sie sprachen, konnte man aus der ›Entfernung‹ natürlich nicht verstehen. Doch merkte man, daß in der Stimme des Mannes ein nachdrücklicher und ebenso verzweifelter Appell lag. Wer war dieser Fremde? Wer war dieser Gast, der ein wenig wie ›ungebeten‹ in dieses Leben getreten zu sein schien? Das hatte er nie erfahren. Doch sicherlich hatte dieser Mann etwas mit Rozis Tod tun ... Das war nur eine Ahnung, das wußte er. Doch er hatte auf Ahnungen immer etwas gegeben ...

Meine Erzählung von Rozi hatte durch diese unerwartete Entwicklung eine ganz andere Richtung genommen ... An diesem Punkt verbargen sich Dinge, die man nicht erzählen konnte und niemals würde erzählen können, Dinge, die den Tod herbeiriefen. Andererseits lag über dem ganzen – warum es verheimlichen – nach so vielen Jahren inzwischen eine Unberührbarkeit, die Unmöglichkeit, sie zu erreichen. Man konnte von der Vergangenheit nicht zu viel verlangen. An jenem Abend tranken wir auf Rozi. An diesem Abend tranken wir auf alle unsere Menschen, denen wir unsere Liebe nicht großzügig genug geschenkt hatten. Mit anderen Worten tranken wir an jenem Abend darauf, ein wenig mehr wir selbst sein zu können ... »Wir werden uns nicht wiedersehen. Von jetzt an wird uns niemand mehr zusammenbringen...«, sagte ich. Er schien mir zuzustimmen. Schließlich war klar, wer in dieser Erzählung wo geblieben war, wer was getan hatte. »Wir wissen beide den Grund«, sagte er. Selbstverständlich wußten wir beide den Grund dieser erzwungenen Trennung oder warum wir es vorzogen, einander fernzubleiben. Es gab auch andere Tatsachen, die wir kannten, aber in dem Moment nicht ausdrücken konnten… Diese Sätze mußten deswegen die letzten Sätze dieses Gesprächs sein… In der Bar war es inzwischen sehr voll. An den anderen Tischen waren andere Zeiten… Die Menschen an jenem Tisch waren immer noch da… Der Name des Mannes war Harun. Ich würde ihn nie wiedersehen. Er hatte nicht gesagt, wo sein Laden für *köfte* lag.

Noras Aufbruch in ihr eigenes Abenteuer

Das war also Rozis Erzählung, oder besser das, was ich davon in jenen Tagen erfahren hatte. Nora hingegen war zu ihrem eigenen Abenteuer aufgebrochen. Sie hörte auf keine Stimme als ihre eigene, und sie wollte für sich sein, allein für sich… Ihr Weg löste in mir wohl vor allem deswegen jenes Bedauern aus. Dieses Bedauern kann ich heute vielleicht ein wenig besser formulieren: Sie gehörte zu denen, die das ›andere Leben‹ sehen konnten. Zweifellos ›ging‹ sie fort, gelang es ihr zu gehen, weil sie Kraft vom Licht der Stelle bekam, die sie sah, sehen konnte. (Oder bedeutete ›gehen‹ etwa, sich in einem neuen Irrtum zu verlieren, bedeutete es, daß der Mensch seinen eigenen Irrtum, ohne es zu bemerken als sein eigenes Gefängnis oder seinen Zufluchtsort ganz langsam ›ausbaute‹?) Als sie ging, war sie etwa zwanzig Jahre alt. Als neuen Lebensmittelpunkt wählte sie Bodrum. Ihr ›Mann‹, ihr ›Lebensgefährte‹, dem sie ihre ganze Weiblichkeit schenkte, war ein Maler in den Vierzigern, also wesentlich ›älter‹ als sie. Trotz seiner Farben, Träume und Fähigkeiten war er als ›erfolglos‹ bekannt, wurde von denen, die in ›der Künstlerszene‹ ›das Sagen‹ hatten, nicht anerkannt. Für meine Begriffe trug er den rebellischen Menschen in sich ein wenig wie einen Fremden. Sie blieb viele lange Jahre ›dort‹. Sie mußte mit sich kämpfen, um trotz all dieser Todesfälle, die ›später‹ passierten, nicht nach

Istanbul zurückzukehren. Die ›Familie‹ kannte sowohl den Kampf als auch diejenigen, die wußten, wie man ihn führt. Es gab keinen Irrtum, sondern den Widerstand gegen einen Irrtum. Insofern war Noras Erzählung die Erzählung eines ›Schicksals‹. Sie hatte ungeachtet der ›Familie‹ ein Leben gewählt und sich entschieden, ihre eigenen Irrtümer in der Ferne, draußen zu erkennen. Das Besondere an ihr war, daß sie sich entschieden hatte, sich ›nicht wichtig zu nehmen‹. Diese Eigenschaft hatte auch ihre ältere Schwester gehabt. Meiner Ansicht nach war dies die einzige Eigenschaft, die einzige ›persönliche Stelle‹, wo sie sich trafen, wo es ihnen gelang, sich zu treffen. Das Traurige, wirklich Traurige war, daß sie sich niemals bewußt waren, wie ähnlich sie sich waren.

Sie hatte ›dort‹ von diesem Mann zwei Kinder. War das eine andere Form der Selbstbestimmung, in jenem Leben noch ein wenig mehr in dieser Einsamkeit ohne Wiederkehr verlorenzugehen? ...

Das Erdbeben

Wir sind eigentlich noch einmal mit einer langen, alten Verbannung konfrontiert, die den ›anderen‹ höchstwahrscheinlich nicht ausreichend erläutert worden ist ... Eigentlich war der Schmerz, den Nora ihrer Familie mit ihrem ›Auszug‹, mit ihrer Wahl des Fernen zufügte, nur eine Fortsetzung der Schmerzen, die dieses Haus in den vorhergehenden Jahren heimgesucht hatten. Zweifellos waren sich alle der Tatsache bewußt, jeder, der diese Zeitspanne wo auch immer miterlebt hatte. Reisen, oder wenn man so sagen kann, Aufbrüche in die Hoffnung waren wie Szenen eines alten, nicht enden wollenden Films. Diese Szenen bewahrten einige unvergeßliche Gesichter in dieser Zerrissenheit, in der die Menschen voneinander getrennt waren. Jerry war dort. Jerry war vor Jahren dorthin gegangen, in diese Szenen der Einsamkeit, in der Hoffnung, das Ende des Weges zu finden, oder auch, um über das Ende hinauszugelangen. Die Haltung war dieselbe gewesen. Die Sehnsucht war mit großer Wahrscheinlichkeit am ›gleichen Ort‹ entstanden. Ganz langsam hatte er das gleiche Gefühl mit der gleichen Hoffnung genährt. Der Unterschied bestand nur in den Bedingungen, hinter denen sich jeder mehr oder weniger zu verbergen versuchte, die der Zeit eine wirkliche Identität gaben. Doch meiner Ansicht nach hatten sie ›ihr‹ Terrain, wo sich das in diesem Haus Erlebte still und leise, wortlos, in der Isolation traf. Dieser Bereich drückte sich für Jerry in Schweigen aus. Dies ist der wichtigste Grund dafür, daß ich ihn nicht so gut kenne wie die meisten Menschen, die diese lange Erzählung schreiben. Ich hatte nur ein paar Worte und das, was diese bei mir als Echo auslösten. Jeder hatte sich entschieden, bei seinem eigenen Jerry zu bleiben. Es war das einzige Thema, das ich nicht wagte, mit Monsieur Jacques zu besprechen, auch wegen der Stimmung, die das in der Familie erzeugt hätte. An welcher Stelle der Dunkelheit blieben dann jene Worte? Konnte ich trotz der Dunkelheit in den Worten vorwärtsdringen? Konnte ich den Wörtern, die ich erreicht hatte, vertrauen, solange ich diese Möglichkeit in mir lebendig hielt? In dieser Phase hatte ich wieder einmal keine andere Wahl, als daran zu glauben, daß mit der Zeit, während meiner Wanderung in der Zeit, ich an einem unerwarteten Ort einem unerwarteten Menschen begegnen würde.

Berti brachte mir auf unseren Wanderungen mit einigen zusammenhanglosen Sätzen einen Jerry nahe. Die ›Geheimnisse‹, die diese Sätze verbanden, waren in der Welt der anderen. Deswegen schätze ich diese Sätze und möchte ihnen in mir einen Platz geben. Vor mir steht jetzt die Geschichte eines ›Unangepaßten‹, der schon in der Schulzeit mit ›Problemen‹ zu kämpfen hatte. In dieser Erzählung muß ich mich zuerst daran erinnern, daß Jerry Schüler am Saint Joseph-Gymnasium war und dort immer wieder mit dem altmodischen ›Erziehungsstil‹ der ›frères‹ in Konflikt geriet. Dieser Erziehungsstil wirkte sich zu unterschiedlichen Zeiten auf unterschiedliche Menschen unterschiedlich aus. Wenn man auf die Verteidiger dieses Erziehungsstils, die Aussagen seiner ›Bewacher‹ etwas gibt, dann war er ein ›allzu unruhiges, lebhaftes‹ Kind, das dort versuchte, seinen eigenen Platz zu finden. Mit unerhörten Fragen brachte er seine Lehrer in Schwierigkeiten und setzte große Diskussionen in Gang. Wäre er ein anderer Schüler gewesen, wäre er sicher von der Schule verwiesen worden. Doch seine Noten waren derart gut, daß er es immer wieder schaffte, trotz allem, was er veranstaltete, ›wohl-gelitten‹ und ›akzeptiert‹ zu werden. Er las sehr viele Bücher und verwendete auf die Hausaufgaben nur sehr wenig Zeit. Philoso-phische und geschichtliche Bücher las er am liebsten und be-hauptete, in diesen Bücher zu finden, ›was er suchte‹. In der Zeit, die ihm neben den Büchern blieb, interessierte er sich für ›selt-same‹ mathematische Probleme. Einmal beschäftigte er sich mit dem ›Projekt‹, eine kleine Rakete zu bauen. Dafür hatte er alle ›nötigen‹ Zeichnungen angefertigt, Untersuchungen, Berech-nungen angestellt und das Material besorgt. Nur weil sein Vater unerwartet dahinterkam und ihn ›bedrohte‹ mit den Worten »Moz vaz a uçuruyeyar a todos manyak!« – »Du Irrer jagst uns alle in die Luft!« –, mußte er das Projekt ›auf die lange Bank‹ schieben. Diese ›Bank‹ mußte im Laufe der Zeit schwere Lasten tragen.

Mit den Altersgenossen spielte er kaum. »Die sind alle blöd«, pflegte er zu sagen. Auf Büyükada spielte er im Garten des Som-merhauses stundenlang allein. Einmal wurde er Zeuge, wie eine Katze einen Spatz, dessen Flügel gebrochen war, zerfleischte. Von diesem Tag an ›rächte er den kleinen Vogel‹, indem er diverse Katzen folterte. Der einen band er eine leere Konservendose an den Schwanz, der anderen steckte er den Kopf in eine Papiertüte, einer anderen stutzte er die Schnurrhaare. Deswegen kam er oft mit Kratzwunden an Armen und Beinen nach Hause. Außerdem wurde er öfter von den Kindern des Viertels verprügelt, weil er allein war und nicht mit ihnen spielte. Er versuchte nicht, sich zu wehren, und sagte auch nicht, wer ihn warum geschlagen hatte. Doch trotz all dieser ›Andersartigkeit‹ wurde er bevorzugt und in der Familie, wenn auch heimlich, am meisten geliebt. Madame Roza versuchte ihre Bevorzugung des ›problematischen‹ Sohnes zu kaschieren, indem sie sagte: »Er ist ein zartes Kind, das Schutz braucht.« Berti, der mir seine Erinnerungen in unzusammenhängenden Sätzen übermittelte, war sich dieser Tatsache bewußt. Noch mehr, er hatte für diese ›Ungerechtigkeit‹ sogar eine Erklärung. Er war ein Sohn, der seine Mutter trotz aller Ungerechtigkeit verteidigte, vielleicht um seinetwillen, weil er keine Mutter ertragen hätte, die eine solche Wahl getroffen hätte. Mir gegenüber erschien er wie ein älterer Bruder, der trotz allen Verrats sein altes zärtliches Gefühl dem jüngeren gegenüber nicht verloren hatte. Madame Roza war Jerry auch deshalb so zugetan, weil er den Namen ihres verehrten Vaters trug, den sie mit vierzehn Jahren verloren hatte und dessen Fehlen sie oft spürte. Sie hatte dem Sohn ihren Vater geben wollen oder hoffte, in dem Sohn den Vater zu finden oder aufs neue zu erleben. »So einfach war das.«

Was Monsieur Jacques anging… Auch er muß den jüngeren Sohn für gescheiter und ›lebenstüchtiger‹ gehalten haben, weil er hitziger und kämpferischer war. Ich fühle, daß ich diese ›Sicht‹ jetzt eher verstehen kann. Denn manche Menschen oder die Schlußfolgerungen, die man aus der Wahl mancher Menschen zieht, erlauben einem, daß man im Laufe der Zeit andere neue Punkte sieht und manche ›Werte‹ anders ›bewertet‹. Doch ich sah auch Bertis Enttäuschung. Diese Enttäuschung ließ ihn ein Kind bleiben, das nur er kannte und irgendwie nicht erwachsen werden lassen konnte. Es war ein Kind, das die anderen nicht sahen oder nicht sehen wollten. Dieses Kind lebte in dem alten Tagebuch für eine neue Hoffnung. Doch das Tagebuch mußte an jenem Ort bleiben, den alle kannten, den alle in ihrer eigenen Zeit auf eigene Weise erleben wollten. Denn das Tagebuch war gleichzeitig das Tagebuch einer nicht erzählbaren, nicht adäquat in Worte zu fassenden Schuld. Es gab eine Übereinkunft, deren Regeln schon vor sehr vielen Jahren festgeschrieben worden waren. Mit anderen Worten eine Ordnung, die nicht so leicht zu erschüttern war. Soviel ich mich erinnern kann, wurde diese Ordnung nie gebrochen, mit Ausnahme eines einzigen Tages. Ja, es gab nur einen Tag in jener Zeit, an dem die Stille gestört wurde. War das der Tag, an dem Berti ›erwachsen‹ geworden war, an dem das Kind offensichtlich zu einem neuen Menschen herangewachsen war? Diese Frage kann ich jetzt nicht von innen heraus bejahen. Ich kann nur sagen, daß jener Tag als einer der unvergeßlichsten Tage in der Geschichte jenes Ladens notiert werden muß.

Es war vor Jahren... Der ›Laden‹ war der alte Laden, von dem ich immer erzählen will. Monsieur Jacques hatte weiterhin alles unter ›Kontrolle‹. Onkel Kirkor lebte noch. Nikos war dorthin gegangen, wohin er hatte gehen müssen. Olga war noch immer eine anziehende, begehrenswerte Frau, trotz allem, was die verflossenen Jahre ihr genommen hatten. An jenem Tag entwickelte sich zwischen Vater und Sohn aus nichtigem Anlaß ein riesiger Streit, die ›alten Tagebücher‹ wurden plötzlich aufgeblättert, und Verletzungen, die langsam und leise gewachsenen waren, brachen auf. Dieses ›Erdbeben‹ werde ich nie vergessen. Es war, als ob Berti nach derartig langem Aufschub diesen Aufstand wagte, nach all dem, was er in seiner Vergangenheit hatte unterdrücken, hatte abtöten müssen. Es schien, als würde das Schicksal einer Befragung unterzogen, dieses Leben, diese Leben, die als Schicksal getragen werden sollten. Nach diesem Tag, nach dem, was an diesen Tag ausgesprochen worden war, wurde für Monsieur Jacques sozusagen eine neue Seite aufgeschlagen. Manche Momente kehrten auf unerwartete Weise zu uns zurück, mit Stimmen, die wir völlig aus unserem Inneren verbannt zu haben glaubten, zu dem Menschen, den wir sehen und erleben mußten. Schließlich war das ein Augenblick der Abrechnung. Es war ein Augenblick der Abrechnung, der an die Szenen in jenen Dramen erinnerte. An jenem Tag waren sie dort auf ihrer eigenen Bühne. Diese längst fällige Abrechnung erlebten sie dort an einem der Orte, wo sie leben mußten. Berti mußte es nun endlich ›sagen‹, seine Enttäuschungen, seine Gefühle soweit wie möglich ausdrücken, die Wahrheit, ›seine Wahrheit‹ seinem Vater ins Gesicht schleudern. Monsieur Jacques sollte wenigstens dieses eine Mal ›zuhören‹, ohne nur ein Wort einzuwenden, das Gehörte verstehen und in die vergangenen Tage einordnen. Es war ihm nicht gelungen, sich seinem ältesten Sohn zu nähern, seinem Ältesten, der für ihn große Opfer auf sich genommen hatte. Das war seine größte ›Schuld‹ als Vater. Sie hatten immer verlangt, daß Berti etwas täte. Den ›Laden‹, die Verantwortung für die Zukunft der ›Familie‹ übernehmen, seinen Bruder unter Kontrolle halten, schweigen, schweigen, schweigen… Eine einfache, banale Geschichte, wie sie jeder erlebte… Wann war ihnen die Möglichkeit abhanden gekommen, anders zu sein, zu versuchen, als andere Menschen zu leben? Das Recht, ›anders zu sein‹, einen neuen Menschen zu schaffen, zu hoffen auf den, der wählen konnte, der diese ›Wahrheit‹ leben konnte? Hatte er als Vater, mit der echten Zärtlichkeit eines Vaters ihm auch nur einmal zugehört? Hatte er nur einmal darüber nachgedacht, was sein Sohn nicht tun wollte? Waren diese Zufluchtsorte derart wichtig, daß man ständig jemanden dafür zum Opfer machen mußte? Waren manche Träume dazu verurteilt, bis zuletzt nicht gelebt zu werden? Bis wohin war es möglich, eine Wahrheit zu leben, ohne sie auszusprechen, ohne sie mit einem anderen zu teilen, bis zu welcher Grenze konnte man derart allein sein? Kam das Nichtsprechen nicht immer einer Abweisung oder Vernichtung gleich? Warum wurde der Wert jenes Opfers niemals anerkannt, warum konnte es nicht anerkannt werden? Warum machte an diesem kleinen Ort jeder Jagd auf den anderen, meistens unbewußt? Schweigen, nur schweigen… Nur im Inneren oder mit dem Inneren sprechen…

Hier vermischen sich Bertis Worte mit meinen Worten. Hier ist die Stelle, wo sich Bertis Worte mit meinen Worten vermischen. Jene Einsamkeiten habe ich vielleicht auch ein wenig deswegen soweit wie möglich zu ertragen versucht, damit ich andere Einsamkeiten aufnehmen kann. Deswegen ist die Einsamkeit der Menschen, von denen ich zu erzählen versucht habe, ein wenig auch meine Einsamkeit. Anders hätten wir es nicht ertragen können, zusammenzubleiben am selben Ort, gezwungenermaßen in derselben Erzählung. Manche Gefühle riefen uns nicht umsonst dorthin als Protagonisten derselben Sätze, in denen nur die Worte wechselten, die jedoch den gleichen Sinn hatten. Nicht umsonst brachen manche Gefangenschaften über unsere Tage wie ein ›Schicksal‹ herein, wenn man das Datum oder den Zeitabschnitt bedenkt... Unter diesen Umständen war es nicht möglich, daß Jerry von dem Ort, an den er gegangen war, wohin er zu gehen gewagt hatte, zurückkehrte. Jerry wollte für eine andere Familie geboren werden, indem er andere Tode auf sich nahm. Vielleicht war das der Punkt, den Berti an jenem Abend mit seinem unerwarteten Aufstand seinem Vater, von dem er seit so vielen Jahren enttäuscht worden war, mitteilen wollte. Jerry war endgültig fort. Lügen würden ihn nicht zurückbringen. Er konnte in einer anderen Lüge verlorengegangen sein oder auch die Gewißheit gefunden haben, die er seit Jahren suchte. Die Wahrheit würden sie niemals erfahren, ein Zweifel würde bis zuletzt in ihnen weiterleben. Jerry war fort. Er war sowieso niemals innerhalb der Grenzen geblieben, wie man gewollt hatte. Doch Berti war trotz aller Sehnsucht bei ihnen geblieben, sogar in Zeiten, als ›das Ferne‹ ihm als nah erschienen war. Er war ›hier‹, wie immer, war immer im Schatten geblieben, war im wirklichen Sinne nirgends hingegangen, war der Sohn ›hier‹, der nirgends hinging...

Monsieur Jacques schwieg, er schwieg nur, als er das hörte. Olga weinte. Onkel Kirkor reagierte auf den Streit, indem er alle heimschickte und den Laden früher schloß mit den Worten: »Ich mache Feierabend!«

Welcher ›Sekte‹ trat Jerry bei?

Nach dieser großen Auseinandersetzung kam Monsieur Jacques seltener in den ›Laden‹. Es begann die Phase, in der er immer verschlossener wurde und einen neuen Menschen in sich zu finden versuchte. Er versuchte damals, sich dem Zauber einer alten, sehr alten ›Sprache‹ zu nähern, indem er seinen Glauben für ›gerechtere‹ Tage wiederentdecken wollte. Er sah, daß Jerry gestorben war, wirklich gestorben und daß er in das Land, wo er geboren und aufgewachsen war, niemals zurückkommen würde, um älter zu werden. Dies war wahrscheinlich wichtig. Als er diese Tatsache einmal begriffen hatte, konnte er auch die anderen Realitäten langsam erfassen. Er mußte das Geschehen noch einmal überdenken. Es nutzte also, sich zu erinnern. Erst wenn ›die Zeit gekommen‹ war, erreichte einen das, was manche Menschen uns hinterlassen hatten, hatten hinterlassen wollen. Jerry hatte vor vielen Jahren schon ›mitgeteilt‹, daß er nicht zurückkommen werde, daß man ihn für tot halten sollte. Das ›zarte, schutzbedürftige Kind‹ hatte die ›gesuchte‹ Welt, seinen Zufluchtsort, ›dort‹ gefunden. Diese Wahrheit war nicht leicht zu ertragen. Die für die Zukunft genährten Hoffnungen hatten eine Leere geboren. In dieser Lage konnte man den Wunsch, das ›Problem‹ in der Familie über die Jahre hin als vergessen wahrzunehmen, leichter verstehen. Was in jenen Tagen gewagt wurde, war eine Art von Positionssuche, besser gesagt das Bemühen, sozusagen einen Platz zu finden. Monsieur Jacques war gezwungen, mit seiner Geschichte, mit dem Menschen, der in ihm lebte, einen neuen Kampf aufzunehmen. Bei diesem Kampf konnten ihm die Erzählungen von anderen Trennungen, die an andere Orte, in andere Leben geführt hatten, ein wenig leuchten. Die Protagonisten der Vergangenheit hatten diesen Schmerz in vielen unvergeßlichen, unzerstörbaren Fotografien bewahrt. Doch dieses Mal wurde seine reale Familie, die er aufzubauen versucht hatte, zerstückelt und erlebte sowohl Todesfälle als auch nicht endende Trennungen. Der Kampf oder der Widerstand begann dort, wo diese Realität bemerkt oder erinnert wurde.

Man konnte sagen, daß Madame Roza die gleichen Gefühle durchlebte. Doch sie versuchte, einen Ort zu sehen, den diejenigen, die das ›Geheimnis‹ tragen mußten, nicht sahen oder zu sehen ablehnten; und bis zum letzten Atemzug verlor sie ihre Überzeugung nicht, daß ihr Sohn eines Tages wiederkommen würde. Der deutlichste Ausdruck davon war, daß sie in ihrem Morgen- und Abendgebet von ihrem Gott unermüdlich ›Wohlstand‹ für das Heim ihrer Söhne, Glück für ihre Familien und ein Fortschreiten auf ›einem Weg voller Milch und Honig‹ erbat. Ihre Überzeugung war bekannt und sollte trotz allem, was geschah, nicht zerstört werden. Jerry lebte. Er hatte nur ein anderes Leben an einem anderen Ort gewählt. Ihr Gott sah ihren Sohn dort, und sie konnte ihre Mutterpflicht auch in weiter Ferne durch die Kraft des Glaubens erfüllen. Das waren zweifellos die sichtbaren Seiten der Gefühle, die Jerry bei Monsieur Jacques und Madame Roza erzeugte. Doch es mußte auch eine unsichtbare Stelle geben, so wie die ›dunkle Seite des Mondes‹, die in einem Gedicht vorkam. Das dunkle Gesicht des Mondes oder der Gefühle... Dorthin hatte kein Mensch einen Fuß gesetzt und würde es auch nicht tun. Wahrscheinlich war das eigentlich Schmerzliche, das aber jene Gedichte zu echten Gedichten machte, die Hoffnungslosigkeit...

Um auf Berti zu kommen... Für meine Begriffe war er trotz aller Kränkungen derjenige in der Familie, der Jerry am besten verstand und zu verstehen versuchte. Er hatte seinem Bruder trotz dessen Untreue und Abwesenheit seine nicht zu unterdrückende brüderliche Zuneigung nie entzogen. Diese Bindung wurde durch eine geheime Sehnsucht aufrecht gehalten. Eine Sehnsucht, angesichts derer ich nicht gleichgültig bleiben konnte und die mich auch in anderen Momenten dieses langen Textes an ihn erinnerte. Berti versuchte, diese Sehnsucht, den Schmerz erträglicher zu machen, indem er den Weg der Ironie wählte. Nur so kann ich verstehen, warum er auf eine meiner Fragen, was sein Bruder, über dessen Kindheit und Jugend er mir so viel erzählt hatte, ›nach jenem Brief‹ in Amerika machte, antwortete: »Er ist nach Harvard gegangen, um Volkswirtschaft zu studieren, hat geheiratet und ist in die Sekte der Mormonen eingetreten.« Wir suchten wieder einmal Zuflucht bei der feinen ›Ironie‹, die den Menschen seine Entschlossenheit, bis zuletzt am Leben zu bleiben, als tiefen Schmerz innerlich spüren läßt. Auch ich versuchte, in das Gefühl vorzudringen, das von dieser ›Ironie‹ hervorgebracht und am Leben gehalten wurde. Was von dem Gesagten war dann ›wahr‹ und inwieweit? Wo begann die ›Realität‹ und wo endete sie? Bertis diesbezügliche Schweigsamkeit konnte ich verstehen und akzeptieren. Schließlich war jedes Schweigen aus seiner Sicht ein Selbstschutz, die Entscheidung, an seinem Ufer, auf seiner Insel zu bleiben. Deswegen versuchte ich meine Lücken in bezug auf die im dunkeln gebliebene Seite der Erzählung ein wenig mit dem aufzufüllen, was mir Juliette erzählte. Ich hatte meinen Glauben an Jerry nicht verloren, wollte ihn nicht verlieren. Doch er war wohl für mich eher nur der mögliche Protagonist einer Erzählung. Ein möglicher, fremder Protagonist einer Erzählung, der einen aufs neue daran erinnern konnte, daß man auch mit Illusionen glücklich ist... In dieser Lage konnten ein paar Details ihn für mich wieder zurückverwandeln in einen Menschen, über den man erzählen, an dem man Anteil nehmen konnte. Ich vertraute auf meine Ahnungen. Die Bilder meiner Worte, die sich mit der Zeit verändern konnten, riefen mich in einen neuen Raum... Jetzt, nach so vielen Menschen, frage ich mich, ob das, was ich auf jener Wanderung gefunden habe, mich an den ›rechten‹ Platz geführt hat oder nicht. Es schaudert mich. In den Sätzen, die ich gefunden habe, entdecke ich nur die wohlbekannte Lautlosigkeit, Stille. Ich befinde mich aber wohl schon ein wenig jenseits der Grenze, an die mich Berti mit jenen Worten, seinem Schweigen gebracht hat. Vielleicht hatte er gerade dies so gewollt. Ich vermute, was er nicht wollte, war, der ›Erzähler‹ dieses Aspekts seines persönlichen Lebens zu sein.

Der Teil der Erzählung, die Harvard betraf, war nicht geheim. Als Jerry Saint Joseph abgeschlossen hatte, wollte er zum Studium nach Amerika gehen, vielen Kameraden, aber besonders den ›frères‹ zum Trotz, die ihm ›eine sehr dunkle Seite des Lebens‹ gezeigt hatten. Schon da gab es erste Hinweise, daß er an einen neuen, andersartigen Ort gehen wollte. Die ersten Briefe waren voller Hoffnung. Danach war eine Zeitlang nichts zu hören. Sicherlich war das der Preis dafür, die Welt, die anderen Gesichter des Lebens kennenzulernen. Schließlich wurde ein ›Werk‹ ganz langsam geschaffen, indem starke Schmerzen in Kauf genommen wurden... Das lange Schweigen nach den ersten Briefen unterbrach ein unerwarteter Brief. Jerry teilte in diesem Brief mit, er habe geheiratet, sei sehr glücklich und habe ›eine neue Familie‹ gefunden. Als Monsieur Jacques davon erfuhr, schickte er Berti Hals über Kopf nach Amerika. Nachdem dieser zehn Tage bei seinem Bruder verbracht hatte, kehrte er nach Istanbul mit einer kurzen, banalen Geschichte zurück: Jerry hatte eine Witwe mit drei Kindern geheiratet, die zwölf Jahre älter war als er. Er war glücklich, sah zumindest glücklich aus. Sie lebten außerhalb der Stadt auf einer kleinen Farm. Istanbul lag ihnen aus verschiedenen Gründen sehr ferne.

Diese Ehe wurde von der Familie damals als ein Traum angesehen, der früher oder später enden würde, enden mußte. Monsieur Jacques, der diese Ehe seines Sohnes vor allem als ›Verrat‹ wahrnahm, schnaubte halb unverständlich: »Dieser Mistkerl... Das war ja zu erwarten gewesen!...« Seine Stimme drückte nicht so sehr Wut, eher eine Niederlage aus. Monsieur Jacques entschied sich wieder einmal zu schweigen. Er schwieg auch dieses Mal wieder aus Selbstschutz, doch jetzt sah er, was er verloren hatte, war sich dessen bewußt, was er versäumt hatte, deswegen schien er nun auf andere Weise zu schweigen... Madame Roza glaubte fest daran, daß ihr Sohn verhext worden war, und sie setzte alles daran, den Zauber zu brechen. In ihrem Kampf suchte sie zuallererst noch mehr Zuflucht in ihren Gebeten und versuchte, ihrem Sohn ›in der Fremde‹ im Abendgebet noch ein wenig mehr Platz einzuräumen. Ein weiteres Mal bemühte sie sich, Kraft aus der Geschichte zu schöpfen. Sie schaute immer wieder, ohne daß es ihr zuviel wurde, in die ›Schubladen‹, die ihr von ihrem Sohn geblieben waren, in der Hoffnung neue, bisher nicht gesehene ›Dinge‹ zu finden. Sie ging zu einer Wahrsagerin, einer ›Hexe‹, nach Bertis Worten. Diese Gänge wurden mit der nötigen Heimlichkeit und dem Gefühl für einen kleinen Ritus über lange Jahre hin wiederholt und ausgedehnt. Madame Roza sagte niemals, wer die ›Hexe‹ war, wo und wie sie lebte. Nur einmal erzählte sie, es sei eine Frau, die mit Blicken einen großen Tisch hochheben und in anderen Sprachen mit einer anderen Welt kommunizieren könne. Zweifellos war Jerry verzaubert worden. Es würde jahrelang dauern, den Zauber zu brechen und eine Stimme auf der ›anderen Seite‹ hörbar zu machen. Die ›übriggebliebene‹ Familie müsse sich eng zusammenschließen, die Kräfte vereinen. Jeder hätte in diesem Kampf eine Pflicht, die er mit der Zeit noch besser verstehen würde. Der ›Schlüssel‹ würde an seinem versteckten, verlorenen Platz eines Tages sicherlich gefunden werden. Auf jedem Weg gab es eine nicht aufschiebbare, unausweichliche Stunde, die das Leben von allen verändern würde. Berti hörte all dem lächelnd zu und versuchte durch Blicke auszudrücken, daß er außerhalb dieses Kampfes bleiben wollte. Monsieur Jacques hingegen sagte kurzerhand: »Yo no me kreyo en estas vaziyuras.« – »Ich glaube nicht an den Quatsch.« Madame Roza, enttäuscht darüber, auf diesem langen schweren Weg allein gelassen, verlassen worden zu sein, suchte sich ihre eigene Heimlichkeit und kämpfte bis zuletzt gegen den ›Zauber‹…

Letztendlich verteidigte jeder Jerry, wollte jeder ihn auf seine Weise verteidigen, in dem Bewußtsein, daß er aufgrund ›jener Heirat‹ dort ein wertvolles Stück von sich hergegeben hatte. Zweifellos mußte man in dieser Situation auch darüber nachdenken, wer derjenige war, den man verteidigen, wirklich verteidigen wollte, indem man einen anderen Blickwinkel wagte. Doch abgesehen von all den Entscheidungen und ihren möglichen Konsequenzen, wenn ich mich an das erinnere, was Juliette mir über jene Zeit erzählt hat, dann gab es einen ganz einfachen, einsichtigen Grund dafür, sich nicht gegen die ›Tatsachen‹ aufzulehnen oder, besser gesagt, das, was man erlebt hatte, nicht nach außen dringen zu lassen. In einem Augenblick, als diese geheime Geschichte die Familie erneut vereinte, sagte Monsieur Jacques: »Dieser Verlust bleibt unter uns.« Dieser Verlust bleibt unter uns… Ich kann mir vorstellen, was dann kam, welches Gefühl sich aus diesem kleinen Satz entwickelte. Im Laufe der Zeit würde dieser lautlose Zusammenbruch an verschiedenen Stellen, in verschiedenen Menschen augenfällig werden... Ein Schmerz war wieder einmal aufgeschoben worden, wieder einmal hatte man versucht, ein ›Leid‹ durch Vertrösten erträglich zu machen... Zudem darf nicht vergessen werden, daß damals eine andere Hochzeit, die Hochzeit von Berti und Juliette, bevorstand... Die Teile, die mir zur Verfügung stehen, ergeben zusammen ein interessantes Bild. Wieder einmal wurde eine frische Trauer durch eine neue Hoffnung verdeckt. Es müssen in jenen Tagen damals gleichzeitig auch die ›notwendigen‹ Hochzeitsvorbereitungen getroffen worden sein.

Ich kann nun nicht umhin zu versichern, daß von dem Platz aus, den ich erreicht hatte, ich mich einem neuerlichen Spiel der Tradition gegenübersah. Ich habe die ›Blicke‹, die dem ›Spiel‹ Bedeutung gaben, von verschiedenen Stellen aus zu sehen versucht. Es gab Augenblicke, in denen wir unser Zuschauen als Mitspielen wahrgenommen haben und unser Mitspielen als Zuschauen, und manchmal wollten wir das auch, und es vermischte sich beides... Jene Blicke führten dazu, die Erzählung derer neu zu schreiben, die bei den kleinen Triumphen bleiben wollten, die sich nur mit den unwichtigen Triumphen begnügen wollten... Man würde niemals wissen, wer das Leben nicht so erlebte, wie es eigentlich erlebt werden sollte. Und vielleicht war deshalb ein bei der Feier in der Synagoge getragener Hut oder ein Kleidungsstück oder ein kleines Geschenk, von dessen Geber man lange sprach, derart wichtig. Noch wichtiger aber war die Gegenwart von vielen Augen, damit manche Einzelheiten auch ausreichend wahrgenommen wurden. Vielleicht wollte man einen Schmerz deswegen in einem Spiel der Freude begraben. Als bei den ›Proben‹ in den vorangehenden Tagen jemand äußerte, daß Bertis Hochzeit sehr schön werden würde, antwortete Madame Roza: »Dasselbe Glück wünsche ich auch Jerry... Was wünscht sich eine Mutter mehr?« Das ist sicherlich der stichhaltigste Beweis für ihre Weigerung, das andere Leben in einem anderen Teil

der Welt anzuerkennen. Die Ehe von Jerry konnte nicht ›gesetz-
mäßig‹ sein. Man mußte diese Ehe ebenso wie das, was ihr älte-
ster Sohn in Cambridge erlebt hatte, als ein Abenteuer werten.
Ein vorübergehendes, gewöhnliches Abenteuer, das jeder Mann
gewissermaßen als notwendige Vorbereitung auf eine lebenslange Ehe erleben konnte. Das ähnelte einem Schreien in der eigenen Stille, indem man sich selbst fremde Worte zurief, um zu
glauben, was man erlebte, weil man bis zuletzt an die Richtigkeit
des Erlebten glauben wollte. Schreien, zu schreien versuchen;
gegen sich selbst und die eigene Stille anschreien, auch wenn
es einem noch so fremd vorkam... Die Ängste, die man verstekken wollte, bekamen in der Stille eine andere Tiefe... Hatte Jerry
etwa ein Kind gezeugt?... Das bedeutete eine andere Mutter, ein
anderes Kind, aber vor allem eine andere Welt. Selbstverständlich wurde es mit jedem Tag schwerer zu wissen, wer mit wem
verwandt sein würde. Man mußte versuchen, das auszuhalten, bis
zuletzt. Man mußte versuchen, das zu ertragen, bis zuletzt... So
ein Kind konnte die Rückkehr zur Familie erschweren. Zwar war
keine Rückkehr, keine Begegnung unmöglich. Doch in jedem Fall
blieben tiefe, nicht nur oberflächliche Wunden zurück...

Berti lächelte auf die diesbezügliche Frage seiner Mutter und
sagte, es sei kein Anlaß zur ›Besorgnis‹. Es gab kein solches Kind,
und höchstwahrscheinlich würde es niemals eins geben. Ein solches Kind konnte es nicht geben, solange ein anderes Kind, nämlich Jerry selbst, vor seiner Vergangenheit zu fliehen versuchte...
In Bertis Lächeln verbarg sich eine Tatsache, die Madame Roza
vielleicht niemals erfahren würde. Der Mensch konnte sich einer
solchen Frage gegenüber nur mit Lächeln begnügen, wenn er
bedachte, an welchem ›Ort‹ sich Jerry befand. Es gab so viele
Arten des Lächelns, um Hilflosigkeit oder Unsagbares auszudrücken... Madame Roza stellte Berti keine weitere Frage. Wenigstens hatte sie die Antwort bekommen, die sie erwartete. Sie
hatte die erwartete, erwünschte Antwort bekommen... Ich weiß,
man könnte diesen Satz auch anders verstehen. Doch letztendlich
bewirkten alle diese Möglichkeiten, die uns an andere Orte, zum

Licht dieser anderen Bedeutungen führen können, daß Madame Roza außerhalb der Realität blieb… Das alles erfuhr ich Jahre später von Juliette an einem der Tage nach dem großen Streit, der alle in der Familie zutiefst erschüttert hatte. Ihrer Ansicht nach verheimlichte Berti seiner Mutter eine sehr wichtige Tatsache Jerry betreffend. Eine womöglich erschütterndere Tatsache als ein eventuelles Kind. Lediglich Monsieur Jacques war in das ›Geheimnis‹ eingeweiht. Denn ein derart gefühlvoller Mensch wie Berti konnte unmöglich allein diese kleine, aber sehr wichtige ›Sache‹ tragen, die ein ganzes Leben erzählen konnte. Wer solche Gefühle erlebt hat, wer ihnen nicht ausgewichen ist, kann diese Notwendigkeit leicht verstehen. Doch wenn man sich erinnert, was diesen Menschen ihre Beziehungen gekostet haben, verlangt dieser Schritt eine tiefere Erklärung. Berti empfand womöglich eine schmerzliche Freude, als er seinem Vater die Jerry betreffende Tatsache erzählte, und indem er ihm diesen Schmerz zufügte, ließ er ihn den Preis zahlen für das, was er selbst damals nicht hatte ausleben dürfen. Im Grunde ließ manches Böse sich niemals unterdrücken, es wurde niemals vernichtet. Manches Böse war nicht auszurotten… Vielleicht konnten wir uns deshalb niemals vor den alten Schatten retten, die wir vergessen zu haben glaubten, die aber in uns immer lebendig bleiben…

Zwischen diesen Sätzen erblickte ich wieder einmal das Gesicht von Juliette, das ich nicht hatte vergessen können, trotz unserer Trennung. Die Worte erzählten auch von einer anderen Farbe ihrer ehelichen Beziehung, die in aller Natürlichkeit gelebt wurde, ohne daß sie anders benannt wurde. Sie konnte inzwischen auch auf die ›Sache mit Marcelina‹ nicht nur mit dem Blick einer Gattin, sondern wie eine große Schwester, eine Mutter reagieren. Ich dachte in dem Moment, daß Berti am richtigen Platz war. Sicherlich werde ich von diesem Gefühl eines Tages erzählen müssen, wenn es mir gelungen sein wird, den äußersten Endpunkt ihrer Beziehung in mir zu bestimmen. Ein weiteres Mal habe ich mir erträumt, eine Hoffnung lebendig werden zu lassen in diesem Raum, von dem ich denke, denken wollte, daß es mir gehört. Doch Träume führen manchmal auch dazu, daß man gewisse Menschen verliert. Das Detail, das Berti sich entschieden hatte, nur seinem Vater mitzuteilen, würde uns für immer ein Geheimnis bleiben. Sicherlich gab es Dinge, die man spüren, ›sehen‹ konnte. Doch wir haben uns entschieden, dieses Geheimnis auf unsere Weise zu nähren…

Die Hutmacherin von Yüksekkaldırım*

Mit seinem letzten Brief schenkte Jerry seiner Familie, wenn man so sagen kann, eine Legende. Am Ursprung dieser Legende, die dazu führte, daß sich jeder seinen eigenen Helden erschuf, stand eine Wunde, die wohl oder übel wach im Gedächtnis blieb. Die Worte der anderen brachten mir wieder einmal die Bilder… Der Abstand zwischen Jerrys Briefen wurde immer länger, bis er sich eines Tages nur mit ein paar Sätzen oder einer Postkarte begnügte. Wollte er mit dieser Schweigsamkeit, diesem unaufhaltsamen Rückzug in sich selbst ausdrücken, daß ihre Trennung sich in ein nie endendes, langes Sterben verwandeln würde? Eines Tages hörten auch die kurzen Sätze auf. Es muß ihnen in jenen Tagen vorgekommen sein, als ob sie eine Stille trennte, die mit jedem Tag mehr Bedeutung bekam. Dann kam ein Brief. Der Brief erscheint mir jetzt wie der Brief eines Menschen, der mit einer anderen Stimme und ein wenig Enttäuschung mitteilen wollte, daß er diese Stille mit anderen Augen und anderen Hoffnungen erlebt hatte… Jerry informierte in diesem Brief diejenigen, die er in ›seinem Land‹, an das er nicht mehr glaubte, zurückgelassen hatte, daß er ein Leben gefunden habe, das sie weder kennen noch je verstehen würden und er nicht nach Istanbul zurückkehren werde. Sie sollten ihn vergessen und mit jenen Zeilen von ihm Abschied nehmen. Dieser Abschied sei mit dem Tod gleichzusetzen; diese neue und nicht endende Trennung konnte man ein neues Sterben nennen. Von nun an erwarte er aus Istanbul weder Geld noch Interesse, weder einen Brief noch eine Nachricht oder Besuch. Man solle ihn mit seiner ›Entscheidung‹, den Folgen seiner Entscheidungen allein lassen. Er könne keine ›Erklärung‹ geben, und selbst wenn er das täte, würden sie sie nicht verstehen. Schlußendlich habe er den Frieden gefunden, einen Frieden wie niemals vorher. Sie sollten an sein neues Leben glauben. Dieser Glaube würde ihnen ihren Kummer erleichtern. Er seinerseits würde glauben, daß sie ihm verziehen… Nach diesem Brief hörte nie mehr jemand von Jerry, was er machte, für wen er welches Leben gewählt hatte und, wichtiger noch, ob er überhaupt lebte. Jeder, der Zeuge dieses Ereignisses sein muß- te, vergrub sich in seinen eigenen Schmerz, sein eigenes Schwei- gen, sein eigenes Territorium. Es waren sowieso nur sehr wenige Menschen dazu berufen, diesen Aspekt des Geschehens mitzu- erleben. Tante Tilda und Monsieur Robert wurden über die ›Situation‹ informiert, weil man glaubte, daß sie das Recht hatten, manche Dinge zu erfahren. Man wollte offensichtlich vor uner- warteten, unvorbereiteten Momenten möglichst weit fliehen…

Es gab ›jemand anderen‹, der Bertis Meinung nach von den Ereignissen ›zuviel wußte‹… Es war eine Griechin, eine Hutma- cherin, die ›irgendwo in Yüksekkaldırım‹ einen kleinen, alten Laden hatte. Madame Roza war eine der besten ›Kundinnen‹. Sie fühlte sich dieser Frau wohl ähnlich nahe wie Madame Eleni. Griechisch sprechen oder – wenn auch nur für kurze Zeit – im Griechischen leben… Konnte man in dieser kleinen Parenthese sowohl die ›alten‹ Zeiten als auch die verlorenen Kinder, die durch ein unterschiedliches Schicksal zusammentrafen, zum Le- ben erwecken?… Mit größter Wahrscheinlichkeit war seine Mut- ter durch die Tür dieses Ladens in den ›Zauber‹ eingetreten, und die Stimme jener Frau hatte auch mit dem Ruf der Wahrsagerin etwas zu tun… Daß Madame Roza in den Tagen der Hochzeits- vorbereitungen aus verschiedenen Gründen immer wieder in diesen Laden gehen mußte, hatte zweifellos auch eine ›andere‹ Bedeutung… Als sie eines Abends heimkam, sagte sie, sie habe mit Jerry gesprochen. Es gab gute Nachrichten. In der Stimme ihres Sohnes hatte sie Glück, Frieden und eine warme Liebe gehört. In dieser Stimme klang die Hoffnung eines Menschen, der das richtige Leben gefunden hatte. Er wollte bloß in Ruhe gelassen und nicht in sein altes Leben zurückgerufen werden. Niemand sollte sich seinetwegen grämen... Die Flüsse gruben sich meistens ihr eigenes Bett, die Gesichter fanden nach echten Kämpfen ihr wahres Aussehen... Berti konnte diese Frau niemals leiden, mehr noch, sie beunruhigte ihn stets. Es schien wieder einmal, als verberge sich hinter dem äußeren Schein ein geheimes Gesicht... Vielleicht war das verborgene Gesicht hinter dieser Fassade eine abweichende Sexualität?... Die Freundschaft, das ›Zusammensein‹ von Madame Roza mit der Hutmacherin setzte sich jahrelang fort. Diese Gespräche beziehungsweise die Appelle an die Ferne fanden nur in jenem Laden statt. Die Gespräche oder Fluchten drangen nicht aus dem Laden heraus... Es gab ja so viele Orte oder Menschen, wohin die Verzweiflung den Menschen verschleppte...

Kinder jenes Meeres

Gleichwohl brachte die Verzweiflung, ebenso wie die Zufluchtsorte, die wegen der Verzweiflung notwendig waren, manche Menschen zeitweilig in sehr angenehme Situationen... Dabei war es nicht leicht, von den Zufluchtsorten zu erzählen, aber auch nicht einfach, sie zu leben. Bei dem Versuch, Monsieur Jacques in so eine Erzählung einzubeziehen, treffe ich durch einen neuen Satz oder einen, über dessen Neuheit ich mich täuschen möchte, ein weiteres Mal auf diese Zeugin. Die Zeugin ist keine andere als Olga, die immer ihre Einsamkeit und eine unstillbare Sehnsucht lebte. Jenes Land bewahrte auch die Hoffnung zweier Menschen, in die sie sich, zuerst einmal sich selbst bergen wollten... Es scheint, als näherten sich die Protagonisten der Erzählung wegen dieser Hoffnung einigen Nächten, die ich vorher nicht gesehen hatte. Monsieur Jacques spricht; er versucht zu beschreiben, was er verloren hat, was ihm zusammen mit Jerry unwiederbringlich weggenommen wurde… Olga hört zu und geht wie immer über das Zuhören hinaus. Zweifellos war diese Adresse im Rahmen der gesteckten Grenzen die beste Adresse. Nur, sie konnte nicht einfach wie sonst die gute Frau sein, die ›richtig‹ zuzuhören wußte, zuzuhören und Vertrauen einzuflößen, denn ›sie‹ war in einem ähnlichen Abenteuer Zeugin der ›Gegenseite‹ gewesen und bemerkte manche Gefühle, die sonst niemand hatte erfassen können… Die Details waren verschieden und mußten es selbstverständlich bleiben. Dennoch kam es von Zeit zu Zeit vor, daß manche Erzählungen trotz der zwischen ihnen liegenden Zeiten, Menschen und sogar ›Entfernungen‹ in einem unerwartetem Augenblick ineinanderflossen. In der Zeit, als Olga trotz aller Enttäuschung entschlossen war, an die ›verbotene‹ Beziehung zu glauben und sie bis ans Ende fortzuführen, hatte sie höchstwahrscheinlich von Schwartz unter seinen verschiedenen Masken erzählt oder zu erzählen versucht, diesem für sie so bedeutsamen Menschen, der die Nächte ihrer Einsamkeit, in denen sie ›mit sich allein‹ war, ein wenig erleuchtet hatte. Die Stimme, mit der sie durch lange Jahre, sozusagen bis zuletzt, Monsieur Jacques versicherte, daß Jerry irgendwo lebte, leben konnte, war vielleicht insofern die Stimme dieser Erzählung. Es war, als bewahrheiteten sich einige Momente in einer anderen Flucht. Wenn ich dies alles bedenke, möchte ich das Bild dieses Zusammenseins in mir noch ein wenig besser zu verstehen und zu beschreiben versuchen. Ich möchte diese unvergeßlichen, unvergänglichen Momente aufs neue umfassen. Diese Momente veranlassen mich zu sagen, daß Olga Monsieur Jacques am meisten durch Jerry gewonnen hat, indem sie sich der Geschichte von Jerry mit ihrem ganzen Sein widmete. Sicherlich war sie ›dort‹ mit dem besonderen Duft ihrer ›Weiblichkeit‹ und all dem, was dieser Duft belebte und in Erinnerung brachte. Doch meiner Ansicht nach muß man auch andere Gründe suchen, um eine Beziehung mit solch einem langen Atem unter diesen Bedingungen zu erklären. War der ›Zauber‹ nach dem ›großen

Streit‹ im ›Laden‹ zerstört? Die Frage zu bejahen, wäre vor allem
Olga gegenüber unrecht. So ein Unrecht werde ich niemals begehen, ich könnte es nicht. Trotzdem muß ich eine Veränderung
in dem, was mir überliefert wurde, besser zu verstehen versuchen. Es ist unmöglich, das zu vergessen, völlig aus dem Gedächtnis zu löschen. Monsieur Jacques veränderte sich nach jenem Tag sehr. Er wanderte in seine Schweigsamkeit, in jene tiefe
Schweigsamkeit und fühlte sich mit der Zeit nach so vielen Todesfällen dem Tode, seinem eigenen Tode etwas näher. Waren es
in jenen Tagen nur seine Frauen, die ihn ein wenig ans Leben
banden, die ihn mit verschiedenen Gefühlen, Enttäuschungen,
Hoffnungen und Gewissensbissen banden und gebunden hielten? ... War es möglich, für Jerry auf einem anderen Weg ein paar
Schritte zu tun, die niemand sah? Die Antworten auf diese Fragen
wußte ich wahrscheinlich, ich konnte sie jedenfalls vermuten. Ich
konnte versuchen, den Fragen verschiedene Antworten zu geben
und von da aus zu anderen Tatsachen vorzudringen. Doch mir
erscheint in diesen Tagen am beachtenswertesten, daß er mehr
als sonst an die Erzählung vom ›verlorenen Sohn‹ dachte, denken
wollte. Zu gegebener Zeit konnte er auch manche Märchen anders interpretieren. Einmal sagte er zu mir, die Zeit sei nicht fern,
da er wieder lange mit seinem eigenen Vater sprechen könnte. Er
hatte ihm etwas zu erzählen über die von ihm gegründete Familie, deren Teile er zusammenzuhalten versucht hatte. Er hatte das
Gefühl, von einer langen Reise zurückgekehrt zu sein. Er würde
auch davon erzählen, was er gesehen hatte, was er hatte sehen
können ... Es war ein erleichterndes, Friede schenkendes Gefühl ... Ich erinnere mich ... Wir waren im ›Laden‹ ... Es war
ein weiterer Abend, der aus der Sicht vieler Menschen gar nichts
Besonderes an sich hatte. Er schaute auf die Wand hinter dem
Tisch, wo jahraus, jahrein jene Fotografie gehangen hatte, und
sagte: »Vater hat Sehnsucht nach uns.« Dann stand er auf und
verpackte das verstaubte Foto mit einer im Lauf der Zeit erworbenen Meisterschaft, so daß es andere nicht so leicht wieder
auspacken konnten. Das Foto zeigte seinen Vater als ›echten Os-

manen‹ mit Fez, Pelzmantel, Stock und Schnurrbart. Das Foto
war an einem Wintertag aufgenommen worden, kurz vor dem
Aufbruch zu einer Reise nach Budapest und Wien ... Das sollte
nicht sein letztes Gespräch mit diesem Foto sein. Das Abhängen
des Fotos war ein Zeichen von Abschied, von Rückzug. Das konnten am ehesten Olga und Onkel Kirkor erkennen. Natürlich habe
ich nicht erfahren, was Olga hinterher, in ihren neuen Nächten
der Einsamkeit sagte. Die Grenzen der Erzählung, die ich schreiben, erzählen will, verhindern mein Vordringen an diesen Ort.
Doch erinnere ich mich an die Worte von Onkel Kirkor: »Wir
sind noch nicht gestorben, Chef ...«

Monsieur Jacques kam nach diesem ›Tag‹ auch weiterhin in
den ›Laden‹. Doch im Unterschied zu früher mischte er sich nun
überhaupt nicht mehr in die Geschäftsführung ein, sondern amü-
sierte sich, wenn der Ausdruck erlaubt ist. Olga und Onkel Kirkor
waren ja da, um ›bis zuletzt‹ das alte, unersetzliche Gedächtnis
am Leben zu erhalten, wie eine Geschichte, die auch Geheimnisse trug, barg, bewahrte. Dort war jemand, der versuchte, für
ihn immer noch Atem zu holen, sich ans Leben zu klammern. Er
mußte an dieses Gefühl glauben, ohne die Täuschungen zu
sehen. Die Worte: »Wir sind noch nicht gestorben, Chef ...« sprachen von einer tiefen Liebe, noch wichtiger von einem Zusammengehörigkeitsgefühl. Schließlich starben manche Erinnerungen nie, man konnte sie nicht zerstören. Manche Erinnerungen
starben nie, würden nicht zerstört werden ... Ein paar Tage nach
diesen Worten starb Onkel Kirkor nach einem Herzanfall still
und leise zu Hause. Damals habe ich mich noch einmal neu
bemüht, das Spiel zu verstehen, das dem Leben die Richtung
gibt. Wo waren die Grenzen der Absurdität, für wen, nach welchen Verletzungen oder Enttäuschungen begann sie oder wurde
stärker gespürt? ...

Man muß nicht groß darüber nachdenken, um zu verstehen,
daß Monsieur Jacques von diesem Tod am meisten betroffen war.
Das hieß vor allem, eine Gemeinschaft von fast einem halben
Jahrhundert an einem anderen Ort, der für niemanden zugäng-

lich war, zu begraben. Nun gab es einen weiteren Grund, dem ›Laden‹ fernzubleiben. Soweit ich sehen konnte, machte er sich auf einen Weg, wo er sich selbst verstehen, kennenlernen und neu finden wollte. In der Geschichte gibt es alte Märchen, alte Legenden vom Aushalten, einem Aushalten bis zum Ende. Diese Legenden standen in den alten Büchern in einer fernen Sprache. Durchhalten, bis zum Ende durchhalten, in anderen, gegen die anderen auf dem Weg des Lebens. Dieses Erbe haben wir alle auf unsere Weise zu verstehen und so gut es ging zu leben versucht... Trotz seiner Frauen war sein Weg aber vor allem ein Weg der Einsamkeit. Ein Weg der Einsamkeit oder der Weg zurück zu einer verlorenen Quelle... Auf diesem Weg kam er sich selbst, aber vor allem ›seinem Gott‹ mit jedem Tag etwas näher. Ich weiß, dieses Gefühl erlebten viele Menschen, die ich kannte, die wir kannten, bei ihrer Umkehr. Doch Monsieur Jacques auf diesem Weg zu sehen, hat mich – um die Wahrheit zu sagen – stark beeindruckt. Denn ich konnte seiner ›Wanderung‹ eine andere sehr persönliche Bedeutung zuschreiben. In seinem Bemühen hat er womöglich für Jerry, dem er sich mit ›lautlosen‹ Schritten näherte, in sich einen neuen, nunmehr unzerstörbaren Platz schaffen wollen. Nicht umsonst sagte er an manchen Morgen: »Anoçe me sonyi kon Ceri. Ya estava bueno. Eçare azete al kal.« – »Letzte Nacht habe ich im Traum Jerry gesehen. Es ging ihm gut. Heute gehe ich in die Synagoge, um ihm eine Kerze anzuzünden.« Diese Zeremonie des Kerzenanzündens hatte auch gleichzeitig die Bedeutung, daß man ein langes Leben wünschte. Ja, die Geschichte lebte auch in anderen Sprachen, Ländern, Gefühlswelten. Das Öl, das die Kerze brennen ließ, verwandelte sich auch in die Hoffnung, mit anderen Orten und anderen Leben verbunden zu sein... Die Kinder des Meeres würden dieses Gefühl vielleicht niemals vergessen... Das Bemühen von Monsieur Jacques, sich seiner ›Quelle‹ zu nähern, blieb nicht auf diese Schritte begrenzt. Die Bücher, die er in seiner letzten Zeit las, waren fast ausschließlich religiös. Das, was er in diesen Büchern gelesen hatte, zu erzählen oder vor allem ›spüren zu lassen‹,

versetzte ihn ab einem bestimmten Punkt in kindliche Begeisterung. Die Worte bekamen schließlich noch einmal besondere
Verknüpfungen… Die Worte bekamen noch einmal besondere
Assoziationen… Wie viele andere Wege gab es noch, die Tode
aufzuschieben, zu vergessen zu versuchen?…

In einen anderen Sommer gehen können

Letztendlich öffneten manche Auseinandersetzungen, wenn es
echte innerlich erwartete Auseinandersetzungen waren, in einem
Menschen neue Türen, trotz aller zugefügten und erlittenen
Verletzungen. Die Schritte, die Monsieur Jacques zu tun versuchte, führten ihn in eine andere, für meine Begriffe echtere Einsamkeit, die ihm die Möglichkeit der Neugeburt gab. Vielleicht
konnte der Mensch die Stimme in seiner eigenen Tiefe erreichen, indem er große Fernen, Entfernungen auf sich nahm, wer
weiß… Während ich das Geschehen jener Tage im Licht eines
solchen Gefühls betrachtete, kann ich auch sagen, daß Berti langsam ein neuer Mensch wurde. Der Berti, den ich in jenen ›Momenten‹ sah, schien sich auf manche Verluste oder Brüche vorzubereiten. An einem der Tage, die dem ›großen Streit‹ folgten,
sagte er mir, daß seine Gefühle sehr durcheinander seien, daß es
ihm mit der Zeit gelingen würde, das Gehörte einzuordnen, daß
er seine Tat jedoch nicht bereue, trotz aller Unsicherheit in bezug auf die Zukunft. Es schien, als wäre er stolz auf sich, weil er
den Aufstand gewagt hatte. Zumindest hatte er vermocht, seine
Kränkung, die er jahrelang in sich verborgen und mit anderen
Kränkungen gefüttert hatte, zu ›äußern‹. Es war ein kleiner, später Triumph, der auch Niederlagen einschloß. Ein kleiner, später
Triumph, der auch Niederlagen einschloß, der aber schließlich
noch mehr an einen neuen Tag, eine Straße, einen Raum, eine
Berührung glauben ließ… Er täuschte sich nicht. Diese Augen-
blicke hatten für ihn trotz aller Todesfälle und Abschiede die
Frische eines morgendlichen Tautropfens… Ich muß deshalb

von ihm erzählen, wie er von Taksim zu seinem Haus in Nişantaşı auf dem Pfad der Träume wanderte. Selbst die Verlockung
der Schaufenster kann in diesem Zustand Bedeutung haben,
ebenso wie das heimliche Lächeln. In den Augenblicken, in denen die Erinnerungen die Träume riefen, entstanden neue
Schritte. Die Erinnerungen nährten die Träume, und die Träume
erwarteten wegen der Erinnerungen neue, andere Augenblicke…

Ja, ich will Berti jetzt nach Jahren auf ›demselben Weg‹ in
seiner kleinen Ecke von Istanbul, die eine andere Gefangenschaft
bedeutet, wiedersehen. Dieses Mal ziehe ich es vor, mich in
einem Winkel zu verstecken, mich nicht hören zu lassen, und
ich kann mir vorstellen, daß er sich auf seiner Wanderung von
Zeit zu Zeit an die Bilder jener Menschen erinnert und sie etwas
›weiser‹ trägt: seinen Vater und seine Mutter, Juliette, Nora, Rozi,
Gordon, Mr. Dyson, Mr. Page, Jerry, Ginette, Marcelina. Es soll
ein neuer Frühlingstag sein. Ein Frühlingstag, der den Plan, im
›Sommer‹ auf die ›Insel‹ zu gehen, reifen läßt… Wie in früheren
Jahren… Ich kann ihn an einem solchen Tag als einen etwas
unentschlossenen, müde gewordenen, aber ruhigen Mann zeigen
mit seiner braunen Gabardinehose, dem beigen Tweedjackett,
mit den zur Hose passenden, ins Bordeaux spielenden Schuhen
aus dünnem, italienischem Leder, dem cremefarbenen Hemd
und der petrolfarbenen Strickkrawatte. Manche Gefühle wurden
im Traum lebendig gehalten und wollten sich mitteilen, oder
besser, sich durch einen Traum verwirklichen. Und Liebe war
eine Illusion, der Wunsch, den eigenen Mangel, die eigenen
Mängel zu einem anderen hinzutragen… Das Problem, das eigentliche Problem resultierte wohl daraus, daß diese Träume
ebenso wie die Illusionen jeweils als Realität wahrgenommen
wurden, angesehen werden wollten, wer weiß… Als Berti sich
seinem Haus näherte, kam es ihm in den Sinn, daß er seit Jahren
schon nicht mehr an Marcelina gedacht hatte, während er sich
morgens die Zähne putzte. Manche Menschen gingen eines Tages einfach weg, ohne jemandem Bescheid zu sagen, verloren sich
irgendwohin… Berti würde sich vielleicht fragen, ob er nach

allem, was geschehen war, den Mut gehabt hätte, eine andere Beziehung zu leben, mit einer anderen Frau in einem Haus, in einer Wohnung mit Bosporusblick, weit entfernt von dem Ort, an dem er wohnte, wohnen mußte. Eine heimliche Stimme würde noch einmal ein heimliches Gesicht erschaffen... Ich würde mich noch einmal entscheiden, in meinem Winkel zu bleiben, von niemandem gesehen zu werden... Ich kannte das Spiel... Ich kannte die Antwort auf die Frage... Doch trotz all dem, trotz allem, was ich wußte, würde ich zu schweigen versuchen... Berti würde das, was ich weiß, niemals erfahren... Das ist der einzige Weg, mich in dieser Erzählung zu verstecken...

Der Geschmack jenes Kaffees

»Ich komme oft hierher. Gegen Abend... Um einen Kaffee zu trinken, Zeitung zu lesen, ein bißchen nachzudenken... Ich muß einen Umweg machen, um herzukommen...«, sagte Ginette irgendwann in unserem Gespräch. Sie sah müde aus. In dem Augenblick gab es einen Satz, an den ich glauben wollte, aus ganzer Kraft bis zuletzt glauben. Es schien mir, als spürte ich, daß ich von diesem Satz ausgehend, von diesen Worten ausgehend den mir gezeigten Weg zu unserer Erzählung nehmen konnte. Worte konnten genauso wie Gefühle und Hoffnungen sich ändern... Die Worte von anderen konnten einem nach manchen Todesfällen sehr nahegehen... Um sagen zu können, daß diese Worte zu euren eigenen geworden waren, und um das Recht auf den Schmerz des euch Entgangenen, des Gelebten oder nicht Gelebten, zu haben, mußtet ihr euch entscheiden, in diesen Worten zu bleiben. Ich sagte: »Nun gut... Auch der Kampf, den wir auf uns nehmen, um diese ›Momente‹ zu erleben, hat seinen Preis... Man muß wissen, wie man diesen Preis lebt. Das wichtigste ist doch schließlich – wie es in vielen Geschichten schon früher erzählt wurde –, daß es einem gelingt, zur richtigen Zeit den richtigen Platz zu finden und am richtigen Platz mit dem rich-

tigen Menschen zusammenzusein, nicht wahr?«... Sie lächelte...
Mir schien, auch sie merkte, daß wir in einer Erzählung wanderten, beziehungsweise daß wir nicht umhinkonnten, das zu tun.
»Wer aber bringt das Richtige hervor oder möchte zeigen, daß er
es lebt? Wo sind wir tatsächlich? Welche Lüge hält uns gefangen,
die wir nicht haben finden können oder, falls wir sie gefunden
haben, nicht haben benennen können?« fragte sie... »Vielleicht
sind wir deswegen in vielem, was wir geliebt haben, zu spät dran
gewesen, weil wir keine Antworten auf diese Fragen gewußt haben...«, sagte ich.

Sie faßte meine Hand. In ihren Blicken war eine Liebe, die
nicht verlorengegangene Liebe einer älteren Schwester, über
all die Jahre hin ›bewahrt‹, irgendwo aufgehoben. Konnten wir
einander von der Zeit erzählen, die wir wegen anderer Menschen
an verschiedenen Orten verlebt hatten? In meinen Augen war sie
jemand geworden, der Fragen auf den Grund ging und die eigene
Zeit in einer richtigeren Weise als die meisten Menschen lebte.
Sie mußte in der in mir entstehenden Erzählung so langsam die
Funktion einer solchen Protagonistin annehmen. Ich wollte noch
einmal an einen Menschen glauben... Ich mußte an einen Menschen glauben wegen eines lebbaren Traums, der sich auf anderen Hoffnungen aufbaute. Wollte ich mich also wieder einmal
irren, täuschen lassen, nicht mit der Wahrheit konfrontieren? Es
ist nicht so leicht, mich der Antwort auf diese Frage zu nähern.
Inzwischen weiß ich wenigstens, daß der Wunsch, jemanden zu
beschützen, auch bedeuten kann, sich selbst beschützen zu wollen. Ginette war eine meiner Protagonistinnen, die ich niemals
verlassen würde. Ich hatte mich mit ihr in diesem Café wegen der
Erzählung getroffen, die mich seit Jahren rief. In dem Café konnte sie ihre innere Stimme mehr als an anderen Orten finden,
hören. Diese Momente oder, um genauer zu sein, dieser innere
Weg konnte eine tief verborgene Bedeutung haben, die nicht so
leicht zu fassen war. Insofern sollte ich irgendwo in meiner Erzählung sagen, daß dieses Café für andere Cafés und ›Ecken‹ ins
Leben gerufen worden war. Es schien mir, als ob Ginette, die ich

in jenem Café saß, einen bitteren Geschmack auf der Zunge hatte. Ich erinnere mich. Es war ein Geschmack, der Freude und Leid enthielt... Gibt es für das Gefühl einen Namen, kann man das Gefühl ausreichend beschreiben?... Bedeutete, in der richtigen Zeit zu sein, auch, am richtigen Ort zu sein? Das, was zwischen uns lag und uns trennte, waren Lebenswege, die uns lange daran gehindert hatten, beieinander zu sein, und noch wichtiger, eine Zeit, die wir sehr unterschiedlich erlebt und mit anderen Menschen geteilt hatten. Wir wußten, wie verschieden wir waren. Es war sicherlich nicht leicht für mich zu verstehen, was Ginette in dem Augenblick in bezug auf den Ort und den Augenblick ihres Lebens dachte, den ich sah und zu spüren versuchte. Doch ich glaubte auch, daß die Dinge, die wir mit anderen Menschen an anderen Orten hinter uns gelassen hatten, uns in der kurzen Zeit noch stärker mit unseren Augenblicken, mit der Geschichte der Augenblicke in uns verbanden.

Ich hatte mir einen ›Strudel‹ bestellt, den ich auch in anderen Städten probiert hatte, doch unter dem Eindruck der kleinen Legende in mir wollte ich glauben, daß er hier ein wenig ›echter‹ aussah. In jenem Café, das mich in jeder Ecke an eine andere Geschichte, an eine Vergangenheit erinnerte, die ich mir aus den Worten der anderen zusammensetzte, fing ich auf meine Art an, Details zu entdecken, meine eigenen Details, die eines Tages für diese Erzählung zu mir zurückkehren würden. Die meisten Tische waren frei. Das Café schien für seine Gäste zu anderen Stunden attraktiver zu sein. Ein alter Mann suchte in einer Zeitung nach vielen Jahren noch den Sinn eines entfernten Krieges; zwei Frauen in den Vierzigern waren in ein Gespräch versunken, durch das sie, wie es aussah, völlig von ihrer Umwelt abgeschnitten waren. Das Glitzern der Lüster schien tausendfache, hunderttausendfache Erinnerungen von Tausenden von Menschen, von Lachen und Schmerz zu verbergen... »Ich fühle mich jetzt etwas besser... Obwohl es nicht anders ist als sonst bei verspäteten Rückwegen, Treffen...«, sagte ich. Sie verstand. »Ich wußte, daß es dir hier gefallen würde«, sagte sie mit Blicken, die die gleiche Zuneigung ausdrückten wie früher, aber etwas fraulicher, verführerischer waren. Sie lächelte. »Das war wohl ein ziemlich banaler Satz. Außerdem beginnen viele Erzählungen mit einem ähnlichen Satz. Ich wußte, daß es dir hier gefallen würde... Entschuldige, ich mische mich hier plötzlich in deine Arbeit ein. Doch, was soll ich machen, ich fühle es so, ich möchte es sagen, und dann sage ich es eben... So habe ich auch früher schon Dinge durcheinandergebracht. Jetzt weißt du nicht, wo du mich und das, was ich gesagt habe, unterbringen sollst...«, fügte sie hinzu.

»Laß mal, niemand ist vollkommen. Außerdem habe ich schon lange gelernt, die Menschen so zu nehmen, wie sie sind. Hab keine Angst, ich versuche längst keinen mehr zu verändern«, sagte ich. Wir lachten. Ich glaube aber, wir lachten sowohl übereinander, als auch über die Menschen, die wir früher gewesen waren. »Es ist ein Wunder«, sagte ich zu mir. Ein Wunder, das mich dazu zwang, an die Macht des Schicksals oder wenigstens der Zufälle zu glauben... Was wir erlebt hatten und unsere Entfernung voneinander erinnerte mich an jenen Zauber. Es gab auch andere ›Schritte‹ in uns, die uns zueinandergeführt hatten... Meine Worte hatten in ihr wahrscheinlich ein paar langsam verblaßte Bilder wachgerufen, Bilder, die wie ausgelöscht schienen. Ihre Augen waren etwas feucht, und das Zittern in ihrer Stimme schien von einer nicht vergangenen, unerschütterten Liebe zu künden... »Du warst so klein... Als ich in der Zeitung deinen Namen und dein Foto sah, war ich überrascht. Zuerst konnte ich es nicht glauben. ›Ist das wohl das stille Kind?‹ fragte ich mich. Ich habe das Foto aufmerksam angeschaut. Doch, du warst es. Du hast dich stark verändert, aber ich habe dich trotzdem erkannt. Also Schriftsteller bist du geworden, was?« sagte sie.

»Nicht alle sind damit einverstanden. Außerdem habe ich selbst so meine Zweifel, ob das, was ich tue, richtig ist, wenn ich an die lange Erzählung denke, die ich schreiben, erleben soll, insbesondere wenn ich daran denke, daß ich manches davon nicht erlebt habe, obwohl das die Voraussetzung wäre. Ich weiß, eigentlich gibt es kein Richtig oder Falsch. Doch wer auch immer der Mensch ist, den wir in uns erreicht, verwirklicht haben, so haben wir ab und zu auch das Bedürfnis, den Klang unserer Schritte etwas lauter in uns zu hören. Wie du weißt, ist es ein Unterschied, ob man träumt oder die Wirklichkeit sieht, sie zu leben und zu akzeptieren weiß. Wie es in vielen banalen Schlagern und Filmen heißt: Wir leben noch...«, sagte ich. Sie tat, als hätte sie meine Worte nicht gehört. Wir waren an einem der ›erwarteten‹, erzählenswerten ›Augenblicke‹ unserer Begegnung angelangt. Ich bemühte mich aufs neue, in ihrem Verhalten, in ihrem Blick die Zuneigung einer älteren Schwester zu erhaschen, die ich nicht verlieren wollte, die noch einmal zu erleben ich erträumt hatte, indem ich das Unmögliche noch einmal bewußt zu erzwingen versuchte. In dem Moment fiel mir auf, wie sehr ihr Gesicht sich im Laufe der Jahre verändert hatte. Wurde dieser Eindruck in mir durch das hervorgerufen, woran ich mich erinnern konnte, oder durch das, woran ich mich erinnern wollte? Es ist absurd, diese Frage angesichts meiner Hilflosigkeit, meiner ›Unvorbereitetheit‹ beantworten zu wollen. Irgendwie finden Worte genauso wie Gefühle ihren wahren Ort erst nach manchen Verlusten, nach wirklichen Verlusten. Ein wenig auch deshalb gehörten diese Momente zu den Momenten, die ich in eine andere Zeit verschieben wollte. Es ging um diese Momente, als sie in diesem Teil unseres Gesprächs sagte: »Ich war auch bei der Podiumsdiskussion dabei. Natürlich hast du mich nicht gesehen. Doch eigentlich war nicht ich es, die sich versteckt hat, sondern du warst es, weißt du? Das habe ich gefühlt. Bei einigen Fragen hast du genau wie in deiner Kindheit versucht, dich zurückzuziehen, dich in deiner Schale zu verschließen. Doch du hast so viele Gesichter, die deine Schutzlosigkeit ausdrücken...« Schließlich mußte in diesem Spiel jeder seine Rolle spielen, so gut er konnte, nach dem Maß seiner Fähigkeiten ... Aber es war wiederum peinlich, ja ich schämte mich fast nach diesen Worten. Es war fast, als wäre ich unerwartet ›splitternackt‹ angetroffen worden. Ich hatte mir auch nicht vorgestellt, die Erzählung so zu erleben. So ein

Kapitel gab es nicht; an den Tagen, an denen ich mehr als heute an jene Anfänge geglaubt hatte, war es jedenfalls nicht ›geplant‹, nicht ins Auge gefaßt worden. Die Frau, die mir ein kleiner Zufall nach Jahren, nach verschiedenen Anregungen gebracht hatte, konnte einen Menschen viel besser erkennen und entziffern als viele Frauen, die ich kannte oder zu kennen glaubte. In dem Fall konnte mich meine ›Nacktheit‹ an ein verlorenes Paradies erinnern, an die Feuchtigkeit einer früheren, nicht genügend ausgelebten Nacht. Das Vertrauen in Anfänge war in jener Nacht geblieben… Wenn das so war, warum fühlte ich mich dann einer Frau derart nahe, die ich seit Jahren nicht gesehen hatte und die ich – um die Wahrheit zu sagen – nicht besonders gut kannte? … Die Antwort auf diese Frage verbarg sich an einem Ort weit jenseits des Bedürfnisses, das ich in jener Nacht verspürt hatte. Ich weiß, ich habe mich seit Jahren auf eine Erzählung vorbereitet. Eine ihrer Protagonistinnen näherte sich meiner Gegenwart, dem Ort und den Worten und Bildern, die ganz langsam Sinn bekamen… Wahrscheinlich habe ich in jener Phase auf meinem inneren Weg geglaubt, mit manchen Protagonisten der Erzählung eine ›alte‹ Komplizenschaft zu teilen, als beabsichtigten wir, uns den anderen zu präsentieren mit unseren Lügen, Träumen und, wichtiger noch, mit dem, was wir angeblich getan, erlebt hatten. Die Absicht war gewesen, von jenen Menschen zu erzählen, die wir mit ihren ›Schriften‹ gesehen und erlebt hatten. Unter diesen Umständen ließen uns die Frauen, die wir an jenen ›Orten‹ zum Leben erweckt und groß gemacht hatten, entstehen. Jene Frauen gebaren uns an jenen Morgen für die Geschichte aller Täuschungen.

Um nun auf die Einzelheiten zu kommen… »Um ehrlich zu sein, hatte ich nie gedacht, die Erzählung so anzufangen. Wenn deine Erzählung mit dem Tag begänne, an dem du als kleines Mädchen ins Haus von Monsieur Jacques kamst, dann hätte ich nicht vermeiden können, von deinen Eltern mit den Bildern derer zu erzählen, durch die sie in diese Erzählung gekommen sind. Du verstehst, ich habe nach einem Weg gesucht, die

›Schrift‹ mit den Stimmen von anderen zu erleben. Um jedoch zu erzählen, was diese Stimmen in diese ›Schrift‹, in ›meine Schrift‹ gebracht haben, mußte ich andere Worte, meine eigenen Worte finden. ›Deine Schrift‹ hat mich in sich gezogen, mit anderen Worten, ich mußte noch besser verstehen, wieviel von mir oder welcher Teil von mir bei diesem Übergang zu deinem geworden ist. Wessen ›Schrift‹ war diese ›Schrift‹ eigentlich, und für wen waren diese ›Schriften‹ geschrieben worden? Diese Fragen halten mich noch immer innerhalb einer Grenze. Aber, um die Wahrheit zu sagen, habe ich mir nicht vorgestellt, daß ich in den ersten Zeilen dieser Erzählung mit dir in dieser Stadt in einem Café sitzen würde und mir das anhören müßte, was du über mich denkst. Du warst für mich ein Mensch an einem ganz anderen Ort, in einer ganz anderen Zeit. Wenn ich diese lange Erzählung zu Ende geschrieben oder wenigstens bis zu einem bestimmten Punkt gebracht hätte, hätte ich dich in Tel Aviv unerwartet beim Spaziergang auf der Straße getroffen. Wir hätten einander kaum wiedererkannt. Du hättest mich zu dir nach Hause gebracht und hättest mir dein Leben erzählt: daß du zweimal verheiratet ge- wesen wärest; mit deinem ersten Mann hättest du eine lange, aber unglückliche Ehe geführt, aus der zwei Jungen hervorgegangen seien; du hättest dich scheiden lassen, als du deine Söhne ›groß- gezogen‹ hattest; nach der Scheidung hättest du eine Weile allein gelebt und versucht, dich etwas besser kennenzulernen. Eines Tages hättest du dann wieder geheiratet, dein zweiter Mann wäre ein leicht verrückter Schauspieler gewesen, der sein Leben dem Theater geweiht hätte; mit ihm hättest du ein etwas verspätetes, aber deswegen als um so wertvoller erkanntes Glück geteilt, wie du gesagt hättest. Außerdem wärst du als Französischlehrerin mit deinem Beruf sehr zufrieden gewesen. Statt dessen nun …« Mein Satz, meine Sätze endeten hier scheinbar. Schweigen, möglichst zu schweigen, ist sicherlich auch eine Art der Fortsetzung. Ich schwieg. Auf ihrem Gesicht erschien in dem Moment ein neues Lächeln. Es war ein liebevolles Lächeln, das aber dieses Mal wirkte, als verberge sich darin auch ein Leid … Es war, als ob ihre Erzählung ein fernes Märchen wäre, von einem anderen geschrieben, das an einem anderen Ort, für eine andere Zeit geschrieben werden sollte.

Einer von uns mußte einen kleinen Schritt tun. Dieser Schritt mußte – entsprechend dem Gespräch in mir – von ihr kommen, um jene Zeit von neuem aufzubauen… Sie begann: »Ich muß schon sagen, daß du dich in vielen Punkten geirrt hast. Ich weiß nicht, wo und wie in deiner Erzählung du das Gefühl plazieren wolltest, das aus diesem Irrtum entsteht, aber leider ist meine Wirklichkeit ein bißchen anders, als du sie dir gedacht, entworfen hast. Wenn du beispielsweise vor einer Weile nach Israel gekommen wärest, hätten wir uns auf einer Straße begegnen können, aber nicht in Tel Aviv, höchstens in Haifa. Ich bin dank eines Stipendiums meiner Universität zu einer längeren Recherche in diese Stadt hier gekommen. Jetzt bin ich seit anderthalb Jahren hier. Ich habe geheiratet, aber entschuldige, ich habe das nur einmal getan. Außerdem bin ich noch nicht geschieden. Mein Mann ist Künstler seit ich ihn kenne, doch kein Schauspieler, sondern Geiger. Er spielt im Philharmonischen Orchester von Haifa und geht oft auf Welttournee. Er hat polnische Wurzeln und ein ähnliches Schicksal wie ich. Das war sowieso der wichtigste Grund, der uns im Laufe der Zeit einander angenähert und vereint hat. Wir beide haben schon sehr früh, in sehr jungem Alter lernen müssen zu verlieren, Verlust zu erleben. Ich vermute, deshalb ist es uns gelungen, nicht so erwachsen zu sein. Ich bin Mutter zweier Kinder, das hast du richtig erraten, aber, was willst du machen, es sind Junge und Mädchen. Eigentlich… Nun gut… Davon reden wir später… Wenn es nötig ist…« Es war, als versteckten sich in ihren letzten Worten die Anhaltspunkte für eine vorher nicht gedachte Erzählung. Vielleicht ging es wieder einmal um Dinge, die gesagt werden wollten und nicht gesagt werden konnten… Oder es gab Dinge, die in dem, was ausgesprochen wurde, enthalten waren, die sich im Schatten eines Bildes der Vergangenheit verstecken, schützen wollten…

Ich wollte das Thema wechseln und von dem Traum, der Legende erzählen, die von dieser Stadt in mir lebte, von Wien, wo wir uns überraschend für den Anfang einer unerwarteten Erzählung getroffen hatten. Ich war auf dieser Tour ein Reisender, der auf der Suche nach neuen Straßen, Gebäuden, Räumen war. Ich folgte jenen bitteren Schmerzen, den mit Details genährten Hoffnungen, die schön sind, weil sie nicht erzählt und geteilt worden sind. Zu den Straßen, die ich sah, zu sehen glaubte, gehörten andere Erzählungen, die in anderen Hoffnungen verlorengegangen waren. Ja, es gab einen alten Traum, eine kleine Legende, die an einem Ort immer lebendig gehalten wurden. Würde diese Stadt, die ich auf den Spuren jenes Traums kennenlernen wollte, die mir geschenkt wurde durch ein paar Melodien und Worte und durch ein paar Fotos, die mit Worten in ein anderes Licht gerückt wurden, würde die Stadt, die ich auf meine Weise entziffern und in die ich eindringen wollte, mir erlauben, für die Erzählung, die ich seit so langer Zeit zu schreiben erträumt hatte, zuvor noch nie berührte und neu zu benennende Dinge zu erleben, würde sie unerwartet einige ungeahnte Korridore ihres Bauwerks öffnen, um ihre Neuerschaffung zu ermöglichen?

Träume und Städte... Ich mußte die Bedeutung dieser Verbundenheit ergründen, dieser nie verlorenen Hoffnung... Uns rief von sehr weit her eine Stimme... Ich hätte diese Bilder beschreiben können... Unbekannte Straßen führten mich wieder einmal auf einen dieser Plätze... Ich war an einer von den Stellen, wo sich die fremden Gäste der Stadt sammelten. Die Kathedrale türmte sich in aller Pracht vor mir auf. Ich erinnerte mich. Ein langer, alter Text, den ich durch verschiedene Lügen zu bereichern und zu beleben versucht hatte, hatte mich schon früher, unter dem Eindruck eines solchen Anblicks geblendet. Dabei waren die Worte nicht meine, die Hoffnungen und die Hoffnungslosigkeiten waren die der anderen. Alle Worte, die ich in diesen Bildern für andere Räume, andere Zufluchtsorte finden wollte, waren die der anderen... In dieser Situation drang ich vor mit diesem alten Gesicht, dem Gesicht eines Reisenden, das mir mit jedem Tag fremder wurde. Ich hatte keine Stimme. Jene

Stimmen, die ich hörte, die mir zu hören gelungen war, blieben außerhalb des Textes, von dem ich träumte; ich war wieder einmal gezwungen, in mir mit Menschen zu sprechen, die mir fremd waren. Das Licht war das Licht, das ich in einer anderen Stadt gelassen hatte. Ich würde diese Farben, diese Gemälde aus fernen Jahren wieder einmal nicht berühren. Was änderte sich also, was konnte anders sein nach so vielen fremden Schritten in so vielen Tempeln?... Zweifellos wurde in mir ganz langsam und arglistig eine Begeisterung abgetötet... Eine Begeisterung wurde ganz langsam getötet... In dem Moment, als ich dieses Gefühl hatte, sah ich sie, die Frau, die mir noch einmal ein wenig Hoffnung gab. Vor ihr brannten Hunderte Kerzen, entzündet für heimliche Bitten, die wiederholt werden konnten, weil sie heimlich waren. Eine Stille lebte dort seit Jahren. Wenn man auf den sich bietenden Anblick achtete, dann war es nur eine Stille. Doch vielleicht gab es auch Hunderte, Tausende, Zehntausende Stimmen, die in der Stille, in dem langen Tunnel der Stille an einem anderen Ort für andere Welten gehört wurden. Sie entzündete eine Kerze. In ihrem Gesicht war der flackernde Widerschein der Kerze. Das war für mich in diesem Moment eine von den kleinen Zeremonien, die in allen ihren Aspekten gelebt wurden und die ich trotz aller Mängel nicht verlieren wollte. Eine von diesen Zeremonien, die in allen ihren Aspekten gelebt wurden und die ich trotz aller Mängel nicht verlieren wollte, die geduldig über Jahre hin wiederholt wurden in der Hoffnung, einen Tod hinauszuschieben. Ich schaute auf die Frau in ihrer eigenen Dunkelheit, von einem Platz aus, wo sie mich nicht sehen konnte. Jetzt hätte ich einige Schritte tun können. Einige Schritte... Wir waren beide in unserer eigenen Einsamkeit... Es schien, als läge in ihren Augen ein Warten, die Spur eines Wartens, das sich trotz einer langen Trennung nicht verbraucht hatte. Der Krieg war schon seit Jahren zu Ende. Die Schauspieler dieses Kriegs hatten ihre Toten seit langem begraben. Doch sie wartete, meiner Ansicht nach wartete sie noch immer auf diesen Menschen. Vielleicht kam sie deshalb jeden Tag hierher, regelmäßig, vielleicht immer zur selben Stunde, um eine Kerze anzuzünden. Eine Kerze… Nur eine Kerze… Für diese Begegnung… Es würde ein bißchen leichter sein, in der Erzählung fortzufahren, nachdem dieses Detail eingefangen worden war. Nur für diesen Moment reichte mir dies aus. Manche Erzählungen erwarteten ja, genauso wie die Menschen mit ihren Beziehungen, ihre wahre Zeit… Schließlich war ein unauslöschliches Detail vonnöten, damit die Kathedrale für mich bleibend wurde. Das Detail gehörte in jenen Moment, es mußte um anderer Momente willen in jenem Moment bleiben. Andernfalls hätten sich alle Bilder dieses Orts langsam in den Linien eines Gebäudes aufgelöst, das mir innerlich immer ferner werden sollte; Linien, die ich nicht adäquat hatte interpretieren und in mein Leben einordnen können. Das Foto war wie alle echten Fotografien für eine Ewigkeit, für etwas Unvergeßliches aufgenommen worden.

Jene Frau blieb dort, in jenem Moment, doch es gab hier noch eine andere Frau, die mich zu anderen Momenten einlud. Ich war ihr zum ersten Mal im Eingangsbereich meines kleinen Hotels begegnet, das ich in dieser Stadt als wichtigen Teil meiner Existenz als Reisender betrachtete. Sie hatte mich nicht gesehen. Der Platz, auf dem sie saß, schien so gewählt, als wollte sie von niemandem gesehen und nicht von den Blicken fremder, neuer Gäste berührt werden. Ich konnte sie verstehen. Menschen, die ihre Grenzen gegen eine für sie neue Welt schlossen, bevölkerten still und lautlos auch meine anderen Erzählungen. Warum aber interessierten mich wohl diese Grenzen und die Menschen jenseits dieser Grenze so, daß ich unbedingt von ihnen erzählen wollte? Um dieses Verhalten zu verstehen, mußte ich mich noch weiter in meine innere Dunkelheit vorwagen. Man sagte ja nicht umsonst, daß die Zukunft zugleich auch die Vergangenheit war… Die Ferne dieser Frau war eine Nähe, war für mich mit anderen Worten ein Vibrieren, das seine Worte noch nicht gefunden hatte und darauf wartete, erzählt zu werden. Binnen kurzem erfuhr ich, daß sie die Mutter des Mannes war, der die ganze Last des Hotels zu tragen schien. Dieser Mann schien einer der Protagonisten zu sein, die gelernt hatten, mit ihrer Einsamkeit zu leben, die den Menschen zu einem traurigen, aber zugleich geheimnisvollen, schrecklichen Spiel verlockten, deren Geschichte man niemals erfahren würde, die jedoch unsere Träume und mehr noch unsere Ängste nährten. An seinem Hals war eine Narbe. Wenn die Wunde auch schon seit Jahren verheilt war, so schien sie doch einst sehr tief gewesen zu sein. Nachdem alle Formalitäten erledigt waren, reichte er mir den Zimmerschlüssel und sagte: »Ich habe Ihnen eines der hellsten Zimmer gegeben. Am Morgen scheint die Sonne aufs Bett. Wenn Sie das stört, schließen Sie die Vorhänge schon in der Nacht.« Ich bedankte mich und sagte, daß dieses Detail für mich sehr wichtig sei. Als ich auf mein Zimmer gehen wollte, sagte er: »Wenn Sie möchten, mache ich Ihnen einen Kaffee. Gegen die Müdigkeit...« Ich äußerte, daß ich mich über einen Kaffee freuen würde. Es waren kaum zehn Minuten vergangen, als er mir den Kaffee aufs Zimmer brachte, in einem Service, das den Eindruck machte, als wäre es aus einem alten, verlassenen Haus gerettet worden. Wollte er noch einmal, und sei es für ein paar Momente, ein Zimmer berühren, ihm nahe sein? Ich hatte ein paar Bücher auf den Tisch gelegt. Ein paar Bücher, die ich in einer anderen Stadt aufs neue lesen, erleben wollte... Unter diesen Büchern befand sich auch ›Die Welt von Gestern‹ von Stefan Zweig. »Willkommen in Wien!« sagte der Mann, als er, ohne mich anzublicken, das Tablett auf den Tisch stellte. Dieser Satz mußte eine Bedeutung haben. Dann fragte er nach einer kurzen Stille: »Sie sind Schriftsteller, nicht wahr?« Eigentlich hätte ich die Frage mit einer Gegenfrage beantworten können: Wie kam er darauf? Welches Detail verriet, daß ich seit Jahren einen Weg zu gehen versuchte, den die wenigsten bemerkten? Für meine Frage würde ich zuerst ein leichtes Lächeln ernten. Ein leichtes, etwas melancholisches Lächeln... Für eine Zeit, die eines Tages aufs neue erlebt, erzählt werden wollte... Ab einem bestimmten Punkt erfaßt man manche Tatsachen nur mit Gefühlen... Nur mit Gefühlen... »Wissen Sie, seit Jahren lese ich keine Bücher, ich kann keine Bücher zur Hand nehmen«, sagte der Mann in dem Moment. »Ich erinnere mich an manche Romanhelden schon gar nicht mehr, die früher mein Leben bestimmt haben. Und die Helden vieler neuer Romane kennen mich nicht... Doch in jenen Nächten... Damals, als der Krieg gewisse Menschen noch nicht aus dieser Stadt vertrieben hatte...« Er wollte fortfahren, doch blieben wohl einige Worte in einer anderen Zeit. Das war das ›Schicksal‹ von Sätzen, die nicht zu anderen Menschen getragen werden konnten, aber doch woanders in einer anderen Zeit ihr Leben fanden. Manche Texte sind allein unsere Texte. Allein unsere Texte... Ich sagte: »Ich weiß, was daraus folgt, wenn Menschen, aus welchem Grund auch immer, von ihrem Ort vertrieben werden. Diesen Schmerz hat man in meinem Land auch erlebt...« Wie um meine Worte zu bestätigen, nickte er mit dem Kopf und versuchte zu lächeln. Er ging langsam auf die Tür zu und sagte dann im Hinausgehen: »Meine Mutter sollte sie nicht beängstigen... Sie schläft immer. Jetzt schläft sie in ihrem Zimmer. Ein bißchen später steht sie auf und wandert durch die Gänge. Dann schläft sie in ihrem Sessel gegenüber der Rezeption... Ich habe sie nie verlassen können...«

Sein letzter Satz erinnerte mich an einen Menschen, den ich irgendwo in meiner Erzählung gelassen und dessen Spur ich verloren hatte. Was dann kam, konnte ich mir ausmalen und mit eigenen Sätzen zu entdecken versuchen. Dabei war in dem Moment der einzige Punkt, den ich fassen konnte, der Anblick dieses langen Schlafes... Ich hatte sie zum ersten Mal gesehen, als sie nach draußen gegangen war. Wie ihr Sohn es gesagt hatte. In dem Sessel gegenüber der Rezeption, wo sie in einen tiefen lautlosen Schlaf versunken war. War sie auch durch die Gänge gewandert? Es mag an der Reisemüdigkeit gelegen haben, daß ich für etwa zwei Stunden einnickte. Als ich erwachte, dachte ich, ich könnte neu beginnen mit einer Erzählung von einem Hotel oder, besser gesagt, von diesem Hotel... Die Dame war mit sorgfältiger Eleganz gekleidet, als wäre sie eingeladen und wollte ausgehen. Sie trug ein blaues Kostüm, das am Kragen einen schmalen weißen Streifen hatte. Um den Hals hatte sie einen roten Seidenschal mit schwarzen Tupfen geschlungen. Die Kleidung wurde durch ein Paar Perlenohrringe vervollständigt. Ich sollte sie während der ganzen Zeit meines Aufenthalts immer in diesem Kostüm, auf diese Art sorgfältig gekleidet und zurechtgemacht sehen. Für eine besondere Reise war besondere Kleidung ausgewählt worden… Für manche Menschen war es wichtig, unabdingbar, sich bis zuletzt an manche Einzelheiten zu klammern. In einem anderen Land hatte ich schon einmal etwas gesehen, das diesem Schlaf ähnelte. Das war eine Vorbereitung, darin lag trotz aller Verspätungen eine nicht zu unterdrückende Hoffnung auf eine Begegnung… In dieser Lage wollte ich noch einmal jenen Moment, der für immer verloren schien, bis zu Ende erleben. Sicherlich war es nicht leicht, zwischen verschiedenen Zeiten hin und her zu pendeln. Wenn man verschiedene Zeitebenen in demselben Bild erlebte, mußte man auch andere Stimmen tragen, die man niemanden sonst hören lassen durfte. Ich bemühte mich, keinen Lärm zu machen und möglichst Abstand zu halten. Doch der Mann merkte, daß ich dem Anblick der Schlafenden gegenüber beunruhigt war und sagte: »Seien Sie unbesorgt. Sie bemerkt Sie nicht. Sie bemerkt niemanden mehr…« Sie bemerkte niemanden mehr, vielleicht wollte sie nach so vielen Leben und Toden niemanden mehr wahrnehmen. Sie wirkte dort an diesem Platz, wo sie nicht einmal mehr Zuschauerin sein wollte, als hätte sie viele Zeiten erlebt.

Meine Unterkunft war eigentlich kein richtiges Hotel. Es war eine große Pension, die in der einzigen Wohnung eines großen, alten Hauses Platz zu finden versucht hatte. Insofern konnte ich etwas besser verstehen, daß die Frau zu gewissen Stunden des Tages auf den Gängen spazierte, die die Zimmer verbanden. Dort traf ich sie an einem Nachmittag. Ich kehrte gerade müde in mein Zimmer zurück und fühlte eine nicht mitteilbare Fremdheit, deren Grenzen ich zu finden versuchte. Es war seltsam. Plötzlich schien mir, als sei die Frau kurz zuvor aus meinem Zimmer gekommen und wäre dort zwischen den Gegenständen herumgewandert, die für mich das Zimmer belebten, es bewohnbar machten. Als verkörperte sie in diesem Haus ein Stück Widerstand, trotz allem, was sie erlebt und verloren hatte. Es war eine Zeremonie, in ihrer eigenen Zeit, bis zum letzten Augenblick mit eigenen Schritten gehen zu können, gehen zu wollen. Mich schauderte innerlich. Ihr Gang war mühsam, ihre Füße schleiften ein wenig über den Boden. Sie ging ziemlich gebeugt. Als trüge ihr Körper die vielen Jahre nicht mehr. Sie schien mich nicht zu sehen. Als sie nahe war, gab ich ihr den Weg frei. Sie schaute ... Ihr Gesicht war voller Falten, und sie hatte riesige, blaue Augen. Ihre langen, weißen Haare waren in Form eines Knotens geschlungen. Erinnerte ich mich an das Gesicht von anderswoher? Ich fühlte mich in dem Augenblick hingezogen zu jener alten, sehr alten Zeit, zu einem weit entfernten Leben, der Fotografie einer Stadt, die ich zu erkennen versuchte. Wir schauten von einer Zeit aus, die unaussprechlich, nicht mitteilbar war, auf unsere Gegenwart ... Das war der einzige Dialog mit ihr, den ich wagen konnte. Sie bedankte sich, dann entfernte sie sich mit denselben langsamen Schritten, ohne sich umzusehen. Wir würden nicht mehr miteinander sprechen, einander nicht ein weiteres Mal nahe kommen. Ich dachte, daß ich kein Recht hatte, mehr zu wollen. Ein weiteres Mal wollte ich an jener Grenze haltmachen. Hinter der Grenze konnte ich meinen Lügen etwas näher sein. Mit der Hoffnung, diese Grenze zu bewahren, hatte ich es auch vorgezogen, nicht mit der Frau in der Kathedrale zu sprechen. Ich mußte sie in ihren Erzählungen lassen, um meinetwillen, um meiner eigenen Erzählung willen. War das eine andere Form von ›Flucht‹? Vielleicht.

Doch die Sprache, die ich nicht kannte und die mir fremd vorkam, hielt mich nicht nur von den Menschen aus dieser anderen Zeit fern, sondern auch von der Stadt, die ich zu verstehen versuchte. Ich mußte das Abenteuer eines Zuschauers auf meiner Reise erleben. Auch in der Oper überkam mich dieses Gefühl an dem ›Ort‹, wo ich diesen sehr besonderen ›Augenblick‹ erfaßte. Dort war die Büste von Mahler ... Der Spiegel hinter der Büste spiegelte sich in anderen Spiegeln, und der Widerschein der kristallklaren Kronleuchter trug mich zurück zu den Bildern der unbeschreiblichen Symphonie. Das war eine Zeit der Symphonie, die vielen Menschen, ›Besuchern‹ fern, gehörig fremd war. Unser Reiseführer sagte genau an dieser Stelle über ›ihn‹, ohne sich um die leeren Blicke der Touristen zu kümmern, an die er sicherlich längst gewöhnt war: »Jahrelang war er Leiter dieser Oper. Die Büste wurde deshalb hier aufgestellt. Er war einer unserer bedeutenden Komponisten…« Konnte ein banaler, leerer, auswendig gelernter Satz ›jene Zeit‹ wiedergeben? Als wir zum Orchester hinunterstiegen, vermittelte mir das ›Gehörte‹ nur die Bilder einer glanzvollen Geschichte. Dann bemerkte ich, daß ich die Gruppe verloren hatte. Es war, als wäre ich in ein Labyrinth voll anderer Bilder, Kronleuchter, Spiegel gefallen. Ich hatte mich verlaufen. Nur mit Hilfe eines höflichen Bediensteten, der plötzlich vor mir auftauchte, konnte ich einen der Ausgänge finden. Mein Gegenüber war sehr groß, hatte einen glanzlosen Blick und eine weiße Haut. Er hatte mich lange beobachtet, als hätte er auf diesen Moment gewartet. Er sprach mit eindrucksvollem Tonfall, aber leise, als fürchtete er, jemanden zu stören. Er machte den Eindruck, als sei er ein Flüchtiger, ein Gast, der sich vor Leuten, die ihn vielleicht kannten, versteckte, und der an diesem Ort nicht mehr ›wie früher‹ erwünscht war; gleichzeitig wirkte er wie ein ›Wächter‹, der viele Winkel des Gebäudes kannte, die die anderen vergessen hatten, und der darüber hinaus dazu verurteilt war, diese zu bewachen. Vielleicht war dieser Mann, der sich von diesem Gebäude nicht trennen wollte, nicht losreißen konnte, ein Musiker, der die ›wahren‹ Momente der Bühne miterlebt hatte, von denen ich vor einigen Minuten zu träumen versucht hatte, oder ein Beleuchter, ein ›Designer‹. Vielleicht erweckte dieser Mann mit dem Licht, das sich auf der Bühne spiegelte, viele verschiedene Menschen. Danach… Danach war es wie ›schon früher‹ in solchen Erzählungen, daß ich wahrscheinlich wünschte, diese kurze Zeit der Begegnung innerhalb der uns gegebenen Möglichkeiten auszuleben. Es war die Begegnung mit einem Menschen, der davon träumte, in einem alten Gebäude ein Symbol zu finden, begleitet von einem anderen, der sich dort auskannte, und stumm, nur mit Blicken, davon erzählen wollte. In dieser Begegnung gab es wieder einmal zwei Protagonisten der Erzählung, die ihre Plätze suchten... Zwei Protagonisten der Erzählung, die ihre Plätze suchten, aber zugleich auch verteidigen wollten... Sie selbst hatten in diese sehr kurze Zeit auch andere Helden mitgebracht... Um den Ausgang zu erreichen, passierten wir Gänge, die der Führer uns nicht gezeigt hatte. War das ein Teil des Spiels? Als wir zum Ausgang kamen, sagte der Mann, jeder sähe die Tür, die er verdiente, könnte sie sehen. Jede Tür, die wir sahen, die wir wirklich zu sehen vermochten, mache uns zu einem anderen Menschen, bereite uns auf einen anderen Menschen vor. Doch um diesen Weg fortzusetzen, müsse man auch mutig genug sein, sich womöglich zu verlaufen oder auf dem eingeschlagenen Weg nicht umzukehren. In dem Moment schaute ich ›nach draußen‹. Ich wollte eine Antwort geben. Doch als ich mich umdrehte, war ich allein. Die Spur des Mannes verlor sich in einem der Gänge. Es blieb mir nur noch übrig, jenen Schritt zu tun.

Am Platz vor dem Ausgang verkaufte man für die ausländischen Touristen jene Gegenstände, die sie nach ihrer Rückkehr den Daheimgebliebenen zeigen wollten. Hunderte kleine Büsten, alle nach der gleichen Form gegossen, gab es dort. Mahler lächelte wie in jenem Spiegel... Ja, es gab eine Tür, die alle sehen konnten oder zu öffnen wagten... Auf der Straße war es ziemlich dunkel geworden. Die Stadt bereitete sich auf eine neue Nacht vor... Plötzlich wurde mir bewußt, daß ich auf den Straßen wanderte, von denen Zweig sich nicht hatte trennen wollen, von denen fern zu sein er nicht ertragen hatte. Eine Poesie war von anderen getötet worden... Ein Raum war von denjenigen ausgeplündert worden, die diese Poesie niemals spüren würden... Ich versuchte, diese Poesie mit meinen eigenen Worten für mich zu gewinnen, zu erleben. Denn es war leichter, schmerzte weniger, in Träumen zu verweilen, als das Wagnis einzugehen, gewisse Tatsachen zu erleben ... Doch der Mensch konnte nicht immer in jenen Träumen verweilen.

Hier in dieser Stadt, in dieser Welt, die ich in mir aus dem Bedürfnis nach Sicherheit heraus erschaffen hatte, hatte ich die zweite große Enttäuschung erlebt. Nach jener Podiumsdiskussion hatte ich kurz mit zwei jungen Mädchen gesprochen, die an der Wiener Universität Literaturwissenschaften studierten. Es ging darum, was Schriftsteller einem bedeuten konnten. Schließlich konnte man aus der Lektüre oder der Lieblingsmusik eines Menschen einiges über seine Persönlichkeit erfahren. Für Leute, die sich zum ersten Mal trafen, war das ein kleiner Versuch, ein ›Test‹. Natürlich war auf meiner ›Liste‹ auch Zweig. In diesem Moment stellte ich fest, daß ein Schriftsteller, der uns ›Die Welt von Gestern‹ geschenkt hatte, wirklich im ›Gestern‹ verlassen, vergessen worden war von denen, die die Herrschaft des ›Aktuellen‹ liebten. Hatten manche Menschen umsonst den Schmerz erlitten, aus einem Land oder einer Zeit vertrieben zu werden? Mahler und Zweig. Beide trafen sich im selben Moment, in einem Moment des Verschwindens. Wir standen am Ende des zwanzigsten Jahrhunderts. Wir waren in Wien ... Ich hätte noch weiter gehen können. Ich verzichtete darauf. Es gab so viele Formen der Einsamkeit und der Möglichkeiten, in diesen Einsamkeiten sich selbst aufs neue zu erschaffen ...

Diese Fotografien fügten zweifellos dem langen Gespräch mit Ginette in jenem Café einen eigenen Geschmack, eine Bedeutung hinzu. Wieweit konnte ich ihr meine Gefühle mitteilen, welche von den Einzelheiten, an die ich mich jetzt wieder erinnerte, konnte ich ihr widerspiegeln? Sicherlich war es nicht leicht, diese Frage so zu beantworten, wie es notwendig gewesen wäre. Doch ich erinnere mich, daß sie, nachdem sie lange geschwiegen hatte, hier unser Gespräch, besser gesagt meine Rede unterbrach. »Meiner Ansicht nach übertreibst du. Dieses Land scheint mir mehr als viele andere Länder über seine Vergangenheit und seine Werte zu verfügen.« Ich entgegnete: »Genau darin liegt ja das Problem. Wir haben es nicht geschafft, uns von dieser ›Kultur‹ zu befreien, die wir mit dem ›Als ob‹ gelebt und am Leben zu halten versucht haben, und es scheint, als wollten wir uns trotz aller Möglichkeiten davon nicht befreien. Wir bestehen darauf, diese Städte mit den Lügen in uns zu erleben. Vielleicht brauchen wir diese Selbsttäuschung in einer Zeit, in der wir unsere Hoffnung zusammen mit unserer Wirklichkeit langsam getötet haben, wobei wir uns auf unserer Wanderung zu etwas anderem mit jedem Tag apathischer fühlten. Wir wollen unsere Länder nicht verlieren. Diese Sorge kann jeder erleben, der diese Grenzen sieht. Doch niemand kann etwas vollständig besitzen, im Grunde reicht es, etwas zu zeigen. Es genügt der Hinweis, verstehst du?...«

»Das verstehe ich, das kann ich doch verstehen… Aber trotzdem wird Zweig mehr vereinnahmt als Reşat Nuri*«, sagte sie lächelnd. Ich war verblüfft. Sie freute sich spitzbübisch, diebisch, mich zu verblüffen. Man konnte über die Richtigkeit oder Berechtigung ihres Vergleichs diskutieren. Doch viel wichtiger war, daß sie sich nach so vielen Jahren noch an Reşat Nuri erinnerte. Ich bin mir sicher, auch ihr war dies bewußt. Ein Gefühl band sie an Istanbul, das bei Reşat Nuri und insbesondere in seinem Roman ›Fallende Blätter‹ formuliert war… Ich nehme an, sie wollte sagen, daß sie die Stadt, wo sie ihre Kindheit und Jugend verbracht hatte, in andere Leben, in ihre anderen Leben in Form von ein paar unvergeßlichen Details hatte mitnehmen können. Im Laufe der Zeit würde ich mich der Bedeutung dieser Details mehr nähern. Doch in diesem Augenblick gelang es ihr, mir gegenüber auch ein Bild des Widerstands, nicht nur der Verbundenheit abzugeben. Ich hatte eine von ihren Eigenschaften besser erkannt. Sie hatte einen Charakter, der eine Niederlage, ein Besiegtwerden nicht leicht zugab. Zweifellos mußte ich diese ›Haltung‹ für normal ansehen, wenn ich daran dachte, was sie erlebt hatte. Das war der Hauptgrund dafür, daß ich ihre Aussage still, ohne ein weiteres Wort bejahte. Ich fand es passend, sie an eines der Bilder der ›Vergangenheit‹ zu erinnern. Sie hatte dagegen das Recht, ein Bild auszuwählen und auch zu sagen, wie sie das kleine

Mädchen in diesem Bild sah, wie sie sich erinnerte. Mehr konnte ich für sie nicht tun. Ob ich wollte oder nicht, wir hatten begonnen, gemeinsam die Erzählung zu schreiben. Wir waren in Wien. Ich hatte den Geiger in der Kärntnerstraße noch nicht gesehen... Sie sagte: »Mir scheint, du wirst auch über diese Stadt etwas schreiben.« Ich sagte: »Ja, aber nicht gleich, viel später... Nachdem ich andere Bücher geschrieben habe...« Manche Details führen einen mit der Zeit zu ganz anderen Orten... Dann fügte ich noch hinzu: »Ich möchte auch die Geschichte deines Vaters, deiner Mutter und deiner Schwestern erzählen... Achte nicht auf das, was ich sage. Dieses Café, diese Stadt, dieses Gespräch sind trotz allem ein guter Anfang...« Sie fand es nicht nötig, ihre Ergriffenheit zu verbergen, und faßte noch einmal meine Hand. Auch sie wußte, daß wir uns nun ganz langsam einer Erzählung näherten...

Den Fez ins Meer werfen

Ich bin davon überzeugt, daß der Augenblick in jenem Café, der mich mit Ginette verband, wirklich verband, der Augenblick war, in dem ich jene lange Erzählung berührte. Es war, als wären alle für diese Erzählung genährten Hoffnungen dazu bestimmt gewesen, zu diesem Moment, diesem zauberischen Moment hin zu strömen. Dieselben Menschen hatten in uns im Namen verschiedener Träume verschiedene Wege hinterlassen... Verschiedene Wege waren verschiedene Einsamkeiten, und vielleicht auch ein wenig das Bemühen oder die Möglichkeit, manche Schatten erneut zu finden. Zu erzählen bedeutete wieder einmal, authentisch handeln, verstehen und sehen zu können. Ein Zufall, ein kleiner, banaler Zufall hatte uns in der Stadt zusammengeführt, wo diese Erzählung aufs neue ansetzen konnte. Wien war ein aufgeschobener, seit langem erwarteter Beginn. An diesen Beginn mußte ich glauben, wie an den Moment, in dem ich die Erzählung berührt hatte. Wenn man bedenkt, was Monsieur Jacques von seinem älteren Bruder erzählt hatte, dem Vater der Frau, die vor mir saß, war Wien in dieser Erzählung letztendlich sehr wichtig. Ich erinnere mich jetzt an eine Nacht vor vielen Jahren. In einem der seltenen Augenblicke, in denen er von jenen Tagen sprach, an die er sich nicht gerne erinnerte, hatte Monsieur Jacques gesagt: »Nesim hat in Wien gemerkt, wie sehr er Rahel liebte. Sonst wäre er nicht wieder nach Istanbul zurückgekehrt.« Als versteckte sich darin ein Gefühl, das wir alle nicht benennen konnten, das die vergangenen Zeiten, ein anderes Istanbul zurückbrachte. Es war ein Sonntagabend. Ich erinnere mich verschwommen, daß wir als ›Familie‹ zum Fernsehen zusammengekommen waren. Die Sonntagabende waren die Abende, an denen in Madame Rozas Haus ›kalte‹ Speisen gegessen wurden. Die Vorbereitungen verliefen dann anders. Es wurde Tee aufgebrüht, und auf Platten und Schüsseln wurden sorgfältig die Speisen angerichtet: ungarische Salami, Pfefferkäse, gesalzene, in Essig eingelegte Sardellenfilets, Marmelade mit Rosenblättern oder je nach Jahreszeit aus Pfirsich, Äpfeln oder Orangen. Es gab Oliven, *tarama* und manchmal auch Kaviar. In diesem Haus kannte man keine Oreganosoße auf den Oliven, und der Tee wurde immer aus Tassen getrunken... Berti, Juliette, Rozi, Nora... Wir waren alle an jenem Sonntagabend dort. Was veranlaßte Monsieur Jacques, daß er unvermittelt von seinem älteren Bruder Nesim sprechen wollte? Ja, wir würden das Gefühl, das in jenem Moment verborgen war, niemals kennenlernen, niemals benennen. Jenes Gefühl war in jener Dunkelheit, seine Bedeutung mußte man in jener Dunkelheit suchen... Die Dunkelheit war in diesem Text ein weiterer Appell. Es wird mir jetzt mit jedem Tag wahrscheinlicher, daß es mir gelingen wird, diesen Text zusammenzutragen, indem ich die Leben, die Fragmente der Leben, die ganz langsam im Laufe der Jahre von jemandem, von ›meinen Menschen‹ ankommen, zu einer langen Erzählung zusammenfüge, trotz aller Mängel, trotz Dunkelheit und Schweigen. Denn inzwischen betrachte ich das, was dort geschehen sein mag, von weitem, wie ein Beobachter. Dann könnte man jenen Satz auch folgendermaßen interpretieren: Nesim hatte in Wien vor allem erkannt, wie sehr er Rahel liebte; daß er Rahel und einem Leben mit Rahel nicht entkommen und daß er sich nicht gegen seine Bestimmung auflehnen konnte. In Wien, dort, wo er alles vergessen wollte, wo er auf ein anderes Leben hoffte... In Wien, in der Stadt, die für ihn jahrelang ein Symbol für ein neues Leben gewesen war in jenem Land des Traums und der Freiheit... In der Atmosphäre des Walzers, die den Pomp der österreichisch-ungarischen Monarchie verkörperte. Es war im zweiten oder dritten Jahr Nesims in Wien. Monsieur Jacques erinnerte sich nicht mehr genau. Er erinnerte sich aber, daß eines Tages eine Karte ankam, die ganz anders war als die, die sie sonst bekommen hatten. Diese Karte kam nach einem langen Schweigen, das ›durch Warten‹ ›größer‹ geworden war. Nesim schrieb, daß er sehr bald aus einem Grund, den er nicht erklären könne, nach Istanbul zurückkehren würde, müßte... Auf der Karte war ein Fiaker abgebildet... Nach Ansicht von Monsieur Jacques machte gerade das Bild des Fiakers den ›Wert‹ der Karte aus... Das Bild eines Fiakers... Ja, was Nesim eigentlich sagen wollte, mußte in diesem Bild versteckt sein... Das Bild eines Fiakers... Dabei war das nur eine von den Fotografien mit ›Ansichten von Wien‹, mit denen er schon vorher Momente dieser Stadt mitzuteilen, zu zeigen versucht hatte... Soviel ich verstand, ließ dieses Bild zwischen den beiden Brüdern ein besonderes Gefühl entstehen. Letztlich war aber das ›wirklich‹ Wichtige die Rückkehr. Auch Rahel glaubte in jenen Tagen an diese Rückkehr. Das war die Nachricht, auf die sie geduldig, vertrauend gewartet hatte. Die Kraft, die ihr dieses Vertrauen gab, brauchte sie eines Tages auch in ›anderen Zeiten‹. Doch damals waren alle noch weit entfernt von jenen Zeiten. Damals konnte sich niemand vorstellen, daß sich die Welt einmal derart verändern würde, niemand war in der Lage, sich so etwas vorzustellen. Der ›Weltkrieg‹ war noch nicht zu Ende. Mit der Ausbildung, die Nesim auf dem damaligen Gymnasium der österreichisch-ungarischen Monarchie genossen hatte, das heute einfach Österreichisches Gymnasium heißt, war die Grundlage dafür gelegt worden, daß er, ›anders‹ als sein Bruder, der deutschen Sprache, der Welt des Deutschen aus vollem Herzen, mit ganzem Wesen verbunden war. Diese Verbundenheit spiegelte sich sogar in einigen Details der Karten, die er seinen Verwandten nach Istanbul schrieb. Die Verbundenheit war so tief und gefühlsbetont, daß er seinen zweiten Namen Moşe, den er nicht oft, sondern meistens nur bei Unterschriften verwendete, mit dem deutschen ›sch‹ schrieb, also Mosche, um den ›s‹-Laut wiederzugeben. Auch daß er sofort nach Beendigung des Gymnasiums in die legendäre Hauptstadt des ›Freundes und Verbündeten‹, der österreichisch-ungarischen Monarchie ging, mit der Absicht, ›nicht zurückzukehren‹, rührte aus dieser Bindung. Wenn man sich vornimmt, ohne Wiederkehr irgendwohin zu gehen, dann ist es wohl oder übel manchmal notwendig, etwas in sich abzutöten. Wenn ich darüber nachdenke, was Nesim erlebt hat, dann drängt es mich jetzt zu sagen, daß er zu den Reisen seines Lebens immer mit diesem Gefühl aufbrach, daß er nicht anders konnte, als in dieser Weise aufzubrechen. Als wäre das ein Schicksal. Ein Schicksal, das ihn trotz all seiner Irrtümer zu einem großen Reisenden machte… Denn die großen Reisen verlangen sowohl große Sehnsüchte wie auch große Brüche ohne Wiederkehr und ein Sterben, das man keinem erzählen kann… Nach Aussage von Monsieur Jacques war Nesim ein Mensch, der seine Gefühle nicht einmal den nahestehenden Personen eröffnete, er war verschlossen und ›allzu still‹. Deshalb erfuhr man von seinem zweijährigen Aufenthalt in Wien nur sehr wenig über das hinaus, was sowieso ›bekannt‹ war, nämlich daß die Oper schön, der Kuchen lecker, die Leute ordentlich seien. Einmal erwähnte Nesim eine stille Straße und ein paar alte Wohnhäuser, die auf einen großen Innenhof hinausgingen, und er erzählte von einem alten oder aus anderer Sicht ›alterslosen‹ Nachbarn, dessen sämtliche Verwandte und Freunde irgendwohin gezogen waren und der sich wie ein ›Einsiedler‹ zurückgezogen hatte. Dieser Mann hatte an der Wiener Universität jahrelang religionsphilosophische Vorlesungen gehalten und war nach eigenen Worten sogar

Professor gewesen; eine Zeitlang seien seine Seminare mit Studenten überfüllt gewesen, dennoch habe er mit seinen Schriften die nötigen Stellen oder vor allem Menschen nicht erreicht. Auf diesen Nachbarn, den er ab und zu besuchte, war Nesim von den anderen Nachbarn aufmerksam gemacht worden. Der Mann betonte bei den Besuchen, daß er in der Kindheit und Jugend Talmudunterricht erhalten habe – etwas, das über die Erinnerungen an alte Tage hinausging. Es war ein Unterricht, der die Grenzen der religiösen Unterweisung gesprengt und ihn auf den Weg der Religionsphilosophie geführt hatte. Aufgrund dieses Unterrichts hatte er gelernt, in den Geist der Worte einzudringen, über manche Begriffe besser nachzudenken und seine Gedanken besser zu formulieren. Dieser Unterricht hatte ihn befähigt, viele nicht-religiöse, philosophische Texte, die er später las und zu verstehen versuchte, ›gehörig‹ zu interpretieren und, darüber hinaus, besser Deutsch zu sprechen. Warum erzählte der Mann das alles? Warum interessierte sich Nesim so dafür? Ich nehme an, daß er sich in der Stadt, in die er, den Beruf seines Vaters fortsetzend, wegen des Teppichhandels gekommen war, trotz aller Herzensverbundenheit in vielen Nächten fremd fühlte und im Klima der Einsamkeit bei diesem Nachbarn ein aus der Geschichte kommendes vertrautes Umfeld gefunden haben muß. Meiner Ansicht nach waren das eigentlich Beeindruckende an diesen Gesprächen die ›Worte des Vermächtnisses‹ dieses Mannes, der sagte, daß er bald sterben werde. Sicherlich bedeutete das ausführliche Erzählen vom Talmudunterricht zugleich, von einem verlorenen Leben zu erzählen. Wieder einmal waren an einer Stelle Wurzeln geschlagen worden. Doch bald darauf erwartete die Juden auf dem Kontinent, den der Professor nie verlassen hatte, eine sehr große Katastrophe. Eines Tages würden auf diesem Boden viele, sehr viele Menschen ihr Leben verlieren. Europa ahnte das noch nicht. Er jedoch konnte diese Katastrophe in den Gesichtern vieler ihm Nahestehender sehen, insbesondere in Nesims Gesicht… In jenen Tagen maß man diesen Worten keine Bedeutung bei. Es war, als blickten diese Städte in ein ganz anderes Morgen, in eine ganz andere Zukunft, als sich für Nesim der Weg nach Istanbul abzeichnete...

Nach all den Jahren kann ich versuchen, die Gründe für die Realität zu verstehen, an die diese Menschen dort hatten glauben wollen. Ich übersehe nicht, wie schwierig es ist, von außen, von einem anderen Ort und von einer anderen Zeit aus die Wahrheit zu erkennen oder das, was für wahr gehalten wird oder gehalten werden soll. Mit anderen Worten, mir ist bewußt, daß meine Interpretationen eher dazu dienen, mir selbst etwas klarzumachen als anderen. Aus diesem Grund dringe ich hier nicht weiter vor. Eine Frage, die Schlüsselfrage, die mir helfen kann, den Text besser zu verstehen, kann ich bei der Betrachtung all des Gesagten nicht aus meinem Bewußtsein streichen. War diese Rückkehr, diese unerwartete Rückkehr allein Rahels wegen? Oder war diese Liebe vielleicht ein ›Vorwand‹, und diejenigen, die diese Tage erlebt hatten, wollten – anders als damals – nur diese Liebe sehen, die Aufregung, die diese Liebe in der Familie auslöste? Vielleicht wußte nicht einmal Monsieur Jacques die Antwort auf diese Frage. Niemand in dieser Erzählung konnte sagen, welche anderen Gründe es noch für Nesims plötzliche und unerwartete Abreise aus Wien gegeben haben könnte, außer daß der Professor ihm seinen wirklichen Platz im Leben gezeigt oder seine Rückkehr vorbereitet haben mochte.

Um auf das zu kommen, was man sagen und erzählen konnte... Nesim verlobte sich in Istanbul sofort nach seiner Rückkehr mit Rahel, und ein paar Monate später ging er Hals über Kopf zum Militärdienst. Erst die Rückkehr von Wien, dann die Verlobung, dann das Militär... Alle diese wichtigen Entscheidungen, die die Lebensrichtung beeinflussen und neue Fragen bringen konnten, wurden in Eile, in einer ganz kurzen Zeitspanne getroffen. Mußte man etwa sofort irgendwo hingelangen? In jenen Tagen ging jeder woandershin und träumte von einem anderen Leben, einer anderen Zukunft, in denen man sich an der Schwelle eines ganz anderen Ortes fühlte, an der Schwelle einer neuen Zeit. Istanbul versuchte über das Erbe der verschiedenen Länder des Osmanischen Reiches Herr zu werden und schaute von ferne und ein wenig skeptisch auf diejenigen, die zum Abenteuer eines neuen Staates aufbrachen. Nesim absolvierte seinen Militärdienst in Sirkeci am Zolltor und benutzte die Möglichkeiten, die ihm sein Dienstgrad bot, um ›wichtige‹ Beziehungen zu ›Indischen Offizieren‹ bei den englischen Truppen zu knüpfen. Gab es einen Zusammenhang zwischen diesen Verbindungen und dem Abenteuer ohne Wiederkehr, seinem neuerlichen Weg nach Europa ›nach dem Krieg‹? Monsieur Jacques reagierte auf diese Frage, die ich ihm eines Tages wie nebenbei stellte, mit unerwartetem Zorn, den ich nicht verstand, und statt einer Antwort sagte er zu mir – wobei er seine Gefühle möglichst zu verbergen versuchte –, daß jedes Haus und jedes Leben ein Geheimnis habe und man sich nie von dem täuschen lassen solle, was offensichtlich sei.

Ich vermute, ich hatte nach langer Zeit unabsichtlich ein Thema angesprochen, das man hatte vergessen wollen, das begraben war und nicht mehr aufgerissen werden sollte. Wieder einmal spürte ich, daß ich an jener Stelle, an jener Grenze stehenbleiben sollte, daß ich allein gelassen würde, wenn ich es wagen würde, jenseits dieser Grenze in die Vergangenheit, in die Vergangenheit der anderen vorzudringen, und daß mich meine Schritte zu neuen möglichen Irrtümern führen würden. Dabei war das eine der seltenen Fragen, die zu stellen ich das Bedürfnis hatte in bezug auf einen Menschen, der in ferner Vergangenheit geblieben war. In meinem langen Abenteuer hatte ich es vorgezogen, zuzuhören und abzuwarten, wie sich die Teile im Lauf der Zeit ganz langsam ineinanderfügten. Ich war von dieser Position überzeugt und glaubte an das Schweigen. Nur so konnte ich die Menschen auf jener Insel sehen, jene Menschen konnten mir ihre Inseln nur auf diese Art zeigen. So konnte ich am besten jenen Fußspuren folgen... Denn jeder brauchte schließlich irgendwann einen Zuhörer. Das Problem bestand darin, daß wir weder richtig zuhören noch wirklich erzählen konnten. Das hing vermutlich damit zusammen, daß wir, wenn wir uns einander wirklich zeigten, die Grenzen nicht hinreichend beachteten, die verhindern sollten, daß wir einander verletzten. Deswegen war der Zeitpunkt für die Fragestellung ausschlaggebend. Ihr konntet ja nicht wissen, was ein Mensch erzählen wollte oder nicht, welche Unsicherheiten, Zweifel er erlebte in bezug auf das, was er irgendwo gelassen oder immer mitgeschleppt hatte. Monsieur Jacques hatte sich womöglich entschieden, die wahren Gründe seines älteren Bruders für seine ›zweite Abreise‹ niemandem zu erzählen. Der Ort, wo diese langen Tage für die einen neu anbrachen, während sie für die anderen untergingen, um nie wieder aufzugehen, war ein Ort, der Nesim zum Protagonisten einer richtigen Erzählung machte. Um diesen Ort noch besser zu verstehen, fand ich es noch einmal notwendig, Monsieur Jacques als Zeugen zu befragen. Wir alle tragen in so einer Situation unbedingt die Verantwortung, uns um Verstehen zu bemühen; so wie auch das Verstehen wohl eine der Voraussetzungen dafür ist, sich in der Erzählung selbst zu finden und sie besser erzählen zu können. Nach seiner Ansicht war Nesim in wahren Sinne des Wortes ein ›Osmane‹. Diese Bindung machte ihn zum Menschen einer anderen Epoche beziehungsweise eines anderen Kampfes. Eigentlich war dieses Gefühl nachvollziehbar. Die Zerstörung des ›Imperiums‹ bedeutete zugleich die Zerstörung der Werte eines Landes. Als die ›Republik‹ ausgerufen wurde, fühlte sich Nesim in seiner Stadt wie ins Exil getrieben. Es war, als müßte er in einem neuen Land leben. Zugleich war das auch die Zeit des Zusammenbruchs des österreichisch-ungarischen Kaiserreichs. Damals wollten die ›anderen‹ eine Geschichtsepoche vergessen... Ja, diese Tage waren die ›Tage des Zusammenbruchs‹... Als wollte der Zusammenbruch mitteilen, verkünden, daß nicht nur eine Epoche, eine Auffassung zu Ende war, sondern eine Welt ganz langsam zu Ende ging. Mit diesem Zusammenbruch wurde gleichzeitig ein Verrat erlebt und die Angst, in einer möglichen Zukunft seinen Platz nicht zu finden oder für sich selbst keinen Platz zu sehen. Dieses Gefühl erlebten damals viele Menschen... In welcher Weise würdet ihr, um euer Wesen und eure Werte zu beschützen, eine Welt ablehnen, die auf einem Zusammenbruch erbaut wird? Nesim fand sich in dieser Welt nicht zurecht und meinte: »Hier kann man nicht mehr leben.« Er entschloß sich, zusammen mit Rahel in eine ganz andere Gegend der Welt zu gehen, in eine Hoffnung. Ein Land, von dem man glaubte, glauben wollte, daß es nicht zusammenbrechen würde, gewann für diese Reise zur Hoffnung zunehmend an Bedeutung... In jenen Tagen ahnte niemand, daß sich mit dieser Reise ein ganz anderer Zusammenbruch, ein wirklicher Zusammenbruch heimtückisch vorbereitete. Vom Deck des Schiffes, das nach Marseille abfuhr, machte Nesim seiner Mutter, seinem Vater und seinem Bruder mit beiden Händen ein Zeichen, das bedeutete: »Es ist zu Ende, endgültig zu Ende.« Zu Ende, endgültig vorbei... War das Zeichen wirklich mit der Absicht, dieses Gefühl zu übermitteln, gegeben worden? Und wenn es so war, was bedeutete dann Zu-Ende-Sein, was war zu Ende, wovon würde man sich schließlich befreit fühlen? Oder sah Nesim, als er vom Schiffsdeck seiner in Istanbul zurückbleibenden Familie dieses Zeichen machte, einen Ort in der Zukunft?... Manche Menschen wollen dem Leben mancher ihrer Liebsten durch ihre Träume, durch Traumerzählungen auch einen anderen Sinn unterlegen. Das Zeichen wurde vielleicht deshalb jahrelang mit dieser Doppeldeutigkeit tradiert. Soweit ich mich erinnern kann, hat Monsieur Jacques zum ersten Mal diesen Zweifel aufgebracht. Inzwischen waren ungefähr zwanzig Jahre vergangen. Monsieur Jacques glaubte nun noch mehr an ein Schicksal und somit auch an die Berechtigung dieses Zweifels...

Als Nesim in einer Zeit, als der ›neue Staat‹ noch nicht mal ein Jahr alt war, von Istanbul nach Marseille fuhr, war er sowohl traurig als auch hoffnungsvoll. Zusammen mit seiner geliebten Frau trug das Schiff den Traum, noch einmal ein neues Leben anfangen zu können... In seinem ersten Brief, der nach ein paar Monaten aus Paris kam, erzählte Nesim, daß er bei den Dardanellen seinen Fez ins Meer geworfen habe. Das Wetter war trübe gewesen. Auf Deck hatte ein kalter Wind geweht...

In jenen Tagen wurde Rahel mit Paulette schwanger...

Wer hatte die Teppiche geschmuggelt?

Daß Nesim und Rahel als ihr neues Land nicht Österreich, besser gesagt Wien, sondern Frankreich gewählt hatten, ist – um die Wahrheit zu sagen – naheliegend. Wien erlebte in jenen Tagen einen anderen Zusammenbruch, eine Auflösung. Der Übergang war keine Grenze, die man sofort sehen, verfolgen konnte; man konnte nicht einfach von der Zeit des einen Landes in die Zeit eines anderen Landes auf den Straßen derselben Stadt wechseln. Für seine alten Gäste veränderte Wien sich natürlich nicht auffällig innerhalb kurzer Zeit. Aber Nesim war an seinen Selbstbetrug gebunden, höchstwahrscheinlich ohne zu erkennen, daß die Lüge eine solche war. Er liebte seinen Selbstbetrug, trotz aller Fremdheit, wie viele andere, die ihm ähnlich waren ... Frankreich war unter diesen Bedingungen ein noch unberührter Ort. Rahel konnte Französisch, insofern würde sie sich im neuen Land weniger ausgegrenzt fühlen. Außerdem war Paris nach Wien die einzige Stadt in Europa, wo es für den Sohn von Avram Efendi Arbeitsmöglichkeiten gab. Das heißt, wenn man ihr Leben, die verschiedenen Aspekte ihres Lebens betrachtet, führten die Wege in jenen Tagen dorthin, in diese Stadt, die ihnen nur durch die Sprache bekannt war und durch die kleinen Legenden, die in einer anderen Gegend der Welt überlebt hatten ... Die Jahre nach ihrer Reise erscheinen mir als die dunkle Epoche der Erzählung, die in den Wassern der Vergangenheit verschwindet. Was ich erfahren habe und weiß, ist, daß Nesim dort aufgrund der Verbindungen seines Vaters zunächst Teppichhandel betrieb und daß er mit seiner Frau und der neugeborenen Tochter in einem Vorort der Stadt wohnte, ohne viel am städtischen Leben ›teilzunehmen‹ ... In dieser Phase können wir ein paar Details näher betrachten, die eines Tages mit ihrer wahren Bedeutung zu uns zurückkommen werden und die wir dann an anderer Stelle einordnen können. Wenn Monsieur Jacques von jener Zeit erzählte, dann wirkte er meistens, wie auch vorher schon, wenn er Erinnerungen an seinen älteren Bruder weitergab, als hätte er kein volles Vertrauen zu seinem Gesprächspartner. Woher kam dieses Gefühl? Weil er Nesim immer beschützen, bis zuletzt verteidigen wollte? Oder weil er seine Rechnung, die diese Jahre betraf, nicht richtig anschauen wollte? Ich fühle aus irgendeinem Grund, daß ich auf diese Frage eines Tages auf anderen Wegen mit anderen Worten zurückkommen werde. Denn es ist jetzt möglich, einen im dunkeln gebliebenen Teil der Erzählung etwas zu erhellen aufgrund dessen, was ich als eine ›Version‹ mancher Ereignisse erfahren habe. Nesim habe in jenen Tagen, zwischen London und Paris pendelnd, ziemlich viel Geld damit verdient, daß er den Verkauf von gewissen ›historischen Teppichen‹ organisiert habe, die im Krieg durch ›Wiener Freunde‹ aus Serbien unter dem Vorwand der ›Sicherstellung‹ aus Kirchen und Moscheen ›geschmuggelt‹ worden waren. Es schien, als wäre Monsieur Jacques einerseits stolz auf das, was sein Bruder getan hatte, andererseits schämte er sich dafür. Die Scham war nach meiner Ansicht der verborgene Teil des Eisbergs. Und dieser Teil war naturgemäß dazu verurteilt, verborgen zu bleiben. Gewisse Gefühle blieben immer in jener Dunkelheit, solange sie nicht berührt wurden, und schließlich schienen sie verschwunden. Nur so kann ich es deuten, daß er, nachdem er diese Vorfälle mit leichtem Lächeln erzählt hatte, sagte: »Laß mal… Das ist ein Gerücht…« Den Ausdruck ›Nesims Wiener Freunde‹ sollte man nicht leichthin übergehen. Hatten diese ›Freunde‹ vielleicht dazu beigetragen, daß Nesim eines Tages ganz überraschend von Wien zurückkehrte? Man kann in dieser Situation an ›Schmuggel‹ ebenso denken wie an eine ›Abmachung‹… Leider war Monsieur Jacques niemals freigebig mit diesen Erinnerungen, konnte es nicht sein; und um die Wahrheit zu sagen, wußte er jedesmal sehr genau, wo er den Weg, der zu gewissen ›verbotenen‹ Zonen führte, abriegeln mußte. Zeigen und zum Denken zwingen… Das war eins der Spiele, hinter denen er und seinesgleichen sich oft mit Erfolg versteckten…

Ihr habt euer unvergeßliches Land
in die kleine Stadt gebracht

Welche Spiele oder Einsamkeiten es auch immer sind – bei einem anderen in seinem letzten Moment mit seinen letzten Worten Zuflucht zu suchen, konnte manchmal auch bedeuten, das Leben, sein Leben fest zu umarmen. Wenn ich versuche, aus dem Fenster der Realität auf das zu schauen, was dort in jenen sehr weit von mir entfernten Tagen gelebt wurde, dann erkenne ich, daß Nesim und sein Bruder trotz all ihrer Unterschiede ein gemeinsames Schicksal geteilt haben. Bedenkt man die Geschichte jener Stürme, die stets im Inneren blieben, dann hatten im Leben dieser beiden Brüder ihre Frauen eine sehr große Bedeutung, und wenn man so sagen kann, waren sie deren Zauber. In der Rolle, die diese Frauen spielten, gab es außer ihrer Schweigsamkeit und den Gefühlen, die sie durch Schweigen vergrößerten und beschützten, sowie den Hoffnungen auch noch innere Gespräche, die nie zu enden schienen… Olga und Madame Roza hatten Monsieur Jacques zum Gefangenen von zwei verschiedenen Erzählungen gemacht, die man nicht so leicht trennen konnte, die sich vielmehr ergänzten. Vielleicht war der Preis für das Schweigen, für die Wahl des Schweigens, daß man nirgendwo hingehen konnte. Soweit ich aus dem, was ich erfahren habe, schließen kann, muß die Beziehung zwischen Rahel und Nesim eine ähnliche gewesen sein. Rahel blieb auf jenen Fotografien eine Frau, die Harmonie suchte, Harmonie geben und empfangen wollte. Diese Harmonie steckte in einem Lächeln. Durch dieses Lächeln drückte sie ihre ›Sicht‹ aus, ihr Bemühen, im Leben zu bestehen. Sie war eine von jenen Frauen, die den Menschen durch Schweigsamkeit an sich ziehen, zu binden vermögen. Diese ›Zartheit‹ konnte ich verstehen, ich konnte versuchen, die Sprache eines solchen Schweigens aufgrund der unausgesprochenen Worte zu verstehen. Insofern konnte ich auch verstehen, daß eine so verschlossene Person wie Nesim – aus einer möglichen Einsamkeit heraus oder am Abend einer ›Rückkehr‹ – sich aufmachte zu einer Frau, der er mit ganzem Wesen glaubte vertrauen zu können, wobei er von einem langen, sehr langen Zusammensein träumte. Soviel ich verstanden habe, war Rahel eine von den Frauen, die geduldig sein und ans Morgen glauben konnten. Ihre Haltung gegenüber dem Leben erinnerte in seltsamer Weise an das, was Madame Roza erlebt hatte und erleben mußte. Bei beiden entstand ein Gefühl, das an verschiedenen Stellen Assoziationen weckte und das nicht leicht zu benennen war. In diesem Gefühl versteckte sich vielleicht jenes ›Schicksalskonzept‹, das Länder, Klimazonen und sogar die Zeiten überwindet. Wären sie beispielsweise in einem Teil der Erzählung Eva begegnet, die sie niemals gesehen hatten und die in einer ganz anderen Zeit gelebt hatte, sie hätten sie ohne Schwierigkeiten ›erkennen können‹. Eine Stimme, die von sehr weit herkam, ließ diese Nähe entstehen. Diese Stimme sorgte dafür, daß die Reisen, die langen Lebensreisen in der ›richtigen Weise‹ ertragen werden konnten. Rahel lernte die unterschiedlichen Aspekte dieser Reisen kennen. Diese Aspekte bewirkten, daß man bei dem, was man erlebte, jene historischen unauslöschlichen ›Tage‹ nicht vergaß, beziehungsweise die Hoffnung auf ein anderes Morgen nicht verlor. Sollten wir uns in dieser Lage nicht wieder einmal verdeutlichen, daß Ertragen, Ertragen-Können bis zum Äußersten ein Teil der Weiblichkeit, der ›weiblichen Rolle‹ ist? Was ich erfahren habe, läßt mich diese Frage unwillkürlich stellen. Rahel schien sich mit diesem Frauenbild und dem, was sie die Geschichte gelehrt hatte, stark zu identifizieren – sowohl als sie Nesim nach Wien verabschiedete in der Überzeugung, daß er eines Tages zu ihr zurückkehren würde, als auch in Biarritz, wo sie um dieses ›Zusammenseins‹ willen einen neuerlichen Kampf auf sich nahm. Nesim sah an einem gewissen Punkt ein, daß er in Paris mit dem Teppichhandel nicht weiter existieren konnte, und entschied sich für ein Leben abseits der Gesellschaft und der großen Städte, indem er sich in einem ›kleinen Ort‹ an der Atlantikküste ansiedelte, zusammen mit seiner Frau, die ihn nie allein ließ. Das war der am weitesten

entfernte, äußerste Punkt, an den er im ›Westen‹ gehen konnte...
Im Abenteuer eines Menschen, der fliehen, immer von irgendwo
fliehen muß, ist dies ein wichtiges Detail. Genauso wichtig ist
meiner Ansicht nach jedoch, daß er den Teppichhandel aufgab,
aus welchem Grund auch immer. Denn damit zerriß die letzte
Verbindung zu Istanbul. Vielleicht tat Nesim damals den ersten
Schritt in eine andere Welt. Doch einige Einzelheiten dieses
Weges scheinen für immer verloren zu sein. Uns begegnet hier
eine Dunkelheit, die mit der der Jahre in Paris vergleichbar ist.
Ich weiß, daß einige Briefe Nesims an seinen Bruder aus den
ersten Jahren des neuen Lebens, die diese Tage besser zu verstehen helfen würden, in einem der Zimmer ›aufgehoben‹ werden. Monsieur Jacques sprach lediglich davon, daß er die Briefe
irgendwo verwahrt habe, doch sich nach all den Jahren nicht
mehr an den Platz erinnern könne. Wo war dieser Platz, was
war das für ein Platz? Welche Ängste oder Einsamkeiten hatten
diese Briefe nach Istanbul gebracht? Vor wem wollte man diese
Gefühle verstecken und warum? Diese Fragen mußten den ›echten Zeugen‹ sehr sinnlos vorkommen. Den Verlust konnte man,
wenn man wollte, durch einfaches Vergessen, das mit dem Alter
und den Jahren zusammenhing, erklären. Die Redensart »Bien
guadrado i maş buşkado« – »Gut versteckt und schlecht gesucht«, die Monsieur Jacques auf manche ›Dinge‹ anwendete,
die man einfach nicht wiederfand, hätte man verständnisvoll
auch auf die Briefe beziehen können. So hätten wir die Berechtigung oder wenigstens die Unausweichlichkeit der Lüge verteidigen können. Schließlich hatte auch die Lüge einen Sinn und
enthielt etwas Wahres. Wenn man von dieser Möglichkeit ausgeht, drängt es mich jetzt zu sagen, daß Monsieur Jacques nach
jenen schrecklichen Tagen des Todes eventuell geneigt war, noch
einmal ›eine Sache‹ für sich, ganz für sich allein zu ›reservieren‹.
Das war eine andere Art von Verstecken oder Sich-Verstecken,
von Ertragen. Oder war es vielmehr der Versuch, die ›durchge-
standenen‹ Tage zu bewahren, ihnen Sinn zu verleihen?... Manche Erinnerungen durften nicht in fremde Hände fallen... Wür-

det ihr nicht genauso entscheiden, diese Fotografien, die gewisse Erinnerungen festhalten und eine gemeinsame Zeit irgendwo einfrieren, einem Außenstehenden ›nicht zu zeigen‹? Sicherlich hatte der Wunsch, diese Dinge nicht zu zeigen, eine nicht zu übersehende Bedeutung und eine Geschichte. Diese Fotografien verschleppen uns oder jene fremden Gäste in eine andere Erzählung. Inzwischen ist das eigentlich Wichtige auf den Fotos der Irrtum, der Traum, dessen Ende ihr nicht akzeptieren wollt. Doch indem ihr die Fotos nicht zeigt und es vorzieht, sie nur für euch und in euch selbst zu behalten, wird innerlich eine Wunde lebendig gehalten. Ihr wißt, daß ihr euer Gefühl, euer wirkliches Gefühl dem neuen Beobachter trotz all eurer Träume nicht mitteilen könnt. Indem ihr das Schweigen gewählt habt, habt ihr es auf euch genommen, euch selbst und eure Menschen notgedrungen zu schützen und zu verteidigen. Es war eine notwendige Entscheidung, an deren Berechtigung ich ein weiteres Mal glauben will... Insofern verstehe ich nach so langer Zeit Rahel etwas besser, die nach den Worten von Monsieur Jacques eine ›engelsgleiche Frau‹ war, die ihr ›Leben lang versuchte, sich keinem gegenüber etwas anmerken zu lassen‹, und die ihr ›Leben ertrug, ohne je über ihr Los zu klagen‹. Wenn ich bedenke, was mir über die Jahre in Biarritz erzählt wurde, fällt es mir nicht schwer, ein Licht zu finden, das mich zu dieser Wirklichkeit führt. Um in diesem kleinen Städtchen an der Atlantikküste bleiben zu können, war wohl besonders in der Anfangszeit ein harter Kampf erforderlich. War die Übersiedlung von Paris in dieses neue Leben auch so etwas wie eine neuerliche ›Flucht‹? Vielleicht werde ich diese Frage an keiner Stelle meiner Erzählung beantworten können.

Ich muß zugeben, daß meine einzige zuverlässige Quelle Monsieur Jacques' Erzählungen sind; demnach war Nesim nach Biarritz gegangen, in der ›Hoffnung, in einer Touristenstadt neue Möglichkeiten zu finden‹. Das war zu Beginn der dreißiger Jahre. Nesim eröffnete dort ›nahe am Ufer‹ einen Strumpfladen mit Namen ›Les bas Nisso‹. Die Schwierigkeiten bei den ersten, einsamen Schritten mögen die Bedrückung, noch einmal ein neues

Leben beginnen zu müssen, ausgelöst haben. Paulette war sieben Jahre alt, die in Paris geborene Anette zwei. Das waren die Tage, in denen Rahel überall ›zur Stelle‹ war. Wie in den Tagen des Wartens in Istanbul versuchte sie Nesim mit ihrer Geduld und ihrem Lächeln noch einmal neuen Mut zu geben. Wie man es bei allen Menschen in jener Zeit sehen konnte, die in solchen Tagen einen solchen Kampf ›gemeinsam‹ auf sich zu nehmen gezwungen waren, mußte jeder von ihnen noch etwas stärker, noch etwas hoffnungsvoller sein. In dieser Erzählung gab es, soweit man sehen konnte, einerseits all die Probleme, die einem mit zwei kleinen Mädchen unter den gegeben Umständen einfallen mögen, auf der anderen Seite mußte die Isolierung eines Ehemannes ertragen werden, der zunehmend schweigsamer und verschlossener wurde und der sich in manchen Nächten in sein Zimmer zurückzog, wo er stundenlang am liebsten in den Zeitschriften und Zeitungen las, die aus Deutschland kamen. ›Die Kinder‹ brauchten immer den Schutz der ›Mutter‹ und wurden mit Liebe und Zärtlichkeit erzogen. Die Mutter einer Familie zu sein… Das muß die Zeit gewesen sein, in der Rahel sich bemühte, ihr neues Haus ein weiteres Mal in ein wirkliches Heim für ihre Lieben zu verwandeln, wobei sie sich am meisten an die Zeit in Istanbul erinnerte, an das, was sie in ihrem Haus in Tepebaşı zurückgelassen hatte.

Das Leben prüfte sie noch einmal. Wenn sie mit den Werbebroschüren für ihren Laden durch die Cafés zog, bekam sie manchmal sehr ›interessante Einladungen‹. Da sie an solche besonderen Augenblicke nicht gewöhnt war, konnte das, was sie solchen ›Angeboten‹ gegenüber empfand, sich zu einer anderen, langen Erzählung der Selbstlosigkeit entwickeln. Denn sich mit dem ganzen Selbst für die ›eigenen Kinder‹ zu opfern, ohne auch nur einen Moment an andere Möglichkeiten zu denken, den eigenen Platz im Leben zu finden versuchen, als Individuum auf so einem Weg weiterzugehen, war ein Erfordernis ihrer Verpflichtung, den Laden und ihr Heim zu schaffen und lebendig zu halten. Niemand war gezwungen, zur Quelle dieses Gefühls hinabzusteigen. Es war nur wichtig, es am ›Leben zu erhalten‹ und zu wissen, wie man das machte. Es kam nur darauf an, daß man den Mut hatte, die Folgen ›jener Verantwortung‹ zu tragen… Es forderte einen Preis, um dort auszuharren, bis zuletzt auszuharren… Eigentlich hatte sie diesen Preis für viele bezahlt, mehr als genug, zu verschiedenen Zeiten. Dieser Preis bekam eine weitere Bedeutung durch eine kleine Reue, durch einen Makel, der mich sie in einer anderen persönlichen Geschichte sehen läßt, einen Makel, den sie wohl oder übel in ihre ›neuen‹ Grenzen, ihre neue Gefühlswelt mitnehmen mußte. Denn in jenen schweren Tagen erlebte Rahel außer all den nachvollziehbaren Schmerzen auch noch den Schmerz um ihren ›verrückten‹ Bruder Enrico, den sie in Istanbul hatte zurücklassen müssen. Sie glaubte ihn dadurch noch tiefer in sein Schweigen und seine Verlorenheit gestoßen zu haben. Enrico war dem Leben, der Welt, die er sah und zu verstehen versuchte, durch seine ältere Schwester verbunden gewesen. Dem Vernehmen nach hatte er sich nach der unvermeidlichen Trennung völlig verschlossen und fast nichts mehr gesprochen, hatte in der ihm ›verbleibenden Zeit‹ meistens in seinem Zimmer gelebt und war höchstens zum Essen ›herausgekommen‹ oder nachts, wenn alle schliefen. Dabei wiederholte er ständig die Gebete, die ihm seine Schwester beigebracht hatte, und fügte ihnen im Laufe der langen Zeit weitere selbst ausgedachte Worte hinzu, die die anderen nicht verstehen sollten, deren Sinn er selbst nicht kannte oder denen er seinen eigenen Sinn gab. Er hatte die Gebete auswendig gelernt, ohne ihren Sinn zu kennen. Doch in den Augen von Rahel war es nicht wichtig, die wahre Bedeutung der Worte zu verstehen, die jene Anrufungen über Jahre, Jahrhunderte hin an Leben erhalten hatten. Es kam vielmehr darauf an, daß ihr Bruder durch diese Gebete eine Ruhe entdeckt hatte, indem er mit diesen Worten in seinem Geist verschiedene für ihn wertvolle Entsprechungen, Assoziationen verband. Das war die Sprache einer Kommunikation, die von der realen Welt vollständig losgelöst war. In jenen Zeiten hatten sie einander an den Händen gehalten. Rahel hatte ihrem Bruder beim Abschied ein mit Silber beschlagenes Buch mit den Morgengebeten geschenkt. Dieses Geschenk war wie ein Vermächtnis, ein Abschiedskuß. Enrico würde das Hebräische auf seine Art und Weise lesen und dabei zu einer ganz anderen Tiefe hin wandern.

Der ältere Bruder von Rahel, Marcel, der ›Atheist‹ – der den ›Geist von Galatasaray‹, den er auf dem Galatasary-Gymnasium erworben hatte, stets voller Stolz hochhielt, und der, nachdem er jahrelang Apotheker gewesen war, sich zur Ruhe gesetzt hatte, um nur noch ›philosophische Bücher‹ zu lesen –, schenkte mir bei meinem Eintritt in dieses französischsprachige Gymnasium zusammen mit einigen Büchern von Voltaire, ›um mein Studium des Französischen zu unterstützen‹, dieses silberbeschlagene Buch der Morgengebete als ›sehr wertvolle Familienerinnerung‹ mit den Worten: »Dann gibt es da noch diese Bücher… Es geht nicht darum, was drinsteht, noch wozu und wem es nützt… Das Buch lag auf dem Nachttisch meines Bruders, der nach großen Leiden gestorben ist.« Ich wußte in jenen Tagen nicht wirklich, was ein ›Atheist‹ war, doch dachte ich unter dem Einfluß meiner Umgebung, daß dies kein allzu erstrebenswerter Zustand sein konnte. Marcel Algrante war ein Mensch, der aufgrund seines Wissens und seines kultivierten Lebens von seiner Umgebung geschätzt wurde. Doch diese ›Wertschätzung‹ führte dazu, daß man, vielleicht wegen seiner abweichenden Gedanken, auch ein wenig ›Distanz‹ von ihm hielt. War das eine kleine Rache, die niemals als solche benannt wurde und die auch nie offen zutage trat? Ich bin mir immer noch nicht sicher, ob dieses Bemühen um Distanzierung sich ein wenig erhellt durch die Reaktion von Madame Roza, als sie eines Tages das Buch sah. Sie erinnerte sich an den Ausspruch einer ihrer Lehrerinnen: »Leider kann ich nicht an Gott, an Ihren Gott glauben, darum bin ich so ziemlich ohne Hoffnung«, was Roza mit den Worten kommentierte: »Atheismus bringt dem Menschen nur endlosen Schmerz. Doch in jedem Menschen gibt es eine verborgene Religiosität. Habe ich euch nicht gesagt, daß niemand wirklich Atheist sein kann?« Zu diesem Menschen, der so anders als alle in seiner Familie war, empfand ich damals wie heute eine ganz besondere Liebe. Ich vermute, ich habe dieses Gefühl in einer anderen Sprache ausgedrückt, und ich habe damals, als wir zusammenkamen und er von einem mir unbekannten ›Tempel der Bruderschaft‹ erzählte und von dem Bemühen, sich zu entwickeln, auch gezeigt, daß ich dem Buch ›die verdiente Ehre‹ erweisen werde. Wir wollten an eine Möglichkeit glauben. Bis zuletzt an eine Möglichkeit glauben… Diese Möglichkeit bestand in wahrsten Sinne in dem, was das Buch in uns auslöste. Es war, als ob dieses Geschenk dazu da war, in letzter Minute darum zu bitten, einen Menschen in einem anderen Leben geheimnisvoll aufleben zu lassen. Ich verstand. Und ich glaube auch verstanden zu haben, daß Marcel Algrante einen ›anderen Gott‹ suchte. Mit großer Wahrscheinlichkeit führten die kleinen ›Kontakte‹ dazu, zwischen uns die Liebe und die kleine Solidarität entstehen zu lassen. Diese ›Kontakte‹ führten dazu, daß ich diesem Menschen zu seiner Zeit noch näherkommen würde. Zu seiner Zeit würde ich dem Buch noch mehr Wert beimessen. Doch nun muß ich an der Stelle, wo es die Erzählung von mir verlangt, die Erinnerungen einfügen, die Monsieur Jacques aus der kleinen Stadt mitbrachte, wohin er gereist war, um seinen älteren Bruder und seine Nichten zu besuchen. Biarritz war eine Stadt mit einigen Besonderheiten, die durch den ›Ozean‹ eine eigentümliche Schönheit besaß. Die Wohnung von Nesim und Rahel lag über dem Laden in der Nähe der Küste. Wegen des Salzes, das die Wellen brachten, mußte das Schaufenster jeden Morgen geputzt werden. Die englischen Touristen stiegen auf die Dünen und betrachteten stundenlang begeistert die Wellen, die manchmal ›einige Meter‹ hoch waren. An stürmischen Tagen war der Anblick noch schöner. Ein paarmal hatte auch Jacques dieses Schauspiel beobachtet. Unerwartet war ihm das ferne Meer seiner Kindheit eingefallen. Er war mit seiner Mutter an den Frauenstrand am Goldenen Horn gegangen… Er hatte nicht schwimmen gelernt, wenigstens nicht so weit, daß er sich ins ›Offene‹ getraut hätte. Die Wellen fand er deshalb wohl nicht nur schön, sondern auch ein wenig beängstigend. Das Bild der Wellen erregte ein Gefühl, das mit Tod zu tun hatte.

Da die Stadt nahe an der ›Grenze‹ lag, machten sie oft Ausflüge nach Spanien, ins Baskenland. Aus seiner Familiengeschichte hatte Nesim einige spanische Worte bewahrt. Es machte ihn sehr glücklich, daß seine Muttersprache in einem anderen Land mehr oder weniger gültig war. Ein warmes Gefühl, das aus diesem Glück herrührte, würde in ihm über Jahre hin trotz aller Lügen und Irrtümer wach bleiben. Die beiden Brüder spazierten stundenlang über die langen Sandstrände von Biarritz und erinnerten sich an ›alte Tage‹, an ihre Kindheit. Nesim bereute es nicht, ein solches Leben gewählt zu haben. Er war glücklich. Er liebte seine Frau und seine Töchter sehr. Istanbul vermißte er nicht mehr. Es war sehr schwer gewesen. Zu Anfang hatte er nicht geglaubt, daß er sich an einem neuen Ort, an diesem Ort eingewöhnen würde, doch es war schließlich geglückt. Es war ihm noch einmal gelungen, an einem neuen Ort ›heimisch‹ zu werden... Es war nicht so, daß er sich nicht nach einigen Bildern oder Genüssen gesehnt hätte. Wobei ja das Leben oder das, was es lebenswert macht, ein wenig auch die Sehnsucht ist, ein wenig der Bodensatz des Gefühls ist, das das vergangene Erlebte oder nicht Erlebte erzeugt... Mit anderen Worten hatte jedes Weggehen, jede Trennung ihren Preis... Jedes Weggehen, jede Trennung hatte ihren Preis... Wichtig war allein, daß sie in dieser kleinen Stadt, an dieser fernen Küste ein neues Leben gefunden hatten. Jenen Städten, die ihn seinerzeit mit ihren Legenden angezogen hatten, hatte er schon längst den Rücken gekehrt. Er würde nicht ›zurück‹kehren, auf keinen Fall könnte er zurückkommen. Er hatte eine neue Umgebung, neue Menschen. Er hatte eine neue Familie. Er hatte eine neue Sprache... Sie nannten ihn, weil er klein von Statur war, ‹Le petit Turc›. Er hatte sich dort ›eingewöhnt‹. Wenn er mit seiner jetzigen Identität an den Kampf dachte, den er auf sich genommen hatte, dann fühlte er sowohl Trauer als auch Freude. Manchmal gab er seinen Nachbarn ein kleines Konzert mit alten spanjolischen Liedern und Romanzen, so wie er es auch in Wien in jenem alten Innenhof getan hatte. Er wurde geliebt und geschätzt. Er gehörte jetzt dazu... Lediglich die ›Entwicklungen‹ in Deutschland, seiner Sprachheimat, der er von Herzen verbunden war, beunruhigten ihn. Wiederum entschied er sich, über dieses Thema nicht ›zu viel‹ zu sprechen. »Es wird vorbeigehen, auch diese Zeit wird vorbeigehen. Nicht einmal ›sie‹ werden übersehen können, was wir für dieses Land getan haben«, sagte er einmal. Wer hätte damals wissen können, daß jene Wellen sogar bis dorthin schlagen würden...

Enrico fiel in den Brunnen

Unter den Dingen, die Monsieur Jacques aus Biarritz mitbrachte, waren auch die Nächte, in denen er ausführlich mit Rahel allein gesprochen hatte. Das waren Nächte, in denen sich Nesim mit seinen Zeitungen und Zeitschriften in sein Zimmer eingeschlossen hatte. Meistens sprachen sie von Enrico. Rahel erzählte, was sie für ihren Bruder getan hatte, oder was sie hatte tun wollen, aber nicht hatte tun können. Sie sagte, sie habe diese Nächte, in denen sie sich fest an den Händen gehalten hatten, nicht vergessen. Sie hatte versucht, die Grenzen dieser kleinen Welt zu durchdringen und ein ›Kind‹, ein verwundetes Kind an der Hand zu führen. Sie wollte die ältere Schwester eines Kindes sein, das niemals erwachsen werden würde. Diese Welt war eine Welt, die ›ein anderer‹, die ›anderen‹ nicht so leicht verstehen würden... Auch sie war glücklich in der neuen Stadt, in der sie lebte; es gab endlich Menschen, die sie mit anderen Gefühlen und Hoffnungen bei den Händen fassen konnte. Sie war in ihrer Wirklichkeit, in ihrer Familie, die sie nie verlassen würde. Jede Nacht vor dem Einschlafen vergaß sie nicht, ihrem Gott für ein solches Leben zu danken. Doch es bereitete ihr die größte Gewissenspein, Enrico ›dort‹ in jenen Grenzen gelassen zu haben. In ihren Nachtgebeten bat sie deshalb auch, daß Gott ihr diesen Fehler, diese

›Sünde‹ verzeihen möge. In solchen Nächten war sie deshalb plötzlich schlaflos oder sie hatte Albträume. In diesen Albträumen hatte sie mehrmals ihren Bruder gesehen, wie er jenes Buch umklammerte und unverständliche Dinge murmelte. Sie wollte diese Träume nicht negativ deuten. Was immer auch passierte, für manche ›Abschiede‹ war es noch zu früh. Das war zweifellos eine andere Form, nach dem Befinden von Enrico zu fragen. Das verstand Monsieur Jacques. Doch was er eigentlich sagen hätte müssen, das verbarg er vor Rahel, er begnügte sich damit zu sagen, er habe selbst von den nächsten Verwandten seit langem keine Nachricht bekommen, denn das Leben hätte jeden woandershin verschlagen. Er brachte es nicht fertig, ihr zu erzählen, daß Enrico eines Nachts, nachdem er stundenlang in seinem Zimmer die unverständlichen Worte gemurmelt hatte, sich aufs Bett gestreckt hatte und mit ersterbender Stimme, nahezu flüsternd ständig wiederholt hatte: »Rahelika, me esto kayendo al pozo. Teneme de la mano.« – »Liebe Rahel, ich falle in den Brunnen. Halt meine Hand.« Dann war er gestorben. Monsieur Jacques hatte Marcel Algrante, der ihm diese Stunden in allen Einzelheiten geschildert hatte, versprochen, dies niemandem weiterzuerzählen. Er zweifelte nicht, daß er mit dieser Lüge das Richtige, das für diese Tage Richtige gefunden hatte. Vielleicht wäre Rahel dem Sturm, den diese Wahrheit entfacht hätte, niemals gewachsen gewesen…

Dies sollte nicht sein erster ›Versuch‹ sein, einen Todesfall vor jemandem zu verheimlichen. Doch um eine derartige Anstrengung auf sich zu nehmen, mußte man an verschiedenen Orten verschiedene Tode erlebt haben.

Der Tod von Enrico wurde lange vor Rahel verheimlicht. Ich weiß nicht, wie lange. Auch Monsieur Jacques wußte das nicht genau. Doch seiner Meinung nach hatte Rahel in der Nacht, als er ihr versichert hatte, daß alles in Ordnung sei, bereits das Entscheidende verstanden. Sie hatte gespürt, daß das Böse, von dem sie sich immer fernhalten wollte, ihr nahe gekommen war. Gegen Ende jener Nacht hatte sie gesagt: »Ich will das, was ich für ihn getan habe, nicht vergessen.« Ich will das, was ich für ihn getan habe, nicht vergessen… Es war, als steckte in diesem Satz außer dem Wunsch, nicht zu vergessen, auch der Wunsch, nicht vergessen zu werden. Jene Gefühle konnten damals nur so ausgedrückt werden. Diese Erinnerung würde er niemals aus seinem Geist löschen können… In diesem Moment hatte er die Frau, die durch ihre Selbstlosigkeit mit ihrem ganzen Wesen die Ihren glücklich zu machen versuchte und die ihr Glück immer in den Augen ihrer Lieben suchte, plötzlich in den Arm genommen… Er gab noch einmal ein Versprechen… Eines Tages würde ganz sicher jemand erfahren, was sie für ihren Bruder, für Enrico getan hatte…

Das Vorgefühl des Sturms

In den Tagen von Biarritz sollte Monsieur Jacques seine Familie ›am anderen Ende von Europa‹ zum letzten Mal sehen. (Ginette würde erst Jahre später als ›Überraschungskind‹ nach den beiden ›süßen französischen Mädchen‹ geboren werden.) Auf dem Rückweg blieb er für kurze Zeit in San Sebastian in der Baskenregion. Dann fuhr er nach Italien. In Rom begegnete er dem ›pompösen Anblick des Faschismus‹. Vielleicht durchfloß ihn, so wie viele Menschen, das schwer zu benennende Gefühl, das ihn an einer Stelle, an einer einzigen Stelle ›angenagelt‹ festhielt. War das Bewunderung oder Schrecken? Er verstand es nicht. Er wußte es nicht. Um jene Tage besser verstehen zu können, müßte man sie ›von nahem‹ sehen. Auch als er in Neapel das Schiff bestieg, das ihn nach Istanbul bringen sollte, trug er dieses Gefühl in sich. Ein Sturm näherte sich Europa, den die meisten Menschen jener Tage nicht ahnen konnten und dessen Auswirkungen, wenn es soweit war, auch in ›den Wassern des Bosporus‹ zu spüren sein würden. Danach, nach diesen Tagen würden viele Kriege, viele Friedensschlüsse, viele Tode, viele Länder vorübergehen, und viele Menschen würden irgendwohin gehen, ohne viele Gefühle zu verstehen. Das waren andere Leben, die in anderen ›Zeiten‹ lebten. Andere Leben, die in anderen Zeiten lebten… Für uns, für uns ›Zurückbleibende‹… Zwischen diesen Menschen und uns entstand eine Leere, eine Leere, die sich niemals füllen lassen würde, was immer auch getan, gelebt, gesagt werden würde. Jetzt versuchen wir, diese Leere mit unserer eigenen Sprache, mit der Sprache unserer Welt zu verstehen, mitzuteilen. Können die, die ›dort‹ in jenen Leben geblieben sind, diese Sprachen verstehen? Die Antwort auf diese Frage ist natürlich in ›jener Leere‹ verborgen. Die Antwort auf diese Frage ist in jener Leere verborgen… Die Worte, die in uns so viele Leben erschaffen, wo erwarteten sie uns in diesem Fall, damit wir welche Gefühle, wessen Gefühle ein weiteres Mal schreiben, entdecken?…

Ihr hättet das Dunkel nicht beseitigen können

Ich wünschte, Marcel Algrante, dem ich mich nie ausreichend ›genähert‹ und den ich infolgedessen nie so richtig kennengelernt habe, wüßte, daß ich sein silberbeschlagenes Buch mit den Morgengebeten in ›einer meiner Schubladen‹, an einem Ort abseits der alltäglichen Abläufe, mit anderen Worten ›an dem für mich richtigen Platz‹ aufgehoben habe. Zweifellos gewinnt hier wieder einmal der heimliche Wunsch, sich selbst zu zeigen, die Oberhand. Sollten diese Bedenken sich nicht vielleicht auch auf die Briefe beziehen, die ihr geschrieben habt in der Hoffnung, von dem zu erzählen, was ihr zurückgelassen habt oder was in euch geblieben ist von jenen Momenten, Menschen mit den Assoziationen, Widerspiegelungen und Bildern in euch, in eurer Epoche?… Vielleicht gilt die Frage sogar für den ›Brief‹, der einen Zeugen erster Hand zu Wort kommen läßt und der mich veranlaßt hat, die Geschichte von Nesim und Rahel aufzuschreiben. Denn selbst aufgrund dieses Briefs können wir jenen Aspekt des Lebens nur vorsichtig berühren, des Lebens, das wir nicht leicht verstehen, das uns nicht ausreichend zu verstehen gelingt… Obwohl die Zeugenschaft ›dort‹ sicherlich eine Zeugenschaft war, die man unbedingt mit anderen teilen und nicht vergessen sollte... Das war der einzige Brief über das Leben seines Bruders, den Monsieur Jacques ans Tageslicht ziehen und mir trotz aller Zweifel ›geben‹ konnte. Nesims Erlebnisse in Paris, die Zeilen, die Anhaltspunkte für seine nach Istanbul geschickten Ansichten hätten geben können, waren irgendwo verlorengegangen oder ›verloren worden‹. Das Leben hatte ihn mit ein paar Leuten bekannt gemacht, die bereit gewesen waren, gewisse Gefühle falsch zu interpretieren und zu lenken. Durch die Schuld dieser Leute mußte er die Konsequenzen eines Verrats tragen, weil er einem anderen vertraut hatte, ohne zu zweifeln. Mit anderen Worten: Er lernte, ›umsichtig‹ zu sein. Insofern sollte man vielleicht in diesem Gefühl des Mißtrauens den wirklichen Grund dafür suchen, daß er jene Tage und die Gefühle in jenen Briefen nur oberflächlich zu erwähnen geneigt war. Dieser Brief war jedoch anders, ihn hatte nicht Nesim geschrieben, er hatte auch nichts mit privaten Gesprächen zu tun. Er hatte vielmehr die Form einer ›beendeten‹, abgeschlossenen Erzählung, die zu wissen notwendig war.

Es handelt sich hier um den Brief, den der Zeitungsverkäufer und Kommunist Enrico Weizman geschrieben hat, der gemeinsam mit Nesim auf den Todesmarsch in die Konzentrationslager aufgebrochen war. Der Brief war 1945 an Monsieur Jacques aus Biarritz abgeschickt worden. Schließlich mußte die Geschichte von jemandem aufgeschrieben werden und den anderen weitergegeben werden, trotz der unvermeidlichen Untauglichkeit aller Worte. Ich vermute, das spürten sowohl der Schreiber des Briefes als auch der Überbringer und der Leser. Doch diese Frage stellte sich auch mir, als ich mit meinen Möglichkeiten einen ›Tod‹, die Schritte, die zum Tod führten, nachzuempfinden versuchte... Halfen beispielsweise die ›uns zu Gebote stehenden‹ Worte – jene Worte, die uns in vielen Texten die Gelegenheit boten, viele Sehnsüchte ›zu verstärken‹ –, halfen diese Worte das, was ›dort‹ erlebt wurde, adäquat einem anderen weiterzugeben? War es mir möglich, mit meinen Worten und der Bedeutung, die sie für mich hatten, zu erfassen, was ›dort‹geblieben war, zurückgelassen oder verloren worden war? Würden diese Erinnerungen angesichts dieser Zeugen es überhaupt ›erlauben‹, daß diese Gefühle in einem neuen Text wieder erschaffen wurden?... ›Das Erlebte‹ sagte, daß man gewisse Momente in jenen Texten nicht erzählen und trotz aller Worte nicht wiedergeben konnte... Doch trotz aller Grenzen und mit dem Risiko, einen Fehler zu wiederholen, halte ich es für nötig, es zu ›versuchen‹ oder wenigstens zu sehen, daß ich es versucht habe. Ich muß es ›versuchen‹, trotz der ›anderen‹, vor deren Blicken man sich so leicht nicht schützen kann, um einer Erzählung willen, die im Land meiner Gefühle, soviel ich weiß, noch nicht geschrieben und verbraucht worden ist. Wenn ich dieser Stimme folge, könnte ich aus dem Appell, der die Worte in uns stets in Bewegung hält, vielleicht neue Briefe, meine eigenen echten Briefe herausbringen... Und danach... Das Später gehört natürlich anderen Stunden, anderen Entdeckungen und einer anderen Stille...

Enrico Weizman war Zeitungsverkäufer und als Kommunist nach der ›Niederlage‹ im Spanischen Bürgerkrieg in die kleine Stadt an der Küste des Atlantik geflohen... Auch er hatte auf seine Weise eine Adresse und eine kleine Familie, die sich irgendwo anzuklammern versuchte. Er war der engste Freund von Nesim und Rahel in jenem fernen Land... Als er ins Konzentrationslager ging, war er neununddreißig Jahre alt. Als er zurückkam... Als er zurückkam, hatte sein Alter keinerlei Bedeutung mehr...

Ein Brief aus jenen Lagern

Der Brief von Enrico Weizman erschien mir trotz aller Wirklichkeitsnähe und ›Einfachheit‹ wie aus einer ganz anderen Welt und Zeit heraus geschrieben zu sein. Die Situation verlieh ihm eine Art Unantastbarkeit, Unberührbarkeit. Das, womit ich konfrontiert war, löste in mir viele Anmerkungen und Fragen aus, und während meiner langen Lektüre tat ich mein Bestes, doch war dort zwischen den Zeilen etwas, dessen Ursprung ich nicht erfaßte, das mich hinderte, jenen Menschen näherzukommen. Ich erlebte wieder einmal eine Zeit, in der es mir richtig erschien zu schweigen. Deswegen begnügte ich mich auch, diesen Brief lediglich zu ›zeigen‹, genau wie es Monsieur Jacques getan hatte. Ich weiß, daß zu gegebener Zeit das Geschriebene seinen Platz in der Erzählung finden wird. Und so hoffe ich weiter, trotz aller Hindernisse. Ich muß aufs neue die wahren Worte suchen, selbst auf die Gefahr hin, auf dem Weg verlorenzugehen. Schließlich war dieser Weg schon früher für andere verlorene, gestohlene Vergangenheiten erprobt worden. Haben nicht auch jene Menschen, auch diejenigen, die von ›dort‹ zurückkommen konnten, in ihren Tagen ›danach‹ Jahre gewartet, in der Hoffnung, in den Erzählungen der anderen ihren Platz zu finden, haben sie nicht mit ihren eigenen Gespenstern gekämpft? Haben nicht viele dieser Menschen, statt in ihre ›alten Länder‹ zurückzukehren, es auf sich genommen, in ›neue Länder‹ zu wandern und in neuen Ländern neuen Schicksalen entgegenzugehen? Enrico Weizman war einer, der sich entschied, an den Ort zurückzukehren, von dem aus er sich auf den Weg gemacht hatte oder gebracht worden war… Denn er hatte sein Land, sein wirkliches Land, schon seit langem verloren. Vielleicht erklärt sich seine Widerstandskraft und die Fähigkeit, derartige Leiden ertragen zu können, daher, daß er die Grenzen seines Landes angesichts von Verschleppung, Tod und der Unmöglichkeit der Rückkehr allein für sich gezogen hatte, oder mehr noch: daß er gelernt hatte, ›sein eigenes Land zu sein‹… Mit Sicherheit mußte er in solch einer Zeit der Selbstsuche auf die Stimme der Einsamkeit hören, deren Preis bezahlt worden war. Die Stimme einer Einsamkeit, für die der Preis bezahlt worden war… Diese Stimme hatte ich zwischen den Zeilen zu erlauschen versucht, trotz all meiner Grenzen. Auch ich hatte schließlich durch das, was meine Worte mir gegeben hatten, in den Tagen meiner Gefangenschaft verstanden, daß ich ein neu-

erliches Fortgehen auf mich nehmen mußte, um zu hören, um
mehr hören zu können …

Biarritz, 7. Juli 1945

Lieber Freund,

mit der Karte, die ich Ihnen geschickt habe, kaum daß ich hier
angekommen war, wollte ich Ihnen bloß eine Nachricht zukom-
men lassen. Natürlich konnte ich keine Einzelheiten schreiben.
Dazu war ich noch nicht soweit. Jetzt aber will ich versuchen,
Ihnen unsere Tragödie zu erzählen, die am 11. Januar 1944 um 2.00
Uhr in der Früh begann …

Als sie ins Haus kamen, um uns festzunehmen, als wären wir
›Verbrecher‹, lagen wir längst im Bett. Marie war mit unserem
zweiten Kind schwanger. Soweit erinnere ich mich. Doch ich
merke jetzt, daß manche Tatsachen aus meinem Gedächtnis gelöscht sind, die ich an der Stelle, wo sie abgerissen sind, aufs neue
anknüpfen muß. Dabei ist seither keine allzu lange Zeit vergangen. Vor kurzem waren wir noch mit unseren Lieben zusammen,
und wir meinten – trotz allem, was wir erlebt hatten –, wir würden an gewöhnlichen Tagen morgens aufwachen und auch weiterhin aufwachen können. Doch der Mensch vergißt schnell,
wenn er vergessen will oder dazu gezwungen ist. Er vergißt, es
gelingt ihm zu vergessen, oder er glaubt, daß er vergessen, wirklich vergessen hat. Auch wenn die Zeit anderen, die normale
Tage erlebt haben, sehr kurz erscheint. Ich wollte Ihnen das alles
sagen, weil ich mich jetzt nicht mehr daran erinnern kann, in
welchem Monat meine Frau damals schwanger war. Es war wohl
der vierte Monat. Der vierte oder der dritte … Oder … Nun ja,
dies spielt jetzt überhaupt keine Rolle mehr. Auch dies nicht …
Denn wir haben in unserer ›Vergangenheit‹, in unserer Dunkelheit sowieso noch eine Menge Dinge verloren. Am wichtigsten
ist, wir haben zu verlieren gelernt. Auch zu verlieren … Trotz all
unseres Widerstands … Danielle, mein erstes Kind, hatte sich auf
die Französischprüfung am nächsten Tag vorbereitet und lag so
ruhig im Bett wie Schüler, die ihre Aufgaben gemacht haben. Es

ist ein seltsamer Zufall, daß sie an diesem Abend von mir das Märchen vom Däumling hören wollte, das ich schon lange nicht erzählt hatte, und das Besondere war, daß sie das Märchen bis zu Ende hörte, normalerweise hielt sie nie bis zum Ende eines Märchens aus, sondern schlief mit einem Lächeln ein, wobei sie sicher war, daß ihr Vater, ›der Märchenerzähler‹, bei ihr bleiben würde. Ich schaute sie dann immer lange an und streichelte ihre Haare. Ich erinnerte mich an meine, unsere verlorenen Märchen. Eines Tages würde ich ihr auch diese Märchen erzählen. Davon war ich überzeugt. Ich glaubte daran, obwohl ich nicht vergessen hatte, nicht hatte vergessen können, was hinter mir lag… »Väterchen, wenn ich mich eines Tages im Wald verlaufe, dann findest du mich, nicht wahr?« fragte sie. »Natürlich, meine Tochter, ganz gewiß…«, sagte ich voller Überzeugung. »Und mein Brüderchen, das bald geboren wird, findest du auch und rettest es, nicht wahr?« fragte sie danach. Ich schwieg. Ich erinnerte mich an die Toten, die wir im Wald gelassen hatten. Auch sie waren Kinder von anderen Müttern und Vätern gewesen und hatten den Heimweg nicht gefunden. Dennoch antwortete ich: »Freilich, mein Herz, selbstverständlich… Dein Vater wird euch immer beschützen.« Ich sagte mir, daß ich meine Kinder von diesem Albtraum fernhalten würde. Woher hätte ich in dem Moment wissen sollen, daß die Reihe schließlich auch an uns kommen würde, daß jene Verzweiflung binnen kurzer Zeit auch an unsere Tür klopfen würde… Ich weiß, das ist schwer zu glauben. Sie mögen vielleicht denken, ich übertreibe ein wenig und füge dem, was ich erlebt habe, aus der Phantasie noch etwas hinzu, doch seien Sie versichert, so ist es nicht. Was wir erlebt haben, braucht keine Phantasie. Was wir erlebt haben, was wir zu erleben gezwungen waren, reicht uns sowieso, es sprengt die Grenzen der Phantasie…

Ja, ich habe Danielle versprochen, sie nicht allein zu lassen. Jeder Vater würde das tun. Doch dieses Gespräch sollte unser letztes richtiges Gespräch sein. Ich sollte wieder einmal sehen, wie machtlos wir gegenüber manchen Ereignissen waren, trotz all unserer Überzeugungen. Doch dieses Mal habe ich sehr tief in meinem Inneren einen unersetzlichen Teil von mir verloren... In dieser Nacht war zufällig Liliane bei uns. Anfangs schien es nützlich zu sein, daß sie Deutsch konnte und die Namen von einigen für ›einflußreich‹ gehaltenen Leuten nannte. Sie sprach von dem ›besonderen Zustand‹ ihrer Schwester, ihrer Schwangerschaft. Daraufhin sagten sie, sie würden ›jetzt‹ nur mich mitnehmen und über ihre Entscheidung, die ›anderen‹ betreffend, ›nachdenken‹. Das war in all dem Leid ein solcher Augenblick des Glücks... Ich fand Gelegenheit, meiner Frau ins Ohr zu flüstern, sie solle alles zusammenpacken und unverzüglich mit unserer Tochter ›fliehen‹. Auf dem Weg dachte ich vor allem über diese Flucht, ihre Realisierbarkeit, über die Verstecke nach. Sie, wenigstens sie würden sich aus diesem Albtraum retten. Doch meine Freude dauerte nicht lange. Weil Marie meinte, sie würde nun eine Weile in Ruhe gelassen und nicht mehr ›gesucht‹, war sie nicht so schnell wie nötig. Deswegen wurden sie von denen, die kamen, um sie festzunehmen, mit Leichtigkeit am ›Ort des Verbleibens‹ gefunden. Nun konnte niemand mehr etwas ›sagen‹. Es lagen nur vierundzwanzig Stunden dazwischen. ›Wir alle‹, Marie, Danielle, Nesim, Rahel, Paulette, Anette, Isaac, Liliane und ich ›trafen‹ uns binnen kurzem im Gefängnis von Bayonne wieder. Wir waren für eine Reise bestimmt, deren Ziel wir nicht kannten, besser gesagt, das wir nicht kennen, nicht glauben und einander nicht sagen wollten... Wir waren in einem Zustand, in dem wir das, was folgen sollte, weder völlig verstehen noch uns vorstellen konnten. Wir alle hatten versucht, unser Leben zu führen aus der Kraft, die wir auf unterschiedliche Weise aus kleinen Gewohnheiten und Träumen geschöpft hatten. Dann war plötzlich alles anders, als wäre etwas abgeschnitten worden. Plötzlich... Darüber kann man jetzt diskutieren. Hatte sich wirklich alles so unerwartet verändert?... Die Frage können auch Sie beantworten, wo immer Sie sich befinden. Doch für viele Diskussionen, Befragungen und Aufrechnungen war es jetzt zu spät... Es war nicht so, daß wir nicht mit unserer ›Festnahme‹

gerechnet hätten. Doch wir hatten uns immer in dem Glauben gewiegt, fliehen zu können, uns bis zuletzt verstecken zu können. Im schlimmsten Fall war Spanien in der Nähe. Spanien war nahe... Dieser Weg war für mich zweifellos gefährlich. Doch ich hätte dort leichter eine Lösung finden können, insbesondere in so einer Situation. Ich weiß, Sie werden jetzt fragen: Wenn das so ist, warum sind Sie geblieben, warum haben Sie nicht rechtzeitig etwas unternommen, wenn es diese Möglichkeiten gab? Warum haben Sie sich nicht von Ihrem Platz bewegt? Auf diese Frage gibt es so leicht keine Antwort. Es gibt keine Erklärung, warum man das ›Bleiben‹ bevorzugt. Das tägliche Leben bindet Sie an die ›einfachen Dinge‹. Sie schaffen es irgendwie nicht, ›diese einfachen Dinge‹ jenes Lebens, jene Illusion, aufzugeben. Sie sind, ohne es zu merken, der Gefangene ihrer Gewohnheiten, das ist alles... Davon abgesehen, vertraute Nesim in den ›Tagen des Wartens‹ auf sein ›Türkentum‹, das ihm einen ›Sonderstatus‹ verleihen sollte, und sagte bei jeder Gelegenheit: »Mich werden Sie nicht anrühren.« Zudem sollte auch seine Familie von seinem ›Sonderstatus‹ profitieren. Obwohl die Kinder in Frankreich geboren waren, hatte er für sie die türkische Staatsbürgerschaft gewählt. (Ich weiß nur nichts über den Status von Ginette. Doch sie sollte schließlich ja auch einen ganz anderen, von uns verschiedenen Weg gehen...)

Für mich war das eine verwirrende Haltung und voller Widersprüche. Denn er hatte mir lang und breit erzählt, mit welchen Gefühlen er sich von Istanbul getrennt hatte. Mehrmals hatte er mir gesagt, er habe in Biarritz die gesuchte Ruhe gefunden und denke nicht daran ›zurückzukehren‹. Ich bin sicher, Sie haben das Thema in den Tagen, als Sie hier zu Besuch waren, mit ihm diskutiert. Ganz gewiß hat er auch Ihnen seine Gefühle, seine ›Entschlossenheit‹ lang und breit auseinandergesetzt. Doch meiner Ansicht nach gab es ein Gefühl, das er in diesen Gesprächen vor uns, vor allen verbarg. Er hatte eine Herzensbindung an Istanbul, die er nicht einmal sich selbst eingestehen wollte. Das sagte er nicht, konnte er nicht sagen. Doch ich konnte das verstehen und fühlen. Denn ich hegte ähnliche Gefühle für Terruel, trotz allem Zorn und aller Enttäuschung gegenüber Spanien, das ich verlassen hatte, habe verlassen müssen. Schließlich pflegten wir unsere Städte als unser wirkliches Zuhause zu betrachten. Als unser Zuhause ... Auch wenn wir manchmal tief drinnen spürten, daß in einer weiter entfernten Dunkelheit andere Länder geblieben waren ... Die Stadt, wo er seine Kindheit verlebt und zurückgelassen hatte, war für Nesim das Land, das er niemals verlieren würde, das nicht verlorengehen und aufgebraucht werden konnte. Zweifellos wurde Istanbul für ihn durch diese Sehnsucht langsam immer größer. Wie Sie verstehen werden, war das nicht nur die Sehnsucht nach einer Geographie und einem Klima, sondern auch nach einer verlorenen Zeit, in die er nicht zurückkehren konnte. Er erinnerte bei seinem Gedenken an diese Stadt an die ›letzten Osmanen‹, die von der Bühne der Geschichte weggerissen worden waren ... In einer jener Nächte, als wir den Atem der Gestapo sozusagen schon in unserem Nacken spürten, sagte er: »Diese Tage hätten wir nicht erleben müssen ... Wir hätten auch weiterhin in unserem Haus mit Blick aufs Goldene Horn mit dem Traum von einem gerechteren Land weiterleben können ... Jetzt ist dort die Zeit der Makrelen.« In dem Moment verstand ich, wie sehr er sich nach Istanbul sehnte, wie tief in ihm das Gefühl war für das, was er verloren hatte. Rahels Augen waren feucht geworden. In ihren Tränen lagen auch andere Verzweiflungen und Verletzungen. Auch andere Verzweiflungen und Verletzungen ... Wir kamen alle aus unserer eigenen Geschichte ... Der Name *lüfer* für Ihre blauen Makrelen, den ich an diesem Abend zum erstenmal von Nesim gehört hatte, blieb für mich von da an mit Istanbul verbunden. Es erstaunt mich, daß ich wieder bei solch einem Detail verweilen kann. Doch ich will mich meinen natürlichen Neigungen nicht verschließen. Wenn ich dort hinkomme, werde ich Sie bitten, mich vor allem in ein Fischrestaurant zu führen. Das verlangen die Erinnerungen an jene Nacht, das verlangen sie von uns beiden ...

Nach diesem Abend erwähnte Nesim Istanbul nicht wieder. Ich

vermute, als er die Staatsbürgerschaft des ›neuen Staates‹, den er eigentlich nicht als den seinen ansah, angenommen und sich zu tragen entschlossen hatte, resultierte das aus seiner Bindung an seine Stadt, seine eigentliche Stadt. Er wußte, er würde trotz aller Entwicklungen und Veränderungen ›dort‹ keinen Verrat begehen. Das wußte jeder, der ihn nahe kannte. Gleichzeitig war es jedoch auch eine pragmatische Entscheidung. Für jemanden in guter wirtschaftlicher Lage ist es stets von Vorteil, in einem fremden Land eine ausländische Staatsbürgerschaft zu haben... Nun, wenn Nesim all diese Feinheiten wußte und zu bedenken in der Lage war, warum ist ihm dann das wichtige Detail entgangen, daß er seinen Paß hätte aktualisieren lassen müssen? Hatte er das ›wertvolle‹ Wissen, das türkische Staatsbürger jener Tage schützte, nicht erlangt? Ich habe weder damals noch heute an ein Schicksal geglaubt. Jedoch nach dem, was wir erlebt haben, kann ich an die Macht der Zufälle glauben. Freilich mögen Sie denken, wenn ich von der Macht der Zufälle spreche, ich spräche von dem, was Sie unter Schicksal verstehen. Wenn ich mich an die Zufälle und die unerwarteten Lebensverläufe erinnere, fällt mir nur zu schweigen ein, einzig zu schweigen. Schweigen, einzig schweigen...

Die Ereignisse, die uns in dieses Gefängnis brachten, entwikkelten sich derart schnell... Nesim war vier, fünf Tage vor uns verhaftet worden. Sie hätten ihn sehen müssen, als er im Gefängnis Rahel begegnete. Wir konnten unsere Tränen nicht zurückhalten. Wir waren sowieso gefühlsmäßig in einer Verfassung, wo jederzeit ein Funken einen Brand entfachen konnte. Rahel umarmte Nesim fest und sagte: »Ich habe gemeint, ich sehe dich nie mehr.« In dem Moment erkannte ich wieder einmal, welche Kraft eine Liebe, eine wirkliche Liebe dem Menschen verleiht. In dem Augenblick glaubte ich noch einmal an jene Liebe, zu der nur wenige Menschen in der Lage sind. Was ich erlebt habe, hat viele Gefühle in meinem Leben verändert, zerfressen, zusammenbrechen lassen, doch diesen Glauben, die Hoffnung, die an diesen Glauben gebunden ist, hat es nie vernichten können. Ich wollte diesen Glauben immer für einen solchen Moment am Leben halten, für das, was ich da ›gesehen‹ habe.

Als Nesim in tiefem Schmerz seine Töchter Paulette und Anette anschaute, sagte Rahel: »Ich habe Ginette bei Madame Manzil gelassen. Mehr hätte ich nicht tun können. Unter diesen Bedingungen konnte ich nur eins von unseren Kindern zurücklassen. Ich habe unsere Jüngste gewählt. Vielleicht kann sie, weil sie nicht wie wir in der Tiefe diese Schmerzen fühlt und sich nur an das erinnert, was sie will oder für nötig hält, am ehesten ein neues Leben anfangen und vielleicht die anderen für ihre Verwandten halten... Verzeih mir...« Bei diesen Worten breitete sich eine seltsame Freude in uns aus. Eine seltsame, unvergeßliche Freude, die sich aus Leid speiste... Ja, ein Mensch aus unserer Mitte würde in ein anderes Leben voranschreiten. Wir wußten inzwischen, daß wir große Wunden empfangen würden. Wir konnten spüren, wie wir uns verwandeln würden und wie schwer es sein würde, zurückzukehren. In dem Moment sah ich in Nesims Augen auch Dankbarkeit für Rahel. Sie würden einander nie mehr so ansehen, sich nicht mehr umarmen... Dann schaute Nesim Paulette und Anette an. In diesem Blick erkannte ich die Spuren von Scham, von einer anderen Verzweiflung. Paulette, die diesen Blick ›gesehen‹ hatte, sagte: »Lieber Vater, das war die Entscheidung von uns allen.« Es war für uns nicht schwer zu verstehen, was sie damit meinte. Lag in Nesims Blick etwa das Bedauern darüber, daß er seine Töchter hier in Frankreich hatte zur Welt kommen lassen? Paulette war damals wohl zwanzig Jahre alt, Anette war sechzehn. Ginette hingegen war ungefähr vier. Der Schmerz der Gewissensbisse kreiste nur zwischen uns dreien. Ich war Nesim und Rahel sehr nahe. Wir hatten noch einmal einen Augenblick des Zusammenseins erfaßt, in dem wir keine Worte verloren, es nicht für nötig hielten... Später würden die Einzelheiten kommen. In jenen Tagen hatten wir sowieso zuviel Zeit zum ›Reden‹. Darüber hinaus waren wir gezwungen, viel zu reden, um zu überleben, uns ans Leben zu binden und durch Gespräche unseren Geist frisch zu halten. Für uns war inzwischen jede Einzelheit, die anderen unter ›gewöhnlichen‹ Bedingungen unwichtig erscheinen mag, von Bedeutung. Diese Einzelheiten möchte ich jetzt mit Ihnen teilen, soweit sie in meinem Gedächtnis geblieben sind…

Wie ich vorher schon erwähnt habe, ist Nesim früher als wir alle festgenommen worden. Ich bitte Sie, mir meine Wiederholungen nachzusehen. Zeitweise versinke ich in einer unnötigen Wortfülle. ›Früher‹ war das nicht so. Doch heutzutage kann ich nur so meinen Geist sammeln. Sind diese Wiederholungen vielleicht ein Ausdruck meiner Zwangsvorstellungen, die ich noch nicht erklärt habe? Wer weiß… Vielleicht bekomme ich in meinen verbleibenden Jahren andere, neuere Erklärungen dafür… Dann warten wir also, versuchen noch einmal zu warten… Nesim hatte diesen Weg ohne Wiederkehr an einem Sonntag angetreten. An diesem Morgen, ein paar Stunden, ehe jene Gäste an die Tür klopften, war er mit einem lange nicht gefühlten Glückgefühl aufgewacht, war vor allen anderen aufgestanden, um das Frühstück zu machen, und hatte sich wie zu einer Einladung einen seiner liebsten Anzüge angezogen, die Krawatte sorgfältig gebunden, die Schuhe geputzt und poliert. Dann hatte er für seine Lieben einen Tee nach ›türkischer Art‹ zubereitet. Das war eine der Gewohnheiten, die er mit Rahel zusammen zu ›bewahren‹ versuchte… Bei der Gelegenheit öffnete er auch die Orangenmarmelade, die er seit zwei Jahren immer für ›schöne Tage‹ aufgehoben hatte, und stellte sie auf den Tisch… In diesen Augenblicken hatte er wie alle anderen keine Ahnung von der Reise, die langsam näher rückte… Als sich die Bewohner des Hauses am Tisch versammelt hatten, um an der Freude teilzunehmen, kamen die ›Besucher‹. Die Ankömmlinge waren äußerst höflich und rücksichtsvoll und sagten, sie müßten Nesim wegen einiger ›einfacher‹ Formalitäten zur Polizeizentrale bringen. Nesim sagte: »Ich bin bereit.«

Obwohl er selbst in diesem Moment noch nicht die Hoffnung aufgegeben hatte, faßte er doch jede Eventualität ins Auge und fand beim Abschied eine Möglichkeit, zu Rahel zu sagen, er ginge ›in eine unbekannte Richtung‹, alles sei möglich. Und dann verlangte er, sie solle alles dafür tun, die Kinder keinem als ›jemandem von der Familie‹ zu überlassen. Das war eine sehr schwere Last. Als Rahel mir von diesen Augenblicken erzählte, wirkte es, als wollte sie mir auch ihre Zwangslage schildern. War es noch immer möglich, nach Istanbul zurückzukehren? Darüber wurde ernsthaft nachgedacht, als zwei Tage lang von Nesim nichts zu hören war. Paulette meinte, jede könnte ihren eigenen Weg gehen und für sich selbst sorgen. Man durfte keine Aufmerksamkeit erregen. Anette sagte, sie wolle mit ihrer älteren Schwester zusammenbleiben. Ginette bemerkte in ihrer kleinen Welt natürlich nichts von den Vorgängen. Rahel war stolz, aber gleichzeitig auch sehr traurig, als sie sah, daß ihre großen Töchter bereit waren, sich gewissen Leiden zu stellen. Ihre Töchter – hätten sie an einem anderen ›Ort‹ gelebt, wäre ihnen in der Begeisterung und Unbekümmertheit ihrer Jugend das Leben wie ein kleines Spiel vorgekommen – waren durch die Ereignisse der letzten Tage über ihr Alter hinaus erwachsen geworden... Doch ihre Vorschläge waren auf jeden Fall weit entfernt von dem, was Rahel akzeptieren konnte. Auch sie hatte ein ›Erbe‹. Trotz all der in Frankreich verlebten Jahre hatte sie eine andere Identität, einen anderen Menschen aus einer anderen Geschichte bewahrt und war letztlich in einer anderen Gefühlswelt zu Hause. Nur ›gemeinsam‹ würden sie an jenen Ort gehen, der ihnen bestimmt war, und sie würden sich auf den Weg des Schicksals machen, ohne sich zu trennen... Daraufhin besprachen sie die Routen, die möglich waren. Sie mußten von woanders abreisen, vielleicht von Spanien oder von der Freien Zone aus. Vielleicht öffneten sich ihnen Wege durch Bestechung, vielleicht auch durch... Allein in ihrem Zimmer ›berührte‹ Rahel in der Schmuckschatulle ihren ›Besitz‹. Dann betrachtete sie ihr Gesicht im Spiegel. Zum ersten Mal wurden ihr ihre Falten wirklich bewußt. Nesim blickte sie von dem Foto auf dem Toilettentisch lächelnd an. In dem Moment verstand sie, daß sie es nicht tun konnte, trotz allem, was geschah. Es mußten andere Wege probiert werden, andere Wege mußten unbedingt gesucht werden...

Am Morgen des dritten Tages jedoch klopfte Madame Manzil aufgeregt an die Tür und teilte mit, die Gestapo ginge durch die Straße und hätte schon aus manchen Häusern Leute mitgenommen. Die Entscheidung in bezug auf Ginette fiel in diesem Augenblick. Rahel sprach zu Madame Manzil auch über Nesims ›letzten Wunsch‹. Darauf entgegnete Madame Manzil mit großer Aufrichtigkeit, in diesen Zeiten müsse jeder für den anderen eintreten, sich für sein Leben einsetzen, sonst könnte in Zukunft niemand mehr dem anderen in die Augen schauen, doch angesichts ihrer Situation könne sie nur Ginette zu sich nehmen. Schließlich war es leichter, ein kleines Mädchen zu verstecken. Das ausschlaggebende sei ihr begrenzter Platz und die damit zusammenhängenden Probleme, die sie niemandem erklären könne. Sicherlich waren ihre Erklärungen ›richtig‹, glaubwürdig. In dem Augenblick hätte sie sich wohl nicht hinter Lügen versteckt, wäre der Realität nicht ausgewichen. Sie dachte sowieso sehr schnell und ›gut‹. Wohl deshalb fiel es so leicht, den schweren Schritt zu tun. Binnen kurzem kamen alle zu dem gleichen Ergebnis, nachdem sie vor allem auf die Stimme des Gefühls gehört hatten… Sie sagten Ginette, sie müßten auf eine lange Reise gehen, um ihren ›Vater‹ zurückzuholen. So eine Reise wäre nichts für ein kleines Mädchen. Es könnte länger dauern, bis sie zurückkämen. Doch sie würden sich bemühen, sie nicht allzu lange warten zu lassen. Auch Madame Manzil gab Rahel ihr Wort, sie würde alles, was sie konnte, für Ginette tun… Rahel bat Madame Manzil, für sie zu beten. In jenen Augenblicken, den Augenblicken, die wir nie vergessen werden, mußten wir alle an jemanden, an etwas glauben…

Am nächsten Morgen um vier Uhr wurden wir aufgeweckt und wie ›wilde Banditen‹ von drei Soldaten abgeführt, die ihre Maschinengewehre auf uns richteten. Danielle war verwirrt, sie faßte meine Hand und sagte, sie müsse in die Schule gehen. Sie stellte mir Fragen über den Ort, an den sie uns brächten. Ich sagte, daß ich darüber gar nichts wisse. Jetzt, nach allem, was ich erlebt habe, sehe ich, wie wahr die Antwort war, die ich gab, um der Realität auszuweichen. Ich wußte in diesem Moment wirklich überhaupt nichts. Wer diese Orte nicht gesehen hatte, der konnte sie nicht wirklich kennen. Ich sagte meiner Tochter auch, daß das alles ein Spiel sein konnte. Ja, jemand spielte ein Spiel mit uns, das Ganze konnte die Szene eines Dramas sein. Szenen einer Aufführung, die die Spieler vernichtete, sie nicht für ein anderes Spiel übrigließ. Die Szenen eines Spiels, in dem alle Kinder alt wurden, ehe sie erwachsen geworden waren, Szenen, die man mit anderen Augen anschaute und die man zu spielen verpflichtet war...

Wenig später fanden wir uns an einem Platz hinter dem Bahnhof wieder, wo die Güterzüge abfuhren. In den Waggons wurde sonst Vieh transportiert. Wie Sie vermuten können, wurden wir gewaltsam und unter ständigen Beschimpfungen in diese Waggons gepfercht. Auch andere Reisende, die wir nicht kannten, wurden herbeigebracht. In jeden Waggon wurden mindestens sechzig Personen gesteckt. Unter uns gab es sowohl über achtzigjährige Greise als auch neugeborene Babys. Nachdem die Türen verriegelt worden waren, zwangen sie uns, während unserer zweitägigen Reise alle unsere Bedürfnisse in dem Waggon zu verrichten Nach zwei Tagen erreichten wir Drancy. Dort wurden unsere ›gesetzlichen‹ Formalitäten erledigt. Natürlich gehörten dazu auch ›Verhöre‹. Für mich, für meine Frau und meine Tochter war die Lage klar. Wegen der Probleme mit unserer Staatsangehörigkeit, die wir sowieso nicht lösen konnten, war unsere Angelegenheit schnell erledigt, was die ›Entscheidung‹ über uns sehr erleichterte. Für Nesim und seine Familie hatte ich in diesem Moment ehrlich gesagt immer noch ein wenig Hoffnung. Schließlich waren sie Türken, Bürger eines Staates, der in jenen Tagen Deutschland nicht sehr fernstand. Wir wußten, es war ein wenig zu spät. Doch Hoffnung ist halt Hoffnung. Leider wurde dieser ›spezielle Status‹ überhaupt nicht beachtet. Es gab bei den Deutschen nur ein Kriterium, um für ›schuldig‹ erklärt zu werden: Jude zu sein. Die Wirkung von Nesims ausgezeichnetem Deutsch aus der ›Wiener Epoche‹ hielt auch nicht lange vor.

Doch hier trafen die ›Wahl‹ nicht die anderen, sondern Ihr Bruder. Es war für einen derart sensiblen Menschen wie ihn nicht leicht, zu erfahren, daß eine Sprache, eine Kultur, der er jahrelang mit tiefen Gefühlen verbunden gewesen war, die er bewundert hatte, ihm den Rücken kehrte, ihn verriet. Daß er nach diesem Tag nicht ein einziges deutsches Wort mehr sprach, daß er die Sprache zurückwies, indem er sie in seiner Verletztheit begrub, kann ich mir nur so erklären. Dabei hätte seine Kenntnis, die Beherrschung dieser Sprache ihm seine Sache erleichtern können. Diese Möglichkeit sollte man beachten. In jenen Tagen versuchte jeder, sich an irgend etwas zu klammern, um zu überleben, um auf den Füßen zu bleiben. Doch er sah wohl in diesem Verrat ein Unrecht, wodurch für ihn das Wesen dieser Dinge beziehungsweise er in seinem Wesen zutiefst erschüttert wurde ... Ich vermute, in diesem Augenblick starb er oder akzeptierte er seinen Tod. Vielleicht begann der Tod für ihn in dem Moment, als sein Schweigen begann ... Nach den ›Verhören‹ wurden wir alle, Frauen, Männer, Kinder, ohne Unterschied beschimpft und aus dem Zimmer entfernt. Draußen sagte Paulette, die an ihren zurückgelassenen Geliebten dachte, mit der Naivität eines jungen Mädchens leise zu mir: »Ich habe ihn nicht mal anrufen können, mich nicht mal von ihm verabschieden können.« Diese Augenblicke werden in meinem Geist jetzt wieder lebendig. Ich erinnere mich. Das Leben blieb für uns alle stehen. Die Zeit blieb stehen. Die Orte, die uns ›umfingen‹, würden wir binnen kurzem verlieren, sie würden für uns wie in einer ganz anderen Welt zurückgeblieben scheinen.

Wir blieben vier Tage lang in Drancy. Wir warteten vergeblich darauf, daß das türkische Konsulat einen Vorstoß unternahm, um Nesim und seine Familie zu retten. Jeder war in jenen Tagen dermaßen hilflos ...

Am Ende des vierten Tages wurden wir wieder in Güterwaggons verfrachtet. In Auschwitz kamen wir am 23. Januar abends um zehn Uhr an. In Hast und Eile ließen sie uns aussteigen. Sofort wurden uns die Koffer und die wenigen Sachen, die wir bei uns hatten, weggenommen. Dann folgte die größte, schmerzlichste Trennung, die wir bisher erlebt hatten. Sie trennten uns, rissen uns von unseren Frauen und Kindern los, ohne uns Gelegenheit zu geben, einander noch einmal zu umarmen. Wir sollten an verschiedene Orte kommen. Nesim, Isaac und ich, wir drei Männer blieben zusammen. Zusammen... Wie bei unseren Spaziergängen in Biarritz, dessen Strand sich jetzt immer mehr von uns entfernte... Doch unterschieden sich die Umstände von denen in früheren Tagen. Unsere Füße standen bis zu den Knöcheln in eiskaltem Wasser. Es war bitterkalt und schüttete wie aus Eimern. Nach einer Weile spürten wir den Schmerz in den Füßen kaum noch. Später würden wir uns an so viele Schmerzen gewöhnen. Wir warteten bis zwei Uhr nachts in Reih und Glied in strömendem Regen, vor dem man sich nirgends schützen konnte. Danach luden sie uns in einen Lastwagen und brachten uns nach Morowitz, zwanzig Kilometer von Auschwitz entfernt. Dort brachten sie uns alle schnell, als ob sie es wieder sehr eilig hätten, in einen großen Hangar. Dann mußten wir unsere Kleider ausziehen, wobei sie versprachen, uns diese wiederzugeben. Sie rasierten uns die Haare ab und schickten uns alle zusammen unter eiskaltes Wasser. Dabei nahmen sie uns unsere Eheringe weg, ›unsere letzten Dinge, die zur Welt gehörten‹. In Paris hatten sie uns schon viele Wertsachen gestohlen, weggenommen. Waren unter diesen Verhältnissen die Eheringe so wichtig, so ernst zu nehmen? Ich weiß es nicht, ich weiß es wirklich nicht. Doch in jenem Augenblick war es uns, als verlören wir wertvolle, sehr wertvolle Dinge. Das weiß ich. Dieses Gefühl kann ich jetzt erneut erleben... Als wir aus der Dusche kamen, konnten wir unsere Kleidung nicht finden. Splitternackt, bei eisigem Wetter wurden wir auf den Weg zu einer Baracke geschickt. Eine längere Zeit waren wir gezwungen, in diesem Zustand zu laufen. Wenn ich mich jetzt an diese Momente erinnere, frage ich mich, wie wir diese Strapazen aushalten konnten, woher wir die Kraft dazu hatten. Natürlich gibt es auf solche Fragen nicht nur eine Antwort. Zudem ist es sinnlos, auf solche Fragen außerhalb solcher Orte, in den Leben außerhalb solcher Orte, nach einer Antwort zu suchen. Doch ich frage trotzdem, ich versuche mit Hilfe dieser Fragen, mich selbst an diesen Orten besser zu verstehen. Das ist einer der Wege, die mich meine Einsamkeit, meine Verlassenheit besser ertragen lassen... Einer der Wege, meine Einsamkeit, meine Verlassenheit besser zu ertragen... Schließlich lernt ja der Mensch auch, mit den Toten und mit dem Tod zu leben, um sich fester ans Leben zu binden. Von einem bestimmten Punkt an wissen wir, daß unsere Toten unsere wahren, verläßlichsten Weggefährten sind. Unsere Toten erinnern uns an die Tage, die wir auf dem Weg des Aufschubs verloren haben und die wir aufs neue finden, ergreifen müssen...

In der Baracke erwarteten uns unsere neuen Kleider. Eine gestreifte Jacke, eine Hose, eine Mütze und Holzschuhe... Die Einkleidung war beendet, wir waren nicht länger als Gäste dort... Seit Stunden waren wir ohne Essen. Um ungefähr drei Uhr nachmittags hatte man uns eine verdorbene, ekelhafte Suppe gegeben, in der ein Stück schwarzes Schweinefleisch schwamm. Als wir am hungrigsten waren, ein ekelhaftes Stück Schweinefleisch!... Das war wohl das berühmte deutsche Feingefühl!... Für mich war es inzwischen egal. In dem Moment zählte nichts, als am Leben zu bleiben. Nichts war so wichtig, wie sich zu retten, nur sich selbst zu retten... Ich würde aus diesem Kampf lebend hervorgehen. Auch aus diesem Kampf würde ich lebend hervorgehen... Abgesehen davon waren wir so hungrig, daß uns dieses ekelhafte Stück Fleisch wie ein leckeres Beefsteak vorkam. Der Hunger war es nicht allein, der dieses Gefühl erzeugte. Es war ein Weg, an unseren ›Henkern‹ tiefste Rache zu nehmen. Vielleicht waren wir uns in dem Moment nicht völlig bewußt, was wir taten. Doch ich denke jetzt, man sollte diese Möglichkeit nicht ausschließen...

Am nächsten Tag wurden wir zur ›Arbeit‹ gebracht. Sie gaben uns Hacke und Schaufel und verlangten, wir sollten schwere Steine zertrümmern und transportieren. Die Arbeit verlangte große Körperkraft und ›Durchhaltevermögen‹. Nesim hatte außer einigen Krankheiten auch einen Leistenbruch. Als sie das erfuhren, gaben sie ihm sogleich ein Bruchband, das zwar schon ziemlich abgenutzt war, aber unter diesen Umstanden einen wirklichen Nutzen hatte. Sie können sagen: »Das ist doch endlich mal ein Beispiel für Menschlichkeit!« Doch Sie ändern sofort Ihre Meinung, wenn Sie bedenken, daß hier hinter einem solchen Verhalten die Absicht steckt, einen Menschen noch länger arbeiten zu lassen und mehr leiden zu lassen. Hier sahen wir den Nutzen des Zweifels, mußten den Nutzen des diskursiven Denkens anerkennen. Am Ende des achten Tages wurde Nesim krank. Hände und Füße waren übel zugerichtet. Er mußte auf die Krankenstation. Was er in dem einen Monat, den er dort verbrachte, erlebte, mit wem er was wieweit sprach, haben wir nie erfahren. Als er zu uns, zur Arbeit zurückkehrte, sagte er sehr wenig. Seine Reaktionen auf die Außenwelt nahmen laufend ab. Dann verweigerte er nicht nur das Sprechen, sondern auch das Hören. Nach ein paar Tagen wurde er wieder krank, er mußte sowieso in der Krankenstation schlafen. Nun wußten wir es. Er hatte Diabetes, und der unheimlich hohe Zucker begann sein Zerstörungswerk. Er hätte eine spezielle Behandlung gebraucht. Doch eine solche Behandlung, selbst wenn sie nicht gefordert, sondern freundlich erbeten worden wäre, hätte man als Motiv für Widerstand angesehen...

Drei Monate pendelte Nesim zwischen Krankenstation und Arbeitsplatz. Dann wurde eines Tages verkündet, daß die ›Starken‹ und ›Schwachen‹ getrennt würden, anders gesagt, die Arbeitsfähigen von den Arbeitsunfähigen. Nesim gehörte natürlich zu den Arbeitsunfähigen. Man brachte ihn und einige von unseren Kameraden in ähnlicher Lage an einen unbekannten Ort, über den wir nichts erfahren konnten. Wir hatten nicht gedacht, daß die Zeit der ›Trennung‹ so rasch kommen würde. Wir konnten einander nur schwer anschauen. Dennoch versuchten wir, so zu tun, als würden wir uns nach einiger Zeit wieder begegnen. Wir brauchten diesen Glauben, um ›durchzuhalten‹. Um zu leben, mußten wir uns mal wieder in unsere Lügen wickeln...

Ich habe Nesim danach nie wiedergesehen. Genau gesagt, habe

ich ihn auf eine ›andere‹ Art ›gesehen‹… Nach unserer Trennung war ungefähr ein Monat vergangen. Da sah ich in der Schlafbaracke an einem Mann das Bruchband, das er getragen hatte. In solchen Zeiten achtet man ungewollt auf gewisse Details. Ich stand dem Mann gegenüber. Er konnte unmöglich verstehen, was ich dachte und fühlte. Ich schwieg. Ich sagte nichts und fragte nichts. Schließlich führte auch er einen Lebenskampf, und genauso wie ich, wie jeder, versuchte er, auf den Füßen zu bleiben. Ich hatte sowieso erfahren, was ›zu erfahren nötig‹ war. Ich hatte mich von Nesim im Wissen um das Kommende verabschiedet und hatte trotzdem gemerkt, daß er glaubte, wir würden uns wiedersehen. Ähnliche Abschiede sollte ich auch später noch erleben. Ja, in jenen Tagen hielten uns nicht nur unsere Hoffnungen, sondern auch unsere Selbsttäuschungen aufrecht, die Versuche, uns selbst zu täuschen…

Wir blieben bis um Mitternacht des 18. Januar 1945 in diesem Lager. Wir hatten damals gehört, daß die Russen ›unaufhaltsam‹ vorrückten. Ich vermute, deshalb wurden wir in dieser bitterkalten Januarnacht unter starkem Schneetreiben in aller Eile verlegt. Der Schnee lag einen halben Meter hoch. Mit unseren Holzschuhen hatten wir große Schwierigkeiten zu laufen. Trotzdem legten wir ohne Pause eine Strecke von achtzig Kilometern zurück. Wer so aussah, als ob er nicht mehr weiterkonnte, den erschossen sie an Ort und Stelle mit Maschinengewehren und ließen ihn liegen. Ich überlasse es Ihnen, sich vorzustellen, was wir in diesen Momenten des Schreckens gefühlt, durchlebt haben. Auf unserem Marsch kämpften wir nicht nur mit der Eiseskälte. Vielmehr konnten wir jederzeit einen Gewehrkolben im Nacken oder im Rücken spüren. Was dann kam, will ich mir jetzt nicht noch einmal vorstellen, nach dem, was ich dort gesehen habe…

Eine Nacht und ein Tag vergingen auf diese Weise… Wir kamen in ein anderes Lager, doch dort blieben wir nur eine Nacht. Am folgenden Morgen wurden wir in nach oben offene Waggons verladen und genau sechs Tagen und sechs Nächte in eine uns unbekannte Richtung auf eine neue Reise geschickt, wobei wir versuchten, alle die schlimmen Umstände zu ertragen. Am Ende der Reise kamen in wir in Buchenwald an. Wir waren ordentlich ›zusammengeschmolzen‹. Wir wurden immer weniger. Wer war als nächster an der Reihe?… Das war in jenen Tagen die Frage, die wir uns am häufigsten stellten. Wir wurden weniger… Auf dem langen Weg, dessen Ende wir nicht kannten, wurden wir schnell vernichtet, genau wie ›sie‹ es wollten. Jedoch, dieses Wenigerwerden war für mich auf andere Weise ein Mehrwerden, eine Bereicherung, der ich entfliehen, vor der ich mich schützen wollte. Denn wir hatten viele ›Schicksalsgefährten‹ zurückgelassen, die diese Bedingungen nicht ausgehalten hatten, an deren Gesichter ich mich jetzt ab und zu erinnere, als lebten sie noch in den Korridoren jener Albträume; sie erscheinen mir manchmal in meinen Träumen und sprechen in verschiedener Gestalt mit mir…

Unerwartet traf ich dort meinen lieben Isaac wieder, dessen Spur ich in Morowitz verloren hatte. Es schien uns, als hätten wir uns seit Jahren nicht gesehen. Wir sprachen lieber nicht über das, was wir zurückgelassen hatten, hatten zurücklassen müssen. Wir stellten einander keinerlei Fragen. Wir hatten inzwischen einen Zustand erreicht, daß wir nicht mehr wußten, was und wann wir noch wie erleben würden. Nach kurzer Zeit würden wir sowieso wieder getrennt werden. Isaac war sehr abgemagert. Es war ein Wunder, daß er sich noch auf den Füßen hielt. Ja, ein ›Wunder‹… Dieses Wort kann ich jetzt, nach jenen Tagen, leicht benutzen. Daß wir lebten, war ein Wunder, daß wir diese weiten Wege geschafft hatten, war ein Wunder, und es war ein Wunder, daß wir für diesen Moment vergaßen, vergessen konnten, was wir verloren hatten… Es war ein Wunder, daß wir uns unerwartet begegnet waren und daß wir einander berühren konnten… Nach ein paar Tagen erfuhren wir, daß wir wieder aufbrechen mußten. Doch wir wußten, dieses Mal war es anders, dieser Aufbruch unterschied sich von den anderen. Es war ein anderer Aufbruch zum Tod. Eine andere Abreise zum Tod… Auch Isaac sollte ich zum letzten Mal sehen. Das fühlten wir beide… Unsere neue Reise dauerte zwei Tage. Wir hatten uns längst daran gewöhnt, bei diesem Wetter in Viehwaggons auf ein unbekanntes Ziel hin zu fahren. Am Ende dieser Reise kamen wir nach Clavikel. Das war ein ›Vernichtungslager‹. In der Luft lag drückend der Geruch von verbranntem Fleisch… Man sagte uns dort, dieses Lager unterscheide sich von allen bisherigen, hier würde niemand lebend wieder rauskommen. Waren wir am Ende der Reise? Hatten wir all das Leid umsonst ertragen? Hatten wir alle Hoffnungen für nichts gehegt? Die Kargheit des Essens und die Arbeitsbedingungen gaben dem Gesagten recht. Bald darauf wurde mir jedoch ›mitgeteilt‹, wie meine wirkliche ›Arbeit‹ in diesem Lager aussah… Ich wurde ›beauftragt‹, die Leichen derer, die in den Gaskammern massenhaft getötet wurden, in die Öfen zu werfen… Da es ›viel Arbeit‹ gab, mußte ich mich beeilen. Anfangs war es wie ein Albtraum. Ein Albtraum, den ich Ihnen, auch wenn ich mich anstrenge, einfach nicht so beschreiben kann, wie es eigentlich sein müßte… Ein nicht endender Albtraum, der einen verfolgt in Zeiten, in denen man nicht schlafen kann… Hunderte, Tausende Leichen, zahllose starre Körper von Menschen, die wie Sie auf diese Welt gekommen sind, die wie Sie in verschiedenen Städten mit verschiedenen Menschen in verschiedenen Sprachen sich gefreut, getrauert, gelitten, gehofft hatten und leben wollten… Auch sie mußten auf langen Wegen hierher gekommen sein. Sicherlich hatten auch sie bis vor ein paar Jahren ein Morgen, einen Zukunftsentwurf gehabt. Auch sie hatten Schwächen, Gewissensbisse, kleine Abrechnungen und unerledigte Briefe, die zu schreiben sie immer wieder aufgeschoben hatten. Nun jedoch, nach all den Gefühlen, all dem Bemühen, sich ans Leben zu klammern, waren sie ohne Alter, ohne Sprache, ohne Geschlecht, ohne Nation und ohne Namen… Ja, ich fühlte mich am Anfang wie in einen Albtraum geworfen, aus dem ich mich nie mehr retten zu können glaubte. Das Schlimme, ich sah die Fortsetzung dieses Albtraums auf andere Weise auch nachts im Schlaf. Ich setzte meinen ›Dienst‹ auch in den Träumen

fort… Dann wurde manche Leiche plötzlich lebendig. Beispielsweise rührte sich eine junge Frau, gerade als ich sie in den Ofen
werfen wollte, mit ihrem ganzen sexuellen Reiz und redete mich
an: »Du starker Mann dort, willst du mich nicht verschonen?«
Oder manchmal lief eins der kleinen Kinder schnell auf den Ofen
zu und rief: »Onkel Heizer, Onkel Heizer!… Fang mich doch!«
Manche Leichen lachten laut, nachdem man sie in den Ofen
geworfen hatte, manche sprachen spanisch wie in Terruel, wo
ich meine Kindheit und Jugend verbracht habe, manche schrien
aus dem Ofen: »Mach endlich das Feuer aus, du Trottel!… Uns
wird es hier unbequem!…« Einmal rief auch meine Mutter aus
dem Ofen. Sie sang mir dabei eine von den hebräischen Hymnen
vor, die sie mich in der Kindheit gelehrt hatte, die ich aber danach vollständig vergessen habe, mich zu vergessen entschlossen
hatte. Ich sang mit ihr. Es gelang mir, den vergessenen, seit langem aus meinem Leben gestrichenen Gesang auf seltsame Weise
von Anfang bis Ende zu singen. Wenn Sie mich jetzt fragen, dann
erinnere ich mich an keine Note, kein Wort, keinen Laut von
diesem Hymnus. Als wir den Hymnus zu Ende gesungen hatten,
sagte meine Mutter: »Du wirst erwachsen Enrico… Du wirst
erwachsen mein Sohn… Hab keine Angst, ich werde deinem
Vater nichts verraten…« Hab keine Angst, ich werde deinem
Vater nichts verraten… Sie muß gedacht haben, daß mein Vater,
der ganz darin aufging, Atheist und Feind der Religion zu sein,
böse werden würde, weil ich den Hymnus gesungen hatte. Dabei
habe ich in keiner Phase meines Lebens Angst vor meinem Vater
gehabt. Wir haben uns immer gegenseitig als Freunde, als ›Genossen‹ angesehen. Wir waren füreinander ›Weggefährten‹, Gefährten eines langen Weges… Das sind also die Albträume, die
mich irgendwie immer noch verfolgen… Ich mußte aber durchhalten, unbedingt durchhalten, mußte ›auch das noch‹ ertragen… Wenn ich die Leichen in den Ofen warf, sagte ich öfter
zu mir: »Der ist tot, und der ist auch tot, doch ich lebe! Ich werde
leben, ich muß leben!« Nach einer Weile hatte ich mich an die
›Arbeit‹ gewöhnt. Mehr noch, abends, wenn ich nach meinen

›Dienststunden‹ nach draußen ging, roch ich nicht mehr wie anfangs den Gestank von verbranntem Fleisch. Die Arbeit ›am Ofen‹ war zu einer gewöhnlichen, alltäglichen, normalen Arbeit geworden. Davon wollte ich in jenen Tagen so stark überzeugt sein, daß es mir zuletzt gelang, das zu glauben. Doch zu diesem Gefühl gehörte ein sehr wichtiges Detail. Ich kann und darf Ihnen nicht verheimlichen, was dieses Detail in mir auslöste. Obwohl ich mich in jenen Tagen an alles gewöhnt hatte, lebte in mir doch eine geheime, aber sehr große Angst, daß ich zwischen all den Leichen auf jemanden von meinen Lieben stoßen könnte. Das konnte ein Freund aus den Tagen von Biarritz sein oder, noch schrecklicher, meine Frau oder meine Tochter. Denn für uns war inzwischen nichts mehr ›unmöglich‹... Unter all den Leichen, unter den Hundertausenden, Millionen von Leichen auf jemanden von den ›Meinen‹ zu stoßen, die ich in mir begraben hatte... Meine Lebenskraft hätte ich genau in dem Moment verloren. Die Albträume, die ich in den Nächten jener Tage träumte, erinnerten mich auch an diese Angst. Die Albträume hörten nicht auf, sie ließen mich nicht los... Ich träume weiter. Die Einzelheiten wechseln, die Bilder, die Gespräche ändern sich, aber die Angst vor der Begegnung bleibt immer am selben Ort, an der Tür zur Hölle, zum Feuertunnel. Ich versuche zu vergessen. Ich bemühe mich zu vergessen, nur zu vergessen. Aus diesem Grund erzähle ich hier das, was ich erlebt habe, was ich in jener anderen Welt gesehen habe, nicht unbedingt gerne...

Unter dem, was ich aus jenen Tagen berichten möchte, gehört auch die Erinnerung an jene Morgen, an denen wir Abfall aßen, essen mußten, um am Leben zu bleiben. An manchen Tagen gab es Essen, an anderen nicht. Nach einer Weile waren wir gewöhnt, sehr früh am Morgen, noch vor Sonnenaufgang ganz heimlich die Abfälle zu durchwühlen, um Essensreste zu finden, die uns einen weiteren Tag am Leben halten sollten. Wohin war es mit uns gekommen... Doch in jenen Tagen war unser einziger Sieg, zu überleben, und sei es mit Abfällen, und diesen Männern noch einmal einen Tag gegenüberzutreten. Später hörte ich, daß anderorts mit derselben Absicht, Widerstand zu leisten, manche Menschen, die mit uns dasselbe Leben, besser gesagt, den Weg des Todes geteilt hatten, also einfach unsere ›Schicksalsgefährten‹, die Leber ihrer gerade gestorbenen Mitgefangenen gegessen hatten. Die Anführer dabei waren Ärzte beziehungsweise in ›einer früheren Welt‹ gewesene Ärzte. Sie wußten Bescheid. Die Leber blieb angeblich sogar nach dem Tod des Körpers für eine kurze Weile unzersetzt… Ich weiß nicht, wieweit das stimmt oder gelogen ist. Doch wie ich Ihnen schon sagte, war dort nichts ›unmöglich‹. Der Mensch mußte sich dort für alle Möglichkeiten und Unmöglichkeiten gewappnet zeigen, um durchzukommen… Sollen wir vielleicht dafür ›dankbar‹ sein, daß wir nur Abfall essen mußten, um zu überleben, am Leben zu bleiben?… Wer weiß… Vielleicht sollten wir mal unsere Begriffe von richtig und falsch, Recht und Unrecht neu definieren. Unsere Gefühle können uns in dieser Lage neue Türen öffnen. Ich habe in jenen Tagen auf meine Gefühle vertraut. Meine Gefühle ließen mich damals auch sagen, daß ich mich für Nesim freuen mußte, daß er diesen Teil unseres Weges nicht miterlebt hatte. Diese Freude erlebten in jenen Tagen viele Menschen in bezug auf viele ihrer Lieben… Sich über den Tod eines Freundes freuen heißt, um diese Menschen auf andere Weise zu trauern… Ihnen über diese verborgene Trauer zu erzählen, werde ich vielleicht niemals in der Lage sein…

Nach ungefähr zwei Monaten brachten sie uns wieder nach Buchenwald. Wir marschierten die etwa hundert Kilometer in zwei Tagen. Doch am Ende unseres Wegs begann eine andere Reise… Die neuerliche Fahrt im Viehwaggon dauerte einundzwanzig Tage. In dieser Zeit bekamen wir täglich zweihundert Gramm trockenes Brot und drei rohe Kartoffeln zu essen und alle drei Tage eine Tonne Wasser zu trinken, das für den Waggon mit sechsundneunzig Menschen reichen mußte. Nur wer wegen ein paar Tropfen Wasser mit den Stärksten – nach all dem Mangel – kämpfte, bekam überhaupt etwas ab. Als wir uns auf die Reise machten, waren wir ungefähr fünftausend Menschen. Am Ende des einundzwanzigsten Tages aber waren nur noch sechshundert übriggeblieben. Ich war sehr schwach geworden und fühlte, daß mich meine Beine nicht mehr lange tragen würden. Ich war kaum noch in der Lage zu laufen. Der Name des Lagers, wohin sie uns brachten, war Dachau… Wir hatten von Dachau gehört. An diesem Morgen dachte ich zum erstenmal, daß für mich alles aus wäre. Ich sagte zu mir selbst: »Bis hierher, das war's.« Nach so viel Widerstand, so viel Kampf war es das dann… Mir fiel ein, was ich zurückgelassen hatte. Bilder, Menschen, Stimmen vermischten sich schon… Ich erinnerte mich an verschiedene Orte, Erlebnisse… Terruel, Biarritz und das, was dann kam… Mein Vater, Danielle und mein ungeborenes Kind… Es war zu Ende… Ich schickte mich an, lautlos den Tod zu erwarten.

Die Amerikaner kamen ein paar Tage später… Ich war gerettet… Ich konnte es nicht glauben… Ehrlich gesagt, kann ich es noch immer nicht glauben… Es war in den ersten Maitagen… Zuerst wurde ich in ein französisches Krankenhaus in der Nähe des Lagers gebracht. Ich war verlaust, überall hatte ich Flöhe. Deshalb wurde ich sofort ›desinfiziert‹! Noch etwas anderes erscheint mir unglaublich, ich konnte mich kaum daran gewöhnen: Ich lag zwischen sauberen weißen Laken. Nach anderthalb Jahren… Zehn Tage lang wurde alles nur Mögliche für meine Pflege getan.

Dann wurde ich mit dem Krankenwagen nach Konstanz, auf die Insel Mainau gebracht. Dieses Mal kam ich in ein Paradies mitten im Bodensee. Als ich dort ankam, wog ich vierzig Kilo. Nach anderthalb Monaten hatte ich sechzig Kilo erreicht. Ich wurde zu ein paar kurzen Vorträgen im Radio eingeladen. Inzwischen ist es meine Aufgabe, ›Zeuge‹ zu sein… Doch außer dem, was ich erzähle und erzählen kann, gibt es ebensoviele Tatsachen, die ich nicht erzählen kann… Diese Unfähigkeit gilt nicht nur für mich, sondern für alle, die jene Tage erlebt haben. Als lebte etwas, das wir nicht erzählen können, das die Grenzen unserer Sprache übersteigt, für das es keine Grenzen gibt, für immer in uns und bliebe immer jenseits dieser Grenze…

Am 21. Juni fuhr ich von Konstanz los, am 28. kam ich in Biarritz an… Auf dem Heimweg hegte ich bis zuletzt die Hoffnung, in der Stadt, in der ich so viele Erinnerungen zurückgelassen hatte, meine Familie und meine Freunde anzutreffen. Einen, wenigstens einen von ihnen hätte ich doch wiedertreffen können. Leider gab es an dem Ort, an den ich heimkehrte, nur lautlose Stille… Die Straßen, die Häuser, die Steine, die Bäume, der Strand… Alles hatte sich verändert, war fremd geworden. Alle Dinge, jede Stelle hatten sich verändert oder erschienen mir so… Ich hatte vergebens auf die Rückkehr, die Begegnungen, Umarmungen gehofft. Sie kamen nur in Filmen, in den Filmen der anderen vor… Bis heute ist leider niemand von denen, die ich erwarte, hierher zurückgekehrt… Manchmal kann ich mir aufs neue etwas vormachen. Ich denke mir verschiedene Möglichkeiten aus. Vielleicht, sage ich mir, vielleicht ist jemand auf russischer Seite geblieben… Auf russischer Seite… Auf ›jener‹ Seite… Oder… Oder hätte ich nicht ›dort‹ sein müssen? Ich sehe die alten Tage im Traum… Eines Abends, als wir aus einer Parteiversammlung kommen… Wie immer haben wir heftig diskutiert, haben an neue Hoffnungen, die Zukunft geglaubt… Manuel sagt: »Heute nacht müssen wir trinken, wir müssen einen trinken.« Heute nacht müssen wir trinken… Wir gehen einen trinken… Die Bars gehören in dieser Nacht noch einmal uns… An jeder Bar eine Vorspeise, ein Getränk… Das ist der Brauch… Manuel starb in Terruel, gleich neben mir, durch eine Kugel in den Kopf. Ich hörte das Sausen der Kugel… Das Sausen der Kugel… Ist das wirklich passiert? Danielle will, daß ich ihr vom ›Krieg‹ erzähle. Ich sage zu ihr: »Kleine Kinder brauchen das nicht zu wissen. Wenn du groß bist, erzähle ich es dir, versprochen… Wenn du groß bist, werde ich dir alles erzählen.« Sie besteht darauf und sagt noch einmal: »Erzähl trotzdem, auch wenn ich es nicht verstehe, erzähl.« Da erzähle ich also. Ich erzähle… Sie hört dem ›Krieg‹ wie einem Märchen zu… Ja, kleine Kinder sollten das alles nicht wissen… ›Krieg‹ sollte für sie immer ein Märchen aus einer fernen Welt bleiben… Sonst…

Wenn ich alles das bedenke, kann ich mich nicht über meine

Rückkehr freuen. Als hätte ich alle die Leiden nur ausgehalten, um meine Lieben wiederzutreffen... Doch jetzt kann ich in meiner Umgebung niemanden, gar niemanden sehen... Manchmal fällt mir auch das Märchen vom ›Däumling‹ ein, und ich denke, ich habe nicht einmal das Versprechen gehalten, das ich in bezug auf das Märchen gegeben hatte...

Wir haben nicht mal die Versprechen halten können, die wir unseren kleinen Kindern in bezug auf die Märchen geben haben... Jetzt... Jetzt ist es hier dermaßen still...

Enrico Weizman

Hier endete der Brief... Wir alle befanden uns inzwischen in einer anderen Erzählung, in unserer eigenen Erzählung. In unserer eigenen Erzählung... Mit all unserer Ferne und Fremde...

Der unerwartete Gast

Es war nur natürlich, daß Enrico Weizman, der sich bei seiner Rückkehr in Biarritz fremd fühlte, keinen von seinen Angehörigen, keinen von seinen Freunden vorfand. Aus den ›Todeslisten‹, die einige Jahre später veröffentlicht wurden, war ersichtlich, daß sie alle irgendwo in jenen Konzentrationslagern an einem unbekannten Zeitpunkt ›verlorengegangen‹ waren. Marie, Danielle, Nesim, Rahel, Paulette, Anette, Isaac, Liliane... Alle waren sie dort. Wie viele andere... Wie alle die anderen, die mit verschiedenen Sprachen, Gedanken und Hoffnungen gekommen und gleich ihnen ohne Sprache, ohne Gedanken und ohne Hoffnung in den Tod gegangen waren... Die Namen der ungeborenen Kinder waren natürlich nicht auf diesen Listen. Ihr Ort war unbekannt, unbetretbar...

›Die Liste der Vermißten...‹ Freilich war ein ›Irrtum‹ immer möglich. Jemand konnte in einem anderen Land, in einem anderen Leben, jenseits einer anderen Grenze abgeblieben sein...

Enrico Weizman brauchte eine derartige Lüge, um seine Albträume zu ertragen. Bedeutete Glauben, welchen Namen er auch immer trug, nicht sowieso, an einen anderen Ort, an eine jenseitige Welt zu glauben?... Enrico dachte in jenen Tagen an die Verlorenen, die nicht zurückkamen, die in Aschehaufen verwandelt waren... ›Jene Toten‹ verfolgten ihn. Dabei waren es nicht die ersten Toten, die er gesehen und, ob er wollte oder nicht, hatte erleben müssen. Wenn man bedenkt, daß er ›jenen Krieg‹ hinter sich hatte, dann konnte man sogar sagen, daß er, anders als manch anderer, besser ›vorbereitet‹ in jene Lager, die Stimmen, die Ängste, die Erwartungen ging. Er hatte nicht vergessen, hatte nicht vergessen können. Ein ganz anderer ›Krieg‹ hatte ihn nach Biarritz verschlagen, wo er sich mit Nesim für eine kurze, aber sehr bedeutsame Zeit traf. Ein ›Krieg‹ in einer anderen Geschichte, der für eine gerechtere Welt gewagt wurde und an den man sich immer erinnern sollte... Ein ›Krieg‹, der sich von großen Träumen und dem Zusammenbruch großer Träume genährt hatte und der denen, die diese Zeit, diese Gefühle erlebten, große Opfer abverlangt hatte... Die Tage in Madrid, in denen er als Kind mit seinem Vater, einem ›bis ans Lebensende überzeugten Kommunisten‹, zu den Parteiversammlungen gegangen war, erschienen ihm jetzt wie ein Stück von einem verlorenen Paradies. Irgendwo in diesem Paradies lebte auch das ferne Gesicht seiner Mutter, die ihm ein paar Ansichten des Judentums vermittelt und die stets darum gekämpft hatte, daß die Feiertage gegen alle Überzeugungen zu ›Hause‹ gefeiert wurden... Dann kamen die Tage an der ›Front‹... Und nach den Tagen an der Front die ›Flucht‹ und das erzwungene Exil, das als Konsequenz davon ertragen werden mußte. Damals lernte er den Verlust, lernte sich von seinen Lieben zu trennen, ohne Zeit zum Abschied zu finden. Nach diesem ›Krieg‹ war Enrico Weizman einer der zahllosen spanischen Kommunisten, die in Frankreich Asyl suchten. Die von Tod und Blut getränkten Tage von Terruel waren in seinem Gedächtnis unauslöschlich eingeprägt. Als es ihm gelang, die Grenze zu überschreiten, wußte er sehr wohl, daß er für viele Jahre nicht in sein Land zurückkehren würde. Jeder war auf einer Seite des ›Krieges‹, richtiger gesagt, auf der jeweils anderen Seite geblieben. Sein Vater nahm das ›unausweichliche Ende‹ in Kauf und zog es vor, auf ›ihrem‹ Boden zu bleiben. Das mußte man noch einmal verstehen. Man mußte zu verstehen versuchen. Dieses Bleiben kam natürlich einem Selbstmord gleich… Einem Selbstmord… Denn er hatte für eine Überzeugung sein Leben gegeben, ein Leben auf einer Überzeugung aufgebaut… Als die Niederlage kam… Als die Träume zusammenbrachen… Ja, man mußte verstehen, daß er den Tod wählte, zu verstehen versuchen. In den ersten Nächten seines Exils in dem fremden Land machte Enrico sich selbst glauben, daß seine Eltern, diese zartfühlende Frau, die ihre ganze Kraft aus ihrem Schweigen schöpfte, und der Mann mit der volltönenden Stimme, der bis zuletzt seinem ›Ideal‹ verbunden blieb, früher oder später von den faschistischen Milizen getötet werden würden. Um ein neues Leben zu beginnen und die Familienbande zerreißen zu können, mußte er sich absolut an diese ›Erzählung‹ klammern. Das Paradies, das er zu diesem Zeitpunkt verloren hatte, war damals noch nicht durch eine andere Hölle beschmutzt worden, die er später erleben würde. Wenn man diese Umstände aufmerksam betrachtet, war es auch nicht verwunderlich, daß er sich fühlte, als hätte er in dem freundschaftlichen Umfeld, das ihm Nesim und Rahel boten, eine neue Familie gefunden, zumal sie das vertraute ›Spanisch‹ sprachen. Einmal abgesehen von allen möglichen richtigen oder falschen ›Haltungen‹ hatte der Mensch schließlich immer das Bedürfnis, geliebt zu werden und zu glauben, daß er etwas wirklich liebte. Wenn auch Länder vergessen wurden, Grenzen verschwanden, ihr konntet euer Land, euer wirkliches Land in euch selbst mit einem anderen zusammen aufs neue begründen. Doch einen Hafen, welchen Namen er auch trug, mußte man immer beschützen. Die Existenz eines Hafens hättet ihr, ob nah oder fern, immer spüren müssen, unabhängig von euren ›Zugehörigkeiten‹… Es war, als hätte Enrico Weizman diesen Hafen sogar noch bei seiner

Rückkehr nach Biarritz gesucht, nachdem er so viele Leben, Freuden und Hoffnungen verloren hatte. Die Bedingungen hatten sich freilich verändert. Die Menschen, die Straßen, die Häuser, die Bedeutungen des Sonntags hatten sich verändert. Dieses Mal war der Hafen zweifellos ein ganz anderer Hafen. Vielleicht durften wir uns, um jenen Hafen zu sehen, um ihn besser zu sehen, in dieser Lage nicht einfach mit Worten begnügen oder mit den Bedeutungen, die die Wörter für uns hatten.

Um mit der Erzählung weiterzukommen, erscheinen mir insofern auch neue Fragen notwendig. Beispielsweise möchte ich verstehen, wie jener neue Gast, der zwei Jahre nach seiner Rückkehr unerwartet in Enricos kleine, sehr private Welt eintrat, seine ›Haltung‹ beeinflußt hat. Die Begegnung, die diesen unerwarteten Gast brachte, erinnert mich an jene Romane und Abenteuerfilme, die die Menschen in Träume hineinziehen. Dabei ist es auch möglich zu sagen, daß dieser Teil der Erzählung beginnt, wo eine Person sich zeigt, die irgendwo auf dem langen Weg verlorengegangen zu sein scheint. Mit anderen Worten fand eine Person ganz langsam zwischen den anderen und für die anderen ihren Platz und rückte zum richtigen Zeitpunkt leise und auch fast unbemerkt vor. Es war die ›passende‹ Zeit, um die Erzählung zu vollenden oder den Anfang für eine neue Erzählung zu knüpfen. Die neue Zeit rief nach einem neuen Ort. Konnte der Wunsch des ›Gastes‹, in die Erzählung einzutreten, mit einem ›Schicksalsplan‹ erklärt werden? Damals hätte jeder diese Frage nach eigenem Gutdünken beantworten können. Tatsächlich wichtig war, daß eine Person irgendwo um einer Erzählung, um des fehlenden Stücks der Erzählung willen wartete. Die Spur dieser Person hatte sich schon seit langem verloren. Die Person lebte, ohne zu wissen, daß sie eines Tages durch jemanden in die Erzählung hineingeschrieben werden würde, an einem Zufluchtsort, der nur einigen wenigen verschwiegenen Zeugen bekannt war. Sie hatte tatsächlich keine Ahnung von den Toden und Trennungen. Diese Person war ein kleines, einsames Kind. Ein kleines, einsames Kind, das sich seine eigene Welt erschaffen mußte… Doch dies sollte den anderen Protagonisten der Erzählung nicht ausreichen, es reichte nicht… Denn in den wahrsten Momenten waren Versprechen gegeben worden. Versprechen waren gegeben und genommen worden… Wer es wünschte, konnte auch am Ort des Versprechens nach jenem ›Schicksalsplan‹ suchen…

Die Erinnerungen der kommunistischen Fischverkäuferin Angela und der katholischen Concierge Madame Manzil an den ›Krieg‹

Es war an einem Samstagmorgen… In der Hoffnung auf einen neuen Tag beschloß Enrico Weizman, an diesem Morgen auf den Markt zu gehen, um Fisch zu kaufen…

Dies war natürlich nichts Besonderes für diejenigen, die den Satz, die versteckte Bedeutung dieses Satzes nicht verstanden. Hätte ich manche Einzelheiten nicht gewußt, hätte auch ich, um die Wahrheit zu sagen, in diesem Teil der Erzählung zu denen gehören können, die über einen solchen Satz hinweggehen, ohne seinen Gehalt zu erkennen. Doch die ›Bedingungen‹ führten ein weiteres Mal dazu, daß ich zum ›Mitwisser‹, zum Zeugen der ›Geschehnisse‹ berufen wurde…

Diese Zeugenschaft war mein ›Schicksal‹. Dieses Schicksal hatte ich ein bißchen selbst verursacht. Ich konnte meine Augen nicht verschließen und das, was ich gesehen und erlebt hatte, nicht vergessen. Doch, um ehrlich zu sein, gefiel mir die ›Rolle‹ auch, ungeachtet aller möglichen Leiden. Denn damals gab es in meinem Leben nicht bloß Worte… Es gab nicht nur Worte… Damals gab es auch Dinge, die ich zu verheimlichen versuchte, etwas, das ich sein wollte, erreichen wollte, im geheimen leben wollte. Die Momente vermischen sich jetzt deswegen ein wenig.

Das Wissen, das mich dazu brachte, diesen Teil der Erzählung neuerlich zu entwickeln, kam nach Jahren von einem Ort, der von der ursprünglichen Quelle ziemlich weit entfernt war. Also mußte ich meine Tür aufs neue dem Irrtum, vor allem aber der Unvollkommenheit öffnen. Doch gleichzeitig ging es darum, daß auch die Träume durch diese Türe hereinkamen. Die Träume jedoch sind meistens schöner als die Wirklichkeit, sie wollen lieber gelebt und erzählt werden. Ich wollte aber sowieso von diesem Fenster aus sowohl die Erzählung von Enrico Weizman als auch das, was ich gesehen und gehört hatte, beschreiben. Die Teile, die ich zusammenzufügen versucht hatte, führten mich an einen unerwarteten Ort. Jetzt versuche ich mit meinen begrenzten Kenntnissen von dort zu anderen Antworten vorzudringen...

Natürlich ist das Gefühl, einen neuen Tag zu beginnen, wichtig. Aber noch wichtiger ist es, dieses Gefühl damit zu verbinden, daß man ›Fisch kauft‹ oder ›Fisch kaufen geht‹. Was man jedoch keineswegs übersehen, wobei man ein wenig verweilen sollte, ist – über die Aktion des Fischkaufens oder den Plan, durch den Fischkauf einen neuen Tag zu beginnen, hinaus – der Gedanke, den Fisch bei Madame Angela zu kaufen. Enrico Weizman tat in dieser Situation die ersten Schritte zu einer neuen Erzählung, die ›erlebt werden mußte‹. Die Erzählung rief manche alten Protagonisten der Erzählung, die verlorengegangen schienen, zu einem neuen Ort, um dessentwillen, was in den Momenten der Trennung zurückgelassen worden war...

Madame Angela war mit ihren ›schwarzen Augen und schwarzen Haaren‹ ein ›mediterraner‹ Typ, sie hatte große Brüste und breite Hüften und ›flachste‹ mit allen. Und sie verfügte über erstaunliche Schlagfertigkeit und Witz, so daß in ihren ›guten Tagen‹ ihre Umgebung sich vor Lachen bog. Auf dem Markt war sie ebenso bekannt für ihre Hilfsbereitschaft und Tüchtigkeit wie auch für ihre Sturheit und Lautstärke. Diese Eigenschaften hatten dazu geführt, daß man sie einerseits liebte und schätzte, andererseits scheute. Doch das Gefühl, das sie in Enrico Weizman entdeckt hatte, gehörte zu den Gefühlen, die nur dann wertvoll werden, wenn sie geteilt werden. Es war ein Gefühl, dessen besondere Bedeutung ›aus einer ähnlichen Vergangenheit‹ und in den ›gemeinsamen Wurzeln‹ entstanden war. Es war ein Gefühl,

dessen besondere Bedeutung ›aus einer ähnlichen Vergangenheit‹ und in den ›gemeinsamen Wurzeln‹ entstanden war und
das dort gegen alle anderen zu verteidigen versucht wurde…
Diese ›Haltung‹ konnte ich verstehen… Ich konnte verstehen,
warum das, was sie erlebt hatten, was sie verloren und mit dem
Verlust gewonnen hatten, und die Herkunft aus einer Geschichte,
die man auch an anderen Orten in anderen Leben spüren konnte,
sie einander nahebrachte. Wenn man an die ›Vorgeschichten‹
dachte, schienen sie sich langsam füreinander vorbereitet zu haben. Denn beide hatten ihre Ehepartner im Krieg verloren, beide
galten in Frankreich als ›Ausländer‹, und beide kamen aus einer
kommunistischen Vergangenheit… Angela war mit ihrer Familie
als kleines Mädchen von Neapel nach Marseille ausgewandert.
Die Jahre, die Liebe, Fluchten hatten auch sie in die kleine Stadt
an der Atlantikküste verschlagen. In dieser Stadt hatte sie später
geheiratet, sie glaubte, den Mann ihres Lebens in dieser Stadt
gefunden zu haben. In dieser Stadt hatte sie gelernt, in einer
neuen Sprache zu leben. Doch das alles war vor dem ›Krieg‹
gewesen… Ehe sie in diesem Krieg alle ihre Verwandten in ihrem
Leben in aller Welt verloren hatte… Sie und Enrico Weizman
waren ›Schicksalsgenossen‹, nachdem sie diese Wege allein gegangen waren. Nachdem sie gezwungen waren, diese Wege zu
gehen, ob sie wollten oder nicht… Aus diesem Grund war es für
sie sehr leicht, den neu beginnenden Tag in eine wirkliche ›Be-
grüßung‹ zu verwandeln. Schließlich gehörte eine eigene Meisterschaft dazu, im Leben die wechselnden, sich entwickelnden,
›gewöhnlichen‹ täglichen Ereignisse mit kleinen Hoffnungen zu
verbinden. In diesen Momenten sprachen sie vor allem darüber,
was in der ›Partei‹ los war, über die Artikel in der ›L'Humanité‹,
über die Fische und über die Szenen des Markts. Angela glaubte,
ihr Mann sei nicht gestorben, sondern hätte das Konzentrationslager überlebt und hielte sich in einem ›sozialistischen Bruder-
land‹ auf. Dort hätte er sich ein neues Leben aufgebaut. Eines
Tages könnte er zurückkehren. Doch trotz aller Hoffnungen, die
sie an das Erlebte und noch zu Erlebende knüpfte, sie wußte, daß

sie den Mann, den sie jahrelang als die Liebe ihres Lebens angesehen hatte, nicht mehr so liebte wie früher und auch nicht mehr so lieben würde. Der Krieg war vor vier Jahren zu Ende gegangen. Die Toten und die Vermißten hatten die Gefühle vieler Menschen verkümmern lassen... Es war wichtiger, den Marktstand zu verteidigen und das Überleben in der Gegenwart zu sichern. Doch in Wirklichkeit fiel es ihr nicht besonders schwer, mit ihrer Arbeit Geld zu verdienen. Die ›Übergangszeit‹ hatte sie mit den ›Kenntnissen‹ aus ›alten Tagen‹ leicht überstanden...

Als Enrico Weizman wegen jener ›menschlichen Pflicht‹ nach Istanbul kam, sprach er über Madame Angela wie über eine der wichtigsten Begegnungen seines Lebens. Als mir Berti Jahre später von der Frau, ›der gegenüber man nicht gleichgültig sein konnte‹, erzählte, ›soweit er sich an jene Tage erinnerte‹, stand in seinen Augen sowohl Stolz darauf, eine ›geheime‹ Geschichte zu ›kennen‹, als auch Spuren einer Trauer, deren Grund zu verstehen mir schwerfiel. Madame Angela würde eines Tages als Frau in Enrico Weizmans Leben einen Platz einnehmen, von der man mehr erzählen konnte als bei seinem ersten Besuch in Istanbul... Berti gehörte zu denen, die den Schmerz ›erlebt‹ hatten, der sich aus einer nicht erzählbaren, nicht mitteilbaren Beziehung entwickelt. Ich liebte ihn auch wegen dieser seiner Besonderheit... Berti hatte gesagt: »Diese Frau war nicht irgendeine Frau. Das habe ich gefühlt. Doch irgendwie konnte ich das, was ich eigentlich fragen wollte, nicht fragen. Es war, als ob eine Hand, eine unsichtbare Hand mich hinderte...«

Der Enrico Weizman, mit dem ich in einem Lokal in Rumelikavağı zum Essen gegangen war, war ein Mensch, der aus jedem Moment Spaß zu gewinnen trachtete, der, ob es paßte oder nicht, eigentlich ein bißchen zu oft lachte, der vom Tod so sprach, als spräche er vom Essen oder vom Wetter, der alle seine Erinnerungen, außer denen, die er in ›jenen fernen Tagen‹ zurückgelassen hatte, vor den Zuhörern ausbreitete, sich dessen bewußt, daß er ›splitternackt‹ dastand. Auch Berti und Juliette waren bei diesem Essen dabei. Er war zum zweiten Mal nach Istanbul ge kommen, mit seinen Worten als ›Migrant, der viele Emotionen abgestreift‹ hat. Dieser Besuch kam etwas spät und blieb unbefriedigend... Ein etwas verspäteter, etwas unbefriedigender Besuch... Auch er hatte erfahren, daß ich mich bemühte, in einer langen, sehr langen Erzählung fortzufahren. Deswegen denke ich bisweilen, er versuchte an diesem Abend absichtlich, in mir das Gefühl der ›Nacktheit‹ zu erzeugen. Diesen Abend verdankte ich Juliette, der ich vor dem Essen von meinem geheimsten Traum erzählt hatte. Wir sprachen stundenlang. Ausgehend von diesem Abend, drangen wir zu jenen fernen Tagen vor, jenem ›Krieg‹, jenen Fluchten, jener Rückkehr. Die Teile fanden ganz langsam ihren Platz. Es war eine ›Begegnung‹. Eine echte, außergewöhnliche, lang ersehnte ›Begegnung‹...

›Echte Begegnungen‹ rufen den Menschen natürlich an ganz besondere Orte. Gleichzeitig sind es die Momente dieser Begegnungen, in denen ihr die wichtigsten und unvergeßlichsten Schritte eures Lebens getan habt oder getan zu haben glaubt. Was wir an jenem Abend in jenem Lokal gesprochen haben, erneuerte dieses Gefühl wieder in mir. Die Begegnung, die in einem ›unerwarteten‹ Moment den Fluß der alltäglichen Begebenheiten in Enrico Weizmans Leben anhielt oder in eine andere Richtung lenkte, als er ›zu jener Fischverkäuferin‹ ging, hat nicht nur ein Leben, sondern darüber hinaus viele Leben verändert, nachhaltig beeinflußt. Es war ein Moment, ein einziger Moment, der diese Wandlung brachte. Ein Moment, der sich in meiner langen Erzählung in eine neue Dunkelheit öffnet. Ich möchte die Tür einen Spalt weit öffnen, wobei ich wieder jene Verunsicherung spüre. Die Person, die sich den Protagonisten der Begegnung in jenem Moment näherte, schien von einem vergessenen Ort, aus einem ganz anderen Traum zu kommen. Es näherte sich ihm eine dieser ›wohlbekannten Französinnen‹, die viel reden und an deren Gerede man erkennt, daß sie ›die Schulbank nicht lange gedrückt und auch die Bücher nicht gerade bevorzugt‹ haben, die jedoch bei jeder Gelegenheit, ohne sich zu genieren, ›ihre philosophischen Gedanken über das Leben‹ zum besten geben. Die Frau kam ihm von irgendwoher bekannt vor. Sie blieb stehen, dann fragte sie ihn, ob er Monsieur Weizman sei. Er solle entschuldigen, aber der Krieg hätte alles und jeden verändert. Er sah in ihr eine von den Frauen, die die Fähigkeit entwickelt haben, ein paar lebenswerte Momente aus dem Geschmack eines heißen Baguette mit Schinken und einem Schluck Wein zu ziehen, ›zwischen‹ Liebesakten, die in allem Mangel und aller Gefühllosigkeit unbedingt erlebt werden mußten und die so oft wiederholt werden mußten, weil sie sozusagen immer mangelhaft, immer unfertig waren. Den Preis für diese Fähigkeit bezahlte sie mit nervösen Bewegungen, einer frühzeitig faltig gewordenen Haut, mit unausgewogenen Reaktionen und einer Redeweise, die vielen Leuten frech vorkommen mochte. Er erlebte einen Moment, der sozusagen schon gefühlt, gesehen, oft erzählt worden war. Er sagte zu der Frau, sie sei an der ›richtigen Adresse‹. Die Frau stellte sich mit vor Aufregung zitternder Stimme vor, ohne daß sie versuchte, ihre Freude zu verbergen. Sie war Claudine Manzil, die Concierge des Hauses, in dem Nesim und Rahel ›einstmals‹ gewohnt hatten. Jetzt war es an ihm, aufgeregt zu sein. Er war aufgeregt, weil er spürte, daß diese Frau womöglich etwas ›mitbrachte‹. Madame Manzil fragte nach Nesim, Rahel und ihren Kindern. Als sie die Wahrheit erfuhr, schwieg sie kurze Zeit, wandte ihre Blicke ab und sagte mit gebrochener Stimme: »Ginette lebt… Hier in der Nähe in einem Kloster.« In dem Moment fiel ihm wieder ein, was er im Gefängnis von Bayonne erlebt hatte, was Rahel zu Nesim gesagt hatte, als sie sich umarmten. Sie hatten sich in dieser Nacht nicht nur gegenseitig, sondern für eine Hoffnung, eine letzte Hoffnung umarmen wollen…

Er sagte, sie müßten unbedingt miteinander sprechen und sollten sich dazu in ein Café setzen. Sie waren wieder einmal mitten in einer Erzählung, die sie nicht auf morgen verschieben konnten, die sie unbedingt zu Ende bringen mußten. Das verstand auch Madame Angela, die das, was gesprochen wurde, nicht hatte überhören können. In dem Café erzählte Madame Manzil

mit großer Aufregung die Fortsetzung der irgendwo abgebrochenen Geschichte. Man konnte an ihrer Stimme, ihren Blicken
merken, daß sie sich lange auf diesen Moment ›vorbereitet‹ hatte.
Sie begann, über das zu erzählen, was sie in jenen Tagen erlebt
hatte: »Es war unmöglich, dem Druck der Gestapo standzuhal-
ten, Monsieur. Mein Mann sagte immer wieder: ›Wenn wir ge-
schnappt werden, dann bringen sie uns alle um, dich, mich, unsere Kinder, wir kommen alle ins KZ.‹ Wir hatten große Angst.«
Es schien, als hätte sie keine Einzelheit dessen, was sie in jenen
Tagen in ihrer kleinen Wohnung erlebt hatte, vergessen. Vielleicht war das Kleid, das sie trug, eines der lange getragenen
Kleider, das mit ihr gelebt und das sie nicht gewechselt hatte.
Der Krieg ging für manche Menschen weiter, und es schien
eigentlich, als würde er noch lange dauern... Er mußte jetzt
zuhören, zuhören und schweigen...

»Aber andererseits gab es auch eine Seele zu beschützen, ein
Leben, das ich zu retten verpflichtet war. Ein Leben retten, Monsieur, ein Leben... Nicht nur, weil ich Madame Rahel mein Wort
gegeben hatte, sondern vor allem für mich selbst, für uns mußte
ich dieses Leben retten, verstehen Sie? Ich fand eine Lösung,
indem ich das arme unschuldige Kind in das Kloster brachte,
das ich als Kind mit meiner Mutter oft besucht hatte. Dort war
ein Platz, dem ich mich sehr nahe fühlte. Auch in meiner Jugend
und in meiner Ehe bin ich oft dorthin gegangen. Ein paarmal
habe ich meine Kinder dorthin geführt. Dort fand ich immer
Frieden, wenn ich lange betete und mit mir allein war. Glauben
Sie mir, ich war nicht in der Lage, darüber nachzudenken, was
Ginette in jenem Kloster tun würde und in welcher Weise das
Leben mit den Nonnen ihre Zukunft beeinflussen könnte. Die an
ihren Glauben gebundene Madame Rahel hätte mir böse sein
können und traurig, wenn sie erfahren hätte, daß ich ihre Tochter
in ein Kloster gegeben hatte. Aber glauben Sie mir, in jenen
Tagen war ich nicht in der Lage, daran nur zu denken. Die arme
Madame Rahel! Sie möge in Frieden ruhen! Ich weiß, sie hätte
mir verziehen, weil sie eingesehen hätte, daß ich es getan habe,

um das Leben ihrer Tochter zu retten. Ich war überzeugt, daß Ginette dort in Sicherheit sein würde. Ich bin dann lange nicht mehr dorthin gegangen. Das war nicht allein meine Entscheidung. Das wollten die Schwestern im Kloster so, es war das einzige, was sie von mir verlangt haben. Sie sollte von jetzt an in einem einzigen Leben, in einer einzigen Familie aufwachsen... Doch eines Tages habe ich es nicht ausgehalten, ich konnte mich nicht beherrschen und bin hingegangen. Ich hatte Madame Rahel im Traum gesehen. Sie hatte mir wie immer zugelächelt und gefragt: ›Du sorgst doch gut für Ginette, nicht wahr? Ich sehne mich so nach ihr.‹ Es tat mir leid. Sie sagte, sie könne von dorther, wo sie sich befand, nicht kommen. Als ich aufwachte, war die Sonne noch nicht aufgegangen. Ich wartete ungeduldig auf den Morgen, dann machte ich mich baldmöglichst auf den Weg. Zuerst sprach ich mit der Mutter Oberin Marie-Thérèse. Sie war sehr alt geworden. Wie in früheren Zeiten nannte sie mich ›meine Kleine‹, als wäre ich noch ein Kind. Sie glaubte wohl nicht, daß ich erwachsen geworden war wie die vielen Kinder, die sie erzogen hatte. Dabei waren wir durch den Krieg alle viel zu erwachsen geworden. Aber vielleicht wollte sie mich mit ihrer freundlichen Stimme den Frieden, den ich draußen verloren hatte, aufs neue erleben lassen. Nun ja, wahrscheinlich rede ich zuviel. Wenn mein Mann mich hören würde, würde er sagen: ›Du redest wieder viel, Claudine, sag mal, was du eigentlich sagen willst!‹ Verzeihen Sie mir. Aber ich will Ihnen alles, was ich weiß und gefühlt habe, erzählen... Die Nonne Marie-Thérèse ließ mich nicht mit Ginette zusammenkommen, sie sagte, sie könne sie mir nur von weitem zeigen. Ich mußte einverstanden sein. Ich vertraute ihr. Ich hegte im Tiefsten Liebe und Vertrauen für sie. Wahrscheinlich hatte sie auch recht. Sie schaute auf die Uhr. Die Zeit des Gottesdienstes war nahe. In ein paar Minuten würde Ginette mit den anderen Schwestern an uns vorübergehen. Sie nahm meine Hand. Wir liefen durch Korridore. Dann blieben wir in einer dunklen Ecke stehen, wo man uns nicht sehen konnte. Nach kurzer Zeit kamen sie an uns vorbei. Es fiel

mir nicht schwer, sie herauszukennen. Sie war viel größer geworden und hatte sich sehr verändert, doch ich erkannte sie trotzdem. Sie war Madame Rahel etwas ähnlich. Einen Moment schaute sie in unsere Richtung. Mich schauderte. Es war unmöglich, daß sie uns sah. Doch vielleicht spürte sie etwas. Sie war sehr hübsch geworden. Sie sah traurig, aber zugleich friedlich aus…
Danach sprach ich noch einmal mit Mutter Marie-Thérèse. Sie sagte mir, alle im Kloster liebten die kleine Ginette sehr. In den ersten Tagen dort hätte sie ständig nach ihren Eltern und ihren Schwestern gefragt und herauszufinden versucht, wohin sie gegangen waren und warum sie sie dagelassen hatten. Die Nonne hatte sich damals sehr intensiv um sie gekümmert und ihr gesagt, ihre Verwandten seien auf eine lange und sehr gefährliche Reise gegangen. Ginette hatte sich diese Worte an jenen Abenden mehrfach wiederholen lassen. Wissen Sie, daß Kinder ständig wiederholt haben wollen, was man ihnen sagt, um es zu glauben? Sie lassen sich die Märchen und die echten Geschichten aus ihrer Vergangenheit wiederholen. Das ist ein Spiel. Jedes Kind braucht Märchen. Es war für dieses kleine Mädchen wohl das beste, sich an diese wahre Geschichte wie an ein Märchen zu erinnern. Auch die Nonne Marie-Thérèse dachte so. Sie hatten an jenen Abenden wohl zusammen sehr schöne Augenblicke verbracht. Vielleicht haben diese Augenblicke das Märchen noch weiter verschönt. Die Familie eines kleinen Mädchens war auf eine lange und gefährliche Reise gegangen… Ginette fragte an diesen Abenden auch, warum sie nicht auf diese Reise mitgenommen worden war. Die Nonne sagte ihr, daß auf diese Reise nur Erwachsene gehen konnten und daß kleine Kinder das nicht dürften. Es war richtig, sie hatten sie dagelassen, doch das hatten sie getan, weil sie sie sehr liebten. Wenn sie groß wäre, würde sie diese Liebe und den Sinn der Reise verstehen. Daraufhin hatte Ginette gefragt, wann sie denn groß wäre. Auf diese Frage, die jedes Kind stellen konnte, bekam sie diesmal eine Antwort, die ein kleines Kind nur schwer verstehen konnte. Mutter Marie-Thérèse war überzeugt, daß mit dieser Antwort die Erziehung

von Ginette an der richtigen Stelle begann. Niemand könne und werde ihr sagen, wann sie erwachsen sei. Das würde allein sie selbst merken. Ginette fragte noch einmal, warum ihre Eltern und Schwestern auf jene Reise gegangen waren und ob sie zurückkehren würden. Die Nonne gab zur Antwort, daß sie aufgebrochen seien, weil andere es so gewollt hätten, und daß allein Gott wissen könne, ob sie zurückkämen. Doch alle im Kloster seien ihre Freundinnen und bereit, ihre Familie zu sein. Ich vermute, besonders nach diesem Gespräch entdeckte Ginette die Macht Gottes aus ihrer kindlichen Sicht. Nach einer Weile stellte sie diese Fragen nicht mehr. Danach wuchs Ginette zu einem verschlossenen Mädchen heran, das wenig sprach und alles, was man von ihm verlangte, mit großer Bereitwilligkeit tat. Kam diese Schweigsamkeit daher, daß sie die Tatsachen anerkannt und verstanden hatte, oder weil sie sich eine innere Welt der Hoffnung, eine Traumwelt geschaffen hatte? Mutter Marie-Thérèse fand dies nicht heraus, doch sie versuchte Ginette zu sagen und zu zeigen, daß sie jederzeit bei ihr sei und sein werde. Soll ich Ihnen etwas Interessantes sagen, Monsieur? Meiner Ansicht nach wollte sie trotz all ihrer Überzeugungen mit Ginette die Mutterschaft erleben. Es schien, als hätte auch sie etwas von den Gesprächen mit diesem kleinen Mädchen. Es gefällt mir, das zu denken. Die Ginette, die ich dort gesehen habe, war ein Mädchen, das diese Frau, die ganz insgeheim einen Mangel spürte, dieses Gefühl ganz insgeheim kosten lassen konnte. Fragen Sie mich nicht, wie ich zu dieser Schlußfolgerung gekommen bin. Sie wissen, manche Gefühle kann man nicht erklären, man sollte es nicht versuchen… So ist es… Das ist alles, was ich über die kleine Ginette weiß… Jetzt habe ich Sie getroffen. Das ist ein Wunder!… Jetzt muß ich Ihnen auch sagen, was für ein Vermächtnis mir Madame Rahel hinterlassen hat. Eigentlich ist es das Vermächtnis von Monsieur Nesim. An dem Morgen, als er von der Gestapo abgeführt wurde, hatte er zu Madame Rahel gesagt: ›Ich weiß nicht, wohin man mich bringt. Überlaß die Kinder keinem anderen als meiner Familie.‹ Ich möchte das eigentlich gar nicht,

Monsieur, aber meiner Ansicht nach müssen wir dieses Vermächtnis erfüllen. Im Andenken an diese Menschen fühle ich mich verpflichtet dazu. Ich werde Mutter Marie-Thérèse die Situation schildern. Ich kenne sie, sie wird Verständnis zeigen und uns helfen. Doch Sie müssen mir auch helfen. Wenn Sie wollen, kann Ginette eine Weile bei Ihnen wohnen. Doch wir müssen ihr sagen, daß sie eine Familie, eine richtige Familie hat. Sie hat doch in Istanbul eine Familie, nicht wahr? Ich erinnere mich doch wohl richtig. Meines Wissens hat Monsieur Nesim einen Bruder. Ich erinnere mich dunkel, daß er mal hier war. Die beiden Brüder sind immer lange am Strand spazierengegangen. Auch Sie sind oft zu Besuch gekommen. Ach, das waren noch schöne Tage... Monsieur Nesim hat Lieder gesungen. Am schönsten hat er ›La Paloma‹ gesungen... La Paloma... Ein gefühlvolles, rührendes Lied... Ich konnte die Worte nicht verstehen, doch immer, wenn ich dieses Lied hörte, mußte ich weinen, ich weiß nicht, warum... Wie Sie sehen, habe ich es nicht vergessen. Der Krieg hat uns wenigstens unser Inneres nicht wegnehmen können, unsere Erinnerungen... Ich bin sicher, die Familie in Istanbul wird Ginette aufnehmen. Das wird sehr schwer werden, vor allem für Ginnette, ich weiß. Doch wir müssen das für Monsieur Nesim und Madame Rahel tun, verstehen Sie?... Madame Rahel hat in dem Punkt sehr auf mich vertraut. Vielleicht kommt es daher, weil in ihrer Umgebung niemand mehr war, dem sie vertrauen konnte, und weil ihr Kreis sehr klein geworden war. Beim Abschied war ihre Stimme sehr warm. An ihre letzten Worte erinnere ich mich, als wären sie erst gestern gesprochen: ›Den heutigen Tag habe ich, ganz anders als Nesim, seit Monaten kommen sehen... Seit Monaten habe ich schreckliche Albträume gehabt, von denen ich niemandem erzählen konnte; wie oft bin ich nachts aus Albträumen aufgewacht... Doch jetzt bin ich etwas ruhiger. Wir werden erleben, was wir erleben werden. Wenigstens ist dieses unbestimmte Warten zu Ende. Beten Sie für uns. Gott hört in dieser Lage die Stimme von uns allen. Es scheint, als habe er uns in diesen Tagen den Rücken zugewendet, doch ich weiß, er hört uns trotzdem. Das ist eine neue Prüfung. Eine schwere, sehr schwere Prüfung… Wir müssen bis zum letzten Rest unserer Kraft aushalten, glauben, hoffen… Wir sind Kinder von Hiob. Wir müssen die Last des Jüdischseins zu tragen verstehen. Nur dieser Glaube kann uns aufrecht halten…‹, hat Madame Rahel gesagt. Noch einmal hat sie an ihre Zeit in Istanbul gedacht. Sie hat mir ein wenig von den Straßen ihrer Kindheit und den Tagen ihrer Jugend erzählt. Doch wie viel kann man in solchen Augenblicken schon von der Vergangenheit mitteilen? Sicher können wir das auch nicht nachvollziehen, wenn wir diese Empfindung nicht erlebt haben. Doch in dem, was sie in diesem kurzen Augenblick aus der Vergangenheit erzählt hat, war nur Istanbul. Nur Istanbul… Es war offensichtlich, daß sie mir in letzter Minute etwas Wesentliches von sich dalassen wollte… Was sie über diese mir unbekannten Straßen erzählte, habe ich inzwischen lange vergessen. Doch an die Inseln, die wie ein Teil der Stadt scheinen, erinnere ich mich. Madame Rahel hat wohl im Frühling ihren Bruder auf diese Inseln gebracht. Dort sind sie zusammen Hand in Hand spazierengegangen. Von diesem Bruder hatte sie mir schon vorher erzählt. Der Mann war unheilbar geisteskrank. Sie hatte große Gewissensbisse, weil sie ihn in Istanbul gelassen hatte. Ehe sie sich verabschiedete, sagte sie noch: ›Ich weiß nicht, ob ich Nesim dort wiedersehen werde, ob wir uns wieder begegnen oder hierher zurückkehren werden… Aber glauben Sie, am meisten tut mir jetzt leid, daß er die Orangenmarmelade nicht hat essen können, die er seit zwei Jahren für einen schönen Tag aufgehoben hatte. Am Morgen, als er abgeführt wurde, ist er vor uns allen aufgestanden und hat den Frühstückstisch gedeckt. Ich sah die Orangenmarmelade auf dem Tisch. In dem Moment fühlte ich eine unaussprechliche Freude… In dem Moment… Und genau in dem Moment kamen sie… Ist das Leben nicht absurd? Ich hatte mich auf alles vorbereitet, aber darauf, auf dieses alltägliche Detail hatte ich mich nicht vorbereitet… Sorge gut für Ginette. Du weißt, was du machen sollst. Verkaufe die Wohnung, die Sachen, den Laden, die Waren alles. Für Ginette... Wenn wir gerettet werden, kommen wir sowieso nicht in dieses Haus zurück. Wenn wir zurückkommen, werden wir nicht mehr so leben können wie jetzt...‹ Sie lehnte sich nicht auf... Es schien, als hätte sie sich auf den Tod vorbereitet...«

Das waren die ineinander übergehenden Worte, Bilder, Reden. Noch ein weiteres Mal vermischten sich Zeiten, Leben und Weltgegenden. Inwiefern sind diese Gespräche ›wahr‹, die ich von Zeugen aus anderen Sprachen übernommen habe und nun in meiner eigenen Zeit auf eigene Weise zusammenzustellen versuche? Wo in diesen Gesprächen befinde ich mich selbst? Bis zu welchem Punkt darf ich in diese Gespräche eindringen, welches Recht habe ich, sie einem anderen zu erzählen? Wenn ich Antworten auf diese Fragen suche, stehe ich seit Jahren einem tiefen Schweigen gegenüber. Einem tiefen, dunklen Schweigen, das mich daran hindert, in einer ›Schrift‹, von einem Punkt aus, hinter einer Grenze weiterzukommen... Die Menschen, denen ich diese Fragen stelle, schweigen. Dabei sind sie meine ›geheimen Persönlichkeiten‹, die ich erzählen will, die ich für diese Erzählung finden, entdecken will. Es kann uns schon etwas weiterbringen, wenn Enrico Weizman, der dem langen Monolog von Madame Manzil still und geduldig zugehört hatte, um dem Gespräch eine Richtung zu geben, jenen unvergeßlichen Morgen mit den Worten erwähnte: »Rahel traf Nesim an jenem Tag... Wir wurden in das Gefängnis von Bayonne gebracht, um alle zusammen die Reise in den Tod anzutreten.« Doch sicherlich hat es keinen Sinn, den Rest auch noch auszuführen, zu versuchen, das Ganze ›noch einmal‹ zu bringen. Manche Leben lassen sich niemals so erzählen und vermitteln, wie man es sich wünschte.

»Sie können mir Ginette so schnell wie möglich herbeischaffen, Madame. Machen Sie sich keine Sorgen, wir werden das Vermächtnis von Nesim und Rahel erfüllen. Ich werde mich eine Weile um sie kümmern, um sie mit ihrer Familie in Istanbul bekannt zu machen. Überlassen Sie mir den Rest«, hatte Enrico Weizman als Antwort auf die Erzählung von Madame Manzil gesagt. In ihrem Gesicht hatte sich ein leidvolles Lächeln ausgebreitet. War das nicht wirklich ein Wunder? Rührte dieses Gefühl, dieses heimliche Lächeln wirklich daher, daß sie sah, wie sich ihr Glaube an Wunder als berechtigt erwies?... An dieser Stelle seiner Erzählung schaute Enrico Weizman von dem Platz, an dem er saß, auf die Wasser des Bosporus und auf die Lichter, die aufzuleuchten und zu verlöschen schienen, und sagte: »Ihr habt eine sehr schöne Stadt. Ich bin froh, daß ich noch einmal hergekommen bin. Wenn doch auch Monsieur Jacques bei uns wäre.« Die Zeiten glitten wieder einmal ineinander, um eine andere neue Zeit zu errichten. Am selben Ort bewegten wir uns wieder einmal in unseren eigenen Zeiten vorwärts, zu den Stimmen unserer eigenen unvergeßlichen Zeiten... Es war einer der magischen Sätze. Angesichts des alten Seewegs, der seine Poesie für mich nie verloren hatte, tauchte das Bild von Monsieur Jacques in meinem Gedächtnis auf... Wir waren an einem Abend in einem Lokal in Kireçburnu gewesen... Monsieur Jacques hatte genauso wie Enrico Weizman die Lichter des Bosporus mit leichter Trauer und dem Gefühl einer nicht zu füllenden ›Leere‹ betrachtet... Ich hatte gefühlt, daß er die Ferne, die weite Ferne suchte, sehen wollte... Es schien, als wollte er in diesen Augenblicken ganz weit weg in seine eigene Ferne gehen... Ein großes russisches Schiff war an uns vorbeigefahren... Wir hatten uns an Onkel Kirkor erinnert. Monsieur Jacques hatte von den gefüllten Miesmuscheln gesprochen, die Onkel Kirkors Mutter gemacht hatte, mit diesem leckeren Geschmack, den er sonst nirgends hatte finden können. Doch ich wußte sehr wohl, wohin er an jenem Abend blickte, welche Assoziationen in ihm das russische Schiff hervorrief. Als hätte er an jenem Tisch eigentlich mit einem anderen Menschen sprechen, leben wollen... Das Schiff kam aus dem Land, das Olga niemals aus ihrem Inneren hatte verbannen können. Olga hatte in diesem Land nie gelebt, geatmet, doch von ›dorther‹ kamen ein paar ›Spuren‹, beispielsweise eine alte Taschenuhr mit Uhrkette, eine Uhr, die aus den Händen eines alten, schweigsamen Meisters kam, der mit seinem Schweigen und seinen Fragen gelebt hatte, eine Spur, die in ihrer Beziehung all die Jahre im Namen einer unverlierbaren Geschichte mitgewandert war... Auch darum war das Schiff an jenem Abend an unserem Tisch vorbeigefahren, an einem unserer kleinen versteckten, geheimen Plätze vorbei, von dem wir nicht fliehen konnten... Olga blieb jenseits einer Grenze... Jene Momente wurden immer verschwendet, freigebig, leichtfertig verschwendet. Doch eigentlich war das, was da verlorenging, eine Zeit des Lebens, deren Wert Jahre nach ihrem Verlust erst verstanden wurde. Hat Enrico Weizman in jenem Lokal in Rumelikavağı an seine eigene Erzählung der verlorenen Momente gedacht? Wollte er davon sprechen?... Das, was er erzählt hatte, was er hatte erzählen können, hat mir einen der wichtigsten Wege zu dieser Erzählung geöffnet. Um auf das zu kommen, was er nicht erzählt hat, nicht hat erzählen können... Für das nicht Erzählbare muß man nicht nur träumen, sondern auch warten können oder es lernen. Denn bestimmte Details konnten einer Wahrheit unerwartet eine unerwartete Bedeutung hinzufügen. Und von dieser Art war denn auch die Tatsache, die er uns bei jenem Abendessen verschwieg, die ›danach‹ eines Tages an unsere Tür klopfte...

Acht Monate nach diesem Abend bekam Berti einen Brief aus Biarritz. Der Brief trug die Unterschrift eines Rechtsanwalts und teilte mit, daß Enrico Weizman aufgrund einer schweren Krankheit, an der er schon lange gelitten habe, verstorben sei. Der Mandant habe sein ›Leiden‹ mit Würde und Geduld getragen. Es sei alles Notwendige versucht worden, doch es gebe auch Fälle und Zeiten, wo die Medizin machtlos sei... Kurz vor seinem Tod habe Monsieur Weizman gewünscht, daß manche seiner Gefühle noch unbedingt an den richtigen Stellen gehört würden. Den ›Verwandten‹ in Istanbul sei er sehr dankbar. Ihre Freundschaft und Herzlichkeit habe ihm gezeigt, daß es auf der Welt immer noch Menschen guten Willens gebe. Einen Teil seines Erbes habe er einer Frau namens Angela Fromantini hinterlassen, mit der er jahrelang zusammengelebt habe, einen anderen Teil hinterlasse er einer jungen Frau namens Ginette Ventura. Im letzteren Fall erwarte er die Hilfe der Verwandten in Istanbul bei der Abwicklung der Erbschaftsformalitäten. Diese ›letzte Pflicht‹ zu erfüllen, würde ihm erleichtert, wenn das notwendige Interesse gezeigt würde. Dieser Brief an Berti, der in einer teils amtlichen, teils freundschaftlichen Sprache verfaßt war, führte dazu, daß, angefangen von jenen Tagen, in mir eine ganz andere, sehr bedeutungsvolle Erzählung von dieser Reise entstand und sich langsam und lautlos schrieb. Ich fühlte mich im Vergleich zu ›früher‹ inzwischen erfahrener. Jedenfalls war ich seit langen Jahren in diesem Abenteuer, an diesem Ufer meiner ›Schrift‹ gewandert. Jahrelang bin ich gewandert, um das Ufer meiner ›Schrift‹ zu entdecken, um die Gefühle zu finden oder neu zu entdecken, die meinem Leben, meiner Geschichte die Richtung geben… Insofern war es ausreichend, um dieses nicht enden wollenden Spiels willen noch einmal ein paar Möglichkeiten auszuprobieren… Enrico Weizman wußte bei seinem zweiten Besuch in Istanbul zweifellos, daß er bald sterben würde. Der Tod war an einem Platz, den man nicht ›beschreiben‹ konnte, er war nicht zu überlisten beziehungsweise ›unausweichlich…‹ Wollte er bei seinem letzten Besuch, vor dem ›Fallen des Vorhangs‹, zu Monsieur Jacques ›etwas‹ sagen, das er bisher verschwiegen hatte? Wer weiß… Ich wollte immer an diese Möglichkeit glauben. Denn das Leben gewinnt eine andere Bedeutung durch Hoffnungen, die sich an solche Gelegenheiten, solche kleinen Poesien binden. Ich liebte diese Poesie. Auch diese Poesie… Auch wenn das Weilen in der Poesie für gewisse Menschen bedeutet, sich von der Realität zu entfernen, loszureißen…

Araber oder Leber?… Ein gewöhnliches ›Spiel‹

Damals wollte Enrico Weizman zweifellos auch Ginette ›finden‹. Sicherlich hatte er sich da auf ein ganz anderes Treffen vorbereitet als auf das ›jener langen Nächte‹. Doch er mußte schließlich akzeptieren, daß die langen Nächte ebenso wie die ersten Momente in einem anderen Leben geblieben waren. Alle, die einen Ort in diesem Satz, in diesem Gefühl, in der neuen Zeit einnahmen, waren sich dieser ›Tatsache‹ bewußt... Madame Manzil brachte die ›kleine Ginette‹ an einem Abend. Ginette wirkte ruhig, entschlossen und wie ein Mädchen, das seinen inneren Frieden gefunden hat und über ihr Alter hinaus reif war. Sie begann das Gespräch mit einem Satz, der ohne Umschweife das zusammenfaßte, was sie erlebt hatte und erleben sollte: »Man hat mir gesagt, daß Sie mich bei sich aufnehmen können...« Man hat mir gesagt, daß Sie mich bei sich aufnehmen können... Wer war es, der sie in Wirklichkeit diesen Satz ›sprechen ließ‹? Womöglich Mutter Marie-Thérèse, die durch ein langes Gespräch zusammen mit Madame Manzil Ginette auf ein ›anderes Leben‹ bei ihren Verwandten, auf das, ›was in jener besonderen Geschichte geblieben war‹, vorzubereiten versucht hatte. Gegenüber der in diesem Satz versteckten Verletztheit konnte Enrico Weizman nicht gleichgültig bleiben. Ginette kam mit einer kleinen Tasche. Darin befanden sich ein paar Kleidungsstücke und Unterwäsche, die ihr Madame Manzil gegeben hatte. Ginette konnte sowieso nicht viel mehr haben, wenn man bedachte, was sie bisher erlebt hatte. In der Tasche befand sich auch eine kleine Jesusfigur, die in den langen Nächten der Einsamkeit ›immer bei ihr‹ blieb. Das war das Geschenk der Mutter Marie-Thérèse oder, besser gesagt, des Klosters, das ihr eine andere Kindheit gegeben hatte. An jenem Abend entschied sie sich zu schweigen, und nachdem sie vor der Figur kniend ihr Gebet verrichtet hatte, ging sie zu Bett und fiel in einen langen, sehr langen Schlaf...

Als Madame Manzil sich verabschiedete, reichte sie Enrico Weizman einen alten, etwas verschlissenen Umschlag und sagte: »Vom Verkauf der Sachen ist leider nicht viel Geld übrig... Sie wissen, damals hat jeder, was er hatte, zu behalten, zu retten versucht... Einen Teil habe ich dem Kloster gestiftet. Madame Rahel hätte nichts dagegen gehabt. Doch ihre Wohnung habe ich nicht verkauft, das konnte ich nicht übers Herz bringen. Die

Wohnung ist noch da, auch der Laden... In dem Umschlag finden Sie die Schlüssel... Das arme, kleine Mädchen... Ihr Leben liegt von jetzt an in Ihrer Hand, Monsieur... Ich habe meine Pflicht getan. Ich bin beruhigt... Ich verlasse mich auf Sie...«

In dieser Nacht schaute Enrico Weizman lange Ginette an, die in ihrem neuen Bett lautlos in einen tiefen Schlaf gesunken war und in ihrer Kinderwelt, wer weiß, vielleicht neue Träume träumte. Aus der Tasche, der man ansah, daß schon andere sie benutzt hatten, hatte sie ein paar billige Kleidungsstücke, ein bißchen Unterwäsche und die Jesusfigur herausgenommen... Eine Jesusfigur... Das bedeutete, sie hatte einen langen Weg hinter sich und würde noch einen langen, schweren, anderen Weg gehen müssen...

Es war Sommer... Sie gingen oft an den Strand und sammelten Muscheln... Eines Tages erwähnte Ginette ein Kartenspiel, das sie mit ihrem Vater in jener fernen Vergangenheit gespielt hatte. Es war der erste Tag, an dem sie von ihrem Vater sprach, das erste Mal, soweit er es mitbekam, sich erinnerte. Sie gingen sofort ein Kartenspiel kaufen. Der Name des Spiels war ›Arabe ou ciğer‹. Arabe ou ciğer?... Araber oder Leber?... Vielleicht rot oder schwarz? Es war ein Spiel, bei dem man ein bißchen französisch und ein bißchen türkisch sprach, das man ein bißchen französisch und ein bißchen türkisch spielte... Das war zumindest die Schlüsselfrage... ›Enrico‹ mußte es ›lernen‹. Das Spiel war ganz einfach, sofort zu verstehen. Die einzige Regel lautete, daß man aus den verdeckten Karten erraten mußte, welche rot und welche schwarz waren. Derjenige, der einen Satz Karten in der Hand hielt, fragte: ›Arabe ou ciğer?‹... Hatte der andere richtig vermutet, bekam er die Karte, bei einer falschen Antwort gewann sie der Fragende. Wie auch bei anderen Kartenspielen war natürlich ein gutes Gedächtnis erforderlich. Doch kleine Mädchen brauchten das nicht. Worauf es ankam, war, das Spiel als solches zu erleben. Vielleicht waren es auch die ›banalen‹ Augenblicke wie diese, die jene Zeiten so unvergeßlich machten... Nesim hatte dieses ›Spiel‹ mit seinen Töchtern gespielt. In Ginettes

Gedächtnis hatten sich ein paar unbestimmte, verwischte Bilder jener Tage eingeprägt. Bei diesem Spiel hatte sie auf dem Schoß ihres Vaters gesessen, und wenn sie ›viele‹ Karten erriet, wurde sie ›zur Strafe gekitzelt‹ – ein paar ferne, verwischte Bilder von einem ganz anderen Ort… Während des Spiels fing Ginette plötzlich bitterlich zu weinen an, und während sie sich mit den Worten eines anderen Klimas an die verwischten Bilder zu erinnern versuchte, konnte sie in bezug auf ihren Vater, den sie, wie sie wußte, niemals wiedersehen würde, nur hervorbringen: »Ich habe mich so nach ihm gesehnt, Enrico, ihn so sehr vermißt.« In dem Moment stürzten sie in eine neuerliche Verzweiflung… In eine neue Verzweiflung, über die man nicht reden konnte, die nur mit der Zeit überwunden werden konnte… So einen ›Moment‹ erlebten sie in diesem Haus zum ersten und zum letzten Mal. Damals verstand Ginette auch, daß sie ein anderes Leben beginnen und ihr altes Leben weit entfernt, unwiederbringlich zurücklassen würde… Wenn man ihren Weg in ›jenem Klima‹ bedenkt, dann war dieser Satz sehr wichtig für sie. Sie hatte den Satz in dem Wissen, welchen Preis er verlangte, aussprechen können. Ein bißchen auch deswegen sollte sie eine meiner ›Protagonistinnen‹ sein, die in meine Erzählung an der Stelle eintraten, ›wo sie es wünschten‹. Und vielleicht deswegen würde ich mit ihr ganz lange von jenem neuen Land, beziehungsweise meiner Hoffnung auf jenes neue Land sprechen können. Doch das, was wir erlebt hatten, rief uns trotz allem, was uns gemeinsam war, an verschiedene Orte. Kann ich jetzt sagen, daß ich ihr, dem Menschen, der mir einen anderen Ort meines Lebens gezeigt hat, ein paar von meinen Stimmen oder Farben geliehen habe? Kann ich mir selbst in diesem Fall noch einmal glauben? Kann ich wegen ›anderer‹ Sätze an so einen Glauben ›aufs neue‹ anknüpfen? Meine ›Sorgen‹ und die Notwendigkeit, diese Fragen zu stellen, beziehungsweise die Bereitschaft dazu, können sicherlich ein paar Details, die mit den im dunkeln gebliebenen Aspekten meiner Geschichte zu tun haben, an die Oberfläche bringen. Doch ich muß mich in dieser Phase damit begnügen, lediglich zu ›bekennen‹, daß sie trotz aller meiner Fragen aus meiner Erzählung verschwand, mir nicht ›zuhörte‹, sondern auf ihre Stimme hörte, genauso wie sie es in unserem gemeinsamen Moment im wirklichen Leben gemacht hatte. Eines Tages sollte sie sich entscheiden, in dem Land, in dem sie ihre Zukunft finden wollte, verlorenzugehen. Für viele lange Jahre sollten wir uns nicht sehen, einander nicht sehen können. Erst jetzt kann ich die verschiedenen Teile von Ginettes Geschichte zusammenfügen, die mir ganz langsam von verschiedenen Stellen zugeflossen sind. Erst jetzt... Wo der Ort zu meinem Ort und die Zeit zu meiner Zeit geworden sind...

Daß Ginette in Enrico Weizmans Wohnung beim Kartenspiel plötzlich bitterlich zu weinen anfing, war für mich deshalb so wichtig, weil das Spiel ›Arabe ou ciğer‹ das einzige lebendige, ›erlebte‹ Bild war, das ihr von ihrem Vater geblieben war. Um sich ihre verlorenen Tage, die ihrer Kindheit gestohlen worden waren und die sie für sich nicht wiederbeleben konnte, anzueignen, mußte man sich an dieses Bild mit aller Kraft, allen Hoffnungen und Illusionen ›klammern‹. Als wäre das eine der Voraussetzungen, um am Leben zu bleiben. Eine der Voraussetzungen, um am Leben zu bleiben, eins von den Leiden oder den Opfern dafür... Vielleicht hat deswegen Ginette, die Ginette, die ich kennenzulernen versuchte, die für ›immer‹ – wie ich wußte – an einem sehr besonderen Ort des Ufers meiner Erzählung blieb, die Last des ›verlorenen Lebens‹ in ihrer Vergangenheit sehr gut zu tragen gewußt. Mit anderen Worten: Ginette vergaß nie. Als sie mich viele Jahre nach jenem Abend in Istanbul dieses Spiel lehrte, war ich noch ein kleines Kind. Natürlich konnte ich damals den Wert dieses Geschenks nicht erkennen. Sie ließ mich damals ihre innere Stimme nicht hören... Als ich später die Wichtigkeit dieses Details verstand, hatte ich längst begriffen, daß ich der Erzählung nicht entfliehen konnte... Wir blieben in jener kurzen Zeit zusammen mit unseren Details und Sehnsüchten, die wir nur schwer vergessen konnten. Danach verging eine Zeit, die uns ermöglichte, das, was wir erlebt hatten, hinter verschiedenen

Masken zu sehen und bei verschiedenen Menschen verschiedene ›Anstöße‹ zu erfahren. Zweifellos hatte Ginette schon vor mir die Bedeutung jener kurzen Zeitspanne erfaßt. Allmählich erfuhr ich, daß sie nach jenem Abend nie mehr in Gegenwart eines anderen geweint hatte, mit anderen Worten: keinem Menschen ihre Schwäche zeigen wollte, sich nicht nur mit ihrer Schwäche zeigen wollte. Für meine Begriffe war das sowohl ihre starke als auch ihre negative Seite. Doch was sie erlebt hatte, zwang einen dazu, die Bedeutung der Kategorien von Gut und Böse zu überprüfen. Für dieses Erzählen oder für den Kampf, sich selbst zu verstehen, mußte man die Gefahr auf sich nehmen zu verwunden, bis hin zum Verwundetwerden. Dieses Erzählen oder der Kampf darum, sich selbst mitzuteilen, zwang uns dazu, die ›anderen‹ Bedeutungen von Verrat zu finden...

Enrico Weizman sprach an diesem Abend von einer Stimme aus dem Inneren des Menschen und davon, wie natürlich und unvermeidlich der Wunsch sei, denjenigen, denen man sich nahe fühlte, diese Stimme mitzuteilen. Man verspürte dem anderen gegenüber Zutrauen und Wärme... Erst mit der Zeit verstand Ginette, wie schwer es war, so ein Gefühl zu entwickeln. Es war ein wenig wie eine Tugend. Eine Tugend, deren verborgene Bedeutung darin lag, Gefühle bis zuletzt auszuleben, ausleben zu können. In der Nacht, die diesem Abend folgte, redeten sie lange wie zwei echte Freunde miteinander. Enrico Weizman wollte versuchen, Ginette ein paar Bilder aus der Vergangenheit zu vermitteln... Andere Nächte sollten später folgen. Es waren Nächte, in denen Spanien, die Konzentrationslager, Nesim und Rahel in ein ›neues‹ Gefühlsklima gerufen wurden. Auch jene Fotografien würden mit der Zeit ihren Platz finden. Der Wunsch zu erzählen rührte wieder einmal ebenso daher, sich selbst mitzuteilen, als auch aus dem Gefühl der Verantwortung, der Entscheidung, jenes Erbe trotz aller Schwierigkeiten zu bewahren. Enrico Weizman war sich darüber im klaren, daß die Kenntnis einiger Tatsachen in dem ›Kind‹, das sich mit scheuen Schritten der Jungmädchenzeit näherte, eine Erschütterung auslösen konnte, deren Folgen nicht so leicht geheilt werden konnten. Doch was er erlebt hatte, zeigte, daß es möglich war, ›Böses‹ zu tun und ›Gutes‹ zu bewirken. Das bedeutete zugleich, einen Menschen auf sich selbst vorzubereiten, bedeutete, ihn zu lehren, mit der Vergangenheit abzurechnen, über die unter der Asche verborgene Glut zu laufen. Was unter der Asche lag, erlosch niemals. Die Asche ist das, was vergessen wird, die Glut dagegen das, was unter dem Vergessenen weiterlebt. Unsere Fußsohlen konnten jederzeit zu brennen anfangen, ein Wind, ein unerwarteter Wind konnte die Asche während der Wanderung irgendwohin verwirbeln. In den Momenten konnte uns das Gefühl erfassen, diese Wanderung nicht fortsetzen zu können … Gleichzeitig waren diese Momente aber diejenigen, in denen wir uns noch besser sehen konnten … Momente, in denen wir uns noch besser sehen konnten, oder aber in denen wir versucht haben, uns selbst die Fotografien zu entwenden. In jenen Erzählungen hätten wir die schier endlose Geschichte jener Blicke suchen können und in jenen Fluchten die Motive unseres Wunsches erzählen, der Entscheidung, sich hinter verschiedenen Bildern zu verstecken … Jene Blicke, die uns von uns abhielten, waren auf jenem Weg nämlich auch etwas versteckt. Jene Blicke waren wir. Jene Blicke waren das, was wir verloren hatten, was wir nicht hatten gewinnen können, wo es uns nicht gelungen war, uns von uns selbst, unseren im dunkeln gebliebenen Stimmen loszureißen …

›Damals‹ in Biarritz wurden auch diese Gefühle mit diesen Bildern zusammen erlebt. Danach, an einem Morgen, als sie am Strand Muscheln sammelten, sagte Ginette, sie wolle nach Istanbul gehen. Sie glaubte nun endlich, ›etwas‹ tun zu müssen um des Andenkens derer willen, die sie vor ›jenem Tod‹ bewahrt hatten. In dem Augenblick durchzuckte Enrico Weizman ein heftiger Schmerz. Ein heftiger Schmerz, der nicht mitteilbar war, vielmehr nicht mitgeteilt werden wollte … Um die Wahrheit zu sagen, hatte er sich auf diese Trennung nicht vorbereitet. Ihn verband mit Ginette ein Gefühl, dessen ›Fotografien‹ in einer ganz besonderen, ›geheimen Schublade‹ aufbewahrt werden sollten. Man konnte hier von der Notwendigkeit sprechen, sich trotz aller Leiden, Albträume und Empörungen fest an die Bilder zu binden, die in der Vergangenheit, weit entfernt hatten zurückgelassen werden müssen, und auch von dem Versuch, dem Tod auf andere Weise zu widerstehen. Ginette ließ ihn in jenen Tagen erleben, wie sie die Kindheit hinter sich ließ und zu einem jungen Mädchen wurde...

Daraufhin schrieb Enrico Weizman einen weiteren Brief an Monsieur Jacques. Er erzählte jetzt ein Leben. In Frankreich lebte die jüngste Tochter der Familie; seit zwei Jahren versuchte sie mit ihm zusammen, ihre verlorenen Verwandten kennenzulernen und das Erlebte zu verstehen; sie ›bereitete sich vor‹ auf Istanbul, den Ort, wohin sie ›eigentlich‹ gehen sollte. Die Zeit war gekommen. Man mußte jetzt auf die Stimme des ›Schicksals‹ hören. Wenn sie einverstanden waren, konnte auch er nach Istanbul kommen, um dieses junge Mädchen zu begleiten, das nach dem Krieg und jenen schrecklichen Tagen des Todes mit einer neuen Hoffnung geboren worden war. Die Erzählung war lang. Sie konnten sie an ihrem Ort auf ihre Art weiterleben. Sie seien aber nicht verpflichtet, diesem Aufruf zu antworten oder das Erzählte zu glauben. Ginette war immerhin in sicheren Händen. Das zu wissen, sollte nach all dem, was geschehen war, jedem genügen...

Ginettes Ankunft... Am Kai standen dieselben Personen

Berti erinnerte sich, welche Stimmung der Brief in Istanbul in der Familie Ventura ausgelöst hatte. »Wir waren sehr aufgeregt... Es war, als hätte unser Leben eine große Veränderung erfahren«, sagte er. Dann faßte er seine diesbezüglichen Assoziationen zusammen: »Jene Zeit war für uns alle sehr schwer. Wir mußten viele unserer alten Gepflogenheiten aufgeben und die kleinste Ausgabe sorgfältig überlegen. Sowohl materiell als auch emotional hatten uns Schläge wie zum Beispiel die ›Einberufung der zwanzig Jahrgänge‹ und die Vermögenssteuer getroffen … Es fiel uns nicht leicht, uns davon zu erholen. Wer diese Zeit erlebt hat, hat sich nie ganz davon erholt und wird sich nicht erholen … Genau in dieser Zeit trat eine unerwartete, vergessene Verwandte in unsere Mitte. Von dem neuen Mitglied unserer Familie, einer ›Europäerin‹, befürchteten wir zwangsläufig viele Probleme. Auf meinem Vater lastete eine große Familie. Wir alle waren finanziell von ihm abhängig. Ich, Jerry, meine Mutter, meine Großmutter, mein Großvater, Lilika…« Doch da, genau an dieser Stelle mußte er abbrechen. Ich wußte, warum er seinen Satz nicht beenden konnte. In diesem Moment sah er innerhalb der ›Familie‹ auch Olga. Alle kannten Olga, denn man hatte angefangen, sie als einen Teil jenes Lebens zu betrachten. Jeder kannte Olga, nur zog man es vor, nicht darüber zu sprechen. »Doch wenn du die Wahrheit wissen willst, so zweifelten wir nicht einen Augenblick, als wir den Brief lasen … Ginette gehörte zu uns, sie war ein Teil unserer Familie. Wir erzählten auch unseren Großeltern von dem Brief. Sie glaubten, daß unser Onkel und seine Familie in Spanien seien. Ihnen sagten wir, daß Ginette zu einem Familienbesuch nach Istanbul käme und lange bei uns bleiben würde. Sie freuten sich sehr. Sie hatten sowieso gelernt, zu diesem Thema nicht zu viele Fragen zu stellen. Wir informierten auch Monsieur Weizman. Auch er mußte die Lüge in bezug auf unseren Onkel kennen. Ein paar Briefe gingen hin und her. Dann kam der Moment der Begegnung. Es war ein Tag im Mai. Die gesamte Familie ging hin, um unsere Gäste in Empfang zu nehmen. Sogar meine Großmutter kam mit. Sie hatte wohl noch nicht akzeptiert, daß sie nicht mehr sehen konnte. Darüber mußten noch ein paar Jahre vergehen … Inzwischen hatten wir in unserem Briefwechsel beschlossen, sobald sich das Schiff dem Kai näherte, alle zusammen laut ›Ginette! Ginette!‹ zu rufen. Auf diese Art würden wir uns selbst zu erkennen geben und auch die Erwarteten sehen. Von wem stammte dieser seltsame Wunsch? Von Ginette oder von Monsieur Weizman? Aber ich vermute, Ginette wollte sehen und hören, wie sehr wir sie erwarteten. Im Ergebnis hatte das Ganze auch eine praktische Seite. Wir würden die Menschen, die wir suchten, erwarteten, ohne Mühe finden. Alles kam so, wie wir es beschlossen hatten. Als das Schiff sich dem Kai näherte, riefen wir alle: ›Ginette! Ginette!‹ Kurz darauf winkte ein junges Mädchen im blauen Kleid mit blauer Mütze uns zaghaft zu. Zusammen mit dem Schiff kam sie uns langsam näher. Stell dir vor, was für ein aufregender und trauriger Augenblick das war... In dem Moment fiel mir ein, was mein Vater mal erzählt hatte. Vor vielen Jahren hatte mein Onkel, der vom selben Hafen aus mit dem Schiff dorthin gefahren war, woher Ginette jetzt kam, zu den am Kai Zurückbleibenden hin eine Handbewegung gemacht, die bedeutete, daß alles zu Ende sei. Mein Vater hat diesen Moment nie vergessen, nie vergessen können. Die Tochter jenes Mannes, ohne dieses Detail zu kennen, benutzte nach so langer Zeit ihre Hände, um ein anderes Gefühl, eine Hoffnung auszudrücken. Als wollten die Hände dieses Mal sagen: ›Ich komme zu euch.‹ Ich schaute meinen Vater an. Ihm standen Tränen in den Augen. Auch er hatte sich wohl an jenen Moment erinnert...

Monsieur Weizman war ein kleiner Mann, ganz anders, als ich ihn mir vorgestellt hatte. Doch im Gegensatz dazu hatte er eine kräftige, eindrucksvolle Stimme. Sein Händedruck, seine Blicke flößten ein seltsames Vertrauen ein. Er und mein Vater umarmten sich wie alte Freunde. Dabei hatten sie sich in Biarritz, soviel ich weiß, nur ein paarmal gesehen. Doch war es ihnen tatsächlich, als sie sich umarmten, sehr bewußt, wen sie umarmten...

Wir wollten alle zusammen nach Hause gehen. Doch er wollte höflicherweise nicht mitkommen, um die Familie in den ersten Tagen mit Ginette allein zu lassen. Andererseits wollte er auch in der Stadt seines Freundes ein wenig allein sein und seine eigenen Entdeckungen machen. Wegen der Unterkunft solle man sich keine Sorgen machen. Er sei es gewohnt, fremde Städte zu besuchen. Es reichte, wenn sie ihm die Hausadresse erläuterten. Er würde aber auf jeden Fall bald kommen... Dieser Entschlossenheit gegenüber konnten wir nichts ausrichten. Außerdem schien

Ginette ebenfalls damit einverstanden zu sein. Das heißt, sie hatten schon vorher das Nötige besprochen...

· Monsieur Weizman blieb vierzehn Tage in Istanbul. In diesem Zeitraum kam er dreimal zu uns nach Hause. Zweimal ging er mit Ginette, zweimal mit meinem Vater allein irgendwohin. Sehr wahrscheinlich wurden die wirklich wichtigen Dinge in diesen Gesprächen beredet...

Der Moment der Trennung war natürlich sehr traurig. Monsieur Weizman nahm Ginette in seine Arme und hielt sie dort ein paar Minuten, ohne ein Wort zu sagen. Dann schaute er sie lange an und lächelte. Zuletzt zwickte er sie freundschaftlich in die Nase. Dasselbe machte er am Kai, als er sie uns überließ. Das war wohl ein geheimes Zeichen, das nur die beiden kannten.

An dem Tag, als Ginette kam, brachten wir sie sofort nach Hause. An jenem Tag waren auch Tante Tilda und Onkel Kirkor gekommen. Tante Tilda war sehr neugierig auf den Gast. Onkel Kirkor jedoch hatte gemeint, er wolle meinen Vater an so einem Tag nicht allein lassen. Anderen wäre das nicht in den Sinn gekommen; er hatte halt ein derartiges Feingefühl... Nachher kamen auch ein, zwei geachtete Nachbarn, die von dem Ereignis wohl oder übel gehört hatten. Ein wenig wollten sie auch zeigen – so als wäre dies sehr wichtig –, daß sie Französisch konnten, so weit es eben reichte. Ginette schien von dem Interesse an ihrer Person ein wenig befremdet. Sie war verwirrt. In dem Moment dachte ich, wie anders sie doch war als wir und die Menschen, die gekommen waren, sie zu sehen. Das war der erste Moment, da ich ihr näherkam. Der erste Moment, da ich mich ihr näherte... Dieses Gefühl verließ mich jahrelang nicht. Dieses Gefühl, dessen Bedeutung ich vielleicht nicht völlig verstand, würde ich jahrelang in mir wachsen lassen...

Ginette erlebte die Eindrücke des ersten Tages bei uns als ziemlich verwirrend, doch diejenige, die wirklich verwirrt war, die eigentlich einen Schock erlebte, war meine Mutter, und zwar am Abend, als es Zeit zum Schlafengehen war. Ginette stellte die kleine Jesusfigur auf den Nachttisch und sagte: ›Ich bete jeden

Abend vor dem Schlafengehen zum kleinen Jesus.‹ Meine Mutter zog sofort eine Verbindung zu den Tagen im Kloster. Mein Vater lächelte und sagte zu meiner Mutter, während er seine Aufregung zu bekämpfen versuchte: ›Das wird eine schwere Arbeit für uns. Aber mach dir keine Sorgen, auch das schaffen wir.‹

Von da an bemühte sich meine Mutter sehr, Ginette für das Judentum zu ›gewinnen‹. Doch um die Wahrheit zu sagen, bemühte sie sich um alles sehr. Sie betrachtete Ginette als ihre Tochter und stillte auf diese Weise auch ein wenig ihre Sehnsucht nach einer Tochter. Auch deswegen liebte mein Vater meine Mutter noch ein bißchen mehr, trotz allem, was er erlebt hatte…

Ginette verbrachte zehn Jahre ihres Lebens bei uns. Auch sie hatte meine Mutter sehr lieb. Sie hatte großes Vertrauen zu ihr. Sie vertraute ihr ohnehin am meisten in der Familie, und in ihren schwersten Zeiten vertraute sie sich immer ihr an. Sie war immer ein verschlossener Mensch und versuchte, ihre Probleme allein zu lösen, doch in jenen Tagen jemanden in der Nähe zu wissen, dem man den Kopf an die Brust legen konnte, hat ihr, soviel ich sehen konnte, sehr geholfen, erwachsen zu werden… Sie hatte schwere Anpassungsprobleme. Das kam nicht bloß, weil sie in einem anderen Land aufgewachsen war, sondern weil sie eine andere Kindheit gehabt hatte. Doch, wie ich schon sagte, versuchte sie diese Probleme möglichst nicht zu zeigen, nicht mitzuteilen. Einmal sagte sie, es sei ihr peinlich, ihre Umgebung mit ihren Problemen zu belasten. Es war, als suchte sie die Einsamkeit. Vielleicht quälte sie sich gerne oder sie fand Freude daran, ihr Leid auszuleben. Wenn sie allein sein wollte, ließ sie niemanden in ihre Nähe. Sie drückte ihre Gedanken, ihre Gefühle nie offen aus, doch an ihren Blicken merkte man dann sehr genau, daß sie mit niemandem sprechen wollte. Nach Aussage meines Vaters war mein Onkel genauso gewesen. Mein Onkel hat mit diesem Verhalten viele Menschen, besonders aber seine Mutter und seine Frau sehr betrübt. Dabei waren das die Frauen, die ihn sein Leben lang am meisten und ganz selbstlos geliebt hatten.

Ginette glich äußerlich ihrer Mutter, im Charakter ihrem Vater. Sie wirkte freundlich, deshalb schien es leicht, sich ihr zu nähern. Doch ihre innere Welt war von einem bestimmten Punkt an für jeden verschlossen. Sicherlich brauchte sie diese Welt wie viele Menschen, um sich zu schützen. Es gelang ihr deshalb, sich nach außen anders zu zeigen, als sie wirklich war. Ich wußte das. Sie gab mir Hinweise, damit ich verstand, was ihr Verhalten einzelnen gegenüber zu gewissen Zeiten bedeutete. Das war unser kleines Geheimnis. Als sie die französische Privatschule ›Papillon‹ besuchte, spielten wir dieses Spiel mit manchen ihrer Schulkameraden oder mit den neugierigen Verwandten. Sie hatte in dem Spiel aber immer die Hauptrolle, mußte fühlen, daß sie die Hauptrolle spielte. Ich tat mein möglichstes, um ihr dieses Gefühl zu geben. Ich habe sie auf dieser Bühne niemals allein gelassen. Zuletzt haben wir es geschafft, gute Freunde zu werden, wenigstens gute Freunde…«

Zuletzt haben wir es geschafft, gute Freunde zu werden, wenigstens gute Freunde… Es war, als wollte er an dieser Stelle der Erzählung eine Verletzung zur Sprache bringen, die er im tiefsten Inneren seit Jahren bewahrt, verborgen hatte… Die Uhr zeigte in diesen Augenblicken zweifellos eine andere Zeit, ein weiteres Unerzählbares, einen Mangel, der nicht mitgeteilt werden wollte…

Mein Land gehörte den anderen

Zuletzt haben wir es geschafft, gute Freunde zu werden, wenigstens gute Freunde… Konnte dieser Satz das Verhältnis zwischen Berti und Ginette hinreichend erklären? Nach meiner Meinung handelte es sich hier um einen ›Zustand‹, der entweder mit Feigheit oder mit Edelmut oder einfach mit Liebe zu erklären war. Es gibt Beziehungen, die einen bestimmten Ort haben oder bekommen, ohne daß Worte verloren werden, ohne daß man sie aufmerksam prüft oder einem Verhör unterzieht. Das sind Beziehungen und manchmal auch ›Lebensgemeinschaften‹, die lieber im Schweigen oder mit den Stimmen im Inneren leben, Stimmen, die man nur selber hört, die von stummen Zurufen getragen werden. In dem Spiel des sich Versteckens, das der Beziehung zwischen Berti und Ginette Richtung und Farbe gab, ließ sich wohl die Spur einer solchen Stimme verfolgen. Doch machte das Versteckspiel jenes Gefühl der ›Freundschaft‹, von dem Berti mir erzählte, zu etwas sehr Besonderem und trug es an einen Ort weit über das alltägliche sinnlose Gerede hinaus. Ja, manche Gefühle mußte man verbergen, man sollte sie niemals nach außen zerren. Es schien, als wagte Berti damals die mögliche Niederlage und den völligen Verlust von Ginette nicht, Ginette hingegen wollte vielleicht Berti nicht verletzen. Sie hätten wohl ein paar Schwierigkeiten erleben können, wenn sich ihre Gefühle ›richtig‹ ausgedrückt hätten und ihre Worte die normale Identität in diesen Leben gefunden hätten. Im Gedanken an diesen Aspekt ihrer Beziehung war es ihnen vor allem gelungen, Freunde zu werden in den Grenzen der gegenseitigen Unterstützung, der gegenseitigen Kontrolle. Sie hatten gelernt, innerhalb dieser schmalen, unbestimmten Grenze einander mit ihrem Schweigen zu tragen. Das war wahrscheinlich die schönste und bedeutungsvollste Seite ihrer Beziehung. Dieses Verhalten war auch geeignet, meine ›Kenntnis‹ über ihre Einstellung zum Leben zu vertiefen. Berti zum Beispiel hatte in allen seinen Beziehungen, die ich kannte, solche Ängste und Sorgen. Hierin lebte zutiefst die Angst, etwas zu verlieren, das man nur erlangte, wenn man tief genug in seine wirkliche Bedeutung hinunterstieg, wenn es einem gelang hinunterzusteigen; er fürchtete den Verlust und hätte mit der Illusion nicht leben können. Dieses Gefühl ist mir ebenfalls nicht fremd.

Ginette fand offensichtlich immer Frauen, die sie beschützen, unter ihre Fittiche nehmen wollten. Das waren alles Frauen, die unbekümmert ihre Anständigkeit herausstellten und diese selbst lebten und von anderen verlangten. Zuerst Madame Manzil, dann die Nonne Marie-Thérèse und schließlich Madame Roza waren durch ihre verschiedenen Leben gezogen… Aber zeigten diese verschiedenen Leben mit den verschiedenen Frauen nicht auch, daß ›etwas‹ in den verschiedenen Zeiten mit gewissen Mängeln gelebt wurde? War es nicht eine andere Frau, die gefunden und gelebt werden wollte? Wenn man diese ganzen Unzulänglichkeiten bedenkt, mußte man sich nicht wundern, wenn sie sich überall wie ein ›Gast‹ fühlte. Denn es gab in ihrem Leben weder eine gesicherte Zukunft, noch eine Vergangenheit, in die sie sich nach Wunsch bergen konnte. Es war insofern eine kleiner lautloser Widerstand, wenn sie sich entschied, im Leben jener Menschen mit Gesichtern zu erscheinen, die deren Wünschen entsprachen. Ein lautloser kleiner Widerstand, der an die Protagonisten erinnerte, die ihre Anonymität zu ertragen wußten… Ein lautloser Widerstand, der durch ein schelmisches, kindliches Lächeln um eine Bedeutung bereichert wurde… Um sich der richtigen Zeit, ihrer richtigen Zeit langsam anzunähern, ohne allzusehr verwundet zu werden… Daß es ihr gelang, sogar in der ihr verhaßten Schule eine ›erfolgreiche‹ Schülerin zu werden und ihre ›engherzigen‹ Lehrerinnen für sich einzunehmen, schien ebenfalls zu diesem heimlichen Widerstand zu gehören und ein Teil der Planung für die eigentliche Zeit zu sein… Berti ›sah‹ diese Entscheidung und tat sein möglichstes, um an Ginettes Seite zu bleiben, beziehungsweise um das Gefühl zu ›verteidigen‹, das zu benennen er irgendwie nicht wagte. Doch um die Wahrheit zu sagen, gelang es ihm trotz all dieser Bemühungen nicht, so weit bei Ginette voranzukommen wie Madame Roza. Madame Roza und Ginette schlossen sich an manchen Abenden in ein Zimmer ein und redeten stundenlang… Keiner von uns hat je erfahren, was sie in den Stunden in jenen Zimmern gesprochen haben. Wahrscheinlich oder vermutlich lernte Ginette, die in dieser Zeit immer mehr zur Frau wurde, in diesen Gesprächen am meisten, daß man im Leben auch mit dem ›Verrat‹ leben können mußte…

Einem anderen vertrauen können, trotz all der aufgeworfenen
Fragen und der Appelle der anderen… Das ist zweifellos eins
der Gefühle, das nur wenigen Menschen zu erreichen gelingt.
Doch nach Bertis Ansicht gab es einen Ort, ein Nest oder – wenn
wir unsere Phantasie ein wenig anstrengen – einen ›Menschen‹,
dem Ginette wirklich vertraute, wo sie mit ihrem ganzen Wesen
Zuflucht fand. Dieser ›Mensch‹, der zuhören konnte, wahrscheinlich mehr als alle anderen, war ihr Tagebuch, das sie zu
schreiben begann, als sie nach Istanbul kam, womöglich auch
unter dem Einfluß dessen, was sie in ihrer ›Klosterzeit‹ gelernt
hatte, als sie mit niemandem hatte sprechen können: ein Mensch,
der sein Leben zu führen versuchte. Nur Berti wußte von diesem
Tagebuch. Wie man sich vorstellen kann, verbargen sich ›dort‹
viele Zeugen, die Fotografien emporsteigen lassen konnten, die
ein Kind beziehungsweise ein junges Mädchen, das seine Weiblichkeit zu entdecken und zu verstehen versuchte, in sich, in sich
allein am Leben gehalten hatte. Den Gedanken, ein Tagebuch zu
führen, hatte zum ersten Mal Mutter Marie-Thérèse in ihr geweckt. Nach Meinung dieser ›Lehrerin‹, die ihr außer Lesen und
Schreiben vieles über ›das Leben‹ beibrachte, war ein Tagebuch
der beste Weg für einen Menschen, sich das ›Schreiben‹, sein
›Schreiben‹ anzueignen. Sicherlich waren auf diesem langen
Weg auch die Schritte von Enrico Weizman ›zu hören,‹ als die
Zeit gekommen war. Ginette hatte vor, als sie sich in Istanbul in
einem neuen Land auf ein neues Leben vorbereitete, eine lange
Rückschau zu halten. Es war die Zeit gekommen, ein Tagebuch
zu führen, um sich selbst besser kennenzulernen und sich jenes
›Schreiben‹ anzueignen… Von dieser Zeit erzählte sie, wollte sie
erzählen… Das Weitere verstand sich von selbst, sie konnte es
neben andere ›Schriften‹ legen… Doch warum machte sie nur
Berti, vor dem sie so viele Gefühle, ihre ›Realität‹ schützte, zum
Mitwisser ihres ›Geheimnisses‹? Glaubte sie, daß das Führen
eines Tagebuchs in der gesamten Familie vor allem durch ihren

›ruhigen, romantischen Cousin‹ wertgeschätzt würde? Oder erleichterte es ihr Gewissen, dem tiefen, unausgesprochenen Gefühl ein kleines Gegengeschenk zu machen? Im Namen dieser
Tage könnten beide Möglichkeiten richtig sein und auch ein-
fachere Möglichkeiten, die mir nicht in den Sinn kommen. Doch
abgesehen davon hatte sie Berti ein Geheimnis von größter Bedeutung mitgeteilt. Ein Geheimnis, dessen Bedeutung niemals zu
übersehen war und das in dem tiefen, unausgesprochnen Gefühl
an einem ganz besonderen Platz bewahrt wurde... Ginette hatte
sich nicht getäuscht... Ihr stiller, romantischer Weggefährte
wußte dieses Geheimnis, wie es sich für ›echte‹ Vertraute ge-
ziemt, eine sehr lange Zeit zu bewahren...

Wir erfuhren von der Existenz dieses Tagebuchs erst nach
vielen Jahren, als Ginette in einem ganz anderen Land verlorengegangen war, als sie ihre Spur verwischt hatte. Berti hatte wieder
einmal das Gefühl, verraten worden zu sein. Er hatte seine Rolle
als Vertrauter trotz aller Entfernung niemals aufgegeben, doch
der Mensch, dessen Geheimnis er bewahrte, war einfach irgendwohin verschwunden, als wären alle diese Gefühle, alle gemeinsam verbrachten Augenblicke wie nichts gewesen. Deshalb bedeutete die Aufdeckung des Geheimnisses für Berti vor allem,
einen Verrat zu rächen. Das war ein ›kindisches‹ Verhalten. Er
war letztendlich ein Mensch, der sein Leben lang sehr viel Zeit
mit diesen Einzelheiten verloren hatte, die manche für fein, andere für ›banal‹ hielten. Ich für meinen Teil war immer einer von
denen, die dazu neigten, in das ›feine‹ Gesicht seiner ›Kindlichkeit‹ zu blicken. In dieser Neigung muß man vor allem das Motiv
dafür suchen, daß es mir Spaß machte, mich an seinen Spielen zu
beteiligen. Vielleicht waren dies die schönsten Momente des
Abenteuers, die Spur jener Menschen zu verfolgen. Doch die
eigentliche Feinheit Bertis lag darin, daß er, indem er ›anderen‹
sein Wissen um das Tagebuch eröffnete, mit diesem Geheim-
nisverrat sich neue Vertraute gewinnen wollte. In einer der
Nächte erzählte er nur mir und Juliette von dieser geheimen
Seite Ginettes. Es war in einer ›gewöhnlichen‹ Nacht ein außer-

gewöhnliches kleines Geschenk, das mir gegeben wurde, mit einem anderen geheimen Lächeln, das sich ein wenig auf die Folgen bezog. Allerdings konnte ich den wahren Wert dieses Geschenks erst ermessen, nachdem ich lange Erzählungen durchschritten hatte. Dabei erschloß sich mir in jener Nacht durch die Erzählungen von jenen Nächten ein neuer Weg zu meiner langen Erzählung. Es scheint das ein weiteres Beispiel für Zuspätkommen zu sein, das mich noch einmal daran erinnert, welch hoher Preis verlangt wird für den unendlichen, unversiegbaren Wunsch nach Erzählen. Denn die Zeit läßt ihre Schüler mit Entblößung bezahlen ... Doch anscheinend gab es in jener Nacht noch einen anderen Weg, den man dort leben oder aufleben lassen konnte. Dieser Weg, den ich nur ahnen konnte und von dem ich mich etwas fernhalten wollte, verblieb zwischen Berti und Juliette. Anscheinend wollte ihre Verbundenheit aufs neue zur Sprache gebracht werden, zusammen mit dem Wunsch, eine tiefe Spur in der Vergangenheit zu teilen. Die unterschwellige Bedeutung der Aussage von Berti gab mir Gelegenheit, die Beziehung noch ein wenig besser zu verstehen. Doch wahrscheinlich mußte man hier vor allem ernst nehmen, daß Berti bemerkte, wie er – außer dem, was er sagen konnte – auch ›etwas‹ Ungesagtes erzählte. Im Gegensatz zu seiner Absicht, alles zu erzählen, teilte er uns nichts zum Inhalt des Tagebuchs mit. Dabei hatten wir beide gespürt, als wir die Erzählung jener Momente hörten, daß Ginette ihm manchmal das Geschriebene vorgelesen hatte, um ihre Gefühle auf indirektem Weg auszusprechen ... In einer jener Nächte hatten sie zuerst über das Tagebuch gesprochen und welche Bedeutung es für ihr Leben hatte. Es war der einzige Ort, wo ein Mensch seine Freiheit ›gewinnen konnte‹ oder wenigstens glauben konnte, sie zu gewinnen und zu leben, weil ›die anderen‹ ihn nicht sehen konnten. Hier konnte er sich ›ganz nackt‹ vor sich selbst zeigen. Die wirklichen Verhöre wurden dort gewagt, die wirklichen Briefe dort geschrieben ... In dieser Nacht sprachen sie auch über Bücher, davon, was die Bücher in ihnen, in ihrer Geschichte zurückgelassen hatten ... Später fragte Ginette, warum in Büchern die Liebe meistens mit ihren Leiden beschrieben würde, warum dort kein Weg für unsere Liebe gezeigt wurde. Berti antwortete darauf, daß er sich ähnliche Fragen schon öfter gestellt, doch keine Antwort gefunden habe; im Unterschied dazu enthielten die wahren, die in uns lebenden Bücher Fragen, in denen die Antworten sich versteckten. »Ich schreibe von einer Liebe... Da gibt es ein junges Mädchen, das in die unendlichen Berge gehen will...«, führte Ginette das Gespräch weiter. Und dann versuchte sie ihre Geschichte zu erzählen mit den Worten: »Sie will weggehen, weit weggehen, von allem, was sie erlebt hat, von ihrer Vergangenheit und sogar sich selbst will sie weit weggehen. Dann... Dann eines Tages macht sie sich auf den Weg, ohne irgend jemandem von ihren Lieben Bescheid zu geben. Sie geht, geht in der Hoffnung, jene Berge zu finden... Unterwegs trifft sie einen Mann, der sich ebenfalls verirrt hat und die fernen Berge sucht. Sie bemerken sofort, daß sie zum selben Ort unterwegs sind. Jedoch... Jedoch in dem Moment erfüllt sie mehr Angst als Freude. Denn sie sehen ihre Gesichter, die sie hatten verstecken wollen, sie erkennen sich gegenseitig. Zusammen wollen sie fliehen, fliehen, fliehen, noch viel weiter fliehen. Nach einer Weile können sie nicht weiter, sie verstehen, daß sie den Weg nicht zusammen weitergehen können. Oder wollen sie nicht sehen, wohin der Weg sie führt? Vielleicht. Doch wahrscheinlich ist das, was sie nicht sehen wollen, ihre eigene Wirklichkeit... Es scheint, als genüge ihnen nur ein Traum. Nur ein Traum... Oder sie wollten nur ihre Träume, wollten in ihren Träumen bleiben.« Als sie von der ›Wirklichkeit‹ gesprochen hatte, hatte sie eine Weile geschwiegen. Auch Berti hatte beim Nacherzählen der Geschichte mit ›eigenen‹ Worten und aus seinem ›Blickwinkel‹ – wobei er sehr wahrscheinlich ein paar Dinge hinzufügte, die er gerne hören wollte – bei den Worten »ihre eigene Wirklichkeit« geschwiegen.

Es war einfach zu sagen, für wen Berti an jenem Abend schwieg. Es war einfach, neue Worte für das zu finden, was er an jenem Abend fühlte. Es war einfach, diese Erzählung anzuhören, weil wir in unserer kleinen Dunkelheit in unseren Zuschauersesseln saßen, ohne uns selbst zu zeigen. Es war klar, daß das, woran er sich erinnern mußte, sich ihm tief eingeprägt hatte. Es schien, als kamen wir uns in diesem Augenblick viel näher... Noch näher... In dem wir uns – ohne unsere Stimmen zu erheben, hören zu lassen – an Menschen erinnerten, die wir nie mehr sehen würden, nicht mehr erreichen konnten. Die Situation konnte bei Juliette – wieder im Inneren bleibend – zu einer kleinen, aber bleibenden Erschütterung führen... Doch sie akzeptierte die Zeit, die ihr Mann, mit dem sie aus ganzen Herzen zusammenbleiben wollte, mit Ginette verbracht hatte, als einen Teil ihrer gemeinsamen Geschichte. Ich erinnerte mich an Marcelina... In dem Moment breitete sich über Juliettes Gesicht ein liebevolles Lächeln aus, das ich schon früher gesehen hatte und an anderer Stelle beschreiben wollte...

Als Ginettes Erzählung den ›Moment der Ausweglosigkeit‹ erreicht hatte, umarmte sie Berti plötzlich und fing zu weinen an, vom Schluchzen geschüttelt. Dann sagte sie: »Einmal habe ich so weinen müssen, als ich mit Enrico zusammen war. Mit ihm habe ich ein Spiel gespielt, an das ich mich aus meiner Kindheit erinnerte, das mich mein Vater gelehrt hatte. An diesem Abend fühlte ich zum ersten Mal tief drinnen den Tod meines Vaters. Wir würden uns niemals wiedersehen... Ich war ein Kind. Meine Brüste fingen an zu wachsen. Dafür schämte ich mich sehr. Ich war halt ein Kind!« In dem Moment brachen sie über die letzten Worte in schallendes Gelächter aus. Ihr Schluchzen und ihr Lachen vermischten sich, ihre Tränen bedeuteten Leid und Freude zugleich... In Wirklichkeit weinten sie beide... Danach umarmte Ginette Berti noch einmal und sagte, sie würde nie vergessen, was sie ›zusammen‹ erlebt und gesprochen hatten. Ihre Brüste zeichneten sich unter ihrem durchsichtigen Nachthemd ab. Erst vereinten sich ihre Wangen, dann ihre Lippen... Danach... Das Danach ging nur bis hierher, lediglich bis hier... Das war die Nacht, in der sie sich einander am nächsten fühlten... Eine Nacht, in der sie einander am nächsten waren und sich im Na-

men ihrer Beziehung ein unvergeßliches Geschenk machen wollten... In dieser Nacht waren sie in Ginettes Zimmer...

In jener Nacht sagte Ginette irgendwann zu Berti, daß sie sich
sehr bald auf ›jenen Weg‹ machen würde, daß sie mit eigenen
Flügeln fliegen wollte und gehen, so weit sie konnte. Im Gegensatz zur übrigen Familie versuchte Berti ihr diesen Entschluß
nicht auszureden. Denn er sah ein, daß dieser Entschluß nach
langer Überlegung gefaßt worden war und von niemandem um-
gestoßen werden konnte. Schließlich kam der Tag des Abschieds... Ginette wollte von Istanbul mit dem Schiff abreisen...
Diese Entscheidung hatte für diejenigen, die diese Abreisen, Abschiede kannten, natürlich eine Bedeutung. An jenem Tag regnete es... An jenem Tag wurde ›der Kai‹ Zeuge einer Abreise zu
einer anderen Hoffnung... Während der Fahrt zum Hafen betrachtete Ginette die Regentropfen auf den Autoscheiben und
sagte: »Ein schöner Tag für einen Abschied... Wie im Film, wie
in den Filmen, die uns Träume erleben lassen, einfach nur Träume... Es fehlt eine Bahnstation!... Aber ein Schiffskai ist auch
nicht schlecht... Schließlich ist das Meer da, es gibt die Liebe,
die im Meer versinkt, es gibt einen Abschied im Regen... Ich
wünschte mir, jemand könnte eines Tages die Geschichte erzählen, ohne diese Details auszulassen.« Berti verstand, was sie sagen
wollte. Er hatte in seinem Leben schon anderen Spielen beige-
wohnt, die von den Protagonisten an solch eine Stelle verlegt
worden waren. Deshalb schwieg er zu ihren Worten. Doch in
diesem Schweigen gab er sich ein Versprechen, das er nie vergessen würde. Er gab sich das Versprechen, daß diese Augenblik-
ke nicht nur unter ihnen beiden bleiben würden. Er würde ›jenen
Zuschauer‹ finden. Eines Tages würde er auf jeden Fall ›jenen
Zuschauer‹ finden... Sie waren allein auf dem Weg zum ›Kai‹.
Das hatte Ginette so gewünscht. Sie beide hatten sich dieses
Geschenk, dieses letzte Geschenk gewünscht...

So endete ein langes Istanbul-Abenteuer, um nie wieder zu
beginnen... Wie unterschied sich die junge Frau, die von dem
›Kai‹ abreiste, von dem jungen Mädchen Jahre vorher? Diese

Frage hätte in dem Augenblick niemand beantworten können. Eine andere Zeit war notwendig, um die richtige Antwort auf gewisse Fragen zu finden...

Ginette suchte wohl einen Zuschauer, um in Istanbul nicht zu sterben. Um in Istanbul nicht zu sterben, um in jemandem mit ein paar Bildern, Worten zu leben... Der Wunsch sollte zu gegebener Zeit erfüllt werden, wichtiger noch, ein Echo finden. Auf eure Weise hättet ihr von den unverblaßten Stellen jener Gesichter, jener Zimmer, jener Worte erzählen können.

Als sie sich verabschiedeten, umarmte Ginette Berti fest und sagte: »Hör auf, dir die falschen Menschen auszusuchen, und fürchte dich nicht so sehr vor dem Leben.« Erwartete sie mit diesen Worten einen Schritt, einen kleinen Schritt, der im letzten Augenblick einen Entschluß rückgängig hätte machen können? Der Berti, den ich kannte, hat auf diese Frage nie eine Antwort gegeben, nicht geben wollen...

Ginette hatte sich entschlossen, als Emigrantin nach Israel zu reisen, mit einer kleinen Tasche, als wollte sie sich selbst oder jemand anderen an eine alte Geschichte erinnern. Sie wollte am Anfang dieser neuen Reise nur wenige Sachen mitnehmen, die sie immer als ihre eigenen angesehen hatte. Sie hatte nie Gelegenheit gehabt, ein Leben zu führen, in dem sich Dinge anhäufen. Es war, als wiederholte sich die Erzählung oder als fände sie eine neue Bedeutung in einer unvermeidlichen, unabwendbaren ›Schrift‹... Noch einmal ging sie etwas ›Unbekanntem‹ entgegen. Dieses Unbekannte war ihr Unbekanntes... Es war ihr Tempel... Es war ihr Weg, der sie in jenes neue Land, auf ihren Boden bringen sollte... Das Unbekannte gehörte ihr... Gehörte ihr bis zum Ende, mit allen Opfern und allem, worauf sie ein Recht hatte...

Sie sahen sich nie wieder. Ginette schrieb trotz allem, was sie in jenem Haus, in jenen Zimmern, aber wichtiger noch, was sie in der Zeit des Abschieds erlebt hatte, nicht einen einzigen Brief; sie entschied sich, für immer im Unbekannten zu verschwinden. War das ›Treulosigkeit‹? Wenn man bedenkt, was für sie getan worden war, kann man nicht anders, als diese Frage zu bejahen. Doch die ›Familie‹ akzeptierte seltsamerweise den neuen ›Zustand‹. War das lediglich äußerer Anschein, oder war es eines dieser meisterhaft gespielten Spiele, die wir schon von woanders her kennen, deren wahre Bedeutung sich verbarg, nicht so leicht erschloß? Madame Roza entschied sich, angesichts dieser ›Schweigsamkeit‹ nicht zuviel zu sprechen, nicht verletzt zu wirken. Das Fehlen von Briefen und Nachrichten war ein Zeichen dafür, daß ›alles gut‹ lief. Man mußte denken, daß alles in Ordnung war. Gott erleuchtete immer den Weg derjenigen, die das ›Rechte‹ wählten. Ginette wußte, wohin und zu wem sie kommen, an welche Tür sie klopfen konnte, wenn sie eines Tages etwas brauchte, wenn sie wirklich etwas brauchte… Diese Hoffnung hegte auch Berti genauso wie seine Mutter, und er erwartete geduldig den Tag, an dem Ginette sich von selbst zeigen würde…

Ich habe einige unbestimmte Erinnerungen an sie… Manche Gespräche, besser gesagt, die Stimmen unserer Dialoge fallen mir jetzt ein. Von ihr habe ich das Spiel ›Arabe ou ciğer?‹, ›Araber oder Leber?‹ gelernt. Mit ihr habe ich entdeckt, wie schön es ist, bestimmte Entscheidungen plötzlich zu treffen, ohne groß darüber nachzudenken. Das sind sicherlich kleine, ›unbedeutende‹ Schritte. Eines Tages sind wir Hand in Hand nach Beyoğlu gegangen, um ›Mäuse‹ zu essen… Das waren kleine Kuchen in Form von Mäusen mit einer Maronenfüllung und Schokoladenguß. Doch ich glaube, in diesen Momenten zählte am meisten das Bemühen, den Traum, den man mit dem Kuchen verband, bis zuletzt auszukosten. In solchen Momenten lachte ich nicht, sondern beobachtete höchst verwirrt, was ich erlebte. Meine Verwirrung belustigte sie noch mehr. Vielleicht war das Gefühl, das sie in mir erweckte, eine andere Art von Erotik, ein Gefühl, das sich hier, an den versteckten Stellen meiner Verwirrtheit auswirkte. Eines Tages gingen wir wieder nach Beyoğlu. Auf dem Weg zum Taksimplatz begegneten wir einer älteren Frau. Die Frau sagte etwas vorwurfsvoll: »Arman ist sehr krank…«, dann entfernte sie sich rasch von uns, ohne eine Antwort abzuwarten.

Wir gingen weiter, ohne zu sprechen. Ich war in diesem Moment nicht mehr verwirrt… Ein anderes, unbeschreibliches Gefühl breitete sich in mir aus. Ich wollte weinen. Denn Ginette drückte meine Hand fester als sonst… Viel fester als sonst… In diesen Augenblicken war ich nicht mehr jenes kleine Kind… Ich war kein kleines Kind mehr… In diesen Augenblicken hatte Ginette ein paar Tränen in den Augen…

Zu welcher Fotografie gehörten wir eigentlich?

Ein paar Tränen… Wie viele Jahre sind jetzt seitdem vergangen, wie viele Menschen, Gesichter, Treulosigkeiten wurden ›zurück‹gelassen? Welche Türen hatten sich im richtigen Moment mit den richtigen Menschen zu den richtigen Leben geöffnet, welche Türen, die sich eigentlich hätten öffnen müssen, hatten sich in jener Zeit nicht geöffnet? Bei unserer ›unerwarteten Begegnung‹ in Wien wollten wir uns zweifellos auch diesen Fragen annähern. Ich stand nach so vielen Jahren Ginette gegenüber. Wie sehr es uns gelungen war, uns aufeinander zu zu bewegen, würden wir mit der Zeit verstehen. Die Stadt, in der wir uns ›trafen‹ oder uns ›von Angesicht zu Angesicht‹ begegneten, schien eine ›passende‹ Stadt zu sein, um die Erzählung von der ›langen Todesfahrt‹ zu beginnen, die ich eines Tages schreiben wollte. Die Erzählung konnte gewiß eines Tages in dieser Stadt einsetzen, besonders, wenn man bedachte, daß Nesim seinen Traum, trotz jenes Landes, das er finden, ›aufbauen‹ wollte und trotz aller seiner Hoffnungen hier verloren hatte… Die Stadt war die ›richtige‹ Stadt, ja, sie sah aus wie die ›richtige‹ Stadt. Doch wir, in welcher Zeit der Erzählung, an welchem Ort befanden wir uns im ›Richtigen‹? Mit anderen Worten: Waren wir in jener Zeit an einem ›richtigen‹ Ort? Würden wir eines Tages den Glauben an die Zeit verlieren, die wir für dieses Treffen gewählt hatten, indem wir die Bedingungen ein wenig forcierten? Wenn wir an die Augenblicke und mehr noch an die Menschen dachten, die wir einander überlassen wollten, dann mußten wir uns auf alle Möglichkeiten vorbereiten. Um auf die Poesie dieser Augenblicke zu kommen... Auch diese würde wohl nur für uns dasein... Auch sie, trotz der Worte, die nach so viel Bemühen, vielmehr Kampf gefunden worden waren, würde von den anderen unter dem Einfluß ihrer anderen Geschichte immer auf unterschiedliche Weise und mit anderen Assoziationen wahrgenommen werden. Wir hatten allemal selbst hier, an einem Ort, wo die Taubheit ›hörbar‹ war, einen Schritt auf unsere Einsamkeiten zu getan...

Ginette sagte: »Trinkst du einen Kaffee?... Ich trinke einen.« Und ohne meine Antwort abzuwarten, bestellte sie für uns beide... In dem Moment bemerkte ich, daß ihre Stimme sich verändert hatte, als sie Französisch sprach. Es war ein reines, richtiges Französisch, doch nicht mehr das einer Französin. Ich fragte: »Sind wir etwa spät dran?... Vielleicht wartet jemand auf dich.« Was war meine Absicht mit diesen Worten? Wollte ich etwas mehr über ihr Leben erfahren oder mich ihr auf irgendeine Weise zeigen? Sie antwortete mir: »Ich hatte dir gesagt, daß ich allein hier bin. Auch bist du ein wenig erwachsener und siehst aus wie ein Mensch, der es wert ist, daß man ihm ein paar Stunden schenkt.« Nun konnte ich etwas weitergehen. Ich sagte deswegen schnell: »Deine Ehe muß exzellent sein, wenn du anderthalb Jahre von deinem Mann getrennt im Ausland lebst.« Dem Anklang von Ironie in meinen Worten begegnete sie mit einem Gesichtsausdruck, der zeigte, daß ich einige Tatsachen nicht wußte. Ein Schweigen, eins von diesen wohlbekannten tiefen Schweigen breitete sich in dem Moment an unserem Tisch aus. Es wurde erst unterbrochen, als der Kellner den Kaffee brachte. Es war offensichtlich, daß sie sich kannten. Der Kellner machte einen Scherz, als er den Kaffee servierte, und bekam sofort eine Erwiderung. Das Lachen der beiden zeigte an, daß die Pointe gesessen hatte. Doch das Gespräch wurde in einer mir unbekannten Sprache geführt, der ich seit Jahren fern stand, so daß ich mich mit ›Zuschauen‹ begnügte...

Als der Kellner gegangen war, sagte sie, ohne die Augen von der Tasse zu heben, halb lächelnd, aber doch mit einer etwas traurigen Stimme: »Um die Wahrheit zu sagen, habe ich diese Recherchereise organisiert. Meine Verbindungen zur Universität sind nicht schlecht. Eigentlich bin ich geflohen, im wahrsten Sinne des Wortes geflohen. Ich mußte mich noch mehr in meinen Beruf vergraben, den ich sehr liebe. Du hast nicht gefragt, was ich mache, was mein Beruf ist... Ich bin Psychiaterin... Mein Spezialgebiet sind Fälle von Autismus...«

Jetzt sah sie mich endlich an. Ihr Lächeln enthielt auch die Frage, ob ich ein sehr wichtiges Detail in bezug auf die lange Erzählung kannte, die ich zu schreiben beabsichtigte... Wir waren bei einem schweigenden, sehr bedeutungsvollen Augenblick angekommen... Es war ein wenig die Poesie des Übergangs, wo im selben Augenblick verschiedene Bilder und Assoziationen in verschiedenen Zeiten einen Menschen im Hinblick auf verschiedene ›Schriften‹ überfluteten. Ich wollte nicht verbergen, wie beeindruckt ich war. Gewisse Erinnerungen und geheime Konfrontationen, die diesen Erinnerungen Bedeutung verleihen, bringen die Menschen dazu, ob sie wollen oder nicht, daß sie andauernd Stimmen hören müssen, von denen sie sich nicht befreien können. Enrico Weizman konnte diese Details aus der ›Vergangenheit‹ nicht vergessen oder beim Erzählen ausgelassen haben, und Ginette konnte die in ihr Inneres versenkten Stimmen nicht überhört haben... »Wenn doch dein Onkel, der Bruder deiner Mutter, die Gegenwart noch erlebt hätte...«, sagte ich daraufhin. Trotz all meiner Verunsicherung wollte ich die dunkle Welt des Gedächtnisses noch einmal berühren. Sie verstand und merkte, daß ich nicht noch weitergehen konnte. Als sie sah, daß ich die ›richtige‹ Verbindung hergestellt hatte, wollte sie ihrer Freude darüber Ausdruck geben, daß sie trotz aller Veränderungen und Mängel das Kind wiedersah, das sie vor vielen Jahren auf den Straßen einer ganz anderen Stadt ausgeführt und später hatte verlassen müssen. Doch das Kind – wer war es, wo war es, in welchen Details hatte es sich in dieser Zeit verloren, für welches

Gefühl? Die möglichen Antworten auf diese Frage waren, wenn man an die Bedeutung der ›Zwischenzeit‹ denkt, nicht so wichtig, wenigstens für diese ›Zwischenzeit‹. Und natürlich war das Kind nicht gestorben. Auch nicht das junge Mädchen, das versucht hatte, das Leben zu verstehen, und das, um es besser zu verstehen, nicht davor zurückschreckt war, sich die Hände zu verbrennen. Natürlich hatte das Kind recht mit seinen Sorgen, Ängsten, den Rückzügen in sich selbst, und auch das junge Mädchen, das sich in jenem ›Schmutz‹ verlor. Doch in jenem Augenblick... Doch in jenem Augenblick war wahrscheinlich die Wahrnehmung des Zu- sammenseins, das jenseits aller Grenzen, Möglichkeiten oder ›Realitäten‹ lag, wichtiger als alle erwarteten Gefühle. Wieder einmal war die Zeit ›ausgelöscht‹. Leider war das etwas, das die Lesenden und die unter dem Einfluß der Leser Schreibenden weniger erfuhren, als es die am ›Erleben‹ Beteiligten erfahren konnten... Ginette hatte wieder meine Hände ergriffen... Das war genug. Kein Wort, keine neue Frage waren nötig. Alles war in uns, an jedem Ort, den wir in diesem Augenblick erreichen konn- ten... Das Schweigen kam danach... Der Ort, an den uns die Assoziationen, die Assoziationen in mir führten, war ein ferner Ort mit einer fremden Sprache und deswegen auch fremden Ge- fühlswelt, die ich zu verstehen versuchen mußte... Ich entdeckte in Ginettes Gesicht die Spuren eines tiefen, sehr tiefen Schmerz- es. In dem Moment sagte sie: »Mein Sohn ist vor zwei Jahren gestorben... Während seines Militärdienstes... Mit zwei Kame- raden zusammen, bei einem Angriff... Auf eigenartige Weise haben wir es vorher schon gefühlt. Es ist absurd, so zu sterben. Er hatte nie an den Krieg geglaubt, er war immer dagegen ge- wesen. Bei Friedensdemonstrationen scheute er sich nicht vor einem Platz in den ersten Reihen. Beim Abschied hatte er mich fest umarmt und gesagt: ›Wenn wir uns doch noch mehr hätten lieben und verstehen können.‹ Er kann diese Worte sowohl auf uns beide bezogen als auch gemeint haben, daß wir beide ge- zwungen waren zu kämpfen... Ich habe mich bei ihm entschul- digt. Ich habe mich entschuldigt, weil auch ich ihn einerseits nicht ausreichend verstanden und andererseits für einen Krieg geboren hatte, an den er nicht glaubte. Doch was konnte ich nun tun? Ich kann dir die Reue, die ich in dem Moment fühlte, nicht schildern. Während ich anderen helfe und denen Hilfe anbiete, die mich bitten, ihr Leben zu gewinnen, während ich im Namen meines Berufs beziehungsweise im Namen der Würde des Lebens Tag und Nacht zu arbeiten bereit bin, habe ich die Menschen, die mir am allernächsten sind, mit ihren Sorgen und ihrer Einsamkeit allein gelassen. Warum? Ich will nicht einmal daran denken, ich tue jetzt alles, um dieser Frage auszuweichen. Doch ich komme nicht gegen meine bösen Träume, meine Albträume an ... Weißt du, wie schwer die Fälle von Autismus sind? Diese Kranken können Veränderungen nicht akzeptieren. Deswegen klammern sie sich mit ihrem ganzen Wesen an dich. Du kannst sie irgendwie nicht lassen; selbst wenn du willst, kannst du sie nicht lassen ... In jenen Momenten mußt du dich und alles, was du tun willst, vergessen. So bin ich jahrelang vorgegangen und habe mich gerühmt, mit meiner Richtung in meinem Beruf Erfolge zu erzielen. In Zeitschriften erschienen ein paar Artikel über meine Arbeit ... Ja, es war mein Ziel, diese Menschen dem Leben zurückzugewinnen ... Diese Menschen dem Leben zurückzugewinnen ... Ist dieses Leben all diese Bemühungen wert? Sind diese Menschen nicht auch zugleich unser Gewissen, ein Aspekt unserer Welt, den wir nicht sehen wollen und den wir deswegen zu verändern versuchen? Vielleicht hast du gerade solche Überlegungen im Kopf. Glaub mir, auch ich habe mir derartige Fragen gestellt. Doch während der Behandlung, in jenem Kampf verdrängt der Wille, bis zuletzt zu kämpfen, alle diese Fragen. Da fühlst du solche Fragen nicht, erinnerst dich nicht an sie. Du bist überzeugt, daß du diesen Kampf zuallererst mit dir, gegen dich führst. In dem Moment klammerst du dich noch fester an deine Vergangenheit, an die gelebten Tage, an deine Zukunft, an alle Hoffnungen, die dich zu dir selbst gemacht haben und irgendwohin tragen. Das ist eine andere Art von Flucht, die du dir selbst nicht einmal eingestehen willst, und sicherlich lebt am Ursprung eines solchen

Kampfes ein Schmerz um die Menschen, die du nicht hast finden, nicht hast erreichen können. Vielleicht willst du auch jemandem etwas zeigen, etwas beweisen, mit dem du dich nicht hast auseinandersetzen können... Wie du siehst, kann ich nicht umhin, mich selbst zu analysieren... Doch ich weiß immer noch nicht, was alle diese Fragen, diese Befragungen letztlich für einen Sinn haben, was sie bis heute genützt haben. Was ich weiß ist, daß jemand in unserem Beruf zuerst lernen muß, sich selbst wie einen ›Fall‹ zu sehen und, noch wichtiger, nicht zu vergessen, daß man jederzeit in die Lage kommen kann, Hilfe erbitten zu müssen...

So ist es... Ich bin seit Jahren mitten in diesem Kampf gewesen, habe für diesen Kampf gelebt. Dabei habe ich den Fehler begangen, meinen Liebsten nicht so nahe zu sein, wie es nötig gewesen wäre. Von den Menschen, denen ich helfen konnte, habe ich Dankbarkeit für meine Arbeit geerntet, und, wichtiger noch, ich habe Fortschritte erzielt, die freilich ihren Wert im Laufe der Zeit unausweichlich verlieren, wohingegen ich mich ganz langsam von denen, die ich auf die Erde gebracht hatte, zu entfernen schien...

Um auf meine Tochter zu kommen... Nach diesem Todesfall oder, besser gesagt, nach diesem Tod in unserer Familie hat sie sich vollständig der Religion verschrieben, ist nach Jerusalem gezogen und hat einen strenggläubigen Mann geheiratet. Sie hat ihre Haare geschoren, eine Perücke aufgesetzt und ein anderes, ganz anderes Leben angefangen. Manchmal, aber nur manchmal ruft sie an. Wir haben kaum noch etwas miteinander zu besprechen. Wir sind einander inzwischen fremd geworden wie Menschen verschiedener Welten. Wenn ich mir das alles bewußt mache, denke ich zeitweilig, jemand bestraft mich. Vielleicht ist das eine primitive Betrachtungsweise. Eine primitive Betrachtungsweise, die wieder einmal zu sehr mich in den Mittelpunkt stellt... Schließlich gibt es diesen Wechsel der Überzeugungen heutzutage auch in anderen Ländern. Doch nachdem ich Enrico kennengelernt hatte, habe ich auch eingesehen, daß man an keine Religion glauben muß und daß man keine Religion nötig hat, um zu leben, um sich selbst zu erkennen. Ich habe mich bemüht, auch meine Kinder gemäß dieser Weltanschauung zu erziehen. Es gibt eine Welt, an die ich glaube... Doch jetzt... Jetzt ist mir so viel Leben zerronnen... Deshalb bin ich hier, mein Junge... Deshalb bin ich hier, für deine Schrift. Ich bin in dieser Stadt, weil ich nicht zweifele, daß sie für unsere Schrift sinnvoll ist... Manchmal rufen mich Patienten an. Wir reden... Doch was ist mit denen, die nicht anrufen, die nicht anrufen können?« so erzählte sie, versuchte sie von sich zu erzählen...

Ich bereute es, ja ich schämte mich, weil ich sie veranlaßt hatte, all dies zu sagen. Es schien, als wäre ich unberechtigt an einen Ort vorgedrungen. Ich versuchte in eine andere Richtung zu schauen... Ich vermutete, sie fühlte, was ich fühlte... Wohl auch deshalb sagte sie: »Ärgere dich nicht über dich selbst. Ich hätte dies alles sowieso gesagt. Sonst wäre die Erzählung, die du eines Tages schreiben willst, unvollständig geblieben. Es würde mich zu sehr belasten, wenn ich in Zukunft verschwinde und du mich wieder nicht finden kannst.« Sie lächelte. Ich bemerkte wieder einmal, wie schön sie war, wenn sie lächelte. Ich hatte Bertis Worte im Ohr, daß Ginette derart gut gelernt habe auszusehen, wie die anderen es wünschten... Wir schauten einander wortlos lächelnd an... Dann wendete ich meine Blicke wieder ab, neigte den Kopf vor und sagte trotz der alten Fotografien, die Berti mir eingeprägt hatte, zu mir selbst: »Nein, das ist kein Spiel... In diesem Lächeln fließt etwas Echtes, Unverstelltes zu mir herüber.«

Danach fuhr Ginette fort zu erzählen: »Ich habe noch einen tiefen Schmerz in meinem Leben, den ich mit niemandem teilen kann... Ich fühle mich allein und verlassen mit dem, was ich erlebt habe. Ich habe keine echte Mutterliebe erfahren und meinen Kindern keine Mutterliebe geben können. Was bindet uns dann eigentlich an diese Welt?... Wer sind wir?... Welchem Weg sollten wir eigentlich folgen?« Ich sagte: »Du erinnerst mich an eine unvergeßliche Szene aus einem unvergeßlichen Film. Die Handlung spielt in Mexiko. Die Frau, deren Name zugleich der Filmtitel ist, hat ihrem Geliebten, der auf einem großen Anwesen lebt, einen Blumenstrauß gebracht. Der leidenschaftlich geliebte Mann ist verheiratet und fühlt sich unsagbar einsam. Wie du siehst, ist die Beziehung tragisch. Seine Frau weiß das und fühlt auch, daß ihr Mann sich von einem bestimmten Punkt an von ihr entfremdet hat, trotzdem will sie nicht glauben, daß die Beziehung am Ende ist. Der Mann versucht seiner Frau zu erklären, warum er ihrer tiefen Liebe, ihrer Leidenschaft auf einer rein gefühlsmäßigen Ebene gegenüber so distanziert ist. Er hat eine Geliebte. Eine Geliebte, die mit ihm ihre kleine Welt, ihren Garten teilt, was dazu führt, daß die anderen ihre Beziehung als ›illegal‹ betrachten... Man sieht die Geliebte, wie sie mit ein paar Freundinnen ein altes mexikanisches Volkslied singt unter der Pergola in ebenjenem Garten, der von außen gesehen wie eine Ecke vom Paradies wirkt, mit wunderschönen Blumen und Bäumen. Es gibt Zeiten, da wird das Paradies als Hölle erlebt... Die Blicke berühren in den Personen verschiedene Gefühle, Ängste, Verletzungen. Später sagt der Mann: ›Meine Frau hat unser Kind getötet...‹ Meine Frau hat unser Kind getötet... Was war das für ein Kind, das Kind welcher Welt?... Für die Frau waren es die Bilder einer Erschütterung, die sich nicht wiedergeben ließ. Sie hatte die Wirklichkeit des leidenschaftlich geliebten Mannes gesehen, hatte die Hölle aus dem Paradies entstehen sehen. Daraufhin hatte sie gefragt: ›Also wer sind wir nun und was sollen wir tun?‹ Und der Mann hatte geantwortet: ›Wir müssen lernen, wortlos auf unserem Weg vorwärtszugehen, mit unseren Träumen, Niederlagen und Verlusten, ohne zu verstehen zu versuchen.‹ Wir müssen lernen, wortlos auf unserem Weg vorwärtszugehen, mit unseren Träumen, Niederlagen und Verlusten, ohne zu verstehen zu versuchen... Wahrscheinlich hat er mit ein paar einfachen Worten diese Leben, denen wir so viel Wert beimessen, die wir nicht vergessen können und von denen wir uns trotz aller Abschiede nicht trennen können, beschrieben...«

Ginette gab zur Antwort: »Ja, auch ich habe getan, was meine Fähigkeiten mir erlaubten, den Worten des Mannes entsprechend. Früher oder später gerät ja jeder, der das Bedürfnis spürt, sich selbst zu befragen, sich ernsthaft zu befragen, auf diesen Weg. Die Spiegel verhalten sich im Verhältnis dazu großzügig, sie geben nur wieder, was wir ihnen zeigen. Genauso wie die anderen Menschen, mit denen zusammenzuleben wir uns getrauen…« Es war, als enthielte das, was sie sagte, einen verborgenen Appell…

Eigentlich war auch dies ein Spiel

Es wagen, trotz aller Gefahren die Spiegel oder sich selbst zu befragen… In dem Moment erinnerte ich mich, was zu einer anderen Zeit eine Frau gesagt hatte, der es ›gelungen‹ war, sich aus den Konzentrationslagern zu retten. Sie lebte in Wien. Sie hatte geheiratet und hatte Kinder und Enkel. Sie wurde in verschiedene Städte der Welt gerufen, wo sie ihre Erlebnisse erzählte, ›soweit sie sie erzählen konnte‹. Sie hatte auch gelernt, ›ohne Gott‹ zu leben. Sie kannte das Warschauer Getto, ihr Getto mit allen ›Entbehrungen‹, Ängsten und Hoffnungslosigkeiten. Noch im Kindesalter hatte sie alle Leiden von Auschwitz vom Anfang bis in die letzten Tage des Krieges kennengelernt… Wir sprachen miteinander… Manche Bilder aus jenen Tagen schilderte sie so, wie man eine weit zurückliegende Geschichte erzählt. Als sie gerettet wurde, war sie, wie sie sich erinnern konnte oder vermutete, fünfzehn Jahre alt. Sie hatte Typhus und wog nur noch sechsunddreißig Kilo. An die letzten Wochen dort erinnerte sie sich verschwommen. Damals war auch ihre Mutter schwer krank gewesen. Zur Behandlung sollte sie verlegt werden. Die Verantwortlichen hatten ihr gesagt, sie könne mitgehen. Es ist normal und unabänderlich, daß eine Tochter in solch einem Fall ihre ›Kindespflicht‹ erfüllt und die Mutter nicht allein läßt. Doch das waren inzwischen die ›Werte‹ einer anderen, verlorenen Welt. Sie erklärte vor allen, die ihr diesen Vorschlag machten, daß sie nirgends hinginge, daß sie nicht gehen wolle, und schickte ihre Mutter in vollem Bewußtsein allein auf den Todesweg.

Denn es war ein Spiel, das man schon vorher mit vielen ihrer Kameradinnen gespielt hatte. Sie brachten die Schwerkranken zusammen mit ihren Kindern weg und töteten sie dann in Massen in den Gaskammern. Sie ließ sich auf dieses Spiel nicht ein. Damals suchte jeder nach einem Weg, um einen neuen Tag, einen weiteren Tag zu gewinnen... Ich habe in die Augen der Frau gesehen. Sie drückten weniger Reue aus, vielmehr das Leid, an anderen Orten in anderen Ländern andere Tode zu ›sehen‹... Ich fragte mich jedoch wieder selbst, warum sie sich an diesen Teil ihrer Geschichte nach so vielen Jahren immer noch erinnerte, nötig fand, ihn zu erzählen...

Dann habe ich sie gefragt, was sie, als sie an den ›Ort‹ gebracht wurde, vor allem hatte mitnehmen wollen. Sie sagte: »Ich habe mein Tagebuch mitgenommen... Nur mein Tagebuch... Doch ein paar Tage nach unserer Ankunft in Auschwitz haben sie es mir weggenommen. Damals habe ich wohl am intensivsten zu verlieren gelernt. Ich war erst elf Jahre alt...«

Der Mensch hält es ein wenig auch wegen solcher Geschichten für notwendig, sich selbst zu befragen... Doch als ich Ginette diese Geschichte zu erzählen versuchte, fiel mir gleichzeitig das kleine Geheimnis ein, das Berti uns verraten hatte. Das war jetzt an der Reihe, ich konnte nicht umhin, danach zu fragen: »Komm, jetzt reden wir auch mal von deinen Tagebüchern«, sagte ich. Sie sagte: »Ein paar Tage, nachdem ich in Israel angekommen war, habe ich sie alle vernichtet... Ich wollte ein neues Leben anfangen. Mir reichten mein Gedächtnis und meine Albträume.« Ich sagte, daß ich ihr nicht glaube. Sie lachte und sagte lediglich: »Du verrückter Junge!... Komm, laß uns heute abend miteinander Wein trinken gehen!... Das haben wir wohl beide nötig.«

»Ich habe Zeit... Du wirst sehen, wie dich der Alkohol noch lockerer macht. Vielleicht erzählst du auch ein bißchen von Enrico, Angela und Arman... Mir scheint, da gibt es ein paar lückenhafte Erinnerungen, die ihren richtigen Platz noch nicht gefunden haben. Lückenhafte und für viele Menschen bedeutungslose Erinnerungen, die aber vor allem deswegen für uns eine Bedeutung haben können...«, sagte ich an dieser Stelle. »Lückenhaft und ein wenig bedeutungslos... Ist das Leben denn nicht genau so?« griff sie meine Worte auf. Ja, lückenhaft und ein wenig bedeutungslos... Jener Abend war unser letzter Abend auf diesem Weg... Die Erzählung erlaubte nicht, daß wir uns noch einmal begegneten. Das ganze Leben ist lückenhaft und ein wenig bedeutungslos... Lückenhaft und ein wenig bedeutungslos... An jenem Abend... An jenem Abend wollte ich ihr von dieser Frau erzählen...

Alle Bilder überlagern sich

An jenem Morgen erwachte Monsieur Jacques zur gleichen Stunde wie immer, nicht früher und nicht später, um so, wie viele Tage vorher, einen neuen Tag zu beginnen. Er schaute auf seine alte Uhr, die sich um eines anderen stillen Ortes willen, der es wert war, bewahrt zu werden, auf dem Nachtkasten neben dem Glas befand, in das er sein Gebiß getan hatte... Es war halb sieben. Halb sieben... Genau wie in den vergangenen, zurückliegenden Tagen, Monaten, Jahren... Halb sieben... Das Leben nahm seinen eigenen Lauf, es gab keine störende ›Veränderung‹, über die man besorgt sein mußte. Es gab keine störende ›Veränderung‹, über die man besorgt sein mußte. Trotz der Erinnerungen an die Nacht, trotz der Träume und Rufe der Stimmen, die sich aus seinem Inneren nicht entfernten, war alles in Ordnung und mit anderen Worten so, wie es sich für seine neue und höchstwahrscheinlich letzte Lebensphase gehörte. Er hätte versuchen können, von diesen Gefühlen und Bildern zu erzählen, von dem, was die Stimmen aufweckten, um seinen Platz zwischen seinen Lieben in seinen neuen Tagen noch besser sehen zu können. Sicherlich war es möglich zu erzählen, den Mut aufzubringen zu erzählen... Es war nicht so leicht, sich mitzuteilen, sich Gehör zu verschaffen, einen Kontakt, einen wirklichen Kontakt zu erleben...

Er betrachtete sein Zimmer, den Garderobenschrank, in dem sich seine Kleidungsstücke befanden, jedes mit einer anderen Erinnerung behaftet, die Statuette einer nackten Frau auf dem Toilettentisch, die Fotografien, sein Bruchband, das auf dem Sessel lag, aber vor allem die linke Betthälfte, die jetzt immer leer blieb… Er richtete sich auf. Als er merkte, daß er die Kippa noch auf dem Kopf hatte, sagte er zu sich: »Gestern abend bin ich beim Gebet wieder eingeschlafen… Ich werde alt, langsam werde ich wirklich alt.« Das sagte er mit lauter Stimme, als spräche er mit jemand anderem, so als wollte er sich jemandem verständlich machen. Eigentlich wollte er die Stimme dieses anderen Menschen hören. Aber er wußte, daß er diese Stimme in dem Haus, wo er lebte, wohin er sich ›zurückgezogen‹ hatte, nicht hörte und nie mehr hören würde… Einsamkeit war der Preis für ein ›langes‹ Leben, ein langes Verweilen auf dieser Erde. Denn er war jetzt nicht nur fern von seinen Lieben, sondern auch von bestimmten Gefühlen, vom Leben…

Zwischen den Vorhängen blinzelten die ersten Strahlen eines hellen, sonnigen Tages herein. Die ersten Strahlen eines hellen, sonnigen Tages… Wenigstens hatten ihn die Jahre gelehrt, einen Tag von den ersten Strahlen an zu spüren… Außerdem war es Ende Mai. Das Wetter wurde besser… Als er daran dachte, freute er sich ein bißchen. Es war eine kleine, alte, noch nicht verlorene Freude. Das Wetter wurde besser… Das bedeutete, seine Schmerzen ließen nach, nichts hinderte ihn an seinen morgendlichen Gängen, und am Abend konnte man auf dem Balkon sitzen, bis es dunkel war. Die Heizung wurde nur noch zu bestimmten Tageszeiten eingeschaltet. Deshalb war es nachts ein wenig kalt. Doch er ging sowieso ›vor allen anderen‹ zu Bett. Wenn er nachts zum Wasserlassen aufstehen mußte, zog er sich seinen Schlafrock an, den er einstmals in London gekauft hatte. Dieser war zwar an verschiedenen Stellen zerschlissen, aber er bestand darauf, ihn noch zu tragen. Nur in den Nächten, in denen er ein Bad nahm, fürchtete er sich zu erkälten. Man hätte andere, ›neue‹ Lösungen finden können. Beispielsweise hinderte ihn niemand daran, am Tag zu baden, wenn es wärmer war. Doch er konnte nicht plötzlich seine eingefleischten Gewohnheiten ändern. Seit Jahren hatte er den Donnerstagabend für das Bad vorgesehen. Zudem hatte er einen Weg gefunden, der Gefahr der Erkältung vorzubeugen. Ein kleiner Elektroofen erwärmte das Badezimmer ausreichend. In den Sommermonaten behielt er diese Vorsichtsmaßnahme bei. »Maz vale sudar ke sarnudar.« – »Lieber schwitzen als niesen.« Diesen ›Grundsatz‹, den ihn seine Mutter vor vielen Jahren gelehrt hatte, hatte er nie vergessen … Als Kind war er in ihrem Haus in Halıcıoğlu zusammen mit seinem Bruder in einer großen Wanne gebadet worden … Der Raum war schon Stunden vorher durch ein großes Kohlebecken erwärmt worden … Jenes Haus war viel ›wärmer‹ gewesen als das Haus, in dem er jetzt wohnte, sein letztes Haus. Inzwischen war vieles leichter. Es gab jetzt Zentralheizung, Gasboiler, Elektroöfen. Wie weit entfernt lagen doch die Zeiten, in denen er immer um diese Zeit, um halb sieben, vor allen anderen aufgewacht war und die Öfen eingeheizt hatte. Damals war er schon ›erwachsen‹ gewesen, hatte eine Familie gehabt … Sie hatten in Asmalımescit in einer Appartementwohnung gewohnt. Sie waren weniger, ständig weniger geworden, doch immer noch waren sie zusammengewesen. ›Auf demselben Weg‹ würden sie in den Stadtteil Harbiye in die Appartementwohnung ziehen. Auf demselben Weg, indem sie immer weniger wurden … Doch obwohl sie weniger wurden, trotz aller Todesfälle achteten sie darauf, beisammenzubleiben, ihren Zusammenhalt zu intensivieren … In allen diesen Häusern, in denen er für die Familie gesorgt hatte, war er als erster aufgestanden und hatte sein möglichstes getan, die Wohnräume warm zu bekommen. Für ihn war das eine ›väterliche Pflicht‹ gewesen. Eine väterliche Pflicht … Wenn die Familie aufwachte, war das Wohnzimmer einigermaßen angewärmt. An sehr winterlichen Tagen, bei Schnee benutzte er auch einen ›Alaaddin‹-Ofen, um in den rückwärtigen Zimmern die Eiseskälte zu brechen und sie leicht anzuwärmen … Wo war dieser Ofen jetzt? Er erinnerte sich, ihn zuletzt bei Berti gesehen zu haben. Im Andenken an die alten, weit zurückliegenden Tage hätte dieser jetzt hierher ›zurückkehren‹ können… In seinem Gedächtnis lebte dieser Ofen wie ein Mensch aus der ›Familie‹ zusammen mit ein paar verlorenen Dingen, die er gerne wieder berührt hätte… Wie ein Mensch aus der Familie, den er berühren, sehen, mit dem er aufs neue sprechen wollte… Damals war noch niemand in weiter Ferne verlorengegangen. Madame Roza war am Leben. Jerry war nicht in Amerika. Berti hatte sich nicht in sein Schneckenhaus verkrochen. Kirkor und seine Eltern waren nahe. Lilika hatte noch immer versucht, die Welt, in der sie lebte, zu verstehen. Nicht im Traum wäre ihm eingefallen, was Nesim passieren würde, wo er sich einmal befinden sollte. Olga hingegen war ›dort‹, es schien, als würde sie immer ›dort‹ bleiben. ›Dort‹… Für ein Leben, an das sie geglaubt hatte, das sie unbedingt hatte erleben, mit ihm teilen, vielmehr neu entdecken wollen… Dieser Glaube war Olgas Glaube gewesen; dieser Glaube hatte Olga zu Olga gemacht… Wie fern waren jetzt diese Bilder, mit welchem Bedauern wandte er sich jetzt ihnen zu… Er mußte sich jetzt selbst vom Leid der unvollständigen, abgebrochenen Nächte erzählen, das er auf seine Weise tragen mußte. Dabei waren in jeder dieser Nächte unterschiedliche, lange Erzählungen verborgen, die unbedingt jemand kennen sollte. Doch wie sollte er in den Tagen der Einsamkeit noch einmal einen Zuhörer zu finden? Ein jeder starb so langsam, ›wie er es verdient hatte‹, indem er seine Träume, seine Hoffnungen, die aufgeschobenen Begegnungen irgendwo liegenließ. Er hatte sich nicht vorstellen können, einmal so reduziert, dermaßen eingeschränkt zu sein. Dabei hatte er sich einst wirklich seinen Anteil an Freuden, an für ihn ausreichendem, kleinem Glück genommen, ebenso wie an Leid. Vielleicht wollte er jenen Tagen gegenüber deswegen nicht ›undankbar‹ sein. Es gab aber eine andere Frage, auf die er keine Antwort fand. Es gab eine andere Stelle, auf die er die Antwort nicht fand oder nicht erreichen konnte, trotz all der inzwischen vergangenen Zeit… Was für Tage waren ›jene Tage‹?… In der letzten Zeit hatte er intensiver darüber nachgedacht, was ihm von diesem Leben blieb. Denn die Tage waren jetzt lang. Die Tage waren lang… Längst hatte er seine Zuschauer verloren, seine Spieler, seine Weggefährten, die dem Menschen, den er verkörpern wollte, verschiedene Gesichter verliehen hatten… Selbst der Junge, der ihm einst aufmerksam zugehört hatte, weil er eine lange, sehr lange Erzählung schreiben wollte, war irgendwohin, zu einer anderen Erzählung gegangen… Niemand hörte einem bis zum Ende zu. Niemand trug einen bis zum Ende…

Mit diesen Gedanken stand er leise lächelnd vom Bett auf… Leise lächelnd… Um sich und sein Leben noch einmal tragen zu können… Man mußte den Tag mit der ›Toilette‹ beginnen. Da sein Gedärm träge geworden war, hatte er sich angewöhnt, beim nächtlichen Aufstehen ein Abführmittel zu nehmen. Denn es gab ohnehin für alles einen Ort, eine Ordnung, eine Stunde. Es gab für alles einen Ort, eine Ordnung, eine Stunde… An diese Regel hatte er sich sein ganzes Leben gehalten. Wie er in der Vergangenheit gelebt hatte, so würde er auch weiterhin leben. Sich zu rasieren, als ginge er aus, war die zweite Stufe des unveränderlichen Morgenrituals. Die Freude dieses kleinen Rituals versuchte er auf die ›bekannte Methode‹ mit Rasierschaum, Pinsel und Rasiermesser zu genießen. Die Details veränderten sich, die Gerüche und Farben veränderten sich natürlich. Doch die ›Methode‹ blieb dieselbe, wie früher. Danach spritze er sich einige Tropfen Lavendelwasser ins Gesicht. Etwas Lavendelwasser… Dieser Duft änderte sich nie… Niemals war er vom Lavendelwasser abgekommen. Berti hatte ihm von diversen Auslandsreisen mehrmals verschiedene Lotionen mitgebracht. Die meisten dieser Lotionen dufteten sehr gut, doch nachdem er sie ein paarmal probiert hatte, war er wieder zu seinem Lavendelwasser zurückgekehrt. Als er das Eau de Toilette im Gesicht verrieb, fielen ihm plötzlich ›jene Lieder‹ ein, die er vor vielen Jahren beim Rasieren angestimmt hatte. Wie viele Jahre war das her? Er konnte sich nicht erinnern. Er erinnerte sich bloß, daß er ›jene Lieder‹ nach dem Tod seiner Mutter nicht mehr gesungen hatte. Woher rührte dieses Verstummen? Hatte er wohl diese Lieder unbewußt vor allem für seine Mutter gesungen, die jahrelang mit blinden Augen unter der Sonne gelebt hatte? Auch seine Mutter hatte wie er zu den Frühaufstehern in diesem Haus gehört. Wenn sie aufgewacht war, war sie in ihrem Zimmer geblieben, war aber aufgestanden und hatte sich still in ihren Sessel gesetzt. Jeder glaubte, sie schliefe dort weiter. Doch die Wirklichkeit war auch in diesen Momenten anders, als die anderen dachten. Seine Mutter lebte in solchen Momenten mit unaussprechlichen, nicht mitteilbaren Gefühlen. Sie hatte dann nur die Augen geschlossen, sie dachte und versuchte sich zu erinnern ... In welchen Farben erglühte das Goldene Horn bei Sonnenuntergang? Wie waren jene Teppiche? Wie waren ihre Kleider, ihre Unterwäsche, ihre Weiblichkeit gewesen? ... Ja, seine Mutter schloß in jenen Stunden nur die Augen, sie versuchte sich an einem neuen Tag an die Tage zu erinnern, die zu einem neuen Licht erwachten ... Er wußte das. Das war eins der Geheimnisse, die sie sonst niemandem verrieten. Die Lieder, die er für seine Mutter gesungen hatte, stammten aus vergangener Zeit. Es war ein Erbe aus der Zeit des *kanto* aus dem Stadtteil Şehzadebaşı, Lieder, die von Ohr zu Ohr, von Sprache zu Sprache gewandert waren ... Hatte er diese Lieder wirklich für seine Mutter gesungen? Das Bad war in der Nähe ihres Zimmers gewesen. Es war schön, sich nach Jahren an diese Momente zu erinnern. Schließlich war der Kampf um Selbsterkenntnis, um eine bessere Selbsterkenntnis lang und würde niemals enden. Der Kampf um die Selbsterkenntnis würde ›bis zum letzten Augenblick‹ dauern ... Warum erinnerte er sich aber jetzt daran, aus welchem unausrottbarem Gefühl heraus? Vor zwei Nächten hatte er von seiner Mutter geträumt. Sie war mit seinem Vater zusammen und in ihrem weißen Kleid und mit dem weißen Hut sehr schick, sehr schön. Es war, als wollten sie zu einer Einladung gehen. Sie gingen lächelnd an ihm vorbei. Seine Mutter hatte mit ihrer herzlichen Stimme gesagt: »Komo estas Cakito? Deke no viyenes a vermos? No te eskarinyates ayinda de mozotros?« – »Wie geht es dir, mein kleiner Jacques? Warum besuchst du uns nicht? Hast du immer noch keine Sehnsucht nach uns?«

Sein Vater hatte ihn lächelnd angesehen. Sie waren sehr jung. Wie in schönen Tagen, wie in den Tagen, als sie ›schön‹ waren... Es schauderte ihn noch einmal. Ein Schauder oder der Wunsch, sich irgendwo mit ganzer Kraft, mit Händen und Armen anzuklammern, mit dem ganzen Körper festzuhalten... Nicht daß er nicht gewußt hätte, daß Menschen in seinem Alter vor derartigen Träumen nicht gefeit waren. Solche Szenarien kamen in verschiedenen Romanen in unterschiedlicher Form oft vor. Anders gesagt: Wenn man bedenkt, was er in der Einsamkeit und beim nächtlichen Aufwachen ›gesehen‹ hatte, war es nicht so schwer, eine Erklärung dafür zu finden, daß solche Bilder ›plötzlich‹ in seinem Geist auftauchten. Zudem fühlte er sich für ›jenen Moment‹ seit ein paar Jahren auch ›bereit‹. Dennoch rückte er lieber ab von jenem Gefühl, von dieser Möglichkeit, die heimtückisch jenen Schauder in ihm verbreitet hatte, indem er sich sagte: »Es ist nur ein Traum... Ich habe am Abend wohl zu viel gegessen.« Und er versuchte, sich den kleinen Augenblicken der ihm verbleibenden Tage intensiver zu widmen. Er dachte daran, ob er eins von diesen Liedern allein beziehungsweise für sich singen wollte. Noch einmal vor dem Spiegel... Er versuchte sich zu erinnern... Doch die Worte sperrten sich, die Melodie sperrte sich, ›das Lied jener Zeit‹ sperrte sich und wollte an einem anderen Ort, an jenem aufgegebenen, verlassenen Ort bleiben. Es schien, als vermischten sich alle Lieder und ›kehrten zurück‹ zu einem einzigen Lied. Es war das Lied des Vergessens, des Vergessenen. Das Lied des Vergessens, des Vergessenen... Er gab auf... Inzwischen hatte er sich daran gewöhnt, sich nicht mehr erinnern zu können... Er hatte sich daran gewöhnt, sich nicht erinnern zu können und daß es ihm nicht mehr gelang, die Beziehung zwischen den Gegenständen, Gefühlen und kleinen Aufregungen in seinem Inneren mit eigenen Worten, mit den übrigen, ihm zur Verfügung stehenden Worten zu benennen. Ohne sich über sich selbst zu ärgern, gab er es schließlich auf. Sonst wäre er nicht in der Lage gewesen, mit seinen ›Einschränkungen‹ zu leben. Er hatte gelernt, seine Wirklichkeit mit ihrer Natürlichkeit, mit ihrer Verlassenheit und Unzuverlässigkeit an einer Stelle seines Lebens einzuordnen. »Sehen wir mal, was wir sonst noch alles vergessen«, dachte er und lächelte… Er war ein wenig stolz auf sich, ohne daß er das jemandem erzählen konnte. Denn daß er das denken konnte, zeigte doch, daß die Verbindung zu seinem Leben nicht vollkommen abgerissen war. Manche Worte mochten ihm verlorengegangen sein, manche Lieder mochten nie wieder zu ihm zurückkehren… Doch noch hatte er seinen Verstand nicht verloren, hatte ihn noch nicht vollkommen verloren. Beispielsweise konnte er Bücher lesen. Er konnte über die Fernsehnachrichten wütend werden, er konnte lachen über die ›Realität‹ der Fernsehserien, konnte notwendige Abrechungen machen und sein Haushaltsgeld ausbalancieren. Es machte ihm sogar Spaß, sich selbst in seinem Alltag zu beobachten. Als er sagte: Sehen wir mal, was wir sonst noch alles vergessen, wollte er wahrscheinlich auch sagen: Schauen wir mal, was wir sonst noch alles verlieren, wohin wir uns entfernen. Ausgehend von dieser Frage, konnte er auf den Menschen, der er war, den er ertragen mußte, von einer anderen Warte blicken. Aus diesem Blickwinkel ergab sich ansehnlich viel Material für das lange Spiel der Einsamkeit. Am Ende war es ein langes Spiel, wenn man die allein verbrachten Tage bedachte. Es war nicht klar, wann dieses Spiel endete, denn er war in diesem Spiel jeder, alles. Er war der Verfasser des Spiels, der Regisseur, der Spieler und der Zuschauer. Er verkörperte die Gegenstände, die Farben, die Ausstattung, die vergessenen, verlorenen Repliken und eines Tages den sich schließenden Vorhang…

Mit diesen Gedanken und dem ›Hin und Her‹ näherte er sich langsam wieder dem Schlafzimmer, wobei er sich bemühte, sich seine Schritte aufs neue bewußt zu machen. Er zog seinen Pyjama aus und legte das Bruchband an. Er hatte sich vor einigen Jahren einer Operation unterzogen und gemeint, sich von dem lange ertragenen Leiden ›endgültig‹ befreien zu können. Doch nach zwei Jahren war der Bruch auf der anderen Seite aufgetreten. Für eine neue Operation war es jetzt zu spät. Er würde so zurechtkommen. Die Krankheit lag schließlich in der ›Familie‹. Auch sein Vater und Nesim hatten daran gelitten… Zudem hatten diese das Problem unter anderen Bedingungen durchgestanden…

Dann zog er Hemd und Hose an. Sorgfältig band er die Krawatte. Seine Schuhe zog er sich mit Hilfe des wiederum seit vielen Jahren benutzten Schuhlöffels an, er putzte sie und ließ sie glänzen… Genauso wie er es gemacht hatte, als er in den ›Laden‹ gegangen war… Zuletzt zog er seine Weste an und knöpfte sie langsam zu. Er war sozusagen fertig für den Tag. Er betrachtete sich noch einmal. Seine Hose und auch die Weste waren ihm weit geworden. Er hatte abgenommen und war etwas kleiner geworden. Doch seine Kleidung hatte sich über die lange Zeit hin tatsächlich gut gehalten. »Na ja, es ist ja auch englische Ware…«, dachte er. Er erinnerte sich an London, das italienische Lokal bei Marble Arch und an den Glanz der großen Geschäfte. Bei anderen Menschen hatte er schöne, aber zugleich viele lückenhafte Erinnerungen hinterlassen… Zum Beispiel hatte er manche Zeiten nicht mit denen verbracht, mit denen er das hätte tun wollen. Wenn er sich daran erinnerte, überkam ihn eine Trauer, die er nicht leicht vertreiben konnte. Doch was geschehen war, war nun mal geschehen und vorbei. Und auch was nicht geschehen war, war vorbei… Es blieb nur noch, sich in die erzählbaren Momente des Erlebten zu flüchten… Seine Zuflucht in den erzählbaren Momenten und Aspekten des Erlebten zu suchen… Um noch weiterzuwandern oder um weniger zu sterben… Trotz aller Träume… Mit den bekannten Illusionen, an die man sich gewöhnt hatte, die einem zunehmend lieb geworden waren…

Mit diesen Gefühlen näherte er sich dem Balkon. Zuerst öffnete er die dichten Vorhänge und die Tüllgardinen, dann die Tür und die Gitter. Mit anderen Worten, er räumte langsam alle Hüllen weg, die ihn im Dunkel der Nacht vor Blicken und Bedrohung schützten. Er ging hinaus. Er hatte sich nicht getäuscht. Ein heller, sonniger Tag brach an… Dabei verkündete Vogelgezwitscher, daß der Tag auch für andere begonnen hatte... Er hörte dem Gezwitscher zu. Er stand und hörte... Wenigstens diese Stimmen, diese gewohnten Stimmen hatten sich nicht verändert. »Es ist Zeit, auf die Insel zu gehen«, dachte er. Die Zeit, auf die Insel zu gehen, dort im Ortsteil Maden, am Landesteg spazierenzugehen. Er hatte wieder einen Winter überstanden... Wahrscheinlich kümmerte sich Berti schon um den Garten. Die Blumen, die Kräuter, die Bäume brauchten Pflege, warteten auf Liebe. Diese Arbeit hatte er einstmals selbst getan. Immer wenn es April geworden war, wenn die Sonne anfing, Häuser, Zimmer und Gärten richtig zu erwärmen, war er an einem Wochenende allein zum Haus gefahren und hatte den Garten zusammen mit einem angeheuerten Gärtner für den Sommer vorbereitet. Ja, sich um die Blumen zu kümmern, war so schön, wie sich um einen geliebten Menschen zu kümmern... Zudem gab es für die, die es sehen wollten oder konnten, einen Lohn für diese Liebe. Blumen und Bäume waren treuer und großzügiger als viele Menschen... Stiefmütterchen zum Beispiel gaben denen, die sie richtig pflegten, Farben, die andere Blüten nicht hatten; die Wunderblume duftete nachts herrlich, das Basilikum bereicherte so manches Frühstück mit seinem delikaten Geschmack... Auch der Lindenbaum duftete süß... Das war ein Duft, den niemand vergaß... Der Pflaumenbaum trug fast jedes Jahr gut... Fast jedes Jahr. Obwohl auch er wie die anderen Bäume nur jedes zweite Jahr hätte tragen müssen... Fast jedes Jahr... So erinnerte er sich, zumindest wollte er diesen Baum nach so langer Zeit so im Gedächtnis behalten. Dieser Baum hatte kleine, gelbe, sehr wohlschmeckende Pflaumen. Kleine, gelbe Pflaumen, die gut zum Knurrhahn paßten...

Ja, Berti wird sich um den Garten gekümmert haben... Aber selbst wenn er sich nicht gekümmert hat... Sollte er sich nicht gekümmert haben, müßte man auch für diese Interesselosigkeit Verständnis zeigen. Nach allem, was er erlebt hatte, konnte man von ihm nicht ›noch mehr‹ Interesse erwarten. Die Unglücksfälle hatten sie einander zum einen entfremdet, zum anderen nähergebracht... Doch Berti wußte das womöglich gar nicht. Berti kannte sein neues Gefühl nicht... Es war sowieso nicht so wichtig, ob er es kannte. Sie hatten die Kraft zu einem Neuanfang oder zum Wechsel mancher Gefühle schon lange verloren. Sie hatten die Kraft zu einem Neuanfang oder die Hoffnung auf ein neues Gefühl schon lange verloren. Genauso wie sie die Kraft verloren hatten, den Garten wie früher zu pflegen... Er konnte diesen Garten jetzt nur aus der Ferne ›pflegen‹, wie ein Gast. Sich wie ein Gast an den Duft der Blumen und Früchte erinnern, still zu fühlen zu versuchen... Trotz der Unkräuter, die ringsum wucherten... Da wehte ihm ein leichter, kühler Wind ins Gesicht... Er sagte zu sich: »Wir wollen doch nicht zuallerletzt noch krank werden, da kämen wir nur schwer wieder auf die Beine.« Die Stimme, die er hörte, war seine eigene Stimme, noch einmal die Stimme seiner Einsamkeit, seiner Ängste... Der Tag begann erst... Er ging hinein. Die Balkontür ließ er offen. Das Zimmer sollte lüften. Das Bett ließ er sowieso ›in ordentlicher Form‹ offen, damit es die Schwere und den Geruch der Nacht verlor. Indes versäumte er nicht, die Tür fest zu schließen, als er zum Morgengebet ins Wohnzimmer ging. Es sollte nicht kalt reinkommen... Im Salon öffnete er zuerst die Vorhänge. Er setzte sich in den Sessel, wo er immer saß und schaute nach draußen... Die Straße war praktisch leer. Außer ein paar Hausmeistern, die für die Hausbewohner zum Einkaufen gingen, und ein paar Schülern war niemand zu sehen... Außerdem gab es ein paar ›Frühaufsteher‹, die mit schnellen Schritten auf ein Ziel zusteuerten, um ›rechtzeitig‹ zu kommen... Das waren ›seine‹ Frühaufsteher. Indem er jeden Morgen zur gleichen Zeit aus demselben Fenster auf die Straße schaute, hatte er zwischen den ›Frühaufstehern‹ eine Verbindung geknüpft, die nur ihm bekannt war... Sie alle hatten ihr Leben, ihre kleinen Geschichten, vielmehr Schicksale... Er kannte sie in im Grunde nicht, hatte nie mit ihnen gesprochen und würde nie mit ihnen sprechen. Deshalb blieben diese Erzählungen in ihrer eigenen Unberührtheit bestehen... Um diese Zeit strebten auf dieser Straße drei Frauen und zwei

Männer zu verschiedenen, doch ›bestimmten‹ Zielen. Eine von den Frauen war Bankangestellte, die andere Krankenschwester. Die dritte arbeitete bei einem jüdischen Importeur als Sekretärin und in der Buchhaltung. Von den Männern hatte einer im Großen Basar einen Silberladen. Er war gut situiert und führte ein Leben ohne große Höhen und Tiefen, in dem er keine Notwendigkeit zu großen Veränderungen sah und seine kleinen Wochenendfreuden genoß. Er war verheiratet und stand politisch links. Der andere Mann war Arzt am Anfang seiner Karriere. Er war noch ledig. Er würde eigentlich gut zu einer der jungen Frauen passen, beispielsweise zu der Krankenschwester. Wenn sie sich doch träfen... Doch leider ging jeder seinen Weg. Keiner kam zur selben Zeit vom selben Ort her. Jeder kam zu einer bestimmten, ›festgelegten‹ Zeit. Wenn einer von ihnen sich verspätete, konnte er sich darüber Sorgen machen. Er selbst war immer ›Frühaufsteher‹ gewesen, doch das war ihm nur gelungen, weil er während seines Arbeitslebens in den ›Laden‹ gegangen war...

Nachdem er alle seine ›Frühaufsteher‹ gesehen hatte, schickte er sich an, sein Morgengebet zu verrichten. Seit Jahren betete er immer zuerst auf hebräisch, dann auf spanjolisch. Der hebräische Teil des Gebets veränderte sich nie. Die Worte waren immer dieselben. Das verlangte der ›Ritus‹. Der spanjolische Teil hingegen hatte eher die Atmosphäre eines ›Gesprächs‹. Dann sah er seinen Gott als starken Beschützer, dem er vertraute wie einem Vater. Der Gott hier erschien etwas menschlicher, sozusagen etwas wirklicher. Deshalb erbat er ›von Ihm‹ ›vertrauensvoll‹ für sich einen schmerzlosen Tod, Glück für Berti, Juliette, Nora und Jerry und Frieden für das Land Israel und die ganze Welt. Daß die Menschen doch erkennen möchten, woher sie kamen und was ihre ›wahre Bestimmung‹ war, damit diese Grausamkeit und die Morde aufhörten. Danach dankte er seinem ›Beschützer‹, daß er ihn vor den Konzentrationslagern bewahrt hatte. Er hätte ja auch wie sein älterer Bruder damals in Frankreich wohnen können. Doch die ›Göttliche Vorsehung‹ hatte gewollt, daß er in Istanbul war. Dafür konnte er nie genug danken. Er hatte jene Tage des

Todes gesehen und auch die Gegenwart. Deshalb wollte er sein Bestes tun, um die ihm ›gewährten‹ Tage wertzuschätzen. Er bat darum, daß seine Lieben im Paradies in Frieden ›lebten‹, und flehte, daß seine eigene Seele leicht von ihm genommen werden möge. Denn ›Er‹ war zugleich der Vater der ›Gnade‹. Der Vater der ›Gnade‹... In diesem Moment bemerkte er, daß er einzelne Wörter verwechselte, vielmehr sich nicht erinnern konnte. Er fing noch einmal an, seine Bitten zu formulieren... Als er diesmal seiner Lieben im Paradies gedachte, klang seine Stimme innerlicher und heiserer. Es gab so viele Menschen, die schon ›dort‹ waren, nach denen er sich sehnte. Als er an sie dachte, fand er, daß er des Lebens überdrüssig sei, daß er schon zu ›lange‹ gelebt habe. Auf jeden Fall lag das ›Ermessen‹ in der ›Gerechtigkeit Gottes‹, und er wollte sich nicht versündigen, indem er das Thema weiter verfolgte... Am Ende des Gebetes fühlte er sich sehr müde, zum einen, weil er seinen Gott aus Herzensgrund intensiv angefleht hatte, zum anderen, weil er nach manchen Worten hatte suchen müssen. Er blieb an seinem Platz und ruhte sich still ein paar Minuten mit geschlossenen Augen aus...

Wieder ließen diverse Bilder, die sich ineinanderschoben, seinen Geist frösteln. Bilder aus der fernen und nahen Vergangenheit, die sich vermengten... Er öffnete sofort die Augen, um nicht länger an jenen Orten zu verweilen. Es war nicht richtig, sich so oft von der Gegenwart abzukoppeln. Es gab die Nächte, es gab sowieso Orte, an die er in den Nächten gehen oder zurückkehren mußte. Das sollte ihm reichen... Daraufhin stand er langsam von seinem Platz auf, nahm die Kippa ab, küßte sie und legte sie neben das besondere Morgengebetbuch, aus dem er am Sabbat las. »Une place pour chaque chose et chaque chose à sa place«, sagte er zu sich selbst... Es gibt einen Platz für jedes Ding, und jedes Ding gehört an seinen Platz... Diesen Satz hatte er von Monsieur Natan gelernt, dem Mathematiklehrer, der ihnen in der letzten Klasse der ›Alliance‹ im ›Cours supérieur‹ die ersten Lektionen eines ›disziplinierten‹ Lebens erteilt hatte. Die Schule der Alliance Israélite Universelle in der Yazıcı-Gasse hatte

Meerblick gehabt. Damals hatten sie an Tagen mit *lodos* einen zusätzlichen Spaß erlebt. Denn wenn ein starker Südwind wehte, fuhren die Dampfer nicht, und Monsieur Natan, der gegenüber Kuzguncuk wohnte, konnte nicht in die Schule kommen. Monsieur Natan war bei den Schülern wegen seiner Strenge und Vorliebe für Disziplin bekannt. Diszipliniert zu sein, war für ihn ein Lebensstil. Diszipliniert zu leben bedeutete, daß der Mensch vor anderen, insbesondere aber vor sich selbst Hochachtung hatte. Insofern lag hierin der Schlüssel zum Erfolg, zum wahren Erfolg. Monsieur Natan schilderte seinen Schülern unermüdlich lang und breit die Disziplin und die Tugenden des disziplinierten Menschen, wofür er manches Mal den Unterricht unterbrach. Manchmal mußte er aus Begeisterung über seine langen Vorträge lautstark furzen, und damit man es nicht hörte, rüttelte er am Katheder. Nach einer Weile hatten sie kapiert, daß das Wackeln des Katheders bedeutete, daß ihr Lehrer furzte. Das laute Knarzen des Katheders übertönte den Furz, doch verhinderte es nicht die Ausbreitung des Gestanks im Klassenzimmer. Dann ließ Monsieur Natan mit den Worten »Puh! Puh! Hier stinkt es ja gewaltig!... Luft!... Frische Luft!...« die Fenster aufreißen, sogar im eiskalten Winter, und fuhr fort, vom Sport und den Tugenden eines gesunden Lebens zu sprechen. Diese Szenen folgten einander in stets gleicher Reihenfolge wie ein ›festgelegter‹, ›disziplinierter‹ Ablauf. Mit anderen Worten war Monsieur Natan auch in dieser Beziehung ordentlich, diszipliniert. Die Szenen waren derart vorhersehbar, daß der neben dem Fenster sitzende Menachem, der den Spitznamen ›Menaham el de loz maloz eços‹, Menahem, der Übeltäter, trug, einmal das Fenster schon öffnete, als er das Katheder wackeln sah, ohne den entsprechenden Befehl zum Lüften des Klassenzimmers abzuwarten. Die Klasse brach daraufhin in lautes Lachen aus. Für seine ›Wohltat‹ und seinen ›Mut‹ erntete Menahem kurz darauf von Monsieur Natan, der während des Unterrichts oft zwischen den Reihen herumwanderte, eine gewaltige Kopfnuß. Natürlich brach die Klasse jetzt erneut in Lachen aus. Um den Spaß zu verlängern, gab sich Menahem den Anschein eines zu Unrecht Bestraften und sagte: »Mais ... mais je n'ai rien fait, Monsieur! ... – Aber Monsieur, ich habe gar nichts getan.« Und als Monsieur Natan leicht lächelnd das Fenster schloß, konnte er auf die Worte: »Une habitude, une simple habitude, Monsieur – eine Gewohnheit, einfach eine Gewohnheit, Monsieur«, nichts erwidern.

Für alle disziplinarischen Vorfälle in der Schule wurde Menahem verantwortlich gemacht. Von einem gewissen Punkt an waren alle überzeugt, daß sämtliche ›Komplotte‹ und Ränke von ihm ausgeheckt wurden. Selbst als einmal, gerade während er sich für eine neuerliche ›Schuld‹ vor dem Disziplinarausschuß verantwortete, durch einen Unfall die Glastür des Haupteingangs zerbrach, sagte einer der anwesenden Lehrer sofort: »Oh, Menahem, was hast du denn schon wieder angestellt!« ... Es war ein Gerücht ... Zuletzt erzählte Menahem ihnen den Vorfall ... Das waren noch Zeiten damals ...

In späteren Jahren eilte der ›widerspenstige Junge‹ im Geschäftsleben von Erfolg zu Erfolg und häufte ein riesiges Vermögen an. Das war nur demjenigen möglich, der unter den gegebenen Bedingungen in einer ungewöhnlichen Zeit ungewöhnliche Geschäfte machte. Der Name des Jungen tauchte zuerst im Zusammenhang mit einem großangelegten Schmuggel von Präservativen und dann mit einem Mordfall auf. Was danach passierte, wußte niemand, hatte niemand ganz herausbekommen können ... Danach hatten sie einander völlig aus den Augen verloren ... Das war vor Jahren, vor vielen langen Jahren. Vor Jahren, vor vielen langen Jahren ... Dies war einer von den Sätzen, die er in letzter Zeit oft und oft wiederholen konnte, wiederholen mußte ... Und die Geschichte, daß er jemanden auf dem langen Weg völlig aus den Augen verloren hatte, war eine der ihm gut bekannten Geschichten ... Er glaubte, er könnte diese Sätze und Geschichten ›verwenden‹, weil er meinte, daß viele Menschen ihre Bedeutung kannten. Doch er hatte sie erlebt, er hatte sie mit vielen Verlusten, Sehnsüchten und Enttäuschungen erleben müssen. Vielen

Verlusten, Sehnsüchten und Enttäuschungen... Vielleicht rührte das Gefühl, sich nicht so ausdrücken zu können, wie er eigentlich wollte, auch her von dem ›Erlebthaben‹... Er hatte Menahem später niemals wiedergesehen, hatte ihn an keinem der in Frage kommenden Plätze antreffen können... Lebte der Junge wohl immer noch? War der Junge nach all der Zeit immer noch ein Junge?... Wer weiß... Jeder wurde auf seinem eigenen Weg ›erwachsen‹, indem er auf seine Weise dafür bezahlte und seine eigenen kleinen Anerkennungen einheimste; jeder wurde ›älter‹ und vergrub sich schließlich in seine Stille... Aber um die Wahrheit zu sagen, je ›erwachsener‹ er wurde, um so besser verstand er den Wert der Unterweisung von Monsieur Natan. ›Une place pour chaque chose et chaque chose à sa place‹... Diese ›goldene Regel‹ hatte ihm im Geschäftsleben sehr genützt. Das konnte er nicht leugnen. Dabei hatte diese Regel zu anderen Zeiten bei anderen Aspekten des Lebens ganz andere Gefühle, Schmerzen und Gewissensbisse verursacht. Der ›Platz‹ war nicht immer richtig beziehungsweise falsch gewählt worden. Der Platz war nicht immer richtig gewesen, oder es gab keine Auswahlmöglichkeit, denn die Wahl des Platzes hatte verhindert, daß man woanders hinging, an anderen Plätzen lebte und andere Plätze leben ließ. Aber so war er gewesen, so hatte er eben gelebt...

Der Regel gemäß hatte er sich vor ein paar Jahren angewöhnt, den Frühstückstisch schon am Abend vorher zu decken. Doch dafür mußte er sich nicht besonders anstrengen. Denn letztendlich standen auf seinem Tisch Tasse und Teller mit Besteck und einer weißen Serviette. Beim Frühstück begnügte er sich mit ein paar Scheiben Toast, etwas Marmelade und einem Stück fettarmem, salzlosem Weißkäse. An manchen Morgen trank er Lindenblütentee, an anderen Morgen eine Tasse heiße Milch. Alles hatte sich dermaßen verringert und vereinfacht... Da bemerkte er, daß die Marmelade zu Ende ging, die er aus getrockneten Aprikosen zubereitet hatte. Er mußte Berti anrufen und ihm sagen, daß er vom Blumenmarkt *okka*-Rosen kaufen sollte. Diese waren in den letzten Jahren sehr teuer geworden, doch wollte er sich die kleinen Freuden jetzt nicht mehr versagen. Er würde ungefähr ein Kilo kaufen, und ein Kilo Marmelade reichte ihm sowieso für mindestens sechs Monate. Dann kam die Zubereitung, das Selbermachen. Schließlich gehörte das auch zu den kleinen Freuden... Die Rosen würden kommen, er würde sie langsam und vorsichtig auspacken, auf einer Zeitung ausbreiten, mit der Schere putzen und die Blütenblätter dann ganz langsam kochen... Ein herrlicher Duft würde sich in der Wohnung verbreiten... Ja, er würde Berti bitten, ein paar *okka*-Rosen für ihn zu kaufen... Es war jetzt die richtige Jahreszeit... Es war jetzt die richtige Jahreszeit... Diese Marmelade hatte er früher mit Madame Roza zusammen zubereitet. Er hatte damals ebenfalls die Rosen geputzt. Mit der goldgelben Schere Marke Dunlop, die er in England gekauft hatte... Jetzt war diese Schere irgendwohin verschwunden. In dieser Jahreszeit war immer ein dunkler, dünner Mann mit einem Korb vorbeigekommen. Sein Name war wohl Salomon. Salomon oder... Nein, nein, Salomon war der Name des Fischhändlers. Der ging nur am Freitagmorgen dort vorbei und verkaufte ›*ğaya*‹. Nur am Freitagmorgen, in der Frühe. Weil es die Bräuche so verlangten... Denn das Essen mußte bis zum Mittag bereitet werden, fertig sein. In den jüdischen Häusern wurde am Wochenende nicht frisch gekocht... Doch diese Bräuche gehörten jetzt einer anderen Zeit an. Das war Vergangenheit... Nur die Juden schenkten dem Fisch namens ›*ğaya*‹ Aufmerksamkeit. Nur die Juden machten aus dem Essen dieses Fisches ein kleines Ritual... Das wußten auch die Fischhändler der ›anderen Seite‹ und auch Salomon. Die ›*ğaya*‹ waren den Türken unter dem Namen *gelincik*, Knurrhahn, bekannt... Zu diesem Fisch gehörten unbedingt gelbe Pflaumen. Gelbe Pflaumen... Für die geleeartige, süßsaure Soße... Salomon verkaufte auch Pflaumen. Doch sie hatten von ihm nur den Fisch gekauft. Das hatte Salomon nicht gefallen. Denn er verdiente an den Pflaumen gut, mehr als an den Fischen. Deswegen hatte er unverdrossen Madame Roza zu einem Geschäft zu überreden versucht: »Esta vez la avramila esta para çuparse los dedos... Le dare un poko?...« – »Die Pflaumen sind dieses Mal zum Fingerablekken... Soll ich Ihnen ein paar davon geben?«. Madame Roza hatte ein wenig zum Spaß darauf stets erwidert: »Mozotros no tenemos menester de tu avramila kazikçi!... Ya tenemos en la ğuerta al karar ke no kerez!...« – »Wir brauchen deine Pflaumen nicht, du Wucherer!... In unserem Garten haben wir mehr als genug.« Salomon war über solche Worte schnell erbost gewesen. Einmal hatte er sich dermaßen geärgert, daß er mit seiner heiseren, etwas komischen Stimme Madame Roza gefragt hatte: »No se le seko ayinda el avrole?« – »Ist euer Baum nicht längst vertrocknet?«, und Madame Roza war die Antwort nicht schuldig geblieben: »No se seko! No se seko! Y tu ke no sekes inşallah paşa!.. Ayde, kaminos klaros!« – »Er ist nicht vertrocknet, er ist nicht vertrocknet! Hoffentlich vertrocknest du nicht, mein Guter!... Dann mal los, viel Glück!«... Damals waren solche Gespräche häufig. Dadurch machte das Einkaufen Spaß, und die ›Scherzworte‹ brachten die Menschen einander näher... Zweifellos wurden auch heute an anderen Orten mit anderen Menschen ›Scherze‹ gemacht, um manche Augenblicke im unvorhersehbaren Fluß des Lebens bunter zu gestalten. Die ›Scherze‹ des Lebens endeten nie, irgendwie würden sie niemals aufhören... Die ›Scherze‹ des Lebens endeten nicht... Die ›Scherze‹ des Lebens... Endeten sie wirklich nicht?... »Egal... egal...«, sagte er in dem Moment zu sich selbst. Egal... Dann... Dann wollte er dieser Frage nicht weiter nachgehen... Er murmelte nur vor sich hin: »Die Scherze des Lebens...« Die Scherze des Lebens... Diese Scherze waren nur für sie und ihresgleichen an jenen Orten geblieben, die langsam und lautlos immer weniger wurden... Die Gefühle lebten nämlich nur dort in der kleinen Welt, aus der man anscheinend nicht hatte ausbrechen können, wo alle einander gesehen hatten, sehen mußten... Nein, der Name des Blumenhändlers war nicht Salomon... Das war der Name des Fischhändlers... Der Blumenhändler hieß wohl Mordo. Mordo... Oder... Nein, er konnte sich nicht erinnern. Wieder konnte er sich nicht erinnern. Es blieb ihm nur übrig, ein weiteres Mal über sich selbst zu lachen.

Vor allem, um sich selbst zu beweisen, daß er mit anderen Blicken aufs Leben schaute, schauen konnte, lachte er auch darüber. Bei soviel Vergessenem war es kaum wichtig, ob er den Namen des Blumenverkäufers wußte oder nicht. Letztlich lebte auch dieser wie andere Menschen aus der Vergangenheit durch den Geist seiner Worte, die ihn zu sich selbst machten, in einem anderen weiter. Durch den Geist dieser Worte, mit diesen Gefühlen... Sie hatten diesen Geist, diese Gefühle gelebt, indem sie mit den Erinnerungen und Stimmen von früher in dieser Welt lebten... Das war der verständlichste Aspekt eines Lebens nach dem Tod... Schließlich hatte man sowohl mit dem Fischhändler als auch mit dem Blumenverkäufer ›scharf gefeilscht‹. Schließlich waren sie beide auf ihre Weise Kämpfer, und weil sie beide wußten, wie gefeilscht wurde, hatten sie für ihre Ware schon vorher überteuerte Preise festgelegt. Doch das wußten auch die Kunden, das war eben ein Spiel, und so mußte man es den Bräuchen, den Gewohnheiten entsprechend spielen. Zudem gab es beim Feilschen auch eine ›Sitte‹. Man mußte die ›Grenze‹ unbedingt kennen. Er hatte nie vergessen, wie Madame Alegra, eine Nachbarin von gegenüber, einmal dem Blumenverkäufer einen sehr viel niedrigeren Preis als den verlangten geboten hatte, und der Blumenverkäufer beleidigt war, daß man seine Ware so gering schätzte, so daß er zu der Kundin ohne Rücksicht auf ihr Alter und ihr Ansehen ganz laut, so daß es jeder hören konnte, sagte: »Tamam... Ke me trayga el çukal i se lo inçere!...« – »Na gut... Dann bring auch deinen Nachttopf her, damit ich ihn fülle!...« Durch diesen unerwarteten Ausgang war Madame Alegra vor allen blamiert. Mit den Worten: »Ayde be bayaği! Halis bayaği!« – »So was Primitives! Hau ab, du primitiver Kerl!« – floh sie ins Haus und schloß die Tür... Die Zuhörer dieses Gesprächs konnten sich vor Lachen nicht halten. Sie waren zu Hause gewesen, es war ein warmer Maimorgen. Rozi war damals sehr klein und gerade bei den Großeltern. Sie fragte ihre Großmutter, was das spanjolische Wort ›çukal‹ bedeutete. Als sie es erfahren hatte, fing auch sie an zu lachen. Rozika war ein süßes kleines Mädchen mit ganz blauen Augen gewesen ... Schicksal ... Wer, was war alles nicht mehr hier ... Wer, was war nicht alles verlorengegangen, was jener Straße ihre Besonderheit verliehen hatte. Dazu gehörte natürlich damals auch Madame Alegra. Sie wirkte unter den Nachbarn mit ihrem Leben stets fremdartig, sie war still und nahm manche Vorfälle wie ein Kind unnötig wichtig ... Auch sie war mitsamt der Erinnerungen an sie verschwunden ... Einer ihrer Söhne hatte in Mailand gelebt und Geschäfte gemacht. Der andere war, soweit er sich erinnerte, Psychologe in Genf gewesen. Sie hatten ihre Mutter nicht oft besucht, doch manchmal hatten sie ihr Geld geschickt, damit sie ein angenehmes Leben führen konnte, das war alles. Sie hatte eine Haushaltshilfe namens Kader gehabt. Kader war die Frau des Hausmeisters in einem nahe gelegenen Mietshaus gewesen und hatte sowohl bei ihnen als auch bei Madame Alegra geputzt. Eines Tages war sie nach siebenjähriger Ehe fortgejagt worden, weil sie kein Kind bekommen hatte, und hätte in ihr Dorf zurückgehen müssen. Da sie nur vom Imam, dem islamischen Geistlichen, getraut war und ohne Geld mit einem kleinen Bündel auf der Straße stand, suchte sie Zuflucht bei Madame Alegra. Damals litt Madame Alegra sehr unter der Einsamkeit. So begann ihr Zusammensein. Kader blieb von dem Tag an jahrelang bei ihr. Von diesem Tag an arbeitete sie jahrelang in ihrem neuen Haus beziehungsweise in einem anderen Haus ein weiteres Mal für ihren Lebensunterhalt; und sie setzte ihr Spiel, ihre Erzählung fort an einem anderen Platz, hinter einer anderen Tür mit dem täglichen Einerlei in anderer Form ... Sie waren zwei Frauen, die von sehr verschiedenen Orten gekommen waren, und sie hatten beide einen wichtigen Teil ihres Lebens in sehr verschiedenen Menschen, Sprachen unterdrücken müssen. Vom Alter her hätte Kader die Tochter von Madame Alegra sein können ... Sie blieben einander fremd, doch ab einem gewissen Punkt lernten sie, zusammenzuleben. Was sie aneinanderband, war vielleicht auch, daß sie beide Verrat erlebt hatten ... Er erinnerte sich jetzt an ihren Anblick, wie sie auf der Straße untergehakt langsam herumspaziert waren. Kader hatte jahrelang in diesem Haus gewohnt. Dann eines Tages nahm sie den Heiratsantrag von Selami Bey an – der sie von seinem Fenster aus lange Zeit beobachtet hatte – und zog in ein anderes Haus um… Selami Bey war ein pensionierter Katasterbeamter, den im Wohnviertel alle kannten, ein wenig scheuten und respektierten.

Wie war er jetzt hierher geraten?… In letzter Zeit verbrachte er einen Teil der Tage auf diese Weise wie ein ›Betrachter‹… Ein Wort, ein verwischtes Bild führte ihn plötzlich in ein anderes Leben, andere Leben. Manchmal begegnete er auf seinen langen stillen Reisen auch Dingen, an die er sich nicht erinnern wollte. Dinge, an die er sich nicht erinnern wollte, die er nicht noch einmal sehen oder über die er nicht sprechen wollte… Dennoch war es schön, für kurze Zeit in die alten Tage, die er erlebt hatte, zurückzukehren. Es war schön, mit jenen Menschen in einer anderen Welt zu sprechen wie in jenen Tagen… Und die Rosenmarmelade von Madame Roza war unvergeßlich… Für immer… In der Hoffnung, diese Wärme bis zuletzt zu bewahren… Unvergeßlich waren auch ihre leicht süßlichen Artischocken in Olivenöl, ihre mit Hackfleisch gefüllten Zucchini mit Karamellsoße und die aus den Schalen der Zucchini gemachten, säuerlichen ›kaşkarikas‹ mit Knoblauch… Er würde auch ihre Lauchköfte mit schwarzem Pfeffer nicht vergessen, ebensowenig wie ihre weißen Bohnen mit Spinat; ihren weißen Pudding mit Mastixgeschmack und die Süßspeise aus Rosinen und Datteln, die sie für den Pessach-Abend bereitet hatte… Diese Speisen, die immer mehr verlorengingen und deren Wert man erst nach dem Verlust wirklich schätzte, bildeten den Geschmack, die Gerüche und Farben, ja die lebendigen ›Bestandteile‹ jener Häuser. Sie gehörten zu den bekannten Erzählungen, die immer erzählt, ›beschrieben‹ werden wollten. Zu den bekannten, ›beschriebenen‹ Erzählungen, die jeder anders sah. Auch Roza hatte in bezug auf die Zubereitung dieser Speisen, wie es in allen Häusern, wo die Traditionen bewahrt werden sollten, üblich ist, mit ihrer Schwiegermutter lange Phasen des Schweigens und der Verletzung ertragen müssen.

Doch schließlich hatte sie sich durch ihren ›Mut‹ und ihre Entschlossenheit mit dem Problem abgefunden, wobei sie die Ehrerbietung nicht verlor und es auch an Mitgefühl nicht fehlen ließ. Es war ein Mitgefühl, das mit warmer herzlicher Stimme ausgedrückt wurde … Sie hatte schließlich den ›Zustand‹ ihrer Schwiegermutter in den ›letzten Jahren‹ nicht übersehen können … Das Gefühl, das diese Stimme entstehen ließ, brachte die beiden an einen sehr persönlichen Ort. Vielleicht nahmen sie gar nicht wahr, an welchen Ort sie im Laufe der Zeit gelangt waren, doch dieser unbeschreibliche, unbenannte Ort war eine Realität, und um die Wahrheit zu sagen, war es eine ihrer Realitäten, aus denen sie sich nie würden befreien können … War es der Schmerz um ihre Söhne, die weit weggegangen waren, um nie mehr wiederzukehren, der sie einander derart eng angenähert hatte? … Es drängte ihn jetzt nicht, darüber nachzudenken, länger darüber nachzudenken … Sie hatten in der Familie absichtlich diese Themen übergangen, versucht, nicht darüber zu sprechen. Übergehen, nicht darüber sprechen war einer der Wege, einen geliebten Menschen bis zuletzt zu ›tragen‹, durch die Jahre zu tragen, ohne ihn zu ›töten‹ … Es hatte nämlich keinen Sinn, alles noch einmal von neuem aufzurollen …

Wen hatte Kevork Efendi versteckt und wo?

Madame Perla, die in den Tagen von Halıcıoğlu durch ihre Persönlichkeit und ihre ›Blicke‹ ihre Umwelt tief beeindruckt und vor allem durch ihre ›Schweigsamkeit‹ erschreckt hatte, ›sah‹ trotz ihrer besonderen Umstände die Selbstlosigkeit ihrer Schwiegertochter. Als sie alt und kraftlos geworden war, als sie sich mit all ihren inneren Räumen in ein einziges Zimmer zurückgezogen hatte, wollte sie deshalb, daß ›nur Roza‹ benachrichtigt wurde, als sie starb … Als er daran dachte, überzog ein schmerzliches Lächeln seine Lippen. Ihm wurde wieder einmal bewußt, wie sehr er seine Mutter vermißte … Was er vermißte, war zweifellos nicht nur seine Mutter, sondern etwas anderes, eine ganze andere ›Sache‹… Eine ganze andere ›Sache‹… Es war unvermeidlich, daß er Halıcıoğlu, seine Kindheit in Halıcıoğlu aufgrund des großen Abstands in einem rosigen Licht sah, wie ›in anderen Erzählungen‹. Es war die Zeit, als ein naher Freund seines Vaters, der Französischlehrer Monsieur Moiz Pardo, oft zu Besuch kam; er sprach wenig, sah darin sogar eine Tugend, war geistreich und hielt Voltaire und Rousseau für die wichtigsten ›Helden‹ seines Lebens. Er unterrichtete an der Schule Küçük Zabit, wo Ismet Paşa eine Zeitlang studiert hatte und die damals noch nicht von den Engländern besetzt worden war. Das waren die Jahre, in denen ein Offizier ein jüdisches Mädchen, an dessen Namen er sich jetzt nicht mehr erinnerte, getötet hatte, weil sie seinen Heiratsantrag nicht angenommen hatte.

Das Haus in Halıcıoğlu hatte neunzehn Zimmer auf drei Stockwerken. Ein Haus mit neunzehn Zimmern auf drei Stockwerken, das aufs Goldene Horn schaute, dessen Salón von einem großen Kohlebecken erwärmt wurde, ohne Elektrizität, wo man das Wasser aus dem Brunnen holte, wo der Raki, der verschiedene Geschmacksrichtungen hatte, in Blechkanistern aufbewahrt wurde, wo häufig Leute zu Besuch kamen und wo sie alle zusammenlebten…

Ein Teil des Hauses war dem Atelier seines Vaters vorbehalten, das nicht nur in der ›osmanischen Hauptstadt‹, sondern auch in vielen Städten Europas berühmt gewesen war, besonders in Wien, Budapest, London. Die meisten Teppichhändler und Sammler kannten seinen Vater. Sowohl im Großen Basar als auch in Tepebaşı sagte man, wann immer es einen beschädigten, zerrissenen oder zerstückelten Teppich aus dem achtzehnten oder neunzehnten Jahrhundert gab: »Den kann nur Avram Efendi reparieren.« Es war gar nicht so leicht gewesen, sich dieses Vertrauen zu erarbeiten. Wie alle richtigen Adepten hatte er viele Jahre der Lehre, der Ausbildung durchgemacht. Diese Jahre hatten ihn auch im Bereich der Naturfarben und der Gewinnung schwieriger Farbnuancen so weit gebracht, wie man nur mit einer tiefen Hingabe an diese Aufgabe kommen konnte. Er trug ein altes, verborgenes Wissen in sich. Dieses Geheimnis hatte ihm Meister Kemani Kevork Efendi weitergegeben, ein in seinen Kreisen berühmter Restaurator alter Teppiche, bei dem er jahrelang gearbeitet hatte. Sie hatten zusammen eine berührende, unvergeßliche Geschichte erlebt, die es wert war, mit ihren vielen Details erzählt zu werden. Das Berührende lag nicht nur darin, daß Kevork Efendi es nötig, unvermeidlich fand, auch in der arbeitsfreien Zeit, sozusagen als Fortsetzung der ›Arbeit‹ mit seinem Lehrling ›Übungen zu machen‹… Das Berührende und Erstaunliche lag eher im Kern der Beziehung zwischen Meister und Lehrling, darin, daß sie überhaupt geknüpft wurde. Denn wenn man die Geschichte ihrer Beziehung betrachtete und die Situation, dann war es undenkbar, daß ein armenischer Meister einem Juden sein Geheimwissen übergab. Doch gerade hier war der Punkt, an dem Kevork Efendi seine Einsamkeit, seine Verlassenheit empfand. Er hatte zwei Söhne, die andere Wege gewählt und sich geweigert hatten, auf dem Weg ihres Vaters, des Meisters, weiterzugehen. Niemals hatten sie ›von Herzen‹ das Handwerk und seine Geheimnisse lernen wollen. Wohin sie gegangen waren, wen oder was sie gewählt hatten, darüber hat Meister Kevork sich kaum ausgelassen. Nur manchmal deutete er etwas an von ›verkehrten‹ Eheschließungen, politischen Verbindungen, von Todesfällen und Träumen. Es war ersichtlich, daß er manche Schmerzen ›bis ans Ende‹ für sich behalten wollte. Jacques' Vater hatte auch nicht gefragt, nicht allzuviel fragen wollen, sondern sich mit dem begnügt, was ihm gegeben wurde, was man ihm geben wollte. Schließlich bestand die Beziehung zwischen Lehrling und Meister im Zuhören, darin, daß man lernen mußte zuzuhören. Doch wie war der junge Lehrling überhaupt zu Kevork Efendi gekommen, wie hatte er es geschafft, durch welche Tür hatte er eintreten können? Das war nicht ganz klar. Jacques' Vater hatte auch hierüber ›geschwiegen‹. Er hatte geschwiegen, doch einmal, nur einmal hatte er von einer alten nachbarschaftlichen Beziehung gesprochen, die nicht wirklich hatte ausgelebt werden können. Seine Mutter hatte als junges Mädchen eine schöne Stimme gehabt, die man hinter mehreren Fenstern noch hören konnte, und sie übte stundenlang das Zimbelspiel... Stunden, stundenlang... Bis sie heiratete und hinter einem anderen Fenster saß...

Schließlich vertraute Kevork Efendi seinem Lehrling, an dessen Zukunft er aus ganzem Herzen glaubte, alle Geheimnisse seines Handwerks, das ganze ihm bekannte Wissen über die Geschichte der Naturfarben an. Indem er sich bemühte, ganz langsam spürbar zu machen, daß manche Farben die volle Herzenshingabe verlangten. Eines Tages dann erfüllte er seine ›letzte Pflicht‹ und sprach seinen Lehrling, der durch all die Jahre bei ihm geblieben war, frei mit den Worten »Du bist jetzt fertig, mein Sohn«, und er riet ihm, eine eigene Werkstatt aufzumachen und seinen eigenen Weg, seine eigenen Farben zu finden... Kevork Efendi hatte im Umkreis des Palastes viele Bekannte, und er hatte ein hohes Ansehen, das ihn bis zu Sultan Abdülhamit brachte. Der Herrscher hatte ihn ein paarmal an seinem Amtssitz empfangen. Dann hatten sie ein bißchen über Staatsangelegenheiten und ein bißchen über Frauen geplaudert... So sagte man jedenfalls... Weil der Meister immer vom ›Großkhan‹ erzählt hatte, hatte sich Jacques' Vater immer einen großen Menschen vorgestellt. Einmal war er mit seiner Mutter zum Saray gegangen, um zu sehen, wie der Sultan zu einer Spazierfahrt aufbrach. Der Mann, der den Wagen bestieg, war ein ganz kleiner Mann. In dem Moment erlitt er eine große Enttäuschung... Konnte man wohl den wahren Grund für diese Enttäuschung erfassen? Wen oder was zerstörte dieser unerwartete Anblick bei wem und im Namen welcher Sache? Wo war Kevork Efendi bei diesem ›Irrtum‹, wo war er geblieben, mit welchen Träumen oder Geheimnissen?...

Der seltsame Besuch aus Täbriz oder
Ein paar Teppichknoten für die Zukunft

Avram Efendi ›erreichte‹ Abdülhamit nie, doch machte er große
Schritte auf dem Weg, den ihm sein Meister gezeigt hatte, und er
wußte das ›anvertraute Erbe‹ zu bewahren und wertzuschätzen.
Im Laufe der Zeit dann war er unter gewissen ›Einflüssen‹ in ein
›paar politische Angelegenheiten‹ verstrickt worden, vom Rand
aus, zögerlich, eher um einige Freunde nicht zu kränken. Eigentlich war das für ihn seiner Ansicht nach nur eine vorübergehende
Begeisterung gewesen. Nur eine vorübergehende Begeisterung… Denn trotz dieser Beziehungen hätte er nie in der Welt
dieser Großen bleiben können; er hatte vielmehr einen ganz anderen, viel realeren Traum, der sich mit dem gefährlichen Weg
zum ›Saray‹ nicht vereinen ließ, einen Traum, der im Laufe der
Jahre nur seine Form verändert, der jedoch nie aufgehört hatte.
Sein Traum war, das Andenken an seinen Meister zu bewahren
und sich das ganze ihm übergebene unschätzbare Erbe aus ganzem Herzen anzueignen; er wollte, um sich dieses Erbes würdig
zu erweisen, aus den irgendwo verloren scheinenden Tagen der
Vergangenheit ein paar Knoten, ein paar Farben in die Zukunft
tragen… Jedes Stück, das aus der Werkstatt von Avram Efendi
kam, mußte ein ›fehlerloses Kunstwerk‹ sein.

Jacques erinnerte sich. Er hatte einen kleinen Laden in Akarçeşme gehabt. Das war sein erster ›Laden‹ gewesen. Er war noch
nicht dreißig Jahre alt gewesen, und er hatte sich damals nicht
vorstellen können, daß sich ihrer aller Leben ganz plötzlich
durch ein kleines Flämmchen radikal verändern würde… Nesim
war mit Rahel nach Paris gegangen, er hatte für ein anderes Land,
das ihm ›bekannt‹ war und das er ›sicherer‹ fand, in Istanbul den
neu entstehenden Staat verlassen. Er würde nicht wieder zurückkehren… Daß er nicht wieder zurückkehren würde, schien er
allen, all seinen Lieben sagen zu wollen vom Deck des Schiffes
aus, das sich von ›jenem Kai‹ entfernte… Und er selbst hatte sich
an die Arbeit gemacht, in dem Laden in Akarçeşme Teppiche zu

kaufen und zu verkaufen. Schließlich mußte man sich, indem man einen kleinen Schritt wagte, auf irgendeine Weise am Leben festhalten. Zudem hatte so ein kleiner Schritt die Bedeutung eines ›Hinausgehens‹. Der Versuch, mit so einem kleinen Schritt ›hinauszugehen‹, hatte eine andere Bedeutung, die verlangte, daß er ein weiteres Mal lautlos eine subtile, unbestimmte Grenze überschritt. Nachdem er bestimmte Tatsachen akzeptiert hatte, wollte er sie aussprechen, sie, soweit er konnte, aussprechen können. Vielleicht würde er ja kein ›Künstler‹ werden können, aber er war nun verpflichtet, seinem ›Vater‹ zu beweisen, besser noch ›zu zeigen‹, daß er im Namen des ›Berufs‹ entschlossen war, bis zuletzt in ›diesem Beruf‹ zu bleiben. Wenn er sich entschied, in dieser Welt, in den Farben dieser Welt zu bleiben, würde er den Beruf nicht verraten, ihn sich vielmehr auf seine Weise, im Rahmen seiner Begabungen aneignen. Sein Vater hatte ihm sein ›Geheimnis‹ nicht mitgeteilt, würde es ihm nicht mitteilen. Es gab zweifellos einen geheimen Grund für dieses Schweigen. Dabei hatte er von ›klein auf‹, seit seiner Jugendzeit geduldig darauf gewartet, hatte davon geträumt, mit seinem Vater in dem ›Geheimgang‹ zu wandern... Damals waren sie auf diesem Weg drei Personen. Nesim war etwas weiter fortgeschritten als er. Sein Vater hatte sich gehütet, die Wahrheit auszusprechen, aber er hatte verstanden. Nesim würde das ›Geheimnis‹ übernehmen, es eines Tages weitertragen. Jedoch danach... Danach... Da wurde der Beschluß der Trennung, des Bruchs, der Nichtwiederkehr gefaßt...

Jeder Schritt nach ›außen‹ ist gleichzeitig auch ein Schritt nach ›innen‹. Sein Vater versicherte ihm in den Tagen, als er diesen Schritt tat, ihn mit seinem ›ganzen Vermögen‹ zu unterstützen. Sie hatten ein ausführliches Gespräch über die ›Zukunft‹. Auf ihren Gesichtern lag ein liebevolles Lächeln, das manches Unaussprechliche auszudrücken versuchte. Das Lächeln war auch etwas bitter, schmerzlich und hatte eine weitere Bedeutung. Das Lächeln war auch etwas bitter, schmerzlich und versuchte andere Gefühle und Verbindungen auszudrücken... Sie konnten sich in diesen Augenblicken aneinander nur in dieser Weise mitteilen. Zumindest war dies ihr Gefühl in diesen Augenblicken. Und es war eins der Gefühle zu diesen Augenblicken, die er seither jahrelang genährt hatte und an die er sich ab und zu erinnerte.

Eines Tages kam ein seltsamer Mann in den Laden. Sein Verhalten, seine Blicke waren beunruhigend. Unter dem Arm trug er ein größeres Paket, das sorgfältig verpackt war. Er sprach gebrochen Türkisch und war nervös, als hätte er eine sehr geheime Nachricht zu überbringen. Er redete im Flüsterton, als fürchtete er, jemand könnte hören, was er sagte. In dem Moment war außer Jacques niemand im Laden. Er sollte nicht nach seinem Namen und seiner Heimat fragen, auch nicht, wie er gerade auf ihn verfallen sei; er sollte lediglich sagen, ob ihn das ›Stück‹ interessierte, das er mitgebracht hatte und dessen Herkunft er nicht verraten würde. Er hatte versucht, Ruhe zu bewahren und stumm mit der Hand ein Zeichen gemacht, das besagte: »Bitte, ich höre«, um den Eindruck eines selbstbewußten Menschen zu machen. Es war die erste wirkliche Prüfung für ihn in diesem Laden. Nicht nur der Zustand und das Benehmen dieses Mannes beunruhigten ihn. Er fühlte wohl auch, daß in diesem Moment eine sehr wichtige ›Sache‹, die in seinem Leben eine tiefe Spur hinterlassen würde, in den Laden getreten war. Der Mann öffnete das Paket, nachdem er die Umgebung noch einmal unruhig, besorgt gemustert hatte. Es wirkte, als beobachtete sie ein Augenpaar, das nur dieser Mann allein sah. Als überwachte sie ein Augenpaar. Als könnte jederzeit jemand nach langer Verfolgungsjagd hereinkommen... Als das Paket offen war, konnte er die Aufregung besser einordnen. Ein Täbriz aus dem siebzehnten Jahrhundert lag vor ihm. Um das zu verstehen, reichte ihm ein Blick auf die Farben, die Muster und die Zahl der Knoten. Sein Wissen, das er durch die Erfahrung vieler Jahre langsam und geduldig erworben hatte, sagte ihm, daß er sich einem Kunstwerk gegenübersah, das aus dem Dunkel der Geschichte gekommen war. Der Teppich war in drei Stücke zerteilt worden. Der vierte Teil fehlte, wo er verlorengegangen war, war unbekannt... Seine Aufregung wuchs, als er das sah. Der Mann wollte für das, was er gebracht hatte, dreitausend Lira haben. Das war in jener Zeit sehr viel Geld ... Nach kurzem Handeln einigten sie sich auf eintausendachthundert Lira. Als der Mann die drei Teile ein letztes Mal berührte, sagte er: »Sie werden weder erfahren, warum der Teppich in so einem Zustand ist, noch wer einst über ihn gelaufen ist, ebensowenig wie die Geschichte des fehlenden Teils.« Diese Worte sagte er in einem grammatisch richtigen Französisch, wobei seine Aussprache einen starken Akzent hatte. Er hatte also irgendwie erkannt oder vermutet, daß sein Gegenüber Französisch verstand. Glaubte er wohl, auf diesem Weg, indem er sich in dieser Sprache ausdrückte, besser vermitteln zu können, daß er ein wertvolles, sehr wertvolles Andenken zurückließ oder eher noch zu treuen Händen übergab? Konnte man ein Geheimnis leichter in einer anderen Sprache weitergeben? Nachdem der Mann seine letzten Worte gesprochen hatte, steckte er das Geld in die Tasche, drehte sich langsam zur Tür, stockte einen Augenblick und ging dann weiter. Es war ein Moment des Zweifels ... Ein Moment des Schwankens ... Er hätte sich plötzlich besinnen können, bemerken, daß er sich von dem Teppich nicht trennen und den Schritt nach draußen nicht tun konnte. Es schien, als ließe er eines der wichtigsten Stücke seines Lebens dort ... Als sei in diesen Stücken, in dem zerstückelten Teppich eine ganz andere Zeit bewahrt, die andere niemals kennenlernen würden ... Als der Mann an der Tür war, sagte er, ohne sich umzudrehen: »Ich hätte nicht herkommen sollen.« Dann ging er schnell hinaus und verschwand im Gedränge ...

Als er allein im Laden war, schaute er die drei vor ihm liegenden Stücke lange an. Ein undefinierbares Gefühl erfüllte ihn. Ein Gefühl, das er nicht benennen konnte ... War es Freude, war es Furcht? Rührte das Gefühl daher, daß er ungewollt etwas falsch gemacht hatte, oder kam es von dem, was der Mann dagelassen hatte? Was er in jenen Momenten nur sagen konnte, war, daß der Teppich ihm, ihnen gehörte, und daß der Laden nicht mehr so war wie vor kurzem, vor ganz kurzem. Er spürte, daß er mit diesem Gefühl nicht im Laden bleiben konnte. Der Tag lief für die anderen in seiner Umgebung in all seiner Alltäglichkeit weiter. Er konnte nicht auf den Abend warten, sondern packte das Paket zusammen und machte sich auf nach Halıcıoğlu. Als er zu Hause ankam, konnte er seinen Vater nicht finden. Er mußte noch einige Stunden warten. In dieser Zeit erzählte er seiner Mutter nichts von dem, was er erlebt hatte und berichten wollte. Er wollte das, was durch diesen unerwarteten ›Schritt‹ auf ihn ›zukam‹, zuerst mit seinem Vater besprechen. Dieser konnte am ehesten seine Aufregung verstehen, mitempfinden…

Als sein Vater heimkehrte, erleuchteten die letzten Sonnenstrahlen das Atelier. Die Arbeiter hatten Feierabend. Es schien, als ob die Teppiche sich zu dieser Stunde in ganz andere Farben hüllten… Er öffnete das Paket langsam und schweigend, ohne irgendeine Erläuterung abzugeben. Auch sein Vater sprach kein Wort, als er die in den Teppichstücken lebende Geschichte, die Poesie dieser Berührung zu erleben versuchte. Das Schweigen dauerte einige Minuten… Nur ein paar Minuten… Einige Minuten, die unendlich schienen und unvergeßlich blieben… Wer die Zeiten des Schweigens kennt, weiß sehr wohl, wie langsam solche Minuten vergehen… Nach diesem Schweigen sagte sein Vater: »Überlaß alles Weitere mir, misch dich in das, was kommt, nicht ein… Eines Tages wirst selbst du diesen Teppich nicht wiedererkennen. Doch in der Zwischenzeit stell mir keinerlei Fragen. Du hast etwas Gefährliches getan. Das hätte leicht schiefgehen können… Aber trotzdem… Ich hätte an deiner Stelle das gleiche getan.« Er fragte weder, wie der Teppich in den Laden gekommen war, wer ihn gebracht hatte, noch zu welchen Bedingungen, für welchen Preis er ihn gekauft hatte. Denn für ihn ging es in diesem Moment einzig darum, diesen Teppich von jetzt an zu ›gewinnen‹, ihm ein ›wahres‹ Leben zu geben… Deshalb übergab er den Teppich keinem von den Arbeitern, sondern brachte ihn in sein privates Zimmer gleich neben dem Atelier. Hier war der einzige ›verschlossene‹ Raum des ganzen Hauses, den man nur mit Erlaubnis betreten durfte. Von da an zog er sich fast jeden Abend in dieses Zimmer zurück, nahm sich seine übliche Karaffe mit seinem üblichen Maß an Raki mit, dazu entweder etwas Weißkäse oder Obst, und arbeitete bis in die späte Nacht hinein, ohne irgend jemandem irgendeine Erklärung abzugeben. Ab und an rief er Meister Ali Burhan in sein Zimmer. Dieser war am längsten von allen im Atelier beschäftigt, er redete nur wenig und hätte sich lieber totschlagen lassen, als ein Geheimnis zu verraten. Sein Vater hatte ihn nie wie einen Arbeiter behandelt. Zwischen ihnen bestand nicht so sehr das Verhältnis zwischen Patron und Angestelltem als vielmehr eine Freundschaft, ein Vertrauen, das darauf beruhte, daß sie die Geheimnisse des Handwerks teilten. Dadurch hatte Meister Ali Burhan in diesem Haus, wenn man so sagen kann, eine gewissermaßen unantastbare Stellung erworben. Darum sagte auch niemand etwas, wenn er mal tagelang wie von Erdboden verschluckt war und nicht ins Atelier kam, ohne sich zu entschuldigen. Er wußte sehr gut, wie viel ›Arbeit‹ er hatte und wann er im Atelier zu sein hatte. Zweifellos konnte er dank seiner Intuition oder dank des im Laufe der Jahre erworbenen gründlichen Wissens seinen ›Ort‹ in der Geschichte dieses Teppichs sehr wohl sehen. Auch er blieb bis spät in der Nacht in diesem Zimmer, in den Stunden, in denen der Teppich ganz langsam ans Licht trat mit einem neuen Gesicht, mit einer neuen Persönlichkeit, für neue Tage. Er rauchte oft Haschisch. Haschisch war sein Leben, ein unverzichtbarer Bestandteil seiner Einsamkeit... Eines Tages wurde er im Atelier gefunden, reglos auf den Teppichen liegend. Er war tot... Er hatte niemanden. Mit Hilfe von Imam Hulusi Efendi, der manchmal zu Besuch ins Haus kam, wurde der Leichnam bestattet. Dieser Todesfall bekümmerte Jacques' Vater tief. Der Kummer rührte nicht bloß daher, daß er einen zuverlässigen Meister, einen Arbeitskameraden, verloren hatte. Das Leben hatte ihm wieder einmal ›unnötigerweise‹ seine absurde Seite gezeigt. Meister Ali Burhan war in eine andere Welt ausgewandert, ohne gesehen zu haben, wie ein ›Werk‹, an dem er geduldig gearbeitet hatte, im Wortsinn das Licht des Tages erblickte. Doch es gab die Knoten, die er in diesem Zimmer in jenen Nächten geknüpft hatte, wohl wissend und fühlend, an welche Stellen er mit diesem Teppich rührte. Eines Tages würde der Teppich auch als sein ›Werk‹ die anderen erreichen... Der Teppich würde auch seine Berührungen, seine Geduld, seine kleinen unerzählten Träume, Erinnerungen tragen. Doch würden nur wenige Menschen, die den Teppich erblickten, diese Tatsache kennen... Das war das Schicksal der stillen, leisen, heimlichen Schöpfer eines Werks. Das Schicksal der stillen, leisen, namenlosen Schöpfer eines Werks...

Ihr fuhrt auf einem silbernen Meer

Es war ungefähr ein Jahr vergangen. Da rief ihn sein Vater eines Abends in jenes Zimmer. Über einem Webstuhl hing ein Teppich, der vollkommen neu aussah. Das Ergebnis war außerordentlich. Zuerst betrachtete er das ›Meisterstück‹, das neu erschaffene ›Werk‹ wie ein Fremder. Er fand wieder einmal keine Worte, um seine Gefühle auszudrücken. Jetzt erinnerte er sich vor allem daran, daß sein Vater ihn in diesen Augenblicken voller Freude angelächelt hatte, wie ein Kind, das für seinen Erfolg gelobt wird...

Am nächsten Tag hatten sie den Teppich in den Laden gebracht. Nun wollte sein Vater die Geschichte mit allen wissenswerten Einzelheiten erfahren. Für den Verkauf mußte man einen vertrauenswürdigen Mann finden, der ›den Mund halten‹ konnte. Das war nicht leicht. In einer solchen Situation wußte man nie, wer wem wo was wie weitererzählen würde. Doch natürlich hatte sein Vater nach so vielen Jahren Berufstätigkeit seine Beziehungen. Wäre ihm sonst wohl sofort Setrak Efendi eingefallen, der die Weltmärkte kannte und wußte, welcher Teppich wo am meisten wertgeschätzt wurde? Dieser hatte in der Nähe des Pera Palas Hotels einen Laden, wo ›fremde, manchmal geheimnisvolle Besucher‹ ein und aus gingen und wo sich außer wertvollen

›seltenen Kunstwerken‹ auch Stücke befanden, die man ›nicht immer jedem‹ zeigen konnte. Setrak Efendi kam sofort, als er den ›Anruf‹ erhielt. Sie ließen die Gitter herunter und waren sehr aufgeregt, als sie ihm das ›Stück‹ zeigten. Auch Setrak Efendi verbarg seine Aufregung nicht über das, was er sah, und gab ohne zu überlegen für ›ein solches Stück‹ die zwölftausend Lira, die verlangt wurden …

Viele Jahre später war Jacques Setrak wieder begegnet. Es waren schlimme Zeiten gewesen, die in Armut, mit verschiedenen neuen Schwierigkeiten und mit der Erinnerung an verlorene kleine Glücksmomente vergangen waren. Sowohl das Atelier als auch der kleine Laden lagen jetzt in weiter Ferne. Für die Familie hatte sich ein neuer Weg abgezeichnet. In ihrer neuen Wohnung in Asmalımescit gab es ein paar Teppiche, die sie aus ›jenem Brand‹ hatten retten können. Ein paar Teppiche, die sie aus ›jenem Brand‹ gerettet hatten, die sie für ihr neues Leben, für die ›letzten Tage‹, für die ›äußersten Eventualitäten‹ hatten mitnehmen können. Setrak Efendi schien kaum in einer besseren Lage zu sein. Er hatte seinen Laden schon längst an zwei Brüder aus Kayseri übergeben. Jene Stücke waren in einer anderen Zeit irgendwohin, in neue Erzählungen gegangen. Seine Bindung an die Vergangenheit riß vielleicht deshalb so langsam ab … Seine Hände zitterten … Er nuschelte und zwinkerte häufig mit den Augen … Offensichtlich hatte ihn der Alkohol in den Fängen. Vielleicht war er schon seit langem dem Alkohol verfallen … Ein bewußt erlebter Selbstmord auf Raten … Jene Jahre hatten viele Menschen, viele ›Fremde‹ unvorbereitet an unerwartete Plätze geschleppt … Sie redeten ein bißchen von diesem und jenem, vom Wechsel der Zeiten, an die sie sich nicht hatten anpassen können. Von den neuen Zeiten, die sie nicht genügend verstanden und an die sie sich nicht genügend anpassen konnten … Soviel man eben zwischen Tür und Angel reden konnte … Man hatte sowieso gesehen, was zu sehen nötig war. Es war erfreulich zu erfahren, daß Avram Efendi lebte, weiterhin am Leben hing trotz der neuen Zeiten … Um auf die Zusammenbrüche, das Verlorene, das Unabänderliche zu kommen... Vielleicht wäre es besser, Jaques würde seinem Vater nicht sagen, daß sie sich begegnet waren, daß er ihm ›in dieser Weise‹ begegnet war... Er gab ihm daraufhin sein Wort... Er würde nichts erzählen... Er würde diese Begegnung für sich behalten trotz allem, was die Begegnung in ihm aufgewühlt hatte...

Dann fragte er nach dem Teppich... Bei dieser Frage lächelte Setrak Efendi erstmals und sagte, als ob er ein Geheimnis verriete: »Der Teppich ist in London... In einem Museum.« In einem Museum in London... Es war ein leidvolles, trauriges Lächeln, das sich in dem Moment auf seinem Gesicht ausbreitete. Ein leidvolles, trauriges Lächeln, das gleichzeitig aber auch ein wenig Stolz verbarg...

Als er nach Hause kam, sah er, daß er das Setrak Efendi gegebene Versprechen nicht halten konnte. Am selben Abend teilte er seinem Vater die ›Nachricht‹ mit, die trotz aller Erlebnisse ihren Wert als ›Freudenbotschaft‹ – wenn auch verspätet – nicht verloren hatte. An diesem Abend sprachen sie wieder einmal von alten Zeiten... Sein Vater sagte: »Ach, hätte doch Kevork Efendi das noch erlebt, hätte er erlebt, was sein Lehrling erreicht hat.« Ein Teppich, dem er ein neues Leben eingehaucht hatte, hing in London in einem Museum... Vielleicht wußten das nur wenige Menschen, und wenige würden es erfahren... Vielleicht wußte es im Laufe der Zeit überhaupt niemand mehr. Mit der Zeit würde man weder wissen, in welchem Zustand der Teppich einst gewesen war, noch wie er innerhalb eines Jahres in jenem Zimmer zu seiner jetzigen Form gelangt war; man wüßte weder etwas über Meister Ali Burhan noch die Vorgeschichte, die der Teppich bei dem ›Mann aus Täbriz‹ erlebt hatte... Nun gut. Der Teppich war jetzt dort, er hing einem Museum. Mit seinem Lächeln wirkte sein Vater ungefähr so, als wäre er in aller Stille ausgezeichnet worden für das, was er einst erlebt und gewagt hatte... Ja, er hatte einen außergewöhnlichen Traum gehabt, der im Laufe der Jahre nur die Form verändert hatte... Jedes Stück, das jenes Atelier verließ, das aus dem Atelier von Avram

Efendi stammte, war ein kleines ›Kunstwerk‹ gewesen; diese Teppiche sollten dafür bekannt sein und so im Gedächtnis bleiben … Das war ein Traum gewesen … Ein erlebter, aufrechterhaltener Traum, der jene Tage erleuchtet hatte …

Doch wenn Jacques an jene Tage dachte, dann hatte sein Vater noch einen anderen wichtigen Traum kultiviert, den er mit vielen Menschen teilte, mit vielen gemeinsam hatte … Dieser Traum hatte mit der Sorge zu tun, man könnte in jedem Augenblick sterben und deshalb müßte man das ›Leben‹ auskosten; oder er kam aus dem Gefühl, um besser sterben zu können, müßte man das Leben intensiver erleben. Es mußte einem ›gelingen‹ zu leben, bis zuletzt zu leben … Leben hieß, trotz aller Hindernisse zu leben … Leben hieß für ihn ein wenig Alkohol, gerade so viel, daß es möglich war, aus jedem Moment Genuß zu ziehen, doch wichtiger waren jene ›kleinen Dinge‹, die ihm ›seine Frauen‹ gaben, denn das, was er mit ›seinen Frauen‹ erlebte, waren seine kleinen, stillen Herzensabenteuer … Doch wenn man diese Träume betrachtete, konnte man feststellen, daß ›Avram Efendi‹ in dem von ihm gelebten ›Umfeld‹ wohl zwei verschiedene Seelen friedlich in seiner Brust vereinigte. Es war, als spiegelte die eine, die durch ein paar echte Teppichknoten die Zukunft mit der Vergangenheit verknüpfte, seine ›orientalische‹ Seite wider, während seine ›westliche‹ Seite auf seinem zweiten Traum ›beruhte‹, dem Traum vom Leben bis an die Grenzen in jenen Clubs, Lokalen, den alkoholischen Getränken und dem *kanto*-Gesang … Er wußte mit diesen beiden Persönlichkeiten zu leben. Denn beide Persönlichkeiten bemühten sich auch, das Rätsel des Lebens zu lösen, zu verstehen, alle beide Persönlichkeiten bemühten sich um eine Bindung ans Leben …

Die kleinen Trunkenheiten, die kleinen Herzensabenteuer … Hier war der Ort, wo die Mutter auf den Plan, auf die ›Bühne‹ trat, um damals in Halıcıoğlu sowohl die Familie als auch das Atelier aufrechtzuerhalten … ›Madame Perla‹ wußte sehr wohl, was für einen Mann sie geheiratet hatte und mit wem sie verheiratet ›bleiben würde‹. ›Avram Efendi‹ war immer früh am

Morgen aufgestanden und hatte das Atelier geöffnet, ehe die Arbeiter kamen; er stellte eine Liste der Arbeiten des Tages zusammen und ordnete sie zu, und sobald die Arbeiter erschienen, erteilte er seine Richtlinien; dann zog er sich zurück und ging weg. Niemand wußte, wohin und zu wem er tagsüber ging. Manchmal brachte er bei seiner Rückkehr ein paar reparaturbedürftige Teppiche mit, manchmal war er vergnügt, was darauf schließen ließ, daß er etwas ›erlebt‹ hatte. Dann überprüfte er lange und sehr sorgfältig, was am Tag gemacht worden war. Jetzt übernahm er selbst die eigentlichen Arbeiten, die ›Feinarbeit‹. Die ›Berührungen‹ in diesen Augenblicken gehörten nur ihm... Nur ihm... Die Stunden, die er tagsüber ›draußen‹ verbrachte, waren ebenso ein Geheimnis wie das, was er abends in seinem ›verschlossenen‹ Zimmer tat...

Abgesehen davon hatte er auch eine große Begabung für Imitation und Komödie... Wenn er an manchen Wintertagen ›fröhlich‹ von ›draußen‹ heimgekommen war, versammelte er in seinem Haus seine Verwandten, die Arbeiter und einige Nachbarn, die ihm am liebsten waren, und spielte den *meddah*, wobei er in verschiedene Rollen schlüpfte. An diese Abende erinnerte Jacques sich vage. An diesen Abenden hatten sich alle ausgelassen amüsiert, schallend gelacht und sich des Lebens gefreut. Die ›Vorstellungen‹ waren meistens ›aus dem Stegreif‹ entstanden. Beispielsweise sagte er seiner Frau, sie solle sich auf die ersten Treppenstufen setzen, und sang ihr vor allen Zuhörern Serenaden, wobei er einen langen Reisigbesen als Gitarre in den Arm nahm; er rezitierte Liebesgedichte und trug, angeblich aus klassischen Dramen, in einem selbsterfundenen Französisch oder Griechisch ›Tiraden‹ vor. Das schienen die Momente zu sein, die den anderen am besten zeigten, wie sehr seine Eltern sich liebten...

Man hörte damals auch, daß der ›Meister des Geheimnisses‹, der alles dafür tat, das Leben in vollen Zügen zu genießen, in jenen Stunden, wenn er verschwand, ohne jemandem eine Erklärung abzugeben oder jemanden zu benachrichtigen, ein paarmal mit einer Frau aus Şehzadebaşı gesehen worden war... Doch das war und blieb ein ›Gerücht‹. Es wurden keine Nachforschungen angestellt; niemand wollte die Wahrheit erfahren. Damals war Şehzadebaşı für diejenigen, die jene ›Trunkenheit‹ kannten, sowieso gleichbedeutend mit dem Tor zu einer Traumwelt. Ab und zu gingen sie, um Mınakyan Efendi* zu sehen. Er erinnerte sich an einige *kanto*-Sängerinnen, deren Namen er inzwischen vergessen hatte. Doch für das Kind, das er vor vielen Jahren gewesen war, war das, was auf dem Weg dorthin passierte, interessanter als die Theaterstücke, die er in Şehzadebaşı gesehen hatte. Manche Einzelheiten konnte man unmöglich vergessen... Sie pflegten mit einem Boot von Halıcıoğlu nach Unkapanı zu fahren... Damals wurde das Boot mit einer Gaslampe erleuchtet... Seine Mutter war sehr schön... In Unkapanı stiegen sie in eine Kutsche, um ins Theater zu fahren... Bei der Rückkehr erwartete sie dasselbe Boot am Anleger... Das Meer war um diese Zeit in eine andersartige Stille gehüllt... Die Ruder tauchten ganz langsam ins Wasser... Ganz langsam, in einer rhythmischen Bewegung... Ganz langsam, in ihrem eigenen Rhythmus... Das Meer nahm in Mondnächten die Farbe von Silber an... In jener Stille fuhren sie auf einem ›Silbermeer‹ dahin... Die Lichter der Nacht, diese kleinen, zitternden, huschenden Lichter berührten das Wasser in dieser Stille... Diese Lichter waren niemals in ihm erloschen... Dann pflegte er den Kopf an die Brust seiner Mutter zu legen... Nach einer Weile hatte er die Augen geschlossen und war eingeschlafen. In der Stille der Nacht war das Geräusch der kleinen Wellen, die an das Boot schlugen, eine Art Schlaflied für ihn gewesen. Er wußte sehr wohl, wo er zu dieser Zeit war und bei ›wem‹... Als wäre in diesem Gefühl der Sicherheit zugleich eine Angst eingeschlossen gewesen... Vor den Blicken seiner Mutter konnte man nichts verbergen... Die Blicke seiner Mutter waren ihm jahrelang immer so vorgekommen, als ob sie verstehen und leise erzählen wollten...

Fotografien konnten doch nicht immer sprechen

Die Blicke seiner Mutter... Waren deswegen die Augen seiner Mutter mit der Zeit müde geworden, hatten sie sich in diese lange Dunkelheit vergraben?... Sich diese Frage nach so langer Zeit zu stellen, stellen zu müssen, war leidvoll... Soweit er sich erinnern konnte, hatten diese Blicke großen Eindruck auf die Arbeiter im Atelier gemacht. Man mußte hinter der Hochachtung und Liebe der Arbeiter für ihre ›Brotgeber‹ auch die Atmosphäre sehen, die damals in dem großen Zimmer herrschte. Und der Hauptgrund dafür, daß er und ›Madame Roza‹ im Laufe der Jahre einander in dieser Weise persönlich nahegekommen waren, lag wohl in diesen Blicken, in dem Gefühl, das diese Blicke erzeugten. Es gab einen Ort, wo sie trotz aller Enttäuschungen ein gegenseitiges Verständnis für ihre Schwächen hatten. Dieser Ort war ein bißchen auch durch den alten Wunsch entstanden, sich selbst zu geben, die Fähigkeit, sich selbst schenken zu können. Durch die Fähigkeit, sich selbst zu geben und, wichtiger noch, lieben zu können... Er hatte nicht gewagt, mit diesen Blicken zu kämpfen, vielleicht war es ihm deshalb nicht gelungen, von ›dort‹, ›aus dem Haus‹, ›seiner Zuflucht‹ auszubrechen, so wie Olga es gewünscht hatte... Seine Mutter besaß eine natürliche Gabe, mit dem Leben zu kämpfen, indem sie mit sich selbst, mit ihren Mängeln Frieden schloß. Es war ein persönliches, besonderes individuelles Wissen, das sie im Laufe der Zeit erworben hatte. Kein Wissen, das sie von anderen oder aus Büchern hatte... Sie war Analphabetin. Was sie ›lesen‹ konnte, wirklich ›lesen konnte‹, das waren die Gefühle ihrer Lieben, derer, die sie sehen wollte. Was sie ›schreiben‹, wirklich ›schreiben konnte‹, war das, was sie in den Menschen zurückließ, was sie in ihnen zurücklassen konnte und zurückzulassen versuchte... Ja, seine Mutter, die weder lesen noch schreiben konnte, die in ihrem Leben nie ein Buch gelesen, keinen einzigen Brief geschrieben hatte, war eine Frau, die durch diese ›Unbildung‹ vielen Menschen fernblieb, entfernt erscheinen mochte. Doch damals konnte man sich nichts anderes vorstellen, es gab keinen anderen Weg für diese Menschen, die ›Gefangene im Zuhause‹ waren... Die Schulen der Alliance Israélite waren noch nicht nach Istanbul gekommen, das Jüdische Lyzeum war noch nicht eröffnet worden. Es gab Schulen für religiöse Unterweisung, doch dorthin schickte man die Mädchen nicht... Auf eine ›katholische‹ Schule zu gehen, kam sowieso nicht in Frage. Für jene Mädchen waren die Wege verschlossen, die Türen verschlossen... Damals gab es nicht die Möglichkeit, eine andere ›Wahl‹ zu treffen. Manchmal aber hatte er gedacht, gerade in der ›Unwissenheit‹ dieser Frau, die ihren Söhnen und vielen ihrer Lieben im Namen des Lebens so viel Wissen mitgegeben hatte, lag die Quelle dafür, daß sie in einem so gesunden, vielmehr innerhalb dieser Ordnung unerschütterlichen Gebäude der Vernunft lebte. Diese Haltung bedeutete natürlich nicht, daß er die ›Unwissenheit‹ verteidigen wollte. Zudem hatte das Leben ihm die verschiedenen Aspekte der ›Unbildung‹ gezeigt und ihn, als die Zeit gekommen war, gelehrt, anders darüber zu denken.

Wie alle Mütter, die nicht hatten lernen dürfen, machte es auch Madame Perla sehr glücklich, daß ihre Söhne an ›guten Schulen‹ ›studierten‹... Am Abend ließ sie sich von ihnen den Unterrichtsstoff vortragen, obwohl sie wußte, daß sie kaum etwas davon verstand. Zuzuhören, still zuzuhören machte ihr große Freude. Es war, als sagte sie dann, ›auch ich lerne zusammen mit euch, versuche zu lernen‹. Doch für sie war es in diesen Augenblicken auch wichtig gewesen, die mütterliche Zärtlichkeit spüren zu lassen. Vielleicht war das ein bekannter Teil einer bekannten Geschichte. Doch auch wenn man das Gefühl kannte, war es wiederum schön, es zu erleben, es jahrelang zu erleben...

Wenn seine Mutter sich bemühte, ihre Zärtlichkeit durch Autorität aufzuwiegen, die sie ohne jemanden zu verletzen ausübte, dann war das zweifellos in gewisser Weise auch Selbstschutz, war es das Bemühen, die eigenen Schwächen zu verdecken. Wer nicht in der Lage war, diesen Kunstgriff zu erkennen, sah in ihr vor allem ›jene stolze‹ Frau. Am Anfang beeindruckte sie vor allem mit dieser Eigenschaft den Mann, den sie heiratete... Sie hatten aus

Liebe geheiratet... Eine Liebesheirat, die den Konventionen der Epoche zuwiderlief... Sein Vater hatte erzählt, daß er die Mutter erstmals im Haus von Verwandten gesehen und sofort gedacht hatte, das sei die Frau, mit der er sein Leben vereinen wollte. Sie redeten ›ein bißchen‹ miteinander. Damals erlebten alle die Aufregung des anbrechenden ›neuen‹ Jahrhunderts. Sie unterhielten sich ›ein bißchen‹ und versuchten, ›ein bißchen‹ von sich zu sprechen... Damals konnte man in jenen Häusern, unter jenen Menschen sowieso voneinander nicht mehr verlangen als ›ein bißchen‹... Doch dieses Gespräch reichte aus, daß sein Vater die Spur des ›stolzen‹, jungen Mädchens weiter verfolgen wollte. Als unter Einhaltung von Gewohnheiten und Traditionen nachgefragt wurde, Nachforschungen angestellt wurden, erfuhr man, daß das Mädchen, das ihrem Namen entsprechend ›schön wie eine Perle war‹, in einem Haus lebte, das nach außen fest verschlossen war. Die Familie in Ortaköy war angeblich sehr religiös... Ein paar Tage nach dem Kennenlernen ging man ›gemeinsam‹ als ›Familie‹ in jenes Haus, um, wiederum den Traditionen entsprechend, um das Mädchen zu werben. Zuerst sprach man ein wenig von der Zukunft, von Vergangenheit und Gegenwart. Dann, weil man die zwei Kulturen mit ihren unterschiedlichen Aspekten und Stimmen spürte, wurde erst ›mazel tov‹, dann ›kısmet‹ gesagt und so das Heiratsversprechen gegeben. Sie blieben eine Zeitlang verlobt. Alles war derart einfach, sauber und kindlich... ›Perla‹ sprach in diesen Tagen sehr wenig mit ›Avram‹ und zog es vor, zuzuhören, so viel wie möglich zuzuhören und zu verstehen... Erst als sie schon verheiratet waren, konnte sie dem Mann, mit dem sie ihr Leben vereint hatte, sagen, daß er ihr Herz schon bei jenem ersten Gespräch gewonnen hatte... Damals war das so eine Zeit. So war das damals... Es dauerte noch ein paar lange Jahre, bis aus dem Lehrling ›Avram‹ bei Kevork Efendi ein Avram Efendi wurde... In der Verlobungszeit mit ›Perla‹, ging Avram, sommers wie winters, zu Fuß von Hasköy nach Ortaköy, wobei er auf dem langen Weg von dem Atelier träumte, das er irgendwann einmal einrichten wollte. Die Eröffnung dieses Ateliers wurde nicht nur

durch das bei Kevork Efendi Erlernte und aufgrund seiner Ermutigung, sondern auch durch die Mitgift von ›Perla‹ ermöglicht.
Nach ihrer Hochzeit lebten sie zwei, drei Jahre in dem Haus in
Ortaköy. Als die Arbeit gut lief, zogen sie in das Haus nach Halıcıoğlu um.

Von dem Tag an ging seine Mutter immer seltener in das Haus
in Ortaköy, wo sie ihre Kinder- und Jugendzeit verlebt hatte. Sie
pflegte zu sagen:»Meine Familie ist hier, mein Haus ist jetzt hier.«
Doch schien es, als hätte dieses Verhalten, diese ›Undankbarkeit‹
eine ganz andere, nicht erzählte, nicht erzählbare Seite. Es war, als
verberge diese Seite einen ganz tiefen Schmerz, der ganz tief
versteckt bleiben sollte. Die Wahrheit, die eigentliche Wahrheit
erfuhr man weder damals noch später. Man hätte hier die Reaktion
auf einen jahrelang erlebten Druck sehen können, die sich endlich
zeigen konnte. Sein Vater hatte von irgendwoher gehört oder tat
so, als hätte er gehört, daß seine Frau nicht die leibliche Tochter
der zwei frommen alten Leute war… Sie hatten sie sehr streng
erzogen. Als sie älter wurde, sich entwickelte und immer schöner
wurde, sei sie von ihrem ›Vater‹ mit ›gewissen nicht erfüllbaren
Forderungen konfrontiert‹ worden… Auf welche Weise und wieweit hatte Perla sich dem damals widersetzen können? Das alles
war höchstwahrscheinlich ein unbegründetes, schmutziges Gerücht. Eine haltlose, schmutzige Verleumdung, deren Quelle unbekannt war und nie bekannt werden würde… Sein Vater hatte so
gedacht oder wenigstens so tun wollen, als dächte er so… Hatten
sie über das Thema, das ja eine Beziehung insgeheim sehr tief
beeinflussen konnte, in der Zeit ihrer ›Zweisamkeit‹ ausführlich
gesprochen und sich darüber zu ›verständigen‹ versucht, oder war
es ein Thema gewesen, das sie nicht anschnitten, über das sie
hinweggingen? Sein Vater hatte ihm von dem ›Gerücht‹ sowieso
nur einmal erzählt, als er schon alt war. Als er schon alt war, nur ein
einziges Mal, viele Jahre nach ›jenem Brand‹… So als spräche er
über ein Detail, das unwichtig war oder seine Bedeutung verloren
hatte… Zweifellos machte diese Möglichkeit, nämlich von den
richtigen Eltern verlassen worden zu sein, es nur um so verständ-

licher, daß seine Mutter sich bemüht hatte, ihre Familie zusammenzuhalten... Doch in manchen Situationen konnte man manchen Themen, die sich auf die Vergangenheit bezogen, nicht weiter nachgehen... In manchen Situationen mußtet ihr an gewissen Stellen innehalten... Insofern ist es bedenkenswert, daß an dem Tag der Brautwerbung keinerlei Widerstand von ›jenem Vater‹ kam, der ›Perla‹ gezwungen hatte oder angeblich gezwungen hatte, unter Bedingungen zu leben, die sie niemals vergessen konnte und über die sie nicht wirklich sprechen konnte... Ein paar Jahre nach der Hochzeit brachen die ›alten‹ Eltern anscheinend ganz plötzlich nach Palästina auf, gingen ins ›Heilige Land‹... Jacques hatte sie nie kennengelernt... Eines Tages hatte er in einer Schublade ein Foto gefunden und, als er seinen Vater nach den Personen auf dem Foto fragte, diese ›seltsame‹ Geschichte erfahren. Ja, es waren inzwischen viele Jahre vergangen... In der Stimme seines Vaters hatte ein leichtes Zittern gelegen, das anzeigte, daß ein Zweifel trotz der vielen Jahre nicht vollkommen getilgt war... Er hatte sie auf dem Foto angeschaut, Jacques und sein Vater hatten das Foto betrachtet... Man konnte nur eine Frau mit großem Busen und einen weißhaarigen Mann mit langem Bart sehen... Sie hätten eines Tages gesagt, sie seien jetzt sehr alt und würden nach Jerusalem auswandern, um im ›Heiligen Land‹ zu sterben...›Perla‹ war damals über diese Entwicklung nicht traurig gewesen und hatte durch Gleichgültigkeit zu zeigen versucht, daß sie nicht traurig war. Durch ihr Schweigen wollte sie offensichtlich zeigen und sagen, daß ›jene alte Frau und jener sehr alte Mann‹ in ihrem Leben nie eine wichtige Rolle gespielt hatten. Natürlich ›zeigte‹ sie durch ihr Zeigenwollen noch eine weitere Tatsache. Doch offensichtlich hat damals niemand diesen Aspekt der Wirklichkeit berührt, hat niemand den Mut dazu gehabt.

Waren jene Fotografien die richtigen Fotografien? War diese Erzählung eine wirkliche Geschichte?... Das hatte Jacques nicht erfahren, niemals wirklich herausbekommen können. Für die ›Kinder‹ blieb diese Geschichte immer ein Märchen einer fernen Welt...

Die ›Verbindung‹ von Monsieur Pardo nach Saloniki

Das Haus in Halıcıoğlu war eigentlich ein Haus, das viele verlorene Erzählungen barg. Sie hatten in diesem Haus auch gewohnt, als 1908 die Konstitutionelle Monarchie* proklamiert
worden war. Aus Angst vor dem Waffenlärm hatten sie sich unter
der großen Innentreppe des Hauses versteckt. Jene Tage bedeuteten für die einen Furcht, für die anderen Hoffnung, für noch
andere hingegen waren es die Tage, in denen sie den Tod ganz
langsam näher kommen spürten … Monsieur Pardo würde sich in
ein anderes ›Schweigen‹ vergraben und sich von nun an wegen
seiner ›Verbindung mit Saloniki‹ ›zurückziehen‹ zu neuen ›dunklen Kontakten‹, von denen er nur Avram Efendi und nur in jenem
›verschlossenen Zimmer‹ erzählen konnte. Sie teilten ein ›Geheimnis‹, das ihnen ›anvertraut‹ worden war, dessen Bedeutung
auf einer anderen historischen Bindung beruhte. Eine Komplizenschaft, die mit ›anvertrauten‹ eigenen Symbolen lebte. Diese
Komplizenschaft setzte sich auch in dem jahrelangen Briefwechsel fort, als der Freund der Familie nach dem Weltkrieg zuerst
nach Zypern und dann nach Haifa ging beziehungsweise offensichtlich gehen mußte. Diese Briefe wurden in jenem Haus wie
ein kleines ›Ritual‹ ›gefeiert‹. Sein Vater hatte bei jeder Lektüre
der Briefe das Los des Freundes, des ›Mitwissers‹ beklagt und ab
und zu Sätze gemurmelt wie: »Ah David ah! Pedronado ke te
veya! … No kaliya ke te entraras en estos eçoz.« – »Ach, David,
ach! Möge Gott dir verzeihen! … Du hättest dich nicht auf diese
Dinge einlassen dürfen.« Oder: »Ya te lo habiya diço be paşa! No
eras tu para estos eçoz … Neğro era si te kazavaz kon akeya
ijika? … No te suruneyavaz ansina a lo manko … El Dyo ke no
tome la kevasa de dingunos …« – »Ich hab's dir gesagt, mein
Lieber! Du warst kein Mensch für solche Geschäfte … Wäre es
denn verkehrt gewesen, dieses Mädchen zu heiraten? … Dann
würdest du jedenfalls nicht so dahinvegetieren … Möge Gott
verhüten, daß ein Mensch den Verstand verliert …« Jacques hatte
immer wissen wollen, was in den Briefen stand. Doch für seinen

Vater waren diese Briefe Bestandteil eines sehr persönlichen Gespräches. Die Teile eines sehr privaten, schmerzhaften, langen Gesprächs, das nicht ›weitergetragen‹ werden konnte, nicht weitergegeben an Menschen, die die Bedeutung gewisser Details nicht verstanden... Die Umwelt sollte von dem Gespräch nur so viel sehen, wie zu sehen war... Er las die Briefe mehrmals und versuchte, sie durch sein ›Gemurmel‹ nach ›außen‹ weiterzugeben, dann verbrannte, vernichtete er sie, weil jenes ›Ritual‹ es so verlangte... Wahrscheinlich wurden die kleinen Rituale auf Wunsch von Monsieur Pardo in dieser Weise beendet, der niemals vergaß, seinem Mitwisser, dem einzigen Freund, der ihm geblieben war, mitzuteilen, was er in den verschiedenen Ländern und Zeiten seines Lebens erlebte. Die Briefe waren die eines Menschen, der sich mitteilen wollte... Eines Tages kam noch ein Brief von dort... Nachdem sein Vater den Brief gelesen hatte, blieb er eine Weile reglos und sagte dann: »Ach, David... Wer hätte das gedacht...« Das war ein halber, unvollendeter Satz... Ein halber Satz, der im Wissen um das Geheimnis woanders weitergeführt werden wollte... Es war, als klänge die Stimme seines Vaters anders, in einer ganz anderen ›Tonlage‹... Als wollte er mit dieser Stimme sozusagen eine Botschaft senden. Eine kleine Botschaft, die nun keines Menschen Leben mehr verändern würde... Danach faltete er den Brief ganz langsam zusammen und steckte ihn in seine Tasche. Es war der einzige Brief, den er nicht vernichtete, nicht vernichten konnte... Von nun an kamen keine Briefe mehr von dort...

Die Frau des Italienischen Botschafters,
Schritte und andere Lieder

In jenem Haus erlebten sie auch den Balkankrieg und die Tage der Besatzung. Es waren vor allem Tage des ›Rückzugs‹ in sich selbst, der Verschlossenheit gewesen... Ja, jene Tage bedeuteten für die einen Furcht, für die anderen Hoffnung, für noch andere

hingegen waren es die Tage, in denen sie den Tod ganz langsam
herankommen spürten... Damals fürchteten sie sich immer wieder vor etwas, trotz aller Zufluchtsorte und Möglichkeiten. Sie
hatten sich vor dem Marschtritt der Bulgaren gefürchtet, und sie
fürchteten sich auch vor den gepanzerten Schiffen der Fremden,
die in den Bosporus einfuhren, obwohl sie wußten, daß sie sich in
ihren Fremdenstatus hätten flüchten können. Sie fürchteten sich,
als die ›indischen Offiziere‹ ins Atelier kamen, um die Teppiche
anzuschauen. Dabei waren bisher schon viele berühmte fremde
Gäste in ihr Haus, in jenes Atelier gekommen... Mit anderen
Worten, sie waren an ›andersartige‹ Besucher gewöhnt. Außer
Teppichexperten aus Budapest, London und Sarajewo waren unter den Besuchern auch Gesandte, hohe Offiziere, Generäle und
Angehörige der Führungsschicht gewesen... Beispielsweise war
der italienische Botschafter mit seiner Frau oft gekommen. Er
erinnerte sich jetzt nicht an die Namen. Doch er erinnerte sich,
daß er damals in der Pubertät gewesen war und seine Sexualität
erwacht war... Die Frau des Botschafters war eine ausnehmend
schöne Frau gewesen... Jahrelang hatte er von ihren leicht er-
grauten, vollen Haaren, die zu einem Knoten geschlungen waren,
ihrem bräunlichen Teint, ihren grünen Augen und den molligen
Hüften geträumt... Bei jeder ihrer Begegnungen hatte sie mit
ihm gescherzt, indem sie ihm die Arme auf die Schultern legte
und ihre Brüste leicht seine Wange berühren ließ. Setzte diese
Frau das kleine ›erotische Spiel‹ mit ihm fort, weil sie sein heimliches Interesse an ihr spürte oder weil sie ihn immer noch als
›kleines, süßes Kind‹ ansah? Das erfuhr er niemals. In manchen
Nächten setzte er das Spiel im Traum fort. In jenen Träumen sah
er sie, die Frau mit den molligen Hüften, nackt... Er schämte sich
für seine Träume und fürchtete, daß sie ihm anmerken konnte,
was er im Traum sah. Doch weder diese Ängste noch die Scham
konnten verhindern, daß er diese ›unanständigen‹ Phantasien
fortspann. Diese Frau war die Prinzessin seines sexuellen Erwachens... Sie hatte mollige Hüften, kleine Brüste und einen sehr
schönen Duft... Wie seltsam, daß er sich nicht an ihren Namen

erinnern konnte... So gingen im Laufe der Zeit manche Menschen hinter einem Nebelschleier verloren... Zurück blieben Momente... Nur Momente...

Unter den berühmten Besuchern des Ateliers war auch Liman von Sanders* gewesen. Die Tage, an denen er kam, waren besondere Tage, es waren unvergeßliche Tage... Der General hatte mit seinem älteren Bruder deutsch gesprochen. Diese Tage waren ferne, sehr ferne Tage... Ferne, sehr ferne Tage... Wie weit lag jetzt zurück, was dort geschehen war, wie unschuldig, tadellos erschienen jene Menschen aus der heutigen Sicht. Damals hatten weder Nesim noch Liman von Sanders noch die anderen den Verrat Deutschlands an bestimmten Menschen, an ›seinen Menschen‹ vorhersehen können... Deshalb vielleicht war ihre Unterhaltung ›kindlich‹, auf den Traum von einer besseren Welt gerichtet gewesen... Damals begannen sich auch so langsam die Wege seines Bruders von den seinen zu trennen. Beispielsweise hatten sie nun ›verschiedene‹ Zimmer. Auch die Tage, an denen sie zusammen in jenem Haus den Kindern aus der Nachbarschaft Filme vorgespielt, den Traum eines Kinos vermittelt hatten, lagen sehr weit zurück, ebenso wie die Aufregung, die sie bei der Ankunft des Grammophons gefühlt hatten. Das Filmvorführgerät wurde mit einer Handkurbel bedient; es war eine einfache, unförmige Maschine gewesen, doch sie hatte ausgereicht, um die Kinder jener Zeit in die ganz andere Welt der Phantasie zu entführen. Was jedoch das Grammophon betrifft, so war ihm vor allem die Stimme von Eftalya* im Ohr geblieben, von der auch sein Vater begeistert gewesen war... Die Stimme von Eftalya... Die Gaseln der Muezzine... Gab es auch griechische Lieder? Nein, die waren später gekommen... Viel später... Als sie in anderen Wohnvierteln, in anderen Zeiten andere Stimmen erlebt hatten, als andere Nächte sich in andere Morgen erstreckten...

So waren die Tage von Halıcıoğlu gekommen und vergangen... Die Geschäfte im Laden in Akarçeşme waren auch nicht schlecht gelaufen. Seine Erlebnisse hatten ihn zum ›Beruf‹ des Händlers hingezogen. Der Handwerksmeister, die ›Meisterschaft‹, war für ihn mit jedem Tag in weitere Ferne gerückt. Über diese ›Angelegenheit‹ hatte er mit seinem Vater niemals gesprochen, doch es sah so aus, als seien gewisse Entscheidungen schon längst getroffen worden. Sie konnten nur versuchen, einander zu verstehen oder, was noch wichtiger war, einander nicht zu verletzen. Schließlich lebte jeder sein eigenes Leben, hatte jeder versucht, sein Leben zu ertragen, ihm einen Sinn zu geben. Es mußten lange Jahre vergehen, um zu verstehen, wirklich verstehen zu können. Es war vorherzusehen, daß manche Enttäuschungen erst durch die Enttäuschungen, die man mit anderen erlebte, überwunden werden würden... Das waren lauter kleine Vorbereitungen, lauter kleine Schritte, die es dem Menschen eines Tages ermöglichten, die Auseinandersetzung zu wagen, sowohl mit sich selbst als auch mit dem Menschen, der einen enttäuscht hatte... Nach einer Weile jedoch würde die ›erwartete‹ Auseinandersetzung überhaupt nicht mehr notwendig sein. In jenen Tagen, den Tagen, die sie mit kleinen Hoffnungen, Sehnsüchten und Aufschüben erlebten, würde über das Haus in Halıcıoğlu eine große Katastrophe hereinbrechen... Eine Katastrophe, die ihr Leben und alle auf die Zukunft gerichteten Gefühle von der Wurzel her verändern sollte... Die Einzelheiten jener Nacht würde er niemals vergessen.

Ein Komödiant sein können

An jenem Abend waren sie zu Yasef gegangen, dem ›Neffen‹ seines Vaters, der in der Nachbarschaft wohnte. Yasef brauchte damals Geld, aber darüber hinaus auch Trost und Gesellschaft. Seine junge Frau war sehr krank; aufgrund einer nicht zu diagnostizierenden Krankheit verlor sie schnell an Gewicht und wurde kraftlos. Jeder wußte, sie würde sehr bald sterben, doch brachte irgendwie auch niemand den Mut auf, dies laut zu sagen. Manche Tode paßten einfach nicht zu bestimmten Menschen; in manchen Häusern konnte man nicht darüber sprechen, daß für jemanden die Zeit zum Sterben gekommen war. Am meisten war Jacques' Vater, der besser als alle die Vorgeschichte von Yasef kannte, über die Situation betrübt. Während sie an jenem Abend zum Haus des ›Neffen‹ gegangen waren, hatte er immer wieder »Was für ein Unglücksrabe!« gesagt… ›Unglücksrabe‹… Ohne zu wissen, was für ein Unglück ein paar Stunden später ihn selbst treffen würde… Ein ›Außenstehender‹ hätte diese Worten, mit denen ein ›erfolgreicher‹ Mann von einem ›bedürftigen‹ Verwandten sprach, als Gleichgültigkeit auslegen können… Doch wußte er, daß die Worte aus einem wirklichen, nicht gespielten Mitleid, aus Ratlosigkeit und darüber hinaus Empörung kamen. Sein Vater hatte diese Worte mit einem ganz echten, aus dem innersten Herzen kommenden Schmerz ausgesprochen… Mit einem Schmerz, der aus dem tiefsten Herzen kam… Als ein ›Onkel‹, der anders als in den gewohnten Erzählungen war… Der für diesen ›Jungen‹ eine ganz besondere Verantwortung fühlte… Diese Verantwortung war ein ›Erbe‹… Eine wertvolle Hinterlassenschaft, die er in einem Moment des Abschieds, den er nie vergessen würde, bei einem Todesfall übernommen hatte, eine Erbschaft, die er zu verdienen trachtete…

Im Grunde war es ungewöhnlich, daß Yasef den Vater ›tio‹, Onkel, nannte. Denn zwischen diesen beiden Menschen beziehungsweise ›Verwandten‹, die das Schicksal durch einen tiefen Schmerz zusammengeführt hatte, lagen bloß vier Jahre Altersunterschied. Noch wichtiger, der Ältere war Yasef… Das Leben spielte aber seinen ›Schülern‹ manchmal sehr seltsam mit. In Wirklichkeit waren die beiden, die in diesem seltsamen Spiel zusammengeführt worden waren, Vettern. Während ›Avram Efendi‹ in seinem ›Handwerk‹ sichtbare Fortschritte machte, erlebte Yasef, der schon in jungem Alter Waise geworden war, eine Reihe von Mißgeschicken… Seine ›Ölgeschäfte‹ liefen nicht gut, und eines Tages wurde er von seinen Teilhabern, die sich einfach aus dem Staub machten, mit Schulden sitzengelassen. Zudem brannte seine Verlobte mit einem der Teilhaber durch.

Avrams Vater hatte auf dem Totenbett seinem Sohn, an dessen

Zukunft er von Herzen glaubte, Yasef anvertraut und ihn gebeten, ›bis zuletzt‹ für ihn einzustehen… Avram hatte sein Wort gegeben… Er würde Yasef niemals allein, einsam und ›schutzlos‹ lassen… Avram war nach dem Tod seines Vaters dem Versprechen treu geblieben und hatte alles getan, um den ›Letzten Willen‹ zu erfüllen. In jener Reihe unglückseliger Tage hatte er alle Schulden von Yasef bezahlt und ihm dann geholfen, sein Privatleben zu ordnen, durch eine Heirat, die mit Hilfe von ›Madame Perla‹ zustande kam. Das Mädchen kam aus einer armen Familie, sie hatte keine Mitgift, doch ihre Familie war aus Edirne nach Istanbul zugewandert… Die Frauen von Edirne galten als gute Ehefrauen, gute Mütter. Vielleicht wirkten sie im Vergleich zu den Istanbulanerinnen ein wenig ›ländlich‹. Doch beim Essenkochen, beim Putzen, im Haushalt reichte ihnen keine das Wasser… So dachte Madame Perla… Madame Perla kannte sich in diesen Dingen gut aus, sie hatte sich kaum jemals geirrt… Zudem glaubte sie aus ganzer Seele an die ›Thrakierinnen‹… Für sie waren die Frauen aus Thrakien viel ›aufrichtiger‹, viel ›vertrauenswürdiger‹ als viele ›Istanbulanerinnen‹… Kurzum, Yasef hätte damals ›keine Bessere‹ finden können… Ihre Armut war zudem nicht so wichtig. ›Avram‹ war inzwischen stark genug, seinen ›schutzlosen Neffen‹, der ihm von seinem Vater anvertraut worden war, nahezu in jedem Fall zu unterstützen. Diese gesamte Entwicklung bedeutete für Yasef eine unerwartete Wendung seines Lebens an einem Punkt, wo er schon überzeugt gewesen war, daß alles zu Ende wäre. Nach diesen Tagen würde er versuchen, seinen Weg mit ganz anderen ›Augen‹ zu gehen und die Menschen, mit denen er in Beziehung trat, aus einem ›ganz anderen Blickwinkel‹ zu betrachten. Er hatte jetzt auch gelernt, seiner Umwelt nicht zu vertrauen, sich denen, die außerhalb seiner ›kleinen Familie‹ standen, nicht anzuvertrauen… Nach seinen eigenen Worten wurde er ›ruhig und erwachsen‹. Ruhig und erwachsen…

Trotz seiner Verschlossenheit hatte er niemals aufgehört, die Ereignisse seines Lebens auch von seiner komischen Seite zu betrachten. Diese Eigenschaft teilte er mit seinem ›Onkel‹. Ein wenig hatten sie eine gemeinsame Sicht. Eine gemeinsame Sicht... In dieser Sichtweise konnte man die unerschöpfliche Quelle ihrer Nähe, ihrer Freundschaft sehen. Vielleicht fanden, suchten und liebten sie einander noch mehr wegen dieser Gemeinsamkeit. Doch, um ehrlich zu sein, gab es in dieser Betrachtungsweise auch eine Realität, die sie trennte und unterschied. Seine Umgebung zum Lachen zu bringen, war für Avram Unterhaltung, Salz und Pfeffer des Lebens, für Yasef dagegen hieß es, in jedem Moment des Tages ›Komödiant sein‹. Ja, ein Komödiant zu sein... Das war für Yasef eine Lebensform, die Kunst des Lebens. Eine Lebensform, die Kunst des Lebens... Wenn er Leuten, die nach seinem Beruf fragten, erklärte: »Ich schmiere«, um in anderen Worten mitzuteilen, daß er seinen Lebensunterhalt mit Ölhandel verdiente, und um dadurch überdies bei den ›anderen‹ eigenartige Empfindungen auszulösen, so ist das nur ein kleines Beispiel dafür. Manchmal, wenn er ›schlechte Laune‹ hatte oder an einem Punkt seiner Vergangenheit ›hängengeblieben‹ war, pflegte Yasef auch zu sagen, er sei ›Zuhälter‹. Solche Antworten gab er nur Damen, die es wagten, ihn ›aufzuziehen‹. Tat er das, weil er sich als Frauenheld fühlte oder um geheime, hinterhältige Rache an jener Frau zu nehmen, die ihn in der Vergangenheit diese verletzende Untreue hatte erleben lassen? Wer weiß... Zweifellos gehörte diese Frage zu den Fragen, auf die es keine wirkliche Antwort gab. Eine von den Fragen, die nicht zu beantworten oder auch nicht zu stellen waren... Denn so eine Frage bedeutete, in eine andere Einsamkeit einzutreten, einzutreten zu wagen. Kurzum, die wirkliche Antwort, die von ihm ›erwartet‹ wurde, konnte Yasef damals nicht geben, er fand sie nicht... Wie viele Menschen, die ihre Situation verheimlichen wollen, konnte er seinen Zustand nicht richtig beschreiben. Und die Leute in seiner Umgebung konnten ihn und was sie in ihm sahen nicht wirklich beschreiben... Diese gesamten ›Tatsachen‹ einmal beiseite – niemand konnte ihm einen ›neuen‹ Witz erzählen, denn sein Gedächtnis war verblüffend reich ausgestattet.

Ja, all diese Dinge, die erlebt wurden oder zum Leben erweckt werden sollten, ließen ahnen, daß hier nur ein anderer Weg gesucht wurde, sich selbst zu verstecken, die eigene ›Blöße‹ zu bedecken. So eine ›Diagnose‹ konnte man für jeden echten ›Komödianten‹ oder ›Schauspieler‹ stellen. Vielleicht sollte man noch ein Detail hinzufügen, das ›in Vergessenheit‹ geraten könnte, nämlich die ›Flucht‹, den Wunsch, zu fliehen. Yasef wollte immer vor ›etwas‹, insbesondere vor sich selbst fliehen… Dies schien auch der wichtigste Grund dafür zu sein, daß er sich trotz aller Bemühungen in der Realität irgendwie nicht zurechtfand. Höchstwahrscheinlich verstand er deswegen auch nicht viel von ›Geldangelegenheiten‹, oder er tat so. Er hatte sich ja entschieden, für die anderen mit seinen Träumen nur ein ›Komödiant‹ zu sein. Nach Meinung von Jacques' Vater, war er ›in Gedanken‹ immer ›woanders‹. Er hatte keinen ›Laden‹, es ›paßte‹ nicht zu ihm, sich an einen Laden zu binden, am Morgen immer an denselben Ort zu gehen und abends immer vom selben Ort aufzubrechen. Den ganzen Tag lang zog er durch die Straßen, um der ›Ölverkäufer‹ zu sein. Auf den Straßen konnte er seinen Träumen nachhängen. Während er sich das ›tägliche Brot‹ verdiente, schaute er in die Häuser jener Straßen, konnte sich vorstellen, was für ›wunderbare Szenen‹ in den Zimmern abliefen, passieren konnten, konnte sich in jene Zimmer hineinversetzen, und nach diesen Abenteuern der Phantasie konnte er die Menschen, mit denen er sprach, in ihrer Nacktheit sehen, ohne es sich anmerken zu lassen.

Yasef hat nie vergessen, daß er mit Hilfe von ›Avram Efendi‹ das ›Ölgeschäft‹ fortführen und des Nachts neben einer ›treuen‹ Frau schlafen konnte, daß er also wieder ein soziales Umfeld hatte. Er drückte seine Dankbarkeit ›auf seine Weise‹ aus, indem er seinen Vetter von da an ›Tio‹, also Onkel, nannte. Trotz anfänglicher Vorbehalte gewöhnten sich mit der Zeit alle, die zu dem Spiel eingeladen worden waren oder innerhalb des Spiels bleiben mußten, an die ›Situation‹, an eine solche Verwandtschaftsbeziehung. Yasefs Andersartigkeit war wieder einmal akzeptiert worden, mit anderen Worten, sie wollte erlebt werden. Schließlich mußte man diese Andersartigkeit akzeptieren, wenn man seine Freundschaft gewinnen oder ihn mögen wollte. Außerdem beabsichtigte Yasef mit diesem Verhalten, mit dieser Lebensweise nichts anderes, als sich einen Spaß zu machen mit dem Leben, mit denen, die er liebte und nicht liebte. Madame Perla, die dieses Spiel, diese Realität sah, beteiligte sich aus ganzem Herzen und mit ihrer Lebenserfahrung daran und ließ sich einerseits, ohne befremdet zu sein, ›Tiya‹, Tante, nennen, und zum anderen bewirtete sie den ›Neffen‹ in ihrem Haus liebevoll, wobei sie nicht vergaß, ihm beizeiten auch ›den Kopf zu waschen‹... Das waren für Yasef schöne Tage... Schöne, unvergeßliche Tage...

Seine Frau war nicht nur ›die treueste Frau‹, sondern gleichzeitig auch seine ›ergebenste Zuschauerin‹. Jacques erinnerte sich gut an diese Frau. Sie hatte die Blicke eines Menschen, der sein Schicksal zu tragen weiß. Selbst wenn ihr Mann in manchen Nächten spät und zudem betrunken nach Hause kam, sagte sie nichts. Dieses Schweigen gehörte sozusagen zu den Erfordernissen und Unvermeidlichkeiten der damaligen Zeit. Es gehörte zu den Erfordernissen und Unvermeidlichkeiten der damaligen Zeit, zu den Lebensadern, die die Liebe und das Gefühl des Zusammenbleibens bis zum Ende nährten... Wenn man diese Zeiten nicht gekannt hat, kann man diese ›Haltung‹ nicht verstehen, nicht wertschätzen. Diese ›Haltung‹ kann man im Kontext anderer Kämpfe oder Wirklichkeiten nicht wiederbeleben. Von außen kann man diese ›Haltung‹ nicht aus dem richtigen Blickwinkel sehen... Jene ›Haltung‹ fand dort damals auch eine Erwiderung, es gab eine Zeit, wo sie den verdienten Platz fand... Als Yasef von den langen schlaflosen Nächten seiner Frau während der Krankheit erzählte, mußte er sich immer wieder an diese Hingabe erinnern, die für sich außer Liebe, ›schlichter‹ Liebe, nichts verlangt hatte. Das waren die Nächte, in denen er kein ›Komödiant‹ war. Nächte, in denen er nicht mal ›Komödiant‹ sein konnte... Ein paar Tage nach dem abendlichen Familienbesuch sollte Yasef seine Frau verlieren. Die Krankheit bekam niemals einen Namen...

Wie bei allen frühen, sehr frühen Todesfällen, erlebten die Zurückbliebenden den Tod als Leere, als Bedauern. Dieser Todesfall bestätigte die Bezeichnung ›Unglückrabe‹ für Yasef, der in einem völlig unerwarteten Moment zum Hinterbliebenen wurde... Der kleine Izak, der aus diesem unvollendeten Zusammenleben hervorgegangen war, war damals sieben oder acht Jahre alt... Yasef heiratete ungefähr ein Jahr später erneut. Seiner Meinung nach gab es einen sehr wichtigen, diese Heirat ›legitimierenden‹ Grund, den jeder kannte, kennen sollte. Ein Heim ohne Frau konnte nicht leben, konnte nicht richtig atmen, die Seele des Menschen nicht erwärmen...

Doch Izak konnte die Entscheidung seines Vaters nicht akzeptieren, nicht billigen und als ›Waisenkind‹ in dieser Art mit einer ›anderen‹ Frau nicht weiterleben. Von da an wurde Izak zu einem jähzornigen Kind, zu dem man nur schwer Zugang fand. Das Bemühen von Bella, der ›neuen Frau‹, mit gutem Willen, von ganzem Herzen, ihre Pflicht als ›neue Mutter‹ oder zumindest als ältere wegweisende Schwester zu erfüllen, beeindruckten lediglich Yasef und die Umwelt. Niemand konnte Bella beschuldigen, sie hätte als ›Stiefmutter‹ Izak das Gefühl des Stiefmütterlichen im hergebrachten Sinne spüren lassen. In ihrem Bemühen, in ihrem Bestreben nach Herzlichkeit hätte man vielleicht Spuren eines Schuldgefühls, entstanden aus dem Umstand, daß sie aufgrund eines Todesfalls später ins ›Haus‹ gekommen war, suchen können. Doch diese Frau, die diese Ehe, mit der eine andere Ehe vergessen, begraben werden sollte, auf sich genommen hatte, machte sich mit der Zeit bei allen beliebt und zeigte Yasef, daß er sein Leben auch von anderen Aspekten her leben konnte... Doch diese kleinen Entdeckungen und sehr privaten Details verhinderten nicht, daß sich Izak mit jedem Tag in diesem Haus fremder fühlte... Eines Tages in seinem vierzehnten Lebensjahr ging Izak um Mitternacht still und lautlos fort und ließ auf seinem Bett einen Brief zurück, der die kurzen Sätze enthielt: »Ich gehe, um mein eigenes Leben zu finden. Macht mit eurem, was ihr wollt.«

Weder eine intensive Suche noch die Bemühungen von Yasefs ›Bekannten‹ führten zum Erfolg. Indem Izak seine Spur nach dieser Nacht so gänzlich verwischte, zeigte er allen, wie sehr er das Leben in diesem Haus ablehnte. Damals und später sprach Yasef oft von seinem ›verlorenen‹ Sohn. Sehr oft, um darüber immer wieder zu sprechen und es zu ›zeigen‹… Sehr oft, um seine Verlassenheit weniger zu spüren oder stärker spüren zu lassen. Eines Tages stellte er Avram Efendi Fragen wie: »War auch er ein Teil meines Spiels?… Hätte ich auch ihn in mein Spiel einbeziehen sollen?… Oder wollte er im selben Spiel ein Komödiant sein wie ich?« Diese Fragen, die sich nur in kleinen Einzelheiten unterschieden und Verzweiflung und Gewissensbisse ausdrückten, kreisten eigentlich um eine einzige Frage. Yasef versuchte zu verstehen, wann er welchen Fehler gemacht hatte. Sein Vetter schwieg. Sie kannten einander inzwischen sehr genau. Zudem enthielt die Frage wie viele echte Fragen im Leben die Antwort schon in sich. Die Frage mußte die Antwort bringen, wenn man über jene Leben nachdachte… Das war das zweite Mal, daß Yasef kein ›Komödiant‹ war…

Izak würde jahrelang nicht zurückkommen… Sie würden ihn trotz aller ›Suchaktionen‹ nicht finden… Sie hörten nur, daß er in allerlei ›ungesetzliche‹ Geschäfte verwickelt war…

Ungefähr zwanzig Jahre waren vergangen, als Izak heimkehrte, ein paar Monate, nachdem Bella ›mit einem Fischer‹ geflohen war. Nach einer solch langen Ehe hatte sie nur eine ganz kurze Erklärung abgegeben… Bellas Erklärung war kurz und erbarmungslos… Sie hatte schon seit längerer Zeit ein Verhältnis mit dem Fischer… Er war jung und ließ sie ihre Weiblichkeit fühlen…

Konnte man Izaks Rückkehr gerade zu dieser Zeit als ›einfachen Zufall‹ erklären? Welchen Weg hatte ein Mensch wohl gewählt, der sich entschieden hatte, derart weit entfernt von seinem Elternhaus zu bleiben, um nach so vielen Jahren ›leicht‹ zu seinem Vater zurückzufinden? Auf diese Frage fällt einem sofort ein, daß es ihm vielleicht gar nicht gelungen war, sich so weit zu entfernen, wie man gedacht hatte... Fliehen, wirklich fliehen können ist sowieso nur in ›jenen Erzählungen‹ möglich... Izak kehrte als gebrochener Mensch mit umdüsterten Augen nach Hause zurück. Woher und warum er gekommen war, was er gemacht hatte, was er vorhatte, zu tun, konnte er nicht sagen... Er schien mehr erlebt zu haben, als ein Mensch in zwanzig Jahren erleben sollte...

Vater und Sohn versuchten in dieser Zeit, zum ersten Mal das Leben des anderen zu verstehen...

Yasef berichtete in dem Haus in Asmalımescit von den langen Gesprächen mit seinem Sohn mit allen Einzelheiten und Kommentaren. Es war offensichtlich, daß es ihnen trotz aller Bemühungen nach so vielen Jahren nicht gelang, einander ausreichend zu verstehen und füreinander ein Opfer auf sich zu nehmen... Ihre Schicksale bestimmten sie zu verschiedenen Leben. Einmal gerieten sie in der Wohnung in Asmalımescit in einen großen Streit. Plötzlich sagte Izak zu seinem Vater: »Du hast für meine Mutter nicht mal ein richtiges Seelengedenken lesen lassen.« Hierbei zitterte seine Stimme, und seine Augen wurden feucht. Auf diese Worte hin bekamen alle im Haus, die diesem Streit zuhören mußten, feuchte Augen. Für Diyamante, für diese stille Frau, hatte Yasef also nicht einmal ein Seelengedenken lesen lassen, er war nicht ein einziges Mal zum Grab dieser Frau gegangen, die eine Phase seines Lebens beeinflußt hatte und die ihn niemals ›betrogen‹ hatte... Doch das alles hatte mit Lieblosigkeit, mit Untreue nichts zu tun. Er gehörte zu den Menschen, die die Vergangenheit nicht anschauen können, die sie vielmehr ausblenden können. Die Trauer um Bella würde er in gleicher Weise ›erleben‹... Andernfalls würde es ihm nicht gelingen, ein ›Komödiant‹ zu sein, ›jener Komödiant‹... ›Komödiant‹ zu sein, war eine schwere Kunst, es bedeutete, daß man vergessen können, vielmehr leben können mußte... Hier war vielleicht der ausschlaggebende Punkt dafür, daß Izak seinen Vater trotz all seiner

Erfahrungen und ›gesammelten Erkenntnisse‹ nicht verstehen, nicht sehen konnte. Sie wußten sehr wohl, daß sie nach jenem Streit keinen gemeinsamen Nenner finden konnten... Ein paar Tage später verabschiedete sich Izak auf Nimmerwiedersehen, indem er sagte: »Ich war schon an so vielen Orten, habe viele Arbeiten angenommen und wieder aufgegeben, was soll's, ich probier's noch mal...«

Beim Abschied umarmten sie einander nicht. Dann drehte Izak sich um und, als hörte er eine innere Stimme, knöpfte er plötzlich sein Hemd auf und zerriß mit aller Kraft seine Unterwäsche. Yasef verstand, was damit gemeint war, und nickte mit dem Kopf, als wollte er so die Situation, ihre Situation bestätigen. Diese Geste war bei Beerdigungen für die Toten vorbehalten. Es erforderte Mut, wenn Lebende einander auf diese Weise eine ›Katastrophe‹ erleben ließen. Doch sie hatten schon verloren, was sie verlieren konnten. Es war ein Moment der Trennung, einer wirklichen Trennung, die sie sich selbst und einander zufügten. Der Moment einer wirklichen Trennung... Als wäre der Tod ins Haus getreten... Das war ihre jüdischste Zeit, besser gesagt, ihre einzige jüdische Zeit. Sie konnten einander nur in diesem Augenblick ›erkennen‹. Nun gab es noch einen weiteren Grund für Yasef, auf den Straßen den ›Komödianten‹ zu spielen. Es gab einen weiteren Grund für ihn zu sagen, daß die beste Arbeit, die er im Leben hatte machen können, bei der er erfolgreich gewesen war, die des ›Schmierers‹ sei. Dieses ›Schmieren‹, das er sein Leben lang gemacht hatte, bedeutete nach diesem Verlassenwerden auf seine Weise den Wunsch nach Rache... Wenn Jacques sich an das alles erinnerte, fragte er sich immer, warum dieser Vater und dieser Sohn in jener fernen Geschichte einander trotz allem nicht hatten verstehen können. Auf diese Frage hatte er niemals eine ›glaubwürdige‹ Antwort gefunden. Um die Geschichte besser zu verstehen, mußte man der Spur der tiefen Reue folgen. In dem Haus in Asmalımescit hatte Yasef lange von dieser Reue gesprochen und gesagt, er habe alles ihm nur Mögliche getan, um verlassen zu werden, um von seinen Lieben endlich allein gelassen zu werden. Das Leben liebte die ›Komödianten‹, seine wirklichen ›Komödianten‹ nicht, und wenn es sie auch liebte, verzieh es ihnen nicht…

Jacques verstand, wie recht Yasef hatte mit seiner Verletztheit oder Empörung, von der er nur wenigen Menschen erzählen konnte, als er Izak nach Jahren in Tel Aviv auf dem Karmelbasar Strümpfe verkaufend antraf. Der Izak, den er dort sah, den er durch Zufall traf, war ein gebrochener, sehr gealterter Mann. Er pries hinter einem Tischchen seine Ware an und vermischte – ungeachtet des Landes, in dem er lebte – hebräische und türkische Wörter. Türkische Wörter… Und mit welcher Kreativität!… Abwechselnd mit dem hebräischen Wort ›yarad‹, das Preisnachlaß bedeutet, rief er auch: »Yarak! Yarak!«, Schwanz… Genau in dem Moment sahen sie sich in die Augen. Nach einem kurzen Moment der Verblüffung sagte Izak, als hätten sie die lange Trennung nicht erlebt, sondern sich erst vor ein paar Tagen gesehen: »Was soll ich machen, Vater Jacques, das Komödiantentum haben wir vom Vater übernommen. Ich verstehe ihn jetzt besser. Unsere Kunst ist es, das Leben zu schmieren.« In diesem Augenblick blickte Jacques liebevoll das Kind an, das zwar alt, aber nicht reif wirkte. Er konnte ihm nicht sagen, daß sein Vater vor Jahren einsam gestorben war, nachdem er sich vor allem nach seinem Sohn gesehnt hatte… Sie redeten ein bißchen von diesem und jenem, von den Geschäften, von der ›Heimatstadt‹… Von diesem und jenem, von der ›Heimatstadt‹… Ohne die eigentlichen Fragen zu stellen, stellen zu können… Wie es bei solchen Begegnungen halt üblich war… Mit Schweigen und dem Bemühen, anders zu erscheinen… Mit Schweigen und dem Bemühen, gut auszusehen… So viel reichte beiden aus für diese unvergeßliche Begegnung… Als er sich ein wenig entfernt hatte, hörte er Izak ein altes, ›lustiges‹, türkisches Volkslied singen. In Tel Aviv, auf einem Volksbasar sang ein Mann das türkische Volkslied »Laß dein Taschentuch flattern, flattern… Schicke, schicke deine Liebste her…«, wie um ein altes, sehr weit entferntes Istanbul nicht zu vergessen. Es war, als sänge Izak das Lied auch ein wenig für ihn. Auch ein wenig für ihn… Um seine Einsamkeit merken zu lassen, um das von seinem Vater ›übernommene Komödiantentum‹ deutlicher auszudrücken… An jenem Tag war dort jemand, der Izaks türkisches Volkslied verstehen, nachempfinden konnte… Yasef war vor seinen Augen wieder lebendig geworden. Jacques dachte noch einmal an den Satz: »Komödiantentum ist unsere Kunst.« Komödiantentum ist unsere Kunst… Er lächelte.

Nach Izaks Fortgang kam Yasef noch viel öfter in das Haus in Asmalımescit. Im Grunde wußte niemand, wann er kommen würde… Doch die Tür stand ihm jederzeit offen. Das hatten in der Familie alle akzeptiert. Seine Anwesenheit tat zudem auch Jacques' Mutter gut. Manchmal setzten sie sich hin und sprachen über die ›alten Zeiten‹ In jenen Tagen pflegte Yasef ihnen auch Witze zu erzählen. Seine alten Witze, die Witze, an die er sich erinnern konnte, erzählte er jetzt immer wieder, wobei er zu glauben schien, er erzähle sie zum ersten Mal. Und sie ließen sich nichts anmerken, lachten und spielten das Spiel mit… Sowohl in den Gesprächen mit ›Madame Perla‹ als auch in der Witzestunde fand er Gelegenheit, sein ›Komödiantentum‹ noch einmal zu erleben… Das waren die letzten Augenblicke… Die letzten Augenblicke… Kurz gesagt, war es für alle ein Spaß, wenn Yasef zu Besuch kam… Damals sagte Yasef auch, er habe schon unnötig lange gelebt, er wolle sofort sterben, aber er könne das irgendwie nicht hinkriegen… Damals erinnerte er sich weder an seine erste Verlobte noch an Diyamante noch an Bella… Nur Izak hatte er nicht vergessen können, nur zu Izak kehrte er in diesen Phantasien zurück…

Dann… Dann eines Tages starb er auf eine ihm angemessene Weise, nachdem er ihnen am vorhergehenden Abend bis spät noch eine Reihe ›unanständiger‹ Witze erzählt hatte… Sie waren damals schon von Asmalımescit in den Stadtteil Harbiye umgezogen…

Sie hatten eine Zeit durchgemacht, in der sich ihre Wohnungen bei jedem Umzug innerhalb von Istanbul verkleinerten, enger wurden. Zeiten, in denen sie ihre Wohnungen, Zimmer, ›Gärten‹ alle nacheinander verloren … Zweifellos waren es nicht nur diese ›Orte‹, die sie verloren. Doch obwohl er das Gefühl des Verlusts, den Verlust in jeder nur denkbaren Form, in den langen Jahren viele Male erlebt hatte, fürchtete er sich jetzt gehörig, dieser Realität allein, in dieser Einsamkeit, in dieser ›Verlassenheit‹ erneut zu begegnen … Deshalb beschloß er, sich wenigstens jetzt nicht weiter damit zu befassen. Früher oder später erreichte die Einsamkeit jeden. Eine Einsamkeit, die jeder früher oder später, ob er wollte oder nicht, kennenlernte und die anzeigte, daß die ›letzten Orte‹ noch stiller und verlassener waren als alles bisher … Das war das Schicksal der ›Langlebigen‹ …

Er hatte entschieden, Yasef auf dem Friedhof von Hasköy* beerdigen zu lassen. Ausschlaggebend war nicht gewesen, daß ein Grab dort ›billiger‹ war als auf den anderen Friedhöfen. Vielmehr war dort sein ›Territorium‹ gewesen, das Stück Erde, auf dem dieser Mensch möglichst hatte bleiben wollen. Er war dort geboren worden. Er hatte dort als Kind seinen Vater verloren, auf den Straßen hatte er zusammen mit seiner Mutter, die in reichen Häusern zum Waschen ging, den Kampf gegen die Armut gelernt, dort war er in unterschiedlicher Weise von Frauen verlassen worden, und dort hatte er ›zugesehen‹, wie Izak in die Fremde ging … Dort hatte er sein ›Komödiantentum‹ entdeckt, hatte eine Lebensmöglichkeit gefunden … Dort war er der ›Ölverkäufer‹, der ›Schmierer‹, gewesen.

An jenem Abend in Halıcıoğlu hätte sich niemand die vielen Umzüge in Istanbul vorstellen können. Ja, Diyamante war sehr krank gewesen. Sein Vater hatte wie immer alle nur denkbaren Möglichkeiten gesucht, um eine Lösung zu finden; er hatte sich nicht mit den Hausärzten begnügt, sondern sogar Doktor Barbut vom Krankenhaus in Balat kommen lassen. Dennoch war die

Lage hoffnungslos. Mit den Gegebenheiten der damaligen Medizin war weder eine Diagnose noch eine Behandlung der Krankheit möglich. Sie standen einem Verhängnis gegenüber, das sie in aller Klarheit sahen und von dem sie wußten, es gab kein Entrinnen, keine Rettung. Nach diesem Schicksalsschlag würden weitere folgen...

Doch die eigentliche ›Katastrophe‹ sollte für sie der Brand sein, der in ihrem Haus ausbrach... Einer der Arbeiter, die bei ihnen zu Hause geblieben war, kam völlig aufgelöst angerannt und brachte schwer atmend die Unglücksbotschaft vor, so daß sie Mühe hatten, sein Stammeln zu verstehen. Er redete wirr durcheinander. Ihr langgedienter Hausmeister, der ›Hinkende Cako‹, war wieder einmal über den Raki hergefallen, hatte sich einen ordentlichen Rausch angesoffen und dann seine Zigarette in der Nähe des Ateliers ›fallen lassen‹. Diese ›kleine‹ Unvorsichtigkeit reichte, um das Haus binnen kurzem in Flammen zu setzen. Das Feuer hatte zuerst das Atelier erfaßt und dann auf das ganze Haus übergegriffen. Die Bewohner hatten sich gerade noch retten können. Nur Cako war drinnen geblieben; nachdem er ›zu spät‹ gemerkt hatte, was die Ursache des Feuers war, hatte er ein paar Leuten ›Bescheid gesagt‹ und sich dann geweigert herauszukommen, wobei er auf keine Zurufe mehr reagierte... Man hatte verstanden, was er damit sagen wollte. Er war absichtlich in dem Haus geblieben. Niemand hatte das Haus wie er geliebt und gekannt. In solchen Häusern findet man oft Menschen, die ›jede Arbeit tun‹, sich zu jeder Arbeit schicken. So einer war Cako gewesen. Er hatte mit dem Haus gelebt... Alle waren gewohnt, sich nicht einzumischen in sein Tun und seine Seltsamkeiten. Cako hatte seine Arbeit still getan. Er stammte aus einer armen italienischstämmigen Familie. Er trank sehr viel. Wenn man ihn wegen der Rakikanister im Haus zur Rechenschaft zog, log er immer. Deswegen konnte er das von ihm ungewollt verübte ›Verbrechen‹, den ›Tod‹ des Hauses, den er verursacht hatte, nur durch seinen ›Tod‹ sühnen. Seine Geschichte war ein wenig auch die Geschichte des Hauses selbst gewesen. Nach diesem ›Verbrechen‹ konnte er nicht mehr nach

›draußen‹ kommen. Er konnte nicht mehr ›rauskommen‹… Es gab nun für ihn kein ›Draußen‹ mehr… Denn er hatte das ›Drinnen‹, sein ›Drinnen‹ vernichtet…

Sie waren sofort nach Hause gelaufen. Was sie sahen, konnten sie nicht glauben. Sie waren zur Hilflosigkeit verdammt. Die Flammen ließen sich nicht löschen. Sie konnten sich vor diesem ›Brand‹ nicht retten. In der damaligen Zeit gab es bei solchen Bränden, bei einem solchen Hausbrand sowieso nie eine Rettung. In der damaligen Zeit blieb den Bewohnern dieser Häuser nur übrig, dem Brand zuzuschauen. Die Flammen wuchsen in der Dunkelheit dieser Sommernacht in den Himmel, indem sie wie alle Flammen ständig die Form veränderten… Drinnen verbrannten so viele ›Dinge‹, die für verschiedene Menschen verschiedene Namen und Bedeutungen hatten, in verschiedenen Momenten Leben gewonnen hatten und um verschiedene Assoziationen bereichert worden waren, an Wert gewonnen hatten… Sie standen wie versteinert. Sie konnten nicht ein einziges Wort hervorbringen. Kein einziges Wort… Denn das, was verging, was vernichtet wurde, war nicht nur ein Haus, sondern gleichzeitig auch ein Atelier, das mit der Mühe von Jahren und großer Anstrengungen auf ein beneidenswertes Niveau gebracht worden war; ein Vermögen, eine ›Existenz‹, das tägliche Brot vieler Menschen, die Hoffnung für spätere Jahre, eine Welt der Sicherheit, von der man nie geglaubt hatte, sich niemals hatte vorstellen können, sie könnte erschüttert werden…

Die Bewohner des Viertels und die Arbeiter hatten versucht, etwas zu retten, von jenen ›Dingen‹ wenigstens einige zu retten und dem Brand mit allen ›Gefäßen‹ zu löschen, doch alle Bemühungen waren vergeblich gewesen. Ja, in der damaligen Zeit gab es bei jenen Bränden keine Rettung…

Als sein Vater sah, daß die Bemühungen ergebnislos blieben, versuchte er, obwohl es ihm schwerfiel, seine Fassung zu bewahren, und sagte zu seinem Cousin Albert Naon, der in der Hoffnung, etwas helfen zu können, herbeigeeilt war: »Wir werden eine Weile bei euch wohnen… Uns bleibt kein anderer Ausweg.«

Man kann sich denken, daß Albert Naon in diesem Moment, als er unerwartet die Gelegenheit bekam, seinem ›reichen Cousin‹ Avram unter die Arme zu greifen, außer Leid auch heimliche Freude und Stolz empfand. Cousin Naon und seine Frau Beki machten in den Tagen nach der Katastrophe ein oft verwendetes Sprichwort wahr: »El ke biyen se kere, en poko lugar kave« – »Die sich lieben, haben auch in der Enge Platz.« Sie erwiesen ihnen in ihrem kleinen Haus große Freundschaft und Gastfreundschaft. Jene Tage würden sie ebensowenig vergessen wie dieses warme Heim… Während sie sich miteinander zu jenem Haus aufmachten, vor Verstörung nicht wissend, was sie tun oder sagen sollten, tobte der Brand immer weiter. Sein Vater sagte, sie sollten gehen, er wolle ein wenig allein bleiben. Er würde ›später‹ nachkommen. Natürlich konnten sie in dieser Nacht kein Auge zutun. Im ersten Morgenlicht wollte Jacques selbst das Haus sehen. Sein Vater war noch dort; er saß zusammengesunken auf einem Stein. Er hatte die Ellbogen auf die Knie und das Kinn in die Hände gestützt. Reglos schaute er auf das, was von dem Brand, den Bränden übriggeblieben war… Nur noch eine große Ruine war von dem Haus übrig… Als er merkte, daß Jacques gekommen war, sagte er: »Komm, setz dich neben mich.« Was dieser sagen wollte, was er sagen konnte, blieb als Kloß in seinem Hals stecken. Er berührte seinen Vater an der Schulter und brachte nur »Vater…« heraus. Natürlich hatte das Zittern in seiner Stimme eine Bedeutung. Jenes Zittern konnte der Ausdruck vieler Gefühle sein. Doch in diesem Moment war alles enthalten in dem Satz, der nur aus einem Wort bestand und dessen Ende fehlte… Denn es gab in so einem Moment nichts zu sagen, noch nicht…

»Sag nichts… Wie du siehst, sind wir in einer einzigen Nacht am Nullpunkt angelangt, mein Sohn… Aber sei nicht traurig, solange wir unser Handwerk haben, können wir wieder auf die Füße kommen… Wir sind noch nicht gestorben«, sagte sein Vater. Es schien, als hätte er gefühlt, was sein Sohn empfunden, aber nicht hatte aussprechen können. Sie saßen nebeneinander und schauten lange auf die Ruine des Hauses, das mit seinen

Menschen, seinen Hoffnungen, seinen Vertröstungen, seinen Teppichen und den anderen Gegenständen gelebt hatte. Dann sagte sein Vater: »Sei nicht traurig, mein Sohn... Wir werden es schaffen, es wird schwer werden, aber wir werden es schaffen. Schau, der Dummkopf Cako ist tot. Er ist zu Asche geworden und hin... Das hätte auch uns passieren können.. Man kann ein Haus bauen und auch ein Atelier. Ich trauere am meisten den verbrannten Teppichen nach... Unter ihnen waren sehr seltene Stücke, die man nicht wieder findet, die kaum ein Meister so leicht wieder machen kann... Und dabei hingen die Mühen so vieler Menschen und so viele Erinnerungen an diesen Stükken...« Er war nicht wütend. Er war niemandem böse. Niemandem... Nicht mal dem ›Hinkenden Cako‹... Er war weit jenseits von Zorn, von Wut. Den Verlust der Teppiche erlebte er wie den Verlust von Menschen... Er sah in jedem dieser Teppiche eine andere Erinnerung, eine andere Berührung... Die Teppiche waren für ihn ein wenig wie eine ›andere‹ Familie, gehörten zu den Personen seiner ›anderen‹ Familie, die er für unsterblich gehalten hatte...

In dem Moment liebte ich meinen Vater am meisten

Mühen, Hoffnungen, Erinnerungen... Im Laufe der Zeit würde jeder noch ein wenig besser verstehen, was in jener Nacht, in diesem Brand verlorengegangen war. Durch diese Verluste öffnete sich eine Tür, die dazu führte, daß sich jeder selbst, aber auch die anderen besser verstand. Sie waren aus ihrer Welt der ›Sicherheit‹ in eine andere Welt hinübergewechselt, in der sie sich viel ›nackter‹ fühlten. Nun konnten sie nicht mehr aus ihren Fenstern der ›Sicherheit‹ aufs Leben schauen...

Am Morgen nach der Brandnacht hatten sie nicht den Mut gehabt, es laut auszusprechen, doch beide hatten gewußt, daß die Teppiche, die dort innerhalb von ein paar Stunden zu einem Aschenhaufen geworden waren, einen Wert von nahezu fünfhunderttausend Lira gehabt hatten. Das war in den dreißiger Jahren ein sehr großes Vermögen… Innerhalb von wenigen Stunden hatten sie ein sehr großes Vermögen verloren… Später würde Jacques auch andere Reichtümer innerhalb kurzer Zeit ganz unerwartet verlieren… In dem Moment lächelte er wieder… In seinen ›neuen Tagen‹, in denen er sich nur mit Zuschauen begnügte, dachte er, wie lächerlich in ihrer Selbstsicherheit doch manche Menschen in seiner nahen Umgebung waren, die sich ein ›großes‹ Vermögen erworben hatten. Sie glaubten, ihre Zufluchtsorte könnten niemals zusammenbrechen, seien unerschütterlich… Wenn sie wüßten… In dem Moment hätte er gerne jemandem ›etwas‹ mitgeteilt… ›Gewisse Dinge‹ mitteilen wollen, die er erlebt hatte, etwas ›Einfaches‹, aber Unvergeßliches, das das Leben, ihr Leben betraf… Er gab es auf… Sie würden es sowieso nicht verstehen… Er hatte neben seinem Vater gesessen und nicht ein einziges Wort gesagt… »Auch die Kiefer ist verbrannt, schau… Jetzt werden wir da abends keinen Tisch mehr decken und Raki trinken können«, hatte sein Vater gesagt… Sie hatten einander nicht ins Gesicht schauen können… Sie kannten die Bedeutung dieser Kiefer in ihrem Leben. Sie mußten dort jetzt viele Sommernächte begraben… Hatte er in seinem späteren Leben womöglich wegen jener Sommernächte Melonen so sehr geliebt? Waren die beiden Kiefern im Garten ihres Hauses auf Büyükada wohl deshalb für ihn so wichtig?… Hatte er deshalb sein Leben lang geglaubt, daß Kiefern dem Menschen Ruhe schenkten?… Sie hatten einander nicht ins Gesicht sehen können… Sie schauten einander nicht an, doch höchstwahrscheinlich sahen sie denselben Ort und dieselbe Zeit vor sich. Das Schweigen zwischen ihnen war vielleicht deswegen ein vielstimmiges Schweigen. Sie schwiegen… Dann, nach diesem tiefen Schweigen sagte er mit Entschiedenheit, mit einer Stimme, die etwas schwer zu erkennen war: »Vater, wir geben auch den Laden in Akarçeşme auf. Ein bißchen Geld haben wir außerdem noch… Mach dir keine Sorgen. Wie du sagst, wir kommen wieder auf die Füße, doch das Teppichkapitel ist hiermit abgeschlossen. Ich habe eine neue Idee…« Sein Vater hatte schweigend vor sich hin geschaut und mit einem Zweiglein, das vom Brand verschont war, langsam irgendwelche ›sinnlosen‹ Muster auf die Erde gezeichnet. Er wollte die Ruine gegenüber noch einmal sehen. Noch ein weiteres Mal, stumm… Aber dann… Aber dann hatte er gesagt: »Wie du willst, mein Sohn«… Er hatte versucht, seine innere Niederlage nicht zu zeigen. Doch in dem Moment hatte er nur dies tun können, hatte sich mit diesen paar Worten begnügen müssen. Doch für diejenigen, die diese Beziehungen, diese Leben kannten, hatten die paar Worte, dieser kleine Satz eine sehr tiefe Bedeutung. Es war der Moment gewesen, wo er seinem Vater am nächsten gekommen war, am nächsten hatte kommen können… Einer der Augenblicke, in denen er seinen Vater am meisten geliebt hatte… Diejenigen, die diese Beziehungen, diese Leben kannten, wußten, daß solche Augenblicke innerhalb von langen Jahren nur einige wenige Male vorkamen. Ganz sicher hatte auch sein Vater diese Nähe, diese Wärme gespürt. Wie du willst, mein Sohn… Dieser Satz war wichtig; er bezeichnete die Wende, die nach dem ›Brand‹ vollzogen werden mußte. Diese Nacht war die letzte, in der sein Vater väterlich zu ihm war, ihm gegenüber als ›Familienoberhaupt‹ auftrat. Jetzt war er an der Reihe… Um die Wahrheit zu sagen, war er dafür noch nicht reif. Doch manchmal konnten Schwierigkeiten auch Auswege und Auswege Lösungen bringen. Schwierigkeiten brachten neue Bestrebungen hervor… Und bei welcher von den Beziehungen, die unser Leben bestimmt hatten, hätten wir denn behaupten können, vorbereitet gewesen zu sein?

Welche Bilder verbergen jene Kelims?

Es gab sowohl gefühlsmäßige als auch verstandesmäßige Gründe, den Laden in Akarçeşme aufzugeben. Nach dem ›Brand‹ war die Quelle, die den Laden mit Teppichen versorgt hatte, nun mal versiegt. Die Quelle, die den Laden mit Teppichen versorgt hatte… Da war nicht nur das Atelier gewesen, sondern auch das Leben seines Vaters, seine ›Kunst‹ und seine Begeisterung. Den Laden in dieser Weise allein und ›schutzlos‹ zu sehen, hätte seinen Vater mit der Zeit früh altern lassen, ihn vom Leben entfernt. Jacques mußte einen neuen, ganz anderen Weg für sich finden. Einen neuen, ganz anderen Weg… Für ein anderes Leben und andere Träume… Zudem würde der Laden nie genügend Einnahmen bringen, um so viele Menschen zu ernähren. Abgesehen von alledem änderten sich auch die Zeiten. Jeder hatte inzwischen angefangen, die Gegenwart von anderer Warte aus, mit anderen Augen zu betrachten…

Sie waren nach Asmalımescit in eine ziemlich große Wohnung umgezogen. Sie war viel kleiner als jenes Haus, doch konnte man sie immer noch als groß ansehen, wenn man die Verkleinerung aufgrund des ›Brandes‹ bedachte…

Er eröffnete einen kleinen Kurzwarenladen in Yüksekkaldırım. Es gab in ihrem Leben wieder etwas, das mit Farben zu tun hatte. Etwas, das mit Farben, der möglichen Sprache der Farben zu tun hatte, die von Leben zu Leben verschieden war. Die Farben würden in den Häusern in anderen Mustern und mit anderen Berührungen Leben gewinnen… Mit einer Schachtel, mit der Blume auf einem kleinen Deckchen, mit einem Knopf, der eines Morgens ganz schnell angenäht wurde, konnten ganz besondere Momente verbunden sein. Seine Mutter hatte geglaubt, es bringe Unglück, ihnen einen Knopf anzunähen oder einen Riß zu flikken, wenn sie das Kleidungsstück am Körper trugen, aber wenn sie das trotzdem mal tun mußte, dann nahm sie ein altes Sprüchlein zu Hilfe, um ›den bösen Blick‹ von ihnen abzuwenden. Das Sprüchlein erinnerte an ein kleines Gebet. An ein kleines, etwas ›kindliches‹ Gebet… Er hatte die Worte, die seine Mutter in ihrer Sprache in diesen Momenten murmelte, all die Jahre nie vergessen. Jetzt… Doch jetzt fiel es ihm schwer, sich zu erinnern. Wie ging noch dieses ›kleine Gedicht‹? Wie ging jenes ›kleine Gedicht‹, das ihn in seiner Kindheit jahrelang begleitet hatte?… Wohl so… Ungefähr: »Ensima de ken kuzğo?… Ensima del ijo

del rey de Fransiya... El ke tenga tuz ansiyas.. Tu ke tengas su
bien...« – »An wem nähe ich denn?... Ich nähe am Sohn des
französischen Königs... Deine Nöte sollen seine sein... Seine
Nöte sollen deine sein...« Sieh an, er hatte sich erinnert, er hatte
sich erinnern können... Was war das aber auch für ein seltsames
Verschen... Was hatte der französische Königssohn in ihrem
Haus zu suchen? Woher hatte seine Mutter dieses ›kleine Gedicht‹, aus welchen Leben? War damals in jenen Häusern wohl
bekannt, daß der französische König schon vor vielen Jahren von
der Bühne der Geschichte verbannt worden war?

Als er den kleinen schlichten Kurzwarenladen am Yüksekkal-
dırım eröffnete, erlebte er zugleich auch die ersten Tage seiner
Ehe mit diesem jungen Mädchen, ›der bildhübschen Thrakierin‹,
Tage voller Hoffnungen und Berührungen und Unberührbarem.
Sein Vater mochte diese junge Frau, die eine neue ›Stimme‹ ins
Haus brachte, sehr gerne. In kurzer Zeit hatte er eine Liebe ›aufbauen können‹, die auf einem warmen Gefühl beruhte und die
vor allem von innen heraus und ganz natürlich erwidert wurde.
Sie teilten eine Sehnsucht, die auf ihrer Geschichte basierte, die
in ihnen tiefe, geheime Spuren hinterlassen hatte... Von außen
her konnte man meinen, die Liebe beruhte darauf, daß sein Vater
in Roza die Tochter gefunden hatte, die er seit Jahren suchte,
vermißte. Zweifellos enthielt dieser Gedanke einen Teil der
Wahrheit. Dieses Gefühl äußerte sich in Blicken und Verhaltensweisen und teilte sich der ›Umgebung‹ unübersehbar mit. Sein
Vater gehörte sowieso zu den Menschen, die ihre Gefühle nicht
verstecken konnten, niemals versteckt hatten. Das Leben hatte
ihn trotz allem nicht verändern können... Die Beziehung bekam
einen noch tieferen Sinn, als auch Roza sich erinnerte, daß sie in
jenen ›fernen‹ Jahren ihren Vater ›verloren‹ hatte. Es war, als
suche sie in ihrem Schwiegervater die Spuren eines Vaters. Diese
Wahrheit hätten sie weder vor sich selbst noch vor den anderen je
zugeben können. Es galt, den Zauber des Spiels zu bewahren und
es mit diesen kleinen Träumen bis zuletzt fortzusetzen. Man
mußte die ›Wirklichkeit‹ im Spiel bis zuletzt leben... Dieser

Zauber, die Wahrheit, die sich aus dem Spiel ergab, war viel wichtiger als die eigentliche Realität. Es gab ein ›Detail‹, das dem Spiel ›Farbe‹ verlieh. Ein Detail, das man nur verstehen und schätzen konnte, wenn man sich ihrem Spiel näherte. Sobald sich Rozas Begabung für Handarbeiten, besonders für Stickereien herausstellte, entwickelte sich das Gefühl, das dieses Detail brachte. Es war nicht möglich, daß sein Vater diese Begabung ›übersah‹. Innerhalb kurzer Zeit hatte er gesehen, was er sehen mußte. Eines Tages machte Avram Efendi seiner Schwiegertochter ein Geschenk, das sowohl für ihn selbst als für alle, die ihn kannten, sehr wertvoll war. Es war ein einfacher Teppichwebstuhl, den er sorgfältig mit der Hand gemacht hatte. Ein einfacher, kleiner Teppichwebstuhl... Er wollte seinem ›Töchterchen‹ das Weben von Kelims beibringen... Das war ein wunderbares Geschenk, sowohl für Roza als auch für die ›Familienmitglieder‹... Roza hatte verstanden, welche Bedeutung sie für den Mann hatte, den sie so sehr liebte und wertschätzte; und die Familie sah, daß Avram Efendi trotz des Brandes diesen Teil seines Lebens nicht vollkommen unterdrückt hatte. Nach diesem Geschenk wurde das Vater-Tochter-Verhältnis durch die Kelims bereichert, die sie miteinander webten. Die Kelims, die sie miteinander in ihrer freien Zeit für ihr Haus oder für die späteren Häuser ihrer Lieben webten, waren ebenso ihre Fluchten, ihre Träume, als auch ein bißchen ihre Schicksale... Es gab noch viele Kelims aus jener Zeit... Von einigen Kelims erinnerte Jacques sich nicht, wo, in welcher Ecke des Hauses sie versteckt waren. Nur Juliette, die viele ihn betreffende geheime Gefühle und Details kannte, konnte sie an den Orten, wo sie ›verlorengegangen‹ waren, finden. Er würde sie bitten, eines Tages zu kommen. Sie war sowieso lange nicht dagewesen... Doch er konnte ihr nach allem, was passiert war, was sie hatte erleben müssen, wegen der langen Unterbrechung keine Vorwürfe machen. Er konnte verstehen, dieses Gefühl konnte er mit ihr, mit ihnen teilen. Sie hatten die unterschiedlichen Gesichter des Todes gesehen, hatten sich, um die Wahrheit zu sagen, an den Tod gewöhnt...

Juliette … Seine liebe, gescheite Schwiegertochter Juliette, der er sich zeitweise näher gefühlt hatte als seinen Söhnen … Wie interessant das war … Was hatte das Schicksal den Mitgliedern dieser Familie doch für einen interessanten Weg gezeichnet … Er fühlte für Juliette etwas Ähnliches wie sein Vater für Roza. Auch er hatte in Juliette die so lange gesuchte, immer vermißte Tochter gefunden. Doch wenn man sich die Einzelheiten besah, war Juliette anders als Roza, als die Tochter, die Roza für seinen Vater gewesen war. In der Nähe, die sie ihm in den ersten Jahren gezeigt hatte, war meisterhaft ein Gefühl der ›Rache‹ verborgen gewesen … Juliette hatte mit nahezu allen Einzelheiten alles über die Geschichte von Berti erfahren, aus der Zeit, ehe sie in die Familie eingetreten war. Sie wußte, welch tiefes Unrecht in dieser ›Geschichte‹ dem Mann angetan worden war, den sie liebte, den sie geheiratet hatte und mit dem sie entschlossen war, das Leben zu teilen. Sie wollte ihm zeigen, was für eine Frau sein Sohn geheiratet hatte, was für eine Frau dem zu heiraten gelungen war, dem Jacques so viel Unrecht getan hatte, den er nicht so schätzte, wie er es verdiente … Juliettes Liebe in jenen Jahren zielte vor allem darauf ab, Berti seinem Vater zu ›zeigen‹. Er hatte nicht lange gebraucht, das zu verstehen. Menschen, die eine ähnliche Haltung dem Leben gegenüber einnehmen, fällt es nicht schwer, einander zu verstehen. Juliette hatte gleich damit angefangen, sich als ›Frau mit einer Haltung‹ zu präsentieren, vor allem aber sich bestätigen zu lassen … Doch mit der Zeit verstanden sie sich besser. Es kam die Zeit, in der sie die Menschen in ihrer Umgebung gemeinsam bewerteten und versuchten, sie in ihre Leben einzuordnen. Ja, Juliette war anders. Ihr Spiel war anders. Sehr anders als das unschuldige, reine Spiel, das Roza mit seinem Vater gespielt hatte …

Es sah so aus, als sei es Roza gelungen, eine geheime Kontrolle über ihren Schwiegervater auszuüben, gestützt auf die Kraft des Vertrauens, das er ihr entgegenbrachte. Sie hatte in dieser Beziehung eine Beschützerrolle übernommen in aller Spontaneität, Entschlossenheit und Herzlichkeit. Eine Beschützerrolle … Doch

sie hatte diese Verantwortung, dieses Gefühl der Pflicht nicht nur
für seinen Vater gefühlt, sondern für alle Familienmitglieder. Sie
gehörte zu den Frauen, die ein bißchen überzeugt waren, für eine
solche Verpflichtung geboren worden zu sein...

Sein Vater stand damals jeden Morgen wie in alten Zeiten früh
auf, zog sich schick an und sperrte den Laden, ›ihren Brotgeber‹,
auf. Er fegte den Boden und staubte ab. Das hatte ihn Kervork
Efendi gelehrt... Dann zündete er sich eine Zigarette an, trank
seinen Kaffee und wartete auf seinen Sohn. Danach plauderte er
mit anderen Händlern in der Umgebung, die Frühaufsteher wie
er waren. Sie nannten ihn dort ›Vater Avram‹... Sie wußten auch,
daß er mit Teppichen zu tun gehabt hatte und daß er etwas von
alten Teppichen verstand. Sie fragten ihn manchmal um Rat. Was
kostete ein sechs Quadratmeter großer ›Perserteppich‹? Hatte er
einen Bekannten, der Teppiche reparierte? Wie mußte man Teppiche ›aufbewahren‹? Auf alle diese Fragen antwortete sein Vater
mit einem von innen kommenden Lächeln. Es machte ihm Freude, wenn man ihn zu Rate zog. Doch manchmal wurde er nach
solchen Gesprächen unaussprechlich traurig... Unaussprechlich
traurig... Besonders an Tagen, an denen er intensiv darüber gesprochen hatte, wie man Teppiche ›aufbewahren‹ mußte... Doch
es gab noch eine andere Tatsache, noch etwas Unausgesproche-
nes, das ihn traurig machte... Sie wußten, daß er von Teppichen
etwas verstand, insbesondere von alten, doch niemand dort wußte von seiner ›Kunst‹, hatte von der für ihn auf dieser Erde wichtigsten Seite gehört. Diese Einsamkeit, diese Verlassenheit konnte er ebenfalls nicht mitteilen. Damals brach er, ebenso wie in
›alten‹ Tagen, zu langen Spaziergängen in seinem wohlbekannten Istanbul auf. Er ging dann ins Park Hotel und ins Tokatlıyan
oder an den Bosporus. Manchmal schaute er auch in der Kneipe
von Aşer vorbei. Oder beim Café Sarımadam im Cumhuriyet
Garten in Tepebaşı... Nur Roza wußte genau, wohin er ging...
Er pflegte zu Roza zu sagen: »Wenn ich eines Tages auf der
Straße sterbe, weißt wenigstens du, wo du mich findest.« Damals
überfiel ihn eine seltsame Todesangst. Doch er sollte nach ›jenem

Brand‹ noch viele Jahre lang leben, viele andere ›Brände‹ und Tode auf seine Weise ertragen, würde sie in sich tragen, ohne seiner Umgebung auch nur ein Wort davon mitzuteilen...

In jenen Tagen besprachen Vater Avram und sein Sohn Jacques sehr lange alles, was sie erlebt hatten. Sie waren einander nun nicht mehr fremd. Aber mußte man, um diese Vertrautheit zu erreichen, von jenem Leben derart weit entfernt sein?...

Wem applaudierte Lilika vom Fenster aus?

Sie hatten aus dem Haus in Halıcıoğlu nur Lilika mitgenommen. Nur Lilika... Trotz all ihrer ›Fremdheiten‹ und ›Seltsamkeiten‹ war sie immer zur Familie gezählt worden. Lilika hatte sowohl bei Jacques als auch bei seinem Bruder tiefen Eindruck – wie eine ›ältere Schwester‹ – hinterlassen...

Sie war fast ein Teil ihres Lebens, den man nie hätte abtrennen können. Sie hätten sie nicht dort lassen können, an dem Ort, den sie ›verlassen‹ hatten... Man fand in jedem Haus, in das man umgezogen war, hatte umziehen müssen, ein ›Eckchen‹ für sie... Ein kleines Eckchen... Die Eigenart, die sie in dieser Ecke hielt, die sie zu einem ›Menschen in der Ecke‹ machte, war ihre seltsame Sprechweise. Es war eine Sprechweise, die andere dazu verführte, sie für ein wenig ›verrückt‹, ein wenig ›beschränkt‹ zu halten, wie man leicht über Menschen urteilt, die ›anders‹ sind. Es war nicht abzustreiten, daß fast alle von Lachreiz befallen wurden angesichts ihres seltsames Sprechens, ihrer Unfähigkeit, den ›Verstand‹ so zu gebrauchen, wie es die anderen gewohnt waren. Doch wer diese andersartige Frau, die sich ständig und völlig unerwartet verändern konnte, näher kannte und über dieses Leben, über manche wahrgenommenen Momente aus diesem ›Leben in der Ecke‹ nachdachte, wußte, wie falsch die Fremden mit ihren Bewertungen lagen. In den Augen der ihr Nahestehenden hatte sie einen originellen Verstand, der weit über die gewohnte Normalität hinausging. Zudem war ihre ›Meisterschaft‹

an ein paar Stellen, in ein paar unvergeßlichen Einzelheiten versteckt. Beispielsweise konnte Lilika ein Teigblatt auswalzen, das unfaßlich groß und dünn war und alle verblüffte. Die Tage, an denen sie Teigfladen auszog, galten im Haus als besondere Vorführtage. Sie hatte große Freude daran, für kurze Zeit die ›Hauptrolle‹ zu spielen, wenn sie in solchen Zeiten ihre Arbeit, ihren Erfolg darstellen und sich selbst ihren Zuschauern zeigen konnte. Doch das war nicht das einzige Spiel, in dem sie die Hauptrolle spielte. Ihretwegen brachte das Purimfest* wenigstens für ihn und seinen Bruder eine besondere Aufregung ins Haus. An jenen Tagen machte sie ihre berühmten Plätzchen mit Walnüssen und Rosinen. Wie er sich nach dem ›Dedos de Haman‹ (Hamansfinger) genannten Gebäck sehnte... Der Teig wurde zu Hause geknetet und beim Bäcker gebacken. Er erinnerte sich, daß in die Mischung zerstoßene Walnüsse, Rosinen, viel Zucker und Zimt kamen; die Plätzchen hatten die Form von Röllchen. Diese ›Finger‹ waren durch all die Jahre gewandert; nicht nur durch seine Kinder- und Jugendzeit, auch in der Zeit, als er sich erwachsen glaubte, hatten sie einen Platz in seinem Leben gehabt; später hatte seine Frau gelernt, dieses Gebäck zu bereiten. Wieder einmal hatte sie eine Sorgfalt, einen guten Willen für ihre Lieben gezeigt. Hamansfinger... Wie lächerlich, kindlich und scheinbar unverwüstlich sind doch manche Empfindungen... Man mußte die Finger bis zum letzten Brösel ordentlich zerkauen, um an dem grausamen Vezir Haman, der aus dem Dunkel der Geschichte kam, ordentlich Rache zu nehmen. Wie viele Finger, wie unzählig viele Finger hatte doch dieser Mann! Wenn man Lilika fragte, was sie über den ›grausamen Vezir‹ dachte, dessen Finger sie jedes Jahr sorgfältig unverdrossen herstellte, dann sagte sie: »Er hat viele, viele Finger! Er ist sehr böse!« Und manchmal verwendete sie dabei auch fälschlich den Ausdruck ›kadimsiz‹, ohne Anfang. Er sollte erst nach Jahren, als es Zeit war, als er das Wort brauchte, erfahren, was das Wort bedeutete und daß eigentlich ›kademsiz‹, glücklos, Unglücksbote, gemeint war. Doch dafür mußte er erst wirklichere und verletzendere ›Bosheiten‹ erleben ... Die schlimmen Dinge jener Tage waren die schlimmen Dinge eines unvergeßlichen Phantasiespiels, eines kleinen Phantasiespiels. Damals war es für ihn ausreichend zu wissen, daß man das Wort ›kadimsiz‹ für einen bösen Menschen verwendete.

Vielleicht hatte Madame Roza die ›Hamansfinger‹ am Leben erhalten, um das Andenken an jene kleinen Bosheiten nicht verlorengehen zu lassen. Und Juliette? Wollte auch sie an dem Spiel teilnehmen? Das mußte er sie fragen. Nicht vergessen ... In letzter Zeit hatte er angefangen, so viele Details zu vergessen ... Nicht nur ein paar ›alte Dinge‹, auch die Namen einzelner Orte begannen sich von ihm zu entfernen. Doch noch hatte er seine Bilder, die ›namenlosen‹ Bilder, die ihn ans Leben banden, und die Verbindung zu den früher gelebten Tagen ... Es war, als seien jetzt die meisten dieser Bilder, die ihren Sinn durch kleine Erzählungen und Erinnerungen bekamen, deren Preis bezahlt worden war, in ihm an einem Ort eingesperrt, wo er niemanden hinführen konnte ...

Zu den unvergessenen Szenen gehörten auch die Momente, als Lilika ihn ›als kleines Kind‹ gewaschen hatte ... Wie hätte er das vergessen können? ... In diesen Augenblicken hatte er seine ersten sexuellen Erfahrungen, seine ›erste Frau‹ erlebt ... Der Freitagmorgen war Badetag. Zuerst wurde sein älterer Bruder gewaschen, dann er. Das Wasser aus der Zisterne wurde in einem großen Kupferkessel auf einem Holzfeuer tüchtig erhitzt. Das Wasser ins Zimmer zu tragen, war die Aufgabe des ›Hinkenden Cako‹. Er hatte trotz seiner geringen Größe unerwartet starke Arme. Es waren so starke Arme, daß man zu sagen versucht war, die Kraft dieses Mannes hatte sich in seinen Armen gesammelt. Cako war den ganzen Tag betrunken. Obwohl er oft hustete und sein Atem röchelnd ging, hatte er stets eine Zigarette zwischen den Lippen. Er machte den Eindruck, als könnte er jederzeit stolpern oder stürzen. Doch wenn es darum ging, diese großen Kessel zu tragen, konnte sich niemand mit ihm messen. Sie wurden in großen Bottichen gewaschen. Wenn er Unsinn trieb, jagte

Lilika ihm Angst ein mit Worten wie: »Ich verbrühe dich mit heißem Wasser beim Waschen.« Und es gelang ihr immer wieder, das sehr glaubhaft vorzubringen. Denn kein Mensch konnte vorher ahnen, was sie wann tun würde. Sie hatte eine psychische Struktur, die für unerwartete ›Verrücktheiten‹ offen war, die man für gefährlich halten konnte. Niemand wußte, wann sie ›ausrastete‹. Es kam beispielsweise vor, daß sie den Kindern des Viertels, die sie oft ärgerten, auflauerte, ihnen Fallen stellte. Es waren geplante, fein konstruierte Fallen. Meistens waren sie von der Art wie jemanden ›in die Grube fallen zu lassen‹. Zu den Maßnahmen, die Aufsehen erregten, gehörte es, eine in Papier eingewickelte Ratte inmitten eines Spiels auf der Straße zu plazieren. Eine ganz gewöhnliche ›Strafe‹ war jedoch, einen Stein zu werfen, der richtig weh tat. Für diese ›Maßnahme‹ saß sie in ihrem ›Hinterhalt‹ und benutzte eine Steinschleuder, von der niemand wußte, woher sie sie hatte und wo sie sie versteckt hielt. Sie traf sehr gut, verfehlte nie ihr Ziel. Einmal sah sie, wie der Hund der Nachbarn ihre im Garten aufgehängten blütenweißen Bettlaken beschmutzte, und da bestrafte sie den ›Schuldigen‹ mit der glühenden Kohlenzange. Es war nicht einfach, sie in solchen Situationen zu stoppen. In diesen Momenten sahen die anderen nicht, was sie sah, und was sie sagte, verstand niemand. Das waren ihre Zeiten des ›Verrücktseins‹, die selten vorkamen… Außerhalb dieser Zeiten war sie jenes nette, junge Mädchen, das irgendwie nicht erwachsen wurde und sich bei seiner Umwelt beliebt machen konnte; das durch seine seltsame Sprechweise bei allen ein leises, verständnisvolles Lächeln hervorlockte. Wenn sie zum Einkaufen ging, hatte sie sich angewöhnt, auf der Straße ab und zu mit sich selbst zu sprechen und zu lachen. Alle diese Eigenarten hatten sie zu einer Frau gemacht, die einerseits gehänselt, andererseits ein wenig gefürchtet wurde. Die Drohung »Ich werde dich mit kochendem Wasser verbrühen« war deshalb stets ernst zu nehmen. Doch in jenen Badestunden verwandelte sie sich in eine sowohl etwas verführerische als auch etwas mütterliche Frau. Sie mischte das Wasser in der richtigen Temperatur und achtete sehr auf die Sauberkeit der Handtücher. Man konnte ihr dann das schönste Kompliment machen, indem man sagte: »Die Handtücher riechen aber wunderbar, Lilika.« Daraufhin lächelte sie wie ein Mädchen und antwortete mit der ihr eigenen Weiblichkeit: »De novyo paşa… De novyo ke te laves i yo ke lo veya inşalla« »Auch wenn du Bräutigam bist, mein Junge.. Auch als Bräutigam wirst du dich so waschen, und ich werde es hoffentlich erleben.« Dieses Gespräch mußte bei jedem Bad stattfinden, diesen Wunsch mußte sie bei jedem Bad aussprechen. Sonst hätte Lilika das Gefühl gehabt, die Sauberkeit wäre unvollständig geblieben, es hätte ihr etwas gefehlt. In diesen Wünschen lag das Bemühen, still die Zukunft vorzubereiten und für sich selbst in den Tagen des Lebens einen Platz zu suchen. Schließlich würden sich in Zukunft alle ändern, jeder war gezwungen, neue Kleider anzuprobieren, um seine neue Farbe zu entdecken. Jahre später, als er in einem ganz anderen Haus sich als ›Bräutigam‹ badend auf die Hochzeit vorbereitete, würde er sich an die Momente und Wünsche der früheren Zeit nicht mehr erinnern. Das Erlebte und jene Zeiten lagen irgendwo begraben…

Lilika hatte ihn auf diese Art gebadet, bis er elf oder zwölf Jahre alt war. Ihren Bruder wusch sie schon nicht mehr, weil er Bar Mitzwa* geworden war. Damit war eine Zeit gekommen, in der nur sie beide zusammen waren. Damals, in jenen Tagen erlebte er seine ›erste Frau‹ und als großes Geheimnis das Erwachen der Sexualität… Bei diesen Gelegenheiten erzählte Lilika ihm Geschichten, in denen es um das Leben von Mann und Frau ging, die er nicht verstand und die – warum es verheimlichen – ihm Angst und Sorge bereiteten. Sie sagte zu ihm: »Eines Tages wird dein Pipi groß werden, so groß wie eine Aubergine, dann steckst du ihn der Frau, mit der du verheiratet bist, in ihre Pipi… Doch das wird dir dein Vater, wenn es Zeit dafür ist, noch besser erklären. Werde erst einmal Bar Mitzwa…« Während sie das sagte, streichelte sie ihm sein Geschlechtsteil. Das bereitete ihm eine unbeschreibliche, namenlose Freude. Sein ›Pipi‹ wurde größer, dicker, doch nicht ›wie eine Aubergine‹. Es brauchte also wirklich noch etwas Zeit. Eines Tages fragte er: »Wie sieht die Pipi von einer Frau aus?« Lilika zeigt daraufhin ihre ›Pipi‹. Die war ja wirklich ganz anders als bei den Männern. Außerdem gab es da pechschwarze Haare. Zwischendurch zeigte Lilika auch ihren Po, ihre Brüste. Sowohl ihr Po als auch ihre Brüste waren ausladend. Er wollte die verborgenen Stellen dieses unbekannten Körpers berühren. Doch durfte er nur ihre Brüste anfassen. Diese Bilder konnte er nie vergessen, sie waren zeitlebens in sein Gedächtnis eingegraben ...

Einige Jahre später wurde auch seine Bar Mitzwa gefeiert. Das ›Fest‹ dauerte wie bei seinem Bruder drei Tage und drei Nächte. Von nah und fern kamen viele Verwandte, Freunde, Nachbarn zu Besuch. Sein Vater hatte zu dem ›Fest‹ eine türkische Musikergruppe engagiert. Er war nun also ein Mann und gehörte zur ›Gesellschaft‹. Doch sein Vater erzählte ihm weder an jenen Tagen noch später von ›jener Sache‹, von der Lilika ihm beim Baden gesprochen hatte. Dabei erwartete er mit großer Aufregung diesen Moment. Dieses ›Amt‹ übernahm ein paar Monate später sein älterer Bruder während eines alltäglichen Gesprächs. Doch dieser erzählte außer dem, was er selbst schon wußte, nicht viel. Lilika hatte ihm also ›alles‹ gesagt ... Daraufhin hatte er lieber geschwiegen, nicht preisgegeben, was er wußte und erlebt hatte, und sich verpflichtet gefühlt, es als ›Geheimnis‹ zu bewahren. Über diese ›Treue‹ fühlte er eine kleine Freude, vielmehr einen Stolz. Er wollte das, was er von seinem Bruder gehört hatte, Lilika erzählen. Doch seit den Tagen, als er Bar Mitzwa geworden war, hatte sie sich sehr von ihm entfernt ... Durch ihr Abstandhalten erteilte sie ihm die letzte Lektion im ›Geschlechtlichen‹ ... Er sollte jetzt auf eine andere Frau zugehen. Wohl oder übel mußte er den neuen Zustand, das neue Gefühl in ihrer Beziehung akzeptieren ...

Er konnte sich noch an sie und ihr Gesicht in der Brandnacht erinnern. Als die Flammen das gesamte Haus, alle Zimmer und alle Winkel, in denen sie gelebt und wo alles voller Erinnerungen war, ergriffen hatten, lief sie verzweifelt herum, mal hierhin, mal dorthin, murmelte unverständliche Worte und Gebete, doch als sie die Sinnlosigkeit einsah, setzte sie sich gefährlich nahe am Feuer auf einen Stein und weinte bitterlich. Dieses Haus da war jahrelang ihre einzige Zuflucht gewesen... Sie verlor mit diesem ›Brand‹ unnennbar viele ›Dinge‹... Er hatte in seiner Kindheit seinen Vater mehrfach gefragt, wie, wann, aus welchem Anlaß, von wem oder mit wem dieses ›sonderbare Mädchen‹ in ihr Haus gekommen war... Das war freilich eine wichtige Frage. Eine Frage, die dazu geführt hätte, daß alle im Haus sie auf einem realeren, richtigeren Platz hätten einordnen können. Doch er mußte sich als Antwort mit Erklärungen begnügen wie: »Sie ist eine entfernte Verwandte... Das Kind einer sehr armen Familie. Eine Waise...« Dabei hatte er immer gefühlt, daß ihm und ›allen‹ eine andere, viel bedeutsamere Wahrheit vorenthalten wurde. Lilika schien für seinen Vater viel mehr zu sein als das ›Kind‹ irgendeines Verwandten, das eines Tages ins Haus gekommen oder gebracht worden war. Er hatte das starke Gefühl, daß es eine unaussprechliche Wahrheit gab, die eine derartigen Überzeugung gerechtfertigt hätte... Es war ein tiefes, nicht zu formulierendes Gefühl, das Lilikas ›Unverzichtbarkeit‹ in jenem Haus erklärt hätte... Das war dann aber auch der äußerste Punkt, den er auf dem Weg zu dieser Wahrheit erreichen konnte... Schließlich war Lilika eine aus der Familie. Eine aus der Familie...

Man verdächtigte sie zwischenzeitlich, mit dem ›Hinkenden Cako‹ ein kleines Techtelmechtel gehabt zu haben. Zwar erschien sie manchen ›zurückgeblieben‹, anderen ›ein bißchen verrückt‹, doch wenn man sie so ansah, war sie mit ihren großen Brüsten und runden Hüften, den langen hellbraunen Haaren, den bernsteinfarbenen Augen und der weißen Haut eine ziemlich anziehende Frau... Doch ehrlicherweise muß man sagen, daß weder damals noch später die ›Spur‹ eines Beweises für den Verdacht gefunden wurde. Niemand kannte ihr Alter, niemand erfuhr es, man konnte nur Vermutungen anstellen. Sein Vater gab dazu keine Erklärung ab, vielmehr machte er widersprüchliche

Angaben. Ja, sie waren lediglich auf Vermutungen angewiesen…
Lilika war ein Teil des Hauses sowohl mit ihrer ›Andersartigkeit‹
als auch mit ihren ›Geheimnissen‹…

Als nach dem Brand beschlossen wurde, nach Asmalımescit zu
ziehen, hatte sein Vater gesagt: »Nehmen wir auch Lilika mit. Sie
weiß nicht, was sie machen soll, wohin sie gehen soll.« Das war
eine Bitte. Eine Bitte, die ein wenig unsicher vorgebracht wurde
im Gedenken an die alten Zeiten, an das Erlebte… Es war die
Bitte eines Mannes, der völlig unerwartet seine Rolle als ›Familienoberhaupt‹ hatte abtreten müssen… Jacques hatte die Verletztheit gespürt… Dabei gab es keinen Grund zur Aufregung.
Etwas anderes hatte man sowieso nicht in Erwägung gezogen.
Nach so langer Zeit wußte auch er, daß Lilika nicht in der Lage
war, ›allein‹ zu leben, woanders, abgeschnitten von der ›Familie‹,
daß sie nicht bei jemand anderem hätte Unterschlupf finden können, mehr noch, daß sie von einem ›Fremden‹ nicht so akzeptiert
worden wäre, wie sie es verdiente. Abgesehen von all diesen
Tatsachen, hatte sie sich in seinem Herzen einen ganz besonderen Platz erworben… Einen besonderen, ganz besonderen
Platz… Das wußte aber sein Vater nicht… Das war ihrer beider
Geheimnis…

Vielleicht hatte Lilika in jedem Menschen dieses Hauses eine
eigene Geschichte…

Es fiel ihr sehr schwer, sich an den neuen Ort zu gewöhnen. Das
Haus hatte keinen Garten, keine Zisterne, es roch nicht nach
Meer, es gab keine großen, dunklen Zimmer… Diese Mängel
empfanden alle in dem neuen Haus, um genau zu sein. Doch
hatte sie nicht wie die anderen ihre Ecken, wo sie sich verkriechen, verstecken konnte. Sie hatte nur eine einzige Ecke. Eine
Ecke, in der sie lebte, in der sie nicht vermeiden konnte, vor aller
Augen zu leben… Doch sie würde sich auch wieder eingewöhnen… Auch sie würde sich eingewöhnen… Auch sie würde in
ihrer eigenen Ecke, auf ihren persönlichen Wegen in ihrem
neuen Heim ihre neuen Stellen finden… In der Art, wie sie
ihr neues Leben zur Sprache brachte, drückte sich versteckt

ein kleiner Protest aus, obwohl es so schien, als wäre sie mit ihrem Schicksal einverstanden, hätte sich der neuen Situation gebeugt... Damals entwickelte sie eine neue Angewohnheit. Wenn sie mit ihrer Arbeit fertig war, schaute sie vom Fenster des Salons auf die Straße, auf den schmalen Platz gegenüber, murmelte etwas, das keiner verstand, und klatschte so lange, bis sie müde wurde, jemandem Beifall, jemandem, der in ihr war oder den keiner sehen konnte... Sie fanden natürlich nicht heraus, wem sie für seinen ›Erfolg‹ applaudierte. Anfangs hatten sie ein Unbehagen gefühlt bei diesem Anblick, ein Unbehagen, das man nicht erklären wollte, das man einander ein weiteres Mal lediglich zu spüren gab. Seine Mutter hatte sie in den Momenten ein paarmal hart zurechtgewiesen mit Worten wie: »Ayde! Ya basta loka!« – «Los jetzt! Schluß, Närrin!« oder »Estate keda, bova arastada!« – »Gib Ruhe, Dummkopf!« Doch sie fand kein Gehör... Trotz dieser harten Ermahnungen und offensichtlichen beleidigenden Äußerungen blieb seine Mutter auch in jener Zeit für sie immer die geliebte, vertrauenswürdige Frau, zu der sie sich jederzeit flüchten konnte. Denn manchmal begann sie nach ihren langen Beifallskundgebungen lauthals zu weinen. Dann nahm seine Mutter sie in den Arm, streichelte ihr den Rücken und beruhigte sie: »Ya eskapo hanumika, ya eskapo... Ayde, va lavate la kara i ve a komer kon mozotros...« – »Es ist vorbei, mein liebes Mädchen, es ist vorbei... Los, wasch dir das Gesicht und komm mit uns zum Essen.« Wenn sie hörte, daß sie mit den anderen zusammen essen durfte, beruhigte sie sich und freute sich wie ein Kind, dessen Schuld verziehen worden war. In solchen Zeiten war es nur seiner Mutter gelungen, sie zu beruhigen... Mit der Zeit gewöhnte man sich auch an diese Momente und das, was man in jenen Momenten erlebte...

Lilika lebte sehr lange... So lange, daß sie gezwungen war, in jenem Haus viele Todesfälle mitzuerleben, zu sehen... So lange, daß sie viele Tode mit ihrem Schweigen und den im Inneren verborgenen Stürmen ertrug; und über all die Jahre klatschte sie mit ihrem ganzen Wesen Beifall... Zweifellos waren von diesen

Todesfällen die erschütterndsten, die bei allen die tiefsten Wunden aufrissen, die von Nesim, Rahel und ihren Töchtern... Auch sie gehörte zu denen, die diese Tode ›fühlend‹ erlebten und sie irgendwo in ihr Leben einzuordnen versuchten... Es gab Einzelheiten, die schwer zu erklären waren, die sonst nirgends als dort, zu dieser Zeit vorkamen... Es handelte sich um ein Lied, das sie in jenen Tagen vor jenem Fenster, in ihrer Ecke sitzend sang oder, besser gesagt, murmelte... Es war eins der Lieder, die sie ihm und seinem Bruder in ihrer Kinderzeit beim Baden vorgesungen hatte. Nur sie beide wußten, wann sie dieses Lied gesungen hatte... Nur sie beide... Auch Nesim hätte es gewußt, wenn er am Leben gewesen wäre... Nur er verstand die wirkliche Bedeutung des Liedes in jener Zeit... Nur durch dieses Lied hatten sie miteinander über diesen Tod sprechen können... In dem Lied war die Rede von einem Meer aus Milch, nur aus Milch...

Die ›Bekenntnisse‹ von Konsul Fahri Bey

Alle, die in dem Haus in Asmalımescit die Folgen des ›Verlusts‹ von Nesim, Rahel und ihrer Töchter erlebten, zogen Kraft aus Träumen und Erinnerungen. Diese Todesfälle waren ganz anders als die späteren. Es gab an verschiedenen Stellen Zeugen und Fotografien von diesen Toden. Den Grund dafür, daß diese Tode sie jahrelang beschäftigt hatten, muß man vielleicht in den Farben und Stimmen dieser Fotografien suchen... Beispielsweise hatte Jacques nie vergessen können, was er in jenem Haus in Salacak erlebt hatte... Wie hatte er jenes Haus gefunden? Warum hatte er unbedingt zu jenem Haus gehen wollen, wohl wissend, daß er die Wunde nach Jahren wieder aufreißen würde? Es war natürlich nicht einfach, den Wunsch zu erklären, mit jemandem aufs neue die Erinnerung an die fernen, sehr fernen Tage zu teilen. Doch der Mensch wollte über diejenigen, die er liebte, nach denen er Sehnsucht hatte und die er nicht verstehen konnte, mehr erfahren, alles, was es zu erfahren gab... Immer mehr, und alles, was es zu erfahren gab… Selbst wenn das, was man erfuhr, nur neue Schmerzen und Verzweiflungen brachte, bringen würde…

Isidor hatte etwas zurückhaltend von dem alten, pensionierten Konsul in Salacak gesprochen… Isidor war einer von seinen ›zuverlässigen‹ Freunden, den er nicht sehr häufig traf, den er aber bisweilen besuchen ging, wenn er eine ›kleine Abwechslung‹ brauchte. Er hatte anscheinend überall einen Bekannten, einen Informanten. Sein offizieller Beruf war Papierhändler, doch in Wirklichkeit war seine Aufgabe die eines ›Problemlösers‹. Es gab keinen Besseren, wenn es darum ging, in kurzer Zeit Probleme mit der Polizei, der Stadtverwaltung, mit Telefon, Elektrizität und Wasserversorgung zu lösen. Auch Jacques kannte die ›Geschichte‹, oder, besser gesagt, ›er kannte auch jene Geschichte‹… Es war trotzdem nützlich hinzugehen, zu ›reden‹ und die ›Wahrheit‹, wenn es eine gab, von einem anderen Gesichtspunkt zu sehen… Er wollte sich in dem Augenblick noch einmal selbst beweisen, wie sehr er an seine Lieben gebunden war. Zu wandern, bis zu jenem Haus zu wandern, bedeutete ein wenig auch, bis zu jenen Erinnerungen zu wandern, zu jenem inwendigen Menschen, zu jenem ›Helden‹ in ihm, wenn man so sagen konnte. Was er im Haus des Konsuls Fahri Bey gehört hatte, sollte er nie wieder vergessen. Die Worte würden seine Schreckgespenster neu erschaffen…

»Damals habe ich viele Menschen gerettet, zu retten versucht… Das waren sehr schlimme Tage. Wir haben versucht, mit unserer Hilflosigkeit, mit den Toden zu leben… Ich habe Ihren älteren Bruder gekannt. Auf einem Ausflug nach Biarritz zusammen mit meiner Frau habe ich ihn kennengelernt. Er hatte einen Laden mit dem Namen ›Les bas Nisso‹. Wir hörten durch Zufall davon, als wir woanders einkauften. Sie nannten ihn dort ›Le petit Turc‹. Das interessierte uns. Wir gingen zu seinem Geschäft und lernten ihn kennen. Er begegnete uns äußerst höflich und freundlich. Später kam er ein paarmal nach Paris, wenn es seine Arbeit erforderte. Wir trafen uns dann und sprachen lange miteinander. Die Entwicklung beunruhigte uns alle sehr. Damals spürten alle, die ein wenig vorausschauend waren, daß Krieg heraufzog. Wir wußten, daß dieser Krieg blutiger als der erste werden und zu größeren Katastrophen führen würde. Doch wir standen vor etwas, das größer war als wir. Ich erinnere mich, daß ich in jenen Tagen erstmals ernsthaft über ein Schicksal nachdachte. Bis dahin hatte ich immer geglaubt, der Mensch könne sein Schicksal selbst bestimmen. Das war mir geglückt, wahrscheinlich war mir das gelungen. Doch als ich unsere Hilflosigkeit sah... Damals hatten viele Menschen dieses Gefühl.

Auch Ihr Bruder glaubte immer an eine andere Welt und wollte sie in sich am Leben halten, eine andere Welt als die, in der er damals wirklich lebte... Später... Später kam diese Katastrophe... Bis Ende 1943 waren wir in der Lage, ihn zu retten. Bis zu dem Zeitpunkt hätten sie auf jeden Fall in die Türkei zurückkehren oder in eine sicherere Zone überwechseln können... Ich habe das Ihrem Bruder gesagt. Er vertraute auf seine deutschen Freunde, um sich zu retten. Bei den Deutschen dort in Biarritz war er sehr beliebt. Die deutsche Sprache und die deutsche Kultur waren für ihn ein scheinbar unverzichtbarer Bestandteil seines Lebens. Niemand von uns wußte damals wirklich, was in jenen ›Todeszonen‹ passierte. Nicht daß wir nicht schlechte Nachrichten gehört hätten. Doch ehrlich gesagt haben wir uns nicht vorstellen können, welches Ausmaß die Katastrophe erreichen würde. Vielleicht, wer weiß, haben wir es auch vorgezogen, es nicht zu glauben... Jene Tage vergesse ich nie... Es war außerdem seltsam, sehr seltsam... Ihr Bruder hat trotz all seiner Lebenserfahrung bis zuletzt daran geglaubt, daß er sich, wenn ein Problem auftauchen sollte, irgendwo verstecken könnte. Doch als es soweit war, reichten ihm die deutschen Freunde, denen er so vertraut hatte, keine helfende Hand. Alle hatten Angst, jeder versuchte, die eigene Haut zu retten... Alle hatten das Vertrauen zu sich selbst verloren... Wir hatten eine Zeit erreicht, in der es einen noch größeren Mut erforderte, einem anderen zu vertrauen... Wie ich sagte, waren wir damals hilflos, und zwar sehr...

Das Schlimme war, daß sie genau zehn Tage nach dem 31. Dezember 1943* abtransportiert wurden. Zehn Tage, nur zehn Tage später, können Sie sich das vorstellen?... Das ist ja nun viele Jahre her... Wie alle meine Altersgenossen fange auch ich an, manche Ereignisse, manche Einzelheiten zu verwechseln. Vielleicht narrt mich mein Gedächtnis. Aber wenn mir die Verspätung von zehn Tagen einfällt, möchte ich eher glauben, daß ihn meine Botschaften, meine Warnungen nicht erreicht haben. Ich weiß nicht warum, wirklich nicht. Versuche ich, mein Gewissen zu erleichtern?... Versuche ich meine Schuld, daß ich nicht mehr für ihn getan habe, zu verschleiern?... Wer weiß... Wie sonst könnte ich meine Hilflosigkeit entschuldigen, mich dafür rechtfertigen?...

Ja, es ist möglich, daß meine Botschaften Ihren Bruder nicht erreicht haben. Es herrschte ja Krieg. Man mußte wohl oder übel lernen, über das, was man damals erlebt hatte, nicht nachzugrübeln. Man hätte sich nämlich nie erklären können, wie ein Mensch dem Geschehen gegenüber nur einfach Zuschauer bleiben konnte. Doch glauben Sie mir, ich habe mein möglichstes getan, um die Ereignisse in eine andere Richtung zu lenken...

Als ich hörte, daß eine neue Gruppe ins Gefängnis von Drancy eingeliefert worden war, wurde ich sofort aktiv. Es schien, als könnte ich noch ein paar Menschen retten... Ich gab ihre Namen an... Der Name Ihres Bruders war dabei... Damals sah ich, daß das Leben manchmal an einen einzigen Namen gebunden sein konnte. An jenem Tag erlebte ich sowohl meine Machtlosigkeit als auch das andere Gesicht der Menschen. Die Deutschen hatten begonnen, die Namen von der Liste, die ich ihnen gegeben hatte, auszurufen, indem sie vor die Menge der Todeskandidaten traten. Es waren die ›letzten Türken‹, die ich erreichen konnte... Jeder Name bedeutete ein Leben. Man mußte diese Szene sehen, erleben. Albert, Izak, Susanne... Dann sagten sie den Namen von Nesim... In dem Augenblick glaubte ich stark daran, daß es mir gelingen würde. Doch in dem Moment, genau in diesem Moment, passierte etwas, das mir ›diesen Schritt‹ unvergeßlich macht: Ein unbekannter Mann trat vor und sagte: ›Ich bin Nesim

Ventura.‹ Sie hatten alle Ausweise eingesammelt, man konnte nichts machen … Deshalb war es unmöglich nachzuweisen, daß dieser Mann log … Zudem beruhten die Beziehungen auf einem höchst fragilen Gleichgewicht. Wenn ich jetzt ein Problem aufgeworfen hätte, wäre das Leben aller anderen in Gefahr gewesen. Die Deutschen ›schenkten‹ uns diese Leben, weil das gewisse diplomatische Grenzen nicht überschritt, doch wir befanden uns im Krieg. Die Verantwortlichen konnten jede kleinste Abweichung zum Vorwand nehmen, um noch mehr Menschen in den Tod zu schicken. Außerdem befand sich mir gegenüber ein Mensch, der entschlossen war, die Identität eines anderen anzunehmen und der mit aller Kraft um sein Leben kämpfte … Ein Mensch, verstehen Sie? … Wie konnte ich ihn, der bis dahin gekommen war, in den Tod schicken? In dem Moment war für mich das wichtigste, ein paar Leben zu retten. Wir mußten, ohne viel nachzudenken, die bestmögliche Lösung finden. Die Zeit floß damals mit einer ganz anderen Geschwindigkeit … Sie hätten die Lebensgier in seinen Augen sehen sollen … Wir organisierten ihre Rückfahrt in die Türkei. Was dann kam, hat uns natürlich nicht interessiert, durfte uns nicht interessieren … Ich habe Nesim weder an diesem Tag noch später wiedergesehen. Sie blieben sowieso nicht lange in Drancy. Nach ein paar Tagen erfuhren wir, daß sie ›alle zusammen an einen anderen Ort‹ geschickt worden waren. Sie sagten Auschwitz … Doch genaugenommen haben wir die Wahrheit nicht in Erfahrung bringen können …«, sagte Fahri Bey …

Dieses Gespräch hielt Jacques über Jahre hin in sich lebendig, wobei es seine Essenz und seinen Schmerz stets bewahrte. War es eine zum Teil ›erfundene Geschichte‹, in der Konsul Fahri Bey sich selbst und gewisse Tatsachen, an die er sich jetzt nicht mehr erinnern wollte, hinter manchen Bildern versteckte? Oder war es ein ›Märchen aus alter Zeit‹, das er erlebt hatte und an dem er sich aufrichtig zu beteiligen bemüht hatte? Basierte das Leben wirklich auf so ›einfachen‹, trivialen Verknüpfungen? Eine ›Verspätung‹ von zehn Tagen, ein Fremder, der auf seine Weise einen

Schritt in eine neue Zukunft tat, um das Leben mit der Identität eines anderen fortzusetzen... Nach diesem Besuch konnte Jacques manche Teile der ›Geschichte‹ besser zusammenfügen. Der Nesim, von dem Enrico Weizman erzählt hatte, war dort in Auschwitz ein vom Leben zutiefst enttäuschter Mann gewesen, der weder die zehntägige Verspätung akzeptieren konnte, noch daß ihn jene Gefühlswelt allein ließ, in der er sein Leben lang gelebt hatte. »Wenn er außerdem gewußt hätte, daß er dort bleiben mußte, weil dieser Mann, dieser unbekannte Mann an seine Stelle getreten war... Wenn er gewußt hätte, daß er aus einem so blödsinnigen Grund sterben sollte...«, dachte er in dem Moment wörtlich. Doch über die Tatsache, daß Nesim diesen Aspekt der Realität nicht gekannt hatte, konnte er sich ein wenig freuen. Manchmal konnte man sich auch dafür entscheiden, manche Tatsachen nicht zu wissen. Es gab sowieso genügend Gründe, wegen des mehrfach erlebten Verrats still mit dem Schicksal zu hadern...

Wohin war jener unbekannte Mann mit seiner neuen Identität gegangen? dachte er plötzlich. »Wer weiß, vielleicht sind wir uns in diesem langen Leben, in diesem seltsamen Leben irgendwo begegnet.« Er lächelte. Um seine Stimme wieder einmal zu hören, strengte er sich ein wenig an, laut zu lachen. Zwar glaubte er an Zufälle, doch das ging wahrscheinlich zu weit. Außerdem war jener Mann, der Nesims Platz eingenommen hatte, nicht so wichtig, wenn er an die anderen Tatsachen seines Lebens dachte. Beispielsweise tauchte eine andere Gegebenheit aus den Erzählungen von Enrico Weizman auf. In seinen letzten Tagen in Auschwitz hatte Nesim zu seinem ›letzten Weggefährten‹ gesagt: »Wenn du es schaffst, hier rauszukommen, dann sag meinem Bruder in Istanbul, daß ich mich sehr danach gesehnt habe, wie wir in unserer Kindheit den Spielkameraden aus dem Viertel in Halıcıoğlu Filme vorgeführt haben... Gestern nacht habe ich davon geträumt. Ich wollte mich an jene Filme erinnern, sie fielen mir aber nicht mehr ein. Ich erinnerte mich nur noch, daß wir das Haus in ein kleines Kino verwandelt haben... Wie fern liegt das jetzt alles…« Fern, wirklich fern, manche Augenblicke, manche Gefühle lagen wie in einer anderen Welt… Fern… Die Leben in jenem ›Kino‹ hatten sich langsam erschöpft…Was zurückblieb… Zurückgeblieben waren diese unzusammenhängenden Erinnerungsfragmente…

Briefe aus Spanien

Nicht nur die alten Zeiten der Kindheit, sogar die Tage, die auf Nesims Tod gefolgt waren, lagen inzwischen an einem unerreichbaren Ort. Das waren Tage gewesen, in denen die Trennung, eine tiefe Trennung, die durch die Spiele, ihre Spiele noch einmal eine Bedeutung bekam, in ihre Häuser gekommen war, an die Tür ihrer Häuser geklopft hatte… Er hatte jenen Tod vor seinen Eltern geheimgehalten, indem er sich in eine neue Erzählung geflüchtet hatte. Dieser Erzählung zufolge war Nesim zusammen mit seiner Familie nach Spanien gezogen. Dort habe er eine Menge Probleme mit der Aufenthaltserlaubnis bekommen. Doch mit der Zeit würden sich auch diese Probleme lösen. Man müsse nur geduldig sein, weiterhin geduldig sein. Geduldig sein und abwarten, aufs neue zu warten wissen… Das Leben war nicht so einfach wie ›früher‹. Man mußte sich sehr anstrengen, die Wunden zu verbinden, die den Menschen ›im Krieg‹ zugefügt worden waren. Der ›Krieg‹ war, um ehrlich zu sein, ›noch nicht‹ vorbei. Eine Zeitlang mußte er Briefe schreiben. Und sie mußten sich mit diesen Briefen begnügen. Das Schicksal verlangte von ihnen auch das noch… Von da ab kam manchmal ein Brief von Nesim aus Spanien. Natürlich hatte er diese Briefe selbst geschrieben. Er selbst schrieb sie, und er selbst las sie vor… Über das Geschriebene diskutierte sein Vater dann mit ihm. Sein Vater gab Nesim eine Menge Ratschläge. Sowohl in den Briefen an Nesim als auch in den Briefen, die von Nesim kamen, wurden diese ›Ratschläge‹ stets beachtet, damit die Lüge ihr Ziel erreichte. Man mußte das Spiel so weit wie nur möglich treiben… Was

hatte er sich nicht alles ausgedacht in jenen Briefen... Paulette
hatte geheiratet, sie war glücklich, ihr neugeborener Sohn war
trotz aller Hindernisse beschnitten worden... Rahel gab Franzö-
sischstunden und Nesim Deutschunterricht. Sie rappelten sich
auf und würden sich noch weiter aufrappeln... Die Istanbulaner
sollten wissen, sie blickten mit Hoffnung in die Zukunft; das
mußte in diesen schweren Tagen jedem reichen...

Reichten diese Erklärungen den ›Istanbulanern‹ wirklich
aus?... Nach Jahren dachte er noch einmal darüber nach, stellte
sich noch einmal die Frage, die er sich nie hatte beantworten
können... Hatten seine Eltern gemerkt, daß Nesim gestorben
war?... Ja, das hatte er nie erfahren... Niemals... Denn nach
einer Weile war er selbst ein Teil des Spiels geworden, das er
sich ausgedacht hatte... Nach einer Weile war auch er von der
Schönheit der Inszenierung des Spiel erfaßt worden... Doch er
glaubte jetzt eher, daß sie verstanden hatten, daß diese Leben
nicht so gelebt worden waren, wie man es ihnen vorspiegelte...
Auf diesem Weg, auf dem Weg der erfundenen Briefe hatte man
eine Wahrheit eingefangen, die man nicht aussprechen konnte.
Jeder versuchte, diese Wahrheit zu schützen, die Wahrheit des
Spiels, so wie dieses Schweigen, ohne voreinander den Mut zu
haben, die eigentlichen Tatsachen an die Oberfläche dringen zu
lassen. Jene Häuser verstanden sich auf jenes Ausweichen, sie
kannten diese Haltung dem Leben gegenüber. Den Grund dafür,
daß das Spiel jahrelang fortgesetzt wurde, daß diese Briefe wie
wirkliche Briefe gelesen wurden, sollte man in diesem Ausweichen, ja, in der Tradition dieses Ausweichens suchen. Um den
Tod von Nesim, Rahel und ihren Töchtern ertragen zu können,
mußten sie sich an diese Lüge klammern. Deshalb war es nicht
schwer, jene Jahre in dieser Form, mit diesen Schritten zu gehen.

Als nach Ginettes Ankunft in Istanbul die Briefe immer seltener wurden, konnte man das ›Verstummen‹ auch auf diese Weise
erklären. Man wollte die Liebe, die fehlende Liebe völlig dem
neuen Mitglied der Familie zukommen lassen... Nesim hatte
seine Rückkehr nach Istanbul sozusagen damit begonnen, daß

er seine jüngste Tochter zu den Verwandten schickte. Die Mitglieder der Familie, die an verschiedene Orte versprengt waren, sollten einander kennenlernen. Es war so einfach für diejenigen, die die Lüge aufrechterhalten, an die Lüge glauben wollten... Selbst Ginette beteiligte sich an dem ›Spiel‹... Auch sie spielte ihre Rolle sehr erfolgreich. Einmal sagte sie, daß sie sich über die ›Mörder‹ ›lustig machte‹, indem sie ihre Eltern und Schwestern in einer Lüge leben ließ, ihnen die Möglichkeit zu einem anderen Leben gab. Für diese Seite liebte er Ginette, fühlte er sich ihr nahe. Widerstehen, bis zum Schluß widerstehen, und im Widerstand seine eigenen, eigentlichen Wege finden können... Er glaubte, er habe viele dieser Wege ausprobiert, auszuprobieren gewagt. Die Orte, an denen er seine Lieben gefunden hatte, wo er sie wirklich hatte finden können, waren auf diesem Weg gewesen, und jetzt konnte er dank dieses Weges nachempfinden, was sie erlebt hatten. Jene Gesichter waren ebenso auf jenen Wegen wie jene Lügen und auch die Mängel, die man mit ins Grab nahm... Er konnte jetzt, da er die Menschen seiner Umgebung nicht mehr so oft sah wie früher, die Orte, von denen er ziemlich weit entfernt war, ein wenig besser verstehen... Sowohl in seinen Augen als auch in denen der anderen lebte der Mensch nur durch seine Kämpfe, durch den Mut oder die Feigheit, die er in seinen Kämpfen bewies. Das alles zu wissen war trotz allem Erlebten, aller Sehnsucht und aller Scham eine kleine Quelle des Stolzes... Wer weiß, vielleicht war das Leben ein Spiel, einfacher als vermutet. Doch zu diesem Verständnis gelangte man nicht so leicht, insbesondere in der ›Phase‹, in der man die eigenen Grenzen akzeptieren mußte. Es war nicht leicht, anderen die Wahrheit mancher Gefühle zu erklären, ohne viele Male bestimmte Verletzungen mit den immergleichen Niederlagen und Irrtümern zu erleiden... In den ›Verletzungen‹ wart ihr ganz allein... Nur ihr... Ihr und eure Geschichte... Ihr und eure Geschichte, zu der zurückzukehren und die besser zu verstehen ihr euch immer gescheut habt. Vielleicht habt ihr deshalb die ›Stille‹ so sehr geliebt...

Wenn man ein bißchen nachdachte, konnte man am Ende eigentlich leicht zu der Schlußfolgerung gelangen, daß es verschiedene Erklärungen dafür gab, warum es unmöglich war, einem anderen das in adäquater Weise zu übermitteln, was aus manchen unvergeßlichen Momenten übriggeblieben war; oder warum ›jene Dinge‹ sogar mit wohlbekannten, wirklich gelernten Wörtern nicht ausreichend erklärt werden konnten, obwohl für dieses Wissen ein hoher Preis im Namen des Lebens bezahlt worden war. Wovon hier erzählt werden wollte, waren nicht nur Enttäuschungen und Wunden, sondern war auch ein ganz anderer ›Punkt‹, der den Menschen seine Schwäche spüren ließ ... Daß er diese Wahrheit nicht aus dem Auge verlor, dafür sorgte immer ›jener Traum‹. Es war ein Traum, den sein Vater in den schrecklichen Tagen des Krieges, genauer gesagt in den Tagen des Todes geträumt hatte. Obwohl inzwischen so viel Zeit vergangen war, war dieser Traum irgendwie nicht vergessen, und ab und zu kehrte er zu ihm zurück, um ihn an diese dunkle, unverständliche Seite seines Lebens zu erinnern ... Beim Erzählen dieses Traums hatte sein Vater etwas kindisch gewirkt, als sei er ein wenig zu weit abgedriftet. Nesim sei in das riesige Büfett ihres Hauses gekrochen ... Er habe traurig, unruhig, verzweifelt ausgesehen ... Sein Vater habe gesagt: »Junge, warum bleibst du denn dort? Warum bist du da reingekrochen? Komm raus!« Nesim habe geantwortet: »Geh Vater, geh weg ... Geh weg von hier ... Mach die Tür zu ... Hier ist es sehr heiß, es stinkt ... Entschuldigung. Aber ich kann hier nicht rauskommen, ich werde nicht rauskommen. Los, mach die Tür zu!« Er sei erstarrt an seinem Platz geblieben, habe seinem Sohn nicht helfen können. Nesim sei hilflos gewesen, er selbst sei hilflos gewesen ... Der Traum seines Vaters hatte eine Seite, die einen erschaudern ließ. Wenn man ein wenig nachdachte und das vorhandene Wissen zusammenfügte, ergab sich, daß der Traum in jene Tage fiel, in denen Nesim ›dort‹ starb, beziehungsweise ermordet wurde ...

Ja, es ist schwer zu verstehen, wie manche Bilder in unser Leben kommen...

Wenn er jetzt überlegte, kam er zu dem Schluß, daß seine Mutter in jenen Tagen viel mutiger und realistischer als sein Vater war. Seine Mutter hatte damals still für sich geweint und versucht, das niemanden merken zu lassen. Sie hatte sich damit begnügt, das, was über Nesim gesagt wurde, die von Nesim kommenden Nachrichten anzuhören. Sie stellte keine einzige Frage. Sie gab keinerlei Kommentar ab. Sie hatte sich entschieden zu schweigen, sich in sich und ihre Albträume zu vergraben und das, was sie sah und hörte, niemandem mitzuteilen. Schweigen und sich in ihre Albträume vergraben... Das war ihr Spiel... Sie lebte diesen tiefen Schmerz, das, was sie mit der Intuition einer Mutter ahnte, die Wahrheit, die sie erfaßt hatte, ohne diese mit einem anderen zu teilen. Sie spielte ihr Spiel mit großer Geduld über Jahre... Das war für sie gleichzeitig auch eine Aufgabe. Eine Aufgabe, die darin bestand, ihre Lieben anzuhören, mit jenen Blicken anzuhören... Doch warum erinnerte er sich so oft an diese Blicke, an die er auch früher schon so oft gedacht hatte, von denen er immer jemandem hatte erzählen wollen?... Was war die wirkliche Bedeutung dieser Blicke für ihn und in seiner Geschichte?... Warum wiederholte er so oft, daß er sich mit jemand anderem über diese Blicke austauschen wollte?...

Monsieur Bussac hätte nicht heiraten sollen

Eines Tages verloren die Augen von ›Madame Perla‹, die sowohl das sahen, was sie sehen sollten, als auch das, was sie nicht sehen sollten, völlig ihr ›Licht‹. Von diesem Tag an wurde sie unausweichlich zu einer Betrachterin, die ihr Licht in sich begrub, die sich noch mehr in sich verschloß... Wann war das alles, wie alt war sie, als das passierte? Natürlich war es nicht möglich, sich zu erinnern, jene Jahre wiederzufinden. Jacques mußte noch ein weiteres Mal einen Ausfall des Gedächtnisses akzeptieren... Soviel er sich erinnerte, war es während der Regierungszeit von Menderes*. Das Land veränderte sich wieder einmal. Jene Sprünge waren gleichbedeutend mit dem Versuch einer erneuten Veränderung… Erneut eine Veränderung… So dachten sie wenigstens, das wollten sie zumindest glauben. Daran, an die ›Veränderung‹ glauben… Der Regierungswechsel wurde vielleicht am meisten von Leuten, die wie er lebten, leben mußten, begrüßt. In der Zeit war Ismet Paşa* wohl unvermeidlich verhaßt bei denjenigen, die jene ›Ungerechtigkeit‹ hatten erleben müssen. Deshalb waren die Zeiten von Menderes trotz allem gute Zeiten, an die es sich neuerlich zu erinnern lohnte…

Bis er dahin gekommen war, hatte er viele Verluste, Irrtümer und Treulosigkeiten erlebt. Deshalb liebte er Kirkors Ausspruch »Es reicht, wenn uns das Leben treu bleibt!«, der in jenen leidvollen Tagen sowohl die Enttäuschung über das Leben als auch gleichzeitig eine unbestimmte Hoffnung auf die Zukunft zum Ausdruck gebracht hatte, in der Überzeugung, daß er es ›jenen Leuten‹ künftig zeigen würde. Es reicht, wenn uns das Leben treu bleibt…

Um wieder zu ihm selbst zu kommen und zu dem, was er zurückließ… Jacques konnte jetzt aus einem anderen Fenster auf sein Leben schauen. Er konnte sein Leben aus einem anderen Fenster sehen, ohne sich selbst jemandem zu zeigen… Wahrscheinlich war das der Platz, wo ihm die Einsamkeit erträglich, ja sogar sinnvoll vorkam… Manchmal konnten die Erinnerungen die Tür zu anderen Augenblicken, zu unerwarteten Augenblicken aufstoßen. Das war die andere Seite des Verlassenseins… Doch in dieses Gefühl mischte sich auch ein wenig der Stolz, jene Tage überwunden zu haben. Der Stolz, jene Tage überwunden zu haben, trotz allem ›gelebt‹ zu haben, zu sehen, daß es ihm gelungen war, zu leben und auf den Füßen zu bleiben… Wie die anderen… Wie das viele Menschen fühlten, die ebenso wie Niederlagen auch ›Erfolge‹ gekostet und zu ertragen gewußt hatten… An jenen Orten dort gab es die Fußspuren eines Menschen, der sich nach jeder Niederlage mit Geduld aufzurappeln versucht hatte, der, um auf den Füßen zu bleiben, den Kampf als sein Lebensschicksal angesehen hatte... Die Geschäfte in seinem Kurzwarenladen am Yüksekkaldırım waren nicht gut gelaufen. Nachdem er den Laden geschlossen hatte, begann er in den darauffolgenden Jahren viele verschiedene Arbeiten und gab sie immer wieder auf. Das waren kurzlebige Dinge, mit denen er keinen Erfolg hatte. Für die Feiern zum zehnten Jahrestag der Republik hatte er mit Tausenden, Zehntausenden von Glühbirnen in den Nationalfarben weiß und rot gehandelt, die in jener Nacht die Plätze und Straßen erhellen sollten. Dann hatte er eine kleine Werkstatt für die Herstellung von Schuhabsätzen aus Gummi eröffnet, doch da er den Beruf und den Markt nicht kannte, wurde er binnen kurzem übers Ohr gehauen und mit Schulden sitzengelassen. Er hatte für die Firma Havagaz, die damals von den Franzosen geleitet wurde, als Verkäufer gearbeitet und hatte in der Gegend von Beyoğlu, Taksim, Tarlabaşı und Sirkeci alle Straßen durchkämmt, um unzählige Gasboiler an Friseure, Zahnärzte und Fachärzte für Geschlechtskrankheiten zu verkaufen. Außer seinem Gehalt bekam er für jeden verkauften Boiler eine ›beachtliche‹ Prämie. Der Generaldirektor der Firma, Monsieur Bussac, mochte ihn sehr, weil er sowohl seine Arbeit ernst nahm als auch Französisch konnte. Zwischen ihnen entstand eine Freundschaft. Monsieur Bussac lebte allein. Damals war er um die fünfzig... Manchmal erzählte er abends bei einem nur leicht gezuckerten, türkischen Kaffee von sich, seiner Heimat, seinem vergangenen Leben... Er hatte eine alte Mutter, die in Belleville, Paris, lebte. Er hatte in vielen Ländern und Städten der Welt gearbeitet. Kairo, Indochina, Algerien... Und nun Istanbul... Er war dreimal verheiratet gewesen und hatte sich von seinen Frauen nach eigenen Worten stets ›mit Verlust‹ getrennt. Oft sagte er: »Inzwischen wäre heiraten das letzte, was ich im Leben täte...« Manchmal war er auch zu ihnen nach Hause gekommen. Bei diesen Besuchen hatte er sich sehr elegant gekleidet und gezeigt, daß er die beiden Söhne des Hauses sehr gerne hatte. Es schien dies eine Zuneigung zu sein, die etwas sehr tief in ihm Verborgenes ausdrücken wollte. Diese Zuneigung äußerte sich darin, daß er nie versäumte, bei seinem Kommen ›kleine Geschenke‹ mitzubringen. Sah Monsieur Bussac es vielleicht als seinen größten Fehler an, mit jenen Frauen nicht ein einziges Kind zu haben, sich dagegen entschieden zu haben?… Wer weiß… Dann… Dann wurde eines Tages die Firma Havagaz verstaatlicht wie viele Gesellschaften mit hohem ausländischem Kapitalanteil. Sowohl die Franzosen als auch andere gingen woandershin, waren gezwungen, woandershin zu gehen… Doch Monsieur Bussac blieb noch eine Weile in Istanbul. Das waren die Tage, in denen er noch öfter zu ihnen nach Hause kam… Dann, eines Abends, bei einem dieser schon alltäglich gewordenen Besuche, sagte er, daß er sich nun von dieser Stadt mit dem ›unvergleichlichen Meer und seinen Fischen‹ trennen müsse, wo er einen wichtigen Teil seines Lebens, fast zehn Jahre nämlich, verbracht hatte, und daß er im Senegal eine Arbeit gefunden habe… Die Freundschaft wurde durch kurze Briefe fortgesetzt, die spüren ließen, daß ihre Gespräche unvergeßlich geblieben waren. Eines Tages teilte Monsieur Bussac mit, er habe eine ›junge Afrikanerin, sehr viel jünger als er selbst, geheiratet… Sie bekämen ein Kind… Nun, da er sozusagen im ›Herbst seines Lebens‹ auch jenes Gefühl gekostet habe, brauche er von der Zukunft kein weiteres Geschenk… Er sei glücklich, aber auch ein wenig besorgt. Denn er wisse nicht, bis ›wann‹, bis zu welchem Alter er sein Kind aufwachsen sehen könne. Trotzdem, trotz aller Hindernisse sei es fabelhaft, diesen Versuch zu erleben… Nach diesem Brief von Monsieur Bussac folgte kein weiterer. Danach sollten sie nichts mehr von ihm hören. Auf mehrere Briefe gab es keine Antwort, vielmehr kam einer dieser Briefe mit dem Vermerk ›Adressat unbekannt‹ zurück. Manchmal konnte Jacques nicht umhin zu denken, ob Monsieur Bussac wohl in ›letzter Minute‹ eine Lüge erfunden hatte, um im Gedächtnis seiner Lieben, die er zurücklassen mußte, eine ›korrektere‹ Lebensgeschichte zu hinterlassen?…

Die Zeit des ›Zweiten Wehrdienstes‹
Wo sind eure Kadaver?

Die Zeiten bei der Firma Havagaz waren allein schon wegen der Erlebnisse mit Monsieur Bussac wertvolle, unvergeßliche Tage… Doch um ehrlich zu sein, bargen diese Tage außer Erinnerungen auch einen neuen Hoffnungsschimmer… Er fand eine Möglichkeit, sich nach all den Verlusten wieder zu stabilisieren, die Schulden zu bezahlen und, wichtiger noch, ein bißchen Geld zu sparen. Es war ein erfreulicher Betrag, der nicht nur erarbeitet, sondern ein bißchen auch vom Mund abgespart worden war. So hatten sie jahrelang das Linoleum in der Wohnung nicht erneuert; in den Sommermonaten hatten sie nicht auf die ›Insel‹ gehen können; sie hatten, um weniger Geld für Sodawasser und Limonade auszugeben, im Cumhuriyet Garten schon Stunden vor Beginn des Varietés ihre Plätze eingenommen; sie waren weniger Straßenbahn gefahren und hatten an manchen Abenden im Salon im Dunkeln gesessen, um Strom zu sparen. Das waren die ›Rechnungen‹ jener Tage, die Fotografien dessen, an was es in jenen Tagen gemangelt hatte… Man mußte es aber akzeptieren… Nur mit solchen Schritten, mit solchen lautlosen Schritten, die er den anderen nicht zeigen wollte, die er auch ein wenig ›in sich‹ erleben wollte, hatte er den kleinen, seit Jahren gehegten Traum verwirklichen können… Mit dem vorhandenen Geld hatte er in Sultanhamam einen kleinen Stoffladen eröffnet. Jetzt war er erfahren genug. Nachdem er so viele verschiedene Arbeiten probiert und wieder aufgegeben hatte, konnte er auf dem neuen Weg mit mehr Selbstvertrauen voranschreiten. Sein Vertrauen trog ihn diesmal nicht. Doch das Leben konnte seinen Schülern manchmal auch kleine, unverhoffte Streiche spielen… Das waren Streiche, deren wahre Bedeutung er erst viele Jahre später erfassen sollte… Die Tage des ›Zweiten Wehrdienstes‹ fielen genau in die Tage, in denen er seine kleinen Träume spann… Damals, in der ›turbulentesten‹ Phase des Zweiten Weltkriegs, hatte der ›Staat‹ aus einer Reihe von ›Sicherheitsgründen‹ heraus beschlossen, aus den Minderheiten eine gewisse Anzahl, oder vielmehr, wie man erfahren hatte, ungefähr zwanzigtausend Männer für eine besondere Mobilmachung zu ›konzentrieren‹. Eine Zeitlang kursierten verschiedene ›Gerüchte‹ in ›verschiedenen Sprachen‹ auf unterschiedliche Weise. Es galt als höchstwahrscheinlich, daß die Deutschen in die Türkei einmarschieren würden. Ismet Paşa, das war nicht zu leugnen, verfolgte eine meisterhafte Politik. Er sprach mit Churchill anders als mit den Amerikanern und tat alles, um die Türkei aus dem Krieg herauszuhalten. Doch es gab auch Leute, die von einem Geheimabkommen mit Deutschland tuschelten und daß angeblich Vorbereitungen für ein Krematorium bei Sütlüce getroffen wurden. Und war vielleicht jene ›Konzentration‹ der erste Schritt auf dem Weg ›dorthin‹? In Wirklichkeit wurden mit ihnen zusammen auch die Griechen und die Armenier ›eingezogen‹. Doch das konnte man auch als vorläufigen ›Deckmantel‹ bis zur Erreichung des Ziels verstehen. In so einem Umfeld von Unsicherheit oder Unkenntnis sind Angst und Zweifel nahezu grenzenlos. Deswegen waren damals alle, die auf diese unerwartete Reise zu gehen gezwungen waren, in unterschiedlicher Weise um ihr Leben besorgt. Die anderen hatten dasselbe Problem. Es gab unter den Griechen nicht wenige, die glaubten, sie gingen an ihren ›letzten Ort‹. Man konnte das Für und Wider der Diagnosen diskutieren. Doch in Erinnerung an das, was in der Vergangenheit passiert war, mußte man ›unweigerlich‹ daran denken, daß diese neue Reise womöglich für eine Endabrechnung veranstaltet wurde. Auch die Armenier waren voller Angst. Sie sollten nach Anatolien gehen. Noch dazu wurde der größte Teil der Gruppe nach Yozgat geschickt…

Was sie in den ersten Tagen erlebten, war dazu geeignet, die Angst zu schüren. Sie waren anfangs in Zivilkleidung einberufen worden. Es war unbekannt, was sie tun sollten. Als sie in Yozgat ankamen, beschimpfte ein Großteil der Bevölkerung sie dort und schrie: »Verdammte Heiden! Diese Heiden sollen verrecken!« Doch Marschall Fevzi Çakmak* erkannte rechtzeitig die Gefahr;

er gab den Befehl, sie sämtlich in Militärkleidung zu stecken. So waren sie unter diesen schweren Bedingungen besser ›geschützt‹… Jedenfalls fand das Volk, das beim geringsten Anlaß in Raserei geraten konnte, nicht so leicht den Mut, einen Soldaten anzugreifen. Durch diese Entscheidung beruhigten sie sich ein wenig, fühlten sich etwas sicherer. Sie konnten zeigen, was oder wer sie waren, jedenfalls vom Äußeren her… Es blieb ihnen gar nichts anderes übrig, als diese Tage durchzustehen… Sie konnten die neuen Tage mit dieser Überzeugung beginnen und ein weiteres Mal versuchen, sich an das, was sie erlebten, was sie erleben mußten, anzupassen. Sie wußten, sich an einer Stelle festzuklammern, war eine andere Form von Durchhalten, von Kampf… Aus den Lehren der Vergangenheit heraus taten sie das sowieso. Sie erinnerten sich wieder daran, zu schweigen und sich in sich selbst zu verschließen… Dennoch reichten diese ›Überzeugung‹ und dieser ›Rückzug‹ nicht aus, ihre Probleme gänzlich zu lösen. Beispielsweise nicht zu wissen, warum dieser neue Militärdienst angefangen hatte, wann und wo er enden würde. Daß sie sich ihre Zukunft an verschiedenen Tagen im Licht unterschiedlichster Möglichkeiten ausmalten, konnte sie an den Rand der Angst treiben. Es gab einen Unteroffizier, der lief beim Morgenappell über den Exerzierplatz und schrie ab und zu: »Wo, wo sind eure Kadaver? Lebt ihr immer noch?« Oder er kam beim ›Drill‹ und schrie: »Vergeßt Istanbul und eure Frauen! Da gehen jetzt wir hin!…« An einem Morgen wurde der Befehl ausgegeben: »Juden, Armenier, Griechen getrennt antreten!« Diese ›Trennungsaktion‹ erschreckte vor allem die Armenier. Ein paar Armenier mischten sich unter die Juden. Die kalte Angst klopfte an diesem Morgen wieder bei manchen an die Tür… Sie waren in Yozgat… In Yozgat… Manchmal reichte ein einzelnes Wort, um gewisse Gefühle wieder aufzuwecken… Doch bald kam heraus, daß die Aufregung ›unbegründet‹ gewesen war… Sie sollten verteilt werden. Man hatte für richtig befunden, daß Juden, Griechen und Armenier in gleicher Anzahl an Militärstandorte geschickt wurden. Es kamen nun die Tage, in denen man schlecht und recht in eine ›Zukunft‹ zu blicken anfing... Sie wurden zuerst nach Çanakkale, dann nach Pendik geschickt. Pendik gehörte damals noch nicht zu ›Istanbul‹. Doch, warum es ableugnen, in diesen Tagen begann ihnen der Militärdienst ein bißchen ›Spaß‹ zu machen. Es gelang ihm, ein ›gutes‹ Verhältnis zu dem Hauptmann, der ihr Kompaniechef war, aufzubauen. Der machte ihn zum Verantwortlichen für die Essensverteilung. Diese Möglichkeit bedeutete – außer den unvermeidlichen Problemen – eine nicht geringzuschätzende, nicht zu vernachlässigende ›Einflußsphäre‹. Manchmal machte Jacques auch von dem Recht Gebrauch, selbständig Entscheidungen zu treffen. Der ›Hauptmann‹ hatte großes Vertrauen zu ihm und verzichtete nach einer Weile auf die lästigen Kontrollen, die er anfangs durchgeführt hatte...

Jene Tage erschienen ihm, auch wegen dieser Erinnerungen, als nicht ›so schlimm‹. Es war nur ein anderer Ort und eine andere Zeit. Oder aber jene Tage lagen in liebenswerter Entfernung, sie waren inzwischen weit weg...

Diese Militärzeit dauerte insgesamt sieben Monate. An Neujahr 1942 war er zu einer kleinen Feier wieder bei seiner Familie. Er fand sich wieder einmal auf der Schwelle zu einem neuen Leben... Der Abschied von seinem ›Hauptmann‹ war schwer und traurig gewesen. Der blieb weiterhin beim Militär... In Kürze sollte er an einen anderen Ort versetzt werden, wo sein ›Istanbuler Kamerad‹ vielleicht sein Leben lang nicht hinkommen würde. Doch sie hatten wenigstens gelernt zu vertrauen; zwei Menschen, die von verschiedenen Orten kamen und die wußten, sie würden wieder in verschiedene Richtungen gehen, hatten sich trotzdem gefunden, es war ihnen gelungen, sich an jenem Ort zu finden und ein gegenseitiges Vertrauen aufzubauen... Das war nicht leicht gewesen... Das Leben verhielt sich nicht immer so großzügig den Menschen gegenüber...

Die Vermögenssteuer und die Fliege von Muammer Bey

Mit den Tagen der ›Rückkehr‹ begann für ihn eigentlich ein neuer ›Militärdienst‹. Damals lebten seine Eltern und Lilika noch. Die Kinder wurden groß. Um mehr Geld zu ›verdienen‹, mußte er aufs neue aus ganzer Seele von dem überzeugt sein, was er getan und erlebt hatte. ›Damals‹ wurde ihm sozusagen die Last der Verantwortung sowohl für seine Familie als auch für das Leben, ›ihr Leben‹ auf die Schultern gelegt... Unter diesen Bedingungen den ›Laden‹ in Sultanhamam aufrechtzuerhalten, war nicht einfach. Doch indem er sich angesichts der Schwierigkeiten fest an seine Überzeugung band, fiel es ihm leichter, gewisse Probleme zu ertragen... So langsam wurden die Hindernisse überwunden... Der ›Laden‹ gewann nach und nach Kunden... Mit neuen Waren gewann er neue Gesichter und Straßen... Doch als die Geschäfte und auch die Abende zu Hause langsam ›glattliefen‹, klopfte die Vermögenssteuer an, die viele Menschen binnen kurzem in ein ganz anderes Leben ›beförderte‹. Er wurde auf dreißigtausend Lira geschätzt. Wenn er daran dachte, wie andere geschätzt worden waren, war das nur logisch. Doch er konnte diesen Geldbetrag unter diesen Bedingungen nicht aufbringen. Er hatte sein gesamtes Geld in das Geschäft investiert, das eine hoffnungsvolle Zukunft garantieren sollte. Auf diese Weise hatte er sich zweifellos einer neuen Gefahr beziehungsweise Niederlage ausgesetzt. Und doch war jener Schritt ein unvermeidlicher Schritt gewesen, den er für seinen Weg hatte tun müssen. Überdies hatte ihn die Vergangenheit auch gelehrt ›zu verlieren‹...

Muammer Bey eilte ihm zu ›Hilfe‹... Muammer Bey war der einzige Erbe einer alten, bekannten Familie, deren Abstammung bis zu ›wichtigen Stellen‹ in Ägypten reichte. Er wußte nicht mal, wie viel Geld er besaß und was seine Immobilien wert waren, und war stets darauf bedacht, ›gut zu leben‹ und ausgefallene Genüsse zu kultivieren... Damals wirkte er, als hätte er die Sechzig schon überschritten. Mit seiner Kleidung, die von hervorragenden

Schneidern oder aus den Läden alter Hauptstädte, den großen Läden der Hauptstädte stammte, mit seinem feinen Benehmen und der gepflegten Sprechweise machte er den Eindruck eines Botschafters, der in der Vergangenheit wichtige Staatsposten bekleidet hatte. Doch das war nur der Eindruck, der Augenschein, an dessen Wahrheit die Menschen in seinem Umfeld glauben mochten. Er selbst hatte eine ganz andere Lebensauffassung entwickelt. In keiner Phase seines Lebens hatte er je gearbeitet. Er ließ keine Gelegenheit aus, seine Überzeugung zu bekräftigen, daß Arbeit am ›Leben‹ hindere… Am Morgen frühstückte er oft im Pera Palas Hotel. Wenn ›die Zeit gekommen‹ war, ging er, um mit einigen Mietern seiner Läden in Sultanhamam und Yeşildirek zu ›sprechen‹, in jenen Teil Istanbuls, den er nicht so sehr liebte; und nachdem er mit ein paar ›Freunden‹ das politische Tagesgeschehen ›beurteilt‹ hatte, zog er sich in sein Haus zurück, um sich zu ›erholen‹. Am Abend ging er in Beyoğlu aus und nahm ein ›leichtes Essen‹ zu sich. Das waren die Abende, an denen das Essen wirklich leicht, die Getränke hingegen ein wenig ›schwer‹ ausfielen… Wegen dieser Abende hatte er verschiedene Freunde, Erinnerungen und Einsamkeiten… Das waren Menschen, von denen er den anderen nicht erzählte… Doch zu keiner Stunde des Tages fehlte die Fliege am Hals von Muammer Bey, ganz gleich, welchen Anzug er trug. Die Fliege war eins seiner persönlichsten, unverzichtbarsten Merkmale. Die Fliege war vor allem ein Ausdruck seiner Lebensansicht, nach eigenen Worten sein ›Symbol‹. Dieses Symbol zu verstehen, war niemandem gelungen, eigentlich hatte es niemand versucht.

Stundenlang konnte Muammer Bey in seiner großen Bibliothek zwischen den alten Büchern verweilen. Er interessierte sich sehr für alte Handschriften und für Kalligraphie. Seine Notizen machte er immer in der osmanischen Schrift. Das ›bevorzugten‹ viele seiner Altersgenossen. Auch für seine ›Versuche‹, die er nach eigenen Worten nur für den Hausgebrauch, für sich selbst schrieb, verwendete er diese ›Sprache‹… Muammer Bey war der Besitzer des kleinen Ladens in Sultanhamam. Er hatte Jacques ein-, zweimal diese ›Versuche‹ gezeigt. Die ›Schriften‹ sahen aus, als kämen sie aus der Feder eines Meisterkalligraphen…

Mit denen, die von der Vermögenssteuer betroffen waren, fühlte Muammer Bey Mitleid, und ›es war ihm peinlich‹. Deswegen half er Jacques in jenen Tagen gerne und lieh ihm, ohne mit der Wimper zu zucken, die dreißigtausend Lira, wobei er sagte: »Wir müssen unser Leid teilen, das ist unsere Pflicht.« Er würde diese Großzügigkeit, eigentlich besser diese ›Menschlichkeit‹ nie vergessen. Dann biß er die Zähne zusammen und zahlte innerhalb von zwei Jahren seine gesamten Schulden zurück. Wenn Muammer Bey seine helfende Hand nicht gereicht hätte, dann hätte er vielleicht nie die Gelegenheit gehabt, jetzt das ›Greisenalter‹ mit anderen kleinen Erinnerungen, auf die er stolz sein konnte, zu erleben. Derartige Menschen hatte es in seinem Leben gegeben. Das waren Menschen gewesen, die ihm die schmalen Wege des ›rechten Lebens‹ gezeigt hatten, die nicht viele sahen, Menschen, die ihm das Leben selbst in den schlimmsten Momenten des Unglücks und der Hoffnungslosigkeit liebenswert gemacht hatten…

Auch diese Phase war nun durchgestanden und vergangen… In diesem Zeitabschnitt, in dem man stärker die Hoffnungslosigkeit, die Enttäuschungen und einen Groll, den man zu verstecken versuchte, verspürt hatte, repräsentierte Ismet Paşa unausweichlich das unschöne, gefürchtete Gesicht des Staates, von dem man sich fernhalten mußte. War es eine Ungerechtigkeit, die Neigung zu einseitiger Lebensbetrachtung, oder vielmehr eine Entscheidung?… Wer diese Ereignisse aus erster Hand miterlebt hatte, konnte die Frage weder damals noch später angemessen beantworten. Letztendlich setzte sich in jedem so oder so das Gefühl fest, verraten worden zu sein… Um dieses Gefühl zu ›vergessen‹, mußten ›andere‹ Generationen, andere Hoffnungen folgen…

Ist es wirklich ›Schicksal‹, wie viele Menschen glauben, daß gute und schlechte Zeiten einander stets abwechseln?... In jenen Tagen, in denen er derart ans Leben gebunden war, er jedem Problem mit großem Mut entgegentrat, in jenen Tagen der Hoffnung, in denen er glaubte, ein weiteres Mal große Leiden überwunden zu haben, hatte er an eine solche Möglichkeit gedacht. Eines Tages hatte seine Mutter beim Aufstehen geklagt, sie sähe alles verschwommen, ›alles um sie herum‹ läge wie hinter einem ›Nebelschleier‹, der einfach nicht weichen wollte. Sie waren zum Arzt gegangen. Die Diagnose erbrachte eine unerwartete Nachricht, die das ganze Leben veränderte. Es gab keine Behandlung, die die Krankheit heilen konnte. Zwar bestand keine Lebensgefahr, doch der völlige Verlust des Augenlichts war unabänderlich... Seine Mutter akzeptierte auch den neuen ›Zustand‹ still. Sie entschied sich, einige Tage in ihrem Zimmer mit sich allein zu bleiben, mit ihren Erinnerungen, ihren ›Erlebnissen‹.

Die Diagnose erwies sich als richtig... Eines Morgens erwachte seine Mutter in eine viele Jahre dauernde Dunkelheit... »Ich werde mich daran gewöhnen, auch daran werde ich mich gewöhnen«, sagte sie nur. Sie gewöhnte sich mit der Zeit auch daran... Sie gewöhnte sich daran... Jedenfalls sah sie so aus, als hätte sie sich daran gewöhnt... Sie lebte noch fünfzehn Jahre auf diese Weise. In dieser Zeit verschloß sie sich immer mehr in sich selbst. Sie wählte an ihrem Platz ein noch längeres Schweigen... Sie hegte gewisse Ängste, insbesondere befürchtete sie, durch Hexerei erblindet zu sein. Doch nach und nach gelang es ihr, wieder etwas am Leben teilzunehmen, der Linie ihrer neuen Tage durch neue Berührungen zu folgen, ›neue Farben zu fühlen‹ für ein neues Erwachen... Sie wagte in jenen Tagen noch einmal den Kampf um ein neues Leben... darum, daß es ihr gelang, trotz aller ›Ungerechtigkeit‹ mit ihrem Schicksal zu leben...

Jeder war auf seine Weise, in unterschiedlicher Weise traurig über den ›Zustand‹ seiner Mutter. Angesichts dieser ›Veränderung‹ fühlte ein jeder die Verpflichtung, seine Beziehung zu ›Madame Perla‹ zu überprüfen. Lilika hatte Angst, ihre größte Stütze zu verlieren. Denn sie hatte geglaubt, hatte aus vollster Überzeugung glauben wollen, daß die einzige starke und zuverlässige Frau ihres Lebens sie bis ans Ende beschützen würde. Außer diesem Glauben blieb ihr in jenem Haus keine Wahl... Madame Roza versuchte ein weiteres Mal, sich vom Status ›des fremden Mädchens in der Familie‹ zu befreien. Für seinen Vater war es der Augenblick, in dem er sich fragen mußte, was er in der Vergangenheit gelassen hatte, in der Vergangenheit mit seiner Frau, mehr noch, es war eine Phase der Gewissensprüfung. Für Jacques hingegen war es eine Zeit, in der er seine ›väterliche Pflicht‹ mit neuer Verantwortung auf sich nahm. Nach diesen Tagen kamen sie einander noch näher. Es war, als wollten alle in der Familie den ›Preis‹ für das, was sie in der Vergangenheit genommen hatten, bezahlen, indem sie Madame Perla ein Stück aus ihrem Inneren schenkten... Als Mutter und Sohn in diesen Nächten zusammensaßen, sprachen sie anfangs oft von den Tagen in Halıcıoğlu. Wenn sie ihn zu erzählen bat, sprach er geduldig, versuchte, sich an ›Details‹ zu erinnern, und manchmal wiederholte er etwas. Die Einzelheiten waren für sie beide notwendig, um die Welt der Sicherheit in jenem Märchen aufs neue zu erbauen...

Manchmal redete ›Madame Perla‹ auch lange mit ihren Mann... Doch auch da zog sie es vor, zuzuhören... Sein Vater erzählte ihr von alltäglichen Vorgängen, brachte Nachrichten von ›draußen‹. Sie wohnten in verschiedenen Zimmern, waren jetzt wie zwei Freunde, die dasselbe Haus teilten... Diese ›Trennung‹ hatte seine Mutter gewünscht. Es war, als hätte sie diese Trennung auf sich genommen, um sich enger an die Welt zu binden, der sie sich hingeben wollte. In dieser Welt hatte sie sowohl ihre Wirklichkeit als auch ihren Traum. In jener Welt versuchte sie durch verschiedene Berührungen ihr Leben neu zu verstehen... Beispielsweise lernte sie, ›ihren Weg‹, ›ihre Wege‹ innerhalb der Wohnung mit Hilfe der Hände zu finden, ganz langsam gehend; und als Tag und Nacht sich nicht mehr unterschieden, sie also in ständiger Dunkelheit war, gelang es ihr, die grundlegenden Bedürfnisse allein zu erledigen. Das waren die Wege, die alle sehen, verstehen konnten. Ganz anders als die anderen Wege der Einsamkeit, als die verlassenen Wege, denen sich niemand nähern würde ... Manchmal waren morgens auf der Stirn oder an den Armen seiner Mutter kleine blaue Flecken zu sehen. Anfangs fragte er und bekam Antworten wie »Nicht wichtig, das ist das Alter ... Das vergeht ...« oder »Ich habe mich an der Tür gestoßen«. Dabei war es nicht so schwer, den eigentlichen Grund herauszufinden. ›Madame Perla‹, die einst wegen ihres Ganges und ihrer Figur alle in ihrer Umgebung beeindruckt hatte, stieß sich da und dort, wenn sie in ihren schlaflosen Nächten durchs Haus schlich ... Da füllten sich seine Augen mit Tränen, er hätte seine Mutter am liebsten in den Arm genommen und geküßt ... Doch diesen Schritt, der zugleich so klein und doch so groß war, konnte er irgendwie nicht tun ... Warum? Wenn er an diese Frage und die Antworten dachte, entstand sogar in jenen Tagen, in denen er sich ›Rechenschaft‹ über sein Leben ablegte, eine Leere in ihm ... Außerdem hatte er sich mit der Zeit an den Zustand gewöhnt. Er hatte deshalb aufgehört, Fragen zu stellen, zuviel aufzuwühlen. Er wußte, daß sie in manchen Nächten ganz allein, wenn alles im Haus schlief, ›herumgeisterte‹, wobei sie versuchte, die Ruhe nicht zu stören; dann berührte sie die Gegenstände, insbesondere die alten Gegenstände und sprach mit unbestimmten, unverständlichen Worten mit jemandem, höchstwahrscheinlich den ›Perlas‹ in ihrer Vergangenheit. Diese ›Tatsache‹ hatte er mehrfach beobachtet, wenn er nachts zur Toilette gegangen war. Er verstand sehr wohl, daß er still sein und sie dort für sich sein lassen mußte. Diese Stunden waren vielleicht die Stunden, in denen sie sich selbst gefunden hatte, in denen sie ihr Leben heller ›sah‹ ...

Obwohl sie in verschiedenen Zimmern und Nächten lebten, schliefen, band sich sein Vater noch stärker als früher an ›seine Perla‹, seine wertvolle ›Perle‹, seine Frau, die er früher viele

Male verletzt hatte. Auf den ersten Blick erschien diese Bindung wie eine dieser gewohnten, die man bei vielen Paaren antrifft. Zweifellos kannten auch andere Menschen diese Gefühle, die auf Gewissensbissen aufgebaut waren, die oft unbemerkt in solchen Verbindungen vorbereitet wurden… In solchen Zeiten begegneten sich Gewissenbisse und Todesangst. All dies mochte zutreffend sein, aber darüber hinaus gab es die Sorge um Nesim. Dadurch konnte er auch höchstwahrscheinlich zusammen mit seiner Frau den ›äußersten Ort‹ erreichen, ohne daß es jemand wußte. In den Zeiten seines zeitweiligen Verschwindens mußte sein Vater die Unmöglichkeit verarbeiten, etwas ›Licht‹ in die Sache mit Nesim zu bringen. Es handelte sich hier um eine andere ›Finsternis‹, die mit anderen Worten und Blicken erlebt wurde… Eine ganz andere Finsternis, die man versuchte, sich durch neue Berührungen mitzuteilen, zu verstehen… Eine Finsternis, die das Gefühl erweckte, aus diesen Stadtteilen, diesen Straßen verjagt zu werden… Einen Menschen an der Hand zu halten, zu fühlen, daß man ihn an der Hand hielt, konnte in dieser Situation die Notwendigkeit und auch den heimlichen Wunsch bedeuten, an der Hand gehalten zu werden… Die Wahrheit, die eigentliche Wahrheit war von ›außen‹ sowieso nicht zu erfassen.

Wen habt ihr in jenem Schweigen töten können?

Man konnte behaupten, daß ›Avram Efendi‹ mit ›Madame Perla‹ eine ›Flucht‹, eine richtiggehende Flucht entdeckt hatte, wenn auch etwas verspätet. Als er in diese unerwartete ›Finsternis‹ blickte, sah er, daß diese Frau ihm auch ›andere Dinge‹ geben konnte… Es war unmöglich, diese Wahrheit zu übersehen… Dabei war sie aber nicht die einzige, die ihn auf seinen kleinen, stillen Wanderungen begleitete, nicht die einzige, mit der dieser ›Meister der alten Zeit‹ seine Jahre, seine ›Spiele‹ teilte; ein Meister, der in vielen Phasen viele Träume gelebt hatte und der seine Welt, seine wirkliche Welt, vor allem in jenen ›Farben und Formen‹ gefunden hatte... Selbst die Stunden, in denen er sich nahezu jeden Morgen im Café von ›Sarımadam‹ mit Monsieur Moiz traf, um bei einem Glas heißem Tee Altes und Neues wiederzubeleben, waren für ihn Stunden der Flucht... Sie waren für ihn das größte Vergnügen in jenen Tagen, beziehungsweise Geschenke, die sie einander zu machen versuchten, die er nicht verlieren wollte. Doch muß man sich erinnern, daß sie, wiederum zur Erinnerung an jenes Zusammensein, für sich und für einander jene Billetts der Lotterie Tayyare* gekauft hatten. Dabei benahmen sie sich wie zwei Kinder. An den Tagen der Ziehung waren sie stets in heller Aufregung. Die interessanteste Seite dieses Spiels, das sich an bestimmten Tagen des Monats mit den stets gleichen Erwartungen wiederholte, bestand darin, daß die Protagonisten trotz aller Bemühungen nie mehr als Trostpreise, die gerade den Einsatz deckten, herausbekamen. Viel wichtiger als der eventuelle Geldbetrag war für sie, die ›Prämie‹ als solche zu gewinnen, das heißt zu zeigen, daß sie in der Lage waren, eine Prämie zu gewinnen. Sie würden das gewonnene Geld sowieso nicht ausgeben, dafür hatten sie weder Kraft noch Begeisterung noch Wünsche übrig... Ihnen war die Wirklichkeit, ihre Wirklichkeit bewußt. Kurz gesagt, die Hoffnung oder das Spiel verlangten ihren Preis... Das hatten sie verstanden, endlich hatten sie es verstehen können... Sie hatten es gelernt, sie hatten es lernen können... Es gab jetzt neue Gründe, an das Gelernte zu glauben... Nicht umsonst hatten sie jene Jahre an jenen Orten mit jenen Menschen erlebt...

Jacques hatte die beiden in jenem Café viele Male im Gespräch gesehen. Manchmal schwiegen sie, unterbrachen ihre Unterhaltung durch langes Schweigen, manchmal machten sie wie Halbwüchsige einander durch entsprechende Mimik auf eine attraktive Frau in der Nähe aufmerksam. Vielleicht waren das Augenblicke, in denen sie unbewußt ihr inneres Kind aufzuwecken versuchten. Alle beide brauchten sie neue kleine ›Siege‹... Er konnte sich leicht denken, daß sie außer vom Tagesgeschehen davon sprachen, was ihnen das Leben gebracht hatte. Wahrscheinlich sprach Monsieur Moiz immer und immer wieder von seinen Verlobten, von seinen Jugendjahren in Paris, von Edith Piaf, davon, daß sich sein Leben durch die Vermögenssteuer verändert hatte und von seinem ›Exil‹ in Aşkale... Es war eine Zeit, in der manchen Menschen nicht nur ihre ›Besitztümer‹, sondern auch ihre Träume gestohlen worden waren. Nun zu dem, was sein Vater wohl erzählt haben mochte... Das war eine lange Geschichte, um es mal mit einem gewöhnlichen, ziemlich abgenutzten, aber noch nicht verbrauchten Ausdruck zu bezeichnen... Eine lange, sehr lange Geschichte... Dieser Geschichte konnte auch Jacques nicht entkommen... Manche Menschen bleiben immer an bestimmte Orte gefesselt... Er wußte, das war nicht nur seine Geschichte, nicht nur ihre Geschichte. Leider reichte dieses Wissen, die von Tag zu Tag stärkere Bewußtwerdung dieser Realität nicht aus, um das Gefühl der Niederlage zu verschleiern...

Am Morgen, wenn er das Haus verließ, gab er seinem Vater ein bißchen Taschengeld. Das waren die Momente, in denen niemand in die alten Zeiten zurückkehren konnte, sich niemand an Halıcıoğlu erinnern wollte... Sein Vater verwendete dieses Geld für seine kleinen Ausgaben im Café und um seinen Enkeln Bonbons zu kaufen. Das Geld für die Lotterielose zweigte er von diesem Taschengeld ab. Manchmal verlangte sein Vater auch etwas mehr, um ›für die Bedürfnisse eines Freundes aufzukommen‹. Auch jene Momente bekamen immer die gleiche Bedeutung durch diese kleine Lüge, die sich stets auf die gleiche Weise mit den gleichen Gefühlen wiederholte. Eine kleine Lüge, die einen an eine alte Kindergeschichte erinnern konnte... Denn sie wußten beide, wofür er das Geld in Wirklichkeit verlangte. An manchen Tagen wollte ›Vater Avram‹ an einem seiner alten Plätze ein paar Gläser Raki trinken, um in seiner Phantasie wieder zu ›Avram Efendi‹ zu werden. Natürlich wurde das Spiel so gespielt, wie es gewünscht wurde, wie es die Regeln verlangten. Er gab dann seinem Vater eine Lira und ermahnte ihn mit liebevoll strengem Ausdruck: »Aber versprich mir, daß du nicht zum Trinken gehst, ja?« Sein Vater gab das geforderte Versprechen ab, indem er erklärte, daß sein ›Herz‹ sowieso keinen Alkohol mehr vertrüge. Versprechen wurden gegeben und angenommen, doch das ›Verbotene‹ wurde trotzdem getan. Gleichzeitig spiegelte dieses kleine Spiel aber doch eine Sorge Jacques' wider. Eigentlich wollte er seinem sehr gealterten Vater damit zeigen, daß er sich sorgte, er könne zuviel trinken und auf der Straße einen Unfall erleiden. Jetzt war er an der Reihe, sich zu beunruhigen. Eine Weile hatte sein Vater große Angst gehabt, daß er, wenn er nach draußen ging, nicht mehr wiederkommen, auf der Straße sterben könnte. Doch um ehrlich zu sein, war dieses Gefühl in den Jahren, als er jenes Spiel spielte, wie viele seiner alten Gefühle unwichtig geworden. Es war eine Zeit, als jene Todesahnung mit jedem Tag mehr von ihm Besitz ergriff…

Doch es sollten noch ein paar Jahre vergehen. Eines Abends kam sein Vater nach einem Tag, an dem er zum Trinken gegangen war, müder als sonst nach Hause und sagte, er habe viel getrunken, habe das aber ›tun müssen‹. Er habe auf dem Weg vorbei am Fischmarkt Izak Saporta getroffen, den er seit Jahren nicht gesehen hatte. Izak hatte ihm den Eindruck gemacht, als werde er von der Last vieler Probleme ziemlich erdrückt, als sei er lebensmüde. Statt sich mit einem Gespräch auf die Schnelle zu begnügen, hatten sie sich irgendwo hingesetzt und richtig ausgesprochen. Er habe Izak eingeladen, denn er sei immerhin einstmals sein ›Arbeitgeber‹ gewesen. Jacques erinnerte sich sehr gut an Izak Saporta. Izak war einer der Meister im Atelier in Halıcıoğlu gewesen. Nach dem ›Brand‹ hatte er seinen Beruf weiter ausgeübt, und dank der vorhandenen Kontakte hatte er bald eine neue Arbeit gefunden. Leider hatte auch ihn die Katastrophe der Vermögenssteuer getroffen. Sie hatten erfahren, daß er seine Teppiche, um seine ›Schulden‹ zu bezahlen, weit unter Wert verkauft hatte, verkaufen hatte müssen. Das waren die Tage, an denen mehr als sonst die Geier unterwegs waren und niedriger flogen… Izak hatte seine ›Schulden‹ bezahlen können, doch nach diesem Vorfall hatte er sich dem Vernehmen nach nicht wieder erholt.

Kurze Zeit später starb er still und leise in seiner Ecke, im Kreis seiner letzten Familie. Es war inzwischen etwa zwei Jahre her, daß sie durch Zufall von seinem Tod erfahren hatten. Es war also ganz unmöglich, daß sein Vater Izak Saporta getroffen haben konnte.

Wenn man diese Tatsache bedenkt, dann war es interessant, daß er sich für sein Spiel diese Erzählung ausgedacht hatte. An jenem Abend verstarb er plötzlich, ›ohne jemandem Bescheid zu sagen‹, kurz nachdem er sich, mit einem Ausdruck der Fassungslosigkeit und als erkenne er seine Umgebung nicht, in seinen Sessel gesetzt hatte... Alle waren irgendwo in der Wohnung gewesen. Wie er sich erinnerte, war Roza in der Küche gewesen. Er selbst war dabei, ein paar Kohlen vom Balkon zu holen, um den Ofen nachzuheizen. Seine Mutter war wohl in ihrem Zimmer, saß auf dem Bett und steckte vor dem Abendessen ihre langen weißen Haare zusammen. Lilika war sicherlich im Salon in ihrer Ecke und klatschte wieder jemandem vor dem Fenster Beifall... Die Kinder waren in ihrer eigenen Zeit... Er hörte ein dumpfes Geräusch. Kurz darauf kam Lilika in Panik auf den Balkon und rief »Padre! Padre!« Sie liefen sofort in den Salon. Sowieso waren alle auf Lilikas Geschrei in den Salon gekommen. Sein Vater lag in voller Länge neben dem Sessel auf dem Fußboden und schien etwas sagen zu wollen. Er trug einen weißen Anzug, ein cremefarbenes Hemd, eine weiße Seidenkrawatte, weiße Strümpfe und Schuhe. Das fiel ihm in diesem Augenblick auf. In wenigen Sekunden war alles vorbei... Jacques schaute erst die Umstehenden an, dann vor sich hin und sagte unumwunden: »Wir haben Vater verloren.« Alle waren entgeistert, als nach kurzem Schweigen seine Mutter reagierte, indem sie ihren Ehemann schalt: »Na bravo, Avram! Wieder hast du nicht Bescheid gesagt! Das sollst du büßen!« Darauf zog sie sich ganz allein, langsam und ohne Hilfe zu erbitten, auf ihr Zimmer zurück. Was sie dort in den ›ersten Stunden‹ auf welche Weise ›sah‹, an wen sie sich vor allem erinnerte, das erfuhr niemand... Sie wußten nur und sahen, daß sie um ihren ›Ehemann‹, den einzigen Mann ihres Lebens, keine Träne vergoß, beziehungsweise daß sie selbst den ihr Nahestehenden ihre Tränen nicht zeigte. War dies das einzige, was ihre des Lichts beraubten Augen fühlen konnten?... Eine solche Reaktion mag vielen Menschen unglaubwürdig, befremdlich vorkommen. Man mag sich auch wundern über ihre Worte beim Tod des Mannes, dem sie immer verbunden gewesen war. Doch mit ein wenig Verständnis konnte man erkennen, daß beiden Reaktionen eine tiefe Liebe zugrunde lag. Zudem ›verbarg‹ sich in dieser Liebe die Haltung einer ›würdigen‹ Frau; dieses Urteil stand ganz im Gegensatz zu dem, was die Mehrheit ›dachte‹, die wieder einmal auf ungewöhnliche Menschen nur von außen schaute und davon ausging, daß seine Mutter sich dem Schicksal immer gebeugt und zu allen Eskapaden ihres Mannes stets nachdrücklich geschwiegen hatte. Sie hatte ihren Mann trotz allem bis zum letzten Atemzug geliebt, den Mann, der sein Leben, ein wenig tastend, immer etwas besser hatte leben wollen. Es war eine ganz andere Form von Zartheit, daß sie, als ihr ›Augenlicht‹ erloschen war, sich entschied, diese Liebe ganz in sich zu vergraben. Sie wollte ihren Mann nicht an sich ›binden‹, nur weil sie gezwungen war, als eine ›von anderen abhängige Frau‹ zu leben; das hätte sie nicht ertragen können. Oft bekommt die Liebe eine Bedeutung echter Selbstlosigkeit durch Schweigen. Sie erlebte ihre Einsamkeit, ihre wirkliche Einsamkeit an diesem kleinen Ort und im ›Schauen‹. Es war eine Einsamkeit, die wie jede lange ›echte‹ Einsamkeit nicht ›mitteilbar‹ war. Eine lange mit Geduld getragene Einsamkeit, die sie durch Schweigen zu schützen versuchte... Eine Einsamkeit, die darauf beruhte, daß ein Mann, der viele ›Feinheiten‹ entdeckt hatte in Details, in ›Farben‹, die anderen verborgen blieben, daß dieser Mann die wirkliche Bedeutung der Liebe seiner Frau niemals gesehen hatte und ihren Rückzug in sich selbst nur dem ›anderen‹ Zustand zuschrieb, der durch die ›verhängnisvolle‹ Veränderung hervorgerufen worden war. In ihrem ›Rückzug‹ lag kein Groll, keine Verstimmung, vor allem aber nicht die Absicht, bei anderen ein schlechtes Gewissen hervorzurufen. Diesen Sachverhalt stellten Mutter und Sohn in den stundenlangen Gesprächen, die sie miteinander führten, in aller Deutlichkeit heraus. Der größte Schmerz von ›Madame Perla‹ lag darin, daß ihr Mann nie die wirkliche Bedeutung dieser Liebe verstanden hatte. Ihrer Liebe fehlte immer ›etwas‹. Daß seine Mutter auch nach der erzwungenen Trennung durch den Tod fast nie von ›Avram Efendi‹ sprach, konnte er sich mit ihrem Willen erklären, das Spiel fortzusetzen, eigensinnig fortzusetzen. Nach jenem Tag der Trennung ›erinnerte‹ sie sich an ihren Mann nur zu ganz besonderen Gelegenheiten. Es waren Momente, die weit entfernt von jenen ›poetischen‹ Momenten waren, wie sie etwa von einem Lied im Radio oder vom Duft einer Speise aus früherer Zeit hervorgerufen wurden. Vielmehr waren es gewöhnliche Augenblicke, denen niemand Bedeutung zumaß, in denen sie merkte, wie sehr sie ihren langjährigen ›Gefährten‹ vermißte, etwa beim heftigen Zuschlagen der Haustür oder wenn sie über eine Teppichquaste stolperte. Diese Szenen waren gleichzeitig auch die letzten Szenen des Dramas ihres Lebens, das sie nun allein weiterführen mußte … ›Madame Perla‹ gedachte ihres Mannes in jenen Szenen, in jener Inszenierung, die geschickt vorbereitet schien, nicht in Momenten, die jeder kannte oder erwartete, sondern in Augenblicken, die niemand wichtig nahm. Steckte in dieser Haltung vielleicht außer dem Entschluß, jene tiefe ›bedeutungsvolle‹ Verbindung erneut zur Sprache zu bringen, der Wunsch, sich für die kleinen Seitensprünge, Treulosigkeiten listig zu rächen? Warum nicht? Sind es nicht gerade diese kleinen Streiche, diese einzigartigen Details, die nur wenige Menschen bemerken, die unserem Leben oft Farbe, wirklich Farbe geben?

Doch endete die ›Demonstration‹ von Madame Perla hier nicht. Sie übernahm es damals freiwillig, die Quasten der Teppiche in der Wohnung in Ordnung zu bringen. Diese Arbeit konnte und sollte außer ihr niemand tun. Es war beeindruckend, daß sie diese Arbeit trotz der besonderen Umstände fehlerlos ausführte, ausführen konnte … Der gleiche Wunsch nach Perfektion zeigte sich auch, wenn sie den Tisch deckte, Spitzen häkelte, Bohnen verlas. Als wollte diese Frau, die ›zu ihrer Zeit‹ für ihre

Augen und ihre Blicke viele Komplimente bekommen hatte, sich ganz langsam mit einer Kette, die sie selbst gefunden hatte, an jenes Leben binden, das sie nicht mehr sehen konnte... Sowohl in der Wohnung in Asmalımescit als auch später in Harbiye lebte sie ihr kleines, stilles Bemühen. In jenen Wohnungen hatte sie auch ihre sonnigen Stunden, die sie wirklich erleben konnte. Als sie in das Haus, besser gesagt, in die Appartementwohnung in Harbiye zogen, fingen seine Geschäfte an, wirklich gutzugehen. Sie zogen in eine neue, moderne Wohnung mit Zentralheizung, beneidet von Verwandten und Bekannten, die einige weitere Jahre in Tünel am Galataturm bleiben mußten. Berti bereitete sich auf Cambridge vor. Olga war an einem besonderen Platz, an sehr besonderen Orten, die niemand in Frage stellen würde. Madame Roza war zu Hause und machte ihm viele Jahre lang den Eindruck, als lebte sie in einer ›Gefangenschaft‹... Lilika war gestorben... Jerry wurde erwachsen und würde, um noch ›erwachsener‹ zu werden, ein ganz anderes, sehr ›fernes‹ Land wählen... Auch der Laden in Sultanhamam wuchs. Er zählte in seinem Umkreis auf dem Stoffsektor zu den geachtetsten Kaufleuten. Jedesmal, wenn er daran dachte, daß sein Vater nicht miterleben konnte, welches Ansehen er nach so vielen Mühen erreicht hatte, breitete sich eine tiefe Trauer in ihm aus, die er mit niemandem teilen konnte, eine unbestimmte Traurigkeit vermischt mit Freude und einem kleinen Stolz, den er zu verstecken versuchte... Was für ein langer Weg war es gewesen, von jenem ›Brand‹ bis zu diesem Platz... Jene Straßen, jene Häuser gab es nun nicht mehr... Dort waren jetzt neue Bewohner und ihre Träume... Es gab die alten ›Zimmer‹ und ihre alten ›Reichtümer‹ nicht mehr. Man mußte die Veränderungen akzeptieren und die Tatsache, daß sich genauso wie das Leben ›die Wirklichkeit verändern‹ konnte. Mehr noch, wenn er sein Leben überblickte, dann konnte er sogar sagen, daß sich – abgesehen von den manchmal unvermeidlichen Sehnsüchten – die alltäglichen Lebensbedingungen zunehmend verbessert hatten. Die Grundgefühle veränderten sich jedoch nicht, ließen sich nicht verändern, trotz der Unterschiede im äußeren Bild. In den verschiedenen Häusern war man denselben Hoffnungen gefolgt, hatte versucht, die gleichen Gewohnheiten und Moralvorstellungen aufrecht zu halten. Beispielsweise war eine der wichtigsten Regeln des Geschäftslebens für ihn, Schulden zuverlässig zu bezahlen. Sein Vater hatte ihm den Weg gewiesen, indem er irgendwann einmal von Wechseln und Schecks gesagt hatte: »Die Papierchen sind nur für ehrliche Leute da.« Für ehrliche Leute reichte sogar das gegebene Wort, sogar ein einfaches Wort… Das Wort war eine ›Verpflichtung‹ und bedeutete zugleich einen Beweis des Respekts vor dem, was man getan und oder geträumt hatte. Wer dagegen nicht ehrlich war, für den hatten die kleinen Papiere sowieso keine Bedeutung. Diese Überzeugung hatte er nie verloren.

Wenn er es recht überlegte, hatte er jene Jahre sowieso mit vielen ›Prinzipien‹ gelebt… Das Mittagessen täglich zur selben Zeit einzunehmen, um Viertel nach zwölf, war für ihn eins dieser Prinzipien. Dazu gehörte auch, kein Essen von ›auswärts‹ zu bestellen. Er brachte deswegen damals die Speisen von zu Hause im ›Henkelmann‹ mit. Die Speisen – oftmals Reste des vorherigen Abendessens – wurden von Madame Roza ausgewählt. Auf diese Weise war sein Arbeitsplatz immer mit dem Haus verbunden. Die Brücke wurde jeden Morgen für die Rückkehr an jedem Mittag oder Abend gebaut… Diese Tatsache wurde ihm erst Jahre später bewußt, als er andere Einsamkeiten, Fernen, vielmehr Unerreichbarkeiten erleben mußte. Damals war jeder Morgen eine andere Rückkehr gewesen… Wahrscheinlich hatte auch die Persönlichkeit von Madame Roza zu diesem Gefühl beigetragen. Die Liebe hätte man aufgrund ihrer Persönlichkeit sehr nahe spüren können… In dieser Situation war die Liebe jedoch eine andere Form der Gefangenschaft. Eine Gefangenschaft innerhalb unbestimmter Grenzen; und weil die Grenzen nicht bestimmt worden waren, wurde die Gefangenschaft meistens unbewußt erlebt. Doch diese ganz ›natürlich‹ erlebte Gefangenschaft zeigte auch ›erwünschte‹ Aspekte, die eine Person glücklich machten, weil sie nirgends anders hin wollte. Wie anders ließ sich sonst das kleine Glück am Freitagvormittag erklären, das durch den Bau jener Brücke entstand? Normalerweise waren an diesen Vormittagen ›in aller Frühe‹ schon ein, zwei verschiedene Essen für das Wochenende fertig gekocht. Das waren je nach Jahreszeit wechselnde oder immer wiederkehrende, nie ›von diesem Herd‹ verschwindende Gerichte. Beispielsweise konnte der Geruch von frisch gekochtem Fleisch sich in allen Ecken des Hauses verbreiten, oder ein paar Auberginen waren in der Glut gegart oder angebraten worden… Normalerweise machte er das Essen im Laden selbst warm. Er breitete sorgfältig seine Serviette auf dem Tisch aus, füllte sein Glas mit Wasser, und ab und zu lud er auch Kirkor ein, sich an der ›Verköstigung‹ zu beteiligen… Das geschah an Tagen, an denen Madame Roza ihn dazu ›angehalten‹ hatte. Madame Roza, wußte, welche Speisen Kirkor mochte, und wenn sie eine davon gekocht hatte, tat sie einen weiteren ›Henkelmann‹ in die Tasche. Das waren lobenswerte Momente, deren Wert anerkannt wurde. Jacques und Kirkor blieben in diesen Momenten den Gewohnheiten und den kleinen Freuden verbunden, und in dem langen Zusammensein in jenem Laden hatten sie einander in ihren schlimmsten Zeiten und mit ihren schwächsten Seiten gesehen.

Das ›Notwendige‹ in der ›richtigsten Weise‹ zu tun, oft ohne daß es nur eines einzigen Wortes bedurfte, war zweifellos ein Teil ihrer Gemeinsamkeit oder des Willens zusammenzubleiben. Am ersten Tag des Jahres zum Beispiel ließen sie alles stehen und liegen und kamen zu einer Zeit, als die meisten noch schliefen, in den Laden. Damit das neue Jahr glücklich verlief, warfen sie einen Granatapfel auf den Boden, so daß er zerplatzte; und wenn die Kerne herumsprangen, beteten sie ›ihre Gebete‹ füreinander und für ihre Menschen. Dann tranken sie zusammen einen Kaffee und besprachen die bevorstehenden Arbeiten… Dann… Dann kehrten sie still in ihre Häuser zurück… Sie ließen in jener Zeit auch niemand anderen daran teilnehmen. Während sie die verstreuten Kerne des Granatapfels mit einem alten Besen, der zu den ›Glücksbringern des Ladens gehörte, zusammenkehrten, wünschten sie einander für die Zukunft noch viele solche Augenblicke. Sie hatten Gelegenheit, diesen Glückwunsch ›dort‹ viele, viele Jahre lang zu erneuern...

Ihre Tage im Laden erlebten sie – außer mit ihren Ängsten und Enttäuschungen und den Bedürfnissen, die sie versteckten – auch mit solchen kleinen Hoffnungen. Wenn man das bedenkt, gehörten die ›Erschütterungen‹ zu den unvermeidlichen Bestandteilen des Lebens... Die ›Erschütterungen‹ dienten als unvermeidliche Bestandteile des Lebens dazu, dieses besser zu verstehen. Die Tage der ›Nationalen Verteidigung‹ und des Militärputschs von 1960 waren mit diesen Gefühlen erlebt und schlecht und recht überwunden worden... Als er etwas Geld verdient hatte, kaufte er, einer Regel folgend, für Madame Roza zuerst einen Persianer, dann einen Nerzmantel und später im Basar von einem Freund, dem Juwelier Meister Dikran, einen ›Solitärring‹. Natürlich machten sie auch Reisen. Sie fuhren nach Rom, Mailand, Paris, London, Wien, Athen, Genf, Barcelona und Palma de Mallorca... Nach London und Genf reiste er ein paarmal auch allein ›in Geschäften‹... Nach Israel fuhren sie, um Verwandte zu besuchen. Das waren Reisen, die sich von den anderen unterschieden, sozusagen Besuche ›zu Hause‹. Dann mußten sie kein Hotel finden und kein Geld für ein Hotelzimmer ausgeben. Dafür brachten sie eine Menge zu Essen mit, wonach ›die dort‹ Sehnsucht hatten, beispielsweise eingemachten Thunfisch, Hartwurst und Dörrfleisch, Teigfladen und Weißkäse... Das gehörte für diejenigen, die damals diese Reisen unternahmen, zu den ›unverzichtbaren Pflichten‹. Einige Kilo ›unvergeßliche‹ Speisen aus ihrem ›früheren‹ Land als Gegengabe für ein kostenloses Zimmer... Doch das war nicht nur ein einfacher ›Handel‹. Dabei wurde ein Gefühl, wurden einige alte Geschmackserlebnisse aufs neue belebt. Eine Hoffnung wurde erneuert, die an manchen Stellen nie zerstört werden konnte... Diese Gefühle konnten sie in den ›anderen‹ Städten nicht erleben. In jenen Städten blieben sie womöglich nur in den von Bekannten empfohlenen Hotels, die ›nicht schlecht‹ waren, wo man es aushalten konnte… Zuletzt kamen die Einkäufe, die zeigen sollten, daß sie aus jener Stadt zurückkamen… Sie hatten einander nie bei diesen Darbietungen gehindert…

Olga zog es vor, zu dem zu schweigen, was sie erlebte. Sie äußerte ihre Trauer, ihre Verletztheit durch ihr Verhalten, doch sie sagte – wahrhaftig – kein einziges Wort über das Thema. Als führte sie in dieser Schweigsamkeit einen versteckten Kampf, der mit dem Bewahren ihrer Würde und mit dem besseren Verständnis ihrer Weiblichkeit zu tun hatte. Einen Kampf, in dem es darum ging, ihre Würde zu verteidigen und ihr Selbstwertgefühl bis zuletzt zu bewahren; einen Kampf, in dem sie darauf verzichtete, ihre Hilflosigkeit als Schutzschild zu benutzen, und in dem sie die Hoffnung hatte, den Menschen früher oder später mit seinem Fehler zu konfrontieren… Auch wenn solch eine Entscheidung in vielen Fällen in die Einsamkeit führte… Hier, genau hier, mußte er jetzt verweilen… Jetzt wußte er es… Er wußte… Denn in seiner völligen Einsamkeit, jetzt, da er niemanden mehr hatte, zu dem er fliehen konnte, wollte er vor sich selbst, wenigstens vor sich selbst zugeben, daß er trotz allem, was er erlebt hatte, ein Mensch der kleinen Schritte war, daß er den langen Weg nur in jenen kleinen Schritten hatte nehmen können. Vielleicht hatte er sich deshalb entschieden, die Wochenenden zusammen mit seiner Familie zu verbringen, obwohl er Sehnsucht nach Olga gehabt hatte, weil er sich andere, davon verschiedene Schritte nicht zu tun getraut hatte… Samstagabends waren sie oft zum ›Fünfuhrtee‹ ins Hotel Tarabya gegangen. Manchmal hatten sich ihnen Bekannte angeschlossen. In den Sommermonaten waren sie nach der Teestunde oft ins ›Sommerhaus‹ ihrer Nachbarn Stavropulos gegangen, das in der Nähe des Hotels lag. Nachdem dessen erste Frau, die dicke Filiça, die ›von der Insel‹ stammte und keine andere Begabung außer Essenkochen hatte, in jungen Jahren gestorben war, hatte Mihali Stavropulos kurz darauf eine junge Witwe namens Afro geheiratet, die am Zoğrafyon Gymnasium Französisch unterrichtete und die ihren Ehemann ›ohne Zeitverlust‹ an den ›ihm zustehenden Platz geschickt‹ hatte, eine lebensvolle, attraktive Frau, die durch ihr Lächeln und ihre Blicke vielen Männern den Kopf verdrehen konnte. Hatte Mihali in seiner ersten Ehe noch ein sehr einfaches Leben geführt, so daß er von seiner Umgebung sogar ›Geizkragen‹ genannt wurde, so öffnete er nach der zweiten Heirat weit seine Geldbörse und zeigte, oder mußte zeigen, daß er viel reicher war als vermutet. Mit Afro kam aufgrund der Eheschließung auch ihre Schwester Sofia ins Haus. Und ›zusammen‹ lebten sie ein neues Leben ... Sie wirkten glücklich ...

Anfangs waren sie mit dem Minibus nach Tarabya gefahren. Später kauften sie ein Auto der Marke Desoto. Das war für die damaligen Verhältnisse ein ziemliches Prachtstück, ein Auto, das ›etwas hermachte‹. Sie benutzten es nur am Wochenende. Auf dem Weg zur Arbeit zog er jahrelang das *dolmuş* vor. Viel lange Jahre ... Ohne Protest wartete er in der Schlange, selbst an regnerischen, verschneiten, kalten Wintertagen, indem er sich immer wieder sagte, daß das Leben ein langer Kampf sei und dadurch seinen Sinn bekäme. Das war sicherlich der Preis dafür, daß er sich nicht vor der Zukunft fürchtete ... Jedoch mit der Zeit veränderten sich auch diese Bilder und glitten in eine ganz andere geschichtliche Epoche hinüber. In seinen ersten Jahren fuhr Berti mit einem schwarzen Achtsitzer der Marke Humber zum Laden. Er hatte ihn einem höheren Beamten des englischen Konsulats nach dem Ende seiner Dienstzeit abgekauft. Die Zeiten änderten sich ... Wie in allen Romanen, Filmen, Schlagern ... Nach Ladenschluß fuhr Berti seinen Vater heim. Sie hatten getrennte Wohnungen ... Auf dem Weg sprachen sie fast nicht miteinander ...

Hätte ich doch *Okka*-Rosen finden können

Ein fremdes, ein wenig fernes Auge hätte in den Leben, die nur mit kleinen Schritten erobert wurden, nur kleine Aufbrüche sehen können. Dieses Auge hätte in diesen Schritten vielleicht sogar eine Form von Stagnation gesehen. Um aber eine kleine, doch echte Freude aus den ›kleinen Erfolgen‹ ziehen zu können, war eine ganz andere Lebenssicht notwendig, die man nur lernen konnte, indem man lebte. Das war eine andere Form der Meisterschaft... Eine andere Form seiner Fähigkeit, trotz der Blicke aus seiner Umgebung, die ihm Kraft gaben, sich in manchen Momenten der Einsamkeit oder des Rückzugs nicht vor dem Erleben von Zweifeln und Reue zu verschließen. Er kannte solche Zeiten. Er konnte auch über das reden, was er zurückgelassen hatte; angesichts des Verlusts konnte er Gefühle wiedererwecken, die vergessen, ›überwunden‹ schienen und die neue Probleme brachten. Solche Zeiten hatte er erlebt, würde er immer erleben.

Doch er hatte auch noch eine andere Fertigkeit besessen, die sein Leben in einer wichtigen Phase geprägt hatte, die ihm erlaubt hatte, in manchen Stunden wirklich stolz auf sich zu sein. In den Augen derer, die diese Stunden geteilt hatten, war er immer ein unbesiegbarer Meister des Bézigue-Spiels* geblieben. Jeden Sonntagnachmittag hatte er sich mit seinen Freunden in einem bestimmten Haus versammelt, wo sie ›Karten‹ spielten. Die Absicht war zweifellos, sich zu treffen, die Zeit miteinander zu verbringen, sich nicht allein zu fühlen, die Zugehörigkeit zu einer Gruppe zu spüren. Wer solche ›organisierten‹ Zusammenkünfte zum festen Bestandteil seines Lebens gemacht hat, kennt das Gefühl sehr gut. Auch wegen seiner Meisterschaft an diesen Tischen hatte er wohl so viele Jahre überlebt. Es war, als hätte er in jenen Zeiten ein kleines Königreich errichtet, dessen Existenz nicht nach außen hin bekannt werden sollte. Ein kleines Königreich, das über das einfache Spiel hinausreichte. Ein kleines Königreich, das jemanden auch daran erinnern konnte, daß ein, zwei einfache Anstöße manchmal eine große Bedeutung haben können... Die Sonntage waren viele Jahre lang durch diese Gefühle farbiger geworden, er hatte sie sinnvoller machen wollen. Durch die kleinen ›Siege‹ hatte er die Leere dieser Sonntage, die Leere, von der er niemandem erzählen konnte, zu überdecken versucht... Seine Freunde hatten gewechselt, die Gruppen, die Häuser, die Straßen, das Essen und die Art, wie das Essen serviert wurde, doch nicht verändert hatte sich die kleine Freude des Zusammenkommens und seine Überlegenheit im Bézigue. Dann waren sie langsam immer weniger geworden... Die Zimmer waren immer kleiner geworden, bis sie eines Tages nur noch in ihren persönlichen Zimmern gespielt hatten... Viele waren gegangen... Er wußte nun nicht mehr, wer ›nicht gegangen‹ war oder mit welchen Gefühlen sich die Verbleibenden wohin verloren haben mochten. Was er wußte war, daß er seit Jahren nicht mehr Bézigue gespielt hatte und daß er sich an seine ›Großmeisterschaft‹, die er in einer lange entfernten Zeit erlebt hatte, nur durch jene Bilder erinnern konnte. Da wurde ihm seine Einsamkeit nur um so mehr bewußt, und daß die Zeit, in der er lebte, die Zeit ›der anderen‹ war. Das war ein anderer Aspekt jenes langen Sterbens...

Nachdem sie das Auto gekauft hatten, waren sie sonntags öfter an den Bosporus gefahren. Auch die Momente, die Stunden, in denen sie mit den Kindern ein wenig Meeresluft schnappten, wenn sie manchmal dort in einem der Lokale zu Mittag aßen oder im Auto am Ufer Tee tranken – zu warmem *börek* ohne Füllung, dick mit Puderzucker bestreut vom *börek*-Laden in Büyükdere –, gehörten zu ihren kleinen, oft wiederholten ›Ritualen‹. Die einzelnen Handlungen hatten dabei eine Bedeutung. Man mußte als Familie zusammensein, und, wichtiger noch, man mußte die anderen dort treffen... Jene kleinen Erinnerungen kehrten jetzt zu ihm mit ihren herzlichen, unschuldigen, einfachen, trotz aller Lügen und Treulosigkeiten unbeschmutzten Bildern zurück... Er sehnte sich dorthin... Konnte er Berti auch von seiner Sehnsucht erzählen? Wenn sie doch eines Morgens, an einem Sonntagmorgen dorthin, ans Meeresufer gehen könnten... Natürlich konnte er nicht wie früher *börek* essen. Dennoch konnte er im Andenken an jene Tage sich ein kleines Stück ›schnappen‹. Wenigstens einen schwachen Tee, und wenn das nicht ging, einen Lindenblütentee konnte er trinken. Sowieso war eigentlich nur wichtig, noch einmal am Meer zu sein, noch einmal diesen Geruch einzuatmen. Er wußte, dort hatte sich

›sehr viel‹ verändert. Er hatte gehört, daß manche Häuser an der Stelle von anderen standen, und im Fernsehen hatte er gesehen, daß manche Straßen in breiteren Straßen verlorengegangen waren. Doch schon längst hatte er gelernt, was er gegenüber solchen Veränderungen oder Verlusten zu tun hatte. Er würde ans Meer fahren, auf den Wegen wandern, die von jenen Verfälschungen verschont geblieben waren, und so tun, als sähe er das nicht, was er sah, sehen mußte... So tun, als sähe er das nicht, was er sah, sehen mußte... Genauso hatte er es bei vielen Konfrontationen in seinem Leben gemacht oder wenn er eine Enttäuschung hatte erleben müssen. So tun, als sähe er nicht... Die Jahre hatten ihn gelehrt, diese Maske aufzusetzen, diesen Menschen darzustellen... Es gab überdies noch einen Weg... Noch einen Weg... Er konnte zum Beispiel dort, an ihrem Meer, an seinem eigenen Meer leben. In der Welt der anderen konnte er an seinem Meer leben... Er konnte versuchen, in der Welt der anderen seine eigene Welt zu bewahren oder neu zu erbauen... Diese Erzählung war seine Erzählung...

Die Wände waren die von uns allen

Man konnte natürlich auch versuchen, manche Schmerzen zu bekämpfen, indem man sie nicht beachtete oder sich entschied, sie nach außen nicht zu zeigen, sie nur in sich selbst zu erleben. Es schien sich hier ein ganz anderes, nicht leicht zu fassendes Gefühl zu verstecken, das jenseits von Gekränktheit, Enttäuschung, Mißtrauen ein Licht auf eine persönliche Geschichte werfen konnte. Mit der Überzeugung, daß es keinen unerträglichen Schmerz gab, konnte man vielleicht in dieser kleinen Ecke leichter leben... Monsieur Jacques, der Monsieur Jacques, den ich kannte, hing vollständig dieser Überzeugung an, war davon durchdrungen. Ihr hättet auch erfahren können, wie man jene Wunden ertragen konnte, jene Wunden, die sich trotz aller kleinen Siege nicht wirklich schlossen... Vielleicht wage ich jetzt am ehesten, mich ihm in einem solchen Moment zu nähern, jetzt, da ich erneut über die lange Erzählung nachdenke, die ich eines Tages schreiben will, ausgehend von dem, was er in mir zurückgelassen hat. In dieser Situation drängt es mich, ein paar weitere Schritte in jener Erzählung zu tun. Zweifellos bedeutet der Wille, ein paar weitere Schritte zu tun, Mut zu fassen, um aufs neue zu verstehen. Doch jetzt, da das, was ich erzählen will, mir vor Augen liegt, frage ich mich, ob ich derart tief in ein Menschenleben eindringen soll. Diese Unsicherheit habe ich auch an anderer Stelle erlebt. Dort gab es Menschen, über die ich erzählen wollte oder, besser gesagt, über die eine lange Erzählung zu schreiben ich geträumt hatte. Das waren Menschen, die mir von Zeit zu Zeit ihre wertvollsten Fotografien gegeben hatten und deren Leben ich ein wenig auch mit Hilfe meiner Phantasien aufgebaut hatte. Menschen, die mich sowohl als Zuschauer ansehen als auch als einen Protagonisten, der wenigstens streckenweise an der Erzählung teilnimmt... Natürlich sollte ich die Grenzen bedenken; die Grenzen waren wieder einmal meine Grenzen. Die Grenzen waren meine Grenzen... Die Mauern waren meine Mauern... Ich wußte nämlich, daß ich diese Menschen, selbst diese Menschen nicht adäquat verstehen konnte. Das ist ein Problem, das mit der Methode zusammenhängt, mit der Art und Weise, sich einem Menschen zu nähern. Ich stellte mir Monsieur Jacques eines Morgens beim Aufwachen vor, ging dann aus von dem, was er mir mitgeteilt hatte, und ein wenig von dem, was ich von anderen gehört hatte, und versuchte zu erzählen, indem ich sogar in seiner größten Einsamkeit ›an seiner Seite‹, vielmehr sozusagen in ihm blieb. Ich bin in den Korridoren einer langen Rückkehr in die Vergangenheit gewesen. Weil ich vor allem selbst davon überzeugt war, daß auf diese Weise manche Gefühle besser erklärt wurden, habe ich stellenweise in vollem Bewußtsein Probleme der Chronologie und des inneren Monologs vernachlässigt. Es ist möglich, daß ich mit meinen Interpretationen in die Falle mancher Irrtümer, meiner eigenen Lügen getappt bin. Ich habe jenen Weg im Wissen um die Gefahr weiter verfolgt.

Schließlich mußte ich diesen Menschen, der mir im Namen des Lebens ein paar Einzelheiten geschenkt hatte, die ich nie vergessen werde, jemand anderem, dem Leser, auf irgendeine Weise darstellen. Das ist zweifellos Egoismus. Ein Egoismus, der wie in vielen Fällen eine Art von Selbstverteidigung ist…

Jetzt, nachdem ich das alles erlebt habe, frage ich mich jedoch noch einmal… Hatte ich wirklich das Recht, so weit und überdies in dieser Weise vorzudringen? Ich kann mich ein weiteres Mal in den Gedanken, ›so habe ich ihn gesehen‹, flüchten. Ich kann sogar behaupten, daß er entschieden hat, mir nur gewisse Seiten seines Lebens zu zeigen. Doch scheint das Bedürfnis nach einem Zufluchtsort zu bestehen, um sowohl vor den anderen als auch sich selbst zu fliehen. Den Worten und den möglichen inneren Monologen sollte ein neues Leben gegeben werden. Habe ich zur Quelle dieser Fluchten hinuntersteigen können? Habe ich herausfinden können, bei wem oder was ich Zuflucht gesucht habe? Kann ich sagen, was ich gefunden habe, kann ich es in meine Worte fassen?… Die Antwort auf diese Frage habe ich noch nicht erreicht. Vielleicht will ich die Antwort auf diese Frage noch nicht erreichen. Das Gefühl, das diese Leinwand voller Träume in mir erzeugt, genügt mir hier, an dieser Stelle meiner Erzählung. Das Gefühl, das dieser Vorhang der Träume in mir erzeugt, genügt mir ein weiteres Mal… Auch diese Wiederholung ist mir inzwischen nicht lästig, ebensowenig wie die Aussage, daß mir die Wiederholung nicht lästig ist. Denn wir verfallen immer der Anziehungskraft unserer Irrtümer, die wir zusammen mit unseren Wahrheiten ›großgezogen‹ haben, beziehungsweise der Anziehungskraft unserer Wahrheit, die unseren Irrtümern immer die Arme öffnet, nicht nur bei dem, was wir erzählen wollen, sondern auch bei dem, was wir leben, was wir zu leben träumen. Manchmal sprechen wir nämlich, wenn wir eine andere Person beschreiben, auch von dem Menschen, der wir sein wollen. Deswegen bin ich besorgt, daß ich, ohne es zu merken, von mir selbst erzählt habe, während ich mich bemüht habe, Monsieur Jacques in dieser Erzählung, die er niemals lesen wird, zu beschreiben.

Was hätte man sonst tun können? Vielleicht wäre es auch eine Lösung gewesen, ihn aus dem Blickwinkel anderer Zeugen, in der Sprache anderer Zeugen darzustellen. Ich hätte mich noch ein wenig mehr zurückziehen und in meiner Dunkelheit, an einem Ort, wo niemand mich sehen konnte, eine neue Zeugenschaft versuchen können, wobei ich mich an gewisse Mängel erinnerte. Ich weiß, das ist einer der Wege, einen anderen zu verstehen und durch Ausprobieren ›verschiedener Sprachen‹ zu erreichen. Aber wenn ich diesen Weg eingeschlagen hätte, hätte ich mich wohl auch von der Wärme entfernt, die ich fassen und mit meinem ganzen Wesen beschützen wollte. Ich konnte meine Menschen nicht ›den anderen‹, ›jenen Stimmen‹ überlassen. Deswegen habe ich mich entschieden, ›mit all meinen Irrtümern‹ zu diesem Ort vorzudringen. Es war ein Ort, an dem ich all dem begegnen konnte – das wußte ich –, was ich vergessen und gänzlich aus meinem Leben hatte streichen wollen. Ich befand mich allmählich in einem Grenzgebiet, wo das Zurückweichen immer unmöglicher wurde. Der Mensch sagt dort zu sich selbst: »Noch ein Schritt, noch ein Schritt, noch ein Schritt«... Noch ein Schritt... Um manche Schritte zu vergessen oder ein wenig später zurückzukehren zu dem Menschen, den ihr am Ort des Aufbruchs zurückgelassen habt, den ihr nicht so wiederfinden werdet, wie er einst war... Noch ein Schritt... Der Ort war ein solcher Ort... Die Erzählung geht deshalb in mir weiter, setzt sich in mir fort, obwohl inzwischen so viel Zeit vergangen ist. Jenes Bild kehrt deshalb mit immer mehr Worten und Details, die sich ansammeln, zu dem Ort zurück, den ich erlebe und wo ich lebe.

Monsieur Jacques versucht in seinem Haus, in seinem letzten Zimmer, in einer Ecke fern von allen, in jenen Stunden, in denen er allein ist, wenn er gezwungen ist, mit sich allein zu leben, in jenen langen Rückbesinnungen sein Leben und seine Menschen noch einmal zu verstehen. Er denkt, er lächelt, er vergräbt sich in tiefes Schweigen... Er denkt, er erinnert sich, er wird zu einem Teil des Spiels... Auch ich versuche, diese Zeit zu verstehen, im Namen jenes Ortes, mit der Hoffnung, mich jenem Ort zu nähern, weil ich mich in so vielen Momenten dieses Lebens in der Rolle des Zeugen befunden habe ... Die Verantwortung, die wirkliche Verantwortung, erhält ihre Bedeutung sowieso durch das aus der Zeugenschaft entstehende Gefühl. Ja, Zeuge zu sein bedeutet, verantwortlich zu sein. Zeuge zu sein bedeutet, verantwortlich zu sein ... Ich habe vielleicht erst etwas spät meine Rolle in jenem Spiel erkannt, erst spät meinen Part in dem Spiel verstanden, aber zuletzt ist es mir gelungen ... Ich sollte zuschauen und dem zuhören, was gesagt wurde, wirklich zuhören, um es wiederzugeben. Zugleich war das Ganze nämlich auch ein kleines Spiel des ›Zu-Gehör-Bringens‹. Die Jahre würden vergehen, die Gefühle würden ihren richtigen Platz finden ... Das haben wir gewußt, auch wenn wir es mit unseren damaligen Worten nicht so deutlich ausdrücken konnten, sondern versucht haben, es mit unseren Blicken, unseren Händen, unseren Berührungen zu sagen ... Es war gleichzeitig ein kleines Spiel des ›Zuhören-Lassens‹ gewesen. In einer Welt, in der die Zuhörer, diejenigen, die zuhören wollen, immer weniger werden, brauchen wir alle das Sprechen, alle Formen des Sprechens, die uns nur immer einfallen mögen ... Damals hatte es eine Welt gegeben, in der die Zuhörer nur um ihrer selbst willen zuhören wollten ... Das war ein anderer Aspekt der Erzählung, einer der verborgenen Aspekte ... Einer der Aspekte der Erzählung, der mich unaufhörlich aufforderte, trotz all der Möglichkeiten des Scheiterns ... Vielleicht erfaßte mich deshalb so oft das Gefühl, als Zeuge berufen zu sein. ›Für sie‹, für meine Protagonisten, hat sich meine Erzählung geschrieben, für ›jenen Ort‹, den ich niemals zu suchen aufgeben konnte ... Monsieur Jacques gehört zu den ›Helden‹ dieser ›Schrift‹ in mir. Und in jenen Tagen gab es auch einen Ort, an dem das Gehört-Werden genauso wichtig war wie das Hören. Ein Ort, an dem das Gehört-Werden ebenso wichtig war wie das Hören ... In dieser Situation bedeutete meine Zeugenschaft Einsamkeit, die Angst, hierdurch in Vereinsamung zu geraten oder langsam eine Isolation aufzubauen ... Seine Bilder, die in mir lebten, verstärkten dieses Gefühl noch ...

Wir hatten unsere Begegnungen aus ›sehr privaten Gründen‹ unterbrechen müssen. Eines Tages traf ich ihn zufällig vor dem französischen Konsulat. Er hatte Bücher aus der Bibliothek in der Hand. Er war alt geworden, noch älter. Wie viele Jahre waren inzwischen vergangen?... Vier, fünf, sieben?... Ich mag mich jetzt nicht mal daran erinnern. Er war mir etwas böse, weil ich mich nicht bei ihm gemeldet hatte. Ich sagte, ich habe ganz woanders hinziehen müssen und jahrelang nicht zurückkommen können. Er verstand... Das Leben brachte uns allen andere Menschen und lehrte uns, andere Augenblicke zu leben... Einen großen Teil seiner Zeit verbrachte er jetzt mit Lesen. Er hatte sich ›zur Ruhe‹ gesetzt. In den Laden ging er fast nie. Dort brach alles zusammen, ging so langsam verloren. Alles brach zusammen, ging so langsam verloren... Genauso wie in manchen Häusern und manchen Leben... Dabei hatte der Laden viele Menschen ›leben lassen‹, hatte sie zusammengehalten... Zum Glück besaß er sein Haus. Das Haus, das niemand antasten konnte, der ›letzte Zeuge‹ seiner Einsamkeit... Auch auf Büyükada hatte er ein Haus, doch dort ging er nur noch selten hin... Dort hatte er andere Zeiten erlebt... Er lebte allein. Inzwischen klopfte kaum noch jemand an seine Tür. Er hatte aber gelernt, sich mit dem zu begnügen, was er hatte. Am Morgen stand er früh auf, nahm sein Frühstück an dem Tisch ein, den er am Vorabend gedeckt hatte, und dachte, dachte, dachte... In seiner neuen Welt mit seinen ›alten Dingen‹ zu leben, half ihm, das Vergehen der Zeit leichter zu ertragen. Die alten Dinge bedeuteten natürlich Hoffnungen, Gewissensbisse, waren Stimmen und Gerüche. Das Alte war auch ein wenig Madame Roza, ein wenig Olga, ein wenig Lilika... Waren Kirkor, Nikos, waren seine Eltern, waren die Straßen, die ihn in jene Häuser, jene Zimmer führten... War das Vergessene... Das Vergessengeglaubte... Das Unvergeßliche...

Das alles wußte ich. Das Leben hatte auch mir diese Menschen gebracht. Es waren die Menschen, deren Geschichten ich eines Tages zu erzählen, wirklich zu erzählen, den Mut haben würde... In unserem Gespräch erwähnte ich auch diesen meinen Traum.

Er lächelte. Wir beide wußten, daß diese Erzählung sich in einer anderen Zeit schreiben würde, daß es die Erzählung einer anderen Zeit sein würde... Es war ein Frühlingstag... Ein paar Tage vor dem Pessach-Fest. Er würde mit Berti und seiner Familie zusammenkommen, den ›Übriggebliebenen‹, denen, die noch da waren. Ich sollte doch auch kommen. Wir könnten uns im Andenken an die alten Tage, als wir noch viele waren, treffen... Und wenn ich irgendwo *okka*-Rosen fände... Er hatte es schon Berti gesagt, doch der war sehr zerstreut. Zudem sei er in letzter Zeit noch zerstreuter geworden. Das war ihm nicht zu verdenken, natürlich war es nicht leicht, das zu erleben, was er erlebte... Kurz gesagt, es konnte doch sein, daß mich mein Weg am Blumenmarkt vorbeiführte... Es reichte, wenn ich diesen Wunsch nicht vergäße. Er sehnte sich sehr nach diesem Duft. Jetzt war die Jahreszeit dafür. Jetzt war die Jahreszeit dieser Rose... Dann schaute er auf die Uhr, jene alte silberne Uhr an der Uhrkette. Wir beide kannten die Geschichte dieser Uhr... Meine Augen füllten sich mit Tränen, ich schaute ihn in diesem Augenblick mit einer unaussprechlichen Liebe an, die sehr tief drinnen wurzelte. Ich nehme an, er sah diesen Blick. Auf jeden Fall hatten wir zusammen eine Geschichte. Auch wenn wir an verschiedenen Orten, in verschiedenen Städten lebten, hatten wir doch eine Geschichte, die am selben ›Ort‹, durch dieselbe Erzählung belebt wurde... »Jene Schiffe sind immer an uns vorbeigefahren...«, sagte er in dem Moment... Jene Schiffe sind immer an uns vorbeigefahren... Wir waren irgendwo in Beyoğlu... Einst war von diesen Straßen aus... Ja, die Schiffe sind immer an uns vorbeigefahren... In dem Moment beobachtete uns ein Augenpaar... Ein Paar trübe Augen, herzlich lächelnd... Wir waren wieder einmal an den Punkt gekommen, wo die Erzählung aufs neue begann...

Erst ziemlich lange nach meiner kurzen Zeit der Erzählung, die ich mit Monsieur Jacques verbracht hatte, der Erzählung, die ihren besonderen Sinn ein wenig in unseren Schiffen gefunden hatte, in den Assoziationen unserer Schiffe, die wir verpaßt hatten oder die wir uns lediglich zu betrachten begnügt hatten, suchte ich Berti auf. An die *okka*-Rosen erinnerte ich mich deswegen erst wieder nach Ende der Saison, als ich am Blumenmarkt vorbeiging; und wieder einmal erlebte ich das Gefühl, zu spät zu kommen. Ich sagte zu mir selbst: »Dann nächstes Jahr...« Aber würde es einen anderen Sommer, einen anderen Frühling geben? Würde Monsieur Jacques in einer anderen Jahreszeit, in der Vorbereitung auf einen Sommer diese kleine Sehnsucht aussprechen können?... Natürlich konnte ich das nicht wissen. Was ich wußte und in dieser Zeit sehen konnte, daß alle meine ›Protagonisten‹, die in jener Erzählung ›gelebt‹, ›geatmet‹ hatten, in ihren eigenen Ecken mit unterschiedlichen Verletztheiten ›gealtert‹ waren... Auch Berti war sehr alt geworden. Dem Laden gegenüber war er jetzt noch fremder und ferner. Wir sprachen nicht viel, konnten nicht viel sprechen. Er dachte daran, den Laden zu schließen, wollte ihn mit ›möglichst wenig Verlust‹ zu Geld machen. Die Besitzer des Nachbarladens, Leute aus Konya, waren bereit, alle Waren zu übernehmen, doch sie hatten ein Angebot weit unter Wert gemacht. Obwohl er das wußte, würde er dennoch auf den Handel eingehen. Es gab keine andere Lösung. Er tröstete sich lediglich selbst, indem er die Entscheidung hinausschob, sie warten ließ. Mehr konnte er nicht tun. Es waren nun andere am Ruder. Es war eine alte Geschichte... Immer nahmen die ›anderen‹ den Platz von jemandem ein. Wirklich wichtig war zu verstehen, herauszufinden, wer die anderen waren, wen man als die anderen ansah, und den Mut zu haben, das auszusprechen. Ein Dilemma versteckte sich vielleicht auch hier hinter dieser nicht immer leicht zu stellenden Frage...
Überall fühlte man die Abwesenheit von Olga, Onkel Kirkor,

Nikos und Sedat, dem Araber. Das war für uns alle ein Mangel...
Für uns alle... Diesen Mangel spürte auch Berti. Er verstand
noch besser, daß manche Gegenstände mit ihren Menschen
und wirklich nur mit ihren Menschen geatmet und seinem Leben
eine Bedeutung gegeben hatten. Sein Vater hatte sich vielleicht
auch deshalb entschlossen, nach dem Tod seiner Lieben, denen
er in ›seinen‹ Tagen auf verschiedene Weise verbunden gewesen
war, dem Laden fernzubleiben, der ihm so viel bedeutet hatte.
Bisweilen kam er abends zu ihnen nach Hause. Meistens sprach
er dann mit Juliette... Juliette rief ihn jeden Morgen zur selben
Zeit an, um sich nach seinem Befinden zu erkundigen. Wieder
einmal war Berti also in die zweite Reihe gerückt. Für seinen
Vater war jetzt Juliette wichtiger... Nun lag aber in seinen Worten keine Verletztheit. Er war nicht verletzt, es gab nur Selbst-
ironie, eine feine, melancholische Ironie. Eine feine, melancholische Ironie, der man nur, wenn man Berti seit Jahren kannte,
anmerken konnte, daß sie ein Destillat jahrelanger Kränkung
war... Das, was sich änderte, was sich in diesem ›ungesungenen
Lied‹ ändern konnte, war nur dieser lautlose ›Blick‹... In jenen
Tagen hatte jeder für sich allein in seiner Einsamkeit jedoch diese
Grenze erreicht...

Sein Vater hatte sich immer mehr der Religion verschrieben,
nachdem er den ›Tod‹ von Jerry in sein Leben hatte einordnen
können. Er lieh sich religionsphilosophische Werke von einem
Freund aus, der in seinem Haus gegenüber der Synagoge eine
umfangreiche Bibliothek hatte. Juliette sah im Rückzug in dieses
neue Schneckenhaus einen natürlichen, unvermeidlichen Vor-
gang, der den nahenden Tod anzeigte oder das Gefühl, sich
den Toten langsam zu nähern. Das war ein langer, stiller Weg,
den er mit alten Träumen anzureichern versuchte. Als ich ihn
›ein letztes Mal‹ besuchte, verstand ich diese Wahrheit noch
besser. Vor mir befand sich ein Monsieur Jacques, der viel älter
war als der Monsieur Jacques, dem ich vor dem französischen
Konsulat begegnet war. Dabei waren inzwischen erst sechs Monate vergangen. Nur sechs Monate... Ein bißchen machte er mir

Vorwürfe, daß ich sie damals am Pessach-Abend nicht besucht hatte. Solche Abende würde man vielleicht nie wieder erleben ... In dem Moment konnte ich natürlich nicht sagen, daß ich mich entschlossen hatte, nicht zu kommen, weil ich nicht ertragen hätte, den ›Zusammenbruch‹ in voller Klarheit zu sehen. Es gab dort in der Erinnerung so viele Stimmen und so viele Bilder ...

Monsieur Jacques las mir bei meinem Besuch aus den Büchern, seinen letzten Büchern ein paar Abschnitte vor. Erst in diesem ›vorgerückten‹ Alter sei er imstande zu verstehen, was in der Thora oder in manchen philosophischen Büchern gesagt wurde ... Beim Abschied sagte er: »Erstmals in meinem Leben habe ich ein Los der Staatlichen Lotterie gekauft ... Vielleicht gewinne ich etwas. Ich gewinne etwas, und den Kindern bleibt etwas. Mein Vater hat jahrelang mit dieser Hoffnung gelebt. Nach ihm sehne ich mich sehr ...« Auch er wollte also seinen Kindern ›ein letztes Mal etwas zu geben haben‹ ... Obwohl er wußte, daß die Kinder woanders abgeblieben, verlorengegangen waren. Doch es war wichtig, dieses Gefühl zu erleben und bis zuletzt am Leben zu erhalten. Auf diesem langen Weg brauchte der Mensch seine Träume und Selbsttäuschungen ebenso wie die Wirklichkeit ...

Wenn ich mich jetzt an all das erinnere, schmerzt es mich am meisten, daß mich die Nachricht von seinem Tod so spät erreicht hat, so daß ich nicht an seiner Beerdigung teilnehmen konnte. Was hatte uns einander so entfremdet? Was war das für ein Raum, in den einzuschließen ich mich entschieden hatte, so daß ich nicht fühlte, wie ein Mensch starb, dem ich mich einst derart nahe gefühlt hatte? ... Ich weiß sehr wohl, daß ich diese Frage erst im Laufe der Zeit beantworten kann ... Im Laufe der Zeit werde ich auch diese Frage beantworten können ... Im Laufe der Zeit, wenn ich gelernt habe, in mir selbst weiter, direkter, unverhüllter vorzudringen ... Vielleicht bin ich dann nicht in der Lage, meine Antwort meinen Gesprächspartnern, meinen Lieben deutlich zu machen. Sei es drum. Ich sehe ja, daß ich den Ort früher oder später erreichen werde, trotz aller Verzögerungen ...

Dennoch kann ich nie das Gefühl eines Versäumnisses verdrängen, weil ich Monsieur Jacques auf seiner letzten Reise nicht begleitet habe... Dieses Versäumnis wird immer bleiben und sich zu gegebener Zeit immer wieder in Erinnerung bringen... Diese Lücke wird vielleicht niemals adäquat zur Sprache kommen, sich mitteilen können... Denn was er mir hinterlassen hat, ist etwas wirklich ›Erlebtes‹, das eine Bedeutung bekommt durch das Bestreben, sich mit all den traurigen Freuden, den Verletzungen, Traurigkeiten und neuen Hoffnungen an einen Menschen, an erlebte Tage zu klammern, so daß ich davon immer jemandem erzählen möchte. Niemals kann ich jene Augenblicke vergessen, die mir andere Menschen geschenkt haben, die mich wachsen ließen durch die Gefühle, die ich mit jedem Tag etwas besser verstand...

Ich erfuhr vom Tod von Monsieur Jacques an einem kalten, aber sonnigen Wintertag, als ich Juliette unerwartet am Taksimplatz begegnete... Wir waren in der Nähe des französischen Konsulats. Sie trug schwarze Kleidung... Ich glaubte wieder einmal mehr an die Kraft des Zufalls... Als sie sah, daß ich sie ein wenig erschrocken anschaute, sagte sie ohne Umschweife: »Wir haben Vater verloren.« Sie lächelte und meinte, sie hätten diesen Tod erwartet und sie hätten gelernt, mit dem Tod zu leben. Die Fältchen unter ihren Augen hatten sich vertieft. Ich fand keine Worte, um meine Gefühle auszudrücken. Als hätte sie verstanden, was ich sagen wollte, streichelte sie mir den Rücken, ein wenig fraulich, ein wenig zärtlich, so wie in den unvergessenen gemeinsamen Zeiten. Es schien, als bräche sie in ihrem großen, tiefen Schmerz zu einem neuen Weg auf. Sie bemühte sich, das Lächeln nicht zu verlieren. »Ich habe begriffen, daß du nicht Bescheid wußtest. Das habe ich auch Berti gesagt. Ich weiß, du wärst sonst gekommen. Du hättest alles drangesetzt, um zu kommen. Du weißt ja, wie der Verstorbene war, er mochte keine Inszenierung. Wir haben nur eine kleine Zeitungsanzeige aufgegeben. Wenn es nach ihm gegangen wäre, hätte er uns nicht mal das erlaubt, aber... Auf der Beerdigung waren nur sehr wenige Leute. Die

Verwandten waren da, die Cousins, wie immer bei solchen Veranstaltungen, ein paar alte Freunde aus dem Geschäftsleben, auch ein paar Leute, die niemand kannte... Du hast deine Spur total verwischt. Wir haben überlegt, dich anzurufen. Doch wir wußten nicht, wo wir dich finden sollten. Ganz sicher wärst du zu seiner Beerdigung gekommen, daran zweifeln wir nicht. Ein paar Minuten vor seinem letzten Atemzug fragte er nach der Zeit. Es war halb sechs. Ein neuer Tag begann. Er sagte: ›Ich will auf die Uhr schauen.‹ Ich gab ihm seine alte Uhr, die auf dem Nachttisch lag. Er schaute drauf und sagte, er wolle schlafen... Das waren seine letzten Worte... In drei Tagen ist der Trauermonat zu Ende. Dann ziehe ich diese Kleidung aus...«, sagte sie.

Wir schwiegen, diese kleinen, aber tiefen Momente des Schweigens waren uns nicht fremd... Deshalb bedeutete unser Schweigen auch die Fortsetzung unseres Gesprächs, das wir irgendwo abgebrochen hatten, unterbrechen hatten müssen.»Wie geht es Berti?« fragte ich. Sie antwortete:»Der Laden ist geschlossen. Er ist jetzt zu Hause... Manchmal besucht er seine alten Freunde bei der Arbeit. Er hat neue Pläne. Vor ein paar Tagen fing er damit an, wir könnten nach Mexiko gehen. Er hat dort angeblich alte, einflußreiche Freunde und könnte neue Geschäftsmöglichkeiten erschließen... Ist das in diesem Alter etwa leicht?... Außerdem schmilzt das, was wir haben, so langsam dahin. Ich weiß nicht, wie lange wir das noch durchhalten... Ach, inzwischen habe ich angefangen, Englischunterricht zu geben, denk mal dran, das weiterzusagen... Außerdem: mach dich nicht so rar... Siehst du nicht, wie wenige wir geworden sind? Ich weiß, du hast andere Freunde, und das Leben ist schwierig. Wir alle haben uns deswegen irgendwohin verstreut... Wir alle... Um etwas vom Leben zu lernen. Aber trotzdem, komm... Wir wohnen noch im selben Haus. Wir werden im selben Haus bleiben... Wir reden so viel, wie du willst... So viel, wie du willst, wie wir wollen... Du weißt, Berti hat dich immer liebgehabt. Wenn er mit dir spricht, scheint er sich immer ein wenig glücklicher zu fühlen.«

Es sollte nicht das letzte Mal sein, daß ich sie sah… Trotz unserer unterschiedlichen Ansichten gehörten die beiden schließlich zu den seltenen Menschen, denen ich in meinem Leben – das für viele andere in vieler Hinsicht verkehrt oder mangelhaft scheinen mochte – vertrauen konnte. Trotz all unserer Unterschiedlichkeit, unseren Distanzen, verschiedenen Standpunkte waren wir einander durch ein tiefes, unzerstörbares Gefühl verbunden… Jetzt erleben wir eine neue Trennung, von der ich nicht weiß, wo und wann sie enden wird. Als hätten wir uns voneinander noch etwas mehr entfernt… Noch etwas mehr entfernt… Ohne zu vergessen, daß unsere Beziehung sich auch an unterschiedlichen Orten fortsetzt und immer fortsetzen wird… Noch etwas mehr entfernt… Um mich mehr, und, wenn man so sagen kann, besser daran zu erinnern, daß Noras Appell seine Bedeutung in mir nicht verloren hat, trotz allem, was passiert ist… Noch etwas mehr entfernt… Wegen all der ›alten Uhren‹, die wir verloren oder in einer Schublade versteckt haben… Im Gedanken daran möchte ich mehr denn je daran glauben, daß wir, wenn wir nachts den Sternenhimmel betrachten, von unseren unterschiedlichen Orten denselben Stern füreinander aussuchen können. In solchen Momenten leuchtet irgendwo ein Stern für all das, was wir verloren haben. Ein Stern… Auch wenn dieses Leuchten auf einem Irrtum beruht… Und auch, wenn dieser Irrtum an andere Versäumnisse erinnert…

Und nun also auf zu den paar kleinen Schritten… Auf zu jenen paar kleinen Schritten… Endlich weiß ich, daß ich auch mit den Nächten leben kann…

Schlußwort
Oder: Ein Abschiedsbrief**

Istanbul, Juni 1999

Liebe/r ...,

als ich sechs war, erblickte ich zum ersten Mal den Tod, und zwar auf dem Gesicht meiner Urgroßmutter, die in den letzten fünfzehn Jahren ihres Lebens viele Straßen Istanbuls mit ihren trüben Augen, die das Sonnenlicht nicht mehr sahen, erleben mußte. Was bedeutete es wohl – wenn man die Abendröte im Meer kennengelernt hatte –, aus einer ganz anderen Dunkelheit auf ein altes, sehr altes Märchen zu schauen? ... Wie ertrug man diese Dunkelheit? ... Diese Fragen haben ich in den ersten Tagen, als ich in meiner Erzählung zu wandern versuchte, nicht beantworten können. Um die Wahrheit zu sagen, kann ich diese Fragen auch heute trotz so vieler Worte, Rückblicke und ›Tode‹ nicht beantworten. Schließlich hat jeder in seiner eigenen Dunkelheit gelebt, auf seine Weise, mit seinen eigenen Stimmen und Berührungen ... Jeder hat in seiner eigenen Dunkelheit gelebt, auf seine Weise, mit seinen eigenen Stimmen und Berührungen ...

Es war ein Märzmorgen. Der Schnee, der die ganze Nacht hindurch ununterbrochen gefallen war, hatte alles in Weiß gehüllt. Damals blieb der Schnee viel länger liegen als heute. Insgeheim machte sich deshalb in den Häusern, die sich langsam auf den Frühling vorbereiteten, die Sorge breit, ob die Kohlen wohl reichen würden. Zweifellos konnten die tragbaren Gasöfen die

---

** Als ich das Buch in den Druck gab, hatte ich mich noch nicht entschieden, an wen, für wen ich diesen Brief abschicken würde.

Kälte ein wenig brechen. Doch die Hitze, die ein Kohleofen geben konnte, war eine ganz andere. Das wußten alle. Und alle kannten die kleine Freude, die so ein Ofen schenkte, alle wollten sich wärmen, wenn sie von ›draußen‹ aus der Kälte kamen und die Hände sofort der leicht glühenden Klappe möglichst weit näherten. Wir haben dort Orangenschalen geröstet… Es war diese Hitze, die den Winter zum Winter machte…

Ich vermisse jene Zeiten nicht. Ich vermisse jene Zeiten nicht, trotz des nicht zu unterdrückenden Wunschs, in das verlorene Land der Kindheit zurückzukehren. Doch gibt es immer noch eine sehr spezielle Erzählung über Madame Perla, die sich langsam in mir schreibt und die ihre besondere Bedeutung irgendwo in jenen Häusern mit Ofen findet, die in anderen Bildern verlorengehen. Deswegen sollte ich hier, in dieser kleinen Erzählung, den Grund für meinen Wunsch suchen, jene Wärme des Ofens aus der Vergangenheit in die Gegenwart zu bringen. Gab es denn ›andere‹ Möglichkeiten, die ich trotz aller Bemühungen nicht verstanden, nicht erkannt habe, in jenem ›Klima‹ einen Unterschlupf zu finden? Vielleicht bekomme ich die wahre Antwort auf diese Frage, wenn ich mich vor jenem Spiegel ein letztes Mal entdecken kann. Daß ich eine solche Frage überhaupt stelle, zeigt mir vermutlich, daß mir etwas fehlt, das ich nicht benennen kann, nicht benennen will.

Ja, meine Urgroßmutter versuchte in den letzten fünfzehn Jahren ihres Lebens im Vertrauen auf jene Wärme, die für viele Menschen keinerlei Bedeutung besitzt, mit vielen alten Märchen im Körper einer blinden Frau zu leben und Kraft aus den Berührungen, nur aus den Berührungen zu schöpfen. Aus meiner heutigen Distanz kann ich nicht viel mehr sagen. Ich kann lediglich bis zu dieser Küste, der Küste ihrer Einsamkeit vordringen. Das jedoch, was ich aus der Vergangenheit in die Gegenwart habe tragen können, verlangt von mir, daß ich jene Zeit und mein damaliges Leben mit meinen Irrtümern, meinen Fragen, meinen Sackgassen aufs neue finden, wenn man so sagen kann, neu erbauen muß. Es fällt mir nicht schwer, mich zu erinnern oder etwas zu deuten. Ich möchte glauben, daß es mir nicht schwer-fällt, mich zu erinnern oder etwas zu interpretieren. Zumindest hatte ich wie jedes Kind meine irgendwo versteckten, heimlichen Märchen. Und wie jedes Kind hatte ich meine verlorenen, nie mehr wiedergefundenen Spielsachen... Jenes Zimmer habe ich nicht vergessen. Ich habe nie die Erzählung von jenen Liedern vergessen, die jenes Zimmer zu einem wirklichen Zimmer mach-ten, die Erzählung, die mit jedem Tag in mir wuchs. Ich habe nicht vergessen... Denn ich durfte die Vergangenheit nicht ver-gessen, um mich selbst aufs neue zu finden und um sie mir vor allem selbst zu erzählen. Ich mußte mich erinnern, um auf die Wahrheit meines Märchens zu stoßen; und um zu leben, bis ans Ende zu leben, mußte ich, genauso wie in den Märchen, erzählen, ohne dessen überdrüssig zu werden, vielleicht bis zum letzten Atemzug. Ich habe nicht vergessen, ich habe nicht vergessen können... Vielleicht war das ein wenig auch das Schicksal derer, die ihr Land unaufhörlich suchen, zu suchen gezwungen waren. Vielleicht waren deshalb die wirklichen Länder der ›Fremden‹ nur ihre Erzählungen; und die Zug- und Busbahnhöfe, die die Kais mit den Städten verbanden, enthielten eine heimliche Poe-sie, die nie aufgeschrieben werden konnte. Deswegen vielleicht konnte manche Stille überleben mit den unhörbaren Stimmen, die immer innen, immer fern von den meisten anderen blieben... Vielleicht war für meine Urgroßmutter, die aus jenen Zeiten zu mir kam und die in jenem alten ›Spanjolisch‹, das sie von ihren Müttern gelernt hatte, lebte, dachte und fühlte, dies der Grund, in den Stadtvierteln Istanbuls außerhalb der ›Mauern‹ ihr eige-nes Schweigen wie einen Schutzschild zu benutzen, sich viel-mehr bewußt zu sein, daß dies ihre unzerstörbare, ihre einzige uneinnehmbare Burg war. ›Die Straße‹ war ihr fremd, das Tür-kische oder, mit ihren Worten, ›Turkças‹ war ihr fremd. Die Sprache der Stadt, wo sie geboren war und lebte, wo sie das Tageslicht gesehen und verloren hatte, hatte sie nie angezogen. Doch damals, als sie eine junge Frau gewesen war, wußte sowieso niemand und konnte keiner sagen, welches die eigentliche Sprache jener Stadt war. Nach einer ›langen, unverdienten‹ Krankheit, über die mein Großvater nicht sprechen wollte, war sie eines Tages als blinde Frau erwacht, und in einer anderen Nacht legte sie sich ins Bett, schlief ein und wachte nicht mehr auf. Ihr Leben war von ›außen‹ gesehen derartig einfach… Im Laufe der Zeit würde ich jedoch sehen, wie sich hinter dieser Einfachheit, hinter diesem alltäglichen Märchen eine ganz andere Person verbarg, die versucht hatte, unterschiedliche Aspekte ihres Kampfes im Namen des Lebens zu verstehen und zu erzählen. Doch um diese Wirklichkeit zu erkennen, mußte ich ein paar Schritte tun oder mindestens zu tun versuchen. Auf jeden Fall erscheint es mir sehr bedeutsam, daß sie sich von niemandem verabschiedet hatte, ehe sie sich zu ihrem ›endlosen Schlaf‹ niederlegte; das ist mir durch langes Nachdenken klar geworden.

Niemand wollte, daß ich in jenes Zimmer, jenes letzte Zimmer ging, doch die ›ältere Schwester‹, die mich im Laufe der Zeit mit viel ›Verbotenem‹ bekannt machte, ermöglichte es mir, heimlich die Schwelle zu überschreiten. Das war, soviel ich weiß, unsere erste Komplizenschaft. Wir öffneten leise die Tür, wobei wir uns möglichst nicht sehen ließen. Über meiner Urgroßmutter lag ein verblichenes Tuch, das aussah, als habe es seine ursprüngliche Farbe ganz langsam mit anderen Menschen in jenen langen Korridoren der Vergangenheit verloren. »Sie schläft jetzt ganz ruhig«, sagte meine ›Schwester‹, als sie das Tuch leicht anhob. Das stimmte. Was ich auf jenem Gesicht sah, war ein tiefer, leiser, unschuldiger Schlaf… Ein tiefer, unschuldiger Schlaf, der einen daran erinnerte, daß im Grunde alles viel einfacher war, als man dachte… Der Tod unterschied sich nicht vom Schlaf. Jener Schlaf, den ich in jenem Augenblick sah, war nur ein wenig kälter als der Schlaf, den ich kannte. Etwas kälter, etwas stiller, etwas weißer… Auch der Tod, den ich viele Jahre später im Gesicht meiner Großmutter väterlicherseits sah, erinnerte mich an jenen Schlaf. Der Tod meiner Großmutter bedeutete, mich aus einer der Muttersprachen meiner Kindheit herauszureißen, dem alten Spanjolisch, das mir einen wohligen Ort bot; der Tod meiner

Urgroßmutter hingegen bedeutete den Bruch mit jenen Märchen, deren Wert ich erst erkannte, als ich versuchte, an jene Orte zurückzukehren. Mit anderen Worten, ganz langsam lösten sich Inseln vom Festland ab, kleinen Inseln in einem nie endenden Trennungsprozeß…Was ich in jenen Tagen zurückgelassen habe, erscheint mir jetzt wie Erzählungen einer weit entfernten Welt. Allerdings höre ich jetzt jene Stimmen noch besser, vielleicht auch, wer weiß, weil ich mich von jenen Erzählungen gehörig weit entfernt habe. Ich fühle mich jenen Stimmen und Gerüchen wieder ein wenig nähergekommen und kann ein wenig besser sehen, was sich hinter jenen Bildern versteckt. Ich finde mich selbst in jenen Bildern wieder, mit unbekannten oder vergessen geglaubten Gesichtern. Zumindest haben wir füreinander mit Märchen gelebt. Mit Märchen haben wir geliebt, mit Märchen wurden wir geboren, mit Märchen sind wir gestorben…Mit Märchen…Mit Märchen, die niemals enden würden…Ohne zu wissen, wo die Vergangenheit, die wirkliche Vergangenheit anfing…Mit Märchen…Mit Märchen, die niemals enden würden…Wir haben einander Märchen erzählt…Märchen…Um auf die Vergangenheit auch aus eigener Sicht, aus unserem eigenen Fenster schauen zu können…Damals haben wir natürlich nicht daran gedacht, daß wir in jenen Märchen verlorengehen und jemandem, der uns sogar sehr nahestand, fremd werden könnten…

(…) Der Gang in jenes Haus am Morgen nach den scheinbar nicht endenden Nächten, in denen ich meine Asthmaanfälle erlitt, wirkte wie ein Teil der Zeremonie, die für ›unsere Märchen‹ nötig war. Als die Zeit gekommen war, sollte ich sehen, daß das, was ich dort – ein wenig, ohne es zu merken – entdeckt hatte, mich an eine andere lange ›Schrift‹ heranführen sollte, die in einem ganz anderen Land geschrieben worden war. Ich konnte jedoch von meiner Urgroßmutter nicht erwarten, daß sie sich für diesen Aspekt der Wirklichkeit, meiner Wirklichkeit interessierte. Ihr Schicksal war es, in einer kleinen, besonderen Erzählung zu bleiben, die nur wenige Menschen kannten. Vielleicht deswegen, um in diesem Märchen voranzukommen, mußten wir die Bilder und Worte ausleben, die die Sprache von uns verlangte... Die Heldin meiner Märchen ließ ein paar Gewürznelken, die sie fest in der Hand hielt, ein paarmal um meinen Kopf kreisen, rezitierte mit ihrer immer gleich zitternden Stimme ein Gebet – woher, von wem sie es gelernt hatte, werde ich nie erfahren – und bemühte sich, die bösen Geister von mir zu vertreiben. Die Nelken mußte man zuletzt in den Ofen werfen, der um diese Zeit die nächtliche Kälte im Salon schon besiegt hatte. Wir waren in einem Haus, wo die Nächte mit kalten Schatten und Stimmen erlebt wurden und die Tage – aus meiner heutigen Sicht – mit allem Mangel und aller Unerreichbarkeit. Ein leises Prasseln und Knacken drang in dem Moment an mein Ohr. Ein leises Prasseln... Um jenen Zauber, an jenem Ort, um jene Geborgenheit noch einmal zu erleben, mich daran zu erinnern oder nie mehr vergessen zu lassen. Vielleicht liebte ich die Nelken wegen ihres Duftes, der für mich mit dieser Erinnerung verbunden ist, wollte ihnen immer in manchen Gedichten begegnen. Ich wollte meine Zeit, meine persönliche Zeit beschreiben, indem ich langsam und leise dem Gefühl, das ein Haus in mir erweckte, mit jedem Tag ein bißchen näherkam. Dort würde ich viele Tode in vielen verschiedenen Arten kennenlernen, ebenso wie die verschiedenen Leben, Hoffnungen, Wiedergeburten; und ich würde lernen, meine Toten mit verschiedenen Gefühlen zu tragen, zusammen mit denen, die mit ihnen dort gelebt hatten, die wie die anderen Menschen gezwungen waren zu leben...

Wenn ich an all das denke, dann öffnet mir der Duft der Gewürznelken einen Spalt breit eine andere Tür der Assoziationen. Diesen Duft gab es auch in der Synagoge, in die mich mein Großvater mitnahm. Ein silberner Gegenstand aus alter Zeit, aus sehr alter Zeit, der feine Löcher hatte, der einer etwas größeren Zitrone oder einer Artischocke ähnelte und der mich damals an eine Keule aus früheren Kriegen erinnerte, gefüllt mit Gewürznelken, wurde nach kurzen Gebeten geschwenkt, so daß sich ein feiner Duft verbreitete. Ich nehme an, man dankte so

Gott dafür, daß er den Duft geschaffen hatte... Diese Momente waren die schönsten Momente des Gottesdienstes. Alle Gebete haben sich in meinem Gedächtnis vielleicht vor allem wegen dieses Geruchs unauslöschlich eingegraben, denn sie endeten mit dieser kleinen Zeremonie. Es war das letzte Gebet. Soviel ich mich erinnern kann, war es das letzte Gebet, das ich an die Orte, wo ich jetzt lebe, habe bringen können, habe bringen wollen... An die Gesichter hinter dem Bild erinnere ich mich nicht mehr. Das einzige, woran ich mich erinnere, ist das Glücksgefühl, das sich in den Blicken derer spiegelte, die dort am Schabbath-Morgen das Zusammensein erlebten. Diejenigen, die dem Glauben aus ganzem Herzen verbunden waren, verbrachten die restlichen Stunden des Tages mit ihrer Familie oder miteinander. Für mich jedoch folgte im Sommer, ein aufregendes Bad im Meer zu nehmen, im Winter hingegen galt es, die Elfuhrmatinee im Kino noch zu erreichen. Es war eine Zeit, als wir das Meer innerhalb von Istanbul noch nicht verloren hatten. Die Zeit, in der die Strände in Istanbul noch existierten, erscheint dem Menschen jetzt wie eine alte, sehr vergangene Zeit... Am Eingang zum Strand gab es eine andere Gelegenheit, seine ›Besonderheit‹ zu betonen, indem man, statt ein Billett für die ›jedem‹ zugänglichen Kabinen zu lösen, die Gebühr für einen Schlüssel bezahlte. Wer sich in der öffentlichen Kabine umzog, nahm alle seine Kleider mit an den Strand, an den Lagerplatz, wer eine private Kabine hatte, nahm nur das Handtuch mit. Diese Kabinen wurden für mich, als dafür die Zeit gekommen war, durch andere ›Abenteuer‹ zum Erlebnis. Zu einem der größten, feurigsten Abenteuer meiner frühen Jugend. In diesen Kabinen wurde nämlich heimlich geknutscht... Das alles war um so schöner, wenn der *lodos* das Meer nicht aufwühlte und verschmutzte. Wenn *lodos* wehte, bedeutete das nämlich, daß Wassermelonenschalen, die Strünke von Weintrauben, Tang und Quallen an den Strand geschwemmt wurden, deren Herkunft ich mir damals absolut nicht erklären konnte. Mit anderen Worten, wir wußten nie im voraus, wann uns das Meer mit welchem Gebaren begegnen würde... Damals waren wir an jenen Ufern... An jenen Ufern... An den Stränden unserer Kindheit... In unseren Entwicklungsphasen... In unseren Einsamkeiten... Mit all unseren geheimen Gefühlen, die in uns aufs neue, in einem unerwarteten Moment jene Melancholie aufwecken konnten... Aber letztlich konnte sich auf diese Weise die Tür zu den alten Erzählungen einen Spalt weit auftun.

Ihr kehrt zu euren Erzählungen mit diesen Gefühlen zurück, mit den Verlusten, die ihr leichter ertragen könnt, nachdem ihr an verschiedenen Menschen vorübergegangen seid und ihre neuen Gesichter getestet habt. Auf diesem Weg werdet ihr es zunehmend schätzen, irgendwo in eurer Stadt zu wohnen, mit jenen Worten, die nicht enden, die wenigstens in einigen Menschen weitergehen, und mit den Bildern, die von den Worten genährt und bewahrt worden sind. In dieser Situation könnt ihr euch selbst ohne Angst vor eurer Geschichte, vor den Schatten, die ihr hinter euch gelassen habt, nach dem Motiv fragen, warum ihr die Notwendigkeit gefühlt habt, an jemanden, an etwas bis zuletzt zu glauben. Warum, für wen, für welche Welten wurden jene Lieben und Tode erlebt?... Würden andere Menschen jene kleinen Kämpfe in jenen Häusern verstehen, es für wert halten, sich dafür zu interessieren, nachdem diejenigen, die diese Kämpfe auf sich genommen haben, vollständig verschwunden sind?... Und wenn ich die möglichen Antworten bedenke, die ich und andere auf solche Fragen geben, dann ist es natürlich ganz belanglos, wo in Istanbul, zu welcher Zeit und unter welchen Bedingungen ich geboren wurde und gelebt habe. Vielleicht können wir in dieser Phase nur von einem Zeugen sprechen, vom Weg eines Kindes, das mit neuen Sprachen seine innere Welt zu erklären versucht. In dieser Lage hat es auch keinen Sinn, daß ich mich erinnere, in welchen Schulen ich meinen Kopf mit unnötigem Wissen vollgestopft habe; ebensowenig, daran zu denken, welche Spielsachen ich verloren habe, in welchen Träumen ich sie habe lassen müssen. Jene Menschen haben sich zerstreut, jeder einzelne ist woanders hingegangen. Diese Menschen, die jahrelang wegen verschiedener Hoffnungen, Erlebnisse, Sehnsüchte erwartet wurden, sind jetzt weit, sehr weit weg, zusammen mit denen, die auf sie gewartet haben. Wenn ich im Licht dessen, was ich sehen konnte, in die Vergangenheit zurückblicke, muß ich noch einmal an die vielen Leben denken, die im Hinblick auf eine dann nicht gelebte Zukunft aufgeschoben wurden, die das, was sie hätten leben können, still und heimlich ermordet haben. Ich denke daran, daß manche Gewissensbisse durch Schweigen einen Sinn bekommen sollten, und denke an Ängste, die das Erleben bestimmten. Doch ich weiß jetzt auch, was es bedeutet, sich in jemandem zu verlieren, sich zu entscheiden, jemanden wichtig zu nehmen und für jemanden dazusein.

Nicht umsonst habe ich seit vielen Jahren – indem ich sämtliche Wiederholungen auf mich genommen habe – schon zu verstehen und die Geschichte der Augenblicke zu erzählen versucht, in denen man sich nicht selbst von Angesicht zu Angesicht begegnen wollte, wo man gejagt wurde von den Schatten der Vergangenheit und den Stimmen, die man vergessen wollte; die Geschichte jener Albträume, die man nicht erzählen kann und von denen man sich trotz aller Hilflosigkeit zu befreien versucht hat. Das waren die Augenblicke, in denen ich in meinem Zimmer herumgewandert bin, Meter um Meter, Kilometer um Kilometer, von rechts nach links und von links nach rechts, von einer Ecke zur anderen, indem ich davon überzeugt war, eine unglaublich lange Straße zu gehen, wobei ich jene grenzenlos scheinenden Albträume in eine Schrift zu gießen versuchte. Es war, als bräche einem bei diesen Wanderungen etwas aus dem Inneren heraus. Es kommt einem vor, als würde man in der Stille der Nacht von jemandem beobachtet... In jenem Zimmer zu leben wird dann zur Halluzination... Zu einer Halluzination... Das Kind, das in dem Zimmer wohnt und das sich selbst hier als Gefangenen hält, will von unreifen Mandeln erzählen, obwohl es sie nie gekostet, nie erlebt hat. Die grünen Mandeln gehörten zu einem ›anderen‹ Frühling. Das Basilikum gehörte zu einem ›anderen‹ Sommermorgen. Die Uhr zeigte eine andere Zeit... Vielleicht war es auch der einzige und für jene Zeit sicherste, zuverlässigste Weg, mit

Geduld jenes Warten zu nähren und zu glauben, daß manche Menschen Jahre später wirklich kommen würden. An meinem Bett weinte eine Frau, deren Gesicht, deren richtiges Gesicht ich irgendwie nicht sehen konnte... Mein Traum würde nicht enden... Während ich jenen Traum in jene ›Schrift‹ übertrug, würde ich immer versuchen, ihn zu verändern, wobei ich mich hinter anderen von mir geliebten und geglaubten Worten versteckte...

(...) Ein jeder bewahrt eine Erzählung, deren Teile, deren Bruchstücke er eines Tages einzusammeln versucht, um sein Leben irgendwie weiterzuführen. Ist dies vielleicht das Bemühen, früher oder später zu unserem Eigentlichen, zu unserer eigenen kleinen Welt zurückzukehren aus einem Exil. Ein Exil, das durch das Gefühl entsteht, jahrelang mit unerwünschten, immer fremd bleibenden Menschen zusammenzuleben, in ungeliebten Schulen zu lernen oder in unpassenden Berufen die langen, langen Tage und Nächte zu verbrauchen, in der Vorstellung, es wartete irgendwo etwas anderes, Erstrebenswerteres auf uns? Ich weiß es nicht. Ich weiß es nicht, oder um die Wahrheit zu sagen, ich ziehe es vor, es nicht zu wissen, mich nicht in den Grenzen einer einzigen Antwort gefangenzusetzen. Doch ich möchte jetzt meinen, schon diese Frage hat mich dem Menschen nähergebracht, den zu finden ich die Hoffnung immer noch nicht aufgegeben habe. Denn zurückkehren, nach all den Abschieden zurückzukehren bedeutet ein wenig, ein neues Zimmer zu betreten, ein Zimmer, das vorher nicht gesehen wurde. Doch was ist das für ein Ort, an den man zurückkehrt, an den man nach so vielen Jahren zurückkehren kann? Mit welchen Menschen konfrontiert euch dieses Zimmer? Jenseits der Grenze seid ihr, ob ihr wollt oder nicht, vollkommen auf euch gestellt. In jenen euren Augenblicken jenseits der Grenze hört ihr in euch die Stimme... Ihr müßt nun nach jener Hand fassen... Ihr müßt jene Hand ergreifen... Ihr müßt jenes Gesicht berühren. Die Seelenlandschaft der anderen mit jenen Gewissensbissen, jenen tiefen Linien, die ihr nur für euch selbst beschreiben könnt, hat euch ganz langsam an diesen Ort gebracht.

Doch wo bin ich heute, da ich diese Fragen und Rückwendungen bedenke? An welchem Ort bin ich in der ›Familie‹, jener Familie, die ich zu rekonstruieren versucht habe, auch mit dem, was ich von anderen Familien hinzugefügt habe, von den Leben, die innerhalb der Grenzen meiner Wahrheit, meiner Träume bleiben, von den kleinen Triumphen und den Niederlagen, die man immer verheimlichen möchte? In solchen Zeiten erfaßt mich ein Gefühl der Absurdität, ein Gefühl der Verlassenheit, das ich mit niemandem glaube teilen zu können. Ich bin wieder an einem Scheideweg. Ich schwanke zwischen dem Verzicht auf alle Namen und Assoziationen der Absurdität in mir, um wie ein ›normaler‹ Mensch zu sein, und der Fortsetzung des Wegs jener alten Erzählung um anderer Worte willen. Ich habe diese Unschlüssigkeit immer beschreiben wollen. Vielleicht werde ich diese Unschlüssigkeit im Namen jenes Satzes bis zu meinem letzten Atemzug weitertragen. Bis zu meinem letzten Atemzug... Selbst wenn ich weiß, daß ich den wahren Ort mancher Gefühle niemals finden werde... Dabei hat mich jahrelang der Traum verfolgt, von diesen Menschen zu erzählen. Vielleicht war dieser Traum für eine kurze, sehr kurze Zeitspanne imstande, an die wenigen Momente der Liebe, die wenigen ›wahren‹ Momente zu erinnern. Jene Erzählung, von der man nicht wußte, wann sie enden würde, hatte einen ganz eigenen Zauber, und es war genauso wichtig, die Geschichte zu leben, wie sie zu erzählen. In den Tagen meines Hin und Her zwischen den nicht zu realisierenden Träumen spielte diese lange Erzählung auch eine Rolle bei meinem Wunsch, mich auf eine Insel zurückzuziehen; ich wollte wie ein freiwillig Verbannter erscheinen, der auf einer Insel, auf seiner eigenen Insel seine Erinnerungen für jemanden schreibt, inspiriert von einem Romanschriftsteller, der mir diese unvergeßlichen Gefühle eingegeben hatte. Mit anderen Worten, es gab eine Reihe von Gründen, die Täuschungen, meine Irrtümer noch zu vermehren. Dieser kleine Traum brachte mich auch auf den Gedanken, auf ›jener Insel‹ für jene Menschen mit all ihren Erzählungen, an deren ›Schriften‹ ich partizipieren wollte, ein unerwartetes Treffen zu arrangieren, eines, das ohne ihr Wissen vorbereitet worden war. ›Jene Insel‹ erinnerte einen nämlich nicht nur an Verbannung, sondern auch an Gefangenschaft, an ein erzwungenes Zusammenleben. ›Die Insel‹ wurde gewählt, weil sie die ›Möglichkeit‹ bot, im gegebenen Rahmen sowohl Vereinigung und Begegnung zu erleben als auch Trennung, Schutz und den Wunsch nach Alleinsein. Deshalb konnte ich sie alle, die Personen einer ›Familie‹ vielleicht zu einer Hochzeit zusammentreffen lassen in ihren schönsten Kleidern, ihrer sichersten Maskerade, ohne dahinter die unterschiedlichen Menschen zu vergessen. Sie würden dort vielleicht noch einmal die Menschen spielen wollen, die sie nie sein würden. Denn sie mußten noch einmal ihre Auseinandersetzungen auf eine unbestimmte Zeit verschieben, mußten die Beziehungen vergessen, in denen ihnen jemand ›heimlich‹ die Möglichkeit nahm, dem, was sie erlebten, andere Fragen zu stellen. Doch mit Fortschreiten der Erzählung mußte ich akzeptieren, daß dieser Traum, diese Begegnung nie zu verwirklichen war. Denn ein jeder war in seiner eigenen Einsamkeit. Ein jeder war in seinem Exil. Jeder hatte sein Lächeln, das er für sich behalten wollte. Und mit nichtssagenden Phrasen zeigte man – wie zweifellos überall auf der Welt –, daß alles in Ordnung war. Man mußte Mauern aufrichten. Mauern würden immer errichtet werden… Anders kann ich diese Taubheit nicht erklären, die wir miteinander erlebt haben, mit der wir immer zu leben gezwungen waren. Die Orte und die Menschen, wohin wir gegangen sind, zu denen wir zu gehen geglaubt haben in Zeiten, in denen wir für ein paar mögliche Augenblicke leben, im wirklichen Sinne leben wollten, und auch unser Getriebenwerden zu neuen Inseln der Einsamkeit kann ich nicht anders erklären. In dieser Situation bleibt nur zu fragen, bei wem, wo und wann wir die Schlüssel dieses Abenteuers verloren haben… Manchmal hat uns nur ein Blick oder ein Wort zu diesem Ort gerufen… Nur ein Blick oder ein Wort… Um zu verstehen und vor allem um sagen zu können, aus welchen Träumen wir mit welchen Niederlagen hervorgegangen sind, mußten wir wirkliche Verluste erleben…

(...) Ist also noch etwas vorhanden von dem, was ich damals erlebt habe, als ich die Mauern meiner ›Grundschule‹ neu kennenlernte, oder von jenen Samstagvormittagen, die mit ihren verwischten Bildern in meiner Erinnerung spuken, als ich in meinem grünen Schulkittel an den Fahnenzeremonien nur ungern teilnahm?... Die ›erfolgreichen‹ Schüler durften bei der Fahnenzeremonie die Fahne halten. Auch ich wurde einmal so ›prämiert‹, doch nahm ich diese Auszeichnung viel eher wie eine Strafe wahr, als ich die schwere Fahne mit meinem schwachen Körper vor der Menge der Schüler, die mir damals ziemlich angst machte, zu tragen hatte. Beim Halten der Fahne half mir die Lehrerin Türkân, an die ich mich allein wegen ihres melancholischen Lächelns erinnere und die von meiner Mutter um so mehr dafür geliebt wurde, weil ihre kurze, unglückliche Ehe mit einer Scheidung geendet hatte. So langsam geriet ich in einen Albtraum. Das Gefühl, welches das Klappern der Löffel im Speisesaal und das laute Lachen meiner ›neuen‹ Freunde in mir auslöste, war der Vorbote einer bis dahin noch nicht erfahrenen Angst. Ich tat die ersten Schritte, mich in mich selbst zurückzuziehen. Dies hatte vielleicht auch damit zu tun, daß ich eines Tages während des Unterrichts zur Toilette mußte, mich aber irgendwie nicht traute, es der Lehrerin Tükân zu melden, so daß ich mich naß machte und mich überdies entschloß, bis zum Abend, bis zum Heimgehen in diesem Zustand zu bleiben. Auch war ich nicht an die ›türkischen‹ Toiletten gewöhnt. Ihr Loch erschien mir in jener Zeit sehr groß. Obwohl das so lange her ist, habe ich es nicht vergessen können. In einem Traum bewegte ich mich auf eine Schreckenswelt zu. Dort, wo das Loch zu Ende war, gab es auch andere Kinder, die wie ich in diese Leere, in diese Schwärze gefallen waren. Trotz aller Anstrengung gelang es ihnen nicht, ›hinauf‹zukommen. Nur ein paar von den ›Großen‹ konnten ab und zu rauskommen. Doch die sahen mich nicht, hörten mich nicht. Nur einer von ihnen schaute mich lächelnd an, mit immer schrecklicheren Augen. Ich wollte schreien, aber es gelang mir nicht. Er lächelte. Es schien, als wüßte er, daß ich nicht schreien konnte und daß man meine Stimme nicht hören konnte... Waren das Schweigen, die tiefe Stille wirklich die dunkelsten, unerzählbarsten Straßen jener Albträume?...

(...) Träume, oder das, was in der Vergangenheit irgendwo geblieben ist, wie in einem Traum... Wo habe ich schon früher einmal erzählen wollen, daß Gerüche, unvergeßliche Gerüche eine Stadt wirklich lebendig machten?... Beispielsweise gab es einen Schokoladengeruch, der nicht nur unsere Grundschule erreichte, die neben der Bierbrauerei Bomonti lag, sondern an Tagen, wenn *lodos* wehte, auch das Haus mit Garten, in dem meine Großmutter mütterlicherseits wohnte. Es war, als wenn die Straßen in diesen Stunden anders atmeten. Eines Tages ging ich mit meinem Großvater zur Quelle dieses Geruchs hin. Die großen Töpfe, in denen die Schokoladenmasse gerührt wurde, sind aus meinem Gedächtnis noch nicht getilgt. Ein Mann, den alle Meister Yorgos nannten, der mir damals wegen seiner weißen Haare sehr alt erschien, schmeckte die Schokolade ab und sagte zu den Umstehenden etwas, das ich nicht verstand. Ich wollte ebenfalls die Schokoladenmasse abschmecken, doch Meister Yorgos sagte: »Das geht nicht, junger Mann. Die Schokolade ist noch nicht fertig.« Am Ausgang bekamen wir ein großes Paket Schokolade geschenkt. Das war ›fertige‹ Schokolade, wie man sie überall kaufen konnte... Meister Yorgos kannte meinen Großvater aus der Zeit des Militärdienstes der zwanzig Jahrgänge... Zwischen ihnen gab es eine alte, ferne, aber für Lügen unzugängliche Verbindung... Beide versuchten sich auf unterschiedliche Weise an ihren Beruf und die Regeln ihres Berufs zu halten. Doch für mich lag der ›Zauber‹ im Geschmack dessen, was in dem Kessel war. Ich liebte den Geruch noch nicht fertiger Speisen genauso wie ihren Geschmack, ihre Delikatesse. Vielleicht haben mich deshalb immer jene Gerüche an die verlorenen Orte erinnert, die ich nicht betreten konnte. Einige waren in jenen Häusern, die ich vielleicht deswegen nur in meinen Träumen weitergeben konnte...

Das Gefühl der Fremdheit begann vielleicht in der Schule an

jenen ersten Freitagen beim Mittagessen. Damals wartete ich sehnsüchtig auf meine Großmutter mütterlicherseits. Den Geschmack von warmen *köfte* und gebratenen Kartoffeln, die sie in einem Henkelmann brachte, habe ich noch immer im Mund. An einem dieser Freitage hatte es stark geschneit. Wir gingen in den Speisesaal hinunter. Das Essen wurde verteilt. Ich war schon besorgt. Deswegen lachte ich nicht mal über die Grimassen meines damals einzigen Freundes Selahattin, der, ohne auf die Ermahnungen der Lehrer zu achten, seine Suppe schlürfend aß und sich dabei bekleckerte. Als er ›erwachsen‹ wurde, war er jahrelang Bergsteiger, bis eines Tages eines der Bergsteigermädchen, in die er schrecklich verliebt war, einen anderen Bergkameraden heiratete – dann wurde er ›auf alle Berge sauer‹ und verwirklichte nicht mal seine größten Traum, den Demirkazık* im Winter zu besteigen, sondern eröffnete in Mercan einen kleinen Knopfladen. Meine Großmutter kam während des Essens. Ich erinnere mich noch, wie sie mir zulächelte, als sie die Stufen zum Speisesaal herunterstieg. Es war ihr gelungen, trotz des Schneesturms noch rechtzeitig zu kommen. Doch in dem Moment rutschte sie auf dem noch nicht geschmolzenen Eis unter ihren Schuhen aus, und kam die Stufen schneller als notwendig herunter, und zwar, wenn man so sagen kann, ›auf ihrem Allerwertesten‹. Onkel Dursun, der immer allen zu Hilfe eilte, half ihr; wegen seines seltsamen Benehmens wurde er nicht nur von der Direktorin und den Lehrern, sondern auch von manchen Eltern getadelt, und trotzdem übernahm er gutwillig alle schweren Arbeiten in der Schule, machte sauber, reparierte elektrische Geräte, feuerte die Öfen ein, sorgte für Durchfluß in den Abflußrohren der Waschbecken und Toiletten, blieb nachts in der Schule und wurde von allen Schülern geliebt, weil er verschiedene Tiere nachmachen konnte. Der Unfall war nicht weiter schlimm. Meine Kameraden riefen lachend: »Dein Essen ist gekommen! Dein Essen ist gekommen!« Nur Selahattin lachte nicht, vielmehr schleuderte er ein paar Löffel von seiner Suppe auf einige Lacher und wurde deswegen von Müzeyyen, der aufsichtführenden Lehrerin, die sich immer so aufrecht hielt, als hätte sie ›einen Stock verschluckt‹, bestraft, eine halbe Stunde auf einem Bein zu stehen, womit er einen Rekord aufstellte, der nur schwer zu brechen war...

Von diesem Tag an brachte meine Großmutter kein Essen mehr in die Schule. Das wollte ich so. Ich hoffte damals inmitten der anderen zu verschwinden, indem ich mich so benahm wie die anderen. Natürlich verstand ich in den darauffolgenden Jahren, nach jenen Verletzungen, was für einem sinnlosen Traum ich mit so einer Hoffnung folgte. Schule war Mord, war ein absurder Krieg, wenn man an jene Verletzungen dachte...

Ich versuchte meine Großmutter viele Jahre später an jenen Tag zu erinnern. Sie lag im Französischen Krankenhaus in einem dieser abgenutzten Zimmer, die so viele Tode, Hoffnungen und Wiedergeburten erlebt hatten, still in ihrem Bett und war nun eine sehr alte Frau, die nach einem Schlaganfall ihr Gedächtnis und vor allem die Fähigkeit des ›Wiedererkennens‹ verloren hatte. Es war die einzige Nacht, in der ich bei ihr Wache hielt. Ohne zu sprechen, bewegte sie den Kopf und lächelte unbestimmt, als wollte sie damit zeigen, daß sie sich an das erinnerte, was ich sagte. Konnte sie sich wirklich erinnern?... Ich glaube nicht. Vielleicht zogen ihr alte, sehr alte Bilder, die sie mit mir nicht teilen konnte, durch den Sinn. Alte, sehr alte Bilder, die sie nicht mitteilen konnte, die zudem alle Zeugen verloren hatten, Bilder, die sich nicht mehr mitteilen ließen. Ich würde auch nicht mehr die Freude erleben, ihr heimlich ein paar Bissen von den Speisen, die sie wegen ihres hohen Blutdrucks nicht essen durfte, zu bringen. Mit anderen Worten, es kündigte sich damals an, daß wir jenes kindliche Komplizentum nicht mehr erleben würden. Meine Großmutter verstummte irgendwann und lag tagelang, ohne zu sprechen, im Bett. Deswegen wußte ich nicht und werde es vielleicht auch nicht wissen, wo und wie wir voneinander Abschied genommen haben...

(...) Manchmal war am Samstagmittag zusammen mit meiner Großmutter auch mein Großvater gekommen, um mich von der Schule abzuholen. Das bedeutete, daß ich das Wochenende bei ihnen verbringen würde. Ich bin jahrelang mit der Sehnsucht, in ihrem Haus, in einem wirklichen Nest zu wohnen, in immer andere Zimmer umgezogen. Später würde sich diese Sehnsucht in anderen Häusern, bei anderen Menschen fortsetzen, würde sich mit anderen Bildern und Worten ›schreiben‹. Ich würde andere Menschen in andere Zimmer stecken wollen. Andere Menschen würden sich in andere Zimmer verwandeln... Meine ersten Lieder lernte ich in jenem Haus kennen. Diese Lieder waren meine ersten 45er Platten. Meine ersten 45er... Ich glaube, daß ich eines Tages zu diesen Liedern zurückkehren kann, für dieses Zimmer, mit den Erzählungen, die für dieses Zimmer noch nicht geschrieben worden sind. Denn manche Lieder sind unvergeßlich.

(...) Im Laufe der Tage, Monate, Jahre wurden die Besuche bei meinen Großeltern immer häufiger. Natürlich gingen auch die Schultage zu Ende. Auch die Schultage gingen zu Ende, und dort brachten die Verletzungen, die mit verschiedenen Erinnerungen gesättigt waren und Bedeutung annahmen, ganz andere Aufbrüche mit sich. Daß ich im Spiro-Park Limonade aus der Flasche trinken lernte, war ein erstes Zeichen dafür, daß ich ›erwachsen‹ wurde, anfing, ›erwachsen‹ zu werden, in den Augen derer, die manche Dinge nur im Vorübergehen erleben, das Leben nie anders als nur oberflächlich gestreift haben. Solche Leute sind dieselben, die urplötzlich den Kindern die Multiplikationstabelle abfragen, um ihnen oder vielmehr sich selbst zu beweisen, daß sie ›erwachsen‹ sind. Für mich jedoch war eines der wichtigsten Zeichen, daß ich ›erwachsen‹ geworden war, meine Fähigkeit, auf diesen engen Plätzen, zwischen den heimlich errichteten Mauern mich so zu zeigen, wie ›die anderen‹, wie ›sie‹ es haben wollten. Um einen anderen Menschen oder vielmehr mehrere Menschen spielen zu können, mußtet ihr lernen, wen ihr wo verlassen würdet. Ich nehme an, das war das einzige Mittel, innerlich jenes Kind zu bewahren, das ihr bis zuletzt am Leben halten wolltet. Niemand durfte dieses Kind erreichen, niemand durfte es berühren. Das Kind durfte nur mit euch, einzig mit euch sprechen. Ihr konntet diese Stimme auch in vielen alten, vor Jahren, vor Jahrhunderten erlebten ›Schriften‹ hören. Jene Stimme war in jenen Menschen mit unterschiedlichen Worten geboren worden. Die Stimme ging zusammen mit jenen Menschen in verschiedenen Epochen und Toden verloren. Das Gefühl, einem anderen euer Erleben nicht adäquat erzählen zu können, kann man in dem Wunsch suchen, eure Andersartigkeit zu verteidigen, oder in den Gedanken, die ihr euch deswegen gemacht habt... In dem Bedenken, sich an jene Andersartigkeit zu binden, eine Andersartigkeit, eure Andersartigkeit, die in Wahrheit euch zu euch selbst macht... Natürlich hat dies seinen Preis. Es fordert Opfer. Es erfordert Trennungen. Man muß akzeptieren, daß es keine Umkehr gibt... Dann haltet ihr inne. Ihr denkt daran, in einem von euch erwarteten Augenblick stehenzubleiben. Nun folgt ihr euch selbst, nur euch selbst. Wenn das so ist, wen oder was umarmt ihr dann, wenn ihr zum Beispiel am Eingang zum Kino einen Menschen umarmt, den ihr lange nicht gesehen habt, mit dem ihr irgendwie verbunden seid, der einen Platz in einer unvergeßlichen Zeit eures Lebens eingenommen hat, indem ihr die Wärme der Umarmung wirklich, ohne Flucht in eine Lüge erlebt? Welche Bedeutung hat das ›Sterben in der Familie‹ für diejenigen, die sich nicht einmal selbst ihre Langeweile und ihren Groll eingestanden haben, die am Sonntag ›immer zusammen‹ in Lokale zum Essen gehen, ohne daß irgendeine Sorge gebührend zur Sprache kommt und immer eine Menge Probleme bestehen bleiben? Was sind das für Familien, in denen keine Frage ernsthaft gestellt wird, und wenn sie wirklich gestellt wird, nie frei und mutig beantwortet wird; mit Frauen, die im Ausgleich zu einem solch ›problemlosen Leben‹ immer schlecht, falsch, mangelhaft und schnell befriedigt werden, und Männern, die eine Entleerung für einen Orgasmus halten oder, ohne es zu merken, mit einfachen ›Nummern‹ abgespeist werden? Das sind ein paar von den Fragen, die mir nachgehen aus der langen inneren Erzählung dieser Stadt, in der ich lebe, die ich zu entziffern versuche und die sich mit jedem Tag innerlich mehr von mir entfernt. Diese

Fragen erinnern mich an Leute, die ihre Häuser irgendwie nicht erleben können, weil sie ›so viel anderes zu tun‹ haben, die auf Reisen gehen, und zwar auf Pauschalreisen, um das, was sie erleben, besser in ein Paket zu packen, die glauben, sie hätten viele Lösungen gefunden durch ihre benzinsparenden Autos, ihr scheußliches Geschirrservice und die Schlagzeilen billiger Zeitungen. Dann möchte ich sie alle endgültig sich selbst überlassen. Dann möchte ich sie ihrer eigenen Realität überlassen, um mich selbst in mir selbst zu finden. Letztendlich waren die Fluchten, die mich von jenen Menschen entfremden, ob ich will oder nicht, überall auf der Welt, vielmehr zu jeder Zeit dieselben Fluchten. Darüber hinaus gibt es für diese Fluchten inzwischen sogar Namen, wenn man den Büchern folgt, die unserem Leben als Ratgeber zu dienen scheinen. Wir befinden uns unter dem Schirm gesammelter Weisheit. Wenn das so ist, muß ich dann, um mich in mir selbst zu finden, einem neuen Regen entgegengehen, diesmal absichtlich, ohne darüber nachzudenken, was mir begegnen wird? Muß ich mich aufs neue daran erinnern, daß Gefühle zu leben, sie mit allen Konsequenzen zu ertragen wagen, viel schwerer ist, als von ihnen Geschichten zu erzählen? ... Natürlich haben manche Niederlagen in uns ›etwas‹ getötet. Natürlich haben gewisse Niederlagen uns die Möglichkeit gegeben, uns auf andere Niederlagen hinzubewegen ... Doch gibt es einen anderen Weg, an die eigene Geschichte zu glauben, den Klang der eigenen Schritte zu hören oder sich selbst ununterbrochen inmitten dieses Kampfs zu spüren? ...

(...) Jetzt, nachdem es mir gelungen ist, die Ebene zu erreichen, auf der ich mit jemandem jene Sehnsüchte teilen kann und jene Leben, die auch mit Gewissensbissen getragen werden, kann ich nicht umhin, mich zu fragen: Kommt meine Vorstellung, daß wir am meisten durch unsere Träume leben, daher, daß ich von einem bestimmten Punkt des Weges an gelernt habe, die Niederlagen zu akzeptieren und nicht als Niederlagen anzusehen, oder daher, daß ich trotz so vieler Erzählungen noch immer an Erzählungen glauben kann? Ich bin auch wieder zu dem Abenteuer der

Lügen zurückgekehrt, das so leicht nicht verbraucht ist. Insofern bin ich so recht und schlecht ›zu etwas‹ bereit, wenigstens ›zu etwas‹. Diese Verwandlungen, diese Täuschungen machen den Glauben ans Schreiben auch erzählbar, eher noch: verteidigenswert. Freilich gibt es auch die einsamen Momente jenes Todesspiels, wenn das Gefühl, an einen anderen Ort zu wechseln, in veränderten Szenerien wieder und wieder erlebt wird. In jenen Momenten erinnert ihr euch an die kleinen Inselchen des Lebens. Ihr erinnert euch an jene Schatten. Ihr erinnert euch an den langen Weg, den ihr zurückgelegt habt, um auf die Insel zu gelangen. Dieser Weg ist euer Weg, dieses Land ist euer Land. Diese Zeit ist eure Zeit... Und es ist, als kämt ihr zu jemandem mit der Ansammlung von Jahren, den Jahren, die ihr, aus Angst vor dem Zusammenbruch eurer Zuflucht, still und leise, wie ungelebt habt verstreichen lassen oder in denen ihr euch aus der gleichen Angst heraus nur mit Zuschauen begnügt habt; und in bestimmten Situationen habt ihr euch auch bemüht zu ›konsumieren‹, immer mit dem Bemühen, zu verschieben, indem ihr die Jahre in nur wenige Worte, Bilder und Gegenstände hineinpressen, vielmehr gefangensetzen wolltet. Ihr träumt davon zu sagen, noch einmal mit eurem ganzen Sein sagen zu können, wie ihr mit der Ansammlung jener Jahre zu jemandem gekommen seid, um nie wieder zu gehen. Denn das sind die Dinge, die ihr in euren verschiedenen Leben gesehen und nicht getan habt. Das ist eure Unumkehrbarkeit. Das sind ein wenig eure Gewissensbisse, eure Mängel und eure Sackgassen. Nach jenen Verlusten habt ihr auch gelernt, daß niemand sehr entfernt allein gelassen oder an einem anderen Ort zurückgelassen werden kann. Niemand ist an jenem Ort und in jener Zeit allein geblieben, die nicht wiederholbar ist. In dem Spiel, das ihr erlebt, werden euch bei geschlossenen Augen ganz tief derart viele ›Linien‹ eingeritzt... Da fragt ihr euch dann selbst, wer in euch diese Mauern errichtet hat. Für wen wurden jene Fotografien des Glücks aufgenommen?... Wen verbargen die Mauern, wer schützte sich vor wem?

(...) Zweifellos gibt es ähnliche Fragen in der Geschichte derer, die ein ›altes‹ Land suchen, von ihm in vielen Ländern der Welt träumen, auf der Straße, die zu dem Land führt, oder wichtiger noch, jenseits der Mauern, die jene Städte vor manchen Leuten verbergen. Wessen Getto war das Getto? Mit welchen ›Sprachen‹, welchen ›Namen‹ war es für die ›anderen‹ verboten in jenen Zeiten, in denen die Ängste und Fremdheiten sich immer von selbst am Leben hielten und vermehrten? ... Die Geschichte von Mailand, Warschau, Budapest – wenn wir an jene Bilder denken – öffnet uns, ob wir wollen oder nicht, die Türen zu vielen Erzählungen, die ins Getto führen. Aber abgesehen davon, es scheint, als erwartete uns etwas irgendwo weit jenseits dieser Bilder. Denn zuweilen fragt ihr euch auch selbst, ob es unter den Erbauern und Maurern jener Gettos und dieser Mauern, die in verschiedenen Städten und an verschiedenen Grenzen leben, nicht welche gibt, die gerne in jenen Gettos bleiben möchten. Wären diese Mauern nicht erbaut worden, wäre die Geschichte sicherlich auf andere Weise geschrieben worden, hätte sich anders schreiben wollen. Die Geschichte wäre anders geschrieben worden, sie hätte gewollt, daß sich unterschiedliche Farben mit unterschiedlichen Tagen treffen. Vielleicht beginnt der ›Zweifel‹ mit dem Gefühl der Leere, das an dem Ort entsteht, wo ihr euch mit den ›anderen‹ nicht habt treffen können. Hier erzeugt ›der Zweifel‹ den Atem zu jenen anderen Liedern, die zu singen euch immer noch schwerfällt. Wir wissen allerdings, daß die Mauern, nachdem sie eingerissen worden sind, auch wieder weiter wachsen können. Wessen Mauern waren das also von diesem Punkt an? Wessen Mauern waren es? Gehörten sie denen, die trennten? Oder denen, die sich trennen wollten? Letztendlich erschuf jeder sein eigenes Getto, lebte mit seinem eigenen Getto ... Jeder verurteilte sich zu seinem eigenen Getto, ohne es zu merken. Jene Erzählungen brachten mich ein wenig aus diesem Grund an die Grenze, wo es keine Rückkehr gab. Diese Grenze war zugleich eine Grenze, an der ich fragen und prüfen mußte, wie ›glaubwürdig‹ das war, was ich gesehen und gehört habe und was ich habe erzählen können.

Was ich zu erzählen mir erträumte, konnte ›erlebt‹ oder auch ›nicht erlebt‹ sein. Doch ich mußte jenen Schritt tun, der mich auf die andere Seite der Grenze bringen würde, um mich selbst besser kennenzulernen. Meine Rückkehr in jenes Wohnviertel, in jene Straßen, die ich trotz jener Erzählung nicht verbraucht hatte, ergab sich daraus. Jeder lebte seine Mauern, die älter waren als die Geschichte. Jeder hatte das Bedürfnis, einem anderen zu zeigen, was er gelebt hatte, oder vielmehr es bestätigen zu lassen. Letztendlich war jeder zuerst sein eigener Gefangener, sein eigener Henker und sein eigenes Opfer. Beispielsweise befanden sich dort auch meine Bleistifte, deren Spitzen oft abbrachen, meine duftenden Radiergummis, mein Zirkelkasten, der zu nichts nutze war, ebenso wie das Indigo und der Geruch der Parkettpolitur.

Doch dort gab es, außer all dem, was ich verlassen oder von dem ich mich getrennt hatte, auch den epileptischen Bettler, der mich immer an derselben Straßenecke mit seinem Lächeln erschreckte; und es gab Madame Vera, die trotz ihres Reichtums, ihrer Mietshäuser und ihres versteckten Geldes immer in bekleckerten, zerfetzten Kleidern und mit wirren, weißen Haaren herumlief; es gab ihren Verehrer, den Taxifahrer Kemalettin, den Verrückten, der seine Kunden auf einer Spritztour zum Biertrinken fuhr und kein Spiel der Fußballmannschaft Feriköy* verpaßte; es gab den Zeitungsverkäufer Aleko, den ›Kommunisten‹, der keine Gelegenheit ausließ, die AP, die Gerechtigkeitspartei zu schmähen; und Pinokyo Gatenyo, den ›lügenhaften Installateur‹, der wirklich eine lange Nase hatte und den ganzen Tag nach Alkohol roch; den ›asthmatischen Schreiner‹ Monsieur Oscar, der in seiner kleinen Werkstatt jahrelang bis in die späte Nacht langsam schluckweise seinen Raki trinkend für jemanden, den wir alle nicht kannten, an einem ›kunstvollen‹ Büfett arbeitete und der kurz vor Fertigstellung seines Werks ganz plötzlich an einem Herzinfarkt starb; oder Münip Bey, der an seltenen Abenden für sich allein bei immer offenem Fenster seine Laute spielte und dabei am meisten das Stück ›Zweifel‹ liebte; es gab auch den

›Kaufmann mit den Wucherpreisen‹, Bekir, den Kurden; den stillen Talat, der die Wäsche bügelte und stärkte und mit niemandem sprach; den ›Schwulen‹ Aslan, der sich als Lehrlinge für seine Bettennäherei immer Jungen mit schwieligen Händen aussuchte; und Onkel Selahattin, den ›pädophilen Schreibwarenhändler‹, von dem alle sagten, er leide an ›unheilbarer Amnesie‹, und der uns oft Buntstifte und Krepppapier schenkte; und Madame Alis mit ihrem Kurzwarenladen, die mir sagte, wenn ich ›erwachsen‹ wäre, sollte ich zuerst zu ihr kommen und für meine Geliebten Unterhöschen und Büstenhalter kaufen, und die ich mir aufgrund dieser Offerte mit ihren starken Hüften oft nackt vorstellte; und es gab den ›Zwerg Kemal‹, den Apothekengehilfen, der auch Spritzen gab und großen Spaß daran hatte, mit anderen sein ›tiefes Wissen‹ über alle möglichen Gifte zu teilen, der immer mit weißem Hemd und Krawatte herumlief und sich eines Tages mit einem dieser Gifte umbrachte… Wenn ich mich an die Bilder dieser Menschen erinnerte, war es nicht schwer, an Träume zu glauben. Es war nicht schwer, an Träume zu glauben, und nicht schwer, an neue Geschichten zu glauben. Vielleicht erwartete mich deshalb jenes Haus immer an jenem Ort. Vielleicht habe ich mich deswegen jahrelang bemüht, in den vielen Erzählungen von Straßen und Mietshäusern voranzukommen, in der Hoffnung, mich selbst und andere besser kennenzulernen. Mein Weg sollte noch nicht zu Ende sein. Ich lebte meinen Traum ganz langsam, ich fand meine Worte ganz langsam, indem ich das Verlassen, das ›Töten‹, lernte…

Nun gut, welche Augenblicke aus mir selbst, die ich niemals zurücknehmen kann, habe ich jenen Menschen gegeben, von denen ich in meiner langen Erzählung zu erzählen und die ich zu verstehen versucht habe, welche meiner inneren Menschen habe ich ausgeliefert? In welchem meiner Charaktere wollte ich mich am ehesten verstecken bei meinen Identifikationsversuchen? Zweifellos erwarten diese Fragen eine andere Bedeutung und andere Fragen, in einer Welt, in der die Sexualität mit allen ihren Illusionen dargeboten wird oder im Fernsehen, ebenso wie die Kriege, nur mit anderen Aspekten gezeigt wird; wo die echten Folterer nicht bekannt sind, die freilich immerzu mitten unter uns herumlaufen; wo wir mit jedem Tag mehr unsere neuen Lebensbereiche verlieren, unsere Windmühlen, unsere Spiegel, die uns uns selbst zeigen.

Denn jeder stirbt trotz aller Hoffnungen in seinem eigenen Zimmer zuerst einmal für sich selbst. Euren Platz in jener langen Erzählung bestimmt nur das, was ihr anderen habt erzählen können, wichtiger noch, was ihr habt geben können. Das aber, was wirklich nicht zu erzählen war, was nicht erzählt werden wollte, wo sich Lüge und Wahrheit trafen, war wahrscheinlich der Platz, den ihr eines Tages wohl oder übel habt sehen müssen. An jenem Platz aber, dem Platz, den ihr nicht mal mit den Liebsten teilen werdet, versteckt ihr euer einzig Wahres, die Wahrheit, die ihr nie zu untersuchen, zu befragen und zu verstehen interessiert wart. Die Poesie dieses von der Sonne nicht ausreichend erleuchteten Zimmers liebte ich am meisten in den Momenten des Schweigens. Jene Zimmer bargen auch die Geschichte des Sichbegnügens mit ›etwas‹, mit ›etwas‹ Kleinem, das jeder mit anderen Namen und Assoziationen beleben konnte. Jene Zimmer waren vielleicht zugleich das, was ihr aufbewahrt habt von all euren Sachen, von denen ihr euch nicht habt trennen können, waren eure alkoholischen Getränke, die ihr nie getrunken, sondern für ein andermal aufgespart habt, waren eure ungelesenen Bücher, euer ungepflegter Garten, euer Meer, in dem ihr nicht geschwommen seid, euer nicht neu erbautes Haus. Doch die Geschichte des Sichbegnügens mit jenen ›Dingen‹, den ›Dingen‹, die in jenen kleinen, alten, verstaubten Kalendern steckten, verlangte nach anderen Stimmen und einem anderen morgendlichen Aufwachen. Jene Hotelzimmer mit ihren Blumentöpfen, in die man nur in den Ferien ging, hatten nicht umsonst die Lebensfreude genährt. Jene Telefonanrufe hatten nicht umsonst jene Hoffnungen neu geboren. Die Gegenstände verbargen in jener Zeit immer andere Gegenstände…

(…) Zweifellos wurden in ›jenen Dingen‹ mit jener Sehnsucht

sowohl die kleinen schmerzlichen Freuden lebendig, die man nicht sofort mitteilen konnte, als auch die Freude, eine kleine Poesie entdecken zu können oder immer davon zu träumen. Übrigens war es einer jener Tage, an denen ich jene ›Schrift‹ mit meinem ganzen Wesen spüren konnte; ich hatte mich in die Erzählung vertieft, wobei ich aus ›diesen Dingen‹ Kraft zog. Ich saß am Meeresufer in jenem Café, über das ich vor Jahren in einer anderen Erzählung zu schreiben versucht hatte. Es war an einem der letzten Sommertage. An einem der letzten Tage eines Sommers, der nicht anders gewesen war als andere Sommer... Ich hoffte, daß das, was ich gesehen hatte, hatte sehen können, mich einen ganz neuen, unberührten Satz schreiben ließe, trotz des alten Gefühls, das in mir jene alten Sommer erweckten, die ich nicht hatte erleben können, deren Erzählung mir nur zu schreiben gelungen war. Die Fischer kehrten gerade vom Fang zurück. Die Makrelensaison hatte begonnen. Ich schaute die Makrelen an, die von den Booten ans Ufer gehievt wurden, und sagte zu mir: »Bis sie richtig ausgewachsen sind, dauert es noch einen Monat. Aber beim Nachhausegehen nehme ich trotzdem ein paar mit. Jedenfalls kann man sie in der Pfanne braten.« Die Makrelen, die ersten Makrelen, waren Boten einer ganz besonderen Gemütlichkeit. Gut, wenn man sie mit weißen Zwiebeln aß, die in Olivenöl, Zitrone und Salz richtig durchgezogen waren. Es war früh an einem Samstagmorgen. Noch zu früh, die Wochenendlangeweile zu erleben, und auch zu früh für die Trauer am Sonntagabend, ebenso zu früh wie für die Besucher, die mit ihrem ›ganzen Anhang‹ in dieses Café kamen, wo trotz aller Luftverschmutzung die saubere Luft noch nicht verbraucht war, und mit abgedroschenen Worten von der Schönheit des Meeres redeten, wobei sie einander mit leeren Augen ansahen... An einem der Tische saß ein älterer Mann, der sein Gesicht dem Meer zugekehrt hatte. Ein unerklärliches Gefühl zog mich zu ihm hin. Ich setzte mich an den Nachbartisch. Er sagte: »Ich wußte, daß Sie kommen würden.« Ich wußte, daß Sie kommen würden... Das war einer von den alten Sätzen, die ich auch in anderen Erzählungen gehört hatte, deren Anruf man sich nicht entziehen konnte und die bei mir immer ein leichtes Schaudern bewirkten. Er schaute mich leise lächelnd an, als wollte er darauf aufmerksam machen, daß er meine innere Stimme gehört hatte. Dann sagte er: »Morgens um diese Zeit komme ich oft hierher. Oft, wenn es meine Gesundheit erlaubt… Natürlich habe ich auch andere Plätze. Doch trotz allem, was ich verloren habe, konnte ich mich von diesem Winkel nicht trennen… Ich habe auf Sie gewartet…« Bei diesen Worten näherte ich mich seinem Gesicht. Ich verstand die Ursache für mein Schaudern. Mein Gegenüber ähnelte mir auf verblüffende Weise. Er schien mein Spiegelbild zu sein, mein Zustand in späteren Jahren. Es war, als lächelte er über meine Erkenntnis. Es war ein Lächeln, das an das Lächeln aus meinen alten, unvergessenen Träumen erinnerte. »Manche Begegnungen kann man nicht erzählen, man kann sie nicht erzählen, trotz aller Worte, auf die Sie vertrauen und bei denen Sie Zuflucht suchen«, sagte er.

»Genau wie in den Geschichten… Ein geheimnisvoller Mann begegnet Ihnen irgendwo und sagt, ich wußte, daß Sie kommen werden…«, sagte ich.

»Genauso wie in manchen Erzählungen… Doch Sie sind immerhin ans Ende dieser langen Erzählung gekommen… Zumindest glauben Sie, Sie seien ans Ende gekommen«, sagte er.

»Ich weiß aber, daß man manche Beziehungen nicht beenden kann, daß sie in gewisser Weise bei einem anderen, bei anderen fortgesetzt werden«, erwiderte ich.

»Sie haben recht… Doch die Beziehungen lassen sich in anderen Worten ausdrücken, wenn sie adäquat gelebt werden, wenn man ihren Preis zahlt…«, sagte er.

»Ungefähr so, wie früher oder später den Kokon zu zerstören, um Schmetterling sein zu können«, bemerkte ich.

Er schwieg und schaute weit aufs Meer hinaus. Dann sagte ich: »Ich hätte Sie auch an den Anfang dieser langen Erzählung stellen können.« Dieser Satz zielte ein wenig darauf, für den Text, den ich – wie ich mit jedem Tag mehr einsah – nicht zu Ende geführt hatte, nicht hatte vollenden können, von dem ich aber irgendwie nicht ablassen konnte, zu dem ich ab und zu mit neuer Hoffnung zurückkehren wollte, einen geeigneten Platz in meiner langen Schrift zu finden. Jetzt hätte ich endlich erzählen können. Ich hätte sagen können, daß alles mit der Anregung durch die vielen Bücher, die ich liebte, die mich auf unterschiedliche Weise beeinflußt hatten, angefangen hatte... Ich hatte nichts vergessen. Die Zeit war ein weiteres Mal meine Zeit. Die Worte waren wieder einmal Worte, die ich anzuordnen versuchte, die dazu dienen konnten, mir an einem anderen Ort neue Hoffnung zu machen.

Ein Brief, ein Notizzettel, oder aber ein unerwarteter Anruf... Alles bedeutete eine Vorbereitung auf eine Reise zu einem anderen Menschen, zu einer Welt der Gefühle, zu einer Möglichkeit. Was würde ich auf jener Reise erleben? Wer hatte mich gerufen? Was erwartete mich dort, an dem Ort, an den ich gerufen worden war, welche Hoffnungen oder welches Unbekannte?... Die Reisetaschen werden gepackt. Was sollte dieses Mal mitgenommen werden? Welche Bücher, Gerüche, Gegenstände, Visionen, Worte oder Erinnerungen sollten dieses Mal mitgenommen werden? Was war es diesmal, wenn es doch keine Rückkehr gab?... Was war es diesmal, wenn doch so eine Hoffnung nie mehr geboren werden würde?... Der Zauber hatte schon begonnen. Ihr könnt das Todesgefühl viel freier als je zuvor ertragen... Ich schaute noch einmal auf den Brief, der in meinem Briefkasten gewesen war. Sowohl die Adresse als auch der Zeitpunkt des Treffens waren ganz klar angegeben. Ich war am Anfang einer neuen, seit Jahren erwarteten Abreise, die jetzt unausweichlich war. Ich war auf eine lange Reise gerufen worden, die womöglich nicht leicht zu beenden war. Ich hätte alles mitnehmen können, was ich gewollt hätte, alle möglichen Sachen, von denen ich geglaubt hätte, mich nicht trennen zu können... Ich begab mich zu der angegebenen Adresse zur bestimmten Stunde, wie es von mir erwartet wurde. Ich kam zu einem Lokal, weit entfernt von vielen bekannten ›Schriften‹, das seine eigene Geschichte hatte und viele Einzelheiten versteckte. Ich schaute umher. Zuerst einmal fiel mir eine tiefe, sehr tiefe Stille auf. Eine tiefe, sehr tiefe Stille... An manchen Tischen saßen Leute, die miteinander sprachen und die Umgebung nicht beachteten. Sie schienen wie aus einer anderen, mir fernen, sehr fernen Welt zu sein. Ein schummriges Licht beleuchtete sie, das zu der Unbestimmtheit paßte. Als ich mich ein wenig an die Umgebung gewöhnt hatte, erkannte ich, daß diese Menschen ja die Menschen in ›jener Erzählung‹ waren. Es schien, als sprächen sie über eine andere Welt und andere Leben. Sie sahen mich nicht. Ich war nicht dort, es war, als wäre ich nicht dorthin gekommen. Ich dachte, ich müßte noch einmal meine Fremdheit und den Ort, an den mich meine Fremdheit gebracht hatte, zu verstehen versuchen. Ich konnte also schweigen und abwarten. Ich näherte mich ihm langsam, ein wenig scheu. Es schien, als kennte ich ihn besser als alle. Besser als viele Leute, die ich bis heute gesehen hatte und zu kennen glaubte... Meine Scheu schlug unvermeidlich in Furcht um. Es war, als hörte ich mich selbst, meinen inneren Menschen. Er lächelte und sagte: »Ich bin es, der Sie gerufen hat... Früher oder später wären Sie gekommen... Früher oder später... Sosehr Sie auch fliehen, sosehr Sie sich auch wehren, jemandem zu begegnen... Sosehr Sie auch vorziehen, in jemandem zu ruhen, trotz allem.« In dem Moment entdeckte ich die Ursache meiner Furcht. Er war Ich, und zwar in einem Alter, das in weiter, ferner Zukunft lag. Ich sagte: »Nun gut, aber ich habe meine Erzählung noch nicht abgeschlossen, die Geschichte, die ich habe erzählen, schreiben, bis zu Ende leben wollen.« Bei diesen Worten neigte er seinen Kopf und versuchte, meinem Blick auszuweichen. Und ohne seine Augen von seinen Händen, die auf dem Theke lagen, abzuwenden, von seinen Fingern, die mir den Eindruck machten, als seien sie geformt durch viele Berührungen, die vergessen werden wollten, Berührungen, die ich noch nicht kannte, sagte er: »Ich weiß, ich weiß, noch nicht abgeschlossen... Manche Erzählungen enden nie... Manche Menschen und manche Erzählungen enden nie...« Manche

Menschen und manche Erzählungen enden nie... Manche Erzählungen enden nie... Und warum diese Worte, für welchen Menschen, für welches Unerzählbare, welches ›Unerreichbare‹ oder für welchen Schlußsatz?... Wir schauten einander nicht an. Wir würden einander in keinem Moment unserer Begegnung richtig, herzlich ansehen... Er sagte: »Die Anfänge oder die letzten Schritte... Es scheint nur ein kleiner, sehr kleiner Unterschied zwischen ihnen zu sein... Ein kleiner, sehr kleiner Unterschied... Ein Unterschied, den ein Satz erzeugt, ein einziger Satz, dem jeder auf seine Weise Bedeutung geben kann, den vielmehr jeder selbst bilden will... Denn zuletzt, früher oder später wendet sich alles zum Ausgangspunkt der Reise zurück... Früher oder später wird der Ausgangspunkt der Reise sichtbar... Mit der Zeit verstehen Sie, entdecken Sie, daß die Wanderung in Ihnen geschieht, daß Sie sich auf Ihren eigenen Gott hin bewegen. Die Erzählungen wollen aus diesem Grund erlebt werden... Manche Erzählungen können Sie deshalb in sich selbst aufzehren, indem sie allein mit sich selbst sprechen.«

»Ich möchte am liebsten glauben, daß wir uns in einem Traum begegnen, und daß dieser Traum, wie auch viele andere Träume, von denen ich früher schon zu erzählen versucht habe, eines Tages in einer Schrift, in einer ganz anderen Schrift Leben findet«, sagte ich.

»Manche Träume können Sie nicht erzählen. Manche Träume werden Sie niemals erzählen können«, sagte er. Danach fragte ich ihn, an welcher Stelle meiner ›Schrift‹ ich diese Begegnung einfügen solle, und vor allem, warum er mich hierher gerufen habe. Er lächelte und schaute mich erstmals lange an. »Haben Sie immer noch nicht verstanden? Schauen Sie sich doch mal um! Das sind Ihre Protagonisten, von denen Sie in den anderen Erzählungen erzählt, zu erzählen versucht haben.« – »Aber nicht einer spricht mit mir, keiner sieht so aus, als kennte er mich. Außerdem ist mir, als sähe ich sie hier, an diesem unerwarteten Ort, zum ersten Mal«, sagte ich. Er fuhr fort zu lächeln... Dann fragte er: »Wollen Sie jetzt mit einer neuen, ganz neuen Geschichte anfangen?« In dem Moment schaute ich zur Tür. »Sie schauen zur richtigen Stelle hin... Sie werden eines Tages wieder hierherkommen... Wieder... Auch wenn wir uns nie mehr treffen... Wieder... Für jene ›Schrift‹, um die Sie sich aufrichtig bemüht haben und für die der Preis wirklich bezahlt worden ist.«

Es war so spät, daß in diesem Morgencafé die Sonne langsam spürbar wurde. Wir mußten schweigen, für eine kurze Weile schweigen an dieser Stelle meiner Erzählung, die ich nicht hatte beenden können, die ich nur zu beginnen den Mut gehabt hatte. Unser Gespräch wurde durch viele Gefühle, viele Mängel und ein Schweigen unterbrochen, das in ein unbeschreibliches, nicht mitteilbares Foto aus einer alten Zeit gepaßt hätte. »Diese Erzählung sollte mit einem anderen Menschen an einem anderen Ort enden...« unterbrach ich das Schweigen. Meine Erzählung sollte an einem anderen Ort enden... Denn in diesem Schluß wollte ich wenigstens einer Person, von der ich glaubte, sie würde mir wirklich zuhören, die letzten Schritte erzählen... »Es gab eine Frau, die mich verschiedener Hoffnungen wegen auf lange Zeit verlassen hat, um an einem der Ägäisstrände mit einem Maler zusammenzuleben... Jahre später sollte sie unerwartet zurückkehren... Jahre später, unerwartet, in einer Zeit, als ich mich ein bißchen besser an mich gewöhnt hatte, mich mit mir hatte befassen können... Nach Jahren trafen wir uns in Şile, an einem der Strände von Şile. Wir liefen mit nackten Füßen am Strand und hofften, den Boden zu spüren, auf den wir traten. Mit nackten Füßen, Hand in Hand... Für einen letzten Spaziergang... Für einen letzten Spaziergang oder den ersten wirklichen Spaziergang unseres Lebens. Vielleicht konnten wir dann auch die Geschichten aus unserer Vergangenheit erzählen, es würde uns gelingen, sie zu erzählen... Dann würden wir einander unsere Geschichten, unsere Märchen erzählen. Dann... Um in unseren Träumen, in unseren letzten Träumen zu sterben als Menschen, die wirkliche Berührungen kennengelernt hatten...«

Er sagte: »Wer hat behauptet, daß die Erzählung zu Ende ist? Um die Teile des Ganzen zusammenzufügen, müssen Sie versu-

chen, mit anderen Menschen andere Stimmen und andere Sprachen auszuprobieren. Es ist jetzt nicht möglich, daß Sie aufhören.
Doch um die Menschen an jenem Ort, in jenem Lokal zu sehen
oder um den Spaziergang an jenem Strand zu erleben, ist es noch
zu früh, noch viel zu früh... Ich kann Ihnen dafür jetzt die Mu-
schelschalen an einem anderen Sandstrand anbieten. Die Mu-
schelschalen an einem anderen Sandstrand... Als kleinen Anhaltspunkt...« Wir saßen noch eine Weile so da. Eine Weile,
ohne zu sprechen, oder in der Überzeugung, wir hätten alles
gesagt, was es in den Augenblicken für diese Zeit zu sagen
gab... Dann erhob er sich still und langsam von seinem Platz.
Mir war, als wollte ich etwas sagen. Er hielt inne. Er zeigte aufs
Meer oder auf eine Stelle an der gegenüberliegenden Küste. Aufs
Meer oder auf eine Stelle an der gegenüberliegenden Küste...
Als wollte er mich noch einmal daran erinnern, daß ich mit
niemandem zu dieser Reise aufbrechen würde... Er konnte
nun endlich an jenen Ort gehen, den ich eines Tages erreichen
zu können glaubte. Ich würde jetzt an meinem Platz bleiben, am
letzten Strand, den ich sehen konnte...

(...) Nun sind wir noch einmal beieinander. Noch einmal kon-
frontiert mit uns selbst, unseren Träumen, den nicht geteilten
Erzählungen und den nicht gewagten Auseinandersetzungen...
Noch einmal dort... Noch einmal an unserem verdienten Platz.
Dabei haben wir einander für eine Flucht geliebt, für eine seit
Jahren erwartete, genährte Flucht. Für eine Flucht... Denn eine
Flucht paßte gut zur Liebe... Wir wollten bis zuletzt an das
Märchen von der Flucht glauben. War es uns aber möglich, die
Bedeutung dieser Flucht, die wirkliche Bedeutung, in uns zu
erfassen?... So essen wir jetzt also noch einmal zusammen, wir
lieben uns und sterben zusammen mit der Person, bei der wir
Zuflucht gesucht haben. Hatte nicht sogar die Liebe, die wir so
hoch erhoben hatten, hatte diese Liebe sich nicht von selbst in
Mord verwandelt, nachdem sie einen Punkt überschritten hatte?... War Liebe nicht: im anderen sterben? War Liebe nicht ein
weiteres Drama der Einsamkeit, das den Namen geändert hatte?

War die Liebe vielleicht nichts als ein paar Fotografien, übriggeblieben von jenen alten Illusionen, die wir in unseren Zimmern, nur in unseren eigenen Zimmern erlebt hatten? Hatten nicht unsere ›Werte‹ sogar zu diesen Morden geführt, uns verleitet, Stacheldraht und Minenfelder zu unserem Schutz um uns zu legen, immer in der Überzeugung, daß ›Nacktheit‹ Scham bedeutet? Wenn das so ist, wie, mit welchen von unseren Bildern wollen wir einem anderen verständlich machen, daß wir innerhalb solcher Grenzen leben? ... Dabei gab es so viele Erzählungen in dieser Stadt, die anderen unbekannt sind, die angesichts der anderen nicht leben konnten. Unser Kopf ist vollgestopft mit so viel Wissen, das uns das wahre Wissen verbirgt ...

Ja, vielleicht kann man auch alles Erlebte mit dem Schmerz erklären, kein Schmetterling zu sein. Mit dem Schmerz, kein Schmetterling zu sein, oder mit dem Wissen darum, es nicht sein zu können ... Erklärt dieser kleine Tod ein derartiges Gefühl von Taubheit und Verlassenheit? Ist das Gefühl einer derartigen Taubheit und Verlassenheit nicht die Gabe für unser Bemühen, länger zu leben? ... Wenn ich das alles bedenke, sehe ich Tausende, Millionen, Hunderte von Millionen Kokons. Tausende, Millionen, Hunderte von Millionen lautloser Kokons. Und wenn ich an all das denke ... Wenn ich über all das nachdenke ... Ich möchte ›unmoralisch‹ sein ...

Ja, ›unmoralisch‹ sein. ›Unmoralisch‹, um die Erwartungen derer nicht zu enttäuschen, die uns diese Welten bieten, jene prachtvollen Bauwerke, die Lichter und das Wissen ... ›Unmoralisch‹ sein ... Ich möchte auch wissen, wie man ›unmoralisch‹ ist. Um am Ende meine eigene ›Moral‹ finden zu können oder, wichtiger noch, mich in einer anderen ›Moral‹ aufs neue entdekken zu können ... Denn denen zufolge, die jene Erwartungen haben, war an dem, was hier erzählt worden war, sowieso nichts Besonderes ... Die Protagonisten jener Erzählungen verliebten sich in jenen Welten, Leben und Zeiten immer auf die gleiche Weise, mit den gleichen Träumen und Illusionen. Die Protagonisten jener Erzählungen konnten einander oder sich selbst immer auf die gleiche Weise betrügen, fühlten Reize, indem sie auf dieselbe Weise einem Aufruf folgten oder in der gleichen Lüge verhaftet blieben. Alle Menschen hatten unvergeßliche Fotografien, Straßen und kleine Läden... Warum wollte ich dann das alles erzählen? Darauf gibt es nicht nur eine einzige Antwort. Vielleicht wollte ich ein wenig von mir selbst, ein wenig von jenen Farben, ein wenig von diesen ›Sprachen‹ erzählen. Ein wenig von mir selbst, ein wenig von jenen Farben, ein wenig auch von den Zeiten, aus denen jene ›Sprachen‹ stammen, und von ihren Erzählungen... Doch, abgesehen von all meinen Hoffnungen und Bemühungen: Inwieweit ist es mir gelungen, das alles zu erzählen? Um ehrlich zu sein, auch das weiß ich nicht. Was ich jetzt nur weiß, daß ich für lange Zeit nicht ›dorthin‹ zurückkehren werde.

Jetzt denke ich noch einmal an einen dieser gewöhnlichen, bekannten Strände, von denen zu erzählen ich vielleicht niemals aufhören werde. An einen von diesen gewöhnlichen, bekannten Stränden, wo alle am Ende real oder, noch wichtiger, sie selbst sein können... In dem Moment kann ich mir eine Zigarette anzünden. In diesem Moment kann ich am Meeresufer noch weiter, noch nackter spazierengehen. In dem Moment kann ich mit diesen Worten zu diesem Menschen zurückkehren, trotz allem, was geschehen ist... Ich kann mit diesen Worten zu diesem Menschen zurückkehren... Ich kann zu diesem Menschen noch einmal sagen: »Erzähl mir!« Ja, erzähl mir! Erzähl mir!... Einmal noch erzähl... Einmal noch... Erzähl für jenen Ort, für jene Zeit, für jenen Menschen... Erzähl für jenes Land, für unser Land... Erzähl mir eine neue Geschichte, die ich noch einmal glauben kann... Erzähl mir eine wahrere, realere, ›ungeschützte‹ Geschichte... Erzähl... Erzähl... Erzähl...

Mein Dank gilt Attilâ Ilhan, Cem Mumcu, Cevat Çapan, Buket Uzuner, Süzet Levi, Yelda Karataş und Ragnhild Berstad…

Jede Übereinstimmung der in diesem Roman ›verwendeten‹ Namen, Orte und Zeitangaben mit der ›Wirklichkeit‹ beruht auf purem Zufall.

Diese ›Warnung‹ haben sowohl der Autor als auch die Protagonisten der Geschichten beherzigt. Jedoch allen Einwänden zum Trotz hat der Verfasser nichts dagegen, daß der Leser an ›früher‹ Geschehenes oder Geschriebenes erinnert wird.

bakkal	kleines Lebensmittelgeschäft, Gemischtwarenladen
bimuelikos	Loukoumades (Honigbällchen)
börek	mit Hackfleisch oder Spinat und Schafskäse gefüllter Strudel aus blätterteigähnlichem Yufka-Teig
börekitas	kleine börek
dolma	mit Reis oder Lammhackfleisch gefüllte Weinblätter
dolmuş	kleiner, preiswerter Taxibus, Sammeltaxi
gelincik	unter den Namen Knurrhahn, Meerbarbe oder Wieselfisch bekannter Fisch
hünkârbeğendi	Eintopfgericht mit gewürfeltem Lammfleisch, Zwiebeln und Tomaten, serviert mit Auberginenmousse
kanto	für Istanbul typisches Lied mit Tanz, das um 1870 aufkam und dem europäischen Kabarettlied des Fin de siècle ähnlich ist; einer seiner bekannten Vertreter war Ismail Dümbüllü
kanun	Zimbel
kaşkarikas	frittierte Zucchinischale mit Oregano, traditionelles Gericht der türkischen Sephardim
köfte	kräftig gewürzte Hackfleischbällchen aus Lamm- oder Rinderhackfleisch
kokoreç	Spezialität aus kleingeschnittenem und gegrilltem Schafsdarm
konak	Herrenhaus, Amtssitz eines türkischen Provinzverwalters
lakerda	in Salzbrühe oder Öl eingelegter Fisch, zumeist Thunfisch
lodos	Südwestwind, der im Marmarameer immer wieder Sturmschäden und Störungen des Schiffsverkehrs verursacht
meddah	Lobredner, Geschichtenerzähler oder Komödiant, der mit stark ausgeprägter Mimik und wenigen Requisiten auftritt
muhallebici	Geschäft für Milchspeisen und Reismehlpudding
pastelikos	Gebäck mit Honig und Mandeln, traditionelle Süßspeise der Sephardim
taramas	griechische Vorspeise aus Fischrogen
tarator	Soße aus eingeweichtem Brot, Knoblauch und Nüssen, die zu Fisch und Meeresfrüchten gereicht wird
tavla	im Westen unter dem Namen »Backgammon« bekanntes altorientalisches Brettspiel

S. 18 Galatasaray-Gymnasium: Elitegymnasium im Stadtteil Beyoğlu, das 1481 von Sultan Bayezid II. als kaiserliche Palastschule gegründet wurde; im 19. Jahrhundert wurde die Schule nach französischem Vorbild zu einem Gymnasium; heute findet der Unterricht in türkischer und französischer Sprache statt.

S. 24 Merle Oberon (1911-1979): britische Filmschauspielerin, die u. a. an der Seite von Maurice Chevalier und Laurence Olivier spielte; zu ihren bekanntesten Filmen zählen *Der Weg im Dunkel* und die Verfilmung von Emily Brontës *Sturmhöhe*.

S. 27 Okka-Rosen: Rosenart, die in den Gärten von Eyüp angebaut und vornehmlich zur Konfitüren- und Sirupherstellung verwendet wurde.

S. 33 Selahattin Pınar (1902-1960): türkischer Musiker, der für seine melancholischen Liebeslieder und seinen persönlichen Stil beliebt war; u. a. komponierte er in den 1960er Jahren Lieder für ägyptische Filme.

S. 34 ›Vorfälle‹ vom 6. und 7. September: Pogrom in der Nacht vom 6. auf den 7. September 1955, bei dem es zu Übergriffen auf die christliche, vor allem griechische Minderheit und vereinzelt auf Juden in Istanbul und anderen Teilen der Türkei kam.

S. 36 CHP (Cumhuriyet Halk Partisi): Republikanische Volkspartei; 1923 von Atatürk gegründete sozialdemokratische Partei.

S. 56 Tokatlıyan: eines der ältesten und bekanntesten Hotels im Stadtteil Beyoğlu, das 1897 eröffnet wurde; das Luxuslokal wurde zunächst unter dem Namen »Splendid« geführt, dessen 160 Zimmer mit ausschließlich europäischen Möbeln ausgestattet waren.

S. 58 Café Pierre Loti: alttürkisches Kaffeehaus auf dem Hügel des islamischen Friedhofs im Stadtteil Eyüp, benannt nach dem französischen Marineleutnant und Schriftsteller Pierre Loti (1850-1923).

S. 83 Abanoz: Straße in Istanbul, die für ihre zahlreichen Freudenhäuser bekannt war.

S. 97 Beykoz: Stadtteil auf der asiatischen Seite Istanbuls, der für Kunstateliers und Glasschmuck bekannt ist.

S. 97 Gesaryan: Vahram Gesaryan, Geschäftsmann und Musikproduzent. Das von ihm geleitete Label *His Master's Voice* hatte in den 1970er Jahren ein umfangreiches und anspruchsvolles Programm vorgelegt.

S. 97 Seyyan Hanım (1913-1989): türkische Tangosängerin; sie war eine der ersten Sängerinnen, denen es durch die Reformen von Atatürk gestattet war, öffentlich aufzutreten; bewirkte durch ihr Schaffen Fortschritte in der Emanzipation türkischer Frauen.

S. 97   Hafız Burhan (1897-1943): türkischer Musiker; er ist bis heute einer der beliebtesten Vertreter seines Musikstils.

S. 97   Münir Nurettin (1901-1981): türkischer Musiker; er hat nach dem Dichter Yahya Kemal mit der Stimme das zum Ausdruck gebracht, was Tamburi Cemil mit der Laute vermochte.

S. 97   Suzan Lütfullah Hanım (1902-1932): berühmte Operettensängerin an der Süreyya-Oper.

S. 97   Nevser Hanım (1900-1962): Operettensängerin.

S. 122 Chanukka: achttägiges Tempelweihfest, das am 25. Tag des Monats Kislew beginnt; mit Chanukka feiern die Juden die Befreiung durch die Makkabäer von der syrischen Unterdrückung und Verfolgung sowie die Wiedereinweihung des Jerusalemer Tempels. Symbol des Festes ist die Chanukkia, ein Leuchter mit acht Armen (und einem »Helfer«) in der Form einer Menora.

S. 138 Jom Kippur: wichtigster Festtag des jüdischen Jahres; an Jom Kippur, dem Versöhnungstag, wird das Urteil, das am Neujahrsfest über den Menschen gefällt wurde, besiegelt; der Mensch soll göttliche Verzeihung für seine Missetaten erlangen.

S. 140 Einberufung der zwanzig Jahrgänge: Gesetz von 1940/41, nach dem nichtmuslimische Minderheiten wie Juden, Griechen und Armenier im Alter zwischen 20 und 40 Jahren (»zwanzig Jahrgänge«) zu einem Sondermilitärdienst eingezogen wurden; statt an der Front zu kämpfen, wurden sie jedoch als unbezahlte Zwangsarbeiter im Straßenbau eingesetzt.

S. 184 Zeki Müren (1931-1996): türkischer Dichter, Komponist und Sänger türkischer klassischer Musik; außerdem spielte er in zahlreichen Filmen mit.

S. 242 Pessach: erstes der drei Wallfahrtsfeste, das vom 15. bis 22. des Monats Nissan gefeiert wird; es erinnert an den Auszug der Israeliten aus Ägypten, der schnell vollzogen werden mußte, so daß das Brot für die Reise nicht aus gesäuertem Teig hergestellt werden konnte; daher ist es während der Festtage nicht gestattet, »Gesäuertes« zu essen.

S. 326 Café Lebon: die Konditorei Lebon (später Markiz) wurde 1850 vom Koch der französischen Botschaft, Eduard Lebon, eröffnet; seine Konditorwaren waren stadtbekannt und so berühmt, daß auch die Reisenden des Orient-Express zu seinen Kunden zählten, jedoch war es ihnen nur mit Hut gestattet, den feinen Laden zu betreten, daher eröffnete bald auch ein Hutladen neben der Konditorei.

S. 355 Leyla Gencer (1928-2008): türkische Sopranistin, bekannt als »die türkische Diva«.

843

S. 388 Çiçek Pasajı (»Blumenpassage«): Passage an der bekannten Einkaufs-
straße İstiklâl Caddesi im Stadtteil Beyoğlu mit zahlreichen traditionellen Gasthäusern; die 1876 errichtete Passage steht an der Stelle
des vormals abgebrannten Naum Theaters; ihr Name geht auf viele
Blumenläden zurück, die sich im Laufe des 20. Jahrhunderts dort
ansiedelten.

S. 391 Tage der Vermögenssteuer: Aufgrund des Gesetzes über die Vermögenssteuer wurden zwischen 1940 und 1942 die Geschäfte der
Minderheiten in der Türkei mit einer besonderen Abgabe bela-
stet.

S. 457 Rejans: russisches Gasthaus in der Olivio-Passage an der İstiklâl Caddesi; prominente Besucher des von Russen während der Oktoberre-
volution gegründeten Restaurants waren u. a. Kemal Atatürk und
Agatha Christie, heute ist es ein beliebter Treffpunkt der Intellek-
tuellen- und Künstlerszene.

S. 461 Zülfaris Synagoge: die im 17. Jahrhundert erbaute Synagoge beher-
bergt heute ein Museum der türkischen Aschkenasim.

S. 492 Turgut Uyar (1927-1985): türkischer Dichter.

S. 502 Aşiyan: Haus des Dichters Tevfik Fikret (1867-1915) in Bebek.

S. 520 Van: Hauptstadt der gleichnamigen Provinz im Südosten der Türkei;
die am Ostufer des Vansees gelegene Stadt hieß vormals Tuschpa
und war Hauptstadt des Königreichs von Urartu; 1915 kam es in Van
zu einem Massaker an 100 000 armenischen Einwohnern, noch im
Ersten Weltkrieg wurde die Stadt in osmanisch-russischen Kämpfen
stark zerstört.

S. 544 Yüksekkaldırım: Viertel im Stadtteil Beyoğlu, wo sich die Anfang des
20. Jahrhunderts gegründete aschkenasische Synagoge befindet.

S. 571 Reşat Nuri Güntekin (1889-1956): türkischer Schriftsteller; zu seinen
bekanntesten Romanen zählen Çalıkuşu (»Der Zaunkönig«) und Yaprak Dökümü (»Fallende Blätter«); Yaprak Dökümü beschreibt den Zerfall einer traditionsbewußten Familie in der neuen, westlich orien-
tierten Republik Türkei und wurde mehrfach verfilmt.

S. 710 Mınakyan Efendi (1837-1920): Direktor der osmanischen Gruppe für
Dramatische Kunst, der u. a. mit dem bekannten Theaterregisseur
Agop Güllü das türkische Theater begründete.

S. 716 1908 wurde in der Türkei die konstitutionelle Monarchie proklamiert, als der regierende Sultan Abdülhamit II. auf Druck der natio-
nalistischen Bewegung die Wiedereinführung der Verfassung und
die Übergabe der Regierungsgewalt an Vertreter der Nationalisten
veranlaßte.

S. 719 Otto Liman von Sanders (1855-1929): deutscher General, der ab 1913 die deutsche Militärmission im Osmanischen Reich anführte.

S. 719 Deniz Kızı Eftalya (1891-1936): türkische Sängerin, der die Tatsache, daß sie an lauen Sommerabenden auf einem Boot am Bosporus zu singen pflegte, den Namen »Eftalya die Sirene« eintrug.

S. 732 Friedhof von Hasköy: größter jüdischer Friedhof Istanbuls im Stadtteil Hasköy.

S. 745 Purim: jüdisches Fest, das am 14. und 15. Tag des Monats Adar gefeiert wird; das Fest erinnert an die Verteidigung und Errettung der Juden durch Esther (vgl. das biblische Buch Esther).

S. 748 Bar Mitzwa: Ritus, mit dem die 13jährigen Knaben zum vollwertigen Mitglied der jüdischen Gemeinde werden; Bar Mitzwa (»Sohn der Pflicht«) bezeichnet neben dem Aufnahmeritus auch den mündigen Knaben selbst.

S. 756 31. Dezember 1943: Unter dem Kollaborateur und Kriegsverbrecher Maurice Papon wurden am 30. Dezember 1943 136 Juden vom KZ Mérignac ins KZ Drancy gebracht; einen Tag später erreichte ein Dokument über den Transport die Polizei von Vichy.

S. 764 Adnan Menderes (1899-1961): erster, aus freien Wahlen hervorgegangener Ministerpräsident der Türkei; am Ende seiner Amtszeit von 1950 bis 1960 wurde er durch einen Militärputsch entmachtet und im Prozeß von Yassıada zum Tode verurteilt und hingerichtet; unter Menderes trat die Türkei der NATO bei und erfuhr ein schnelles Wirtschaftswachstum.

S. 764 Ismet Paşa: eigentlich Ismet Inönü (1884-1973), türkischer Staatspräsident; er war an der Seite Kemal Atatürks am Aufbau der türkischen Republik beteiligt; zunächst der erste Ministerpräsident des Landes, hatte der CHP-Politiker von 1938 bis 1950 das Amt des Staatspräsidenten inne.

S. 768 Fevzi Çakmak (1876-1950): türkischer Marschall und enger Vertrauter Kemal Atatürks; nach einer schnellen militärischen Karriere im Ersten Weltkrieg wurde er zum Generalstabschef ernannt und führte die türkische Armee im Befreiungskrieg und im Zweiten Weltkrieg bis 1944 an; nach der Gründung der Republik hatte er das Amt des Premierministers von 1923 bis 1924 inne.

S. 778 Lotterie Tayyare: 1926 gegründete staatliche Lotterie, deren Einnahmen dem Verteidigungshaushalt zugute kamen.

S. 790 Bézigue: französisches Kartenspiel für zwei Personen.

S. 819 Demirkazık: 3757 m hoher Berg der Ala Dağlar-Gebirgskette im Taurusgebirge.

Amos Oz

Eine Geschichte von Liebe und Finsternis

Roman
Aus dem Hebräischen von Ruth Achlama
st 3788. 829 Seiten

»Dieses Buch handelt auch von der enttäuschten Liebe meiner Eltern und Großeltern zu Europa. Es spürt dem jüdischen Erbe in der europäischen Kultur nach und dem europäischen Erbe in unserer eigenen Kultur. Vor allem aber ist es ein Buch über eine einzelne kleine Familie. Es gibt ein altes Rätsel auf: Wie können zwei gute Menschen eine schreckliche Katastrophe herbeiführen? Wie kann es kommen, daß die Heirat zweier liebenswürdiger Menschen, die einander wollen und einander Gutes wünschen, in einer Tragödie endet?« *Amos Oz*
Eine große Familien-Saga, ein Epos vom Leben und Überleben, ein Archiv persönlicher und politischer Ambitionen, ein Buch der Enttäuschungen und der Hoffnung.

»... Denn ein erhellenderes, klügeres, vielschichtigeres Buch über Israel, über Familien und das, was Menschen zusammenhält und was sie trennt, kann man niemandem empfehlen...« *Frankfurter Allgemeine Zeitung*